中國古典文學基本叢書

寒山詩注

（附拾得詩注）

上册

項楚 著

中華書局

圖書在版編目(CIP)數據

寒山詩注:附拾得詩注/項楚著. —北京:中華書局,2023.9(2024.11重印)
(中國古典文學基本叢書)
ISBN 978-7-101-16283-7

Ⅰ.寒… Ⅱ.項… Ⅲ.唐詩-注釋 Ⅳ.I222.742

中國國家版本館 CIP 數據核字(2023)第 126180 號

責任編輯:聶麗娟
責任印製:陳麗娜

中國古典文學基本叢書
寒山詩注(附拾得詩注)
(全三册)
項 楚 著
*
中 華 書 局 出 版 發 行
(北京市豐臺區太平橋西里 38 號 100073)
http://www.zhbc.com.cn
E-mail:zhbc@zhbc.com.cn
大廠回族自治縣彩虹印刷有限公司印刷
*
850×1168 毫米 1/32 · 37½印張 · 8 插頁 · 830 千字
2023 年 9 月第 1 版 2024 年 11 月第 3 次印刷
印數:3001-4000 册 定價:168.00 元

ISBN 978-7-101-16283-7

日本東京國立博物館藏，傳周文繪、
春屋宗園贊《寒山拾得圖》

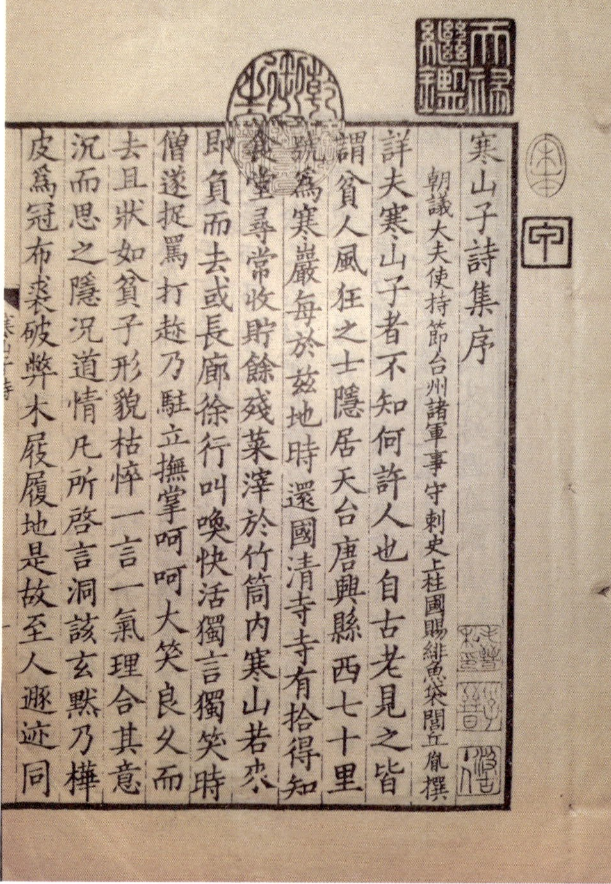

寒山子詩集序

朝議大夫使持節台州諸軍事守刺史上柱國賜緋魚袋閭丘胤撰

詳夫寒山子者不知何許人也自古老見之皆謂貧人風狂之士隱居天台唐興縣西七十里號爲寒巖每於兹地時還國清寺寺有拾得知食堂尋常收貯餘殘菜滓於竹筒内寒山若來即負而去或長廊徐行叫喚快活獨言獨笑時僧遂捉罵打趂乃駐立撫掌呵呵大笑良久而去且狀如貧子形貌枯悴一言一氣理合其意沉而思之隱況道情凡所啓言洞該玄默乃樺皮爲冠布裘破弊木屐履地是故至人遯迹同

四部叢刊景印建德周氏景宋刻本《寒山子詩集》

寒山詩集　豐干拾得詩附

重巖我卜居鳥道絕人迹庭際何所
有白雲抱幽石住茲凡幾年屢見春
冬易寄語鍾鼎家虛名定無益

凡讀我詩者心中須護淨慳貪繼日
廉諂曲登時正驅遣除惡業歸依受
眞性今日得佛身急急如律令

可笑寒山道而無車馬蹤聯谿難記
曲疊嶂不知重泣露千般草吟風一
樣松此時迷徑處形問影何從

欲得安身處寒山可長保微風吹幽
松近聽聲愈好下有斑白人喃喃讀
黃老十年歸不得忘却來時道

吾心似秋月碧潭清皎潔無物堪比
倫教我如何說

日本宫内省圖書寮藏《寒山詩集》

寒山詩

五言

九讀我詩者，心中須護淨。慳貪繼日廉，諂曲登時正。驅遣除惡業，歸依受真性。今日得佛身，急急如律令。

重巖我卜居，鳥道絶人迹。庭際何所有，白雲抱幽石。住茲凡幾年，屢見春冬易。寄語鐘鼎家，虚名定無益。

可笑寒山道，而無車馬蹤。聯谿難記曲，疊嶂不知重。泣露千般草，吟風一樣松。此時

四部叢刊景高麗本《寒山詩》

前言

寒山，生卒年不詳，姓名亦不傳，因爲他長期隱居於天台山的翠屏山（又稱寒巖、寒山），因而自稱爲寒山或寒山子。關於他所生活的時代和生平等，歷來衆説紛紜。主要有兩種説法。一種説法認爲寒山是初唐人。在宋本《寒山子詩集》前面有一篇署名「朝議大夫使持節台州諸軍事守刺史上柱國賜緋魚袋閭丘胤撰」的序，序中自叙受任台州刺史，臨行前遇豐干禪師爲治頭痛，令見寒山、拾得，稱「寒山文殊」、「拾得普賢」。閭丘胤上任三日後，尋訪寒山、拾得於國清寺，二人急走出寺。寒山入穴而去，其穴自合；拾得迹沉無所。閭丘胤乃令僧道翹尋其往日行狀，唯寒山於竹木石壁書詩并村墅人家廳壁上所書文句三百餘首，及拾得於土地堂壁上書言偈，并纂集成卷。閭丘胤序不言事在何時，宋本《寒山子詩集》載《拾得録》云：「豐干禪師、寒山、拾得者，在唐太宗貞觀年中，相次垂跡於國清寺。」據余嘉錫引宋陳耆卿《嘉定赤城志》卷八秩官表，閭丘胤任台州刺史在貞觀十六至二十年。由於閭丘胤序在很長時期内産生較大影響，故歷來談論寒山身世的人，許多都以閭丘序爲根據，南宋釋志磐《佛祖統紀》卷三九載寒山子事，繫於唐太宗貞觀七年下，釋志南《天台山國清寺三隱記》亦提出「三隱」（豐干、寒山、拾得）是貞觀初人，此後許多人都信而不疑。近人余嘉錫以翔實的材料，考證閭丘胤序爲僞作〔一〕，以後一些學者進一步論證了余説的確鑿可信。不過閭丘胤序雖是僞託，其中應該也有一些真實的成分，或許是來自關於寒山的傳説，如云：

詳夫寒山子者，不知何許人也，自古老見之，皆謂貧人風狂之士。隱居天台唐興縣西七十里，號爲寒巖。每於茲地，時還國清寺。寺有拾得，知食堂，尋常收貯餘殘菜滓於竹筒内，寒山若來，即負而去。或長廊徐行，叫喚快活，獨言獨笑，時僧遂捉駡打趁，乃駐立撫掌，呵呵大笑，良久而去。且狀如貧子，形貌枯悴，一言一氣，理合其意，沉而思之，隱況道情，凡所啓言，洞該玄默。乃樺皮爲冠，布裘破弊，木屐履地。是故至人遯迹，同類化物。或長廊唱詠，唯言咄哉咄哉，三界輪迴。或於村墅與牧牛子而歌笑，或逆或順，自樂其性，非哲者安可識之矣。

這樣一個瘋瘋癲癲、貧窮狂放的寒山形象，便被後人所接受而固定了下來。證以寒山詩：

〔一〕見余嘉錫《四庫提要辨證》卷二十集部一《寒山子詩集二卷附豐干拾得詩一卷》。

時人見寒山，各謂是風顛。貌不起人目，身唯布裘纏。我語他不會，他語我不言。爲報往來者，可來向寒山[一]。（二二一）

可知二者描繪的寒山的精神風貌是一致的。

另一種説法認爲寒山是中唐時人。《太平廣記》卷五五《寒山子》條引《仙傳拾遺》云：

寒山子者，不知其名氏，大曆中隱居天台翠屏山。其山深邃，當暑有雪，亦名寒岩，因自號寒山子。好爲詩，每得一篇一句，輒題於樹間石上，有好事者隨而録之，凡三百餘首。多述山林幽隱之興，或譏諷時態，能警勵流俗。桐栢徵君徐靈府序而集之，分爲三卷，行於人間。

按《仙傳拾遺》爲五代前蜀道士杜光庭所撰，其中提到的徐靈府是唐代道士，所著《天台山記》云：「靈府以元和十年自衡岳移居台嶺，定室方瀛，至寶曆初歲，已逾再閏，聊采經誥，

[一] 寒山詩原無標題，引録時的標題、文字及編號皆據本書的「寒山詩注」。

以述斯記。」其中没有提到寒山事,他將寒山詩「序而集之」,是在寶曆初歲以後,他還在天台山時,上距寒山開始隱居寒巖的大曆中不過五十年左右,他所聞知的寒山事蹟應是可信的。今傳《寒山子詩集》三卷本,應是出自徐靈府所集,但今本《寒山子詩集》有閭丘胤序而無徐靈府序,余嘉錫懷疑是最初爲寒山詩作注的曹山本寂,得靈府所編寒山詩,喜其多言佛理,足爲彼教張目,惡靈府之序而去之,依託閭丘胤,别作一序以冠其首,謬言集爲道翹所輯,爲之作注。《仙傳拾遺》既然説到「徐靈府序而集之」,則所叙寒山事應是采自徐靈府序,是可信的。不過《仙傳拾遺》下文又叙及咸通十二年道士李褐路遇寒山子事,把寒山完全道教化了,則不可能出自徐靈府序,而是杜光庭所附益,不可憑信。南唐保大十年招慶寺静、筠二禪德所編《祖堂集》卷一六,載潙山和尚年二十三,「杖錫天台,有數僧相隨,至唐興路上,遇一逸士,向前執師手,大笑而言:『余生有緣,老而益光。逢潭則止,遇潙則住。』逸士者便是寒山子也。至國清寺,拾得唯喜重於師一人。主者呵嘖偏黨,拾得曰:『此是一千五百人善知識,不同常矣。』」按潙山靈祐二十三歲時爲貞元九年(七九三),與《仙傳拾遺》所記寒山子大曆中(七六六—七七九)始隱居天台山的説法大致相符。

今人研究寒山者，多據《仙傳拾遺》推定寒山生活的時代，但具體年代又有一些不同〔一〕。

寒山的身份，閭丘胤序稱他爲「貧人」，《祖堂集》稱他爲「逸士」，《仙傳拾遺》也説他「隱居天台翠屏山」，可見他是一位隱士。不過他的詩多説佛理，又曾寫過「自從出家後，漸得養生趣」（二七〇）的詩句，所以後人多稱他爲「詩僧」。至於他的生平，亦不可詳考，只是從他的詩作中透露出一些消息。他有許多詩作描寫隱居寒巖的生活和感受，堪稱實録。可是他的家世和隱居前的經歷，却始終是個謎。他有詩云：

出生三十年，嘗遊千萬里。行江青草合，入塞紅塵起。鍊藥空求仙，讀書兼詠史。今日歸寒山，枕流兼洗耳。（三〇二）

可見他三十歲隱居寒巖以前的抱負。又有詩云：

少小帶經鋤，本將兄共居。緣遭他輩責，剩被自妻踈。拋絶紅塵境，常遊好閲

〔一〕如胡適《白話文學史》推定寒山生於八世紀初期，他的時代約當七〇〇至七八〇年，正是盛唐時期。余嘉錫《四庫提要辨證》推定寒山遇見靈祐時（按貞元九年，七九三年），蓋已百餘歲矣。孫昌武《寒山傳説與寒山詩》（載《南開文學研究》）推定寒山應活動在大曆到元和年間，可大致確定在七五〇至八二〇年。孫説較爲可信。

書。誰能借斗水，活取轍中魚。（一一一）

可以窺見他隱居前的家庭生活。

一向寒山坐，淹留三十年。昨來訪親友，太半入黄泉。漸減如殘燭，長流似逝川。今朝對孤影，不覺淚雙懸。（〇四九）

則是他晚年隱居寒巖時心情的寫照。一位研究者對他的生平作了這樣的推斷：「寒山本來是生活在農村中的文人，因爲他有詩人氣質，而又有骨氣。開始是隱者或隱士，隱姓埋名，不應科舉，自稱貧子。在漫遊中擴大了視野，認識了現實中更多的矛盾與民間疾苦，由隱士而避世入山。到了天台山，便在寒巖也叫翠屏山的山間住了下來，於是由貧子而成了寒山子。由避世而棄家。這時他結交了國清寺的拾得，他們成了莫逆之友。他便拋棄了駁雜的儒、道之流隱逸思想，皈依佛門，由棄家而出家，名字也由寒山子而成爲寒山了。」〔一〕不過從寒山詩《箇是何措大》（一二〇）和《書判全非弱》（一一三）兩首看來，或許他也曾應試而落第。有的研究者根據寒山的詩作勾勒出他早年經歷的較詳盡的輪廓，但是在

〔一〕見王進珊《談寒山話拾得》，載《中華文史論叢》一九八四年第一輯。

使用這些材料的時候，應該采取慎重的態度，因爲這些詩作所描寫的内容，是否全都是詩人本身的親身經歷，還是有待證明的。因此寒山早年的生活，仍有許多空白有待研究。

寒山在天台隱居時過從甚密的拾得，本是國清寺豐干禪師在路邊拾得的棄兒，以後便留在寺院爲僧，他和寒山有着一致的生活態度。後世人或稱他們三人爲天台國清寺的「三隱」，把他們的詩作編在一起，稱爲《三隱集》。

寒山詩云：「五言五百篇，七字七十九，三字二十一，都來六百首。」（二七一）四部叢刊景宋本《寒山子詩集》收有寒山詩三百一十一首，附拾得詩五十四首。由於寒山詩是由好事者從「樹間石上」抄録而來，在寒山詩和拾得詩之間也有重複現象，因此現存寒山詩或許不是寒山詩的全部，其中也可能有一些並非出自寒山本人之手。也有的研究者認爲存在一個寒山詩的作者群〔一〕。

寒山詩的思想駁雜不純，有人説「似儒非儒，非儒亦儒；似道非道，非道亦道；似僧

〔一〕孫昌武《寒山傳説與寒山詩》云：「寒山詩非寒山子一人所作；應另有一個寒山詩的作者群，寒山子只是其中的一人（或是主要的一人）而已。」

非僧，非僧亦僧；似俗非俗，非俗亦俗」〔一一〕。從内容上大致可以分爲兩大類，即世俗詩與宗教詩，不過二者並不是絶對地涇渭分明的。

寒山的世俗詩以他前期的作品居多，其中有一些抒情詠懷詩，表現的情懷與唐代一般士人的情懷並無二致。從《國以人爲本》（二二五）、《去家一萬里》（〇八七）中，可以看出寒山的政治主張。前者云：

國以人爲本，猶如樹因地。地厚樹扶疎，地薄樹憔悴。不得露其根，枝枯子先墜。決陂以取魚，是取一期利。

作者的民本思想，説明他從小接受的是儒家思想的教育。他也曾有過施展抱負的想法，然而現實中屢屢碰壁，因而懷才不遇的悲慨便屢屢從他的詩中發出，如《聞道愁難遣》（〇三三）、《書判全非弱》（一一三）、《箇是何措大》（一二〇）、《吁嗟貧復病》（一七四）等都是。

一人好頭肚，六藝盡皆通。南見驅歸北，西逢趂向東。長漂如汎萍，不息似飛

〔一一〕見魏子雲《寒山子其人其詩之我觀》。

蓬。問是何等色,姓貧名曰窮。(一四八)

我們不知道這首詩是否是寒山的自畫像,但其中包含了寒山本人在生活中的感受,則是可以想象的。

寒山是感情篤厚的人,他也曾有過自己的家庭、親人、朋友,他對他們懷有深厚的情意,如《弟兄同五郡》(〇〇六)對鄉國的追憶,《去年春鳥鳴》(一八〇)對兄弟的思念。下面一首尤爲感人:

昨夜夢還家,見婦機中織。駐梭如有思,擎梭似無力。呼之迴面視,況復不相識。應是别多年,鬢毛非舊色。(一三四)

這首詩是寒山入山多年以後所作。他的家還存在嗎?他的妻子還健在嗎?我們無從知道。漫長的歲月已經改變了人們的面貌,縱然詩人與妻子重逢,也難以相識了。可是有一樣是歲月無法改變的,那就是詩人對妻子的刻骨思念。某一個夜晚的這個夢境,把這位棄絶人世、隱居寒巖的白髮老人内心的隱秘情感揭示了一角:他其實並未忘情於遥遠的親情之愛。

寒山詩中還描寫了一些生意盎然的生活場景,特别是描寫了許多年輕的女子,如像

《相喚採芙蓉》（〇五〇）、《春女衒容儀》（〇六一）、《三月蠶猶小》（〇三五）、《昨日何悠悠》（一三一）等。

相喚採芙蓉，可憐清江裏。游戲不覺暮，屢見狂風起。浪捧鴛鴦兒，波摇鸂鶒子。此時居舟楫，浩蕩情無已。（〇五〇）

這些詩裏洋溢着的是對生活的熱愛。可是另一些描寫年輕女子的詩篇，如像《玉堂掛珠簾》（〇一三）、《城中娥眉女》（〇一四）、《璨璨盧家女》（〇四二），青春的歡樂只是短暫的，死神最終將爲一切美好的事物打上句號。下面一首詩曾被朱熹稱贊爲「煞有好處，詩人未易到此」〔一〕：

城中娥眉女，珠珮何珊珊。鸚鵡花前弄，琵琶月下彈。長歌三日響，短舞萬人看。未必長如此，芙蓉不耐寒。（〇一四）

這種人生無常的喟歎聲在寒山的世俗詩中反復地迴蕩着，是他思索人生的結果，也是他終於通向佛道的途徑。

〔一〕見《朱子語類》卷一四〇。

寒山的世俗詩中有大量的諷世勸俗詩。他冷眼旁觀那個你争我奪的社會，比喻爲餓狗争食：

我見百十狗，箇箇毛鬡鬡。卧者渠自卧，行者渠自行。投之一塊骨，相與啀喍争。良由爲骨少，狗多分不平。（〇五八）

他抒發了對那個貧富不均的社會的憤懣不平，和對貧窮無路者的同情：

富兒會高堂，華燈何煒煌。此時無燭者，心願處其傍。不意遭排遣，還歸暗處藏。益人明詎損，頓訝惜餘光。（一〇四）

他也揭露了富人的貪婪，並給予咀咒：

富兒多鞅掌，觸事難祇承。倉米已赫赤，不貸人斗升。轉懷鉤距意，買絹先揀綾。若至臨終日，吊客有蒼蠅。（〇三七）

寒山對風俗澆薄和世態炎涼的批判，包含了他親身經歷的感受在内。他看到了金錢如何扭曲了人們的親疏關係：「富貴疎親聚，只爲多錢米。貧賤骨肉離，非關少兄弟。」（一二四）他有詩云：

城北仲家翁，渠家多酒肉。仲翁婦死時，吊客滿堂屋。仲翁自身亡，能無一人哭。喫他盃臠者，何太冷心腹。(一四〇)

這樣的故事在過去的生活中，一再地重複着，在文學作品中，也一再地被吟詠着，然而並沒有失去新鮮的意義。他痛恨生活中嫌貧愛富、以貌取人的現象：「昨日會客場，惡衣排在後。只爲著破裙，喫他殘䭔䴵。」(〇四三)因爲他自己就有過這樣的經歷：

我在村中住，衆推無比方。昨日到城下，却被狗形相。或嫌袴太窄，或説衫少長。攣却鷂子眼，雀兒舞堂堂。(二二三)

寒山對生活並不只是冷眼旁觀，他以一個下層民衆的導師的姿態，苦口婆心地告訴人們，什麽是對的，什麽是錯的，希望窮苦的民衆能够過上較好的生活。他告誡人們改變「婦女慵經織，男夫懶耨田」(〇七三)的好逸惡勞態度。他主張對子女加强教育：「養子不經師，不及都亭鼠。」(二一九)「養女畏太多，已生須訓誘。」(一七五)他提倡讀書識字：

讀書豈免死，讀書豈免貧。何以好識字，識字勝他人。丈夫不識字，無處可安身。黄連搵蒜醬，忘計是苦辛。(二〇八)

他還向民衆傳授致富之道：

丈夫莫守困，無錢須經紀。養得一牸牛，生得五犢子。犢子又生兒，積數無窮已。寄語陶朱公，富與君相似。（一三二）

寒山對民衆的勸導，不乏迂腐的成分。在另一些場合，他力圖用佛教的教條去感化民衆。不過寒山作爲一個淪落民間的下層知識分子，和民衆生活有了血肉的聯繫，他扮演的民衆導師的角色，使他的詩作在内容和形式上迥别於其他文人。

寒山的大半生是在隱居中度過的，最初是和家人在鄉村中隱居，後來孤身一人結茅寒巖。他留下了許多隱逸詩篇，如像：

琴書須自隨，禄位用何爲。投輦從賢婦，巾車有孝兒。風吹曝麥地，水溢沃魚池。常念鷦鷯鳥，安身在一枝。（○○五）

茅棟野人居，門前車馬疎。林幽偏聚鳥，谿闊本藏魚。山果攜兒摘，臯田共婦鋤。家中何所有，唯有一牀書。（○二七）

攜兒共婦，鋤田摘果，而又不廢讀書，這樣的生活，這樣的詩歌，都使人想起陶淵明的田園詩來。不過數量最多、最具特色的是寒山後期的山林隱逸詩——寒巖時期的詩作。《平野水寬闊》（二六三）、《可貴一名山》（二六四）、《迥聳霄漢外》（二六六）、《丹丘迥聳與雲齊》(一九五)等,都是對天台山的禮贊。

丹丘迥聳與雲齊,空裏五峰遥望低。鴈塔高排出青嶂,禪林古殿入虹蜺。風摇松葉赤城秀,霧吐中巖仙路迷。碧落千山萬仞現,藤蘿相接次連谿。

這首詩寫登高遥瞰,攝入了天台山的全景,在寒山爲數不多的七言詩中,是氣象較爲恢弘的一首。更多的詩篇則是記載了詩人自己在寒巖的生活和感受:

重巖我卜居,鳥道絶人迹。庭際何所有,白雲抱幽石。住兹凡幾年,屢見春冬易。寄語鍾鼎家,虚名定無益。(〇〇二)

自在白雲閑,從來非買山。下危須策杖,上險捉藤攀。澗底松長翠,谿邊石自斑。友朋雖阻絶,春至鳥喧喧。(二二二)

寒山多幽奇,登者皆恒懾。月照水澄澄,風吹草獵獵。凋梅雪作花,杌木雲充葉。觸雨轉鮮靈,非晴不可涉。(一五四)

寒巖道路險阻,遠離人煙。詩人長年隱居於此,摒棄了浮華的人世。「凋梅雪作花,杌木雲充葉」兩句真是神來之筆,爲殘敗的冬景粧點出盎然的春意,下接「觸雨轉鮮靈」,春天真的到來,一切迅即恢復了生機,讀者可以感受到詩人内心藴藏的旺盛的生命之力。當然，支持詩人數十年幽居寒巖樂不知返的力量，還有他對於佛教精神的感悟，融入詩篇，則屬於宗教詩的範疇了。

天台山是道教的名山，也是佛教的聖地。詩人隱居寒巖期間，先後受到道教和佛教的熏陶，他有許多詩篇記載了在宗教領域内的心路歷程。他也有一些批判道教和僧侣的作品，並不是宗教詩，只是爲了方便起見和宗教詩一同叙述。他對道教的涉獵時間並不長，詩中寫到「仙書一兩卷，樹下讀喃喃」（〇一六），「下有斑白人，喃喃讀黄老」（〇二〇），大約是自叙。又有詩云：

手筆大縱横，身才極瓌瑋。生爲有限身，死作無名鬼。自古如此多，君今争柰何。可來白雲裏，教爾紫芝歌。（〇一九）

「紫芝歌」相傳是秦末商山四皓所作，亦用以指仙歌。寒山傾向道教的契機，仍在於不甘心於人生有限的困惑。不過他終於覺悟了道教「長生久視」之説的荒謬，而痛加揭露：

昨到雲霞觀，忽見仙尊士。星冠月帔横，盡云居山水。余問神仙術，云道若爲比。謂言靈無上，妙藥必神祕。守死待鶴來，皆道乘魚去。余乃返窮之，推尋勿道理。但看箭射空，須臾還墜地。饒你得仙人，恰似守屍鬼。心月自精明，萬像何能

比。欲知仙丹術，身内元神是。莫學黄巾公，握愚自守擬。（二四八）

從「心月自精明，萬像何能比」等語看，此時的寒山已經入佛，他是援佛以批道。他也批評僧侶：

世間一等流，誠堪與人笑。出家弊己身，誑俗將爲道。雖著離塵衣，衣中多養蚤。不如歸去來，識取心王好。（二八六）

對於粗鄙僧侶的批判，並不意味着對佛教的否定，而是反襯出對禪宗「心王」的傾慕，也不自覺地流露出寒山的居士意識。寒山對佛教的信仰愈老愈篤，這是和他最終對道教的鄙棄不同的。禪宗是中國式的佛教，自從慧能創立禪宗南宗之後，佛教内部便有了教門與宗門的區別。寒山詩可謂深入禪宗三昧，但也有一些宣傳教門觀念的詩，如云：

生前大愚癡，不爲今日悟。今日如許貧，總是前生作。今日又不修，來生還如故。兩岸各無船，渺渺難濟渡。（〇四一）

把衆生的貧困歸因於前生的不修，勸勉貧苦的人們爲來生的富貴而修福，這當然是佛教的説教。又如寒山的戒殺生食肉詩：

寄語食肉漢，食時無逗遛。今生過去種，未來今日修。只取今日美，不畏來生憂。老鼠入飯瓮，雖飽難出頭。（二六九）

此詩的宗旨與上詩相同。類似的戒殺生食肉詩還有《憐底衆生病》（二〇七）、《豬喫死人肉》（〇七〇）、《嗔嗔買魚肉》（〇九五）、《買肉血潞潞》（一八六）等許多首。寒山的這類詩歌淺陋粗鄙，並無深義，却是唐代民間佛教信仰的實際形態。

禪宗主張不立文字，明心見性，頓悟成佛。寒山寫了一些禪理詩，如云：

寄語諸仁者，復以何爲懷。達道見自性，自性即如來。天真元具足，修證轉差迴。棄本却逐末，只守一場獃。（二三九）

可貴天然物，獨一無伴侶。覓他不可見，出入無門户。促之在方寸，延之一切處。你若不信受，相逢不相遇。（一六一）

第二首的「天然物」，就是第一首的「自性」，也就是衆生皆具的佛性。禪宗追求的目標，就是「達道見自性」，一旦徹見自性，也就頓悟成佛。自性非修證可得，故云「修證轉差迴」。從詩歌藝術的角度看，寒山的禪理詩並非佳作，倒是他的那些禪悟詩，能够在具體形像的描繪中，創造出一種充滿哲理的悟境，予人以深刻的啓迪和悠長的回味，如像：

吾心似秋月，碧潭清皎潔。無物堪比倫，教我如何說。（○五一）

以皎潔的明月比喻清净的心性，本是佛教的習語。衆生的心性被煩惱障翳，猶如明月被浮雲障翳，所以不能見性成佛。《涅槃經》卷五：「譬如滿月，無諸雲翳，解脱亦爾，無諸雲翳。無諸雲翳，即真解脱。真解脱者，即是如來。」寒山筆下的碧潭秋月，不沾纖塵，猶如心性大放光明，不沾絲毫的煩惱雜念，這是禪宗追求的最高境界，也能净化讀者的心靈，引起無限的沉思遐想。所以寒山詩中屢屢出現這類明月的形象，都有同樣的寓意：

衆星羅列夜明深，巖點孤燈月未沈。圓滿光華不磨瑩，挂在青天是我心。（二○○）

千年石上古人蹤，萬丈巖前一點空。明月照時常皎潔，不勞尋討問西東。（二○一）

這種禪的領悟，已經滲透在寒山的寒巖隱居詩中。寒山與寒巖，心性與自然，已經和諧完美地融合，而達到禪的境界。這正是寒山的寒巖隱居詩引人入勝的永久魅力所在。例如：

粵自居寒山，曾經幾萬載。任運遯林泉，棲遲觀自在。寒巖人不到，白雲常靉靆。細草作卧褥，青天爲被蓋。快活枕石頭，天地任變改。（一六四）

在寒山的世界裏，只有寒巖與白雲，細草和青天，還有一個任運棲遲的詩人。任隨天地變改，他枕石而眠，快活自在，在與自然的融合中，詩人似乎已經化爲了寒巖的靈魂，而進入了永恒的境界。

寒山詩的思想雖然駁雜不純，但仍然有着基本的傾向。過去的佛教徒從他的每一句詩中尋找佛教的義藴，固然是牽强附會，但佛教思想對寒山詩的主導作用是不可否認的。在他的抒情感懷詩中透露出的人生無常的慨歎，在他的諷世勸俗詩中表現出的悲天憫人的胸懷，在他的山林隱逸詩中達到的禪悟的境界，無不體現着佛教的精神，因此寒山詩是佛教思想在中國詩歌領域中結出的最重要的果實。

拾得詩今存五十餘首，少部分與寒山詩相混。由於他自小在國清寺爲僧，生活經歷單純，他的詩基本上都是佛教詩，雖可爲寒山詩壯大聲勢，却並没有超出寒山詩的範圍。

寒山詩的藝術風格也是多樣化的。《四庫全書總目》引清王士禎《居易録》論寒山詩云：「其詩有工語，有率語，有莊語，有諧語，至云『不煩鄭氏箋，豈待毛公解』，又似儒生語，大抵佛語、菩薩語也。」大體説來，寒山的化俗詩，多用白描和議論的手法，而以俚俗的語言出之。他的隱逸詩，則較多風景描寫，力求創造禪的意境。而不拘格律，直寫胸臆，或俗或雅，涉筆成趣，則是寒山詩的總的風格，後人稱寒山所創造的這種詩體爲「寒山體」。

寒山具有深厚的中國傳統文化的素養，宋王應麟《困學紀聞》卷一八：「寒山子詩，如施家兩兒事，出《列子》；羊公鶴事，出《世説》。如子張、卜商，如侏儒、方朔，涉獵廣博，非但釋子語也。」經史子集的典故，寒山詩時有運用。日本學者入矢義高特别指出：「寒山的魏晉體詩篇所取的古詩，幾乎都是《文選》收録的。」〔一〕佛教典故也常被寒山融入詩中，如：

有樹先林生，計年逾一倍。根遭陵谷變，葉被風霜改。咸笑外凋零，不憐内紋綵。皮膚脱落盡，唯有貞實在。（一五五）

末二句論者或以爲是用藥山惟儼的名句「皮膚脱落盡，唯有一真實」〔二〕。其實《涅槃經》卷三九云：「如大村外，有娑羅林，中有一樹，先林而生，足一百年。是時林主灌之以水，隨時修治。其樹陳朽，皮膚枝葉悉皆脱落，唯貞實在。如來亦爾，所有陳故悉已除盡，唯有一切真實法在。」寒山詩典出《涅槃經》，並非轉手稗販。《涅槃經》而外，《法華經》、《維摩經》、《楞嚴經》等許多佛經的典故，他都隨時拈用，得心應手。

〔一〕見入矢義高《寒山詩管窺》，中譯載《古籍整理與研究》第四期。

〔二〕見《五燈會元》卷五。

寒山詩同時也是以王梵志詩爲代表的唐代白話詩傳統的直接繼承者，他的勸世化俗詩與王梵志詩的俚俗風格十分接近。他們的有些詩篇的主題和題材是相似的，如寒山詩《東家一老婆》與梵志詩《吾家昔富有》〔一〕，寒山詩《我今有一襦》與梵志詩《家貧無好衣》〔二〕。有些詩篇的表現手法是相似的，如寒山詩《豬喫死人肉》以豬與人對舉，梵志詩《身如圈裏羊》以羊與人對舉〔三〕，構思的奇特在文人詩中是極少見的。寒山是繼王梵志之後，唐代

〔一〕王梵志詩的文字和編號根據拙著《王梵志詩校注》，中華書局二〇一九年七月出版。寒山詩：「東家一老婆，富來三五年。昔日貧於我，今笑我無錢。渠笑我在後，我笑渠在前。相笑儻不止，東邊復西邊。」（〇三六）梵志詩：「吾家昔富有，你身窮欲死。你今初有錢，與我昔相似。吾今乍無初，還同昔日你。可惜好靴牙，翻作破皮底。」（二九三）

〔二〕寒山詩：「我今有一襦，非羅復非綺。借問作何色，不紅亦不紫。夏天將作衫，冬天將作被。冬夏遞互用，長年只這是。」（〇八二）梵志詩：「家貧无好衣，造得一襖子。中心穰破氈，還將布作裏。清貧常快樂，不用濁富貴。白日串項行，夜眠還作被。」（〇六四）

〔三〕寒山詩：「豬喫死人肉，人喫死豬腸。豬不嫌人臭，人返道豬香。豬死抛水内，人死掘土藏。彼此莫相噉，蓮花生沸湯。」（〇七〇）梵志詩：「身如圈裏羊，命報恰相當。羊即披毛走，人著好衣裳。脱衣赤體立，形段不如羊。羊即日日死，人還日日亡。從頭捉將去，還同肥好羊。羊即辛苦死，人去無破傷。命絶逐他走，魂魄歷他鄉。有錢多造福，喫著好衣裳。愚人廣造罪，智者好思量。」（〇〇四）

白話詩派的最重要的作家。

寒山的詩在當時並沒有産生社會影響，只是在禪林中流傳，有時在禪師上堂時被引用。降至宋代，寒山詩在文人中找到了知音，例如黄庭堅就對包括寒山在内的唐代白話詩派有特殊的興趣，王安石也寫了《擬寒山拾得二十首》，蘇軾、陸游、朱熹也都提到寒山的詩，這是因爲寒山詩的内容與風格，與宋代的社會思潮有一致之處。不過在很長的歷史時期内，寒山詩主要被佛教内部的人士閲讀，没有在正統文學中得到一席之地。直到二十世紀二三十年代，胡適等人提倡白話文學，寒山詩才受到學術界的重視。然而隨着抗戰軍興，寒山詩又被束之高閣了。

然而在國外，寒山詩却有頗爲顯赫的命運。近幾百年來，寒山詩在日本一直受到重視與推崇。二十世紀五十至六十年代之間，美國被稱爲「疲憊求解脱的一代」（The Beat Generation）的苦悶青年把寒山奉爲偶像，寒山詩風靡一時〔一〕。如今西方的「寒山熱」雖然已經過去，然而寒山詩在世界文學中的地位已經確立。海外「寒山熱」的回流，使詩人重新受到他的同胞的重視與研究。寒山有詩云：

〔一〕參看鍾玲《寒山詩的流傳》，載《中國古典文學比較研究》，黎明文化事業股份有限公司一九七七年初版。

有人笑我詩，我詩合典雅。不煩鄭氏箋，豈用毛公解。不恨會人稀，只爲知音寡。若遣趁宫商，余病莫能罷。忽遇明眼人，即自流天下。（三〇五）

寒山的預言已經成爲現實，曾經受到冷落的寒山詩，已經流行於天下。在寒山詩的傳奇性經歷後面藴含的奥秘，還有待人們進一步探索。

我爲寒山詩作注的念頭萌生於十年前，那時我正在研究王梵志詩，因爲寒山詩和王梵志詩同是唐代白話詩派的傑出代表，所以我也對寒山詩産生了濃厚的興趣。當然，寒山詩和王梵志詩也各有自己的特點，寒山詩的濃重的個性色彩和醇厚的人性之光，使它具有了特殊的藝術魅力，而受到了我的偏愛。我感到驚訝，像寒山詩這樣重要的詩歌在中國却長期受到了冷遇。記得有一年，我向報考唐宋文學研究方向碩士生的考生提問，他們竟然不知道王梵志和寒山的名字。這不能責怪他們，因爲他們在大學所學習的中國文學史教科書，就没有提到這些詩人的名字。但這是不正常的，應該加以改變的。因此，當一九九二年日本禪文化研究所主幹芳澤勝弘先生約我爲寒山詩作注時，我便欣然答應了。此後日本古今學者研究寒山詩的資料，便由芳澤先生寄送給我。在這期間，美國的梅維恒（V. H. Mair）教授兩次邀請我去賓夕法尼亞大學作研究，使我得以縱情漁獵賓大圖書館的藏書。現今執教於臺灣中正大學的鄭阿財教授，也寄贈給我一些海峽彼岸學者研究寒山詩的論著。在本書尚未最後殺青時，中華書局又將它列入出版計劃，徐俊先生爲本書的出版和修訂也付出了許多勞動。友生張勇爲本書編製了詩句索引。作者在此謹向所有爲本書的寫作和出版提供了幫助的朋友們表示深深的謝忱。

項楚記於四川聯合大學

一九九五年八月二十七日

凡例

一、歷代各種寒山詩版本，多數包括寒山詩、拾得詩、豐干詩三部分，有的以「三隱詩集」題名。其中豐干詩數量寥寥，又經學者考訂爲僞作，故近代有的寒山詩注本不予收録，本書亦僅包含「寒山詩注」與「拾得詩注」兩部分。

二、本書以四部叢刊景宋刻本《寒山子詩集》爲底本（簡稱原本），校以日本宮内省圖書寮藏本《寒山詩集豐干拾得詩附》（簡稱宮内省本）、日本正中年間刊本《寒山詩》（簡稱正中本）、四部叢刊景高麗刊本《寒山詩一卷豐干拾得詩一卷附慈受擬寒山詩一卷》（簡稱高麗本）、臺灣商務印書館景印文淵閣四庫全書本《寒山詩集》（簡稱四庫本）、中華書局排印本《全唐詩》。其餘寒山詩版本及日本寒山詩古注本中文字有資參考者，酌情采入校記。宋代以前的禪宗語録及著述中援引之寒山、拾得詩，亦具有珍貴的校勘價值，則附載於有關詩後。原本中的避諱缺筆字徑爲還原，常見的俗字（包括筆畫與通行體微異者）改爲通行體，必要時在校記中説明。

三、寒山、拾得詩原無標題，兹以每首的第一句爲該首的標題，詩後並加編號，以便稱引及檢索。

四、凡原本、宫内省本、正中本、高麗本等早期刊本中未收之寒山詩、拾得詩爲佚詩，分别列於「寒山詩注」、「拾得詩注」之末。佚詩中有可以考定爲他人之作者或與他人互見者，則加説明。

五、注釋之後，間有附語，或就全詩内容加以説明，或對某一問題略作考證，或載有關資料，或録近人評論，不求一律。寒山詩多爲禪家引爲話頭，其見於前期禪宗語録者，亦加采擷，以見寒山詩之特色。

目録

寒山詩注

寒山詩

寒山佚詩

拾得詩注

拾得詩

拾得佚詩

附録

寒山詩注

寒山詩

凡讀我詩者

凡讀我詩者，心中須護浄〔一〕。慳貪繼日廉〔二〕，諂曲登時正〔三〕。驅遣除①惡業〔四〕，歸依受真性〔五〕。今日得佛身，急急如律令〔六〕。（〇〇一）

【校勘】

①「遣除」，全唐詩本夾注「一作除遣」，島田翰本作「除遣」。

【箋注】

〔一〕護浄：護持浄行。按「護浄」之行，可深可淺。如《録異記》卷四：「忽有寄居士人家小童戲弄此石，或坐或溺，如此數四。……因立小亭，作紗牕以護浄之。」張籍《上士泉缾》：「階上一眼泉，四邊青石甃。唯有護浄僧，添缾將盥漱。」以上「護浄」謂保持清潔。《地藏菩薩本願經》卷中：「如是罪業衆生，命終之後，眷屬骨肉爲修營齋，資助業道，未齋食竟及營齋之次，米泔菜葉不棄於地，乃至諸食未獻佛僧，勿得先食。如有違食及不精勤，是命終人了不得力。如精勤護淨，奉獻佛僧，是命終人七分獲一。」《法苑珠林》卷一七《敬法篇·謗罪部》：「惟今末世，法逐人訛，道俗相濫，傳謬背真，混雜同行，不修内典，專事俗書，縱有抄寫，心不至殷，既不護淨，又多舛錯，共同止宿，或處在門簷，風雨蟲寓，都無驚懼。致使經無靈驗之功，誦無救苦之益，實由造作不殷，亦由我人逾慢也。」以上「護淨」，謂遵循佛教儀則，以見虔敬之意。《續高僧傳》卷八《慧遠傳》：「或不漉水護淨，或分衛乖法，或威儀失常，並不預聽徒。」「漉水護淨」謂濾出水中昆蟲，以護持佛教不殺生之戒。姚合《過稠上人院》：「蔬食常來此，人間護淨稀。」「護淨」謂護持不食肉之戒。《法苑珠林》卷九九《雜要篇·淨口部》：「又《僧祇律》云：比丘晨起，應淨洗手，不得粗洗五指，復不得齊至腕，當齊手腕以前令淨。……手淨尚爾，何況手殺生命，飲血噉肉，以汙身口，縱欲傳法，心亦不淨。」崔致遠《唐大薦福寺故寺主翻經大德法藏和尚傳》：「觀燈日，則天身心護淨，頭面盡虔，請藏捧持，普爲善禱。」可知「護淨」包括身、心兩方面。本詩云「心中須護淨」，强調的是心護淨。

〔二〕慳貪：「慳」謂慳於施人，「貪」謂貪於入己。《大乘義章》卷二：「悋惜財法稱慳。」《俱舍論》卷一六：「於他財物惡欲名貪。」佛教以「慳貪」爲惡業。《中阿含經》卷三一：「我見世間人，有財癡不施，得財復更求，慳貪積聚物。」《舊雜譬喻經》卷下：「已得作人，復有財産，能拔慳貪之本，應時施惠，功業純立，是亦難得。」《善慧大士語録》卷二：「慳貪盲者，只猶慳貪心故，墮大地獄，從地獄出，受餓鬼身。問汝起此慳貪心，定是損誰？爲損己耶，損他耶？若不生慳貪心，應得大涅槃。只由起慳貪心，自墮其身，向三惡道中受如是大苦，不聽受涅槃大樂。」　繼日：連日。柳永《古傾杯》：「追思往昔年少，繼日恁把酒聽歌，量金買笑。」一説「繼日」當作「即日」，唯「繼」、「即」中古語音不近，故仍存疑。「即日」即當日。《史記·項羽本紀》：「項王即日因留沛公與飲。」此處「即日」以言立即、馬上，與下句「登時」對舉。

〔三〕諂曲：心存欺瞞，曲意奉承。六十卷本《華嚴經》卷五四：「縱口無義言，諂曲取人意。」《佛垂般涅槃略説教誡經》：「諂曲之心，與道相違，是故宜應質直其心。當知諂曲但爲欺誑，入道之人，則無是處。是故汝等宜應端心，以質直爲本。」　登時：立刻，馬上。《抱朴子内篇·登涉》：「蛇若中人，以少許雄黄末内瘡中，亦登時愈也。」《太平御覽》卷七四三引《甄異傳》：「吴興張安病正發，覺有物在被上，病便更甚。安自力舉被捉之，物化成鳥如鵂鶹，瘧登時愈。」《明皇雜録》卷上：「既獲其文，登時便寫進，仍先礱石以待之，便令鐫刻。」清趙翼《陔餘叢考》卷四三《登時》：「俗謂俄頃間曰登時，亦云即刻。《宋書》：盧循之走也，劉裕知其必寇江陵，登遣索邈援荆州。《北齊書》：祖珽守北徐州，會有陳寇，珽令城中寂然，寇疑人走城空，不復設備。珽忽鼓噪聒天，賊大驚，登時退散。《舊唐書》：武后幸興泰宮，欲就捷路，韋安石力諫，武后登時爲之回輦。」

〔四〕惡業：佛教稱能導致果報的一切身、口、意行爲爲「業」，「業」有善惡之分，導致惡報者爲「惡業」。《佛爲首迦長者説業報差别經》：「一切衆生，繫屬於業，依止於業，隨自業轉，以是因緣，有上中下差别不同，或有業能令衆生得短命報，或有業能令衆生得長命報。」四十卷本《華嚴經》卷四〇：「我昔所造諸惡業，皆由無始貪恚癡。」

〔五〕歸依：信仰歸投於佛、法、僧三寶，佛教稱爲「歸依」。《大乘義章》卷一〇：「言三歸者，歸投依伏，故曰歸依。歸投之相，如子歸父；依伏之義，如民依王，如怯依勇。」　真性：本指淳樸之天性，未經雕琢之本性。韋應物《詠玉》：「乾坤有精物，至寶無文章。雕琢爲世器，真性一朝傷。」錢起《玉山東溪題李叟屋壁》：「偶此愜真性，令人輕宦遊。」白居易《對酒》：「能沃煩慮消，能陶真性出。」杜牧《秋日》：「閒眠得真性，惆悵舊時心。」佛教禪宗則以「真性」作爲佛性之同義語，亦稱「心地」、「法性」、「如來藏識」、「智」等等。菩提達磨《略辨大乘入道四行》：「深信含生同一真性，但爲客塵妄想所覆，不能顯了。」《祖堂集》卷二載二十六祖不如密多尊者偈曰：「真性心地藏，無頭亦無尾，應緣而化物，方便呼爲智。」宗密《禪源諸詮集都序》卷一：「況此真性，非唯是禪門之源，亦是萬法之源，故名法性；亦是衆生迷悟之源，故名如來藏藏識出《楞伽經》；亦是諸佛萬德之源，故名佛性《涅槃》等經；亦是菩薩萬行之源，故名心地《梵網經・心地法門品》云：是諸佛之本源，是菩薩道之根本，是大衆諸佛子之根本。」《善慧大士語録》卷三：「萬類同真性，千般體一如，若人解此法，何用苦尋渠。」《黄蘗斷際禪師宛陵録》：「大道本來平等，所以深信含生同一真性，心性不異，即性即心，名之爲祖。」《景德傳燈録》卷一〇《杭州徑山鑒宗禪師》：「但能莫存知見，泯絶外緣，離一切心，即汝真性。」

〔六〕急急如律令：謂火速遵照奉行。這本是漢代公文用語，後世用爲道教符咒習語。《齊民要術》卷七《造神麴并酒》載《祝麴文》：「神之聽之，福應自冥。人願無違，希從畢永。急急如律令！」《太平廣記》卷二七八《薛義》（出《廣異記》）：「因以二符兼呪授韋氏，呪曰：勑瘧勑瘧，四山之神，使我來縛，六丁使者，五道將軍，收汝精氣，攝汝神魂，速去速去，免逢此人，急急如律令！」敦煌本《伍子胥變文》：「呪而言曰：捉我者殃，趁我者亡，急急如律令！」《吐魯番出土文書》第四册《唐唐幢海隨葬衣物疏》：「若欲求，海東頭；若欲覓，海西辟（壁）。時見張堅固，倩書李定杜。不得留亭（停），急急如律令！」敦煌遺書斯七九九《隸古定尚書》背：「五月五日天中節，一切惡事盡消滅，急急如律令！」《法演禪師語録》卷中：「僧問：『今朝五月五，權罷葕芸鼓，雖是無事人，亦請燒一炷。』師云：『急急如律令！』進云：『也待小鬼作箇伎倆。』師云：『鍾馗嚇爾！』」《大慧普覺禪師語録》卷一〇：「五月五日午時書，赤口毒舌盡消除，更饒急急如律令，不須門上畫蜘蛛。」《續古尊宿語要》卷三《圓悟勤禪師語》：「五月五日天中節，萬祟千妖俱殄滅。眼裏拈却須彌山，耳裏拔出釘根楔。鍾馗小妹舞三臺，八臂那吒嚼生鐵。敕攝截，急急如律令！」王楙《野客叢書》卷一二《如律令》：「《資暇集》曰：符祝之類末句『急急如律令』者，人以爲如飲酒之律令，速去不得遲也。一説謂漢朝每行下文書皆云『如律令』，言非律令文書行下，當亦如律令，故符祝有『如律令』之言。按律令之令讀如零，律令是雷邊捷鬼，此鬼善走，與雷相疾，故曰『如律令』。僕謂雷邊捷鬼之説出於近世雜書，西漢未之聞也。漢人謂『如律令』者，戒其如律令之施行速耳，豈知所謂捷鬼邪？此語近於巫史，不經之甚。宋時有『文書如千里驛行』之語，正漢人『如律令』之意也。」本詩之「急急如律令」並非咒語，正是火急奉行之意。

重巖我卜居

重巖我卜居〔一〕，鳥道絶人迹〔二〕。庭際何所有，白雲抱幽石〔三〕。住兹凡幾年，屢見春冬易。寄語鍾鼎家〔四〕，虚名定無①益〔五〕。（〇〇二）

【校勘】

①「無」，全唐詩本夾注「一作何」。

【箋注】

〔一〕卜居：占卜宜何所居，後世用爲擇居之義。《楚辭》卷六《卜居》序：「乃往至太卜之家，稽問神明，決之蓍龜，卜己居世何所宜行。」《史記·周本紀》太史公曰：「成王使召公卜居，居九鼎焉。」李白《陳情贈友人》：「卜居乃此地，共井爲比鄰。」杜甫《寄題江外草堂》：「嗜酒愛風竹，卜居必林泉。」

〔二〕鳥道：形容險僻的山路，僅通飛鳥。李白《蜀道難》：「西當太白有鳥道，可以横絶峨眉巔。」

〔三〕白雲抱幽石：語出謝靈運《過始寧墅》：「白雲抱幽石，緑篠媚清漣。」《宋高僧傳》卷一九《寒山子傳》：「至有『庭際何所有，白雲抱幽石』句，歷然雅體。今巖下有石，亭亭而立，號『幽石』焉。」按《太平廣記》卷二〇二《陶弘景》（出《談藪》）：「齊高祖問之曰：『山中何所有？』弘景賦詩以答之，詞曰：『山中何所有？嶺上多白雲，只可自怡悦，不堪持寄君。』」本詩「庭際何所有，白雲抱幽石」二句，應是從陶詩前二句化出。

〔四〕鍾鼎家：鐘鳴鼎食之家。古代富貴人家，食時擊鐘列鼎。張衡《西京賦》：「若夫翁伯濁質，張里之家，擊鍾鼎食，連騎相過。東京公侯，壯何能加？」司馬扎《獵客》：「自言家咸京，世族如金張。擊鐘傳鼎食，爾來八十强。」

〔五〕虚名定無益：《文選》卷二九《古詩十九首》之六：「良無磐石固，虚名復何益。」按「虚名」即浮名。《樂府詩集》卷三一宋孔欣《置酒高堂上》：「當年貴得意，何能競虚名。」梁簡文帝蕭綱《蒙華林園戒詩》：「庸夫耽世樂，俗士重虚名。」《筠州洞山悟本禪師語録・自誡》：「三寸氣消誰是主，百年身後謾虚名。」

可笑寒山道

可笑寒山道〔一〕，而無車馬蹤〔二〕。聯谿難記曲〔三〕，疊嶂不知重。泣露千般草〔四〕，吟風一樣松〔五〕。此時迷徑處〔六〕，形問影何從〔七〕。（〇〇三）

【箋注】

〔一〕可笑：可喜，可愛。《世説新語·容止》：「周伯仁道桓茂倫：『嶔崎歷落，可笑人。』或云謝幼輿言。」余嘉錫箋疏引元李治《敬齋古今黈》四曰：「周顗歎重桓彝云：『茂倫嶔崎歷落，可笑人也。』渭上老人以爲古人語倒，治以爲不然。蓋顗謂彝爲人不群，世多忽之，所以見笑於人耳。此正言其美，非語倒也。」楚按，以「見笑於人」釋「可笑人」，似非原意。「可笑人」者，可喜之人也。日僧圓仁《入唐求法巡禮行記》卷四：「便栽松柏奇異之樹，可笑稱意。」敦煌本《歡喜國王緣》：「王之顧念，日夕不離數(椒)房，旦暮歡於金殿，如斯富貴，可笑殊嚴。」《景德傳燈録》卷二七《衡嶽慧思禪師》：「可笑物兮無比況，口吐明珠光晃晃。尋常見説不思議，一語標名言下當。」拾得詩〇五四首：「可笑是林泉，數里少人煙。」拾得詩〇五首：「得此分段身，可笑好形質。」又〇九首：「依此學修行，大有可笑事。」以上「可笑」皆爲可喜、可愛之義。　寒山道：通向寒山之路。明釋大香《雲外録》卷二《擬古二十首》之十四：「羲馭無停軌，新新豈知故。爲語塵中人，一踏寒山路。莫待素絲生，抱影傷遲暮。」所云「寒山路」即是本首的「寒山道」，大香此首應是擬寒山之作。

〔二〕而無車馬蹤：陶淵明《飲酒二十首》之五：「結廬在人境，而無車馬喧。」

〔三〕曲：水流彎曲深隱之處。孟浩然《早寒江上有懷》：「我家襄水曲，遥隔楚雲端。」李白《惜餘春賦》：「漢之曲兮江之潭，把瑶草兮思何堪。」

〔四〕泣露：形容露凝花草，如泣出之淚珠。駱賓王《樂大夫挽詞五首》之四：「草露當春泣，松風向暮哀。」李賀《李憑箜篌引》：「昆山玉碎鳳凰叫，芙蓉泣露香蘭笑。」　千般：千種，形容種類繁多。張蠙《觀江南牡丹》：「群芳盡怯千般態，幾醉能消一番紅。」羅隱《秋居有寄》：「魘處千般鬼，寒時百種風。」

〔五〕吟風：在風中吟唱，這裏形容松濤之聲。武三思《秋日于天中寺尋復禮上人》：「網珠遥映日，檐鐸近吟風。」王勃《秋日仙遊觀贈道士》：「野花常捧露，山葉自吟風。」盧綸《孤松吟酬渾贊善》：「露重色逾鮮，吟風似遠泉。」白元鑒《石門》：「煙蘿常蔽日，松竹自吟風。」　一樣：一種。「一樣松」謂純是松樹，别無雜木。按《古尊宿語録》卷四七《東林和尚雲門庵主頌古》：「劃開金殿鎖，撞動玉樓鐘。泣露千般草，吟風一樣松。」後二句全用寒山詩語。

〔六〕迷徑：迷路。劉孝威《賦得曲澗詩》：「菱舟失道去，歸鳧迷徑來。」

〔七〕形問影：形容孤身一人，只可自問影子，别無他人。白居易《雨夜有念》：「形影闇相問，心默對以言。」王適《蜀中言懷》：「獨坐年將暮，常懷志不通。有時須問影，無事却書空。」亦作「形弔影」，「弔」亦問也。《三國志·魏書·陳思王植傳》：「形影相弔，五情愧赧。」《文選》卷三七李密《陳情表》：「煢煢獨立，形影相弔。」陸游《雜興六首》之六：「故交零落形弔影，陳迹淒涼口語心。」按劉幽求《書懷》：「田園迷徑路，歸去欲何從。」與寒山「此時迷徑處，形問影何從」二句類似。

吾家好隱淪

吾家好隱淪〔一〕，居處絶囂塵〔二〕。踐草成三徑〔三〕，瞻雲作四鄰〔四〕。助歌聲有鳥〔五〕，問法語無人〔六〕。今日娑婆樹〔七〕，幾年爲一春〔八〕。（〇〇四）

【箋注】

〔一〕隱淪：隱遁，隱居。謝靈運《入華子岡是麻源第三谷》：「既枉隱淪客，亦棲肥遁賢。」元稹《四皓廟》：「不得爲濟世，宜哉爲隱淪。」貫休《春晚訪鏡湖方干》：「莫訝頻來此，伊余亦隱淪。」

〔二〕絶囂塵：隔絶塵世。梁桓法闓《初入山作》：「當知勝地遠，於此絶囂塵。」劉得仁《夏日遊慈恩寺》：「僧高容野客，樹密絶囂塵。」王梵志詩三四二首（編號據拙著《王梵志詩校注》）：「若使如羅漢，即自絶囂塵。」范攄《雲溪友議》卷中：「其居也，門絶囂塵，花木叢翠。」按「囂塵」本謂喧鬧起塵，因亦用指塵世。《左傳》昭公三年：「子之宅近市，湫隘囂塵，不可以居。」駱賓王《夏日遊目聊作》：「暫屏囂塵累，言尋物外情。」戴叔倫《宿無可上人房》：「偶來人境外，何處染囂塵。」

〔三〕三徑：《文選》卷四五陶淵明《歸去來辭》：「三逕就荒，松菊猶存。」李善注引《三輔決録》曰：「蔣詡字元卿，舍中三逕，唯羊仲、求仲從之遊，皆挫廉逃名不出。」後人因以「三徑」代指隱居之處。蔣防《題杜賓客新豐里幽居》：「退跡依三徑，辭榮繼二疏。」

〔四〕瞻雲作四鄰：謂獨居無鄰，四望唯有白雲爲伍。司空曙《閒園即事寄暕公》：「深山蘭若何時到，羡與閒雲作四鄰。」周賀《贈僧》：「他年更息登壇計，應與雲泉作四鄰。」他如耿湋《贈山老人》：「白首獨一身，青山爲四鄰。」黄滔《寄從兄璞》：「移覓深山住，啼猿作四鄰。」陸暢《題獨孤少府園林》：「四面青山是四鄰，煙霞成伴草成茵。」張祜《别玉華仙侶》：「遶舍煙霞爲四鄰，寒泉白石日相親。」儲嗣宗《贈隱者》：「盡室居幽谷，亂山爲四鄰。」裴説《鹿門寺》：「何計生煩惱，虚空是四鄰。」貫休《寄僧野和尚》：「鳥外更誰親，諸峰即四鄰。」落想皆與此句相似。

〔五〕助歌聲有鳥：文益《覩木平和尚》亦云：「壞衲線非蠶，助歌聲有鳥。」按文益乃禪宗法眼宗開山祖師，此句當是文益襲用寒山詩句。白居易《東都冬日會諸同聲宴鄭家林亭》：「助歌林下水，銷酒雪中天。」

〔六〕問法：咨詢佛法。杜甫《謁真諦寺禪師》：「問法看詩忘，觀身向酒慵。」元稹《悟禪三首寄胡果》之三：「問法僧當偈，還丹客贈金。」

〔七〕娑婆樹：應即娑羅樹。按娑羅樹之名不一，佛經中爲菩提樹之異名。《大唐西域記》卷六《拘尸那揭羅國》：「西岸不遠，至娑羅林。其樹類槲，而皮青白，葉甚光潤。四樹特高，如來寂滅之所也。」民間亦以月中桂樹爲娑婆樹。戎昱《戲題秋月》：「近來數夜飛霜重，只畏娑婆樹葉凋。」「娑婆樹」即月中桂樹，民間亦稱娑羅樹。明郎瑛《七修類稿》卷四〇《娑羅琪樹》：「俗以月中桂爲娑羅樹，而歐陽詠之亦曰：『伊洛多奇木，娑羅舊得名。常於佛家見，宜在月宫生。』《容齋隨筆》引證雖多,由未親見,徒使觀者尚疑,故自云所謂七葉木未詳也。殊不知七葉木即娑羅樹,歐陽《定力院七葉木》詩,與梅聖俞《送韓文饒宰河南》詩曰『主簿堂前七葉樹』,皆是此耳。蓋此木每枝生葉七片,花如栗花,《酉陽雜俎》云花開如蓮,非也。今南都宏濟寺前有二株,大可二圍,永樂間三保太監西洋帶回之種,予友王水部曾得孫枝帶回,今已把矣。唐李邕作《娑羅樹碑記》,有『惡禽不集,凡草不庇,東瘁則青郊苦而歲不稔,西茂則白藏泰而秋有成』,以今驗之,婆娑蔭蔚而下無草矣。惡鳥不集與瘁茂之事不知,亦必有據云然。……則知實有是樹矣,今乃稱奇頌異,以二樹非人間所有,豈非亦由多生植於仙佛之所,好事者因神之耶?」楚按,寒山詩之「娑婆樹」應即七葉木,亦名「娑羅樹」,天台山華頂峰有之。明傳燈《天台山方外志》卷一三《娑羅樹花》:「一名鶴翎,出華頂峰。以多經風霜,樹不高大。樹十餘枝,枝數百頭,頭六七葉,經冬不凋,花如芍藥,香如茉莉。按《蜀都賦》:雅州瓦屋山產娑羅花,有五色,照映山谷。與此相類。」蓋華頂峰之娑羅樹「頭六七葉」,故知即是七葉木也。

〔八〕幾年爲一春:言其壽命久遠。《莊子·逍遥遊》:「楚之南有冥靈者,以五百歲爲春,五百歲爲秋。上古有大椿者,以八千歲爲春,八千歲爲秋。」

琴書須自隨

琴書須自隨〔一〕,禄位用何爲。投輦從賢婦〔二〕,巾車有孝兒〔三〕。風吹曝①麥地〔四〕,水溢沃

魚池〔五〕。常念鷦鷯鳥，安身在②一枝〔六〕。（〇〇五）

【校勘】

①「曝」，正中本作「暴」，高麗本作「暴」。按「暴」即「暴」之異體字，「曝」即「暴」之增旁字，三者並同。②「在」，島田翰本作「有」。

【箋注】

〔一〕琴書：琴與書。按古人凡言閒適或隱逸，多以琴書適意爲言。如王逸《九思·傷時》：「且從容兮自慰，玩琴書兮遊戲。」《晉書·戴逵傳》：「伏見譙國戴逵，希心俗表，不嬰世務，棲遲衡門，與琴書爲友。」又《氾騰傳》：「散家財五十萬以施宗族，柴門灌園，琴書自適。」陶淵明《始作鎮軍參軍經曲阿》：「弱齡寄事外，委懷在琴書。被褐欣自得，屢空常晏如。」白居易《自餘杭歸宿淮口作》：「妻子在我前，琴書在我側。此外吾不知，於焉心自得。」

〔二〕投輦從賢婦：當是用於陵子終事。《古列女傳》卷二《楚於陵妻》：「楚王聞於陵子終賢，欲以爲相，使使者持金百鎰，往聘迎之。於陵子終曰：『僕有箕箒之妾，請入與計之。』即入謂其妻曰：『楚王欲以我爲相，遣使者持金來。今日爲相，明日結駟連騎，食方丈於前，可乎？』妻曰：『夫子織屨以爲食，非與物無治也。左琴右書，樂亦在其中矣。夫結駟連騎，所安不過容膝；食方丈於前，甘不過一肉。今以容膝之安，一肉之味，而懷楚國之憂，其可樂乎？亂世多害，妾恐先生之不保命也。』于是子終出謝使者而不許也。遂相與逃，而爲人灌園。」按《小爾雅·廣言》：「投，棄也。」《説文》：「輂，輓車也。」此詩之「投輂」，當是指於陵子終放棄結駟連騎之貴，而甘於隱淪灌園而言。又本詩「琴書須自隨，禄位用何爲」，亦應是化用於陵子終妻「左琴右書」一段話的大意而言。

〔三〕巾車：爲車輛加上車衣，亦引申爲駕車之義。《孔叢子·記問》：「巾車命駕，將適唐都。」儲光羲《遊茅山五首》之二：「巾車雲路入，理棹瑶溪行。」孟郊《旅次湘沅有懷靈均》：「巾車徇前侶，白日猶昆吾。」陸龜蒙《奉酬襲美秋晚見題二首》之二：「何事樂漁樵，巾車或倚橈。」按此「巾」字用作動詞。如權德輿《戲和三韻》：「前詔許真秩，何如巾軟輪。」本詩「巾車有孝兒」當是暗用陶淵明事，淵明《歸去來辭》有「或命巾車，或棹孤舟」之語。又《南史·陶潛傳》：「江州刺史王弘欲識之，不能致也。潛嘗往廬山，弘令潛故人龐通之齎酒具於半道栗里要之。潛有脚疾，使一門生二兒舉籃轝。及至，欣然便共飲酌。俄頃弘至，亦無忤也。」

〔四〕風吹曝麥地：《後漢書·高鳳傳》：「高鳳字文通，南陽葉人也。少爲書生，家以農畝爲業，而專精誦讀，晝夜不息。妻嘗之田，曝麥於庭，令鳳護鷄。時天暴雨，而鳳持竿誦經，不覺潦水流麥。妻還怪問，鳳方悟之。其後遂爲名儒。」又朱買臣事亦與此類似。《太平御覽》卷八四〇引《鄒子》曰：「朱買臣貧賤之時，孳孳修藝，不知雨之流粟，志在經傳也。」

〔五〕水溢沃魚池：「沃魚池」即養魚池。按許渾《湖南徐明府余之南鄰久不還家因題林館》：「魚溢池塘秋雨過，鳥還洲島暮潮回。」皮日休《臨頓爲吴中偏勝之地陸魯望居之不出郛郭曠若郊墅余每相訪欻然惜去因成五言十首奉題屋壁》之一：「高風翔砌鳥，暴雨失池魚。」皆與寒山詩「水溢沃魚池」相似。

〔六〕常念鷦鷯鳥，安身在一枝：《莊子·逍遥遊》：「鷦鷯巢於深林，不過一枝；偃鼠飲河，不過滿腹。」成玄英疏：「鷦鷯，巧婦鳥也，一名工雀，一名女匠，亦名桃蟲，好深處而巧爲巢也。……而鳥巢一枝之外，不假茂林；獸飲滿腹之餘，无勞浩汗。況許由安兹蓬蓽，不顧金閨，樂彼疏食，詎勞玉食也。」

弟兄同五郡

弟兄同五郡〔一〕，父子本三州〔二〕。欲驗飛鳧集〔三〕，須旌①白兔遊〔四〕。靈瓜夢裏受〔五〕，神橘座中收〔六〕。鄉國何迢遞，同魚寄水流〔七〕。（〇〇六）

【校勘】

①「旌」，全唐詩本作「徵」。

【箋注】

〔一〕弟兄同五郡：典出《太平御覽》卷三七二引蕭廣濟《孝子傳》曰：「五郡孝子者，中山、常山、魏郡、鉅鹿、趙國人也。少去鄉里，孤無父母，相隨於衛國，因結兄弟。長元重，次仲重，次叔重，次季重，次稚重。朝夕相事，財三千萬。於空城中見一老姥，兄弟下車再拜曰：『願爲母。』母許焉。積二十四年,母得病,口不能言,五子乃仰天歎:『願使我母語。』即便得語,謂五子曰:『吾太原董陽猛女,嫁同縣張文賢,死亡。我男兒名焉遺,七歲值亂亡失,心前有七星,右足有黑識。』語未竟而卒。五子送喪,會朝歌長晨出,亡其記囊,疑五子所竊,收得三重。詣河内告枉,具言始末。太守號哭曰:『生不識父與母,相失痛不自聊!』知近爲五子所養,馳使放三重。」又稗海本《搜神記》卷四載其事較詳:「《世説》云:五郡之人,各是異財(材),而逢喪亂。常山一人,安定一人,襄陵一人,博陵一人(按原文闕一人),悉皆孤獨,俱行衛國,同至樹陰,因相問姓名,各言離亂狀惻然。因相謂曰:『我等皆無骨肉,今日幸得聚會,亦天然也,可爲兄弟已否?』衆曰:『諾。』因結義爲兄弟。長字仲伯(按當乙作伯仲),次名文(按當作元)仲,次名季仲,次名叔仲,次名雅(按當作稚)仲。五人相將詣衛國市中,見一老母孤單告乞。五人收養侍奉,敬如事親母,孝心無二。已經三年,其母遇疾,五人憂愁,不能寢食。母曰:『吾是并州太原人董世臺之女,嫁同郡張文賢爲妻,任北海太守。因遭荒亂,文賢早亡,葬在太原赤山之下,八塚同行,東頭第一塚是賢塚。吾死後,汝等若能與我送葬到塚側,吾平生之願畢矣。吾遭荒亂之日,有一子姓張名遺,年七歲,胸中有七黶,足下有通徹之紋,父喪,因流浪相失。汝等宜思記之,他日有如此子,即我子也,宜話吾之由。』言訖而卒。五人扶喪至太原,忽叔仲横被朝歌令禁繫。時有一人走投太守,言養母之狀,述并葬之由。太守曰:『汝何姓氏?』具以對之,因話男之形狀。太守聞之,號哭擗地:『此吾母也。吾以幼小,兵革離亂,母子相失迨今。』又哭之。乃發使往朝歌迎喪，并具表聞奏於魏帝，陳其流浪之由，并述五人孝狀。帝善其人義重，可以旌之，各爲太守：仲伯（伯仲）河中太守，文（元）仲河東太守，叔仲河南太守，季仲河西太守，雅（稚）仲河北太守。并賻贈張遺母喪，追封太原縣大（太）夫人，仍遷張遺爲魏府都護。噫，孝心動於天地，感應昭信矣，義乎可傳流千古。」明陸容《菽園雜記》卷八：「廣陵之墟有五子廟，云是五代時，群盜嘗結義兄弟，流劫江淮間，衣食豐足，皆以不及養其父母爲憾，乃求一貧嫗爲母，事之甚孝，凡所舉動，惟命是從，因化爲善，鄉人異之。殁後且有靈異，因爲立廟。吴中祭五通神者，必有所謂太媽，疑即此鬼也。」所記似即上述五郡弟兄之事，亦可見流傳久遠，民間且爲立廟祭祀。但稗海本《搜神記》明云「聞奏於魏帝」，則此事應是北魏時事，故寒山得以引之入詩。若陸容記五子者爲「五代時群盜」，當是民間流傳變易，不足信也。

〔二〕父子本三州：典出《太平御覽》卷六一引蕭廣濟《孝子傳》曰：「三洲人者，各一洲人，皆孤單煢獨。三人闇會樹下息，因相訪問。老者曰：『寧可合爲斷金之業邪？』二人曰：『諾。』即相約爲父子。因命二人於大澤中作舍，且欲成，父曰：『此不如河邊。』二人曰：『諾。』河邊舍幾成，父曰：『又不如河中。』二人復填河，一旬不立。有一書生過之，爲縛兩土豚投河中。會父往，呼止之曰：『嘗見河可填耶？觀汝行耳。』相將而去。明日俱至河邊，望見河中土高丈餘。」《太平廣記》卷一六一《三州人》（出《孝子傳》）：「晉三州人，約爲父子。父令二人作舍於大澤中，欲成，父曰：『不如河邊。』乃徙焉。又幾成，父曰：『不如河中。』二人乃負土填河，三旬不立。有書生過，爲縛兩土豚投河中。父乃止二人曰：『何嘗見江河填耶？吾觀汝行耳。』明迴至河邊，河中土爲高丈餘，袤廣十餘里，因居其上。」

〔三〕飛梟集：用孝感故事，《太平御覽》卷六七引《廣州先賢傳》曰：「丁密字靖公，蒼梧人，遭父艱，哭泣三年。飛梟一雙，游密廬傍小池。」《説郛》（宛委山堂本）弓五八載闕名《廣州先賢傳·頓琦》：「頓琦至孝，母喪感慕，哀聲不絶。有飛梟白鳩棲廬側，見人即去，見琦而留。又丁密遭父艱，致飛梟一雙，游廬旁小池，見人則馴附，如家所畜。後遭母喪，密歸至所居一宿，故雙梟復游戲池中。」類似的故事如《隋書·翟普林傳》：「大業初，父母俱終，哀毁殆將滅性。廬於墓側，負土爲墳。盛冬不衣繒絮，唯著單縗而已。……有二鵲巢其廬前柏樹，每入其廬，馴狎無所驚懼。大業中，司隸巡察，奏其孝感，擢授孝陽令。」此事與丁密等事相類，但變「雙梟」爲「二鵲」耳。又如《周書·皇甫遐傳》：「遐性純至，少喪父，事母以孝聞。保定末，又遭母喪，乃廬墓側，負土爲墳。……當其營墓之初，乃有鴟、烏各一，徘徊悲鳴，不離墓側。」則變「雙梟」爲「鴟、烏各一」，足見此類孝感故事，古代盛傳。注家或以王喬事釋寒山詩之「飛梟集」。《後漢書·王喬傳》：「王喬者，河東人也，顯宗世，爲葉令。喬有神術，每月朔望，常自縣詣臺朝。帝怪其來數，而不見車騎，密令太史伺望之。言其臨至，輒有雙梟從東南飛來。於是候梟至，舉羅張之，但得一隻舄焉。乃詔尚方診視，則四年中所賜尚書官屬履也。」又《太平御覽》卷二六三引鄧德明《南康記》曰：「昔有盧躭，仕州爲治中。少有棲仙之術，善解飛，每夕輒凌虚歸家，曉則還州。

曾元會，曉不及朝，則化爲白鵠，至閤前，迴翔欲下。威儀以笏擲之，得一隻履，鯱乃驚還就列。時步隲爲廣州刺史，意惡之，便以狀列聞，遂至誅滅。」此事亦與王喬事相似，但易「雙鳧」爲「白鵠」耳。按王喬事與寒山詩「飛鳧集」字面雖然吻合，但寒山詩實用孝子故事，而非神異故事，二者字面的吻合純屬偶然。

〔四〕白兔遊：亦用孝感故事。《太平御覽》卷九〇七引謝承《後漢書》曰：「方儲，字聖明，丹陽歙人。幼喪父，事母。母死，負土成墳，種樹千株，鸞鳥栖集其上，白兔遊其下。」又《隋書·華秋傳》：「華秋，汲郡臨河人也。幼喪父，事母以孝聞。家貧，傭賃爲養。其母遇患，秋容貌毁悴，鬚鬢頓改，州里咸嗟異之。及母終之後，遂絶櫛沐，髮盡禿落。廬於墓側，負土成墳，有人欲助之者，秋輒拜而止之。大業初，調狐皮，郡縣大獵。有一兔，人逐之，奔入秋廬中，匿秋膝下。獵人至廬所，異而免之。自爾此兔常宿廬中，馴其左右。郡縣嘉其孝感，具以狀聞。煬帝降使勞問，表其門閭。後群盜起，常往來廬之左右，咸相誡曰：『勿犯孝子。』鄉人賴秋而全者甚衆。」又杜光庭《録異記》卷三：「楊太博，資州人也。年十六，廬父母墓三年，有神燈照墓，猛虎馴伏，有白兔之異。蜀相王公上聞，降勑褒奬，表其門閭。」所云「白兔之異」，即是「白兔遊」之類孝感奇迹。注家或謂「白兔」乃仙人之名，引《抱朴子内篇·極言》：「又彭祖之弟子，青衣烏公、黑穴公、秀眉公、白兔公子、離婁公、太足君、高丘子、不肯來七八人，皆歷數百歲，在殷而各仙去。」以爲「白兔公子」即是寒山詩之「白兔」，非是。

〔五〕靈瓜夢裏受：「靈瓜」爲神仙之瓜。王嘉《拾遺記》卷六：「明帝陰貴人夢食瓜甚美，帝使求諸方國。時燉煌獻異瓜種，恒山獻巨核桃。瓜名穹隆，長三尺，而形屈曲，味美如飴。父老云：『昔道士從蓬萊山得此瓜，云是崆峒靈瓜，四劫一實，西王母遺於此地，世代遐絶，其實頗在。』」北周武帝宇文邕纂《無上祕要》卷四：「復北登空洞之頂，見北華真公、四華仙人，食空洞靈瓜，其瓜四劫一熟。」《太平御覽》卷九七八引《太上黄帝内景經注》曰：「大霍山下有洞臺，司命君之府也。中有神靈瓜，食之者至玄也。」吴筠《遊仙二十四首》之二十：「千年紫柰熟，四劫靈瓜豐。」寒山詩「靈瓜夢裏受」用焦華事。《太平御覽》卷四一一引《齊春秋》曰：「焦華父遺，曾病甚，冬中思瓜。華忽夢人謂之曰：『聞爾父思瓜，故送助養。』呼從者進之。華跪受，寤而瓜在手，香非常也。父食之而病愈。」此事又見《事類賦·瓜部》注引《孝子傳》，而以敦煌本《搜神記》所載者爲詳：「昔有焦華者至孝，長安人也。漢末時爲尚書左僕射，其父身上患□，焦華甚有孝心，侍養父母，衣冠不解，晝夜憂心，恐懼所及。其父困患，華歸家曰：『兄弟二人，父若不差，身死地下，誰當事父？』父曰：『汝身長嬌能非輕，不可絶其後嗣，汝更勿言。比來夢惡，定知不活，聞我精好之時，汝等即報内外諸親，在近者喚取，將與分别。』華問父曰：『患來夢惡何事？』父曰：『吾夢見天人下來取我，語曰：「汝欲得活時，得苽食之一頓，即活君也。而不得苽食之，不經旬日，終須死矣。」今十二月非時，何由可得苽食？是故知死。』華聞此語，氣咽含悲，食飲不下，聲塞頓絶。乃至十日後始更甦。夢見神喚焦華：『汝有孝心，上感於天，天使我送苽一雙與汝來，君宜領取，與父充藥。』華遂夢中跪拜而受苽。夢覺，即於手中有苽一雙，香氣滿室，而奉其父。父得苽食，其病得差。故語云：仲冬思苽告焦華，父得食之。凡人須有善心，孝者天自吉之。事出《史記》。」又《魏書·宋瓊傳》：「少以孝行稱，母曾病，季秋之月，思瓜不已。瓊夢想見之，求而遂獲，時人稱異。」與焦華事姓名雖異，事迹則同。

〔六〕神橘座中收：「神橘」即神仙之橘。如牛僧孺《玄怪録》卷三《巴邛人》：「有巴邛人，不知姓名，家有橘園。因霜後諸橘盡收，餘有兩大橘，如三斗盎。巴人異之，即令攀摘，輕重亦如常橘。剖開，每橘有二老叟，鬢眉皤然，肌體紅潤，皆相對象戲。身長尺餘，談笑自若。剖開後，亦不驚怖，但相與決賭。決賭訖，一叟曰：『君輸我海上龍王第七女髲髮十兩，智瓊額黄十二枚，紫絹帔一副，絳臺山霞寶散二庾，瀛洲玉塵九斛，阿母療髓凝酒四鍾，阿母女態盈娘子躋虚龍縞襪八緉，後日於王先生青城草堂還我耳。』又一叟曰：『王先生許來，竟待不得！橘中之樂，不減商山，但不得深根固蔕，爲愚人摘下耳。』又一叟曰：『僕飢矣，須龍根脯食之。』即於袖中抽出一草根，方圓徑寸，形狀宛轉如龍，毫釐罔不周悉。因削食之，隨削隨滿。食訖，以水噀之，化爲一龍，四叟共乘之。足下泄泄雲起，須臾，風雨晦冥，不知所在。巴人相傳云：百五十年來如此，似在陳隋之間，但不知的年號耳。」寒山詩「神橘座中收」應是用王靈之事。《藝文類聚》卷八六引宋躬《孝子傳》曰：「王虚之十三喪母，三十三喪父，二十年鹽醋不入口。病著牀，忽有一人來問疾，謂之曰：『君尋差。』俄而不見。庭中橘樹，隆冬而實，病果尋愈。咸以至孝所感。」楚按

「王虚之」,《太平御覽》卷四一一、九六六皆引作「王靈之」,應據正,《説郛》(宛委山堂本)弓五八引徐廣《孝子傳》亦作王靈之事。但此事不見「座中收」一節,竊謂寒山詩或是兼用陸績事。《三國志・吴書・陸績傳》:「陸績字公紀,吴郡吴人也。父康,漢末爲廬江太守。績年六歲,於九江見袁術。術出橘,績懷三枚,去,拜辭墮地。術謂曰:『陸郎作賓客而懷橘乎?』績跪答曰:『欲歸遺母。』術大奇之。」由於王靈之事與陸績事皆爲孝子之事,故得摻合用之。

〔七〕同魚寄水流:比喻離鄉漂流,如魚寄水,未有歸期。許渾《嚴陵釣臺貽行旅》:「舊跡隨臺古,高名寄水流。」譚用之《月夜懷寄友人》:「清風未許重攜手,幾度高吟寄水流。」

一爲書劍客

一爲書劍客〔一〕,三①遇聖明君〔二〕。東守文不賞,西征武不動。學文兼學武,學武兼學文〔三〕。今②日既老矣,餘生③不足云。(〇〇七)

【校勘】

①「三」,原本、正中本作「二」,宫内省本、高麗本、四庫本作「三」,全唐詩本作「二」,夾注「一作三」。按作「三」是。參看注〔二〕。　②「今」,原本漫漶不辨,據各本作「今」。　③「生」,原本作「何」,兹從各本改「生」。

【箋注】

〔一〕書劍客：指尋求功名的士人。按讀書與擊劍是古代求功名者的基本素養，「書劍」亦成爲後世追求功名者的隨身道具。《史記·項羽本紀》：「項籍少時，學書不成，去，學劍，又不成。項梁怒之。籍曰：『書足以記名姓而已。劍一人敵，不足學，學萬人敵。』」又《刺客列傳》：「荆卿好讀書擊劍，以術説衛元君，衛元君不用。」李山甫《赴舉别所知》：「腰劍囊書出户遲，壯心奇命兩相疑。」李咸用《送人》：「不甘長在諸生下，束書攜劍離家鄉。」于鄴《書情》：「不知書與劍，十載兩無成。」李中《勉同志》：「讀書與磨劍，旦夕但忘疲。儻若功名立，那愁變化遲。」齊己《送人下第東歸再謁舊主人》：「一戰偶不捷，東歸計未空。還攜故書劍，去謁舊英雄。」《五燈會元》卷一二《琅邪慧覺禪師》：「問：『如何是賓中賓？』師曰：『手攜書劍謁明君。』」

〔二〕三遇聖明君：用顔駟事。《文選》卷一五張衡《思玄賦》：「尉尨眉而郎潛兮，逮三葉而遘武。」李善注引《漢武故事》曰：「顔駟，不知何許人，漢文帝時爲郎。至武帝，嘗輦過郎署，見駟尨眉皓髮，上問曰：『叟何時爲郎？何其老也。』答曰：『臣文帝時爲郎，文帝好文而臣好武，至景帝好美而臣貌醜，陛下即位好少而臣已老，是以三世不遇，故老於郎署。』上感其言，擢拜會稽都尉。」又《論衡·逢遇篇》：「昔周人有仕數不遇，年老白首，泣涕於塗者，人或問之：『何爲泣乎？』對曰：『吾仕數不遇，自傷年老失時，是以泣也。』人曰：『仕奈何不一遇也？』對曰：『吾年少之時學爲文，文德成就，始欲仕宦，人君好用老。用老主亡，後主又用武。吾更爲武，武節始就，武主又亡。少主始立，好用少年，吾年又老，是以未嘗一遇。』」盧照鄰《釋疾文》：「先朝好史，予方學於孔墨；今上好法，予晚受乎老莊。彼圓鑿而方枘，吾知齟齬而不當。」亦皆與顔駟事類似。

〔三〕學文兼學武，學武兼學文：按文武兼備的主張，如《漢書·尹翁歸傳》：「會田延年爲河東太守，行縣至平陽，悉召故吏五六十人，延年親臨見，令有文者東，有武者西。閲數十人，次到翁歸，獨伏不肯起，對曰：『翁歸文武兼備，唯所施設。』」《太平御覽》卷一一九引崔鴻《十六國春秋·前趙録》載劉淵語：「吾每觀書傳，常鄙隨、陸之無武，絳、灌之無文。一物之不知，固君子恥之也。二生遇高皇，不能建封侯之業；兩公屬太宗，不能開庠序之美，惜哉！」

莊子説送終

莊子説送終①〔一〕，天地爲棺槨〔二〕。吾歸此有時〔三〕，唯須一番②箔〔四〕。死將餧青蠅〔五〕，吊不勞白鶴〔六〕。餓著首陽山〔七〕，生廉死亦樂。（〇〇八）

【校勘】

①「終」，四庫本作「死」，全唐詩本夾注「一作死」。②「番」，原本作「畨」，宮内省本作「幡」，四庫本作「幡」，兹從正中本、高麗本、全唐詩本作「番」。

【箋注】

〔一〕送終：發送死者。《漢書・貨殖傳》：「所以養生送終之具，靡不皆育。」

〔二〕棺槨：古代葬制，棺以納尸，槨以套棺。《孝經・喪親章》：「爲之棺槨衣衾而舉之。」邢昺注：「周尸爲棺，周棺爲槨。」按《莊子・列禦寇》：「莊子將死，弟子欲厚葬之。莊子曰：『吾以天地爲棺槨，以日月爲連璧，星辰爲珠璣，萬物爲齎送。吾葬具豈不備邪？何以加此！』」故寒山詩云：「莊子説送終，天地爲棺槨。」法琳《辯正論・九箴篇》：「生既以身爲逆旅，死當以天地爲棺槨。」

〔三〕有時：有一定之期。陸機《挽歌詩三首》之一：「死生各異倫，祖載當有時。」李白《行路難三首》之一：「長風破浪會有時，直掛雲帆濟滄海。」

〔四〕一番箔：一張竹席。《説郛》（宛委山堂本）弓五八載晉周斐《汝南先賢傳》：「范滂被收，曰：願得一幡薄，埋于首陽山，上不負皇天，下不愧夷齊。」按「一幡薄」即「一番箔」，「番」是計算薄片狀物的量詞，猶云「張」。王嘉《拾遺記》卷九：「側理紙萬番，此南越所獻。」《百喻經》卷下《夫婦食餅共爲要喻》：「昔有夫婦，有三番餅，夫婦共分，各食一餅，餘一番在。」孫光憲《北夢瑣言》卷一九：「將辭，云山中要千數番粗氈，半日獲五百番。」「箔」則是竹編簾席之類。《玉篇》：「箔，簾也。」《文選》卷四〇任昉《奏彈劉整》：「忽至户前，隔箔攘拳大罵。」寒山詩「唯須一番箔」者，蓋古人由於各種原因，亦有以席箔之類代替棺木葬送死者之事，如《晉書・皇甫謐傳》：「故吾欲朝死夕葬，夕死朝葬，不設棺槨，不加纏斂，不修沐浴，不造新服，殯唅之物，一皆絶之。……氣絶之後，便即時服，幅巾故衣，以籧篨裹尸，麻約二頭，置尸牀上。」按「籧篨」亦席箔之類。又《王敦傳》：「俄而敦死，……裹尸以席，蠟塗其外，埋于廳事中。」《南史·顧憲之傳》：「郡境連歲疾疫，死者太半，棺槨尤貴，悉裹以葦席，棄之路傍。」張鷟《朝野僉載》卷一：「一子八歲而卒，妻斂以時服，莊剥取，以故席裹屍。殯訖，擎其席而歸。」《太平廣記》卷三五六《杜萬》（出《廣異記》）：「妻遇毒瘴，數日卒。時盛夏，無殯斂，權以葦席裹束，瘞於絶巖之側。」皇甫枚《三水小牘》卷上：「乃與村衆及公直同發蠶坑，中有箔角一死人。」

〔五〕餧：同「餵」、「喂」。葛洪《西京雜記》卷三：「乾鵲噪則餧之，蜘蛛集則放之。」白居易《南賓郡齋即事寄楊萬州》：「倉粟餧家人，黄縑裹妻子。」　青蠅：蒼蠅之一種，聞屍氣血污，往往集之，故寒山詩云「死將餧青蠅」。《太平御覽》卷二五八引《益部耆舊傳》曰：「嚴遵，字王思，爲揚州刺史。行部，聞路旁女子哭聲不哀，問所哭者誰。對曰：『夫遭燒死。』遵敕吏輿屍到，與語吏曰：『死人自道不燒死。』攝女，令人守屍，曰：『當有物往。』吏曰：『有蠅聚頭所。』遵令披視，得鐵錐貫頂。拷問，以淫殺夫。」段成式《酉陽雜俎續集》卷四《貶誤》：「相傳云：韓晉公滉在潤州，夜與從事登萬歲樓，方酣，置杯不悦，語左右曰：『汝聽婦人哭乎，當近何所？』對在某街。詰朝，命吏捕哭者訊之，信宿，獄不具。吏懼罪，守於屍側。忽有大青蠅集其首，因發髻驗之，果婦私於鄰，醉其夫而釘殺之。」《太平廣記》卷一三〇《緑翹》（出《三水小牘》），載魚玄機笞斃婢緑翹，坎後庭瘞之。「客有宴于機室者，因溲於後庭，當瘞上，見青蠅數十集于地，驅去復來。詳視之，如有血痕且腥。」

〔六〕弔不勞白鶴：典出《太平御覽》卷九一六引《陶侃別傳》曰：「侃丁母艱，在墓下，忽有二客來弔，不哭而退。儀形鮮異，知非常人。遣看之，但見雙鶴飛而衝天。」駱賓王《樂大夫挽詞五首》之四：「寧知荒壠外，弔鶴自徘徊。」李白《自溧水道哭王炎三首》之三：「海内故人泣，天涯弔鶴來。」錢起《哭曹鈞》：「忽見江南弔鶴來，始知天上文星失。」

〔七〕餓著首陽山：用伯夷、叔齊事。《史記·伯夷列傳》：「武王已平殷亂，天下宗周，而伯夷、叔齊恥之，義不食周粟，隱於首陽山，采薇而食之。及餓且死，作歌，其辭曰：『登彼西山兮，采其薇矣。以暴易暴兮，不知其非矣。神農虞夏忽焉没兮，我安適歸矣。于嗟徂兮，命之衰矣！』遂餓死於首陽山。」

人問寒山道

人問寒山道，寒山路不通。夏天冰未釋〔一〕，日出霧朦朧。似我何由届〔二〕，與君心不同〔三〕。君心若似我〔四〕，還得到其中。（〇〇九）

【箋注】

〔一〕夏天冰未釋：形容氣候寒冷。鮑照《登廬山二首》之一：「陰冰實夏結。」

〔二〕屆：至。《書·大禹謨》：「無遠弗屆。」孔傳：「屆，至也。」

〔三〕與君心不同：按宋玉《九辯》：「君之心兮與余異，車既駕兮朅而歸。」與寒山詩意近似。

〔四〕君心若似我：按劉得仁《對月寄同志》：「支頤不語相思坐，料得君心似我心。」貫休《夜對雪作寄友生》：「唯君心似我，吟到五更鐘。」宋李之儀《卜算子》：「只願君心似我心，定不負相思意。」亦與寒山詩近似。

天生百尺樹

天生百尺樹，翦作長條木。可惜棟梁材〔一〕，抛之在幽谷。年多心尚勁〔二〕，日久皮漸禿。識者取將來，猶堪柱①馬屋〔三〕。（〇一〇）

【校勘】

①「柱」，全唐詩本亦作「柱」，别本皆作「拄」。

【箋注】

〔一〕棟梁材：陶雍《和兵部鄭侍郎省中四松詩》：「生成造化力，長作棟梁材。」鄭澣《中書相公任兵部侍郎日後閣植四松逾數年澣忝此官因獻拙什》：「人知舟檝器，天假棟梁材。」張祜《題河陽新鼓角樓》：「中國最推鼙鼓地，大臣先選棟梁材。」

〔二〕心尚勁：謂木質仍然堅硬。《易·説卦》：「其於木也，爲堅多心。」孔穎達疏：「其於木也，爲堅多心，取剛在内也。」即此句「心尚勁」之意。

〔三〕柱：支撐。《論衡·談天》：「且鼇足可以柱天，體必長大。」别本作「拄」，字相通。孟郊《勸善吟》：「藏書拄屋脊，不借與凡聾。」王梵志詩〇八八首：「人人惣色活，拄著上頭天。」　馬屋：馬廄。《後漢書·李燮傳》：「邵當遷爲郡守，會母亡，邵且埋屍於馬屋，先受封，然後發喪。」按劉敬叔《異苑》卷七：「晉武太元二年，沙門竺慧猷夜夢讀詩五首，其一篇後曰：『陌南酸棗樹，名爲六奇木，遣人以伐取，載還柱馬屋。』」末句即寒山詩「識者取將來，猶堪柱馬屋」二句所本。

驅馬度荒城

驅馬度荒城，荒城動①客情。高低舊雉堞〔一〕，大小古墳塋。自振孤蓬影〔二〕，長凝拱木聲〔三〕。所嗟皆俗骨〔四〕，仙史更無名〔五〕。（〇一一）

【校勘】

①「動」，宮内省本、四庫本作「重」，全唐詩本夾注「一作重」。

【箋注】

〔一〕雉堞：城牆及城牆上的女牆。《文選》卷一一鮑照《蕪城賦》「是以板築雉堞之殷」，李善注：「鄭玄《周禮注》曰：雉，長三丈，高一丈。杜預《左氏傳注》曰：堞，女牆也。」

〔二〕自振孤蓬影：鮑照《蕪城賦》：「孤蓬自振，驚沙坐飛。」蘇渙《贈零陵僧》：「西河舞劍氣凌雲，孤蓬自振唯有君。」

〔三〕凝：形容聲音徐緩凝重。《文選》卷二八謝朓《鼓吹曲》：「凝笳翼高蓋，疊鼓送華輈。」李善注：「徐引聲謂之凝。」　拱木：兩手合抱之大樹。《左傳》僖公三十二年：「爾何知，中壽，爾墓之木拱矣。」後世因以「拱木」稱墳樹。江淹《恨賦》：「試望平原，蔓草縈骨，拱木斂魂。」

〔四〕俗骨：指無仙分的凡俗之人。按道教主張骨相之説，以爲有「仙骨」者方能得道成仙。如《太平廣記》卷四七《李球》（出《仙傳拾遺》）：「二仙責引者曰：吾至道之要，當授有骨相之士，習道之人，汝何妄引凡庸入吾仙府耶？」又卷四八《李吉甫》（出《逸史》）：「判官有仙骨，學道必白日上昇。」凡俗之人無仙骨之分，則稱爲「俗骨」。《酉陽雜俎續集》卷二《支諾皋中》：「君固俗骨，遇此不能羽化，命也！」齊己《祈真壇》：「茫茫俗骨醉更昏，樓臺十二遥崑崙。」黄滔《壺公山》：「村家蒙棗栗，俗骨爽猿蟬。」

〔五〕仙史：記載神仙事蹟的書，如《列仙傳》、《神仙傳》之類。「仙史更無名」謂不得厠身神仙之列。

鸚鵡宅西國

鸚鵡宅西國〔一〕，虞羅捕得歸〔二〕。美人朝夕弄，出入在庭幃。賜以金籠貯〔三〕，扃哉損羽衣〔四〕。不如鴻與鶴①，飄颺入雲飛〔五〕。（〇一二）

【校勘】

①「鶴」，宮内省本、高麗本作「鵠」。

【箋注】

〔一〕西國：泛指我國西部地區。曹唐《小遊仙詩九十八首》之七一：「略尋舊路過西國，因得冰園一尺瓜。」按中國古代以隴山一帶爲鸚鵡的主要産區，其地唐代屬隴右道，亦稱隴西，在我國西部地區，故云「鸚鵡出西國」。白居易《鸚鵡》：「隴西鸚鵡到江東，養得經年觜漸紅。」敦煌本《百鳥名》：「隴有(右)道，出鸚鵡，教得分明解言語。」《五燈會元》卷一九《南華知昺禪師》：「隴西鸚鵡得人憐，大都祇爲能言語。」

〔二〕虞羅：即虞人和羅氏，古代兩種掌管山林禽獸、捕捉雀鳥的官職，因用爲獵人之稱。《書·舜典》「汝作朕虞」，孔傳：「虞，掌山澤之官。」《韓非子·外儲説左上》：「魏文侯與虞人期獵。明日，會天疾風，左右止文侯，不聽，曰：『不可以風疾之故而失信，吾不爲也。』遂自驅車往，犯風而罷虞人。」莊南傑《黄雀行》：「虞人設網當要路，白日啾嘲禍萬機。」高越《詠鷹》：「虞人莫謾張羅網，未肯平原淺草飛。」《周禮·夏官·羅氏》：「羅氏，掌羅烏鳥，蜡，則作羅襦。中春，羅春鳥，獻鳩以養國老，行羽物。」又一説，「虞羅」即虞人之羅，亦即獵人之網。杜甫《冬狩行》：「有鳥名鸜鵒，力不能高飛逐走蓬。肉味不足登鼎俎，何爲見羈虞羅中。」

〔三〕金籠貯：貯以金籠，示珍愛也。《太平御覽》卷七六四引成公綏《鸚鵡賦》曰：「小禽也，以其能言解意，故爲人所愛，盛之以金籠，升之以殿堂，可謂珍之矣，蓋乃未得鳥之性也。」後世詠鸚鵡之什，因以「金籠」爲習語。如皮日休《鴛鴦二首》之二：「應笑豪家鸚鵡伴，年年徒被鎖金籠。」來鵠《鸚鵡》：「年年鎖在金籠裏，何似隴山閒處飛。」羅鄴《鸚鵡詠》：「金籠共惜好毛羽，紅嘴莫教多是非。」秦韜玉《鸚鵡》：「每聞別雁競悲鳴，却歎金籠寄此生。」黄滔《鍾陵故人》：「唯愛金籠貯鸚鵡，誰論鐵柱鎖蛟龍。」吴英秀《鸚鵡》：「莫把金籠閉鸚鵡，箇箇聰明解人語。」徐凝《奉和鸚鵡》：「任饒長被金籠閡，也免棲飛雨雪難。」

〔四〕扃哉損羽衣：謂羽毛被金籠損壞。白居易《自江州司馬授忠州刺史仰荷聖澤聊書鄙誠》有云「籠久翅摧殘」，即此句之意。

〔五〕飄颻：飛翔貌。韋應物《答李博士》：「簷雛已飄颻，荷露方蕭颯。」寒山詩「不如鴻與鶴，飄颻入雲飛」二句，以鴻鶴高翔爲自由之象徵，類似的思想如《晉書·郭瑀傳》載張天錫遣使徵瑀，「瑀指翔鴻以示之曰：『此鳥也，安可籠哉！』遂深逃絶迹。」

日本白隱禪師《寒山詩闡提記聞》評曰：「此詩，比也。譬見世纏縛世榮關鎖爵禄人，恰如鸚鵡在金籠，雖形似福貴，中心常憂惱。如遁居樂道者，似飛鳥在野，雖欠見寵撫，身心常快樂也。《大論》三曰：『孔雀雖有色嚴身，不如鴻雁能遠飛。白衣雖有富貴力，不如出家功德勝。』本此語乎？」

玉堂掛珠簾

玉堂掛珠簾〔一〕，中有嬋娟子〔二〕。其貌勝神仙，容華若桃李〔三〕。東家春霧合，西舍秋風起〔四〕。更過三十年，還成苷①蔗滓〔五〕。（〇一三）

【校勘】

①「苷」，宫内省本、高麗本、四庫本作「甘」。

【箋注】

〔一〕玉堂：泛稱富貴之室。崔顥《雜詩》：「可憐青銅鏡，掛在白玉堂。玉堂有美女，嬌弄明月光。」薛逢《悼古》：「漢武玉堂人豈在，石家金谷水空流。」許渾《對雪》：「飛舞北風涼，玉人歌玉堂。」

〔二〕嬋娟子：美人。劉希夷《江南曲八首》之八：「誰言此處嬋娟子，珠玉爲心以奉君。」「嬋娟」爲美艷貌。《文選》卷二張衡《西京賦》：「增嬋娟以此豸。」薛綜注：「嬋娟、此豸，姿態妖蠱也。」

〔三〕容華若桃李：《文選》卷二九曹植《雜詩》：「南國有佳人，容華若桃李。」李善注：「《毛詩》曰：『何彼穠矣，華如桃李。』」

〔四〕東家春霧合，西舍秋風起：形容時光流逝。「東家」、「西舍」謂鄰居，泛言世人。寒山詩〇五六首：「我見東家女，年可有十八。西舍競來問，願姻夫妻活。」亦以「東家」、「西舍」用作鄰居鄉里之泛稱。「春霧合」、「秋風起」則表示季節之變换。

〔五〕苷蔗滓：甘蔗渣。《正字通》：「苷，俗甘字。」佛經以「甘蔗滓」比喻老年。《大般涅槃經》卷一二：「復次迦葉，譬如甘蔗，既被壓已，滓無復味。善男子，壯年盛色亦復如是，既被老壓，無三種味：一出家味，二讀誦味，三坐禪味。」黄庭堅《和孫公善李仲同金櫻餌唱酬二首》：「百年風吹過，忽成甘蔗滓。」延壽《宗鏡録》卷四二：「又老者，忘若嬰兒，狂猶鬼著，以危脆衰熟之質，當易破爛壞之時，落日西垂，萎花欲謝，如甘蔗之滓，無三種出家禪誦之味。」

城中娥眉女

城中娥眉女〔一〕，珠珮何①珊珊〔二〕。鸚鵡花前弄，琵琶月下彈。長歌三日②響〔三〕，短舞萬人看〔四〕。未必長如此，芙蓉不耐寒〔五〕。（〇一四）

【校勘】

①「何」，原本及各本多作「珂」，四庫本作「何」，全唐詩本夾注「一作何」。按作「何」是，《朱子語類》引此詩正作「何」，皎然《湛處士枸杞架歌》亦有「裴回滿架何珊珊」之語。②「日」，各本皆作「月」，兹據《朱子語類》引文作「日」，參看篇後附録。

【箋注】

〔一〕娥眉女：美女。「娥眉」比喻女子眉毛長而美，有如蠶蛾之觸鬚。《詩·衛風·碩人》：「齒如瓠犀，螓首蛾眉。」屈原《離騷》：「衆女嫉余之蛾眉兮，謡諑謂余以善淫。」王逸注：「蛾眉，好貌。」

〔二〕珠珮：飾以珍珠、玉石的佩物。李白《宫中行樂詞八首》之八：「素女鳴珠珮，天人弄綵球。」珊珊：象聲詞。岑參《送張祕書充劉相公通汴河判官便赴江外覲省》：「長安多權貴，珂珮聲珊珊。」王初《立春後作》：「東君珂佩響珊珊，青馭多時下九關。」元稹《立部伎》：「珊珊珮玉動腰身，一一貫珠隨咳唾。」王建《元日早朝》：「朝服帶金玉，珊珊相觸聲。」

〔三〕長歌三日響：典出《列子·湯問》：「昔韓娥東之齊，匱糧，過雍門，鬻歌假食。既去，而餘音繞梁欐，三日不絶。」

〔四〕短舞：動作幅度不大的舞蹈。《山谷别集詩注》卷上《雜吟》史季温注引陶岳《零陵記》：「長沙定王入朝，於上前自爲短舞，曰：『臣國地狹，不足以回旋。』」楚按《漢書·長沙定王劉發傳》應劭注：「景帝後二年諸王來朝，有詔更前稱壽歌舞。定王但張褏小舉手，左右笑其拙。上怪問之，對曰：『臣國小地狹，不足回旋。』帝乃以武陵、零陵、桂陽益焉。」可知「張褏小舉手」者，即屬「短舞」也。

〔五〕芙蓉：即荷花。古人以芙蓉比喻女子美貌。如《西京雜記》卷二：「文君姣好，眉色如望遠山，臉際常若芙蓉。」傅玄《美女篇》：「美人一何麗，顔若芙蓉花。」王昌齡《越女》：「摘取芙蓉花，莫摘芙蓉葉。將歸問夫婿，顔色何如妾。」高適《效古贈崔二》：「美人芙蓉姿，狹室蘭麝氣。」寒山詩「芙蓉不耐寒」比喻美貌不長駐。如李白《妾薄命》：「昔日芙蓉花，今成斷根草。以色事他人，能得幾時好。」又陶淵明《擬古九首》之七：「豈無一時好，不久當如何？」亦是此意。

《朱子語類》卷一四〇《論文下》：「先生偶誦寒山數詩，其一云：『城中娥眉女，珠珮何珊珊。鸚鵡花間弄，琵琶月下彈。長歌三日響，短舞萬人看。未必長如此，芙蓉不奈寒。』云：『如此類，煞有好處，詩人未易到此。公曾看否？』壽昌對：『亦嘗看來。近日送浩來此洒掃時，亦嘗書寒山一詩送行云：「養子未經師，不及都亭鼠。何曾見好人，豈聞長者語。爲染在薰蕕，應須擇朋侶。五月敗鮮魚，勿令他笑汝。」』」

宋曾季貍《艇齋詩話》：「呂東萊詩云：『非關秋後多霜露，自是芙蓉不耐寒。』蓋用寒山、拾得『芙蓉不耐寒』五字。」

宋劉克莊《後村詩話續集》卷二：「寒山詩粗言細語皆精詣透徹，所謂一死生、齊彭殤者。亦有絶工緻者，如『城中嬋娟女，玉佩響珊珊。鸚鵡花間弄，琵琶月下彈。長歌三日繞，短舞萬人看。未必長如此，芙蓉不耐寒。』殆不減齊梁人語。此篇亦見《山谷集》，豈谷喜而筆之，後人誤以入集歟？」楚按，《山谷別集詩注》卷上載《雜吟》：「城中蛾眉女，珂佩響珊珊。鸚鵡花間弄，琵琶月下彈。長歌三日繞，短舞萬人看。未必長如此，芙蓉不耐寒。」史季温注：「此詩亦見《寒山子詩集》中，恐非山谷作。」二家之説是也，此詩即寒山詩而混入黄庭堅集中者。

明江盈科《雪濤詩評》：「寒山詩，其中五言一首絶是唐調。詩云：城中蛾眉女，珠珮何珊珊。鸚鵡花間弄，琵琶月下彈。長歌三日響，短舞萬人看。未必長如此，芙蓉不耐寒。」

清薛雪《一瓢詩話》：「寒山詩本無佳者，而『城中娥眉女，珠珮何珊珊。鸚鵡花間弄，琵琶月下彈。長歌三日響，短舞萬人看。未必長如此，芙蓉不耐寒』，江進之極賞之，以爲是唐調。余謂『長歌』、『短舞』，緊緊作對，已屬不佳；而『未必長如此』五字，氣盡語漓，害殺『芙蓉不耐寒』之句。」

日本釋交易《寒山子詩集管解》：「《列子·湯問篇》曰：『昔韓娥東之齊，匱糧，過雍門，鬻歌假食。既去，而餘音遶梁欐，三日不絶。左右以其人弗去。過逆旅，逆旅人辱之，韓娥因曼聲哀哭，一里老幼悲愁，垂涕相對，三日不食，遽而追之。娥還，復爲曼聲長歌，一里老幼喜躍抃舞，弗能自禁，忘向之悲也，乃厚賂發之。故雍門之人至今善歌哭，效娥之遺聲。』由是考之，『月』字當作『日』字乎？」《寒山詩闡提記聞》評曰：「《管解》以『月』字當作『日』字，説未盡善歟？予謂『月』字而甚可而已。《論語·述而》曰：『子在齊聞韶，三月不知肉味，曰：不圖爲樂之至於斯也！』『三月』之字，本于此者乎？夫子聞韶時，四維八荒唯是一片簫韶，豈肉味而已，和身心共忘其意味，夫子亦不能知，不得説矣，且謂之忘者也。是自非聖德至善，豈得而有至此哉？小人反之，若聞美人弦歌聲，則其音韻薰染心肝之間，魂蕩魄漾，眷戀之餘，如嫋嫋充耳根，豈但三月哉？甚者期年而猶不能忘，且謂之三月響者也。彼韓娥歌聲遶梁欐三日不絶者，禦寇敖句也，三時而足而已。」楚按，以上二説不同，《管解》之説是也，各本「月」字乃「日」字形誤。此句既用

《列子》典故，作「日」與《列子》合，且《朱子語類》引此詩正作「日」字，可爲證也。若作「月」字，不但與《列子》原文不合，又與上句「琵琶月下彈」字複，非是。

父母續經多

父母續經多〔一〕，田園不羡他。婦摇機軋軋〔二〕，兒弄口喎喎〔三〕。拍手催花舞〔四〕，搘①頤聽鳥歌〔五〕。誰當來歎賀〔六〕，樵客屢②經過〔七〕。（〇一五）

【校勘】

①「搘」，宫内省本、正中本作「榰」。②「屢」，高麗本作「累」。

【箋注】

〔一〕續經：疑當作「讀經」。《孔叢子·連叢子下》：「魯國孔氏好讀經，兄弟講誦皆可聽。學士來者有聲名，不過孔氏那得成。」本詩之「讀經」指讀誦佛經。《法句譬喻經》卷三：「五百沙門常處其中，讀經行道。」《衆經撰雜譬喻》卷上：「父母歸家，即大布施，奉執禁戒，讀經行道，得須陀洹果。」義浄《南海寄歸内法傳》卷二：「讀經念佛，具設香花。」王建《原上新居十三首》之七：「擬作讀經人，空房置浄巾。」《龐居士語録》卷中：「讀經須解義，解義始修行，若能依義學，即入涅槃城。讀經不解義，多見不如盲，緣文廣占地，心中不肯耕，田田總是草，稻從何處生。」按《寒山詩闡提記聞》云：「續經猶經營，與次下經紀之字義同。」此亦一説，録以備考。

〔二〕機：即織機。《太平御覽》卷八二五引王逸《機賦》曰：「至於織機，功用大矣。上自太始，下訖羲皇。帝軒龍躍，庶業是創。俯系聖思，仰攬三光。悟彼織女，終日七襄。爰製布帛，始垂衣裳。」 軋軋：象聲詞，這裏是織機聲。鮑溶《白露》：「高高拜月歸，軋軋挑燈織。」薛瑩《錦》：「軋軋弄寒機，功多力漸微。」徐夤《贈月君》：「鳴梭軋軋纖纖手，窗户流光織女星。」字亦作「札札」。《文選》卷二九《古詩十九首》之十：「纖纖擢素手，札札弄機杼。」白居易《朱陳村》：「機梭聲札札，牛驢走紜紜。」温庭筠《七夕》：「鳴機札札停金梭，芙蓉澹蕩生池（一作秋水）波。」

〔三〕喎喎：小兒應和聲。《廣韻》下平聲八戈：「喎，古禾切，小兒相應也。」《宋文鑑》卷一三四載田晝《祭王和甫文》：「童膺孺喎，群舌毛起。」按鮑照《擬行路難十八首》之六「弄兒牀前戲，看婦機中織」，與寒山詩「婦搖機軋軋，兒弄口喎喎」情境相似。

〔四〕拍手催花舞：描寫飲酒行令的情形，拍手以爲節奏，催促花枝在座客間傳遞，聲停時擎花在手者罰酒。《説郛》（商務本）卷三宋孫宗鑑《東皋雜録》：「孔常甫令湘潭日，常誦唐人詩：『城頭催鼓傳花枝，席上搏拳握松子。』」所云「城頭催鼓傳花枝」，則是以鼓聲爲節奏。徐鉉《抛毬樂辭二首》之二：「灼灼傳花枝，紛紛度畫旗。不知紅燭下，照見彩毬飛。借勢因期剋，巫山暮雨歸。」描寫的則是富貴人家行令的情形。

〔五〕搘頤：以手支頤，是一種閒適的姿勢。王維《贈東嶽焦錬師》：「搘頤問樵客，世上復何如。」錢起《春暮過石龜谷題温處士林園》：「搘頤笑來客，頭上有朝簪。」賈島《過楊道士居》：「叩齒坐明月，搘頤望白雲。」高輦《棋》：「野客圍棋坐，搘頤向暮秋。」《酉陽雜俎續集》卷三《支諾皋下》：「或隱几搘頤，竟日懶爲一言。」《景德傳燈録》卷二六《婺州齊雲山遇臻禪師》：「搘頤静坐神不勞，鳥窠無端拈布毛。」寒山詩一一九首：「醉後搘頤坐，須彌小彈丸。」

〔六〕歎賀：贊賀。「歎」即贊歎之義。

〔七〕屢經過：頻繁造訪。《藝文類聚》卷二八載宋謝瞻《遊西池詩》曰：「逍遥越郊肆，願言屢經過。」按「經過」即造訪。阮籍《詠懷詩》之五：「西遊咸陽中，趙李相經過。」駱賓王《帝京篇》：「趙李經過密，蕭朱交結親。」白居易《池上早春即事招夢得》：「經過莫慵懶，相去兩三坊。」《祖堂集》卷一一《鹿門和尚》：「僧曰：『忽有客來，將何祇對？』師云：『柴户草門，謝你經過。』」《希叟紹曇禪師廣録》卷一：「上堂：一塢耕樵，門扃緑蘿。富驕時少，貧樂時多。婦揺機軋軋，兒弄口嘓嘓。澗水松聲交節奏，拍床禪云，何似東山瓦鼓歌。」

家住緑巖下

家住緑巖下〔一〕，庭蕪更不芟。新藤垂繚繞，古石竪巉巖①。山果獼猴摘②〔二〕，池魚白鷺銜③。仙書一兩卷〔三〕，樹下讀喃喃〔四〕。（〇一六）

【校勘】

①「巖」，原作「嵓」，正中本、高麗本作「喦」，兹從餘本作「巖」。按三字並同。②《寒山詩闡提記聞》：「『獮猴摘』，異作『青猿摘』。」③「銜」，原作「㘅」，高麗本作「啣」，兹從餘本作「銜」。按三字並同。

【箋注】

〔一〕緑巖下：應是指寒巖之下，寒山隱居處。古人多以「巖下」稱山中隱僻之處。如《異苑》卷八：「乃自匿遠山，卧於巖下。」《太平御覽》卷三九二引《孫登列傳》：「適見公和苫蓋，被髮端坐巖下鼓琴。」

〔二〕山果獮猴摘：按盧綸《和太常李主簿秋中山下别墅即事》：「葺橋雙鶴赴，收果衆猿隨。」又《寶泉寺送李益端公歸邠寧幕》：「戀泉將鶴並，偷果與猿同。」方干《山中言事八韻寄李支使》：「緬想遠書聆鵲喜，窺尋嘉果覺猿偷。」李商隱《商於》：「背塢猿收果，投巖麝退香。」杜荀鶴《登山寺》：「有果猿攀樹，無齋鴿看僧。」又《題仇處士郊居》：「閒敲巖果呼猿接，時釣溪魚引鶴爭。」孟賓《寄山中高逸人》：「猿共摘山果，僧鄰住石房。」貫休《山居詩二十四首》之二十：「僧採樹衣臨絶壑，狖争山果落空階。」《古尊宿語録》卷三八《襄州洞山第二代初禪師語録》：「問：『如何是禪不禪？』師云：『猢猻摘仙果。』」清褚人穫《堅瓠首集》卷四《巖棲草堂》：「有客問眉公山中何景最奇，眉公曰：『雨後露前，花朝雪夜。』又問何事最奇，曰：『釣同鶴守，果遣猿收。』」皆與寒山詩「山果獼猴摘」意趣相似。

〔三〕仙書：道教神仙之書。張籍《憶故州》：「疊石爲山伴野夫，自收靈藥讀仙書。」《太平廣記》卷四二《黄尊師》（出《逸史》）：「黄尊師居茅山，道術精妙。有販薪者於巖洞間得古書十數紙，自謂仙書，因詣黄君，懇請師事。」

〔四〕喃喃：口中念念出聲貌。《景德傳燈録》卷八《池州南泉普願禪師》：「鉢在我手裏，汝口喃喃作麽？」《五燈會元》卷一五《雲門文偃禪師》：「進步口喃喃，知君大罔措。」《續傳燈録》卷一三《福州聖泉寺紹燈禪師》：「吾年五十三，去住本無貪，臨行事若何？不用口喃喃。」亦作「諵諵」。韓愈《酬司門盧四兄雲夫院長望秋作》：「日來省我不肯去，論詩説賦相諵諵。」《祖堂集》卷四《丹霞和尚》：「舉一例諸足可知，何用諵諵説引詞。」楚按，此字本作「詽」。《説文》：「詽，詽詽，多言語也。」

四時無止息

四時無止息〔一〕，年去又年來〔二〕。萬物有代謝〔三〕，九天無朽摧①〔四〕。東明又西暗〔五〕，花落復花開〔六〕。唯有黄泉客〔七〕，冥冥②去不迴〔八〕。（〇一七）

【校勘】

①「摧」，原作「榷」，據各本改。②「冥冥」，原作「㝠㝠」，乃「冥」字别體，兹從各本。

【箋注】

〔一〕四時：四季。《禮記·孔子閒居》：「天有四時，春秋冬夏。」

〔二〕年去又年來：形容歲月流逝。駱賓王《代女道士王靈妃贈道士李榮》：「梅花如雪柳如絲，年去年來不自持。」杜荀鶴《秋宿臨江驛》：「南來北去二三年，年去年來兩鬢斑。」羅衮《清明登奉先城樓》：「年來年去只艱危，春半堯山草尚衰。」

〔三〕代謝：交替變化。陶淵明《飲酒二十首》之一：「寒暑有代謝，人道每如茲。」

〔四〕九天：泛稱天。古人分天爲九，其名目不盡相同。《吕氏春秋·有始》載天有九野：「何謂九野？中央曰鈞天，其星角、亢、氐。東方曰蒼天，其星房、心、尾。東北曰變天，其星箕、斗、牽牛。北方曰玄天，其星婺女、虚、危、營室。西北曰幽天，其星東壁、奎、婁。西方曰顥天，其星胃、昴、畢。西南曰朱天，其星觜嶲、參、東井。南方曰炎天，其星輿鬼、柳、七星。東南曰陽天，其星張、翼、軫。」

〔五〕東明又西暗：形容日夜交替。李商隱《燕臺四首·冬》：「天東日出天西下。」方干《送僧歸日本》：「西方尚在星辰下，東域已過寅卯時。」亦是此意。

〔六〕花落復花開：形容歲去年來。李紳《憶漢月》：「花開花落無時節，春去春來有底憑。」王樞《和嚴惲落花詩》：「花落花開人世夢，衰榮閒事且持杯。」

〔七〕黄泉客：謂已死之人。「黄泉」指墳墓、陰間。《左傳》隱公元年：「遂置姜氏於城潁，而誓之曰：『不及黄泉，無相見也。』」《文選》卷二八繆襲《挽歌》：「朝發高堂上，暮宿黄泉下。」李善注：「《論衡》曰：『親之生也，生（坐）之高堂之上；其死也，葬之黄泉之下。』服虔《左氏傳注》曰：『天地玄黄，泉在地中，故曰黄泉也。』」

〔八〕冥冥：昏暗貌，形容陰間。曹植《三良詩》：「攬涕登君墓，臨穴仰天歎。長夜何冥冥，一往不復還。」《後漢書·張奂傳》：「通塞命也，始終常也，但地底冥冥，長無曉期，而復纏以纊緜，牢以釘密，爲不喜耳。」

歲去換愁年

歲去換愁年，春來物色鮮〔一〕。山花笑緑水①〔二〕，巖岫②舞青煙。蜂蝶自云樂，禽魚更可憐〔三〕。朋遊情未已〔四〕，徹曉不能眠。（〇一八）

【校勘】

①「笑」，全唐詩本夾注「一作夾」。「緑」，原作「淥」，兹從各本作「緑」。②「岫」，四庫本作「樹」，全唐詩本夾注「一作樹」。

【箋注】

〔一〕物色：景物。《西京雜記》卷二：「高帝既作新豐，並移舊社，衢巷棟宇，物色惟舊。」李百藥《雨後》：「晚來風景麗，晴初物色華。」王勃《林泉獨飲》：「相逢今不醉，物色自輕人。」

〔二〕山花笑緑水：謂山花映水開放。「笑」形容花開。劉知幾《史通·雜説》：「今俗文士謂鳥鳴爲啼，花發爲笑。」《樂府詩集》卷四九《西烏夜飛》：「持底喚歡來，花笑鶯歌詠。」顧況《初秋蓮塘歸》：「如何白蘋花，幽渚笑涼風。」李賀《李憑箜篌引》：「崑山玉碎鳳皇叫，芙蓉泣露香蘭笑。」李商隱《李花》：「自明無月夜，强笑欲風天。」

〔三〕禽魚：猶云「魚鳥」。張九齡《南還以詩代書贈京師舊僚》：「松篠行皆傍，禽魚動輒隨。」孟雲卿《新安江上寄處士》：「人遠禽魚静，山空水木寒。」周賀《上陝府姚中丞》：「此心長愛狎禽魚，仍候登封獨著書。」　可憐：可愛。陶淵明《讀山海經十三首》之五：「翩翩三青鳥，毛色奇可憐。」唐明皇《初入秦川路逢寒食》：「可憐寒食與清明，光輝并在長安道。」徐晶《同蔡孚五亭詠》：「幽栖可憐處，春事滿林扉。」劉希夷《秋日題汝陽潭壁》：「魚鱗可憐紫，鴨毛自然碧。」王翰《飛燕篇》：「可憐女兒三五許，丰茸惜是一園花。」芮挺章《江南弄》：「春江可憐事，最在美人家。　鸚鵡能言鳥，芙蓉巧笑花。」盧綸《送張成季往江上賦得垂楊》：「垂楊真可憐，地勝覺春偏。」白居易《重寄荔枝與楊使君時聞楊使君欲種植故有落句戲之》：「香連翠葉真堪畫，紅透青籠實可憐。」《太平廣記》卷四六六《徐景山》（出《續齊諧記》）：「魏明帝遊洛水，水中有白獺數頭，美净可憐。」清江師韓《詩學纂聞·可憐有二義》：「鮑明遠《東飛伯勞歌》云：『三春已暮花從風，空留可憐誰與同？』按『憐』字有二解：《莊子·庚桑楚》篇：『汝欲反汝性情而無由入，可憐哉！』宋玉《九辯》曰：『惆悵兮而私自憐。』王逸注曰：『竊内念己自閔傷也。』《五行志》成帝時歌謡曰：『故爲人所羨，今爲人所憐。』又孫會宗謂楊惲：『大臣廢退，當闔門惶懼，爲可憐之意。』陶詩：『榮華誠足貴，亦復可憐傷。』此『可憐』者，皆謂可閔也。《戰國策》趙太后曰：『丈夫亦愛憐其少子乎？』《列子》曰：『生相憐，死相捐。』《魯連子》引古諺曰：『心誠憐，白髮元。』此『憐』字與明遠詩所云『可憐』者，謂可愛也。凡唐詩可憐宵、可憐生，多作可愛意。杜詩：『君家白盌勝霜雪，急送茅齋也可憐。』」

〔四〕朋遊：共相遊處之友人。陳顧野王《餞友之綏安》：「絲竹邯鄲倡，朋遊鄴中蓋。」朱仲晦《答王無功問故園》：「朋遊總强健，童稚各長成。」戴叔倫《送蕭二》：「又聞故里朋遊盡，到日知逢何處人。」杜牧《張好好詩》：「朋遊今在否？落拓更能無？」《祖堂集》卷一七《正原和尚》：「始從稚子，不狎朋遊。」　情未已：興致未盡。王勃《上巳浮江宴韻得阯字》：「別有江海心，日暮情何已。」

手筆大縱横

手筆大①縱横〔一〕，身才極瓌瑋②〔二〕。生爲有限身〔三〕，死作無名鬼。自古如此多③，君今爭奈何〔四〕。可來白雲裏，教爾④紫芝歌〔五〕。（〇一九）

【校勘】

①「大」，餘本皆作「太」。　②「才」，宮內省本、四庫本、全唐詩本作「材」。「瓌瑋」，宮內省本、四

庫本作「魁偉」，「瓌」下全唐詩本夾注「一作魁」。　③「如此多」，全唐詩本夾注「一作多如此」。④「爾」，宮内省本、四庫本作「你」。

【箋注】

〔一〕手筆：文章。《弘明集》卷一二桓玄《與王中令書》：「來難手筆甚佳，殊爲斐然。」《世説新語·文學》：「樂令善於清言，而不長於手筆。將讓河南尹，請潘岳爲表。」范曄《獄中與諸甥侄書》：「手筆差易，文不拘韻故也。」《妙法蓮華經·普賢菩薩勸發品》：「如是之人，不復貪著世樂，不好外道經書手筆，亦復不喜親近其人。」《陳書·姚察傳》：「察每製文筆，敕便索本，上曰：『我于姚察文章，非唯翫味無已，故是一宗匠。』」《朝野僉載》卷六：「司刑司直陳希閔以非才任官，庶事凝滯。司刑府史目之爲『高手筆』，言秉筆支額，半日不下，故名『高手筆』。」《宋高僧傳》卷四《印宗傳》：「又纂百家諸儒士三教文意表明佛法者，重結集之，手筆逾高，著述流布。」　縱横：形容文章恣肆奔放。劉肅《大唐新語》卷八《聰敏》：「琰之不上廳，語主案者略言其事意，倚柱而斷之，詞理縱横，文筆燦爛，手不停綴，落紙如飛。」

〔二〕瓌瑋：身材長大奇絶貌。《大莊嚴論經》卷三：「而其此子見於王女，儀容瓌瑋，姿貌非凡。」《太平廣記》卷四三四《甯茵》（出《傳奇》）：「睹處士形質瓌瑋，言詞廓落。」亦作「瓌偉」。《大般涅槃經》卷一二：「人亦如是，壯則端嚴，形貌瓌偉；老則衰羸，形神枯悴。」《獨異志》卷下：「漢宮威名聞於匈奴，匈奴欲識，使人求見宮。宮啓帝曰：『域外重人形狀魁梧，臣貌醜陋，不如選瓌偉者示之。』帝以大鴻臚卿魏應代之。」《太平廣記》卷四五《王卿》（出《原化記》）：「天師形狀瓌偉，眉目疎朗。」亦作「瑰瑋」。《太平廣記》卷四八九《周秦行記》：「太后着練衣，狀貌瑰瑋，不甚年高。」慧琳《一切經音義》卷七九引《考聲》：「瑰瑋，身材奇絶長大也。」亦作「瑰偉」。《太平廣記》卷一三六《唐懿宗》（出《杜陽雜編》）：「唐懿宗器度沈厚，形貌瑰偉。」按今本《杜陽雜編》卷下作「瓌偉」。亦作「瓌偉」。《别譯雜阿含經》卷一：「容貌瓌偉，天姿挺特。」

〔三〕有限身：人生壽命有限，故云「有限身」。元稹《酬樂天早春閒遊西湖（略）》：「勝事無窮境，流年有限身。」鮑溶《與峨眉山道士期盡日不至》：「顧慚有限身，易老白日光。」李敬方《勸酒》：「日日無窮事，區區有限身。」王梵志詩〇一八首：「身是有限身，程期太劇促。」

〔四〕争奈何：即「怎奈何」。《詩詞曲語辭匯釋》卷二《争》：「争，猶怎也。自來謂宋人用怎字，唐人只用争字。」

〔五〕紫芝歌：商山四皓所作之歌。《太平御覽》卷五〇七引皇甫士安《高士傳》曰：「四皓者，皆河内軹人也，或在汲。一曰東園公，二曰角（甪）里先生，三曰綺里季，四曰夏黄公，皆修道潔己，非義不動。秦始皇時，見秦政虐，乃退入藍田山，而作歌曰：『莫莫高山，深谷逶迤。曄曄紫芝，可以療飢。唐虞世遠，吾將何歸。駟馬高蓋，其憂甚大。富貴之畏人，不如貧賤之肆志。』乃共入商洛，隱地肺山，以待天下定。及秦敗，漢高聞之，徵之不至，深自匿終南山，不能屈也。」後世因以《紫芝歌》爲避世求仙之歌。如張九齡《商洛山行懷古》：「長懷赤松意，復憶紫芝歌。避世辭軒冕，逢時解薜蘿。」白居易《詠史》：「可憐黄綺入商洛，閒卧白雲歌紫芝。」《古尊宿語録》卷二六《舒州法華山舉和尚語要》：「問：『可來白雲裏，教你紫芝歌。如何是紫芝歌？』師云：『不是吴音，切須漢語。』」

欲得安身處

欲得安身處，寒山可長保。微風吹幽松，近聽聲愈①好〔一〕。下有斑白人〔二〕，喃喃讀黄老〔三〕。十年歸不得〔四〕，忘却來時道〔五〕。（〇二〇）

【校勘】

①「愈」，原作「逾」，兹從宫内省本、正中本、高麗本。

【箋注】

〔一〕近聽聲愈好：按《月江正印禪師語録》卷下《松月庵歌》：「江月照兮松風吹，寒山静聽聲愈好。」即用寒山此句。

〔二〕斑白人：謂老人。「斑白」指頭髮花白。《禮記·祭義》：「斑白者不以其任行乎道路。」鄭玄注：「斑白者，髮雜色也。」亦作「班白」、「頒白」。《孟子·梁惠王上》：「謹庠序之教，申之以孝悌之義，頒白者不負戴於道路矣。」趙岐注：「頒者，班也，頭半白班班者也。」

〔三〕喃喃：口中念念出聲貌。見〇一六首注〔四〕。　讀黄老：讀道家之書。《太平廣記》卷二〇四《吕鄉筠》（出《博異志》）：「湘中老人讀黄老，手援紫藟坐翠草。春至不知湘水深，日暮忘却巴陵道。」按「黄老」即黄帝、老子，道家以黄帝、老子爲祖，故亦稱道家爲「黄老」。《漢書·田蚡傳》：「太后好黄老言，而嬰、蚡、趙綰等務隆推儒術，貶道家言，是以竇太后滋不説。」

〔四〕十年歸不得：按張籍《行路難》亦云：「湘東行人長歎息，十年離家歸未得。」

〔五〕來時道：按《長靈守卓禪師語録》：「青山無盡意無窮，何須更覓來時道。」《憨山大師夢遊全集》卷四九《山居十三首》之十：「貪看溪頭雲，忘却來時道。」

《祖堂集》卷八《曹山和尚》：「問：『如何是十年歸不得，忘却來時路？』師云：『得樂忘憂。』僧云：『忘却什摩路？』師云：『十處即是。』僧云：『還忘却本來路也無？』師云：『亦忘却。』僧云：『爲什摩不言九年，要須十年？』師云：『若有一方不歸，我不現身。』」

《碧巖録》三十四則評唱：「雪竇道：『君不見寒山子行太早，十年歸不得，忘却來時道。』寒山子詩云：欲得安身處，寒山可長保。微風吹幽松，近聽聲愈好。下有班白人，嘮嘮讀黄老。十年歸不得，忘却來時道。」

《寶覺祖心禪師語録》：「舉寒山道：『欲得安身處，寒山可長保。微風吹幽松，近聽聲愈好。下有斑白人，喃喃讀黄老。十年忘不歸，忘却來時道。』僧問：『作麼生是來時道？』師指香爐曰：『看，寒山來也，見麽？』僧曰：『好箇香爐。』師曰：『慚愧！』師又問：『是爾適來從什麽處來？』僧曰：『寮中來。』師曰：『從寮中來底，如今是記得，是忘却？』僧曰：『只是自己，更説什麽記忘！』師曰：『將謂失却，元來却在。』」

《宏智禪師廣録》卷二：「寒山忘却來時路，拾得相將携手歸。」又卷五：「僧云：『手把過頭杖，逢春點異花。』師云：『還真箇也無？』僧云：『直得頭頭是物物渠。』師云：『十年歸不得，忘却來時路。』僧云：『爲什麽却如此？』師云：『直須忘却始得。』」

《希叟紹曇禪師廣録》卷一：「入京歸，上堂：赤脚走紅塵，全身入荒草。費了幾精神，不若居山好。一塢閑雲，千峰啼鳥。聲色純真，是非不到。堪悲堪笑寒山子，十年歸不得，忘却來時道。」

《楚石梵琦禪師語録》卷一六《送徑山莫首座歸鄞》：「君不見，寒山子，歸太早，十年忘却來時道。又不見，明覺老，無處討，十洲春盡花凋殘，珊瑚樹林日杲杲。」

《續古尊宿語要》卷一《湛堂準和尚語》：「今朝臘月十五，切忌葛藤露布。者事直下分明，當處超佛越祖。便與麽去，苦、苦！何故？寒山子，能莽齒(鹵)，十年歸不得，忘却來時路。」

《續古尊宿語要》卷五《混源密和尚語》：「五祖箇老翁，從來多指注。不是不知歸，忘却來時路。」

《續傳燈録》卷一四《潤州甘露傳祖仲宣禪師》：「良久曰：『堪笑寒山忘却歸，十年不識來時道。』」

《絶岸可湘禪師語録》:「心不是佛,智不是道,唯此一事,如何尋討。赤水得之非珍,崑岡拾來非寶。寒山子,曾了了,解道『微風吹幽松,近聽聲愈好』。」

俊傑馬上郎

俊傑馬上郎,揮鞭指柳①楊。謂言無死日〔一〕,終不作梯航〔二〕。四運花自好〔三〕,一朝成萎黄〔四〕。醍醐與石蜜〔五〕,至死不能嘗。(〇二一)

【校勘】

①「柳」,全唐詩本、島田翰本作「緑」。

【箋注】

〔一〕謂言:以爲,認爲。《玉臺新詠》卷一《古詩爲焦仲卿妻作》:「十七遣汝嫁,謂言無誓違。汝今無罪過,不迎而自歸。」李欣《緩歌行》:「結交杜陵輕薄子,謂言可生復可死。」岑參《題李士曹廳壁畫度雨雲歌》:「似出棟梁裏,如和風雨飛。掾曹有時不敢歸,謂言雨過溼人衣。」元稹《青雲驛》:「謂言青雲驛,繡户芙蓉闈。謂言青雲騎,玉勒黄金蹄。謂言青雲具,瑚璉雜象犀。謂言青雲吏,的的顔如珪。懷此青雲望,安能復久稽。」于濆《宫怨》:「謂言入漢宫,富貴可長久。君王縱有情,不奈陳皇后。」《祖堂集》卷九《洛浦和尚》載《神劍歌》:「在匣謂言無照耀,用來方覺轉光輝。」亦作「爲言」。岑參《過磧》:「爲言地盡天還盡,行到安西更向西。」李白《江夏行》：「爲言嫁夫婿，得免長相思。誰知嫁商賈，令人却愁苦。」

〔二〕梯航：梯與船，本是登山渡水的工具。吕温《與族兄皋請學春秋書》：「翹企聖域，莫知所從，如仰高山、臨大川，未獲梯航，而欲濟乎深、臻乎極也。」寒山詩之「終不作梯航」謂終不行善修福，蓋以行善修福爲獲得善報、濟渡苦海之梯航也。

〔三〕四運：四季。陸機《梁甫吟》：「四運循環轉，寒暑自相承。」陶淵明《酬劉柴桑》：「窮居寡人用，時忘四運周。空庭多落葉，慨然知已秋。」李白《日出入行》：「草不謝榮於春風，木不怨落於秋天。誰揮鞭策驅四運，萬物興歇皆自然。」

〔四〕一朝成萎黄：按《大般涅槃經》卷一二：「猶如秋月所有蓮華，皆爲一切之所樂見；及其萎黄，人所惡賤。善男子，盛年壯色亦復如是，悉爲一切之所愛樂；及其老至，衆所惡賤。」即爲寒山詩「四運花自好，一朝成萎黄」二句所從取意，比喻壯年雖好，及至人老年衰，人所惡賤。

〔五〕醍醐與石蜜：兩種美味食品，佛經以喻佛法。《大般涅槃經》卷六：「佛告迦葉：善男子，我般涅槃後，四十年中於閻浮提廣行流布，然後乃當隱没於地。善男子，譬如有甘蔗稻米石蜜乳酥醍醐隨有之處，其土人民皆言是味味中第一。或復有人純食粟米及以稗子，是人亦言我所食者最爲第一，是薄福人受業報故。若是福人，耳初不聞粟稗之名，所食唯食粳糧甘蔗石蜜醍醐。是大涅槃微妙經典亦復如是，鈍根薄福不樂聽聞，如彼薄福憎惡粳糧及石蜜等。」又卷八：「無礙智甘露，所謂大乘典，如是大乘典，亦名雜毒藥，如酥醍醐等，及以諸石蜜，服消則爲藥，不消則爲毒。」《大智度論》卷七三：「又如煮石蜜欲熟時，種種物内中，皆成石蜜，妙味力盛故。菩薩亦如是，般若波羅蜜力盛故，種種諸法，能令皆與般若合爲一味，無諸過罪。」按「醍醐」是由牛乳精煉而成。《大般涅槃經》卷一四：「譬如從牛出乳，從乳出酪，從酪出生酥，從生酥出熟酥，從熟酥出醍醐。醍醐最上，若有服者，衆病皆除，所有諸藥，悉入其中。……言醍醐者，喻於佛性；佛性者，即是如來。」《祖堂集》卷二十《五冠山瑞雲寺和尚》：「故經云：雪山有草，名爲忍辱，牛若食者，則出醍醐。又云：衆生若能聽受諮啓大涅槃，則見佛性。故當知草喻妙法，牛喻頓機，醍醐喻佛。如是則牛若食草，則出醍醐；人若解法，則成正覺。」而「石蜜」即是蔗糖。《正法念處經》卷三：「如甘蔗汁，器中火煎。彼初離垢，名頗尼多。次第二煎，則漸微重，名曰巨呂。更第三煎，其色則白，名曰石蜜。」《太平御覽》卷八五七引《涼州異物志》曰：「石蜜滋甜於浮萍，非石之類，假石之名，實出甘柘，變而凝輕（甘柘似竹，味甘。煮而曝之，則凝如石而甚輕）。」按「甘柘」即甘蔗。

《寒山詩闡提記聞》評曰：「此詩呵無賴年少，令發學道心。『柳楊』謂衒賣妖色也。『不作梯航』者，謂沉没生死海中，不求出世船筏也。」

有一餐霞子

有一餐霞子〔一〕，其居諱俗遊〔二〕。論時實蕭爽〔三〕，在夏亦如秋〔四〕。幽澗常瀝瀝①，高松風

颼颼。其中半日坐，忘却百年愁〔五〕。（〇二二）

【校勘】

①「瀝瀝」，高麗本作「歷歷」。

【箋注】

〔一〕餐霞子：求仙學道之人。宋之問《寄天台司馬道士》：「遠愧餐霞子，童顔且自持。」亦云「餐霞客」。孟浩然《傷峴山雲表觀主》：「豈意餐霞客，溘隨朝露先。」盧拱《中元日觀法事》：「久慕餐霞客，常悲習蓼蟲。青囊如可授，從此訪鴻蒙。」顧非熊《送内鄉張主簿赴任》：「松窗久是餐霞客，山縣新爲主印官。」亦云「餐霞人」。顔延年《五君詠·嵇中散》：「中散不偶世，本自餐霞人。」錢起《贈漢陽隱者》：「當年不出世，知子餐霞人。」按道家謂神仙有餐霞之術，故稱神仙者多以「餐霞」爲言。《太平御覽》卷六七〇引《九真華妃》曰：「日者霞之實，霞者日之精。人惟聞服日實之法，未見其知霞之精也。夫飡霞之經甚秘，致霞之道甚易，此謂體生玉光、霞映上清之法也。」曹植《驅車篇》：「餐霞漱沆瀣，毛羽被身形。發舉蹈虚廓，徑庭升窈冥。同壽東父之年，曠代永長生。」《抱朴子内篇·對俗》：「果能登虚躡景，雲轝霓蓋，餐朝霞之沆瀣，吸玄黄之醇精。」《弘明集》卷六明僧紹《正二教論》：「今之道家所教，唯以長生爲宗，不死爲主。其鍊映金丹，餐霞餌玉，靈升羽蜕，尸解形化，是其託術，驗而竟無覩其然也。」白居易《贈王山人》：「玉芝觀裏王居士，服氣餐霞善養身。」陳陶《飛龍引》：「有熊之君好神仙，餐霞鍊石三千年。」

〔二〕諱俗遊：迴避世俗交遊。

〔三〕論時：猶云「若説」，是引起議論或評論的話。北齊蕭慤《奉和詠龍門桃花詩》：「論時應未發，故欲影歸軒。」王梵志詩二七七首：「論時大罪過，食肉身招病。」又三六二首：「貪兒覓長命，論時熟癡漢。終歸不免死，受苦無崖畔。」又三六八首：「子細好推尋，論時幾許騃。」又三九〇首：「貯積擬孫兒，論時幾許錯。」寒山詩〇九三首亦云：「天下幾種人，論時色數有。」

蕭爽：蕭灑，清爽。杜甫《玄都壇歌寄元逸人》：「鐵鎖高垂不可攀，致身福地何蕭爽。」元稹《古寺》：「古寺春餘日半斜，竹風蕭爽勝人家。」雍陶《和劉補闕秋園寓興六首》之四：「人來多愛此，蕭爽似仙家。」

〔四〕在夏亦如秋：按李頻《送鳳翔范書記》：「西京無暑氣，夏景似清秋。」白居易《新構亭臺示諸弟姪》：「開襟向風坐，夏日如秋時。」又《池畔逐涼》：「風清泉冷竹修修，三伏炎天涼似秋。」李德裕《初夏有懷山居》：「山中有所憶，夏景始清幽。野竹陰無日，巖泉冷似秋。」皆是此意。

〔五〕百年愁：「百年」爲人壽之大限，因稱人生之愁爲「百年愁」。劉綺莊《置酒》：「願逢千日醉，得逭百年愁。」按李涉《題鶴林寺僧舍》：「因過竹院逢僧話，又得浮生半日閑。」即是寒山詩「其中半日坐，忘却百年愁」之意。

妾在邯鄲住

妾在①邯鄲住〔一〕，歌聲亦抑揚。賴我安居②處，此曲舊來長〔二〕。既醉莫言歸，留連日未

央〔三〕。兒家寢宿處，繡被滿銀牀。（〇二三）

【校勘】

①「在」，宮内省本、四庫本作「家」，全唐詩本夾注「一作家」。　②「居」，宮内省本、四庫本作「隱」，全唐詩本夾注「一作隱」。

【箋注】

〔一〕妾在邯鄲住：「邯鄲」在今河北省邯鄲市，古代是趙國的都城，趙女善音樂，多爲倡。《史記・趙世家》：「太史公曰：吾聞馮王孫曰：趙王遷，其母倡也。」裴駰集解引徐廣曰：「《列女傳》曰：邯鄲之倡。」《宋書・樂志二》載《雞鳴》：「上有雙尊酒，作使邯鄲倡。」《玉臺新詠》卷一《相逢狹路間》：「堂上置樽酒，作使邯鄲倡。」鮑照《代白紵曲二首》之一：「朱脣動，素腕舉，洛陽少童邯鄲女。古稱淥水今白紵，催絃急管爲君舞。」《樂府詩集》卷三一孔欣《置酒高堂上》：「邯鄲有名倡，承間奏新聲。八音何寥亮，四座同歡情。」又卷七六陸厥《邯鄲行》：「趙女擫鳴琴，邯鄲紛躧步。長袖曳三街，兼金輕一顧。」江總《宛轉歌》：「已聞能歌洞簫賦，詎是故愛邯鄲倡。」顧野王《餞友之綏安》：「絲竹邯鄲倡，朋遊鄴中蓋。」李賀《榮華樂》：「臺下戲學邯鄲倡，口吟舌話稱女郎。」寒山「妾在邯鄲住」詩，所詠即是邯鄲倡也。

〔二〕此曲舊來長：《續古尊宿語要》卷二《芙蓉楷禪師語・鐵鋸舞三臺》：「不是宮商調，誰人和一場。伯牙何所措，此曲舊來長。」按「舊來」即原來、從來、自來。王昌齡《寒食即事》：「晉陽寒食地，風俗舊來傳。」岑參《虢州西山亭子送范端公》：「驄馬勸君皆卸却，使君家醖舊來濃。」杜甫《因許八奉寄江寧旻上人》：「舊來好事今能否，老去新詩誰與傳。」屈同仙《烏江女》：「青春猶未嫁，紅粉舊來娼。」李嘉祐《雜興》：「君心比妾心，妾意舊來深。」姚合《武功縣中作三十首》之七：「自嫌多檢束，不似舊來狂。」皎然《惜暮景》：「夏日舊來長，佳遊何易暮。」張文成《遊仙窟》：「婀娜腰支細細許，𥈭䀡眼子長長馨。巧兒舊來鐫未得，畫匠迎生摸不成。」《太平廣記》卷四四六《王仁裕》（出《王氏見聞》）：「放爾丁寧復故林，舊來行處好追尋。」

〔三〕日未央：白晝未盡。「未央」即未盡。《詩·小雅·庭燎》：「夜如何其？夜未央。」屈原《離騷》：「及年歲之未晏兮，時亦猶其未央。」王逸注：「央，盡也。」

快搒三翼舟

快搒三翼舟〔一〕，善乘千里馬〔二〕。莫能造我家〔三〕，謂言最幽野〔四〕。巖岫①深嶂中，雲雷竟日下〔五〕。自非孔丘公，無能相救者〔六〕。（〇二四）

【校勘】

①「岫」，宫内省本作「穴」，全唐詩本夾注「一作穴」。

【箋注】

〔一〕搒：划船。韓愈《叉魚招張功曹》：「深窺沙可數，静搒水無摇。」字亦作「榜」。《集韻》宕韻：

「榜，進船也。或從手。」儲光羲《同王十三維偶然作十首》之三：「使婦提蠶筐，呼兒榜漁船。」柳宗元《溪居》：「曉耕翻露草，夜榜響溪石。」張籍《城南》：「言尋參差島，曉榜輕盈舟。」元稹《黄明府詩》：「便邀連榻坐，兼共榜船行。」許渾《新興道中》：「夜榜歸舟望漁火，一溪風雨兩巖陰。」白居易《九日宴集醉題郡樓兼呈周殷二判官》：「榜舟鞭馬取賓客，掃樓拂席排壺觴。」

三翼舟：本是戰船，這裏以稱輕舟。洪邁《容齋四筆》卷一一《船名三翼》：「《文選》張景陽《七命》曰：『浮三翼，戲中沚。』其事出《越絶書》，李善注頗言其略，蓋戰船也。其書云：闔閭見子胥，問船運之備。對曰：船名大翼、小翼、突冐（冒）、樓船、橋船。大翼者，當陵軍之車；小翼者，當陵軍之輕車。又《水戰兵法内經》曰：大翼一艘，廣一丈五尺三寸，長十丈。中翼一艘，廣一丈三尺五寸，長九丈。小翼一艘，廣一丈二尺，長五丈六尺。大抵皆巨戰船，而昔之詩人乃以爲輕舟。梁元帝云『日華三翼舸』，又云『三翼自相追』，張正見云『三翼木蘭船』，元微之云『光陰三翼過』，其他亦鮮用之者。」

〔二〕千里馬：日行千里之駿馬。《戰國策·燕策一》：「臣聞古之君人，有以千金求千里馬者，三年不能得。」《洛陽伽藍記》卷四：「遣使向西域求名馬，遠至波斯國，得千里馬，號曰追風赤驥。」梁元帝《金樓子·立言篇上》：「伯樂教其所憎者相千里馬，其所愛者相駑馬。千里之馬不時有，其利緩；駑馬日售，其利急。」駱賓王《疇昔篇》：「五霸爭馳千里馬，三條競騖七香車。」

〔三〕造：至，拜訪。《舊雜譬喻經》：「昔有一道士，造婆羅門家乞食。」《世説新語·任誕》：「忽憶戴安道，時戴在剡，即便夜乘小船就之，經宿方至，造門不前而返。」又《德行》：「郭林宗至汝南造袁奉高，車不停軌，鸞不輟軛。」

〔四〕謂言：以爲，認爲。見〇二一首注〔一〕。

〔五〕竟日：終日。白居易《秋涼閒卧》：「幽閒竟日卧，衰病無人問。」貫休《題簡禪師院》：「唯有半庭竹，能生竟日風。」

〔六〕自非孔丘公，無能相救者：《寒山子詩集管解》注曰：「《論語·先進篇》：『子曰：「先進於禮樂，野人也；後進於禮樂，君子也。如用之，則吾從先進。」』此篇蓋本於此而言乎？意謂我者先進，而在巖岫深嶂中，雲雷竟日下之幽野，而陸沉者也。孔子既曰『吾從先進』，則救我之陸沉而用之者，孔子一人而已。雖縱有快撈三翼舟、善乘千里馬者，豈得造我之野，且從我之野乎？《尚書·大禹謨》曰『野無遺賢』，今翻之，謂野遺之賢乎？」錢學烈《寒山詩校注》曰：「孔丘公，不知何人。若指孔子，則自古以來未有稱『孔丘公』者。『孔丘公』疑爲『浮丘公』之誤。浮丘公，道人，傳説接王子喬上嵩高山，使之成仙。《文選》何敬宗《遊仙詩》李善注：『《列仙傳》曰：王喬者，周靈王太子晉也。好吹笙作鳳鳴，遊伊洛之間。道人浮丘公接以上嵩高山。三十年後，求之於山上，見桓良曰：告我家，七月七日待我於緱山頭。果乘白鶴駐山頭，望之不得到，舉手謝時人，數日而去。』詩中意爲雖在高山中隱居，没有浮丘公相助，不能如王子喬那樣成仙。《文選》郭景純《遊仙詩》：『左挹浮丘袖，右拍洪崖肩。』」楚按，《寒山詩校注》疑「孔丘公」

爲「浮丘公」之誤，可從。阮籍《詠懷詩》之六五：「王子十五年，遊衍伊洛濱。朱顏茂春華，辯慧懷清真。焉見浮丘公，舉手謝時人。輕蕩易恍惚，飄飄棄其身。飛飛鳴且翔，揮翼且酸辛。」謝靈運《登臨海嶠初發疆中作與從弟惠連可見羊何共和之》：「高高入雲霓，還期那可尋。儻遇浮丘公，長絶子徽音。」劉孝威《和皇太子春林晚雨》：「誰堪偶鳳吹，唯有浮丘公。」李渤《南溪詩》：「若值浮丘翁，從此謝塵役。」徐靈府《天台山記》：「周靈王太子喬，字子晉，好吹笙作鳳鳴於伊雒間。道人浮近（丘）公接以上嵩山。三十餘年後，求之不得。偶乘白鶴，謝時人而去。以仙官授任爲桐柏真人右弼王，領五岳司侍帝，來治玆山也。」因知曾獲浮丘公接引之王子喬，後任天台山仙官也。寒山詩「自非浮丘公」數句，言俗人欲造我家，將迷於「巖岫深嶂中」，阻於「雲雷竟日下」，若非得仙人浮丘公接引上升，無由至我家也。

智者君抛我

智者君抛我〔一〕，愚者我抛君。非愚亦非智，從此斷①相聞〔二〕。入夜歌明月，侵晨舞白雲〔三〕。焉能拱②口手〔四〕，端坐鬢紛紛。（〇二五）

【校勘】

①「斷」，宮内省本作「繼」，全唐詩本夾注「一作繼」。　②「拱」，宮内省本作「住」，全唐詩本夾注「一作住」。

【箋注】

〔一〕抛我：謂棄我而不相往來。白居易《嘗新酒憶晦叔二首》之一：「自君抛我去，此物共誰嘗。」又《履信池櫻桃島上醉後走筆送别舒員外兼寄宗正李卿考功崔郎中》：「不論崔李上青雲，明日舒三亦抛我。」

〔二〕斷相聞：斷絶音信往來。白居易《夢微之》：「晨起臨風一惆悵，通川湓水斷相聞。」「相聞」謂音信相通。《後漢書・隗囂傳》：「自今以後，手書相聞，勿用傍人解構之言。」《三國志・吴書・吕蒙傳》：「羽還，在道路，數使人與蒙相聞，蒙輒厚遇其使。」鮑照《還都道中詩三首》之一：「歎慨訴同旅，美人無相聞。」《説郛》（宛委山堂本）弓一一四朱慶餘《冥音録》：「侃既死，雖侃之宗親居顯要者，絶不相聞。」按《樂府詩集》卷八七沈炯《獨酌謡》：「智者不我顧，愚夫余不要。不愚復不智，誰當余見招。」盧照鄰《贈益府群官》：「智者不我邀，愚夫余不顧。所以成獨立，耿耿歲云暮。」應是寒山詩「智者君抛我，愚者我抛君。非愚亦非智，從此斷相聞」四句所從取意。又《世説新語・任誕》：「劉公榮與人飲酒，雜穢非類，人或譏之，答曰：『勝公榮者，不可不與飲；不如公榮者，亦不可不與飲；是公榮輩者，又不可不與飲。』故終日共飲而醉。」與寒山詩意雖相反而相似。

〔三〕侵晨：至晨。韓偓《無題》：「額波風盡日，簾影月侵晨。」「侵」表示時間進入。如王褒《始發宿亭》：「落星侵曉没，殘月半山低。」梁元帝《和劉尚書侍五明集詩》：「宫槐留曉合，城烏侵曙鳴。」

〔四〕拱口手：按古人交疊雙手以表恭敬，稱爲「拱手」。《禮記・曲禮上》：「遭先生於道，趨而進，正立拱手。」此云「拱口手」者，因「拱手」而連類及口，謂拱手而沉默無言，猶云「拱默」，表示恭慎之貌。

有鳥五色彣

有鳥五色彣①〔一〕，棲桐食竹實〔二〕。徐動合禮②儀〔三〕，和鳴中音律③〔四〕。昨來何以至〔五〕，爲吾④暫時出。儻聞絃歌聲〔六〕，作舞欣今日〔七〕。（〇二六）

【校勘】

①「彣」，宮内省本、正中本、高麗本、四庫本作「文」。②「禮」，宮内省本、四庫本作「和」，全唐詩本夾注「一作和」。③此句宮内省本、四庫本作「鳴中施禮律」，全唐詩本夾注「一作鳴中施禮律」。④「吾」，全唐詩本夾注：「一作君。」

【箋注】

〔一〕有鳥五色彣：「彣」，文彩，色彩斑斕。《説文》：「彣，戫也。」段注：「有部曰：戫，有彣彰也，是則有彣彰謂之彣。彣與文義別，凡是有文章，皆當作彣彰。作文章者，省也。」《廣韻》上平聲二十文：「彣，青與赤雜。」寒山詩別本作「文」者，即「彣」之省。此云「有鳥五色彣」者，謂鳳凰，相傳鳳凰羽毛五色。《論衡·書解篇》：「鳳羽五色，於鳥爲君。」《焦氏易林》卷一二：「神鳥五色，鳳凰爲主，集於王谷，使君得所。」李嶠《鳳》：「有鳥居丹穴，其名曰鳳凰。九苞應靈瑞，五色成文章。」李白《送崔度還吴》：「中有孤鳳雛，哀鳴九天聞。我乃重此鳥，綵章五色分。」韋應物《鳶奪巢》：「鳳凰五色百鳥尊，知鳶爲害何不言。」《太平御覽》卷九一五引《帝王世紀》曰：「黄帝服齊於中宫，坐于玄扈。洛上乃有大鳥，雞頭鷰喙，龜頸龍形，麟翼魚尾，其狀如鶴，體備五色，三文成字。首文曰順德，背文曰信義，膺文曰仁智。不食生蟲，不履生草，或止帝之東園，或巢阿閣。其飲食也，必自歌舞，音如簫笙。」所云即是鳳凰也。

〔二〕棲桐食竹實：相傳鳳凰非梧桐不棲，非竹實不食。《韓詩外傳》卷八：「黄帝即位，……鳳乃止帝東園，集帝梧桐，食帝竹實，没身不去。」《魏書·彭城王勰傳》：「鳳皇非梧桐不棲，非竹實不食，今梧桐、竹並茂，詎能降鳳乎？」李伯魚《桐竹贈張燕公》：「鳳棲桐不愧，鳳食竹何慚。棲食更如此，餘非鳳所堪。」

〔三〕徐動合禮儀：謂鳳凰動止有節，合於禮儀。《書·益稷》：「簫韶九成，鳳皇來儀。」孔傳：「雄曰鳳，雌曰皇，靈鳥也。儀有容儀，備樂九奏而致鳳皇，則餘鳥獸不待九而率舞。」《太平御覽》卷九一五引《韓詩外傳》（較今本爲詳）：「夫鳳象，鴻前而麟後，蛇頸而魚尾，龍文而龜身，燕鴿而鷄喙。首戴德，頸揭義，背負仁，心入信，翼採義，足履正，尾繫武。小音金，大音鼓。延頸奮翼，五光備舉。食有質，飲有儀，住即文，來則喜，游必擇所，飢不妄下。其鳴也，雄曰節節，雌曰足足。昏鳴曰固常，晨鳴曰發明，晝鳴曰保章，舉鳴曰上翔，集鳴曰歸昌。夫唯鳳爲能究萬物，通天地，象百物，達乎道，律五音，成九德，覽九州，觀八極。則有福備文武，王下國。故得鳳象之一，則鳳過之；得鳳象之二，則鳳翔之；得鳳象之三，則鳳集之；得鳳象之四，則鳳春秋下就之；得鳳象之五，則鳳没身居之。黄帝曰：於戲允哉，朕何敢與焉。於是黄帝乃服黄衣，帶黄紳，戴黄冠，齊于中宫，鳳乃蔽日而至。黄帝降于東階，西面再拜稽首，皇天降祉，不敢不承命。鳳乃止帝東園，集梧樹，食竹實，没身不去。」鳳凰動止莊嚴有則有如此者，故寒山詩云「徐動合禮儀」也。

〔四〕和鳴：《左傳》莊公二十二年：「鳳皇于飛，和鳴鏘鏘。」杜預注：「雄曰鳳，雌曰皇，雄雌俱飛，相和而鳴鏘鏘然。」　中音律：合乎音律。《吕氏春秋·古樂》：「昔黄帝令伶倫作爲律。……聽鳳皇之鳴，以别十二律。其雄鳴爲六，雌鳴亦六，以比黄鍾之宫，適合。黄鍾之宫，皆可以生之，故曰黄鍾之宫，律吕之本。」

〔五〕昨來何以至：按《太平御覽》卷九一五引《春秋感精符》曰：「王者上感皇天，則鸞鳳至。」《論語·子罕》：「子曰：『鳳鳥不至，河不出圖，吾已矣夫！』」何晏集解引孔曰：「聖人受命則鳳鳥至，河出圖。今天無此瑞，吾已矣夫者，傷不得見也。」寒山詩「昨來何以至，爲吾暫時出」二句，反用孔子之意，言當今聖人出世，天下太平，鳳凰來至也。云「爲吾出」，可見作者抱負不凡也。

〔六〕絃歌聲：言以禮樂化導於民，典出《論語·陽貨》：「子之武城，聞絃歌之聲，夫子莞爾而笑曰：『割雞焉用牛刀。』」邢昺疏：「『子之武城，聞絃歌之聲』者，之，適也；武城，魯邑名。時子游爲武城宰，意欲以禮樂化導於民，故絃歌。孔子因適武城而聞其聲也。『夫子莞爾而笑曰：割雞焉用牛刀』者，莞爾，小笑貌。言雞乃小牲，割之當用小刀，何用解牛之大刀，以喻治小何須用大道。今子游治小用大，故笑之。」

〔七〕作舞：《藝文類聚》卷九九引《琴操》曰：「周成王時，天下大治，鳳皇來舞於庭。」寒山詩「儻聞絃歌聲，作舞欣今日」二句，謂當今天下大治，禮樂化行，故鳳凰亦將欣然作舞也。

茅棟野人居

茅棟野人居〔一〕，門前車馬踈〔二〕。林幽偏聚鳥，谿闊本藏魚。山果攜兒摘，皋田共婦鋤〔三〕。家中何所有，唯有一牀書〔四〕。（〇二七）

【箋注】

〔一〕茅棟：草屋。杜甫《王十五司馬弟出郭相訪兼遺營草堂貲》：「憂我營茅棟，攜錢過野橋。」野人：農人，山野之人。《左傳》僖公二十三年：「乞食於野人，野人與之塊。」杜甫《野人送朱櫻》：「西蜀櫻桃也自紅，野人相贈滿筠籠。」

〔二〕門前車馬踈：按陶淵明《飲酒二十首》之五：「結廬在人境，而無車馬喧。」即寒山詩「茅棟野人居，門前車馬踈」所從取意也。白居易《琵琶行》亦有「門前冷落鞍馬稀」之句。

〔三〕皋田：低濕之田。《文選》卷一〇潘岳《秋興賦》：「耕東皋之沃壤兮，輸黍稷之餘税。」李善注：「水田曰皋。」

〔四〕家中何所有，唯有一牀書：家徒四壁，所有者唯書一牀而已，是隱士生活的寫照。庾信《寒園即目》：「遊仙半壁畫，隱士一牀書。」盧照鄰《長安古意》：「寂寂寥寥揚子居，年年歲歲一牀書。」李頎《答高三十五留別便呈于十一》：「妻子歡同五株柳，雲山老對一牀書。」杜荀鶴《書齋即事》：「賣卻屋邊三畝地，添成窗下一床書。」

登陟寒山道

登陟寒山道，寒山路不窮。谿長石磊磊〔一〕，澗闊草濛濛〔二〕。苔滑非關雨〔三〕，松鳴不假風〔四〕。
誰能超世累①〔五〕，共坐白雲中。（〇二八）

【校勘】

①「累」，四庫本作「慮」。

【箋注】

〔一〕磊磊：大石累積貌。《説文》：「磊，衆石貌。」段注：「石三爲磊，猶人三爲衆，磊之言絫也。」屈原《九歌·山鬼》：「石磊磊兮葛蔓蔓，怨公子兮悵忘歸。」《文選》卷二九《古詩十九首》之三：

「青青陵上柏，磊磊磵中石。」

〔二〕濛濛：繁密貌。賈島《送神邈法師》：「柳絮落濛濛，西州道路中。」

〔三〕苔滑非關雨：「非關」，不爲，無關。李白《猛虎行》：「腸斷非關隴頭水，淚下不爲雍門琴。」戴叔倫《江上别張歡》：「長醉非關酒，多愁不爲貧。」皆以「非關」與「不爲」同義對舉。王績《過酒家五首》之二：「此日長昏飲，非關養性靈。眼看人盡醉，何忍獨爲醒。」于鵠《贈不食姑》：「不食非關藥，天生是女仙。」顧朝陽《昭君怨》：「妾死非關命，都緣怨斷腸。」按天台山之莓苔屢見於前人篇什，故寒山詩亦云「苔滑非關雨」。《文選》卷一一孫綽《遊天台山賦》：「踐莓苔之滑石，摶壁立之翠屏。」李善注：「莓苔，即石橋之苔也。《異苑》曰：『天台山石有莓苔之險。』」孟浩然《寄天台道士》：「屢躡莓苔滑，將尋汗漫期。」

〔四〕不假：不須，不靠。《抱朴子内篇・登涉》：「若道士知一禁方，及洞百禁，常存禁及守真一者，則百毒不敢近也，不假用諸藥也。」王梵志詩三二五首：「知足即是富，不假多錢財。」敦煌本《降魔變文》：「古者養老乞言，不假妄構虚詞。」敦煌本《鷰子賦》：「高聲定無理，不假觜頭喧。」《太平廣記》卷三四《崔煒》（出《傳奇》）：「賫珠之意，已露詩中，不假僕説，郎君豈不曉耶？」

〔五〕世累：世俗的拖累。嵇康《六言詩》：「不爲世累所攖，所欲不足無營。」元稹《輞川》：「世累爲身累，閒忙不自由。」劉長卿《罷攝官後將還舊居留辭李侍御（郎）》：「世累多行路，生涯向釣磯。」韓愈《秋懷詩十一首》之十：「世累忽進慮，外憂遂侵誠。」白居易《早春西湖閒遊悵然興懷（略）》：「野情遺世累，醉態任天真。」温庭筠《杏花》：「情爲世累詩千首，醉是吾鄉酒一樽。」

六極常嬰困

六極常嬰困①〔一〕，九惟②徒自論〔二〕。有才遺草澤〔三〕，無藝③閉蓬門〔四〕。日上巖猶暗〔五〕，煙消谷尚④昏。其中長者子〔六〕，箇箇總無裩〔七〕。（〇二九）

【校勘】

①「嬰」，正中本、高麗本作「攖」。「困」，《碧巖録》引作「苦」，見篇後附録。②「惟」，各本皆作「維」，按應作「惟」。參看注〔二〕。③「藝」，《碧巖録》引作「勢」。④「尚」，原作「裏」，據各本改。

【箋注】

〔一〕六極：《書·洪範》：「六極：一曰凶短折，二曰疾，三曰憂，四曰貧，五曰惡，六曰弱。」孔穎達疏：「六極，謂窮極惡事有六：一曰凶短折，遇凶而横夭性命也。二曰疾，常抱疾病。三曰憂，常多憂。四曰貧，困乏於財。五曰惡，貌狀醜陋。六曰弱，志力尩劣也。」揚雄《逐貧賦》：「惆悵失志，呼貧與語：汝在六極，投棄荒遐。」《廣弘明集》卷八道安《二教論·依法除疑第十二》：「其中伯牛惡疾，回也六極，商也慳悋，賜也貨殖，求也聚斂，由也凶頑。」按「回也六極」，謂顔回貧困早夭也。　嬰：遭受。《後漢書・南匈奴傳》：「墝埆之人，屢嬰塗炭，父戰於前，子死於後。」王維《李陵詠》：「既失大軍援，遂嬰穹廬恥。」按《藝文類聚》卷三五載晉束皙《貧家賦》曰：「余遭家之轗軻，嬰六極之困屯。」即寒山詩「六極常嬰困」之所出。

〔二〕九惟：《藝文類聚》卷三五載後漢蔡邕《九惟》曰：「八惟困乏，憂心殷殷。天之生我，星宿值貧。六極之厄，獨遭斯勤。居處浮漂，無以自在（存）。冬日栗栗，上下同雲。無衣無褐，何以自温。六月徂暑，炎赫來臻。無絺無綌，何以蔽身。無食不飽，永離懽欣。」按《九惟》之文，當是由「一惟」至「九惟」逐段鋪陳，惟原篇已佚，今日得見者，只此「八惟」一段而已，然亦可推知全文内容，乃是發抒貧困苦厄之感慨。寒山詩「九惟徒自論」者，謂《九惟》之文徒然陳述苦厄，終究於事無補也。

〔三〕有才遺草澤：左思《詠史八首》之七：「何世無奇才，遺之在草澤。」孟浩然《山中逢道士雲公》：「奈何偶昌運，獨見遺草澤。」按「草澤」即荒野，以稱民間。高適《效古贈崔二》：「豈論草澤中，有此枯槁士。」李頎《貽友人喻坦之》：「不信昇平代，終遺草澤才。」白居易《飽食閒坐》：「朝廷重經術，草澤搜賢良。」

〔四〕無藝：即無才。「藝」謂才能技藝。《書・金縢》：「予仁若考，能多材多藝，能事鬼神。」按《碧巖録》引此句作「無勢閉蓬門」，意較順。　蓬門：蓬蒿淹没之門，以稱貧家。杜甫《客至》：「花徑不曾緣客掃，蓬門今始爲君開。」

〔五〕日上巖猶暗：此句所詠應是暗巖，在天台山，與詩人隱居的寒巖相對峙。《宋高僧傳》卷二二《後唐天台山全宰傳》：「迨乎諸方參請，得石霜禪師印證，密加保任，入天台山闇巖以永其志也。伊巖與寒山子所隱對峙，皆魑魅木怪所叢萃其間。」

〔六〕長者子：按「長者」之稱，佛書與中土皆有之，以稱有德尊高之人。佛書如《維摩詰經·佛國品》：「爾時毗耶離城有長者子，名曰寶積，與五百長者子俱持七寶蓋，來詣佛所。」中土如《史記·項羽本紀》：「陳嬰者，故東陽令史，居縣中，素信謹，稱爲長者。」寒山此詩之「長者子」，乃用中土典故，見下條注。

〔七〕無裩：「裩」即褌，字亦作「褌」、「幝」。「無裩」形容極貧。《世説新語·德行》：「（范）宣潔行廉約，韓豫章遺絹百匹，不受；減五十匹，復不受；如是減半，遂至一匹，既終不受。韓後與范同載，就車中裂二丈與范，云：『人寧可使婦無幝邪？』范笑而受之。」《南史·吉士瞻傳》：「士瞻少時嘗於南蠻府中擲博，無褌褰露，爲儕輩所侮。」寒山詩「其中長者子，箇箇總無裩」二句，典出《太平御覽》卷四八五引《桓階别傳》：「階貧儉，文帝嘗幸其第，見諸子無褌，文帝搏手笑曰：『長者子無褌。』乃抱與同乘。是日拜二子爲郎，使黄門賷衣三十囊賜曰：『卿兒能趨，可以褌矣。』」

《碧巖集》五十則頌：「擬不擬，止不止，箇箇無裩長者子。」評唱：「爾若擬議，欲會而不會，止而不止，亂呈幞袋，正是箇箇無裩長者子。寒山詩道：六極常嬰苦，九維徒自論。有才遺草澤，無勢閉蓬門。日上巖猶暗，煙消谷尚昏。其中長者子，箇箇總無裩。」

《古尊宿語録》卷三八《襄州洞山第二代初禪師語録》：「問：『承古有言：其中長者子，箇箇盡無裩。如何是長者子？』師云：『祇你是。』云：『是箇什麽？』師云：『貓兒打筋斗。』」

白雲高嵯峨

白雲高嵯峨，緑①水蕩潭波。此處聞漁父，時時皷棹歌〔一〕。聲聲不可聽，令我愁思多。誰謂雀無角，其如穿屋何〔二〕。（〇三〇）

【校勘】

①「緑」，原作「渌」，兹從各本。

【箋注】

〔一〕此處聞漁父，時時皷棹歌：典出《楚辭·漁父》：「屈原既放，遊於江潭，行吟澤畔，顔色憔悴，形容枯槁。漁父見而問之曰：『子非三閭大夫歟？何故至於斯？』屈原曰：『舉世皆濁我獨清，衆人皆醉我獨醒，是以見放。』漁父曰：『聖人不凝滯於物，而能與世推移。世人皆濁，何不淈其泥而揚其波？衆人皆醉，何不餔其糟而歠其釃？何故深思高舉，自令放爲？』屈原曰：『吾聞之：新沐者必彈冠，新浴者必振衣。安能以身之察察，受物之汶汶者乎？寧赴湘流，葬於江魚之腹中。安能以皓皓之白，而蒙世俗之塵埃乎？』漁父莞爾而笑，鼓枻而去。歌曰：『滄浪之水清兮，可以濯吾纓；滄浪之水濁兮，可以濯吾足。』遂去，不復與言。」又《南史·隱逸傳上》：「漁父者，不知姓名，亦不知何許人也。太康孫緬爲尋陽太守，落日逍遥渚際，見一輕舟陵波隱顯。俄而漁父至，神韻蕭灑，垂綸長嘯，緬甚異之。乃問：『有魚賣乎？』漁父笑而答曰：『其釣非釣，寧賣魚者邪？』緬益怪焉。遂褰裳涉水，謂曰：『竊觀先生有道者也，終朝鼓枻，良亦勞止。吾聞黄金白璧，重利也，駟馬高蓋，榮勢也。今方王道文明，守在海外，隱鱗之士，靡然向風。子胡不贊緝熙之美，何晦用其若是也？』漁父曰：『僕山海狂人，不達世務，未辨賤貧，無論榮貴。』乃歌曰：『竹竿籊籊，河水浟浟。相忘爲樂，貪餌吞鉤。非夷非惠，聊以忘憂。』於是悠然鼓棹而去。」

〔二〕誰謂雀無角，其如穿屋何：典出《詩·召南·行露》：「誰謂雀無角，何以穿我屋。」孔穎達疏：「言人誰謂雀無角乎？以其雀若無角，何以得穿我屋乎？」寒山詩此二句謂雀雖無角，而竟穿屋，以喻漁父淈泥揚波、餔糟歠釃之論，而竟令「我」愁思孔多、難以排遣也。

杳杳寒山道

杳杳寒山道〔一〕，落落冷澗濱〔二〕。啾啾常有鳥，寂寂更無人。淅淅①風吹面〔三〕，紛紛雪積身。朝朝不見日，歲歲不知春。（〇三一）

【校勘】

①「淅淅」，原作「磧磧」，宫内省本、正中本、四庫本作「淅淅」，高麗本作「浙浙」，全唐詩本夾注「一作淅淅」，兹從宫内省本等。

【箋注】

〔一〕杳杳：幽深貌。《楚辭》卷四屈原《九章·懷沙》：「眴兮杳杳，孔静幽默。」王逸注：「杳杳，深冥貌也。」

〔二〕落落：孤寂貌。《文選》卷二一左思《詠史八首》之八：「落落窮巷士，抱影守空廬。」李善注：「落落，疏寂貌。」又卷一一孫綽《遊天台山賦》：「藉萋萋之纖草，蔭落落之長松。」

〔三〕淅淅：風聲。杜甫《雨四首》之三：「朔風鳴淅淅，寒雨下霏霏。」又《秋風二首》之一：「秋風淅淅吹巫山，上牢下牢修水關。」亦作「析析」。《藝文類聚》卷八九載梁江洪《和新浦侯齋前竹詩》：「夜條風析析，曉葉露淒淒。」

錢鍾書《談藝録》二二五頁：「寒山詩妥貼流諧之作，較多於拾得。如『杳杳寒山道』一律，通首疊字，而不覺其堆垛。」

少年何所愁

少年何所愁，愁見鬢毛白〔一〕。白更何所愁，愁見日逼迫〔二〕。移向東岱居〔三〕，配守北邙宅〔四〕。

何忍出此言，此言傷老客〔五〕。（〇三二）

【箋注】

〔一〕鬢毛：鬢髮。白居易《歎老三首》之二：「鴉頭與鶴頸，至老常如墨。獨有人鬢毛，不得終身黑。」李涉《岳陽别張祜》：「十年蹭蹬爲逐臣，鬢毛白盡巴江春。」温憲《題崇慶寺壁》：「鬢毛如雪心如死，猶作長安下第人。」

〔二〕日逼迫：謂死之將至，日近一日，如相逼迫。

〔三〕東岱：即泰山，亦作「太山」，又稱「岱山」、「岱宗」，於五嶽中爲東嶽，故又稱「東岱」。按我國古代相傳，泰山爲治鬼之所。《樂府詩集》卷四一《怨詩行》：「嘉賓難再遇，人命不可續。齊度遊四方，各繫太山録。人間樂未央，忽然歸東嶽。」《後漢書·烏桓傳》：「如中國人死者魂神歸岱山也。」又《許曼傳》：「自云少嘗篤病，三年不愈，乃謁太山請命。」李賢注：「太山主人生死，故詣請命也。」《三國志·魏書·管輅傳》：「但恐至太山治鬼，不得治生人，如何？」《文選》卷二三劉楨《贈五官中郎將》：「常恐遊岱宗，不復見故人。」李善注引《援神契》曰：「太山，天帝孫也，主召人魂。」庾信《和王少保遥傷周處士》：「冥漠爾遊岱，悽凉余向秦。雖言異生死，同是不歸人。」顧況《傷大理謝少卿》：「空留封禪草，已作岱宗行。」自佛教傳入中土後，中土泰山治鬼之説又與佛教地獄之説相混，《分别善惡所起經》：「四者，死後魂魄入太山地獄中。太山地獄中考治數千萬毒，隨所作受罪。」《孝子經》：「命終神去，繫於太山，湯火萬毒，獨呼無救。」

《六度集經》卷七:「或以聞太山湯火之毒,酷裂之痛,餓鬼飢饉積年之勞,畜生屠剥割截之苦。」惠詳《弘贊法華傳》卷一〇《道超傳》:「吾常聞人死,神明必先經太山府君所,然後方得受生。」彦琮《通極論》:「子未陷囹圄,詎信有廷尉;不遊岱宗,便謂無鬼府。」《太平廣記》卷九九《大業客僧》(出《冥報記》):「隋大業中,有客僧行至泰山廟求寄宿。廟令曰:『此無别舍,唯神廟廡下可宿,然而來此寄宿者輒死。』僧曰:『無苦也。』不得已從之,爲設牀於廡下。僧至夜,端坐誦經。可一更,聞屋中環珮聲,須臾神出,爲僧禮拜。僧曰:『聞此宿者多死,豈檀越害之耶?願見護之。』神曰:『遇死者將至,聞弟子聲,因自懼死,非殺之也。願師無慮。』僧因延坐談説如食頃時,因問神曰:『聞世人傳説,云泰山治鬼,寧有之耶?』神曰:『弟子薄福有之,豈欲見先亡者乎?』僧曰:『有兩同學僧先死,願見之。』神問其名,曰:『一人已生人間,一人在獄,罪重不可唤來,師就見可也。』僧聞甚悦,因起,出不遠而至一所,見獄火光焰甚盛。神將僧入一院,遥見一人在火中號呼,不能言,形變不復可識,而血肉焦臭,令人傷心。師不欲歷觀,愍然求出。俄而至廟,又與神坐,因問:『欲救同學,有得理耶?』神曰:『可,能有爲寫《法華經》者,便應得脱。』既而將曙,神辭僧入堂。」即是民間以泰山與地獄雜揉之傳説。寒山詩「移向東岱居」,即死入陰間之意。

〔四〕北邙宅:指墓地。「宅」即墳墓。《儀禮・士喪禮》:「筮宅,冢人營之。」鄭玄注:「宅,葬居也。」「北邙」即北邙山,在洛陽城外,自漢魏以訖唐代,官僚貴族多葬於此地,因用作墳地之稱。

陶淵明《擬古九首》之四：「一旦百歲後，相與還北邙。松柏爲人伐，高墳互低昂。頹基無遺主，遊魂在何方？」沈佺期《邙山》：「北邙山上列墳塋，萬古千秋對洛城。」韓愈《贈賈島》：「孟郊死葬北邙山，從此風雲得暫閒。」白居易《二月五日花下作》：「羲和趁日沈西海，鬼伯驅人葬北邙。」王建《北邙行》：「北邙山頭少閒土，盡是洛陽人舊墓。」徐夤《十里煙籠》：「北邙坡上青松下，盡是鏘金佩玉墳。」敦煌文書伯三六一九載劉希夷《北邙篇》（《全唐詩》誤題《洛川懷古》）：「北邙爲吾宅，東岱是吾鄉。」與寒山詩「移向東岱居，配守北邙宅」立意正同。白居易《對酒》：「賢愚共零落，貴賤同埋没。東岱前後魂，北邙新舊骨。」以「東岱」與「北邙」對舉，亦與寒山詩相似。

〔五〕老客：老人，這裏是詩人自稱。孟郊《秋懷》之二：「秋月顏色冰去聲，老客志氣單。」寒山詩三〇七首亦有「養老客」之語。

聞道愁難遣

聞道愁難遣〔一〕，斯言謂①不真〔二〕。昨朝曾②趁却〔三〕，今日又纏身。月盡愁難盡，年新愁更新。誰知席帽下〔四〕，元是昔愁人。（〇三二）

【校勘】

①「謂」，全唐詩本夾注「一作會」。②「曾」，四庫本作「始」，全唐詩本夾注「一作始」。

【箋注】

〔一〕聞道愁難遣：《太平廣記》卷二七二《李廷璧妻》（出《抒情集》）載其詠愁詩曰：「到來難遣去難留，着骨黏心萬事休。」按《藝文類聚》卷三五載曹植《釋愁文》：「愁之爲物，惟惚惟怳，不召自來，推之弗往。」亦是此意。宋葉廷珪《海録碎事》卷九《愁樂門》引庾信《愁賦》：「攻許愁城終不破，蕩許愁城終不開。何物煮愁能得熟？何物燒愁能得然？閉門欲驅愁，愁終不肯去。深藏欲避愁，愁已知人處。」《續高僧傳》卷三〇《隋杭州靈隱山天竺寺釋真觀傳》載真觀《愁賦》曰：「若夫愁名不一，愁理多方，難得覼縷，試舉宏綱。或稱憂憒，或號酸涼。蓄之者能令改貌，懷之者必使迴腸。爾其愁之爲狀也，言非物而是物，謂無象而有象。雖則小而爲大，亦自狹而成廣。譬山岳之穹隆，類滄溟之滉瀁。或起或伏，時來時往。不種而生，無根而長。或比煙霧，乍同羅綱。似玉葉之晝舒，類金波之夜上。爾乃過違道理，殊乖法度。不遣喚而輒來，未相留而忽住。雖割截而不斷，乃驅逐而不去。討之不見其蹤，尋之靡知其處。而能奪人精爽，罷人歡趣，減人顔容，損人心慮。」如此云云尚繁，尤能摹寫愁之情狀。其云「驅逐而不去」，即寒山詩「愁難遣」之意。

〔二〕斯言：此言，指上句「愁難遣」。《詩·大雅·抑》：「斯言之玷，不可爲也。」鄭箋：「斯，此也。」薛能《贈苗端公二首》之二：「至老不相疏，斯言不是虚。」貫休《寄匡山紀公》：「斯言如不惑，千里亦相親。」

謂：認爲。《左傳》僖公二十四年：「臣謂君之入也，其知之矣。」《世説新語・品藻》：「明帝問周伯仁：『卿自謂何如郗鑒？』周曰：『鑒方臣，如有功夫。』」

〔三〕趁却：趕走，「却」是用在動詞之後表示完成的語助詞。《集韻》上聲二十七銑：「蹨，乃殄切，蹈也，逐也。或作跈、趁。」明李實《蜀語》：「趕曰蹍。○趕上前人曰蹍上，趕雞曰蹍雞。」按此字即是後世俗語「攆」字，又歧出追趕與驅趕二義，本詩是驅趕之義。《世說新語・德行》「王祥事後母朱夫人甚謹」條，劉注引蕭廣濟《孝子傳》曰：「祥後母庭中有李，始結子，使祥晝視鳥雀，夜則趍鼠。」徐震堮曰：「趍，影宋本及沈校本作『趁』，是。」「趁鼠」即驅鼠。杜甫《催宗文樹雞柵》：「驅趁制不禁，喧呼山腰宅。」白居易《二月五日花下作》：「羲和趁日沈西海，鬼伯驅人葬北邙。」王建《原上新居十三首》之八：「倩人開廢井，趁犢入新園。」裴度《夏日對雨》：「對面雷嗔樹，當街雨趁人。」王梵志詩○三八首：「別覓好時對，趂却莫交住。」敦煌本《廬山遠公話》：「就高座上拽下決了，趁出寺門。」《景德傳燈録》卷九《福州大安禪師》：「如今變作箇露地白牛，常在面前，終日露逈逈地，趂亦不去也。」寒山詩一四八首：「南見驅歸北，西逢趂向東。」又一五二首：「家狗趁不去，野鹿常好走。」又一五九首：「羅漢門前乞，趂却閑和尚。」又二四四首：「趂向無人處，一一向伊說。」以上「趁」字皆是驅趕之義。

〔四〕席帽：一種類似笠帽的寬沿帽，亦作「蓆帽」。高承《事物紀原》卷三《蓆帽》：「《實録》曰：本羌人首服，以羊毛爲之，謂之氈帽，即今氈笠也，秦漢競服之。後故以蓆爲骨而鞔之，謂之蓆帽。女人戴者，四緣垂下網子以之蔽，今世俗或然。吴處厚《青箱雜記》曰：『王衍在蜀，好私行，恐人識之，令民戴大帽。」則世俗之戴席帽，始於王衍也。」俞樾《茶香室續鈔》卷二三《席帽裁帽》：「宋葉夢得《石林燕語》云：『今席帽、裁帽，分爲兩等。中丞至御史與六曹郎中，則於席帽前加全幅皂紗，僅圍其半，爲裁帽。非臺官及自郎中而上與員外而下，則無有，爲席帽。』按此，知席帽猶今之笠，以皂紗圍其前，即裁帽矣。」清褚人穫《堅瓠九集》卷一《遮陽帽》：「明制，士子入胄監滿日，許戴遮陽大帽，即古笠，又唐時所謂席帽也。」《太平廣記》卷二六一《劉義方》：「唐劉義方東府解試《貂蟬冠賦》，韻脚以『審之厚薄』。義方賦成云：『某於厚字韻有一聯破的。』乃吟曰：『懸之於壁，有類乎兜鍪；戴之於頭，又同乎席帽。』無不以爲歡笑。」薛能《嘲趙璘》：「不知原在鞍轎裏，將謂空馱席帽歸。」因爲席帽有遮陽寬邊，故凡欲自蔽之人，亦往往戴席帽遮頭。如《太平廣記》卷一〇五《張嘉猷》（出《廣異記》）：「忽見猷乘白馬自南來，見勞下馬，相慰如平生，然不脱席帽，低頭而語。」又卷一八二《盧彖》（出《摭言》）：「及同年讌於曲江亭子，彖以雕幰載妓，微服嬋鞚，縱觀於側，遽爲團司所發。沆判之，略曰：深攙席帽，密映氈車。紫陌尋春，便隔同年之面；青雲得路，可知異日之心。」按宋吴處厚《青箱雜記》卷二：「（李）巽字仲權，邵武人，以《蜃樓》、《土鼓》、《周處斬蛟》三賦馳名。累舉不第，爲鄉人所侮曰：『李秀才應舉，空去空回，知席帽甚時得離身。』巽亦不較。至是乃遺鄉人詩曰：『當年蹤跡困泥塵，不意乘時亦化鱗。爲報鄉閭親戚道：如今席帽已離身。』蓋國初猶襲唐風，士子皆曳袍重戴，出則以席帽自隨。」故羅大經《鶴林玉露丙編》卷六《風水》云：「然唐時席帽，乃舉子所戴，故有『席帽何時得離身』之句。」楚按，盧仝《走筆追王内丘》：「忽然夫子不語，帶席帽，騎驢去，余對醪醽不能斟。」云「帶席帽，騎驢去」者，言其下第而歸也。寒山詩「誰知席帽下，元是昔愁人」二句，所發攄者，亦爲屢次下第舉子之愧恧愁腸也。

《大慧普覺禪師語録》卷四：「上堂，舉道吾示衆云：『高不在絶頂，富不在福嚴，樂不在天堂，苦不在地獄。相識滿天下，知心能幾人？』師云：『徑山即不然，高在絶頂，富在福嚴，樂在天堂，苦在地獄。誰知席帽下，元是昔愁人。』」

《虚堂和尚語録》卷二：「僧問：『雪峰見僧來參，低頭歸庵。此意如何？』師云：『誰知席帽下，有此昔愁人。』」

《景德傳燈録》卷一八《福州長生山皎然禪師》：「雪峰普請搬柴，問師曰：『古人道：誰知席帽下，元是昔愁人。古人意作麽生？』師側戴笠子曰：『這箇是什麽人語？』」

《古尊宿語録》卷二六《舒州法華山舉和尚語要》：「問：『法華曾演汾陽旨，白雲今日事如何？』師云：『誰知席帽下，元是昔愁人。』」

《續古尊宿語要》卷一《翠巖真禪師語》：「世界闊一尺，古鏡闊一尺。不信道，誰知席帽下，元是昔愁人。」

兩龜乘犢車

兩龜乘犢車〔一〕，驀出路頭戲〔二〕。一蠱①從傍來〔三〕，苦死欲求寄〔四〕。不載爽人情〔五〕，始

載被沈累〔六〕。彈指不可論〔七〕，行恩却遭刺。（〇三四）

【校勘】

①「蠱」，宮内省本、正中本、高麗本、四庫本作「蠆」，全唐詩本夾注「一作蠆」。

【箋注】

〔一〕犢車：載人牛車。《宋書·禮制五》：「犢車，軿車之流也。漢諸侯貧者乃乘之，其後轉見貴。孫權云『車中八牛』，即犢車也。」《釋名·釋車》：「羊車：羊，祥也；祥，善也；善飾之車，今犢車是也。」《樂府詩集》卷四六《懊儂歌十四首》之一：「黄牛細犢車，遊戲出孟津。」

〔二〕驀：駕馭。按「驀」字本義爲跨馬，《説文》：「驀，上馬也。」《文選》卷五左思《吴都賦》：「驀六駮，追飛生。」本詩引申爲駕車之義。

〔三〕蠱：一種人工培養用以害人的毒蟲。《文選》卷二八鮑照《苦熱行》：「含沙射流影，吹蠱痛行暉。」李善注引顧野王《輿地志》曰：「江南數郡有畜蠱者，主人行之以殺人，行食飲中，人不覺也。其家絶滅者，則飛遊妄走，中之則斃。」《隋書·地理志下》：「然此數郡，往往畜蠱，而宜春偏甚。其法：以五月五日聚百種蟲，大者至蛇，小者至蝨，合置器中，令自相啖。餘一種存者留之，蛇則曰蛇蠱，蝨則曰蝨蠱，行以殺人。因食入人腹内，食其五藏，死則其産移入蠱主之家。三年不殺他人，則畜者自鍾其弊。累世子孫相傳不絶，亦有隨女子嫁焉。干寶謂之爲鬼，其實非也。自侯景亂後，蠱家多絶，既無主人，故飛遊道路之中則殞焉。」《太平廣記》卷三五九《榮陽廖氏》（出《靈鬼志》及《搜神記》）：「滎陽郡有一家姓廖，累世爲蠱，以此致富。後取新婦，不以此語之。曾遇家人咸出，唯此婦守舍。忽見屋中有大缸，婦試發之，見有大蛇，婦乃作湯灌殺之。及家人歸，婦具白其事，舉家驚惋。未幾，其家疾疫，死亡略盡。又有沙門曇遊，戒行清苦。時剡縣有一家事蠱，人噉其食飲，無不吐血而死。曇遊曾詣之，主人下食，遊便咒焉。見一雙蜈蚣，長尺餘，於盤中走出。遊因飽食而歸，竟無他。」此字别本或作「蠆」，即大蝎。《詩·小雅·都人士》：「彼君子女，卷髮如蠆。」鄭玄箋：「蠆，螫蟲也，尾末揵然，似婦人髮末曲上卷然。」《三國志·魏書·華佗傳》：「彭城夫人夜之厠，蠆螫其手，呻呼無賴。」

〔四〕苦死：苦苦地。杜甫《送孔巢父謝病歸遊江東兼呈李白》：「惜君只欲苦死留，富貴何如草頭露。」盧仝《常州孟諫議座上聞韓員外職方貶國子博士有感五首》之二：「孤宦心肝直，天王苦死嗔。」敦煌本《鷰子賦》：「不須苦死相邀勒，送飯人來定有釵。」敦煌本《妙法蓮華經講經文》：「公主聞兮苦死留連，慈母見兮殷勤安撫。」敦煌本《大目乾連冥間救母變文》：「闍梨苦死來相認，更説家中事意看。」《大珠禪師語録》卷下：「諸人幸自好箇無事人，苦死造作，要擔枷落獄作麽？」《圓悟佛果禪師語録》卷三：「業緣苦死相驅逼，隨順還須過道林。」《古尊宿語録》卷一二《衢州子湖山第一代神力禪師語録》：「幸自可憐生，苦死向人前討些子聲色脣吻作麽？」

〔五〕爽人情：違背人情。「爽」即乖違之義。《詩·衛風·氓》：「女也不爽，士貳其行。」毛傳：

「爽，差也。」

〔六〕被沈累：被連累。《祖堂集》卷八《雲居和尚》：「若有毫髮事及不盡，則被沉累。」

〔七〕彈指：本是佛教習俗，以拇指與中指摩擦，彈出響聲，可以表示贊歎、歡喜、警告、驚嗟等多種含義。本詩之「彈指」，表示嗟歎之意。如孟郊《借車》：「借車載家具，家具少於車。借者莫彈指，貧窮何足嗟。」《太平廣記》卷三四三《李僖伯》（出《乾䐣子》）：「彈指數下云：『大奇！大奇！』」亦作「鳴指」、「聲指」。《朝野僉載》卷一：「信鳴指曰：『大異事！』」《太平廣記》卷二〇〇《盧渥》（出《唐闕史》）：「有白鬚傳卒鳴指歎曰：『老人爲驛吏垂五十年，閱事多矣，而未曾見祖送之盛有如此者。』」今本《闕史》卷下《盧左丞赴陝郊請》「鳴指」作「聲指」。

三月蠶猶小

三月蠶猶小，女人來采①花。隈②牆弄蝴蝶〔一〕，臨水擲蝦蟆。羅袖盛梅子，金鎞③挑筍芽〔二〕。鬬論多④物色〔三〕，此地勝⑤余家。（〇三五）

【校勘】

①「采」，宮内省本、四庫本作「採」。②「隈」，四庫本作「隔」，全唐詩本夾注「一作隔」。③「鎞」，原作「⿱𥫗鎞」，宮内省本作「鎞」，正中本、高麗本作「篦」，四庫本、全唐詩本作「⿱𥫗鎞」，並同。今從宮内省本。④「多」，宮内省本作「争」，全唐詩本夾注「一作争」。⑤「勝」，四庫本作「是」，全唐詩本夾

注「一作是」。

【箋注】

〔一〕隈牆：隱身於牆後。《朝野僉載》卷四：「元一於御前嘲懿宗曰：『長弓短度箭，蜀馬臨堦騙。去賊七百里，隈牆獨自戰。甲仗縱抛却，騎猪正南蹿。』」柳宗元《重贈二首》之一：「如今試遣隈牆問，已道世人那得知。」按「隈」即隱蔽之義。慧琳《一切經音義》卷五九：「隈處：於迴反，《説文》一凷反，水曲隩也。隈，隱蔽之處也。又作庡，烏輩反。《字林》：庡，翳也。《通俗文》：奥内曰庡。今言庡地、庡處，並是也。」因知「隈」(庡)之一字，作爲名詞，則爲隱蔽之處；作爲動詞，則爲隱蔽之事。《全唐詩》卷五八四載段成式句：「隨樵劫猿藏，隈石覷熊緣。」杜荀鶴《途中春》：「牧童向日眠春草，漁父隈巖避晚風。」韋莊《塗次逢李氏兄弟感舊》：「曉傍柳陰騎竹馬，夜隈燈影弄先生。」路德延《小兒詩》：「傍枝粘舞蝶，隈樹捉鳴蟬。」以上之「隈」，皆是隱蔽之義。

〔二〕金鎞：本是古代眼科醫生所用的金屬手術器械。《周書・張元傳》：「其夜，夢見一老公，以金鎞治其祖目。」「鎞」亦通作「篦」，古代婦女用於掠髮，兼作頭飾。　筍芽：初出之嫩筍。劉言史《與孟郊洛北野泉上煎茶》：「粉細越筍芽，野煎寒溪濱。」

〔三〕鬬論多物色：此句所寫爲古代婦女鬬花、鬬草之風俗。《開元天寶遺事》卷下《鬬花》：「長安士女，春時鬬花，戴插以奇花，多者爲勝，皆用千金市名花，植於庭苑中，以備春時之鬬也。」張籍

《同嚴給事聞唐昌觀玉蘂近有仙過因成絶句二首》之一：「千枝花裹玉塵飛，阿母宫中見亦稀。應共諸仙鬭百草，獨來偷得一枝歸。」鮑溶《范真傳侍御累有寄因奉酬十首》之四：「玉管傾杯樂，春園鬭草情。」宋陶穀《清異録》卷二《樓羅曆》：「劉鋹在國，春深令宫人鬭花。凌晨，開後苑，各任採擇。少頃，敕還宫，鎖花（苑）門。膳訖普集，角勝負于殿中。宦士抱關，宫人出入皆搜懷袖，置樓羅曆以驗姓名，法制甚嚴，時號『花禁』。負者獻耍金耍銀買燕。」清褚人穫《堅瓠首集》卷一《鬭百草》：「鬭百草見隋煬帝曲名。《荆楚歲時記》云：『三月三日，四民踏百草，今人因有鬭百草之戲。』唐鄭谷詩云：『何如鬭百草，賭取鳳凰釵。』宋王安石詩云：『春深庭院閉蒼苔，花影無人自上階。共向園中尋百草，歸來花下賭金釵。』」按鬭花鬭草之戲，務以品類多者爲勝。王建《宫詞》：「水中芹葉土中花，拾得還將避衆家。總待別人般數盡，袖中拈出鬱金芽。」所寫即是宫中鬭花之戲。《劉賓客嘉話録》：「晉謝靈運鬚美，臨刑，因施爲南海祇洹寺維摩詰像鬚。寺人寶惜，初不虧損。中宗朝安樂公主五日鬭草，欲廣其物色，令馳騎取之。又恐爲他所得，因翦棄其餘，今遂無。」所云「廣其物色」，即是寒山詩此句之「多物色」。蓋「物色」即物品之義。如宗密《中華傳心地禪門師資承襲圖》：「持念遍數、壇場物色、作法方便、禮佛遠（遶）佛、請僧之限，皆止于七。」

東家一老婆

東家一老婆〔一〕，富來三五年。昔日貧於我，今笑我無錢。渠笑我在後〔二〕，我笑渠在前。

相笑儻不止，東邊復西邊〔三〕。（〇三六）

【箋注】

〔一〕老婆：老媪。顧況《杜秀才畫立走水牛歌》：「八十老婆拍手笑，妒他織女嫁牽牛。」

〔二〕渠：他。劉知幾《史通・雜説中》：「渠、們、底、箇，江左彼此之辭；乃、若、君、卿，中朝汝我之義。」《三國志・吴書・趙達傳》：「女婿昨來，必是渠所竊。」《遊仙窟》：「女人羞自嫁，方便待渠招。」《撫州曹山元證禪師語録》：「渠本不是我，我本不是渠。渠無我即死，我無渠即余。渠如我是佛，我如渠即驢。」

〔三〕東邊復西邊：據首句「東邊一老婆」，則老婆居於「我」之東邊，而「我」居於老婆之西邊。「相笑儻不止，東邊復西邊」二句是説，倘若一味地倚富笑貧，則富貧關係將會循環轉化，東邊富者終將轉化爲西邊貧者。

楚按，寒山此詩可與王梵志詩二九三首對讀，梵志詩曰：「吾家昔富有，你身窮欲死。你今初有錢，與我昔相似。吾今乍無初，還同昔日你。可惜好靴牙，翻作破皮底。」

又按，此詩以東家西鄰相對比，類似的筆法可以參看薛逢《鄰相反行》：「東家有兒年十五，只向田園獨辛苦。夜開溝水遶稻田，曉叱耕牛墾塉土。西家有兒纔弱齡，儀容清峭雲鶴形。涉書獵史無早暮，坐期朱紫如拾青。東家西家兩相誚，西兒笑東東又笑，……爲報西家知不知，何須謾笑東家兒。生前不得供甘滑，殁後揚名徒爾爲。」

富兒多鞅掌

富兒多鞅掌〔一〕，觸事難祇承〔二〕。倉米已赫赤〔三〕，不貸人斗升。轉懷鉤距意〔四〕，買絹先揀綾〔五〕。若至臨終日，吊客有蒼蠅〔六〕。（〇三七）

【箋注】

〔一〕鞅掌：事務繁忙。《詩・小雅・北山》：「或棲遲偃仰，或王事鞅掌。」毛傳：「鞅掌，失容也。」孔穎達疏：「傳以鞅掌爲煩勞之狀，故云失容，言事煩鞅掌然，不暇爲容儀也。今俗語以職煩爲鞅掌，其言出於此傳也。」白居易《寄楊六》：「公門苦鞅掌，盡日無閒隙。」按《世說新語・儉嗇》：「司徒王戎，既富且貴，區宅僮牧、膏田水碓之屬，洛下無比。契疏鞅掌，每與夫人燭下散籌筭計。」即是「富兒多鞅掌」之寫照。

〔二〕觸事：凡事，事事。僧肇《不真空論》：「然則道遠乎哉？觸事而真；聖遠乎哉？體之即神。」《佛所行讚》卷一：「心存朽暮境，如歸空塚間。觸事不留情，所居無暫安。」《大般涅槃經》卷一〇：「譬如王子，無所綜習，觸事不成。」《法顯傳》：「道整既到中國，見沙門法則，衆僧威儀，觸事可觀。」《雜寶藏經》卷三《兄弟二人俱出家緣》：「輔相見已，倍生信敬，供養供給，觸事無乏。」《高僧傳》卷四《晉剡沃洲山支遁傳》：「終日慼慼，觸事惆悵。」又卷六《晉廬山釋慧遠傳》：「又體羸多疾，觸事有廢。」韓愈《岳陽樓別竇司直》：「愛才不擇行，觸事得讒謗。」祇承：應承，侍候。《朝野僉載》卷五：「使至靈州，果驛上食訖，索馬，判官諮：『意（驛）家漿水亦索不得，全不祇承。』」楊巨源《酬崔博士》：「長被有情邀唱和，近來無力更祇承。」花蕊夫人《宫詞》：「今夜聖人新殿宿，後宫相競覓祇承。」《太平廣記》卷二八二《沈亞之》（出《異聞集》）：「侍女祇承，分立左右者數百人。」又卷三二八《漕店人》（出《異聞録》）：「被差爲林皋驛馬，祇承困苦不堪。」

〔三〕倉米已赫赤：「赫赤」，赤紅色。《朝野僉載》卷三：「法善燒一鐵鉢，赫赤兩合，欲合老僧頭上。僧唱『賊』，袈裟掩面而走。」又卷四引權龍襄《喜雨詩》曰：「日頭赫赤赤，地上絲氲氲。」盧仝《寄男抱孫》：「莫引添丁郎，赫赤日裹走。」《古尊宿語録》卷一三《趙州真際禪師語録》卷上：「却言他非我是，面赫赤地。」寒山詩「倉米已赫赤」者，言倉米堆積年久，已腐朽霉爛，蓋粟朽則色紅赤也。《漢書・賈捐之傳》：「至孝武皇帝元狩六年，太倉之粟紅腐而不可食，都内之錢貫朽而不可校。」顔師古注：「粟久腐壞，則色紅赤也。」元稹《代曲江老人百韻》：「青凫連不解，紅粟朽相因。」貫休《鼓腹曲》：「東鄰老人好吹笛，倉囤峨峨穀多赤。」按《後漢書・王符傳》載《潛夫論・貴忠篇》云：「夫竊位之人，天奪其鑒。雖有明察之資，仁義之志，一旦富貴，則背親捐舊，喪其本心，疏骨肉而親便辟，薄知友而厚犬馬，寧見朽貫千萬，而不忍貸人一錢，情知積粟腐倉，而不忍貸人一斗，骨肉怨望於家，細人謗讟於道。前人以敗，後争襲之，誠可傷也。」其中「情知積粟腐倉，而不忍貸人一斗」，即是寒山詩「倉米已赫赤，不貸人斗升」二句所從出也。又按《説苑·貴德》：「孔子之楚，有漁者獻魚甚强，孔子不受。獻魚者曰：『天暑遠市，賣之不售，思欲棄之，不若獻之君子。』孔子再拜受，使弟子掃除，將祭之。弟子曰：『夫人將棄之，今吾子將祭之，何也？』孔子曰：『吾聞之，務施而不腐餘財者，聖人也。今受聖人之賜，可無祭乎？』」孔子所云「務施而不腐餘財」，與本首富兒「倉米已赫赤，不貸人斗升」適成對照。

〔四〕鉤距：本義謂計謀。《漢書·趙廣漢傳》：「尤善爲鉤距，以得事情。鉤距者，設欲知馬賈，則先問狗，已問羊，又問牛，然後及馬，參伍其賈，以類相準，則知馬之貴賤不失實矣。」顔師古注引晉灼曰：「鉤，致；距，閉也。使對者無疑，若不問而自知，衆莫覺所由以閉，其術爲距也。」《舊唐書·劉栖楚傳》：「改京兆尹，摧抑豪右，甚有鉤距，人多比之於西漢趙廣漢者。」白居易《七年春題府廳》：「推誠廢鉤距，示恥用蒲鞭。」後世亦以「鉤距」稱刻意誅剥之詭計。《太平廣記》卷二三九《裴延齡》（出《譚賓録》）：「唐裴延齡累轉司農少卿，尋以本官權判度支。自揣不通食貨之務，乃設鉤距，召度支老吏與謀，以求恩顧。乃奏言：『天下出入錢物，新陳相因，而常不減六七千萬貫，唯在一庫，差殊散失，莫可知之。請于左藏庫中分置。别建欠負耗賸等庫，及季庫月給，納諸色錢物。』德宗從之。但貴欲張名目，以惑上聽，其實錢物更無增加，唯虚費簿書人吏。又奏請，令京兆府兩税青苗錢市草百萬團送苑中。宰臣議，以爲若市草百萬團，則一方百姓，自冬歷夏，搬運不了，又妨奪農務，其事得止。京西有汙池卑濕處，蘆葦叢生焉，不過數畝。延齡忽奏云：『廄馬冬月合在槽櫪秣飼，夏中即須有牧放處。臣近尋訪得長安、咸陽兩縣界有陂地百頃，請以爲内厩牧馬之地，且去京城十數里。』德宗信之，言于宰臣，宰臣堅執云：『恐必無此。』及差官閲視，悉爲虚妄。延齡既慙且怒，又因對敭，德宗曰：『朕所居浴堂殿院一栿，以年多故致損壞，而未能换。』延齡曰：『宗廟事重，殿栿事輕，陛下自有本分錢物。』德宗驚曰：『本分錢何名也？』曰：『此是經義，愚儒常才，不足與言，陛下正合問臣，臣能知之。准《禮經》云：天下賦税，分爲三分，一分充乾豆，一分充賓客，一分充君之庖厨。乾豆供宗廟也，今陛下奉宗廟，雖至嚴至豐至厚，亦不能用一分財賦也。只如鴻臚禮賓，諸國番客，至于迴紇馬價，用一分錢物，尚有羸羡甚多。况陛下御膳宫厨，皆極簡儉，所用外，以賜百官充俸料餐錢等，猶未能盡。據此而言，庖厨之用，其數尚少，皆陛下本分也。用修十殿，亦不合疑，何况一栿。』上曰：『經義如此，人未曾言。』頷之而已。後因計料造神龍寺，須用長七十尺松木，延齡奏云：『臣近于同州檢得一谷，有數千株，皆長七八十尺。』德宗曰：『人云開元天寶中，近處求覓五六丈木，尚未易得，皆須于嵐勝州採造，如今何爲近處便有此木？』延齡對曰：『賢者、珍寶、異物，皆處處有之，但遇聖君即出。今此木生自關輔，蓋爲聖君，豈開元天寶合得有也。』延齡既鋭情于苛刻，剥下附上爲功，奏對之際，皆恣騁詭怪虚妄。他人莫敢言者，延齡言之不疑，亦人之所未嘗聞。」按裴延齡所云詭怪虚妄之計，即是所謂「鉤距」。寒山詩之「常懷鉤距意」，亦是言富兒時時刻刻心懷巧取豪奪之計也。

〔五〕買絹先揀綾：按綾是一種精緻的織物，價值較絹爲高。《西京雜記》卷一：「霍光妻遺淳于衍蒲桃錦二十四匹，散花綾二十五匹。綾出鉅鹿陳寶光家。寶光妻傳其法，霍顯，召入其第，使作之，機用一百二十鑷，六十日成一匹，匹直萬錢。」寒山詩「買絹先揀綾」者，即「鉤距」之一術也。

〔六〕吊客有蒼蠅：典出《三國志·吴書·虞翻傳》裴注引《虞翻別傳》曰：「翻放棄南方，云：自恨疏節，骨體不媚，犯上獲罪，當長没海隅，生無可與語，死以青蠅爲弔客，使天下一人知己者，足以不恨。」梁劉孝威《驄馬驅》：「一隨驄馬驅，分受青蠅弔。」元稹《出門行》：「喪車黔首葬，弔客青蠅至。」劉禹錫《傷丘中丞》：「何人爲弔客，唯是有青蠅。」若寒山詩之「吊客有蒼蠅」，意謂富兒命終之後，吊客除蒼蠅而外，更無他人，以言其自絶於親友鄉鄰也。

《寒山詩闡提記聞》評曰：「此詩彈呵世鉤距人也。鉤距，設知計獲利者也。『買絹先擇綾』者，譬兹有一夫常施姦計，以欺人爲賢。一日整衣正襟，從一奴直行市上行，擇巨商家，謦咳入，商家亦調聲迎入。夫曰：『有使命，命予擇綾及綺羅，何軸有其精好者麽？』商家曰：『有，寔有極精好者，請且入擇焉。』越設席延酒果以饗之。少焉，抱綺羅驚目底數十軸來推出。夫乃公公然飲噉了，結口眇目，竪擇横擇，擇擇漸得十數軸，令之包裹，自印上頭了，且令商記其價直，搭印懷之，告曰：『王家必要，今明之間送金，與予手書以取之。』出矣，商家亦走出，兩手托履頭送之。夫行三五步而還來，告曰：『與好絹二匹，是亦予室家需，而金空予囊中量也。』擲出金囊，擇金取之。商出好絹二匹，落其價直三分之一以與之，亦送如始。是但欲得心於彼，快賣却彼向擇底者也。其後雖向期月，寂無消息，終使商家空搔頭，實可惡矣。」

余昔曾覩聰明士

余昔曾覩聰明士，博達英靈①無比倫〔一〕。一選嘉名喧宇宙〔二〕，五言詩句越諸人〔三〕。爲官治化超先輩〔四〕，直爲無能繼後塵②〔五〕。忽然富貴貪財色〔六〕，瓦解冰消③不可陳〔七〕。

（〇三八）

【校勘】

①「靈」，全唐詩本夾注「一作雄」，島田翰本作「雄」。　②「塵」，原本殘存上半，兹據各本。　③「消」，高麗本作「銷」。

【箋注】

〔一〕博達英靈：「博達」謂博學多識、綜練事理。《衆經撰雜譬喻》卷上：「願我來世，聰睿博達，多聞不忘。」《太平廣記》卷四五八《張蛋子》引《北夢瑣言》佚文：「僞蜀王建世子名元膺，聰明博達，騎射絶倫。」「英靈」謂才能傑出。駱賓王《疇昔篇》：「五丁卓犖多奇力，四士英靈富文藝。」王維《送別》：「聖代無隱者，英靈盡來歸。」《圓悟佛果禪師語録》卷二：「驚群敵勝乃英靈，佛祖當機貴見成。」宋釋曉瑩《羅湖野録》卷三：「直須過量英靈漢，方入無邊廣大門。」　無比倫：無可比擬。「比倫」即比擬。張説《蘇摩遮五首》之五：「昭成皇后帝家親，榮樂諸人不比倫。」《太平廣記》卷二八七《襄陽老叟》（出《瀟湘記》）：「枚有一女，已喪夫而還家，容色殊麗，罕有比倫。」《説郛》(宛委山堂本)弓五一李翱《卓異記序》:「皇唐帝功,瓌特奇偉,前古無可比倫。」

〔二〕一選嘉名喧宇宙:「選」謂選士,即科舉考試。唐代選士途徑不一,而以進士科考試最受重視。《新唐書·選舉志上》:「大抵衆科之目,進士尤爲貴,其得人亦最爲盛焉。方其取以辭章,類若浮文而少實;及其臨事設施,奮其事業,隱然爲國名臣者,不可勝數。遂使時君篤意,以謂莫此之尚。及其後世,俗益媮薄,上下交疑,因以謂按其聲病,可以爲有司之責,捨是則汗漫而無所守,遂不復能易。嗚呼,乃知三代鄉里德行之舉,非至治之隆莫能行也。」按唐代士子進士及第,則聲名大噪。如《全唐文》卷五三六李奕《登科記序》:「於是獻藝輸能,擅場中的者,牓第揭出,萬人觀之,未浹旬而名達四方矣。」即是寒山詩「一選嘉名喧宇宙」也。

〔三〕五言詩句越諸人:「諸人」,别人、其餘的人。《朝野僉載》卷五:「尚書飯白而細,諸人飯黑而麤。」王建《宫詞》:「自誇歌舞勝諸人,恨未承恩出内頻。」敦煌本《廬山遠公話》:「若覓諸人,實當不是;若覓遠公,只這賤奴便是。」按唐代進士科考試,分雜文、帖經、策問三場,其中尤以雜文考試備受重視,考題爲詩賦各一首,故後世稱唐代「以詩賦取士」。而所試詩體爲五言六韻排律體,故寒山詩云「五言詩句越諸人」。

〔四〕爲官治化超先輩:按唐代士子科舉考試及第後,便取得爲官資格,再經吏部銓試,即可候補官職,從此踏上仕途,一展從政抱負。

〔五〕直爲無能繼後塵：謂後來者無人能與之相比。「爲」通「謂」，以爲、認爲之義。《孟子·公孫丑上》：「管仲，曾西之所不爲也，而子爲我願之乎？」「爲我」即「謂我」。「後塵」謂追隨於人後。杜甫《戲爲六絶句》之五：「竊攀屈宋宜方駕，恐與齊梁作後塵。」崔郊《贈去婢》：「公子王孫逐後塵，緑珠垂淚滴羅巾。」白居易《讀道德經》：「玄元皇帝著遺文，烏角先生仰後塵。」張喬《題上元許棠所任王昌齡廳》：「瑠璃堂裏當時客，久絶吟聲繼後塵。」

〔六〕忽然：倘若，如果。李頎《别梁鍠》：「時人見子多落魄，共笑狂歌非遠圖。忽然遺躍紫騮馬，還是昂藏一丈夫。」李涉《寄真娘寫真》：「召得丹青絶世工，寫真與身真相同。忽然相對兩不語，疑是妝成來鏡中。」蘇郁《鸚鵡詞》：「莫把金籠閉鸚鵡，箇箇分明解人語。忽然更向君前言，三十六宫愁幾許。」《祖堂集》卷七《雪峰和尚》：「忽然逕山問汝，向他道什摩？」敦煌本《目連緣起》：「二親若也在堂，甘旨切須侍奉；父母忽然崩背，修齋聞法酬恩。」敦煌本《父母恩重經講經文》：「忽然是孝順女兼男，一旦生來極峻疾；若是寃家託蔭來，阿娘身命逡巡失。」慈受《擬寒山詩》第一三首：「既失慈悲心，恣情爲殺害。忽然死到來，去還畜生債。」

〔七〕瓦解冰消：形容潰散、敗壞。《魏書·出帝紀》：「神武之所牢籠，威風之所轥轢，莫不雲徹霧卷，瓦解冰消。」《舊唐書·李密傳》：「因其倒戈之心，乘我破竹之勢，曾未旋踵，瓦解冰銷。」虞世南《襄陽法琳法師集序》：「莫不轍亂旗靡，瓦解冰銷。」劉商《姑蘇懷古送秀才下第歸江南》：「瓦解冰銷真可恥，凝豔妖芳安足恃。」

白鶴銜苦桃

白鶴銜苦桃①〔一〕，千里作一息〔二〕。欲往蓬萊山〔三〕，將此充糧食。未達毛摧落，離群心慘惻。却歸舊來巢〔四〕，妻子不相識。（〇三九）

【校勘】

①「銜」，原作「啣」，兹從各本；按二字同。「桃」，宫内省本、四庫本作「花」，全唐詩本夾注「一作花」。按《景德傳燈録》卷一七《福州羅山道閑禪師》引此詩（見篇後附録）作「百鳥啣苦華」，「華」同「花」。

【箋注】

〔一〕苦桃：《楚辭》卷一三東方朔《七諫·初放》：「斬伐橘柚兮，列樹苦桃。」王逸注：「苦桃，惡木。」洪興祖補注：「桃自有苦者，如苦李之類。《本草》云：羊桃味苦。陶隱居云：山野多有之。《詩》『隰有萇楚』是也。」按「萇楚」即羊桃。《詩·檜風·隰有萇楚》孔穎達疏：「《釋草》文。舍人曰：萇楚，一名銚弋。《本草》云：銚弋名羊桃。郭璞曰：今羊桃也，或曰鬼桃，葉似桃，華白，子如小麥，亦似桃。陸機（璣）《疏》云：今羊桃是也。葉長而狹，華紫赤色，其枝莖弱，過一尺，引蔓于草上，今人以爲汲灌，重而善没，不如楊柳也。近下根，刀切其皮，著熱灰中脱之，可韜筆管。」

〔二〕千里作一息：形容仙路遼遠，飛行迅速。《文選》卷四七王褒《聖主得賢臣頌》：「追奔電，逐遺風，周流八極，萬里一息，何其遼哉！」王維《贈李頎》：「王母翳華芝，望爾崑崙側。文螭從赤豹，萬里方一息。」賈島《遊仙》：「天中鶴路直，天盡鶴一息。」

〔三〕蓬萊山：傳説中的海中仙山。《史記・封禪書》：「自威、宣、燕昭使人入海求蓬萊、方丈、瀛洲，此三神山者，其傅在勃海中，去人不遠；患且至，則船風引而去。蓋嘗有至者，諸僊人及不死之藥皆在焉。其物禽獸盡白，而黄金銀爲宫闕。未至，望之如雲；及到，三神山反居水下。臨之，風輒引去，終莫能至云。世主莫不甘心焉。」李白《雜詩》：「傳聞海水上，乃有蓬萊山。玉樹生緑葉，靈仙每登攀。一食駐玄髮，再食留紅顔。吾欲從此去，去之無時還。」

〔四〕舊來巢：原來的巢。「舊來」即原來之義，見〇二三首注〔二〕。《景德傳燈録》卷一七《福州羅山道閑禪師》：「僧舉寒山詩問師曰：『百鳥噺苦華時如何？』師曰：『貞女室中吟。』曰：『千里作一息時如何？』師曰：『送客遊庭外。』曰：『欲往蓬萊山時如何？』師曰：『欹枕覷獮猴。』曰：『將此充糧食時如何？』師曰：『古劍髑髏前。』」

慣居幽隱處

慣居幽隱處，乍向國清中①〔一〕。時訪豐干道②〔二〕，仍來看拾公③〔三〕。獨迴上寒巖〔四〕，無人話合同〔五〕。尋究無源水，源窮水不窮〔六〕。（〇四〇）

【校勘】

①「中」，原作「衆」，據各本改「中」。②「道」，宮内省本、高麗本、四庫本作「老」，全唐詩本夾注「一作老」。③「公」，高麗本作「翁」。

【箋注】

〔一〕乍：時時，常常。《玉臺新詠》卷八劉邈《萬山見采桑人》：「葉盡時移樹，枝高乍易鉤。」郎士元《送林宗配雷州》：「海霧多爲瘴，山雷乍作鄰。」　國清：即國清寺，天台山名刹。隋灌頂《國清百録序》：「先師以陳太建七年歲次乙未初隱天台，所止之峰舊名佛隴。詢訪土人云：遊其山者多見佛像，故相傳因而成稱。至太建十年歲在戊戌，降陳宣帝敕，名修禪寺，吏部尚書毛喜題篆牓送安寺門。到大隋開皇十八年，其歲戊午，太尉晉王於山下爲先師創寺，因山爲稱，是曰天台。王登尊極，以大業元年龍集乙丑，敕江陽名僧云：『昔爲智者創寺，權因山稱，今須立名。經論之内有何勝目，可各述所懷，朕自詳擇。』諸僧表兩名，一云禪門，一云五净居。其表未奏，而僧使智璪啓國清之瑞。敕云：『此是我先師之靈瑞，即用即用。』敕取江都宮大牙殿牓，填以雌黄，書以大篆，遣兼内史通事舍人盧政力送安寺門，國清之稱從而爲始。」按所云「國清之瑞」，見灌頂《隋天台智者大師别傳》：「常宿於石橋，見有三人皂幘絳衣，有一老僧引之而進曰：『禪師若欲造寺，山下有皇太子寺基，捨以仰給。』因而問曰：『止如今日草舍尚難，當於何時能辦此寺？』老僧答云：『今非其時。三國成一，有大勢力人能起此寺，寺若成，國則清，當呼爲國清寺。』于時三方鼎峙，車書未同，雖獲冥期，悠悠何日？……其冬十月，皇上歸蕃，遣行參高孝信入山奉迎。因散什物，用施貧無。標杙山下，處擬殿堂，又畫作寺圖，以爲式樣。誡囑僧衆：『如此基陛，儼我目前；棟宇成就，在我死後，我必不覩，汝等見之，後若造寺，一依此法。』弟子疑曰：『此處山澗險峙，有何緣力能得成寺？』答云：『此非小緣，乃是王家所辦。』合衆同聞，互相推測，或言是姓王之王，或言是天王之王，或言是國王之王，喧喧成論，竟不能決。今事已驗，方知先旨乃説帝王之王。」

〔二〕豐干：即豐干禪師，與寒山、拾得爲友，後人合稱「國清三隱」。事蹟見署名閭丘胤撰《寒山子詩集序》及《寒山子詩集》附《豐干禪師録》，俱載於本書附録。

〔三〕仍：頻，屢。《漢書·元帝紀》：「百姓仍遭凶阨，無以相振。」顔師古注：「仍，頻也。」 拾公：即拾得。事蹟亦見於閭丘胤《寒山子詩集序》，及《寒山子詩集》附《拾得録》，俱載於本書附録。

〔四〕寒巖：寒山子隱居處。閭丘胤《寒山子詩集序》：「詳夫寒山子者，不知何許人也。自古老見之，皆謂貧人風狂之士。隱居天台唐興縣西七十里，號爲寒巖，每於玆地，時還國清寺。」《景德傳燈録》卷二七《天台寒山子》：「天台寒山子者，本無氏族，始豐縣西七十里有寒、暗二巖，以其於寒巖中居止得名也。」亦名「翠屏山」。《太平廣記》卷五五《寒山子》（出《仙傳拾遺》）：「寒山子者，不知其名氏。大曆中，隱居天台翠屏山，其山深邃，當暑有雪，亦名寒岩。」《天台山方外志》卷二二《文章考》載王士性《入天台山記》：「始至寒巖，馬首望巖，真如天上芙蓉十二城，亦彷彿行黄牛峽也。寒巖石壁高百丈如屏，洞敞容數百人，夏至不見日影。一石方正，則寒山子宴坐處也。西臨絶壑，爲天橋，堂宇皆置巖下，時有翠色入户牖堪挹。」

〔五〕合同：和睦，志同道合。東方朔《七諫・沉江》：「賢俊慕而自附兮，日浸淫而合同。」亦作「和同」。《左傳》成公十六年：「民生敦厖，和同以聽。」《三國志・魏書・王粲傳》裴注：「孫權自此以前，尚與中國和同，未嘗交兵。」韋應物《易言》：「未若同心言，一言和同解千結。」寒山詩二四四首：「汝受我調伏，我共汝覓活。從此盡和同，如今過菩薩。」亦作「同和」。張仲素《王昭君》：「仙娥今下嫁，驕子自同和。」

〔六〕尋究無源水，源窮水不窮：形容「禪」的境界。李端《宿深上人院聽遠泉》：「君問窮源處，禪心與此同。」《祖堂集》卷三《司空山本淨和尚》：「身心本來是道者，道亦本是身心。身心本既是空，道亦窮源不有。」

生前大愚癡

生前大①愚癡〔一〕，不爲今日悟〔二〕。今日如許貧〔三〕，總是前生作②〔四〕。今日③又不修〔五〕，
來生還如故。兩岸各無船，渺渺難濟④渡〔六〕。（〇四一）

【校勘】

①「大」，宮内省本、高麗本、四庫本作「太」。　②「作」，宮内省本、高麗本、四庫本作「做」，全唐詩本夾注「一作做」。按「作」、「做」通用。參看注〔四〕。　③「日」，宮内省本、四庫本、全唐詩本作「生」。　④「難濟」，宮内省本作「應難」，全唐詩本夾注「一作應難」。

【箋注】

〔一〕生前：這裏指前生。　愚癡：佛教「三毒」之一，簡稱「癡」，亦稱「無明」，指愚暗無知，於佛法了無所解。《大智度論》卷一：「愚癡人者，非謂如牛羊等愚癡，是人欲求實道，邪心觀故，生種種邪見。」《弘明集》卷一三郗超《奉法要》：「繫於縛著，觸理倒惑爲愚癡。」《出三藏記集》卷六道安《十二門經序》：「愚癡城者，誹古聖，謗真諦，慢二親，輕師傅，斯病尤重矣。」

〔二〕今日：指今生。下文「今日如許貧」，「今日又不修」之「今日」同。　悟：指覺悟佛道。

〔三〕如許：如此，形容程度很深。《南史·高爽傳》：「爽出從縣閤下過，取筆書鼓云：『徒有八尺圍，腹無一寸腸。面皮如許厚，受打未詎央。』」《景德傳燈録》卷九《福州古靈神讚禪師》：「蜂子投窗紙求出，師覩之曰：『世界如許廣闊，不肯出，鑽他故紙，驢年得出！』」

〔四〕作：與「做」通用。白居易《寒食日寄楊東川》：「不知楊六逢寒食，作底歡娛過此辰。」「作」下原注「古做字」。《龐居士語録》卷中：「生事日日滅，有所不能作。」「作」下原注「音做」。明張存紳《雅俗稽言》卷三一《續録》（經史子集類）：「『吾不作，兒子二郎必作。』宋王祐語，見《邵氏録》。俗傳『吾不做，吾兒做』。『做』乃俗字，見《奇字》，當以『作』字爲正。然『作』亦音做，如『來何暮，民安作，今五袴』之謡是也。」本詩之「作」指造下業因。

〔五〕修：指修善積德，以求來生福報。

〔六〕濟渡：渡水到達彼岸。佛教稱由生死此岸運載衆生到達涅槃彼岸爲「濟渡」。《大般涅槃經》卷九：「譬如大船，從海此岸，至於彼岸，復從彼岸，還至此岸，如來應正遍知亦復如是，乘大涅槃大乘寶船，周旋往返，濟渡衆生，在在處處，有應度者，悉令得見如來之身，以是義故，如來名曰無上船師。譬如有船則有船師，以有船師則有衆生渡於大海，如來常住化度衆生亦復如是。復次善男子，譬如有人在大海中乘船欲渡，若得順風，須臾之間，則能得過無量由旬。若不得者，雖復久住經無量歲，不離本處。有時船壞，没水而死。衆生如是在於愚癡生死大海乘諸行船，若得值遇大般涅槃猛利之風，則能疾到無上道岸。若不值遇，當久流轉無量生死。或時破壞，墮於地獄畜生餓鬼。」《廣弘明集》卷二八下梁武帝《摩訶般若懺文》：「常願以智慧燈，照朗世間；般若舟航，濟渡凡識。」亦作「濟度」。《妙法蓮華經·方便品》：「終不以小乘，濟度於衆生。」《顔氏家訓·歸心》：「一人修道，濟度幾許蒼生，免脱幾身罪累，幸孰思之。」《祖堂集》卷一《第十祖脇尊者》：「我今欲出家，尊者當濟度。」

楚按，此詩大旨，在言佛教三世因果報應。「生前」、「今日」、「來生」，即是前生、今生、來生「三世」。《大般涅槃經》卷四〇：「衆生從業而有果報，如是果報則有三種：一者現報，二者生報，三者後報。貧窮巨富，根具不具，是業各異。」《廣弘明集》卷八道安《二教論·教指通局十一》：「現報者，善惡始於此身，苦樂即此身受；生報者，次身便受；後報者，或二生，或三生，百千萬生，然後乃受。」《大莊嚴論經》卷一五：「先身不種子，今世極貧窮；今若不作者，將來亦無果。」《撰集百緣經》卷一《貧人須摩持縷施佛緣》：「我以先身不布施故，今值貧窮，困苦如是。我於今者復不布施，於將來世，遂貧轉劇。」《除恐災患經》：「以前世時無所惠施，今守貧賤，不及逮人；今者不施，貧窮下賤，何時當竟？」敦煌本《爐山遠公話》：「今年定是有來年，如何不種來年穀？今生定是有來生，如何不修來生福？」寒山詩二六九首亦云：「今生過去種，未來今日修。」所言皆是三世果報也。

璨璨盧家女

璨璨盧家女〔一〕，舊來名莫愁〔二〕。貪乘摘花馬〔三〕，樂搒采蓮舟①〔四〕。膝坐緑熊席〔五〕，身披青鳳裘〔六〕。哀傷百年内〔七〕，不免歸山丘〔八〕。（〇四二）

【校勘】

①「搒」，四庫本作「傍」。「采」，宫内省本、高麗本作「採」。

【箋注】

〔一〕璨璨：光彩焕發貌。楊衡《登紫霄峰贈黄仙師》：「璨璨真仙子，執旄爲侍童。」亦作「燦燦」。

孟郊《投所知》：「噗噗家道路，燦燦我衣服。豈直輝友朋，亦用慰骨肉。」　盧家女：亦即「盧家婦」，即莫愁。見注〔二〕。

〔二〕舊來：原來，自來。見〇二三首注〔二〕。　莫愁：《玉臺新詠》卷九載歌詞：「河中之水向東流，洛陽女兒名莫愁。莫愁十三能織綺，十四採桑南陌頭。十五嫁爲盧家婦，十六生兒字阿侯。盧家蘭室桂爲梁，中有鬱金蘇合香。頭上金釵十二行，足下絲履五文章。珊瑚掛鏡爛生光，平頭奴子提履箱。人生富貴何所望，恨不嫁與東家王。」《樂府詩集》卷八五載此詩作梁武帝《河中之水歌》。後人亦以「莫愁」爲美女之稱。

〔三〕摘花馬：一種珍貴的矮馬，多爲貴族所騎乘。元稹《答姨兄胡靈之見寄五十韻》：「矮馬駞鬉韂，犛牛獸面纓。」亦稱「看花馬」。《開元天寶遺事·看花馬》：「長安俠少，每至春時，結朋聯黨，各置矮馬，飾以錦韉金絡，並轡於花樹下往來，使僕從執酒皿而隨之，遇好囿則駐馬而飲。」通常稱爲「果下馬」。《漢書·霍光傳》「召皇太后御小馬車」，顔師古注引張晏曰：「皇太后所駕遊宫中輦車也。漢廄有果下馬，高三尺，以駕輦。」顔師古注：「小馬可於果樹下乘之，故號果下馬。」《三國志·魏書·東夷傳》：「又出果下馬，漢桓時獻之。」裴注：「臣松之案：果下馬高三尺，乘之可于果樹下行，故謂之果下，見《博物志》、《魏都賦》。」《太平御覽》卷八九七引《博物志》佚文：「穢貊國，南與辰韓，北與句麗沃沮接，東窮大海。海中出斑魚皮，陸出文豹。又出果下馬，高三尺，漢時獻之，駕輦車。」《文選》卷六左思《魏都賦》：「馳道周屈於果下。」劉良注：

「漢廏舊有樂浪所獻果下馬，高三尺，以駕輦車。」《北齊書·尉景傳》：「景有果下馬，文襄求之，景不與。」隋煬帝《江都宫樂歌》：「淥潭桂檝浮青雀，果下金鞍躍紫騮。」李賀《馬詩二十三首》之八：「赤兔無人用，當須吕布騎。吾聞果下馬，羈策任蠻兒。」范成大《桂海虞衡志·志獸》：「東（果）下馬，土産小駟也，以出德慶之瀧水者爲最。高不踰三尺，駿者有兩脊骨，故又號雙脊馬，健而喜行。」

〔四〕搒：划船。見〇二四首注〔二〕。

〔五〕緑熊席：古人以「熊席」爲温暖貴重。《吕氏春秋·分職》：「衛靈公天寒鑿池，宛春諫曰：『天寒起役，恐傷民。』公曰：『天寒乎？』宛春曰：『公衣狐裘，坐熊席，陬隅有竈，是以不寒。今民衣弊不補，履決不組。君則不寒矣，民則寒矣。』」而「緑熊席」尤爲珍貴。《西京雜記》卷一：「趙飛燕女弟居昭陽殿，……中設木畫屏風，文如蜘蛛絲縷，玉几玉床，白象牙簟，緑熊席，席毛長二尺餘，人眠而擁毛自蔽，望之不能見，坐則没膝。其中雜薰諸香，一坐此席，餘香百日不歇。」又卷二：「以緑地五色錦爲蔽泥，後稍以熊羆皮爲之。熊羆毛有緑光，皆長二尺者，直百金。」清王士禛《居易録》卷一六：「熊有緑者，傜僮取爲障泥，塵不敢揚，威懾虎豹。樂府云：『郎眠緑熊席。』又：『温柔藉緑熊。』」

〔六〕青鳳裘：王嘉《拾遺記》卷二：「（周昭王）二十四年，塗脩國獻青鳳、丹鵲各一雌一雄。……綴青鳳之毛爲二裘，一名燠質，二名暄肌，服之可以却寒。至厲王流於彘，彘人得而奇之，分裂此裘，遍於堯土。罪入大辟者，抽裘一毫以贖其死，則價直萬金。」

〔七〕百年内：人壽之大限爲百年，「百年内」即指人之一生。陶淵明《飲酒二十首》之三：「一生復能幾，倏如流電驚。鼎鼎百年内，持此欲何成。」賀遂亮《贈韓思彦》：「意氣百年内，平生一寸心。」李白《答王十二寒夜獨酌有懷》：「人生飄忽百年内，且須酣暢萬古情。」戴叔倫《別友人》：「如何百年内，不見一人閒。」元稹《解秋十首》之八：「茫茫百年内，處身良未休。」白居易《詠懷》：「人生百年内，疾速如過隙。」

〔八〕歸山丘：謂歸葬墳墓。曹植《箜篌引》：「盛時不可再，百年忽我遒。生在華屋處，零落歸山丘。先民誰不死，知命亦何憂。」白居易《感舊》：「微之捐館將一紀，杓直歸丘二十春。」

低眼鄒公妻

低眼鄒公妻①〔一〕，邯鄲杜生母。二人同老少②〔二〕，一種好面首〔三〕。昨日會客場，惡衣排在後〔四〕。只爲著破裙，喫他殘䴺䴹③〔五〕。（〇四三）

【校勘】

①「低」，宫内省本、正中本、高麗本、四庫本作「氐」。「鄒」，原作「𨛬」，即「鄒」之俗字，今從各本。

②「老少」，宫内省本、四庫本作「共老」，全唐詩本夾注「一作共老」。

③「䴺䴹」之下，原本、全唐詩本有原注：「上蒲口切，下郎斗切。」

【箋注】

〔一〕低眼：目光下視。齊己《船窗》：「舉頭還有礙，低眼即無妨。」別本作「氐眼」，義同「低眼」。《説文》：「昏，日冥也，從日氐省。氐者，下也。」段注氐部曰：「氐者，至也。」其引申之義則爲下，故此云「氐者，下也」。上部云：「下者，氐也。」目部云：「氐目即低目。」人部無低字。《寒山詩索賾》注「氐眼」曰：「蓋地名。」注家或從之，未知所據。　鄒公妻：虚擬的人物。或云「鄒公妻」出《戰國策·齊策》：「鄒忌修八尺有餘，而形貌昳麗。朝服衣冠，窺鏡，謂其妻曰：『我孰與城北徐公美？』其妻曰：『君美甚，徐公何能及君也。』城北徐公，齊國之美麗者也。忌不自信，而復問其妾曰：『吾孰與徐公美？』妾曰：『徐公何能及君也。』旦日，客從外來，與坐談，問之客曰：『吾與徐公孰美？』客曰：『徐公不若君之美也。』明日，徐公來，孰視之，自以爲不如；窺鏡而自視，又弗如遠甚。暮寢而思之，曰：『吾妻之美我者，私我也；妾之美我者，畏我也；客之美我者，欲有求於我也。』」

〔二〕老少：猶云「年紀」、「歲數」，此處偏指「老」而言。別本作「二人同共老」，與此句「二人同老少」意同。

〔三〕一種：一樣，同樣。《玉臺新詠》卷七梁簡文帝《詠美人觀畫》：「分明浄眉眼，一種細腰身。」白居易《戲題新栽薔薇》：「移根易地莫顦顇，野外庭前一種春。」元稹《酬樂天得微之詩知通州事因成四首》之四：「定覺身將囚一種，未知生共死何如。」　面首：面貌。《雜譬喻經》卷四：

「昔有一貴女人，面首端正，儀容挺特。」《大莊嚴論經》卷五：「彼上座婆羅門，年既老大，貧於財物，其婦又老，面首醜惡。」《太平御覽》卷七〇七引《集異記》曰：「中山劉玄，暮忽見一人著烏袴褶，取火照之，面首無七孔，面莽黨然。」引申爲美貌。《龐居士語録》卷中：「阿娘生得身，嫌娘無而（面）首。」寒山詩之「好面首」，應是反語。

〔四〕惡衣：粗劣之衣。《洛陽伽藍記》卷三：「（李崇）性多儉吝，惡衣粗食，亦常無肉，味止有韭菹。」《神仙傳》卷六《孔元方》：「元方仁慈，惡衣蔬食，飲酒不過一升。」寒山詩「惡衣排在後」，寫世俗以衣帽取人之陋習。《大智度論》卷一四：「譬如罽賓三藏比丘行阿蘭若法，至一王寺。寺設大會，守門人見其衣服粗弊，遮門不前。如是數數以衣服蔽故，每不得前。便作方便，假借好衣而來。門家見之，聽前不禁。既至會座，得種種好食，先以與衣。衆人問言：『何以爾也？』答言：『我比數來，每不得入。今以衣故，得在此坐，得種種好食，實是衣故得之，故以與衣。』」《五燈會元》卷一七《三聖繼昌禪師》：「近來世俗多顛倒，祇重衣衫不重人。」按《晉書·魯褒傳》載褒《錢神論》：「錢多者處前，錢少者居後。」亦是此意。

〔五〕殘餢䬲：猶云殘羹剩飯。「殘」即剩餘之義。杜甫《洗兵馬》：「祇殘鄴城不日得，獨任朔方無限功。」王維《敕賜百官櫻桃》：「纔是寢園春薦後，非關御苑鳥銜殘。」《太平廣記》卷一六七《裴度》（出《玉堂閒話》）：「某主京數載，授官江湖，遇寇蕩盡，唯殘微命。」「餢䬲」下原注：「上蒲口切，下郎斗切。」即油炸餅類。《廣韻》上聲四十五厚：「餢，餢飳，餅。」又：「䬲，麰䬲，糫餅。」

皇甫枚《三水小牘》卷下：「乃命溲麪煎油作䭔𩚵者，移時不成。」宋吴坰《五總志》：「干寶《司徒儀》曰：『祭用⿰麥粦⿰麥婁。』晉制呼爲環（糫）餅，又曰寒具，今曰饊子。」

獨卧重巖下

獨卧重巖下〔一〕，蒸①雲晝不消〔二〕。室中雖暡②靉〔三〕，心裏絶喧囂。夢去遊金闕〔四〕，魂歸度石橋〔五〕。抛除鬧我者，歷歷樹間瓢〔六〕。（〇四四）

【校勘】

①「蒸」，正中本、高麗本作「烝」。　②「暡」，正中本、高麗本作「瞈」。

【箋注】

〔一〕重巖：當是指寒巖，寒山隱居處。見〇四〇首注〔四〕。

〔二〕蒸雲：上湧的雲氣。徐靈府《天台山記》：「因蒸雲起霧，桑迸芳瑶。」《説郛》（宛委山堂本）弓一一五薛用弱《集異記·韋宥》：「纔及中流，風浪皆作，蒸雲走電，咫尺昏晦。」馮贄《雲仙雜記·石斧銘》：「詩如蒸雲，千步千首。」按雲霧上升貌爲「蒸」。《淮南子·説林》：「山雲蒸，柱礎潤。」賈誼《鵩鳥賦》：「雲蒸雨降兮，糾錯相紛。」

〔三〕暡靉：昏暗貌。《漢書·司馬相如傳》載《哀二世賦》：「觀衆樹之蓊薆兮，覽竹林之榛榛。」顔師古注：「蓊薆，蔭蔽貌。」潘岳《閒居賦》：「竹木蓊藹，靈果參差。」《抱朴子外篇·博喻》：

「故一條之枯，不損繁林之蓊藹；蒿麥冬生，無解畢發之肅殺。」按「蓊薆」、「蓊藹」即是「暡靉」，音同則義同。唯上引各文取義於林木遮掩，故字從草作「蓊薆」、「蓊藹」；寒山詩取義於蒸雲蔽日，故字從日、從雲作「暡靉」。

〔四〕金闕：天上宮闕，神仙居處。《神異經·西北荒經》：「西北荒中有二金闕，高百丈，金闕銀盤，圓五十丈，二闕相去百丈。上有明月珠，徑三丈，光照千里。中有金階，西北入兩闕中，名曰天門。」吴筠《遊仙詩二十四首》之三：「不覺隨玉皇，焚香詣金闕。」按寒山此詩之「金闕」，指天台山之瓊臺雙闕。《文選》卷一一孫綽《遊天台山賦》：「陟降信宿，迄于仙都。雙闕雲竦以夾路，瓊臺中天而懸居。」李善注：「顧愷之《啓蒙記注》曰：天台山列雙闕於青霄中，上有瓊樓、瑶林、醴泉，仙物畢具。」道藏本《天台山志》：「瓊臺雙闕，兩山也。自桐柏觀西北行二里，至元應真人祠，取道仙人蹟，經龍潭側，凡五里，至瓊臺，由瓊臺轉南至雙闕，皆翠壁萬仞，森以相向，興公賦所謂『雙闕雲竦以夾路，瓊臺中天而懸居』是也。崔尚《桐柏觀記》云：『雙峰如闕，中天豁開。』」楚按《全唐詩》卷五〇五載柳泌《瓊臺》：「崖壁盤空天路回，白雲行盡見瓊臺。洞門黯黯陰雲閉，金闕曈曈日殿開。」竊謂此詩所詠者，即是天台山之瓊臺，詩中「金闕」即指天台山之雙闕，與寒山此詩相同也。

〔五〕石橋：在天台山，天然石梁，橫跨深澗，以險絶著稱。《文選》卷一一孫綽《遊天台山賦》「濟楢溪而直進」，李善注：「謝靈運《山居賦》曰：『凌石橋之莓苔，越楢溪之縈紆。』注曰：『所居往來，要經石橋，過楢溪，人迹不復過此。』」又：「跨穹隆之懸磴，臨萬丈之絶冥。」李善注：「懸磴，石橋也。顧愷之《啓蒙記》曰：『天台山石橋，路逕不盈尺，長數十步，步至滑，下臨絶冥之澗。』」又：「踐莓苔之滑石，搏壁立之翠屏。」李善注：「孔靈符《會稽記》曰：『赤城山上，有石橋懸度，有石屏風横絶橋上，邊有過徑，纔容數人。』」李郢《重遊天台》：「南國天台山水奇，石橋危險古來知。龍潭直下一百丈，誰見生公獨坐時。」宋宗曉編《四明尊者教行録》卷七載錢易《浄光大師行業碑》：「凡道南險者首稱天台石橋，下臨萬仞，飛泉四射，危滑欹側，狀如横虹。」徐靈府《天台山記》：「自歇亭西行紘澗一十五里，至石橋頭，有小亭子。石橋色皆清，長七丈，南頭闊七尺，北頭闊二尺，龍形龜背，架萬仞之壑。上有兩澗合流，從橋下過，泄爲瀑布，西流出剡縣界。從下仰視，若晴虹之飲澗。橋勢崄峭，水聲崩落，時有過者，目眩心悸。今遊人所見，正是北橋也，是羅漢所居之所也。」亦稱「石梁」。道宣《集神州三寶感通録》卷下：「東晉初天台山寺者，昔有沙門帛道猷，或云竺姓者，鋭涉山水，窮括奇異。承天台石梁終古無度者，乃慷慨曰：『彼何人斯，獨無貞操，故使聖寺密爾，對面千里。』遂揭錫獨往，徑趣石梁，周瞰崖險，久之方獲。其山石梁非一，聖寺亦多。將欲直度，不惜形命。且虹梁亘谷，下望萬尋，上闊尺許，莓苔斜側，東邊似通，西礙大石，攀磴（登）路絶。猷乃別思異教，夜宿梁東。便聞西寺磬聲，經唄唱薩，勇意相續，通夕不安。又聞聲曰：『却後十年，當來此住，何須苦求。』雖爾不息，晨夕惋恨，結草爲庵，彌年禪觀。後試造梁，乃見横石洞開，梁道平正，因即得度。遂見洞宇宏壯，圖塔瓌奇，神僧叙接，宛同素識。中食既訖，將陳住意。僧曰：『却後十年自當至此，何勞早住。』相送度梁，横石已塞。至晉太元元年終於山所，形似緑色，端坐如生。王羲之聞之造焉，望崖仰挹。今有往者，雲迷其道。」《太平御覽》卷四一引《啓蒙記注》：「有石橋，路逕不盈尺，長數十丈，下臨絶冥之澗，唯忘其身，然後能濟。……晉隱士白道猷得過之，獲醴泉、紫芝、靈藥。」即此事也。《高僧傳》卷一一載此事，作竺曇猷。

〔六〕歷歷：象聲詞。玄覺《證道歌》：「降龍鉢，解虎錫，兩鈷金環鳴歷歷。」白居易《楊柳枝二十韻》：「玉敲音歷歷，珠貫字纍纍。」張祜《笙》：「董雙成一妙，歷歷韻風篁。」寒山詩「拋除鬧我者，歷歷樹間瓢」典出蔡邕《琴操·箕山操》：「許由者，古之貞固之士也。堯時爲布衣，夏則巢居，冬則穴處。飢則仍山而食，渴則仍河而飲。無杯器，常以手掬水而飲之。人見其無器，以一瓢遺之。由操飲畢，以瓢掛樹。風吹樹動，歷歷有聲，由以爲煩擾，遂取捐之。」劉希夷《秋日題汝陽潭壁》：「懸瓢木葉上，風吹何歷歷。」汪遵《箕山》：「一瓢風入猶嫌鬧，何況人間萬種人。」

夫物有所用

夫物有所用，用之各有宜〔一〕。用之若失所，一缺①復一虧〔二〕。圓鑿而方枘〔三〕，悲②哉空爾爲〔四〕。驊騮將捕鼠〔五〕，不及跛猫兒。（〇四五）

【校勘】

①「缺」，宮内省本、正中本、高麗本作「闕」，同。　②「悲」，四庫本作「哀」。

【箋注】

〔一〕夫物有所用，用之各有宜：白居易《素屏謡》亦云：「物各有所宜，用各有所施。」

〔二〕一缺復一虧：謂雙方俱受損傷，如下句「圓鑿方枘」之例。

〔三〕圓鑿而方枘：以圓孔配方榫，形容格格不入。宋玉《九辯》：「圜鑿而方枘兮，吾固知其鉏鋙而難入。」按「圜」通「圓」。《文子・上義》：「今爲學者，循先襲業，握篇籍，守文法，欲以爲治，非此不治，猶持方枘而内圓鑿也，欲得宜適，亦難矣。」《史記・孟子荀卿列傳》：「故武王以仁義伐紂而王，伯夷餓不食周粟；衛靈公問陳，而孔子不答；梁惠王謀欲攻趙，孟軻稱大王去邠。此豈有意阿世俗苟合而已哉！持方枘欲内圜鑿，其能入乎？」司馬貞索隱：「按：方枘是筍也，圜鑿是孔也。謂工人斲木，以方筍而内之圜孔，不可入也。」

〔四〕空爾爲：徒勞無功。《文選》卷二一王粲《詠史》：「秦穆殺三良，惜哉空爾爲。」李白《戰城南》：「士卒塗草莽，將軍空爾爲。」劉禹錫《和李六侍御文宣王廟釋奠作》：「歷聘不能用，領徒空爾爲。」

〔五〕驊騮：駿馬名。《荀子・性惡》：「驊騮、騹驥、纖離、緑耳，此皆古之良馬也。」《漢書・揚雄傳》載雄《反離騷》：「騁驊騮以曲囏兮，驢騾連蹇而齊足。」顔師古注：「驊騮，駿馬名也，其色如華而赤也。」温庭筠《醉歌》：「駑馬垂頭搶冥塵，驊騮一日行千里。」寒山詩「驊騮將捕鼠，不及跛貓兒」，語出《太平御覽》卷八九七引《東方朔傳》曰：「驃騎難諸博士，朔對曰：『騏驥、緑耳、蜚鴻、華騮，天下良馬也，將以捕鼠於深宫之中，曾不如跛貓。』」按「驊騮捕鼠」及類似譬喻，載籍屢見。如《莊子·秋水》：「騏驥驊騮，一日而馳千里，捕鼠不如狸狌，言殊技也。」《説苑·雜言》：「騏驥、騄駬，倚衡負軛而趨，一日千里，此至疾也；然使捕鼠，曾不如百錢之狸。」又：「騏驥、騄駬，足及千里，置之宫室，使之捕鼠，曾不如小狸。」盧照鄰《五悲·悲才難》：「命鸞鳳兮逐雀，驅龍騏兮捕鼠。使掌事者校其功兮，孰能與狸隼而齊舉？」馬異《答盧仝結交詩》：「上天不識察，仰我爲遼天失所，將吾劍兮切淤泥，使良驥兮捕老鼠。」此外如《太平御覽》卷九一二引《尹子》曰：「使牛捕鼠，不如猫狌之捷。」《淮南子·原道》：「夫釋大道而任小數，無以異於使蟹捕鼠、蟾蠩捕蚤。」《抱朴子外篇·用刑》：「道家之言，高則高矣，用之則弊，遼落迂闊，譬猶干將不可以縫線，巨象不可使捕鼠，金舟不能凌陽侯之波，玉馬不任騁千里之迹也。」

楚按，寒山此詩大旨在明「物各有所用」之理，亦即《抱朴子外篇·務正》所云：「然劍戟不長於縫緝，錐鑽不可以擊斷，牛馬不能吠守，雞犬不任駕乘。役其所長，則事無廢功；避其所短，則世無棄材矣。」清李調元《雜興九首》之七亦是發揮此理：「斥鷃爲鵬笑，所争九萬里；使鵬穿叢林，或恐不如雉。蜉蝣避雨遷，苦爲龍所使；令龍穿曲珠，或恐遜於蟻。物固各有宜，不必兩皆美。猿狖善登山，鷗鳧工涉水。長笑土木偶，相争兩非是。」

誰家長不死

誰家①長不死〔一〕，死事舊來均〔二〕。始憶八尺漢，俄成一聚塵〔三〕。黄泉無曉日〔四〕，青草有時②春〔五〕。行到傷心處〔六〕，松風愁殺人〔七〕。（〇四六）

【校勘】

①「家」，四庫本作「人」。②「有時」，《山谷詩集注》引作「自知」，見篇後附録。

【箋注】

〔一〕誰家：就是「誰」，猶云「誰人」。杜甫《吹笛》：「吹笛秋山風月清，誰家巧作斷腸聲？」按「家」是用在人稱代詞後的語助詞，不爲義。如《古小説鉤沉》本《郭子》：「世目士少爲清邁，我家亦以爲澈朗。」敦煌本《持世菩薩》：「莫將諸女獻陳，我家當知不受。」吕巖《七言》：「世間萬種浮沈事，達理誰能似我家。」《祖堂集》卷九《洛浦和尚》載《神劍歌》：「他家不用我家劍，世上高低早晚平。」薛濤《柳絮》：「他家本是無情物，一任南飛又北飛。」敦煌本《難陁出家緣起》：「我家夫主威儀，不作俗人裝束。他家剃頭落髮，身披壞色袈裟。」《世説新語·排調》：「此是陳壽作諸葛評，人以汝家比武侯，復何所言。」寒山詩一七〇首：「儂家暫下山，入到城隍裏。」以上「我家」就是我，「他家」就是他，「汝家」就是汝，「儂家」就是儂。按《左傳》昭公二年引子産曰「人誰不死」，即是寒山詩「誰家長不死」之意。

〔二〕死事舊來均：「舊來」即從來，見〇二三首注〔二〕。此句言從來只有死之一事，人人皆有，平等無别。如王梵志詩〇六二首：「世間何物平，不過死一色。老小終須去，信前業道力。」慈受《擬寒山詩》第八二首：「世有多不平，平者唯有死。」《佛本行集經》卷一五《路逢死屍品》：「一切衆生此盡業，天人貴賤平等均。雖處善惡諸世間，無常時至無有異。」敦煌遺書伯二三〇五號解座文：「且人生一世，喻若飄蓬，貴賤雖殊，無常一蓋（概）。上至帝王，下及庶民，富貴即有高低，無常且還一種。」敦煌本《八相變》：「至於北門，忽見一人，歸於逝路。四支全具，九孔□□，卧在荒郊，膖脹壞爛。六親號叫，九族哀啼，散髮拔（披）頭，渾搥自撲。遂遣車匿往問。問云：『此是何人？』喪主具説實言，道：『此是死事。』『即公一個死？世間亦復如然？』喪主道：『王侯凡庶一般，死相亦無二種。』」

〔三〕一聚塵：一堆灰土。白居易《逍遥詠》：「此身何足厭，一聚虚空塵。」王梵志詩〇八二首：「身影百年外，相看一聚塵。」又三六三首：「何須人哭我，終是一聚塵。」又三八七首：「終歸一聚塵，何用深棺槨。」敦煌遺書北京日字二三號《太上皇帝讚文》：「□□乘車駕駟馬，不久終成一聚塵。」按陸機《挽歌詩三首》之三：「昔爲七尺軀，今成灰與塵。」與寒山詩「始憶八尺漢，俄成一聚塵」意同。

〔四〕黄泉無曉日：「黄泉」在地下，用指陰間或墳墓，見〇一七首注〔七〕。「黄泉無曉日」謂地下墳中，長夜漫漫。《後漢書·張奂傳》：「地底冥冥，長無曉期。」顧況《經徐侍郎墓作》：「夜泉無曉日，枯樹足悲風。」孟郊《悼吴興湯衡評事》：「大夜不復曉，古松長閉門。」

〔五〕青草有時春：按《周禮·冬官·考工記》：「草木有時以生，有時以死，……此天時也。」

〔六〕傷心處：李白《勞勞亭》：「天下傷心處，勞勞送客亭。」寒山詩之「傷心處」指墓地，故下句有「松風」之語。

〔七〕松風：猶云「松濤」，風吹松樹之聲。按古代墓地多植松，劉孝綽《銅雀妓》：「況復西陵晚，松風吹繐帷。」所詠即是曹操陵墓。駱賓王《樂大夫挽詞五首》之四：「草露當春泣，松風向暮哀。」

愁殺人：愁死人。《文選》卷二九《古詩十九首》之十四：「白楊多悲風，蕭蕭愁殺人。」《景德傳燈録》卷二四《襄州廣德周禪師》：「愁人莫向愁人道，道向愁人愁殺人。」

《山谷詩集注》卷一一《出城送客過故人東平侯趙景珍墓》：「嬋娟去作誰家妾，意氣都成一聚塵。」任淵注：「寒山子詩云：『始憶八尺漢，俄成一聚塵。黄泉無曉日，青草自知春。』」第四句「自知」今本寒山詩作「有時」。

騮馬珊瑚鞭

騮馬珊瑚鞭〔一〕，驅馳洛陽道。自矜①美少年，不信有衰老。白髮會應生〔二〕，紅顔豈長保〔三〕。但看北邙②山〔四〕，箇是蓬萊島〔五〕。（〇四七）

【校勘】

①「矜」，宫内省本、四庫本作「憐」，全唐詩本夾注「一作憐」。②「邙」，正中本作「坼」。

【箋注】

〔一〕騮馬：《説文》：「騂，赤馬黑髦尾也。」按「騂」即「騮」字。李白《軍行》：「騮馬新跨白玉鞍，戰罷沙場月色寒。」　珊瑚鞭：以珊瑚爲鞭，言其珍貴。《晉書·吕纂載記》：「即序胡安據盗發張駿墓，見駿貌如生，得真珠簏、琉璃榼、白玉樽、赤玉簫、紫玉笛、珊瑚鞭、馬腦鍾，水陸奇珍不可勝紀。」梁元帝《紫騮馬》：「長安美少年，金絡鐵連錢。宛轉青絲鞚，照耀珊瑚鞭。」

〔二〕會應：將會，「會」表示將然的語氣。王安石《次韻徐仲元詠梅》之二：「摇落會應傷歲晚，攀翻賸欲寄情親。」

〔三〕紅顔：青春美好的容顔。劉希夷《代悲白頭翁》：「此翁白頭真可憐，伊昔紅顔美少年。」按阮籍《詠懷詩》之四：「朝爲美少年，夕暮成醜老。自非王子晉，誰能常美好。」與寒山詩此數句意同。

〔四〕北邙山：在洛陽郊外，漢晉以來上層人士的墓地。見〇三二首注〔四〕。

〔五〕箇是：此是。駱賓王《詠美人在天津橋》：「寄言曹子建，箇是洛川神。」齊己《和鄭谷郎中看棋》：「箇是仙家事，何人合用心。」寒山詩一二〇首：「箇是何措大，時來省南院。」又一三七首：「觀者滿路傍，箇是誰家子。」又一三八首：「箇是誰家子，爲人大被憎。」又一九〇首：「飽食腹膨脝，箇是癡頑物。」又二五二首：「若言由冢墓，箇是極癡人。」按「箇」爲指示代詞，猶云「此」。劉知幾《史通・雜説中》：「渠、們、底、箇，江左彼此之詞；乃、若、君、卿，中朝汝我之義。」顧況《酬柳相公》：「箇身恰似籠中鶴，東望滄溟叫數聲。」白居易《自詠》：「咄哉箇丈夫，心性何墮頑。」貫休《送少年禪師二首》之二：「佛與輪王嫌不作，世間剛有箇癡兒。」《舊唐書・李密傳》：「箇小兒視瞻異常，勿令宿衞。」《朝野僉載》卷三：「何婆乃調絃柱，和聲氣曰：『箇丈夫富貴，今年得一品，明年得二品，後年得三品，更後年得四品。』」《龐居士語録》卷上：「居士到齊峰，纔入院，峰曰：『箇俗人頻頻入院，討箇什麽？』」《太平廣記》卷一七〇《顧況》（出《幽閑鼓吹》）：「乃披卷，首篇曰：『離離原上草，一歲一枯榮。野火燒不盡，春風吹又生。』却嗟賞曰：『道得箇語，居即易矣。』」　蓬萊島：海中仙山，見〇三九首注〔三〕。寒山詩「但看北邙山，箇是蓬萊島」二句，以墳地爲仙山，即長生不死不可得之意。

竟日常如醉

竟日常如醉〔一〕，流年不暫停〔二〕。埋著蓬蒿下〔三〕，曉月①何冥冥〔四〕。骨肉消散盡，魂魄幾凋零〔五〕。遮莫齩鐵口〔六〕，無因讀老經〔七〕。（〇四八）

【校勘】

①「月」，宮内省本、四庫本作「日」，全唐詩本夾注「一作日」。　「冥冥」，原作「冥冥」，乃「冥冥」

之俗字，今從各本。

【箋注】

〔一〕竟日：終日。見○二四首注〔五〕。　常如醉：形容憂愁。《詩·王風·黍離》：「行邁靡靡，中心如醉。」鄭玄箋：「醉於憂也。」《後漢書·劉寬傳》：「帝問：『太尉醉耶？』寬仰對曰：『臣不敢醉，但任重責大，憂心如醉。』」敦煌本《父母恩重經講經文》：「心中不醉長如醉，竟（意）内无憂恰似憂。」

〔二〕流年：時光，年華。鮑照《登雲陽九里埭》：「宿心不復歸，流年抱衰疾。」杜荀鶴《與友人話別》：「流年留不得，半在別離間。」黄滔《寓言》：「流年五十前，朝朝倚少年。流年五十後，日日侵皓首。」

〔三〕埋著蓬蒿下：按「蓬蒿」即蓬草和蒿草，爲墓地所生之雜草。王梵志詩三七七首：「埋著黄蒿中，猶成薄媚鬼。」《漢書·廣陵厲王胥傳》：「人生要死，何爲苦心！……蒿里召兮郭門閲，死不得取代庸，身自逝。」顔師古注：「蒿里，死人里。」崔豹《古今注》卷中《音樂》：「《薤露》、《蒿里》，並喪歌也，出田横門人。横自殺，門人傷之，爲之悲歌。……其二曰：『蒿里誰家地，聚斂魂魄無賢愚，鬼伯一何相催促，人命不得少踟躕。』」

〔四〕冥冥：昏暗貌。見○一七首注〔八〕。

〔五〕凋零：謂命終去世。白居易《感逝寄遠》：「應歎舊交遊，凋零日如此。」

〔六〕遮莫：縱然，儘管。胡仔《苕溪漁隱叢話後集》卷八引《藝苑雌黄》云：「遮莫，俚語，猶言儘教也。自唐以來有之，故當時有『遮莫爾古時五帝，何如我今日三郎』之説。然詞人亦稍有用之者。杜詩云：『久拚野鶴同雙鬢，遮莫鄰雞唱五更。』李太白詩：『遮莫枝根長百尺(丈)，不如當代多還往。遮莫親姻連帝城，不如當身自簪纓。』元微之詩：『從兹罷馳鶩，遮莫寸陰斜。』東坡詩：『芒鞋竹杖布行纏，遮莫千山更萬山。』洪駒父詩：『圍棋争道未得去，遮莫城頭日西沉。』皆用此語。」

鐵口：即馬銜，亦稱馬鑣，以鐵爲之，横貫馬口，故云「鐵口」。《説文》：「銜，馬勒口中也。」段注：「也當作者。革部曰：『勒，馬頭落銜也。』落謂絡其頭，銜謂關其口，統謂之勒也。其在口中者謂之銜。落以輅爲之，輅，生革也。銜以鐵爲之，故其字從金。」又《説文》：「鑣，馬銜也。」段注：「馬銜横毌口中，其兩耑外出者，繫以鑾鈴。」按佛教因果報應之説，以爲生前作惡負債者，來生當變作畜生償債，故寒山詩云「齩鐵口」，謂化爲馬身也。《龐居士語録》卷中：「我見好畜生，知是嘍囉漢。枉法取人錢，誇道能計算。得即渾家用，受苦没人伴。有力任他騎，棒鞭脊上楦。背上著䪊頭，口中銜鐵片。項領被磨穿，鼻孔芒繩絆。自種還自收，佛也不能斷。」所云「口中銜鐵片」，即是寒山詩之「齩鐵口」。《景德傳燈録》卷一八《福州玄沙師備禪師》：「如今若不了，明朝後日看看變入驢胎馬肚裏，牽犁拽杷，銜鐵負鞍，碓擣磨磨，水火裏燒煮去。」敦煌本《爐山遠公話》：「死墮地獄，受罪既畢，身作畜生，搭(搭)鞍垂鐙，口中御(銜)鐵，已負前愆。」所云「銜鐵」，亦是寒山詩之「齩鐵口」也。

〔七〕老經：即《老子》，亦稱《道德經》，道教以《老子》爲仙經，故稱爲「老經」、「老子經」、「老氏經」、「老君經」等。《廣弘明集》卷八道安《二教論·明典真僞十》：「《老經》五千，最爲淺略；《上清》、《三洞》，乃是幽深。」《太平廣記》卷七〇《戚逍遥》（出《續仙傳》）：「父以《女誡》授逍遥，逍遥曰：『此常人之事耳。』遂取《老子》仙經誦之。」又卷一三九《惠炤師》（出《廣古今五行記》）：「後於天平寺宿，與一大德僧共密語，天地開闢，上古無爲，下至君臣父子，道德仁義，老經佛法，優劣多少，凡所顧涉幽隱之事，無所不論。」李頎《送劉十一》：「房中唯有老氏經，櫪上空餘少遊馬。」賈島《贈牛山人》：「二十年中餌茯苓，致書半是老君經。」《太平廣記》卷二一《司馬承禎》：「睿宗問陰陽術數之事，承禎對曰：『老子經云：損之又損，以至於無爲。』」

一向寒山坐

一向寒山坐〔一〕，淹留三十年。昨來訪親友，太①半入黄泉〔二〕。漸減②如殘燭〔三〕，長流似逝川〔四〕。今朝對孤影，不覺淚雙懸。（〇四九）

【校勘】

①「太」，四庫本作「大」。　②「減」，宫内省本、高麗本、四庫本作「滅」，全唐詩本夾注「一作滅」。

【箋注】

〔一〕一向：一直，表示過去的一段時間。宗密《禪源諸詮集都序》卷一：「後人聞此，又迷本覺之用，便一向執相。唯根利志堅者，始終事師，方得悟修之旨。」《三朝北盟會編》卷一一：「郎君等未可一向自强，一概輕易漢人。」　坐：居住。《佛本行集經》卷三五：「爾時其父，爲彼童子，造立三堂。一擬冬坐，二擬春秋兩時而坐，三擬夏坐。擬冬坐者，一向温暖；擬夏坐者，一向風涼；擬於春秋二時坐者，不熱不寒，調和處中。」吴兢《貞觀政要·禮樂》：「頃聞考使至京者，皆賃房以坐，與商人雜居，纔得容身而已。」王梵志詩二五七首：「一生無舍坐，須行去處寬。」又二六〇首：「年老造新舍，鬼來拍手笑。身得暫時坐，死後他人賣。」敦煌本《鷰子賦》：「向吾宅裏坐，却捉主人欺。」按白居易《題贈定光上人》：「一坐十五年，林下秋復春。」又《會昌二年春題池西小樓》：「花邊春水水邊樓，一坐經今四十秋。」滄浩《懷舊山》：「一坐西林寺，從來未下山。」《宋高僧傳》卷一〇《唐天台山佛窟巖遺則傳》：「一坐四十年，大官名侯賫書問訊檀捨，則未嘗有報謝，禮拜者未嘗而作起。」與寒山詩「一向寒山坐，淹留三十年」相似。

〔二〕太半：大半，多半。《史記·項羽本紀》：「漢有天下太半，而諸侯皆附之。楚兵罷食盡，此天亡楚之時也。」裴駰集解引韋昭曰：「凡數三分有二爲太半，一爲少半。」按「太半」同「大半」、「泰半」。《説文》：「夳，古文泰如此。」段注：「後世凡言大，而以爲形容未盡則作太，如大宰俗作太宰，大子俗作太子，周大王俗作太王是也。謂太即《説文》夳字。夳即泰，則又用泰爲太，展轉貤繆，莫能諟正。」按杜甫《贈衛八處士》：「訪舊半爲鬼，驚呼熱中腸。」與寒山詩「昨來訪親友，太半入黄泉」二句意近。

〔三〕漸減如殘燭：形容生命日益消耗，有如殘燭日益縮短。別本作「漸滅」，非是。「漸減」之語，如《大般涅槃經》卷二〇：「譬如月光，從十六日至三十日，形色光明，漸漸損減；月愛三昧亦復如是，光所照處，所有煩惱，能令漸減。」元稹《月三十韻》：「漸減姮娥面，徐收楚練機。」李群玉《和吴中丞悼笙妓》：「墮珥尚存芳樹下，餘香漸減玉堂中。」司空圖《力疾山下吴村看杏花十九首》之十七：「行樂溪邊步轉遲，出山漸減探花期。去年四度今三度，恐到憑人折去時。」《雲溪友議》卷中《苗夫人》原注：「初有眘樞巫者每述禍祟，其言多中，乃云：『相公當直之神漸減，韋郎擁從之神日增。』皆以妖妄之言，不復再召也。」

〔四〕逝川：比喻光陰流逝，典出《論語·子罕》：「子在川上曰：『逝者如斯夫，不捨晝夜。』」《廣弘明集》卷八北周道安《二教論·歸宗顯本》：「夫厚生情篤，身患之誡遂興；不悟遷流，逝川之歎乃作。」又卷二八上唐太宗《於行陣所立七寺詔》：「日往月來，逝川斯遠。」于武陵《感情》：「西沈浮世日，東注逝川波。不使年華駐，此生能幾何。」吴融《華清宫二首》之二：「無奈逝川東去急，秦陵松柏滿殘陽。」

相唤採芙蓉

相唤採①芙蓉〔一〕，可憐清江裏〔二〕。游②戲不覺暮，屢見狂風起。浪捧③鴛鴦兒〔三〕，波摇鸂鶒子〔四〕。此時居舟楫，浩蕩情無已〔五〕。（〇五〇）

【校勘】

①「採」，四庫本作「采」。②「游」，宫内省本、正中本作「遊」。③「捧」，原作「棒」，據各本改。

【箋注】

〔一〕相唤：相邀。「唤」即邀請。梁元帝《採菊篇》：「相唤提筐採菊珠，朝起露濕霑羅襦。」《北齊書·崔瞻傳》：「我初不唤君食，亦不共君語，君遂能不拘小節。」

〔二〕可憐：可愛。見〇一八首注〔三〕。

〔三〕鴛鴦兒：即鴛鴦。貫休《上馮使君五首》之一：「汀花最深處，拾得鴛鴦兒。」按鴛鴦以雌雄恩愛相隨著稱。吴融《鴛鴦》：「翠翹紅頸覆金衣，灘上雙雙去又歸。長短死生無兩處，可憐黄鵠愛分飛。」《全唐詩》卷七八五無名氏《雜詩》：「不如池上鴛鴦鳥，雙宿雙飛過一生。」

〔四〕鸂鶒子：即鸂鶒，亦以雌雄恩愛著稱。李紳《憶西湖雙鸂鶒》：「雙鸂鶒，錦毛爛斑長比翼。戲繞蓮叢迴錦臆，照灼花叢兩相得。漁歌驚起飛南北，繚繞追隨不迷惑。雲間上下同棲息，不作驚禽遠相憶。」王仁裕《開元天寶遺事·被底鴛鴦》：「五月五日，明皇避暑，遊興慶池，與妃子晝寢於水殿中。宫嬪輩憑欄倚檻，争看雌雄二鸂鶒戲於水中。帝時擁貴妃於綃帳内，謂宫嬪曰：『爾等愛水中鸂鶒，争如我被底鴛鴦。』」亦以「鴛鴦」與「鸂鶒」對舉，與寒山詩同。

〔五〕浩蕩：水勢廣大貌。這裏比喻情思無限。

吾心似秋月

吾心似秋月，碧潭清皎潔〔一〕。無物堪比倫〔二〕，教我如何説。（〇五一）

【箋注】

〔一〕碧潭清皎潔：按「皎潔」謂月，以碧潭水清，故映照月影亦格外皎潔。佛家例以月色之清淨皎潔，比喻心性之解脱無礙。如《大般涅槃經》卷五：「譬如滿月，無諸雲翳，解脱亦爾，無諸雲翳。無諸雲翳，即真解脱。真解脱者，即是如來。」李端《寄廬山真上人》：「月明潭色澄空性，夜靜猿聲證道心。」常達《山居八詠》之八：「月滿真如淨，花開覺樹芳。」

〔二〕比倫：相比，匹敵。趙嘏《泗上奉送相公》：「語堪銘座默含春，西漢公卿絶比倫。」敦煌本《維摩詰經講經文》：「蕩蕩應難及，巍巍莫此輪。」「此輪」即「比倫」之誤。倒文作「倫比」。朱逵《懷素上人草書歌》：「于今年少尚如此，歷睹遠代無倫比。」僧鸞《贈李粲秀才》：「隴西輝用真才子，搜奇探險無倫比。」《舊唐書·郭子儀傳》史臣曰：「自秦漢以還，勳力之盛，無與倫比。」按白居易《睡起晏坐》：「了然此時心，無物可譬喻。」施肩吾《山石榴花》：「莫言無物堪相比，妖豔西施春驛中。」即是寒山詩「無物堪比倫」之意。《續古尊宿語要》卷三《圓悟勤禪師語》：「深深處無物堪比倫，淺淺箇兩手相分付。」又卷四《密庵傑和尚語》：「高高處無物堪比倫，低低處猶難擬議。」當是襲用寒山成語。

《全唐詩》卷八二五文益《睹木平和尚》：「相看陌路同，論心秋月皎。」按文益乃禪宗法眼宗祖師，「論心秋月皎」即用寒山此詩典故。何以知之？蘇軾《和寄天選長官》：「但記寒巖翁，論心秋月皎。」「寒巖翁」即寒山也。

《五燈會元》卷一六《靈隱惠淳禪師》：「上堂：『吾心似秋月，碧潭清皎潔。』乃喝曰：『寒山子話墮了也！諸禪德，皎潔無塵，豈中秋之月可比？虚明絶待，非照世之珠可倫。獨露乾坤，光吞萬象，普天匝地，耀古騰今，且道是箇甚麽？』良久曰：『此夜一輪滿，清光何處無。』」

《五燈會元》卷一七《保福本權禪師》：「上堂，舉寒山偈曰：『吾心似秋月，碧潭清皎潔。無物堪比倫，教我如何説？』老僧即不然：『吾心似燈籠，點火内外紅。有物堪比倫，來朝日出東。』傳者以爲笑。死心和尚見之，歎曰：『權兄提唱若此，誠不負先師所付囑也。』」

《五燈會元》卷一七《興國契雅禪師》：「上堂：『心如朗月連天静。』遂打一圓相曰：『寒山子聻，性似寒潭徹底清。是何境界？』良久曰：『無價夜光人不識，識得又堪作甚麽？凡夫虚度幾千春。』乃呵呵大笑曰：『争如獨坐明窗下，花落花開自有時。』下座。」

《五燈會元》卷一八《壽寧道完禪師》：「上堂：『古人見此月，今人見此月。此月鎮長存，古今人還別。若人心似月，碧潭光皎潔。決定是心源，此説更無説。咄！』」按此偈亦針對寒山此詩而發，第六句即寒山詩句也。

《虚堂和尚語録》卷一：「中秋上堂：一年有十二箇月，每月一度團圓，其餘盡是缺。中間晦明出没，太半有不見者，惟有今宵分外皎潔。無物堪比倫，教我如何說？」

《宏智禪師廣録》卷五：「寒山子道：『吾心似秋月，碧潭澄皎潔。』直得皎皎地如秋月，尚恐不是。又道：『無物堪比倫，教我如何說？』既是無物，又作麽生説？所以道不可亦不可，此語亦不受，謂之逈絶無寄。一切處寄不得，箇是遍底心，安向什麽處，浄裸裸赤洒洒，絲毫立不得。」

《慈受懷深禪師廣録》卷一：「上堂，舉：『吾心似秋月，碧潭清皎潔，無物堪比倫，教我如何說？』師云：『寒山子説不得即且止，諸人還説得麽？直須口似磉盤，方始光明透漏。』」

《湛然圓澄禪師語録》卷二：「中秋，上堂：『告（吾）心比秋月，秋月有圓缺，世間無比倫，教我如何説？噫，寒山老人云是文殊化身，何以口門窄，説不出？徑山不敢與古人争衡，也要效顰，説兩句伽陀：吾心非秋月，秋月有盈缺，萬物有無常，這箇不生滅。』」又卷四：「夜參：『吾心似秋月，圓滿光皎潔，無物堪比倫，教我如何說？噫，大小寒山徒爲文殊後身，口門窄，説不出。老朽又且不然：吾心似秋月，圓滿光皎潔，無物堪比倫，雲門已漏泄。大衆，且道雲門大師作麽漏泄？』良久云：『胡餅也不記得。』」

《平石如砥禪師語録》：「中秋，上堂：『吾心似秋月，碧潭清皎潔，無物堪比倫，教我如何説？』師云：『寒山子與麽道，大似抱贓叫屈。』便下座。」

《松源崇嶽禪師語録》卷上：「上堂，舉寒山頌：『吾心似秋月，碧潭清皎潔。無物堪比倫，教我如何說？』師云：『寒山好頌，只易見難説。虎丘却有箇方便説與諸人：若教頻下淚，滄海也須枯。』」

《無明慧性禪師語録》：「上堂，舉寒山子詩云：『吾心似秋月，碧潭清皎潔，無物堪比倫，教我如何説？』師云：『寒山子坐在解脱深坑，若是北山門下，打你頭破額裂。』」

《破菴祖先禪師語録·與戢菴居士張御帶》：「是故寒山子見徹平常心，便道：『吾心似秋月，碧潭清皎潔，無物堪比倫，教我如何説？』」

《雲谷和尚語録》卷上：「師舉寒山云：『吾心似秋月，碧潭光皎潔，無物堪比倫，教我如何説？』拈云：『既説不得，就模子裏脱出一个。吾心秋月印中天，到處相逢到處圓，普請且歸林下坐，好看光影未生前。』」

《月磵禪師語録》卷下《寒山拾得》：「忘却自家心，却指天邊月，更言無物比倫，分明話作兩橛。生苕箒，何不摵。」

《穆菴文康禪師語録》：「上堂：『吾心似秋月，碧潭光皎潔，無物堪比倫，教我如何説？囊謨悉達多般怛囉，春風吹萬匯，觸處盡開花。』」

《虚舟普度禪師語録》：「中秋，上堂：『吾心似秋月，碧潭光皎潔。有月則似月，無月又似箇什麽？可笑寒山子，是亦不是，非亦還非，還我清光未發時。』」

《呆菴普莊禪師語録》：「上堂：『八月秋，何處熱，岩桂吹香滿寥泬。風景淒清，泉聲幽咽，祖意明明誰辨别。大藏小藏,横説竪説,不出如今箇時節。同不同,别不别,堪悲堪笑老寒山,剛道吾心似秋月。』拍禪牀,下座。」

《石屋清珙禪師語録》卷下《歌》:「寒山曾有言:『吾心似秋月。』我亦曾有言,吾心勝秋月。秋月非不明,有圓復有缺。安得如我心,圓明常皎潔。有問心如何,教我如何説?」

《續古尊宿語要》卷三《保寧勇禪師語》:「『吾心似秋月,碧潭清皎潔。無物堪比倫,教我如何説?』寒山子貴價精神賤價賣,子細思量,著甚來由。雖然如是,三十年後有人撿點保寧去在。」

《續古尊宿語要》卷四《别峰珍禪師語》:「『吾心似秋月,碧潭清皎潔。無物堪比倫,教我如何説。』師云:『大小寒山子,大似抱贓叫屈。若是山僧,又且不然。』以拄杖打一圓相云:『騰騰離海嶠,漸漸出雲衢。』」

《續古尊宿語要》卷五《遯菴演和尚語》:「中秋,舉『吾心似秋月,碧潭清皎潔。無物堪比倫,教我如何説』,『大衆,寒山子比也比了也,説也説了也,且從諸人點頭嚥唾。忽若月落潭枯,莫道諸人討頭鼻不著。設使寒山子親到,也則未免脚跟下黑漆漆地。衆中莫有透出重關者麽?出來與華藏相見』。良久云:『無人知此意,令我憶南泉。』」

《續古尊宿語要》卷六《開先慶鑒瑛和尚語》:「奇怪諸禪德,文殊普賢化作寒山拾得,頭戴炙脂帽子,脚踏無底麻鞋,身著鶻臭布衫,腰繫斷鞓腰帶,手執拍板,口唱高歌,歌曰:『吾心似秋月,碧潭清皎潔。無物堪比倫,教我如何説?』華藏當時若見,每人痛與一頓。何爲如此?且教伊不敢掣風掣顛，免使後人疑著。乃拈拄杖云：向什麽處去也？擊繩牀，下座。」

《續傳燈録》卷二二《瑞州洞山梵言禪師》：「上堂：『吾心似秋月，碧潭清皎潔，無物堪比倫，教我如何說？』寒山子勞而無功，更有箇拾得道：『不識這箇意，修行徒苦辛。』恁麽説話，自救不了。尋常拈糞箕，把掃帚，掣風掣顛，猶較些子。直饒是文殊普賢再出，若到洞山門下，一時分付與直歲，燒火底燒火，掃地底掃地，前廊後架，切忌攙匙亂筯，豐干老人更不饒舌。」

洪邁《容齋四筆》卷四《老杜寒山詩》：「寒山子詩云：『吾心似秋月，碧潭清皎潔。無物堪比倫，教我如何說？』人亦有言：既似秋月、碧潭，乃以爲無物堪比，何也？蓋其意謂若無二物比倫，當如何説耳。讀者當以是求之。」

《説郛》（商務本）卷八葉夢得《玉澗雜書》：「因舉寒山頌：『吾心如秋月，碧潭清皎潔。無物堪比倫，教我如何說？』四海今夕共爲中秋，不知有一人能作此公見處否？雪竇禪師初住洞庭翠峰寺，道未甚行，從學者無幾。寺在太湖中，所謂東山者。嘗有詩云：『太湖四萬八千頃，月在波心説向誰？』固自已有津梁斯道之意。然月一也，寒山以爲無物可比而不可説，雪竇以爲無人可説而不説，竟可説乎？不可説乎？吾不能奈静，聊復造此一重公案。」

垂柳暗如煙

垂柳暗如煙，飛花飄似霰〔一〕。夫居離婦州，婦住思夫縣〔二〕。各在天一涯〔三〕，何時得①相

見。寄語明月樓〔四〕，莫貯雙飛鸎〔五〕。（〇五二）

【校勘】

①「得」，宫内省本、四庫本作「復」，全唐詩本夾注「一作復」。

【箋注】

〔一〕霰：雪粒。《詩·小雅·頍弁》：「如彼雨雪，先集維霰。」鄭箋：「將大雨雪，始必微温，雪自上下，遇温氣而摶，謂之霰，久而寒勝，則大雪矣。」花如霰之比，如梁柳惲《獨不見》：「芳草生未積，春花落如霰。」梁元帝《春别應令詩四首》之一：「昆明夜月光如練，上林朝花色如霰。」顧況《獨遊青龍寺》：「積翠暧遥原，雜英紛似霰。」白居易《早夏遊宴》：「山榴豔似火，玉蕊飄如霰。」皎然《舟行懷閻士和》：「二月湖南春草徧，横山渡口花如霰。」

〔二〕夫居離婦州，婦住思夫縣：按「離婦州」、「思夫縣」，應是作者虚擬之地名，以寄托曠夫怨婦之情。這類以地名寄托某種情思的手法，古人習用。如顧況《漁父詞》句：「新婦磯邊月明，女兒浦口潮平。」權德輿《自桐廬如蘭溪有寄》：「新婦山頭雲半斂，女兒灘上月初明。」白居易《天津橋》：「眉月晚生神女浦，臉波春傍窈娘堤。」又《送劉郎中赴任蘇州》：「水驛路穿兒店月，花船棹入女湖春。」原注：「語兒店，女墳湖，皆勝地也。」唐佚名《大唐傳載》：「李鎮惡即趙公嶠之父，選授梓州郪縣令，與友人書曰：『州帶子號，縣帶妻名，由來不屬老夫，併是婦兒官職。』」宋吴坰《五總志》：「山谷云：『新婦磯頭眉黛愁，女兒浦口眼波秋，鷩魚錯認月沈鈎。青篛笠前無限事，緑莎衣底一時休，西風吹雨轉船頭。』東坡視之，謂所親曰：『黄九以山光水色代却玉肌花貌，自以爲得漁父家風，然才出新婦磯，又入女兒浦，此漁父無乃太瀾浪乎！』」《説郛》（商務本）卷二九宋陳賓《桃源手聽·改易地名》：「詩人好改易地名以就句法，如大孤山旁有女兒港，小孤山對岸有澎浪磯。韓子蒼詩：『小姑已嫁彭郎去，大姑常隨女兒住。』四者之中，所不改者女兒港也。」

〔三〕各在天一涯：形容相距遼遠。《文選》卷二九《古詩十九首》之一：「行行重行行，與君生別離。相去萬餘里，各在天一涯。」江淹《古離别》：「君在天一涯，妾身長别離。」杜甫《送高三十五書記》：「常恨結歡淺，各在天一涯。」

〔四〕明月樓：曹植《七哀詩》：「明月照高樓，流光正徘徊。上有愁思婦，悲歎有餘哀。」後世文人因以「明月樓」寓相思之情。薛道衡《豫章行》：「君行遠度茱萸嶺，妾住長依明月樓。」上官儀《春日》：「飛雲閣上春應至，明月樓中夜未央。」張若虚《春江花月夜》：「誰家今夜扁舟子，何處相思明月樓。」王昌齡《送胡大》：「何處遥望君，江邊明月樓。」李白《對雪醉後贈王歷陽》：「清晨鼓棹過江去，千里相思明月樓。」又《南流夜郎寄内》：「夜郎天外怨離居，明月樓中音信疏。」劉長卿《石梁湖有寄》：「夜上明月樓，相思楚天闊。」

〔五〕雙飛鷰：《文選》卷二九《古詩十九首》之十二：「思爲雙飛燕，銜泥巢君屋。」後人因以「雙飛燕」寓伉儷之情。《玉臺新詠》卷四鮑令暉《古意贈今人》：「誰爲道辛苦，寄情雙飛燕。」李白

《雙燕離》：「雙燕復雙燕，雙飛令人羡。玉樓珠閣不獨棲，金窗繡户長相見。」《太平廣記》卷二七〇《衛敬瑜妻》（原闕出處，許刻本作出《南雍州記》）：「户有巢燕，常雙飛，後忽孤飛。女感其偏栖，乃以縷繫脚爲誌。後歲，此燕果復來，猶帶前縷。妻爲詩曰：『昔年無偶去，今春又獨歸。故人恩義重，不忍更雙飛。』」

有酒相招飲

有酒相招飲，有肉相呼喫〔一〕。黄泉前後人〔二〕，少壯須努力〔三〕。玉帶暫時華，金釵非久飾。張翁與鄭婆〔四〕，一去無消息〔五〕。（〇五三）

【箋注】

〔一〕相呼：相邀。陶淵明《移居二首》之二：「過門更相呼，有酒斟酌之。」「呼」即邀請。王梵志詩二一一首：「貧人莫簡弃，有食最須呼。」

〔二〕黄泉前後人：謂或前或後陸續將入黄泉之人。蓋凡人終歸難免一死，差别只在遲早不同耳，故寒山詩以「黄泉前後人」稱世人。孟郊《弔盧殷》之二：「北邙前後客，相弔爲埃塵。」按「北邙前後客」即「黄泉前後人」之意。

〔三〕少壯須努力：《文選》卷二七古辭《長歌行》：「少壯不努力，老大乃傷悲。」

〔四〕張翁與鄭婆：虛擬的人物，作爲世人的代稱。如《五燈會元》卷一六《蔣山法泉禪師》：「王婆衫子短，李四帽簷長。」「王婆」、「李四」也是虛擬的人物，與寒山詩的「張翁」、「鄭婆」類似。

〔五〕一去無消息：謂一死不可復生。「去」即死。敦煌本《禪數雜事》：「師謂弟子无生：『我捨汝去。』去者謂絶命。」王梵志詩〇〇一首：「張口哭他屍，不知身去急。」敦煌遺書伯二三〇五解座文：「饒你兒孫列滿行，去時只解空啼哭。」

可憐好丈夫

可憐好丈夫〔一〕，身體極稜稜①〔二〕。春秋未三十〔三〕，才藝百般能。金羈②逐俠客〔四〕，玉饌集良朋〔五〕。唯有一般惡〔六〕，不傳無盡燈〔七〕。（〇五四）

【校勘】

①「稜稜」，正中本作「棱棱」，同。　②「羈」，宮内省本作「鵸」，四庫本作「覊」，並同。

【箋注】

〔一〕可憐：可愛。見〇一八首注〔三〕。　丈夫：男子漢，有作爲的男子。《古尊宿語録》卷三九《智門祚禪師語録》：「茫茫宇宙人無數，幾箇男兒是丈夫。」

〔二〕稜稜：威嚴貌。《世説新語·容止》：「孫興公見林公：『稜稜露其爽。』」《新唐書·崔從傳》：「從爲人嚴偉，立朝稜稜有風望。」

〔三〕春秋：謂年齡。《戰國策·秦策五》：「王之春秋高，一日山陵崩，太子用事，君危於累卵，而不壽於朝生。」《後漢書·樂恢傳》：「陛下富於春秋。」李賢注：「春秋謂年也。言年少，春秋尚多，故稱富。」《洛陽伽藍記》卷一：「皇帝晏駕，春秋十九，海内士庶猶曰幼君。」裴庭裕《東觀奏記》卷下：「上問：『理天下當得幾年？』集曰：『五十年。』上聞之慰悦。及遏密之歲，春秋五十。」

〔四〕金羈：《文選》卷二七曹植《白馬篇》：「白馬飾金羈，連翩西北馳。」李善注：「《古羅敷行》曰：『青絲繫馬尾，黄金絡馬頭。』《説文》曰：『羈，絡頭也。』」　逐俠客：與俠客結伴。「逐」即陪隨。王梵志詩二七四首：「尋常打酒醉，每日出逐伴。」「俠客」即游俠之士。《史記·游俠列傳》：「今游俠，其行雖不軌於正義，然其言必信，其行必果，已諾必誠，不愛其軀，赴士之阸困，既已存亡生死矣，而不矜其能，羞伐其德，蓋亦有足多者焉。」

〔五〕玉饌：珍貴精美的食品。駱賓王《疇昔篇》：「金丸玉饌盛繁華，自言輕侮季倫家。」岑參《送郭僕射節制劍南》：「玉饌天廚送，金杯御酒傾。」

〔六〕一般惡：一種壞事。「一般」即一種。裴度《真慧寺》：「更有一般人不見，白蓮花向半天開。」白居易《玉泉寺南三里澗下多深紅躑躅繁豔殊常感惜題詩以示遊者》：「猶有一般辜負事，不將歌舞管弦來。」圓仁《入唐求法巡禮行記》卷四：「有一般仙藥，此國全無，但於土蕃國有此藥，臣請自向土蕃採此藥。」宋趙令畤《侯鯖録》卷二：「王元之謫商於，有詩云：『謫官無俸突無煙，唯擁琴書盡日眠。還有一般勝趙壹，囊中猶貯御書錢。』」

〔七〕不傳無盡燈：這裏指不能永延生命，長生不死。按「無盡燈」本是佛教用語，譬喻佛法世代相傳，如以燈燃燈，光明無盡。《維摩詰經·菩薩品》：「維摩詰言：諸姊，有法門名無盡燈，汝等當學。無盡燈者，譬如一燈，然百千燈，冥者皆明，明終不盡。如是諸姊，夫一菩薩開導百千衆生，令發阿耨多羅三藐三菩提心，於其道意，亦不滅盡，隨所説法，而自增益一切善法，是名無盡燈也。」僧肇注：「自行化彼，則功德彌增，法光不絶，名無盡燈也。」張説《遊龍山静勝寺》：「但傳無盡燈，可使有情悟。」殷堯藩《贈惟儼師》：「談禪早續燈無盡，護法重編論有神。」《祖堂集》卷二《第三十三祖惠能和尚》：「伏願和尚指受心要，傳奏聖人及京城學道者，譬如一燈照百千燈，冥者皆明，明明無盡。」《宏智禪師廣録》卷一：「半夜誰傳無盡燈？黄梅席上許盧能。」

桃花欲經夏

桃花欲經夏〔一〕，風月催不待〔二〕。訪覓漢時人〔三〕，能無一箇在〔四〕。朝朝花遷落，歲歲人移改〔五〕。今日揚塵處，昔時爲大海〔六〕。（〇五五）

【箋注】

〔一〕經夏：經歷夏天，此句言桃花欲延長花期至夏天以後。于鵠《送韋判官歸薊門》：「有雪常經夏，無花空到春。」許渾《洞靈觀冬青》：「未秋紅實淺，經夏緑陰寒。」貫休《上俞許二判官》：「病容經夏在，岳夢入秋并。」

〔二〕風月：比喻時光、季節。

〔三〕漢時人：生於漢世之人，以言極老之人。《初學記》卷一九沈炯《長安少年行》：「道邊三老翁，顏鬢似衰蓬。自言生漢代，少小見豪雄。」

〔四〕能：乃。沈佺期《雜詩三首》之一：「怨啼能至曉，獨自懶縫衣。」劉迴《爛柯山四首》之四：「繩牀宴坐久，石窟絶行跡。能在人代中，遂將人代隔。」宋趙崇絇《續鷄肋序》：「性根勿靈，無能彊記，能置一編于几硯間，隨筆録之。」「能置一編」即「乃置一編」。王念孫《讀書雜志·漢書第十三·能或滅之》：「《詩》云：『燎之方陽，能或滅之。赫赫宗周，褒姒威之。』師古曰：『言火燎方熾，甯有能滅之者乎？而宗周之盛，乃爲褒姒所滅，怨其甚也。』念孫案：師古此注，殆沿鄭箋之誤。此引詩作『能或滅之』，非謂甯有能滅之者也。案『能』者，乃也，言燎火方熾，而乃有滅之者，以喻赫赫之宗周，而竟爲褒姒所滅也。能字古讀若耐説見《唐韻正》，聲與乃相近，故義亦相同。昭十二年《左傳》：『中美能黄，上美爲元，下美則裳。』能、爲、則三字相對爲文。能者，乃也，言『中美乃黄，上美爲元，下美則裳』也。《孫子·謀攻篇》：『故用兵之法，十則圍之，五則攻之，倍則分之，敵則能戰，少則能守，不若則能避之。』言『敵則乃戰，少則乃守，不若則乃避之』也。《魏策》曰：『奉陽君約魏，魏王將封其子。謂魏王曰：王嘗身濟漳，朝邯鄲，抱葛薛、陰成，以爲趙養邑，而趙無爲王有也，王能又封其子河陽、姑宓乎？臣爲王不取也。』言『王乃又封其子乎？臣爲王不取也。』《史記·淮陰侯傳》曰：『今韓信兵號數萬，其實不過數千，能千里而襲我，亦以罷極。』言『韓信兵不過數千，乃千里而襲我，亦已疲極』也。《太史公自序》序《佞幸傳》曰：『非獨色愛，能亦各有所長。』言『非獨以色見愛，乃亦各有所長』也。《列女傳·賢明傳》曰：『先生以不斜之故，能至於此。』言『以不斜之故，乃至於此』也。『能』與『乃』同義，故二字可以互用。《後漢書·荀爽傳》陳便宜策曰『鳥則雄者鳴鴝，雌能順服。獸則牡爲唱導，牝乃相從』是也。『能』與『乃』同義，故又可以通用。《淮南·人間篇》：『此何遽不能爲福乎？』《藝文類聚·禮部下》引此『能』作『乃』。《漢書·匈奴傳》：『東援海代，南取江淮，然後乃備。』《漢紀》『乃』作『能』，是也。」按寒山詩「桃花欲經夏，風月催不待。訪覓漢時人，能無一箇在」，或是暗用「桃花源」典故。陶淵明《桃花源記》：「晉太元中，武陵人捕魚爲業。緣溪行，忘路之遠近，忽逢桃花林，夾岸數百步，中無雜樹，芳草鮮美，落英繽紛，漁人甚異之。復前行，欲窮其林。林盡水源，便得一山。山有小口，髣髴若有光。便捨船，從口入。初極狹，纔通人，復行數十步，豁然開朗。土地平曠，屋舍儼然，有良田美池桑竹之屬，阡陌交通，雞犬相聞。其中往來種作，男女衣著，悉如外人，黃髮垂髫，並怡然自樂。見漁人，乃大驚，問所從來，具答之。便要還家，設酒殺雞作食。村中聞有此人，咸來問訊。自云先世避秦時亂，率妻子邑人來此絶境，不復出焉，遂與外人間隔。問今是何世，乃不知有漢，無論魏晉。」

〔五〕朝朝花遷落，歲歲人移改：按劉希夷《代悲白頭翁》亦云：「年年歲歲花相似，歲歲年年人不同。」

〔六〕今日揚塵處，昔時爲大海：典出《神仙傳》卷二《王遠》：「麻姑自説云：『接侍以來，已見東海三爲桑田，向到蓬萊，又水淺於往日會時略半耳，豈將復爲陵陸乎？』遠歎曰：『聖人皆言海中行復揚塵也。』」王勃《出境遊山二首》之一：「浮雲今可駕，滄海自成塵。」

我見東家女

我見東家女〔一〕，年可有十①八。西舍競來問〔二〕，願姻夫妻活②〔三〕。烹羊煮衆命，聚頭作婬殺〔四〕。含笑樂呵呵，啼哭受殃決③〔五〕。（〇五六）

【校勘】

①「有十」，宫内省本、高麗本作「十有」，全唐詩本夾注「一作十有」。②「活」，宫内省本、正中本、高麗本作「佸」，全唐詩本夾注「一作佸」。③「決」，原作「抉」，兹從宫内省本。全唐詩本夾注「一作決」。

【箋注】

〔一〕東家女：鄰家女。宋玉《登徒子好色賦》：「天下之佳人莫若楚國，楚國之麗者莫若臣里，臣里之美者莫若臣東家之子。東家之子，增之一分則太長，減之一分則太短，著粉則太白，施朱則太赤。眉如翠羽，肌如白雪，腰如束素，齒如含貝。嫣然一笑，惑陽城，迷下蔡。然此女登牆闚臣三年，至今未許也。」

〔二〕問：求親。《漢書・王商傳》：「先是皇太后嘗詔問商女，欲以備後宮。」《古小説鈎沉》本《幽明録》：「女曰：『得壻如君，死何恨。我兄弟多，父母並在，當問我父母。』矜便令女婢問其父母，父母亦懸許之。」「問我父母」即向我父母求親。《太平廣記》卷四二九《申屠澄》（出《河東記》）：「澄愕然歎曰：『小娘子明慧若此，某幸未昏，敢請自媒如何？』翁曰：『某雖寒賤，亦嘗嬌保之。頗有過客以金帛爲問，某先不忍別，未許，不期貴客又欲援拾，豈敢惜，即以爲託。』澄遂修子壻之禮。」「以金帛爲問」就是具金帛求親。敦煌本《破魔變》：「阿奴身年十五春，恰似芙蓉出水賓（濱）。帝釋梵王頻來問，父母嫌卑不許人。」《五燈會元》卷四《趙州從諗禪師》：「問：『如何是賓中主？』師曰：『山僧不問婦。』曰：『如何是主中賓？』師曰：『山僧無丈人。』」話本《一窟鬼癩道人除怪》：「婆子道：『……想教授每日價費多少心神！據老媳婦愚見，也少不得一個小娘子相伴。』教授道：『我這裏也幾次問人來，卻没這般頭惱。』」「問人來」謂託媒求親。

〔三〕活：居家過日子。《阿毘達磨法蘊足論》卷一：「同活婦者，謂有女人，詣男子家，謂男子曰：我持此身，願相付託，彼此所有，共爲無二，互相存濟，以盡餘年，冀有子孫，歿後承祭，名同活婦。」亦云「生活」。《太平廣記》卷一六〇《秀師言記》（出《異聞録》）：「崔曰：『我女縱薄命死，且何能嫁與田舍老翁作婦。』李曰：『比昭君出降單于，猶是生活。』」別本「活」作「佸」，會合、相聚之義。《詩・王風・君子于役》：「君子于役，不日不月，曷其有佸。」毛傳：「佸，會也。」鄭箋：

「行役反無日月，何時而有來會期。」

〔四〕聚頭：聚集。《敦煌歌辭總編》卷六《十二時》：「聚頭燈下飲杯觴，促膝盤中啜纖鱠。」《祖堂集》卷一三《報慈和尚》：「五六百人聚頭喫粥喫飯，爲復見處一般？見處别？」《五燈會元》卷七《玄沙師備禪師》：「佛法因緣事大，莫作等閑相似，聚頭亂説，雜話趁讃古困切。」又卷一五《雲門文偃禪師》：「三箇五箇，聚頭商量，苦屈兄弟。」又卷一八《德山慧初禪師》：「九月二十五，聚頭相共舉。」《續傳燈録》卷二二《溈潭文準禪師》：「爾安許多僧，只是聚頭打鬨了喠飯。」《禪門諸祖師偈頌》卷二溈山大圓禪師《警策文》：「喫了聚頭喧喧，但説人間雜話。」寒山詩〇七一首：「千箇爭一錢，聚頭亡命叫。」　婬殺：濫殺，謂過度殺生喫肉。

〔五〕受殃決：謂死後遭受地獄酷刑。「殃」謂地獄之災。如敦煌本《目連緣起》：「七日之間，母身將死，墮阿鼻地獄，受無間之餘殃。」施加刑罰曰「決」。《舊唐書·刑法志》：「從立春至秋分，不得奏決死刑。」又：「其決笞者，腿分受。決杖者，背、腿、臀分受。」《無量壽經》卷下：「世有常道，王法牢獄，不肯畏慎，爲惡入罪，受其殃罰。」末句「受其殃罰」，即是寒山詩之「受殃決」也。

楚按，此首大旨言男女婚嫁，殺生宴樂，將招致死後惡報。故《寒山詩闡提記聞》評曰：「此詩訶世人婚姻日往往害物命作慶會，是盡地獄因。」此意亦見於《敦煌歌辭總編》卷三《十恩德》：「第八造作惡業恩：爲男女作姻，殺個猪羊屈閒人，酒肉會諸親。信果報，下精神，阿娘不爲己身。由他造業自難陳，爲男爲女受沉淪。」又拾得詩一二首：「男女爲婚嫁，俗務是常儀。自量其事力，何用廣張施。取債誇人我，論情入骨癡。殺他雞犬命，身死墮阿鼻。」

田舍多桑園

田舍多桑園，牛犢滿廐轍〔一〕。肯信有因果〔二〕，頑皮早晚裂〔三〕。眼看消磨盡〔四〕，當頭各自活〔五〕。紙袴瓦作裩〔六〕，到頭凍餓殺〔七〕。（〇五七）

【箋注】

〔一〕廐轍：「廐」即畜圈，「轍」即道路。

〔二〕肯信有因果：謂豈肯信有因果之事。「因果」即佛教因果報應之説，謂善因必獲樂果，惡因必獲苦果。《無量壽經》卷下：「如是世人，不信作善得善，爲道得道，不信人死更生，惠施得福，善惡之事，都不信之，謂之不然，終無有是。」即是不肯信因果也。

〔三〕頑皮：本義是厚硬之皮，亦雙關爲冥頑不靈之義。《永樂大典》戲文《張協狀元》第二四出：「（丑）第二，蚊蟲咬，虱咬，都奈何自家不得。（末）如何？（丑）禄子一身都是頑皮。」「禄子」雙關「鹿子」，「頑皮」即是鹿子的厚皮。《太平廣記》卷二五七《皮日休》（出《皮日休文集》），載皮作《詠龜詩》譏歸仁紹曰：「硬骨殘形知幾秋，屍骸終不是風流。頑皮死後鑽須遍，都爲平生不出頭。」「頑皮」指龜的硬甲，又影射歸（諧音龜）的冥頑不靈。敦煌本《降魔變文》：「六師既兩度不如，神情漸加羞恧，强將頑皮之面，衆裏化出水池。」「頑皮」好比説厚臉皮，爲不知羞愧之義。佛教亦以「頑皮」比喻對佛法的冥頑不靈。如玄覺《證道歌》：「師子吼，無畏説，深嗟懵懂頑皮靼。只知犯重障菩提，不見如來開秘訣。」《龐居士語録》卷中：「如來大慈悲，廣演波羅蜜。了知三界苦，慇懃勸君出。得之不肯修，實是頑皮物。」　早晚：何時。鄭遂初《别離怨》：「繫書春雁足，早晚到雲中？」李白《長干行二首》之一：「早晚下三巴，預將書報家。相迎不道遠，直至長風沙。」韓翃《送劉侍御赴令公行營》：「請問蕭關道，胡塵早晚收。」白居易《寄張十八》：「早晚來同宿，天氣轉清涼。」皎然《送友人之嶺外》：「五嶺難爲客，君遊早晚回。」胡曾《下第》：「翰苑何時休嫁女，文昌早晚罷生兒。」正以「早晚」與「何時」同義對舉。寒山詩「頑皮早晚裂」，謂對佛法冥頑不靈之人，何時方得開悟，意在言其難悟也。寒山詩二四三首亦云：「下士鈍暗癡，頑皮最難裂。」

〔四〕消磨盡：謂上文所云「桑園」、「牛犢」等財産消耗殆盡。「消磨」即消耗。《古今小説·汪信之一死救全家》：「陸軍只屯住在望江城外，水軍只屯在裏湖港口，搶擄民財，消磨糧餉，那個敢下湖捕賊？」

〔五〕當頭：分頭，這裏是説家庭瓦解、家人分散。范攄《雲溪友議》卷下《雜嘲戲》載張祜嘲顔郎中詩：「倒把角弓呈一箭，滿山狐兔當頭行。」《龐居士語録》卷中：「縱然有少福，那將地獄去。罪福當頭行，何時相值遇。」王梵志詩二七八首：「欲似鳥作群，驚即當頭散。」敦煌遺書斯五五八八號歌詞：「空裏盤旋三五轉，追□□攀戀。悲鳴慘見哭聲悽，不忍當頭飛。」又斯五五五八號載佚題詩：「生死異路當頭行，各自歸家更覓伴。」

〔六〕紙袴：按古代僧徒有以紙爲衣者。《太平廣記》卷二八九《紙衣師》（出《辨疑志》）：「大曆中有一僧，稱爲苦行，不衣繒絮布絁之類，常衣紙衣，時人呼爲紙衣禪師。」惠洪《林間録》卷上：「雲門和尚説法如雲，絶不喜人記録其語，見必罵逐曰：『汝口不用，反記我語，他時定販賣我去！』今對機，室中録，皆香林明教以紙爲衣，隨所聞隨即書之。」宋蘇易簡《文房四譜·紙譜》：「山居者常以紙爲衣，蓋遵釋氏云：不衣蠶口衣者也。然服甚煖，衣者不出十年，面黄而氣促，絶嗜欲之慮，且不宜浴，蓋外風不入，而内氣不出也。亦嘗聞造紙衣法，每一百幅用胡桃、乳香各一兩煮之；不爾，蒸之亦妙。如蒸之，即恒灑乳香等水，今熱熟陰乾，用箭幹横卷而順蹙，然患其補綴繁碎。今黟歙中有人造紙衣段，可如大門闔許。近士大夫征行亦有衣之者，蓋利其拒風於凝沍之際焉。」明釋大香《雲外録》卷五《山居五十六首》之九：「漸補紙衣春服暖，謾蒸糠餅午齋香。」若寒山詩之「紙袴」，則但謂窮無布帛，故以紙爲褲以遮羞耳。瓦作裩：謂以屋瓦爲裩褲，其實就是窮到無褲可穿，露體於屋瓦之下耳。《世説新語·任誕》：「劉伶恒縱酒放達，或脱衣裸形在屋中。人見譏之，伶曰：『我以天地爲棟宇，屋室爲幝衣，諸君何爲入我幝中？』」按「幝」同「褌」、「裩」。《梁書·夏侯亶傳》：「性儉率，居處服用充足而已，不事華侈。晚年頗好音樂，有妓妾十數人，並無被服姿容。每有客，常隔簾奏之，時謂簾爲夏侯妓衣也。」劉肅《大唐新語》卷一:「谷那律貞觀中爲諫議大夫,褚遂良呼爲『九經庫』。永徽中嘗從獵,途中遇雨,高宗問:『油衣若爲得不漏?』那律曰:『能以瓦爲之,不漏也。』意不爲畋獵。高宗深賞焉,賜那律絹帛二百匹。」以上以屋爲幝、以簾爲衣、以瓦爲衣,思路皆與寒山詩「瓦作裩」類似。

〔七〕到頭:最終,畢竟。《樂府詩集》卷四九《青驄白馬》:「汝忽千里去無常,願得到頭還故鄉。」又《那呵灘》:「聞歡下揚州,相送江津灣。願得篙櫓折,交郎到頭還。」又:「篙折當更覓,櫓折當更安。各自是官人,那得到頭還。」白居易《憶廬山舊隱及洛下新居》:「無奈攀緣隨手長,亦知恩愛到頭空。」張碧《農父》:「運鋤耕斸侵星起,隴畝豐盈滿家喜。到頭禾黍屬他人,不知何處拋妻子。」方干《贈黄處士》:「到頭苦節終何益,空改文星作少微。」羅隱《始皇陵》:「六國英雄漫多事,到頭徐福是男兒。」李山甫《送李秀才入軍》:「到頭功業須如此,莫爲初心首重回。」吴融《過鄧城縣作》:「到頭一切皆身外,只覺關身是醉鄉。」齊己《撲滿子》:「祇愛滿我腹,争如滿害身。到頭須撲破,卻散與他人。」杜荀鶴《秋日湖外書事》:「朱門處處若相似,此命到頭通不通?」

《寒山詩闡提記聞》評曰:「此詩呵世癡福人,常行憍奢,恣打不善,一朝福力盡,禍害聚日,百計亦不可救,是畢竟依不知因果。『紙袴瓦作褌』,夫紙不可作袴,而把裁袴著,夫瓦不宜褌,而把綴褌帶,其落魄鬼怪驚目之形模,郎當破墮反常之體裁,如展一幅巧畫,是自寒公超過人意之表,遊戲文字之外,出格脱洒活達微妙三昧力唱出者也,但恨無知音抱腹大笑。」楚按,此評自有見地，唯對「瓦作禪」的理解未確，參看注〔六〕。

我見百十狗

我見百十狗，箇箇毛鬇鬡〔一〕。卧者渠自卧，行者渠①自行。投之一塊骨，相與啀②喍爭〔二〕。良由爲骨少，狗多分不平。（〇五八）

【校勘】

①兩「渠」字，宫内省本、四庫本皆作「樂」。　②「啀」，宫内省本、正中本、高麗本、四庫本作「嘊」，同。原本、全唐詩本「啀喍」下有夾注：「上牛皆切，下士皆切。」

【箋注】

〔一〕鬇鬡：毛髮蓬亂貌。《征蜀聯句》韓愈句：「怒鬚猶鬇鬡，斷臂仍𪐴𦧺。」

〔二〕啀喍：犬露齒相鬭貌。《妙法蓮華經·譬喻品》：「由是群狗競來搏撮，飢羸慞惶，處處求食，鬭諍摣掣，啀喍嘷吠。」別本作「嘊喍」，同。亦作「崖柴」。《三國志·魏書·曹爽傳》裴注：「《魏略》曰：『故于時謗書謂：臺中有三狗，二狗崖柴不可當，一狗憑默作疽囊。』三狗，謂何、鄧、丁也。默者，爽小字也。其意言三狗皆欲嚙人，而謐尤甚也。」亦作「𪘂齜」。《法苑珠林》卷九〇《破戒篇·引證部》引《摩訶迦葉經》：「譬如有狗，前至他家，見後狗來，心生瞋恚，𪘂齜吠之。」亦作「睚眦」。慧琳《一切經音義》卷七九：「睚眦，上音崖，下音柴。按經義，睚眦，張口露齒瞋怒，作齧人之勢也。」

楚按，寒山此詩立意出於《戰國策·秦策》：「天下之士，合從相聚於趙，而欲攻秦。秦相應侯曰：『王勿憂也，請令廢之。秦於天下之士，非有怨也，相聚而攻秦者，以己欲富貴耳。王見大王之狗，卧者卧，起者起，行者行，止者止，毋相與鬭者；投之一骨，輕起相牙者，何則，有争意也。』於是使唐睢載音樂，予之五千金，居武安，高會相與飲。謂邯鄲人：『誰來取者？』於是其謀者固未可得予也，其可得予者與之昆弟矣。公與秦計功者，不問金之所之，金盡者功多矣。今令人復載五千金隨公。』唐睢行，行至武安，散不能三千金，天下之士大相與鬭矣。」

極目兮長望

極目兮長望，白雲四茫茫。鴟鴉飽腲腇〔一〕，鸞鳳飢徬徨。駿馬放石磧〔二〕，蹇驢能至堂〔三〕。天高不可問〔四〕，鷦鴂①在滄浪〔五〕。（〇五九）

【校勘】

①「鴂」，四庫本作「鷯」。

【箋注】

〔一〕腲腇：肥腫不振貌。亦作「腲脮」。《景德傳燈録》卷二七《明州布袋和尚》：「明州奉化縣布袋和尚者，未詳氏族，自稱名契此。形裁腲烏罪切脮奴罪切，蹙額皤腹。」按《集韻》賄韻：「腇，弩罪切。」與《傳燈録》「脮」字注音「奴罪切」音同，因知「腲腇」即是「腲脮」也。《宋詩紀事》卷二八李昭玘《觀江都王畫馬》：「可信權奇盡龍種，不應腲脮失天真。」亦作「萎腇」。《後漢書·馬援傳》：「豈有知其無成，而但萎腇咋舌，叉手從族乎？」李賢注：「萎腇，耎弱也。萎音於罪反，腇音乃罪反。」亦作「碨磊」。《鬬雞聯句》孟郊句：「磔毛各噤痒，怒瘿争碨磊。」亦作「碨礧」。杜甫《驄馬行》：「隅目青熒夾鏡懸，肉騣碨礧連錢動。」倒文作「礧磈」。杜甫《三川觀水漲二十韻》：「枯查卷拔樹，礧磈共充塞。」亦作「䐯䐴」。梅堯臣《和王仲議詠癭》：「䐯䐴常住頤，伶仃安及脛。」

〔二〕石磧：多石不毛之地。古人稱戈壁灘爲「石磧」。《大唐西域記》卷一：「國西北行三百餘里，度石磧，至淩山，此則葱嶺北原，水多東流矣。」《續高僧傳》卷一二《釋道判傳》：「西度石磧，千五百里，四顧茫然，絶無水草。」《北史·西域傳》：「（高昌）國有八城，皆有華人，地多石磧，氣候温暖。」

〔三〕蹇驢：跛驢。東方朔《七諫·謬諫》：「駕蹇驢而無策兮，又何路之能極。」王褒《九懷·株昭》：「驥垂兩耳兮，中坂蹉跎；蹇驢服駕兮，無用日多。」《焦氏易林》卷三：「蹇驢不材，駿驥失時，筋勞力盡，罷於沙丘。」李白《答王十二寒夜獨酌有懷》：「驊騮拳跼不能食，蹇驢得志鳴春風。」按「蹇」即跛足之義。《太平廣記》卷二四六《習鑿齒》（出《晉春秋》）：「秦苻堅克襄陽，獲習鑿齒、釋道安。時習鑿齒足疾，堅見之，與語大悦，歎曰：『昔晉平吴，利在二陸。今破南土，獲士一人有半。』蓋刺其蹇也。」　能：通「乃」。見前〇五五首注〔四〕。

〔四〕天高不可問：王逸《楚辭》卷三《天問章句序》：「何不言問天？天尊不可問，故曰天問也。」按心有怨結，無可申告，故問天也。杜甫《曲江三章章五句》之三：「自斷此生休問天，杜曲幸有桑麻田。」劉長卿《歲日見新曆因寄都官裴郎中》：「青陽振蟄初頒曆，白首銜冤欲問天。」李端《慈恩寺懷舊》：「問天應默默，歸宅太匆匆。」白居易《哭李三》：「哭君仰問天，天意安在哉。」又《得微之到官後書備知通州之事悵然有感因成四章》之一：「何罪遣君居此地，天高無處問來由。」邵謁《寒女行》：「他人如何歡，我意又何苦。所以問皇天，皇天竟無語。」貫休《苦雨中作》：「不奈天難問，迢迢遠客情。」

〔五〕鶹鴒：鳥名，待考。四庫本、《首書寒山詩》、《寒山詩闡提記聞》、《寒山詩索賾》皆作「鶹鶆」。《寒山子詩集管解》注：「『鴒』字疑『鶆』字乎？鶹鶆本巢於深林者，而在滄浪，又是三四五六句之意也。以『天高不可問』句而安『鶹鴒在滄浪』句上者，《莊子·養生主》篇曰『砉然嚮然，奏刀騞然』之筆法也。」按「鶹鶆」見前〇〇五首注〔六〕。　滄浪：泛言江海。沈約《新安江至清淺深見底貽京邑遊好》：「滄浪有時濁，清濟涸無津。」《雲笈七籤》卷九八《雲林右英夫人㖃楊真人許長史詩二十六首》之三：「停駕望舒移，迴輪返滄浪。」

楚按，寒山此詩發抒懷才不遇之憤懣，從語言至意境，明顯受到楚辭的影響。如宋玉《九辯》：「何時俗之工巧兮，背繩墨而改錯。卻騏驥而不乘兮，策駑駘而取路。當世豈無騏驥兮，誠莫之能善御。見執轡者非其人兮，故駶跳而遠去。鳧鴈皆唼夫粱藻兮，鳳愈飄翔而高舉。圜鑿而方枘兮，吾固知其鉏鋙而難入。衆鳥皆有所登棲兮，鳳獨遑遑而無所集。願銜枚而無言兮，嘗被君之渥洽。太公九十乃顯榮兮，誠未遇其匹合。謂騏驥兮安歸，謂鳳皇兮安棲。變古易俗兮世衰，今之相者兮舉肥。騏驥伏匿而不見兮，凰皇高飛而不下。鳥獸猶知懷德兮，何云賢士之不處。驥不驟進而求服兮，鳳亦不貪餧而妄食。君棄遠而不察兮，雖願忠其焉得。」賈誼《弔屈原文》：「嗚呼哀哉，逢時不祥。鸞鳳伏竄兮，鴟梟翱翔。闒茸尊顯兮，讒諛得志。賢聖逆曳兮，方正倒植。世謂隨夷爲溷兮，謂跖蹻爲廉。莫邪爲鈍兮，鉛刀爲銛。吁嗟默默，生之無故兮，斡棄周鼎，寶康瓠兮。騰駕罷牛，驂蹇驢兮。驥垂兩耳，服鹽車兮。章甫薦履，漸不可久兮。嗟苦先生，獨離此咎兮。」王褒《九懷·株昭》：「悲哉于嗟兮，心内切磋。款冬而生兮，彫彼葉柯。瓦礫進寶兮，捐棄隨和。鉛刀厲御兮，頓棄太阿。驥垂兩耳兮，中坂蹉跎。蹇驢服駕兮，無用日多。修潔處幽兮，貴寵沙劘。鳳皇不翔兮，鶉鴳飛揚。」皆與寒山此詩精神相通。

洛陽多女兒

洛陽多女兒，春日逞華麗。共折路邊①花，各持插高髻〔一〕。髻高花匼匝②〔二〕，人見皆睥睨〔三〕。別求醆醆憐〔四〕，將歸見夫婿③〔五〕。（〇六〇）

【校勘】

①「邊」，四庫本作「旁」。　②「𠩺」，宮内省本、四庫本、全唐詩本作「匼」，同。「匝」，正中本作「帀」，同。　③「婿」，原作「聟」，宮内省本作「婿」，正中本作「壻」，並同。兹從宮内省本。

【箋注】

〔一〕高髻：高高聳起的髮髻，是古代婦女的一種摩登髮型。《後漢書·馬廖傳》：「長安語曰：城中好高髻，四方高一尺；城中好廣眉，四方且半額；城中好大袖，四方全匹帛。」梁王筠《遊望二首》之二：「愁眉倣戚里，高髻學城中。」韓偓《春盡》：「楚殿衣窄，南朝髻高。」按唐代仍以「高髻」爲時髦髮型。《大唐新語·極諫》：「皇甫德參上書曰：『陛下修洛陽宮，是勞人也；收地租，是厚斂也；俗尚高髻，是宮中所化也。』太宗怒曰：『此人欲使國家不收一租，不役一人，宮人無髮，乃稱其意。』魏徵進曰：『賈誼當漢文之時，上書云：可爲痛哭者三，可爲長歎者五。自古上書，率多激切。若非激切，則不能服人主之心。激切即似訕謗，所謂狂夫之言，聖人擇焉。惟在陛下裁察，不可責之。否則於後誰敢言者。』乃賜絹二十匹，命歸。」孟簡《詠歐陽行周事》：「高髻若黃鸝，危鬟如玉蟬。」白居易《江南喜逢蕭九因話長安舊遊戲贈五十韻》：「時世高梳髻，風流澹作妝。」陸龜蒙《古態》：「古態日漸薄，新妝心更勞。城中皆一尺，非妄髻鬟高。」曹唐《小遊仙詩九十八首》之五十：「太一元君昨夜過，碧雲高髻綰婆娑。」程長文《獄中書情上使君》：「高髻不梳雲已散，蛾眉罷掃月仍新。」《法苑珠林》卷七五《十惡篇·邪淫部》：

「皓齒丹脣，長眉高髻，弄影逶迤，增妍美豔。」《酉陽雜俎前集》卷八《黥》：「房孺復妻崔氏，性忌，左右婢不得濃粧高髻。」《説郛》（宛委山堂本）弓七七《粧臺記》：「蜀孟昶末年，婦女競治髮爲高髻，號朝天髻。」又：「理宗朝宮妃梳高髻於頂，曰不走落。」

〔二〕㕉匝：遍布、重疊、環繞貌，亦作「㕉帀」、「匼匝」、「鉿匝」、「迨匝」等等。鮑照《代白紵舞歌詞》：「雕屏匼匝組帷舒。」任華《寄杜拾遺》：「積翠扈遊花匼匝，披香寓直月團圞。」白居易《仙娥峰下作》：「參差樹若插，匼匝雲如抱。」王翰《春女行》：「紫臺穹跨連綠波，紅軒鉿匝垂纖羅。」敦煌本《維摩詰經講經文》：「象牙攢迨匝，龍腦熱徘徊。」寒山詩二六四首：「㕉匝幾重山，迴還多少里。」

〔三〕睥睨：斜視。《淮南子·脩務》：「過者莫不左右睥睨而掩鼻。」李賀《畫角東城》：「河轉曙蕭蕭，鴉飛睥睨高。」

〔四〕醦醦：酸味。《廣韻》上聲五十二豏：「醦，醋味。」

〔五〕將歸：持歸。王昌齡《越女》：「摘取芙蓉花，莫摘芙蓉葉。將歸問夫婿，顔色何如妾。」按寒山詩「別求醦醦憐，將歸見夫婿」二句頗費解，《寒山子詩集管解》曰：「七八句意謂雖插花逞華麗，豈別求外人之憐哉，但要歸我家而見夫婿而已。」《寒山詩索賾》解曰：「與逞嬌妍以求別人愛，不若早歸見女良人。」似非作者原意，録之備考。楚按，與王昌齡詩對照，疑「醦醦憐」亦爲一種花草，以味酸而得名。

春女衒容儀

春女衒容儀〔一〕，相將南陌陲〔二〕。看花愁日晚，隱樹怕風吹〔三〕。年少從傍來〔四〕，白馬黄金羈〔五〕。何須久相弄〔六〕，兒家夫婿①知〔七〕。（〇六一）

【校勘】

①「婿」，原作「壻」，宫内省本作「婿」，正中本、高麗本、全唐詩本作「壻」，並同。兹從宫内省本。

【箋注】

〔一〕衒：炫耀，自我誇示。《越絶書·越絶外傳記范伯》：「衒女不貞，衒士不信。」

〔二〕相將：相攜，結伴。《潛夫論·救邊》：「相將詣闕，諧辭禮謝。」陶淵明《擬古九首》之三：「先巢故尚在，相將還舊居。」孟浩然《春情》：「已厭交歡憐枕席，相將遊戲繞池臺。」《唐摭言》卷七：「元和十一年，歲在丙申，李涼公下三十三人皆取寒素，時有詩曰：『元和天子丙申年，三十三人同得仙。袍似爛銀文似錦，相將白日上青天。』」　南陌陲：泛言路邊。「陌」即田間小路，「陲」即邊界。《玉臺新詠》卷九《歌詞二首》之二：「莫愁十三能織綺，十四採桑南陌頭。」

〔三〕隱樹：蔽身於樹後。《搜神記》卷五：「虎子聞行聲，謂其母至，皆走出。其人即其所殺之，便拔刀隱樹側住。良久，虎方至。」　怕風吹：《全唐詩》卷一一四樊晃句云：「巧裁蟬鬢畏風吹。」《紫柏尊者全集》卷二八《示如印觀身歌》：「君不見，如花女子誰不戀，只緣面嫩怕風吹，幾回躲避桃花畔。」

〔四〕年少：即少年。《三國志·魏書·董昭傳》：「竊見當今年少，不復以學問爲本，專更以交游爲業。」崔國輔《襄陽曲》：「城中美年少，相見白銅鞮。」

〔五〕白馬黄金羈：描寫貴族子弟的用語。「金羈」見〇五四首注〔四〕。曹植《白馬篇》：「白馬飾金羈，連翩西北馳。」梁吴均《别夏侯故章》：「白馬黄金羈，青驪紫絲鞚。」隋盧思道《從軍行》：「犀渠玉劍良家子，白馬金羈俠少年。」《雲溪友議》卷下《江客仁》：「韋叟吟曰：『長安輕薄兒，白馬黄金羈。』以彙征年少而事輕肥故也。」

〔六〕相弄：調戲。《左傳》僖公九年：「夷吾弱不好弄。」杜預注：「弄，戲也。」

〔七〕兒家：我，女子自稱。崔顥《代閨人答輕薄少年》：「兒家夫壻多輕薄，借客探丸重然諾。」敦煌本《伍子胥變文》：「兒家本住南陽縣，二八容光如皎練。」按「兒」爲古代女子的自稱。劉采春《囉嗊曲六首》之一：「不喜秦淮水，生憎江上船。載兒夫婿去，經歲又經年。」施肩吾《望夫詞二首》之二：「西家還有望夫伴，一種淚痕兒最多。」《太平廣記》卷四四七《張簡》引《朝野僉載》佚文：「簡遂持棒，見真妹從厠上出來，遂擊之。妹號叫曰：『是兒！』」「家」是用於人稱代詞後的語助詞，不爲義，見〇四六首注〔一〕。

楚按，古辭《豔歌羅敷行》（一名《陌上桑》）描寫一位采桑女子拒絶太守調戲，此後模仿之作多有。從寒山此詩的「春女」身上，亦約略可見采桑女羅敷的影子。

群女戲夕陽

群女戲夕陽，風來滿路香〔一〕。綴裙金蛺蝶，插髻玉鴛鴦。角婢紅羅縝〔二〕，閹奴紫錦裳〔三〕。爲觀失道者〔四〕，鬢白心惶惶。（〇六二）

【箋注】

〔一〕風來滿路香：《樂府詩集》卷四四《子夜歌》：「冶容多姿鬢，芳香已盈路。」《藝文類聚》卷四三載梁王訓《應令詠舞詩》曰：「笑態千金動，衣香十里傳。」敦煌遺書伯三九一〇闕題詩：「菓樹蘭階藿，風吹滿路香。」《景德傳燈録》卷一七《澧州欽山文邃禪師》：「錦帳銀香囊，風吹滿路香。」唐朱揆《釵小志·鄭姬香》：「鄭注赴河中，姬妾百餘，盡薰麝，香氣數里逆於人鼻。是歲自京兆至河中，所過瓜盡，一蒂不穫。」《開元天寶遺事·蜂蝶相隨》：「都中名姬楚蓮香者，國色無雙，時貴門子弟争相詣之。蓮香每出處之間，則蜂蝶相隨，蓋慕其香也。」

〔二〕角婢：幼婢。《説郛》（宛委山堂本）弓五八習鑿齒《襄陽耆舊傳》：「是時（蔡）瑁家在蔡州上，屋宇甚好，四牆皆以青石，結角婢妾數百人，别業四五十處。」古代男女童子髮梳雙結，如兩角形，故以「角」稱之。白居易《東城晚歸》：「一條邛杖懸龜榼，雙角吴童控馬銜。」又《殘春晚起伴客笑談》：「披衣岸幘日高起，兩角青衣扶老身。」路德延《小兒詩》：「長頭纔覆額，分角漸垂肩。」《趙州真際和尚語録》：「僧問：『如何是清淨伽藍？』師云：『丫角女子。』」《永樂大典》

戲文《張協狀元》二十四出：「左壁廂角奴鴛鴦樓，右壁廂散妓花柳市。」清褚人穫《堅瓠二集》卷一《角妓垂螺》：「《丹鉛録》：張子野詞：垂螺定額，走上紅裀初趁拍。晏小山詞：雙螺未學同心綰，已占歌名，月白風清，長倚昭華笛裏聲。又：紅窗碧玉新名舊，猶綰雙螺，一寸秋波，千斛明珠覺未多。垂螺、雙螺，蓋當時角妓未破瓜時額飾。」紅羅縝：謂以紅羅爲結以綰髮。《廣韻》上聲十六軫：「縝，結也。」

〔三〕閹奴：受過宫刑的奴僕。

〔四〕失道者：迷路之人。「失道」即迷路。《韓非子·外儲説左下》：「晉文公出亡，箕鄭挈壺餐而從，迷而失道，與公相失，飢而道泣，寢餓而不敢食。」《焦氏易林》卷一：「三癡俱走，迷路失道，或不知歸，反入患口。」

若人逢鬼魅

若人逢鬼魅〔一〕，第一莫驚懅①〔二〕。捺硬莫采渠〔三〕，呼名自當去〔四〕。燒香請佛力〔五〕，禮拜求僧助〔六〕。蚊子叮②鐵牛，無渠下觜處〔七〕。（〇六三）

【校勘】

①「莫」，島田翰本作「怕」，全唐詩本夾注「一作怕」。「懅」，宫内省本、四庫本作「懼」，全唐詩本夾注「一作愳」。　②「叮」，正中本、高麗本作「釘」。

【箋注】

〔一〕若人：猶云「或人」，泛指某人。《無量壽經》卷下：「若人無善心，不得聞此經，清净有戒者，乃獲聞正法。」《祖堂集》卷一《第二祖阿難尊者》：「若人生百歲，不會諸佛機，未若生一日，而得決了之。」《五燈會元》卷八《龍濟紹修禪師》：「此兩語一理二義，若人辨得，不妨於佛法中有箇入處。」王梵志詩一五四首：「兄弟相憐愛，同生莫異居。若人欲得别，此則是兵奴。」又二二九首：「若人不信語，檢取《涅槃經》。」又二三四首：「若人苦慳惜，劫劫受辛勤。」

〔二〕第一：最緊要者。盧仝《觀放魚歌》：「第一莫近人，惡人唯口腴。第一莫出境，四境多網罟。」元稹《離思五首》之三：「第一莫嫌材地弱，些些紕縵最宜人。」白居易《旅雁》：「雁雁汝飛向何處？第一莫飛西北去，……健兒飢餓射汝喫，拔汝翅翎爲箭羽。」李遠《鄰人自金仙觀移竹》：「第一莫教漁父見，且從蕭颯滿朱欄。」施肩吾《晚春送王秀才遊剡川》：「第一莫尋溪上路，可憐仙女愛迷人。」陸龜蒙《頃自桐江得一釣車以襲美樂煙波之思因出以爲玩俄辱三篇復抒酬答》之三：「第一莫教諳此境，倚天功業待君爲。」《太平廣記》卷二五七《薛能》（出《抒情詩》）：「第一莫教嬌太過，緣人衣帶上人頭。」《祖堂集》卷四《石頭和尚》：「從今以後，第一不得行此事；你若行此事，是你正眼埋却也不難。」《景德傳燈録》卷五《司空山本净禪師》：「棄却一真性，却入鬧浩浩，忽逢修道人，第一莫向道。」敦煌本《佛説阿彌陀經講經文》：「敕教國内及州城，第一不得供養佛。」《太平廣記》卷三八〇《金壇王丞》（出《廣異記》）：「爲官第一莫爲人作枉，後自當之。」　驚懅：驚惶。《後漢書·徐登傳》：「炳乃故升茅屋，梧鼎而爨，主人見之驚懅。」

〔三〕捺硬：表示堅忍，倒文作「硬捺」。《古尊宿語録》卷三三《舒州龍門佛眼和尚普説語録》：「如何退步？且不是教你長連床上閉眼坐，硬捺身心，如土木相似，百千萬劫也無用處。」「硬」指性格剛强不移。《大唐三藏取經詩話》第九《入鬼子母國處》：「此中人民得恁地性硬，街市往來，叫也不應。」　莫采渠：不理他。「莫采」即「不采」，不理睬，不管。《景德傳燈録》卷二九寶誌《十四科頌·運用無礙》：「遮莫刀劍臨頭，我自安然不采。」張白《武陵春色》：「是非都不采，名利混然休。」杜荀鶴《登靈山水閣貽釣者》：「未勝漁父閒垂釣，獨背斜陽不采人。」王梵志詩二八一首：「陽坡展脚卧，不采世間事。」宋王君玉《雜纂續·不識羞》：「被妓不采强入門。」話本《簡貼和尚》：「宇文綬趕上來叫：『孺人，我歸了！』渾家不采。他又説了兩聲，渾家又不采。」亦作「不採」。王梵志詩〇二六首：「不採生緣瘦，唯願當身肥。」敦煌本《三身押座文》：「見人造惡處强攢頭，聞道説經則佯不採。」亦作「不保」。《董西廂》卷一：「覷著鶯鶯，眼去眉來，被那女孩兒不保！不保！」清趙翼《陔餘叢考》卷二二《保》：「俗語不禮人爲不保，亦有所本。《北史》齊後主緯穆皇后之母名輕霄，本穆子倫婢也。后既封，以陸令萱爲母，更不保輕霄。」亦作「不彩」。《祖堂集》卷九《烏巖和尚》：「師垂問：『盡十方世界唯屬一人，或有急疾事，如何相告報？』廣利和尚對云：『任汝世界爛壞，那人亦不彩汝。』」而「渠」即他，第三人稱代詞。《三國志・吳書・趙達傳》：「女婿昨來，必是渠所竊。」張文成《遊仙窟》：「女人羞自嫁，方便待渠招。」劉餗《隋唐嘉話》卷中：「褚遂良貴顯，其父亮尚在，乃別開門。敕嘗有以賜遂良，使者由正門而入，亮出曰：『渠自有門。』」寒山詩云「捺硬莫采渠」者，蓋古代民間相傳，鬼物若欲害人，往往先呼其人之名，如蒙答應，乃得害之；若其人不應，則鬼物無能爲害也。如《搜神記》卷一七：「東萊有一家姓陳，家百餘口。朝炊，釜不沸。舉甑看之，忽有一白頭公從釜中出。便詣師卜，師云：『此大怪，應滅門。便歸，大作械。械成，使置門壁下，堅閉門在內，有馬騎麾蓋來叩門者，慎勿應。』乃歸，合手伐得百餘械，置門屋下。果有人至，呼不應。主帥大怒，令緣門入。從人窺門內，見大小械百餘，出門還說如此。帥大惶惋，語左右云：『教速來，不速來，遂無一人當去，何以解罪也？從此北行可八十里，有一百三口，取以當之。』後十日，此家死亡都盡。此家亦姓陳云。」《搜神後記》卷七：「王疑此材妖異，乃取內蟹籠中，攣頭擔歸。云：至家當斧斫燃之。未至家二三里，聞籠中倅倅動。轉頭顧視，見向材頭變成一物，人面猴身，一身(手)一足，語王曰：『我性嗜蟹，比日實入水破君蟹斷，入斷食蟹。相負已爾，望君見恕，開籠出我。我是山神，當相祐助，並令斷大得蟹。』王曰：『如此暴人，前後非一，罪自應死。』此物種類專請包放(此句《太平廣記》卷三六〇作「此物懇告苦請乞放」)，王迴顧不應。物曰：『君何姓名，我欲知之。』頻問不已，王遂不答。去家轉近，物曰：『既不放我，又不告我姓名，當復何計，但應就死耳。』王至家，熾火焚之，後寂然無復聲。土俗謂之山獛，云：知人姓名，則能中傷人。所以勤勤問王，欲害人自免。」又：「晉中興後，譙郡周子文，家在晉陵。少時喜射獵，常入山，忽山岫間有一人，長五六丈，手捉弓箭，箭鏑頭廣二尺許，白如霜雪。忽出聲喚曰：『阿鼠！』子文小字子文不覺應曰：『喏。』此人便牽弓滿鏑向子文，子文便失魂厭伏。」《太平御覽》卷九一一引《列異傳》曰：「中山王周南，正始中爲襄邑長。有鼠衣冠出廳事，語曰：『尔某日當死。』周南不應。至期復出，冠幘絳衣，語曰：『尔日中當死。』復不應。入復更出，日適中，鼠曰：『周南，汝不應，我死，我復何道！』遂顛蹷而死，即失衣冠，視如常鼠也。」《太平廣記》卷四四〇《清河郡守》（出《幽明録》）：「清河郡太守至，前後輒死。新太守到，如厠，有人長三尺，冠幘皂服，云：『府君某日死。』太守不應，意甚不樂，乃使吏爲作亡具，外頗怪。其日日中如厠，復見前所見人，言：『府君今日中當死。』三言亦不應。乃言：『府君當道而不道，鼠爲死。』乃頓仆地，大如豚。郡内遂安。」又卷三四八《沈恭禮》（出《博異志》）：「此廳人居多不安，少間有一女子，年可十七八，强來參謁，名曰蜜陀僧，君慎不可與之言。或託是縣尹家人，或假四鄰爲附，輒不可交言，言則中此物矣。」又卷三二一《李元明》：「前唐李元明，嘗在牀上卧。時夜半，忽聞人呼云：『元明！元明！』久乃出應，有二人便牽將去。入屋下，捨去，不知所在。至逾時，竟鮮所見。徐捫所坐牀，是棺木，四壁皆是塚。恐怖不安，欲去，難如升天，不能復出。家人左右索，不知所往。因率領僕從，乃共大呼其名。元明于冢中聞，遥應之，乃鑿門出之。」又卷三五二《李戴仁》引《北夢瑣言》佚文：「江河邊多倀鬼，往往呼人姓名，應之者必溺，乃死魂者（者魂）

誘之也。」清袁枚《子不語》卷一四《狸稱表兄》：「六合老梅庵多狸，夜出迷人，在窗外必呼人字，稱曰表兄。人相戒不答，則彼自去。」魯迅《從百草園到三味書屋》：「長媽媽曾經講給我一個故事聽：先前，有一個讀書人住在古廟裏用功，晚間，在院子裏納涼的時候，突然聽到有人在叫他。答應着，四面看時，却見一個美女的臉露在牆頭上，向他一笑，隱去了。他很高興；但竟給那走來夜談的老和尚識破了機關。說他臉上有些妖氣，一定遇見『美女蛇』了；這是人首蛇身的怪物，能喚人名，倘一答應，夜間便要來吃這人的肉的。……結末的教訓是：所以倘有陌生的聲音叫你的名字，你萬不可答應他。」足見此種觀念一直延續到近代。

〔四〕呼名自當去：古代相傳，若遇鬼物精怪，知其名而呼之，則鬼物不能爲害，或自離去，或反被人役使，或逢凶化吉。如《抱朴子内篇·登涉》：「昔張蓋蹹及偶高成二人，並精思於蜀雲臺山石室中，忽有一人著黃練單衣葛巾，往到其前曰：『勞乎道士，乃辛苦幽隱！』於是二人顧視鏡中，乃是鹿也。因問之曰：『汝是山中老鹿，何敢詐爲人形！』言未絶，而來人即成鹿而走去。」又曰：「山中山精之形，如小兒而獨足，走向後，喜來犯人。人入山，若夜聞人音聲大語，其名曰蚑，知而呼之，即不敢犯人也。一名熱内，亦可兼呼之。又有山精，如鼓赤色，亦一足，其名曰暉。又或如人，長九尺，衣裘戴笠，名曰金累。或如龍而五色赤角，名曰飛飛，見之皆以名呼之，即不敢爲害也。」又曰：「山中寅日，有自稱虞吏者，虎也。稱當路君者，狼也。稱令長者，老狸也。卯日稱丈人者，兔也。稱東王父者，麋也。稱西王母者，鹿也。辰日稱雨師者，龍也。稱河伯者，魚也。稱無腸公子者，蟹也。巳日稱寡人者，社中蛇也。稱時君者，龜也。午日稱三公者，馬也。稱仙人者，老樹也。未日稱主人者，羊也。稱吏者，麞也。申日稱人君者，猴也。稱九卿者，猿也。酉日稱將軍者，老雞也。稱捕賊者，雉也。戌日稱人姓字者，犬也。稱成陽公者，狐也。亥日稱神君者，猪也。稱婦人者，金玉也。子日稱社君者，鼠也。稱神人者，伏翼也。丑日稱書生者，牛也。但知其物名，則不能爲害也。」又曰：「其次則論百鬼録，知天下鬼之名字，及《白澤圖》、《九鼎記》，則衆鬼自却。」《法苑珠林》卷四五《審察篇·審學部》引《白澤圖》曰：「厠之精名曰倚，衣青衣持白杖，知其名呼之者除，不知其名則死。……玉之精名曰岱委，其狀美女，衣青衣，見之，以桃匕刺之，而呼其名則得之。金之精名曰倉嘖，狀如豚，居人家，使人不宜妻，以其名呼之則去。……又故門之精名曰野，狀如侏儒，見之則拜，以其名呼之，宜飲食。又故澤之精名曰冕，其狀如虵，一身兩頭，五采文，以其名呼，有使取金銀。又故廢丘墓之精名曰無，狀如老役夫，衣青衣而操杵，好舂，以其名呼之，使人宜禾穀。又故道徑之精名曰忌，狀如野人行歌，以其名呼之，使人不迷。又故車之精名曰寧野，狀如轀車，見之傷人目，以其名呼之，不能傷人目。又在道之精名曰作器，狀如丈夫，善眩人，以其名呼之則去。又故臼之精名曰意，狀如豚，以其名呼之則去。又故井故淵之精名曰觀，狀如美女，好吹簫，以其名呼之則去。又絶水有金者精名侯伯，狀如人，長五尺，五綵衣，以其名呼之則去。又故臺屋之精名曰兩貴，狀如赤狗，以其名呼，使人目明。又左右有山石水生，其澗水出流千歲不絶，其精名曰喜，狀如小兒，黑色，以其名呼之，使取飲食。又三軍所戰精名曰賓滿，其狀如人頭無身，赤目見人則轉，以其名呼之則去。又故水石者精名慶忌，狀如人乘車蓋，一日馳千里，以其名呼之，則可使入水取魚。……又故市之精名曰問，其狀如囷而無手足，以其名呼之則去。又故室之精名曰孫龍，狀如小兒，長一尺四寸，衣黑衣，赤幘大冠，帶劍持戟，以其名呼之則去。又山之精名曰蘷，狀如鼓，一足如行，以其名呼之，可使取虎狼豹。又故牧弊池之精名曰髡頓，狀如牛無頭，見人則逐人，以其名呼之則去。又夜見堂下有兒被髮走，物惡之，精名曰溝，以其名呼之則無咎。又百歲狼化爲女人，名曰知女，狀如美女坐道傍，告丈夫曰：『我無父母兄弟。』若丈夫取爲妻，經年而食人，以其名呼之則逃走去。又故溷之精名曰卑，狀如美女，而持鏡呼之，知愧則去也。」《後漢書·陰興傳》李賢注引《雜五行書》曰：「竈神名禪，字子郭，衣黄衣，夜被髮從竈中出，知其名呼之，可除凶惡。」《太平御覽》卷三五三引顧愷之《啓蒙記》曰：「玉精名委，似美女而青衣，見以桃戟刺之，以其名呼之，可得也。」按《管子·水地》：「故涸澤數百歲，谷之不徙、水之不絶者，生慶忌。慶忌者，其狀若人，其長四寸，衣黄衣，冠黄冠，戴黄蓋，乘小馬，好疾馳，以其名呼之，可使千里外一日反報，此涸澤之精也。涸川之精者生於蟡，蟡者一頭而兩身，其形若蛇，其長八尺，以其名呼之，可以取魚鼈，此涸川水之精也。」可見此類說法，由來甚古也。《寒山詩闡提記聞》評曰：「予謂『呼名自當去』，『呼名』衆說甚不諦當。有人常受持神咒，諳得白澤語底，見鬼魅時，或誦咒，或呼名，避彼災害。雖然，擇千百人，求誦咒人七八箇亦難得。擇千百人，求憶持白澤語底二三箇亦難得。縱復有諳得白澤語底人，鬼若現殊形異貌，變化無窮，爲何鬼魅祟，呼彼名，思議尋討間，必爲彼驚落心魂。諺曰：心動則鬼神振鐵杖。又曰：驚怖妄起，主心不定故然。便呼名者，返照自心謂乎？返照自心，則是喚起自己本來人者也。自己本來人纔出頭，則柳失緑，花失紅，火失熱，水失冷，其光明盛大而透漢徹泉，名之爲毘盧全身，名之爲金剛正眼，十方法界不見佛，不見祖，上下四維，一團寶光聚，閑神野鬼，乞命無暇，何處留痕跡？」楚按，此説非是，「呼名」正謂呼鬼魅之名，上文注之已明。「喚起自己本來人」云云，乃注家借題發揮，並非寒山原意也。

〔五〕燒香請佛力：按佛教以爲香爲佛使，故祈請佛力保佑，當焚香以告也。《須摩提女經》卷二：「阿難見香，非常所見，白佛言：『世尊，此香異常，從何處來？』佛言：『此香是佛使之香，今須摩女在滿富城中爲諸邪道所逼，今遣香來請我並及卿等。』」《法苑珠林》卷四二《受請篇·食法部》：「又《增壹阿含經》云：若有設供者，手執香爐，而唱時至。佛言香爲佛使，故須燒香遍請十方。」原注：「既知燒香本擬請佛，爲凡夫心隔，目覩不知，佛令燒香，遍請十方一切凡聖，表呈福事，騰空普赴。」敦煌本《父母恩重經講經文》：「千迴念佛求加護，萬遍燒香請世尊。」《僧史略》卷中《行香唱導》：「香也者，解穢流芬，令人樂聞也。原其周人尚臭，冥合西域重香，佛出姬朝，遠同符契矣。經中長者請佛，宿夜登樓，手秉香爐，以達信心，明日食時，佛即來至，故知香爲信心之使也。」

〔六〕禮拜求僧助：佛教以合掌叩頭表示虔敬，稱爲「禮拜」。禮拜的對象，除佛以外，亦可兼及僧徒等。寒山詩「禮拜求僧助」者，謂求僧作法事以祈福禳災也。僧徒可以化解災難，如《大莊嚴論經》卷五：「有一比丘，次第乞食，至大婆羅門家。時彼家中，遇比丘已，屋棟摧折，打破水瓮，牸牛絶紖，四向馳走。時婆羅門即作是言：『斯何不祥不吉之人，來入吾家，有此變怪。』比丘聞已，即答之言：『汝頗見汝家内諸小兒等脥瘦腹脹、面目腫不？』婆羅門言：『我先見之。』比丘復言：『汝舍之中，有夜叉鬼，依汝舍住，吸人精氣，故今汝家諸小兒等有斯疹疾。今此夜叉以畏於我，恐怖逃避，以是令汝梁折瓮破，牸牛絶紖。』婆羅門言：『汝有何力？』比丘答言：『我以親近如來法教，有此威力，故令夜叉畏我如是。』」《太平廣記》卷三七九《鄭師辯》（出《冥報記》）：「唐東宮右監門兵曹叅軍鄭師辯，年未弱冠，暴死三日而蘇。自言初有數人見收，將人入官府大門，有見囚百餘人，皆重行北面立。凡爲六行，其前行者，形狀肥白，好衣服，如貴人。復行漸瘦惡，或著枷鎖，或但去巾帶，偕行連袂，嚴兵守之。師辯至，配入第三行，東頭第三立，亦巾帶連袂。辯憂懼，專心念佛。忽見平生相識僧來，入兵團（圍）内，兵莫之止。囚（因）至辯所，謂曰：『平生不修福，今忽如何？』辯求請救，僧曰：『吾今救汝得出，可持戒耶？』諾。須臾吏引入諸囚，至官前，以次詰問。尋於門外，僧爲授五戒，用瓶水灌其額，謂曰：『日西當活。』又以黄帔一枚與辯，曰：『披此至家，置浄處也。』仍示歸路。辯披之而歸，至家，掖帔至牀角上。既而目開身動，家人驚散，謂屍欲起。唯母不去，問曰：『汝活耶？』辯曰：『日西當活。』辯意時疑日午，問母，母曰：『夜半。』方知死生相違，晝夜相及(反)。既到日西，能食而愈，猶見帔在牀頭。及辯能起，帔形漸滅，而尚有光，七日乃盡。辯遂持五戒。」敦煌遺書伯二八五四願文：「所以危中告佛，厄裏求僧，仰託三尊，乞祈加護。」即寒山詩「燒香請佛力，禮拜求僧助」二句之意也。

〔七〕蚊子叮鐵牛，無渠下觜處：形容無處下手，無縫可鑽。按此二句乃是所謂「風人體」。清翟灝《通俗編》卷三八《風人》：「六朝樂府《子夜》、《讀曲》等歌，語多雙關借意，唐人謂之風人體，以本風俗之言也。如『理絲入殘機，何患不成匹』；『擲門不安橫，無復相關意』；『黄檗向春生，苦心隨日長』；『打金側瑇瑁，外艷裏懷薄』；『玉作彈棊局，心中最不平』；『蚊子叮鐵牛，無渠下觜處』；『玲瓏骰子安紅豆，入骨相思知也無』；『合歡桃核真堪恨，裏許元來别有人』。皆上句借引他語，下句申釋本意。今市俗有等諺語，如云『秤鈎打釘，曳直』；『黄花女兒作媒，自身難保』；『黄檗樹下彈琴，苦中作樂』；『火燒眉毛，且顧眼下』；『雲端裏放纏頭，露出馬脚』；『啞子喫黄連，説不出底苦』。乃其遺風。」《祖堂集》卷一六《溈山和尚》：「問：『百丈大人相如何？』師云：『魏魏堂堂，煒煒煌煌，聲前非聲，色後非色，蚊子上鐵牛，無你下觜處。』」《密庵咸傑禪師語録》卷下：「今夜如此提持，全無巴鼻，全無滋味，如蚊子上鐵牛相似，直是無下嘴處。」

《高峰原妙禪師禪要》:「若論此事,如蚊子上鐵牛相似,更不問如何若何,便向下觜不得處,拚命一鑽,和身透入。」

《希叟紹曇禪師廣録》卷二:「活衲僧,生鐵鑄,吐出鐵心肝,掛起鐵面具,蚊子上鐵牛,無你啗啄處。」

《五燈會元》卷五《藥山惟儼禪師》:「某甲在石頭處,如蚊子上鐵牛。」

《五燈會元》卷一七《壽寧善資禪師》:「若論此事,如鵶啄鐵牛,無下口處。」

《碧巖録》五十八則:「曾有人問我,直得五年分疎不下。面赤不如語直,胡孫喫毛蟲,蚊子咬鐵牛。」

《楚石梵琦禪師語録》卷二:「義有河沙數,不出這一句,蚊子上鐵牛,無你下觜處。」

浩浩黄河水

浩浩黄河水,東流長不息〔一〕。悠悠不見清,人人壽有極〔二〕。苟欲乘白雲〔三〕,曷由生羽翼〔四〕。唯當鬢髮①時〔五〕,行住須努力〔六〕。(〇六四)

【校勘】

①「鬢髮」,宫内省本作「鬢鬆」,四庫本作「鬢皤」,全唐詩本夾注「一作鬢皤」。

【箋注】

〔一〕東流長不息：按鮑溶《感懷》亦云：「曠古川上懷，東流幾時息。」顧非熊《天津橋晚望》：「流水東不息，翠華西未歸。」杜甫《長江二首》之二：「浩浩終不息，乃知東極臨。」

〔二〕有極：有限，有盡頭。《詩·唐風·鴇羽》：「悠悠蒼天，曷其有極。」《宋書·范曄傳》載曄在獄爲詩曰：「禍福本無兆，性命歸有極。」按寒山詩「浩浩黄河水，東流長不息。悠悠不見清，人人壽有極」，用「黄河千年一清」的典故，慨歎人生壽命之短促。《文選》卷一五張衡《思玄賦》：「俟河之清祇懷憂。」李善注引京房《易傳》曰：「河千年一清。」王嘉《拾遺記》卷一：「黄河千年一清，至聖之君，以爲大瑞。」《左傳》襄公八年：「周詩有之曰：『俟河之清，人壽幾何。』」杜預注：「逸詩也。言人壽促而河清遲。」趙壹《刺世疾邪賦》：「河清不可俟，人命不可延。」王粲《登樓賦》：「惟日月之逾邁兮，俟河清其未極。」《大唐三藏取經詩話·八大梵天宫第三》：「法師行程湯水之次，問猴行者曰：『汝年幾歲？』行者答曰：『九度見黄河清。』法師不覺失笑，大生怪疑，遂曰：『汝年尚少，何得妄語？』行者曰：『我年紀小，歷過世代萬年，知得法師前生兩迴去西天取經，途中遇害，法師曾知兩迴死處無？』」

〔三〕乘白雲：謂成仙。嵇康《代秋胡歌》之六：「思與王喬，乘雲遊八極。」《神仙傳》卷八《衛叔卿》：「函中有神素書，取而按方合服之，一年可能乘雲而行。」岑參《題樓觀》：「荒樓荒井閉空山，關令乘雲去不還。」白居易《從龍潭寺至少林寺題贈同遊者》：「始知駕鶴乘雲外，別有逍遥地上仙。」蘇鶚《杜陽雜編》卷上：「俗尚神仙術，而一歲之内，乘雲控鶴者，往往有之。」《太平廣記》卷一五《真白先生》（出《神仙感遇傳》）：「因讀《神仙傳》，有乘雲馭龍之志。」又卷六九《馬士良》（出《逸史》）：「仙女取擘三四枚食之，乃乘雲去。」

〔四〕生羽翼：亦謂成仙。曹丕《折楊柳行》：「上有兩仙僮，不飲亦不食。與我一丸藥，光耀有五色。服藥四五日，身體生羽翼。」嵇康《代秋胡歌》之六：「授我神藥，自生羽翼。」《抱朴子内篇·對俗》：「古之得仙者，或身生羽翼，變化飛行。」王維《贈李頎》：「聞君餌丹砂，甚有好顔色。不知從今去，幾時生羽翼。」李白《題雍丘崔明府丹竈》：「九轉但能生羽翼，雙鳧忽去定何依。」白居易《感事》：「服氣崔常侍，燒丹鄭舍人。常期生羽翼，那忽化灰塵。」

〔五〕鬒髮：稠密的黑髮。《詩·鄘風·君子偕老》：「鬒髮如雲，不屑髢也。」宋之問《早發始興江口至虚氏村作》：「鬒髮俄成素，丹心已作灰。」《説郛》（宛委山堂本）弓一一六唐鄭還古《博異志·陰隱客》：「絳脣皓齒，鬒髮如青絲。」按「鬒」即黑髮，字亦作「縝」。《文選》卷二七謝朓《晚登三山還望京邑》：「有情知望鄉，誰能縝不變。」李善注：「縝與鬒同。」蘇鶚《杜陽雜編》卷中：「時有處士伊祁玄解，縝髮童顔，氣息香潔。」字亦作「黰」。《太平廣記》卷四一三《地下肉芝》（出《宣室志》）：「自是逸人聽視明，力愈壯，貌愈少，髮之禿者盡黰然而長矣，齒之墮者亦骿然而生矣。」

〔六〕行住：或行或住，以言時時刻刻、隨時隨地。齊王常侍《離夜詩》：「燭筵曖無色，行住閔相悲。」

乘兹朽木船

乘兹朽木船，采彼紝婆子①〔一〕。行至大海中，波濤復不止。唯賷②一宿糧〔二〕，去岸三千里。煩惱從何生，愁哉緣苦起。（〇六五）

【校勘】

①此句之下原本、全唐詩本有夾注：「紝音壬。佛經西國苦樹名，其子、根、枝俱苦，喻衆生之惡。」

②「賷」，宫内省本、正中本、高麗本、四庫本作「齎」，全唐詩本作「賫」，並同。

【箋注】

〔一〕紝婆子：原注：「紝音壬。佛經西國苦樹名，其子、根、枝俱苦，喻衆生之惡。」慧琳《一切經音義》卷二六：「紝婆蟲：上女林反，梵語也。紝婆是樹名，葉苦，可煮爲飲，治頭痛，如此間苦楝樹。其蟲甘之，因以爲名。」「紝」一作「絍」。《大般涅槃經》卷三七：「一切衆生，皆從煩惱而得果報。言煩惱者，所謂惡也。從惡煩惱所生煩惱，亦名爲惡。如是煩惱則有二種：一因二果。因惡故果惡，果惡故子惡，如絍婆果，其子苦故，華果莖葉一切皆苦。猶如毒樹，其子毒故，果亦是毒。因亦衆生，果亦衆生；因亦煩惱，果亦煩惱。煩惱因果即是衆生，衆生即是煩惱因果。」

〔二〕賷：同「齎」，攜帶。《漢書·食貨志下》：「干戈日滋，行者齎。」顔師古注：「齎謂將衣食之具以自隨也，音子奚反。」

《寒山詩闡提記聞》評曰:「此詩説人世危殆。朽木船者,五藴形質也。紝婆子者,苦果也。言人人乘四大假合幻化敗壞漏船,錯作堅固安逸,思恣五欲,貪求五塵苦果,永在生死苦海中。是故利衰譏譽八風碎四山怒吼,貪嗔癡慢萬浪浸九天漲激。永夜長劫,苦聚無間斷。齎一宿糧者,言只一念希望貪求妄心而已,寔一點無菩提資糧貯。去岸三千里者,言涅槃常樂彼岸雖湛然,而不離當處,觸目皆是,而塵塵刹刹寂光本土,被三毒電影障礙,終隔三千萬里波浪,永流轉三界二十五有苦趣。因什麽如是者?諸苦所因,貪欲爲本,故以苦因結苦果,譬如紝婆果,何時有休期,寔可悲也。」

默默永無言

默默永無言,後生何所述〔一〕。隱居在林藪,智日①何由出〔二〕。枯槁非堅衛〔三〕,風霜成夭疾。土牛耕石田,未有得稻日〔四〕。(〇六六)

【校勘】

①「日」,宫内省本、正中本、高麗本、四庫本作「境」,全唐詩本夾注「一作境」,正中本於全詩之後附注「境一作日」。

【箋注】

〔一〕默默永無言,後生何所述:典出《論語·陽貨》:「子曰:『予欲無言。』子貢曰:『子如不言,則小子何述焉？』」邢昺疏：「此章戒人慎言也。『子曰予欲無言』者，君子訥於言而敏於行，以言之爲益少，故欲無言。『子貢曰子如不言則小子何述焉』者，小子，弟子也，子貢聞孔子不欲言，故告曰：夫子若不言，則弟子等何所傳述？」陶淵明《有會而作》序：「今我不述，後生何聞哉！」

〔二〕智日：佛教以智慧可以洞照愚癡黑暗，故喻之爲日。六十卷本《華嚴經》卷五六：「大悲見衆生，智日出世間。法光除癡闇，是爲智日行。」又卷六〇：「譬如明净月，照除世間闇。如來净智日，悉除三界闇。」

〔三〕枯槁：消瘦憔悴貌。《戰國策·秦策一》：「形容枯槁，面目犂黑，狀有歸色。」孟郊《怨别》：「沉憂損性靈，服藥亦枯槁。」　堅衛：謂善於養生調攝之道。「衛」即「榮衛」，中醫以稱人體的生理機能、精血之氣。《抱朴子内篇·道意》：「百痾緣隙而結，榮衛竭而不悟，太牢三牲，曷能濟焉？」

〔四〕土牛耕石田，未有得稻日：比喻徒勞無功，終無收穫。「土牛」即泥牛，古代有以土牛送寒迎春之俗。《禮記·月令》：「季冬之月，……命有司，大難，旁磔，出土牛，以送寒氣。」《續漢書·禮儀志上》：「立春之日，……施土牛耕人於門外，以示兆民。」《南宋文録録》卷二〇何耕《録二叟語》：「立春日，通天下郡邑，設土牛而磔之，謂之班春，所從來舊矣。其説蓋微見於《吕令》，而詳於《續漢·禮儀志》，大抵先王謹農事之遺意也。……將春前一日，有司具旗旄、金鼓、俳優、侏儒、百伎之戲，迎所謂芒兒土牛以獻於二使者，最後詣尹府，遂安於班春之所。黎明，尹率掾屬相與祠句芒，環牛而鞭之三匝，退而縱民磔牛。民讙譁攫攘，盡土乃已。俗謂其土歸置之耕蠶之器上，則繭孳而稼美，故争得之，雖一丸不忍棄。歲率以爲常。」寒山詩之「土牛」，但取其並非真牛，不可役使之義。「石田」則取其瘠貧磽确，難以耕種之義。《史記·伍子胥列傳》：「譬猶石田，無所用之。」《金樓子·立言篇上》：「夫石田不生五穀，構山不游麋鹿，何哉？以其無所因也。」錢起《歲初歸舊山》：「石田耕種少，野客性情閒。」王建《將歸故山留别杜侍御》：「錯來干諸侯，石田廢春耕。」古人亦以「耕石田」比喻勞而無功。《抱朴子内篇·勤求》：「若以此之勤，求知方之師；以此之費，給買藥之直者，亦必得神仙長生度世也。何異詣老空耕石田，而望千倉之收，用力雖盡，不得其所也。」劉駕《山中有招》：「學古以求聞，有如石上耕。」寒山詩「未有得稻日」，「稻」指稻穀，亦以諧音雙關「道」字，謂無有得道之時。《祖堂集》卷一五《龐居士》：「看經須解義，解義始修行。若依了義教，即入涅槃城。如其不解義，多見不如盲。緣文廣占地，心牛不肯耕。田田皆是草，稻從何處生？」亦以「稻」與「道」諧音雙關，與寒山詩正同。按寒山詩「土牛耕石田，未有得稻日」二句，亦是所謂「風人體」。《通俗編》卷三八《風人》：「又風人之體，但取音同，不論字異。如『霧露隱芙蓉，見蓮不分明』，以蓮爲憐也。『桐樹生門前，出入見梧子』，以梧爲吾也。『朝看暮牛跡，知是宿蹄痕』，以蹄爲啼也。『石闕生口中，銜碑不得語』，以碑爲悲也。『風吹黄檗藩，惡聞苦籬聲』，以籬爲離也。『明燈照空局，悠然未有期

（棋）』，以棋爲期也。『愁見蜘蛛織，尋絲直到明』，以絲爲思也。『逆風猶掛席，苦不會帆情』，以帆爲凡也。『曉天窺落宿，誰識獨醒（星）人』，以星爲醒也。『丹青傳四瀆，難寫是秋淮』，以淮爲懷也。『簳蠟爲紅燭，情知不是油』，以油爲由也。『東邊日出西邊雨，道是無晴還有晴』，以晴爲情也。今諺亦然，如云：『火燒旗竿，好長嘆』；『月下提燈，虛掛名』；『船家燒紙，爲何』；『牆頭種菜，没緣』；『外甥打燈籠，照舊（舅）』；『石臼裏舂夜叉，禱鬼』；『堂前挂草薦，不是話』；『吕布跌下井，使不得急（戟）』——以炭爲嘆，明爲名，河爲何，園爲緣，舅爲舊，搗爲禱，畫爲話，戟爲急，體應如是，不嫌其謬悠也。皮日休《雜體詩序》云：『古有採詩官，採四方風俗之言，故命之曰風人。』然則此等之言，固採風者所不棄歟？」

山中何太冷

山中何太冷，自古非今年。沓嶂恒①凝雪〔一〕，幽林每吐煙〔二〕。草生芒種後〔三〕，葉落立秋前〔四〕。此有沈迷客〔五〕，窺窺不見天〔六〕。（〇六七）

【校勘】

①「恒」，四庫本作「常」。

【箋注】

〔一〕沓嶂恒凝雪：「沓嶂」即重疊的山巒。《文選》卷二七丘遲《旦發魚浦潭》：「櫂歌發中流，鳴鞞響沓嶂。」按寒山隱居之天台山寒巖，當暑有雪，故云「恒凝雪」也。《太平廣記》卷五五《寒山子》（出《仙傳拾遺》）：「寒山子者，不知其名氏，大曆中隱居天台翠屏山。其山深邃，當暑有雪，亦名寒岩。」

〔二〕煙：謂雲霧之氣。李白《夢遊天姥吟留别》：「雲青青兮欲雨，水澹澹兮生煙。」

〔三〕芒種：農曆二十四節氣之一，爲五月節，在小滿後、夏至前。《太平御覽》卷二三引《三禮義宗》曰：「五月芒種爲節者，言時可以種有芒之穀，故以芒種爲名。」按《大戴禮記·誥志》：「虞夏之曆，正建於孟春，於時冰泮發蟄，百草權輿。」今云「草生芒種後」者，言其氣候寒冷，故草生之遲也。

〔四〕立秋：農曆二十四節氣之一，爲七月節。《太平御覽》卷二五引《三禮義宗》曰：「七月立秋，秋之言揫音湫，聚也縮之意。陰氣出地，始殺萬物，故以秋爲節名。」按《禮記·月令》：「季秋之月，……是月也，草木黄落。」今云「葉落立秋前」者，言氣候寒冷，故葉落之早也。

〔五〕沈迷客：迷惑之人。「沈迷」即迷惑。李白《雪讒詩贈友人》：「嗟予沈迷，猖獗已久。五十知非，古人嘗有。」獨孤及《酬皇甫侍御望天灊山見示之作》：「愧作拳僂人，沈迷簿書内。」孟簡《詠歐陽行周事》：「丈夫早通脱，巧笑安能干。防身本苦節，一去何由還。後生莫沈迷，沈迷喪其真。」劉得仁《秋夕即事》：「自憐在岐路，不醉亦沈迷。」

〔六〕不見天：形容山林茂密，不見天日。《九歌·山鬼》：「余處幽篁兮終不見天。」

山客心悄悄

山客心悄悄〔一〕，常嗟歲序遷〔二〕。辛勤采芝朮〔三〕，披①斥詎成仙〔四〕。庭廓雲初卷，林明月正圓。不歸何所爲，桂樹相留連〔五〕。（〇六八）

【校勘】

①「披」，宫内省本、四庫本、全唐詩本作「搜」，正中本作「接」，按「接」同「搜」。

【箋注】

〔一〕山客：山居者，山野之人。盧仝《觀放魚歌》：「刺史性與天地俱，見山客，狎魚鳥，坐山客，北亭湖。」　悄悄：憂思貌。《詩·邶風·柏舟》：「憂心悄悄，愠于群小。」屈原《九章·悲回風》：「愁悄悄之常悲兮，翩冥冥之不可娱。」

〔二〕歲序遷：歲月流逝。元稹《酬竇校書二十韻》：「款曲生平在，悲涼歲序遷。」「歲序」即歲時、季節。《文選》卷二六王僧達《答顔延年》：「聿來歲序暄，輕雲出東岑。」

〔三〕芝朮：芝和朮是道家的兩種藥物，服之可以延壽成仙。《論衡·驗符篇》：「芝草延年，仙者所食。」《抱朴子内篇·仙藥》：「仙藥之上者丹砂，次則黄金，次則白銀，次則諸芝。」又：「南陽文氏，説其先祖漢末大亂，逃去山中，飢困欲死。有一人教之食朮，遂不能飢。數十年乃來還鄉里，顔色更少，氣力勝故。……朮一名山薊，一名山精。故《神藥經》云：必欲長生，常服山精。」《神仙傳》

卷一〇《陳子皇》：「陳子皇得餌朮要方，服之得仙，去霍山。妻姜氏疾病，其婿用餌朮法，服之，病自愈安，壽一百七十歲，登山取朮，重擔而歸，不息不極，顏色氣如二十許人。」《太平御覽》卷六六九引《仙經》曰：「紫薇夫人撰《朮序》，其略曰：『吾俱察草木之勝負，若速益於己者，並已不及朮之多驗乎？所以長生久視，遠而更靈。我非謂諸物皆當減於朮也，直以朮之用，今之所要，末世多疾，宜當服餌。夫道有內足，猶畏外事之禍；有外足者，亦或中崩之弊。我見山林隱逸得服朮者，千年、八百年，比肩五岳矣。今撰朮數方，以傳好尚。若必信用，庶無横暴之災矣。』」又卷六七〇引《真誥》曰：「武當山道士戴孟，……入華山，餌芝朮、黄精、雲母、丹砂，受法於清靈真人王君，得長生之道。」許渾《亡題》：「商嶺採芝尋四老，紫陽收朮訪三茅。欲求不死長生訣，骨裏無仙不肯教。」李華《仙遊寺》：「早窺神仙籙，願結芝朮友。」賈島《遊仙》：「若人無仙骨，芝朮徒煩食。」

〔四〕披斥：「披」謂斬伐草木，「斥」謂開闢土地，是「辛勤采芝朮」的寫照。別本作「搜斥」亦通。

〔五〕不歸何所爲，桂樹相留連：典出淮南小山《招隱士》：「桂樹叢生兮山之幽，偃蹇連蜷兮枝相繚。山氣巃嵸兮石嵯峨，谿谷嶄巖兮水曾波。猨狖群嘯兮虎豹嘷，攀援桂枝兮聊淹留。」沈約《學省愁卧》：「山中有桂樹，歲暮可言歸。」

有人兮山陘①

有人兮山陘②〔一〕，雲卷兮霞纓③。秉芳兮欲寄〔二〕，路漫兮難征④〔三〕。心惆悵兮狐疑⑤〔四〕，

蹇獨立兮忠貞〔五〕。（〇六九）

【校勘】

①宫内省本卷首載陸放翁《與明老帖》一通，全文如下：有人兮山陘，雲卷兮霞纓。秉芳兮欲寄，路漫兮難征。心惆悵兮狐疑，蹇獨立兮忠貞。此寒山子所作楚辭也，今亦在集中，妄人竄改附益至不可讀。放翁書寄天封明公，或以刻之山中也。此帖不載於陸游集。按寒山此詩，四部叢刊景宋本作：有人坐山楹，雲卷兮霞瓔。秉芳兮欲寄，路漫漫難征。心惆悵狐疑，年老已無成。衆喔咿斯，蹇獨立兮忠貞。其餘各本文字多與叢刊景宋本接近，皆較陸游勘定本多出「年老已無成，衆喔咿斯」九字。但宋王應麟《困學紀聞》、許顗《彦周詩話》及元白珽《湛淵静語》、明朱承爵《存餘堂詩話》所引此詩亦無「年老已無成，衆喔咿斯」九字（參看詩後附録）。可以認爲，陸游勘定本是較接近於原作的。今據陸游勘定本録文，而校以各本。②此句景宋本作「有人坐山楹」，宫内省本、正中本、高麗本作「有人坐山陘」，全唐詩本作「有人兮山楹」，「楹」下夾注「一作陘」，《彦周詩話》作「若有人兮坐山楹」。③「卷」，《彦周詩話》作「衮」。「纓」，景宋本、宫内省本作「瓔」。④此句景宋本作「路漫漫難征」，全唐詩本作「路漫漫兮難征」。⑤「心」，《彦周詩話》作「獨」。「兮」，景宋本、宫内省本、正中本、高麗本並無。「狐」，四庫本作「猶」。此句之後，各本除四庫本外，皆多出「年老已無成，衆喔咿斯」九字，全唐詩本夾注「一本無此九字」。

【箋注】

〔一〕有人兮山陘：「陘」，連山斷絶處。韓愈《答張徹》：「洛邑得休告，華山窮絶陘。」按《九歌・山鬼》:「若有人兮山之阿,被薜荔兮帶女蘿。」

〔二〕秉芳兮欲寄:「秉芳」,持花。按古人以香花芳草贈寄所思以表情意。如《九歌·湘君》:「采芳洲兮杜若,將以遺兮下女。」又《大司命》:「折疏麻兮瑶華,將以遺兮離居。」《文選》卷二九《古詩十九首》之六:「涉江采芙蓉,蘭澤多芳草。采之欲遺誰?所思在遠道。」又之九:「攀條折其榮,將以遺所思。」

〔三〕路漫:路途遼遠。《離騷》:「路漫漫其脩遠兮,吾將上下而求索。」曹丕《燕歌行》:「别日何易會日難,山川悠遠路漫漫。」　征:遠行。《離騷》「濟沅湘以南征兮」,王逸注:「征,行也。」

〔四〕心惆悵兮狐疑:《離騷》「心猶豫而狐疑兮」,洪興祖補注:「《水經》引郭緣生《述征記》云:河津冰始合,車馬不敢過,要須狐行,云此物善聽,冰下無水乃過,人見狐行方渡。按《風俗通》云:里語稱狐欲渡河,無如尾何。且狐性多疑,故俗有狐疑之説,未必一如緣生之言也。」

〔五〕蹇:用於句首的發語詞。《九歌·湘君》:「君不行兮夷猶,蹇誰留兮中洲。」王逸注:「蹇,詞也。」　獨立:超群異衆。《九歌·山鬼》「表獨立兮山之上」,王逸注:「言山鬼後到,特立於山上而自異也。」《文選》卷五三李康《運命論》:「夫忠直之迕於主,獨立之負於俗,理勢然也。」

宋王應麟《困學紀聞》卷一八:「寒山子詩……而楚辭尤超出筆墨畦逕,曰:『有人兮山陘,雲卷兮霞纓,秉芳兮欲寄,路漫兮難征。心惆悵兮狐疑,蹇獨立兮忠貞。』」

宋許顗《彦周詩話》:「『若有人兮坐山楹,雲衮兮霞纓。秉芳兮欲寄,路漫兮難征。獨惆悵而狐疑，蹇獨立兮忠貞。』此寒山語，雖使屈宋復生，不能過也。」

元白珽《湛淵静語》卷二：「吕洞賓、寒山子，皆唐之士人，嘗應舉不利，不群於俗，蓋楚狂、沮、溺之流，觀其所存詩文可知。如寒山子詩，其一云：『有人兮山陘，雲卷兮霞纓。秉芳兮欲寄，路漫兮難征。心惆悵兮狐疑，蹇獨立兮忠貞。』前輩以爲無異《離騷》語。今行於世者，多混僞作以諧俗爾。」

明朱承爵《存餘堂詩話》：「近見寒山子一詩云：『有人兮山陘，雲卷兮霞纓。秉芳兮欲寄，路漫兮難征。心惆悵兮狐疑，蹇獨立兮忠貞。』昔人以爲無異《離騷》。寒山子，唐人。豈亦楚狂、沮溺之流與？」

豬喫死人肉

豬喫死人肉，人喫死豬腸〔一〕。豬不嫌人臭①，人返②道豬香。豬死抛水内〔二〕，人死掘土③藏。彼此莫相噉④，蓮花生沸湯〔三〕。（〇七〇）

【校勘】

①「臭」，正中本作「殠」，同。《説文》：「殠，腐氣也。」②「返」，全唐詩本作「反」。③「土」，宫内省本、四庫本作「地」。④「噉」，宫内省本、四庫本作「喫」。

【箋注】

〔一〕人喫死豬腸：按《北史·慕容紹宗傳》：「時（侯）景軍甚盛，初聞韓軌往討之，曰：『啗豬腸小兒。』」

〔二〕豬死抛水内：終豬之天年，死葬之水中，謂不殺豬食肉也。

〔三〕蓮花生沸湯：《慈受懷深禪師廣録》卷三：「莫妄想，好參詳，不知終日爲誰忙。若知忙裏真消息，一朵蓮花生沸湯。」按佛教以「蓮花生沸湯」之奇蹟，或顯示佛法之威力無邊，或顯示俗世亦能成佛。《雜阿含經》卷二三：「爾時彼凶主執彼比丘著鐵鑊油中，足與薪火，火終不然。假使然者，或復不熱。凶主見火不然，打拍使者，而自然火，火即猛盛。久久開鐵鑊蓋，見彼比丘鐵鑊中蓮花上坐。」《阿育王傳》卷一：「耆梨心惡，殘害無罪，不信後世，作重瞋恚。便設大鑊，以水置中，脂膏血髓、屎尿穢惡，俱充滿之。即以比丘提擲著中，下然大火，薪草欲盡，不能令熱。於是耆梨瞋然火者，以杖打之，手自著火，薪柴都盡，亦復不熱。又以屋椽塗蘇衆疊，悉然使盡，水冷如故。怪其所由，便看鑊中，見向比丘結跏趺坐，坐千葉蓮花上。」《大唐西域記》卷八《摩竭陀國上》：「沙門既證聖果，心夷生死，雖入鑊湯，若在清池，有大蓮花，而爲之座。」道宣《集神州三寶感通録》卷中：「昔傳云：育王既統此洲，學鬼王制獄，怨酷尤甚。文殊現處鑊中，火熾水清，生青蓮花。王心感悟，即日毁獄，造八萬四千塔，建立形象，其數亦爾，此其一也。」本詩之「蓮花生沸湯」，取俗世亦能成佛之義。

快哉混沌身

快哉混沌身，不飯復不屎。遭①得誰鑽鑿，因兹②立九竅〔一〕。朝朝爲衣食，歲歲愁租調〔二〕。千箇争一錢〔三〕，聚頭亡命叫〔四〕。（〇七一）

【校勘】

①「遭」，正中本作「遭」。②「兹」，全唐詩本夾注「一作之」。

【箋注】

〔一〕「快哉混沌身」四句：典出《莊子·應帝王》：「南海之帝爲儵，北海之帝爲忽，中央之帝爲混沌。儵與忽時相與遇於渾沌之地，渾沌待之甚善。儵與忽謀報渾沌之德，曰：『人皆有七竅以視聽食息，此獨无有，嘗試鑿之。』日鑿一竅，七日而混沌死。」陸德明釋文：「崔云：渾沌，無孔竅也。李云：清濁未分也。此喻自然。簡文云：儵忽取神速爲名，渾沌以合和爲貌。神速譬有爲，合和譬無爲。」又：「『七日而混沌死』，崔云：言不順自然，强開耳目也。」成玄英疏：「南海是顯明之方，故以儵爲有。北是幽闇之域，故以忽爲無。中央既非北非南，故以混沌爲非無非有者也。」又：「儵忽二人，猶懷偏滯，未能和會，尚起學心，妄嫌渾沌之無心，而謂穿鑿之有益也。」又：「夫運四肢以滯境，鑿七竅以染塵，乖渾沌之至淳，順有無之取舍，是以不終天年，中塗夭折。勗哉學者，幸勉之焉，故郭注云爲者敗之也。」按《莊子》云「七竅」，指眼、耳、口、鼻等七孔，寒山詩云「九竅」，則再加大小便道二孔也。《吕氏春秋·圜道》：「人之竅九。」《巨力長者所問大乘經》卷上：「一身九竅，常流不净。」

〔二〕租調：指賦税。唐代前期賦税制度實行租庸調法，租謂田租，調即户税。《舊唐書·食貨志上》：「賦役之法，每丁歲入租粟二石。調則隨鄉土所産，綾絹絁各二丈，布加五分之一。輸綾絹絁者，兼調綿三兩；輸布者，麻三斤。」

〔三〕千箇争一錢：《太平御覽》卷八三六引曹植樂府歌曰：「巢許蔑四海，商賈争一錢。」《晉書·華譚傳》：「市道小人，争半錢之利。」慈受《擬寒山詩》第一〇七首：「可憐世上人，説與終不會。相争一文錢，費却多少氣。」

〔四〕聚頭：聚集。見〇五六首注〔四〕。　亡命：拼命，不顧一切。按「亡命」本指逃亡在外者。荀悦《漢紀·景帝紀》：「吴之所誘者，無賴子弟、亡命鑄錢姦人，故相誘以反。」因以「亡命」形容不顧一切。

楚按，寒山此詩以「混沌」之無孔無竅、不飯不尿，比喻未出生時無知無識、渾渾噩噩之狀態，而以鑽鑿九竅、耳目開明比喻出生後有情有欲、踏入人生之狀態。詩人贊美混沌狀態爲「快哉」，而對於謀衣食、愁租調，争奪錐刀之利的痛苦人生，深寓失望與批判之意。試比較皎然《詩式》所載王梵志道情詩：「我昔未生時，冥冥無所知。天公强生我，生我復何爲？無衣使我寒，無食使我飢。還你天公我，還我未生時。」不難發現，寒山詩和梵志詩的精神是完全一致的。

啼哭緣何事

啼哭緣何事，淚如珠子顆〔一〕。應當有别離〔二〕，復是遭喪禍。所爲在貧窮，未能了因果〔三〕。塚間①瞻死屍〔四〕，六道不干②我〔五〕。（〇七二）

【校勘】

①「間」，高麗本作「問」。②「干」，高麗本作「于」。宫内省本、四庫本作「欣」，全唐詩本夾注「一作忻」。按「忻」字應是「忓」字之誤，宫内省本「欣」字又是「忻」字異體。「忓」同「干」。《國語·魯語下》：「以歜之家，而主猶績，懼忓季孫之怒也。」《古列女傳》卷一《魯季敬姜》載此事，「忓」正作「干」。敦煌本《伍子胥變文》：「適來專輒横相忓，自側於身實造次。」敦煌本《父母恩重經講經文》：「設使命終皈大夜，三途還是不相忓。」以上「忓」皆同「干」。

【箋注】

〔一〕淚如珠子顆：敦煌本《老子化胡經》卷一〇《玄歌》載《老君十六變詞》之一：「出胎墮地能獨坐，合口誦經聲璅璅，眼中淚出珠子碟。」按「碟」同「顆」。《顔氏家訓·書證》：「北土通呼物一凷，改爲一顆，蒜顆是俗間常語耳。……又道經云：『合口誦經聲璅璅，眼中淚出珠子碟。』其字雖異，其音與義頗同。」

〔二〕應當：疑當作「爲當」，用於選擇問句中的連詞，相當於「還是」。《須摩提女經》：「爲當門望不齊?爲當居生不等?卿亦豪尊富貴,我亦豪尊富貴,何以故事不宜爾?」又:「卿爲當盜賊所侵?爲當死亡不埋?何故憂色乃爾?」敦煌本《降魔變文》:「爲當親姻聚會?爲復延屈君王?因何大小怱忙,嚴麗鋪置?」王梵志詩一二二首:「不知愁大小,不知愁好醜。爲當面似鷄?爲當面似狗?」本詩的「爲當」與下句「復是」相呼應,也相當於「還是……還是……」。

〔三〕了因果:諦知佛教因果報應之説。按據因果之説,今生貧窮之果,乃由前生慳貪之因所致,參看〇四一首篇後按語。寒山詩「未能了因果」者,言此人不知今生貧窮乃是前生慳貪惡業之報,故猶憤懣不平、啼哭怨訴也。

〔四〕塚間瞻死屍:佛教修行「不浄觀」之法,當於塚間觀瞻死屍膖脹爛壞、火燒鳥啄,起無常想,可以斷絶貪欲,厭離三界。《大方等大集經》卷三八:「彼人爾時應當更詣屍陀林所,觀察死人,或見青瘀,膖脹血塗,或見膿流,處處淹漬,皮肉爛潰,筋脈相交,禽獸往來,争共啖食。或見白骨,其色如珂,髑頜差移,手足分散。見是相已,當熟察心,樂住何處。知已即觀,常念不捨,一切外色,敗壞若斯,自揆我身,亦應如是。」《修行道地經》卷五:「何謂爲不浄觀?初當發心,慈念一切,皆令安隱。發是心已,便到塚間,坐觀死人,計從一日乃至七日。或身膖脹,其色青黑,爛壞臭處,爲蟲見食,無復肌肉,膿血見洿。視其骨節,筋所纏裹,白骨星散,甚爲可惡。或見久遠若干歲骨,微碎在地,色如縹碧,存心熟思。隨其所觀,行步進止,卧起經行,懷之不忘。若詣閒居,寂無人處,結跏趺坐,省彼塚間所見屍形,一心思惟。於是頌曰:欲省惡露至塚間,往到塚間觀死屍。在於空寂無人聲，自觀其身如彼屍。」《佛説七女經》：「遂到城外塚間，大臭處不淨，但聞啼哭聲。諸綵女及人民身體肅然，衣毛爲豎。七女直前視諸死人，中有斷頭者，中有斷手足者，中有斷鼻耳者，中有已死者，或有未死者，中有梓棺者，有席中裹者，有繩縛者，家室啼哭，皆欲令解脱。七女左右顧視，死人衆多，復有持死人從四面來者，飛鳥走獸共争來食之。死人膖脹，膿血流出，數萬億蟲從腹中出，臭處難可當。七女亦不覆鼻，直前繞之一匝，即自相與言：『我曹姊弟身體不久皆當復爾。』第一女言：『寧可各作一偈，救死人魂魄耶？』六女皆言大善。第一女言：『此人生時好香塗身，著新好衣，行步衆中，細目綺視，於人中作姿則，欲令人觀之，今死在地，日炙風飄，主作姿則者今爲何在？』第二女言：『雀在瓶中，覆蓋其口，不能出飛；今瓶已破，雀飛而去。』第三女言：『乘車而行，中道捨車去，車不能自前，主使車行者今爲所在？』第四女言：『譬如人乘船而行，衆人共載而渡水，得岸便繫船，棄身體去如棄船去。』第五女言：『有城完堅，中多人民，皆生長城中。今城更空，不見人民爲在何所。』第六女言：『人死卧地，衣被常好，從頭至足，無有缺減。今不能行，亦不能動摇，其人當今爲在何所？』第七女言：『一身獨居，人出去其舍，舍中空無有守者，今舍日敗壞。』」《高僧傳》卷二《鳩摩羅什傳》：「後因出城遊觀，見塚間枯骨異處縱横，於是深惟苦本，定誓出家。」

〔五〕六道：即天道、人道、阿修羅道、畜生道、餓鬼道、地獄道。佛教認爲一切衆生由其未盡之業，無始以來生死輪迴於六道之中，受無量苦。《大乘本生心地觀經》卷三：「有情輪迴生六道，猶如車輪無始終。」寒山詩「六道不干我」，言倘於塚間觀瞻死屍，思惟無常，由此覺悟，當可免除六道生死輪迴之苦，而獲解脱。

婦女慵經織

婦女慵經織〔一〕，男夫懶耨田〔二〕。輕浮耽挾彈〔三〕，跕躧①拈抹絃〔四〕。凍骨衣應急〔五〕，充腸食在先〔六〕。今誰念於汝〔七〕，苦痛②哭蒼天。（〇七三）

【校勘】

①「跕」，四庫本作「趾」，全唐詩本夾注「一作趾」。「跕躧」下原本、全唐詩本有夾注：「上都牒、他協二切，跕屣也。下所倚、所買二切，舞履也。」　②「苦痛」，全唐詩本夾注「一作痛苦」。

【箋注】

〔一〕經織：紡織。「經」亦織義。《集韻·徑韻》：「經，織也。」按《抱朴子外篇·疾謬》：「而今俗婦女，休其蠶織之業，廢其玄紞之務，不績其麻，市也婆娑。舍中饋之事，修周旋之好。更相從詣，之適親戚，承星舉火，不已于行。多將侍從，暐曄盈路，婢使吏卒，錯雜如市。尋道褻謔，可憎可惡。」可爲寒山詩「婦女慵經織」之注脚。

〔二〕耨田：田間除草。《孟子·梁惠王上》：「深耕易耨。」趙歧注：「易耨，芸苗令簡易也。」

〔三〕耽挾彈：沉迷於挾彈。「彈」即彈弓，「挾彈」乃輕浮少年之戲。《世説新語·容止》：「潘岳妙有姿容，好神情，少時挾彈出洛陽道，婦人遇者，莫不連手共縈之。」《劉賓客嘉話録》：「石季龍少好挾彈，其父怒之。其母曰：『健犢須走車破轅，良馬須逸鞅泛駕，然後能負重致遠。』」李白《少年子》：「青雲年少子，挾彈章臺左。」劉禹錫《飛鳶操》：「遊童挾彈一麾肘，臆碎羽分人不悲。」按《後漢書·王符傳》載符《潛夫論·浮侈篇》曰：「丁夫不扶犂鋤，而懷丸挾彈，攜手上山遨遊，或好取土作丸賣之，外不足禦寇盜，内不足禁鼠雀。或作泥車瓦狗諸戲弄之具，以巧詐小兒，此皆無益也。」可爲寒山詩「男夫不耨田，輕浮耽挾彈」之注脚。

〔四〕跕躧：靸着鞋。《漢書·地理志八》：「女子彈絃跕躧，游媚富貴，徧諸侯之後宫。」顔師古注引如淳曰：「跕音蹀足之蹀，躧音屣。」引臣瓚曰：「躡跟爲跕，拄指爲躧。」顔注：「跕音它頰反。躧字與屣同。躧謂小履之無跟者也。跕謂輕躡之也。」據顔注，「跕躧」同「跕屣」。《藝文類聚》卷三一載梁柳惲《贈吴筠詩》：「邯鄲饒美女，豔色含春芳。鼓瑟未成曲，跕屣復翺翔。」　拈抹絃：「拈」同「撚」，撚絃和抹絃是彈奏琵琶的兩種指法。白居易《琵琶行》：「輕攏慢撚抹復挑，初爲《霓裳》後《六幺》。」李紳《悲善才》：「東頭弟子曹善才，琵琶請進新翻曲。……銜花金鳳當承撥，轉腕攏絃促揮抹。」張祜《王家琵琶》：「金屑檀槽玉腕明，子絃輕撚爲多情。」王仁裕《荆南席上詠胡琴妓二首》之一：「紅妝齊抱紫檀槽，一抹朱絃四十條。」

〔五〕凍骨：謂寒凍之人。杜甫《自京赴奉先縣詠懷五百字》：「朱門酒肉臭，路有凍死骨。」　急：謂緊急、重要。《善慧大士語録》卷一：「當度衆生爲急，何暇思天宫之樂乎？」譚峭《化書》卷五《七奪》：「一日不食則憊，二日不食則病，三日不食則死，民事之急，無甚於食。」《太上感應篇》卷三「濟人之急」，傳曰：「所謂急者，非一而已。在疾病則以湯劑爲急，在死喪則以後事爲急，在飢乏則以飲食爲急，在婚娉則以奩橐爲急，此外又有無限不可悉陳之急，但能各隨其急，方便濟之，皆爲濟人之急也。」

〔六〕充腸：充飢，果腹。杜甫《發秦州》：「充腸多薯蕷，崖蜜亦易求。」白居易《丘中有一士二首》之一：「藜藿不充腸，布褐不蔽形。終歲守窮餓，而無嗟歎聲。」劉駕《空城雀》：「飢啄空城土，莫近太倉粟。一粒未充腸，卻入公子腹。」　先：亦爲緊急、優先考慮之事。《洞玄靈寶三洞奉道科戒營始》卷三：「道以齋爲先，勤行登金闕。」按韓愈《謝自然詩》：「寒衣及飢食，在紡績耕耘。」即寒山詩「凍骨衣應急，充腸食在先」二句之意。

〔七〕念：同情，憐憫。《世説新語·德行》：「謝奕作剡令，有一老翁犯法，謝以醇酒罰之，乃至過醉，而猶未已。太傅時年七八歲，著青布絝在兄膝邊坐，諫曰：『阿兄，老翁可念，何可作此！』」王梵志詩三二七首：「凡夫真可念，未達宿因緣。」

不行真正道

不行真正道〔一〕，隨邪號行婆〔二〕。口慙神佛少〔三〕，心懷嫉妬多。背後噇魚肉〔四〕，人前念佛陁〔五〕。如此修身處，應難避奈河①〔六〕。（〇七四）

【校勘】

①「應難」，原作「難應」，據宫内省本、高麗本、四庫本改。「河」，原作「何」，據正中本、高麗本改。

【箋注】

〔一〕真正道：即佛道，相對於邪道而言，故稱「正道」或「正真道」、「真正道」。張説《三歸堂贊》：「敬告諸佛子，一心清净觀。欲求真正道，當從信根入。」

〔二〕隨邪：隨逐邪心，信奉邪道。六十卷本《華嚴經》卷二四：「是諸衆生，墮於邪見，隨逐邪心，行邪險道，甚可哀愍。」貫休《偶作五首》之三：「孰云我是非，隨邪逐惡又争得。」《明覺禪師語録》卷三：「諸方老宿咸謂插鍬話奇特，也大似隨邪逐惡。」《碧巖録》二二則評唱：「雲門能唱和，長慶解隨邪。」　行婆：信佛修行之在家老婦。《景德傳燈録》卷六《亡名道婆》：「龐行婆入鹿門寺設齋，維那請意旨。婆持梳子插向髻後曰：『回向了也。』便出去。」又卷八《浮盃和尚》：「有凌行婆來禮拜師，師與坐喫茶。行婆乃問云：『盡力道不得底句還分付阿誰？』師云：『浮盃無剩語。』」五代何光遠《鑒誡録》卷六《旌論衡》：「行婆餉送新童子，居士抄條施利錢。」又卷一〇《攻雜詠》：「（陳裕）又詠大慈寺齋頭鮮于闍梨云：酒肉終朝没闕時，高堂大舍養肥屍。行婆滿院多爲婦，童子成行半是兒。」

〔三〕慙：感激。干寶《搜神記》卷二〇：「僕是蟻中之王，不慎墮江，慙君濟活。若有急難，當見告語。」杜甫《北征》：「顧慙恩私被，詔許歸蓬蓽。」敦煌本《伍子胥變文》：「君雖貴重相辭謝，兒意慚君亦不輕。」敦煌本《捉季布傳文》：「但言季布心頑硬，不慚聖德背皇恩。」

〔四〕噇：貪喫。《朝野僉載》卷五：「將一楪槌（䭔）餅與之曰：『噇却，作箇飽死鬼去！』」李昌符《婢僕詩》：「不論秋菊與春花，箇箇能噇空腹茶。」《太平廣記》卷二六〇《殷安》：「汝肥頭大面，不識今古，噇徒江切食無意智，不作宰相而何？」《祖堂集》卷五《翠微和尚》：「師因供養羅漢次，僧問：『今日設羅漢，羅漢還來也無？』師云：『是你每日噇什摩？』」《黄蘗斷際禪師宛陵録》：「汝等諸人盡是噇酒糟漢，與麽行脚，笑殺他人。」《景德傳燈録》卷一九《韶州雲門文偃禪師》：「你屋裏老爺老孃，噇却飯了，只管説夢，便道我會佛法了也。」又卷三〇《魏州華嚴長老示衆》：「喫肉如似餓鬼吞屍，噇酒如餓狗飲水。」《禪門諸祖師偈頌》卷二趙州和尚《十二時歌》：「來者祇道覓茶喫，不得茶噇去又嗔。」《如浄和尚語録》卷上：「知恩以此報深恩，大家贏得噇齋粥。」又：「噇酒噇肉破落户，天上人間大丈夫。」話本《快嘴李翠蓮記》：「待我留些整齊的，三朝點茶請姨娘。縱然親戚喫不了，剩與公婆慢慢噇。」慈受《擬寒山詩》第一二九首：「飢時覓飯噇，困便尋床倒。」寒山詩一五九首：「買肉自家噇，抹觜道我暢。」

〔五〕佛陁：即是佛。《大智度論》卷二：「佛爲天人師，復名佛陀，秦言知者。知何等法？知過去未來現在衆生數、非衆生數，有常、無常等一切諸法，菩提樹下，了了覺知，故名爲佛陀。」

〔六〕柰河：相傳爲陰間河流，渡此即爲地獄。《宣室志》卷四董觀條，記觀爲亡僧靈習引至陰間，「行十餘里，至一水，廣不數尺，流而西南。觀問習，習曰：『此俗所謂柰河，其源出於地府。』觀即視其水，皆血，而腥穢不可近。又見岸上有冠帶袴襦凡數百，習曰：『此逝者之衣，由此趨冥道耳。』」敦煌本《佛説十王經》：「二七亡人渡奈河，千群萬隊涉洪波，引路牛頭肩挾棒，催行鬼卒手擎叉。」敦煌本《大目乾連冥間救母變文》：「行經數步，即至奈河之上，見無數罪人，脱衣掛在樹上，大哭數聲，欲過不過，迴迴惶惶，五五三三，抱頭啼哭。」《敦煌歌辭總編》卷四失調名：「諸菩薩，莫毁他，毁他相將入奈河。刀劍縱横從後趁，跳入泥水便騰波，混沌猶如鑊湯沸，一切地獄盡經過，皮膚血肉如流水，何時得離此波吒？」

世有一等愚

世有一等愚〔一〕，茫茫恰似驢。還解人言語，貪婬狀若豬〔二〕。險巇①難可測〔三〕，實語却成虚〔四〕。誰能共伊語，令教莫此居。（〇七五）

【校勘】

①「巇」，原作「巇」，乃「巇」字别體，兹從正中本。宫内省本、四庫本皆誤作「歌」。

【箋注】

〔一〕一等愚：一種愚人。《紅樓夢》一一五回：「至於弟乃庸庸碌碌一等愚人，忝附同名，殊覺玷辱了這兩個字。」按「一等」即一種。《龐居士語録》卷下：「佛有一等慈，有人心不知。」《高峰原妙禪師禪要》：「更有一等漢子，或十年二十年用工，不曾有箇入處者，只爲他宿無靈骨。」宋吴自牧《夢粱録》卷一六《酒肆》：「有一等直賣店，不賣食次下酒，謂之角毬店。」慈受《擬寒山詩》第一二三首：「世間一等漢，做盡百家寃。」

〔二〕貪婬狀若豬：按古人以爲豬之爲性，既貪且淫。謂豬貪者，如《左傳》昭公二十八年：「生伯封，實有豕心，貪惏無饜，忿纇無期，謂之封豕。」孔穎達疏：「豕心言其心似豬，貪而無恥也。」《朝野僉載》卷四：「履温心不涉學，眼不識文，貌恭而性狠，智小而謀大，趦趄狗盗，突忽豬貪。」謂豬淫者，如《左傳》定公十四年：「衞侯爲夫人南子召宋朝，……野人歌之曰：『既定爾婁豬，盍歸吾艾豭。』」孔穎達疏：「豭是豬之牡，故以喻宋朝也。以婁豬爲求子之豬，相傳爲説耳。」《朝野僉載》卷一：「周郎中裴珪妾趙氏，有美色，曾就張璟藏卜年命。藏曰：『夫人目長而漫視。準相書，豬視者淫。婦人目有四白，五夫守宅。夫人終以姦廢，宜慎之。』趙笑而去。後果與人姦，没入掖庭。」牛僧孺《玄怪録》卷一《郭代公》，載郭元振斬一淫神烏將軍之手，乃豬蹄也，並數鄉老曰：「使諸侯漁色於國中，天子不怒乎？殘虐於人，天子不伐乎？誠使爾呼將軍者，真神明也，神固無豬蹄，天豈使淫妖之獸乎？且淫妖之獸，天地之罪畜也，吾執正以誅之，豈不可乎？」所謂「淫妖之獸」，即豬也。《增壹阿含經》卷七亦云：「若有一人，習於淫欲，作諸惡行，亦不羞恥，復非悔過，向人自譽，貢高自用：『我能得五欲自娱，此諸人不能得五欲自娱。』是名爲人如豬。」

〔三〕險巇：本義爲山路險阻，引申指世道人心險惡。《文選》卷五五劉孝標《廣絶交論》：「嗚呼，世路險巇，一至於此！」《敦煌歌辭總編》卷六《十二時》：「貪財嗜色險巇人，也莫嫌他莫嘲笑。」《説郛》（宛委山堂本）弓二四王洙《王氏談録·自治之要》：「吾心意和平，得自治之要。險巇貪娼，固自不生；怨尤僥倖，逾絶思慮。」倒文作「巇險」。《續古尊宿語要》卷四《曹源生禪師語》：「大抵人心自巇險，心空山嶽自平沉。」《廣雅·釋詁二》：「戲、險，衺也。」王念孫疏證：「戲，讀爲險巇之巇。《楚辭·七諫》：『何周道之平易兮，然蕪穢而險巇。』王逸注云：『險戲，猶言傾危也。』王褒《洞簫賦》云：『又似流波泡溲泛溓，趨巇道兮。』巇與戲通，險戲一聲之轉，故俱訓爲衺也。……險之言險巇，阻之言齟齬，隤之言摧隤，皆傾衺之義也。」楚按，《莊子·列禦寇》：「孔子曰：凡人心險於山川。」雍陶《峽中行》：「楚客莫言山勢險，世人心更險於山。」因此以形容山川險邪之「險巇」，形容人心之險邪也。

〔四〕實語：真話，實話。《法苑珠林》卷七五《十惡篇·妄語部第七》引《正法念經》偈云：「甘露及毒藥，皆在人舌中。甘露謂實語，妄語則爲毒。若人須甘露，彼人住實語。若人須毒者，彼人妄語説。」又引《正法念經》閻羅王責疏罪人説偈曰：「若人捨實語，而作妄言説，如是癡惡人，棄寶而取石。」《大智度論》卷四：「實語第一戒，實語昇天梯，實語爲大人，妄語入地獄。我今守實語，寧棄身壽命，心無有悔恨。」寒山詩之「實語却成虚」，謂對人自稱實語，其實却是謊話，即上引閻羅王偈之「若人捨實語，而作妄言説」也。

有漢姓傲慢

有漢姓傲慢①〔一〕，名貪字不廉〔二〕。一身無所解，百事被他嫌〔三〕。死惡黄連苦〔四〕，生憐白蜜甜〔五〕。喫魚猶未止，食肉更無猒②〔六〕。（〇七六）

【校勘】

①「姓」，四庫本作「性」。「傲」，四庫本作「傲」，同。②「猒」，宫内省本、四庫本、全唐詩本作「厭」，同。

【箋注】

〔一〕漢：男子之鄙稱。北朝貴族胡人鄙視漢人，稱之爲「漢」。《北史·高昂傳》：「（劉）貴與昂坐，外白河役夫多溺死，貴曰：『頭錢價漢，隨之死。』昂怒，拔刀斫貴。……時鮮卑共輕中華朝士，惟憚昂。」「頭錢價漢」猶云不值錢的漢人。《北齊書·瑯琊王儼傳》：「帝駐馬橋上，遥呼之，儼猶立不進，（斛律）光就謂曰：『天子弟殺一漢，何所苦。』執其手，强引以前。」其後沿用不改，漢人彼此或亦稱「漢」，而輕蔑之意如故，如王梵志詩中之「怕死漢」（〇九六首）、「無用漢」（〇九七首）、「庸才漢」（一六一首）、「田舍漢」（二七〇首）、「罪過漢」（二七四首），以及寒山此詩之「有漢姓傲慢」，皆是也。　傲慢：即傲慢。「傲」同「傲」。《集韻》号韻：「傲，《説文》：『倨也。』或從心。」

〔二〕不廉：謂貪婪。《梁書·朱异傳》：「年二十，詣都，尚書令沈約面試之，因戲异曰：『卿年少，何乃不廉？』异逡巡未達其旨，約乃曰：『天下唯有文義棊書，卿一時將去，可謂不廉也。』」白居易《書事詠懷》：「老向歡彌切，狂於飲不廉。」

〔三〕他：他人，别人。王梵志詩一二一首：「敬他保自貴，辱他招自恥。你若計筭他，他還計筭你。」寒山詩二四五首：「昔日極貧苦，夜夜數他寶。」

〔四〕黄連：中藥名，根入藥，其色黄，其味苦。

〔五〕憐：愛。元稹《遣悲懷三首》之一：「謝公最小偏憐女，嫁與黔婁百事乖。」　白蜜：上品之蜂蜜。《後漢書·朱祐傳》李賢注引《東觀記》曰：「上在長安時，嘗與祐共買蜜合藥。上追念之，賜祐白蜜一石，問：『何如在長安時共買蜜乎？』」《抱朴子内篇·金丹》：「又陳生丹法，用白蜜和丹，内銅器中封之。」《宋高僧傳》卷一六《唐京兆聖壽寺慧靈傳》：「寺中常貢梨花蜜，其色白，其味愈常蠟房所取者。」按《左傳》昭公二十五年：「生，好物也；死，惡物也。好物，樂也；惡物，哀也。」與寒山詩「死惡黄連苦，生憐白蜜甜」意同，皆謂貪生怕死也。

〔六〕無猒：即無厭、無饜，不滿足。「猒」同「厭」、「饜」。《説文》：「猒，飽也。」寒山詩「喫魚猶未止，食肉更無猒」二句，言殺生食肉，毫無悔改，永不滿足。

縱你居犀角

縱你居犀角〔一〕，饒君帶虎睛〔二〕。桃枝將辟穢①〔三〕，蒜殼取爲瓔〔四〕。暖腹茱萸酒〔五〕，空

心枸杞羹〔六〕。終歸不免死，浪自覓長生〔七〕。（〇七七）

【校勘】

①「將辟穢」，宮内省本作「折作醫」，四庫本作「折作醬」，按「醬」乃「醫」之誤。全唐詩本「穢」下夾注：「一作折。一作醫。」

【箋注】

〔一〕犀角：按古人以爲犀牛之角有辟邪解毒之效。《抱朴子内篇・登涉》：「通天犀角有一赤理如綖，有自本徹末，以角盛米置群雞中，雞欲啄之，未至數寸，即驚却退。故南人或名通天犀爲駭雞犀。以此犀角著穀積上，百鳥不敢集。大霧重露之夜，以置中庭，終不沾濡也。此犀獸在深山中，晦冥之夕，其光正赫然如炬火也。以其角爲叉導，毒藥爲湯，以此叉導攪之，皆生白沫湧起，則了無復毒勢也。以攪無毒物，則無沫起也。故以是知之者也。若行異域有蠱毒之鄉，每於他家飲食，則常先以犀攪之也。人有爲毒箭所中欲死，以此犀叉刺瘡中，其瘡即沫出而愈也。通天犀所以能煞毒者，其爲獸專食百草之有毒者，及衆木有刺棘者，不妄食柔滑之草木也。」《朝野僉載》卷一：「鴆鳥食水之處即有犀牛，不濯角，其水物食之必死。」王建《送嚴大夫赴桂州》：「辟邪犀角重，解酒荔枝甘。」盧仝《寄蕭二十三慶中》：「就中南瘴欺北客，憑君數磨犀角喫。」李復言《續玄怪録》卷三《錢方義》載方義夜如厠，忽見蓬頭青衣者長數尺來逼，乃厠神郭登也。「蓬頭者又曰：『登以陰氣侵陽，貴人雖福力正强，不成疾病，亦當有少不安。宜急服生犀角、生玳瑁，麝香塞鼻，則無苦矣。』方義到中堂，悶絶欲倒，遽服麝香等，並塞鼻。尚書門人王直温者，居同里，久於江嶺從事，飛書求得生犀角，又服之，良久方定。」《太平廣記》卷一一二《牛騰》（出《紀聞》）：「公子謫爲牂牁建安丞，將行，時中丞崔察用事，貶官皆辭之。素有嫌者，或留之，誅殛甚衆。時天后方任酷吏，而崔察先與河東侯不協，陷之。公子將見崔察，懼不知所爲。忽衢中遇一人，形甚瓌偉，黄衣盛服，乃問公子：『欲過中丞，得無懼死乎？』公子驚曰：『然。』又曰：『公有犀角刀子乎？』曰：『有。』異人曰：『公有刀子甚善。授公以神呪，見中丞時，但俯伏掐訣言帶犀角刀子，掐手訣，乃可以誦呪。其訣，左手中指第三節横文，以大指爪掐之，而密誦呪七遍，當有所見，可以無患矣。呪曰：吉中吉，迦戍律，提中有律，陁阿婆迦呵。』公子俛而誦之，既得，仰視，異人亡矣。大異之，即見察，同過三十餘人。公子名當二十，前十九人各呼名過，素有郤，察則留，處絞斬者且半焉。次至公子，如其言誦呪。察久不言，仰視之，見一神人長丈餘，儀質非常，出自西階，直至察前，右拉其肩，左捩其首，面正當背，而諸人但見崔察低頭不言，手注定字而已。公子遂得脱，比至屏迴顧，見神人釋察而亡矣。」則又是犀角可以避禍之例也。

〔二〕饒：縱然，儘管，與上句「縱」字同義對舉。劉餗《隋唐嘉話》卷上：「鄂公尉遲敬德性驍果，而尤善避槊，每單騎入敵，人刺之，終不能中，反奪其槊以刺敵。海陵王元吉聞之不信，乃令去槊刃以試之。敬德云：『饒王著刃，亦不畏傷。』」杜牧《猿》：「三聲欲斷疑腸斷，饒是少年今白頭。」敦煌遺書伯二三〇五解座文：「饒君多有駐顔方，限來也被无常取。」寒山詩一九三首：

「饒邈虚空寫塵跡，無因畫得志公師。」　虎睛：按古人以爲佩帶虎睛，可以辟魘除邪。杜牧《杜秋娘詩》：「燕禖得皇子，壯髮緑緌緌。畫堂授傅姆，天人親捧持。虎睛珠絡褓，金盤犀鎮帷。」吴融《箇人三十韻》：「炷香龍薦腦，辟魘虎輸睛。」《太平廣記》卷三四〇《盧頊》(出《通幽録》)：「是夕冬至除夜，盧家方備粢盛之具，其婦人鬼倐閃於牖户之間，以其鬧，不得入。盧生以二虎目繫小金左右臂，夜久，家人怠寢，婦人忽曳，小金驚叫。婦人怒曰：『作餅子，何不啖我。』家人驚起，小金乃醒，而左臂失一虎目。忽窗外即言『還你』，遂擲窗有聲，燭之果得。後數日視之，帛裏乾茄子，不復虎目矣。」所云「虎目」，即是「虎睛」也。按「虎睛」類似琥珀，相傳是由死虎目光入地所化，故名「虎睛」。《酉陽雜俎前集》卷一一《廣知》：「虎初死，記其頭所藉處，候月黑夜掘之。欲掘時，而有虎來吼擲前後，不足畏，此虎之鬼也。深二尺，當得物如琥珀，蓋虎目光淪入地所爲也。」所云「得物如琥珀」者，即「虎睛」也。又卷一六《毛篇》：「虎夜視，一目放光，一目看物。獵人候而射之，光墜入地成白石，主小兒驚。」所云「白石」，亦即「虎睛」也。《説郛》(商務本)卷一二宋賈似道《悦生隨抄》：「虎目光落地，亦成白石。」宋黄休復《茅亭客話》卷八《李吹口》亦云：「凡虎視，只以一目放光，一目看物。獵人捕得，記其頭藉之處，須至月黑，掘之尺餘方得，如石子色，琥珀狀。此是虎目精魄淪入地而成，琥珀之稱因此。主療小兒驚癇之疾。」由於「虎睛」亦可主療小兒驚癇之疾，古人亦有以「虎睛」入藥者。清褚人穫《堅瓠三集》卷二《桑寄生傳》：「常熟蕭觀瀾韶，字鳳儀，因同郡有桑某，所行不謹，作《桑寄生傳》以讖之，取藥名成文，足稱工巧。傳云：……狀貌瑰異，龍骨而虎睛。」所云「龍骨」、「虎睛」，皆是藥名。至於「虎睛」何以有驅邪除魔之效，則由於古代相傳，虎能噬鬼也。如《論衡・訂鬼》引《山海經》：「滄海之中，有度朔之山，上有大桃木，其屈蟠三千里，其枝間東北曰鬼門，萬鬼所出入也。上有二神人，一曰神荼，一曰鬱壘，主閱領萬鬼。惡害之鬼，執以葦索，而以食虎。於是黄帝乃作禮，以時驅之，立大桃人，門户畫神荼、鬱壘與虎，懸葦索以禦凶魅。」按「食虎」即「飼虎」。《太平御覽》卷八九一引《風俗通》曰：「虎者陽物，百獸之長也，能噬食鬼魅。今人卒得病，燒皮飲之，繫其衣服，亦辟惡，此甚驗。」《酉陽雜俎續集》卷四《貶誤》：「俗好於門上畫虎頭，書『聻』字，謂陰刀鬼名，可息瘧癘也。予讀《漢舊儀》，説儺逐疫鬼，又立桃人、葦索、滄耳、虎等。『聻』爲合『滄耳』也。」故知帶虎睛亦如立桃人、葦索等，皆有驅鬼除邪之效也。

〔三〕桃枝將辟穢：張説《岳州守歲二首》之二：「桃枝堪辟惡，爆竹好驚眠。」古代相傳鬼物邪穢畏桃。如《淮南子・詮言》：「羿死於桃棓。」高誘注：「棓，大杖，以桃木爲之，以擊殺羿。由是以來，鬼畏桃也。」《太平御覽》卷二九引《荆楚歲時記》：「元日鏤懸葦炭桃棒户上，却癘疫也。」又曰：「元日服桃湯。桃者五行之精，厭伏邪氣，制百鬼。」《玉燭寶典》卷一引《莊子》：「斲雞於户，縣葦炭於其上，插桃其傍，連灰其下，而鬼畏之。」《太平御覽》卷九六七引《典術》曰：「桃者，五木之精也，故厭伏邪氣者也。桃之精生在鬼門，制百鬼，故今作桃人梗，著門以厭邪，此仙木也。」又引《甄異傳》曰：「譙郡夏侯文規亡後見形還家，經庭前桃樹邊過，曰：『此桃我昔所種，子乃美好。』其婦曰：『人言亡者畏桃，君不畏耶？』答曰：『桃東南枝長二尺八寸向日者，憎之。』」故寒山詩云「桃枝將辟穢」，以此物可辟鬼物邪穢也。

〔四〕蒜殼取爲瓔：「䔉」同「蒜」。《玉篇》：「蒜，葷菜也。俗作䔉。」「蒜殼」即未經剥皮的蒜頭，亦稱「蒜顆」。《顔氏家訓·書證》：「《三輔決録》云：『前隊大夫范仲公，鹽豉蒜果共一筩。』『果』當作魏顆之『顆』。北土通呼物一凷，改爲一顆，蒜顆是俗間常語耳。故陳思王《鷂雀賦》曰：『頭如果蒜，目似擘椒。』又道經云：『合口誦經聲璅璅，眼中淚出珠子碟。』其字雖異，其音與義頗同。江南但呼爲蒜符，不知謂爲顆。學士相承，讀爲裹結之裹，言鹽與蒜共爲一苞裹，内筩中耳。《正史削繁》音義又音蒜顆爲苦戈反，皆失也。」「瓔」即瓔珞，用珠玉等串成的頸飾。元稹《估客樂》：「鍮石打臂釧，糯米吹項瓔。」按古人以爲鬼物怪異畏蒜。如《太平廣記》卷三八《李泌》（出《鄴侯外傳》）：「道者云：『年十五必白日昇天。』父母保惜，親族憐愛，聞之皆若有甚厄也。一旦空中有異香之氣，及音樂之聲，李公之血屬必迎罵之。至其年八月十五日，笙歌在室，時有綵雲掛於庭樹，李公之親愛乃多擣蒜韲至數斛，伺其異音奇香至，潛令人登屋，以巨杓颺濃蒜潑之，香樂遂散，自此更不復至。」又卷三二五《夏侯文規》（出《甄異記》），載文規死後見形還家，「見地有蒜殼，令拾去之。觀其意，似憎蒜而畏桃也。」故寒山云「蒜殼取爲瓔」，亦辟邪之意也。

〔五〕茱萸酒：王建《酬柏侍御答酒》：「茱萸酒法大家同，好是盛來白椀中。」按「茱萸」爲中藥。《太平御覽》卷九九一引《本草經》曰：「茱萸一名藙音毅，味辛温，生川谷間，湊理根去三蟲，久服輕身生上谷。」俗間亦以爲茱萸有辟邪之效。《太平御覽》卷三二引《風土記》曰：「九月九日，律中無射而數九。俗於此日以茱萸氣烈成熟，尚此日折茱萸房以插頭，言辟惡氣而禦初寒。」又卷九六〇引《風土記》則曰：「茱萸，椒也。九月九日成熟，色赤，可採。世俗亦以此日折茱萸。費長房云：以插頭髻，云辟惡。」吴均《續齊諧記·九日登高》：「汝南桓景隨費長房遊學累年，長房謂曰：『九月九日汝家中當有災，宜急去，令家人各作絳囊，盛茱萸以繫臂，登高飲菊花酒，此禍可除。』景如言，齊家登山。夕還，見雞犬牛羊一時暴死。長房聞之曰：『此可代也。』」劉敬叔《異苑》卷六：「晉新野庾紹之，字道遐。與南野宋協中表之親，情好綢繆。桓玄時，庾爲湘東太守，病亡。義熙中，忽見形詣協，一小兒通云：『庾湘東來。』須臾便至，兩脚著械。既至，脱械置地而坐。協問何由得顧，答云：『暫蒙假歸，與卿親好，故相過耳。』協問鬼神之事，紹則漫略，不甚諧對。具問親戚，因談世事，末復求酒。協時餌茱萸酒，因爲設之。酒至，執杯還置，云有茱萸氣。協曰：『卿惡之耶？』紹云：『上官皆畏之，非獨我也。』」寒山詩「暖腹茱萸酒」，亦取避邪之意。

〔六〕空心枸杞羹：謂空腹服用枸杞羹。「空心」即空腹，空腹進補，藥效最佳。道藏本《四氣攝生圖》：「下藥煎取一盞，半分作兩服，空心服後，以米胥煮粥食之。」又《上清經真丹祕訣》：「凡服藥，先須沐浴，著新衣鮮潔，素食七日，忌一切穢惡物等，每日空心浄水下三粒，酒下亦得。」慈受《擬寒山詩》第四三首：「貴人惜性命，奉養欲長生，空心鹿茸酒，補氣腰子羹。」歐陽修《與梅聖俞書》:「昨日早至薛二家,空心飲十數杯,遂醉。」按「枸杞」乃中藥,古人以爲服之可以延年益壽,乃至成仙。《抱朴子内篇·仙藥》:「或云仙人杖,或云西王母杖,或名天精,或名却老,或名地骨,或名苟杞也。」按「苟杞」即「枸杞」。《太平廣記》卷二四《朱孺子》(出《續神仙傳》):「朱孺子,永嘉安國人也。幼而事道士王玄真,居大箬巖,深慕仙道。常登山嶺,採黄精服餌。一日就溪濯蔬,忽見岸側有二小花犬相趁。孺子異之,乃尋逐入枸杞叢下。歸語玄真,訝之,遂與孺子俱往伺之。復見二犬戲躍,逼之,又入枸杞下。玄真與孺子共尋掘,乃得二枸杞根,形狀如花犬,堅若石。洗絜歸以煮之,而孺子益薪看火,三日晝夜,不離竈側。試嘗汁味,取喫不已。及見根爛,告玄真來共取。始食之俄頃,而孺子忽飛昇在前峰上,玄真驚異久之。孺子謝别玄真,昇雲而去,到今俗呼其峰爲童子峰。玄真後餌其根盡,不知年壽,亦隱於巖之西陶山,有採捕者時或見之。」

〔七〕浪自:徒然。韓愈《秋懷詩十一首》之一:「浮生雖多塗,趨死惟一軌。胡爲浪自苦,得酒且歡喜。」寒山詩〇八〇首:「徒勞説三史,浪自看五經。」按「浪」即徒然之義。《資治通鑑》隋煬帝大業七年:「又作《無向遼東浪死歌》以相感勸。」胡三省注:「浪死,猶言徒死也。」

卜擇幽居地

卜擇幽居地〔一〕,天台更莫言〔二〕。猨啼谿霧冷,嶽色草門連〔三〕。折①葉覆松室,開池引澗

泉。已甘休萬事，采②蕨度殘年〔四〕。（〇七八）

【校勘】

①「折」，宫内省本、四庫本作「竹」。　②「采」，宫内省本、高麗本作「採」，同。

【箋注】

〔一〕卜擇：按古代殷周之人，凡遇重大事情，多卜占以決凶吉、定去取，後世因稱選擇爲「卜擇」。《文選》卷二八陸機《挽歌詩三首》之一：「卜擇考休貞，嘉命咸在兹。」李善注：「《儀禮》曰：『筮若不從，筮擇如初儀。』又曰：『卜若不從，卜擇如初儀。』鄭玄曰：『擇地而筮之也。』」

〔二〕天台：即天台山，寒山子隱居於天台山之寒巖。道藏本《天台山志》：「天台山在縣北三里，自神跡石起。按舊圖經載陶隱居《真誥》云：高一萬八千丈，周迴八百里，山有八重，四面如一，當斗牛之分，上應台宿，故曰天台。又《十道志》謂之頂對三辰，《登真隱訣》謂大小台處五縣中央五縣謂餘姚、句章、臨海、天台、剡縣。或號靈越，孫興公《賦》所謂『蹙牛宿以曜峰，託靈越以正基』是也。今言天台者，蓋山之都號，如桐柏、赤城、瀑布、佛壠、香爐、華頂、東蒼，皆山之别名。大槩以赤城爲南門，石城爲西門。據神邕所記如此，而徐靈府《小録》又以剡縣金庭觀爲北門，蓋指山之所至言。」　更莫言：再無話説，意謂除天台山外，再無其他選擇。

〔三〕嶽色：山色。周賀《送僧歸江南》：「麻衣行嶽色，竹杖帶湘雲。」杜荀鶴《旅舍遇雨》：「月華星彩坐來收，嶽色江聲暗結愁。」貫休《天台老僧》：「獨住無人處，松龕嶽色侵。」亦作「岳色」。廖匡圖《和人贈沈彬》：「深喜卜居連岳色，水邊竹下得論交。」

〔四〕采蕨：《詩·召南·草蟲》：「陟彼南山，言采其蕨。」按「蕨」是一種野菜，嫩葉及根部澱粉可食。《爾雅·釋草》：「蕨，虌。」郝懿行義疏：《説文》：「蕨，鼈也。」釋文：虌亦作鱉。葉初出鱉蔽，因以名云。《詩》釋文：俗云初生似鱉脚，故名焉。是虌從草，非也。《詩》正義引舍人曰：蕨一名鼈。《齊民要術》引《詩義疏》曰：蕨，山菜也。初生似蒜，莖紫黑色，二月中高八九寸，老有葉，瀹爲茹，滑美如葵。三月中，其端散爲三枝，枝有數葉，葉似青蒿而麤，堅長不可食。周、秦曰蕨，齊魯曰鼈。按今蕨菜全似貫衆而差小，初出如小兒拳，故名拳菜。其莖紫色，故名紫蕨。謝靈運詩云：「山桃發紅蕚，野蕨漸紫苞。」古人亦以「采蕨」表示甘於山野隱居生活。《晉書·張翰傳》：「冏時執權，翰謂同郡顧榮曰：『天下紛紛，禍難未已。夫有四海之名者，求退良難。吾本山林間人，無望於時。子善以明防前，以智慮後。』榮執其手，愴然曰：『吾亦與子採南山蕨，飲三江水耳。』」

益者益其精

益者益其精，可名爲有益。易者易其形，是名之①有易。能益復能易，當得上仙籍〔一〕。無益復無易，終不免死厄〔二〕。（〇七九）

【校勘】

①「之」，宫内省本、正中本、高麗本、四庫本作「爲」，全唐詩本夾注「一作爲」。

【箋注】

〔一〕上仙籍：名登仙籍，亦即成仙之意。「仙籍」即神仙之名册，仙籍有名者方得成仙。白居易《歸田三首》之一：「中人愛富貴，高士慕神仙。神仙須有籍，富貴亦在天。」又《尋王道士藥堂因有題贈》：「但恐長生須有籍，仙臺試爲檢名看。」劉得仁《贈敬晊助教二首》之一：「仙籍不知姓名有，道情惟見往來疏。」曹唐《小遊仙詩九十八首》之十二：「長怕嵇康乏仙骨，與將仙籍再尋看。」劉滄《題王母廟》：「武帝無名在仙籍，玉壇星月夜空明。」《太平廣記》卷一九《李林甫》（出《逸史》）：「某行世間五百年，見郎君一人已列仙籍，合白日昇天。」又卷三一《李珏》（出《續仙傳》）：「乃知世之動静食息，莫不有報，苟積德，雖在貧賤，神明護祐，名書仙籍。」又卷六三《驪山姥》（出《集仙傳》）：「受此符者，當須名列仙籍，骨相應仙，而後可以語至道之幽妙，啓玄關之鎖鑰耳。」宋劉斧《青瑣高議前集》卷二《群玉峰仙籍》載進士牛益「一日出都東門，息柳陰下，忽然困息，若暴疾，乃依古柳而坐。俄若寐，神魂若飛，至一處，高門大第，朱楹碧檻，房殿勢連霄漢。益詢門吏：『此何宫觀？』吏云：『群玉宫也。』益謂吏曰：『居此宫者何人也？』吏曰：『此宫載神仙名籍。』益平日好清虚，懇求吏入宫。吏曰：『常人不可往。』益坐門，少選有乘馬而至者，吏迎候甚恭。下馬，益熟視，乃故人吕内翰臻。益喜，拜言：『久暌闊，幸此相遇。

公去世，今居此乎？』公曰：『吾掌此宫。』益云：『聞此宫皆神仙名氏，可一見乎？』公曰：『子志意甚清，加之與吾有舊，吾令子一見，以消罪戾。』公令益執其帶則可同往，不然不可也。益執公帶，步過三門，方見大殿九楹，堂高數丈，殿上皆大碑，壁蒙以絳紗。公命益立砌下，公升殿舉紗，益望之，白玉爲碑，朱書字其上，上有大字云『中州天仙籍』，其次皆名氏，其數不啻數千。其中惟識數人，他皆不知也。所識者乃丞相吕公夷簡，丞相李公迪，尚書余公靖，龍圖何公中立而已。」

〔二〕死厄：死之災難。《妙法蓮華經·觀世音菩薩普門品》：「觀世音淨聖，於苦惱死厄，能爲作依怙。」《太平廣記》卷三《漢武帝》（出《漢武内傳》）：「恒爲陰德，救濟死厄。」又卷五七《太真夫人》（出《神仙傳》）：「汝所傷乃重刃關於肺腑，五臟泄漏，血凝絳府，氣激腸外，此將死之厄也，不可復生。」

楚按，寒山此詩所寫，爲道家修煉之術，以求返老還童，變化成仙。其説見於《太平廣記》卷三《漢武帝》（出《漢武内傳》）：「王母曰：夫欲修身，當營其氣，《太仙真經》所謂行益易之道，益者益精，易者易形，能益能易，名上仙籍，不益不易，不離死厄。行益易者，謂常思靈寶也。靈者神也，寶者精也。子但愛精握固，閉氣吞液，氣化爲血，血化爲精，精化爲神，神化爲液，液化爲骨，行之不倦，神精充溢。爲之一年易氣，二年易血，三年易精，四年易脈，五年易髓，六年易骨，七年易筋，八年易髮，九年易形。形易則變化，變化則成道，成道則爲仙人。吐納六氣，口中甘香，欲食靈芝，存得其味，微息揖吞，從心所適。氣者水也，無所不成，至柔之物，通致神精矣。此元始天王在丹房之中所説微言，今敕侍笈玉女李慶孫書録之以相付，子善録而修焉。」又《雲笈七籤》卷五六《元氣論》：「仙經云：一陰一陽謂之道，三元二合謂之丹，泝流補腦謂之還，精化爲氣謂之轉。一轉一易一益，每轉延一紀之壽，九轉延一百八歲。西王母云：呼吸太和，保守自然，先榮其氣，氣爲生源。所爲易益之道，益者益精也，易者易形也。能益能易，名上仙籍；不益不易，不離死厄。行此道者，謂常思靈寶。靈者神也，寶者精也。但常愛氣惜精，握固閉口，吞氣吞液，液化爲精，精化爲氣，氣化爲神，神復化爲液，液復化爲精，精復化爲氣，氣復化爲神，如是七返七還，九轉九易，既益精矣，即易形焉。此易非是其死，乃是生易其形，變老爲少，變少爲童，變童爲嬰兒，變嬰兒爲赤子，即爲真人矣。」又卷五八茅山賢者《服内氣訣》：「西王母謂武帝曰：『能益能易，名上仙籍。不益不易，不離死厄。』所謂益易者，能益精易形也。常法能愛精握固，閉氣吞液，則氣化爲血，血化爲精，精化爲液，液化爲骨，常行之不倦，精神充滿。爲之一年易氣，二年易骸，三年易血，四年易肉，五年易筋，六年易髓，七年易骨，八年易髮，九年易形，十年道成，位居真人，變化自由，即靈官玉女而侍焉。」又桑榆子評《延陵先生集新舊服氣經》所收《蒙山賢者服氣法》：「西王母謂武帝曰：『能益能易，名上仙籍。不益不易，不離死戹。』所謂益易者，能益精易形也。常能愛精握固，閉氣吞液，則氣化爲血，血化爲精，精化爲液，液化爲骨，行之不倦，精神充滿，爲之一年易氣，二年易骸，三年易血，四年易肉，五年易筋，六年易髓，七年易骨，八年易髮,九年易形,十年道成,位居真人,變化自由,即靈官玉女而侍焉。」

徒勞説三史

徒勞説三史〔一〕,浪自看五經〔二〕。洎老檢①黄籍〔三〕,依前注②白丁〔四〕。筮遭連③蹇卦〔五〕,生主虚危星〔六〕。不及河邊樹,年年一度青。(〇八〇)

【校勘】

①「檢」,原本作「撿」,兹從高麗本、全唐詩本作「檢」。按「撿」同「檢」。②「前」,四庫本作「然」。「注」,原作「住」,兹據宫内省本、正中本、高麗本、四庫本改。全唐詩本夾注「一作注」。③「連」,全唐詩本夾注「一作迍」。

【箋注】

〔一〕三史:唐人稱《史記》、《漢書》、《後漢書》爲「三史」。

〔二〕浪自:徒然。見〇七七首注〔七〕。五經:儒家的五部經書。《白虎通·五經》:「五經何謂?謂《易》、《尚書》、《詩》、《禮》、《春秋》也。」《新唐書·百官志三》:「《周易》、《尚書》、《毛詩》、《左氏春秋》、《禮記》爲五經。」按《新唐書·選舉志上》載科舉之目,「三史」、「五經」皆在其中。

〔三〕洎:及,至。黄籍:即户籍。《唐會要》卷八五《籍帳》載開元十八年十一月敕:「諸户籍三年一造，起正月上旬，縣司責手實計帳，赴州依式勘造，鄉別爲卷，總寫三通，其縫皆注某州某縣某年籍，州名用州印，縣名用縣印。三月三十日納訖，並裝潢一通，送尚書省，州、縣各留一通。所須紙筆裝潢，並皆出當户内口，户別一錢。其户每以造籍年預定爲九等，便注籍脚。有析生新附者，於舊户後以次編附。」由於户籍多用黄紙書寫以防蠹，故亦稱「黄籍」。《通典》卷三載齊高帝建元二年詔朝臣曰：「黄籍，人之大紀，國之理端。自頃氓僞已久，乃至竊注爵位，盗易年月，或户存而文書已絶，或人在而反記死叛，停私而云隷役，身强而稱六疾，皆政之巨蠹，教之深疵。」明陳士元《俚言解》卷二《黄册》：「蕭齊高祖命虞玩之等檢定黄籍，又齊武帝立校籍官，《綱目集覽》注：編户之文，以黄紙表之，故曰黄籍。宋元謂之青册，今猶稱黄册，其實青册耳。」

〔四〕依前：仍舊。韓愈《月蝕詩效玉川子作》：「依前使兔操杵臼，玉階桂樹閒婆娑。」　白丁：平民百姓，無官職者。《隋書・李敏傳》：「謂公主曰：『李敏何官？』對曰：『一白丁耳。』」韋應物《采玉行》：「官府徵白丁，言采藍谿玉。絶嶺夜無家，深榛雨中宿。獨婦餉糧還，哀哀舍南哭。」牟融《題朱慶餘閒居四首》之一：「白丁門外遠，俗子眼前無。」皮日休《奉和魯望讀陰符經見寄》：「舜唯一鰥民，冗冗作什器。得之賊帝堯，白丁作天子。」《太平廣記》卷四九九《郭使君》（出《南楚新聞》）：「是時唐季，朝政多邪，生乃輸數百萬于鬻爵者門，以白丁易得横州刺史。」按唐代户籍於丁口之下記載的資料，包括官勳敘任的注記在内。寒山詩「洎老檢黄籍，依前注白丁」，謂至老仍無一官半職也。

〔五〕筮遭連蹇卦：古人以蓍草占卜吉凶稱爲筮，所得的兆象稱爲卦。《詩·衛風·氓》：「爾卜爾筮，體無咎言。」傳：「龜曰卜，蓍曰筮。體，卦兆之體。」《搜神記》卷三：「揚州别駕顧球姊，生十年便病。至年五十餘，令郭璞筮，得『大過』之『升』。其辭曰：『大過卦者義不佳，冢墓枯楊無英華。振動遊魂見龍車，身被重累嬰妖邪。法由斬樹殺靈蛇，非己之咎先人瑕。案卦論之可奈何。』」《太平廣記》卷二一七《王栖巖》（出《渚宫舊事》）：「嘗有老父持百錢求筮，卦成，參驗其年，栖巖驚曰：『家去幾何？父往矣，不然，將仆於道。』」寒山詩云「連蹇卦」者，乃顯示艱難坎坷之卦兆。《易·蹇》：「往蹇來連。」王弼注：「往則無應，來則乘剛，往來皆難，故云往蹇來連。」

〔六〕虚危星：指古代天文學二十八宿中之虚宿二星及危宿三星，古人以爲皆主凶喪之事。《晉書·天文志上》：「虚二星，冢宰之官也，主北方邑居廟堂祭祀祝禱事，又主死喪哭泣。危三星，主天府天市架屋，餘同虚占。墳墓四星，屬危之下，主死喪哭泣，爲墳墓也。」寒山詩「生主虚危星」謂一生中命運多凶喪之事。

碧澗泉水清

碧澗泉水清，寒山月華白〔一〕。默知神自明〔二〕，觀空境逾寂〔三〕。（〇八一）

【箋注】

〔一〕月華：月光。駱賓王《望月有所思》：「九秋涼風肅，千里月華開。」沈佺期《夜遊》：「月華連晝色，燈影雜星光。」李白《秋山寄衛尉張卿及王徵君》：「月華若夜雪，見此令人思。」

〔二〕默知：猶云「寂知」，謂憑據人人所具有的先天空寂之知，而冥思返照，洞悉真如佛性。宗密《禪源諸詮集都序》卷二：「妄念本寂，塵境本空，空寂之心，靈知不昧。即此空寂之知，是汝真性。任迷任悟，心本自知，不藉緣生，不因境起。知之一字，衆妙之門。由無始迷之，故妄執身心爲我，起貪瞋等念；若得善友開示，頓悟空寂之知，知且無念無形，誰爲我相人相？覺諸相空，心自無念，念起即覺，覺之即無，修行妙門，唯在此也。」即是「默知」之修行境界。亦云「默照」。《宏智禪師廣録》卷八《默照銘》：「默默忘言，昭昭現前，鑒時廓爾，體處靈然。靈然獨照，照中還妙，露月星河，雪松雲嶠。晦而彌明，隱而愈顯，鶴夢煙寒，水含秋遠。浩劫空空，相與雷同，妙存默處，功忘照中。妙存何存，惺惺破昏，默照之道，離微之根。」

〔三〕觀空：謂觀見萬法皆空，了知世界虚幻不實，畢竟是空。《大智度論》卷五：「若有能觀空，是名得三昧。」皇甫曾《贈沛禪師》：「觀空色不染，對境心自愜。」元稹《醉別盧頭陀》：「醉迷狂象別吾師，夢覺觀空始自悲。」張祜《題贈志凝上人》：「悟色身無染，觀空事不生。」徐泳《題靈泉寺》：「稽首求真偈，觀空悉衆緣。」敦煌本《大目乾連冥間救母變文》：「幽深地浄無人處，便即觀空而坐禪。」

我今有一襦

我今有一襦〔一〕，非羅復非綺〔二〕。借問作何色，不紅亦不紫〔三〕。夏天將作衫，冬天將作被。冬夏遞互用〔四〕，長年只這①是〔五〕。（〇八二）

【校勘】

①「只」，正中本、高麗本作「秖」。「這」，宫内省本、四庫本作「者」，全唐詩本夾注「一作者」。

【箋注】

〔一〕襦：短襖。《説文》：「襦，短衣也。」段注：「顔注《急就篇》曰：『短衣曰襦，自膝以上。』按襦若今襖之短者，袍若今襖之長者。」楚按，據此詩下文，寒山所云「襦」者，實際是指袈裟，蓋以「襦」爲衣類之泛稱也。

〔二〕非羅復非綺：按制作袈裟之質材，佛教説法不盡一致，或云不得用羅綺等，以羅綺用蠶絲織成，煮繭繅絲，傷害物命也。《楞嚴經》卷六：「若諸比丘，不服東方絲綿絹帛，及是此土靴履裘毳，乳酪醍醐，如是比丘於世真脱，酬還宿債，不遊三界。」道宣《四分律删繁補闕行事鈔》卷下一，稱袈裟「必須厚重熟緻者，若細薄生疎綾羅錦綺紗縠細絹等，並非法物」。《緇門警訓》卷八大智律師《三衣賦》：「吾有三衣，古聖真規。粗疎麻苧爲其體，獸毛蠶口害命傷慈。」文益《覩木平和尚》：「壞衲線非蠶，助歌聲有鳥。」上句亦言袈裟非蠶絲所制。

〔三〕不紅亦不紫：按袈裟義譯「壞色衣」，所用顔色爲「壞色」，亦即非青黄赤白黑等純色，而用他色染壞之。《魏書·釋老志》：「漢世沙門皆衣赤布，後乃易以雜色。」《梵網經盧舍那佛説菩薩心地戒品第十卷下》：「應教身所著袈裟，皆使壞色，與道相應，皆染使青黄赤黑紫色，一切染衣，乃至卧具，盡以壞色。」道宣《四分律删繁補闕行事鈔》卷下一：「《四分》云：上色染衣不得畜，當壞作袈裟色此云不正色染，具有正翻，若作五納衣者，得上色碎段者裁作五納亦得。《涅槃》云：聽受衣服皮革等。雖聽畜種種衣，要是壞色。《十誦》云：一切青黄赤白黑五種純色衣不得著，除納衣。……準上律論及經，並不得純色，必有須壞，不壞不成受持，著著（者）得罪。」故知佛制禁用紅紫等純色爲袈裟。自武則天以紫衣賜僧法朗以示寵榮，以後中國便有賜紫衣的制度，但這是對佛教制度加以改變的特例，一般僧徒所服袈裟仍用壞色。寒山詩云「不紅亦不紫」，正是言袈裟以壞色制作。

〔四〕遞互：交替。《大寶積經》卷二：「以瞋恚因緣，遞互相誹謗，自犯畏人知，妄宣他過失。」白居易《餘思未盡加爲六韻重寄微之》：「走筆往來盈卷軸，除官遞互掌絲綸。」原注：「予除中書舍人，微之撰制詞；微之除翰林學士，予撰制詞。」

〔五〕只這是：猶云「就是這箇」。《景德傳燈録》卷五《西京光宅寺慧忠國師》：「師曰：『還將得馬師真來否？』曰：『只這是。』」又卷八《米嶺和尚》：「祖祖不思議，不許常住世。大衆審思惟，畢竟只這是。」又卷三〇道吾和尚《樂道歌》：「今日山僧只這是，元本山僧更若爲？」又法燈禪師《古鏡歌三首》之一："何欣欣，何戚戚，好醜由來那箇是？只這是，轉沉醉，演若晨窺怖走時，子細思量還有以。"别本"只"作"秖"，"這"作"者"，同。《禪門諸祖師偈頌》卷二《志公藥方》："知無常，解大理，敬三寶，存終始，好事行，惡事止，自取非，與他是，行平等，無彼此，莫損人，莫利己，除貪嗔，常歡喜，若覓佛，秖者是。"

楚按，此詩可與王梵志詩（〇六四首）對讀："家貧无好衣，造得一襖子。中心襬破氈，還將布作裹。清貧常快樂，不用濁富貴。白日串項行，夜眠還作被。"又《龐居士語録》卷下亦有偈云："余有一大衣，非是世間絹。衆色染不著，晶晶如素練。裁時不用刀，縫時不用線。常持不離身，有人自不見。三千世界遮寒暑，無情有情悉覆遍。如能持得此大衣，披了直入空王殿。"

白拂栴檀柄

白拂栴①檀柄〔一〕，馨香竟日聞。柔和如卷霧，摇拽②似行雲。禮奉宜當暑〔二〕，高提復去③塵〔三〕。時時方丈内〔四〕，將用指迷人〔五〕。（〇八三）

【校勘】

①"栴"，宫内省本、四庫本作"旃"，同。②"拽"，宫内省本、四庫本作"曳"，同。③"去"，宫内省本作"袪"，四庫本作"祛"，全唐詩本夾注"一作祛"。

【箋注】

〔一〕白拂栴檀柄：按「拂」以毛、麻等長絲集爲一束，加手柄制成，用以拂除蚊蠅灰塵等。《根本説一切有部毘奈耶雜事》卷六：「時諸苾芻爲蚊蟲所食，身體患癢，爬搔不息。俗人見時，問言：『聖者何故如是？』以事具答。彼言：『聖者何故不持拂蚊子物？』答言：『世尊不許。』廣説如前，乃至以緣白佛。佛言：『我今聽諸苾芻畜拂蚊子物。』是時六衆聞佛許已，便以衆寶作柄，用犛牛尾而爲其拂。俗人既見，廣説如前，乃至佛言：『有其五種袪蚊子物：一者撚羊毛作，二用麻作，三用細裂疊布，四用故破物，五用樹枝梢。若用寶物，得惡作罪。』」《摩訶僧祇律》卷三二：「佛住毘舍離，諸比丘禪坊中患蚊故，以樹葉拂蚊作聲。佛知而故問：『比丘，此何等聲？』答言：『世尊制戒，不聽捉拂，是故諸比丘以樹葉拂蚊作聲。』佛言：『從今已後，聽捉拂。拂者，線拂、裂氎拂、芒草拂、樹皮拂。是中除白犛牛尾、白馬尾、金銀柄，餘一切聽捉。若有白者，當染壞色已，聽用。』」可知「白拂」乃是以白犛牛尾、白馬尾所制之拂，以其貴重故，佛不許僧徒使用。但佛經中地位尊高者往往用之。《妙法蓮華經·信解品》：「遥見其父，踞師子床，寶机承足，諸婆羅門剎利居士皆恭敬圍繞，以真珠瓔珞價直千萬莊嚴其身，吏民僮僕手執白拂，侍立左右。」《福蓋正行所集經》卷九：「右手執持殊妙白拂，吠琉璃寶以爲其柄。」《高僧傳》卷八《梁上定林寺釋法通傳》：「到九月十四日，見兩居士皆報（執）白拂，來向牀前。」寒山詩云「栴檀柄」者，亦言白拂之貴重。「栴檀」爲一種名貴的香木。《妙法蓮華經·藥王菩薩本事品》：「又雨海此岸栴檀之香，此香六銖，價直娑婆世界。」《法苑珠林》卷三六《華香篇·感應緣》：「栴檀香，竺法真登羅山疏曰：『栴檀出外國，元嘉末，僧成藤於山見一大樹，圓蔭數畝，三丈餘圍，辛芳酷烈。其間枯條數尺，援而刃之，白栴檀也。』俞益期牋曰：『衆香共是一木，本根爲栴檀。』」

〔二〕禮奉宜當暑：按暑天奉持拂子，不但可以驅逐蚊蠅，兼可消除暑熱，故盧綸《和趙給事白蠅拂歌》云：「淅爾涼風非爲秋。」

〔三〕高提復去塵：按拂子兼有拂去灰塵之用。《太平御覽》卷七〇三載秦嘉婦與嘉書曰：「今奉旄牛尾拂一枚，可拂塵垢。」

〔四〕方丈：寺院主持之居室。「方丈」本言其室狹小，方丈而已。相傳得名於維摩詰之居室。《法苑珠林》卷二九《感通篇·聖迹部》：「於大唐顯慶年中，敕使衛長史王玄策因向印度，過浄名宅，以笏量基，止有十笏，故號方丈之室也。」按「浄名」即維摩詰之異譯。歐陽詹《同諸公過福先寺律院宣上人房》：「寂爾方丈内，瑩然虚白間。」

〔五〕迷人：迷路之人。《地藏菩薩本願經》卷中：「忽逢迷人，欲進險道，而語之言：『咄哉男子，爲何事故而入此路？有何異術，能制諸毒？』是迷路人忽聞是語，方知險道，即便退步，求出此路。」這裏指對佛法迷惑無知者。《小室六門·血脈論》：「佛言：一切衆生盡是迷人，因此作業，墮生死河，欲出還沒，只爲不見性。」宗寶本《壇經·付囑品》：「法海白言：『和尚留何教法，令後代迷人得見佛性？』師言：『汝等諦聽，後代迷人，若識衆生，即是佛性；若不識衆生，萬劫覓佛難逢。』」按拂子之用，除驅蚊去塵之外，亦成爲僧徒談論時之道具，指揮以助談興，禪師上堂時亦多執拂子。《臨濟録》：「大覺到參。師舉起拂子，大覺敷座具；師擲下拂子，大覺收座具，入僧堂。」《景德傳燈録》卷六《江西道一禪師》：「師問百丈：『汝以何法示人？』百丈豎起拂子。師云：『只這箇，爲當別有？』百丈拋下拂子。」《古尊宿語録》卷三一《舒州龍門佛眼和尚小參語録》：「『山僧有箇方便，普施大衆。』乃豎起拂子云：『還見麼？若道見拂子，瞎却兩眼了也；若道不見拂子，生盲却兩眼了也。眼則且置，且道者拂子是有是無？拂子若是有，便心外有法；拂子若是無，壞却世諦。』」《續古尊宿語要》卷一《湛堂準和尚語》：「古人道『不看經，不念佛，看經念佛是何物？自從識得轉經人』，遂舉拂子云：『龍藏聖賢都一拂。』遂拂一拂云：『諸禪德，正當恁麼時，且道雲巖土地向什麼處安身立命？』遂擲下拂子，兩手握舉，扣齒云：『萬靈千聖，千靈萬聖。』」寒山詩云「時時方丈内，將用指迷人」，即以白拂作爲禪師開悟迷人之道具也。

楚按，盧綸有《和趙給事白蠅拂歌》，録供參考：「華堂多衆珍，白拂稱殊異。柄裁沈節香襲人，上結爲文下垂穗。霜縷霏微瑩且柔，虎鬚乍細龍髯稠。皎然素色不因染，淅爾涼風非爲秋。群蠅青蒼恣遊息，廣庖萬品無顔色。金屏成點玉成瑕，晝眠宛轉空咨嗟。此時滿筵看一舉，荻花忽旋楊花舞。砉如寒隼驚暮禽，颯若繁埃得輕雨。主人説是故人留，每誡如新比白頭。若將揮玩閒臨水，願接波中一白鷗。」齊己亦有《謝人惠竹蠅拂》詩：「妙刮筠篁製，纖柔玉柄同。拂蠅聲滿室，指月影摇空。敢捨經行外，常將宴坐中。揮談一無取，千萬愧生公。」

貪愛有人求快活

貪愛有人求快活〔一〕，不知禍在百年身〔二〕。但看陽燄浮漚水〔三〕，便覺無常敗壞①人〔四〕。丈夫志氣直如鐵〔五〕，無曲心中道自真〔六〕。行密節高霜下竹〔七〕，方知不枉用心神〔八〕。

（〇八四）

【校勘】

①「壞」，高麗本誤作「擦」。

【箋注】

〔一〕貪愛：貪戀愛樂五欲之境，佛教以爲是衆生沉淪生死苦海的原因。《大般若波羅蜜多經》卷三一三：「善男子，汝勿於眼處而生貪愛，亦勿於耳鼻舌身意處而生貪愛。所以者何？以眼耳鼻舌身意處非可貪愛。何以故？以一切法自性空故。」呂巖《漁父詞一十八首·自無憂》：「學道初從此處修，斷除貪愛別嬌柔。」

〔二〕百年身：人生壽限不過百年，故稱此身爲「百年身」。鮑照《行藥至城東橋》：「争先萬里塗，各事百年身。」隋楊素《贈薛播州》：「相逢一時泰，共幸百年身。」王勃《別薛華》：「悲涼千里道，悽斷百年身。」呂温《久病初朝衢中即事》：「久隳三徑計，更强百年身。」獨孤及《壬辰歲過舊居》：「丈夫隨世波，豈料百年身。」杜荀鶴《晚春寄同年張曙先輩》：「易落好花三箇月，難留浮世百年身。」

〔三〕陽燄：類似海市蜃樓，沙漠或曠野中由於熱氣作用，而浮現於天邊的樹林、湖水等幻景，佛經用以比喻世界之虚幻無常。亦稱「陽炎」、「炎」、「野馬」等。《大智度論》卷六：「一切諸行如幻，欺誑小兒，屬因緣，不自在，不久住。是故説諸菩薩知諸法如幻。如炎者，炎以日光風動塵故，曠野中見如野馬，無智人初見，謂之爲水。」《大寶積經》卷六五：「譬如陽燄似水相，彼中體性實無水。」《景德傳燈録》卷二九誌公和尚《十四科頌·迷悟不二》：「陽燄本非其水，渴鹿狂趂忩忩。」元稹《遺春十首》之四：「陽燄波春空，平湖漫凝溢。」敦煌本《維摩詰經講經文》：「永拋不久停，陽燄非真實。我今略説汝須聽，吾此身軀幻化成。」浮漚：雨打水面，水面浮起水泡，稱爲「浮漚」。張籍《和李僕射雨中寄盧嚴二給事》：「迸點時穿牖，浮漚欲上階。」佛教以「浮漚」之隨生隨滅，比喻萬事之虚幻無常。《楞嚴經》卷三：「反觀父母所生之身，猶彼十方虚空之中吹一微塵，若存若亡；如湛巨海流一浮漚，起滅無從。」李遠《題僧院》：「百年如過鳥，萬事盡浮漚。」《禪門諸祖師偈頌》卷一龍牙和尚偈頌（第四七首）：「知身是幻不求名，浮漚出没幾時生。」《善慧大士語録》卷三《浮漚歌》：「君不見驟雨近看庭際流，水上隨生無數漚。一滴初成一滴破，幾迴銷盡幾迴浮。浮漚聚散無窮已，大小殊形色相似。有時忽起名浮漚，銷竟還同本來水。浮漚自有還自無，象空象色總名虚。究竟還同幻化影，愚人唤作半邊珠。此時感歎閑居士，一見浮漚悟生死。皇皇人世總名虚，暫借浮漚以相比。念念人間多盛衰，逝水東注永無期。寄言世上榮豪者，歲月相看能幾時。」《祖堂集》卷九《洛浦和尚》載《浮漚歌》：「秋天雨滴庭中水，水上漂漂見漚起。前者已滅後者生，前後相續何窮已。本因雨滴水成漚，還緣風激漚歸水。不知漚水性無殊，隨他轉變將爲異。外明瑩，内含虚，内外玲瓏若寶珠。正在澄波看似有，及乎動著又如無。有無動静事難明，無相之中有相形。只知漚向水中出，豈知水不從漚生。權將漚體況余身，五藴虚攢假立人。解達藴空漚不實，方能明見本來真。」

〔四〕無常：佛教認爲世間一切事物不能常住，永遠處於生滅遷流之中，稱爲「無常」。《大般涅槃經·壽命品》：「是身無常，念念不住，猶如電光暴水幻炎，亦如畫水，隨畫隨合。」《百喻經》卷三《伎兒作樂喻》：「無常敗滅，不得久住，如彼空樂。」《弘明集》卷一三郗超《奉法要》：「佛問諸弟子：『何謂無常？』一人曰：『一日不可保，是爲無常。』佛言：『非佛弟子。』一人曰：『食頃不可保，是爲無常。』佛言：『非佛弟子。』一人曰：『出息不報，便就後世，是爲無常。』佛言：『真佛弟子。』」

〔五〕丈夫：男子漢，大丈夫。吕巖《絶句》：「茫茫宇宙人無數，幾箇男兒是丈夫。」　直如鐵：以鐵之堅硬不可撓折，比喻正直不阿。顧況《贈别崔十三長官》：「真玉燒不熱，寶劍拗不折。欲别崔侠心，崔侠心如鐵。」

〔六〕曲：邪僻不正。《戰國策·秦策五》：「趙王之臣有韓倉者，以曲合於趙王。」高誘注：

「曲，邪。」

〔七〕行密節高：按「行密」謂竹林稠密，行距很短，這裏雙關丈夫品行嚴謹。張説《元識闍黎廬墓碑》：「邈矣上德，行密道高。」「節高」謂竹節甚長。《太平御覽》卷一六六引《蜀記》曰：「漢張騫奉使尋河源，得高節竹，植於邛山，號曰邛竹。今緣山皆是，可爲杖。」此處以「節高」雙關丈夫節操高尚。《藝文類聚》卷八九載梁劉孝先《竹詩》曰：「無人賞高節，徒自抱貞心。」孫峴《送鍾員外賦竹》：「貞姿曾冒雪，高節欲凌雲。」劉兼《新竹》：「自是子猷偏愛爾，虚心高節雪霜中。」《虚堂和尚語録》卷七《昌老號竹谿》：「踈踈緑影釀寒清，高節虚心久得名。」皆以竹節雙關人之志節。

〔八〕心神：即心志、心智。《善慧大士語録》卷三《行路難二十篇·第十一章明法身得用自在》：「聖體無明不可説，爲復方便名心神，即此心是真常法，亦是涅槃之上珍。」白居易《寄題盩厔廳前雙松》：「歸家不自適，無計慰心神。」

多少般數人

多少般數人〔一〕，百計求名利。心貪覓榮華，經營圖富貴。心未片時歇，奔突如煙氣〔二〕。家眷實團圓①，一呼百諾至〔三〕。不過七十年②〔四〕，冰消瓦解置〔五〕。死了萬事休〔六〕，誰人承後嗣。水浸泥彈丸〔七〕，方知無意智〔八〕。（〇八五）

【校勘】

①「圓」,《寒山詩闡提記聞》作「巒」。　②「年」,原本作「季」,兹從餘本。按「季」同「年」。

【箋注】

〔一〕般數:種類。王建《宮詞》:「水中芹葉土中花,拾得還將避衆家。總待別人般數盡,袖中拈出鬱金芽。」

〔二〕奔突:來回衝闖。班固《西都賦》:「窮虎奔突,狂兕觸蹷。」　煙氣:煙霧。劉敬叔《異苑》卷六:「鬼遂數來,常隱其身,時或露形,形變無常,乍大乍小,或似煙氣,或爲石,或爲小鬼,或爲婦人。」《太平廣記》卷三九九《鹽井》(出《陵州圖經》):「曾有汲水,誤以火墜,即吼沸湧,煙氣衝上,濺泥漂石,甚爲可畏。」

〔三〕一呼百諾至:形容服侍者衆多。敦煌遺書伯三四六八《進夜胡詞》:「萬般千種,一呼百諾。」《續古尊宿語要》卷二《天章楚和尚語》:「城中自有法王尊,一呼百諾。」《天如惟則禪師語録》卷二《普説》:「如人到家,家權在手,堂上一呼,堂下百諾。」元雜劇《舉案齊眉》二折:「堂上一呼,階下百諾。」按「諾」同「喏」,答應之聲。《禮記·曲禮上》:「父召無諾,先生召無諾,唯而起。」孔穎達疏:「父與先生呼召,稱唯;唯,㖡也。不得稱諾,其稱諾,則似寬緩驕慢。但今人稱諾,猶古之稱唯,則其意急也;今之稱㖡,猶古之稱諾,其意緩也。是今古異也。」宋祁《筆記》:「汾晉之間,尊者呼左右曰咄,左右必曰諾。」《韓詩外傳》卷五:「當前快意,一呼再諾者,人隸也。」

〔四〕七十年：人生之壽限。杜甫《曲江二首》之二：「酒債尋常行處有，人生七十古來稀。」白居易《初除户曹喜而言志》：「人生百歲期，七十有幾人。」元稹《百牢關》：「天上無窮路，生期七十間。」

〔五〕冰消瓦解：形容潰散敗壞，這裏指命終。《初學記》卷一引晉成公綏《雲賦》：「於是玄風仰散，歸雲四旋，冰消瓦解，奕奕翩翩。」《隋書・楊素傳》：「公以深謀，出其不意，霧廓雲除，冰消瓦解，長驅北邁，直趣巢窟。」《龐居士語録》卷上：「石頭一宗，到師處冰消瓦解。」

〔六〕萬事休：李嘉祐《傷歙州陳二使君》：「憐君辭滿臥滄洲，一旦云亡萬事休。」劉禹錫《重答柳柳州》：「耦耕若便遺身老，黄髪相看萬事休。」盧仝《解悶》：「人生都幾日，一半是離憂。但有尊中物，從他萬事休。」白居易《老熱》：「一飽百情足，一酣萬事休。」唐彦謙《題虔僧室》：「何緣春恨貯離憂，欲入空門萬事休。」《祖堂集》卷三《司空山本净和尚》：「亦知如在夢，睡裏實是鬧；忽覺萬事休，還同睡時覺。」《景德傳燈録》卷三〇石頭和尚《草庵歌》：「衲帔幪頭萬事休，此時山僧都不會。」

〔七〕水浸泥彈丸：泥丸入水，則不復成團，與上文「冰消瓦解置」意同。拾得詩〇五二首：「水浸泥彈丸，思量無道理。」

〔八〕意智：意識，智慧。盧仝《雜興》：「意智未成百不解，見人富貴亦心愛。」宗寶本《壇經・行由品》：「欲學無上菩提，不得輕於初學。下下人有上上智，上上人有没意智。若輕人，即有無量無邊罪。」《大慧普覺禪師宗門武庫》：「新長老，汝常愛使没意智一著子該抹人，今夜且留此，待與公理會些細大法門。」《碧巖録》五十七則評唱：「田庫奴乃福唐人鄉語，罵人似無意智相似。」

貪人好聚財

貪人好聚財，恰如梟愛子。子大而食母，財多還害己〔一〕。散之即福生，聚之即禍①起。無財亦無禍，鼓翼青雲裏。（〇八六）

【校勘】

①「禍」，四庫本作「旤」，同。

【箋注】

〔一〕「貪人好聚財」四句：《吕氏春秋·分職》：「白公勝得荆國，不能以其府庫分人。七日，石乞曰：『患至矣。不能分人則焚之，毋令人以害我。』白公又不能。九日，葉公入，乃發太府之貨予衆，出高庫之兵以賦民，因攻之。十有九日而白公死。國非其有也而欲有之，可謂至貪矣；不能爲人，又不能自爲，可謂至愚矣。譬白公之嗇，若梟之愛其子也。」高誘注：「梟愛養其子，子長而食其母也。白公愛荆國之財而殺其身也。」此事亦見於《淮南子·道應篇》。《劉子·貪愛》：「白公之據財，財愈積而身愈滅。何異梟之養子，子愈長而身就害也。」按「梟」即貓頭鷹，傳説梟食母。《説文》：「梟，不孝鳥也。」《漢書・郊祀志》：「祠黄帝用一梟、破鏡。」顔師古注引孟康曰：「梟，鳥名，食母。破鏡，獸名，食父。黄帝欲絶其類，使百吏祠皆用之。」《太平御覽》卷七三一引《苻子》：「楚成王生太子商臣，乃召楚之善相者相之。楚巫相之已，而言於楚王曰：『子吉矣，而王不吉。臣聞鴟梟者食母而飛，非其子之不吉，但其母爲之災。今太子非子之不吉，但其王爲之災耳。』楚王怒而殺之。」《劉子・貪愛》：「炎洲有鳥，其名曰梟，嫗伏其子，百日而長，羽翼既成，食母而飛。」桓譚《新論》：「王翁時男子畢康殺其母，詔焚燒其屍，暴其罪於天下。余上章言宣帝時，公卿朝會，丞相語次曰：『聞梟生子，長，且食其母，果然？』有賢者應曰：『但聞烏子反哺耳。』丞相大慙。」《太平廣記》卷四六二《鳴梟》（出曹植《惡鳥論》）：「鴟梟食母眼精，乃能飛。」韓愈《孟東野失子》：「鴟梟啄母腦，母死子始翻。」《楞嚴經》卷七：「如土梟等，附塊爲兒，及破鏡鳥，以毒樹果抱爲其子，子成，父母皆遭其食。」

楚按，此首大旨言「財多還害己」。如賈誼《鵩鳥賦》：「貪夫殉財兮，烈士殉名。」《漢書・疏廣傳》：「賢而多財，則損其志；愚而多財，則益其過。」阮籍《詠懷詩》之六：「膏火自煎熬，多財爲患害。」《世説新語・仇隟》劉注引《晉陽秋》載石崇爲孫秀所收，「及車載東市，始歎曰：『奴輩利吾家之財。』收崇人曰：『知財爲害，何不蚤散？』崇不能答。」孟郊《隱士》：「孰知富生禍，取富不取貧。」王梵志詩二六七首：「錢是害人物，智者常遠離。」敦煌本《太公家教》：「財能害己，必須遠之。」敦煌本《百行章・近行章》：「財能害己，酒能敗身。」茲受《擬寒山詩》一三三首：「名高謗之本，財聚禍之苗。」

去家一萬里

去家一萬里，提劍擊匈奴〔一〕。得利渠即死〔二〕，失利汝即殂〔三〕。渠命既不惜，汝命有何辜①。教汝②百勝術〔四〕，不貪爲上謨③〔五〕。（〇八七）

【校勘】

①「有」，全唐詩本作「亦」，夾注「一作有」。「辜」，原作「辜」，即「辜」字别體，茲從餘本。②「汝」，四庫本作「你」。③「謨」，原本作「謀」，宫内省本、四庫本、全唐詩本作「謨」，正中本作「諆」。按「謨」與上文韻脚字奴、殂、辜並爲模韻字，是。「謀」乃尤韻字，未合。茲據宫内省本等改。

【箋注】

〔一〕匈奴：秦漢時北方的遊牧民族。唐代邊塞詩中，也往往以「匈奴」泛稱當時的西北少數民族。

〔二〕渠：他。見〇三六首注〔二〕。

〔三〕殂：死。按寒山詩之「得利渠即死，失利汝即殂」，所云「得利」與「失利」，皆是從「汝」的角度而言。此二句寫戰爭中你死我活之殘酷性，可參看王梵志詩二八二首：「身是上陳兵，把刀被煞死。你若不煞我，我還却煞你。兩既忽相逢，終須一箇死。」

〔四〕百勝術：百戰百勝的方法。亦云「百勝略」。姚合《送鄭尚書赴興元》：「斧鉞來天上，詩書理漢中。方知百勝略，應不在彎弓。」

〔五〕不貪：《左傳》襄公十五年：「宋人或得玉，獻諸子罕，子罕弗受。獻玉者曰：『以示玉人，玉人以爲寶也，故敢獻之。』子罕曰：『我以不貪爲寶，爾以玉爲寶，若以與我，皆喪寶也，不若人有其寶。』」慈受《擬寒山詩》七一首：「不貪以爲寶，日用無欠少。」　上謨：上策。「謨」即謀畫、計策。《説文》：「謨，議謀也。」元稹《連昌宮詞》：「老翁此意深望幸，努力廟謨休用兵。」

瞋是心中火

瞋是心中火，能燒功德林〔一〕。欲行菩薩道〔二〕，忍辱護真心〔三〕。（〇八八）

【箋注】

〔一〕瞋是心中火，能燒功德林：按「瞋」是佛教「三毒」之一。隋慧遠《大乘義章》卷五：「忿怒曰瞋。」智顗《修習止觀坐禪法要》：「瞋是失佛法之根本，墮惡道之因緣，法樂之寃家，善心之大賊，種種惡口之府藏。」瞋心熱惱，故喻爲火。《增壹阿含經》卷一四：「諸佛般涅槃，汝竟不遭遇，皆由瞋恚火。」又「功德」爲行善之果報。《大乘義章》卷九：「功謂功能，善有資潤福利之功，故名爲功；此功是其善行家德，名爲功德。」功德衆多，喻之爲林，稱「功德林」。佛教以爲瞋恚之火，能滅功德，如火焚林。《佛垂般涅槃略説教誡經》：「當知瞋心，甚於猛火，常當防護，無令得入。劫功德賊，無過瞋恚。」《法苑珠林》卷七八《十惡篇・瞋恚部・述意部》：「故知瞋心，甚於猛火，行者應自防護，劫功德賊，無過斯害。若起一念恚火，便燒衆善功德。」王梵志詩一四一首：「瞋恚滅功德，如火燎豪毛。百年修善業，一念惡能燒。」

〔二〕菩薩道：即佛道。菩薩修行大乘佛教之無上菩提，故大乘佛教亦稱爲「菩薩道」。《妙法蓮華經・譬喻品》：「彼國諸菩薩，志念常堅固，神通波羅蜜，皆已悉具足，於無數佛所，善學菩薩道。」

〔三〕忍辱：忍受侮辱惱害而不起瞋恚之心，爲佛教「六波羅蜜」之一。忍辱對治瞋恚。如《大乘菩薩藏正法經》卷二四：「是菩薩摩訶薩爲護禁戒，發起勇猛，修行具足忍辱波羅蜜多。修是行時，世間一切嬈惱不饒益事皆能忍受，若寒熱饑渴暴風酷日，若蚊虻水蛭毒蟲之類，共來觸惱，悉能安受。若諸衆生以惡語言互來毁謗，及欲損害菩薩身命，菩薩爾時心無恐怖，不生恚惱，亦無怨結。」《大乘義章》卷一二：「言羼提者，此名忍辱。他人加毁，名之爲辱；於辱能安，目之爲忍。」　真心：衆生本具之清淨自性，亦即佛性。僧肇《不真空論》：「是以聖人乘真心而理順，則無滯而不通。」宗密《禪源諸詮集都序》卷二：「三顯示真心即性教，此教説一切衆生皆有空寂真心，無始本來性自清淨，明明不昧，了了常知，盡未來際常住不滅，名爲佛性，亦名如來藏，亦名心地。」延壽《宗鏡録》卷三：「無始菩提涅槃元清淨體者，此即真心，亦云自性清淨心，亦云清淨本覺。」敦煌本《維摩詰經講經文》：「自知情識久昏昏，不曉真心是法門。有相幡花何是（足）説，無爲功德始堪論。」

汝爲埋頭癡兀兀

汝爲①埋頭癡兀兀〔一〕，愛向無明羅刹窟〔二〕。再三勸你早修行，是你頑癡心恍惚〔三〕。不肯信受寒山語〔四〕，轉轉倍加業汩汩②〔五〕。直待斬首作兩段，方知自身奴賊物〔六〕。

（〇八九）

【校勘】

①「爲」，宫内省本、正中本、高麗本、四庫本作「謂」，全唐詩本夾注「一作謂」。②「汩汩」，各本皆作「汨汨」，失韻，兹據文義改。參看注〔五〕。

【箋注】

〔一〕癡兀兀：「癡」爲佛教「三毒」之一，指愚昧無知，於佛法了無所解。《弘明集》卷一三郗超《奉法要》：「所謂癡者，不信大法，疑昧經道。」又云：「生死因緣癡爲本，一切諸著皆始於癡。」「兀兀」爲昏愚無知貌。白居易《對酒》：「所以劉阮輩，終年醉兀兀。」《景德傳燈録》卷六《洪州百丈山懷海禪師》：「粗食接命，補衣禦寒暑，兀兀如愚如聾相似。」《汾陽無德禪師語録》卷下：「兀兀如癡心自在，騰騰似醉性舒光。」敦煌本《父母恩重經講經文》：「昏昏不醉常如醉，兀兀無憂恰似憂。」

〔二〕無明羅刹窟：「無明」即「癡」之異譯。《大乘義章》卷四：「言無明者，癡闇之心，體無慧明，故曰無明。」「羅刹」則爲佛經中之惡鬼。慧琳《一切經音義》卷二五：「羅刹，此云惡鬼也，食人血肉，或飛空，或地行，捷疾可畏也。」由於「無明」亦能害人，故以羅刹喻之，稱爲「無明羅刹」，佛藏中有《無明羅刹經》。《圓悟佛果禪師語録》卷二〇《三毒頌》：「羅刹無明徹底癡，翳他正體發狂機。猛操般若金剛劍，永斷渠儂撒手歸。」佛教稱愚癡衆生之軀體肉身爲「無明窟」。如《汾陽無德禪師語録》卷下：「衆生少信自心佛，不肯承當多受屈。妄想貪嗔煩惱纏，都緣爲愛無明窟。」王梵志詩一五一首：「愚夫癡杌杌，常守無明窟。」又三二三首：「衆生頭兀兀，常住無明窟。」《楚石梵琦禪師語録》卷一八《明真頌二十八首》之十四：「衆生本來自佛，甘墮無明窠窟。」《無異元來禪師廣録》卷三二《生生社戒殺放生序》：「衆生恣無明窟，養爛壞身，祇解殺他，不知自殺。」

〔三〕是你：就是「你」。「是」是用在句首人稱代詞前的語助詞，不爲義。如《太平廣記》卷二五三《馬王》(出《啓顔録》)：「隋姓馬、王二人嘗聚宴談笑，馬遂嘲王曰：『王，是你元來本姓二；爲你漫走來，將丁釘你鼻。』王曰：『馬，是你元來本姓匡；減你尾子來，背上負王郎。』」敦煌本《廬山遠公話》：「問遠公曰：『是你寺中有甚錢帛衣物，速須搬運出來。』」敦煌本《舜子變》：「是你怨家修倉，須得兩個笠子。」《祖堂集》卷二《第三十二祖弘忍和尚》：「是你諸人如許多時在我身邊，若有見處，各呈所見。」又卷三《荷澤和尚》：「是你遠來大艱辛，還持本來不？若有本，即合識主，是你試説看。」又卷一三《溈山和尚》：「師有時謂衆曰：『是你諸人只得大識，不得大用。』」又卷一八《趙州和尚》：「師云：『是你與我買餬餅。』兒子云：『不得，和尚。和尚須與某甲買餬餅始得。』」《古尊宿語録》卷三六《投子和尚語録》：「師上堂云：『是你諸人口似刀子鑷子相似，有什麽當處？』」《警世通言・計押番金鰻産禍》：「是你家有老娘，我也有爹娘。」魏陵之言。」

〔四〕信受：相信。《大智度論》卷一〇：「譬如小人所語，不爲人信；貴重大人，人必信受。」《太平廣記》卷九五《洪昉禪師》（出《紀聞》）：「昉不得已，言曰：『貧道唯願陛下無多殺戮，大損果報。』其言唯此，則天信受之。」敦煌本《伍子胥變文》：「陛下是萬人之主，統領諸邦，何得信受

〔五〕轉轉：越發，更加。「轉」即更加之義。杜甫《送李校書二十六韻》：「小來習性懶，晚節慵轉劇。」《太平廣記》卷一一〇《徐榮》（出《法苑珠林》）：「天大昏暗，風雨甚駛，不知所向，而湧浪轉盛。」又卷三六六《韋琛》（出《唐闕史》）：「火已及屋，長幼奔救，或沃以水，焰則轉熾。」寒山詩重疊爲「轉轉」者，加强語氣也。《漢書・貢禹傳》：「後世争爲奢侈，轉轉益甚。」

業汩汩：繼續不斷地造作惡業。佛教稱能導致果報之身口意行爲爲「業」，有善業與惡業之分，有時專指惡業。如《景德傳燈録》卷二四《永興北院可休禪師》：「『大作業底人來，師還接否？』師曰：『不接。』」慈受《擬寒山詩》四四首：「人生貴無業，不貴多伎能，伎能人看好，業能災汝形。」寒山此詩之「業」，亦指惡業而言。「汩汩」則爲水流不斷貌。韓愈《流水》：「汩汩幾時休，

從春復到秋。」又《答李翊書》：「當其取於心而注於手也，汩汩然來矣。」

〔六〕奴賊物：詈人之語，猶云卑賤之人。「奴」、「賊」皆是詈人語。《後漢書·嚴光傳》：「霸得書，封奏之，帝笑曰：『狂奴故態也。』」《大唐新語》卷三《公直》：「往年來俊臣賊劫王慶詵女，已太辱國；今日此奴又請索李自挹女，乃復辱國耶？」《太平廣記》卷二八五《葉法善》（出《朝野僉載》）：「法善燒一鐵鉢赫赤，兩手欲合老僧頭上，僧唱『賊』，袈裟掩頭而走。」以「物」稱人，如《説郛》（商務本）卷一七宋蕭參《希通録·老物》：「俗斥年長者爲老物，實無礙。人亦物也，故曰人物。況六經中已有此語，《周禮·籥章·祭蜡》：『以息老物。』」唐袁郊《甘澤謡》：「時鄴侯李泌寺中讀書，察嬾殘所爲，曰：『非凡物也。』」「凡物」亦謂凡夫俗子。

惡趣甚茫茫

惡趣甚茫茫〔一〕，冥冥無日光〔二〕。人間八百歲，未抵半宵長〔三〕。此等諸癡子〔四〕，論情甚可傷〔五〕。勸君求出離〔六〕，認取法中王〔七〕。（〇九〇）

【箋注】

〔一〕惡趣：即「三惡趣」，亦稱「三惡道」、「三塗」等。佛教認爲衆生輪迴生死於六道之中，罪業深重者當沉淪於地獄道、餓鬼道、畜生道受苦，稱爲「三惡趣」或「三惡道」。《大寶積經》卷五七：「云何惡趣？謂三惡道。地獄趣者，常受苦切，極不如意，猛利楚毒，難可譬喻。餓鬼趣者，性多瞋恚，無柔軟心，諂誑殺害，以血塗手，無有慈悲，形容醜陋，見者恐怖，設近於人，受饑渴苦，恒被障礙。傍生趣者，無量無邊，作無義行、無福行、無法行、無善行、無淳質行，互相食噉，强者凌弱。」按「傍生趣」即「畜生趣」。寒山詩之「惡趣」，言死後冥間之漫漫長夜也。

〔二〕冥冥：昏暗貌，形容陰間。見〇一七首注〔八〕。

〔三〕人間八百歲，未抵半宵長：相傳彭祖壽八百歲，爲人間最長之壽命。《莊子·逍遥遊》：「而彭祖乃今以久特聞，衆人匹之，不亦悲乎？」成玄英疏：「彭祖者，姓籛名鏗，帝顓頊之玄孫也。善養性，能調鼎，進雉羹於堯，堯封於彭城。其道可祖，故謂之彭祖。歷夏經殷至周，年八百歲矣。特，獨也，以其年長壽，所以聲名獨聞於世。」按《雜阿含經》卷三一：「爾時世尊告諸比丘：人間八百歲，是化樂天上一日一夜，如是三十日一月，十二月一歲，化樂天壽八千歲。」故寒山詩云「人間八百歲，未抵半宵長」，以言人生短促也。

〔四〕癡子：癡人。這裏指惡趣之死者，以其生前不知修習佛道，以致死墮惡趣，故稱爲「癡子」。

〔五〕論情：論理，按説，表示依照情理應是如此。王梵志詩二六九首：「富饒田舍兒，論情實好事。」《敦煌雜録·百行章》：「至於察獄之罪疑，從斷爲難。出没二途，論情不易。是以賞疑從重，罰疑從輕。」敦煌本《破魔變》：「論情實是綺羅人，若説容儀獨超春。」敦煌本《難陁出家緣起》：「顔容端正實難比，美貌論情世上希。」《禪門諸祖師偈頌》卷一龍牙和尚偈頌（第二二首）：「擬學論情實苦哉，疑心不斷妄難摧。」拾得詩一二首：「取債誇人我，論情入骨癡。」又三七首：

「後來出家子，論情入骨癡。」

〔六〕出離：謂超脱生死輪迴，以達解脱之境。《地藏菩薩本願經》卷下：「欲修無上菩提者，乃至出離三界苦。」《楞嚴經》卷一：「十方如來，同一道故，出離生死，皆以直心。」敦煌本《壇經》：「汝等門人，終日供養，祇求福田，不求出離生死苦海。汝等自性迷，福門何可救汝？」《祖堂集》卷一一《中曹山和尚》：「僧曰：『還求出離也無？』師云：『若在裏許，則求出離。』」《禪門諸祖師偈頌》卷四慈恩大士《出家箴》：「捨家出家何所以？稽手（首）空王求出離。」

〔七〕認取：就是「認」。陸龜蒙《漉酒巾》：「偏宜雪夜山中戴，認取時情與醉顔。」《祖堂集》卷四《丹霞和尚》：「認取寶，自家珍，此珠元是本來人。」《説郛》（商務本）卷三丁用晦《芝田録》：「徽疾亟，上領幼女曰：『無以報卿功德，卿强開眼，認取新婦。』」按「取」是用在動詞後的語助詞。《詩詞曲語辭匯釋》卷三：「取，語助辭，猶著也、得也。」杜甫《戲題王宰畫山水圖歌》：「焉得并州快剪刀，剪取吴淞半江水。」白居易《短歌行》：「歌聲苦，詞亦苦，四座少年君聽取。」貫休《秋寄栖一》：「勸君君記取，不用更他圖。」皎然《問遥山禪老》：「明朝欲向翅頭山，問取禪公此義還。」《祖堂集》卷一七《大慈和尚》：「説取一丈，不如行取一尺。説取一尺，不如行取一寸。説取那行處，行取那説處。」　法中王：佛的尊稱。玄覺《證道歌》：「法中王，最高勝，恒沙如來同共證。」敦煌本《佛説阿彌陀經講經文》：「現世且登天子位，未來定作法中王。」《善慧大士語録》卷三《行路難二十篇·第一章明非斷非常》：「衆生入而無所入，雖取六境實無傷。智者分明了知此，是故號曰法中王。」《景德傳燈録》卷五《洪州法達禪師》：「經誦三千部，曹溪一句亡。未明出世旨，寧致累生狂。羊鹿牛權設，初中後善揚。誰知火宅内，元是法中王。」

世有多解人

世有多解人〔一〕，愚癡徒苦辛〔二〕。不求當來善〔三〕，唯知造惡因〔四〕。五逆十惡輩〔五〕，三毒以爲親〔六〕。一死入地獄，長如鎮庫銀〔七〕。（○九一）

【箋注】

〔一〕多解人：多知多識之人。「多解」即多所知解。《高僧傳》卷六《晉蜀龍淵寺釋慧持傳附惠嚴傳》：「巖公内外多解，素爲毛璩所重。」按禪宗主張見性成佛，故不以「多解」爲重。

〔二〕愚癡：即「癡」，亦稱「無明」，佛教「三毒」之一，謂愚暗迷惑，於佛法了無信解。《大智度論》卷一：「愚癡人者，非謂如牛羊等愚癡，是人欲求實道，邪心觀故，生種種邪見。」

〔三〕當來：將來，未來。《妙法蓮華經·方便品》：「當來世惡人，聞佛説一乘，迷惑不信受，破法墮惡道。」宗寶本《壇經·付囑品》：「報汝當來學道者，不作此見大悠悠。」《景德傳燈録》卷一七《洪州雲居山道膺禪師》：「僧曰：『彌勒什麽時下生？』曰：『見在天宫，當來下生。』」亦特指來世。《法苑珠林》卷八九《受誡篇·懺悔部》引《未曾有經》云：「夫亡家貧，自責孤窮，欲自燒身飼天，求當來福。」又卷二六《宿命篇·引證部》引《新婆沙論》云：「伽叱白言：『願王許我王舍城中獨行屠殺。』王遂告曰：『汝今云何求此惡願，豈不怖畏當來苦耶？』」《太平廣記》卷九五《相衛間僧》(出《原化記》)：「今日食我施者，願當來之世，與我爲弟子。」寒山詩云「不求當來善」，謂不求來生獲得福果。

〔四〕造惡因：即造作惡業，因爲惡業是惡報之因，故稱「惡因」。《菩薩瓔珞本業經》卷下：「是故善果從善因生，是故惡果從惡因生。」

〔五〕五逆：五種大逆不道之罪。中土以弑君及父、母、祖父、祖母爲「五逆」，佛經以殺父及母、阿羅漢，破壞聲聞和合僧，出佛身血爲「五逆」，亦稱「五無間大罪惡業」。《大乘大集地藏十輪經》卷三：「有五無間大罪惡業，何等爲五？一者故思殺父，二者故思殺母，三者故思殺阿羅漢，四者倒見破聲聞僧，五者惡心出佛身血。」　十惡：與「十善」相反的十種惡業，即殺生、偷盜、邪淫、妄語、兩舌、惡口、綺語、貪欲、瞋恚、邪見。

〔六〕三毒：佛教以貪、瞋、癡爲「三毒」，是一切煩惱之根本、一切諸惡之根源。《大智度論》卷三一：「我所心生，故有利益我者生貪欲，違逆我者而生瞋恚，此結使不從智生，從狂惑生故，是名爲癡。三毒爲一切煩惱之根本，亦由吾我。」《小室六門·破相論》：「無明之心，雖有八萬四千煩惱情欲及恒河沙衆惡，皆因三毒以爲根本。其三毒者，即貪瞋癡是也。此三毒心，自能具足一切諸惡，猶如大樹，根雖是一，所生枝葉其數無邊。彼三毒根，一一根中生諸惡業，百千萬億，倍過於前，不可爲喻。」

〔七〕鎮庫銀：鎮壓府庫之銀錠。宋何薳《春渚紀聞》卷二《二富室疏財》：「劉氏因密令人往青州踪跡之，果有州民麻氏，其富三世，自其祖以錢十萬鎮庫，而未嘗用也。」所云鎮庫錢，即「鎮庫銀」之類。《高僧傳》卷七《宋京師祇洹寺釋慧義傳》：「冀州有法稱道人，臨終語弟子普嚴云：嵩高靈神云：『江東有劉將軍，應受天命，吾以三十二璧、鎮金一鉼爲信。』遂徹宋王。」所云「鎮金」即鎮庫金，亦「鎮庫銀」之類。按古人有「鎮庫」的説法，謂以珍貴、巨大或特異之物永置庫中，以壓邪保吉。《資治通鑑》陳文帝天康元年：「會孝琬得佛牙，置第内，夜有光。上皇聞之，使搜之，得填庫稍幡數百。上皇以爲反具，收訊。」胡三省注：「填，讀曰鎮。」《太平廣記》卷四〇二《水珠》（出《紀聞》）：「大安國寺，睿宗爲相王時舊邸也，即尊位，乃建道場焉。王嘗施一寶珠，令鎮常住庫，云值億萬。寺僧納之櫃中，殊不爲貴也。」宋周密《齊東野語》卷一《梓人掄材》：「元豐中，趙伯山爲將作監。太后出金帛建上清儲祥宮，内侍陳衍主其役，請輟將作鎮庫模枋，截充殿梁，伯山執不與。」《劉知遠諸宮調》：「先交試拽弓，知遠嫌弓軟，司公怒，取到鎮庫弓交拽。」話本《宋四公大鬧禁魂張》：「遂召掌内庫的太監，内庫中借他鎮庫之寶，乃是一株大珊瑚樹，長三尺六寸。」宋徐度《卻掃篇》卷下：「其先人每得一書，必以廢紙草傳之，又求別本參較，至無差誤，乃繕寫之，必以鄂州蒲圻縣紙爲册，以其緊慢厚薄得中也。每册不過三四十頁，恐其厚而易壞也。此本專以借人及子弟觀之。又別寫一本，尤精好，以絹素背之，號鎮庫書，非己不得見也。鎮庫書不能盡有，纔五千餘卷。」按「鎮」取鎮邪化吉之義，故不但府庫有鎮庫之物，其他處所也有鎮物。《太平廣記》卷二〇《譚宜》（出《仙傳拾遺》）：「此有黄金藏，鎮在茲廟基。發掘散生聚，可以救貧羸。」又卷四七《李球》（出《仙傳拾遺》）：「此山道家紫府洞也，五峰之上，皆藉四海奇寶以鎮峰頂。亦如茅山洞，鎮以安息金、墉城之寶、春山雜玉、環水香瓊，以固上真之宅。」清劉獻廷《廣陽雜記》卷三：「汝州之治諸井，皆以夾錫錢鎮之。」由於鎮庫之物意在鎮壓，並非應用之物，故長置庫中，永不流通。故寒山詩云「一死入地獄，長如鎮庫銀」，比喻死入地獄，永無出頭之日，一如鎮庫之銀，永無出庫之時也。

楚按，此首與拾得詩五〇首大同小異。

天高高不窮

天高高不窮，地厚厚無極〔一〕。動物在其中，憑茲造化力〔二〕。争頭覓飽暖〔三〕，作計相噉食〔四〕。因果都未詳，盲①兒問乳色〔五〕。（〇九二）

【校勘】

①「盲」，四庫本作「育」。

【箋注】

〔一〕無極：無窮。《法句譬喻經》卷二：「時舍衛國中有婆羅門長者名藍達，大富無極，其家資財不可計數。」鮑照《望孤石》：「泄雲去無極，馳波往不窮。」亦以「無極」與「不窮」對舉。沈約《朝雲曲》：「巫山高高上無極，雲來雲去常不息。」按《荀子·禮論》：「故天者高之極也，地者下之極也。」即寒山詩「天高高不窮，地厚厚無極」之意。

〔二〕造化力：大自然創造化育萬物之力。《莊子·大宗師》：「偉哉造化！又將奚以汝爲，將奚以汝適？以汝爲鼠肝乎？以汝爲蟲臂乎？」賈誼《鵩鳥賦》：「且夫天地爲鑪兮，造化爲工。陰陽爲炭兮，萬物爲銅。」張華《鷦鷯賦》：「何造化之多端兮，播群形於萬類。」

〔三〕争頭：争相，争先恐後。盧仝《月蝕詩》：「星如撒沙出，争頭事光大。」《景德傳燈録》卷一一《袁州仰山慧寂禪師》：「我若東説西説，則争頭向前采拾。」又卷二九玄沙師備宗一大師《頌三首》之二：「風起引笠篌，迷子争頭湊。」

〔四〕作計：設計，想方設法。《酉陽雜俎續集》卷一《支諾臯上》：「遂索酒九盌，自飲三盌，六盌虚設於西座，且求其爲方便以免。二鬼相顧：『我等既受一醉之恩，須爲作計。』因起曰：『姑遲我數刻，當返。』未移時至，曰：『君辦錢四十萬，爲君假三年命也。』」《太平廣記》卷一〇三《竇德玄》（出《報應記》）：「於屏障後聞王遥語曰：『你與他作計，漏洩吾事。』遂受杖三十。」敦煌本《祇園圖記》：「於中有煩之熏者不賓，而猶頗態，終須作計以酬。」按《列子·説符》：「天地萬物，與我並生，類也。類無貴賤，徒以小大智力而相制，迭相食。」《楞嚴經》卷四：「則諸世間卵化胎濕，隨力强弱，遞相吞食，是等則以殺貪爲本。以人食羊，羊死爲人，人死爲羊，如是乃至十生之數，死死生生，互來相噉，惡業俱生，窮未來際，是等則以盜貪爲本。」皆是寒山詩「作計相噉食」之意。

〔五〕盲兒問乳色：天生盲兒無法確知乳色，比喻愚者永遠無法理解真理。《續高僧傳》卷二一《釋智顗傳》：「汝等嬾種善根，問他功德，如盲問乳、蹶者訪路云云。」典出《大般涅槃經》卷一四：「是諸外道，癡如小兒，無慧方便，不能了達常與無常、苦樂、淨不淨、我無我、壽命非壽命、衆生非衆生、實非實、有非有，於佛法中取少許分，虚妄計有常樂我淨，而實不知常樂我淨，如生盲人不識乳色，便問他言：『乳色何似？』他人答言：『色白如貝。』盲人復問：『是乳色者如貝聲耶？』答言：『不也。』復問：『貝色爲何似也？』答言：『猶稻米粖。』盲人復問：『乳色柔軟，如稻米粖耶？稻米粖者，復何所似？』答言：『猶如雨雪。』盲人復言：『彼稻米粖冷如雪耶？雪復何似？』答言：『猶如白鵠。』是生盲人雖聞如是四種譬喻，終不能得識乳真色。是諸外道亦復如是，終不能識常樂我淨。」

天下幾種人

天下幾種人，論時色數有〔一〕。賈婆如許夫〔二〕，黄老元①無婦〔三〕。衛氏兒可憐〔四〕，鍾②家女極醜〔五〕。渠若向西行，我便東邊走〔六〕。（〇九三）

【校勘】

①「元」，四庫本作「原」。　②「鍾」，原作「鐘」，茲從餘本。

【箋注】

〔一〕論時：引起議論或評論的話。見〇二二一首注〔三〕。　色數：種類，形形色色。按「色」即種類之義。《太平廣記》卷二六六《輕薄士流》：「忽一日盛夏登樓，遽令命樂。郡人喜曰：『使君非不好樂也。』及至樓下，遂令色色引上，其絃匏戛擊之類迭進。」

〔二〕賈婆如許夫：「如許」即如此之義。《樂府詩集》卷四九《丹陽孟珠歌》之三：「暫出後湖看，蒲菰如許長。」《南史·高爽傳》：「取筆書鼓云：『徒有八尺圍，腹無一寸腸，面皮如許厚，受打未詎央。』」寒山此詩之「如許」，則謂如此多。如《唐詩紀事》卷四載李義府《詠烏》詩：「上林如許樹，不借一枝棲。」《續古尊宿語要》卷三《圓悟勤禪師語·示隆知藏》：「須待渠桶底子脱，喪却如許惡知惡見，不掛絲毫，透得淨盡，始可下手煅煉。」「如許」亦謂如此多也。「賈婆」則指晉惠帝賈皇后。《太平御覽》卷一三八引王隱《晉書》曰：「后諱南風。武帝謀太子婚，久不決。上欲娶衛瓘女，元后欲娶賈充女。上曰：『衛女有五可，賈女有五不可。衛家種賢而多子，端正長白。賈女種妬少子，醜而短黑。』郭槐多輸寶物於后，遂娶南風。八年，將納妃。帝知太子不慧，故試之，盡召東宮官屬作飲食，而密封詔，使太子決，停信待之。賈妃大懼，召人答詔草。給使張泓曰：『太子不學，而答詔引義，必責草主，更益譴負。不如直以意答。』妃大喜語泓：『使爲我好答，得富貴與汝共之。』泓素有小才，具草，令太子自寫，武帝大喜。賈妃酷妬，手擊數人，或以刀戟擲孕妾，子乃墮地。上大怒，治金墉城，將殺之，趙粲、荀勖深救之，故得不廢。洛陽尉部小吏忽有好物，尉疑爲盜，召詰之。賈后疏親欲求盜物，往聽對辭。云：先行逢一老嫗，説家有疾，師卜，當得城南年少厭塞，暫相煩，尋重報。小吏從之，上車下帷，内著簏箱中，行十餘里，過六七門限，開簏忽見樓閣好屋。問此何處，云天上。即以香湯見浴，好衣美食，將入，見一婦人，年三十五六，短小，青黑色，眉後有疵。見留數日共宿，得此衆物。賈氏親疏聞其形狀，如是賈后，慙而去。尉亦解意云。時他人多殺之不出，唯此小吏以愛得出。」由於賈后淫亂，故云「賈婆如許夫」也。

〔三〕黄老元無婦：俟考。「黄老」謂黄姓老人，猶如一五〇首之「柳老」謂柳姓老人。或以爲指黄帝、老子，非是。「元」即原來、原本，唐人皆用「元」字，明初以後才改用「原」字。明沈德符《萬曆野獲編補遺》卷一：「國初曆日，自洪武以前，俱書本年支干，不用元舊號。又貿易文契，如吴元年、洪武元年，俱以原字代元字，蓋又民間追恨蒙古，不欲書其國號。」顧炎武《日知録》卷三二《元》：「元者，本也。本官曰元官，本籍曰元籍，本來曰元來，唐宋人多此語。後人以『原』字代之，不知何解。……或以爲洪武中臣下有稱元任官者，嫌於元朝之官，故改此字。」清王應奎《柳南隨筆》卷三：「明太祖既登極，避勝朝國號，遂以元年爲原年。民間相傳如此，而史書不載。」

〔四〕衛氏兒可憐：「可憐」即可愛之義，見〇一八首注〔三〕。「衛氏兒」則指衛玠。《晉書・衛玠傳》：「玠字叔寶，年五歲，風神秀異。祖父瓘曰：『此兒有異於衆，顧吾年老，不見其成長耳。』總角乘羊車入市，見者皆以爲玉人，觀之者傾都。驃騎將軍王濟，玠之舅也，儁爽有風姿，每見玠，輒歎曰：『珠玉在側，覺我形穢。』又嘗語人曰：『與玠同遊，冏若明珠之在側，朗然照人。』及長，好言玄理。其後多病體羸，母恒禁其語。遇有勝日，親友時請一言，無不咨嗟，以爲入微。瑯邪王澄有高名，少所推服，每聞玠言，輒歎息絶倒。故時人爲之語曰：『衛玠談道，平子絶倒。』澄及王玄、王濟並有盛名，皆出玠下，世云『王家三子，不如衛家一兒』。玠妻父樂廣有海内重名，議者以爲『婦公冰清，女壻玉潤』。」李頎《同張員外諲酬答之作》：「清言只到衛家兒，用筆能誇鍾太尉。」「衛家兒」亦指衛玠。

〔五〕鍾家女：指鍾離春。《古列女傳》卷六《齊鍾離春》：「鍾離春者，齊無鹽邑之女，宣王之正后也。其爲人極醜無雙，臼頭深目，長指大節，印(卬)鼻結喉，肥項少髮，折腰出胸，皮膚若漆。年四十，無所容入，衒嫁不售，流棄莫執。于是乃拂拭短褐，自詣宣王。謂謁者曰：『妾，齊之不售女也，聞君王之聖德，願備後宫之掃除，頓首司馬門外，唯王幸許之。』謁者以聞。宣王方置酒于漸臺，左右聞之，莫不掩口大笑，曰：『此天下强顏女子也，豈不異哉！』于是宣王乃召見之，謂曰：『昔者先王爲寡人娶妃匹，皆已備有列位矣。今女子不容于鄉里布衣，而欲干萬乘之主，亦有何奇能哉？』鍾離春對曰：『無有，特竊慕大王之美義耳。』王曰：『雖然，何喜？』良久曰：『竊嘗喜隱。』宣王曰：『隱，固寡人之所願也，試一行之。』言未卒，忽然不見。宣王大驚，立發隱書而讀之，退而推之，又未能得。明日又更召而問之，不以隱對，但揚目銜齒，舉手拊膝曰：『殆哉殆哉！』如此者四。宣王曰：『願遂聞命。』鍾離春對曰：『今大王之君國也，西有衡秦之患，南有强楚之讐，外有二國之難，内聚奸臣，衆人不附。春秋四十，壯男不立，不務衆子，而務衆婦，尊所好，忽所時（恃）。一旦山陵崩弛，社稷不定，此一殆也。漸臺五重，黄金白玉，琅玕籠疏，翡翠珠璣，幕絡連飾，萬民疲極，此二殆也。賢者匿于山林，諂諛强于左右，邪僞立于本朝，諫者不得通入，此三殆也。飲酒沉湎，以夜繼晝，女樂俳優，縱横大笑，外不修諸侯之禮，内不秉國家之治，此四殆也。故曰殆哉殆哉！』于是宣王喟然而嘆曰：『痛哉！無鹽君之言，乃今一聞。』于是拆漸臺，罷女樂，退諂諛，去雕琢，選兵馬，實府庫，四辟公門，招進直言，延及側陋。卜擇吉日，立太子，進慈母，拜無鹽君爲后。而齊國大安者，醜女之力也。君子謂鍾離春正而有辭。詩云：『既見君子，我心則喜。』此之謂也。」

〔六〕渠若向西行，我便東邊走：謂避之唯恐不及。《衆經撰雜譬喻》卷上：「對若東來，我便向西；若北來，我當趣南。」

賢士不貪婪

賢士不貪婪，癡人好鑪冶〔一〕。麥地占他家，竹園皆我者。努膊覓錢財〔二〕，切齒驅奴馬〔三〕。須看郭門外〔四〕，壘壘松柏下〔五〕。（〇九四）

【箋注】

〔一〕癡人好鑪冶：「鑪冶」謂開爐冶煉金屬。《晉書·王沈傳》載沈《釋時論》曰：「融融者皆趣熱之士，其得爐冶之門者，惟挾炭之子。」寒山詩一一八首：「鉛礦入鑪冶，方知金不真。」本首之「癡人好鑪冶」，謂癡人貪愛聚斂財富，蓋古代富人多以采礦冶鍊而致富也。如《史記·平準書》：「孔僅，南陽大冶，皆致生累千金。」又《貨殖列傳》：「邯鄲郭縱以鐵冶成業，與王者埒富。」又：「蜀卓氏之先，趙人也，用鐵冶富。……即鐵山鼓鑄，運籌策，傾滇蜀之民，富至僮千人，田池射獵之樂，擬於人君。」又：「程鄭，山東遷虜也，亦冶鑄，賈椎髻之民，富埒卓氏。」又：「宛孔氏之先，梁人也，用鐵冶爲業。秦伐魏，遷孔氏南陽。大鼓鑄，規陂池，連車騎，游諸侯，因通商賈之利，有游閑公子之賜與名。然其贏得過當，愈於纖嗇，家致富數千金，故南陽行賈盡法孔氏之雍容。」又：「魯人俗儉嗇，而曹邴氏尤甚，以鐵冶起，富至巨萬。」

〔二〕努膊：鼓起胳膊上的肌肉，形容竭盡氣力。《敦煌歌辭總編》卷三《悉曇頌》：「春秋冬夏營農作，鋤田劚地努筋膊。」「努」即挺出、凸出。敦煌本《茶酒論》：「阿你頭惱（腦），不須乾努。」司馬承禎《修真精義雜論·導引論》：「次兩手作拳，努臂向前築，即努肘向後蹙。」

〔三〕切齒：形容痛恨。《吴越春秋·勾踐伐吴外傳》：「君王早朝晏罷，切齒銘骨，謀之二十餘年。」《太平御覽》卷四六五引《後趙録》：「張樓爲臨水長，嚴政酷刑，殘忍無惠，人謠之曰：『陽平張樓頭如箱，見人切齒劇虎狼。』」《祖堂集》卷二《第二十五祖婆舍斯多尊者》：「王切齒呵嘖，則囚太子。」《太平廣記》卷一四四《吕群》(出《河東記》):「性麤褊不容物,僕使者未嘗不切齒恨之。」寒山詩「切齒驅奴馬」,謂役使奴馬殘酷無情也。

〔四〕郭門外:城門之外,指墓地,古人墓地在郭門外。《白虎通德論·崩薨》:「葬於城郭外何?死生别處,終始異居。」《文選》卷二九《古詩十九首》之十四:「出郭門直視,但見丘與墳。」白居易《效陶潛體詩十六首》之十一:「不見郭門外,纍纍墳與丘。」又《寒食野望吟》:「丘墟郭門外,寒食誰家哭。風吹曠野紙錢飛,古墓纍纍春草緑。」

〔五〕壘壘:這裏形容墳墓重疊堆積。張載《七哀詩二首》之一:「北芒何壘壘,高陵有四五。借問誰家墳,皆云漢世主。」《搜神後記》卷一:「有鳥有鳥丁令威,去家千年今始歸。城郭如故人民非,何不學仙冢壘壘。」　松柏下:亦指墓地。古人墓地多植松柏。《文選》卷二九《古詩十九首》之十三:「驅車上東門,遥望郭北墓。白楊何蕭蕭,松柏夾廣路。下有陳死人,杳杳即長暮。」李善注:「《仲長子《昌言》曰:古之葬者,松柏梧桐以識其墳也。」古詩《十五從軍征》:「遥看是君家,松柏冢纍纍。」王梵志詩〇五八首:「吾宅在丘荒,園林出松柏。隣接千年塚,故路來長陌。」

嗔嗔買魚肉

嗔嗔買魚肉〔一〕,擔歸餧妻子〔二〕。何須殺他命,將來活汝己〔三〕。此非天堂緣〔四〕,純是地

獄滓〔五〕。徐六語破堆，始知没道①理〔六〕。（〇九五）

【校勘】

①「没道」，四庫本作「埋没」。

【箋注】

〔一〕嗔嗔：按《廣韻》上聲一董：「嗔，囉嗔，歌曲，出《告幼童文》。呼孔切。」與寒山詩意無涉。此處「嗔」應同「哄」、「烘」、「鬨」，喧鬧聲。「嗔嗔買魚肉」是説人們在嘈雜的市場上争買魚肉。《寒山詩闡提記聞》則曰：「嗔字疑囂字歟？《字彙》：吁驕切，音鴞，喧也。又市曰囂，猶後世名市曰墟也。交易市合則囂，市散則墟也。」

〔二〕餧：同「餵」、「喂」。

〔三〕何須殺他命，將來活汝己：「汝己」即汝自己，猶如拾得詩一一一首之「他己」即他自己。按玄覺《禪宗永嘉集・戒憍奢意第二》：「令他受死，資給自身，但畏饑寒，不觀死苦，殺他活己，痛哉可傷。」王梵志詩二九九首：「苦痛教他死，將來作己須。」《太平廣記》卷一〇三《李丘一》（出《報應記》）：「好殺他命，以爲己樂。」即寒山詩「何須殺他命，將來活汝己」之意。

〔四〕天堂緣：上生天堂之因緣。「天堂」指浄土，佛教之天上極樂世界。「緣」即因緣，引起果報之業因。「天堂緣」猶云「生天因」。《釋氏要覽》卷中「生天因」條引《正法念處經》云：「因持戒不殺、不盗、不婬，由此三善得生天。」又引《辯意長者子經》云：「有五事得生天：一不殺物命，令衆生安樂;二賢良不盜,布施無貪,濟諸窮乏;三貞潔不犯外色男女,護戒奉齋精進;四誠信不欺,護口四過;五不飲酒。」故寒山詩以食肉殺命爲「此非天堂緣」也。

〔五〕地獄滓:指地獄中的罪人,亦作「地獄柤滓」。《祖堂集》卷七《雪峰和尚》:「只是老僧違於本志,住在這裏,造得地獄柤滓。」又卷一五《西堂和尚》:「公具足三界凡夫,抱妻養兒,何種不作?是地獄柤滓,因什摩道一切悉無?」《古尊宿語録》卷一《百丈懷海禪師》:「若智慧脱若干魔網不去,縱解百本圍陀經,盡是地獄滓。」《緇門警訓》卷六黄龍死心新禪師《小參》:「有一般破落户長老,馳書達信,遮邊討院住,那邊討院住。纔討得院住,便揀箇好日入院,又道我是長老,方丈裏自在受快活。遮般底唤作地獄滓。」朝鮮退隱《禪家龜鑑》:「末法比丘,有多般名字,或鳥鼠僧,或啞羊僧,或禿居士,或地獄滓。……罪重不遷,曰地獄滓。」明釋大香《雲外録》卷二《擬古二十首》之十一:「世人好作惡,不知地獄滓。下沉風輪際,罪苦無由己。一日與一夜,萬生與萬死。斯時求懺摩,晚之又晚矣。」寒山詩二三八首:「唯作地獄滓,不修正直因。」拾得詩四七首:「唯作地獄滓,不修來世因。」

〔六〕徐六語破堆,始知没道理:「徐六」爲虚擬的人物。《五燈會元》卷一五《德山緣密禪師》:「徐六擔板,迅速鋒鋩,猶是鈍漢。」明袾宏《竹窗隨筆·禪佛相争》:「有少年過而聽焉,曰:兩君所言,皆徐六擔板耳。」寒山詩一四五首有「昨弔徐五死,今送劉三葬」之語,「徐五」與「徐六」同是虚擬的人物。「徐六語破堆,始知没道理」二句未詳其意,兹録各家之説於下以供參考。《寒山子詩集管解》曰：「七八句意謂或曰徐五，或曰徐六，蓋謂野老村父之類乎？彼之所言，應是没理也。破堆之處，又可没道也。徐六語破堆者，形容没道理三字乎？或别有所本也，未知之矣。」《寒山詩闡提記聞》曰：「徐六語破堆，堆字疑作碓，可乎？此五字形容没道理之三字。」《寒山詩索賾》曰：「徐六，張三、李四類。破堆，提塘壞也。語曰：我築爾而以之，而每雨必崩，勞我幾許。寒山子欲曉之，無知不會道理猶語破堆。」入矢義高《寒山》曰：「徐六二句：徐六恐是百姓或勞動者的一般泛指性名字，在寒山的其他詩中也見有徐五的説法。破堆，壞了的臼。此二句也是前面已言及的『風人體』的表現方式，即將欲言之意用下句來表達。『没道理』的『道』，和上句『碓』是關係語，雙關同音的『擣』字意，也就是説，使壞了的臼『没有擣的理』的説法通於『没道理』。不過，徐六對破碓『語』的這種説法還是不太明白。」

有人把椿樹

有人把椿樹〔一〕，喚作白栴①檀〔二〕。學道多沙數〔三〕，幾箇得泥丸②〔四〕。棄金却擔草〔五〕，謾他亦自謾〔六〕。似聚砂一處，成團也大難〔七〕。（〇九六）

【校勘】

①「栴」，宫内省本、四庫本作「旃」，同。②「丸」，正中本、高麗本作「洹」。參看注〔四〕。

【箋注】

〔一〕椿樹：這裏指臭椿樹，即樗樹，一種不成材的惡木。《説文》：「樗，樗木也。」段注：「今之臭椿樹是也，所在有之。」《農桑輯要》卷六：「椿，木實而葉香，有鳳眼草者謂之椿；木疏而氣臭，無鳳眼草者謂之樗。」《詩·豳風·七月》：「采荼薪樗。」傳：「樗，惡木也。」孔穎達疏：「樗唯堪爲薪，故云惡木也。」《莊子·逍遥遊》：「吾有大樹，人謂之樗。其大本擁腫而不中繩墨，其小枝卷曲而不中規矩，立之塗，匠者不顧。」成玄英疏：「樗，栲漆之類，嗅之甚臭，惡木者也。」

〔二〕白栴檀：「栴檀」是一種名貴的香木，白栴檀尤爲其中的上品。見〇八三首注〔一〕。白居易《贈韋處士六年夏大熱旱》：「脱無白栴檀，何以除熱惱。」原注：「《華嚴經》云：以白栴檀塗身，能除一切熱惱，而得清涼也。」

〔三〕沙數：即恒河沙數，佛經中用以表示極大之數，乃至不可計數。《金剛經》：「須菩提，如恒河中所所（所有）沙數，如是沙等恒河，於意云何？是諸恒河沙寧爲多不？須菩提言：甚多，世尊。但諸恒河尚多無數，何況其沙。」

〔四〕泥丸：按「泥丸」一語，佛家有之，道家亦有之。佛家之「泥丸」即涅槃之異譯，道家之「泥丸」則指上丹田。《黄庭内景玉經·至道章》：「腦神精根字泥丸。」注：「丹田之宫，黄庭之舍，洞房之主，陰陽之根。泥丸，腦之象也。」寒山此詩之「泥丸」，雖是道家之語，却並非指上丹田，而是成仙之義。皮日休《上真觀》：「羽客兩三人，石上譚泥丸。謂我或龍胄，粲然與之歡。」葉法善

《留詩》：「泥丸空示世，騰舉不爲名。爲報學仙者，知余朝玉京。」以「泥丸」與「騰舉」對舉，可知「泥丸」即是成仙上升之義。這個意義的「泥丸」其實是比照佛家「泥丸」的意義而産生的，蓋佛教既以「泥丸」（涅槃）爲佛教修行之終極境界，則道教也有人將「泥丸」作爲道教修煉之最高境界，亦即成仙上升。寒山此詩之「泥丸」正是此義。別本作「泥洹」者，與「泥丸」同是「涅槃」之異譯，當是有人將寒山詩之「泥丸」理解爲佛教之涅槃，因改書作「泥洹」也。

〔五〕棄金却擔草：比喻本末倒置。《景德傳燈録》卷二九梁誌公和尚《十四科頌·真俗不二》：「恰似無智愚人，棄却真金擔草。」《爲霖道霈禪師餐香録》卷下《警世》：「生在閻浮不學道，終日茫茫向外討，縱饒討得竟何爲，可惜棄金而擔草。」本作「棄金擔麻」。《中阿含經》卷一六《蜱肆王經》：「猶如朋友二人，捨家治生，彼行道時，初見有麻，甚多無主。一人見已，便語伴曰：『汝當知之，今此有麻，甚多無主，我欲與汝共取自重，而擔還歸，可得資用。』便取重擔。彼於道路，復見多有劫貝紗縷及劫貝衣，甚多無主；復見多銀，亦無有主。一人見已，便棄麻擔，取銀自重。復於道路，見多金聚，而無有主。時擔銀人語擔麻者：『汝今當知，此金極多，而無有主。汝可捨麻，我捨銀擔，我欲與汝共取此金，重擔而歸，可得供用。』彼擔麻者語擔銀人：『我此麻擔，已好裝治，縛束已堅，從遠擔來，我不能捨。汝且自知，勿憂我也。』於是擔銀人强奪麻擔，撲著於地，而抛壞之。彼擔麻者，語擔銀人：『汝已如是抛壞我擔，我此麻擔縛束已堅，所來處遠，我要自欲擔此麻歸，終不捨之。汝且自知，勿憂我也。』彼擔銀人，即捨銀擔，便自取金，重擔而還。

擔金人歸，父母遥見擔金來歸，見已嘆曰：『善來賢子！快來賢子！汝因是金，快得生活，供養父母，供給妻子奴婢使人，復可布施沙門梵志，作福升上，善果善報，生天長壽。』彼擔麻者，還歸其家，父母遥見擔麻來歸，見已罵曰：『汝罪人來！無德人來！汝因此麻，不得生活、供養父母、供給妻子奴婢使人，又亦不得布施沙門及諸梵志、作福升上、善果善報、生天長壽。』當知蜱肆亦復如是，若汝此見欲取恚取怖取癡取終不捨者，汝便當受無量之惡，亦爲衆人之所憎惡。」

〔六〕謾他亦自謾：自欺欺人。「謾」即欺騙之義。《説文》：「謾，欺也。」《景德傳燈録》卷一八《福州玄沙師備禪師》：「羅漢云：『桂琛現有眼耳，和尚作麽生接？』中塔云：『三種人，即今在什麽處？』又一僧云：『非唯謾他，兼亦自謾。』」「謾」亦作「瞞」。《禪門諸祖師偈頌》卷二慈受《小乘警策》：「高談大論，瞞人自瞞，大不濟事。」《緇門警訓》卷七黄蘗禪師《示衆》：「平日只學口頭三昧，説禪説道，呵佛駡祖，到遮裏都用不著。平日只管瞞人，争知道今日自瞞了也。」

〔七〕似聚砂一處，成團也大難：比喻徒勞無功。蘇軾《二公再和亦再答之》：「親友如摶沙，放手還復散。」《宏智禪師廣録》卷八《與天池信長老》：「佛法從來如嚼蠟，朋儔此去似團沙。」《禪宗頌古聯珠通集》卷三笑翁堪頌：「要使三宗同一轍，揑沙終是不成團。」

烝砂擬作飯

烝砂①擬作飯〔一〕，臨渴始掘井〔二〕。用力磨甎②甎，那堪將作鏡〔三〕。佛説元③平等〔四〕，總

有真如性〔五〕。但自審思量〔六〕，不用閑争競〔七〕。（〇九七）

【校勘】

①「烝砂」，宫内省本、四庫本作「蒸沙」，全唐詩本作「蒸砂」。②「甑」，原作「碌」，兹據正中本、高麗本改。③「元」，四庫本作「原」。

【箋注】

〔一〕烝砂擬作飯：「烝」同「蒸」。《世説新語・汰侈》：「烝㹠肥美，異於常味。」又《任誕》：「蒸一肥豚，飲酒二斗。」兩相比較，上例之「烝㹠」，即是下例之「蒸豚」也。「烝砂作飯」之喻，如《楞嚴經》卷六：「是故阿難，若不斷婬，修禪定者，如蒸沙石，欲其成飯，經百千劫，秖名熱沙。何以故？此飯本非沙石所成。」又卷一：「諸修行人，不能得成無上菩提，乃至别成聲聞緣覺，及成外道諸天魔王及魔眷屬，皆由不知二種根本，錯亂修習，猶如煮沙，欲成嘉饌，縱經塵劫，終不能得。」敦煌本《曆代法寶記》：「法師不識主客，强認前塵以流注生滅心，自爲知解，猶如煮沙欲成嘉饌，計劫只成熱沙，只是自誑誑他。」顧況《行路難三首》之一：「君不見擔雪塞井空用力，炊砂作飯豈堪食。」《古尊宿語録》卷一三《趙州真際禪師語録》卷上：「洎乎問著佛法，恰似炒沙作飯相似，無可施爲，無可下口。」黄庭堅《送王郎》：「炒沙作糜終不飽，鏤冰文章費工巧。」明趙弼《效顰集》上卷《覺壽居士傳》：「吾之真靈，自然常存，確然不動，浄如蓮花，皎如明月，絲毫不昧。汝等徒以土木粧繪金碧，長跪禮拜，口中喃喃，心中忽忽，以此爲修，欲求成道，何異蒸沙爲飯,煮泥作羹,畢竟難得。」

〔二〕臨渴始掘井:《説苑·雜言》:「譬人猶渴而穿井,臨難而後鑄兵,雖疾從而不及也。」《太平經》(合校本)卷七二:「今人掘井,所以備渴飲也;居當近水泉,所以備渴也。臨渴且死,乃掘井索水,何及得也,已窮矣。」《金樓子·立言篇下》:「若臨事方就,則不舉矣。渴而穿井,臨難鑄兵,並無益也。」《祖堂集》卷一四《江西馬祖》:「四十年來貪講經論,不得修行,如今更修行作什摩?臨渴掘井,有什摩交涉?」《緇門警訓》卷七黄蘗禪師《示衆》:「萬般事須是閑時辨得下,忙時得用,多少省力。休待臨渴掘井,做手脚不辦。」

〔三〕用力磨甑甎,那堪將作鏡:「甑甎」爲長形之磚。《廣雅·釋宫》:「甓,甑甎也。」王念孫疏證:「《衆經音義》卷十四引《通俗文》云:『狹長者謂之甑甎。』《魏志·胡昭傳》注引《魏略》云:『扈累獨居道側,以甑甎爲障。』」磨磚作鏡之典見於《景德傳燈録》卷五《南嶽懷讓禪師》:「開元中有沙門道一即馬祖大師也住傳法院,常日坐禪。師知是法器,往問曰:『大德坐禪圖什麽?』一曰:『圖作佛。』師乃取一塼於彼庵前石上磨。一曰:『磨塼作麽?』師曰:『磨作鏡。』一曰:『磨塼豈得成鏡耶?』師曰:『磨塼既不成鏡,坐禪豈得成佛耶?』一曰:『如何即是?』師曰:『如牛駕車,車不行,打車即是?打牛即是?』一無對。師又曰:『汝爲學坐禪?爲學作佛?若學坐禪,禪非坐卧;若學作佛,佛非定相。於無住法,不應取捨。汝若坐佛,即是殺佛。若執坐相,非達其理。』一聞示誨,如飲醍醐。」《祖堂集》卷三已載此事。《黄龍慧南禪師語録》：「若也不識珠之與月，念言念句，認光認影，猶如入海算沙，磨磚作鏡，希其數而欲其明，萬不可得。」陸游《仰首座求鈍菴詩》：「掘井及泉那用巧，磨磚作鏡未爲愚。」

〔四〕佛説元平等：按《金剛經》：「是法平等，無有高下，故名無上正等菩提，以無我、無衆生、無壽者，無更求趣性，其性平等。」《大般涅槃經》卷三〇：「世尊於諸衆生，平等無二，怨親一相。」

〔五〕真如性：即佛性。《楞嚴經》卷三：「云何六入，本如來藏妙真如性。」敦煌本《壇經》：「悟此法者，即是無念、無憶、無著，莫起誑妄，即是真如性，用智惠觀照，於一切法不取不捨，即見性成佛道。」又：「故知一切萬法盡在自身中，何不從於自心頓現真如本性。」《景德傳燈録》卷二五《天台山德韶國師》：「問曰：『恁麼即大千同一真如性也。』師曰：『依希似曲纔堪聽，又被風吹别調中。』」又卷三〇《一鉢歌》：「亦無垢，亦無浄，大千同一真如性。」耿湋《題惟幹上人居》：「更悟真如性，塵心稍自寬。」寒山詩云「佛説元平等，總有真如性」者，蓋佛教認爲一切衆生，平等無二，皆具佛性，如《大般涅槃經》卷七：「佛言：善男子，我者即是如來藏義，一切衆生悉有佛性，即是我義。如是我義，從本以來常爲無量煩惱所覆，是故衆生不能得見。善男子，如貧女人舍内多有真金之藏，家人大小無有知者。時有異人善知方便，語貧女人：『我今雇汝，汝可與我耘除草穢。』女即答言：『我不能也。汝若能示我子金藏，然後乃當遠爲汝作。』是人復言：『我知方便，能示汝子。』女人答言：『我家大小，尚自不知，況汝能知？』是人復言：『我今審能。』女人答言：『我亦欲見，並可示我。』是人即於其家，掘出真金之藏。女人見已，心生歡喜，生奇特想，宗仰是人。善男子，衆生佛性亦復如是，一切衆生不能得見，如彼寶藏，貧女不知。善男子，我今普示一切衆生，所有佛性，爲諸煩惱之所覆蔽，如彼貧人，有真金藏，不能得見。如來今日普示衆生諸覺寶藏，所謂佛性，而諸衆生見是事已，心生歡喜，歸仰如來。」又卷一〇：「一切衆生，同一佛性，無有差別。」

〔六〕審思量：仔細思考。《汾陽無德禪師語録》卷下《一字歌》：「汾陽直説審思量，瞥爾緣塵抛佛性。」敦煌本《董永變文》：「人生在世審思量，暫時吵鬧有何方（妨）。」寒山詩一九一首：「如此審思量，遷延倚巖坐。」又二一三首：「不解審思量，只道求佛難。」又二四五首：「今日審思量，自家須營造。」

〔七〕閑争競：無謂的争競。「閑」即無關緊要、無足輕重之義。劉禹錫《贈李司空妓》：「司空見慣渾閒事，斷盡蘇州刺史腸。」敦煌本《父母恩重經講經文》：「相勸事須行孝順，莫將恩德看爲閑。」敦煌本《雙恩記》：「汝不要惆悵，沈没舡舫，極是閑耳，吾已得龍王如意寶珠。」

楚按，《拾得録》所載「集語」有云：「烝砂豈成飯，磨甎將作鏡。説食終不飽，直須著力行。」乃采擷此詩語句而成者。

推尋世間事

推尋世間事〔一〕，子細總皆①知〔二〕。凡事莫容易〔三〕，盡愛討便宜。護即弊成好，毀即是成

非〔四〕。故知雜濫口〔五〕，背面總由伊〔六〕。冷暖我自量〔七〕，不信奴脣皮〔八〕。（〇九八）

【校勘】

①「皆」，宮内省本、四庫本作「要」，全唐詩本夾注「一作要」。

【箋注】

〔一〕推尋：推究。《妙法蓮華經·化城喻品》：「共詣西方，推尋是相。」《百喻經》卷一《山羌偷官庫衣喻》：「過去之世，有一山羌，偷王庫物而遠逃走。爾時國王，遣人四出，推尋捕得，將至王邊。」

〔二〕子細：同「仔細」。《魏書·源懷傳》：「爲貴人，理世務當舉綱維，何必須太子細也。」

〔三〕容易：輕率，隨便。《祖堂集》卷七《巖頭和尚》：「師云：『汝何不早問？』僧云：『某甲不敢容易。』」《太平廣記》卷八二《管子文》（出《大唐奇事》）：「古人不容易而談者，蓋知談之易聽之難也。」又卷二六五《陳通方》（出《閩川名士傳》）：「吾偶戲謔，不知王生遽爲深憾。人之於言，豈合容易哉！」又卷三〇九《張遵言》（出《博異記》）：「四郎又戲之，美人怒曰：『我是劉根妻，不爲奉上元夫人處分，焉涉於此，君子何容易乎！』」又卷三一〇《三史王生》（出《纂異記》）：「業三史，博覽甚精，性好誇炫，語甚容易。每辯古昔，多以臆斷，旁有議者，必大言折之。」敦煌本《妙法蓮華經講經文》：「轉精勤，莫容易，夜静三更思妙理。」

〔四〕護即弊成好，毀即是成非：「護」即偏袒、庇護。嵇康《與山巨源絶交書》：「仲尼不假蓋於子夏,護其短也。」「毁」即誹謗、詆毁。《史記·孟嘗君列傳》:「齊王惑於秦、楚之毁,以爲孟嘗君名高其主而擅齊國之權,遂廢孟嘗君。」按「護即弊成好,毁即是成非」二句,言世人憑一己之愛憎,可以顛倒是非,混淆黑白。《文選》卷二張衡《西京賦》:「所好生毛羽,所惡成瘡痏。」張銑注:「言此辯士所好者譽之使生羽毛,惡者毁之令生瘡痏。」亦與寒山詩意相同。

〔五〕雜濫口:指説長道短、搬弄是非者。「雜濫」即繁多蕪雜之義。

〔六〕背面總由伊:「背」謂反面,「面」謂正面。「背面總由伊」者,謂任隨俗人當面相譽,背後相毁,信口雌黄,任意褒貶。

〔七〕冷暖我自量:謂實情自己心中有數。《筠州黄蘗山斷際禪師傳心法要》:「明於言下忽然默契,便禮拜云:『如人飲水,冷煖自知。』」《龐居士語録》卷中:「如人渴飲水,冷煖心自知。」

〔八〕奴:指上文的「伊」。按古人詈人則稱之爲「奴」。《晉書·劉曜載記》:「叛逆胡奴!要當生縛此奴,然後斬劉貢。」　唇皮:嘴唇。《宏智禪師廣録》卷一:「一言道斷,不鼓唇皮;一擔擔起,不費氣力。」又卷四:「舌頭一臠肉,口唇兩片皮。」又卷七《禪人寫真求贊》:「眉毛垂眼尾,鼻孔壓唇皮。」《古尊宿語録》卷二九《舒州龍門佛眼和尚語録》:「眉毛眼睫最相親,鼻孔唇皮作近鄰。」《緇門警訓》卷九芭蕉泉禪師《示衆》:「行與住,坐與卧,兩片唇皮只管播。是是非非誰箇無,也須檢點自家過。」《楚石梵琦禪師語録》卷一八《送僧住庵九首》之二:「東土西天無佛祖,説禪不動口唇皮。」永樂大典戲文《張協狀元》四十四齣:「(末)覆相公:一面塔鼓却有兩片皮。（丑）兩片皮便如我口唇皮。」

蹭蹬諸貧士

蹭蹬諸貧士〔一〕，飢寒成至極〔二〕。閑居好作詩，札札用心力〔三〕。賤他①言孰采〔四〕，勸君休歎息。題安餬䴵②上〔五〕，乞狗也不喫〔六〕。（○九九）

【校勘】

①「他」，宫内省本、正中本、高麗本、四庫本作「人」，全唐詩本夾注「一作人」。②「䴵」，宫内省本、正中本、高麗本作「餅」，同。

【箋注】

〔一〕蹭蹬：形容困頓不得意。李白《贈張相鎬二首》之二：「晚途未云已，蹭蹬遭讒毀。」

〔二〕至極：頂點，極點。《高僧傳》卷六《晉廬山釋慧遠傳》：「佛是至極，至極則無變，無變之理，豈有窮耶？」

〔三〕札札：通「軋軋」、「乙乙」，難出之貌，這裏形容文思艱澀。陸機《文賦》：「理翳翳而愈伏，思軋軋其若抽。」李善注本《文選》卷一七作「思乙乙其若抽」，注：「乙，難出之貌。《説文》曰：『陰氣尚强，其出乙乙然。』乙音軋。」《史記·律書》：「卯之爲言茂也，言萬物茂也。其於十母爲甲乙。甲者，言萬物剖符甲而出也；乙者，言萬物生軋軋也。」

〔四〕采：同「保」、「採」、「睬」，理睬。寒山詩〇六三首：「捺硬莫采渠，呼名自當去。」參看該首注〔三〕。

〔五〕餬𩝐：即「胡餅」，「𩝐」同「餅」，「胡」與「餅」連類而寫作「餬」。宋吴曾《能改齋漫録》卷一五《胡麻餅》：「《釋名》曰：餅，并也，溲麪使合并也。胡餅，言以胡麻著之也。崔鴻《前趙録》曰：『石季龍諱胡，改胡餅曰麻餅。』《晉書》云：『王長文在市中齧胡餅。』《肅宗實録》云：『楊國忠自入市，衣袖中盛胡餅。』劉禹錫《嘉話》云：『劉晏入朝，見賣蒸胡餅之處，買啗之。』此胡餅，乃胡麻之餅也。《緗素雜記》謂：『張公所論市井有鬻胡餅者，不曉名之所謂，乃易其名爲爐餅。』論此爲誤，誠然。渠以爲胡餅爲胡人之所啗，因此得名，故曰胡餅，如畢羅、鎚虛，呼物以其名。予謂此失，若曰胡餅非胡麻之餅，則石季龍何以改爲麻餅哉？」

〔六〕乞狗也不喫：餵狗狗也不喫。「乞」即給予之義。《漢書·朱買臣傳》：「妻自經死，買臣乞其夫錢令葬。」顔師古注：「乞音氣。」《左傳》昭公十六年「毋或匄奪」，孔穎達疏：「乞之與乞，一字也，取則入聲，與則去聲。」宋袁文《甕牖閒評》卷四：「詩家用乞字，當有二義。有作去聲用者，有作入聲用者。如陳無己詩云『乞與此翁元不稱』，蘇東坡詩云『何妨乞與水精鱗』，此作去聲用也。如唐子西詩云『乞取蜀江春』，東坡詩云『乞得膠膠擾擾身』，此作入聲用也。」《文選》卷四〇任昉《奏彈劉整》：「分財，以奴教子乞大息寅。」《高僧傳》卷一〇《晉上虞龍山史宗傳》：「遺布三十匹，悉以乞人。」韓愈《嘲少年》：「直把春償酒，都將命乞花。」「乞」下原注「音氣」。張籍《贈王司馬》：「藏得寶刀求主帶，調成駿馬乞人騎。」皎然《戲作》：「乞我百萬金，封我異姓王。不如獨悟時，大笑放清狂。」《景德傳燈録》卷一〇《鎮州普化和尚》：「或將鐸就人耳邊振之，或拊其背，有迴顧者，即展手云：『乞我一錢。』」寒山詩之「乞狗」，正作去聲用，謂予狗也。俗語有「肉包子打狗，有去無回」之説，立意正與寒山詩「題安鋤鏺上，乞狗也不喫」相反。

欲識生死譬

欲識生死譬，且將冰水比〔一〕。水結即成冰，冰消返成水。已死必應生，出生還復死。冰水不相傷〔二〕，生死還雙美〔三〕。（一〇〇）

【箋注】

〔一〕欲識生死譬，且將冰水比：按以冰水之轉化，譬喻生死之循環，出於《楞嚴經》卷三：「始終相成，生滅相續，生死死生，生生死死，如旋火輪，未有休息。阿難，如水成冰，冰還成水。」

〔二〕不相傷：互不妨礙。白居易《效陶潛體詩》之十六：「濟水澄而潔，河水渾而黄。交流列四瀆，清濁不相傷。」

〔三〕雙美：兩全其美。陸機《文賦》：「離之則雙美，合之則兩傷。」

楚按，關於「冰水之譬」，錢鍾書氏所論最詳，《管錐編》一〇一一、一〇一二頁論張衡《髑髏賦》有云：「『死爲休息，生爲役勞，冬水之凝，何如春冰之消？』按命意不外乎《莊子・大宗師》『知死生存亡之一體，……勞我以生，息我以死』；《刻意》『死也物化』；《知北遊》：『人之生，氣之聚也，聚則爲生，散則爲死。……已化而生，又化而死。』取譬本乎《淮南子・俶真訓》：『夫水嚮冬則凝而爲冰，冰迎春則泮而爲水，冰水移易於前後，若周員而趨，孰暇知其所苦樂乎？』《精神訓》：『譬猶陶人之埏埴也，其取之地而已爲盆盎也，與其未離於地也無以異；其已成器而破碎漫爛而復歸其故也，與其爲盆盎亦無以異矣。……牆之立，不若其偃也，又況不爲牆乎？冰之凝，不若其釋也，又況不爲冰乎？』（《説山訓》同。）《論衡・道虚》亦云：『人之生，其猶水也，水凝而爲冰，氣積而爲人；冰極一冬而釋，人竟百歲而死。』釋書以之爲慣喻，如《首楞嚴經》卷三：『始終相成，生滅相續，生死死生，生生死死，如旋火輪，未有休息。阿難，如水成冰，冰還成水』；寒山詩：『欲識生死譬，且將冰水比。水結即成冰，冰消返爲水。』宋儒張載《正蒙・太和》第一『氣之聚散於太虚，猶冰之凝釋於水』；《動物》第五『海水凝則冰，浮則漚，……推是足以究生死之説』；《誠明》第六：『天性在人，猶水性之在冰，凝釋雖異，爲物一也，受光有大小昏明，其照納不二也。』朱熹《朱文公文集》卷四一《答程允夫》附程來書：『張子曰「天性在人」云云。然極其説，恐未免流於釋氏，兄長以爲如何？』朱答：『程子以爲横渠之言誠有過者，正爲此等發耳。』張載論『氣』，喻諸冰水，如《淮南子》、《論衡》及釋書之一死生（the circle of generation）；其論『性』而復舉此喻，則《淮南》、《論衡》所未道，而如釋氏之通妄於真、即迷爲覺（the circle of cognition）。蓋釋氏取一事而兩任也。僧肇《寶藏論・廣照空有品》第一

『真冰釋水，妄水結冰』；智顗《摩訶止觀》卷一『無明轉即變爲明，如融冰成水，更非遠物，不餘處來』，又卷六：『如爲不識冰人，指水是冰，指冰是水，但有名字，寧復有二物相即耶？』淨覺《楞伽師資記》第三北齊惠可『冰生於水而冰遏水，冰泮而水通，妄起於真而妄迷真，妄盡而真現』；宗密《禪源諸詮集都序》卷上之二『法本稱理互通，通即互順，凝流皆水』；至明袾宏《竹窗隨筆》仍云：『從真起妄，妄外無真，繇水結冰，冰外無水，體一而用常二也。』故程氏之『恐』，初非無因，朱在宋儒中於教宗最稱通曉，乃不直舉贓證，而婉言薄責，豈爲尊者賢者諱耶？張衡賦中冰水之喻，一經拈出，當不乏好奇之士，舍近求遠，以張之《西京賦》曾及『桑門』，遂渾忘《淮南》，而謂經來白馬，張氏必如是我聞，得之耳學。釋子知之，大可攀附；渠輩以《列仙傳》僞序故，於兩漢作者，好引劉向鋪張門面（參觀《列子》卷論《仲尼》篇），而於張衡則失之交臂矣。」

楚按，以上錢氏所論，極爲詳盡，今再爲補充釋氏數例，皆以冰水譬喻衆生與佛性之關係。《小室六門·悟性論》：「衆生與菩提，亦如水與冰。爲三毒所燒，即名衆生；爲三解脱所淨，即名菩提。爲三冬所凍，即名爲冰；爲三夏所消，即名爲水。若捨却冰，則無别水；若棄却衆生，則無别菩提。明知冰性即是水性，水性即是冰性，衆生性者即菩提性也。」《楞伽師資記序》：「故知衆生與佛性，本來共同。以水況冰，體有何異？冰由質礙，喻衆生繫縛；水性虚通，等佛性之圓淨。」《祖堂集》卷三《慧忠國師》：「譬如寒月，結水爲冰；及至暖時，釋冰爲水。衆生迷時，結性成心；衆生悟時，釋心成性。」《景德傳燈録》卷一三《終南山圭峰宗密禪師》：「識冰池而全水，藉陽氣而鎔消；悟凡夫而即真，資法力而修習。冰消而水流潤，方呈滌溉之功；妄盡則心靈通，始發通光之應。修心之外，別無行門。」又：「然身中覺性，未曾生死，如夢被驅役，而身本安閑，如水作冰，而濕性不易。」敦煌寫本斯五五八八號歌辭：「佛即是人人是佛，識取真假物。即冰是水水爲冰，何處認疎親。迷即衆生悟是佛，能出還能没。慧日消除凍水冰，本性湛然凝。佛即喻如冰水智，智者還知委。迷人心地得惺惺，迴闇却爲明。」明釋德清《憨山老人夢遊集》卷四《示容玉居士》：「蓋衆生與佛，如水與冰，心迷則佛作衆生，心悟則衆生是佛，如水成冰，冰融成水，換名不換體也。」

尋思少年日

尋思少年日，遊獵向平陵〔一〕。國使職非願〔二〕，神仙未足稱。聯翩騎白馬〔三〕，喝兔放蒼鷹。不覺大①流落，皤皤誰見矜〔四〕。（一〇一）

【校勘】

①「大」，四庫本作「今」，全唐詩本夾注「一作今」。

【箋注】

〔一〕平陵：漢昭帝陵墓。《漢書·昭帝紀》：「（元平元年）夏四月癸未，帝崩於未央宫。六月壬申，葬平陵。」臣瓚注：「平陵在長安西北七十里。」王筠《俠客篇》：「晨馳逸廣陌，日暮返平陵。」按「平陵」是漢代「五陵」之一，漢代每立陵墓，輒遷徙富豪外戚之家居於陵側，故當時及後世每以

「五陵」指豪貴之區。如杜甫《秋興八首》之三：「同學少年多不賤，五陵衣馬自輕肥。」

〔二〕國使：國家派出之使節。《漢書・宣帝紀》本始二年：「烏孫昆彌及公主因國使者上書。」顏師古注：「國使者，漢朝之使也。」王昌齡《代扶風主人答》：「將軍降匈奴，國使没桑乾。」張繼《送鄒判官往陳留》：「國使乘軺去，諸侯擁節迎。」耿湋《涼州詞》：「國使翻翻隨旆旌，隴西岐路足荒城。」

〔三〕聯翩：鳥飛貌。吴均《別鶴》：「別鶴尋故侶，聯翩遼海間。」《大莊嚴論經》卷一二：「彼鴿畏鷹故，聯翩來歸我。」亦形容馬奔貌。謝靈運《擬魏太子鄴中集詩・阮瑀》：「金羈相馳逐，聯翩何窮已。」劉孝威《驄馬驅》：「未得報君恩，聯翩終不住。」

〔四〕皤皤：髮白貌。《後漢書・樊準傳》：「故朝多皤皤之良，華首之老。」岑參《秋夕聽羅山人彈三峽流泉》：「皤皤岷山老，抱琴鬢蒼然。」高適《自淇涉黄河途中作十三首》之十三：「皤皤河濱叟，相遇似有恥。」貫休《秋末入匡山船行八首》之四：「誰如垂釣者，孤坐鬢皤皤。」　矜：憐憫。《太平廣記》卷一六六《吴保安》（出《紀聞》）：「若足下不見哀矜，猥同流俗，則僕生爲俘囚之豎，死則蠻夷之鬼耳。」宋劉斧《青瑣高議》別集卷四《王榭》：「風濤破舟，不意及此，惟祈王見矜。」

偃息深林下

偃息深林下〔一〕，從生是農夫。立身既質直〔二〕，出語無諂諛。保我不鑒璧〔三〕，信君方得

珠〔四〕。焉能同汎灩〔五〕，極目波上晃〔六〕。（一〇二）

【箋注】

〔一〕偃息：退處，遁居。《後漢書·李膺傳》：「願怡神無事，偃息衡門，任其飛沈，與時抑揚。」

〔二〕質直：正直。《論語·顏淵》：「夫達也者，質直而好義。」《妙法蓮華經·安樂行品》：「若欲説是經，當捨嫉恚慢，諂誑邪僞心，常修質直行。」《華嚴經》卷五六：「心浄無瑕穢，質直無諂曲，隨其所聞法，如説能修行。」《出曜經》卷三：「時彼比丘，受性質直，内無有姦宄。」《太平廣記》卷四二八《斑子》（出《廣異記》）：「穀熟則來唤人平分，性質直，與人分，不取其多。」

〔三〕保我不鑒璧：按「璧」指和氏璧。《韓非子·和氏》：「楚人和氏得玉璞楚山中，奉而獻之厲王。厲王使玉人相之，玉人曰：『石也。』王以和爲誑，而刖其左足。及厲王薨，武王即位，和又奉其璞而獻之武王。武王使玉人相之，又曰：『石也。』王又以和爲誑，而刖其右足。武王薨，文王即位，和乃抱其璞而哭於楚山之下，三日三夜，淚盡而繼之以血。王聞之，使人問其故曰：『天下之刖者多矣，子奚哭之悲也？』和曰：『吾非悲刖也，悲夫寶玉而題之以石，貞士而名之以誑，此吾所以悲也。』王乃使玉人理其璞，而得寶焉，遂命曰『和氏之璧』。」「鑒璧」謂相石璞而知璧玉在其中，「保我不鑒璧」者，謂保我之「完璞」，守其本性以遠害也。

〔四〕信君方得珠：按「珠」指玄珠。《莊子·天地》：「黄帝遊乎赤水之北，登乎崑崙之丘而南望，還歸，遺其玄珠。使知索之而不得，使離朱索之而不得，使喫詬索之而不得也。乃使象罔，象罔得之。黄帝曰：『異哉！象罔乃可以得之乎？』」成玄英疏：「赤是南方之色，心是南方之藏。水性流動，位在北方。譬迷心緣鏡，闇無所照，故言赤水北也。崑丘，身也。南是顯明之方，望是觀見之義，玄則疏遠之目，珠乃珍貴之寶。欲明世間群品，莫不身心迷妄，馳騁耽著，無所覺知，闇似北方，動如流水，迷真喪道，實此之由。今欲返本還源，祈真訪道，是以南望示其照察，還歸表其復命，故先明失真之處，後乃顯得道之方。」又曰：「罔象，無心之謂。離聲色，絶思慮，故知與離朱自涯而反，喫詬言辨，用力失真，唯罔象無心，獨得玄珠也。」因知「玄珠」喻道，寒山詩之「得珠」，即得道之喻也。

〔五〕汎灔：水波流動貌。盧照鄰《宿晉安亭》：「汎灔月華曉，裴回星鬢垂。」即以水波之流動比喻月光之流動。

〔六〕極目波上鳧：「極目」謂放眼遠望，窮極目力。○五九首亦云：「極目兮長望，白云四茫茫。」「波上鳧」典出《楚辭·卜居》：「寧昂昂若千里之駒乎？將氾氾若水中之鳧乎？與波上下，偷以全吾軀乎？」《太平廣記》卷一七三《東方朔》（出《小説》）：「漢武帝見畫伯夷、叔齊形像，問東方朔：『是何人？』朔曰：『古之愚夫。』帝曰：『夫伯夷、叔齊，天下廉士，何謂愚耶？』朔對曰：『臣聞賢者居世，與之推移，不凝滯於物。彼何不升其堂，飲其漿，泛泛如水中之鳧，與彼徂遊？天子轂下，可以隱居，何自苦於首陽？』上喟然而歎。」

不須攻人惡

不須攻人惡〔一〕，何用①伐己善〔二〕。行之則可行〔三〕，卷之則可卷〔四〕。禄厚憂責②大〔五〕，言深慮交淺〔六〕。聞兹若念兹〔七〕，小子③當自見〔八〕。（一〇三）

【校勘】

①「何用」，宫内省本、四庫本作「不須」，全唐詩本夾注「一作不須」。②「責」，原作「積」，據宫内省本、正中本、高麗本、四庫本改。全唐詩本夾注「一作責」。③「子」，宫内省本、高麗本、正中本、四庫本作「兒」。

【箋注】

〔一〕攻人惡：批評别人過失。《論語·顔淵》：「攻其惡，無攻人之惡，非脩慝歟？」邢昺疏：「攻，治也，言治其己過，無治人之過，是治惡也。」《魏書·陽固傳》載固《刺讒疾嬖幸詩二首》之一：「攻人之惡，君子耻焉。」

〔二〕伐己善：誇耀自己的優點。《論語·公冶長》：「顔淵曰：『願無伐善。』」何晏集解引孔曰：「不自稱己之善。」

〔三〕行之則可行：謂才能可以施展便施展。《論語·述而》：「子謂顔淵曰：『用之則行，舍之則藏，唯我與爾有是夫！』」邢昺疏：「言時用之則行，舍之則藏，用捨隨時，行藏不忤於物，唯我與汝同有是行夫！」

〔四〕卷之則可卷：謂才能無法施展時，則韜晦自守，不參與時政。《論語·衛靈公》：「君子哉蘧伯玉！邦有道則仕，邦無道則可卷而懷之。」何晏集解引包曰：「『卷而懷』謂不與時政，柔順不忤於人。」邢昺疏：「國若有道則肆其聰明而在仕也，國若無道則韜光晦知、不與時政，亦常柔順，不忤逆校人，是以謂之君子也。」

〔五〕禄厚憂責大：謂官高禄厚，則爲承擔的責任重大而擔憂。《説苑·談叢》：「官尊者憂深，禄多者責大。」《三國志·蜀書·許靖傳》：「夫爵高者憂深，禄厚者責重。足下據爵高之任，當責重之地，言出於口，即爲賞罰，意之所存，便爲禍福。行之得道，即社稷用寧，行之失道，即四方散亂。國家安危，在於足下；百姓之命，縣於執事。」《抱朴子外篇·嘉遯》：「蓋禄厚者責重，爵尊者神勞。」白居易《昭國閒居》：「勿嫌禄俸薄，厚即多憂責。」清褚人穫《堅瓠二集》卷三《勸世歌》，載徽州唐皋作《勸世歌》有云：「官大錢多憂轉多，落得自家頭白蚤。中秋過了月不明，清明過了花不好。」亦是此意。

〔六〕言深慮交淺：言談過於深入，則恐交情太淺，引起不良後果。《戰國策·趙策四》：「馮忌請見趙王，行人見之。馮忌接手免首，欲言而不敢。王問其故，對曰：『客有見人於服子者，已而請其罪。服子曰：「公之客獨有三罪：望我而笑，是狎也；談語而不稱師，是倍也；交淺而言深，是亂也。」客曰：「不然。夫望人而笑，是和也；言而不稱師，是庸説也；交淺而言深，是忠也。

昔者堯見舜於草茅之中，席隴畝而廕庇桑，陰移而授天下傳。伊尹負鼎俎而干湯，姓名未著而受三公。使夫交淺者不可以深談，則天下不傳，而三公不得也。」』趙王曰：『甚善。』馮忌曰：『今外臣交淺而欲深談可乎？』王曰：『請奉教。』於是馮忌乃談。」按此事亦見於《淮南子·齊俗》。《後漢書·崔駰傳》：「駰聞交淺而言深者，愚也；在賤而望貴者，惑也；未信而納忠者，謗也。三者皆所不宜，而或蹈之者，思効其區區，憤盈而不能已也。」《緇門警訓》卷八大慧禪師《答孫知縣書》：「古人有言：交淺而言深者，招尤之道也。」

〔七〕聞茲若念茲：按「茲」猶云「此」，指上文所説的道理。此句言對於上文所説的道理，應該聞之在耳，念之在心。《書·大禹謨》：「帝念哉，念茲在茲，釋茲在茲，名言茲在茲，允出茲在茲，惟帝念功。」孔傳：「茲，此。」

〔八〕小子：對年輕後輩的稱呼。《論語·陽貨》：「子曰：小子何莫學夫詩？」何晏集解引包曰：「小子，門人也。」

慈受《擬寒山詩》一四二首：「不必揚人惡，切忌伐己善。行人口似碑，好醜悉皆見。禄厚恐禍生，言深慮交淺。不如省事休，彼此無欣怨。」與寒山此詩大同小異。

富兒會高堂

富兒會高堂，華燈何煒煌〔一〕。此時無燭者，心願處其傍。不意遭排遣，還歸暗處藏。益人

明詎損〔二〕，頓訝惜餘光〔三〕。（一〇四）

【箋注】

〔一〕華燈何煒煌：《玉臺新詠》卷一《相逢狹路間》：「中庭生桂樹，華鐙何煌煌。」《楚辭》卷九宋玉《招魂》：「蘭膏明燭，華鐙錯些。」王逸注：「言鐙錠盡雕琢錯鏤，飾設以禽獸，有英華也。」《文選》卷一一王延壽《魯靈光殿賦》：「瀖濩燐亂，煒煒煌煌。」李善注：「采色衆多，眩曜不定也。」

〔二〕益人：助人，有惠於人。《戰國策·秦策二》：「於是出私金以益公賞。」姚宏注：「益，助也。」一說「益人」即增加人數，「益」即添加。　詎：豈。陶淵明《讀山海經》之十：「徒設在昔心，良晨詎可待。」

〔三〕惜餘光：《藝文類聚》卷一八載梁蕭子顯《美女篇》曰：「餘光幸未惜，蘭膏空自煎。」駱賓王《秋螢》：「下帷如不倦，當解惜餘光。」岑參《秋夕讀書幽興獻兵部李侍郎》：「覽卷試穿鄰舍壁，明燈何惜借餘光。」按「餘光」即剩餘的光線。段成式《觀山燈獻徐尚書》：「窮愁讀書者，應得假餘光。」李咸用《贈陳望堯》：「秋螢短焰難盈案，鄰燭餘光不滿行。」慕幽《燈》：「孫康勤苦誰能念，少減餘光借與伊。」

楚按，寒山此詩立意出於《戰國策·秦策二》：「甘茂亡秦，且之齊。出關遇蘇子，曰：『君聞夫江上之處女乎？』蘇子曰：『不聞。』曰：『夫江上之處女，有家貧而無燭者，處女相與語，欲去之。家貧無燭者將去矣，謂處女曰：「妾以無燭，故常先至，掃室布席。何愛餘明之照四壁者？幸以賜妾，何妨於處女？妾自以有益於處女，何爲去我？」處女相語以爲然而留之。今臣不肖，棄逐於秦而出關，願爲足下掃室布席，幸無我逐也。』蘇子曰：『善，請重公於齊。』」《史記·樗里子甘茂列傳》亦載此事。又劉向《列女傳》卷六《齊女徐吾傳》：「齊女徐吾者，齊東海上貧婦人也，與鄰婦李吾之屬會燭相從夜績。徐吾最貧，而燭數不屬。李吾謂其屬曰：『徐吾燭數不屬，請無與夜也。』徐吾曰：『是何言與？妾以貧，燭不屬之故，起常先，息常後，灑掃陳席以待來者。自與蔽薄，坐常處下。凡爲貧，燭不屬故也。夫一室之中，益一人燭不爲暗，損一人燭不爲明，何愛東壁之餘光，不使貧妾得蒙見哀之恩，長爲妾役之事？使諸君常有惠施于妾，不亦可乎？』李吾莫能應，遂復與夜，終無後言。」

世有聰明士

世有聰明士，勤①苦探幽文〔一〕。三端自孤立〔二〕，六藝越諸君〔三〕。神氣卓②然異，精彩超衆群〔四〕。不識箇中意〔五〕，逐境亂紛紛〔六〕。（一〇五）

【校勘】

①「勤」，宫内省本、四庫本作「救」，全唐詩本夾注「一作救」。②「卓」，高麗本作「車」。

【箋注】

〔一〕幽文：深奥的文獻。

〔二〕三端：指筆端、鋒端、舌端，亦即文才、武才、口才。《韓詩外傳》卷七：「君子避三端：避文士之筆端，避武士之鋒端，避辯士之舌端。」　孤立：特出。白居易《醉後走筆酬劉五主簿長句之贈兼簡張大賈二十四先輩昆季》：「劉兄文高行孤立，十五年前名翕習。」

〔三〕六藝：指禮、樂、射、御、書、數等六種科目。《禮記·學記》：「不興其藝，不能樂學。」鄭玄注：「藝謂禮、樂、射、御、書、數。」敦煌本《破魔變》：「見君文武並皆全，六藝三端又超群。」敦煌遺書斯二二〇四號歌辭：「太子生七日，摩耶欲歸天，姨母收養經七年，六藝有三端。」又：「更有三端並六藝，廣學多周備。」

〔四〕精彩：精神，光采。《文選》卷一九宋玉《神女賦》：「目略微眄，精彩相授。」李善注：「目略輕看，精神光采相授與也。」《晉書·慕容超載記》：「超身長八尺，腰帶九圍，精彩秀發，容止可觀。」《太平廣記》卷四八七《霍小玉傳》：「若瓊林玉樹，互相照曜，轉盼精彩射人。」

〔五〕箇中意：此中意，指對佛法之領悟。《祖堂集》卷三載懶瓚和尚《樂道歌》：「無事本無事，何須讀文字，削除人我本，冥合箇中意。」《龐居士語録》卷上：「護生須是殺，殺盡始安居。會得箇中意，鐵船水上浮。」《景德傳燈録》卷二九洞山良价和尚《無心合道頌》：「道無心合人，人無心合道。欲識箇中意，一老一不老。」《白雲守端禪師語録》卷上：「一喝分賓主，照用一時行。要會箇中意，日午打三更。」

〔六〕逐境：追求外緣。按「境」爲感官認識的對象，禪宗主張明心見性，向心求佛。若追逐外境，必然心性散亂,故云「逐境亂紛紛」。

層層山水秀

層層山水秀,煙霞鎖翠微〔一〕。嵐拂紗巾濕〔二〕,露霑蓑草衣。足躡遊方履〔三〕,手執古藤枝〔四〕。更觀塵世外,夢境復何爲〔五〕。(一〇六)

【箋注】

〔一〕翠微:青翠微淡的山色,這裏泛指青山。《爾雅·釋山》:「山脊,岡。未及上,翠微。」郭璞注:「近上旁陂。」郝懿行義疏:「翠微者,《初學記》引舊注云:『一説山氣青縹色曰翠微。』劉逵《蜀都賦注》:『翠微,山氣之輕縹也。』義本《爾雅》,蓋未及山頂孱顔之間,葱鬱葐蒀,望之谸谸然青翠,氣如微也。舊注似較郭義爲長。」韋應物《旅中感遇寄呈李祕書昆仲》:「南望愁雲鎖翠微,謝家樓閣雨霏霏。」

〔二〕嵐:山中霧氣。王維《送方尊師歸嵩山》:「瀑布杉松常帶雨,夕陽蒼翠忽成嵐。」

〔三〕遊方履:僧徒遊方所著之履,即草鞋。按僧徒雲遊四方,參學問道稱爲「遊方」,《高僧傳》卷五《晉泰山崑崙巖竺僧朗傳》:「少而遊方問道,長還關中。」修睦《喜僧友到》:「意欲相留住,游方肯舍麽?」《景德傳燈録》卷二六《杭州五雲山華嚴道場志逢大師》:「天福中遊方,抵天台山雲居道場,參國師。」

〔四〕古藤枝：指多年枯藤所制之手杖。張籍《酬藤杖》：「病裏出門行步遲，喜君相贈古藤枝。倚來自覺身生力，每向傍人説得時。」《明覺禪師語録》卷五《送僧》：「古藤枝，寒索索，方倚靠，又拈却。」《呆菴普莊禪師語録》卷七《奉寄芥室老和尚二首》之二：「手携七尺古藤枝，渡水穿雲孰可期。」

〔五〕夢境：宗密《禪源諸詮集都序》卷二：「如患夢者，患夢力故，心似種種外境相現，夢時執爲實有外物，寤來方知唯夢所變。我此身相，及於外境，亦復如是，唯識所變。」此處即以「夢境」比喻塵世。

滿卷才子詩

滿卷才子詩，溢壺聖人酒〔一〕。行愛觀牛犢，坐不離左右〔二〕。霜露入茅簷，月華明甕①牖〔三〕。此時吸兩甌，吟詩三兩②首。（一〇七）

【校勘】

①「瓮」，全唐詩本作「甕」，夾注「一作户」。②「三兩」，原作「五百」，四庫本作「兩三」，全唐詩本夾注「一作兩三」，兹據宫内省本、正中本、高麗本改「三兩」。

【箋注】

〔一〕聖人酒：清酒。《三國志·魏書·徐邈傳》：「時科禁酒，而邈私飲至於沉醉。校事趙達問以曹事，邈曰：『中聖人。』達白之太祖，太祖甚怒。度遼將軍鮮于輔進曰：『平日醉客謂酒清者爲聖人，濁者爲賢人。邈性脩慎，偶醉言耳。』竟坐得免刑。」陸龜蒙《對酒》：「後代稱歡伯，前賢號聖人。」皇甫松《醉鄉日月·謀飲》：「凡酒，以色清味重而飴者爲聖，色如金而味醇且苦者爲賢，色黑而酸醨者爲愚，色白家醪糯觴醉人者爲君子，以家醪黍觴醉人者爲中人，以巷醪灰觴醉人者爲小人。」

〔二〕坐不離左右：謂才子詩、聖人酒不離左右。

〔三〕瓮牖：同「甕牖」，以破甕之口嵌牆爲窗。《莊子·讓王》：「原憲居魯，環堵之室，茨以生草；蓬户不完，桑以爲樞。而甕牖二室，褐以爲塞，上漏下濕，匡坐而弦。」《禮記·儒行》：「儒有一畝之宫，環堵之室，篳門圭窬，蓬户甕牖，易衣而出，並日而食。上答之，不敢以疑；上不答，不敢以諂。」孔穎達疏：「甕牖者，謂牖牎圓如甕口也。又云以敗甕口爲牖。」

施家有兩兒

施家有兩兒〔一〕，以藝干齊楚。文武各自備，託身爲得所〔二〕。孟公問其術，我子親教汝。秦衛兩不成，失時成齟齬〔三〕。（一〇八）

【箋注】

〔一〕施家有兩兒：按寒山此詩，乃演繹施氏二子事而成者。《列子·説符》：「魯施氏有二子，其一好學，其一好兵。好學者以術干齊侯，齊侯納之，以爲諸公子之傅。好兵者之楚，以法干楚王，王悦之，以爲軍正，禄富其家，爵榮其親。施氏之鄰人孟氏同有二子，所業亦同，而窘於貧，羡施氏之有，因從請進趨之方，二子以實告孟氏。孟氏之一子之秦，以術干秦王。秦王曰：『當今諸侯力争，所務兵食而已，若用仁義治吾國，是滅亡之道。』遂宫而放之。其一子之衛，以法干衛侯。衛侯曰：『吾弱國也，而攝乎大國之間，大國吾事之，小國吾撫之，是求安之道。若賴兵權，滅亡可待矣。若全而歸之，適於他國，爲吾之患不輕矣。』遂刖之而還諸魯。既反，孟氏之父子叩胸而讓施氏。施氏曰：『凡得時者昌，失時者亡。子道與吾同，而功與吾異，失時者也，非行之謬也。且天下理無常是，事無常非，先日所用，今或棄之；今之所棄，後或用之。此用與不用，無定是非也。投隙抵時，應事無方，屬乎智；智苟不足，使若博如孔丘，術如吕尚，焉往而不窮哉！』孟氏父子舍然無愠容，曰：『吾知之矣，子勿重言。』」

〔二〕託身爲得所：謂得到了安身立命之地。「託身」即寄身。謝靈運《擬魏太子鄴中集詩八首・應瑒》：「天下昔未定，託身早得所。」

〔三〕失時：錯過機遇。《論語・陽貨》：「好從事而亟失時，可謂知乎？」 齟齬：牙齒咬合不齊，比喻格格不入。何遜《還渡五洲》：「方圓既齟齬，貧賤豈怨尤。」

止宿鴛鴦鳥

止宿鴛鴦鳥，一雄兼一雌〔一〕。銜花相共食〔二〕，刷羽每相隨〔三〕。戲入煙霄裏〔四〕，宿歸沙

岸湄〔五〕。自憐生處樂①〔六〕，不奪鳳凰池〔七〕。（一〇九）

【校勘】

①「處樂」，全唐詩本夾注「一作樂處」。

【箋注】

〔一〕止宿鴛鴦鳥，一雄兼一雌：按鴛鴦鳥以雌雄相隨，不分不離著稱。《詩·小雅·鴛鴦》：「鴛鴦于飛，畢之羅之。」毛傳：「鴛鴦，匹鳥。」鄭箋：「匹鳥，言其止則相耦，飛則爲雙，性馴耦也。」崔豹《古今注》卷中：「鴛鴦，水鳥，鳧類也。雌雄未嘗相離，人得其一，則一思而至死，故曰疋鳥。」《魏書·釋老志》：「（延興）三年十二月，顯祖因田鷹獲鴛鴦一，其偶悲鳴，上下不去。帝乃惕然，問左右曰：『此飛鳴者，爲雌爲雄？』左右對曰：『臣以爲雌。』帝曰：『何以知？』對曰：『陽性剛，陰性柔，以剛柔推之，必是雌矣。』帝乃慨然而歎曰：『雖人鳥事別，至於資識性情，竟何異哉！』於是下詔禁斷鷙鳥，不得畜焉。」李德裕《鴛鴦篇》：「君不見昔時同心人，化作鴛鴦鳥，和鳴一夕不暫離，交頸千年尚爲少。二月草菲菲，山櫻花未稀，金塘風日好，何處不相依。既逢解佩游女，更值凌波宓妃。精光摇翠蓋，麗色映珠璣。雙影相伴，雙心莫違。淹留碧沙上，蕩漾洗紅衣。春光兮宛轉，嬉遊兮未反。宿莫近天泉池，飛莫近長洲苑。爾願歡愛不相忘，須去人間羅網遠。」

〔二〕相共：一同。王梵志詩〇二四首：「貧無巡門乞，得穀相共飡。」盧仝《石答竹》：「石報孤竹君：此客甚高調，共我相共癡，不怕主人天下笑。」

〔三〕刷羽：鳥類梳理羽毛。梁簡文帝蕭綱《詠單鳧》：「銜苔入淺水，刷羽向沙洲。」駱賓王《秋雁》：「何當同顧影，刷羽泛清瀾。」

〔四〕煙霄：指高空。賈島《鷺鷥》：「頻向煙霄望，吾知爾去程。」尹璞《題楊收相公宅》：「禍福從來路不遥，偶然平地上煙霄。煙霄未穩還平地，門對孤峰占寂寥。」

〔五〕湄：水邊。《詩·秦風·蒹葭》：「所謂伊人，在水之湄。」孔穎達疏：「《釋水》云：『水草交爲湄。』謂水草交際之處，水之岸也。」

〔六〕生處樂：王建《田侍郎歸鎮》之七：「笳聲萬里動燕山，草白天清塞馬閒。觸處不如生處樂，可憐秋月照江關。」鮑溶《沛中懷古》：「人言生處樂，萬乘巡東方。」崔珏《門前柳》：「不道彼樹好，不道此樹惡。試將此意問野人，野人盡道生處樂。」《小室六門·血脈論》：「愚人亦復如是，現今墮畜生雜類，誕在貧窮下賤，求生不得，求死不得。雖受是苦，直問著亦言：『我今快樂，不異天堂。』故知一切衆生，生處爲樂，亦不覺不知。」按「生處」即出生、生長之處。《高僧傳》卷九《佛圖澄傳》：「澄自説：生處去鄴九萬餘里，棄家入道一百九年。」曹鄴《四怨三愁五情詩十二首·其二怨》：「庭花已結子，巖花猶異色。誰令生處遠，用盡春風力。」李咸用《苔》：「生處景長静，看來情儘閒。」

〔七〕不奪鳳凰池：《晉書·荀勗傳》：「久之，以勗守尚書令。勗久在中書，專管機事。及失之，甚罔罔悵恨。或有賀之者,勗曰:『奪我鳳皇池,諸君賀我邪!』」《通典·職官三·中書令》:「魏晉以來,中書監、令掌贊詔命,記會時事,典作文書。以其地在樞近,多承寵任,是以人固其位,謂之『鳳凰池』焉。」寒山詩「不奪鳳凰池」者,但言鴛鴦鳥自樂其生,别無非分之想也。

或有衒行人

或有衒行人〔一〕,才藝過周孔〔二〕。見罷頭兀兀〔三〕,看時身侗侗〔四〕。繩牽未肯行,錐刺猶不動〔五〕。恰似羊公鶴,可憐生氃氋①〔六〕。(一一〇)

【校勘】

①「氃氋」,宫内省本、四庫本作「憧憎」。正中本、高麗本「氃」作「蘣」。原本、全唐詩本「氃氋」下有夾注「上徒紅切,下名孔切」。

【箋注】

〔一〕衒行人:自我衒耀德行之人。「衒」即自誇。《越絶書·越絶外傳記范伯》:「衒女不貞,衒士不信。」

〔二〕周孔:周公、孔子,古代的聖人。

〔三〕頭兀兀:白居易《和朝回與王鍊師遊南山下》:「興酣頭兀兀,睡覺心于于。」王梵志詩三一三首:「衆生頭兀兀,常住無明窟。」按「兀兀」形容昏昧。如白居易《東南行一百韻》:「兀兀都疑夢，昏昏半是愚。」參看〇八九首注〔一〕。

〔四〕身侗侗：身材長大。《説文》：「侗，大皃。」段注：「此義未見其證，然同義近大，則侗得爲大貌矣。《論語》：『侗而不愿。』孔注曰：『侗，未成器之人。』按此大義之引伸，猶言渾沌未鑿也。」楚按，寒山詩之「身侗侗」，亦非僅言其身材長大，實亦兼言其混沌未鑿，無所知解也。

〔五〕錐刺猶不動：形容冥頑不靈。王梵志詩〇三四首：「愚人癡涳涳，錐刺不轉動。」《祖堂集》卷一六《黄蘗和尚》：「更有一般底，錐又錐不動，召又召不應，此人作摩生委得虚之與實？」《金瓶梅》一回：「何故將奴嫁與這樣箇貨？每日牽着不走，打着倒退的，只是一味咊酒，着緊處，都是錐扎也不動。」按《太平御覽》卷三八二引崔駰《博徒論》曰：「子觸熱耕芸，背上生鹽，脛如燒椽，皮如領革，錐不能穿。」又卷九〇三引《異物志》曰：「鬱林大豬，一蹄有四五甲，多膏。賣者以鐵錐刺其頭，入七八寸，得赤肉，乃動。」

〔六〕恰似羊公鶴，可憐生氄毻：比喻名不符實，典出《世説新語·排調》：「劉遵祖少爲殷中軍所知，稱之於庾公。庾公甚忻然，便取爲佐。既見，坐之獨榻上與語。劉爾日殊不稱，庾小失望，遂名之爲『羊公鶴』。昔羊叔子有鶴善舞，嘗向客稱之。客試使驅來，氄毻而不肯舞，故稱比之。」《説郛》（宛委山堂本）弓三一闕名《真率筆記》：「試鶯自言能作獨自舞，宋遷求其一舞而不可得，因呼爲羊公鶴。」按「氄毻」爲羽毛蓬松貌。陸龜蒙《鶴屏》：「曾無氄毻態，頗得連軒樣。」

少小帶經鋤

少小帶經鋤〔一〕，本將兄共居〔二〕。緣遭他輩責①，剩被自妻踈〔三〕。抛絶紅塵境〔四〕，常遊好閲書。誰能借②斗水，活取轍中魚〔五〕。（一一一）

【校勘】

①「責」，四庫本作「貴」。　②「能借」，宫内省本、四庫本作「惜一」，全唐詩本夾注「一作惜一」。

【箋注】

〔一〕帶經鋤：攜帶經書鋤地，形容耕讀生活。《漢書·兒寬傳》：「兒寬，千乘人也。治《尚書》，事歐陽生。以郡國選詣博士，受業孔安國。貧無資用，嘗爲弟子都養。時行賃作，帶經而鉏，休息輒讀誦，其精如此。」按「鉏」同「鋤」。《三國志·魏書·常林傳》裴注引《魏略》曰：「林少單貧。雖貧，自非手力，不取之於人。性好學，漢末爲諸生，帶經耕鉏。其妻常自餽餉之，林雖在田野，其相敬如賓。」《太平御覽》卷六一一引虞溥《江表傳》曰：「張紘事父至孝，居貧，躬耕稼，帶經而鋤，孜孜汲汲，以夜繼日，至于弱冠，無不窮覽。」庾信《奉報窮秋寄隱士》：「藜床負日卧，麥隴帶經鋤。」又《奉和永豐殿下言志詩十首》之一：「無機抱甕汲，有道帶經鋤。」《顔氏家訓·勉學》：「古人勤學，有握錐投斧，照雪聚螢，鋤則帶經，牧則編簡，亦爲勤篤。」李頎《同張員外諲酬答之作》：「洛中高士日沈冥，手自灌園方帶經。」李嘉祐《送王正字山寺讀書》：「風流有佳句，又似帶經鋤。」李德裕《郊外即事寄侍郎大尹》：「老農争席坐，稚子帶經鋤。」

〔二〕將：和，與。《玉臺新詠》卷一《雙白鵠》：「十十將五五，羅列行不齊。」江總《隴頭水》：「人將蓬共轉，水與啼俱咽。」岑參《太白胡僧歌》：「心將流水同清浄，身與浮雲無是非。」白居易《代書詩一百韻寄微之》：「道將心共直，言與行兼危。」又《偶作寄朗之》：「身與心俱病，容將力共衰。」李群玉《洞庭風雨二首》之二：「水將天共黑，雲與浪争高。」

〔三〕剩被自妻踈：剩，猶云「更」。岑參《送陜縣王主簿赴襄陽成親》：「求凰應不遠，去馬賸須鞭。」高適《贈杜二拾遺》：「聽法還應難，尋經剩欲翻。」顧況《傷大理謝少卿》：「無因重來此，剩哭兩三聲。」白居易《留題開元寺上方》：「戀水多臨坐，辭花剩繞行。」按「剩被自妻踈」之事，如《戰國策·秦策一》：「（蘇秦）説秦王書十上而説不行，黑貂之裘弊，黄金百斤盡，資用乏絶，去秦而歸，羸縢履蹻，負書擔橐，形容枯槁，面目犂黑，狀有歸色。歸至家，妻不下紝，嫂不爲炊，父母不與言。蘇秦喟歎曰：『妻不以我爲夫，嫂不以我爲叔，父母不以我爲子，是皆秦之罪也。』」《漢書·朱買臣傳》：「朱買臣字翁子，吴人也。家貧，好讀書，不治産業，常艾薪樵，賣以給食，擔束薪，行且誦書。其妻亦負戴相隨，數止買臣毋歌嘔道中。買臣愈益疾歌，妻羞之，求去。買臣笑曰：『我年五十當富貴，今已四十餘矣。女苦日久，待我富貴報女功。』妻恚怒曰：『如公等終餓死溝中耳，何能富貴！』買臣不能留，即聽去。」白居易《讀史五首》之五：「季子顛頷時，婦見不下機。買臣負薪日，妻亦棄如遺。……富貴家人重，貧賤妻子欺。」

〔四〕紅塵：塵土，亦指人世間。《文選》卷一班固《西都賦》：「紅塵四合，煙雲相連。」李善注引李陵詩曰：「紅塵塞天地，白日何冥冥。」李白《相逢行》：「相逢紅塵内，高揖黄金鞭。」裴度《溪居》：「紅塵飄不到，時有水禽啼。」修睦《簡寂觀》：「碧岫觀中人似鶴，紅塵路上事如麻。」

〔五〕誰能借斗水，活取轍中魚：按「活取」謂使之存活，「取」是用在動詞後的語助詞。敦煌本《搜神記》趙顔子條：「朝來飲他酒脯，豈可（不）能活取此人？」寒山詩「誰能借斗水，活取轍中魚」二句典出《莊子·外物》：「莊周家貧，故往貸粟於監河侯。監河侯曰：『諾。我將得邑金，將貸子三百金，可乎？』莊周忿然作色曰：『周昨來，有中道而呼者。周顧視車轍中，有鮒魚焉。周問之曰：『鮒魚來！子何爲者邪？』對曰：『我東海之波臣也，君豈有斗升之水而活我哉？』周曰：『諾。我且南遊吴越之王，激西江之水而迎子，可乎？』鮒魚忿然作色曰：『吾失我常與，我无所處。吾得斗升之水然活耳，君乃言此，曾不如早索我於枯魚之肆！』』」

變化計無窮

變化計無窮〔一〕，生死竟不止〔二〕。三途鳥雀身〔三〕，五嶽龍魚已①〔四〕。世濁作羦獳②〔五〕，時清爲騄駬〔六〕。前迴是富兒，今度成貧士〔七〕。（一一二）

【校勘】

①「已」，原作「已」，據正中本、高麗本改。　②「羦獳」下原本、全唐詩本有夾注：「上女奚切，下奴

溝切。胡羊也。」

【箋注】

〔一〕變化：謂「物化」，即各類生命之間的轉化。我國古代有「物化」之説。如《莊子·齊物論》：「昔者莊周夢爲胡蝶，栩栩然胡蝶也，自喻適志與，不知周也。俄然覺，則蘧蘧然周也。不知周之夢爲胡蝶與，胡蝶之夢爲周與？周與胡蝶，則必有分矣。此之謂物化。」《三國志·魏書·管輅傳》裴注引《輅别傳》：「夫萬物之化，無有常形；人之變異，無有常體。或大爲小，或小爲大，固無優劣。夫萬物之化，一例之道也。是以夏鯀，天子之父，趙王如意，漢祖之子，而鯀爲黄熊，如意爲蒼狗，斯亦至尊之位而爲黔喙之類也。況虵者協辰巳之位，烏者棲太陽之精，此乃騰黑之明象，白日之流景，如書佐、鈴下，各以微軀化爲虵烏，不亦過乎？」《搜神記》卷一二：「千歲之雉，入海爲蜃；百年之雀，入海爲蛤；千歲黿鼉，能與人語；千歲之狐，起爲美女；千歲之虵，斷而復續；百年之鼠，而能相卜：數之至也。春分之日，鷹變爲鳩；秋分之日，鳩變爲鷹：時之化也。故腐草之爲螢也，朽葦之爲蛬也，稻之爲蛩也，麥之爲蝴蝶也，羽翼生焉，眼目成焉，心智在焉，此自無知化爲有知，而氣易也。雀之爲鼊也，蛬之爲蝦也，不失其血氣而形性變也。若此之類，不可勝論。應變而動，是爲順常；苟錯其方，則爲妖眚。故下體生于上，上體生于下，氣之反者也；人生獸，獸生人，氣之亂者也；男化爲女，女化爲男，氣之貿者也。魯牛哀得疾，七日化而爲虎，形體變易，爪牙施張，其兄啓户而入，搏而食之。方其爲人，不知其將爲虎也；方其爲虎，不知其常爲人也。故晉太康中，陳留阮士瑀傷于虺，不忍其痛，數嗅其瘡，已而雙虺成于鼻中。元康中，歷陽紀元載客食道龜，已而成瘕，醫以藥攻之，下龜子數升，大如小錢，頭足轂備，文甲皆具，惟中藥已死。夫妻非化育之氣，鼻非胎孕之所，享道非下物之具。從此觀之，萬物之生死也，與其變化也，非通神之思，雖求諸己，惡識所自來。然朽草之爲螢，由乎腐也；麥之爲蝴蝶，由乎濕也。爾則萬物之變，皆有由也。農夫止麥之化者，漚之以灰；聖人理萬物之化者，濟之以道。其與不然乎？」

〔二〕生死：即輪迴，佛教認爲衆生依照業因，在天、人、阿修羅、餓鬼、畜生、地獄等六道之中，生死相續，永無止息。《佛開解梵志阿颰經》：「譬如風吹海水，波浪相逐，生死亦然，往來無休。」

〔三〕三途：亦寫作「三塗」，亦稱「三惡道」、「三惡趣」等，指「六道」中的餓鬼道、畜生道、地獄道。《釋氏要覽》卷中《三塗》：「《西域記》云：俗書《春秋》有三塗危險之處，借此名也。塗猶道，非謂塗炭之義。若依梵語，云阿波那伽低，此云惡道。道是因義，由履而行。」參看○九○首注〔一〕。

〔四〕五嶽：《爾雅·釋山》：「泰山爲東嶽，華山爲西嶽，霍山爲南嶽，恒山爲北嶽，嵩高爲中嶽。」

龍魚己：龍魚之身。此句之「己」與上句之「身」，乃是拆「身己」之語而分言之。「身己」即身體之義。蔣禮鴻曰：「元曲有『身起』、『身已』，爲一詞之異寫。《元劇俗語方言例釋》解『身起』爲身子、身體，凡引四例（略）。按唐釋寒山詩中，有一首云：『變化計無窮，生死竟不止。

三途鳥雀身，五嶽龍魚已。世濁作䍧羺，時清爲騄駬。前迴是富兒，今度成貧士。』其中『身』、『已』對言，則知元曲『身已』實承唐語，『已』即『身』，同義連文以成一詞，即爲『身已』，『身起』則其異寫耳。竊疑寒山詩之『已』乃『躬已』之『已』形近之誤，『身』可訓『已』，則『已』亦可訓『身體』之『身』。元曲『身起』，『起』、『已』爲音近之歧；其作『身已』則誤，與今本寒山詩同也。」《中國語文》一九八二年第二期《説「身起」、「身已」》。楚按，蔣説是也。王梵志詩〇〇八首：「倒拽至廳前，枷棒遍身起。」貫休《村行遇獵》：「傷嗟箇輩亦是人，一生將此關身已。」《警世通言·萬秀娘仇報山亭兒》：「苗忠底賊！你劫了我錢物，殺了我哥哥，又殺了當直周吉，奸騙了我身已，剗地把我來賣了，教我如何活得！」以上「身起」、「身已」，皆是身體之義。寒山詩之「三途鳥雀身，五嶽龍魚已」二句，言衆生於生死輪迴之中，變化爲鳥雀龍魚種種之身，無有窮已。

〔五〕世濁：世道濁惡。吴筠《高士詠·伯夷叔齊》：「世濁不可處，冰清首陽岑。」貫休《途中逢周朴》：「世濁無知己，子從何處來。」　䍧羺：一種卷毛羊。慧琳《一切經音義》卷五一《羺羊》：「奴溝反。《通俗文》：羊卷毛者謂之䍧羺，胡羊也。䍧音女佳也。」按原本夾注「䍧」音「女奚切」，當是。

〔六〕時清：政治清明。杜甫《峽口二首》之二：「時清關失險，世亂戟如林。」司空曙《賊平後送人北歸》：「世亂同南去，時清獨北還。」張喬《河湟舊卒》：「少年隨將討河湟，頭白時清返故鄉。」鮑溶《山行經樵翁》：「時清公賦薄，力勤地利繁。」　騄駬：駿馬名，亦作「緑耳」。《淮南子·主術》：「騏驥騄駬，天下之疾馬也。」又：「華騮緑耳，一日而至千里。」

〔七〕前迴是富兒，今度成貧士：《太平御覽》卷四七七引《秦書》曰：「尚書令符雅爲人樂施，乞人填門。嘗曰：『天下物何常，吾今日富，後日貧耳。』」按寒山詩之「前迴」指前生，「今度」指今世，「前迴是富兒，今度成貧士」二句，即佛教貧富循環之論。如《注維摩詰經·弟子品》肇曰：「生死輪轉，貴賤無常，或今貧後富，或今富後貧。大而觀之，苦樂不異。」《後漢書·朱儁傳》亦曰：「小損當大益，初貧後富，必然理也。」

書判全非弱

書判全非弱〔一〕，嫌身不得官〔二〕。銓曹被拗折〔三〕，洗垢覓瘡瘢〔四〕。必也關天命①〔五〕，今冬②更試看〔六〕。盲兒射雀目〔七〕，偶中亦非難〔八〕。（一一三）

【校勘】

①「命」下全唐詩本夾注「一作保」。　②「冬」，宫内省本、高麗本、正中本、四庫本作「年」。

【箋注】

〔一〕書判：「書」謂書法；「判」謂判詞，即官吏判案之書面裁決，唐代形成一種專門的文體。書、判是唐代選官擇人的標準之一。《新唐書·選舉志下》：「凡擇人之法有四：一曰身，體貌豐偉；

二曰言，言辭辯正；三曰書，楷法遒美；四曰判，文理優長。四事皆可取，則先德行；德均以才，才均以勞。」《太平廣記》卷二一六《李老》（出《原化記》）：「至明年試畢，自度書判微劣，意其未遂，又問李老。李老曰：『勿憂也，君官必成。』」

〔二〕嫌身不得官：謂由於不符合「體貌豐偉」之標準而於選官中落選。「身」即唐代擇人四法之一，見注〔一〕。

〔三〕銓曹：執掌選授官職之機構，唐代銓選爲吏部職責。《太平廣記》卷一四九《麴思明》（出《會昌解頤》）：「趙冬曦任吏部尚書，吏部參選事例，每年銓曹人吏，舊例各合得一員外，及論薦親族。」又：「銓曹往例，各合得一官，或薦他人亦得。」

〔四〕洗垢覓瘡瘢：形容吹毛求疵，刻意挑剔。《後漢書·趙壹傳》載壹《刺世疾邪賦》：「所好則鑽皮出其毛羽，所惡則洗垢求其瘢痕。」《劉子·傷讒》：「代之善人少而惡人多，則譽者寂寞而讒者諠譁。是以洗垢求痕，吹毛覓瑕，揮空成有，轉白爲黑，提輕當重，引寸至尺。」《舊唐書·魏徵傳》：「今之刑賞，未必盡然，或申屈在乎好惡，輕重由乎喜怒。遇喜則矜其刑於法中，逢怒則求其罪於事外，所好則鑽皮出其毛羽，所惡則洗垢求其瘢痕。瘢痕可求，則刑斯濫矣；毛羽可出，則賞典謬矣。」《廣弘明集》卷一三法琳《辯正論·九箴篇》：「子雖洗垢求疵，無損南威之麗；捧心斅疾，未變西施之妍。」

〔五〕必也：如果。周曇《吳隱之》（再吟）：「貪泉何處是泉源，只在靈臺一點間。必也心源元自有，此泉何必在江山。」《廣弘明集》卷四彦琮《通極論》:「必也死而寂寥,何求存以仁行,無寧棄儒墨之小教,失幽明之大理。」元稹《鶯鶯傳》:「始亂之,終棄之,固其宜矣,愚不敢恨。必也君亂之,君終之,君之惠也。」按「必」即如果之義。《詩詞曲語辭匯釋》卷二《必》:「必,假擬之辭,猶倘也、若也、如也、或也。與決定之義異。」例多不備舉。　關天命:繫於天命。亦云「關天」。李白《中山孺子妾歌》:「一貴復一賤,關天豈由身。」《太平廣記》卷一四九《麴思明》(出《會昌解頤》):「夫人生死有命,富貴關天。」敦煌本《伍子胥變文》:「自古人情有離別,生死富貴總關天。」

〔六〕今冬更試看:謂今年再一次參加選官以試運氣。按唐代選官,例在冬季。《新唐書·選舉志下》:「貞觀二年,侍郎劉林甫言:『隋制以十一月爲選始,至春乃畢。今選者衆,請四時注擬。』十九年,馬周以四時選爲勞,乃復以十一月選,至三月畢。」

〔七〕盲兒射雀目:按古人以射中雀目爲射法極其高超之驗。《太平御覽》卷八二引《帝王世紀》曰:「使羿射雀左目,羿引弓射之,誤中左(右)目。羿俯首而愧,終身不忘。故羿善射,至今稱之。」《舊唐書·高祖太穆竇皇后傳》:「高祖太穆皇后竇氏,京兆始平人,隋定州總管、神武公毅之女也。后母,周武帝姊襄陽長公主。后生而髮垂過頸,三歲與身齊,周武帝特愛重之,養於宫中。時武帝納突厥女爲后,無寵,后尚幼,竊言於帝曰:『四邊未静,突厥尚强,願舅抑情撫慰,以蒼生爲念。但須突厥之助,則江南、關東不能爲患矣。』武帝深納之。毅聞之,謂長公主曰:『此女才貌如此，不可妄以許人，當爲求賢夫。』乃於門屏畫二孔雀，諸公子有求婚者，輒與兩箭射之，潛約中目者許之。前後數十輩莫能中。高祖後至，兩發各中一目。毅大悦，遂歸於我帝。」《太平廣記》卷三七四《金精山木鶴》（出《稽神録》）：「順義道中，百勝軍小將陳師粲者，能卷簟爲井，躍而出入。嘗與鄉里女子遇於巖下，求娶焉。女子曰：『君能射中此鶴目，即可。』師粲即一發而中。」寒山詩云「盲兒射雀目」，則其命中可能性之微弱，亦可知矣。

〔八〕偶中：碰巧射中，這裏比喻選事獲捷。劉禹錫《送裴處士應制舉詩》：「古稱射策如彎弧，一發偶中何時無。」歐陽詹《及第後酬故園親故》：「楊葉射頻因偶中，桂枝材美敢當之。」

貧驢欠一尺

貧驢欠一尺，富狗剩三寸〔一〕。若分貧不平〔二〕，中半富與困。始取驢飽足，却令狗飢頓。爲汝熟思量，令我也愁悶。（一一四）

【箋注】

〔一〕剩：多，富餘。鄭損《星精亭》：「地窄少留竹，空多剩占雲。」《太平廣記》卷四二《裴老》（出《逸史》）：「裴指鐵盒可二斤餘，曰：員外剩取火至，以盒分兩片，置於其中，復以火覆之，須臾色赤。」又卷一四七《王晙》（出《定命録》）：「緣王在任賸請官錢，所以折除，今折欲盡。」《五燈會元》卷一〇《報恩慧明禪師》：「上座離都城到此山，則都城少上座，此間剩上座。」《續古尊宿語要》卷三《白雲端和尚語》：「少一滴不得，剩不（一）滴不得，且道是什麽人分上事？」《敦煌資料》第一輯《分家遺囑樣文》：「右件分配，并已周訖，已後更不許論偏説剩。」

〔二〕分貧：賑濟貧者。《左傳》昭公十四年：「分貧振窮。」杜預注：「分，與也；振，救也。」

楚按，此首大旨，在言絶對平均主義之行不通。《寒山子詩集管解》曰：「此篇意謂爰有二尺食，中分之，而一尺與驢，一尺與狗。狗富而飽，故喫七寸而餘三寸；驢貧而飢，故喫了一尺，而且言一尺不足。若二尺共與驢，則又無七寸之可喫，而令狗飢頓也。我不能奈之何也已矣。」楚按，白居易《齊物二首》之一云：「青松高百尺，緑蕙低數寸。同生大塊間，長短各有分。長者不可退，短者不可進。若用此理推，窮通兩無悶。」識乎此理，則驢狗之争，迎刃而解矣。

柳郎八十二

柳郎八十二〔一〕，藍嫂一十八。夫妻共百年〔二〕，相憐①情狡猾〔三〕。弄璋字烏②䖘〔四〕，擲瓦名婠妠③〔五〕。屢見枯楊荑〔六〕，常遭青女殺〔七〕。（一一五）

【校勘】

①「憐」，四庫本、島田翰本作「連」。　②「烏」，四庫本作「[illegible]」，同。　③「婠妠」下原本、全唐詩本有夾注「上一丸切，下奴答切」。

【箋注】

〔一〕柳郎：與下句的「藍嫂」皆是虛擬之人名。

〔二〕共百年：謂夫妻白頭偕老。永樂大典戲文《張協狀元》四三齣：「共它成因眷，只圖他共百年。」亦作「百年」。王梵志詩二九五首：「夫婦擬百年，妻即在前死。」寒山詩之「夫妻共百年」，亦雙關柳郎八十二歲、藍嫂一十八歲，合之則共有百歲之意。

〔三〕相憐：相愛。寒山詩一二八首：「少婦嫁少夫，兩兩相憐態。」

〔四〕弄璋：《詩·小雅·斯干》：「乃生男子，載寢之牀，載衣之裳，載弄之璋。」鄭玄箋：「男子生而卧於牀，尊之也。裳，晝日衣也；衣以裳者，明當主於外事也。玩以璋者，欲其比德焉。」後人因稱生男爲「弄璋」。白居易《和微之道保生三日》：「相看鬢如絲，始作弄璋詩。且有承家望，誰論得力時。」又《崔侍御以孩兒三日示其所生詩見示因以二絕句和之》之二：「弄璋詩句多才思，愁殺無兒老鄧攸。」　烏䖘：即虎。《說文新附》：「䖘，楚人謂虎爲烏䖘，从虎，兔聲。」亦作「於䖘」。《方言》卷八：「虎，江淮南楚之間謂之李耳，或謂之於䖘。」郭璞注：「今江南山夷呼虎爲䖘。」亦作「於菟」。《左傳》宣公四年：「楚人謂乳穀，謂虎於菟，故命之曰鬬穀於菟。」亦作「烏菟」。《文選》卷五左思《吳都賦》：「烏菟之族，犀兕之黨，鉤爪鋸牙，自成鋒穎。」劉淵林注：「於菟，虎也，江淮間謂虎爲於菟。」亦作「𪂅䖘」。《字彙》：「𪂅，楚人呼虎爲烏兔，後人遂於虎傍加烏、加兔。」按生男欲其雄猛，故寒山詩云「弄璋字烏䖘」，參看下條注。

〔五〕擲瓦：即「弄瓦」。《詩·小雅·斯干》：「乃生女子，載寢之地，載衣之裼，載弄之瓦。」毛傳：「裼，褓也。瓦，紡塼也。」鄭箋：「卧於地，卑之也。褓，夜衣也；明當主於内事。紡塼，習其一，有所事也。」《後漢書·曹世叔妻傳》載班昭《女誡》：「古者生女三日，卧之牀下，弄之瓦塼，而齋告焉。卧之牀下，明其卑弱，主下人也。弄之瓦塼，明其習勞，主執勤也。齋告先君，明當主繼祭祀也。三者蓋女人之常道，禮法之典教也。」後世因稱生女爲「弄瓦」。　婠妠：原本注：「上一丸切，下奴答切。」《廣韻》入聲十五鎋：「妠，婠妠，小兒肥貌。」韓愈《征蜀聯句》：「邛文裁斐亹，巴豔收婠妠。」按班昭《女誡》：「陰陽殊性，男女異行。陽以剛爲德，陰以柔爲用，男以彊爲貴，女以弱爲美。」故鄙諺有云：生男如狼，猶恐其尫；生女如鼠，猶恐其虎。」故寒山詩云「弄璋字烏魄，擲瓦名婠妠」，正謂男强女弱也。

〔六〕枯楊荑：按「荑」通「稊」。《易·大過·九二》：「枯楊生稊，老夫得其女妻，无不利。」孔穎達疏：「枯楊生稊者，枯謂枯槁，稊謂楊之秀者。九二以陽處陰，能過其本分，而救其衰弱，上无其應，心无特吝，處大過之時，能行此道，无有衰者，不被拯濟，故衰者更盛，猶若枯槁之楊，更生少壯之稊，枯老之夫，得其少女爲妻也。」後人或以枯楊生稊象徵老夫得娶少妻。李白《雉朝飛》：「枯楊枯楊爾生荑，我獨七十而孤棲。」

〔七〕青女：霜神。《淮南子·天文》：「至秋三月，地氣不藏，乃收其殺，百蟲蟄伏，静居閉户，青女乃出，以降霜雪。」高誘注：「青女，天神，青霄王女，主霜雪也。」杜審言《重九日宴江陰》：「降霜青女月，送酒白衣人。」李乂《高安公主挽歌二首》之二：「況臨青女節，瑶草更前衰。」徐敞《白露爲霜》：「早寒青女至，零露結爲霜。」杜甫《東屯月夜》：「青女霜楓重，黄牛峽水喧。」李商隱《霜月》：「青女素娥俱耐冷，月中霜裏鬬嬋娟。」按《寒山子詩集管解》曰：「枯楊，謂八十二之柳郎也；青女，指一十八之藍嫂也。」

大有飢寒客

大有飢寒客〔一〕，生將獸魚殊①〔二〕。長存磨石下②〔三〕，時哭路邊隅③〔四〕。累④日空思飯，經⑤冬不識襦。唯齎一束草〔五〕，并帶五升麩〔六〕。（一一六）

【校勘】

①「殊」，宫内省本、四庫本作「誅」。②「磨石下」，宫内省本、正中本、高麗本作「廟石下」，四庫本作「廟下石」，全唐詩本夾注「一作廟下石」。③「哭」，宫内省本、四庫本作「笑」，全唐詩本夾注「一作笑」。「邊」，四庫本作「旁」。④「累」，正中本作「屢」，高麗本作「屡」。⑤「經」，宫内省本、正中本、高麗本、四庫本作「終」。

【箋注】

〔一〕大有：多有，甚有。《廣弘明集》卷六道宣《叙列代王臣滯惑解》：「黑者大有，老烏亦黑，大豆亦黑，如是非一。」許渾《蟬》：「朱門大有長吟處，剛傍愁人又送愁。」《太平廣記》卷一〇九《李氏》（出《冥祥記》）：「見一官人，衣冠大袖，憑案而坐，左右甚多，階下大有著枷鎖人。」又卷二五七《田媪》（出《啓顔録》）：「張家母喚我，大有飲食。」《祖堂集》卷二《第三十二祖弘忍和尚》：「行者好與，速向嶺南，在後大有僧來趁行者。」又卷一〇《鼓山和尚》：「大有人未到此境界，切須保任護持。」寒山詩一二七首：「大有好笑事，略陳三五箇。」二四五首：「大有碧眼胡，密擬買將去。」拾得詩〇九首：「依此學修行，大有可笑事。」又一四首：「大有俗中士，知非不愛金。」

〔二〕生將獸魚殊：謂生來不同於獸魚等動物。「將」是介詞，猶云「與」，用來引進比較之對象。如庾信《春賦》：「眉將柳而争緑，面共桃而競紅。」盧綸《洛陽早春憶吉中孚校書司空曙主簿因寄清江上人》：「酒貌昔將花共豔，鬢毛今與草争新。」方干《山中》：「散拙亦自遂，粗將猿鳥同。」

〔三〕長存磨石下：按「存」謂止息。《漢書·揚雄傳》載雄《解嘲》：「矯翼厲翮，恣意所存。」顔師古注：「言來去如鳥之飛，各任所息也。」「長存磨石下」者，謂貧無居處，故棲息於磨石之下。如《賢愚經》卷五《迦旃延教老母賣貧品》：「即問：『汝有住止處不？』答言：『無也。若其磨時，即磨下卧；舂炊作使，即卧是中；或時無作，止宿糞堆。』」

〔四〕時哭路邊隅：典出《論衡·逢遇篇》：「昔周人有仕數不遇，年老白首，泣涕於塗者，人或問之：『何爲泣乎？』對曰：『吾仕數不遇，自傷年老失時，是以泣也。』人曰：『仕奈何不一遇也？』對曰：『吾年少之時，學爲文，文德成就，始欲仕宦，人君好用老。用老主亡，後主又用武。吾更爲武，武節始就，武主又亡。少主始立，好用少年，吾年又老，是以未嘗一遇。』」寒山詩「時哭路邊隅」，言不遇之悲也。杜甫《哀王孫》：「腰下寶玦青珊瑚，可憐王孫泣路隅。問之不肯道姓名，但道困苦乞爲奴。」

〔五〕唯齎一束草：按攜帶行裝爲「齎」。《漢書·食貨志下》：「干戈日滋，行者齎。」顏師古注：「齎謂將衣食之具以自隨也。」寒山詩「唯齎一束草」者，謂貧無行裝，唯攜一束草作爲卧具也。如《藝文類聚》卷三五引《三輔決録》曰：「孫晨，字元公，家貧不仕。生居城中，織箕爲業。明詩書，爲郡功曹。冬月無被，有藁一束，暮卧其中，旦收之。」《酉陽雜俎續集》卷五《寺塔記上》：「又寺先有僧，不言姓名，常負束藁，坐卧於寺兩廊下，不肯住院。經數年，寺綱維或勸其住房，曰：『爾厭我耶？』其夕遂以束藁焚身。至明，唯灰燼耳，無血膋之臭，衆方知異人。遂塑灰爲像，今在佛殿上，世號束草師。」

〔六〕麩：麥糠。《説文》：「麩，小麥屑皮也。」寒山詩「并帶五升麩」者，謂貧無食糧，乃以麥麩充飢耳。麥麩粗糙難食。《晉書·五行志中》：「王恭鎮京口，舉兵誅王國寶。百姓謡云：『昔年食白飯，今年食麥麫。天公誅謫汝，教汝捻嚨喉。嚨喉喝復喝，京口敗復敗。』識者曰：『昔年食白飯，言得志也。今年食麥麫，麫粗穢，其精已去，明將敗也，天公將加譴謫而誅之也。」按「麫」同「麩」。

赫赫誰𩫖肆

赫赫誰𩫖肆〔一〕，其酒甚濃厚〔二〕。可憐高幡幟〔三〕，極目平升斗〔四〕。何意訝不售〔五〕，其家多猛狗。童子欲①來沽，狗齩便是走。（一一七）

【校勘】

①「欲」，宫内省本、四庫本作「若」，全唐詩本夾注「一作若」。

【箋注】

〔一〕赫赫：顯明盛大貌。《洛陽伽藍記》卷二：「此像一出，市井皆空，炎光騰輝，赫赫獨絶世表。」張籍《送白賓客分司東都》：「赫赫聲名三十春，高情人獨出埃塵。」《敦煌歌辭總編》卷六《十二時》：「日南午，日南午，赫赫紅輪當萬户。」　𩫖肆：酒店。「𩫖」同「壚」，酒店中安置酒甕的土臺。《世説新語·傷逝》：「王濬沖爲尚書令，著公服，乘軺車，經黄公酒壚下過，顧謂後車客：『吾昔與嵇叔夜、阮嗣宗共酣飲於此壚，竹林之遊，亦預其末。自嵇生夭、阮公亡以來，便爲時所羈紲。今日視此雖近，邈若山河。』」劉孝標注引韋昭《漢書注》曰：「壚，酒肆也。以土爲墮，四邊高似爐也。」《宋書·後廢帝紀》：「捨交戟之衛，委天畢之儀，趨步闤闠，酣歌壚肆，宵遊忘反，宴寢營舍。」

〔二〕其酒甚濃厚：《説郛》（宛委山堂本）弓一一七唐于逖《聞奇録·徐廷實》：「收得秫百斛，莫知其由，將醖酒，其味濃厚。」按酒以濃者、厚者爲美。如杜甫《戲題寄上漢中王三首》之二：「蜀酒濃無敵，江魚美可求。」張籍《寄徐晦》：「鄠陂魚美酒偏濃，不出琴齋見雪峰。」「濃」通「醲」。《説文》：「醲，厚酒也。」杜荀鶴《入關寄九華友人》：「醲酒却輸耽睡客，好山翻對不吟人。」《敦煌歌辭總編》卷五《十二時》：「喫腥羶，飲醲酒。」《呂氏春秋·本生》：「肥肉厚酒，務以自彊，命之曰爛腸之食。」《淮南子·繆稱》：「魯酒薄而邯鄲圍。」高誘注：「魯與趙俱朝楚，獻酒於楚。魯酒薄而趙酒厚。楚之主酒吏求酒於趙，不與，楚吏怒，以趙所獻酒獻於楚王，易魯薄酒。楚王以爲趙酒薄而圍邯鄲。」

〔三〕可憐：可愛。見〇一八首注〔三〕。　幡幟：古代酒店懸幡幟以爲標誌，亦稱酒旗、酒帘。張籍《江南行》：「長干午日沽春酒，高高酒旗懸江口。」皮日休《酒旗》：「青幟闊數尺，懸於往來道。多爲風所颺，時見酒名號。拂拂野橋幽，翻翻江市好。雙眸復何事，終竟望君老。」李中《江邊吟》：「閃閃酒帘招醉客，深深緑樹隱啼鶯。」宋洪邁《容齋續筆》卷一六《酒肆旗望》：「今都城與郡縣酒務，及凡鬻酒之肆，皆揭大帘於外，以青白布數幅爲之。微者隨其高卑小大，村店或挂瓶瓢標箒稈，唐人多詠於詩，然其制蓋自古以然矣。《韓非子》云：『宋人有酤酒者，斗概甚平，遇客甚謹，爲酒甚美，懸幟甚高，而酒不售，遂至於酸。』所謂『懸幟』者此也。」清郎廷極《勝飲篇》卷一二《器具·酒旗》：「清雪居士曰：《韓非子》：『宋人沽酒，懸幟甚高。』可見酒市有旗，其來已古。亦稱帘，稱望子。許渾詩：『春橋懸酒幔，夜栅聚茶檣。』幔即旗也。旗幟與帘，色皆用青。然唐人詩亦有稱彩幟者。」

〔四〕極目：窮盡目力。見一〇二首注〔六〕。「極目平升斗」謂仔細察看，沽酒份量充足，無可指責。

〔五〕何意：何事，爲何。《文選》卷四〇任昉《奏彈劉整》：「整聞聲，仍打逡。范喚問何意打我兒，整母子爾時便同出中庭，隔箔與范相駡。」《太平御覽》卷九六〇引《幽明録》曰：「曲阿虞晚所居宅内有一皂筴樹，……諸鳥依其上。晚令奴斫上枝，因墮殆死。空中有駡詈者言：『晚，汝何意伐我家居？』」敦煌本《啓顔録·嘲誚》：「僧來即索所留餹蜜，見餹唯有兩顆，蜜又喫盡，即大嗔云：『何意喫我餹蜜？』」《太平廣記》卷三一八《謝邈之》（出《録異傳》）：「小兒啼泣歔欷，此人喻止之不住，啼遂至曉。覽問何意，曰：『是僕兒，其母當嫁，悲戀故啼耳。』」按「意」即事之義。《太平廣記》卷二六二《齊人學瑟》（出《笑林》）：「齊人就趙人學瑟，因之先調，膠柱而歸，三年不成一曲，齊人怪之。有從趙來者，問其意，方知向人之愚。」

楚按，此首立意，出自《韓非子·外儲説右上》：「宋人有酤酒者，升概甚平，遇客甚謹，爲酒甚美，懸幟甚高著，然不售，酒酸。怪其故，問其所知問（閭）長者楊倩，倩曰：『汝狗猛邪？』曰：『狗猛則酒何故而不售？』曰：『人畏焉。或令孺子懷錢挈壺罋而往酤，而狗迓而齕之，此酒所以酸而不售也。』夫國亦有狗，有道之士懷其術而欲以明萬乘之主，大臣爲猛狗，迎而齕之，此人主之所以蔽脅，而有道之士所以不用也。」按此事亦見於《晏子春秋·問上》、《韓詩外傳》卷七、《説苑·政理》。

吁嗟濁濫處

吁嗟濁濫處〔一〕，羅刹共賢人〔二〕。謂是等①流類〔三〕，焉知道不親〔四〕。狐假師②子勢〔五〕，詐妄却稱珍③。鉛④鑛入鑪冶，方知金不真⑤〔六〕。（一一八）

【校勘】

①「等」，宫内省本、四庫本作「荒」，全唐詩本夾注「一作荒」。②「師」，四庫本作「獅」，同。③「珍」，宫内省本、四庫本作「真」。④「鉛」，原作「鈆」，今從四庫本、全唐詩本。按「鈆」同「鉛」。⑤「真」，宫内省本、四庫本作「精」，全唐詩本作「知」，夾注「一作精」。

【箋注】

〔一〕吁嗟：感歎詞。江總《入龍丘巖精舍》：「溘此哀時命，吁嗟世不容。」《樂府詩集》卷八六《東征歌》：「時異事變兮志乖願違，吁嗟道之不行兮垂翅東歸。」杜甫《九日寄岑參》：「吁嗟呼蒼生，稼穡不可救。」　濁濫處：混亂惡濁之處，這裏指人世間。「濁濫」倒文作「濫濁」。《廣弘明集》卷二四魏孝文帝《令諸州衆僧安居講説詔》：「其各欽旌賢匠，良推叡德，勿致濫濁，惰兹後進。」崔顥《澄水如鑑》：「澆浮知不撓，濫濁固難侵。」

〔二〕羅刹：佛經中的惡鬼。見〇八九首注〔二〕。俗間亦以「羅刹」比喻凶惡之人。《朝野僉載》卷二：「監察御史李全交，素以羅織酷虐爲業，臺中號爲『人頭羅刹』。」《太平廣記》卷一二六《張和思》:「北齊張和思斷獄囚,無問善惡貴賤,必被枷鎖杻械,困苦備極。囚徒見者,破膽喪魂,號『生羅刹』。」《龐居士語録》卷中:「羅刹同心腹,何日見青天。」《敦煌歌辭總編》卷六《十二時》:「貪饕之意若豺狼,毒惡之心似羅刹。」

〔三〕等流類:同類之人。「等」即相同,「流類」謂儕輩,同一流的人。宋釋曉瑩《羅湖野録》卷二:「因朱給事世英語及江西兜率悦禪師禪學高妙,聰敏出於流類。」

〔四〕道不親:道不同。《論語·衛靈公》:「道不同不相爲謀。」

〔五〕狐假師子勢:《五分律》卷三:「佛告比丘:……乃往古昔,有一摩納,在山窟中,誦刹利書。有一野狐,住其左右,專聽誦書,心有所解,作是念:『如我解此書語,足作諸獸中王。』作是念已,便起遊行,逢一羸瘦野狐,便欲殺之。彼言:『何故殺我?』答言:『我是獸王,汝不伏我,是以相殺。』彼言:『願莫殺我,我當隨從。』於是二狐便共遊行。復逢一狐,又欲殺之,問答如上,亦言隨從。如是展轉,伏一切狐。便以群狐伏一切象,復以衆象伏一切虎,復以衆虎伏一切師子,遂便權得作獸中王。既作王已,復作是念:『我今爲獸王,不應以獸爲婦。』便乘白象,帥諸群獸,不可稱數,圍迦夷城,數百千匝。王遣使問:『汝諸群獸,何故如是?』野狐答言:『我是獸王,應娶汝女,與我者善,若不與我,當滅汝國。』還白如此,王集群臣共議,唯除一臣,皆云應與。所以者何?國之所恃,唯賴象馬。我有象馬,彼有師子,象馬聞氣,惶怖伏地,戰必不如,爲獸所滅。何惜一女,而喪一國。時一大臣,聰睿遠略,白王言:『臣觀古今,未曾聞見人王之女與下賤獸。臣雖弱昧，要殺此狐，使諸群獸，各各散走。』王即問言：『計將焉出？』大臣答言：『王但遣使剋期，戰日先當從彼求索一願，願令師子先戰後吼。彼謂吾畏，必令師子先吼後戰。王至戰日，當敕城内，皆令塞耳。』王用其語，遣使剋期，並求上願。至於戰日，復遣信求，然後出軍。軍鋒欲交，野狐果令師子先吼。野狐聞之，心破七分，便於象上，墜落於地。於是群獸，一時散走。佛以是事，而説偈言：『野狐憍慢盛，欲求其眷屬。行到迦夷城，自稱是獸王。人憍亦如是，領統於徒衆，在摩竭之國，法王以自號。』告諸比丘：爾時迦夷王者，我身是；聰叡大臣者，舍利弗是；野狐王者，調達是。諸比丘，調達往昔詐得眷屬，今亦如是。」

〔六〕鉛礦入鑪冶，方知金不真：《大智度論》卷七三：「譬如僞金，火燒磨打，若黑若赤若白，乃知非真。」孟郊《古意贈梁肅補闕》：「金鉛正同爐，願分精與粗。」敦煌本《荷澤神會禪師語録》：「譬如金之與鑛，俱時而生，得遇金師，鑪冶烹鍊，金之與鑛，當各自別。金即百鍊百精，鑛若再鍊，變成灰土。」《宗鏡録》卷三：「古聖云：見鑛不識金，入爐始知錯。」

田家避暑月

田家避暑月，斗酒共誰歡〔一〕。雜雜排山果〔二〕，疎疎圍酒樽。蘆莦將代席〔三〕，蕉葉且充盤〔四〕。醉後搘①頤坐〔五〕，須彌小彈丸〔六〕。（一一九）

【校勘】

①「揞」，正中本作「楷」。

【箋注】

〔一〕田家避暑月，斗酒共誰歡：《漢書·楊惲傳》：「田家作苦，歲時伏臘，亨羊炰羔，斗酒自勞。」陶淵明《雜詩》：「得歡當作樂，斗酒聚比鄰。」

〔二〕雜雜：多而亂貌。貫休《富貴曲二首》之一：「紈綺雜雜，鐘鼓合合。」

〔三〕蘆莦：以蘆葦鋪墊爲褥。「蘆」即蘆葦。《玉篇》：「蘆，葦未秀者爲蘆。」「莦」謂藉草爲褥。《淮南子·脩務》：「野彘有艽莦，槎櫛堀虛，連比以像宮室。」

〔四〕蕉葉且充盤：按以蕉葉充作食器。如《太平御覽》卷九七五引《南夷志》曰：「南詔土無食器，以芭蕉葉藉之。」

〔五〕揞頤：以手支頤，是一種閒適的姿態。見〇一五首注〔五〕。

〔六〕須彌：即須彌山，佛經中的大山，爲小世界之中心。《長阿含經》卷一八：「其大海水，深八萬四千由旬，其邊無際。須彌山王入海水中八萬四千由旬，出海水上高八萬四千由旬，下根連地，多固地分。其山直上，無有阿曲，生種種樹，樹出衆香，香遍山林。多諸賢聖，大神妙天之所居止。」《注維摩詰經·佛國品》肇曰：「須彌山，天帝釋所住，金剛山也，秦言妙高。處大海之中，水上方高三百三十六萬里。如來處四部之中，威相超絕，光蔽大衆，猶金山之顯溟海也。」寒山詩「須彌小彈丸」者，謂以須彌山之大，而但覺其小於彈丸，形容酒醉之後，心胸陶然之境界。

箇是何措大

箇是何措大〔一〕，時來省南院〔二〕。年可三十餘，曾經四五選〔三〕。囊裏無青蚨〔四〕，篋中有黄卷①〔五〕。行到食店前〔六〕，不敢暫迴面〔七〕。（一二〇）

【校勘】

①「卷」，原作「絹」，宫内省本、高麗本、四庫本作「卷」，全唐詩本夾注「一作卷」，今據宫内省本等改。

【箋注】

〔一〕箇：此。見〇四七首注〔五〕。　措大：對窮書生的稱呼。何光遠《鑒誡録》卷一〇《攻雜詠》載陳裕《詠大慈寺齋頭鮮于闍梨》：「面折掇齋窮措大，笑迎搽粉阿尼師。」李義山《雜纂·相似》：「鴉似措大，飢寒則吟。」敦煌遺書斯一四七七號《祭驢文》：「爛繮繩一拽拽斷，窮措大一閃閃翻。」《太平廣記》卷一六〇《李行脩》（出《續定命録》）：「行脩食（倉）卒而出，其女子且怒且責：『措大不別頭腦，宜速返！』」又卷一七五《崔鉉》（出《南楚新聞》）：「宣宗皇帝常朝罷謂侍臣曰：『崔鉉真貴人，裴休真措大。』」又卷二六六《盧程》引《北夢瑣言》逸文：「江陵在唐世號衣冠藪澤，人言琵琶多于飯甑，措大多于鯽魚。」又卷三九七《大竹路》（出《玉堂閒話》）：「復登措大嶺，蓋有稍似平處，路人徐步而進，若儒之步武也。」又卷四二二《許漢陽》（出《博異志》）：「諸小娘子苦愛人間文字，不可得，常欲請一措大文字而無由。」《唐摭言》卷一五《賢僕夫》：「李敬者，本夏侯譙公之傭也。公久厄塞名場，敬寒苦備歷。或爲其類所引曰：『當今北面官人，入則内貴，出則使臣，到所在，打風打雨，你何不從之，而孜孜事一箇窮措大，有何長進！』」宋魏泰《東軒筆録》卷一一：「太祖嘗與趙中令普議事，有所不合，太祖曰：『安得宰相如桑維翰者與之謀乎？』普對曰：『使維翰在，陛下亦不用。』蓋維翰愛錢。太祖曰：『苟用其長，亦當護其短。措大眼孔小，賜與十萬貫，則塞破屋子矣。』」明樂天大笑生等集《解慍篇》卷一三：「范文正公少時作《虀賦》，其警策句云：『陶家瓮内，淹成碧緑青黄；措大口中，嚼出宫商角徵。』蓋親嘗世味，故得虀之妙處。」亦作「醋大」。唐高彦休《闕史》卷上：「方出安上門，逢二秀士自貢院迴，笑相謂曰：『東廣坤毳，可以爲異矣。』甥馳告曰：『醋大知之久矣。』」原注：「中官謂南班無貴賤皆呼醋大。」《太平廣記》卷一〇五《劉鴻漸》（出《廣異記》）：「須臾，持大麻衫及腰帶令鴻漸著，笑云：『真醋大衫也。』」亦作「酢大」。日僧圓仁《入唐求法巡禮行記》卷四：「若不是大官，是尋常衣冠酢大來，極是慇懃者，即得一疋兩疋。」按「措大」、「醋大」得名之由，自來説法不一。唐蘇鶚《演義》卷上：「醋大者，一云鄭州東有醋溝，多士流所居，因謂之醋大。一云作此措字，言其舉措之疏，謂之措大。此二説恐未當。醋大者，或有擡肩拱臂，攢眉蹙目，以爲姿態，如人食酸醋之貌，故謂之醋大。大者，廣也，長也上聲，篆文作大字，象人之形。」原注：「按《資暇集》：醋大，言其峭醋冠四民之首，一説衣裳儼然，有不可犯之色，犯必有驗，比於醋而更驗。一説新鄭有貧士，以駝負醋，巡邑而賣，邑人指其醋駝而號之。又云鄭州東有醋溝，溝東尤多甲族，以甲乙叙之，故曰醋大。四説皆非，言其能舉措大事也。」

〔二〕南院：即禮部南院，唐代科舉考試放榜之處。《唐國史補》卷下：「自開元二十二年，吏部置南院，始縣長名，以定留放。時李林甫知選，寧王私謁十人，林甫曰：『就中乞一人賣之。』于是放選牓云：『據其書判，自合得留；緣囑寧王，且放冬集。』」《太平廣記》卷一七八《放牓》（出《摭言》）：「進士舊例，於都省御考試，南院放牓南院乃禮部主事受領文書於此，凡版樣及諸色條流，多於此例之，張牓牆，乃南院東牆也。別築起一堵，高丈餘，外有壖垣。未辨色，即自北院將牓，就南院張之。元和六年，爲監生郭東里決破棘籬籬在壖垣之下，南院正門外亦有之，坼裂文牓。因之後來多以虚牓自省門而出，正牓張亦稍晚。」《朝野僉載》卷五：「侍郎等惶懼，遽問其姓名，令南院看牓。須臾引入，注與吏部令史。」《太平廣記》卷三五《齊映》（出《逸史》）：「齊相公映，應進士舉，至省訪消息，歇禮部南院。」後兩句即寒山詩「時來省南院」之意。黄滔《送人明經及第東歸》：「十問九通離義牀，今時登第信非常。亦從南院看新榜，旋束春關歸故鄉。」又《投刑部裴郎中》：「愁聞南院看期到，恐被東牆舊恨侵。」又《入關言懷》：「落日灞橋飛雪裏，已聞南院有看期。」

〔三〕曾經四五選：謂曾經參加四五次科舉考試。按唐代科舉考試每年舉行一次。《新唐書·選舉志上》：「唐制，取士之科，多因隋舊，然其大要有三。由學館者曰生徒，由州縣者曰鄉貢，皆升于有司而進退之。其科之目，有秀才，有明經，有俊士，有進士，有明法，有明字，有明算，有一史，有三史，有開元禮，有道舉，有童子。而明經之別，有五經，有三經，有二經，有學究一經，有三禮，有三傳，有史科。此歲舉之常選也。」

〔四〕青蚨：錢的別稱。《太平御覽》卷九五〇引《淮南萬畢術》曰：「青蚨還錢：青蚨一名魚，或曰蒲，以其子母各等置甕中，埋東行陰垣下，三日後開之，即相從。以母血塗八十一錢，亦以子血塗八十一錢，以其錢更互市置子用母，置母用子，錢皆自還。」《搜神記》卷一三：「南方有蟲，名𧑷蠋，一名蝍蠋，又名青蚨。形似蟬而稍大。味辛美，可食。生子必依草葉，大如蠶子。取其子，母即飛來，不以遠近。雖潛取其子，母必知處。以母血塗錢八十一文，以子血塗錢八十一文，每市物，或先用母錢，或先用子錢，皆復飛歸，輪轉無已。故《淮南子術》以之還錢，名曰『青蚨』。」

〔五〕黄卷：指書籍。宋宋祁《筆記》卷上：「古人寫書盡用黄紙，故謂之黄卷。顔之推曰：『讀天下書未遍，不得妄下雌黄。』雌黄與紙色類，故用之以滅誤。今人用白紙，而好事者多用雌黄滅誤，殊不相類。道佛二家寫書猶用黄紙。《齊民要術》有治雌黄法。或曰：古人何須用黄紙？曰：蘗染之，可用避蟫。今臺家詔敕用黄，故私家避不敢用。」《抱朴子外篇・疾謬》：「雜碎故事，蓋是窮巷諸生、章句之士，吟詠而向枯簡，匍匐以守黄卷者所宜識，不足以問吾徒也。」《大唐新語・舉賢》：「狄仁傑爲兒童時，門人被害者，縣吏就詰之。衆咸移對，仁傑堅坐讀書。吏責之，仁傑曰：『黄卷之中，聖賢備在，猶未對接，何暇偶俗人而見耶？』」《太平廣記》卷二五三《司馬消難》（出《談藪》）：「見朝士皆重學術，積經史，消難切慕之。乃多卷黃紙，加之朱軸，詐爲典籍，以矜僚友。尚書令濟陽江總戲之曰：『黃紙五經，赤軸三史。』消難，齊司空子如之子。」江總《歲暮還宅》：「青山殊可對，黃卷復時開。」陳潤《送駱徵君》：「黃卷猶將去，青山豈更歸。」劉長卿《酬滁州李十六使君見贈》：「白雲家自有，黃卷業長貧。」錢起《和劉七讀書》：「夜雨深館靜，苦心黃卷前。」許渾《送人之任邛州》：「黃卷新書芸委積，青山舊路菊離披。」盧肇《別宜春赴舉》：「筵上芳樽今日酒，篋中黃卷古人書。」下句即寒山詩「篋中有黃卷」之意，蓋「黃卷」爲舉子篋中必備之物也。

〔六〕食店：飯鋪。《雲溪友議》卷下載李日新《題仙娥驛》詩曰：「商山食店大悠悠，陳鶡餶飿古餛頭。更有臺中牛肉炙，尚盤數臠紫光毬。」《全唐詩》卷七八八《七言嚵語聯句》張薦句：「食店門外强淹留。」

〔七〕迴面：轉臉。《太平廣記》卷一五七《李敏求》（出《逸史》）：「馬公驚甚，且不欲與之相見，迴面向壁。」寒山詩「行到食店前，不敢暫迴面」二句，言窮措大囊中羞澀，故强爲躲避食店之誘惑也。

爲人常喫用

爲人常喫用〔一〕，愛意須慳惜〔二〕。老去不自由〔三〕，漸被他推①斥〔四〕。送向荒山頭〔五〕，一生願②虛擲〔六〕。亡羊罷補牢③〔七〕，失意終無極〔八〕。（一一二）

【校勘】

①「推」，宮内省本、四庫本作「催」，高麗本作「排」，全唐詩本夾注「一作催」。　②「願」，四庫本作「顧」。　③「牢」，原作「穿」，據餘本改。

【箋注】

〔一〕喫用：喫飯花用，謂生活開支。王梵志詩〇二九首：「得錢自喫用，留著櫃裏重。」

〔二〕愛意：吝惜之心。「愛」即惜義。《老子》四十四章：「是故甚愛必大費，多藏必厚亡。」《孟子·梁惠王上》：「百姓皆以王爲愛也。」趙歧注：「愛，嗇也。」宋馬純《陶朱新録》：「噫，保其貞潔而不愛死，雖古烈女不能過之。」　慳惜：吝嗇。《衆經撰雜譬喻》卷上：「慳惜之人，亦復如是。不知身命無常，須臾叵保，而便聚斂守護愛惜。死來無期，忽然殞逝，形如土木，財物俱棄，亦如愚人，憂苦失計。」寒山詩一二六首：「慳惜不救乏，財多爲累愚。」

〔三〕不自由：不由自主，這裏是説不能掌握自己的命運。《三國志·吴書·朱桓傳》：「桓性護前，恥爲人下，每臨敵交戰，節度不得自由，輒嗔恚憤激。」柳宗元《酬曹侍御過象縣見寄》：「春風無限瀟湘意，欲采蘋花不自由。」

〔四〕推斥：推移，新陳代謝。劉楨《贈五官中郎將四首》之三：「四節相推斥，歲月忽已殫。」李商隱《祭呂商州文》：「中以世務紛綸，物情推斥，撫事傷年，減歡加戚。」

〔五〕荒山頭：指墳地。

〔六〕一生願虛擲：謂一生的抱負落空。「虛擲」形容白費。李白《宣州九日聞崔四侍御與宇文太守遊敬亭余時登響山不同此賞醉後寄崔侍御二首》之一：「良辰與美景，兩地方虛擲。」

〔七〕亡羊罷補牢：按《戰國策·楚策四》：「臣聞鄙語曰：見兔而顧犬，未爲晚也；亡羊而補牢，未爲遲也。」言出了差錯，及時補救。寒山詩云「亡羊罷補牢」，意謂一旦命終，無可補救也。

〔八〕無極：無窮，無盡。寒山詩〇九二首：「天高高不窮，地厚厚無極。」

浪造凌霄閣

浪造凌霄閣〔一〕，虛登百尺樓〔二〕。養生仍夭命〔三〕，誘①讀詎封侯〔四〕。不用從黄口②〔五〕，何須猒③白頭〔六〕。未能端似箭，且莫曲如鉤〔七〕。（一一二）

【校勘】

①「誘」，四庫本作「誦」。②「口」，全唐詩本夾注「一作石」，島田翰本作「石」。③「猒」，宮內省本、四庫本、全唐詩本作「厭」，同。

【箋注】

〔一〕浪造凌霄閣：徒然登上凌霄閣。「浪」即徒然之義，與下句「虛」字同義對舉。《朝野僉載》卷三：「太平公主就其宅看，嘆曰：『看他行坐處，我等虛生浪死。』」「造」即至之義。《世説新語·任誕》：「山公時一醉，徑造高陽池。日莫倒載歸，茗艼無所知。」「凌霄閣」謂極高之樓閣，

「登凌霄之華觀,闢雲際之綺窻。」《晉書·劉曜載記》:「曜命起酆明觀,立西宫,建凌霄臺於滈池。」「凌霄」形容極高。如《抱朴子内篇·極言》:「凌霄之高,非一簣之積。」又《外篇·崇教》:

〔二〕百尺樓:形容極高之樓。《三國志·魏書·陳登傳》:「汜曰:『昔遭亂過下邳,見元龍。元龍無客主之意,久不相與語,自上大牀卧,使客卧下牀。』備曰:『君有國士之名,今天下大亂,帝主失所,望君憂國忘家,有救世之意,而君求田問舍,言無可采,是元龍所諱也,何緣當與君語?如小人,欲卧百尺樓上,卧君於地,何但上下牀之間邪?』」陶淵明《擬古九首》之四:「迢迢百尺樓,分明望四荒。」王昌齡《從軍行七首》之一:「烽火城西百尺樓,黄昏獨上海風秋。」白居易《望江樓上作》:「江畔百尺樓,樓前千里道。憑高望平遠,亦足舒懷抱。」

〔三〕養生:調養身心,以求健康長壽。《文選》卷五三嵇康《養生論》李善注:「嵇喜爲康傳曰:康性好服食,常采御上藥,以爲神仙稟之自然,非積學所致。至於導養得理,以盡性命,若安期、彭祖之倫,可以善求而得也。」《抱朴子内篇·極言》:「是以養生之方,唾不及遠,行不疾步,耳不極聽,目不久視,坐不至久,卧不及疲,先寒而衣,先熱而解。不欲極飢而食,食不過飽;不欲極渴而飲,飲不過多。凡食過則結積聚,飲過則成痰癖。不欲甚勞甚逸,不欲起晚,不欲汗流,不欲多睡,不欲奔車走馬,不欲極目遠望,不欲多啖生冷,不欲飲酒當風,不欲數數沐浴,不欲廣志遠願,不欲規造異巧。冬不欲極温,夏不欲窮涼,不露卧星下,不眠中見肩,大寒大熱,大風大霧，皆不欲冒之。五味入口，不欲偏多，故酸多傷脾，苦多傷肺，辛多傷肝，鹹多則傷心，甘多則傷腎，此五行自然之理也。」白居易《和祝蒼華》：「禀質本羸劣，養生仍莽鹵。痛飲困連宵，悲吟飢過午。遂令頭上髮，種種無尺五。」　夭命：短命而死。《論衡・氣壽篇》：「物有爲實，枯死而墮；人有爲兒，夭命而傷。」《出曜經》卷一：「雖得爲人，未别白黑，便於孩抱，夭其命也。」

〔四〕誘讀：誨導使人苦讀，「誘」即「循循善誘」之「誘」。　詎：豈。寒山詩一〇四首：「益人明詎損，頓訝惜餘光。」

〔五〕從黄口：「黄口」即雛鳥。《孔子家語・六本》：「孔子見羅雀者，所得皆黄口小雀，夫子問之曰：『大雀獨不得，何也？』羅者曰：『大雀善驚而難得，黄口貪食而易得。黄口從大雀則不得，大雀從黄口亦不得。』孔子顧謂弟子曰：『善驚以遠害，利食而忘患，自其心矣。而以所從爲禍福，故君子慎其所從。以長者之慮，則有全身之階；隨小者之戇，而有危亡之敗也。』」寒山詩「不用從黄口」，謂不須跟隨小人，爲利而害身也。

〔六〕猒：同「厭」。　白頭：謂年老髮白。曹丕《與吴質書》：「已成老翁，但未白頭耳。」

〔七〕未能端似箭，且莫曲如鉤：《後漢書・五行志一》：「順帝之末，京都童謡曰：直如弦，死道邊；曲如鉤，反封侯。」杜甫《寫懷二首》之一：「達士如弦直，小人似鉤曲。」元稹《胡旋女》：「君言似曲屈如鉤，君言好直舒爲箭。」按「端」即直之義。敦煌遺書斯四五四四願文：「懃王之智轉明,幹箭之端益遠。」「端似箭」形容正直不阿,《詩·小雅·大東》:「周道如砥,其直如矢。」《論語·衛靈公》:「邦有道,如矢;邦無道,如矢。」「直如矢」亦即「端似箭」也。「曲如鈎」形容諂曲不正。李白《笑歌行》:「笑矣乎,笑矣乎,君不見曲如鈎,古人知爾封公侯。」元稹《陽城驛》:「貞元歲云暮,朝有曲如鈎,風波勢奔蹙,日月光綢繆。」白居易《和夢遊春詩一百韻》:「不忍曲作鈎,乍能折爲玉。」《虚堂和尚語録》卷一:「中秋上堂:『金風吹落葉,玉露滴清秋。叵耐寒山子,無言笑點頭。且道笑箇甚麽?』擊拂子:『既然明似鏡,何用曲如鈎。』」字面上亦從寒山此詩而來,但寒詩之「曲如鈎」謂行爲諂曲,虚堂和尚之「曲如鈎」言新月彎曲,含義不同。

雲山疊疊連天碧

雲山疊疊連天碧,路僻林深無客遊。遠望孤蟾明皎皎〔一〕,近聞群①鳥語啾啾。老夫獨坐棲青嶂,少室閑居任白頭〔二〕。可歎往年與今日,無心還似水東流〔三〕。(一一三)

【校勘】

①「群」,四庫本作「鳴」。

【箋注】

〔一〕孤蟾:孤月。許棠《隴州旅中書事寄李中丞》:「亂葉隨寒雨,孤蟾起暮關。」司馬光《佇月亭》：「孤蟾久未上，五馬不成歸。」按古代傳説月中有蟾蜍。《淮南子·精神》：「日中有踆烏，而月中有蟾蜍。」《太平御覽》卷四引張衡《靈憲》曰：「羿請不死藥於西王母，羿妻姮娥竊以奔月，託身於月，是爲蟾蜍。」故世人以「蟾」或「蟾蜍」作爲月的代稱。李白《雨後望月》：「四郊陰靄散，開户半蟾生。」顧況《奉酬劉侍郎》：「幾迴新秋影，璧滿蟾又缺。」李洞《秋宿青龍禪閣》：「日轉須彌北，蟾來渤海西。」無可《中秋月》：「蟾宜天地静，三五對階蓂。」賈島《夜坐》：「蟋蟀漸多秋不淺，蟾蜍已没夜應深。」

〔二〕少室：即「小室」，猶云斗室、丈室。《維摩詰經·不思議品》：「如是小室，乃容受此高廣之座。」敦煌本《持世菩薩》：「謝〔君〕來於小室，勞君别却天宫。」

〔三〕水東流：譬喻順其自然，如水之東流。耿湋《登樂遊原》：「豈知千載後，萬事水東流。」許渾《京口閒居寄京洛友人》：「聚散有期雲北去，浮沉無計水東流。」敦煌本《維摩詰經講經文》：「也似河水東流，一去似難再復。」宋劉翼《夜意》：「平生萬事水東流，獨有多情是風癢。」《説郛》（商務本）卷六九陳録《善誘文》：「無住如虛空，隨順如流水。」

富貴踈親聚

富貴踈親①聚，只爲多錢米。貧賤骨肉離，非關少兄弟〔一〕。急須歸去來〔二〕，招賢閣未啓〔三〕。浪行朱雀街〔四〕，踏破皮鞋底。（一一四）

【校勘】

①「踈親」，四庫本作「親踈」。

【箋注】

〔一〕「富貴踈親聚」四句：按《意林》卷二引《慎子》：「家富則疏族聚，家貧則兄弟離，非不相愛，利不足相容也。」《文選》卷二九曹攄《感舊詩》：「富貴他人合，貧賤親戚離。」李善注引《鶡冠子》曰：「家富疏族聚，居貧兄弟離。」《潛夫論·交際》：「富貴則人争附之，此勢之常趣也；貧賤則争去之，此理之固然也。夫與富貴交者，上有稱譽之用，下有貨財之益；與貧賤交者，大有賑貸之費，小有假借之損。今使官人雖兼桀跖之惡，苟結駟而過士，士猶以榮而歸焉，況其實有益者乎？使處子雖苞顔閔之賢，苟被褐而造門，人猶以爲辱而恐其復來，況其實有損者乎？故富貴易得宜，貧賤難得適。」《史記·蘇秦列傳》：「此一人之身，富貴則親戚畏懼之，貧賤則輕易之，況衆人乎？」又《孟嘗君列傳》：「富貴多士，貧賤寡友，事之固然也。」孟郊《傷時》：「有財有勢即相識，無財無勢同路人。因知世事皆如此，却向東溪卧白雲。」張謂《題長安壁主人》：「世人結交須黄金，黄金不多交不深。」《景德傳燈録》卷二二《郢州臨谿竟脱和尚》：「問：『牛頭未見四祖時如何？』師曰：『富有多賓客。』曰：『見後如何？』師曰：『貧窮絶往還。』」宋釋文珦《潛山集》卷三《貧賤詩》：「貧賤交親絶，形影日相弔。」

〔二〕歸去來：即「歸去」，「來」爲語助詞，不爲義。陶淵明《歸去來兮辭》：「歸去來兮，田園將蕪胡不歸。」吴均《贈别新林》：「天子既無賞，公卿竟不知。去去歸去來，還傾鸚鵡杯。」白居易《自誨》：「違違兮欲安往哉，樂天樂天歸去來。」戎昱《長安秋夕》：「遠客歸去來，在家貧亦好。」羅隱《曲江春感》：「一船明月一竿竹，家住五湖歸去來。」吕巖《勉牛生夏侯生》：「青山白雲好居住，勸君歸去來兮歸去來。」

〔三〕招賢閣：梁劉孝儀《行過康王故第苑》：「入梁逢故苑，度薛見餘宫。尚識招賢閣，猶懷愛士風。」按「招賢閣」事出於漢公孫宏，《漢書·公孫宏傳》：「於是起客館，開東閣以延賢人。」顔師古注：「閣者，小門也，東向開之，避當庭門而引賓客，以别於掾史官屬也。」《西京雜記》卷四：「平津侯自以布衣爲宰相，乃開東閣，營客館，以招天下之士。其一曰欽賢館，以待大賢；次曰翹材館，以待大才；次曰接士館，以待國士。其有德任毗贊、佐理陰陽者，處欽賢之館；其有才堪九列、將軍二千石者，居翹材之館；其有一介之善，一方之藝，居接士之館。而躬自菲薄，所得俸禄以奉待之。」按「平津侯」即公孫宏。《太平御覽》卷四七五引《漢雜事》曰：「公孫弘爲丞相，起客館，開閣延賢人，與參謀議。身自食脱粟飯一器，盡以俸禄與故人賓客。」

〔四〕浪行：漫無目的地行走。「浪」即隨意之義。韓愈《喜雪獻裴尚書》：「悲嘶聞病馬，浪走信嬌兒。」　朱雀街：唐代長安城内之主要大道，縱貫長安城，分京城爲萬年、長安二縣。

我見一癡漢

我見一癡漢，仍居三兩婦〔一〕。養得八九兒，總是隨宜手〔二〕。丁防①是新差〔三〕，資財非舊有〔四〕。黄蘗作驢鞦②，始知苦在後〔五〕。（一二五）

【校勘】

①「防」，宫内省本、高麗本、四庫本作「户」，全唐詩本夾注「一作户」。②「鞦」，正中本、高麗本作「緧」，同。

【箋注】

〔一〕仍居三兩婦：謂有妻妾三兩人。《唐國史補》卷中：「貞元中，長安客有買妾者，居之數年，忽爾不知所之。」

〔二〕隨宜手：等閑、隨便之人，這裏是説任人役使之勞力。按「隨宜」即等閑、馬虎之義。《顔氏家訓·雜藝》：「武烈太子偏能寫真，坐上賓客，隨宜點染，即成數人。以問童孺，皆知姓名矣。」《根本説一切有部毘奈耶》卷四五：「若行十惡死，妻子皆不哭，殯送事隨宜，是名爲惡死。」吉藏《三論玄義》卷下：「隨宜覆身者，有三衣佛亦許，無三衣佛亦許。隨宜飲食者，時食佛亦許，非時食亦許。隨宜住處者，結界住亦許，不結界亦許。」「手」則指人，如書手、弓手、凶手之類。

〔三〕丁防：唐代的一種徭役，抽拔丁夫赴邊防守。敦煌遺書伯二九七九號開元年間判詞《岐陽郎光隱匿防丁高元牒問第三十》：「高元，鄜縣百姓，岐陽寄田，其計素奸，其身難管。昨以身著丁防，疑有告身，往取更不報來，遣退因即逃避。」差充丁防之丁夫則稱「防丁」。同上《許資助防丁第廿八》：「初，防丁競訴衣資不充，合得親憐（隣）借助，當爲准法無例，長官不令。」寒山詩云「丁防是新差」者，謂「八九兒」逐一達到成丁年齡，即被差充丁防，故云新差也。

〔四〕資財非舊有：謂舊有之資財亦消耗殆盡，蓋因「八九兒」差充丁防，遂致家産蕩盡也。

〔五〕黄蘗作驢鍬，始知苦在後：按「黄蘗」亦作「黄檗」、「黄柏」，常緑喬木，外皮白色，内皮深黄，味苦入藥。「鍬」亦作「鞧」、「緧」、「緻」，拴在牲口股後的皮帶。《釋名·釋車》：「鞧，遒也，在後遒迫使不得卻縮也。」《説文》：「緧，馬紂也。」段注：「《考工記》：『必緧其牛後。』注云：『緧讀爲緧，關東謂紂爲緧。』按亦作緻。」范成大《桂海虞衡志·志器》：「後鍬，鏃（鏇）木爲大錢，累累貫數百，狀如中國騾驢鍬。」寒山詩以黄蘗味苦，雙關人生之苦；以驢鍬拴在驢後，雙關時間之後。「黄蘗作驢鍬，始知苦在後」二句，意謂「癡漢」當其「仍居三兩婦，養得八九兒」之時，尚以爲樂；及至「丁防是新差，資財非舊有」，家産隨而蕩盡，方知昔日之樂，實種下今日之苦，即是所謂「始知苦在後」也。《希叟紹曇禪師廣録》卷三：「其或未然，黄蘗作驢鍬，後頭純是苦。」

新穀尚未熟

新穀尚未熟，舊穀今已無〔一〕。就貸一①斗許〔二〕，門外立踟躕。夫出教問婦，婦出遣問夫。

慳惜不救乏，財多爲累愚〔三〕。（一二六）

【校勘】

①「一」，正中本作「二」。

【箋注】

〔一〕新穀尚未熟，舊穀今已無：謂青黄不接之時。《論語·陽貨》：「舊穀既没，新穀既升。」《説郛》（宛委山堂本）弓七三《善誘文·黄承事儲穀濟人》：「每歲收成之時，隨意出錢收糴米糧，候至來年新陳未接之際，糶與細民，價例不增，升斗如故。」所云「新陳未接之際」，即是「新穀尚未熟，舊穀今已無。」

〔二〕就貸：向人借貸。「貸」，這裏通作「貣」。《説文》：「貸，施也，从貝，代聲。」又：「貣，從人求物也，从貝，弋聲。」段注：「代、弋同聲，古無去入之别。求人施人，古無貣貸之分。由貣字或作貸，因分其義，又分其聲。如求人曰乞，給人之求亦曰乞，今分去訖、去既二音。又如假、借二字，皆爲求者、予者之通名，唐人亦有求讀上、入，予讀兩去之説，古皆未必有是。貣别爲貸，又以改竄許書，尤爲異耳。經史内貣貸錯出，恐皆俗增人旁。蟘字，《經典釋文》、《五經文字》皆作蟘，俗作蟘，亦其證也。《周禮·泉府》『凡民之貸者』，注云：『貸者，謂從官借本賈也。』《廣韻》廿五德云：『貣，謂從官借本賈也。』其所據《周禮》正作貣。而《周禮》注中借者、予者同用一字，《釋文》别其音，亦可知本無二字矣。」按段説極精。《莊子·外物》：「莊周家貧，故往貸粟於監河侯。監河侯曰：『諾。我將得邑金，將貸子三百金，可乎？』」陸德明釋文：「貸粟，音特，或一音他得反。將貸，音他代反。」本詩「就貸」之「貸」，即《説文》「貣」字，音特，從人借貸之義。

〔三〕財多爲累愚：《文選》卷二一張協《詠史》：「顧謂四坐賓，多財爲累愚。」李善注：「累，猶負也。累愚，爲愚者之累也。」

大有好笑事

大有好笑事〔一〕，略陳三五箇。張公富奢華，孟子貧轗軻〔二〕。只取侏儒飽，不憐方朔餓〔三〕。巴歌唱者多，白雪無人和〔四〕。（一二七）

【箋注】

〔一〕大有好笑事：《太平廣記》卷二五七《張登》（出《乾𦠆子》）：「（裴）樞爲司勳員外，舉公群至投文，樞才詆訶瑕謫，登自知江陵鹽鐵院會計到城，直入司勳廳，冷笑曰：『裴三十六，大有可笑事。』樞因問登可笑之由，登曰：『笑公驢牙郎搏馬價，此成笑耳。』」按「大有」即多有，見一一六首注〔一〕。「好笑」即可笑。《古尊宿語録》卷二七《舒州龍門佛眼和尚語録》：「上堂，靠拄杖肩上，謂衆曰：『好笑，好笑！』乃呵呵而笑，『昨日有兩人共説一件事與山僧，山僧聞得，一夜笑得腸肚痛。』又呵呵而笑。」

〔二〕張公富奢華，孟子貧轗軻：「張公」應是指張儀。《史記・張儀列傳》載儀以連横之術游説六國聯秦，任秦相，封武安君，故云「張公富奢華」也。「孟子」即孟軻。《史記・孟子荀卿列傳》：「孟軻，騶人也，受業子思之門人。道既通，游事齊宣王，宣王不能用。適梁，梁惠王不果所言，則見以爲迂遠而闊於事情。當是之時，秦用商君，富國彊兵；楚、魏用吴起，戰勝弱敵；齊威王、宣王用孫子、田忌之徒，而諸侯東面朝齊。天下方務於合從連衡，以攻伐爲賢，而孟軻乃述唐、虞、三代之德，是以所如者不合。」故云「孟子貧轗軻」也。按「轗軻」亦作「輡軻」、「坎軻」、「坎坷」等，道路不平貌，比喻人生失意不得志。《文選》卷二九《古詩十九首》之四：「無爲守窮賤，轗軻常苦辛。」李端《得山中道友書寄苗錢二員外》：「有謀皆轗軻，非病亦遲迴。」今按寒山詩以「張公富奢華，孟子貧轗軻」爲「可笑事」者，蓋張儀爲戰國縱横家之巨擘，孟軻爲戰國儒家之宗師。據《漢書・藝文志》云：「儒家者流，蓋出於司徒之官，助人君順陰陽明教化者也。游文於六經之中，留意於仁義之際，祖述堯舜，憲章文武，宗師仲尼，以重其言，於道最爲高。」又云：「從横家者流，蓋出於行人之官。孔子曰：『誦《詩》三百，使於四方，不能專對，雖多亦奚以爲？』又曰：『使乎，使乎！』言其當權事制宜，受命而不受辭，此其所長也。及邪人爲之，則上詐諼而棄其信。」今以「上詐諼而棄其信」之張公而「富奢華」，「於道爲最高」之孟子而「貧轗軻」，故寒山以爲「可笑事」而深致慨焉。

〔三〕只取侏儒飽，不憐方朔餓：「侏儒」亦作「朱儒」，爲生理缺憾形成的矮子，古代宫庭多用以充當倡優。「方朔」即東方朔，稱爲「方朔」者，蓋複姓取其一字，如司馬遷稱爲「馬遷」也。「只取侏儒飽，不憐方朔餓」典出《漢書・東方朔傳》：「久之，朔紿騶朱儒曰：『上以若曹無益於縣官，耕田力作固不及人，臨衆處官不能治民，從軍擊虜不任兵事，無益於國用，徒索衣食，今欲盡殺若曹。』朱儒大恐，啼泣。朔教曰：『上即過，叩頭請罪。』居有頃，聞上過，朱儒皆號泣頓首。上問：『何爲？』對曰：『東方朔言上欲盡誅臣等。』上知朔多端，召問朔：『何恐朱儒爲？』對曰：『臣朔生亦言，死亦言。朱儒長三尺餘，奉一囊粟，錢二百四十。臣朔長九尺餘，亦奉一囊粟，錢二百四十。朱儒飽欲死，臣朔飢欲死。臣言可用，幸異其禮；不可用，罷之，無令但索長安米。』上大笑，因使待詔金馬門，稍得親近。」白居易《得微之到官後書備知通州之事悵然有感因成四章》之三：「侏儒飽笑東方朔。」張祜《寄盧載》：「侏儒他甚飽，款段爾應羸。」羅隱《寄侯博士》：「侏儒亦何有，飽食向長安。」

〔四〕巴歌唱者多，白雪無人和：《文選》卷四五宋玉《對楚王問》：「客有歌於郢中者，其始曰『下里巴人』，國中屬而和者數千人；其爲『陽阿薤露』，國中屬而和者數百人；其爲『陽春白雪』，國中屬而和者不過數十人；引商刻羽，雜以流徵，國中屬而和者不過數人而已。是其曲彌高，其和彌寡。」按「巴歌」即指「下里巴人」之歌，亦比喻不登大雅之堂的通俗歌曲。盧綸《奉和太常王卿酬中書李舍人中書寓直春夜對月見寄》：「是夜巴歌應金石，豈殊螢影對清光。」《明覺禪師語録》卷六《歌紀四明汪君信士》：「巴歌百字巖葉書，飛寄汪門舊知識。」「白雪」即指「陽春白雪」，乃是高雅的歌曲。汪遵《郢中》：「莫言白雪少人聽，高調都難稱俗情。不是楚詞詢宋玉，巴歌猶掩繞梁聲。」《撫州曹山元證禪師語録》：「乍如謠白雪，猶恐是巴歌。」

老翁娶少婦

老翁娶少婦，髮白婦不耐〔一〕。老婆嫁少夫，面黃夫不愛。老翁娶老婆，一一無棄背〔二〕。少婦嫁少夫，兩兩相憐態。（一二八）

【箋注】

〔一〕不耐：無法忍受。《大唐西域記》卷六《室羅伐悉底國》：「我性踈嬾，不耐看病，故今嬰疾，無人瞻視。」《太平廣記》卷五四《盧鈞》（出《神仙感遇傳》）：「不耐見人，常於郡後山齋養性獨處。」

〔二〕棄背：抛棄，背離。白居易《太行路》：「與君結髮未五載，豈期牛女爲參商。古稱色衰相棄背，當時美人猶怨悔。」敦煌本《伍子胥變文》：「僕是棄背帝鄉賓，今被平王見尋討。」

楚按，寒山此詩贊成年齡相稱的結合，而反對老少懸殊的婚姻。此種合乎人情的主張。如《國語·越語上》：「（越王勾踐）令壯者無取老婦，令老者無取壯妻。」《晏子春秋·内篇雜下》：「景公有愛女請嫁于晏子。公乃往燕晏子之家，飲酒酣，公見其妻曰：『此子之内子邪？』

晏子對曰：『然，是也。』公曰：『嘻，亦老且惡矣。寡人有女，少且姣，請以滿夫子之宫。』晏子違席而對曰：『乃此則老且惡，嬰與之居故矣，故及其少而姣也。且人固以壯託乎老，姣託乎惡。彼嘗託而嬰受之矣。君雖有賜，可以使嬰倍其託乎？』再拜而辭。」李益《雜曲》：「少婦歸少年，華光自相得。」《雜阿含經》卷四八：「老婦得少夫，心常懷嫉妬。懷嫉卧不安，是則墮負門。老夫得少婦，墮負處亦然。」清褚人穫《堅瓠首集》卷一《嘲老人娶少婦》：「浙中有年六十三，娶十六歲女爲繼室者，人嘲之曰：『二八佳人七九郎，婚姻何故不相當。紅綃帳裏求歡處，一朵梨花壓海棠。』《陳後山詩話》亦載絶句云：『偎他門户傍他牆，年去年來來去忙。採取百花成蜜後，爲他人作嫁衣裳。』王雅宜七十娶妾，許高陽嘲之曰：『七十做新郎，殘花入洞房。聚猶秋燕子，健亦病鴛鴦。戲水全無力，銜泥不上梁。空煩神女意，爲雨傍高唐。』」

雍容美少年

雍容美少年〔一〕，博覽諸經史。盡號曰先生〔二〕，皆稱爲學士〔三〕。未能①得官職，不解秉耒耜〔四〕。冬披破布②衫，蓋是書誤己〔五〕。（一一九）

【校勘】

①「能」，高麗本作「甞」。　②「布」，四庫本作「衣」。

【箋注】

〔一〕雍容：形容儀態温雅。《史記·司馬相如傳》：「相如之臨邛，從車騎，雍容閒雅甚都。」

〔二〕先生：對有學問者的尊稱。《孟子·告子下》：「先生將何之？」趙岐注：「學士年長者，故謂之先生。」清梁章鉅《稱謂録》卷八《先生》：「《禮·曲禮上》『從於先生』，注：『先生，老人教學者。』韋昭《辨釋名》：『古者稱師曰先生。』《韓詩外傳》：『古之謂知道者曰先生，何也？猶言先醒也。不聞道術之人，則冥於得失，不知亂之所由，眊眊乎其猶醉也。』賈子《新書》：『懷王問於賈君曰：人謂知道者爲先醒，何也？賈君對曰：此博號也。』」

〔三〕學士：飽學之士。《史記·游俠列傳》：「《韓子》曰：『儒以文亂法，而俠以武犯禁。』二者皆譏，而學士多稱於世云。」《舊唐書·褚亮傳》：「始太宗既平寇亂，留意儒學，乃於宫城西起文學館，以待四方文士。於是，以屬大行臺司勳郎中杜如晦，記室考功郎中房玄齡及于志寧，軍諮祭酒蘇世長，天策府記室薛收，文學褚亮、姚思廉，太學博士陸德明、孔穎達，主簿李玄道，天策倉曹李守素，記室參軍虞世南，參軍事蔡允恭、顔相時，著作佐郎攝記室許敬宗、薛元敬，太學助教蓋文達，軍諮典籤蘇勗，並以本官兼文學館學士。及薛收卒，復徵東虞州録事參軍劉孝孫入館。尋遺圖其狀貌，題其名字、爵里，乃命亮爲之像贊，號『十八學士寫真圖』，藏之書府，以彰禮賢之重也。」

〔四〕秉耒耜：指從事農業勞動。梁武帝《藉田詩》：「公卿秉耒耜，庶甿荷鉏耰。」亦單云「秉耒」。

陶淵明《癸卯歲始春懷古田舍二首》之二：「秉耒歡時務，解顔勸農人。」按「耒耜」爲古代的掘土農具，其柄曰耒，其端曰耜。《易・繫辭下》：「神農氏作，斲木爲耜，揉木爲耒，耒耨之利，以教天下。」《國語・周語中》：「民無懸耜，野無奥草。」韋昭注：「入土曰耜，耜柄曰耒。」韓愈《寄盧仝》：「國家丁口連四海，豈無農夫親耒耜。」元稹《代曲江老人百韻》：「耒耜勤千畝，牲牢奉六禋。」

〔五〕蓋是書誤已：按杜甫《奉贈韋左丞丈二十二韻》：「紈袴不餓死，儒冠多誤身。」亦是此意。故《隋書・宇文慶傳》載慶曰：「書足記姓名而已，安能久事筆硯，爲腐儒之業！」蘇軾《石蒼舒醉墨堂》亦云：「人生識字憂患始，姓名粗記可以休。」

鳥語情不堪

鳥語①情不堪，其時卧草庵〔一〕。櫻桃紅爍爍②〔二〕，楊柳正毵毵〔三〕。旭日銜③青嶂〔四〕，晴雲洗緑④潭〔五〕。誰知出塵俗〔六〕，馭上寒山南〔七〕。（一三〇）

【校勘】

①「語」，宫内省本、四庫本作「弄」，全唐詩本夾注「一作弄」。②「紅爍爍」，宫内省本作「向杏杏」，按疑是「何杳杳」之誤。③「銜」，宫内省本、高麗本作「御」，四庫本作「含」。④「緑」，原作「淥」，兹從宫内省本、正中本、高麗本、四庫本。

【箋注】

〔一〕草庵：小草房，茅屋。《神仙傳》卷六《焦先》：「居河之湄，結草爲庵，獨止其中，不設牀蓐，以草褥襯坐。」《景德傳燈録》卷三〇石頭和尚《草庵歌》：「吾結草庵無寶貝，飯了從容圖睡快。成時初見茅草新，破後還將茅草蓋。」

〔二〕爍爍：光彩照射貌。《藝文類聚》卷二九引李陵《贈蘇武別詩》曰：「爍爍三星列，拳拳月初生。」

〔三〕毵毵：散亂紛披貌。孟浩然《高陽池送朱二》：「澄波澹澹芙蓉發，緑岸毵毵楊柳垂。」

〔四〕旭日銜青嶂：謂青嶂半遮旭日，如似銜也。李白《烏棲曲》：「吴歌楚舞歡未畢，青山欲銜半邊日。」

〔五〕晴雲洗緑潭：謂晴雲影落緑潭，如似洗也。

〔六〕出塵俗：超脱塵世。「塵俗」謂人世間。《高僧傳》卷四《晉洛陽朱士行》：「少懷遠悟，脱落塵俗；出家已後，專務經典。」竇參《登灊山觀》：「既入無何鄉，轉嫌人事難。終當遠塵俗，高卧從所安。」張仲方《贈毛仙翁》：「定是煙霞列仙侶，暫來塵俗救危苦。」杜荀鶴《題開元寺門閣》：「唯有禪居離塵俗，了無榮辱挂心頭。」張讀《宣室志》卷九：「塵俗以名利相勝，竟何有哉？唯釋氏可以捨此矣。」

〔七〕馭：駕駛馬車。《書・五子之歌》：「予臨兆民，懔乎若朽索之馭六馬。」

昨日何悠悠

昨日何悠悠〔一〕，場中可憐許〔二〕。上爲桃李徑〔三〕，下作蘭蓀渚〔四〕。復有綺羅人〔五〕，舍中翠毛羽〔六〕。相逢欲相唤，脈脈不能語〔七〕。（一三一）

【箋注】

〔一〕悠悠：閒適貌。耿湋《尋覺公因寄李二端司空十四曙》：「少年嘗昧道，無事日悠悠。」王建《醉後憶山中故人》：「花開草復秋，雲水自悠悠。」

〔二〕可憐許：可愛。王梵志詩○四四首：「父母生男女，没娑可憐許。」敦煌本《百鳥名》：「巧女子，可憐許，樹梢頭，養男女，銜茅花，拾柳絮，窠裏金針誰解取。」以上「可憐許」爲可愛之義。《龐居士語録》卷中：「自無般若性，乏欠波羅蜜。把繩入草裏，自繫百年畢。實是可憐許，冥冥不見日。」又：「學道迷路人，實是可憐許。被賊妄牽纏，惡緣取次與。」陳陶《西川座上聽金五雲唱歌》：「五雲處處可憐許，明朝道向褒中去。」《太平廣記》卷二八六《板橋三娘子》（出《河東記》）：「彼雖有過，然遭君亦甚矣。可憐許，請從此放之。」以上「可憐許」則爲可憫之義。蓋「許」是語助詞，不爲義，「可憐」則有可愛與可憫二義。本詩的「可憐」爲可愛之義，參看○一八首注〔三〕。

〔三〕桃李徑：《史記・李將軍列傳》太史公曰引諺曰：「桃李不言，下自成蹊。」司馬貞索隱引姚氏云：「桃李本不能言，但以華實感物，故人不期而往，其下自成蹊徑也。」白居易《酬裴相公題興化小池見招長句》：「蓬斷偶飄桃李徑，鷗驚誤拂鳳凰池。」

〔四〕蘭蓀渚：長滿香草的小洲。「蘭蓀」是兩種香草。《楚辭·九歌·湘君》：「蓀橈兮蘭旌。」王逸注：「蓀，香草也。」「渚」即水中小洲。《詩·召南·江有汜》：「江有渚。」毛傳：「渚，小洲也。」

〔五〕綺羅人：衣著綺羅之人，指美女。白居易《山遊示小妓》：「本是綺羅人，今爲山水伴。」劉憲《折楊柳》：「碧煙楊柳色，紅粉綺羅人。」徐彦伯《擬古三首》之三：「中有綺羅人，可憐名莫愁。」敦煌本《破魔變》：「論情實是綺羅人，若説容儀獨超春。」

〔六〕翠毛羽：翠鳥的羽毛，古人以爲是珍貴的飾物。《逸周書·王會》：「請令以珠璣、瑇瑁、象齒、文犀、翠羽、菌鶴、短狗爲獻。」按「翠」即翠鳥，《説文》：「翠，青羽雀也，出鬱林。」

〔七〕脈脈不能語：《文選》卷二九《古詩十九首》之十：「盈盈一水間，脈脈不得語。」李善注：「《爾雅》曰：脈，相視也。郭璞曰：脈脈，謂相視貌也。」孟浩然《耶溪泛舟》：「相看似相識，脈脈不得語。」李昂《賦戚夫人楚舞歌》：「君楚歌兮妾楚舞，脈脈相看兩心苦。」張祜《西江行》：「惆悵異鄉人，偶言空脈脈。」《祖堂集》卷八《雲居和尚》：「問：『相逢欲相識，脉脉不能言時如何？』師云：『適來洎道得。』」又卷一二《禾山和尚》：「問：『古人有言：相逢欲相喚，詠詠（脉脉）不能語。未審還相喚也無？』師云：『似却古人機，還同舌頭備。』僧曰：『與則學人無端去也。』師曰：『但莫踏泥，何煩洗脚。』」《景德傳燈録》卷二六《廬山歸宗寺義柔禪師》：「蓋緣是知軍請命，寺衆誠心，既到這裏，且説箇什麼即得，還相悉麼？此若不及，古人便道：相逢欲相喚，脉脉不能語。」

丈夫莫守困

丈夫莫守困〔一〕，無錢須經紀〔二〕。養得一牸牛〔三〕，生得五犢子。犢子又生兒，積數無窮已。寄語陶朱公〔四〕，富與君相似。（一三二）

【箋注】

〔一〕守困：固守貧賤。《京本通俗小説·錯斬崔寧》：「如今的時勢，再有誰似泰山這般憐念我的？只索守困。若去求人，便是勞而無功。」

〔二〕經紀：經營牟利。《資治通鑑》唐高宗永徽三年：「元嬰與蔣王惲皆好聚斂，上嘗賜諸王帛各五百段，獨不及二王，敕曰：『滕叔、蔣兄自能經紀，不須賜物，給麻兩車以爲錢貫。』二王大慚。」王梵志詩〇〇七首：「錢財奴婢用，任將别經紀。」《太平廣記》卷三三七《蕭審》（出《廣異記》）：「安胡者，將吾米二百石，絹八十匹，經紀求利。」又卷一〇九《李氏》（出《冥祥記》）：「家鎮沽酒，添灰少量，分毫經紀。」又卷三七八《隰州佐史》（出《廣異記》）：「後經紀竟折五十千也。」

〔三〕牸牛：母牛。慧琳《一切經音義》卷五三《牸牛》：「上音字。《文字釋要》云：凡牛羊之雌者曰牸。」《説苑·政理》：「臣故畜牸牛，生子而大，賣之而買駒。少年曰：『牛不能生馬。』遂持駒去。」《大般涅槃經》卷三三：「復記牸牛，當生白犢，乃其産時，乃生駁犢。」《魏書·蠕蠕傳》：「太祖謂尚書崔玄伯曰：蠕蠕之人，昔來號爲頑嚚。每來抄掠，駕牸牛奔遁，驅犍牛隨之。牸牛伏不能前，異部人有教其以犍牛易之者，蠕蠕曰：『其母尚不能行，而況其子。』終於不易，遂爲敵所虜。」

〔四〕陶朱公：即范蠡，以富著稱。《史記·貨殖列傳》：「范蠡既雪會稽之恥，乃喟然而歎曰：『計然之策七，越用其五而得意。既已施於國，吾欲用之家。』乃乘扁舟，浮於江湖，變名易姓，適齊爲鴟夷子皮，之陶爲朱公。朱公以爲陶天下之中，諸侯四通，貨物所交易也。乃治産積居，與時逐而不責於人。故善治生者，能擇人而任時。十九年之中三致千金，再分散與貧交疏昆弟。此所謂富好行其德者也。後年衰老而聽子孫，子孫脩業而息之，遂至巨萬。故言富者皆稱陶朱公。」

楚按，寒山此詩立意出於《孔叢子·陳士義》：「猗頓，魯之窮士也，耕則常飢，桑則常寒。聞陶朱公富，往而問術焉。朱公告之曰：『子欲速富，當畜五牸。』於是乃適西河，大畜牛羊於猗氏之南。十年之間，其滋息不可計，貲擬王公，馳名天下。以興富於猗氏，故曰猗頓。」又按，殷芸《小説》：「有貧人止能辦隻甕之資，夜宿甕中，心計曰：『此甕賣之若干，其息已倍矣。我得倍息，遂可販二甕，自二甕而爲四，所得倍息，其利無窮。』遂喜而舞，不覺甕破。」雖云笑話，與猗頓之計頗有相似處，但結局不同耳。

之子何惶惶

之子何惶惶①〔一〕，卜居須自審〔二〕。南方瘴癘多〔三〕，北地風霜甚。荒陬不可居〔四〕，毒川難可飲〔五〕。魂兮歸去來〔六〕，食我家園葚〔七〕。（一三三）

【校勘】

①「之子」，宫内省本倒作「子之」。「惶惶」，宫内省本作「遑遑」，全唐詩本夾注「一作遑遑」。

【箋注】

〔一〕之子：此人。《詩·周南·桃夭》：「之子于歸，宜其室家。」　惶惶：通「皇皇」、「遑遑」，匆遽、急迫貌。《漢書·董仲舒傳》：「夫皇皇求財利常恐乏匱者，庶人之意也；皇皇求仁義常恐不能化民者，大夫之意也。」顏師古注：「皇皇，急速之貌也。」陶淵明《歸去來兮辭》：「已矣乎，寓形宇内復幾時，曷不委心任去留，胡爲乎遑遑欲何之。」

〔二〕卜居：選擇住地。見〇〇二首注〔一〕。　自審：自己仔細考察。「審」即考察、研究。《吕氏春秋·察今》：「故審堂下之陰，而知日月之行，陰陽之變。」

〔三〕南方瘴癘多：杜甫《雷》：「南方瘴癘地，罹此農事苦。」又《夢李白二首》之一：「江南瘴癘地，逐客無消息。」古代稱我國南方山林間致人疾病的毒氣爲「瘴癘」，亦稱爲「瘴氣」或「瘴」。《隋書·地理志下》：「自嶺已南二十餘郡，大率土地下濕，皆多瘴厲，人尤夭折。」又《庫狄士文傳》：「上悉配防嶺南，親戚相送，哭泣之聲徧於州境。至嶺南，遇瘴癘，死者十八九。」《太平御覽》卷一七二引《十道志》曰：「鬼門關在北流縣南三十里，……關已南尤多瘴癘，去者罕得生還。故諺曰：鬼門關，十人去，九不還。」范成大《桂海虞衡志·雜志》：「瘴，二廣惟桂林無之，自是而南，皆瘴鄉矣。瘴者，山嵐水毒與草莽沴氣鬱勃蒸熏之所爲也。其中人如瘧狀，治法雖多，常以附子爲急須，不換金正氣散爲通用。邕州兩江水土尤惡，一歲無時無瘴，春曰青草瘴，夏曰黄梅瘴，六七月曰新禾瘴，八九月曰黄茅瘴。土人以黄茅瘴爲尤毒。」

〔四〕荒陬：荒涼偏僻之地。元稹《蠻子朝》：「西南六詔有遺種，僻在荒陬路尋壅。」

〔五〕毒川：有毒之河川，亦爲南方瘴氣蒸薰所致。喻鳧《送友人南中訪舊知》：「地蒸川有毒，天暖樹無秋。」崔豹《古今注》卷中《音樂》：「《武溪深》，乃馬援南征之所作也。……其曲曰：滔滔武溪一何深，鳥飛不渡，獸不能臨，嗟哉武溪多毒淫。」按「毒」指瘴毒。杜甫《又上後園山脚》：「瘴毒猿鳥落，峽乾南日黄。」

〔六〕魂兮歸去來：按宋玉《招魂》：「魂兮歸來，去君之恒幹，何爲四方些。舍君之樂處，而離彼不祥些。魂兮歸來，東方不可以託些。長人千仞，惟魂是索些。十日代出，流金鑠石些。彼皆習之，魂往必釋些。歸來兮，不可以託些。」文繁不具録，即寒山此詩所從取意也。

〔七〕葚：同「椹」，桑果，桑子。劉敬叔《異苑》卷七：「太元中太原王戎爲鬱林太守，泊船新亭眠，夢有人以七枚椹子與之，著衣襟中。既覺，得之，占曰：『椹，桑子也。』自後男女大小凡七喪。」按「桑子」即桑椹，這裏與「喪子」諧音。古人以桑椹爲北地名果佳味，故寒山詩以「食我家園葚」言還鄉之美。《世説新語・言語》：「張天錫爲涼州刺史，稱制西隅。既爲苻堅所禽，用爲侍中。後於壽陽俱敗，至都，爲孝武所器。每入言論，無不竟日。頗有嫉己者，於坐問張：『北方何物可貴？』張曰：『桑椹甘香，鴟鴞革響，淳酪養性，人無嫉心。』」《太平御覽》卷九七三引《世説》曰：「有王甲從北方來，詣謝公。問：『北方何果最勝？』甲云：『桑椹最好。』謝公問：『可以比江東何果？』甲云：『是黄甘之流。』公曰：『君何乃爾妄語！』甲既受妄語之名，恐宰相所貴（責），乃買駿馬，候熟時取數十枚，還以奉公。公食之以爲美，乃謂甲：『此味乃江東所無，而君近比黄甘。』於是引甲爲賓客。」《景德傳燈録》卷二七《諸方雜舉徵拈代別語》：「僧問老宿：『魂兮歸去來，食我家園葚。如何是家園葚？』玄覺代云：『是你食不得。』法燈別云：『污却你口。』」

昨夜夢還家

昨夜夢還家①，見婦機中織〔一〕。駐梭如②有思〔二〕，擎梭似無力〔三〕。呼之迴面視〔四〕，況③復不相識〔五〕。應是別多年，鬢毛非舊色〔六〕。（一三四）

【校勘】

①「家」，宮内省本、四庫本作「鄉」，全唐詩本夾注「一作鄉」。②「如」，宮内省本、四庫本作「若」。

③「況」，《寒山詩闡提記聞》作「怳」。

【箋注】

〔一〕見婦機中織：按鮑照《行路難》之六：「弄兒牀前戲，看婦機中織。」

〔二〕駐梭：停住織布的梭子。《太平御覽》卷八二五引《通俗文》：「梭，織具也，所以行緯之楟。」

〔三〕似無力：形容嬌柔。王翰《春女行》：「羅袖嬋娟似無力，行拾落花比容色。」于濆《古宴曲》：「燕娥奉卮酒，低鬟若無力。」按崔融《擬古》：「所思在何處？宛在機中織。離夢當有魂，愁容定無力。」與寒山此詩意境頗相似。

〔四〕迴面：轉臉。寒山詩一二〇首：「行到食店前，不敢暫迴面。」

〔五〕況復不相識：「況復」即況且。郎士元《別房士清》：「蒼蒼歲陰暮，況復惜馳暉。」此處「況復」疑當作「恍惚」、「怳忽」，模糊不清貌。《文選》卷八司馬相如《上林賦》「芒芒怳忽」，郭璞注：「言眼亂也。」按張説《送郭大夫元振再使吐蕃》亦云：「五年一見家，妻子不相識。」

〔六〕鬢毛：鬢髮。見〇三二首注〔二〕。

楚按，蘇軾《江城子》（乙卯正月二十日夜記夢）：「十年生死兩茫茫，不思量，自難忘。千里孤墳，無處話淒涼。縱使相逢應不識，塵滿面，鬢如霜。　夜來幽夢忽還鄉。小軒窗，正梳妝。相顧無言，惟有淚千行。料得年年腸斷處，明月夜，短松岡。」與寒山此詩同寫夢見久別的妻子，雖內容或有生死之不同，仍不乏相似之處。

人生不滿百

人生不滿百，常懷千載憂〔一〕。自身病始可〔二〕，又爲子孫愁。下視禾根下①，上看桑樹頭〔三〕。秤鎚②落東海，到底始知休〔四〕。（一三五）

【校勘】

①下「下」字，四庫本、全唐詩本作「土」。②「鎚」，宫内省本作「槌」，同。

【箋注】

〔一〕人生不滿百，常懷千載憂：語出《文選》卷二九《古詩十九首》之十五：「生年不滿百，常懷千歲憂。」李善注：「孫卿子曰：『人生無百歲之壽，而有千歲之信士，何也？曰：以夫千歲之法自持者，是乃千歲之信士矣。』」按曹植《遊仙詩》亦云：「人生不滿百，戚戚少歡娱。」薛逢《老去也》：「惆悵人生不滿百，一事無成頭雪白。」

〔二〕病始可：病剛剛痊愈。「可」即病愈。《南史·王茂傳》：「遇其卧，因問疾。茂曰：『我病可耳。』」《朝野僉載》卷一：「屬五月五日官取蚺蛇膽欲進，或言肉可治瘋，遂取一截蛇肉食之，三五日頓漸可，百日平復。」陸龜蒙《酒牀》：「閒移秋病可，偶聽寒夢缺。」貫休《閒居擬齊梁四首》之三：「山翁寄朮藥，幸得秋病可。」

〔三〕下視禾根下，上看桑樹頭：描寫檢校田苗桑蠶，形容萬事操心。

〔四〕秤鎚落東海，到底始知休：比喻至死方才罷休。秤鎚落海，一沉到底，比喻一去不回，從此不見天日，亦作「秤鎚落井」。《天聖廣燈録》卷二五《興元府牛頭山精禪師》：「問：『如何是古佛心？』師云：『東海浮漚。』進云：『如何領會？』師云：『秤鎚落井。』」宋釋曉瑩《羅湖野録》卷一：「七折米飯，出爐胡餅，自此一別，秤鎚落井。」

楚按，慈受《擬寒山詩》第一四四首：「人生不滿百，常懷千載憂。猶嫌金玉少，更爲子孫求。白日曉還黑，緑楊春復秋。無過富與貴，不奈水東流。」與寒山此詩類似。又第四九首云：「老翁急營生，貪饕不可化。一截已入土，百事放不下。」亦是此詩之意。

世有一等流

世有一等流〔一〕，悠悠似木頭〔二〕。出語無知解〔三〕，云我百不憂〔四〕。問道道不會〔五〕，問佛佛不求。子細推尋著〔六〕，茫然一場愁。（一三六）

【箋注】

〔一〕一等流：一種人。寒山詩二八六首亦云：「世間一等流，誠堪與人笑。」按「等流」即等輩。《太平廣記》卷三八二《周頌》（出《廣異記》）：「其人大駡云：『何物等流，使我來去迎送如是！』」

〔二〕悠悠似木頭：形容麻木不仁。「悠悠」形容漠不關心。喬知之《定情篇》：「去時恩灼灼，去罷心悠悠。不憐妾歲晏，十載隴西頭。」張謂《題長安壁主人》：「縱令然諾暫相許，終是悠悠行路心。」以「木頭」譬喻冥頑不靈。如《梵網經盧舍那佛説菩薩心地戒品第十卷》下：「是惡人輩，不受佛戒，名爲畜生，生生不見三寶，如木石無心，名爲外道邪見人輩，木頭無異。」

〔三〕知解：領悟，慧性。《宋書·桂陽王休範傳》：「休範素凡訥，少知解，不爲諸兄所齒遇。太宗常指左右人謂王景文曰：『休範人才不及此，以我弟故，生便富貴。』」

〔四〕百不憂：一切不愁。杜甫《徐卿二子歌》：「吾知徐公百不憂，積善衮衮生公侯。」《宏智禪師廣録》卷八《虚禪人發心丐田》：「長連趺坐通身飯，一飽分明百不憂。」按「百」泛指一切。王褒《僮約》：「奴當從百役使，不得有二言。」「百役使」即一切役使。「百不」謂一切皆不。白居易《齋月静居》：「病來心静一無思，老去身閒百不爲。」《圜悟佛果禪師語録》卷一六：「等閑兀兀地，若百不知、百不會底人。」《碧巖録》九十八則垂示：「金剛寶劍當頭截，始覺從來百不能。」《續古尊宿語要》卷四《破菴先禪師語》：「百不知，百不會，似兀如癡，隨群作隊，誰云趙璧無瑕纇。」

〔五〕道不會：不懂佛道。《密菴咸傑禪師語録·讚布袋和尚》：「禪不參，道不會，終日忙忙，弄箇布袋。」

〔六〕推尋：推究，尋思。見〇九八首注〔一〕。

董郎年少時

董郎年少時〔一〕，出入帝京裏。衫作嫩鵝黄〔二〕，容儀畫相似〔三〕。常騎踏雪馬〔四〕，拂拂紅塵起〔五〕。觀者滿路傍〔六〕，箇是誰家子〔七〕。（一三七）

【箋注】

〔一〕董郎：即董賢，漢哀帝寵臣。《漢書·佞幸傳》：「董賢字聖卿，雲陽人也。父恭，爲御史，任賢爲太子舍人。哀帝立，賢隨太子官爲郎。二歲餘，賢傳漏在殿下，爲人美麗自喜，哀帝望見，説其儀貌，識而問之，曰：『是舍人董賢邪？』因引上與語，拜爲黄門郎，繇是始幸。問及其父爲雲中侯，即日徵爲霸陵令，遷光禄大夫。賢寵愛日甚，爲駙馬都尉侍中，出則參乘，入御左右，旬月間賞賜絫鉅萬，貴震朝廷。常與上卧起，嘗晝寢，偏藉上袖，上欲起，賢未覺，不欲動賢，乃斷袖而起。其恩愛至此。」餘不盡録。故《漢書·佞幸傳》贊曰：「柔曼之傾意，非獨女德，蓋亦有男色焉。觀籍、閎、鄧、韓之徒非一，而董賢之寵尤盛，父子並爲公卿，可謂貴重人臣無二矣。然進不繇道，位過其任，莫能有終，所謂愛之適足以害之者也。」寒山此詩所詠即董賢之事也。

〔二〕嫩鵝黄：鮮嫩的淡黄色。按初生仔鵝毛色嫩黄。如杜甫《舟前小鵝兒》：「鵝兒黄似酒，對酒愛新鵝。」因稱嫩黄爲「鵝黄」。王安石《南浦》：「含風鴨緑粼粼起，弄日鵝黄裊裊垂。」按宦官衣黄。白居易《賣炭翁》：「翩翩兩騎來是誰，黄衣使者白衫兒。」「黄衣使者」即宦官也。董賢雖非閹人，却是哀帝男寵，故寒山詩云「衫作嫩鵝黄」，比之爲宦官也。

〔三〕容儀畫相似：形容儀貌美麗。以似畫比喻美麗，如左思《嬌女詩》：「其姊字惠芳，面目燦如畫。」《太平御覽》卷三六五引《東觀漢記》曰：「馬援自還京師，數被進見。爲人鬚髯，眉目如畫。」《晉書·劉曜載記》：「胤字義孫，美姿貌，善機對，年十歲，身長七尺五寸，眉鬢如畫。」韓愈《殿中少監馬君墓誌》：「姆抱幼子立側，眉眼如畫，髮漆黑，肌肉玉雪可念，殿中君也。」

〔四〕踏雪馬：四蹄毛色雪白之馬。《爾雅·釋畜》：「四蹄皆白，騚。」郭璞注：「俗呼爲踏雪馬。」李賀《馬詩二十三首》之一：「龍脊貼連錢，銀蹄白踏煙。」亦爲「踏雪馬」之類。

〔五〕紅塵起：塵土飛揚。《藝文類聚》卷八八載陳徐伯陽《賦得日出東南隅》：「欲識東方千騎歸，藹藹日暮紅塵起。」李咸用《寓意》：「直道荆棘生，斜徑紅塵起。」《景德傳燈録》卷二六《郢州大陽山警玄禪師》：「大洋海底紅塵起，須彌頂上水横流。」又卷二九雲頂山僧德敷《無指的》：「頓乾四海紅塵起，能竭三塗黑業迷。」

〔六〕觀者滿路傍：《宋書·樂志三》載古詞《雞鳴》：「五日一時來，觀者滿道傍。」

〔七〕箇是：此是。見〇四七首注〔五〕。　誰家子：曹植《白馬篇》：「白馬飾金羈，連翩西北馳。借問誰家子，幽并游俠兒。」李白《陌上桑》：「不知誰家子，調笑來相謔。」

箇是誰家子

箇是誰家子〔一〕，爲人大被憎。癡心常憤憤〔二〕，肉眼醉瞢瞢〔三〕。見佛不禮佛，逢僧不施僧〔四〕。唯知打大𠑽〔五〕，除此百無能〔六〕。（一三八）

【箋注】

〔一〕箇是誰家子：見上首注〔七〕。

〔二〕癡心：即佛教所謂愚癡之心，由於無智慧而對於佛法了無所解。　憤憤：憤恚不平。劉肅《大唐新語·聰敏》：「侍中許敬宗以員外郎獨孤悊有詞學，命與義方譚及史籍，屢相詰對。義方驚曰：『此郎何姓？』悊曰：『獨孤。』義方曰：『識字耶？』悊不平之，左右亦憤憤。」杜光庭《録異記》卷三：「又數日，心狂憤憤，若有所覩，賴其沉頓不能轉動，若不然亦將披髮倮走，無所畏憚矣。」《祖堂集》卷五《三平和尚》：「各自有本分事在，何不體取，作什摩心憤憤、口悱悱？」

〔三〕肉眼：佛教「五眼」之一，爲凡人肉身之眼，不能洞悉佛法真理。《大般涅槃經》卷一〇：「雖有天眼，而不能知如來是常，我説斯等名爲肉眼。是人乃至不識自身手脚肢節，亦復不能令他識知，以是義故，名爲肉眼。」《大乘義章》卷二〇本：「五眼之義，諸經多説。照矚名眼，眼别不同，一門説五，五名是何？一是肉眼，二是天眼，三是慧眼，四是法眼，五是佛眼。五中肉眼及與慧眼，就體彰名，用肉爲眼，名爲肉眼，用慧爲眼，名爲慧眼，故云就體。……言肉眼者，形膚曰肉，浄肉之眼，能有照矚，故名肉眼。」《宗鏡録》卷八〇：「肉眼見粗，天眼觀細，慧眼明空，法眼辯有，佛眼觀不二相一實之理。」盧仝《贈金鵝山人沈師魯》：「肉眼不識天上書，小儒安敢窺奥祕。」　　瞢瞢：昏暗不明貌。揚雄《太玄・瞢》：「物失明貞，莫不瞢瞢。」《説文》：「瞢，目不明也。」

〔四〕施：即布施，以衣食財物施予僧徒及貧窮者。《大乘義章》卷一二：「言布施者，以己財事分布於他，名之爲布；輟己惠人，目之爲施。」

〔五〕打大臠：大塊喫肉。「大臠」即大塊之肉。張齊賢《洛陽縉紳舊聞記》卷三：「舁一案驢肉置其側，中一人鼓刀切肉作大臠。」《夷堅志補》卷九《奉先寺》：「嘗因寒食祠事，庖人夜切肉，或自幕外引入手，攫食大臠者。」「打」即喫。《朝野僉載》卷四：「隋牛弘爲吏部侍郎，有選人馬敞者，形貌最陋，弘輕之，側卧食果子嘲敞曰：『嘗聞扶風馬，謂言天上下；今見扶風馬，得驢亦不假。』敞應聲曰：『嘗聞隴西牛，千石不用軥；今見隴西牛，卧地打草頭。』弘驚起，遂與官。」所云「卧地打草頭」，蓋譏弘之「側卧食果子」，「打」即食也。同卷又載權龍襄詩：「遥看滄州城，楊柳鬱青青。中央一群漢，聚坐打杯觥。」王梵志詩一二二首：「道愁不愛食，聞愁偏怕酒。剩打三五盞，愁應來屍走。」又二七四首：「尋常打酒醉，每日出逐伴。」《太平廣記》卷二四八《侯白》（出《啓顔録》）：「素又謂白曰：『僕爲君作一謎，君射之，不得遲，便須罰酒。』素曰：『頭長一分，眉長一寸，未到日中，已打兩頓。』白應聲曰：『此是道人。』」蓋「道人」即是僧徒，僧徒持過午不食之齋戒，此云「未到日中，已打兩頓」，謂僧徒於午前已食兩頓。敦煌本《茶酒論》：「酒能破家散宅，廣作邪淫，打却三盞已後，令人只是罪深。」又：「茶吃只是胃（胃）疼，多吃令人患肚，一日打却十盞，腸脹又同衙鼓。」蘇軾《猪肉頌》：「黄州好猪肉，價賤如泥土。貴人不肯喫，貧人不解煮。早晨起來打兩碗，飽得自家君莫管。」《古尊宿語録》卷四八《佛照禪師奏對録》：「昔佛果與妙喜俱愛前頌，佛果云：『我二人各説一頌，要勝過他底。』時有小兒於窗外念：『壁上安燈盞，堂前置酒臺。悶來喫三盞，何處得愁來。』妙喜云：『某甲頌得了也，適來兒子念便是。』圓悟大喜，乃云：『我與你改一字，可作悶來打三盞。』」蓋「打」即喫義，故「悶來喫三盞」可改爲「悶來打三盞」。《續古尊宿語要》卷五《竹原元菴主語》：「渠以『壁上安燈盞，堂前置酒臺，悶來打三椀，何處得愁來』，頌清净行者不入涅槃，破戒比丘不墮地獄，佛法興衰可見也。」

〔六〕百無能：百事無能。白居易《與僧智如夜話》：「憂勞緣智巧，自喜百無能。」徐鉉《病題二首》之一：「性靈慵懶百無能，唯被朝參遣夙興。」按「百」泛謂一切，見一三六首注〔四〕。

人以身爲本

人以身爲本〔一〕，本以心爲柄〔二〕。本在心莫邪，心邪喪本命。未能免此殃〔三〕，何言懶照鏡〔四〕。不念金剛經〔五〕，却令菩薩病〔六〕。（一三九）

【箋注】

〔一〕人以身爲本：《維摩詰經·觀衆生品》：「又問：『善不善孰爲本？』答曰：『身爲本。』」慧思《諸法無諍三昧法門》卷上：「欲坐禪時，應先觀身本。」

〔二〕柄：功用，效用。《易·繫辭下》：「謙，德之柄也。」孔穎達疏：「言爲德之時，以謙爲用，若行德不用謙，則德不施用，是謙爲德之柄，猶斧刃以柯柄爲用也。」《後漢書·荀悦傳》：「賞罰，政之柄也。」

〔三〕此殃：指上句所云「心邪喪本命」。

〔四〕照鏡：這裏譬喻返觀自身心性。僧肇《寶藏論》：「古鏡照精，其精自形；古教照心，其心自明。」《雲溪友議》卷下《蜀僧喻》載王梵志詩：「照面不用鏡，布施不須財。端坐念真相，此便是如來。」云「照面不用鏡」者，亦是以心爲鏡，照見真如實相，故不用凡鏡也。《宗鏡録》卷一〇：「故唐朝太宗皇帝云：『朕聞以銅爲鏡，可以正衣冠。以古爲鏡，可以知興替。以人爲鏡，可以知得失。』今以心爲鏡，可以照法界。又明鏡只照其形，不照其心。只照生滅，不照無生。但照世間，不照出世。有形方照，無形不照。且如心鏡，洞該性地，鑒徹心原，遍了無生，廣明真俗，有無俱察，隱顯咸通。優劣懸殊，略齊少喻。如《華嚴·普賢行願品》云：『時婆羅門爲善財童子讚甘露大王，頌云：我王勝端嚴，懲忿誡諸欲。心如浄明鏡，鑒物未嘗私。明鏡唯照形，不鑒於心想。我王心鏡浄，洞見於心原。』」

〔五〕金剛經：即《金剛般若波羅蜜經》一卷，屬大乘佛教般若空宗一系的經典。按據南宗禪語録所載，禪宗歷代皆以《金剛經》傳宗，如《荷澤神會禪師語録》：「達摩大師乃依《金剛般若經》說如來知見，授予慧可。慧可授語已爲法契，便傳袈裟以爲法信，如佛授娑竭龍王女記。大師云：『《金剛經》一卷，直了成佛，汝等後人依般若觀門修學，不爲一法，便是涅槃，不動身心，成無上道。』」又：「（慧可）重開法門，接引群品，於時璨禪師奉事，首末經六年，經依《金剛經》說如來知見，言下便悟，受持讀誦此經，密授默語以爲法契，便傳袈裟以爲法信。」又：「於時信禪師年十三，奉事經九年，（璨）師依《金剛經》說如來知見，言下便證實無有衆生得滅度者。授默語已爲法契，便傳袈裟已爲法信。」又：「於時忍禪師年七歲，奉事經餘三十年，（信禪師）依《金剛經》說如來知見，言下便證最上乘法，悟寂滅，忍默受語已爲法契，便傳袈裟以爲法信。」又：「於時能禪師奉事經八箇月，師依《金剛經》說如來知見，言下不（當作便）證，若此心有住，則爲非住。密授默語以爲法契，便傳袈裟以爲法信。」又：「能禪師過嶺至韶州，居曹溪，來住四十年，依《金剛經》重開如來知見。」宗寶本《壇經》：「善知識，若欲入甚深法界，及般若三昧者，須修般若行，持誦《金剛般若經》，即得見性。當知此經功德無量無邊，經中分明讚歎，莫能具說。」

〔六〕菩薩病：《注維摩詰經・佛國品》肇曰：「菩薩正音云菩提薩埵。菩提，佛道名也；薩埵，秦言大心衆生。有大心入佛道，名菩提薩埵。」按《維摩詰經・文殊師利問疾品》：「有疾菩薩，應作是念：今我此病，皆從前世妄想顛倒諸煩惱生。無有實法，誰受病者？所以者何？四大合故，假名爲身；四大無主，身亦無我。又此病起，皆由著我，是故於我，不應生著。」按《金剛經》大旨，在明一切皆空，無有實法。適可對治「菩薩病」，故寒山詩云「不念《金剛經》，却令菩薩病」也。

城北仲家翁

城北仲家翁〔一〕，渠家多酒肉〔二〕。仲翁婦死時，吊客滿堂屋〔三〕。仲翁自身亡，能無一人哭〔四〕。喫他盃臠者〔五〕，何太冷心腹〔六〕。（一四〇）

【箋注】

〔一〕仲家翁：寒山虚擬的人物。

〔二〕渠：他。見〇三六首注〔二〕。

〔三〕堂屋：房舍中位於中部、用於會客等的正堂，稱爲「堂屋」。《晉書·淳于智傳》：「家人既集，堂屋五間拉然而崩。」《湛然圓澄禪師語録》卷八《山居雜詠》：「兒女滿堂屋，誰爲展憐眸。」

〔四〕能：通作「乃」，這裏是「却」的意思。參看〇五五首注〔四〕。

〔五〕盃臠：酒肉，宴席。

〔六〕冷心腹：冷心腸，無情。

楚按，寒山此詩描寫人情冷暖，世態炎涼，類似的感慨，古今一概。《史記·汲鄭列傳》太史公曰:「夫以汲、鄭之賢,有勢則賓客十倍,無勢則否,況衆人乎!下邽翟公有言,始翟公爲廷尉,賓客闐門;及廢,門外可設雀羅。翟公復爲廷尉,賓客欲往,翟公乃大署其門曰:『一死一生,乃知交情。一貧一富,乃知交態。一貴一賤,交情乃見。』汲、鄭亦云,悲夫!」《酉陽雜俎前集》卷八《黥》:「又高陵縣捉得鏤身者宋元素,刺七十一處,左臂曰:『昔日以前家未貧,苦將錢物結交親。如今失路尋知己,行盡關山無一人。』」皆與寒山此詩的感慨類似。

下愚讀我詩

下愚讀我詩〔一〕,不解却嗤誚〔二〕。中庸讀我詩〔三〕,思量云甚要〔四〕。上賢讀我詩〔五〕,把著滿面笑〔六〕。楊脩見幼婦,一覽便知妙〔七〕。(一四一)

【箋注】

〔一〕下愚:極愚蠢之人。《論語·陽貨》:「子曰:唯上知與下愚不移。」《神仙傳》卷四《陰長生》:「上士爲之,勉力加勤;下愚大笑,以爲不然。」

〔二〕嗤誚:譏笑責備。《舊唐書·李齊運傳》:「末以妾衛氏爲正室,身爲禮部尚書,冕服以行其禮,人士嗤誚。」

〔三〕中庸:中等之才。《文選》卷五一賈誼《過秦論》:「材能不及中庸。」李善注:「《方言》曰:庸,賤稱也。言不及中等庸人也。」《後漢書·楊終傳》:「上智下愚,謂之不移;中庸之流,要在教化。」

〔四〕甚要：甚爲重要。敦煌本《伍子胥變文》：「吴與楚國數爲征戰，無有賢臣，得子甚要。」寒山詩二四三首亦云：「中流心清浄，審思云甚要。」

〔五〕上賢：最有才德之人。《荀子·正論》：「故上賢禄天下，次賢禄一國，下賢禄田邑。」

〔六〕把著：拿着。「把」即握、持之義。韓翃《别孟都督》：「平蕪霽色寒城下，美酒百壺争勸把。」王建《昭應官舍》：「文案把來看未會，雖書一字甚慚顔。」韓愈《送石洪處士赴河陽幕得起字》：「長把種樹書，人云避世士。」張祜《感歸》：「行卻江南路幾千，歸來不把一文錢。」羅隱《酬黄從事懷舊見寄》：「舊遊不合到心中，把得君詩意亦同。」

〔七〕楊脩見幼婦，一覽便知妙：典出《世説新語·捷悟》：「魏武嘗過曹娥碑下，楊脩從，碑背上見題作『黄絹幼婦，外孫齏臼』八字。魏武謂脩曰：『解不？』答曰：『解。』魏武曰：『卿未可言，待我思之。』行三十里，魏武乃曰：『吾已得。』令脩别記所知。脩曰：『黄絹，色絲也，於字爲絶。幼婦，少女也，於字爲妙。外孫，女子也，於字爲好。齏臼，受辛也，於字爲辭。所謂「絶妙好辭」也。』魏武亦記之，與脩同。乃歎曰：『我才不及卿，乃覺三十里。』」按《後漢書·曹娥傳》李賢注引《會稽典録》曰：「上虞長度尚弟子邯鄲淳，字子禮。時甫弱冠，而有異才。尚先使魏朗作《曹娥碑》，文成未出，會朗見尚，尚與之飲宴，而子禮方至督酒。尚問朗碑文成未，朗辭不才，因試使子禮爲之。操筆而成，無所點定。朗嗟歎不暇，遂毁其草。其後蔡邕又題八字，曰『黄絹幼婦，外孫韲臼』。」一説解讀「黄絹」八字者爲禰衡。劉敬叔《異苑》卷一〇：「陳留蔡邕字伯喈，避難過吴，讀《曹娥碑》文，以爲詩人之作，無詭妄也。因刻石旁作『黄絹幼婦，外孫韲臼』八字。魏武見而不能了，以問群僚，莫有解者。有婦人浣於江渚曰：『第四車解。』既而禰正平也。衡即以離合義解之。或謂此婦人即娥靈也。」《憨山大師夢遊全集》卷一三《與五臺月川師》：「不肖愚昧，雖非楊修幼婦，一覽頗識其妙。」《宗鏡録》卷二三：「藥爲非藥者，即不識病原，反增其疾。如説法者，不逗其機，淺根起於謗心，下士聞而大笑，醍醐上味爲世珍奇，遇斯等人翻成毒藥。如上上根人，纔悟其宗，不俟言説。所以古聖云：『上士見我詩，把著滿面笑。楊脩見幼婦，一覽便知妙。』」所云「古聖云」者，即山此詩也。

自有慳惜人

自有慳惜人〔一〕，我非慳惜輩。衣單爲舞穿，酒盡緣歌啐〔二〕。當①取一腹飽，莫令兩脚儽〔三〕。蓬蒿鑽髑髏〔四〕，此日君應悔。（一四二）

【校勘】

①「當」，宫内省本、四庫本作「常」，全唐詩本夾注「一作常」。

【箋注】

〔一〕慳惜：吝嗇。見一二一首注〔二〕。

〔二〕歌啐：飲宴時以歌聲送酒促飲稱「啐」，同「嗺」。清俞樾《茶香室四鈔》卷二五《嗺酒》：「宋葉夢得《石林燕語》云：『公燕合樂，每酒行一終，伶人必唱嗺酒，然後樂作，此唐人送酒之辭。本作碎音，今多爲平聲。王仁裕詩：淑景易從風雨去，芳尊須用管絃嗺。』按『嗺』字《廣韻》云『送歌』，《集韻》云『促飲』，促飲合於嗺酒之義，然不知何解。《玉篇》云『撮口也』，與此義無涉。《廣韻》、《集韻》灰部『嗺』字皆兩見，今韻則無。」字亦作「催」。《法演禪師語録》卷上：「妙舞更須知遍拍，《三臺》須是大家催。」楚按，據葉夢得説，「嗺」字本作「碎」音，故寒山詩寫作「啐」也。

〔三〕儽：疲困貌。《孔子家語·困誓》：「纍然如喪家之狗。」按「纍」通「儽」。字亦作「儡」。《元叟行端禪師語録》卷六《擬寒山子詩四十一首》之十一：「一朝兩脚儡，骨竟沉泥沙。前路黑如漆，苦哉佛陀耶。」

〔四〕蓬蒿鑽髑髏：按《莊子·至樂》：「列子行食於道從，見百歲髑髏，攓蓬而指之曰：『唯予與汝知而未嘗死，未嘗生也。若果養乎？予果歡乎？』」《太平廣記》卷二七六《周氏婢》（出《述異記》）：「陳留周氏婢入山取樵，倦寢，忽夢一女子，坐中謂之曰：『吾目中有刺，願乞拔之。』及覺，忽見一棺中有髑髏，眼中草生，遂與拔之。後於路傍得雙金指環。」敦煌遺書伯二四八八號《秦將賦》：「谷中草，山頭木，髑髏眼匡生胡速。」敦煌本《搜神記》：「遂近畔邊有一死人髑髏，半在地上，半在地中，當眼匡裏一枝禾生，早以欲秀。」寒山詩「蓬蒿鑽髑髏，此日君應悔」者，言死後當悔恨未能及時行樂也。

我行經古墳

我行經古墳，淚盡嗟存没①〔一〕。塜破𡒄黄腸②〔二〕，棺穿露白骨。欹斜有瓮缾③〔三〕，振撥無簪笏〔四〕。風至攬④其中，灰塵亂孛孛〔五〕。（一四三）

【校勘】

①「没」，四庫本作「殁」，同。　②「塜」，正中本、高麗本作「冢」。「𡒄」，宮内省本、全唐詩本作「壓」，同。　③「缾」，宮内省本、四庫本作「瓶」，同。　④「攬」，正中本、高麗本、《寒山詩闡提記聞》作「攪」。

【箋注】

〔一〕存没：存亡，生死，這裏意義側重在「没」。杜甫《遺懷》：「吾衰將焉託，存殁再嗚呼。」盧綸《春江夕望》：「東西兄弟遠，存没友朋稀。」劉商《哭韓淮（准）端公兼上崔中丞》：「别離長春草，存没隔楚鄉。」

〔二〕𡒄：同「壓」。　黄腸：以柏木黄心制作的外棺。《漢書·霍光傳》：「梓宫、便房、黄腸題湊各一具。」顔師古注引蘇林曰：「以柏木黄心致累棺外，故曰黄腸。木頭皆内向，故曰題湊。」《太平御覽》卷五六〇引《皇覽冢墓記》：「符節令宋元上言：臣聞秦昭王與不韋好書，皆以書葬。王至尊，不韋久貴，冢皆以黄腸題湊，處地高燥未壞。」《文選》卷六〇謝惠連《祭古冢文》：「黄腸既毁，便房已頹。」柳宗元《詠三良》：「壯軀閉幽隧，猛志填黄腸。殉死禮所非，況乃用其良。」

〔三〕欹斜：傾斜。高適《重陽》：「豈有白衣來剥啄，一從烏帽自欹斜。」瓮缾，即飯瓮、食瓶，皆是盛飲食的器皿，殉葬所用者。王梵志詩〇六五首：「生時同飯瓮，死則同食瓶。」敦煌遺書伯二七二一《雜抄》：「食瓶、五穀轝誰作？昔伯夷、叔齊兄弟相讓位與周公，見武王伐紂爲不義，隱首陽山，恥食周粟，豈不我草乎？夷、齊並草不食，遂我（餓）死於首陽山。載死屍還鄉，時恐魂靈飢，即設熟食瓶、五穀袋引魂，今葬用之。」《太平廣記》卷三三六《宇文覿》（出《廣異記》）：「深數尺，得一塚，塚中有棺木。……其食瓶瓶中有水，水上有林檎縋夾等物，瀉出地上，悉如煙銷。」又卷三三五《浚儀王氏》（出《廣異記》）載裴郎誤入墳壙之中，「飢請食，妻母云：『鬼食不堪。』令取瓶中食與之」。

〔四〕振撥：觸撥，撥弄。杜甫《四松》：「終然振撥損，得吝千葉黄。」《太平廣記》卷四五九《安陸人》（出《稽神録》）：「有蛇蒼白色盤於船中，觸之不動。薪者方省向夢，即攜之至市，訪毛生，因以與之。毛始欲振撥，應手嚙其乳。」「振撥」應作「振撥」。亦作「棖撥」。《文選》卷六〇謝惠連《祭古冢文》：「刻木爲人，長三尺，可有二十餘頭，初開見悉是人形，以物棖撥之，應手灰滅。」按「振」即觸義。《玉篇》：「振，觸也。」《大莊嚴論經》卷一五：「草頭有酒渧，尚不敢振觸。」李商隱《戲題樞言草閣三十二韻》：「仲容銅琵琶，項直聲淒淒。上貼金捍撥，畫爲承露雞。君時卧振觸，勸客白玉杯。」薛逢《聽曹剛彈琵琶》：「禁曲新翻下玉都，四弦振觸五音殊。」《觀彌勒菩薩上生兜率天經》：「自然有風，吹動此樹，樹相振觸，演説苦空無常無我諸波羅蜜。」字亦作「棖」。《抱朴子内篇·勤求》：「此亦如竊鍾棖物，鏗然有聲，惡他人聞之，因自掩其耳者之類也。」又《外篇·疾謬》：「不棖人之所諱，不犯人之所惜。」《大莊嚴論經》卷一：「譬如有人，觸惱師子，棖其腰脉，令其瞋恚。」　簪笏：《舊唐書·魏謩傳》：「又謂之曰：『卿家有何舊書詔？』對曰：『比多失墜，唯簪笏見存。』」按「簪」是古人用以聯冠於髮的針狀首飾。《釋名·釋首飾》：「簪，兓也，以兓連冠於髮也。」又「笏」即手版，古代君臣朝會時所持。《釋名·釋書契》：「笏，忽也，君有教命及所啓白，則書其上，備忽忘也。」《太平御覽》卷六九二引《輿服雜事》曰：「古者貴賤皆執笏，主書君上之政令，有事則搢之於要帶中。近代以來，唯八座尚書執笏者，白筆綴手板頭，以紫囊裹之。其餘王公卿士，但執手板，主於敬，不執笏，示非記事官也。」

〔五〕垺垺：塵飛揚貌。《玉篇》：「垺，塵貌。」《廣韻》入聲十一没：「垺，塵起。」元稹《酬樂天東南行詩一百韻》：「破窗塵垺垺，幽院鳥嗚嗚。」貫休《野田黄雀行》：「深花中睡，垺土裹浴。」《西廂記諸宫調》卷二：「垺垺騰騰地，塵頭閉日色，半萬賊兵勝到來。」按寒山詩云「灰塵亂垺垺」者，謂古墳中殉葬之物，由於歲月久遠，朽爛成灰，故風吹其中，灰塵亂起。注〔四〕引謝惠連《祭古冢文》：「刻木爲人，長三尺，可有二十餘頭，初開見悉是人形，以物棖撥之，應手灰滅。」《搜神後記》卷六：「即開墓，棺物皆爛，冢中灰壤深尺餘，意甚疑之。試令人以足撥灰中土，冀得舊物，果得一塼，銘云『范堅之妻』，然後信之。」《太平廣記》卷一〇一《殭僧》（出《集異記》）：「而村内有窣堵波者，中有殭僧，瞪目而坐。佛衣在身，以物觸之，登時塵散。」皆是陪葬之物化爲灰塵之例。

夕陽赫西山

夕陽赫①西山〔一〕，草木光曄曄〔二〕。復有朦朧處〔三〕，松蘿相連接〔四〕。此中多伏虎〔五〕，見我奮迅鬣〔六〕。手中無寸刃〔七〕，爭不懼懾懾〔八〕。（一四四）

【校勘】

①「赫」，宫内省本、正中本、高麗本、四庫本作「下」，全唐詩本夾注「一作下」。

【箋注】

〔一〕赫：赤紅色。此句言夕陽映紅西山。

〔二〕曄曄：光明貌。亦作「燁燁」。盧綸《割飛二刀子歌》：「刀乎刀乎何燁燁，魑魅須藏怪須懾。」

〔三〕朦朧：模糊幽暗。李嶠《早發苦竹館》：「合沓巖嶂深，朦朧煙霧曉（繞）。」

〔四〕松蘿：即女蘿，常纏繞飄拂於松枝之下。李九齡《山舍偶題》：「門掩松蘿一逕深，偶攜藜杖出前林。」

〔五〕伏虎：伏臥之虎。《韓詩外傳》卷六：「昔者楚熊渠子夜行，見寢石以爲伏虎，彎弓而射之，没金飲羽。」

〔六〕奮迅鬣：抖擻身毛。動物猛烈地抖擻毛皮鱗甲等，稱爲「奮迅」。盧照鄰《浴浪鳥》：「奮迅碧沙前，長懷白雲上。」鄭嵎《津陽門詩》：「驪駒吐沫一奮迅，路人擁篲争珠璣。」《太平御覽》卷九四七引楊孚《異物志》曰：「鯪鯉……又開鱗甲，使蟻入其中，乃奮迅，則舐取之。」《太平廣記》卷四二一《趙齊嵩》（明鈔本作出《博異志》）：「俄而隨雲有巨赤斑蛇，麄合拱，鱗甲焕然，擺頭而雙角出，蜿身而四足生，奮迅髻鬣，摇動首尾，乃知龍也。」又卷四二九《丁嵓》（出《集異記》）：「虎乃躍而出，奮迅躑騰，嘯風而逝。」又卷四三二《松陽人》（出《廣異記》）：「朱都事忽起，奮迅成虎，突人而出。」

〔七〕手中無寸刃：謂赤手空拳。劉敬叔《異苑》卷一〇：「順陽南鄉楊豐與息名香於田穫粟，因爲虎所噬。香年十四，手無寸刃，直搤虎頸，豐遂得免。」

〔八〕懾懾：恐懼貌。

出身既擾擾

出身既擾擾〔一〕，世事非一狀〔二〕。未能捨流俗〔三〕，所以相追訪〔四〕。昨吊徐五死〔五〕，今送

劉三葬。終①日不得閑，爲此心悽愴。（一四五）

【校勘】

①「終」，宮内省本、正中本、高麗本、四庫本作「日」，全唐詩本夾注「一作日」。

【箋注】

〔一〕出身：委身爲吏。李頎《放歌行答從弟墨卿》：「雖沾寸禄已後時，徒欲出身事明主。」王梵志詩〇二八首：「佐史非臺補，任官州縣上。未是好出身，丁兒避征防。」　擾擾：紛繁貌。《列子·周穆王》：「存亡得失，哀樂好惡，擾擾萬緒起矣。」徐彦伯《擬古三首》之二：「擾擾天地間，出處各有情。」韓偓《閒興》：「忙人常擾擾，安得心和平。」

〔二〕非一狀：形容形形色色，多種多樣。崔融《關山月》：「萬里度關山，蒼茫非一狀。」劉長卿《登東海龍興寺高頂望海簡演公》：「黑霧藏魚龍，變化非一狀。」

〔三〕流俗：世俗之人。張協《雜詩十首》之五：「流俗多昏迷，此理誰能察。」孟浩然《晚春卧病寄張八》：「世途皆自媚，流俗寡相知。」李白《古風》之五十：「流俗多錯誤，豈知玉與珉。」王炎《賦得行不由徑》：「詎同流俗好，方保立身貞。」賈島《易州過郝逸人居》：「果見《閒居賦》，未曾流俗聞。」按《世説新語·任誕》：「阮仲容步兵居道南，諸阮居道北。北阮皆富，南阮貧。七月七日，北阮盛曬衣，皆紗羅錦綺。仲容以竿掛大布犢鼻褌於中庭。人或怪之，答曰：『未能免俗，聊復爾耳。』」寒山詩「未能捨流俗」，即「未能免俗」之意。

〔四〕追訪：尋訪，訪朋問友。鄭世翼《登北邙還望京洛》：「清晨謁帝返，車馬相追訪。」

〔五〕徐五：與下句「劉三」皆是泛指的人物，如張三、李四之類。

中國古典文學基本叢書

寒山詩注

（附拾得詩注）

中册

項楚著

中華書局

有樂且須樂

有樂且須樂〔一〕，時哉不可失〔二〕。雖云一百年〔三〕，豈滿三萬日〔四〕。寄世是須臾〔五〕，論錢莫啾唧〔六〕。孝經末後章①〔七〕，委曲陳情畢〔八〕。（一四六）

【校勘】

①「章」，宫内省本、四庫本作「篇」，全唐詩本夾注「一作篇」。

【箋注】

〔一〕有樂且須樂：按這類及時行樂的思想，如《列子·楊朱》：「楊朱曰：百年，壽之大齊，得百年者千無一焉。設有一者，孩抱以逮昏老，幾居其半矣。夜眠之所弭，晝覺之所遺，又幾居其半矣。痛疾哀苦亡失憂懼，又幾居其半矣。量十數年之中，逌然而自得，亡介焉之慮者，亦亡一時之中爾，則人之生也奚爲哉，奚樂哉？爲美厚爾，爲聲色爾，而美厚復不可常厭足，聲色不可常翫聞，乃復爲刑賞之所禁勸，名法之所進退，遑遑爾，競一時之虚譽，規死後之餘榮，偊偊爾，慎耳目之觀聽，惜身意之是非，徒失當年之至樂，不能自肆於一時，重囚纍梏，何以異哉！」《文選》卷四一楊惲《報孫會宗書》：「人生行樂耳，須富貴何時。」又卷二九《古詩十九首》之一五：「爲樂當及時，何能待來茲。」陶淵明《雜詩八首》之一：「得歡當作樂，斗酒聚比鄰。」杜秋娘《金縷衣》：「勸君莫惜金縷衣，勸君惜取少年時。花開堪折直須折，莫待無花空折枝。」羅隱《自遣》：「今朝有酒今朝醉，明日愁來明日愁。」

〔二〕時哉不可失：語出《書·泰誓上》：「時哉弗可失。」

〔三〕一百年：人壽之大限。《莊子·盜跖》：「人上壽百歲，中壽八十，下壽六十。」《吕氏春秋·安死》：「人之壽，久之不過百，中壽不過六十。」《列子·楊朱》：「百年，壽之大齊，得百年者千無一焉。」《佛説波斯匿王太后崩塵土坌身經》：「人命極短，壽極百歲。」權德輿《古興》：「人生大限雖百歲，就中三十稱一世。」《太平廣記》卷三五〇《浮梁張令》（出《纂異記》）：「大凡世人之壽，皆可致百歲，而以喜怒哀樂，汩没心源，愛惡嗜欲，伐生之根，而又揚己之能，掩彼之長，顛倒方寸，頃刻萬變，神倦思怠，難全天和，如彼淡泉，汩於五味，欲致不壞，其可得乎？」王梵志詩〇六九首：「虚霑一百年，八十最是老。」又〇七一首：「縱得百年活，還入土孔籠。」

〔四〕三萬日：按百年之壽，大約折合三萬六千日，略云三萬日。《抱朴子内篇·勤求》：「淩晷飈飛，暫少忽老，迅速之甚，諭之無物，百年之壽，三萬餘日耳。幼弱則未有所知，衰邁則歡樂並廢，童蒙昏耄，除數十年，而險隘憂病，相尋代有，居世之年，略消其半，計定得百年者，喜笑平和，則不過五六十年，咄嗟滅盡，哀憂昏耄，六七千日耳，顧眄已盡矣，況於全百年者，萬未有一乎？諦而念之，亦無以笑彼夏蟲朝菌也。」《藝文類聚》卷三四陳沈炯《長安還至方山愴然自傷詩》：「百年三萬日，處處此傷情。」駱賓王《樂大夫挽詞五首》之二：「百年三萬日，一别幾千秋。」

李白《襄陽歌》：「百年三萬六千日，一日須傾三百杯。」王建《短歌行》：「百年三萬六千朝，夜裏分將强半日。」白居易《對酒》：「人生一百歲，通計三萬日。何況百歲人，人間百無一。」杜牧《寓題》：「假如三萬六千日，半是悲哀半是愁。」鮑溶《途中旅思二首》之一：「生期三萬日，童耄半虛擲。修短命半中，憂歡復相敵。」呂巖《寄白龍洞劉道人》：「一電光，何太疾，百年都來三萬日。其間寒暑互煎熬，不覺童顏暗中失。」《法演禪師語録》卷中：「百年三萬六千日，等閒老却朱顏。」《嘉泰普燈録》卷二七白雲端禪師《麻三斤》：「百年三萬六千日，得欣欣處且欣欣。」《古尊宿語録》卷四七《東林和尚雲門庵主頌古》東林頌：「百年三萬六千日，一日朝昏十二時。」

〔五〕寄世：《文選》卷二九《古詩十九首》之四：「人生寄一世，奄忽若飆塵。」《雜譬喻經》：「計命寄世，忽若飛塵，無常卒至，爲罪所纏，是故捨世，避危就安。」李端《送惟良上人歸潤州》：「寄世同高鶴，尋仙稱壞衣。」司空曙《送嚴使君遊山》：「酒杯同寄世，客櫂任銷年。」白居易《冬夜》：「兀然身寄世，浩然心委化。」又《感時》：「人生詎幾何，在世猶如寄。」許渾《盈上人》：「寄世何殊客，修身未到僧。」按「人生如寄」的思想，内書外典累見不鮮。宋周必大《二老堂詩話·辨人生如寄出處》：「蘇文忠公詩文少重複者，惟『人生如寄耳』，十數處用，雖《和陶詩》亦及之，蓋有感於斯言。此句本起魏文帝樂府，厥後《高僧傳》王羲之《與支道林書》祖其語爾。朱翌新仲《猗覺寮雜志》乃引《高僧》及高齊劉善明，似未記魏樂府。」楚按《文選》卷二九《古詩十九首》之三李善注引《尸子》：「老萊子曰：人生於天地之間，寄也。」當爲最早出處。詩話所云「魏文帝樂府」指曹丕《善哉行》：「人生如寄，多憂何爲。」又曹植《仙人篇》：「俯觀五嶽間，人生如寄居。」《古詩十九首》之十三：「人生忽如寄，壽無金石固。」後人沿用，遂成濫調。見於内典者，如《四十二章經》：「熟自念身中四大，名自有名，都爲無吾，我者寄生，生亦不久，其事如幻耳。」《生經》卷四《佛説變悔喻經》：「爾時有一居士，厭世苦患，萬物非常，身之所有財物如幻，寄居天地，猶如過客。」《釋氏要覽》卷下《沙門不應畏死》引《婆沙論》：「待死如寄客，去如至大會。」

〔六〕論錢：説錢。杜甫《峡隘》：「白魚如切玉，朱橘不論錢。」《龐居士語録》卷中：「世上蠢蠢者，相見只論錢。張三五百貫，李四有幾千。趙大折却本，王六大迍邅。口常談三業，心中欲火然。」　啾唧：吵罵之聲，亦引申爲吵罵之事。《稗海》本《搜神記》卷七：「又聞厲聲啾唧及相打毆擊之聲，良久方静。」《太平廣記》卷一〇八《李琚》（出《報應記》）：「但聞呵叱啾唧，不覩人也。」《龐居士語録》卷中：「所求不稱意，合家總啾唧。」《敦煌掇瑣》卷九二《七曜吉凶避忌條項》：「鬱没斯日，不得惡言啾唧。」又：「雲漢日生人多嗔怒，愛啾唧。」敦煌本《茶酒論》：「阿你酒能昏亂，喫了多饒啾唧，街上羅織平人，脊上少須十七。」王梵志詩〇〇五首：「忽起相羅拽，啾唧索租調。」又二七〇首：「醜婦來惡罵，啾唧搦頭灰。」《景德傳燈録》卷二九寶誌和尚《十二時頌》：「擬商量，却啾唧，轉使心頭黑如漆。」按《敦煌歌辭總編》卷六《十二時》：「莫言遇夜得身閒，算錢徹曙猶啾唧。」與寒山詩「論錢莫啾唧」相似。

〔七〕孝經末後章：按《孝經》最後一章爲《喪親章第十八》，其文曰：「子曰：孝子之喪親也，哭不偯，禮無容，言不文，服美不安，聞樂不樂，食旨不甘，此哀戚之情也。三日而食，教民無以死傷生，毁不滅性，此聖人之政也。喪不過三年，示民有終也。爲之棺椁衣衾而舉之，陳其簠簋而哀感之，擗踊哭泣，哀以送之。卜其宅兆，而安措之。爲之宗廟，以鬼享之。春秋祭祀，以時思之。生事愛敬，死事哀感，生民之本盡矣，死生之義備矣，孝子之事親終矣。」

〔八〕委曲：詳盡，詳細。《抱朴子内篇·道意》：「余所以委曲論之者，寬弟子轉相教授，布滿江表，動有千許，不覺寬法之薄，不足遵承而守之，冀得度世，故欲令人覺此而悟其滯迷耳。」《晉書·傅玄傳》：「乞中書召恢，委曲問其得失，必有所補益。」劉禹錫《桃源行》：「須臾皆破冰雪顔，笑言委曲問人間。」白居易《婦人苦》：「爲君委曲言，願君再三聽。」宗寶本《壇經·頓漸品》：「學人識量淺昧，願和尚委曲開示。」《宋高僧傳》卷二九《唐天台山國清寺道邃傳》：「屬邃講訓，委曲指教，澄得旨矣。」按《孝經·喪親章》所云，本是喪親之事，寒山詩「孝經末後章，委曲陳情畢」二句，則以《喪親章》爲凡喪之事，謂人生終不免死之結局，已由《孝經·喪親章》詳細言之矣。

獨坐常忽忽

獨坐常忽忽〔一〕，情懷何悠悠〔二〕。山腰雲縵縵①〔三〕，谷口風颼颼。猿來樹嫋嫋〔四〕，鳥入林

啾啾。時催②鬢颯颯〔五〕，歲盡老惆惆〔六〕。（一四七）

【校勘】

①「緩緩」，宫内省本、正中本、高麗本、四庫本作「漫漫」，全唐詩本夾注「一作漫漫」。②「催」，四庫本作「摧」。

【箋注】

〔一〕忽忽：恍忽失意貌。宋玉《高唐賦》：「悠悠忽忽，怊悵自失。」司馬遷《報任安書》：「是以腸一日而九回，居則忽忽若有所亡，出則不知所如往。」

〔二〕悠悠：惆悵貌。《詩·邶風·終風》：「莫往莫來，悠悠我思。」張九齡《高齋閒望言懷》：「歲華空冉冉，心曲且悠悠。」宋之問《旅宿淮陽亭口號》：「日暮風亭上，悠悠旅思多。」權審《絶句》：「得即高歌失即休，多悲多恨謾悠悠。」

〔三〕緩緩：紆緩縈迴貌。《尚書大傳》卷一下：「卿雲爛兮，糺緩緩兮。」注：「或以爲雲出岫回薄而難名狀也。」别本作「漫漫」，雲布貌。謝朓《遊敬亭山詩》：「渫雲已漫漫，夕雨亦淒淒。」

〔四〕嫋嫋：柔軟摇擺貌。孟郊《和錢侍郎甘露》：「春枝晨嫋嫋，香味曉翻翻。」白居易《庭槐》：「蒙蒙碧煙葉，嫋嫋黄花枝。」皎然《奉和顔魯公真卿落玄真子舴艋舟歌》：「竹竿嫋嫋魚簁簁，此中自得還自笑。」字亦作「裊裊」。《太平廣記》卷三五四《鄭郊》：「塚上兩竿竹，風吹常裊裊。」

〔五〕颯颯：鬢髮衰枯貌。杜甫《承沈八丈東美除膳部員外阻雨未遂馳賀奉寄此詩》：「徒懷貢公喜，颯颯鬢毛蒼。」「颯」形容髮衰。如《藝文類聚》卷五六載齊虞羲《數名詩》：「二毛颯已垂，家貧無所擇。」庾信《謝滕王賚巾啓》：「某蓬鬢鬆颯，衰容耆朽。」寒山詩二一八首：「今日觀鏡中，颯颯鬢垂素。」

〔六〕惆惆：惆悵失意貌。《吴山浄端禪師語録》卷下《勸世辭》：「忽然四大病，牀上眼惆惆。」按「惆」即惆悵失意。《荀子·禮論》：「案屈然已，則其於志意之情者惆然不嗛，其於禮節者闕然不具。」楊倞注：「惆然，悵然也。」

一人好頭肚

一人好頭肚〔一〕，六藝盡皆通〔二〕。南見驅歸①北，西逢②趂向東〔三〕。長飄如汎萍〔四〕，不息似飛蓬〔五〕。問是何等色〔六〕，姓貧名曰窮③。（一四八）

【校勘】

①「驅歸」，宫内省本、四庫本作「趂向」，全唐詩本夾注「一作趁向」。②「逢」，宫内省本、四庫本作「見」，全唐詩本作「風」，夾注「一作見」。③「窮」，宫内省本、四庫本作「空」。

【箋注】

〔一〕頭肚：按「頭肚」本是身軀的一部分。《太平廣記》卷四三七《石從義》（出《玉堂閒話》）：「自是其子逐日於使厨内竊肉，歸飼其母，至有銜其頭肚肩脇，盈於衙將之家。」這裏即以「頭肚」指身軀。

〔二〕六藝：禮、樂、射、御、書、數等六種學問科目。見一〇五首注〔三〕。

〔三〕趂：同「趁」，驅趕。見〇三三首注〔三〕。按歐陽詹《自淮中卻赴洛途中作》：「惆悵策疲馬，孤蓬被風吹。昨東今又西，冉冉長路岐。」亦與寒山詩「南見驅歸北，西逢趂向東」類似。

〔四〕汎萍：即浮萍。浮萍隨水飄流，古人以喻遊子。張祜《酬答柳宗言秀才見贈》：「南下天台厭絶冥，五湖波上汎如萍。」亦作「泛萍」。孟郊《送清遠上人歸楚山舊寺》：「應笑泛萍者，不知松隱深。」徐夤《别》：「酒盡歌終問後期，泛萍浮梗不勝悲。」

〔五〕飛蓬：即蓬蒿。按蓬蒿秋枯根拔，隨風飛轉，古人亦以「飛蓬」喻遊子。鮑照《代邽街行》：「竚立出門衢，遥望轉蓬飛。蓬去舊根在，連翩逝不歸。」歐陽詹《泉州赴上都留别舍弟及故人》：「天長地闊多岐路，身即飛蓬共水萍。」楊洵美《答李昌期》：「我生亦何事，出門如飛蓬。」

〔六〕何等色：何種人。「等色」即種類。陸龜蒙《水鳥》：「則有觜鈹爪戟勁立直視者，擊搏挽裂圖羶腥。如此等色恣豪橫，聳身往往凌青冥。」《吐魯番出土文書》第九册《唐開元二十一年西州都督府案卷爲勘給過所事》：「去後何人代承户徭？並勘作人是何等色？具申者。准狀責問，得保人麴忠誠等五人款：麴琰所將人畜，保並非寒盗詃誘等色者。」王梵志詩一八七首：「飲酒妨生計，摴蒲必破家。但看此等色，不久作窮查。」劉肅《大唐新語·公直》：「陛下頻降德音，勤恤人隱，令徒已下刑盡責保放，惟流死等色，則情不可寬，此古人所以慎赦也。」《唐律疏議》卷一：「吏，謂流外官以下；卒，謂庶士、衛士之類。此等色人，類例不少，有殺本部五品以上官長，並入『不義』。」《唐摭言》卷一二《自負》：「開元中，薛據自恃才名，於吏部參選，請受萬年録事。流外官共見宰執訴云：『赤録事是某等清要官，今被進士欲奪，則某等色人無措手足矣。』遂罷。」

錢鍾書《管錐編》九六一頁論揚雄《逐貧賦》云：「按子雲諸賦，吾必以斯爲巨擘焉；創題造境，意不猶人，《解嘲》雖佳，謀篇尚步東方朔後塵，無此詼詭。後世祖構稠疊，强顔自慰，借端罵世，韓愈《送窮》、柳宗元《乞巧》、孫樵《逐痁鬼》出乎其類。揚逐之而不去：『貧遂不去，與我游息』；韓送其行，而臨去却挽留之，遂進一解：『上手稱謝，燒船與車，延之上座』，段成式《留窮辭》、唐庚《留窮詩》是其遺意；蔣士銓《忠雅堂詩集》卷二五《題周青在〈迎窮圖〉》：『開門拱揖罄折施，五君主我更勿疑』，不拒其來而反邀請降臨，更上一關。吕南公《灌園集》卷三《窮鬼》『窮鬼斷去志，送之豈無文？譬如衢路埃，屢掃已復新』；則非到處相隨，驅之不去，乃徧處皆是，驅而不盡，又出新意矣。宗懔《荆楚歲時記》『正月晦日』、『送窮鬼』，韓愈亦呼『窮鬼』；後世則稱『窮神』，如《夷堅志補》卷一五《窮神》，且不復爲五鬼，而爲一婦。董逌《廣川畫跋》卷三《送窮圖》言唐末陳惟岳手筆，『其畫窮女，形露溾涹，作跉盯態，束芻人立，……開門送之；又爲富女，作嫈嫇像，裁褫爲衣，鏤木爲質，……主人當户，反導却行』；元好問《遺山詩集》卷一二《送窮》：『不如留取窮新婦，貴女何曾唤得來！』彭兆蓀《小謨觴館詩集》卷一《樓煩風土詞》第二首『剪紈劈紙仿嬋娟，略比奴星送路邊;富媳娶歸窮媳去,大家如願過新年』,自注『正月五日剪紙爲婦人,棄路衢,曰:送窮,行者拾歸供奉,曰:娶富媳婦歸』,則此所送之窮即彼所迎之富,一物也,遭棄曰『窮』,被拾曰『富』,見仁見智,呼馬呼牛,可以參正名齊物焉。錢大昕《十駕齋養新録》卷一六據魏了翁《遂甯北郭迎富》詩、俞樾《茶香室三鈔》卷一據《廣川畫跋》謂送窮必兼迎富,皆未引北宋初趙湘《南陽集》卷六《迎富文》:『淳化四年,送窮之明日,衆人復迎富。』元、彭二家詩亦足佐證。窮與富均現女人身,又酷肖《大般涅槃經·聖行品》第七之二所狀『功德大天』與『黑闇』姊妹也(參觀《老子》卷論第五八章)。寒山詩云:『一人好頭肚,六藝盡皆通。南見驅歸北,西風趁向東;長漂如泛萍,不息似飛蓬。問是何等色,姓貧名曰窮。』揚之『貧』、韓之『窮』均害人之物,寒山之『貧窮』則受害之人;《送窮圖》中窮神襤褸伶俜,狀正似窮人貧子。主客名相如而貌復相如,猶西方畫『死神』,即作白骨髑髏,能致人死者亦現死骸相耳。」

他賢君即受

他賢君即受,不賢君莫與。君賢他見容,不賢他亦拒。嘉①善矜不能〔一〕,仁徒方得所〔二〕。勸逐子張言〔三〕,抛却卜商語〔四〕。(一四九)

【校勘】

①「嘉」,宫内省本、四庫本作「憐」。

【箋注】

〔一〕「他賢君即受」五句：詩意出於《論語·子張》：「子夏之門人問交於子張。子張曰：『子夏云何？』對曰：『子夏曰：可者與之，其不可者拒之。』子張曰：『異乎吾所聞。君子尊賢而容衆，嘉善而矜不能。我之大賢與，於人何所不容；我之不賢與，人將拒我，如之何其拒人也。』」何晏集解引包曰：「友交當如子夏，汎交當如子張。」邢昺疏：「此章論與人結交之道。『子夏之門人問交於子張』者，門人，謂弟子，問交，問與人交接之道。『子張曰：子夏云何』者，子張反問子夏之門人：汝師嘗説結交之道云何乎？『對曰：子夏曰：可者與之，不可者拒之』者，子夏弟子對子張述子夏之言也。子夏言：結交之道，若彼人賢，可與交者，即與之交；若彼人不賢，不可與之交者，則拒之而不交。『子張曰：異乎吾所聞』者，言己之所聞結交之道，與子夏所説異也。『君子尊賢而容衆，嘉善而矜不能』者，此所聞之異者也。言君子之人，見彼賢則尊重之，雖衆多亦容納之，人有善行者則嘉美之，不能者則哀矜之。『我之大賢與，於人何所不容；我之不賢與，人將拒我，如之何其拒人也』者，既陳其所聞，又論其不可拒人之事。誠如子夏所説，可者與之，不可者拒之，設若我之大賢，則所在見容也；我若不賢，則人將拒我，不與己交，又何暇拒他人乎！然二子所言，各是其見，論交之道，不可相非。友交當如子夏，汎交當如子張。」

〔二〕仁徒方得所：「仁徒」即仁者，有德行之人。「得所」謂得其宜。此句言以上數句所論結交之道，方爲仁者恰當的交友之道也。

〔三〕逐：追隨，隨從。《玉篇》：「逐，從也。」何遜《門有車馬客》：「寸心將夜鵲，相逐向南飛。」

子張：孔子弟子。《史記·仲尼弟子列傳》：「顓孫師，陳人，字子張。少孔子四十八歲。」

〔四〕卜商：孔子弟子，即子夏。《史記·仲尼弟子列傳》：「卜商，字子夏。少孔子四十四歲。」按據寒山詩「勸逐子張言，抛却卜商語」二句，可知寒山推重子張所論交友之道，尊賢而容衆，嘉善而矜不能，胸襟可謂寬廣矣。

俗薄真成薄

俗薄真成薄〔一〕，人心箇不同〔二〕。殷翁笑柳老〔三〕，柳老笑殷翁。何故兩相笑，俱行譣詖中〔四〕。裝車競嵽嵲〔五〕，翻載各瀧涷〔六〕。（一五〇）

【箋注】

〔一〕俗薄：風俗澆薄。《詩·小雅·谷風》小序：「谷風，刺幽王也。天下俗薄，朋友道絶焉。」孔穎達疏：「幽王之時，風俗澆薄，窮達相棄，無復恩情，使朋友之道絶焉。」《隋書·趙煚傳》：「冀州俗薄，市井多姦詐，煚爲銅斗鐵尺，置之於肆，百姓便之。」杜甫《續得觀書迎就當陽居止正月中旬定出三峽》：「俗薄江山好，時危草木蘇。」張繼《贈章八元》：「俗薄交遊盡，時危出處難。」

真成：真是。《藝文類聚》卷九三梁簡文帝《和人愛妾换馬》：「真成恨不已，願得路傍兒。」《隋書·五行志上》載煬帝詩：「求歸不得去，真成遭箇春。」《遊仙窟》：「真成物外奇稀物，實是人間斷絶人。」李白《述德兼陳情上哥舒大夫》：「衛青謾作大將軍，白起真成一豎子。」韓愈《過鴻溝》：「誰勸君王回馬首，真成一擲賭乾坤。」白居易《閒行》：「林園傲逸真成貴，衣食單疏不是貧。」

〔二〕箇不同：箇箇不同。「箇」猶云箇箇，即每箇。

〔三〕殷翁笑柳老：「殷翁」、「柳老」皆是虛擬的人物。

〔四〕譣詖：邪佞不正。唐譯《華嚴經》卷四：「衆生譣詖不修德，迷惑沈流生死中。」《宗鏡録》卷四六：「譣詖之行既除，仁讓之風斯在。」通常寫作「險詖」。《詩·周南·卷耳》小序：「内有進賢之志，而無險詖私謁之心。」孔穎達疏：「險詖者，情實不正，譽惡爲善之辭也。」《隋書·梁彦光傳》：「初，齊亡後，衣冠士人多遷關内，唯技巧、商販及樂户之家移實州郭。由是人情險詖，妄起風謡，訴訟官人，萬端千變。」《太平廣記》卷二六七《來俊臣》（出《御史臺記》）：「俊臣少詭譎無賴，反覆險詖，殘忍荒慝，舉世無比。」

〔五〕嵽嵲：高山。杜甫《自京赴奉先縣詠懷五百字》：「凌晨過驪山，御榻在嵽嵲。」

〔六〕瀧涷：同「籠東」，狼狽貌。《北史·李穆傳》：「芒山之戰，周文馬中流矢，驚逸墜地。敵人追及，左右皆散。穆下馬，以策擊周文背，因大駡曰：『籠東軍士，爾曹主何在？爾獨住此！』敵人見其輕侮，不疑是貴人，遂捨而過。」按「籠東」即「東籠」之倒文。《荀子·議兵》：「圜居而方止，則若盤石然。觸之者角摧，案角鹿埵隴種東籠而退耳。」楊倞注：「其義未詳，蓋皆摧敗披靡之貌。或曰：……東籠與涷瀧同，沾濕貌，如衣服之沾濕然。」

是我有錢日

是我有錢日〔一〕，恒爲汝貸將〔二〕。汝今既飽暖，見我不分張〔三〕。須憶汝欲得，似我今承望〔四〕。有無更代事〔五〕，勸汝熟思量〔六〕。（一五一）

【箋注】

〔一〕是我：就是「我」。《祖堂集》卷一〇《長慶和尚》：「是我這裏，別有來由。」敦煌本《韓擒虎話本》：「是我今朝現（見），必應遭他毒手。」「是」字是用在句首人稱代詞前的語助詞，不爲義。

〔二〕貸將：就是「貸」，借貸。「將」是用在動詞後的語助詞。

〔三〕分張：分予，分攤。錢鍾書《管錐編》一一〇九、一一一〇頁論「分張」云：「浸假而孳生『分減』、『分與』、『分攤』之義，用之物事，唐人習語也。如寒山詩『是我有錢日，恒爲汝貸將；汝今既飽暖，見我不分張』；元稹《哭女樊四十韻》『愠怒偏憎數，分張雅愛平』；白居易《謝李六郎中寄蜀新茶》『故情周匝向交親，新茗分張及病身』，又《和〈自勸〉》之二『身飲數杯妻一醆，餘酌分張與兒女』，又《奉和晉公侍中〈蒙除留守〉》『抛擲功名還史册，分張歡樂與交親』；温庭筠《李羽處士寄新醖》『簷前柳色分張緑，窗外花枝借助香』；陸龜蒙《寄懷華陽道士》『分張火力燒金竈，拂拭苔痕洗酒瓶』；司空圖《柳》之二『漫説早梅先得意，不知春力暗分張』；鄭谷《次韻酬張補闕因寒食見寄之作》『時態懶隨人上下，花心甘被蝶分張』。『分張』作離別意，沿承未絶；作渙散意，已不常見；作攤與意，則失墜久矣。」楚按，今再爲補充數例。《大般涅槃經》卷六：「有異國王，聞之憐笑，即以車載粳糧甘蔗，而送與之。其王得已，即便分張，舉國共食。」王建《賀楊巨源博士拜虞部員外》：「殘著幾丸仙藥在，分張還遺病夫知。」元稹《江陵三夢》：「不道間生死，但言將別離。分張碎針綫，襵疊故幈幃。」齊己《謝人自鍾陵寄紙筆》：「詞客分張看欲盡，不堪來處隔秋濤。」據《涅槃經》例，則北涼曇無讖已用此語，非始於唐人也。

〔四〕承望：指望，希望。《遊仙窟》：「但若得口子，餘事不承望。」王建《聞故人自征戍回》：「恍恍恐不真，猶未苦承望。」敦煌本《李陵變文》：「結親本擬防非禍，養子承望奉甘碎(脆)。」

〔五〕有無：貧富。「有」即有錢，謂富；「無」即無錢，謂貧。王梵志詩一六九首：「親中除父母，兄弟更無過。有莫相輕賤，無時始認他。」後二句之「有」亦謂富，「無」亦謂貧。　更代：替换，交替。《史記·項羽本紀》：「彼趙高素諛日久，今事急，亦恐二世誅之，故欲以法誅將軍以塞責，使人更代將軍以脱其禍。」

〔六〕熟思量：仔細思考。寒山詩一一四首亦云：「爲汝熟思量，令我也愁悶。」

人生一百年

人生一百年〔一〕，佛説十二部〔二〕。慈悲如野鹿，瞋忿①似家狗。家狗趁②不去，野鹿常好

走〔三〕。欲伏③獮猴心〔四〕，須聽師④子吼〔五〕。（一五二）

【校勘】

①「忿」，宫内省本、四庫本作「怒」，全唐詩本夾注「一作怒」。②「趑」，宫内省本、四庫本作「趕」。③「伏」，四庫本作「服」。④「師」，全唐詩本作「獅」，同。

【箋注】

〔一〕人生一百年：庾信《對酒歌》：「人生一百年，歡笑惟三五。」參看一四六首注〔三〕。

〔二〕佛説十二部：《大般涅槃經》卷一七：「過去諸佛，爲度衆生，説十二部經；如來亦爾，故名如來。」盧照鄰《赤谷安禪師塔》：「高談十二部，細覈五千文。」按全部佛經依據體裁及内容分爲十二類，稱爲「十二分教」，亦稱「十二部經」。《釋氏要覽》卷中《十二分教》：「亦云十二部經：一修多羅（契經），二祇夜（應頌），三和伽羅（授記），四伽他（調頌），五尼陀羅（因緣），六優陀那（自説），七伊帝目多（本事），八闍陀伽（本生），九毗佛略（方廣），十阿浮達摩（未有），十一婆陀（譬喻），十二優波提舍（論議）。若小乘只有九部，無自説、授記、方廣等。」

〔三〕「慈悲如野鹿」四句：詩意源出《大般涅槃經》卷一五：「又如家犬，不畏於人；山林野鹿，見人怖走。瞋恚難去，如守家狗；慈心易失，如彼野鹿。是故此心，難可調伏。以是義故，不名大慈。」按「慈悲」亦云「大慈大悲」。《大智度論》卷二七：「大慈與一切衆生樂，大悲拔一切衆生苦。大慈以喜樂因緣與衆生，大悲以離苦因緣與衆生。」「瞋忿」亦云「瞋恚」等，簡稱「瞋」，爲佛教「三毒」之一，參看〇八八首注〔一〕。「野鹿好走」之説，如鮑照《與伍侍郎别》：「民生如野鹿，知愛不知命，飲齕具攢聚，翹陸欻驚迸。」《景德傳燈録》卷一八《福州玄沙師備禪師》：「且汝未是得安樂底人，只大作群隊、干他人世，這邊那邊飛走，野鹿相似。」

〔四〕獼猴心：獼猴好動，故佛經以「獼猴心」譬喻衆生心性不定。《大般涅槃經》卷二九：「衆生心性，猶如獼猴。獼猴之性，捨一取一。衆生心性，亦復如是，取著色聲香味觸法，無暫住時。」《維摩詰經·香積佛品》：「以難化之人心如猿猴，故以若干種法制御其心，乃可調伏。」《大智度論》卷一一：「令人心散，輕躁不定，譬如獼猴，不能暫住。」《法苑珠林》卷八四《禪定部·述意部》：「衆生心性，譬若獼猴，戲跳攀緣，歡娱奔逸，不能冥目束體，端心勤意，綱（剛）强難化，懭戾不調，習近五塵，流轉三界，黏外道之黐，貫天魔之杖，於是永淪苦海，長墜嶮獄，皆由放散情慮，擾亂心神。」《宗鏡録》卷三：「如經中説：『衆生心性，猶如獼猴。獼猴之性，捨一取一。衆生之性，亦復如是，取著色聲香味觸法，無暫住時。』是名現喻可驗，即令衆生之心，如猿猴之處高樹，上下不停。……所以《正法念處經》云：又彼比丘，次復觀察心之猿猴，如見猿猴。如彼猿猴，躁擾不停，種種樹枝華果林等，山谷巖窟迴曲之處，行不障礙。心之猿猴，亦復如是。五道差别如種種林，地獄畜生餓鬼諸道猶如彼樹，衆生無量如種種枝，愛如華葉，分别愛聲諸香味等以爲衆果,行三界山,身則如窟,行不障礙。是心猿猴,常行地獄餓鬼畜生死之地。」

〔五〕師子吼:譬喻如來演説佛法。《大般涅槃經》卷二七:「善男子,如師子王,自知身力,牙爪鋒芒,四足據地,安住巖穴,振尾出聲,若有能具如是諸相,當知是則能師子吼。真師子王,晨朝出穴,頻申欠呿,四向顧望,發聲震吼。……一切禽獸聞師子吼,水性之屬潛没深淵,陸行之類藏伏窟穴,飛者墮落,諸大香象怖走失糞。諸善男子,如彼野干,雖逐師子至於百年,終不能作師子吼也。若師子子,始滿三年,則能哮吼,如師子王。善男子,如來正覺智慧牙爪,四如意足,六波羅蜜滿足之身,十力雄猛大悲爲尾,安住四禪清淨窟宅,爲諸衆生而師子吼,摧破魔軍,示衆十力,開佛行處,爲諸邪見作歸依所,安撫生死怖畏之衆,覺悟無明睡眠衆生,行惡法者爲作悔心,開示邪見一切衆生,令知六師非師子吼故,破富蘭那等憍慢心故,爲令二乘生悔心故,爲教五住諸菩薩等生大力心故,爲令正見四部徒衆於彼邪見四部之衆不生怖畏故,從聖行梵行天行窟宅頻申而出,爲欲令彼諸衆生等破憍慢故欠呿,爲令諸衆生等生善法故四向顧望,爲令衆生得四無礙故,四足據地,爲令衆生具足安住尸波羅蜜故,故師子吼。」《中阿含經》卷三四:「如來在衆有所講説,謂師子吼。」六十卷本《華嚴經》卷一:「一一諸如來,各爲其眷屬,顯法無量門,功德之大海,皆悉師子吼,演説諸佛法。」《維摩詰經·佛國品》:「爲護法城,受持正法,能師子吼。」僧肇注:「師子吼,無畏音也。凡所言説,不畏群邪異學,喻師子吼,衆獸下之。師子吼曰，美演法也。」

教汝數般事

教汝數般事，思量①知我賢。極貧忍賣屋〔一〕，纔富須買田〔二〕。空腹不得走〔三〕，枕頭須莫眠〔四〕。此言期衆②見，挂在日東邊〔五〕。（一五三）

【校勘】

①「量」，四庫本作「賢」，全唐詩本夾注「一作賢」。　②「衆」，宮内省本、四庫本作「共」。

【箋注】

〔一〕極貧忍賣屋：《晉書·隗炤傳》：「臨終，書版授其妻曰：『吾亡後當大荒窮，雖爾，慎莫賣宅也。』」按古人以「賣屋」爲敗家之事。《太上感應篇》卷一四「耗人貨財」，傳曰：「請更舉一事，庶幾爲子弟者皆知所戒。王祖德紹興乙丑死於秦州。一日，其妻與其子暮坐堂中，恍見祖德從外歸，責曰：『吾聞家中已議賣宅，宅乃祖業，安可輒以（有脱文）。』」沈括《夢溪筆談》卷九：「（郭）進於城北治第既成，聚族人賓客落之，下至土木之工皆與。乃設諸工之席於東廡，群子之席於西廡。人或曰：『諸子安可與工徒齒。』進指諸工曰：『此造宅者。』指諸子曰：『此賣宅者，固宜坐造宅者下也。』進死未幾，果爲他人所有。」清褚人穫《堅瓠三集》卷三《售宅賦别》：「有人賣宅，將行，賦詩志别云：『只爲青蚨不濟身，故廬業已屬東鄰。可憐今夜猶爲主,纔到明朝便作賓。燕雀有情還戀舊,犬貓隨我不知貧。慇懃囑付門前柳,他日經過陌路人。』李戒庵曰:不知何人所作。先君屢爲兒輩誦之,將有警也。識以備遺。」

〔二〕纔富須買田:按古人以「買田」爲創業之舉。《漢書·張禹傳》:「禹爲人謹厚,内殖貨財,家以田爲業。及富貴,多買田至四百頃,皆涇、渭溉灌,極膏腴上賈。」

〔三〕空腹:餓着肚子。白居易《閒居》:「空腹一醆粥,飢食有餘味。」

〔四〕枕頭須莫眠:謂睡眠時亦保持警醒。蘇軾有《伯父〈送先人下第歸蜀〉詩云「人稀野店休安枕,路入靈關穩跨驢」,安節將去,爲誦此句,因以爲韻,作小詩十四首送之》,詩題中的「人稀野店休安枕」,與寒山詩「枕頭須莫眠」相似。《禪林寶訓》卷一:「昔喆侍者夜坐不睡,以圓木爲枕,小睡則枕轉,覺而復起,安坐如故,率以爲常。或謂用心太過,喆曰:『我於般若緣分素薄,若不刻苦勵志,恐爲妄習所牽。況夢幻不真,安得爲久長計。』予昔在湘西,目擊其操履如此,故叢林服其名,敬其德而稱之。」一説,「須」即待義,「莫」同「暮」,「枕頭須莫眠」者,言養生之道也。

〔五〕挂在日東邊:謂如旭日懸天,人所共見。揚雄《答劉歆書》:「雄以此篇目頗示其成者,伯松曰:『是懸諸日月不刊之書也。』」《文選》卷六〇任昉《齊竟陵文宣王行狀》:「乃撰《四部要略》、《浄住子》,並勒成一家,懸諸日月。」

寒山多幽奇

寒山多幽奇，登者皆恒①懾。月照水澄澄，風吹草獵獵〔一〕。凋梅雪作花，杌木雲充葉〔二〕。觸雨轉鮮②靈〔三〕，非晴不可涉。（一五四）

【校勘】

①「恒」，四庫本作「怛」。②「鮮」，四庫本作「仙」，全唐詩本夾注「一作仙」。

【箋注】

〔一〕獵獵：風聲。鮑照《上潯陽還都道中作》：「鱗鱗夕雲起，獵獵曉風遒。」元稹《塞馬》：「曉風寒獵獵，乍得草頭行。」鄭嵎《津陽門詩》：「津陽門北臨通逵，雪風獵獵飄酒旗。」

〔二〕杌木：枯木。樹木無枝葉稱「杌」，剔去樹木枝葉亦稱「杌」。《大智度論》卷一二：「如夜見杌樹，謂爲人。」又卷一三：「夜中見人，謂爲杌樹。」江淹《遊黄蘗山》：「殘杌千代木，廧崒萬古煙。」字亦作「扤」。《三國志·魏書·高堂隆傳》：「而二世顛覆，願爲黔首，由枝幹既扤，本實先拔也。」《樂府詩集》卷八七《箜篌謠》：「不見山巔樹，摧扤下爲薪。」《城南聯句》：「浮虚有新斸孟郊，摧扤饒孤撐韓愈。」字亦作「兀」。《無明羅刹經》卷下：「如被兀樹，枝葉摧落，枯朽塚間。」

〔三〕觸雨：遇雨，冒雨。于鵠《長安遊》：「繡簾朱轂逢花住，錦幨銀珂觸雨遊。」姚合《客遊旅懷》：

「詩書愁觸雨，店舍喜逢山。」喻鳧《送衛尉之延陵》：「草木正花時，交親觸雨辭。」陸龜蒙《襲美先輩以龜蒙所獻五百言既蒙見和復示榮唱（略）》：「觸雨妨扉屨，臨流泥江蘺。」 鮮靈：鮮活，充滿生機。

楚按，寒山此詩「凋梅雪作花，杌木雲充葉」二句，似有神助。其實類似意象在唐詩中屢見，但不如寒山詩精煉耳。如韓仲宣《晦日宴高氏林亭》：「柳處雲疑葉，梅間雪似花。」駱賓王《晚度天山有懷京邑》：「雲疑上苑葉，雪似御溝花。」鄭愔《塞外三首》之一：「海暗雲無葉，山春雪作花。」王泠然《古木卧平沙》：「春至苔爲葉，冬來雪作花。」翁洮《枯木詩辭召命作》：「二月苔爲色，三冬雪作花。」盧僎《十月梅花書贈》：「上苑今應雪作花，寧知此地花爲雪。」《普菴印肅禪師語録》卷中：「雲作枝竿雲（雪）作花，妙光圓寂含空劫。」

有樹先林生

有樹先林生，計年逾一倍。根遭陵谷變〔一〕，葉被風霜改。咸笑外凋零，不憐内紋綵①〔二〕。皮膚脱落盡〔三〕，唯有貞②實在〔四〕。（一五五）

【校勘】

①「紋綵」，宫内省本、四庫本作「文彩」，全唐詩本作「文采」。 ②「貞」，宫内省本、四庫本作「真」，

全唐詩本夾注「一作真」。

【箋注】

〔一〕陵谷變：形容大自然的巨大變化。《詩·小雅·十月之交》：「高岸爲谷，深谷爲陵。」

〔二〕紋綵：同「文彩」、「文采」，斑斕的花紋，這裏指樹木的紋理。

〔三〕皮膚脱落盡：《宋書·樂志一》載散騎侍郎顧臻表曰：「皮膚外剥，肝心内摧。」

〔四〕貞實：同「真實」。《妙法蓮華經·方便品》：「斯人尠福德，不堪受是法，此衆無枝葉，唯有諸貞實。」禪宗則以「真實」指心性，《筠州黄蘗山斷際禪師傳心法要》：「故萬法唯心，心亦不可得，復何求哉！學般若人，不見有一法可得，絶意三乘，唯一真實，不可證得，謂我能證得者，皆增上慢人。」

楚按，寒山此詩立意出於《大般涅槃經》卷三九：「世尊，如大村外有娑羅林，中有一樹，先林而生，足一百年。是時林主灌之以水，隨時修治。其樹陳朽，皮膚枝葉悉皆脱落，唯真實在。如來亦爾，所有陳故悉已除盡，唯有一切真實法在。」《雜阿含經》卷三四亦云：「譬如近城邑聚落，有好浄地，生堅固林。有一大堅固樹，其生已來，經數千歲，日月既久，枝葉零落，皮膚枯朽，唯幹獨立。」又按，《世説新語·賞譽》亦云：「謝公稱藍田：『掇皮皆真。』」《祖堂集》卷一三《招慶和尚》：「問：『古人有言：皮膚脱落盡，唯有真實在。皮膚則不問，如何是真實？』師云：『莫是將皮膚過與汝摩？』」

《五燈會元》卷五《藥山惟儼禪師》：「一日，祖問：『子近日見處作麽生？』師曰：『皮膚脱落盡，唯有一真實。』」

《宏智禪師廣録》卷一：「赤肉團上無位真人，鬧市門頭富貴底漢，堂堂不昧，恰恰現成，直饒破二不成一，猶是建化門頭事。不見道：皮膚脱落盡，唯有一真實。恁麽時節，身不待父母和合，道不假天地生成。」

《續古尊宿語要》卷四《無示諶和尚語》：「這拄杖子，皮膚脱落盡，惟有真實在。」

明釋大香《雲外録》卷二《擬古二十首》之一六：「何物那吒兒，少小能卓識。骨肉還二親，惟存一真實。」

《山谷詩集注》卷一二《次韻謝黄斌老送墨竹十二韻》：「譬如刳心松，中有歲寒在。」任淵注：「寒山子詩曰：『有樹先林生，計年逾一倍。根遭陵谷變，葉爲風霜改。咸笑外彫殘，不憐内文彩。皮膚既脱落，唯有真心在。』蓋用《涅槃經》語也。此句頗采其意。」

錢鍾書《談藝録》二《黄山谷詩補注》：「《次韻楊明叔見餞》：『皮毛剥落盡，唯有真實在。』天社注引藥山答馬祖云『皮膚脱落盡，惟有一真實』，又引《涅槃經》云：『如大村外，有娑羅林。中有一樹，先林而生，足一百年，其樹陳朽，皮膚枝葉悉皆脱落，惟真實在。』按天社説是矣而未盡。寒山子詩集卷上有『有樹先林生』一詩，與《涅槃經》意同，結句曰：『皮膚脱落盡，惟有真實在。』山谷蓋全用其語。《苕溪漁隱前集》卷四十八引《正法眼藏》藥山答石頭曰『皮膚脱落盡，惟有真實在』，謂山谷全用藥山禪語，而不知藥山之用寒山語也。此喻佛典常見，如《雜阿含經》卷三十四之九六二別譯卷十之一九六等均有之。山谷好掇寒山、梵志及語録，未必求其朔耳。」又六九《隨園論詩中理語》：「寒山詩……説理亦偶有妙喻，如比人性精靈於經霜老樹曰『皮膚脱落盡，唯有真實在』，黄山谷、戴石屏等皆用以入詩。」

寒山有躶蟲

寒山有躶蟲①〔一〕，身白而頭黑〔二〕。手把兩卷書，一道將一德〔三〕。住不安釜竈，行不齎衣②裓〔四〕。常持智慧劍〔五〕，擬破煩惱賊〔六〕。（一五六）

【校勘】

①「躶蟲」，四庫本作「裸虫」。　②「衣」，四庫本作「糧」。

【箋注】

〔一〕躶蟲：按「躶」同「倮」、「裸」等，人即「躶蟲」之一種，以其無鱗、羽、毛、介等覆身，故稱「躶蟲」。《大戴禮記·易本命》：「有羽之蟲三百六十，而鳳凰爲之長；有毛之蟲三百六十，而麒麟爲之長；有甲之蟲三百六十，而神龜爲之長；有鱗之蟲三百六十，而蛟龍爲之長；倮之蟲三百六十，而聖人爲之長。」《論衡·別通篇》：「人生禀五常之性，好道樂學，故辨於物。今則不然，飽食快飲，慮深求卧，腹爲飯坑，腸爲酒囊，是則物也。倮蟲三百，人爲之長。天地之性，人爲貴，貴其識知也。今閉闇脂塞,無所好欲,與三百倮蟲何以異?」又《商蟲篇》:「倮蟲三百,人爲之長。由此言之,人亦蟲也。」又《自紀篇》:「人亦蟲物,生死一時。」仲長統《覈性賦》:「倮蟲三百,人爲最劣。」唐《無能子》卷上《聖過》:「天地既位,陰陽炁交,於是裸蟲、鱗蟲、毛蟲、羽蟲、甲蟲生焉。人者,裸蟲也,與夫鱗、毛、羽、甲蟲俱焉同生,天地交炁而已,無所異也。」關漢卿《竇娥冤》雜劇二折:「人是賤蟲,不打不招。」蓋「蟲」爲一切動物之通稱,如虎稱「大蟲」,蛇稱「長蟲」,故人亦稱「蟲」。《禮記·儒行》「鷙蟲攫搏」,鄭玄注:「鷙蟲,猛鳥猛獸。」郭憲《洞冥記》卷二:「元封五年,勒畢國貢細鳥,以方尺之玉籠盛數百頭,形如大繩(蠅),狀似鸚鵡,聲聞數里之間,如黄鵠之音也。國人常以此鳥候時,亦名曰候日蟲。」又:「人問:『子坐此龜幾年矣?』對曰:『昔伏羲始造網罟,獲此龜以授吾,吾坐龜背已平矣。此蟲畏日月之光,二千歲即一出頭,吾坐此龜已見五出頭矣。』」宋江鄰幾《雜志》:「范希文戍邊,行水邊,甚樂之。從者前云:『此水不好,裏面有蟲聲如陳,秦聲。』謂之蟲,乃是魚也。答云:『不妨,我亦食此蟲也。』」

〔二〕身白而頭黑:按中土之人,白身黑髮,故亦稱人爲「黑頭蟲」。唐法照《浄土五會念佛略法事儀讚》末《鹿兒讚文》:「昔日救汝命,何期今日害鹿身。傳語黑頭蟲,世世難與恩。」後世因稱忘恩負義之人爲「黑頭蟲」。如紀君祥《趙氏孤兒》雜劇二折:「那裏是有血腥的白衣相,則是個無恩念的黑頭蟲。」鄭德輝《王粲登樓》雜劇二折:「大王,久以後不得第便罷,若得第時,一時間顧盼不到,他便道黑頭蟲兒不中救,俺也曾賫發你來。」按《雲笈七籤》卷五六《元氣論》:「洎乎元氣濛鴻，萌牙茲始，遂分天地，肇立乾坤，啓陰感陽，分布元氣，乃孕中和，是爲人矣。首生盤古，垂死化身，氣成風雲，聲爲雷霆，左眼爲日，右眼爲月，四肢五體爲四極五嶽，血液爲江河，筋脈爲地里，肌肉爲田土，髮髭爲星辰，皮毛爲草木，齒骨爲金石，精髓爲珠玉，汗流爲雨澤。身之諸蟲，因風所感，化爲黎甿，以天之生，稱爲蒼生，以其首黑，謂之黔首，亦曰黔黎，其下品者，名爲蒼頭。今人自名，稱『黑頭蟲』也。或爲『躶蟲』，蓋盤古之後，三皇之前，皆躶形焉。」

〔三〕手把兩卷書，一道將一德：「將」即和、與之義。盧照鄰《過東山谷口》：「不辨秦將漢，寧知春與秋。」參看一一一首注〔二〕。「兩卷書」指《老子》，西漢河上公作《老子章句》，分爲八十一章，以前三十七章爲《道經》，後四十四章爲《德經》，故《老子》亦稱爲《道德經》。馬王堆出土帛書《老子》，則《德經》在前，《道經》在後。《太平廣記》卷二〇七《王羲之》（出《圖書會粹》）：「道士言：性好道，久欲寫河上公《老子》，縑素早辦，而無人能書。府君若能自書《老子》道德各兩章，便合群以奉。」「道德各兩章」即《道經》與《德經》各兩章。寒山詩之「兩卷書」，即指《老子》，蓋以《道經》與《德經》各爲一卷，合之即爲「兩卷書」，亦即下句所云「一《道》將一《德》」也。

〔四〕衣裓：這裏指僧徒搭在肩上的盛物布袋，劉禹錫《送僧方及南謁柳員外》：「衣裓貯文章，自言學雕蟲。」或云「衣裓」指衣的前襟、大袖等等，可以兜盛花朵等物。《妙法蓮華經·化城喻品》：「爾時五百萬億國土諸梵天王，與宮殿俱，各以衣裓盛諸天花，共詣西方。」《諸佛境界攝真實經》卷上：「各各脱身所著天衣，手執衣裓，旋轉空中，以供養佛。」《太平廣記》卷二〇七《王獻之》（出《圖書會粹》）：「有一好事年少，故作精白紙裓，着往詣子敬。便取裓書之，草正諸體悉備，兩袖及標（褾）略周，自歎北（比）來之合。年少覺王左右有凌奪之色，如是掣裓而走。左右果逐及於門外，鬬争分裂，少年纔得一袖而已。」以上凡「裓」皆當作「襋」，泛謂衣也。

〔五〕智慧劍：佛教認爲智慧能斬斷煩惱生死之羈絆，故喻之爲劍。六十卷本《華嚴經》卷四五：「忍鎧莊嚴身，執持智慧劍，於魔嶮惡道，濟我免衆難。」敦煌本《破魔變》：「慚愧刀而未舉，鬼將驚忙；智慧劍而未輪，波旬怯懼。」

〔六〕煩惱賊：佛教認爲煩惱能損慧命，故喻之爲賊。《觀無量壽佛經》：「如來今者，爲未來世一切衆生爲煩惱賊之所害者，説清浄業。」隋慧遠義疏：「煩惱侵害，故説爲賊。」《佛垂般涅槃略説教誡經》：「諸煩惱賊，常伺殺人，甚於怨家。」《大乘本生心地觀經》卷二：「法寶猶如轉輪聖王，能除三毒煩惱賊故。」《大智度論》卷二：「外破魔王軍，内滅煩惱賊。」

有人畏白首

有人畏白首〔一〕，不肯捨朱紱〔二〕。采①藥空求仙，根苗亂挑掘〔三〕。數年無効驗，癡意瞋佛鬱〔四〕。獵師披袈裟〔五〕，元非汝使物〔六〕。（一五七）

【校勘】

①「采」，宫内省本、四庫本作「採」，同。

【箋注】

〔一〕畏白首：「白首」謂老，「畏白首」即畏老怕死。

〔二〕朱紱：古代有官爵者用以繫佩印章的紅色絲帶。《文選》卷三七曹植《求自試表》：「是以上慙玄冕，俯愧朱紱。」李善注：「《周禮》曰：『王之五冕，玄冕朱裏。』《禮記》曰：『諸侯佩山玄玉而朱組綬。』《蒼頡篇》曰：『紱，綬也。』」王維《寓言二首》之一：「朱紱誰家子，無乃金張孫。」李白《贈劉都使》：「一鳴即朱紱，五十佩銀章。」杜荀鶴《再經胡城縣》：「去歲曾經此縣城，縣民無口不冤聲。今來縣宰加朱紱，便是生靈血染成。」《太平廣記》卷一六六《吴保安》（出《紀聞》）：「仲翔德保安不已，天寶十二年詣闕，讓朱紱及官於保安之子以報。」

〔三〕根苗亂挑掘：謂亂挖藥草。「根苗」指藥草之根與苗。靈一《妙樂觀》：「瀑布西行過石橋，黄精採根還採苗。」

〔四〕怫鬱：憤懣，抑鬱。《漢書·鄒陽傳》：「如此則太后怫鬱泣血，無所發怒，切齒側目於貴臣矣。」東方朔《七諫·沉江》：「不顧地以貪名兮，心怫鬱而内傷。」

〔五〕獵師披袈裟：《佛本行經》卷二：「忽見釋化作，獵師被袈裟，太子因語曰：此服非汝宜。」按獵師以殺生爲業，袈裟亦稱「法服」，乃出家者所服，而出家人以慈悲爲懷，此云「獵師披袈裟」者，言其表裏不符、非其所宜也。《大般涅槃經》卷四：「正法滅後，於像法中，當有比丘，似像持律，少讀誦經，貪嗜飲食，長養其身，身所被服，麤陋醜惡，形容顦顇，無有威德，放畜牛羊，擔負薪草，頭鬚爪髮，悉皆長利，雖服袈裟，猶如獵師，細視徐行，如貓伺鼠，常唱是言：我得羅漢。多諸病苦，眠卧糞穢，外現賢善，内懷貪嫉。」又卷七：「佛告迦葉：我般涅槃七百歲後，是魔波旬，漸當沮壞我之正法，譬如獵師，身服法衣，魔王波旬亦復如是，作比丘像、比丘尼像、優婆塞像、優婆夷像，亦復化作須陀洹身，乃至化作阿羅漢身，及佛色身。魔王以此有漏之形作無漏身，壞我正法。」《方廣大莊嚴經》卷六：「爾時菩薩剃鬚髮已，自觀身上，猶著寶衣，即復念言：『出家之服，不當如是。』時浄居天化作獵師，身著袈裟，手持弓箭，於菩薩前默然而住。菩薩語獵師言：『汝所著者，乃是往古諸佛之服，云何著此而爲罪耶？』獵者言：『我著袈裟，以誘群鹿，鹿見此服，便來近我，我因此故，方得殺之。』菩薩言：『汝著袈裟，專爲殺害；我今若得，唯求解脱。汝能與我此袈裟不？汝若與我，我當與汝憍奢耶衣。』」《衆經撰雜譬喻》卷下：「昔山中有兩沙門，閑居行道，得六通。去之不遠，有一師子，生二子，稍稍長大。師子母欲行，心念惟道德二慈可以委命，即語：『欲行來，二子尚小，恐人傷害，欲寄道人，惟蒙慈護，自當來視。』道人許之。師子行還，見子附道人，復捨而行。道人分衛還，餘食共食之。每見道人還，喜行迎。道人後行，獵師遇之，師子子迸走入草。獵師依憑道人，便著室中袈裟，入草擒之。師子謂是道人，即出赴之。獵師打殺剥皮，取作師子皮裘，直千兩金。」《賢愚經》卷一三《堅誓師子品》：「有一師子，名號睒迦羅毘晉言堅誓，軀體金色，光相明顯，焕然明烈，食果噉草，不害群生。是時獵師，剃頭著袈裟，内佩弓箭，行於澤中，見有師子，甚懷歡喜，而心念言：『我今大利，得見此獸，可殺取皮，以用上王，足得脱貧。』是時師子，適值睡眠，獵師便以毒箭射之。師子驚覺，即欲馳害，見著袈裟，便自念言：『如此之人，在世不久，必得解脱，離諸苦厄。所以者何？此染衣者，過去、未來、現在三世聖人標相，我若害之，則爲惡心趣向三世諸賢聖人。』如是思惟，害意還息。」《雜寶藏經》卷二《六牙白象緣》：「即時獵師，詐被袈架（裟），挾弓毒箭，往至象所。時象婦善賢，見獵師已，即語象王：『彼有人來。』象王問言：『著何衣服？』答言：『身著袈裟。』象王言：『袈裟中必當有善，無有惡也。』獵師於是遂便得近，以毒箭射。善賢語其夫：『汝言袈裟中有善無惡，云何如此？』答言：『非袈裟過，乃是心中煩惱過也。』」《法苑珠林》卷三五《法服篇·會名部》引《薩婆多論》：「袈裟者，秦言染衣也。結愛等亦名染也。著此服者，在獸不畏，是故獵師假服，令獸遠見。」

〔六〕元：原來，本來。唐人表示「原來」的意思，例用「元」字，明初以後才改用「原」字。參看〇九三首注〔三〕。

昔時可可貧

昔時可可貧〔一〕，今朝①最貧凍。作事不諧和〔二〕，觸途成倥偬〔三〕。行泥屢脚屈〔四〕，坐社頻

腹痛〔五〕。失却斑猫兒〔六〕，老鼠圍飯瓮〔七〕。（一五八）

【校勘】

①「朝」，宫内省本、四庫本作「日」，全唐詩本夾注「一作日」。

【箋注】

〔一〕可可：稍稍。《遊仙窟》：「雙燕子，可可事風流。即今人得伴，更亦不相求。」王梵志詩二一三三首：「經紀須平直，心中莫側斜。些些微取利，可可苦他家。」

〔二〕諧和：和諧，配合順暢。《舊唐書·裴知古傳》：「金石諧和，當有吉慶之事，其在唐室子孫乎？」

〔三〕觸途：猶云事事、處處。《藝文類聚》卷三五梁朱超《詠貧詩》：「觸途皆可試，惟貧獨未安。」《顏氏家訓·風操》：「人有憂疾，則呼天地父母，自古而然。今世諱避，觸途急切。」《全唐文》卷九唐太宗《佛遺教經施行勅》：「然僧尼出家，戒行須備。若縱情淫佚，觸塗煩惱，關涉人間，動違經律。」《廣弘明集》卷一四李師政《内德論·通命二》：「因緣之旨，具諸經論，觸塗而長，皆此類也。」玄覺《禪宗永嘉集·勸友人書》：「故知見惑尚紆，觸途成滯耳。」韓愈《赴江陵途中寄贈王二十補闕李十一拾遺李二十六員外翰林三學士》：「遠地觸途異，吏民似猿猴。」薛能《酬曹侍御見寄》：「觸途非巧者，於世分沈然。」《景德傳燈録》卷二九誌公和尚《十四科頌·持犯不二》：「智者造作皆空，聲聞觸途爲滯。」　倥偬：困苦。《楚辭》卷一六劉向《九歎·思古》：「悲余生之無歡兮，愁倥偬於山陸。」王逸注：「倥偬，猶困苦也。」陸賈《新語·本行》：「夫子陳蔡之厄，豆飯菜羹，不足以接餒；二三子布弊褞袍，不足以避寒。倥偬屈厄，自處甚矣。」

〔四〕行泥屢脚屈：行走於泥塗之中，屢次滑倒。「脚屈」即腿脚彎曲，謂跌倒。

〔五〕坐社：出席社日宴會。按「社」本是土地之神，古代以春秋二時祭祀社神，春社爲立春後第五個戊日，秋社爲立秋後第五個戊日。祭神之後，鄉鄰分饗其胙，或爲宴會聚餐。宗懔《荆楚歲時記》：「社日，四鄰並結綜會社，牲醪，爲屋於樹下，先祭神，然後饗其胙。」《史記·陳丞相世家》：「里中社，平爲宰，分肉食甚均。」《太平御覽》卷三六四引《董卓别傳》曰：「時遇二月社，民在社下飲食，悉就斷頭，駕其車馬，載其婦女財物。」《隋書·李士謙傳》：「李氏宗黨豪盛，每至春秋二社，必高會極歡，無不沉醉諠亂。」《全唐文》卷三唐高祖《立社詔》：「里閈相從，共尊社法，以時供祀，各申祈報，兼存宴醑之義，用洽鄉黨之歡。」杜甫《遭田父泥飲美嚴中丞》：「今年大作社，拾遺能住否？叫婦開大瓶，盆中爲吾取。」白居易《觀稼》：「田翁逢我喜，默起具尊杓。斂手笑相延，社酒有殘酌。」殷堯藩《郊行逢社日》：「酒熟送迎便，村村慶有年。」王駕《社日》：「鵝湖山下稻粱肥，豚柵雞棲半掩扉。桑柘影斜春社散，家家扶得醉人歸。」吕從慶《豐溪秋社》：「稻熟瓜藟歲有仁，烹鷄割豕祀田神。分腥不覺歸來晚，一幅雲煙擁醉人。」《太平廣記》卷二一七《沈七》（出《定命録》）：「李侍郎即被追，不得社日肉喫。」又卷二五二《千字文語乞社》（出《啓顔録》）：「敬白社官三老等：切聞政本於農，當須務茲稼穡；若不雲騰致雨，何以稅熟貢新。聖上臣伏戎羌，愛育黎首，用能閏餘成歲，律吕調陽。某人等並景行維賢，德建名立，遂乃肆筵設席，祭祀蒸嘗。鼓瑟吹笙，絃歌酒讌，上和下睦，悦豫且康。禮別尊卑，樂殊貴賤。酒則川流不息，肉則似蘭斯馨。非直菜重芥薑，兼亦果珍李柰。莫不矯首頓足，俱共接盃舉觴。豈徒戚謝歡招，信乃福緣善慶。但某乙某（衍文）索居閑處，孤陋寡聞。雖復屬耳垣墻，未曾攝職從政。不能堅持雅操，專欲逐物意移。憶内（肉）則執熱愿凉，思酒如骸垢想浴。老人則飽飫烹宰，某乙則饑厭糟糠。欽風則空谷傳聲，仰惠則虚堂習聽。脱蒙仁慈隱惻，庶有濟弱扶傾。希垂顧答審詳，望咸渠荷滴歷。某乙即稽顙再拜，終冀勒碑刻銘。但知悚懼恐惶，實若臨深履薄。」按李義山《雜纂・惱人》：「遇佳味，脾家不和。」即寒山詩「坐社頻腹痛」之意。

〔六〕斑猫兒：毛色斑駁之貓，即拾得詩一七首「五白猫」之類，參看該首注〔一〕。

〔七〕飯瓮：盛飯瓦器。亦作「飯甕」。《隋書・五行志上》載童謡：「七月刈禾傷早，九月喫餻正好，十月洗蕩飯甕，十一月出却趙老。」寒山詩二六九首亦云：「老鼠入飯瓮，雖飽難出頭。」

楚按，此首詠一貧士，時運不濟，則凡事舛誤，所謂「禍不單行」也。類似之事，如李肇《唐國史補》卷上：「郗昂與韋陟友善，因話國朝宰相，陟曰：『誰最無德？』昂誤對曰：『韋安石也。』已而驚走出，逢吉温于街中，温問：『何此蒼遑？』答曰：『適與韋尚書話國朝宰相最無德者，本欲言吉頊，誤云韋安石。』既而又失言。復鞭馬而走，抵房相之第。琯執手慰問之，復以房融爲對。昂有時稱，忽一日觸犯三人，舉朝嗟歎。惟韋陟遂與之絶。」宋釋惠洪《冷齋夜話》卷二：「范文正公鎮鄱陽，有書生獻詩甚工，文正禮之。書生自言：『天下之至寒餓者，無在某右。』時盛行歐陽率更書《薦福寺碑》墨本，值千錢。文正爲具紙墨打千本，使售於京師。紙墨已具，一夕雷擊碎其碑。故時人爲之語曰：『有客打碑來薦福，無人騎鶴上揚州。』東坡作窮措大詩曰：『一夕雷轟薦福碑。』」明張存紳《雅俗稽言》卷三一：「賣漿水值天涼，姜子牙語。俗傳賣漿水，天陰。」亦爲時運不濟之例。

我見世間人

我見世間人〔一〕，堂堂好儀相〔二〕。不報父母恩，方寸底模①様〔三〕。欠負他人錢，蹄穿始惆悵〔四〕。箇箇惜妻兒〔五〕，爺孃不供養。兄弟似冤家，心中常悵②快〔六〕。憶昔少年時，求神願成長〔七〕。今爲不孝子，世間多此様。買肉自家噇〔八〕，抹觜道我暢〔九〕。自逞説嘍羅③〔一〇〕，聰明無益當〔一一〕。牛頭努目瞋〔一二〕，出去始時④趨〔一三〕。擇佛燒好香，揀僧歸供養〔一四〕。羅漢門前乞〔一五〕，趂却閑和尚〔一六〕。不悟無爲人〔一七〕，從來無相狀〔一八〕。封疏請名僧〔一九〕，䞋⑤錢兩三様〔二〇〕。雲光好法師，安角在頭上〔二一〕。汝無平等心〔二二〕，聖賢俱不降〔二三〕。凡聖皆混然〔二四〕，勸君休取相〔二五〕。我法妙難思〔二六〕，天龍盡迴向⑥〔二七〕。⑦（一五九）

【校勘】

①「模」，原作「摸」，兹據宫内省本、高麗本、四庫本、全唐詩本改。　②「悵」，宫内省本、四庫本作「悒」，全唐詩本夾注「一作悒」。　③「羅」，宫内省本、正中本、高麗本、全唐詩本作「囉」。　④「出去始時」，宫内省本、四庫本作「始覺時已」，全唐詩本夾注「一作始覺時已」。　⑤「䚦」，四庫本作「櫬」。　⑥宫内省本、四庫本無此二句。　⑦全唐詩本以此首與下首聯爲一首。

【箋注】

〔一〕我見世間人：《中阿含經》卷三一：「我見世間人，有財癡不施，得財復更求，慳貪積聚物。」寒山詩一七二首：「我見世間人，茫茫走路塵。」又三一二首：「我見世間人，箇箇争意氣。」「世間人」即俗世之人。李山甫《落花》：「顔色卻還天上女，馨香留與世間人。」王梵志詩〇〇一首：「遥看世間人，村坊安社邑。」又〇〇五首：「可笑世間人，癡多黠者少。」

〔二〕堂堂：器宇軒昂貌。《後漢書·伏湛傳》：「湛容貌堂堂，國之光暉。」李賢注：「堂堂，盛威儀也。」《南史·王茂傳》：「身長八尺，潔白美容儀。齊武帝布衣時嘗見之，歎曰：『王茂先年少堂堂如此，必爲公輔。』」《續高僧傳》卷八《釋曇延傳》：「延形長九尺五寸，手垂過膝，目光外發，長可尺餘，容止邕肅，慈誘汎博，可謂堂堂然也。」

〔三〕方寸：指心。《列子·仲尼》：「文摯乃命龍叔背明而立，文摯自後向明而望之，既而曰：『嘻，吾見子之心矣，方寸之地虚矣，幾聖人也。子心六孔流通，一孔不達。今以聖智爲疾者，或由此乎？非吾淺術所能已也。』」《三國志·蜀書·諸葛亮傳》：「（徐）庶辭先主而指其心曰：『本欲與將軍共圖王霸之業者，以此方寸之地也。今已失老母，方寸亂矣，無益於事，請從此別。』」李白《贈崔侍郎》：「長劍一杯酒，男兒方寸心。」杜荀鶴《感寓》：「大海波濤淺，小人方寸深。海枯終見底，人死不知心。」《祖堂集》卷三《牛頭和尚》：「夫百千妙門，同歸方寸；恒沙妙德，盡在心源。」

底模樣：什麽模樣。杜荀鶴《長安道中有作》：「帽簷曉滴淋蟬露，衫袖時飄卷雁風。子細尋思底模樣，騰騰又過玉關東。」按「底」即何種、什麽之義。《樂府詩集》卷四五《歡聞歌》：「單身如螢火，持底報郎恩？」《藝文類聚》卷五六陳沈炯《八音詩》曰：「木桃堪底用？寄以答瓊瑶。」白居易《寒食日寄楊東川》：「不知楊六逢寒食，作底歡娱過此辰？」韓愈《瀧吏》：「潮州底處所？有罪乃竄流。」李賀《示弟》：「病骨猶能在，人間底事無？」杜荀鶴《和劉評事送海禪和歸山》：「問禪將底説？傳印得何心？」顔師古《匡謬正俗》卷六《底》：「問曰：俗謂何物爲底丁兒反，底義何訓？答曰：此本言『何等物』，其後遂省『何』直云『等物』耳。『等』字本音都在反，又轉音丁兒反。左太沖《吴都賦》云：『畛畷無數，膏腴兼倍，原隰殊品，窊隆異等。』蓋其證也。今吴越之人呼齊等皆爲丁兒反。應璩詩云：『文章不經國，筐篚無尺書，用等稱才學，往往見歎譽。』此言譏其用何等才學見歎譽而爲官乎？以是知去『何』而直言『等』，其言已舊，今人不詳其本，乃作『底』字，非也。」

〔四〕欠負他人錢，蹄穿始惆悵：按此二句言生時虧欠他人錢財，死後當化作畜生償債。「蹄穿」形容畜生負重跋涉，乃至四蹄磨穿也。《生經》卷四《佛説負爲牛者經》：「時轉輪王七寶侍從，停住不進。怪之所以，遥見故舊爲人所拘，負五十兩金，令不得去。聖王報之：『解之令去，當倍卿百兩金。』其人白曰：『吾復轉負某百兩金，當以償之，不能捨置。』聖王即敕諸臣下，到宮與其百兩金。臣下言諾，即解債主，得還歸家。其人數數詣王宮門，求金不得。債主求之，避不知處，遂在生死周旋往來，無數之劫不償所負，至於今世，墮此牛中。」《法苑珠林》卷五七《債負篇·引證部》引《出曜經》云：「此牛前身，本是我弟，昔日負君一錢鹽債，故墮牛中，以償君力。」《龐居士語録》卷中：「我見好畜生，知是嘍囉漢。杻法取人錢，誇道能計算。得即渾家用，受苦没人伴。有力任他騎，棒鞭脊上揎。觜上著籠頭，口中啣鐵片。項領被磨穿，鼻孔芒繩絆。自種還自收，佛也不能斷。」敦煌本《佛説阿彌陀經講經文》：「若人故意偷他物，必感當來貧賤因。作驢作馬自償他，含鐵帶鞍多飢渴。蹄穿㬥（腰）□蟲咀咬，口中横骨不能言。重馱棒打遍身穿，只爲前生偷他物。」元無名氏《來生債》雜劇二折：「〔内驢馬做聲科〕〔正末云〕是甚麽人這般説話，我試聽咱。〔驢云〕馬哥，你當初爲甚麽來？〔馬云〕我當初少龐居士十五兩銀子，無的還他，我死之後，變作馬填還他。驢哥，你可爲甚麽來？〔驢云〕我當初少龐居士的十兩銀子，無錢還他，死後變作個驢兒與他拽磨。牛哥，你可爲甚麽來？〔牛云〕你不知道，我在生之時，借了龐居士銀十兩，本利該二十兩，不曾還他。我如今變一隻牛來填還他。」

〔五〕惜妻兒：愛妻兒。「惜」即珍愛之義。《韓非子·難二》：「夫惜草茅者耗禾穗，惠盗賊者傷良民。」寒山詩「箇箇惜妻兒，爺孃不供養」二句指斥不孝子，類似的觀念在唐代民間流行的「僞經」中亦有描寫。如敦煌本《佛説父母恩重經》：「横上其頭，即索妻婦，得他子女，父母轉疏，私房屋室，共相語樂。父母年高，氣力衰老，終朝至暮，不來借問。或復父孤母寡，獨守空房，猶如客人，寄止他舍，常無恩愛，復無禱被，寒苦辛厄，難遭之甚。年老色衰，多饒蟣虱，夙夜不卧，長呼歎息，何罪宿愆，生此不孝之子！或時喚呼，瞋目驚怒。婦兒罵詈，低頭含笑。妻復不孝，子復五擿，夫妻和合，同作五逆。彼時喚呼，急疾取使，十喚九違，盡不順從，罵詈嗔恚：『不如早死，强在地上！』父母聞之，悲哭懊惱，流淚雙下，啼哭目腫。汝初小時，非吾不長，但吾生汝，不如本無。」又如民間流行之《父母恩重難報經》：「或持財食，供養妻兒，忘厥疲勞，無避羞恥。妻妾約束，每事依從，尊長瞋呵，全無畏懼。」王梵志詩〇四三首：「只見母憐兒，不見兒憐母。長大取得妻，却嫌父母醜。耶娘不採括，專心聽婦語。生時不恭養，死後祭塗土。如此倒見賊，打煞無人護。」

〔六〕悵快：惱恨不樂。《大般涅槃經》卷一：「猶如慈父，唯有一子，卒病喪亡，送其屍骸，置於塚間，歸還悵快，愁憂苦惱。」《宋高僧傳》卷四《唐京兆大慈恩寺窺基傳》：「基聞之，暫居其後，不勝悵快。」

〔七〕求神願成長：謂求拜神靈，乞求保佑兒女長大。敦煌本《父母恩重經講經文》：「忽然男女病纏身，父母憂煎心欲碎，念佛求神乞護持，尋醫卜問希痊瘥。」

〔八〕自家:自己。清顧張思《土風録》卷九《自家》:「自己曰自家,見《釋林賓訓》文悦禪師云:『自家閨閤中物,不肯放下。』又楊廉夫《香匳詩》:『自家揉碎砑繚綾。』今訛作韓偓詩。」　噇:貪喫。見〇七四首注〔四〕。

〔九〕觜:本義爲鳥嘴,亦用同「嘴」。　暢:痛快,舒暢。白居易《春寢》:「氣熏肌骨暢,東窗一昏睡。」《太平廣記》卷二六二《張咸光》(出《玉堂閒話》):「饅頭似椀,胡餅如籠,暢殺劉月明主簿,喜殺張咸光秀才。」

〔一〇〕自逞:自誇,自矜。「逞」即誇示、炫耀之義。敦煌本《捉季布傳文》:「見一賤人長六尺,遍身肉色似烟勳(薰),神迷鬼惑生心買,待將逞似洛陽人。」敦煌本《父母恩重經講經文》:「呈線呈針鬬意長,對鴉對鳳誇心智。」「呈」亦應作「逞」。　嘍羅:精明,能幹,厲害。亦作「嘍囉」、「僂儸」、「𨈆羅」等。盧仝《寄男抱孫》:「嘍囉兒讀書,何異摧枯朽。」鄭綮《題中書壁》:「側坡蛆蜫蜦,蟻子競來拖。一朝白雨中,無鈍無嘍囉。」敦煌本《維摩詰經講經文》:「我常於諸處,誇汝𨈆羅。」又《醜女緣起》:「鬼神大曬僂儸,不敢猥(隈)門傍户。」又《太子成道經》:「煞鬼不怕你兄弟多,任君眷屬總僂儸,黑繩繫項牽將去,他(地)獄裏還交度奈河。遮莫你僂儸上陵天,南州北郡置莊田,未待此身裁與謝,商量男女擬分錢。」《酉陽雜俎續集》卷四《貶誤》:「予讀梁元帝《風人辭》云:『城頭網雀,樓羅人著。』則知樓羅之言,起已多時。一云:『城頭網張雀,樓羅人會著。』」清沈濤《瑟榭叢談》卷下:「樓羅二字有數解,説者多並爲一談。《唐書·回紇傳》：『加册可汗爲登里頡咄登密施含俱録英義建功毗伽可汗。』『含俱録』，華言樓羅也。顧亭林以爲聰明才辨之意，《鶴林玉露》：『僂儸，俗言猾也。』蘇鶚《演義》云：『樓羅，幹了之稱也。』《緗素雜記》云：『言人善幹辦於事者，謂之樓羅。』此爲一義。《五代史・劉銖傳》：『諸君可謂僂儸兒矣。』盧仝《示添丁》（楚按《寄男抱孫》之誤）詩：『婁羅兒讀書，何異摧枯朽。』亦謂兒之聰敏，與幹辦之義相近。《北史・王昕傳》：『樓羅樓羅，實自難解，時唱染干，似道我輩。』此『樓羅』字，乃昕擬鮮卑夷語之音，今人謂方語之難解者猶有此語，與聰明幹辦之義迥不相涉。《南齊書・顧歡傳》論『蹲夷之儀，婁羅之辨』，以婁羅對蹲夷，亦似擬其音而言。至《宋史・張思均傳》：『子承恩爲三班奉職。思均起行伍，征討稍有功，質狀小而精悍，太宗嘗稱其樓羅。自是人目爲小樓羅焉。』此『樓羅』雖亦與幹了之義相近，而『小樓羅』之稱，則今人説野史平話，以之目緑林徒夥，當必宋時已有此語。又《宋史・外國傳》：元豐四年，于闐國遣蕃部阿辛上表，稱『于闐國僂羅有福力量知文法』，則又爲外國可汗之稱。梁元帝《風人辭》『城頭網雀樓羅人』，則爲兜攬歷鹿之義，與諸書所言『樓羅』又不相同。若《酉陽雜俎》言天寶中進士多會酒樓食畢羅，故有此語，則尤不足辯者。』

〔二〕無益當：即「無益」，謂無以復加。「當」是語助詞，讀去聲，不爲義。王梵志詩二四七首：「生促死路長，久住何益當。」「何益當」即「何益」，謂無所補益。「當」是語助詞，用法與寒山詩同。

〔三〕牛頭：即牛頭獄卒，地獄中的鬼卒。《五苦章句經》：「獄卒名阿傍，牛頭人身，兩脚牛蹄，力壯排山，持鋼鐵釵。」《楞嚴經》卷八：「亡者神識見大鐵城，火蛇火狗，虎狼師子，牛頭獄卒，馬頭羅刹，手執槍稍，驅入城門，向無間獄。」《太平廣記》卷一〇四《李虚》（出《紀聞》）：「即有牛頭獄卒，出於牀下，以叉刺之洞胸。」又卷三八一《裴齡》（出《廣異記》）：「王復令呼，謂主簿：『可領此人觀諸地獄。』主簿令引齡前行，入小孔中，見牛頭卒以叉刺人，隨業受罪。」敦煌本《維摩詰經講經文》：「好個聰明人相全，忍教鬼使牛頭領。」　努目：鼓目，瞪眼。《太平廣記》卷九四《華嚴和尚》（出《原化記》）：「見一大虵，長八九丈，大四五圍，直入寺來，努目張口。」《敦煌歌辭總編》卷三《悉曇頌》：「張眉努目喧破鑼，牽翁及母怕你麽？」《緇門警訓》卷七芙蓉楷禪師《小參》：「豈可更去陞堂入室，拈槌豎拂，東呵西棒，張眉努目，如癇病發相似。」

〔三〕時晷：片刻，一會兒。「晷」同「向」、「晌」、「餉」。《説文》：「晷，不久也。」段玉裁注：「今人語曰向年、向時、向者，即晷字也。又曰一晌，曰半晌，皆是晷字。」敦煌本《維摩詰經講經文》：「便須部領衆人行，不要遲疑住時餉。」又《目連緣起》：「我乍人間食不浄，不能時向在阿鼻。」又《大目乾連冥間救母變文》：「目連問以（已），更往前行，時向中間，即至五道將軍坐所。」

〔四〕揀佛燒好香，揀僧歸供養：謂於諸佛及衆僧中不一視同仁，而是區别對待，厚此薄彼。明吴炳《療妬羹》傳奇上《遊湖》：「青娘可謂揀佛燒香矣。」清陳森《品花寶鑑》一八回：「府中那些朋友門客及家人們，算起來就有幾百人，那一天没有些事，應酬慣了，是不能揀佛燒香的。」清翟灝《通俗編》卷二〇《釋道》：「揀佛燒香，寒山詩：『揀佛燒好香，揀僧歸供養。』按下句亦即揀僧布施之語。」楚按，佛教以平等爲義，《法苑珠林》卷四一《供養篇·述意部》：「夫三寶平等，曠若虚空；理無怨親，事絶貴賤。是以隨力虔誠，普供内外，務存遺相，冀興普遍。故昔毗舍佉母别請羅漢五百，如來譏呵，顯平等故。知心無限極，則遍及十方；財無多少，則心周法界也。」若寒山詩云「擇佛燒好香，揀僧歸供養」，已違背佛教平等之義矣。

〔一五〕羅漢：即「阿羅漢」，佛教小乘修行的極果。《大般涅槃經》卷六：「阿羅漢者，斷諸煩惱，捨於重擔，逮得己利，所作已辦，住第十地，得自在智，隨人所樂，種種色像，悉能示現，如所莊嚴，欲成佛道，即能得成，能成如是無量功德，名阿羅漢。」《翻譯名義集》卷一：「阿羅漢，《大論》云：阿羅名賊，漢名破，一切煩惱賊破……。又阿名不，羅漢名生，後世中更不生，是名阿羅漢。」　乞：即乞食，佛教「十二頭陀行」之一，苦行僧爲維持生命而巡門乞食。《大乘義章》卷一五：「以何義故，專行乞食？所爲有二：一者爲自，省事修道；二者爲他，福利世人。」《十二頭陀經》：「若受請食，若衆僧食，起諸漏因緣。所以者何？受請食者，若得食，便作是念：我是福德好人故得；若不得食，則嫌恨請者，彼無所别識，不應請者請，應請者不請。或自鄙薄，懊惱自責，而生憂苦。是貪愛法，則能遮道。僧食者，入衆中當隨衆法，斷事擯人，料理僧事，處分作使，心則散亂，妨廢行道。有如是等惱亂事故，應受常乞食法。」

〔一六〕趂却：趕走，寒山詩〇三三首：「昨朝曾趁却，今日又纏身。」參看該首注〔三〕。　閑和尚：《無準師範禪師語録》卷一：「是則迦葉擎拳，非則阿難合掌，誌公不是閑和尚。」寒山詩之「閑和尚」指無關係之和尚，這裏是説未受邀請之和尚。

〔一七〕無爲人：達到「無爲」境地之人，指上文之「羅漢」。按「無爲」即是涅槃之異名，乃是佛教修行的最高境界。僧肇《涅槃無名論》：「經稱有餘涅槃、無餘涅槃者，秦言無爲，亦名滅度。無爲者，取乎虚無寂寞，妙絶於有爲。滅度者，言其大患永滅，超度四流。」廣宣《禁中法會應制》：「從今精至理，長願契無爲。」《祖堂集》卷一五《龐居士》：「十方同一會，各各學無爲。此是選佛處，心空及第歸。」

〔一八〕無相狀：没有固定不變的形像。「相狀」即形像。道宣《廣弘明集》卷五《辯惑篇序》：「所以隨有相狀，無不擬議。」

〔一九〕封疏：封緘疏文。《法演禪師語録》卷上：「桐樹郭宅請，陞座云：『桐林郭評事，家門幸食禄。性静好吾宗，温良如美玉。封疏請諸山，營齋殖洪福。』」按「疏」即「疏子」，本來是佛教祝佛讚僧之文體。《釋氏要覽》卷上《疏子》：「即祝佛之文也，蓋疏通施主今辰之意也。夫祝辭不敢以小爲大，故修辭者必須確實，則不可誇誕詭妄，自貽伊戚。○南山《鈔》云：比世流布，競飾華辭，言過其實，凡豎褒成貴族，貧賤讚蹄鼎食，虚妄舉事，惟增訛謟。」賈島《宿贇上人房》：「朱點草書疏，雪平麻履蹤。」佛教信徒邀請名僧大德，亦多造疏文送達，以叙懇切之意，稱爲「請疏」。《如淨和尚語録》卷上：「拈請疏：『瞿曇頂骨，夫子眼睛，兩彩一賽，玉振金聲。』」《景德傳燈録》卷二四《廬山歸宗第十二世道詮禪師》：「南康知軍張南金先具疏白師，然集道俗迎請，坐歸宗道場。」按「請疏」之例，如《雲門匡真禪師廣録》卷下附《請疏》：「弟子韶州防禦使兼防遏指揮使、權知軍州事、銀青光禄大夫、檢校兵部尚書、御史大夫、上柱國何希範，洎闔郡官僚等，請靈樹禪院第一座偃和尚，恭爲皇帝陛下開堂説法，上資聖壽者，竊以伽跋西來，克興大乘之教；達磨東至，乃傳心印之宗。然法炬以燭幽，運慈舟而濟溺。伏惟和尚慧珠奮彩，心鏡發輝。性海深沈，不可以識識；言泉玄奥，不可以智知。能造一相之門，迥出六塵之境。靈樹禪院者，夐古靈蹤，最上勝概，自知聖大師順世，密授付囑之詞；皇帝巡狩，榮加寵光之命。足可以爲祇園柱礎，梵苑梯航。緇徒虔心以歸依，仕庶精誠而信仰。希範叨權使命，謬治名藩，幸逢法匠之風，請踞方丈之室。願以廣濟爲益，無將自利處懷。少狥披蓁之徒，佇集如雲之衆，俯從所請，即具奏聞。」又《祖堂集》卷一二《後踈山和尚》：「嗣先踈山在杭州。撫州李太傅請師疏：『伏以法眼髻珠，微妙乃明於佛日；心燈祖印，傳來别在於人間。得之者瓦礫成金，悟之者醍醐灌頂。一乘良玉，叮嚀來自於雙林；六祖傳衣，血脈廣流於百代。只將煩惱，便證菩提。詎可智知，良難擬議。先踈山大師以水中之月，物外談四十餘年，百千徒衆，日東者滄溟浩渺，岱北者巇崿齊攀。四遠參尋，一言道斷。今則光流異地，月照别天。故踈嶺之蕭條，望連雲之霞蓋。長老和尚玄珠自曉，慧劍方新。能令滋想之源，便證真如之地。願將法雨，普潤人天。冀憑最勝之緣，上薦皇王之福。幸從衆請，勿阻人心。謹疏。』因此住踈山也。」

〔二〇〕䞋錢：佛教信徒布施給僧侣的金錢。按信徒設齋飯僧，除供齋飯外，例需施錢，稱爲「䞋錢」。

《高僧傳》卷一三《宋京師祇洹寺釋道照傳》：「宋武帝嘗於内殿齋，照初夜略叙百年迅速，遷滅俄頃，苦樂參差，必由因召。如來慈應六道，陛下撫矜一切。帝言善久之。齋竟，别䞋三萬。」《古尊宿語録》卷六《睦州和尚語録》：「師因赴齋迴，有僧就師乞䞋錢，師云：『赴齋得三十文。』」《水滸》四五回：「衆僧都坐了喫齋，先飲了幾杯素酒，搬出齋來，都下了䞋錢。」亦作「儭錢」。《南齊書·張融傳》：「孝武起新安寺，僚佐多儭錢帛，融獨儭百錢。」亦作「嚫錢」。《釋氏要覽》卷上：「嚫錢，梵語達嚫拏，此云財施。今略達拏，但云嚫。○《五分律》云：食後施衣物名達嚫。○《輪轉五道經》云：轉經不得倩人，乃至齋食以達嚫爲常法，得福。」亦稱「佛僧錢」。唐道世集《諸經要集》卷一四《偷盗緣第三盗互用物》附注：「若如今時齋家，汎僧食後，通出佛僧錢。如施主不別摽局者，任將買香、沽油、造幡、營造佛堂，種種供佛受用並得，但不得入經僧別人用。」清顧張思《土風録》卷二《僧道䞋錢》：「僧道法事畢與之錢，曰䞋錢。案《玉篇》『䞋』注：『䞋錢也。』《正字通》云：『供齋下䞋禮，俗語所謂有齋有䞋，當爲此䞋字。』《廣韻》與嚫同，嚫施也。案隋煬帝與法師奉智書云：『弟子一日恭嚫。』是亦可作嚫。」

〔三〕雲光好法師，安角在頭上：用雲光法師化牛事，「安角在頭上」即化爲牛也。《林泉老人評唱丹霞淳禪師頌古虚堂集》八六則《雲光作牛》，評曰：「舊説雲光法師坦率自怡，不事戒律。誌公誚曰：『出家何爲？』光曰：『吾不齋而齋，食而非食。』後招報作牛，拽車於泥中。誌公召曰：『雲光！』牛舉頭。公曰：『何不言拽而非拽？』牛墮淚號咷而逝。」《永覺元賢禪師廣録》卷三〇亦就此事立論曰：「殺盗婬三業，正輪迴之根本，此業不斷，雖有禪定智慧，總成魔外而已。或者多謂業性本空，何斷何續？不知業性固本空，而人執之爲實，則起業招果，安得言空。昔梁有雲光法師，善講經論，而不奉戒律。誌公呵之，彼曰：『吾不齋而齋，食而非食。』後招報爲牛，拽車泥中，力不能前，鞭笞復急。誌公過而見之，召曰：『雲光！』牛舉首。誌公曰：『汝今日何不道不拽而拽？』牛墮淚號咷而逝。以此觀之，虚頭狂解，何敵輪迴，雖欲欺人，還成自欺也，哀哉！」《古尊宿語録》卷三四《舒州龍門佛眼禪師語録》：「師一日到寶公塔前，忽云：『雲光好法師，安角在頭上。既是雲光法師，爲什麽安角在頭上？』代云：『陋巷不騎金色馬，回來却著破襴衫。』」

〔二二〕平等心：按《金剛經》：「是法平等，無有高下。」故佛教主張以平等心看待一切衆生。《大般涅槃經》卷二九：「於諸衆生，其心平等，猶如父母，等視一子。」慧思《諸法無諍三昧法門》卷上：「發大慈悲平等心，不惜身命大精進。」唐慧沼《金光明最勝王經疏》卷二末：「又問：直心以何爲本？答：以於一切衆生平等心爲本。此意怨親有情之所等心悲愍故。」

〔二三〕聖賢：這裏指佛、菩薩等見道之人。《太平廣記》卷三四〇《盧頊》（出《通幽録》）：「又罵之曰：『焉有聖賢來救一婢，此必是鬼耳。』」所云「聖賢」，即指文殊菩薩。

〔二四〕凡聖皆混然：按「凡」謂凡夫，「聖」謂聖者，即見道獲果之人。「凡聖混然」謂凡夫與聖者混雜同處，難以分析。《宋高僧傳》卷二二《晉襄州亡名傳》：「通曰：遇仙之士，亦仙之士，聖寺之遊，豈容凡穢？一則顯聖寺之在人間，一則知聖僧之參緇伍。無輕僧寶，凡聖混然。」又卷二一《唐鄴都開元寺智訔傳》：「嘗於寺閑齋，獨自尋繹疏義，復自咎責曰：『所解義理，莫違聖意乎？』沈思兀然，偶舉首見老僧振錫而入，曰：『師讀何經論？窮何義理？』訔疑其名岳之内，車轍原中，羅漢混凡，曾何可測？乃自述本緣，因加悔責。」所云「羅漢混凡」，亦是「凡聖混然」之意。

〔二五〕取相：認取形相、狀貌。六十卷本《華嚴經》卷五：「虚妄取相者，是人不見佛。一切無所著，乃見真如來。」又：「一切世間法，唯以心爲主，隨樂取相者，皆悉是顛倒。」《小室六門·血脈論》：「自心是佛，不應將佛禮佛。但是有佛及菩薩相貌，忽爾現前，亦切不用禮敬。我心空寂，本無如是相貌，若取相即是魔，盡落邪道。」閭丘胤《寒山子詩集序》：「胤乃問曰：『未審彼地當有何賢，堪爲師仰？』師曰：『見之不識，識之不見。若欲見之，不得取相，乃可見之。寒山文殊，遯迹國清；拾得普賢，狀如貧子，又似風狂，或去或來，在國清寺庫院走使，厨中著火。』」按佛教反對以貌取人。《大莊嚴論經》卷一：「於諸大衆中，勿以貌取人。不可以種族，威儀巧言説，未測其内德，覩形生宗仰。觀形雖幼弱，聰慧有高德，不知内心行，乃更生輕蔑。」

〔二六〕我法妙難思：語出《妙法蓮華經·方便品》：「止止不須説，我法妙難思。」「我法」指佛法，「妙難思」謂不可思議。

〔二七〕天龍：即「天龍八部」之省稱，包括天、龍、夜叉、乾闥婆、阿修羅、迦樓羅、緊那羅、摩睺羅伽等八部，爲守護佛法之諸神。《妙法蓮華經·見寶塔品》：「餘諸天、龍、夜叉、乾闥婆、阿修羅、迦樓羅、緊那羅、摩睺羅伽、人、非人等，千萬億衆，以一切香華瓔珞旛蓋伎樂，供養寶塔。」迴向：以自身所修功德，迴轉給予衆生，以共向佛道，佛教稱爲「迴向」。《大般涅槃經》卷一五：「是菩薩摩訶薩於慈心中布施食時，常作是願：我今所施，悉與一切衆生共之，以是因緣令諸衆生得大智食，勤進迴向無上大乘。」《妙法蓮華經·譬喻品》：「我所有福業，今世若過世，及見佛功德，盡迴向佛道。」《太平廣記》卷一〇一《韋氏子》（出《續玄怪録》）：「吾以平生謗佛，受苦彌切，無曉無夜，略無憩時。此中刑名，言説不及。惟有罄家迴向，竭資撰福，可救萬一。」

楚按，寒山此詩自「擇佛燒好香」以下，批判世人無平等心，以相取人，於佛僧間，横加揀擇，起分別想。所云「羅漢門前乞，趂却閑和尚」者，竊謂「羅漢」即指賓頭盧羅漢。據道宣《集神州三寶感通録》卷下：「按諸經律，佛令大阿羅漢賓頭盧不得滅度，傳於佛法於三天下，福利群生，令出生死。」《法苑珠林》卷四二《受請篇·聖僧部》：「昔有樹提伽長者，造旃檀鉢，著絡囊中，懸高象牙杙上，作是言：『若沙門、婆羅門不以梯杖能得者，即與之。』諸内外道知，欲現神通智，挑頭而去。賓頭盧聞是事，問目連言：『實命（爾）不？』答言：『實爾。』『汝師子吼中第一，便往取之。』其目連懼佛教不肯取，賓頭盧即往其舍，入禪定，便於座中申手取鉢。依《四分律》，當時坐於方石，縱廣極大，遂身飛空，得鉢已還去。佛聞呵責：『云何比丘爲外道鉢，而於未受戒人前現神通力？從今盡形擯汝，不得住閻浮提。』於是賓頭盧如佛教敕，往西瞿耶尼，教化四衆，廣宣佛法。閻浮提四部弟子思見賓頭盧，白佛，佛聽還座，現神足故，不聽涅槃，敕令爲末世四部衆作福田。其亦自誓：三天下有請悉赴。」從此賓頭盧羅漢遊行人間的傳説便層出不窮，一個頭白長眉的賓頭盧羅漢，便成爲最知名、最接近一般百姓的羅漢，被尊稱爲「聖僧」。《高僧傳》卷五《釋道安傳》：「安常注諸經，恐不合理，乃誓曰：『若所説不堪遠理，願見瑞相。』乃夢見胡道人，頭白眉毛長，語安云：『君所注經，殊合道理。我不得入泥洹，住在西域，當相助弘通，可時時設食。』後《十誦律》至，遠公乃知和上所夢賓頭盧也。於是立座飯之，處處成則。」《道宣律師感通録》：「豈惟五臺，今終南山、太白、太華，五岳名山，皆有聖人，爲住佛法，處處有之。人有供設，必須預請，七日已前，在静室内安置壇座，燒香列疏，閉户祈求，無不感應，至時來赴，凡聖難知。若不爾者，緣請既多，希來至飯。今時有作賓頭盧聖僧像立房供養，亦是一途。然須别地空座前置椀鉢，至僧食時，令大僧爲受，不得僧家槃槿設之，以凡聖雖殊，俱不觸僧食器。至俗家則俗所設，若不前置静室等者，止可諸餘聖衆或可降臨。以三天下同一供養，隨緣别赴，此賓頭盧難一遭遇。」《宋高僧傳》卷一二《唐洛京廣愛寺從諫傳》：「洛中有請諫設食，必排位對賓頭盧尊者，其爲人之欽奉皆此類矣。」可知齋家供僧，皆虚設賓頭盧之尊位，而賓頭盧亦時顯徵感。道宣《集神州三寶感通録》卷下：「琳又設聖僧齋，鋪新帛於牀上。齋畢見帛上有人跡，皆長三尺，衆咸服其徵感。」更多的傳説，則是賓頭盧示現老僧形象，上門赴齋。《太平廣記》卷一〇〇《長樂村聖僧》（出《紀聞》）：「開元二十二年，京城東長樂村有人家，素敬佛教，常給僧食。忽於途中得一僧座具，既無所歸，至家則寶之。後因設齋，以爲聖僧座。齋畢衆散，忽有一僧扣門請飡。主人曰：『師何由知弟子造齋而來此也？』僧曰：『適到滻水，見一老師坐水濱，洗一座具，口仍怒曰：「請我過齋，施錢半於衆僧，汙我座具，苦老身自浣之。」吾前禮謁，老僧不止，因問之曰：「老闍梨何處齋來？何爲自澣？」僧具言其由，兼示其家所在，故吾此來。』主人大驚，延僧進户。先是聖僧座，座上有羹汁翻汙處。主人乃告僧曰：『吾家貧，卒辦此齋，施錢少，故衆僧皆三十，佛與聖僧各半之。不意聖僧親臨，而又汙其座具。愚戇盲冥，心既差別，又不謹慎於進退，皆是吾之過也。』」賓頭盧羅漢遊行人間時，常化作衣服弊壞之貧窮老僧，故常被「取相」的俗家排斥驅逐，即是寒山詩所云「趂却閑和尚」也。據《請賓頭盧法》：「天竺國有優婆塞國王長者，若設一切會，常請賓頭盧頗羅墮誓阿羅漢。賓頭盧者，字也；頗羅墮誓者，姓也。其人爲樹提長者現神足故，佛擯之不聽涅槃，敕令爲末法四部衆作福田。請時於静處燒香禮拜，向天竺摩梨山至心稱名，言：『大德賓頭盧頗羅墮誓受佛教敕，爲末法人作福田，願受我請，於此處食。』若新作屋舍，亦應請之，言：『願受我請，於此舍床敷止宿。』若普請衆僧澡浴時，亦應請之，言：『願受我請，於此洗浴。』及未明前，具香湯浄水澡豆楊枝香油，調和冷暖，如人浴法。開户請入，然後閉户。如人浴訖頃，衆僧乃入。凡會食澡浴，要須一切請僧至心求解脱，不疑不昧，信心清浄，然後可屈。近世有一長者，聞説賓頭盧阿羅漢受佛教敕，爲末法人作福田，即如法施設大會，至心請賓頭盧，氍毹下遍布華，欲以驗之。大衆食訖，發氍毹，華皆萎，懊惱自責，不知過所從來。更復精竭，審問經師，重設大會如前，華亦復皆萎。復更傾竭，盡家財産，復作大會，猶亦如前，懊惱自責，更請百餘法師，求請所失，懺謝罪過。始向上座一人年老，四布悔其愆咎。上座告之：『汝三會請我，我皆受請，汝自使奴門中見遮，以我年老衣服弊壞，謂是被擯賴提沙門，不肯見前。我以汝請，欲强入，汝奴以杖打我頭破，額右角瘡是。第二會亦來，復不見前，我又欲强入，復打我頭，額中瘡是。第三會亦來，如前被打頭，額左角瘡是。皆汝自爲之，何所懊惋！』言已不現，長者乃知是賓頭盧。自爾以來，諸人設福，皆不敢復遮門。若得賓頭盧，其坐華即不萎。若新立房舍床榻，欲請賓頭盧時，皆當香湯灑地，燃香油燈，新床新褥奮綿敷之，以白練覆綿上，初夜如法請之，還閉房户，慎勿輕慢闚看，皆各至心信其必來，精誠感徹，無不至也。來則褥上現有卧處，浴室亦現用湯水處。受大會請時，或在上坐，或在中坐，或在下坐，現作隨處僧形。人求其異，終不可得。去後見坐處華不萎，乃知之矣。」類似賓頭盧羅漢被勢利俗人輕侮的故事，中土亦屢有流傳。如《法苑珠林》卷四二《受請篇·感應緣》引《冥祥記》：「晉司空廬江何充，字次道，弱而信法，心業甚精。常於齋堂置一空座，筵帳精華，絡以珠寶，設之積年，庶降神異。後大會，道俗甚盛。坐次一僧，容服麁垢，神情低陋，出自衆中，逕升其座，拱默而已，無所言説。一堂怪駭，謂其謬僻。充亦不悦，嫌於顔色。及行中食，此僧飯於高座。飯畢提鉢出堂，顧謂充曰：『何侯徒勞精進。』因擲鉢空中，陵空而去。充及道俗馳遽觀之，光儀偉麗，極目乃没。追共惋恨，稽懺累日。」《善慧大士語録》卷二：「如昔有人，作好飲食，供養聖僧。爾時聖僧化作凡僧形像，來食其食。主人見即罵辱，言：『我本供養聖僧，不知上人何得受我供養！』然只此上人是聖僧身，主人自不識耳。」敦煌遺書中保存有多道請賓頭盧疏文，如斯四六三二曹元忠請賓頭盧疏、斯六四二四開寶八年十月請賓頭盧疏、斯五六九六淳化三年八月親從都頭陳守定請賓頭盧頗羅墮上座疏等。倘知寒山此詩之「羅漢」即是指賓頭盧聖僧，則此首後半大意，當可確實領會矣。

我今稽首禮①

我今稽首禮〔一〕，無上法中王〔二〕。慈悲大喜捨〔三〕，名稱滿十方〔四〕。衆生作依怙〔五〕，智慧身金剛〔六〕。頂禮無所著〔七〕，我師大法王。（一六〇）

【校勘】

①宮内省本、正中本、四庫本無此首。全唐詩本以此首聯上首合爲一首，詩後夾注「一本無我法以下十句」。按「我法以下十句」指上首末二句「我法妙難思，天龍盡迴向」及此首八句也。

【箋注】

〔一〕稽首禮：佛教致敬的禮節，屈首至地，以兩掌伸向被禮者之兩足，表示歸命。《釋門歸敬儀》卷下：「一曰稽首拜，謂臣拜君之拜也。稽訓爲稽計奚反，即久稽留，停頭至地少久也。」

〔二〕無上法中王：即末句之「大法王」，對佛的尊稱。《無量壽經》卷下：「佛爲法王，尊超衆聖，普爲一切人天之師。」《維摩詰經・佛國品》:「已於諸法得自在,是故稽首此法王。」《釋迦方誌》卷上:「凡人極位,名曰輪王;聖人極位,名曰法王。」寒山詩〇九〇首:「勸君求出離,認取法中王。」參看該首注〔七〕。

〔三〕慈悲大喜捨:按佛教稱「慈」、「悲」、「喜」、「捨」爲「四無量心」,即佛、菩薩爲普度衆生,所具備之四種精神。《大般涅槃經》卷二五:「云何菩薩親近四事?謂四無量心。何等爲四?一者大慈,二者大悲,三者大喜,四者大捨。因是四心能令無量無邊衆生發菩提心,是故菩薩繫心親近。」《法門名義集》:「四無量心:慈無量、悲無量、喜無量、捨無量。慈能與樂饒益,名之爲慈;慈緣不局,稱爲無量。悲愍救苦厄,名之爲悲。喜慶彼得,名之爲喜。捨能亡憎愛,心會平等,離前三心,不著於相,名之爲捨。無量之義,皆如前釋。」

〔四〕十方:四方(東、西、南、北)、四維(東南、西南、東北、西北)及上、下之總稱,以言一切世界。

〔五〕依怙:依賴,依靠。《雜寶藏經》卷二:「父母居家,都以死盡,無所依怙,是以窮乏。」《妙法蓮華經・觀世音菩薩普門品》:「觀世音浄聖,於苦惱死厄,能爲作依怙,具一切功德,慈眼視衆生,福聚海無量,是故應頂禮。」

〔六〕身金剛:按「金剛」即鑽石。《太平御覽》卷八一三引《南州異物志》:「金剛,石也,其狀如珠,堅利無匹。」《翻譯名義集》卷三《七寶篇・跋折羅》條引《起居注》:「晉武帝十三年,燉煌有人獻金剛寶,生於金中,色如紫石英,狀如蓄麥(麥),百煉不消,可以切玉如泥。」佛經因此以「金剛身」稱如來法身不生不滅、永不沮壞。《大般涅槃經》卷二：「如來之身，猶真金剛，色如琉璃，真實難壞。」《注維摩詰經·弟子品》：「如來身者，金剛之體。」什曰：「小乘人骨金剛，肉非金剛也。大乘中内外金剛，一切實滿，有大勢力，無病處故。」生曰：「如來身無可損，若金剛也。」

〔七〕頂禮：以兩膝、兩肘及頭著地，以頭頂承接尊者之足，是佛教徒最尊崇的敬禮。《方廣大莊嚴經》卷一〇：「化樂天王説是偈已，與諸天衆頂禮佛足，却住一面。」《釋門歸敬儀》卷下：「經律文中多云頭面禮足，或云頂禮佛足者，我所高者頂也，彼所卑者足也，以我所尊，敬彼所卑者，禮之極也。」　無所著：佛的尊號。《長阿含經》卷二：「歡喜信佛、如來、無所著、等正覺，十號具足。」道宣《四分律删繁補闕行事鈔》卷下三：「由見形象，口自稱號：南無如來、無所著，至真等正覺。」

可貴天然物

可貴天然物〔一〕，獨一①無伴侣〔二〕。覓他不可見，出入無門户。促之在方寸〔三〕，延之一切處〔四〕。你若不信受②〔五〕，相逢不相遇〔六〕。（一六一）

【校勘】

①「一」，宫内省本、四庫本作「立」，全唐詩本夾注「一作立」。　②「受」，全唐詩本作「愛」。

【箋注】

〔一〕天然物：指衆生天生具足之佛性，以其天然自足，故稱爲「天然物」。按「天然」即天生自然。《莊子・齊物論》郭象注：「自己而然，則謂之天然。天然耳，非爲也，故以天言之。以天言之，所以明其自然也。」

〔二〕獨一無伴侣：《大般涅槃經》卷五：「又解脱者，名爲寂静，純一無二，如空野象，獨一無侣。解脱亦爾，獨一無二。獨一無二，即真解脱；真解脱者，即是如來。」僧肇《寶藏論》：「夫真也者，無洲無渚，無伴無侣，無涯無際，無處無所。」《祖堂集》卷一九《香嚴和尚》：「只摩尋常，不用造作，獨脱現前，不帶伴侣。」《景德傳燈録》卷三〇道吾和尚《樂道歌》：「閑卧孤峰無伴侣，獨唱無生一曲歌。」按《宗鏡録》卷九七引吉州思和尚云：「平等即佛，佛即平等，不以平等更行平等，故云獨一無伴。」

〔三〕促：收攏，縮小。《抱朴子外篇・廣譬》：「大川不能促其涯以適速濟之情，五岳不能削其峻以副陟者之欲。」　方寸：指心。按「方寸」謂一寸見方，言其狹小。《太平廣記》卷二〇九《程邈已下》（出王僧虔《名書録》）：「宜官爲大字方一丈，小字方寸千言。」古人以爲心之爲地，方寸而已，故以「方寸」稱心，見一五九首注〔三〕。

〔四〕延：伸延，擴展。《書・吕刑》：「蚩尤惟始作亂，延及于平民。」按《淮南子・原道》：「夫道者，……舒之幎於六合，卷之不盈於一握。」《弘明集》卷一牟融《理惑論》：「四表爲大，綩綖其外，毫釐爲細，間關其内，故謂之道。」《抱朴子内篇·道意》：「以言乎邇，則周流秋毫而有餘焉；以言乎遠，則彌綸太虚而不足焉。」唐太宗《三藏聖教序》：「大之則彌於宇宙，細之則攝於毫釐。」《龐居士語録》卷下：「舒即周流十方刹，歛時還在一毛端。」《祖堂集》卷三載懶瓚和尚《樂道歌》：「更有一語，無過直與，細如毫末，本（大）無方所。」又卷九《落浦和尚》載《神劍歌》：「展則周遍法界中，收乃還歸一塵裏。」《景德傳燈録》卷三《第二十八祖菩提達磨》載波羅提説偈：「遍現俱該沙界，收攝在一微塵。識者知是佛性，不識唤作精魂。」又卷三〇關南長老《獲珠吟》：「唯有摩訶般若堅，猶若金剛不可讚，輭似兜羅大等空，小極微塵不可見。」《鎮州臨濟慧照禪師語録》：「道流，爾欲得如法，但莫生疑。展然彌綸法界，收則絲髮不立。」皆與寒山詩「促之在方寸，延之一切處」類似。

〔五〕信受：相信，信奉。寒山詩〇八九首亦云：「不肯信受寒山語，轉轉倍加業汩汩。」

〔六〕相逢不相遇：按《景德傳燈録》卷三《第二十八祖菩提達磨》：「王曰：『師見性否？』答曰：『我見佛性。』王曰：『性在何處？』答曰：『性在作用。』王曰：『是何作用？我今不見。』答曰：『今見作用，王自不見。』」即是「相逢不相遇」之例。

《宗鏡録》卷九：「語默卷舒，常順一真之道；治生産業，不違實相之門。運用施爲，念念而未離法界；行住坐卧，步步而常在其中。若不信之人，對面千里。如寒山子云：『可貴天然物，獨一無伴侣。促之在方寸，延之一切處。汝若不信受，相逢不相遇。』如明達之者，寓目關懷，悉能先覺。若未遇之子，可以事知，舉動施爲，未嘗間斷。」《南石文琇禪師語録》卷一：「上堂：可貴天然物，獨一無伴侣。覓他不可見，出入無門户。促之在方寸，延之一切處。你若不信受，相逢不相遇。寒山子來也，不審，不審！」

余家有一窟

余家有一窟，窟中無一物〔一〕。浄①潔空堂堂〔二〕，光華明日日〔三〕。蔬食養微軀〔四〕，布裘遮幻質〔五〕。任你千聖現〔六〕，我有天真佛〔七〕。（一六二）

【校勘】

①「浄」，正中本、高麗本作「清」。

【箋注】

〔一〕無一物：《壇經》載六祖傳法偈：「菩提本無樹，明鏡亦非臺，本來無一物，何處惹塵埃。」「無一物」比喻萬法皆空、一切俱寂，了無一物可以執著之境界。如《小室六門·心經頌·心無罣礙》：「解脱心無閡，意若太虚空。四維無一物，上下悉皆同。來往心自在，人法不相逢。訪道不見物，任運出煩籠。」《龐居士語録》卷中：「余爲田舍翁，世上最貧窮。家中無一物，啓口説空空。」《祖堂集》卷二〇《五冠山瑞雲寺和尚》：「證理成佛者，知識言下迴光返照自己心原，本無一物，便是成佛，不從萬行漸漸而證，故云證理成佛。」《景德傳燈録》卷五《信州智常禪師》：

「汝之本性，猶如虚空，返觀自性，了無一物可見，是名正見；無一物可知，是名真如。無有青黄長短，但見本源清浄，覺體圓明，即名見性成佛，亦名極樂世界，亦名如來知見。」又卷二九牛頭山初祖法融禪師《心銘》：「實無一物，妙智獨存。」又卷三〇《一鉢歌》：「亦無魔，亦無佛，三世本來無一物。」

〔二〕堂堂：高大明敞貌。《釋名·釋宫室》：「堂，猶堂堂，高顯貌。」《史記·滑稽列傳》：「以楚國堂堂之大，何求不得？」貫休《古塞下曲七首》之三：「漢月堂堂上，胡雲慘慘微。」

〔三〕光華：光芒，光明。白居易《秋懷》：「月出照北堂，光華滿階墀。」　明日日：形容光明。《宗鏡録》卷三引此句作「皎皎明如日」。按「明如日」之語，如《祖堂集》卷九《九峰和尚》：「聖迷黑似漆，凡迷明如日。」《汾陽無德禪師語録》卷下《又柱杖歌》：「印群心，明如日，未辨正邪莫啾唧。」《明覺禪師語録》卷一：「棒頭有眼明如日，要識真金火裏看。」

〔四〕蔬食：「蔬」同「蔬」。以蔬菜代替糧食充飢稱爲「蔬食」，又以蔬爲菜，斷絶葷腥亦稱「蔬食」。《太平御覽》卷五一五引《東觀漢記》曰：「趙孝字長平。建武初，穀食尚少，孝得穀，炊將熟，令弟禮夫妻出。比還，孝夫妻共蔬食。禮夫妻歸，輒獨飯之。積久，禮心怪之，疑，後掩伺見之，亦不肯食，遂共蔬食。兄弟怡怡，鄉里歸德。」以上「蔬食」謂以蔬菜充飢。《高僧傳》卷一二《宋臨川招提寺釋慧紹》：「小兒時，母哺魚肉輒吐，咽菜不疑，於是便蔬食。」《南齊書·周顒傳》：「清貧寡欲，終日長蔬食，雖有妻子，獨處山舍。衛將軍王儉謂顒曰：『卿山中何所食？』顒曰：

『赤米白鹽,緑葵紫蓼。』」文惠太子問顒:『菜食何味最勝?』顒曰:『春初早韭,秋末晚菘。』」王維《戲贈張五弟諲三首》之三:「吾生好清浄,蔬食去情塵。」《太平廣記》卷一〇六《薛嚴》(出《報應記》):「蔬食長齋,日念《金剛經》三十遍。」以上「蔬食」,皆謂以蔬爲菜,斷絶葷腥。

〔五〕布裘:布袍。《太平廣記》卷四八四《李娃傳》(出《異聞集》):「被布裘,裘有百結,繿縷如懸鶉。」《宋高僧傳》卷二五《唐蘄州廣濟縣清著禪院慧普傳》:「躬刀耕火種,趣足而已,卉服布裘,度其伏臘。」　幻質:指身軀。按「質」即身體,見後一九七首注〔二〕。佛教認爲人身虚幻非實,稱爲「幻質」。《汾陽無德禪師語録》卷下:「余今六十一,白髮相催出。幻質比浮雲,空心同祖佛。」敦煌本《維摩詰經講經文》:「便令證得解脱身,拋却形軀虚幻質。」《古尊宿語録》卷三九《智門祚禪師語録》:「老僧本志弊衣遮幻質,糲食補飢瘡。」宋釋延壽《萬善同歸集》卷上:「一生苦者,攬精血爲體,處生熟藏中,四十二變而成幻質。」又《宗鏡録序》:「除病眼而重光自消,息幻質而虚影當滅。」按寒山詩「蔬食養微軀,布裘遮幻質」乃清貧寡欲生活之寫照,白居易《永崇里觀居》亦云:「朝飢有蔬食,夜寒有布裘。幸免凍與餒,此外復何求。」

〔六〕任你千聖現:《祖堂集》卷一六《南泉和尚》:「南泉山下有僧住庵,有人向他道:『此間有南泉,近日出世,何不往彼中禮拜去?』庵僧曰:『任你千聖現,我終不疑得。』」「千聖」即千佛,佛教稱過去、現在、未來三劫各有千佛出世。《法苑珠林》卷八《千佛篇·出時部》引《藥王藥上經》云:「其千人者,華光佛爲首,下至毗舍浮佛,於莊嚴劫得成爲佛,過去千佛是也。此中千佛者，拘留孫佛爲首，下至樓至如來，於賢劫中次第成佛。後千佛者，日光如來爲首，下至須彌相佛，於星宿劫中當得成佛。」寒山詩之「千聖」，指除「心佛」以外之一切佛。《景德傳燈録》卷一六《洪州上藍令超禪師》：「僧問：『如何是上藍本分事？』師曰：『不從千聖借，豈向萬機求？』」又卷二四《杭州仁王院俊禪師》：「向上一路，千聖不傳。」《緇門警訓》卷七黄蘗禪師《示衆》：「到遮裏説甚麽閻羅老子，千聖尚不奈爾何。」

〔七〕天真佛：即「心佛」，禪宗以爲佛不在外，而在本源自性，天然具足，不假造作，即是「天真佛」。玄覺《證道歌》：「法身覺了無一物，本源自性天真佛。」《普菴印肅禪師語録》卷中《頌證道歌》：「本元自性天真佛，一體無邊含萬物，迷時只道有西天，悟來當甚乾蘿蔔。」《石霜楚圓禪師語録》：「法身覺了無一物，唯有聽法説法，虚玄大道，無著真宗，故曰本源自性天真佛。」《宗鏡録》卷九：「又此心能成一切，能壞一切，成則頓成天真之佛。」又卷一六：「祖佛同指此心而成於佛，亦名天真佛、法身佛、性佛、如如佛。」紫陽真人張伯端《悟真篇外集·採珠歌》：「法身即是天真佛，亦非人兮亦非物，浩然充塞天地間，只是希夷並恍惚。」《無見先覩禪師語録》卷下《和永明禪師韻》：「終朝兀坐似癡呆，無倚無依實暢哉。白髮滿頭難再黑，青春過眼易重來。燕辭社去如相約，蜂爲花忙似有媒。未盡餘齡隨所住，天真佛不假蓮胎。」《天如惟則禪師語録》卷三《示昱藏主》：「佛祖無上妙道，初非强生節目，且非異端揑怪，又非甚高難行之事，只是你日用常行，見成受用底。强而名之，唤作自性天真佛，又唤作自己主人公。」《景德傳燈録》卷二六《福州廣平院守威宗一禪師》：「問：『古人云：任汝千聖見，我有天真佛。如何是天真佛？』師曰：『千聖是弟(佛)。』」《萬善同歸集》卷中：「問：『《思益經》云：「入正位者，不從一地至十地。」《楞伽經》云：「寂滅真如，有何次第？」古德云：「寧可永劫沉淪，終不求諸聖解脱。」又云：「任汝千聖現，我有天真佛。」何乃揑目生華，强分行位？』」《宗鏡録》卷三一：「以要言之，一切世、出世間諸法，悉皆無有。如《首楞嚴經》云：『知見立知，即無明本。知見無見，斯即涅槃。』無漏真淨，云何是中更容他物？如上所説，世間生死出世涅槃等無量差别之名，皆從知見文字所立。若無知見文字，名體本空，於妙明心中，更有何物？如六祖偈云：『菩提亦非樹，明鏡亦非臺，本來無一物，何用拂塵埃。』融大師云：『至理無詮，非解非纏。靈通應物，常存目前。目前無物，無物宛然。不用人致，體自虚玄。』又云：『無物即天真，天真即大道。』寒山子詩云：『寒山居一窟，窟中無一物。淨潔空堂堂，皎皎明如日。糲食資微軀，布裘遮幻質。任汝千聖現，我有天真佛。』」

男兒大丈夫

男兒大丈夫〔一〕，作事莫莽鹵〔二〕。勁挺鐵石心〔三〕，直取菩提路〔四〕。邪路不用行〔五〕，行之枉辛苦。不要求佛果，識取心王主〔六〕。（一六三）

【箋注】

〔一〕男兒大丈夫：《古尊宿語録》卷四四《寶峰雲庵真浄禪師住金陵報寧語録》三：「彼此男兒大丈夫，勸君莫咬他人語。」按「男兒」、「大丈夫」本義皆指男子漢。高適《燕歌行》：「男兒本自重横行，天子非常賜顔色。」白居易《早冬遊王屋自靈都抵陽臺上方望天壇偶吟成章（略）》：「二人相顧言，彼此稱男兒。若不爲松喬，即須作臯夔。」羅隱《始皇陵》：「六國英雄漫多事，到頭徐福是男兒。」花蕊夫人《述國亡詩》：「十四萬人齊解甲，寧無一箇是男兒。」《論衡·氣壽》：「人形一丈，正形也，名男子爲丈夫。」《孟子·滕文公下》：「居天下之廣居，立天下之正位，行天下之大道，得志與民由之，不得志獨行其道，富貴不能淫，貧賤不能移，威武不能屈，此之謂大丈夫。」皮日休《李太尉》：「所謂大丈夫，動合驚乾坤。」佛教則以修道勇猛精進者爲「大丈夫」。《唐國史補》卷上：「崔趙公嘗問徑山曰：『弟子出家得否？』答曰：『出家是大丈夫事，非將相所爲也。』」《荷澤神會禪師語録》：「縱使恒沙佛來，亦無一念喜心；縱見恒沙衆生一時俱滅，亦不起一念悲心者，此是大丈夫，得空平等心。」貫休《山居詩二十四首》之六：「如斯標致雖清拙，大丈夫兒合自由。」敦煌遺書伯三四〇九載《行路難》：「逆順平等一如如，是故名爲大丈夫。」

〔二〕莽鹵：馬虎，輕易。柳宗元《酬韶州裴曹長使君寄道州吕八大使因以見示二十韻》：「食貧甘莽鹵，被褐謝斕斒。」敦煌本《父母恩重經講經文》：「迴乾就濕是尋常，乳哺三年非莽鹵。」倒文則作「鹵莽」。《莊子·則陽》:「君爲政焉勿鹵莽,治民焉勿滅裂。」郭象注:「鹵莽滅裂,輕脱末略,不盡其分。」張籍《胡山人歸王屋因有贈》:「此生已是蹉跎去,每事應從鹵莽休。」《舊唐書·柳玭傳》:「亦由農夫鹵莽而種,而怨天澤之不潤,雖欲弗餒,其可得乎?」

〔三〕鐵石心:形容意志堅定。《三國志·魏書·武帝紀》裴注引《魏武故事》載令曰:「領長史王必,是吾披荆棘時吏也。忠能勤事,心如鐵石,國之良吏也。」《北史·節義傳》:「非夫内懷鐵石之心,外負陵霜之節,孰能行之若命,赴蹈如歸者乎!」孟郊《擇友》:「若是傚真人,堅心如鐵石。不諂亦不欺,不奢復不溺。」敦煌本《伍子胥變文》:「意若風雲,心如鐵石,恒懷匪懈,宿夜兢兢。」《圓悟佛果禪師語録》卷二:「誓奮鐵石心,仰答丘山惠。」《古尊宿語録》卷三八《襄州洞山第二代初禪師語録》:「問:『鐵石之心如何去得?』師云:『張良下殿走。』」黄庭堅《鐵羅漢頌》:「吴兒鐵人石心,吾不信也,二老者真鐵石也。」又《戲答劉文學》:「問君底事向前去,要試平生鐵石心。」

〔四〕菩提路:按「菩提」即「覺悟」之音譯,「菩提路」即覺悟之路。《宗鏡録》卷二三:「能於此心,具足道品,得菩提路。」《緇門警訓》卷二大唐慈恩法師《出家箴》:「佛真經,十二部,縱横指示菩提路。」拾得詩〇六首:「盡登無上道,俱證菩提路。」

〔五〕邪路:不正之路,相對於上句「菩提路」而言。按上句「直取菩提路」説的是明心見性,立地成佛,則此處「邪路」即指積漸修行,向外求佛,故下句云「不要求佛果」,蓋「求佛果」即是所謂「邪路」也。

〔六〕識取：即認識。「取」是用在動詞後的助詞，見○九○首注〔七〕。《祖堂集》卷五《石室和尚》：「任摩你和尚遍天下盡是舍利去，總不如當時識取石室行者兩句語。」又卷一五《大梅和尚》：「汝但識取汝心，無法不備。」又卷一九《臨濟和尚》：「五陰身田内有無位真人，堂堂露現，無毫髮許間隔，何不識取？」《景德傳燈録》卷一九《韶州雲門文偃禪師》：「汝欲得識麽？向這裏識取。」又卷二六《杭州龍華寺慧居禪師》：「僧問：『學人未明自己，如何辨得淺深？』師曰：『識取自己眼。』」

心王：按「心」爲認識作用之主體、一身之主宰，故喻之爲王，稱爲「心王」。《大般涅槃經》卷一：「是身如城，血肉筋骨，皮裹其上，手足以爲却敵樓櫓，目爲竅孔，頭爲殿堂，心王處中。」白居易《身報心》：「心是身王身是宫，君今居在我宫中。」元稹《悟禪三首寄胡果》之一：「近聞胡隱士，潛認得心王。」《龐居士語録》卷下：「貪瞋癡若盡，便是世尊兒，無煩問師匠，心王應自知。」《景德傳燈録》卷三〇傅大士《心王銘》：「心王亦爾，身内居停，面門出入，應物隨情，自在無礙，所作皆成。了本識心，識心見佛，是心是佛，是佛是心，念念佛心，佛心念佛，欲得早成，戒心自律，淨律淨心，心即是佛，除此心王，更無別佛。」《宗鏡録》卷六：「又凡立真妄，皆是隨他意語，化門中收。若頓見性人，誰論斯事。如今不直悟一心者，皆爲邪曲。設外求佛果者，皆不爲正。如寒山子詩云：『男兒大丈夫，作事莫莽鹵。徑挺鐵石心，直取菩提路。邪道不用行，行之轉辛苦。不用求佛果，識取心王主。』是知若見有法可求有道可行，皆失心王自宗之義。若直入宗鏡，萬事休息；凡聖情盡，安樂妙常。離此起心，皆成疲苦。」

粵自居寒山

粵自居寒山〔一〕，曾經幾萬載。任運遯林泉〔二〕，棲遲觀自在〔三〕。寒巖①人不到，白雲常靉靆②。細草作卧褥，青天爲被蓋〔四〕。快活枕石頭〔五〕，天地任變改。（一六四）

【校勘】

①「寒巖」，宫内省本、四庫本作「巖中」。②「靉靆」，島田翰本作「靉靉」。

【箋注】

〔一〕粵自：自從。玄奘《謝述聖記啓》：「玄奘志窮佛道，誓捐軀命，粵自東夏，願至西方。」按「粵」爲用於句首的語助詞，不爲義。《漢書·翟方義傳》「粵天輔誠」，顔師古注：「粵，辭也。」義浄《南海寄歸内法傳序》：「出煩惱流，登涅槃岸者，粵我大師釋迦世尊矣。」孟浩然《田園作》：「粵余任推遷，三十猶未遇。」皮日休《三羞詩三首》之三：「粵吾何爲人，數畝清溪湄。」

〔二〕任運：順其自然，任隨命運安排。《宋書·王景文傳》：「有心於避禍，不如無心於任運。」《魏書·楊椿傳》：「時人助其憂怖，或有勸椿攜家避禍。椿曰：『吾内外百口，何處逃竄？正當坐任運耳。』」白居易《贈江州李十使君員外十二韻》：「我本江湖上，悠悠任運身。」　遯林泉：

隱居於山林。「林泉」即指隱居之所。駱賓王《疇昔篇》：「自有林泉堪隱棲，何必山中事丘壑。」李白《少年行》：「衣冠半是征戰士，窮儒浪作林泉民。」白居易《歲暮》：「名宦意已矣，林泉計何如？擬近東林寺，溪邊結一廬。」

〔三〕棲遲：遊息。《詩・陳風・衡門》：「衡門之下，可以棲遲。」毛傳：「棲遲，遊息也。」《南史・趙僧巖傳》：「後忽爲沙門，棲遲山谷，常以一壺自隨。」孟浩然《秋登張明府海亭》：「予亦將琴史，棲遲共取閒。」鄭巢《題崔行先石室別墅》：「山空水繞籬，幾日此棲遲。」寒山詩二九五首：「棲遲寒巖下，偏訝最幽奇。」　觀自在：按「自在」即無礙，謂自由自在，無罣無礙。「觀自在」謂以智慧觀照真如之境，出入自由，圓融無礙。玄覺《證道歌》：「不見一法即如來，方得名爲觀自在。」《祖堂集》卷三《司空山本淨和尚》：「見聞覺知無障礙，聲香味觸常三昧。如鳥空中只没飛，無取無捨無憎愛。若會應處本無心，方得名爲觀自在。」

〔四〕被蓋：即被子，卧時用以覆身者。《景德傳燈録》卷一七《撫州曹山本寂禪師》：「問：『親近什麽道伴，即得常聞於未聞？』師曰：『同共一被蓋。』」《寶覺祖心禪師語録》：「僧問：『達磨九年面壁，意旨如何？』師曰：『身貧無被蓋。』」《續古尊宿語要》卷三《保寧勇禪師語録》：「衹有一條黑漆主（拄）杖，更不囊藏被蓋。」按劉伶《酒德頌》：「幕天席地，縱意所如。」李白《友人會宿》：「醉來卧空山，天地即衾枕。」白居易《和望曉》：「草鋪地茵褥，雲卷天幃幔。」又《和新樓北園偶集（略）》：「天地爲幕席，富貴如泥沙。」皆與寒山詩「細草作卧褥，青天爲被蓋」二句意境相似。

〔五〕枕石頭：以石爲枕，古人用以表現隱居之趣。曹操《秋胡行》：「遨遊八極，枕石漱流飲泉。」《三國志·蜀書·彭羕傳》：「伏見處士緜竹秦宓，膺山甫之德，履雋生之直，枕石漱流，吟詠緼袍，偃息於仁義之途，恬惔於浩然之域。高概節行，守真不虧，雖古人潛遁，蔑以加旃。」《廣弘明集》卷四彦琮《通極論》：「藉茅枕石，落髮灰心。」白居易《秋山》：「白石卧可枕，青蘿行可攀。」李端《題崔端公園林》：「抱琴看鶴去，枕石待雲歸。」貫休《寄僧野和尚》：「白頭寒枕石，青衲爛無塵。」《全唐詩》卷七八四太上隱者《答人》：「偶來松樹下，高枕石頭眠。山中無曆日，寒盡不知年。」敦煌遺書斯五六九二《山僧歌》：「山中軟草以爲衣，齋餐松柏隨時飽。卧崖龕，石枕腦，一抱亂草爲衣襖。」

可重是寒山①

可重是寒山〔一〕，白雲常自閑〔二〕。猨啼暢道内〔三〕，虎嘯出人間。獨步石可履，孤吟藤好攀。松風清颯颯〔四〕，鳥語聲喧喧〔五〕。（一六五）

【校勘】

①按宫内省本無此首。拾得詩五四首與本詩部分詩句相同或相近。

【箋注】

〔一〕可重：可貴。顧況《李供奉彈箜篌歌》：「實可重，不惜千金買一弄。銀器胡瓶馬上馱，瑞錦輕羅滿車送。」

〔二〕白雲常自閑：按「閑」字形容白雲舒緩悠閑，古人常以「白雲閑」比喻自在無心的境界。如《大唐新語》卷一〇《釐革》載李昂詩：「耳臨清渭洗，心向白雲閑。」温庭筠《地肺山春日》：「幾時拋俗事，來共白雲閒。」劉昭禹《經費冠卿舊隱》：「聖主情何切，孤雲性本閒。」可止《寄積麥山會如長老》：「青檜行時静，白雲禪處閒。」靈一《贈靈澈禪師》：「何時共到天台裏，身與浮雲處處閒。」

〔三〕猨啼暢道内：按拾得詩五四首有句云「猨啼唱道曲」，疑寒山詩「内」字是「曲」字形誤，「暢道曲」是歌唱禪悦生活的歌曲。「暢道」爲詞，如敦煌遺書斯五六九二《山僧歌》：「獨隱山，實暢道，更無諸事亂相撓。」敦煌本《佛説觀彌勒菩薩上生兜率天經講經文》：「免於花下生他意，唯向雲間暢道情。」

〔四〕松風：猶云「松濤」，風吹松樹之聲。《南史·陶弘景傳》：「特愛松風，庭院皆植松，每聞其響，欣然爲樂。」張令問《與杜光庭》：「一壺美酒一爐藥，飽聽松風白晝眠。」

〔五〕喧喧：《吴山浄端禪師語録》卷下《勸學》：「春日閑閑，鳥聲喧喧。」按「喧喧」同「關關」，鳥鳴聲。《玉篇》：「喧，關關，和鳴也。或爲喧。」《詩·周南·關雎》：「關關雎鳩，在河之洲。」令狐楚《賦山》：「古巖泉滴滴，幽谷鳥關關。」盧仝《寄贈含曦上人》：「春鳥嬌關關，春風醉旎旎。」

閑自訪高僧

閑自訪高僧，煙山萬萬層。師親指歸路〔一〕，月掛一輪燈〔二〕。（一六六）

【箋注】

〔一〕師：對僧人的稱呼。《太平廣記》卷一〇四《李虛》（出《紀聞》）：「有二僧來至殿前，王問：『師何所有？』」又卷一一三《張應》（出《法苑珠林》）：「應悟是地獄，欲呼師名，忘曇鎧字，但喚『和尚救我』！」

〔二〕一輪燈：《古尊宿語録》卷三七《鼓山先興聖國師和尚法堂玄要廣集》：「問：『九霄峰外月，室内一輪燈。如何是一輪燈？』師云：『岸谷無風，徒勞瞪目。』」按明月圓滿如輪，故云「一輪」。孟郊《讀張碧集》：「高秋數奏琴，澄潭一輪月。」月掛高空，照燭天下，故喻之爲燈。清李調元《井蛙雜記》卷一：「國初張三豐與僧廣海善，寓居於寺者七日，臨別贈詩云：『……密室晝閒雲作蓋，空亭夜静月爲燈。』」寒山詩二九二首亦云：「草座山家有，孤燈明月輪。」楚按，顧非熊《送僧歸洞庭》有云：「江山萬萬重，歸去指何峰。」意境與寒山此詩相似。

閑遊華頂上

閑遊華頂上〔一〕，日朗晝①光輝〔二〕。四顧晴空裏，白雲同鶴飛。（一六七）

【校勘】

①「日」，宫内省本、四庫本作「天」。「日朗晝」，全唐詩本夾注「一作大朗月」，按「大」應是「天」字形誤。

【箋注】

〔一〕華頂：即華頂峰，爲天台山最高峰。明傳燈《天台山方外志》卷三《華頂峰》：「在縣東北六十里十一都，天台第八重最高處。舊傳高一萬八千丈，周回一百里。少晴多晦，夏有積雪，可觀日之出入。中有洞，石色光明。登絶頂降魔塔，東望滄海，瀰漫無際，號望海尖。下瞰衆山，如龍虎盤踞、旗鼓布列之狀。草木薰郁，殆非人世。智者與白雲先生思修於此，有葛玄丹井，王羲之墨池，李太白書堂。台山九峰崒嵂，猶如蓮華，此爲華心之頂，故名。」又卷二一《文章考》載張存《遊華頂峰記》云：「所謂華頂者，以其峰頂上直華蓋星也。」與上説不同。唐人詠華頂者，如李紳《華頂》：「欲向仙峰煉九丹，獨瞻華頂禮仙壇。石標琪樹凌空碧，水挂銀河映月寒。天外鶴聲隨絳節，洞中雲氣隱琅玕。浮生未有從師地，空誦仙經想羽翰。」賈島《送鄭山人遊江湖》：「南遊衡嶽上，東往天台裏。足躡華頂峰，目觀滄海水。」靈澈《天姥岑望天台山》：「天台衆峰外，華頂當寒空。有時半不見，崔嵬在雲中。」

〔三〕日朗晝光輝：按華頂峰觀日出爲一勝景。《天台山方外志》卷二一載張存《遊華頂峰記》：「每夜半見海日初出，光射崗巒，如金芙蓉競秀，朝暮雲氣絪緼盤結，如幢如蓋，如車輪，彌覆其上，直疑天造地設而然，非人世有也。」

世有多事人

世有多事人〔一〕，廣學諸知見〔二〕。不識本真性〔三〕，與道轉懸遠〔四〕。若能明實相〔五〕，豈用陳虛願〔六〕。一念了自①心〔七〕，開佛之知見〔八〕。（一六八）

【校勘】

①「自」，正中本作「用」。

【箋注】

〔一〕多事人：《祖堂集》卷三懶瓚和尚《樂道歌》：「糧不畜一粒，逢飯但知餐。世間多事人，相趁渾不及。」按禪家提倡省事，反對多事，以多事之人煩惱亦多也。《釋氏要覽》卷上《出家人事務》：「《僧祇律》云：出家人當少事少務，莫爲世人譏嫌，失他善福。」王梵志詩三六六首：「多緣饒煩惱，省事得心安。」《祖堂集》卷一四《魯祖和尚》：「南泉和尚到，師便面壁而坐。南泉以手拍師背，師云：『你是阿誰？』泉云：『普願。』師云：『如何？』泉云：『也尋常。』師云：『汝何多事！』」外書《説苑・敬慎》亦云：「無多事，多事多患。」

〔二〕知見：知識見解。按禪宗以廣學知見爲無益，《善慧大士語録》卷三《行路難二十篇・第十八章明不思議佛母》：「昔日辛勤學知見，不知知見自無知。」《筠州黄蘗山斷際禪師傳心法要》：「例皆廣求知見，所以求知見者如毛，悟道者如角。」《楞伽師資記》：「大道本來廣遍，圓浄本有，不從因得，如似浮雲底日光，雲霧滅盡，日光自現，何用更多廣學知見，涉歷文字語言，覆歸生死道。」《祖堂集》卷四《招提和尚》：「大寂云：『你來何求？』對曰：『求佛知見。』大寂曰：『佛無知見，知見乃魔界耳。』」

〔三〕本真性：即是「本性」、「真性」，亦即人人本具之心性。佛教認爲人人本具之真性與佛菩薩之真性無別，故「本真性」亦即佛性。《楞嚴經》卷一：「此是前塵虚妄相想，惑汝真性。」《黄蘗斷際禪師宛陵録》：「若見性人，何處不是我之本性，所以六道四生山河大地，總是我之性浄明體。」《宗鏡録》卷四四：「方知窮子衣中寶，乃輪王髻裏珠；貧女室中金，是如來藏中物。何假高推極聖，自鄙下凡，一向外求，不能内省，枉功多劫，違背己靈，空滯行門，失本真性。」

〔四〕與道轉懸遠：距離佛道更加遥遠。《祖堂集》卷二《第二十祖闍夜多尊者》：「今此頭陀，不久當墮，與道懸遠。」《景德傳燈録》卷一九《韶州雲門山文偃禪師》：「你諸人更擬進步向前，尋言逐句，求覓解會，千差萬巧，廣設問難，只是贏得一場口滑，去道轉遠。」《法演禪師語録》卷中：「眼親手辦，未是惺惺；口辯舌端，與道轉遠。」按「轉」即更加之義。《法句譬喻經》卷二：「斯福如五河流入於大海，福流如是，世世不斷，是爲施多，其報轉多。」貫休《晚春寄吴融于競二侍郎》：「秪覺老轉老，不知閒是閒。」敦煌本《破魔變》：「與舊時之美質，轉勝於前。」《景德傳燈録》卷三〇牛頭山初祖法融禪師《心銘》：「分别凡聖，煩惱轉盛。」「懸遠」即遥遠。《妙法蓮華經·方便品》：「諸佛興初世，懸遠值遇難。正使出於世，説是法復難。」《大智度論》卷一〇：「百千種害，終不能傷，道里懸遠，欲令安隱故。」宗寶本《壇經·機緣品》：「經意分明，汝自迷背，諸三乘人，不能測佛智者，患在度量也。饒伊盡思共推，轉加懸遠。」

〔五〕實相：佛教所稱之宇宙本體，亦爲佛教之真理。僧肇《肇論·宗本義》：「本無、實相、法性、性空、緣會，一義耳。何則？一切諸法，緣會而生。緣會而生，則未生無有，緣離則滅。如其真有，有則無滅。以此而推，故知雖今現有，有而性常自空。性常自空，故謂之性空。性空故，故曰法性。法性如是，故曰實相。實相自無，非推之使無，故名本無。」《景德傳燈録》卷三〇荷澤大師《顯宗記》：「般若通秘微之光，實相達真如之境。」慧海《頓悟入道要門論》：「無一相可得者，即是實相。實相者，即是如來妙色身相也。」

〔六〕虚願：按「願」指成佛之誓願。《無量壽經》卷下：「十方來正士，吾悉知彼願，志求嚴浄土，受決當作佛。」云「虚願」者，蓋詩人以爲佛在自心，不假外求，故稱向外求佛之誓願爲「虚願」也。

〔七〕一念：一轉念間。《筠州黄蘗山斷際禪師傳心法要》：「然證此心有遲疾，有聞法一念便得無心者，有至十信十住十行十迴向乃得無心者，有至十地乃得無心者。長短得無心乃住，更無可修可證，實無所得，真實不虚。一念而得，與十地而得者，功用恰齊，更無深淺，祇是歷劫枉受辛勤耳。」了自心：謂了見自身心性。宗密《禪源諸詮集都序》卷一：「若不了自心，但執名教，欲求佛道者，豈不現見識字看經，元不證悟；銷文釋義，唯熾貪瞋邪？」

〔八〕開佛之知見：開示佛之智慧，顯彰實相之理。《妙法蓮華經·方便品》：「舍利弗，云何名諸佛世尊唯以一大事因緣故，出現於世？諸佛世尊欲令衆生開佛知見，使得清浄故，出現於世。欲示衆生佛之知見故，出現於世。欲令衆生悟佛知見故，出現於世。欲令衆生入佛知見道故，出現於世。舍利弗，是爲諸佛以一大事因緣故出現於世。」宗寶本《壇經·機緣品》：「經云：諸佛世尊，唯以一大事因緣出現於世。一大事者，佛之知見也。世人外迷著相，内迷著空，若能於相離相，於空離空，即是内外不迷。若悟此法，一念心開，是爲開佛知見。……汝今當信佛知見者，只汝自心，更無別佛，蓋爲一切衆生自蔽光明，貪愛塵境，外緣内擾，甘受驅馳，便勞他世尊，從三昧起，種種苦口，勸令寢息，莫向外求，與佛無二，故云開佛知見。吾亦勸一切人於自心中，常開佛之知見。世人心邪，愚迷造罪，口善心惡，貪嗔嫉妬，諂佞我慢，侵人害物，自開衆生知見。若能正心，常生智慧，觀照自心，止惡行善，是自開佛之知見。」神會《菩提達磨南宗定是非論》：「達磨遂開佛知見，以爲密契，便傳一領袈裟以爲法信，授與惠可。」「佛知見」亦云「如來知見」。《景德傳燈録》卷三〇荷澤大師《顯宗記》：「涅槃能生般若，即名真佛法身；般若能建涅槃，故號如來知見。知即知心空寂，見即見性無生。」

《古尊宿語録》卷四三《寶峰雲庵真浄禪師住金陵報寧語録》二：「上堂：如來大師云：『不能了自心，如何知正道。』又寒山菩薩云：『一念了自心，開佛之知見。』大衆，是什麽直下了取？拈拄杖云：阿誰不見？阿誰不知？知見分明。又擊禪牀云：阿誰不聞？阿誰不了？了心平等。若此觀者，名爲正觀；若他觀者，名爲邪觀。卓拄杖，下座。」

楚按，宋釋子昇、如祐編《禪門諸祖師偈頌》卷一載龍牙和尚偈頌之第九二首、九三首，與寒山此詩大同小異。兹録於下，以供對照：

龍牙和尚偈頌

西來意未明，徒學諸知見。不識本真性，契道即懸遠。

若能明實相，豈用陳知見。一念了自心，開佛諸知見。

寒山有一宅

寒山有一宅，宅中無闌①隔。六門左右通，堂中見天碧。房房虚索索〔一〕，東壁打西壁〔二〕。其中一物無〔三〕，免被人來惜②。寒到燒軟火〔四〕，飢來煮菜喫。不學田舍翁〔五〕，廣置牛③莊宅。盡作地獄業〔六〕，一入何曾極〔七〕。好好善思量，思量知軌則〔八〕。（一六九）

【校勘】

①「闌」，宫内省本、四庫本作「欄」，同。　②「惜」，原作「借」，四庫本、全唐詩本作「惜」，韻合，兹據

改。　③「牛」，宫内省本、四庫本作「田」，全唐詩本夾注「一作田」。

【箋注】

〔一〕虚索索：空蕩蕩。「索索」即空、盡之義。庾信《擬詠懷詩二十七首》之一：「索索無真氣，昏昏有俗心。」《景德傳燈録》卷三〇《一鉢歌》：「出世人，莫造作，獨行獨步空索索。」《如浄和尚語録》卷下：「打破黑漆桶，十方空索索。」又：「烏龜殼，空索索，打一鑽，響剥剥。」《續古尊宿語要》卷二《宏智覺和尚語》：「只要諸人一切時中放教身心空索索地，條絲不掛，廓落無依，本地靈明，毫髮不昧，若恁麽履踐得到，自然一切時合，一切時應，了無纖塵許作你障礙處。」又：「空索索，寂寥寥，破屋從他野火燒。」《呆菴普莊禪師語録》卷六《呆菴歌》：「門户長年八字開，屋裏從來空索索。」

〔二〕東壁打西壁：形容室中空蕩，徒有四壁，無有間隔。《景德傳燈録》卷一一《隴州國清院奉禪師》：「問：『如何是西來意？』師曰：『東壁打西壁。』」即以「東壁打西壁」形容空無所有。《五燈會元》卷一三《雲泉歸仁禪師》：「問：『如何是靈泉活計？』師曰：『東壁打倒西壁。』」又卷一六《雪峰思慧禪師》：「僧問：『古殿無燈時如何？』師曰：『東壁打西壁。』曰：『恁麽則撞著露柱也。』」按《説郛續》弖二一李翊《俗呼小録》：「俗牽連之辭，如指其人至某人、物及某物，皆曰打。（原注：丁晉公詩所謂『赤洪崖打白洪崖』是也。）」寒山詩「東壁打西壁」者，謂東壁與西壁相通，中無間隔，「打」亦「牽連之辭」也。

〔三〕一物無：《楞伽師資記》：「大師云：『有一口屋，滿中總是糞穢草土，是何物？』又云：『掃除却糞穢草土，併當盡，一物亦無，是何物？』」《祖堂集》卷三《鳥窠和尚》：「白舍人親受心戒，又時對坐，並無言說。舍人第三弟見此，造詩曰：『白頭居士對禪師，正是楞嚴三昧時。一物也無百味足，恒沙能有幾人知。』」《宗鏡録》卷一八引昔人歌云：「不坐禪，不持律，妙覺心珠白如日。當體虛玄一物無，阿誰承受燃燈佛。」按禪宗以「一物無」比喻萬法皆空之境界，與一六二首「無一物」相同，參看該首注〔一〕。

〔四〕輭火：同「軟火」，有火苗的火，因爲火苗看似柔軟活動，故稱「軟火」。白居易《葺池上舊亭》：「軟火深土爐，香醪小瓷榼。」亦稱「活火」。唐趙璘《因話録》卷二：「約天性唯嗜茶，能自煎。謂人曰：『茶須緩火炙，活火煎。』活火謂炭火之焰者也。」

〔五〕田舍翁：老農。李涉《山中》：「欲報田舍翁，更深不歸屋。」

〔六〕地獄業：導致地獄果報之業因。《佛爲首迦長者説業報差别經》：「復有十業，能令衆生得地獄報：一者身行重惡業，二者口行重惡業，三者意行重惡業，四者起於斷見，五者起於常見，六者起無因見，七者起無作見，八者起於無見，九者起於邊見，十者不知恩報。以是十業，得地獄報。」

〔七〕何曾極：謂無盡期。「極」即終了、盡頭。《詩・唐風・鴇羽》：「悠悠蒼天，曷其有極。」鄭箋：「極，已也。」

〔八〕軌則：禮儀，法度。曹操《度關山》：「天地間，人爲貴，立君牧民，爲之軌則。」嵇紹《贈石季倫》：「事故誠多端，未若酒之賊。内以損性命，煩辭傷軌則。」《顔氏家訓·雜藝》：「江南閭里間有《畫書賦》，乃陶隱居弟子杜道士所爲。其人未甚識字，輕爲軌則，託名貴師，世俗傳信，後生頗爲所誤也。」《酉陽雜俎前集》卷三《貝編》：「不空每祈雨，無他軌則，但設數繡座，手簸旋數寸木神，念呪擲之，自立於座上，伺木神吻角牙出，目瞚，則雨至。」《五燈會元》卷六《亡名古宿》：「昔有老宿，畜一童子，並不知軌則。有一行脚僧到，乃教童子禮儀。晚間見老宿外歸，遂去問訊。」

錢鍾書《管錐編》一二八一頁云：「釋氏更明以貧匱喻心體之浄，如《大般涅槃經·梵行品》第八之三『菩薩觀時，如貧窮人，一切皆空』；寒山詩：『寒山有一宅，宅中無闌隔，六門左右通，堂中見天碧，其中一物無，免被人來借。』禪宗慣用此爲話頭，如《五燈會元》卷四僧問：『貧子來，得什麽物與他？』趙州曰『不欠少』，又曰『守貧』，又香嚴偈『去年貧，未是貧，今年貧，始是貧；去年無立錐之地，今年錐也無』；卷一三僧問：『古人得個什麽便休去？』龍牙曰：『如賊入空室』；後來枯木元偈『無地無錐未是貧，知貧尚有守無身，儂家近日貧來甚，不見當初貧底人』，正《莊子》所謂『無無』、《維摩詰所説經》所謂『空空』之境。」

楚按，寒山詩一六二首亦云：「余家有一窟，窟中無一物，浄潔空堂堂，光華明日日。」構思與此首一致，皆從貧無一物立意，乃是取其寬曠虚空之義。佛典中「虚空」之譬，含義極寬，乃至以譬真如之理。《大般涅槃經》卷一一：「居家迫窄，猶如牢獄，一切煩惱，由之而生；出家寬曠，猶如虛空，一切善法，因之增長。」又卷一六：「善男子，譬如虛空，無有父母兄弟妻子，乃至無有衆生壽命，一切諸法亦復如是，無有父母，乃至壽命。菩薩摩訶薩見一切法亦復如是，其心平等，如彼虛空。何以故？善能修習諸空法故。」《龐居士語録》卷中：「浄心空室坐，妙德四方安。」以「空室」立意，亦與寒山此詩相似。

儂家暫下山

儂家暫下山〔一〕，入到城隍裹〔二〕。逢見一群女，端正容貎①美〔三〕。頭戴蜀樣花〔四〕，燕脂塗粉膩〔五〕。金釧鏤銀朵〔六〕，羅衣緋紅紫。朱顔類神仙〔七〕，香帶氛氲氣〔八〕。時人皆顧眄②〔九〕，癡愛染心意〔一〇〕。謂言世無雙，魂影隨他去。狗齩枯骨頭，虛自舐脣齒〔一一〕。不解返思量〔一二〕，與畜何曾異。今成白髮婆，老陋若精魅〔一三〕。無始由狗心〔一四〕，不超解脱地〔一五〕。

（一七〇）

【校勘】

①「貎」，宫内省本作「皃」，即古「貌」字。②「眄」，宫内省本、高麗本作「盻」，四庫本、全唐詩本作「盼」。

【箋注】

〔一〕儂家：就是「儂」，第一人稱代詞，猶云「我」。「家」是用在人稱代詞後的助詞，不爲義。顔師古《隋遺録》：「儂家事一切已託楊素了，人生能幾何，縱有他變，儂終不失作長城公。」王維《酬黎居士淅川作》：「儂家真箇去，公定隨儂否？」顧況《諒公洞庭孤橘歌》：「待取天公放恩赦，儂家定作湖中客。」李咸用《湘浦有懷》：「儂家本是持竿者，爲愛明時入帝鄉。」王延彬《春日寓感》：「也解爲詩也爲政，儂家何似謝宣城。」杜荀鶴《感秋》：「自是儂家無住處，不關天地窄於人。」又《戲贈漁家》：「卻笑儂家最辛苦，聽蟬鞭馬入長安。」司空圖《白菊雜書四首》之三：「侯印幾人封萬户，儂家只辦買孤峰。」《景德傳燈録》卷一七《湖南龍牙山居遁禪師》：「問：『二鼠侵藤時如何？』師曰：『須有隱身處始得。』曰：『如何是隱身處？』師曰：『還見儂家麽？』」《宏智禪師廣録》卷八：「儂家活計本天然，刹刹塵塵見普賢。」《法演禪師語録》卷上：「象王回，師子步，儂家看著雙眉聚。」

〔二〕城隍：泛謂城池。「城」即城牆，「隍」即城牆外側之護城濠溝。《禪門諸祖師偈頌》卷一龍牙和尚偈頌（六三首）：「擬住城隍守不非，見雲生處又思歸。」《敦煌歌辭總編》卷六《十二時》：「你輩城隍聚落居，人間苦事須知有。」《吴山浄端禪師語録》卷下《智老歸平江》：「你住在城隍中，我住在深山裏。」

〔三〕端正：漂亮。韓愈《寒食日出遊》：「紛紛落盡泥與塵，不共新妝比端正。」顧況《梁廣畫花歌》：「上元夫人最小女，頭面端正能言語。」敦煌本《難陁出家緣起》：「眉如細柳色輝輝，顔容端正實難比。」

〔四〕蜀樣花：蜀地樣式之花。按「蜀樣」即蜀地的花樣、圖案，唐代的「蜀樣」以新奇而負有盛名。《遊仙窟》：「下官拜辭訖，因遣左右取益州新樣錦一匹，直奉五嫂。」王建《宫詞》第三〇首：「遥索劍南新樣錦，東宫先釣得魚多。」按「益州」、「劍南」皆指蜀地，「益州新樣錦」、「劍南新樣錦」即是「蜀樣錦」。張祜《送走馬使》：「新樣花文配蜀羅，同心雙帶蹙金蛾。」所云「新樣花文配蜀羅」，亦是「蜀樣羅」也。

〔五〕燕脂：同「臙脂」、「胭脂」、「煙脂」、「煙支」、「烟肢」等等。《史記·匈奴列傳》「後有所愛閼氏生少子」，司馬貞索隱引習鑿齒《與燕王書》曰：「山下有紅藍，足下先知否？北方人探取其花染緋黄，挼取其上英鮮者作烟肢，婦人將用爲顔色。吾少時再三過見烟肢，今日始視紅藍，後當爲足下致其種。匈奴名妻作閼支，言其可愛如烟肢也。閼音煙。想足下先亦不作此讀《漢書》也。」宋張淏《雲谷雜記·燕脂》：「燕脂，今或書作燕支，又作烟支、胭脂，然各有所據。《中華古今注》：『燕脂蓋起于紂，紅藍花汁凝作之。以其燕所生，故曰燕脂。』《蘇氏演義》曰：『燕支葉似薊，花似蒲，出西方，土人以染，名爲燕支，中國亦謂爲紅藍，以染粉，爲婦人面色，謂之燕支粉。』《北户録》載習鑿齒書曰：『此有紅藍，北人採取其花作燕支，婦人妝時作頰色，殊覺鮮明。匈奴名妻作閼支，言可愛如燕支也。』」

〔六〕金釧鏤銀朵：金釧之上雕嵌銀質的花飾。「釧」即腕環，「鏤」即雕刻，「朵」即首飾上的花飾。庾信《春賦》：「釵朵多而訝重，髻鬟高而畏風。」敦煌本《醜女緣起》：「胭脂合子捻抛却，釵朵瓏璁調一傍。」

〔七〕朱顔類神仙：「朱顔」猶云「紅顔」，謂美貌。神仙美貌之説，如《莊子·逍遥遊》：「藐姑射之山，有神人居焉，肌膚若冰雪，淖約若處子。」

〔八〕氛氳：香氣濃盛貌。慧琳《一切經音義》卷五三《氛氳》：「上浮分反。《文字集略》云：氛氳，香氣盛皃也。」無可《蘭》：「蘭色結春光，氛氳掩衆芳。」

〔九〕顧眄：回頭斜視。《漢書·叙傳上》：「是故魯連飛一矢而蹶千金，虞卿以顧眄而捐相印也。」

〔一〇〕癡愛染心意：按「癡」即愚癡，爲佛教「三毒」之一。佛教以愛欲爲煩惱之本，故云「癡愛」。以其能污染淨心，故云「癡愛染心意」。《俱舍論》卷四：「然愛有二：一有染污，二無染污。有染謂貪，如愛妻子等；無染謂信，如愛師長等。」寒山詩之「癡愛」，即是有染之愛。

〔一一〕狗齩枯骨頭，虚自舐唇齒：孟郊《偷詩》：「餓犬齰枯骨，自喫饞飢涎。」《太平廣記》卷四四二《張某妻》（出《稽神録》）：「遂好食生肉，常恨不飽，恒柢（舐）唇咬齒而怒。」《根本説一切有部苾芻尼毗奈耶》卷二〇：「或復食時齧半留半，或復舒舌舐掠唇口。」《大寶積經》卷四七：「舍利子，譬如餓狗，慞惶緣路，遇值璅骨，久無肉膩，但見赤塗，言是厚味，便就銜之，至多人處，四衢道中，以貪味故，涎流骨上，妄謂甜美，或齩或舐，或齧或吮，歡愛纏附，初無捨離。時有刹帝利、婆羅門及諸長者，皆大富貴，來遊此路。時此餓狗，遥見彼來，心生熱惱，作如是念：彼來人者，將無奪我所重美味？便於是人，發大瞋恚，出深毒聲，惡眼邪視，露現齒牙，便行齧害。」寒山詩「狗齩枯骨頭」二句形容淫欲之事，乃佛書習用之喻。如《雜寶藏經》卷八《佛弟難陀爲佛所逼出家得道緣》：「婬欲之事，……如狗嚙枯骨，涎唾共合，謂爲有味，脣齒破盡，不知猒足。」《正法念處經》卷五：「彼諸凡夫，若見知識，若見婦女，心則生貪。……譬如狗咬離肉之骨，涎汁和合，望得其髓。如是貪狗，齒間血出，得其味已，謂是骨汁，不知自血有如是味。以貪味故，不覺次第自食其舌，復貪其味，以貪覆故，謂骨汁味。愚癡凡夫，亦復如是。」王梵志詩二六八首：「迎得少年妻，褒揚殊面首。傍邊乾咽唾，恰似守碓狗。春人收糠將，舐略空脣口。」

〔二〕返思量：謂捫心自問，反躬自省。慈受《擬寒山詩》第七三首：「老翁死却兒，晝夜搥胸哭。痛心徹骨髓，叫云我孤獨。何不返思量，恣啖猪羊肉。羊豈不思兒，猪亦有眷屬。」

〔三〕精魅：妖精，鬼怪。按以「精魅」形容醜陋，如敦煌本《醜女緣起》：「少(小)娘子如今變也，不是舊時精魅。欲識公主此是(時)容，一似佛前菩薩子。」孟棨《本事詩·嘲戲》：「中宗朝，御史大夫裴談崇奉釋氏。妻悍妬，談畏之如嚴君，嘗謂人：『妻有可畏者三：少妙之時，視之如生菩薩；及男女滿前，視之如九子魔母，安有人不畏九子母耶？及五十六十，薄施妝粉，或黑，視之如鳩槃茶，安有人不畏鳩槃茶？』」所云「視之如鳩槃茶」，亦是「老陋若精魅」之意。

〔一四〕無始由狗心：按「無始」即過去久遠無數生之時間，四十卷本《華嚴經》卷四〇：「我昔所造諸惡業，皆由無始貪恚癡。」「狗心」乃承上文「狗齩枯骨頭」而言，謂貪欲之心也。

〔一五〕解脱地：解脱之境界。「解脱」指斷除煩惱，獲得自在。《黄蘗斷際禪師宛陵録》：「前際無去，今際無住，後際無來，安然端坐，任運不拘，方名解脱。」

一自遯寒山①

一自遯寒山，養命餐山果。平生何所憂，此世隨緣過〔一〕。日月如逝川〔二〕，光陰石中火〔三〕。任你天地移，我暢巖中坐〔四〕。（一七一）

【校勘】

①此詩後六句亦作拾得詩，見拾得詩四六首，個别文字不同。

【箋注】

〔一〕隨緣：隨順緣業，猶云「任運」。《景德傳燈録》卷三〇菩提達磨《略辨大乘入道四行》：「隨緣行者，衆生無我，並緣業所轉，苦樂齊受，皆從緣生。若得勝報榮譽等事，是我過去宿因所感，今方得之，緣盡還無，何喜之有？得失從緣，心無增減，喜風不動，冥順於道，是故説言隨緣行也。」李端《贈衡岳隱禪師》：「舊住衡州寺，隨緣偶北來。」白居易《詠懷》：「隨緣逐處便安閒，不入朝廷不住山。」法照《送無著禪師歸新羅》：「萬里歸鄉路，隨緣不算程。」善生《送玉禪師》：「入郭隨緣住，思山破夏歸。」呂巖《七言》：「隨緣信業任浮沉，似水如雲一片心。」慈受《擬寒山詩》第八四首：「富甚足憂煩，貧甚多飢餓。要於貧富間，知足隨緣過。」

〔二〕逝川：流逝的河水，比喻流逝的時間。《論語・子罕》：「子在川上曰：『逝者如斯夫，不舍晝夜！』」《抱朴子外篇・勖學》：「鑒逝川之勉志，悼過隙之電速。」

〔三〕石中火：蘇軾《行香子》：「浮名浮利，休苦勞神，似隙中駒，石中火，夢中身。」按古人擊石取火。張喬《送新羅僧》：「落帆敲石火，宿鳥汲瓶泉。」因爲石火轉瞬即逝，故用以比喻時光短暫。《文選》卷二六潘岳《河陽縣作二首》之一：「熲如槁石火，瞥若截道飈。」李善注引古樂府詩曰：「鑿石見火能幾時。」《廣弘明集》卷三〇釋智愷《臨終詩》：「石火無恒餤，電光非久明。」《法苑珠林》卷二〇《致敬篇・述意部》：「是故命如風燭，難可駐留；形同石火，豈容長久。」李白《擬古十二首》之三：「石火無留光，還如世中人。」白居易《自題》：「馬頭覓角生何日？石火敲光住幾時？」又《寓意詩五首》之三：「權勢去尤速，瞥若石火光。」子蘭《短歌行》：「人生石火光，通時少於塞。」呂巖《贈劉方處士》：「浮世短景倏成空，石火電光看即逝。」

〔四〕巖中坐：《宏智禪師廣録》卷一：「争奈空生不解巖中坐，惹得天花動地來。」《禪門諸祖師偈頌》卷一龍牙和尚偈頌（第六〇首）：「空生體得巖中坐，華雨由來責見遲。」按「空生」即須菩提。「空生不解巖中坐」用《維摩詰經・弟子品》載須菩提林中宴坐，遭維摩詰呵責事，則「巖中坐」即是「林中宴坐」，亦即「坐禪」也。

我見世間人

我見世間人〔一〕，茫茫走路塵〔二〕。不知此中事〔三〕，將何爲去津〔四〕。榮華能幾日，眷屬片時親。縱有千斤金，不如林下貧〔五〕。（一七二）

【箋注】

〔一〕我見世間人：按寒山詩一五九首亦云：「我見世間人，堂堂好儀相。」參看該首注〔一〕。

〔二〕走路塵：奔波於道路塵土之中，謂忙於俗事。盧仝《龜銘》：「龜，汝靈於人，不靈於身，致網於津；吾靈於身，不靈於人，致走於塵。」《敦煌歌辭總編》卷六《十二時》：「富者高眠醉夢中，貧人已向塵埃走。」《汾陽無德禪師語録》卷上：「終日走紅塵，不信自家珍。」

〔三〕此中事：指修禪悟道之事，亦省作「此事」。《虛堂和尚語録》卷一：「此事在通人分上，不可以言言，不可以跡跡。」《碧巖録》第二五則：「此事雖不在言句中，非言句即不能辨，不見道：道本無言，因言顯道。」

〔四〕去津：猶云去路、前程，這裏指爲來生所作的安排。「津」即渡口，這裏指道路、路程。

〔五〕林下：謂隱居山林。《高僧傳》卷五《竺僧朗傳》：「與隱士張忠爲林下之契，每共遊處。」靈澈《東林寺酬韋丹刺史》：「相逢盡道休官好，林下何曾見一人。」

自聞梁朝日

自聞梁朝日〔一〕，四依諸賢士〔二〕。寶志①萬迴師〔三〕，四仙傅大士〔四〕。顯揚一代教〔五〕，任持如來使②〔六〕。造建③僧伽藍〔七〕，信心歸佛理〔八〕。雖乃得如斯，有爲多患累〔九〕。與道殊懸遠〔一〇〕，拆④東補西爾〔一一〕。不達無爲功〔一二〕，損多益少利⑤〔一三〕。有聲而無形〔一四〕，至今何處去⑥。（一七三）

【校勘】

①「志」，宫内省本、正中本、高麗本、四庫本、全唐詩本皆作「誌」。②「任」，各本皆作「作」，應是「任」字之誤，蓋「作」字或體作「佐」，與「任」形近，因相混也。「持」，原作「時」，據宫内省本、正中本、高麗本、四庫本改。參看注〔六〕。③「造建」，宫内省本、正中本、高麗本、四庫本作「建造」，全唐詩本夾注「一作建造」。④「拆」，全唐詩本作「折」。⑤「利」，宫内省本、正中本、高麗本、四庫本作「矣」，全唐詩本夾注「一作矣」。⑥「去」，宫内省本、正中本、高麗本、四庫本作「是」，全唐詩本夾注「一作是」。

【箋注】

〔一〕自聞梁朝日：按下文之寶志、傅大士皆活動於梁代，但萬迴等則是唐人，並不包括在「梁朝日」之中。

〔二〕四依：此處指「人四依」，即佛教所稱堪爲衆生依止之四種人。《大般涅槃經》卷六：「善男子，是大涅槃微妙經中有四種人，能護正法，建立正法，憶念正法，能多利益，憐愍世間，爲世間依，安樂人天。何等爲四？有人出世，具煩惱性，是名第一須陀洹人。斯陀含人，是名第二。阿那含人，是名第三。阿羅漢人，是名第四。是四種人，出現於世，能多利益，憐愍世間，爲世間依，安樂人天。」《法苑珠林》卷九九《雜要篇·四依部》：「經説四依，區分三位：一是人四依，即是四依開士，謂從初賢，至於極聖，人資無漏，法體性空，據此依承，聖無邪倒。二是行四依，即是乞食、著糞掃衣、頭陀蘭若、樹下而坐。三是法四依，如下具述。立此三法，成末代之龜鏡，信是衆行之宗師。」契嵩《鐔津文集》卷三《壇經贊》：「曰依法不依人者，以法真而人假也。曰依義不依語者，以義實而語假也。曰依智而不依識者，以智至而識妄也。曰依了義經不依不了義經者，以了義經盡理也。而菩薩所謂即是宣説《大涅槃》者，謂自説與經同也。聖人所謂四人出世即四依也，護持正法，應當證知者。」《大慧普覺禪師宗門武庫》：「生、肇、融、叡，乃羅什法師之高弟，號四依菩薩。」

〔三〕寶志：亦作「寶誌」、「保志」、「保誌」，南朝著名的「神僧」，關於他的神異傳説流傳極廣。《高僧傳》卷一〇《梁京師釋保誌傳》：「釋保誌，本姓朱，金城人。少出家，止京師道林寺，師事沙門僧儉爲和上，修習禪業。至宋太始初，忽如僻異。居止無定，飲食無時，髮長數寸，常跣行街巷。執一錫杖，杖頭掛剪刀及鏡，或掛一兩匹帛。齊建元中，稍見異迹，數日不食，亦無飢容，與人言語，始若難曉，後皆效驗。時或賦詩，言如讖記。京土士庶，皆共事之。」下文載保誌神異事迹甚夥，《神僧傳》卷四等亦詳列其事迹。《景德傳燈録》卷二九載其所著《大乘讚》十首（原作共二十四首）、《十二時頌》十二首、《十四科頌》十四首。萬迴師：即唐代著名的「神僧」萬迴，「師」是對僧人的稱呼。《宋高僧傳》卷一八《唐虢州閿鄉萬迴傳》：「釋萬迴，俗姓張氏，虢州閿鄉人也。年尚弱齡，白癡不語，父母哀其濁氣。爲隣里兒童所侮，終無相競之態。然口自呼『萬迴』，因爾字焉。且不言寒暑，見貧賤不加其慢，富貴不足其恭，東西狂走，終日不息。或笑或哭，略無定容，口角恒滴涎沫，人皆異之。不好華侈，尤少言語，言必讖記，事過乃知。年始十歲，兄戍遼陽，一云安西，久無消息，母憂之甚，乃爲設齋祈福。迴倏白母曰：『兄安極易知耳，奚用憂爲？』因裹齋餘，出門徑去，際晚而歸，執其兄書云『平善』。問其所由，默而無對，去來萬里。後時兄歸云：『此日與迴言，適從家來，因授餅餌共啗而返。』舉家驚喜。自爾人皆改觀，聲聞朝廷。中宗孝和皇帝詔見崇重。神龍二年，敕别度迴一人而已。自高宗末，天后時常詔入內道場，賜錦繡衣裳，宫人供事。先爲兒時，於閿鄉興國寺累瓦石爲佛塔。入内之後，其塔遂放光明，因建大閣而覆之。然其施作，皆不可輒量，出言則必有其故。敕賜號爲法雲公，外人莫可得見。」下文載其神異事迹甚夥。

〔四〕四仙：疑爲「泗州」之誤，説見本詩附録。按「泗州」即僧伽和尚，人稱「泗州大士」、「泗州大聖」等，是唐代著名的西域「神僧」。《宋高僧傳》卷一八《唐泗州普光王寺僧伽傳》：「釋僧伽者，葱嶺北何國人也。自言俗姓何氏，亦猶僧會本康居國人，便命爲康僧會也。然合有胡梵姓名，名既梵音，姓涉華語。詳其何國，在碎葉國東北，是碎葉附庸耳。伽在本土，少而出家。爲僧之後，誓志遊方。始至西涼府，次歷江淮，當龍朔初年也。登即隸名於山陽龍興寺，自此始露神異。初將弟子慧儼同至臨淮，就信義坊居人乞地，下標誌之，言決於此處建立伽藍。遂穴土獲古碑，乃齊國香積寺也。得金像，衣葉刻普照王佛字。居人嘆異云：『天眼先見，吾曹安得不捨乎？』其碑像由貞元、長慶中兩遭災火，因亡蹤矣。嘗卧賀跋氏家，身忽長其牀榻各三尺許，莫不驚怪。次現十一面觀音形，其家舉族欣慶，倍加信重，遂捨宅焉。其香積寺基，即今寺是也。由此奇異之蹤，旋萌不止。中宗孝和帝景龍二年，遣使詔赴內道場，帝御法筵言談，造膝占對休咎，契若合符。仍褒飾其寺曰普光王。四年庚戌示疾，敕自內中往薦福寺安置。三月二日，儼然坐亡，神彩猶生，止瞑目耳。俗齡八十三，法臘罔知。在本國三十年，化唐土五十三載。帝慘悼黯然。于時穢氣充塞，而形體宛如，多現靈迹。敕有司給絹三百疋，俾歸葬淮上。令群官祖送，士庶填閼。五月五日，抵于今所。帝以仰慕不忘，因問萬迴師曰：『彼僧伽者何人也？』對曰：『觀音菩薩化身也。經可不云乎：應以比丘身得度者，故現之沙門相也。』」下文載其神異事迹甚夥。　傅大士：名翕，南朝梁代著名的居士，亦稱善慧大士等，與寶志並稱爲梁代二大士。《續高僧傳》卷二六：「陳宣帝時，東陽郡烏傷縣雙林大士傅弘者，體權應道，躡嗣維摩，時或分身，濟度爲任。依止雙林，導化法俗。或金色表於胸臆，異香流於掌內。或見身長丈餘，臂過於膝,脚長二尺,指長六寸。兩目明亮,重瞳外耀,色貌端峙,有大人之相。梁高撥亂弘道,偏意釋門,貞心感被,來儀賢聖。沙門寶誌,發迹金陵。然斯傅公,雙林明導,時俗昌言,莫知其位。乃遣使賣書,贈梁武曰:『雙林樹下當來解脱善慧大士敬白國主救世菩薩,今條上中下善,希能受持。其上善者,略以虚懷爲本,不著爲宗,亡相爲因,涅槃爲果。其中善,略以持身爲本,治國爲宗,天上人間,果報安樂。其下善,略以護養衆生。』帝聞之,延住建業,乃居鍾山下定林寺。坐蔭高松,卧依磐石,四澈六旬,天花甘露,恒流於地。帝後於華林園重雲殿開《般若》題,獨設一榻,擬與天旨對揚。及玉輦昇殿,而公宴然其坐。憲司譏問,但云:『法地無動,若動則一切不安。』且知梁運將盡,救愍兵灾,乃然臂爲炬,冀禳來禍。至陳大建元年夏中,於本州右脇而卧,奄就昇霞。于時隆暑赫曦,而身體温暖,色貌敷愉,光彩鮮潔,香氣充滿,屈申(伸)如恒,觀者發心,莫不驚歎。遂合殮於巖中,數旬之間,香花散積。後忽失其所在,往者不見,號慕轉深,悲戀之聲,慟噎山谷陳僕射徐陵爲碑銘,見《類文》也。」唐人樓頴輯其語要、行業、詩歌等爲《善慧大士録》八卷(宋樓炤删定爲四卷)。

〔五〕顯揚:宣揚,頌揚。《禮·祭統》:「顯揚先祖,所以崇孝也。」　一代教:釋迦牟尼自成道至滅度一生中所説的全部教法,稱爲「一代教」或「一代時教」。《景德傳燈録》卷二六《杭州龍華寺慧居禪師》:「只如釋迦如來説一代時教,如瓶注水。」《萬善同歸集》卷上:「諸佛如來,一代時教,自古及今,分宗甚衆,撮其大約,不出三宗。」

〔六〕任持：擔當，承當責任。元稹《唐故建州蒲城縣尉元君墓誌銘》：「宗姪殁，子公慶號駭迷謬，無所據，君自始至卒任持之。」《太平廣記》卷四二〇《陶峴》（出《甘澤謡》）：「乃投劍環，命摩訶下取。見汩没波際，久而方出，氣力危絶，殆不任持。」《祖堂集》卷六《洞山和尚》：「初投村院院主處出家，其院主不任持，師並無欺嫌之心。」又卷一四《高城和尚》：「設使任持浮幻身，運用都無舌身意。」延壽《宗鏡録》卷七四：「乃至究竟得成佛時，轉捨本來雜染識種，轉得始起清浄種識，任持一切功德種子，由本願力，盡未來際，起諸妙用，相續無窮。」　如來使：佛的使者，在佛滅度後能够弘揚佛法之人，稱爲「如來使」。《妙法蓮華經·法師品》：「善男子、善女人，我滅度後，能竊爲一人説《法華經》，乃至一句，當知是人，則如來使，如來所遣，行如來事，何況於大衆中廣爲人説。」《善慧大士語録》卷一：「我是如來使，從如中來耳。」《黄蘗斷際禪師宛陵録》：「若以領得如來心，見如來意，見如來色相者，即屬如來使，爲傳語人。」《緇門警訓》卷一孤山圓法師《示學徒》：「使真風息而再振，慧炬滅而復明，可謂大丈夫焉，可謂如來使矣。」

〔七〕僧伽藍：亦稱「伽藍」，即佛教寺院。《僧史略》卷上《創造伽藍》：「僧伽藍者，譯爲衆園。謂衆人所居，在乎園圃生殖之所，佛弟子則生殖道芽聖果也。故經中有迦蘭陀竹園、祇樹給孤獨園，皆是西域之寺舍也。」《大唐西域記》卷一《阿耆尼國》：「伽藍十餘所，僧徒二千餘人。」寒山詩「造建僧伽藍」，當是指僧伽於香積寺基建立普光王寺之事，見注〔四〕引《宋高僧傳》。

〔八〕信心：本指信仰堅定不移，這裏指信仰堅定不移之人，亦即佛教之忠實信徒。如《大般涅槃經》

卷一一：「寧以熱鐵周匝纏身，終不敢以破戒之身，受於信心檀施衣服。」《廣弘明集》卷一一法琳《對傅奕廢佛僧事》：「龕塔堂殿，皆是先代興營；房宇門廊，都由信心起造。」《太平廣記》卷一一二五《盧叔倫女》（出《逸史》）：「曾有僧至日中求食，偶見一女子採桑樹上，問曰：『此側近何處有信心，可乞飯者？』女子曰：『去此三四里，有王家，見設齋次，見和尚來必喜，可速去也。』」又卷四五〇《代州民》（出《廣異記》）：「菩薩馭五色雲來下其室，村人供養甚衆，仍敕衆等不令有言，恐四方信心，往來不止。」敦煌本《佛説十王經》：「罪如山岳等恒沙，福少微塵數未多，猶得喜神常守護，往生豪貴信心家。」《敦煌歌辭總編》卷三《十偈辭》：「歲月漸遥緇侣惜，雨風頻歷信心憂。」

〔九〕有爲：有所造作稱爲「有爲」，佛教以爲凡有爲之法，皆有無常生滅，終非究竟之論。如上文「造建僧伽藍，信心歸佛理」等，皆屬「有爲」之事。《大般涅槃經》卷五：「如來亦無髮白面皺有爲之法，是故如來無有老也。」道安《道行經序》：「執道御有，卑高有差，此有爲之域耳。」慧思《南嶽思大禪師立誓願文》：「應當念本願，捨諸有爲事，名聞及利養，乃至惡弟子。」灌頂《隋天台智者大師别傳》：「大師所造有爲功德，造寺三十六所，大藏經十五藏，親手度僧一萬四千餘人，造栴檀金銅素畫像八十萬軀，傳弟子三十二人，得法自行不可稱數。」《酉陽雜俎前集》卷一二《語資》：「忽一夕，有梵僧撥户而進曰：『和尚速作道場。』覽言：『有爲之事，吾未嘗作。』」《龐居士語録》卷中：「凡夫事有爲，佛智超生死，作佛作凡夫，一切自繇你。」曹松《送德光禪師》：「有爲嫌假佛，無境是真機。」王貞白《雲居長老》：「不説有爲法，非傳無盡燈。了然方寸内，應祇見南能。」《景德傳燈録》卷四《淮南都梁山全植禪師》：「真實之物，無古無今，亦無軌躅；有爲之法，四相遷流，法當陘厄。」又卷三〇魏府華嚴長老《示衆》：「你若作一切有爲功德，只是造業，增長頑福，不生箇清浄知見。」高麗釋知訥《真心直説·真心正信》：「祖門正信非同前也，不信一切有爲因果，只要信自己本來是佛，天真自性人人具足，涅槃妙體箇箇圓成，不假他求，從來自備。」　患累：病累，瑕疵。朱法滿《要修科儀戒律鈔》卷一三：「此之十事，於身不得爲清虚，得之在身爲患累，若有此者，妨向道心，礙浄解慧。」

〔一〇〕與道殊懸遠：距離佛道十分遥遠。寒山詩一六八首亦云：「不識本真性，與道轉懸遠。」參看該首注〔四〕。

〔一一〕拆東補西爾：陳師道《次韻蘇公西湖徙魚三首》之三：「小家厚斂四壁立，拆東補西裳作帶。」《希叟紹曇禪師廣録》卷一：「佛龕雖則移梁作柱，拆東補西，收拾將來，莫不稱職。」按「拆東補西」即「拆東籬補西壁」之省，比喻無濟於事。《五燈會元》卷一六《棲賢智遷禪師》：「問：『如何是本來心？』師曰：『拆東籬，補西壁。』」《大慧普覺禪師語録》卷七：「遂以拂子面前畫一畫云：『還見麽？拆東籬，補西壁，眼見則親，手攬不及。』」《古尊宿語録》卷六《睦州和尚語録》：「問：『佛法大意，請師提綱。』師云：『拈將來與你提綱。』進云：『便請和尚道。』師云：『拆東籬，補西障。』」

〔二〕無爲：按「無爲」即涅槃之異名。參看一五九首注〔一七〕。《大般涅槃經》卷一三：「一切有爲，皆是無常。虚空無爲，是故名常。佛性無爲，是故爲常。虚空者即是佛性，佛性者即是如來，如來者即是無爲，無爲者即是常。」《龐居士語録》卷中：「破却有爲功，顯示無爲道。」

〔三〕損多益少利：謂得不償失。《古尊宿語録》卷一《大鑑下三世》：「始欲不説，衆生無解脱之期；始欲説之，衆生又隨語生解，益少損多。」

〔四〕有聲而無形：對無爲之法的形容。僧肇《寶藏論》：「唯留其聲，不見其形；唯留其功，不見其容。」《景德傳燈録》卷三〇傅大士《心王銘》：「觀之無形，呼之有聲。」

楚按，此詩第四句「四仙傅大士」中的「四仙」究竟指誰，是寒山詩中的一個疑案。論者或云「四仙」是指梁代的四位道士。如《寒山詩闡提記聞》引《佛祖統紀》卷三八：「華陽真人陶弘景告化，香氣積日不散，謚貞白真人，所撰書曰《真誥》，有云：清虚裴真人，弟子三十四人，其十八人學佛道。紫陽周真人，弟子十五人，四人解佛法。桐柏真人王子喬，弟子二十五人，八人學佛法。對會稽東去岸七萬里云云。」但是，我對此説極爲懷疑，因爲第一，陶弘景是道教史上的著名人物，其餘三人無法與之並列爲「四仙」。第二，寒山詩中的寶誌、萬迴、傅大士等，都是著名的佛教人物，詩中所云「顯揚一代教，任持如來使。造建僧伽藍，信心歸佛理」等，也都是佛教之事，雖然寒山對這些「有爲」之事採取批評態度，可是原文「四仙」所指一定是佛教人物，不可能是陶弘景等道教人物。第三，雖然桐柏真人王子喬等三位真人的弟子中，有人學習佛法，可是弟子並不等於真人，不能認爲三位真人通習佛法；如果認爲「四仙」是指這些弟子，則三位真人的弟子中學佛法者共有三十人之多，豈是「四仙」所能包括？何況無論是三位真人，或是這些無名弟子，哪裏有資格和寶志、萬迴、傅大士等著名佛教人物相提並論呢？因此對於寒山詩中的「四仙」，應該另尋解釋。那麽，寒山詩的「四仙」究竟是誰呢？我認爲他必須具備以下幾個條件：一、他必須是佛教人物；二、他必須與寶志、萬迴、傅大士等具有相似的知名度；三、他必須與寶志等三人屬於同一類型的人物；四、他還必須與寒山此詩的内容相吻合。根據以上的條件，我猜測寒山詩的「四仙」應是「泗州」，在傳寫的過程中，「泗」字脱落了偏傍成爲「四」，「州」則錯成了「仙」，於是造成了這一千古疑案。「泗州」就是泗州僧伽和尚，亦稱泗州大士、泗州大聖等。他的事蹟見於《宋高僧傳》卷一八《唐泗州普光王寺僧伽傳》、《太平廣記》卷九六《僧伽大師》、《釋氏稽古略》卷三、《神僧傳》卷七等，此外内書外記中也極多記載。他和寶志、萬迴、傅大士等都是以神異著稱的佛教人物，其中寶志和傅大士是南朝著名的「神僧」，僧伽和萬迴是唐朝著名的「神僧」，所以他們都被收入《神僧傳》。僧伽和萬迴都活動在初唐。《宋高僧傳》卷一八《唐虢州閿鄉萬迴傳》云：「同時有僧伽，化迹不恒。中宗問迴曰：『此何人也？』迴曰：『觀音之化身也。』」因此人們提到唐代的著名神異僧徒時，往往把僧伽與萬迴並列。如《宋高僧傳》卷二二感通篇論曰：「泗上僧伽，十九類身之應現；萬迴尊者，五千餘里之往來。」而《萬迴傳》又曰：「汝可一日迎萬迴，此僧寶誌之流，可以觀其舉止，知其禍福也。」又把萬迴與寶志並列，而寶志又與傅大士齊名，因此寒山詩把寶志、傅大士、僧伽、萬迴等四人相提並論，乃是極自然的事。也許可以説，只有泗州僧伽大師，才有資格與寶志、萬迴、傅大士並列。如果再從寒山詩的内容看，「顯揚一代教，任持如來使。造建僧伽藍，信心歸佛理」，這些詩句和上述四人的事蹟都是吻合的。我要特别提出「造建僧伽藍」一句來説，《宋高僧傳》卷一八《唐泗州普光王寺僧伽傳》云：「初將弟子慧儼同至臨淮，就信義坊居人乞地，下標誌之，言决於此處建立伽藍。遂穴土獲古碑，乃齊國香積寺也。得金像，衣葉刻普照王佛字，居人嘆異云：『天眼先見，吾曹安得不捨乎？』其碑像由貞元、長慶中兩遭災火，因亡蹤矣。嘗卧賀跋氏家，身忽長其牀榻各三尺許，莫不驚怪。次現十一面觀音形，其家舉族欣慶，倍加信重，遂捨宅焉。其香積寺基，即今寺是也。」這裏記載的僧伽「建立伽藍」之事，和寒山詩「造建僧伽藍」合若符契，我們有理由認爲，當寒山寫下「造建僧伽藍」這句詩的時候，他心目中是想到僧伽「建立伽藍」之事的。因此説「四仙」是「泗州」之誤，是有充足根據的。

吁嗟貧復病

吁嗟貧復病〔一〕，爲人絶友親。甕裏長無飯〔二〕，甑中屢生塵〔三〕。蓬庵不免雨，漏榻劣容身〔四〕。莫怪今憔悴，多愁定損人。（一七四）

【箋注】

〔一〕吁嗟：感歎辭。見一一八首注〔一〕。　　貧復病：李昭象《喜杜荀鶴及第》：「深巖貧復病，榜到見君名。」按《藝文類聚》卷三五載顔延之《庭誥》：「富則盛，貧則病，甚矣，不唯形色粗黶，或亦神心沮喪。」

〔二〕甕：即飯甕，盛飯瓦器。見一五八首注〔七〕。

〔三〕甑中屢生塵：按「甑」爲蒸飯瓦器。《太平御覽》卷七五七引袁山松《後漢書》曰：「荀淑與陳寔神交，棄官，常命駕相就，令元方侍側，季方作食。嘗一朝食遲，季方跪曰：『向聞大人與荀君言甚善，竊聽之，甑壞飯糜。』」甑中生塵，則斷炊已久，以言清貧也。《後漢書·范冉傳》：「所止單陋，有時粮粒盡，窮居自若，言貌無改，閭里歌之曰：『甑中生塵范史雲，釜中生魚范萊蕪。』」劉禹錫《學阮公體三首》之三：「不學腰如磬，徒使甑生塵。」元稹《酬樂天得微之詩知通州事因成四首》之四：「荒蕪滿院不能鋤，甑有塵埃圃乏蔬。」

〔四〕劣容身：僅能容身。貫休《春晚訪鏡湖方干》：「蒸花初釀酒，漁艇劣容身。」按「劣」即僅義。《世説新語·輕詆》劉孝標注引《妒記》：「王公亦遽命駕，飛轡出門，猶患牛遲，乃以左手攀車蘭，右手捉麈尾，以柄助御者打牛，狼狽奔馳，劣得先至。」《出曜經》卷五：「雖復不死，被瘡極重，痛不可言，各相扶持，劣得到舍。」陶弘景《真誥》卷一一：「中茅山東有小穴，穴口纔如狗竇，劣容人入耳。」《高僧傳》卷一〇《宋京師杯度傳》：「陳氏明旦見門扇上有青書六字云：『福德門，靈人降。』字劣可識。」《藝文類聚》卷二七載梁朱超《泊巴陵詩》曰：「淤泥不通挽，寒浦劣客（容）舟。」《隋書·刑法志》：「立測者，以土爲埰，高一尺，上圓，劣容囚兩足立。」《廣弘明集》卷二五彦琮《福田論》：「高拔天人，重踰金石，譬乎珍寶，劣相擬議。」《法苑珠林》卷五四《詐僞篇·詐畜部》引《僧祇律》云：「狼見狗來，驚怖還走，狗急追之，劣乃得免。」岑參《與鮮于庶子自梓州成都少尹自褒城同行至利州道中作》：「巖傾劣通馬，石窄難容車。」李群玉《潯陽觀水》：「南經夢澤寬浮日，西出岷山劣泛盃。」

養女畏太多

養女畏太①多〔一〕，已生須訓誘〔二〕。捺頭遣小心〔三〕，鞭背令緘口〔四〕。未解秉②機杼〔五〕，那堪事箕箒〔六〕。張婆語驢駒，汝大不如③母〔七〕。（一七五）

【校勘】

①「太」，正中本作「大」。　②「秉」，各本皆作「乘」，應是「秉」字形誤，今徑改。參看注〔五〕。　③「如」，四庫本作「知」，全唐詩本夾注「一作知」。

【箋注】

〔一〕養女畏太多：按古人以爲養女太多，乃致貧之道，故云「畏」也。《太平御覽》卷四八五引《六韜》曰：「武王問太公曰：『貧富豈有命乎？』太公曰：『爲之不密，密而不富者，盜在其室。』武王曰：『何謂盜也？』公曰：『計之不熟，一盜也。收種不時，二盜也。取婦無能，三盜也。養女太多，四盜也。棄事就酒，五盜也。衣服過度，六盜也。封藏不謹，七盜也。井竈不利，八盜也。舉息就禮，九盜也。無事燃燈，十盜也。取之安得富哉！』武王曰：『善。』」正以「養女太多」作爲十盜之一也。

〔二〕訓誘：教導。《晉書·王延傳》：「農蠶之暇，訓誘宗族，侃侃不倦。」

〔三〕捺頭：按頭，表示强制。《朝野僉載》卷六：「敬宗時，高崔巍喜弄癡。大帝令給使捺頭向水下，良久，出而笑之。帝問，曰：『見屈原，云：我逢楚懷王無道，乃沈汨羅水。汝逢聖明主，何爲來？』帝大笑，賜物百段。」清閑齋氏著《夜譚隨録》卷三《請仙》：「女子乃推前女，繞出几外，捺其頭令跪。」按「捺」即按義。白居易《微之重誇州居其落句有西州羅刹之謔因嘲兹石聊以寄懷》：「嵌空石面標羅刹，壓捺潮頭敵子胥。」《碧巖録》三十八則本則評唱：「如水上葫蘆子相似，捺著便轉，按著便動。」

〔四〕緘口：閉口，謂慎言。《説苑·敬慎》：「孔子之周，觀於太廟，右陛之前，有金人焉，三緘其口，而銘其背曰：『古之慎言人也，戒之哉，戒之哉！無多言，多言多敗；無多事，多事多患。安樂必戒，無行所悔。勿謂何傷，其禍將長。勿謂何害，其禍將大。勿謂何殘，其禍將然。勿謂莫聞，天妖伺人。熒熒不滅，炎炎奈何。涓涓不壅，將成江河。緜緜不絶，將成網羅。青青不伐，將尋斧柯。誠不能慎之，禍之根也。口是何傷，禍之門也。……』孔子顧謂弟子曰：

『記之，此言雖鄙而中事情。詩曰：戰戰兢兢，如臨深淵，如履薄冰。行身如此，豈以口遇禍哉！』」

〔五〕秉機杼：謂紡織。曹植《雜詩七首》之三：「西北有織婦，綺縞何繽紛。明晨秉機杼，日昃不成文。」《文選》卷二五郭泰機《答傅咸》：「皦皦白素絲，織爲寒女衣。寒女雖妙巧，不得秉杼機。」孟郊《織婦辭》：「當年嫁得君，爲君秉機杼。」按「機」指織布機，「杼」是織布之梭。《淮南子・氾論》：「伯余之初作衣也，緂麻索縷，手經指挂，其成猶網羅。後世爲之機杼勝複，以便其用，而民得以揜形御寒。」

〔六〕事箕箒：謂女子出嫁事夫。《説郛》（商務本）卷四杜荀鶴《松窗雜録》：「曰：『謝君召妾，妾願事箕箒。』終歲，生一兒。」按「箕箒」即撮箕和掃帚，本是灑掃用具，古人以爲灑掃家庭乃是主婦之事。《史記・張儀列傳》：「請以秦女爲大王箕帚之妾，效萬室之都以爲湯沐之邑。」《後漢書・袁隗傳》：「婦，奉箕帚而已，何乃過珍麗乎？」又《班昭傳》：「年十有四，執箕箒於曹氏。」《晉書・庾衮傳》：「孤兄女曰芳，將嫁，美服既具，衮乃刈荆苕爲箕箒，召諸子集之于堂，男女以班，命芳曰：『芳乎！汝少孤，汝逸汝豫，不汝疵瑕。今汝適人，將事舅姑，灑掃庭内，婦之道也，故賜汝此，匪器之爲美，欲温恭朝夕，雖休勿休也。』」

〔七〕張婆語驢駒，汝大不如母：按「張婆」是虛擬的人物，泛謂老婦。「汝大不如母」乃模擬張婆數落驢駒的話語，猶如魯迅小説《風波》中九斤老太所云「一代不如一代」也。

秉志不可卷

秉志不可卷，須知我匪席〔一〕。浪造①山林中〔二〕，獨卧盤陁石〔三〕。辯士來勸余〔四〕，速令受金璧〔五〕。鑿牆植蓬蒿〔六〕，若此非有益。（一七六）

【校勘】

①「造」，四庫本作「迹」，《寒山詩闡提記聞》作「至」。

【箋注】

〔一〕秉志不可卷，須知我匪席：語出《詩・邶風・柏舟》：「我心匪石，不可轉也；我心匪席，不可卷也。」毛傳：「石雖堅，尚可轉；席雖平，尚可卷。」鄭箋：「言己心志堅平，過於石席。」岑參《河西太守杜公挽歌四首》之四：「秉心常匪席，行義每揮金。」

〔二〕浪造：漫至。「浪」即隨便、任意。張籍《贈王祕書》：「不曾浪出謁公侯，唯向花間水畔遊。」寒山詩一二四首：「浪行朱雀街，踏破皮鞋底。」「造」即至，見〇二四首注〔三〕。

〔三〕盤陁石：表面平坦的大石。修雅《聞誦法華經歌》：「空林之下，盤陀之石。石上有僧，結跏横膝。」敦煌本《八相變》：「南北東西行七步，問阿那盤陁石最平。」亦作「磻陁石」。敦煌本《前漢劉家太子傳》：「至於城北十里已來，不知投取之地，遂於磻陁石上而坐。」按天台山有巨石名「磐陀石」。《天台山方外志》卷三：「磐陀石，在縣東北五十里天封山。」

〔四〕辯士：能言會道之人，説客。《莊子·徐无鬼》：「辯士無談説之序則不樂。」賈島《辯士》：「辯士多毁訾，不聞談己非。」

〔五〕金璧：黄金、白璧。此處「受金璧」謂受聘出仕。曹丕《蔡伯喈女賦序》：「家公與蔡伯喈有管鮑之好，乃命使者周近持金璧於匈奴，贖其女還。」

〔六〕鑿牆植蓬蒿：鑿毁垣牆，種植蓬蒿，比喻毁好就壞，徒勞無益。《莊子·庚桑楚》：「是其於辯也，將妄鑿垣牆而殖蓬蒿也。」成玄英疏：「辯，别也。物性之外，别立堯舜之風，以教迹令人倣傚者，猶如鑿破好垣牆，種殖蓬蒿之草以爲蕃屏者也。」

以我棲遲處

以我棲遲處〔一〕，幽深難可論。無風蘿①自動，不霧竹長昏〔二〕。澗水緣誰咽〔三〕，山雲忽自屯〔四〕。午時庵内坐，始覺日頭暾〔五〕。（一七七）

【校勘】

①「蘿」，全唐詩本夾注「一作藤」。

【箋注】

〔一〕以我棲遲處：「以」疑當作「似」。寒山詩〇〇九首亦有「似我何由届」之語。「棲遲」即遊息，見一六四首注〔三〕。

〔二〕昏：同「昬」。

〔三〕澗水緣誰咽：按以「咽」形容水聲。如《樂府詩集》卷二五《隴頭歌辭》：「隴頭流水，鳴聲幽咽。」白居易《琵琶行》：「間關鶯語花底滑，幽咽泉流冰下難。」寒山詩一八〇首：「淥水千場咽，黄雲四面平。」

〔四〕山雲忽自屯：按「屯」即聚集。「雲屯」之語，如《楞嚴經》卷四：「彼太虚空，日照則明，雲屯則暗。」謝靈運《入彭蠡湖口》：「春晚緑野秀，巖高白雲屯。」謝惠連《西陵遇風獻康樂》：「屯雲蔽曾嶺，驚風涌飛流。」

〔五〕日頭：太陽。《景德傳燈録》卷一二《池州魯祖山教和尚》：「問：『如何是高峰孤宿底人？』師曰：『半夜日頭明。』」又卷三〇《一鉢歌》：「只知黄葉止啼哭，不覺黑雲遮日頭。」《敦煌歌辭總編》卷二《菩薩蠻》：「休即未能休，且待三更見日頭。」　暾：微暖貌。《文選》卷三〇謝靈運《石門新營所住四面高山迴溪石瀨修竹茂林詩》：「早聞夕飈急，晚見朝日暾。」李善注：「《楚辭》曰：『暾將出兮東方。』王逸注：『日始出，其形暾暾而盛大也。』」蕭穎士《越江秋曙》：「暾日浪中出，榜歌天際聞。」韋應物《聽鶯曲》：「須臾風暖朝日暾，流音變作百鳥喧。」盧綸《晚次新豐北野老家書事呈贈韓質明府》：「機鳴春響日暾暾，雞犬相和漢古村。」元稹《紫躑躅》：「願爲朝日早相暾，願作輕風暗相觸。」韓愈《和侯協律詠筍》：「屬和才將竭，呻吟至日暾。」杜牧《昔事文皇帝三十二韻》：「鳳闕觚稜影，仙盤曉日暾。」

憶昔遇逢處

憶昔遇①逢處，人間逐勝遊〔一〕。樂山登萬仞，愛水汎千舟〔二〕。送客琵琶谷〔三〕，攜琴鸚鵡洲〔四〕。焉知松樹下，抱膝冷颼颼〔五〕。（一七八）

【校勘】

①「遇」，宫内省本、正中本、高麗本、四庫本作「過」。「昔遇」，全唐詩本夾注「一作惜過」。

【箋注】

〔一〕逐勝遊：遊覽風景名勝。白居易《長安正月十五日》：「諠諠車騎帝王州，羈病無心逐勝遊。」黄滔《出關言懷》：「賣馬登長陸，沾衣逐勝遊。」亦云「逐勝」。李廓《長安少年行》之六：「賞春惟逐勝，大宅可曾歸。」長孫佐輔《秋日登山》：「逐勝不怯寒，秋山閒獨登。」《續玄怪録》卷三《張庾》：「步月逐勝，不必樂遊原，只此院小臺藤架，可以樂矣。」亦云「勝遊」。張祜《寓懷寄蘇州劉郎中》：「唯是勝遊行未遍，欲離京國尚遲遲。」姚合《過杜氏江亭》：「上國千餘里，逢春且勝遊。」趙嘏《商山道中》：「和如春色浄如秋，五月商山是勝遊。」

〔二〕樂山登萬仞，愛水汎千舟：按《論語・雍也》：「知者樂水，仁者樂山。」

〔三〕琵琶谷：俟考。按白居易《琵琶行》有「潯陽江頭夜送客」之句，寒山詩「送客琵琶谷」或即由此産生聯想乎？

〔四〕鸚鵡洲：在今武漢西南長江中，歷來稱爲勝景。孟浩然《鸚鵡洲送王九之江左》：「昔登江上黄鶴樓，遥愛江中鸚鵡洲。洲勢逶迤遶碧流，鴛鴦鸂鶒滿灘頭。灘頭日落沙磧長，金沙熠熠動飆光。舟人牽錦纜，浣女結羅裳。月明全見蘆花白，風起遥聞杜若香，君行采采莫相忘。」

〔五〕抱膝：《三國志・蜀書・諸葛亮傳》裴注引《魏略》曰：「每晨夜從容，常抱膝長嘯。」《文選》卷二八劉琨《扶風歌》：「慷慨窮林中，抱膝獨摧藏。」　冷颼颼：錢起《江行無題一百首》之四十九：「風晚冷颼颼，蘆花已白頭。」

報汝修道者

報汝修道者〔一〕，進求虚勞神〔二〕。人有精靈物〔三〕，無字復無文〔四〕。呼時歷歷應，隱處不居存〔五〕。叮嚀善保護，勿令有點痕〔六〕。（一七九）

【箋注】

〔一〕報：回答，答覆。司馬遷《報任安書》：「闕然久不報，幸勿爲過。」　修道者：這裏指修習佛道者。

〔二〕進求：精進求道。《出曜經》卷一：「永離三事，不懃採習，謂爲行道齊是而已，不增翹勇，進求上人法。」寒山詩之「進求」，指向外求佛。

〔三〕精靈物：李咸用《宿漁家》：「陶家壁上精靈物，風雨未來終是梭。」寒山詩之「精靈物」，則指人之心性，或云佛性，或云心王等等。《祖堂集》卷四《丹霞和尚》載《翫珠吟》：「識得衣中寶，無明醉自醒。百骸俱潰散，一物鎮長靈。」《元叟行端禪師語録》卷六《擬寒山子詩四十一首》之七：「吾家有一物，出入身田中。趁渠渠不去，覓渠渠不逢。賑渠渠不富，劫渠渠不窮。圓光爍萬像，如日遊虛空。」所云之「一物」，即是寒山詩之「精靈物」。《五燈會元》卷二《布袋和尚》：「祇箇心心心是佛，十方世界最靈物。縱横妙用可憐生，一切不如心真實。」慈受《擬寒山詩》第三三首：「終日品藻人，不知是虛誑，自己一靈物，抛在糞堆上。」所云「一靈物」，亦是寒山詩之「精靈物」。《景德傳燈録》卷三《第二十八祖菩提達磨》載波羅提説偈曰：「遍現俱該沙界，收攝在一微塵，識者知是佛性，不識唤作精魂。」所云「精魂」，亦是寒山詩之「精靈物」也。

〔四〕無字復無文：亦是對佛性之形容。《祖堂集》卷一八《仰山和尚》：「六祖在曹溪説法時：『我有一物，本來無字，無頭無尾，無彼無此，無内無外，無方圓，無大小，不是佛，不是物。』返問衆僧：『此是何物？』衆僧無對，時有小師神會出來對云：『神會識此物。』六祖云：『這饒舌沙彌既云識，唤作什摩物？』神會云：『此是諸佛之本源，亦是神會佛性。』」按六祖所云「我有一物，本來無字」，即是寒山詩之「人有精靈物，無字復無文」也。

〔五〕居存：停留，存在。按《景德傳燈録》卷三〇傅大士《心王銘》：「觀之無形，呼之有聲」，亦與寒山詩之「呼時歷歷應，隱處不居存」二句相似。又道藏中亦有類似説法，錦屏山道玄子李先生集《悟真集》卷上《歎不識性命歌》：「真空性，真空性，無色無聲難視聽，隱顯虛空空弗空，尋之不見呼之應。」陳觀吾《元始無量度人上品妙經注解》卷中：「張真人云：視之不可見其形，及至呼之又却膺。」

〔六〕點痕：污點，黑斑。「點」即小黑點。《説文》：「點，小黑也。」

去年春鳥鳴

去年春鳥鳴〔一〕，此時思弟兄。今年秋菊爛〔二〕，此時思發生〔三〕。淥水千場咽①〔四〕，黄雲四面平〔五〕。哀哉百年内〔六〕，腸斷憶咸京〔七〕。（一八〇）

【校勘】

①「淥」，宫内省本、正中本、高麗本、四庫本、全唐詩本皆作「緑」。「場」，四庫本、全唐詩本作「腸」。

【箋注】

〔一〕春鳥鳴：謂春天之時。孟浩然《春中喜王九相尋》：「二月湖水清，家家春鳥鳴。」

〔二〕秋菊爛：謂秋天之時。花盛開曰「爛」。《世説新語·文學》：「支作數千言，才藻新奇，花爛映發。」皎然《桃花石枕歌送安吉康丞》：「爛疑朝日照已舒，含似春風吹未坼。」

〔三〕發生：指春季。《莊子·庚桑楚》：「夫春氣發而百草生，正得秋而萬寶成。」《爾雅·釋天》：「春爲發生，夏爲長嬴，秋爲收成，冬爲安寧。」羅鄴《春風》：「每歲東來助發生，舞空悠颺徧寰瀛。」

〔四〕渌水千場咽：形容渌水潺湲不止。以「咽」形容水聲，見一七七首注〔三〕。

〔五〕黄雲四面平：形容黄雲布滿天空。《文選》卷三〇謝靈運《擬魏太子鄴中集詩八首·阮瑀》：「河洲多沙塵，風悲黄雲起。」李善注引《淮南子》曰：「黄泉之埃，上爲黄雲。」「平」謂滿。如孟浩然《望洞庭湖贈張丞相》：「八月湖水平，涵虚混太清。」王灣《次北固山下》：「潮平兩岸闊，風正一帆懸。」

〔六〕百年内：指有生之年。見〇四二首注〔七〕。

〔七〕咸京：指咸陽，秦代的京城。唐人亦或以「咸京」代指京城長安。李乂《餞唐永昌》：「田郎才貌出咸京，潘子文華向洛城。」司馬扎《獵客》：「自言家咸京，世族如金張。」

多少天台人

多少天台人，不識寒山子。莫知真意度〔一〕，唤作閑言語〔二〕。（一八一）

【箋注】

〔一〕意度：見解，含義。漢郭憲《洞冥記》卷二：「郭瓊，東郡人也。形貌醜劣，而意度過人。」《臨濟録》：「祇擬傍家波波地學禪學道，認名認句，求佛求祖，求善知識意度。」又：「人信不及，便乃認名認句，向文字中求意度，佛法天地懸殊。」

〔二〕閑言語：無關緊要的話。《緇門警訓》卷六黄龍死心新禪師《小參》：「禪道不在册子上，縱饒念得一大藏教，諸子百家，也只是閑言語，臨死之時總用不着。」《碧巖録》第八五則本則評唱：「行脚漢莫只空遊州獵縣，只欲得提搦閑言語，待老和尚口動，便問禪問道。」

一住寒山萬事休

一住寒山萬事休〔一〕，更無雜念挂心頭。閑書①石壁題詩句〔二〕，任運還同不繫舟〔三〕。（一八二）

【校勘】

①「書」，宫内省本、正中本、高麗本、四庫本、全唐詩本皆作「於」。

【箋注】

〔一〕萬事休：見〇八五首注〔六〕。

〔二〕閑書石壁題詩句：按閭丘胤《寒山子詩集序》：「乃令僧道翹尋其往日行狀，唯於竹木石壁書詩，並村野人家廳壁上所書文句三百餘首，及拾得於土地堂壁上書言偈，並纂集成卷。」

〔三〕任運：隨順命運，任其自然。見一六四首注〔二〕。　不繫舟：比喻不受拘束，自由自在。《莊子·列禦寇》：「飽食而遨遊，汎若不繫之舟，虚而遨遊者也。」成玄英疏：「唯聖人汎然無係，泊爾忘心，譬彼虚舟，任運逍遥。」《高僧傳》卷一〇《晉上虞龍山史宗傳》：「浮遊一世間，汎若不繫舟。」白居易《適意二首》之一：「豈無平生志，拘牽不自由。一朝歸渭上，泛如不繫舟。」

《汾陽無德禪師語録》卷下《行脚僧》：「五湖四海盡曾遊，自在縱横不繫舟。」《續古尊宿語要》卷二《隱山璨和尚語》：「身世悠悠不繫舟，莫將閑事掛心頭。」

可惜百年屋

可惜百年屋，左倒右復傾。牆壁分散盡，木植亂差横〔一〕。甎瓦片片落，朽爛不堪停〔二〕。狂風吹驀塌①〔三〕，再豎卒難成〔四〕。（一八三）

【校勘】

①「狂」，宫内省本、四庫本作「任」。「塌」，原作「榻」，據宫内省本、正中本、高麗本、四庫本改。

【箋注】

〔一〕木植：指構築房屋的梁柱等木料。明余繼登《典故紀聞》卷一六：「又請於文淵閣近地别建重樓，不用木植，但用磚石。」按「植」即木柱。《墨子·備城門》：「城上百步一樓，樓四植。」差横：交錯，横斜。

〔二〕不堪停：不可居住。「停」即居住。《北史·李概傳》：「江南多以僧寺停客。」《根本説一切有部毘奈耶藥事》：「乃往古昔，於中天國，有一畫師。其人因事往詣餘國，至已，還向畫師家停。」《太平廣記》卷二二四《賣䭔媪》（出《定命録》）：「因至京，停於賣䭔媪肆。」又卷二三〇《王度》（出《異聞集》）：「丹命祇承人指勳停處，勳謂曰：『欲得倉督李敬慎家居止。』」

〔三〕驀塌：突然倒塌。「驀」即突然之義。辛棄疾《青玉案》（元夕）：「驀然回首，那人却在燈火闌珊處。」

〔四〕再豎卒難成：把已經倒塌的房屋重新建造起來，終難成功。「豎」這裏是指起造房屋。「卒」即終究、畢竟。《鹽鐵論·非鞅》：「秦任商君，國以富强，其後卒并六國而成帝業。」

楚按，寒山此詩之「百年屋」，即指人身，以屋舍朽爛，比喻年老身衰；以風吹屋塌，比喻溘焉命終。《寒山詩闡提記聞》評曰：「『百年屋』者，謂四大空華幻質，五藴泡影肉身，次第倦疲衰朽。『牆壁分散盡』者，血肉漸枯竭，骨節盡疼痛。『甎瓦片片落』者，髮毛齒牙總謝也。『狂風吹驀塌』者，謂無常殺鬼一刹那間奪將去底時節，再得完全大難也。」蓋「百年」爲人壽之大限，而以「屋舍」比喻人身，亦爲佛教之常談。如《大般涅槃經》卷二三：「譬如朽宅，垂崩之屋，我命亦爾，云何起惡。」《佛説七女經》記七女於塚間觀死屍，第七女曰：「一身獨居，人出去其舍，舍中空，無有守者，今舍日壞敗。」元稹《遺病》：「況我早師佛，屋宅此身形。」禪宗歌偈中亦多有立意與此詩相似者，可與此首對讀。如《龐居士語録》卷中：「老來無氣力，房舍不能修。基頽柱根朽，椽梠脱差抽。泥塗零落盡，四壁空颼颼。舉頭看梁柱，星星見白頭。慧雲降法雨，智水沃心流。家中空豁豁，屋倒亦何憂。山莊草庵破，余歸大宅游。生生不揀處，隨類説無求。」《祖堂集》卷一五《龐居士》：「衣食支身命，相勸學如如。時至移庵去，無物可盈餘。」《景德傳燈録》卷二〇《京兆重雲智暉禪師》：「至七月二十四日，體中無恙，垂誡門人，并示一偈曰：『我有一間舍，父母爲修蓋。住來八十年，近來覺損壞。早擬移住處，事涉有憎愛。待他摧毀時，彼此無相礙。』趺坐而逝，壽八十有四，臘六十四。」《全唐詩》卷八六一載段穀《市中狂吟》亦云：「一間茅屋，尚自修治。任狂風吹，連簷破碎。枓栱斜攲，看著倒也。牆壁作散土一堆，主人翁永不來歸。」

精神殊爽爽

精神殊爽爽〔一〕，形貌極堂堂〔二〕。能射穿七札①〔三〕，讀書覽五行〔四〕。經眠虎頭枕〔五〕，昔坐象牙牀〔六〕。若無阿②堵物〔七〕，不啻冷如霜〔八〕。（一八四）

【校勘】

①「札」，原作「扎」，據宮内省本、四庫本、全唐詩本改。②「阿」，原作「一」，宮内省本、正中本、高麗本、四庫本作「阿」，全唐詩本夾注「一作阿」，兹據宮内省本等改。

【箋注】

〔一〕爽爽：開朗豁達。《世説新語·賞譽》「初法汰北來未知名」條，劉孝標注引孫綽爲汰贊曰：「凄風拂林，明泉映壑。爽爽法汰，校德無作。事外瀟灑，神内恢廓。實從前起，名隨後躍。」

〔二〕堂堂：器宇軒昂貌。見一五九首注〔二〕。

〔三〕穿七札：射穿七重甲胄。「札」即鎧甲的葉片。《左傳》成公十六年：「潘尪之黨，與養由基蹲甲而射之，徹七札焉。」《韓詩外傳》卷八：「齊景公使人爲弓，三年乃成。景公得弓而射，不穿三札。景公怒，將殺弓人。弓人之妻往見景公曰：『蔡人之子，弓人之妻也。此弓者，太山之南，烏號之柘，騂牛之角，荆麋之筋，河魚之膠也。四物者，天下之練材也，不宜穿札之少如此。且妾聞奚公之車，不能獨走；莫耶雖利，不能獨斷，必有以動之。夫射之道，在手若附枝，掌若握卵，四指如斷短杖，右手發之，左手不知，此蓋射之道。』景公以爲儀而射之，穿七札。蔡人之夫立出矣。」

〔四〕覽五行：一目五行，形容讀書神速。《藝文類聚》卷二二引孔融《汝潁優劣論》：「汝南應世叔，讀書五行俱下。」《景德傳燈録》卷八《汾州無業禪師》：「九歲依開元寺志本禪師受大乘經，五行俱下，諷誦無遺。」《續傳燈録》卷二八《侍郎李彌遠》：「少時讀書，五行俱下。」

〔五〕經：曾，曾經。《南齊書·張敬兒傳》：「祖天子，父天子，身經作皇太子。」《高僧傳》卷九《佛圖澄傳》：「王過去世經爲大商主，至罽賓寺，嘗供大會。」《太平御覽》卷四一一引宋躬《孝子傳》：「尊府君昔經見侵，故有怨報。」王績《在京思故園見鄉人問》：「經移何處竹？別種幾株梅？」武三思《仙鶴篇》：「經隨羽客步丹丘，曾逐仙人遊碧落。」　虎頭枕：《西京雜記》卷五：「李廣與兄弟共獵於冥山之北，見卧虎焉。射之，一矢即斃。斷其髑髏以爲枕，示服猛也。」《太平廣記》卷一二九《晉陽人妾》（出《紀聞》）：「虎既殺其人，乃入院，至其房而處其牀，若寢者。其家伺其寢，則閉鏁其門而白於府。季休光爲留守，則使取之。取者登焉，破其屋，攢矛以刺之，乃死。舅方爲留守判官，得其頭，漆之爲枕。」

〔六〕象牙牀：《遊仙窟》：「五彩龍鬚席，錦繡緣邊氈，八尺象牙牀，緋綾帖薦褥。」章孝標《題東林寺寄江州李員外》：「象牙牀坐蓮花佛，瑪瑙函盛貝葉經。」敦煌本《妙法蓮華經講經文》：「白角簟中安錦褥，象牙床上布紅絪。」

〔七〕阿堵物：指錢。《世説新語・規箴》：「王夷甫雅尚玄遠，常嫉其婦貪濁，口未嘗言『錢』字。婦欲試之，令婢以錢遶牀，不得行。夷甫晨起，見錢閡行，呼婢曰：『舉却阿堵物。』」《太平御覽》卷八三六引《俗説》曰：「王子敬學王夷甫，呼錢爲阿堵物。後既詔出赴謝公主簿，過會下，與共擲散（骰），當其夕，手自抱錢。戲竟，明日已後云：『何至須阿堵物。』」宋陶穀《清異録》卷一《潤家錢》：「州縣時會僚屬，不設席而分饋阿堵，號潤家錢。」按「阿堵」即這箇。清郝懿行《晉宋書故》：「阿堵音者，即今人言者箇。阿，發語詞。堵從者聲，義得通借。《説文》云：『者，别事詞也。』故指其物而别之曰者箇。方俗之言有符詁訓，淺人不曉，書作這箇，不知這字音彦《玉篇》：這，宜箭切，迎也，以這爲者，其謬甚矣。凡言者箇，隨其所指，理俱可通。故《晉書・王衍傳》：『口未嘗言錢，晨起見錢，謂婢曰：舉阿堵物卻。』謂錢也。《世説・巧藝篇》顧長康曰：『傳神寫照，正在阿堵中。』謂眼也。《文學篇》殷中軍見佛經云：『理亦應阿堵上。』謂經也。《雅量篇》注，謝安目衛士謂温曰：『明公何有壁間著阿堵輩。』謂兵也。益知此語爲晉代方言。今人讀堵爲覩音，則失之矣。」

〔八〕不啻：不下於，無異於。《書・秦誓》：「人之彥聖，其心好之，不啻若自其口出。」杜甫《奉寄高常侍》：「總戎楚蜀應全未，方駕曹劉不啻過。」亦作「不翅」。《宏智禪師廣録》卷八《真戒大師求頌》：「應機分手眼，不翅有千千。」

笑我田舍兒

笑我田舍兒〔一〕，頭頰底縶澁①〔二〕。巾子未②曾高〔三〕，腰帶長時急〔四〕。非是不及時〔五〕，無錢趂不及〔六〕。一日有錢財〔七〕，浮圖頂上立〔八〕。（一八五）

【校勘】

①「澁」，宫内省本、四庫本作「濕」，全唐詩本夾注「一作澀」。②「未」，四庫本作「不」。

【箋注】

〔一〕田舍兒：莊稼漢，鄉巴佬。《世説新語・文學》：「殷中軍嘗至劉尹所清言。良久，殷理小屈，遊辭不已。劉亦不復答。殷去後，乃云：『田舍兒强學人作爾馨語。』」《北史・盧曹傳》：「神武厚禮召之，以(高)昂相擬，曰：『宜來與從叔爲二曹。』曹愠曰：『將田舍兒比國士！』」《大唐新語》卷一二《酷忍》：「許敬宗又宣言於朝曰：『田舍兒剩種得十斛麥，尚欲换舊婦，況天子富有四海，立皇后有何不可。』」李涉《木蘭花》：「碧落真人著紫衣，始堪相並木蘭枝。今朝繞郭花看遍，盡是深村田舍兒。」《新五代史・盧程傳》：「用人不以門閥，而先田舍兒耶？」按《抱朴子外篇・疾謬》：「以傾倚申脚者爲妖妍標秀，以風格端嚴者爲田舍朴騃。」故知古人云「田舍」者，即寓村野朴騃之意。

〔二〕頭頰：頭臉，指面貌容儀。　縶澁：朴騃。《抱朴子外篇・行品》：「士有貌望樸悴，容觀矬陋，聲氣雌弱，進止質澀，然而含英懷寶，經明行高，幹過元凱，文蔚春林，官則庶績用康，武則克全獨勝，蓋難分之二也。」按寒山詩之「縶澁」，即是《抱朴子》之「質澀」，朴拙貌也。

〔三〕巾子未曾高：形容穿著村野。「巾子」爲古人首服。《説郛》（商務本）卷一〇唐劉存《事始》：「《實録》曰：隋大業十年，左丞相牛弘上議，請著巾子，以桐木爲之，内皆漆。唐武德初，置平頭小樣巾子。武后内宴，賜百僚絲葛巾子，中宗内宴賜宰相内樣巾子。《漢書》：梁冀改易制作，爲埤幘狹冠折上巾。《傅子》曰：漢末王公多委王服，以幅巾爲雅素。袁紹、崔鈞雖爲軍，皆著縑巾。又郭林宗遇雨，巾一角墊，號曰折角巾。晉陶潛葛巾漉酒，後人因置漉酒巾。」按古人以高巾子爲時髦，故「巾子未曾高」爲朴野之貌。《朝野僉載》卷四：「時有沈全交者，傲誕自縱，露才揚己，高巾子，長布衫，南院吟之。」《唐會要》卷三一《巾子》：「武德初，始用之，初尚平頭小樣者。天授二年，則天内宴，賜群臣高頭巾子，呼爲武家諸王樣。景龍四年三月内宴，賜宰臣已下内樣巾子，其樣高而踣，皇帝在藩時所冠，故時人號爲英王踣樣。」《清平山堂話本・簡帖和尚》：「頭上裹一頂高樣大桶子頭巾，著一領大寬紬斜襟摺子，下面襯貼衣裳，甜鞋浄襪。」

〔四〕腰帶長時急：亦爲形容衣著朴拙。按「急」即緊之義。《三國書・魏書・吕布傳》：「布曰：

『縛太急，小緩之。』太祖曰：『縛虎不得不急也。』」《出曜經》卷五：「猶如有人，而被二繫：一者革索，二者龍鬚索。將至火邊，以火炙之，革索便急，龍鬚索緩。若將入水，革索便緩，龍鬚索急。」《高僧傳》卷一〇《宋岷山通雲寺邵碩傳》：「可露吾骸，急繫履著脚。」王建《送衣曲》：「半年著道經雨溼，開籠見風衣領急。」按古人以寬袍緩帶爲儒雅。《太平廣記》卷二四七《盧詢祖》（出《北史》）：「齊主客郎頓丘李恕身短而袍長，盧詢祖腰麄而帶急。恕曰：『盧郎腰麄帶難匝。』答曰：『丈人身短袍易長。』」盧詢祖即以腰帶急而被譏諷也。

〔五〕及時：合於時尚，猶云「入時」。「時」即時尚、時髦。朱慶餘《閨意》：「粧罷低聲問夫婿：畫眉深淺入時無？」李義山《雜纂·不達時宜》：「不相稱强學時樣粧束。」宋陳師道《謝寇十一惠端硯》：「琢爲時樣供翰墨，十襲包藏百金貴。」

〔六〕趂不及：追不上。敦煌遺書伯二五五五馬雲奇《白雲歌》：「忽散鳥飛趁不及，唯秖清風隨往還。」按「趂」即追趕之義。玄應《一切經音義》卷一《大威德陀羅經音義》：「趁逐，丑刃反，謂相追趁也。關西以逐物爲趁也。」寒山詩之「趂」指「趂時」，亦即趕時髦。《景德傳燈録》卷三〇《一鉢歌》：「趂時結裹學擺撥，也學柔和也粗糲。」「趂時結裹」即時髦打扮。

〔七〕一日：一旦，有朝一日。《戰國策·秦策五》：「王之春秋高，一日山陵崩，太子用事，君危於累卵。」

〔八〕浮圖頂上立：「浮圖」亦譯「佛圖」、「浮屠」等，即塔。《魏書·釋老志》：「凡宫塔制度，猶依天竺舊狀而重構之，從一級至三、五、七、九。世人相承，謂之浮圖，或云佛圖。」張讀《宣室志》卷三：「武陵郡有浮圖祠，其高數百尋，下瞰大江，每江水泛溢，則浮圖勢若摇動，故里人無敢登其上者。……一日，天雨初霽，郡民望見浮圖之顛若有人立者。」寒山詩之「浮圖頂上立」，則是比喻高高在上，壓倒世人之意。

買肉血䶵䶵

買肉血䶵䶵①〔一〕，買魚跳鱍鱍〔二〕。君身招罪累〔三〕，妻子成快活。纔死渠便嫁②，他人誰敢遏〔四〕。一朝如破牀，兩箇當頭脱〔五〕。（一八六）

【校勘】

①「䶵」，全唐詩本夾注「一作聒」。②「纔」，宫内省本、四庫本作「捷」。「便嫁」，宫内省本、四庫本作「家去」。此句全唐詩本夾注「一作捷死渠家去」。

【箋注】

〔一〕䶵䶵：水流聲。《碧巖録》第七九則頌：「直得百川倒流鬧䶵䶵，非唯禪床震動，亦乃山川岌崿、天地陡暗。」亦作「活活」。《廣韻》入聲十三末：「活，水流聲。䶵，上同。」《詩·衛風·碩人》：「河水洋洋，北流活活。」毛傳：「活活，流也。」鮑照《從庾中郎遊園山石室》：「昏昏磴路深，活活梁水疾。」李白《江上寄元六林宗》：「涼風何蕭蕭，流水鳴活活。」張祜《送蜀客》：「錦城書氤氤，錦水春活活。」亦作「聒聒」。皇甫冉《雜言月洲歌送趙冽還襄陽》：「流聒聒兮湍與瀨，草青青兮春更秋。」

〔二〕鱍鱍：魚跳貌。杜甫《觀打魚歌》：「綿州江水之東津，魴魚鱍鱍色勝銀。」白居易《昆明春》：「今來净緑水照天，游魚鱍鱍蓮田田。」亦作「發發」。《詩·衛風·碩人》：「施罛濊濊，鱣鮪發發。」陸德明釋文：「發，補末反。馬云：魚著罔尾發發然。《韓詩》作鱍。」杜甫《題張氏隱居二首》之二：「霽潭鱣發發，春草鹿呦呦。」

〔三〕罪累：罪過，這裏指殺生之罪。《法苑珠林》卷二三《慚愧篇·述意部》：「近障人天，遠妨聖道，如斯罪累，何可言陳。」又卷八九《受戒篇·感應緣》：「俗人多罪累，死皆惡道，至心懺悔，可以滅之。」《續高僧傳》卷二《釋彦琮傳》：「自爾專思罪累，屏絶人事，息意言筌，行方等懺。」范攄《雲溪友議》卷中：「徐侍郎安貞久居中書省，常參李右丞議，恐其罪累，乃逃隱衡山嶽寺。」

〔四〕遏：阻擋。陸機《文賦》：「來不可遏，去不可止。」

〔五〕當頭脱：《祖堂集》卷五《道吾和尚》：「因椑樹向火次，師問：『作什摩？』椑樹曰：『和合。』師曰：『與摩則當頭脱去也。』」按「當」讀去聲，器物之底部或端部稱「當」。《商君書·靳令》：「四寸之管無當，必不滿也。」《韓非子·外儲説右上》：「堂谿公謂昭侯曰：『今有千金之玉巵，通而無當，可以盛水乎？』昭侯曰：『不可。』『有瓦器而不漏，可以盛酒乎？』昭侯曰：『可。』對曰：『夫瓦器，至賤也，不漏，可以盛酒。雖有乎千金之玉巵，至貴而無當，漏，不可乘（盛）水，則人孰注漿哉？今爲人之主而漏其群臣之語，是猶無當之玉巵也，雖有聖智，莫盡其術，爲其漏也。』」《陳書·傅縡傳》載《明道論》：「以無當之巵，同畫地之餅矣。」以上之「當」，皆指底部。清錢大昕《十駕齋養新録》卷二《紞》：「《士喪禮》：『緇衾赬裏無紞。』注：『紞，被識也。』疏謂『被本無首尾，生時有紞，爲記識前後。』予謂被之有紞，若今時當頭矣吴中方言以被識爲當頭。紞、當聲相近。」所云「當頭」，謂被之上端。寒山詩之「兩箇當頭」，謂牀之兩端，牀體即借助兩端之「當頭」而立於地。「一朝如破牀，兩箇當頭脱」，則牀體分散，不可收拾，比喻己既招罪，妻又嫁人，兩無所得，猶如俗語所云「扁擔兩頭脱」也。

客難寒山子

客難①寒山子〔一〕：君詩無道理。吾觀乎古人，貧賤不爲恥〔二〕。應之笑此言，談何踈闊矣〔三〕。願君似今日，錢是急事爾〔四〕。（一八七）

【校勘】

①「難」，宫内省本、四庫本作「歎」，全唐詩本夾注「一作歎」。

【箋注】

〔一〕難：詰問，辯駁。《世説新語·言語》：「足下相難，依據者何經？」又《文學》：「裴成公作《崇有論》，時人攻難之，莫能折，唯王夷甫來，如小屈。時人即以王理難裴，理還復申。」

〔二〕貧賤不爲恥：如《論語·子罕》：「子曰：衣敝緼袍，與衣狐貉者立，而不恥者，其由也與？」邢昺疏：「緼袍，衣之賤者；狐貉，裘之貴者。常人之情，著破敗之緼袍，與著狐貉之裘者並立，則皆慙恥。而能不恥者，唯其仲由也與？」

〔三〕踈闊：迂腐，不切事情。杜甫《贈蜀僧閭丘師兄》：「小子思疏闊，豈能達詞門。」

〔四〕急事：緊要之事。《抱朴子内篇·道意》：「又非在職之要務，殿最之急事。」《太平廣記》卷一二二《張御史》（出《廣異記》）：「將渡淮，有黄衫人自後奔走來渡，謂有急事。特駐舟，洎至，乃云附載渡淮耳。御船者欲毆擊之。」

從生不往來

從生不往來〔一〕，至死無仁義〔二〕。言既有枝葉〔三〕，心懷便險①詖〔四〕。若其開②小道，緣此生大僞〔五〕。詐説造雲梯〔六〕，削之成棘刺〔七〕。（一八八）

【校勘】

①「險」，宫内省本作「譣」。　②「開」，四庫本作「聞」。

【箋注】

〔一〕從生不往來：按《老子》八十章：「小國寡民，使有什佰之器而不用，使民重死而不遠徙，雖有舟興，無所乘之，雖有甲兵，無所陳之，使人復結繩而用之。甘其食，美其服，安其居，樂其俗，鄰國相望，雞犬之聲相聞，民至老死不相往來。」

〔二〕至死：至老死，即終生。　無仁義：按《老子》十八章：「大道廢，有仁義。」又十九章：「絶仁棄義，民復孝慈。」

〔三〕言既有枝葉：《易・繫辭下》：「中心疑者其辭枝。」孔穎達疏：「枝謂樹枝也，中心於事疑惑，則其心不定，其辭分散，若閒枝也。」按「枝葉」比喻支蔓不實。《中阿含經》卷二八：「猶如有人，欲得求實，爲求實故，持斧入林。彼見大樹，成根莖節枝葉華實。彼人不觸根莖節實，但觸枝葉。諸賢所説，亦復如是。」《出曜經》卷一三：「息心滅意，粗結不興者，諸弊惡法，已盡已滅，更不復興。粗者謂結中根本，根本已除，則無枝葉。是故説息心滅意，粗結不興也。」《妙法蓮華經・方便品》：「爾時佛告舍利弗：我今此衆，無復枝葉，唯有貞實。」《楞嚴經》卷七：「求菩薩道，要先持此四種律儀，皎如冰霜，自不能生一切枝葉。」玄覺《證道歌》：「直截根源佛所印，摘葉尋枝我不能。」宋張商英《護法論》：「釋氏直指本根，不存枝葉者，治骨髓之疾也。」明袾宏《竹窗三筆・性相》：「是故偏言性不可，而偏言相尤不可。偏言性者，急本而緩末猶爲不可中之可；務枝葉而失根原，不可中之不可者也。」寒山詩之「言既有枝葉」，即指上文「仁義」之説，蓋道家對「仁義」取否定態度，故喻爲「枝葉」也。

〔四〕險詖：邪佞不正。亦作「譣詖」。參看一五〇首注〔四〕。

〔五〕若其開小道，緣此生大僞：「小道」指異端。《論語·子張》：「雖小道，必有可觀者焉，致遠恐泥。」何晏集解：「小道謂異端。」「大僞」則指嚴重的詐僞。陶淵明《感士不遇賦序》：「自真風告逝，大僞斯興，閭閻懈廉退之節，市朝驅易進之心。」寒山詩「若其開小道，緣此生大僞」二句，詩意出自《老子》十八章：「大道廢，有仁義。智慧出，有大僞。」寒山詩之「小道」，即是《老子》所云之「仁義」；「大僞」，即是《老子》所云之「智慧」也。

〔六〕雲梯：一種巨型攻城戰具。《墨子·公輸》：「公輸盤爲楚造雲梯之械，成，將以攻宋。」《説郛》（商務本）卷一〇唐劉存《事始·雲梯》：「魯人公輸般造，以攻宋城。《太白陰經》：爲之飛梯，以大木爲床，床下置六輪，上立兩牙，牙有梧梯，節中長一丈二尺。有四桄，桄相去二尺，勢微曲，遞互相括，飛於雲間，以窺城中。其上梯首冠雙轆轤，枕城而上也。」

〔七〕棘刺：荊棘之尖，形容極小。《列子·湯問》：「紀昌既盡衛之術，計天下之敵己者一人而已，乃謀殺飛衛。相遇於野，二人交射，中路矢鋒相觸而墜於地，而塵不揚。飛衛之矢先窮，紀昌遺一矢，既發，飛衛以棘刺之端扞之，而無差焉。」寒山詩「詐説造雲梯，削之成棘刺」者，形容詭詐不實之言也。《韓非子·外儲説左上》：「宋人有請爲燕王以棘刺之端爲母猴者，必三月齋，然後能觀之。燕王因以三乘養之。右御治（冶）工言王曰：『臣聞人主無十日不燕之齋，今知王不能久齋，今以觀無用之器也，故以三月爲期。凡刻削者，以其所以削必小。今臣冶人也，無以爲之削。此不然物也，王必察之。』王因囚而問之，果妄，乃殺之。冶人謂王曰：『計無度量，言談之士多棘刺之説也。』」

一鉼鑄金成

一鉼鑄金成，一鉼埏泥出〔一〕。二鉼任君看，那箇鉼牢實。欲知鉼有二，須知業非一〔二〕。將此驗生因〔三〕，修行在今日〔四〕。（一八九）

【箋注】

〔一〕埏泥：和泥制作，義同「埏埴」。《老子》十一章：「埏埴以爲器，當其無，有器之用。」《荀子·性惡》：「故陶人埏埴而爲器。」楊倞注：「埏，擊也；埴，黏土也。擊黏土而成器。」按鑄金而成者即金瓶，埏泥而成者爲瓦瓶。金瓶與瓦瓶之喻，如《大般涅槃經》卷五：「譬如瓦瓶，破而聲嘶，金剛寶瓶，則不如是。夫解脱者，亦無嘶破，金剛寶瓶，喻真解脱。真解脱者，即是如來。」《宗鏡録》卷二三：「譬如衆生位如土器，菩薩位如銀器，諸佛位如金器。」取喻也與此相似。

〔二〕業：佛教稱能導致果報之身、口、意、行爲「業」。「欲知鉼有二，須知業非一」二句，謂導致金瓶與泥瓶的果報區别，是由於業因不同所致。

〔三〕生因：衆生得生此身之業因，如因煩惱惑業而生此身，一如草木種子而生果實。《大般涅槃經》卷二一：「云何生因？生因者，即是業煩惱等，及外諸草木子，是名生因。」

〔四〕修行在今日：謂自今日起修行佛道，積累善因，以獲福果。

摧殘荒草廬

摧殘荒草廬，其中煙火蔚〔一〕。借問群小兒，生來凡幾日〔二〕。門外有三車〔三〕，迎之不肯出。飽食腹膨脝〔四〕，箇是癡頑物〔五〕。（一九〇）

【箋注】

〔一〕煙火蔚：煙霧彌漫，火焰熾盛。「蔚」即彌漫、盛多貌。《世説新語·言語》：「草木蒙籠其上，若雲興霞蔚。」

〔二〕凡幾日：共幾天，此處言群小兒年齡幼小。劉方平《京兆眉》：「有來凡幾日，相效滿城中。」韓偓《寄京城親友二首》之二：「相思凡幾日，日欲詠離衿。」

〔三〕三車：指羊車、鹿車、牛車。參看篇後按語所引《妙法蓮華經》。佛經以「三車」分别譬喻聲聞乘、緣覺乘、菩薩乘。《妙法蓮華經·譬喻品》：「若有衆生，内有智性，從佛世尊聞法信受，殷勤精進，欲速出三界，自求涅槃，是名聲聞乘，如彼諸子，爲求羊車，出於火宅。若有衆生，從佛世尊聞法信受，殷勤精進，求自然慧，樂獨善寂，深知諸法因緣，是名辟支佛乘，如彼諸子，爲求鹿車，出於火宅。若有衆生，從佛世尊聞法信受，勤修精進，求一切智、佛智、自然智、無師智，如來知見力無所畏，愍念安樂無量衆生，利益天人，度脱一切，是名大乘，菩薩求此乘故，名爲摩訶薩，如彼諸子，爲求牛車，出於火宅。」按「辟支佛乘」即「緣覺乘」，「大乘」即「菩薩乘」。

〔四〕膨脝：腹部鼓脹貌。陸游《朝飢食齏麪甚美戲作》：「一杯齏餺飥，老子腹膨脝。」亦作「彭亨」。韓愈《石鼎聯句詩》：「龍頭縮菌蠢，豕腹漲彭亨。」

〔五〕箇是：此是。見〇四七首注〔五〕。　癡頑物：愚昧不化之人。「癡頑」即愚暗無知、冥頑不靈。王建《昭應官舍》：「癡頑終日羨人閒，卻喜因官得近山。」《酉陽雜俎前集》卷一五《諸臯記下》：「真官以君獨學，故令郎君言展，且論精奥，何癡頑狂率，輒致損害？」李義山《雜纂·癡頑》：「有錢不還債，知過不能改，見他言語强拗，見人文字强評騭，自不知過强恠，把酒犯令不受罰，家貧强作富貴相。」

楚按，寒山此詩立意出於佛經中著名的「火宅」故事，見《妙法蓮華經·譬喻品》，其文頗詳贍可喜，因具引於下：「譬如長者，有一大宅，其宅久故，而復頓弊，堂舍高危，柱根摧朽，梁棟傾斜，基陛隤毁，牆壁圮坼，泥塗褫落，覆苫亂墜，椽梠差脱，周障屈曲，雜穢充徧，有五百人，止住其中。鴟梟鵰鷲，烏鵲鳩鴿，蚖蛇蝮蠍，蜈蚣蚰蜒，守宮百足，鼬貍鼷鼠，諸惡蟲輩，交横馳走，屎尿臭處，不浄流溢，蜣蜋諸蟲，而集其上，狐狼野干，咀嚼踐踏，嚌齧死屍，骨肉狼藉。由是群狗，競來搏撮，飢羸慞惶，處處求食，鬬諍摣掣，啀喍嗥吠。其舍恐怖，變狀如是，處處皆有，魑魅魍魎，夜叉惡鬼，食噉人肉。毒蟲之屬，諸惡禽獸，孚乳産生，各自藏護，夜叉競來，争取食之，食之既飽，惡心轉熾，鬬諍之聲，甚可怖畏。鳩槃茶鬼，蹲踞土埵，或時離地，一尺二尺，往返遊行，縱逸嬉戲，捉狗兩足，撲令失聲，以脚加頸，怖狗自樂。復有諸鬼，其身長大，躶形黑瘦，常住其中，發大惡聲，叫呼求食。復有諸鬼，其咽如鍼，復有諸鬼，首如牛頭，或食人肉，或復噉狗，頭髮髼亂，殘害凶險，飢渴所逼，叫喚馳走，夜叉餓鬼，諸惡鳥獸，飢急四向，窺看窗牖，如是諸難，恐畏無量。是朽故宅，屬於一人，其人近出，未久之間，於後宅舍，忽然火起，四面一時，其焰俱熾。棟梁椽柱，爆聲震裂，摧折墮落，牆壁崩倒，諸鬼神等，揚聲大叫，鵰鷲諸鳥，鳩槃茶等，周憧惶怖，不能自出，惡獸毒蟲，藏竄孔穴。毗舍闍鬼，亦住其中，薄福德故，爲火所逼，共相殘害，飲血噉肉。野干之屬，並已前死，諸大惡獸，競來食噉。臭煙熢㶿，四面充塞，蜈蚣蚰蜒，毒蛇之類，爲火所燒，争走出穴，鳩槃茶鬼，隨取而食。又諸餓鬼，頭上火然，飢渴熱惱，周憧悶走。其宅如是，甚可怖畏，毒害火災，衆難非一。是時宅主，在門外立，聞有人言：『汝諸子等，先因遊戲，來入此宅，稚小無知，歡娱樂著。』長者聞已，驚入火宅，方宜救濟，令無燒害。告喻諸子，説衆患難，惡鬼毒蟲，災火蔓延，衆苦次第，相續不絶。毒蛇蚖蝮，及諸夜叉，鳩槃茶鬼，野干狐狗，鵰鷲鵄梟，百足之屬，飢渴惱急，甚可怖畏，此苦難處，況復大火。諸子無知，雖聞父誨，猶故樂著，嬉戲不已。是時長者，而作是念：諸子如此，益我愁惱。今此舍宅，無一可樂。而諸子等，耽湎嬉戲，不受我教，將爲火害。即便思惟，設諸方便，告諸子等：『我有種種，珍玩之具，妙寶好車，羊車鹿車，大牛之車，今在門外。汝等出來，吾爲汝等，造作此車，隨意所樂，可以遊戲。』諸子聞説，如此諸車，即時奔競，馳走而出，到於空地，離諸苦難。長者見子，得出火宅，住於四衢，坐師子座，而自慶言：『我今快樂，此諸子等，生育甚難，愚小無知，而入險宅，多諸毒蟲，魑魅可畏，大火猛焰，四面俱起，而此諸子，貪樂嬉戲，我已救之，令得脱難，是故諸人，我今快樂。』爾時諸子，知父安坐，皆詣父所，而白父言：『願賜我等，三種寶車，如前所許，諸子出來，當以三車，隨汝所欲，今正是時，唯垂給與。』長者大富，庫藏衆多，金銀瑠璃，硨磲碼瑙，以衆寶物，造諸大車，莊校嚴飾，周帀欄楯，四面懸鈴，金繩交絡，真珠羅網，張施其上，金華諸纓，處處垂下，衆綵雜飾，周帀圍繞，柔軟繒纊，以爲茵褥，上妙細氎，價值千億，鮮白浄潔，以覆其上。有大白牛，肥壯多力，形體姝好，以駕寶車，多諸儐從，而侍衛之，以是妙車，等賜諸子。諸子是時，歡喜踊躍，乘是寶車，遊於四方，嬉戲快樂，自在無礙。告舍利弗：我亦如是，衆聖中尊，世間之父。一切衆生，皆是吾子，深著世樂，無有慧心。三界無安，猶如火宅，衆苦充滿，甚可怖畏，常有生老，病死憂患，如是等火，熾然不息。如來已離，三界火宅，寂然閒居，安處林野。今此三界，皆是我有，其中衆生，悉是吾子，而今此處，多諸患難，唯我一人，能爲救護。雖復教詔，而不信受，於諸欲染，貪著深故。以是方便，爲説三乘，令諸衆生，知三界苦，開示演説，出世間道。是諸子等，若心決定，具足三明，及六神通，有得緣覺，不退菩薩。汝舍利弗，我爲衆生，以此譬喻，説一佛乘，汝等若能，信受是語，一切皆當，成得佛道。」

有身與無身

有身與無身〔一〕，是我復非我〔二〕。如此審思量〔三〕，遷延倚巖坐〔四〕。足間青草生〔五〕，頂上

紅塵墮〔六〕。已見俗中人〔七〕，靈牀施酒果〔八〕。（一九一）

【箋注】

〔一〕有身與無身：「有身」即「有身見」，「無身」即「無身見」。執著此身以爲實有，佛教稱爲「有身見」，認爲是一種邪見；與此相反則稱爲「無身見」，是一種正見。《大般涅槃經》卷一七：「以修慧故，初不計著身中有我，我中有身，是身是我，非身非我，是名菩薩修習淨慧。」

〔二〕是我復非我：「是我」即「我見」，執著自我以爲實有，佛教稱爲「我見」，認爲是一種邪見；與此相反則稱爲「非我」，亦稱「無我」，是一種正見。《高僧傳》卷四《晉剡沃洲山支遁傳》：「我身非我，云云誰施。」《大般涅槃經》卷一二：「如此身者，不淨因緣和合若成，云何而得坐起行住、屈伸俯仰、視瞬喘息、悲泣喜笑？此中無主，誰使之然？作是問已，光中諸佛忽然不現。復作是念：或識是我，故使諸佛不爲我説。復觀此識，次第生滅，猶如流水，亦復非我。復作是念：若識非我，出息入息，或能是我。復作是念：是入出息，直是風性，而是風性，乃是四大，四大之中，何者是我？地性非我，水火風性亦復非我。」

〔三〕審思量：仔細思考。見〇九七首注〔六〕。

〔四〕遷延：久久，時間漫長。《晉書·愍懷太子傳》：「不若遷延却期，賈后必害太子，然後廢賈后，爲太子報讎，猶足以爲功。」　倚巖坐：義同一七一首之「巖中坐」，謂坐禪，參看該首注〔四〕。

〔五〕足間青草生：形容打坐修行時間漫長，以致草生足間，穿肉而出。《觀佛三昧海經》卷一：「菩薩是時入滅意三昧，三昧境界名寂諸根。諸天啼泣淚下如雨，勸請菩薩當起飲食，作是請時，聲遍三千大千世界，菩薩不覺。有一天子名曰悦意，見地生草，穿菩薩肉，上生至肘，告諸天曰：奇哉男子，苦行乃爾，不食多時，唤聲不聞，草生不覺。」又敦煌本《八相變》：「蘆穿透膝，頂鵲爲巢。」《明覺禪師語録》卷五《偶作》：「拾翠尋芳烈夜燈，蘆芽穿膝笑無能。」所云「蘆芽穿膝」，亦是此意。

〔六〕頂上紅塵墮：形容打坐時間漫長，以至頭頂塵土堆積。「紅塵」即塵土，見一一一首注〔四〕。

〔七〕俗中人：塵世之人。張説《耗磨日飲二首》之二：「還將不事事，同醉俗中人。」

〔八〕靈牀施酒果：謂命終而設祭。「靈牀」即死者靈前之牀座，設祭時祭品陳於其上。《晉書·顧榮傳》：「榮素好琴，及卒，家人常置琴於靈座。吴郡張翰哭之慟，既而上牀鼓琴數曲，撫琴而歎曰：『顧彦先復能賞此不？』」《太平廣記》卷一二四《高安村小兒》（出《稽神録》）：「有里中兒方見其一小兒謂之曰：『我某家死兒也，今日家人設齋，吾與爾同往食乎？』里中兒即隨之，至其家，共坐靈牀，食至輒飡，家人不見也。」《寒山子詩集管解》云：「七八句言世俗見三昧境界，以爲此人已死，而施設酒果於靈床之上以祭之也，不知别有義乎？」

昨見河邊樹

昨見河邊樹，摧殘不可論〔一〕。二三餘榦在①，千萬斧刀②痕〔二〕。霜凋萎疎③葉，波衝枯朽

根。生處當如此〔三〕，何用怨乾坤〔四〕。（一九二）

【校勘】

①「榦在」，宫内省本、四庫本作「蘗卉」，全唐詩本夾注「一作蘗卉」。②「刀」，四庫本作「斤」。③「凋」，宫内省本、四庫本作「剥」。「踈」，宫内省本、四庫本作「黄」，全唐詩本夾注「一作黄」。

【箋注】

〔一〕摧殘不可論：沈約《芳樹》：「宿昔寒飈舉，摧殘不可識。」「摧殘」即凋殘。隋虞世基《零落桐》：「零落三秋幹，摧殘百尺柯。空餘半心在，生意漸無多。」虞世南《和謁孔子廟》：「寂寞荒階暮，摧殘古木秋。」

〔二〕千萬斧刀痕：按《焦氏易林·家人之乾》亦云：「千歲槐根，身多斧瘢。」

〔三〕生處：生身之地。參看一〇九首注〔六〕。

〔四〕乾坤：天地。

楚按，寒山此詩立意出於鬼谷子遺蘇秦、張儀書，《藝文類聚》卷三六引袁淑《真隱傳》曰：「鬼谷先生，不知何許人也。隱居韜智，居鬼谷山，因以爲稱。蘇秦、張儀師之，遂立功名。先生遺書責之曰：『若二君豈不見河邊之樹乎？僕御折其枝，波浪盪其根，上無徑尺之陰，身被數千之痕。此木豈與天地有仇怨？所居然也。子不見嵩岱之松柏，華霍之檀桐乎？上枝干於青雲，下根通於三泉，千秋萬歲不受斧斤之患，此木豈與天地有骨肉哉？蓋所居然也。』」又陶淵明《擬古九首》之九云：「種桑長江邊，三年望當採。枝條始欲茂，忽值山河改。柯葉自摧折，根株浮滄海。春蠶既無食，寒衣欲誰待。本不植高原，今日復何悔。」寓意與寒山詩相同。

余見僧繇性希奇①

余見僧繇性希奇〔一〕，巧妙間生梁朝時。道子飄然爲殊特〔二〕，二公善繪手毫揮。逞畫圖真意氣異〔三〕，龍行鬼走神巍巍。饒邈②虚空寫塵跡〔四〕，無因畫得志③公師〔五〕。（一九三）

【校勘】

①宫内省本、四庫本無三四五六句。②「邈」，正中本、高麗本作「貌」。③「志」，宫内省本、四庫本作「誌」。

【箋注】

〔一〕僧繇：即梁代著名畫家張僧繇。《歷代名畫記》卷七：「張僧繇上品中，吴中人也。天監中，爲武陵王國侍郎，直秘閣，知畫事，歷右軍將軍、吴興太守。武帝崇飾佛寺，多命僧繇畫之。時諸王在外，武帝思之，遣僧繇乘傳寫貌，對之如面也。江陵天皇寺，明帝置，内有柏堂，僧繇畫盧舍那佛像及仲尼十哲，帝怪問：『釋門内如何畫孔聖？』僧繇曰：『後當賴此耳。』及後周滅佛法，焚天下寺塔，獨以此殿有宣尼像，乃不令毁拆。又金陵安樂寺四白龍，不點眼睛，每云：『點睛即飛去。』人以爲妄誕，固請點之。須臾，雷電破壁，兩龍乘雲騰去上天，二龍未點眼者見在。初吴曹不興圖青溪龍，僧繇見而鄙之，乃廣其像於武帝龍泉亭，其畫草留在祕閣，時未之重。至太清中，雷震龍泉亭，遂失其壁，方知神妙。又畫天竺二胡僧，因侯景亂，散坼爲二。後一僧爲唐右常侍陸堅所寶，堅疾篤，夢一胡僧告云：『我有同侣，離坼多時，今在洛陽李家，若求合之，當以法力助君。』陸以錢帛果於其處購得，疾乃愈，劉長卿爲記述其事。張畫所有靈感，不可具記。」

〔二〕道子：即唐代著名畫家吴道玄，字道子。《太平廣記》卷二一二《吴道玄》（出《唐畫斷》）：「唐吴道玄字道子，陽翟人也，少孤貧。天授之性，年未弱冠，窮丹青之妙。浪跡東洛，玄宗知其名，召入供奉。大略宗師張僧繇，千變萬狀，縱横過之。兩都寺觀，圖畫牆壁四十餘間。變像即同，人相詭狀，無一同者。其見在爲人所覩之妙者，上都興唐寺御注金剛經院，兼自題經文；慈恩寺塔前面文殊普賢，西面降魔盤龍等。又小殿前門菩薩，景公寺地獄帝釋龍神，永壽寺中三門兩神，皆妙絶當時。朱景玄云：有舊家人尹老年八十餘，嘗云見吴生畫中門内神，圓光最在後，一筆成。當時坊市老幼，日數百人，競候觀之。縛闌，施錢帛與之齊。及下筆之時，望者如堵。風落電轉，規成月圓，諠呼之聲，驚動坊邑，或謂之神也。又景公寺老僧玄縱云：吴生畫此地獄變成之後，都人咸觀，皆懼罪修善，兩市屠沽，魚肉不售。又開元中駕幸東洛，吴生與裴旻、張旭相遇，各陳所能。裴劍舞一曲，張書一壁，吴畫一壁，都邑人士，一日之中，獲覩三絶。又畫玄元廟，五聖千官，宮殿冠冕，勢傾雲龍，心若造化，故杜員外甫詩云『妙絶動宮牆』也。又玄宗天寶中，忽思蜀中嘉陵江山水，遂假吴生驛遞，令往寫貌。及迴日，帝問其狀，奏云：『臣無粉本，並記在心。』遺於大同殿圖之，嘉陵江三百里山水，一日而畢。時有李將軍山水擅名，亦畫大同殿壁，數月方畢。玄宗云：『李思訓數月之功，吴道玄一日之跡，皆極其妙也。』又畫殿内五龍，鱗甲飛動，每欲大雨，即生煙霧。吴生常持《金剛經》，自此識本身。當天寶中，有楊庭光與之齊名，潛畫吴生真於講席，衆人之中，引吴觀之。亦（一）見便驚，語庭光云：『老夫衰醜，何用圖之。』因斯歎伏。其畫人物佛象鬼神、禽獸山水、臺殿草木，皆神妙也，國朝第一。張懷瓘云：『吴生畫，張僧繇後身。』斯言當矣。」　殊特：獨特，傑出。《付法藏因緣傳》卷四：「於此國中，有一長者，名迦羅和，生育一女，端政殊特。」《太平廣記》卷三一六《公孫達》（出《列異傳》）：「人亡皆無所知，惟大人聰明殊特，有神靈耶？」

〔三〕逞畫：炫耀繪畫才能。「逞」即誇示、炫耀。如寒山詩〇六〇首：「洛陽多女兒，春日逞華麗。」一五九首：「自逞説嘍羅，聰明無益當。」　圖真：寫生，畫肖像。《太平廣記》卷二四一《王承休》（出《王氏聞見録》）：「又密令彊取民間子弟，使教歌舞伎樂，被獲者，令畫工圖真及録名氏，急遞中送韓昭。」《宋高僧傳》卷一八《唐齊州靈巖寺道鑒傳》：「近寺有陸宣者，夢聖者云：『受弟子供施年深，今來相別，且歸西天去也。』宣急命畫工圖寫真貌。」「圖寫真貌」即是「圖真」，「真」即肖像。如《顏氏家訓・雜藝》：「武烈太子偏能寫真，坐上賓客，隨宜點染，即成數人。以問童孺，皆知姓名矣。」白居易《李夫人》：「君恩不盡念未已，甘泉殿裏令寫真。」賈島《過唐校書書齋》：「聲齊雛鳥語，畫卷老僧真。」方干《贈美人四首》之四：「百年別後知誰在？

須遣丹青畫取真。」

〔四〕饒邈虚空：縱然能在虚空上作畫，比喻不可能之事。「饒」即縱然、儘管之義。敦煌本《醜女緣起》：「饒你丹青心裏巧，彩色千般畫不成。」參看○七七首注〔二〕。「邈」即描畫。《祖堂集》卷一五《盤山和尚》：「師臨遷化時，謂衆云：『還有人邈得吾真摩？若有人邈得吾真，呈似老僧看。』衆皆將寫真呈似和尚。」敦煌本《捉季布傳文》：「白土拂牆交（教）畫影，丹青畫影更邈真。」敦煌本《漢將王陵變》：「詔太史官邈其夫人靈在金牌之上。」宋洪覺範《石門文字禪》卷一七《送先上人親潛庵》：「先禪江西來，邈得渠儂真。展挂雪色壁，毛髮皆精神。」字亦作「貌」。韓愈《楸樹》：「青幢紫蓋立童童，細雨浮煙作綵籠。不得畫師來貌取，定知難見一生中。」「貌」下原注「音邈」。杜甫《丹青引贈曹將軍霸》：「即今漂泊干戈際，屢貌尋常行路人。」顧況《露青竹杖歌》：「陳閎韓幹丹青妍，欲貌未貌眼欲穿。」按「邈虚空」典出佛書。《中阿含經》卷五〇：「猶如畫師、畫師弟子持種種彩來，彼作是説：『我於此虚空畫作形像，以彩莊染。』於意云何？彼畫師、畫師弟子以此方便寧能於虚空畫作形像、以彩莊染耶？諸比丘答曰：不也世尊。所以者何？世尊，此虚空非色不可見無對，是故彼畫師、畫師弟子以此方便不能於虚空畫作形像、以彩莊染。世尊，但使彼畫師、畫師弟子唐自疲勞也。」《佛藏經》卷上：「『譬如巧畫師，畫於虚空，現種種色相，於意云何？是畫師者，爲希有不？』『希有，世尊。』」《大智度論》卷二：「譬如手畫虚空，無所染著。」《緇門警訓》卷七顔侍郎《答雲行人書》：「真所謂描畫虚空，徒自勞耳。」

〔五〕無因畫得志公師：按「志公」即梁代著名的神僧寶志，見一七三首注〔三〕。「無因畫得志公師」事，見《五燈會元》卷二《金陵寶誌禪師》：「帝嘗詔畫工張僧繇寫師像，僧繇下筆輒不自定。師遂以指剺面門，分披出十二面觀音，妙相殊麗，或慈或威，僧繇竟不能寫。」禪宗語録多以此事爲話頭，如《祖堂集》卷九《九峰和尚》：「問：『一筆丹青爲什摩邈志公真不得？』師云：『僧瑶（繇）却許志公。』僧曰：『未審志公還肯僧瑶（繇）也無？』師云：『志公若肯，僧瑶（繇）不許。』僧曰：『僧瑶（繇）得什摩人證旨，却許志公？』師云：『烏龜稽首須彌柱。』」《景德傳燈録》卷一六《湖南文殊和尚》：「僧問：『僧繇爲什摩邈誌公不得？』師曰：『非但僧繇，誌公也邈不成。』曰：『誌公爲什麽邈不成？』師曰：『彩繢不將來。』曰：『和尚還邈得也無？』師曰：『我亦邈不得。』曰：『和尚爲什麽邈不得？』師曰：『渠不以苟我顔色，教我作麽生邈？』」又卷一八《明州翠巖永明大師》：「問：『僧繇爲什麽寫誌公真不得？』師曰：『作麽生合殺？』」《古尊宿語録》卷三六《投子和尚語録》：「問：『僧繇爲什麽摹誌公真不得？』師云：『只爲看他面孔。』學云：『不看他面孔時如何？』師云：『是什麽？』」又卷四六《滁州瑯琊山覺和尚語録》：「任是僧繇手，難畫志公真。」

《管錐編》九七三頁論《桓子新論·啓寤》，涉及寒山詩「饒邈虚空寫塵跡」曰：「《啓寤》第七：『畫水鏤冰，與時消釋。』按《意林》、《太平御覽》僅摘此八字，不知所指；桓寬《鹽鐵論·殊路》篇云『内無其質，而外學其文，雖有賢師良友，若畫脂鏤冰，費日損功』，可借詞申意。施工造藝，必相質因材，不然事無成就』；蓋成矣而毀即隨之，浪拋心力。黄庭堅《送王郎》『炒沙作糜終不飽，鏤冰文章費工巧』，本斯語也。釋經亦屢取畫水爲喻，如《大般涅槃經·壽命品》第一之一『是身無常，念念不住，猶如電光、暴水、巧炎，亦如畫水，隨畫隨合』，又《梵行品》第八之二：『譬如畫石，其文常存，畫水速滅，勢不久住。』元稹《憶遠曲》『水中書字無字痕』，白居易《新昌新居》『浮榮水畫字』；皆使佛典而非淵源《新論》，觀其詞旨可知也。《雜阿含經》卷一五之三七七云：『畫師、畫師弟子集種種彩色，欲粧畫虚空，寧能畫不？』寒山詩所謂『饒邈（按當作「貌」字）虚空寫塵跡』；喻不能作辦之事，較《易林·涣》之《噬嗑》『抱空握虚』，更爲新警。陸游《劍南詩稿》卷五〇《題蕭彦毓詩卷後》：『法不孤生自古同，痴人乃欲鏤虚空！』乃擷二桓之『鏤』字，以與此譬撮合。」

久住寒山凡幾秋①

久住寒山凡幾秋〔一〕，獨吟歌曲絶無憂。蓬扉不掩常幽寂，泉涌甘漿長自流。石室地鑪砂鼎沸〔二〕，松黄柏茗乳香甌〔三〕。飢餐②一粒伽陁藥〔四〕，心地調和倚石頭〔五〕。（一九四）

【校勘】

①宫内省本、四庫本無三四五六句。②「餐」，四庫本作「飡」。

【箋注】

〔一〕凡幾秋：猶云「凡幾年」，謂共幾年。岑參《送薛弁歸河東》：「獻賦今未售，讀書凡幾秋。」白居易《勸酒》：「日往月來凡幾秋，一衰一盛何悠悠。」

〔二〕石室：石窟，巖洞。于鄴《贈隱者》：「石室掃無塵，人寰與此分。」　地鑪：嵌入地面的火爐。杜荀鶴《贈李鐔》：「地鑪不暖柴枝溼，猶把蒙求授小兒。」貫休《古意九首》之九：「箬屋開地鑪，翠牆挂藤衣。」亦寫作「地爐」。岑參《玉門關蓋將軍歌》：「軍中無事但歡娱，暖屋繡簾紅地爐。」司空圖《修史亭三首》之一：「漸覺一家看冷落，地爐生火自温存。」李建勳《宿友人山居寄司徒相公》：「地爐僧坐暖，山枿火聲肥。」亦寫作「地壚」。貫休《山居詩二十四首》之七：「篘帚掃花驚睡鹿，地壚燒樹帶枯苔。」　砂鼎：一種陶鼎，用陶土燒制的煮食器皿。

〔三〕松黃：即松花，因爲松花粉色黃，故名松黃，古人以爲服食松黃有輕身療病之效。蘇軾《正月二十四日與兒子過賴仙芝王原秀才僧曇穎行全道士何宗一同遊羅浮道院及棲禪精舍，過作詩，和其韻，寄邁、迨一首》：「崎嶇拾松黃，欲救齒髮弊。」王十朋注引《本草圖經》：「松花上黃粉名松黃，山人及時拂取，作湯點之。」宋林洪《山家清供·松黃餅》：「暇日過大理寺，訪秋岩，陳評事留飲，出二童，歌淵明《歸去來辭》，以松黃餅供酒。……春松花黃，和蜜模作餅狀，不惟香味清，亦有所益也。」唐人以松花釀酒者，如李商隱《訪隱》：「薤白羅朝饌，松黃暖夜杯。」王建《設酒寄獨孤少府》：「自看和釀一依方，緣著松花色較黃。」白居易《枕上作》：「腹空先進松花酒，膝冷重裝桂布裘。」以之入茶者，如李德裕《憶茗芽》：「松花飄鼎泛，蘭氣入甌輕。」齊己《詠茶十二韻》：「松黄乾旋泛，雲母滑隨傾。」又《聞道林諸友嘗茶有寄》：「摘帶嶽華蒸曉露，碾和松粉煮春泉。」所云「松粉」，亦即松黄也。　柏茗：「茗」即茶。《説文》：「茗，茶芽也。」以柏樹枝葉煎茶者，如孟郊《宇文秀才齋中海柳詠》：「飲柏泛仙味，詠蘭擬古詞。」皮日休《寒日書齋即事三首》之二：「深夜數甌唯柏葉，清晨一器是雲華。」清俞樾《茶香室四鈔》卷二五《五色飲》：「明方以智《物理小識》云：『稠禪師以五色飲獻隋帝，以滂藤爲緑飲。』今按冬采柏枝，綫架懸甕中，紙封其上，陰乾取出，泡湯正碧。龍腦、薄荷葉泡水，則香而白。大麥炒而泡之爲黄飲，玫瑰花蜜留泡之爲紅飲。」楚按所云「泡湯正碧」者，即是柏茗之類也。　乳香甌：茶乳香氣滿甌。「乳」是新沏茶時飄浮於茶面的雲氣樣的水沫。劉禹錫《西山蘭若試茶歌》：「欲知花乳清泠味，須是眠雲跂石人。」白居易《蕭員外寄新蜀茶》：「滿甌似乳堪持玩，況是春深酒渴人。」又《江州赴忠州至江陵已來舟中示舍弟五十韻》：「甌泛茶如乳，臺黏酒似餳。」李德裕《故人寄茶》：「碧流霞脚碎，香泛乳花輕。」貫休《題弘顗三藏院》：「嶽茶如乳庭花開，信心弟子時時來。」又《書倪氏屋壁三首》之一：「茶烹緑乳花映簾，撑沙苦筍銀纖纖。」陸游《臨安春雨初霽》：「矮紙斜行閒作草，晴窗細乳戲分茶。」《説郛續》弓三七陸樹聲《茶寮記·雲脚乳面》：「凡茶少湯多，則雲脚散；湯少茶多，則乳面浮。」

〔四〕伽陁藥：即「阿伽陁藥」，佛經中的靈丹妙藥，通常以比佛法之妙用。六十卷本《華嚴經》卷一四：「譬如伽陀藥，能消一切毒，天尊亦如是，滅除煩惱毒。」《法苑珠林》卷三四《發願篇·引證部》引《大集經》云：「舍利弗，菩薩摩訶薩亦復如是，雖諸煩惱悉共和合，其勢熾盛，菩薩智慧力能消伏，如阿伽陀一丸之藥，能破大毒，菩薩智慧亦復如是，小智慧藥能壞無量大煩惱毒。」《宋高僧傳》卷四《唐新羅國黄龍寺元曉傳》：「龍王言：可令大安聖者銓次綴縫，請元曉法師造疏講釋之，夫人疾愈無疑，假使雪山阿伽陀藥力亦不過是。」亦譯「阿竭陀藥」。《大般涅槃經》卷六：「譬如有人得阿竭陀藥，不畏一切，毒蛇等畏是藥力故，亦能消除一切毒等。是大乘經亦復如是，如彼藥力，不畏一切，諸魔毒等亦能降伏，令更不起。」慧琳《一切經音義》卷二五《阿竭陀藥》：「阿云普，竭陀云去，言服此藥普去衆疾。又阿言者無，竭陀云價，謂此藥功高，價直無量。」

〔五〕心地：猶云「心田」，指心。《大乘本生心地觀經》卷八：「衆生之心，猶如大地，五穀五果，從大地生。……以是因緣，三界唯心，心名爲地。」敦煌本《壇經》：「自性心地，以智惠觀照，内外明徹，識自本心，若識本心，即是解脱。」宗寶本《壇經·付囑品》：「心地含諸種，普雨悉皆萌，頓悟華情已，菩提果自成。」《釋氏要覽》卷中：「心地者，佛言：三界之中，以心爲主。衆生之心，猶如大地，五穀五果，從大地生。如是心法，生世出世善惡、五趣三乘。以是因緣，三界唯心，故名心地。」鮑溶《宿悟空寺贈僧》：「雪山本師在，心地如鏡清。」杜荀鶴《山寺老僧》：「草鞁無塵心地閒，静隨猿鳥過寒暄。」

丹丘迥聳與雲齊

丹丘迥聳與雲齊〔一〕，空裏五峰遥望低〔二〕。鴈塔高排出青嶂〔三〕，禪林古殿入虹蜺〔四〕。風摇松葉赤城秀〔五〕，霧①吐中巖仙路迷〔六〕。碧落千山萬仞現②〔七〕，藤蘿相接次連谿。（一九五）

【校勘】

①「霧」，四庫本作「露」。　②「現」，宫内省本、四庫本作「見」。

【箋注】

〔一〕丹丘：《文選》卷一一孫綽《遊天台山賦》：「仍羽人於丹丘，尋不死之福庭。」李善注：「《楚辭》曰：『仍羽人於丹丘兮，留不死之舊鄉。』王逸曰：『因就衆仙於明光也。丹丘，晝夜常明。』」後人或以「丹丘」爲天台山别名。　迥聳：高聳。《續仙傳》卷下《聶師道》：「乃與道侣上百丈山採松脂，崖石迥聳百丈，遂以名之。」　與雲齊：謝朓《遊敬亭山》：「兹山亘百里，合沓與雲齊。」

〔二〕五峰：天台山國清寺附近的五座山峰。李白《送王屋山人魏萬還王屋》：「天台連四明，日入向國清。五峰轉月色，百里行松聲。」徐靈府《天台山記》：「國清寺在縣北十里，……寺有五峰：一八桂峰，二映霞峰，三靈芝峰，四靈禽峰，五祥雲峰，雙澗迴抱。天下四絶寺，國清第一絶也。」

〔三〕鴈塔：佛塔之别稱。《大唐西域記》卷九《摩竭陁國下》：「因陁羅勢羅窶訶山東峰伽藍前有窣堵波，謂亘娑唐言雁。昔此伽藍，習翫小乘。小乘漸教也，故開三净之食，而此伽藍遵而不墜。其後三净求不時獲，有比丘經行，忽見群雁飛翔，戲言曰：『今日衆僧中食不充，摩訶薩埵宜知是時。』言聲未絶，一雁退飛，當其僧前，投身自殞。比丘見已，具白衆僧，聞者悲感，咸相謂曰：『如來設法，導誘隨機，我等守愚，遵行漸教。大乘者，正理也，宜改先執，務從聖旨。此雁垂誡，誠爲明導，宜旌厚德，傳記終古。』於是建窣堵波，式昭遺烈，以彼死雁，瘞其下焉。」按「窣堵波」即「塔」之音譯。唐代長安建有大雁塔、小雁塔，此後或以「雁塔」泛稱佛塔。如許堅《遊溧陽下山寺》：「竹林晴見雁塔高，石室曾棲幾禪伯。」齊己《寄懷東林寺匡白監寺》：「雁塔影分疏檜月，虎溪聲合幾峰泉。」

〔四〕禪林：即寺院，以修禪學道者衆，喻如樹林，故稱「禪林」。庾信《陝州弘農郡五張寺經藏碑》：「春園柳路，變入禪林；躔月桑津，迴成定水。」常建《潭州留别》：「宿帆謁郡佐，悵别依禪林。」

〔五〕赤城：即赤城山，爲天台山之門户。《文選》卷一一孫綽《遊天台山賦》：「赤城霞起而建標。」李善注：「支遁《天台山銘序》曰：『往天台當由赤城山爲道徑。』孔靈符《會稽記》曰：『赤城山名色皆赤，狀似雲霞。』《天台山圖》曰：『赤城山，天台之南門也。』」《太平御覽》卷四一引孔靈符《會稽記》曰：「赤城山土色皆赤，岩岫連沓，狀似雲霞。懸霤千仞，謂之瀑布，飛流灑散，冬夏不竭，山谷絶澗，峥嶸無底，長松蔓藟，幽藹其上。」徐靈府《天台山記》：「自天台觀東行一十五里，有赤城山。山高三百丈，周迴七里，即天台南門也，古今即是於國家醮祭之所。其山積石，石色艴然如朝霞，望之如雉堞，故名赤城，亦名燒山，故《賦》云『赤城霞起以建標』，即此山也。」

〔六〕中巖：在天台山中。張祜《遊天台山》：「傍洞窟神仙，中巖宅龍虎。」徐靈府《天台山記》：「其中山趾有寺，曰中巖寺，即是西國高僧白道猷所立也。」按「中巖寺」當是因寺在中巖而得名也。　仙路：成仙之路。《太平廣記》卷三八《李泌》（出《鄴侯外傳》）：「神真鍊形年未足，化爲我子功相續。丞相瘞之刻玄玉，仙路何長死何促。」按天台山爲道教名山，流傳有劉晨、阮肇遇仙等神話，故寒山詩云「仙路迷」。《藝文類聚》卷七引《幽明録》曰：「漢帝永平五年，剡縣劉晨、阮肇共入天台山，度山，出一大溪，溪邊有二女子，姿質妙絶，遂留半年。懷土思求歸，既出，親舊零落，邑屋改異，無復相識，訊問得七世孫。」

〔七〕碧落：青天。白居易《長恨歌》：「上窮碧落下黄泉，兩處茫茫皆不見。」喻坦之《長安雪後》：「碧落雲收盡，天涯雪霽時。」

千生萬死凡幾生

千生萬死凡幾生①〔一〕，生死來去轉迷盲②〔二〕。不識心中無價寶〔三〕，猶③似盲驢信脚行〔四〕。（一九六）

【校勘】

①「凡幾生」，宫内省本、正中本、高麗本作「何時已」，全唐詩本夾注「一作何時已」。②「盲」，宫内省本、四庫本、全唐詩本作「情」。③「猶」，宫内省本、四庫本作「恰」，全唐詩本夾注「一作恰」。

【箋注】

〔一〕凡幾生：共幾生，這裏是强調其多，猶云「無數生」。佛教認爲衆生輪迴於六道之中，生死相續，永無窮盡，故云「千生萬死凡幾生」也。

〔二〕生死來去：即生生死死。「來去」亦謂生死。如《列子·天瑞》：「故生不知死，死不知生；來不知去，去不知來。」齊己《感時》：「無窮今日明朝事，有限生來死去人。」敦煌本《破魔變》：「君不見生來死去，似蟻脩（循）還（環）。」敦煌本《父母恩重經講經文》：「於六道中來又去，向三途内死還生。」　轉迷盲：越來越迷惑。「轉」即越發、更加，見〇八九首注〔五〕。「迷盲」即迷惑無知，這裏指衆生在生死輪迴中迷失本性。《景德傳燈録》卷二九南嶽惟勁禪師《覺地頌》：「性起轉覺翻生所，遂令有漏墮迷盲。」《拾得録》載「集語」云：「迷盲沈沈流，汩没何時出？」

〔三〕無價寶：《祖堂集》卷一四《高城和尚》：「貧女宅中無價寶，却將秤賣他人金。」《景德傳燈録》卷二九寶誌和尚《十二時頌》：「日南午，四大身中無價寶。」又卷九《福州大安禪師》：「汝諸人各有無價大寶，從眼門放光，照山河大地，耳門放光，領覽一切善惡音響，六門晝夜常放光明，亦名放光三昧，汝自不識取。」《寶覺祖心禪師語録》：「如何以無價之寶，喪在陰入之坑。」按「無價寶」或云「無價寶珠」等，佛經以喻衆生皆具之佛性。《妙法蓮華經·五百弟子受記品》：「譬如貧窮人，往至親友家。其家甚大富，具設諸肴饌，以無價寶珠，繫著内衣裏，默然而捨去，時卧不覺知。是人既已起，遊行詣他國，求衣食自濟，資生甚艱難，得少便爲足，更不願好者，不覺内衣裏，有無價寶珠。與珠之親友，後見此貧人，苦切責之已，示以所繫珠。貧人見此珠，其心大歡喜，富有諸財物，五欲而自恣。我等亦如是，世尊於長夜，常愍見教化，令種無上願。我等無智故，不覺亦不知，得少涅槃分，自足不求餘。今佛覺悟我，言非實滅度，得佛無上慧，爾乃爲真滅。我今從佛聞，授記莊嚴事，乃轉次受決，身心徧歡喜。」

〔四〕信脚行：漫無目標地隨脚而行。李涉《長安悶作》：「宵分獨坐到天明，又策羸驂信脚行。」白居易《野行》：「仰頭聽鳥立，信脚望花行。」又《睡後茶興憶楊同州》：「信脚繞池行，偶然得幽致。」蔣吉《樵翁》：「獨入深山信脚行，慣當貙虎不曾驚。」何光遠《鑒誡録》卷一〇《高僧論》載《一鉢歌》：「本無姓，本無名，只磨騰騰信脚行。」敦煌本《金剛般若波羅蜜多經講經文》：「信脚夜行迷暗走，不知南北與東西。」《天聖廣燈録》卷二五《彭州承天院確禪師》：「信脚行千里，拄頤坐百年。」《禪宗頌古聯珠通集》卷三佛燈珣頌：「金鎖玄關留不住，百尺竿頭信脚行。」寒山詩「猶似盲驢信脚行」，比喻極其危殆。類似的比喻，如《大般涅槃經》卷三一：「譬如二人，俱涉險路，一則有目，一則盲瞽。有目之人，直過無患；盲者墜落，墮深坑險。」《五燈會元》卷一一《葉縣歸省禪師》：「無目之人縱横走，忽然不覺落深坑。」《世説新語·排調》亦云：「次復作危語，……殷有一參軍在坐，云：『盲人騎瞎馬，夜半臨深池。』殷曰：『咄咄逼人！』仲堪眇目故也。」

老病殘年百有餘①

老病殘年百有餘〔一〕，面黄頭白好山居。布裘擁質隨緣過〔二〕，豈羨人間巧樣模。心神用盡爲名利，百種貪婪進己軀。浮生幻化如燈燼〔三〕，塚内埋身是有無。（一九七）

【校勘】

①宫内省本分此首前四句爲一首，後四句爲另一首。四庫本無後四句。

【箋注】

〔一〕百有餘：猶云「百事有餘」、「凡百有餘」，形容百無聊賴。「百」泛稱一切，參看一三六首注〔四〕。

〔二〕布裘擁質：《宋高僧傳》卷一九《唐天台山封干師傳》：「剪髮齊眉，布裘擁質，身量可七尺餘。」「布裘」即布袍，寒山詩一六一首亦云「布裘遮幻質」。「質」即身軀。《宣室志》卷一：「顒自幼嗜麵，爲食愈多而質愈瘦。」《太平廣記》卷一一五《普賢社》（出《記聞》）：「於是忽變其質爲普賢菩薩身，身黄金色。」又卷一五四《李源》（出《獨異志》）：「某非世人也，爲國掌陰兵百有餘年，凝結此形，今夕託質於張氏爲男子。」又卷三〇九《蔣琛》（出《集異記》）：「異怪千餘，皆人質螭首。」又卷四二二《許漢陽》（出《博異志》）：「每花中有美人長尺餘，婉麗之姿，掣曳之服，各稱其質。」又卷四三八《胡志忠》（出《集異記》）：「夜夢一物，犬首人質。」　隨緣：隨順機緣，任運。見一七一首注〔一〕。

〔三〕浮生：人生無常，變化不定，稱爲「浮生」。《莊子·刻意》：「循天之理，故无天災，无物累，无人非，无鬼責，其生若浮，其死若休。」李白《春夜宴桃李園序》：「而浮生若夢，爲歡幾何？」白居易《對酒》：「幻世如泡影，浮生抵眼花。」李涉《題鶴林寺僧舍》：「因過竹院逢僧話，又得浮生半日閒。」　幻化：幻術變化，比喻並非實有。《大般涅槃經》卷七：「生死流轉，猶如幻化。」《維摩詰經·弟子品》：「一切諸法，如幻化相。」僧肇《不真空論》：「故《放光》云：諸法假號不真。譬如幻化人，非無幻化人，幻化人非真人也。」陶淵明《歸園田居五首》之四：「人生似幻化，終當歸空無。」《真誥》卷六：「人生者，如幻化耳，寄寓天地間，少許時耳。」《龐居士語録》卷下：「低頭自形相，都無一處真，身心爲幻化，滿眼没怨親。」又：「此身幻化如燈燄，須臾不覺即頭南。」上句即寒山詩「浮生幻化如燈燼」之意。按明趙宧光、黄習遠編定《萬首唐人絶句》卷三九載寒山《題竹木上》之三：「心神用盡爲名利，百種貪婪進己軀。浮生幻化如燈燼，冢内埋身是有無。」《全唐詩續補遺》據以收爲寒山逸詩，實即此首之後四句。

世間何事最堪嗟①

世間何事最堪嗟，盡是三途造罪楂②〔一〕。不學白雲巖下客〔二〕，一條寒衲是生涯③〔三〕。秋到任他林落葉④，春來從你樹開花。三界横眠閑無⑤事〔四〕，明月清風⑥是我家〔五〕。

（一九八）

【校勘】

①四庫本分此首前四句爲一首，後四句爲另一首。②「楂」，宫内省本、四庫本作「柤」，同。③「衲」，原作「衲」，據正中本、高麗本、全唐詩本改。「涯」，原作「芽」，據宫内省本、正中本、高麗本、全唐詩本改。④「落葉」，宫内省本、四庫本作「葉落」。⑤「閑無」，宫内省本、四庫本作「無一」，全唐詩本夾注「一作無一」。⑥「明月清風」，全唐詩本夾注「一作清風明月」。

【箋注】

〔一〕三途：即畜生道、餓鬼道、地獄道等「三惡道」。參看一一二首注〔三〕。造罪楂：造罪作惡之人。造作惡業稱爲「造罪」，佛教認爲造罪之人死後當受惡報。「楂」是對人的鄙稱，亦寫作「柤」、「查」等。王梵志詩一八七首：「飲酒妨生計，摴蒱必破家。但看此等色，不久作窮查。」宋釋圓悟《枯崖漫録》卷中《贊靈照女》：「屋裏横機抗老爺，門前斂手揖丹霞，娘生爺養好兒女，也有許多無賴查。」

〔二〕白雲巖下客：指隱居山林之人。「巖下」爲隱居之處。方干《送道人歸舊巖》：「舊巖終副却歸期，巖下有人應識師。」貫休《寄紫閣隱者》：「積翠藏一叟，常思未得遊。不知在巖下，爲復在峰頭。」

〔三〕寒衲：指僧衣。「衲」即衲衣，僧徒所服者，因爲用碎布縫綴而成，故稱爲「衲衣」、「五衲衣」、「百衲衣」等。「衲」亦作「納」。《大乘義章》卷一五：「言納衣者，朽故破弊，縫納供身。」《景德傳燈録》卷一九《杭州龍興宗靖禪師》：「問：『如何是六通家風？』師曰：『一條布衲一斤有餘。』」白居易《贈僧五首·自遠禪師》：「自出家來長自在，緣身一衲一繩牀。」　生涯：資産。方干《題懸溜巖隱者居》：「世人如要問生涯，滿架堆牀是五車。」羅鄴《送張逸人》：「自説歸山人事賖，素琴丹竈是生涯。」齊己《病起見生涯》：「病起見生涯，資緣覺甚奢。方袍嫌垢弊，律服變光華。頗愧同諸俗，何嘗異出家。三衣如兩翼，珍重汝寒鴉。」《景德傳燈録》卷三〇蘇溪和尚《牧護歌》：「一條百衲缾盂，便是生涯調度。」

〔四〕三界：即欲界、色界、無色界，佛教以稱衆生在其中輪迴生死之整個世界。郗超《奉法要》：「凡在有方之境，總謂三界。三界之内，凡有五道：一曰天，二曰人，三曰畜生，四曰餓鬼，五曰地獄。」《法苑珠林》卷二《三界篇·會名部》：「依《自誓三昧經》云：沙訶世界者，其佛號曰能仁。以别柬廣，名曰三界：一欲界，二色界，三無色界。初欲界者，欲有四種：一是情欲，二是色欲，三是食欲，四是婬欲。二色界有二：一是情欲，二是色欲。無色界有一：情欲。初具四，欲强色微，故云欲界。第二色界，色强欲微，故號色界。第三無色界，色絶欲劣，故名無色界。」《妙法蓮華經·化城喻品》：「善哉見諸佛，救世之至尊，能於三界獄，勉出諸衆生。」

〔五〕明月清風：按古人多以「明月清風」等語寄託超塵絶俗之心境。徐夤《寄華山司空侍郎》：「莫言疏野全無事，明月清風肯放君。」吕巖《題黄鶴樓石照》：「衷情欲訴誰能會，惟有清風明月知。」《世説新語·言語》：「清風朗月，輒思玄度。」李白《襄陽歌》：「清風朗月不用一錢買，玉山自倒非人推。」

昔年曾到大海遊

昔年曾到大海遊，爲采摩尼誓懇求〔一〕。直到龍宫深密處〔二〕，金關鎖斷主神愁。龍王守護安耳裏〔三〕，劍客星揮無處搜〔四〕。賈客却歸門内去〔五〕，明珠元在我心頭〔六〕。（一九九）

【箋注】

〔一〕摩尼：義譯珠或寶珠，佛經載摩尼寶珠有種種神奇功效，如能消災却病，變化出一切所欲之物等等。神會《答崇遠法師問》：「譬如大海之内，所有一切諸寶皆因摩尼寶力而得增長，何以故？是大寶威德力故。」《摩訶般若波羅蜜經》卷一〇：「世尊，譬如無價摩尼珠寶，在所住處，非人不得其便。若男子女人有熱病，以是寶著身上，熱病即時除愈。若有風病，若有冷病，若有雜熱風冷病，以寶著身上，皆悉除愈。若闇中是寶能令明，熱時能令涼，寒時能令温。寶所住處，其地不寒不熱，時節和適。其處亦無諸餘毒螫，若男子女人爲毒蛇所螫，以寶示之，毒即除滅。……復次世尊，若男子女人眼痛膚瞖盲瞽，以寶近之，即時除愈。復次世尊，是摩尼寶所在水中，水隨作一色。世尊，是寶若以青物裹著水中，水色則爲青；若黄赤白紅縹物裹著水中，水隨作黄赤白紅縹色。如是等種種色物裹著水中，水隨作種種色。世尊，若水濁以寶著中，水即爲清。是寶其德如是。」敦煌本《雙恩記》：「莫若入大海内拜謁龍王，求摩尼寶珠，與衆生利益，要飯即雨飯，要衣即雨衣，要金銀即雨金銀，要珠玉即雨珠玉。」按佛經多載入海采寶故事。如《賢愚經》卷八《大施抒海品》：「我今躬欲入海採寶……海中之難，黑風羅刹，水浪洄澓，惡龍毒氣，水色之山，摩竭大魚，衆難甚多，百伴入海，時一安還。」故寒山此詩亦云「昔年曾到大海遊，爲采摩尼誓懇求」也。

〔二〕龍宫：海龍王宫殿。按佛經載龍王居海中龍宫，有種種珠寶。《海龍王經》卷三：「時海龍王化作大殿，以紺琉璃紫磨黄金而雜挍成，則建幢幡，造金交露，寶珠瓔珞，七寶爲欄楯，而極廣大。若干種香而以薰之，散衆色華，紛紛如雲。」

〔三〕龍王守護安耳裹：柳宗元《龍城録・華陽洞小兒化爲龍》：「茅山隱士吴綽，素擅潔譽。神鳳初因採藥於華陽洞口，見一小兒手把大珠三顆，其色瑩然，戲於松下。綽見之，因前詢誰氏子。兒舞忙入洞中。綽恐爲虎所害，遂連呼相從入，欲救之。行不三十步，見兒化作龍形，一手握三珠，填左耳中。綽素剛膽，以藥斧斸之，落左耳，而三珠已失所在，龍亦不見。出不十餘步，洞門閉矣。」按龍有珠之説，如《莊子・列禦寇》：「河上有家貧恃緯蕭而食者，其子没於淵，得千金之珠。其父謂其子曰：『取石來鍛之。夫千金之珠，必在九重之淵而驪龍頷下，子能得珠者，必遭其睡也。使驪龍而寤，子尚奚微之有哉！』」任昉《述異志》卷上：「凡珠有龍珠，龍所吐者。」

〔四〕劍客星揮：「劍客」即精通劍術之俠客。《漢書・李陵傳》：「臣所將屯邊者，皆荆楚勇士奇材劍客也。」《北齊書·高昂傳》：「與兄乾數爲劫掠，州縣莫能窮治。招聚劍客，家資傾盡。鄉閭畏之，無敢違忤。」慕幽《劍客》：「去住知何處，空將一劍行。殺人雖取次，爲事愛公平。戟立嗔髭鬢，星流忿眼睛。曉來湘市説，拂曙別遼城。」齊己《劍客》：「拔劍遶殘樽，歌終便出門。西風滿天雪，何處報人恩。勇死尋常事，輕讐不足論。翻嫌易水上，細碎動離魂。」按唐宋小説中之劍客，多有出神入化之劍術。如《酉陽雜俎前集》卷九《盗俠》載韋行規遇劍客事：「有頃，風雷總至。韋下馬負一樹，見空中有電光相逐如鞠杖，勢漸逼樹杪，覺物紛紛墜其前，韋視之，乃木札也。須臾，積札埋至膝。韋驚懼，投弓矢，仰空乞命，拜數十。電光漸高而滅，風雷亦息。韋顧大樹，枝幹童矣。鞍馱已失，遂返前店，見老人方箍桶，韋意其異人，拜之，且謝有誤也。老人笑曰：『客勿恃弓矢，須知劍術。』」呂巖《贈劍客》：「劍起星奔萬里誅，風雷時逐雨聲粗。」所云「劍起星奔」，即是寒山詩之「劍客星揮」也。而劍客之「劍」，不限於刀劍之劍，亦可是彈丸之類。此詩之「劍客星揮無處搜」者，蓋以摩尼珠比之爲劍客之彈丸，以顯其神異變化也。《説郛》（宛委山堂本）弓三九鄭文寶《南唐近事》：「鄧匡圖爲海州刺史，有野客潘扆謁之，鄧不甚禮遇，館於外廡。忽一日，鄧命潘觀獵近郊，鄧妻因詣廡中，覘扆棲泊之所，弊榻、莞席、竹籠而已。籠中有錫彈丸二枚，其他一無所有。艾夜，扆從禽歸，啓籠之際忽爲嘆駭之聲，且曰：『定爲婦人所觸，幸吾朝來攝其光鋩，不爾斷婦人頭久矣。』閨人異之，乃聞於鄧。鄧詰其由，室家具以實告。鄧頗驚異，遂召潘升堂，屏左右曰：『先生其有劒術乎？』潘曰：『素所習之。』鄧曰：

『願先生陳其所妙，使某拭目一觀，可乎？』潘曰：『何不可也？明日公當齋戒三日，擇近郊平廣之地，可試吾術。』鄧如其約，至期與潘聯鑣而出，至城東。其始，潘自懷袖中出二彈丸置掌中，俄有氣兩條如白虹之狀，微微出指端。須臾，上接於天，若風雨之聲，當空而轉。又繞鄧之頸，左盤右旋千餘匝，其勢奔掣，其聲錚摐，雖震雷迅雷，無以加也。鄧據案危坐，喪精褫魄，雨汗浹體，莫知己身之所從。乃稽首祈謝曰：『先生神術，固已知矣，幸攝其威靈，無相見怖。』潘笑舉一手，二白氣復貫掌中，若雲霧之乍收。數食間，復爲二錫丸矣。」又号一一七唐于逖《聞奇録·燕奴》：「有術士於腕間出彈子二丸，皆五色，叱令變化，即化雙燕飛騰，名燕奴。又令變，即化二小劍交擊。須臾復爲丸，入腕中。」

〔五〕賈客：商人，這裏指欲買摩尼寶珠之商賈。「賈客却歸門内去」者，謂賈客無法購得摩尼寶珠，故只得空手返回店邸。

〔六〕明珠元在我心頭：此句言摩尼寶珠不假外求，其實就在自我心中。按此「心珠」，譬喻衆生本具之佛性。如《景德傳燈録》卷三〇永嘉真覺大師《證道歌》：「摩尼珠，人不識，如來藏裏親收得。六般神用空不空，一顆圓光色非色。」又丹霞和尚《翫珠吟》：「般若靈珠妙難測，法性海中親認得。隱顯常遊五蘊中，内外光明大神力。此珠非大亦非小，晝夜光明皆悉照，覓時無物又無蹤，起坐相隨常了了。……亦名性，亦名心，非性非心超古今。全體明時明不得，權時題作弄珠吟。」又韶山和尚《心珠歌》：「山僧自達空門久，淬鍊心珠功已構。珠迴玲瓏主客分，往往聲如師子吼。師子吼，非常義，皆明佛性真如理，有時往往自思惟，豁然大意心歡喜。或造經，或造論，或説漸兮或説頓。若在諸佛運神通，或在凡夫興鄙恪。此心珠，如水月，地角天涯無殊别，只因迷悟有參差，所以如來多種説。地獄趣，餓鬼趣，六道輪迴無暫住，此非諸佛不慈悲，豈是閻王配交做。勸時流，深體悉，見在心珠勿浪失，五蘊身全尚不知，百骸散後何處覓。」凡云「心珠」，皆指衆生本具之清淨心性，亦即佛性也。王梵志詩三五〇首：「惟有如意珠，撩渠不肯賣。」所云「如意珠」，即「摩尼珠」之異譯，亦爲佛性之喻。蓋佛性心珠既在自心，非如其他珠寶可以售賣，故云「撩渠不肯賣」。而寒山此詩「賈客却歸門内去，明珠元在我心頭」二句，亦謂心珠既在我心，賈客欲買，徒勞無功，故「却歸門内去」也。

《宗鏡録》卷一一：「所言乘者，以運載爲義，能運行人直至薩婆若海。是知此海不遥，心寶常現，則趙璧非貴，隋珠未珍。善友徒泛滄波，卞和虚傳荆岫。若入宗鏡，不動神情，刹那之間，其寶自現。何須遍參法界，廣歷叢林。當親悟時，實非他得。如寒山子詩云：『昔年曾入大海中，爲探摩尼誓懇求。直到龍宫深密藏，金關鎖斷鬼神愁。龍王守護安身裏，寶劍星寒勿處搜。賈客却歸門内去，明珠元在我心頭。』」

衆星羅列夜明深

衆星羅列夜明深①，巖點孤燈月未沈〔一〕。圓②滿光華不磨瑩〔二〕，挂在青天是我心〔三〕。

（二〇〇）

【校勘】

①「明深」，宫内省本、四庫本作「深明」。　②「圓」，正中本作「圎」。

【箋注】

〔一〕孤燈：喻月。寒山詩一六六首亦云：「師親指歸路，月掛一輪燈。」

〔二〕磨瑩：磨治。《西京雜記》卷一：「劍在室中，光景猶照於外，與挺劍不殊。十二年一加磨瑩，刃上常若霜雪。」白居易《百錬鏡》：「瓊粉金膏磨瑩已，化爲一片秋潭水。」薛逢《靈臺家兄古鏡歌》：「鏡上磨瑩一月餘，日中漸見菱花舒。」

〔三〕挂在青天是我心：按以滿月之光華瑩徹，比喻心性之清浄無染，佛經習見。如《金剛頂一切如來真實攝大乘現證大教王經》卷上：「我已見自心，清浄如滿月，離諸煩惱垢，能執所執等。諸佛皆告言，汝心本如是，爲客塵所翳，菩提心爲浄。汝觀浄月輪，得證菩提心。」

千年石上古人蹤

千年石上古人蹤，萬丈巖前一點空。明月照時常皎潔，不勞尋討①問西東〔一〕。（二〇一）

【校勘】

①「討」，四庫本作「訪」。

【箋注】

〔一〕不勞尋討問西東：「尋討」即探究。《三國志·魏書·公孫瓚傳》裴注引《漢晉春秋》載袁紹與瓚書曰：「斯言猶在於耳，而足下曾不尋討禍源，克心罪己。」寒山詩「不勞尋討問西東」言佛法即此便是，無須探究尋訪。《景德傳燈録》卷二九誌公和尚《十四科頌·菩提煩惱不二》：「一念之心即是，何須別處尋討。」此即「不勞尋討」也。又《迷悟不二》：「愚人喚南作北，智者達無西東。」此即「不勞問西東」也。

《古尊宿語録》卷三六《投子和尚語録》：「問：『如何是千年石上古人蹤？』師云：『碑碣上著不得。』」《楚石梵琦禪師語録》卷一七《送儀侍者游天台雁蕩》：「寒山子道：『千年石上古人蹤，萬丈巖前一點空。』此一點空不可取，天台雁蕩隨西東。衲僧行脚休輕議，略以虛懷標此位。非凡非聖强安名，高踏毗盧頂上行。」

寒山頂上月輪孤

寒山頂上月輪孤〔一〕，照見晴空一物無〔二〕。可貴天然無價寶〔三〕，埋在五陰溺身軀〔四〕。

（二〇二）

【箋注】

〔一〕月輪孤：元稹《再酬復言》：「繞郭笙歌夜景徂，稽山迴帶月輪孤。」貫休《道情偈三首》之一：

「獨坐松根石頭上，四溟無限月輪孤。」《古尊宿語録》卷三八《襄州洞山第二代初禪師語録》：「問：『四海無浪月輪孤時如何？』師云：『眼裏鬚眉長二尺。』」滿月稱「月輪」。張若虛《春江花月夜》：「江天一色無纖塵，皎皎空中孤月輪。」岑參《出關經華嶽寺訪法華雲公》：「月輪吐山郭，夜色空清澄。」《荷澤神會禪師語録》：「猶如月輪，處於虚空，頓照一切色相。」按寒山此詩之「月輪」，以及〇五一、二〇〇、二〇一等首之明月，皆是佛性之喻，蓋佛書或云「月輪」即是佛性之形相。《金剛頂瑜伽中發阿耨多羅三藐三菩提心論》：「一切衆生，本有薩埵，爲貪瞋癡煩惱之所縛故，諸佛大悲，以善巧智，説此甚深祕密瑜伽，令修行者於内心中觀白月輪，由作此觀，照見本心，湛然清浄，猶如滿月，光遍虚空，無所分別，亦名覺了，亦名浄法界，亦名實相般若波羅蜜海，能含種種無量珍寶三摩地，猶如滿月，潔白分明。何者？爲一切有情悉含普賢之心，我見自心，形如月輪。何故以月輪爲喻？爲滿月圓明，體則與菩提心相類。」《祖堂集》卷二〇《五冠山瑞雲寺和尚》：「龍樹在南印土，則爲説法，對諸大衆而現異相，身如月輪，當於坐上，唯聞説法，不見其形。彼衆之中，有一長者，名曰提婆，謂諸衆曰：『識此瑞不？』衆曰：『非其長聖，誰能辯耶？』爾時提婆心根宿静，亦見相，默然契會，乃告衆曰：『今此瑞者，師現佛性，非師身者。無相三昧，形如滿月，佛性之義。』語猶未訖，師現本身座上。偈曰：身現圓月相，以表諸佛體，説法無其形，用辯非聲色。」

〔二〕一物無：寒山詩一六九首：「其中一物無，免被人來惜。」按禪宗以「一物無」比喻萬法皆空之境界，參看一六九首注〔三〕。

〔三〕可貴天然無價寶：「無價寶」比喻衆生皆具之佛性，見一九六首注〔三〕。而此佛性爲衆生天然具有，故云「天然」。《汾陽無德禪師語録》卷下《證道頌二十首》之十三：「入聖超凡割愛親，天然自性比浮雲。」所云「天然自性」，即是「天然無價寶」也。寒山詩一六一首之「可貴天然物」，亦是此首之「可貴天然無價寶」也。

〔四〕五陰：亦作「五蔭」、「五蘊」，佛教稱色陰、受陰、想陰、行陰、識陰等爲「五陰」。色陰指軀體，餘四陰是心之作用。《大般涅槃經》卷二五：「所謂五陰，色受想行識。所言陰者，其義何謂？能令衆生，生死相續，不離重擔，分散聚合，三世所攝，求其義理，了不可得，以是諸義，故名爲陰。」《宗鏡録》卷六九：「蘊者，藏也。亦云五陰，陰者，覆也。即蘊藏妄種，覆蔽真心。」佛教亦以「五陰」指人身。《大般涅槃經》卷三二：「所謂衆生身者，即是五陰。」《維摩詰經・菩薩品》：「樂觀五陰如怨賊，樂觀四大如毒蛇。」所云「五陰」、「四大」，皆指人身。寒山詩「可貴天然無價寶，埋在五陰溺身軀」二句，言衆生佛性即在自身之中，但埋藏不現而已。《景德傳燈録》卷二九寶誌和尚《十二時頌》：「日南午，四大身中無價寶」，即寒山此二句之意。

我向前谿照碧流

我向前谿照碧流，或向巖邊坐磐石〔一〕。心似孤雲無所依〔二〕，悠悠世事何須覓〔三〕。（二

〇三）

【箋注】

〔一〕磐石：厚重平坦的巨石。亦作「盤石」。皮日休《銷夏灣》：「我來此遊息，夏景方赫曦。一坐盤石上，肅肅寒生肌。」《太平廣記》卷四四《蕭洞玄》（出《河東記》）：「庭中有盤石，可爲十人之坐。」《太平廣記》卷一〇二《睦彦通》（出《報應記》）：「前至深澗，迫急躍入，如有人接右臂，置盤石上，都無傷處。」

〔二〕心似孤雲無所依：劉長卿《小鳥篇上裴尹》：「只緣六翮不自致，長似孤雲無所依。」陸龜蒙《和襲美新秋即事次韻三首》之一：「心似孤雲任所之，世塵中更有誰知。」按古人多以「孤雲」比喻孑然一身，漂泊無依。李頎《贈蘇明府》：「汎然無所繫，心與孤雲同。」劉長卿《題王少府堯山隱處簡陸鄱陽》：「群動心有營，孤雲本無著。」劉禹錫《送元簡上人適越》：「孤雲出岫本無依，勝境名山即是歸。」歐陽詹《送少微上人歸德峰》：「孤雲與禪誦，到後在何峰。」張祜《題平望驛》：「路遥經幾日，身去是孤雲。」劉昭禹《懷華山隱者》：「秋夢有時見，孤雲無處尋。」《雲溪友議》卷中：「婁、吕二生，孤雲野鶴，不知棲宿何處。」

〔三〕悠悠世事：《祖堂集》卷三載懶瓚和尚《樂道歌》：「世事悠悠，不如山丘。」「悠悠」形容漠不關心，參看一三六首注〔二〕。

我家本住在寒山①

我家本住在寒山，石巖棲息離煩緣〔一〕。泯時萬象無痕跡，舒處周流徧大千〔二〕。光影騰輝照心地〔三〕，無有一法當現前〔四〕。方知摩尼一顆珠〔五〕，解用無方處處圓〔六〕。（二〇四）

【校勘】

①四庫本分此首前四句爲一首，後四句爲另一首。

【箋注】

〔一〕煩緣：繁雜的事務。「緣」即外緣，謂外部俗事。

〔二〕泯時萬象無痕跡，舒處周流徧大千：「泯」即泯滅、消失。「舒」即舒展、伸延。「周流」謂到處流行。《妙法蓮華經·信解品》：「譬如童子，幼稚無識，捨父逃逝，遠到他土，周流諸國，五十餘年。」「大千」即「三千大千世界」，佛教稱以須彌山爲中心，一日月所照臨之天下爲一小千世界，一千個小千世界構成一中千世界，一千個中千世界構成一大千世界，亦稱三千大千世界。《長阿含經》卷一八：「佛告諸比丘：如一日月周行四天下，光明所照，如是千世界。千世界中有千日月、千須彌山王，四千天下四千大天下，四千海水四千大海，四千龍四千大龍，四千金翅鳥四千大金翅鳥，四千惡道四千大惡道，四千王四千大王，七千大樹，八千大泥犁，十千大山，千閻羅王，千四天王，千忉利天，千焰摩天，千兜率天，千化自在天，千他化自在天，千梵天，是爲小千世界。如一小千世界，爾所小千千世界，是爲中千世界。如一中千世界，爾所中千千世界，是爲三千大千世界。如是世界周匝成敗，衆生所居，名一佛刹。」寒山此詩「泯時萬象無痕跡，舒處周流徧大千」二句，義同一六一首之「促之在方寸，延之一切處」，參看該首注〔四〕。

〔三〕心地：猶云「心田」。見一九四首注〔五〕。

〔四〕無有一法當現前：即上文「泯時萬象無痕跡」之意。「法」即事物、現象。《景德傳燈録》卷二八《越州大珠慧海和尚語》：「世間一切生滅法，無有一法不歸如也。」又卷二九誌公和尚《十四科頌·佛與衆生不二》：「無有一法可得，翛然自入無餘。」

〔五〕摩尼一顆珠：比喻衆生本具之佛性。見一九九首注〔一〕。

〔六〕解用無方處處圓：謂效用變化無窮，處處周遍。「解用」即效用。「無方」即變化莫測。《列子·説符》：「投隙抵時，應事無方，屬乎智。」《弘明集》卷一《牟子理惑論》：「況佛身相好，變化神力無方，焉能捨而不學乎？」《高僧傳》卷六《晉彭城郡釋道融傳》：「至道無方，各尊其事。」《廣弘明集》卷一一法琳《對傅奕廢佛僧事》：「故知聖應無方，隨機而現。」「圓」即圓滿周至。《景德傳燈録》卷二〇《泉州福清院師巍和尚》：「因圓三界外，果滿十方知。」《宗鏡録》卷一二：「夫心者，神妙無方，至理玄邈，三際求而罔得，二諦推而莫知。無像無名，不可以測其深廣；無依無住，不可以察其指蹤。細入無間之中，不可以言其小；大包乾象之外，不可以語其深。至道虛玄，孰能令有；幽靈不墜，孰能令無。迹分法界而非多，性合真空而非一。體凝一道而非静，用周萬物而匪勞。如如意珠，天上勝寶，狀如芥粟，有大功能。浄妙五欲，七寶琳瑯，非内畜，非外入，不謀前後，不擇多少，不作粗妙，稱意豐儉，降雨瀼瀼，不添不盡，利濟無窮。蓋是色法，尚能如是，豈況心神靈妙，寧不具一切法耶？故經云：『佛言：一切聲聞獨覺菩薩，皆共此一妙清浄道，皆同此一究竟清浄，更無第二。我依此故，密意説言唯有一乘，乃至譬如虚空遍一切處，皆同一味，不障一切所作事業。如是世尊，依此諸法皆無自性，皆同一味，不障一切聲聞緣覺及諸大士所修事業。』寒山子詩云：『余家住此號寒山，山巖栖息離煩喧。泯時萬像無痕跡，舒即周流遍大千。光影騰輝照心地，無有一法當現前。方知摩尼一顆寶，妙用無窮處處圓。』」

《無明慧經禪師語録》卷一：「師彈指一下云：『大衆作麽生會？』衆無語。師曰：『不會出世師，空勞一彈指。最無分曉句，真是難接嘴。倚天長劍逼人寒，不是其人徒側耳。方知一顆摩尼珠，解用須是寒山子。』下座。」

世人何事可吁嗟①

世人何事可吁嗟〔一〕，苦樂交煎勿底涯〔二〕。生死往來多少劫〔三〕，東西南北是誰家。張王李趙權時姓〔四〕，六道三途事似麻〔五〕。只爲②主人不了絶〔六〕，遂招遷謝逐迷邪〔七〕。

（二〇五）

【校勘】

①四庫本分此首前四句爲一首，後四句爲另一首。　②「爲」，四庫本作「道」。

【箋注】

〔一〕吁嗟：感歎辭。見一一八首注〔一〕。

〔二〕交煎：謂交替煎熬人心。敦煌本《爐山遠公話》：「相公是夜先爲夫人説其八苦交煎。」　勿底涯：無終極，無盡頭。「勿」即無之義。《詩·豳風·東山》：「制彼裳衣，勿士行枚。」鄭箋：「勿，猶無也。」貫休《聞無相道人順世五首》之五：「百千萬億偈，共他勿交涉。所以那老人，密傳與迦葉。」又《秋夜玩月懷玉霄道士》：「今宵剛道別，舉世勿人争。」《祖堂集》卷九《落浦和尚》：「師子窟中無異獸，象王行處勿狐蹤。」《鎮州臨濟慧照禪師語録》：「更有問話者麽？速致問來。你纔開口，早勿交涉也。」寒山詩二三四首：「勸你三界子，莫作勿道理。」二四八首：「余乃返窮之，推尋勿道理。」三〇八首：「我居山，勿人識。」三〇九首：「純白石，勿黄金。」拾得詩二三首：「誰來幽谷餐仙食，獨向雲泉更勿人。」凡「勿」皆無之義，吴語如此也。「底涯」即底部、盡頭，倒文作「涯底」。《大智度論》卷一：「譬如大海水，欲盡其涯底。」《無量壽經》卷下：「如來智慧海，深廣無涯底。」

〔三〕生死往來：猶云生生死死，生來死去。敦煌本《妙法蓮華經講經文》：「曾於三界上下，六道循寰，生死往來，不得出離者，皆因貪財愛色之所拘繫。」《説郛》（商務本）卷四四宋張師政《括異志·李德裕繫幽獄》:「陰司之獄,以人生死往來之不常,獄繫二三百年而決者,不爲久也。」按「往來」亦謂生死。《雲溪友議》卷中:「吾乃知存殁之分,一往一來。」「生死往來」亦云「生死來去」,參看一九六首注〔二〕。　　劫:佛經以世界成壞一次爲一劫,有小、中、大劫之分,表示極久遠之時間。隋吉藏《勝鬘寶窟》卷上之末:「依《瓔珞經》下卷亦明三劫:一里二里,乃至四十里石,方廣亦然,以天衣重三銖,人中日月歲數三年一拂,此石乃盡,名一小劫。就一小劫中自有一里二里乃至四十里、六十里石,方廣亦然,以梵天衣重三銖,梵天中百寶光明珠爲日月歲數,三年一拂,此石乃盡,名爲中劫。有八百里石,方廣亦然,以浄居天衣重三銖,即浄居天百寶光明鏡爲日月歲數,三年一拂,此石乃盡,名一大阿僧祇劫。」

〔四〕張王李趙:按張、王、李、趙爲最尋常之姓氏,因用作泛指衆人之稱。《弘明集》卷九梁蕭琛《難神滅論》:「亦可張甲之情,寄王乙之軀,李丙之性,託趙丁之體,然乎哉?不然也。」《龐居士語録》卷中:「世上蠢蠢者,相見只論錢。張三五百貫,李四有幾千。趙大折却本,王六大迍邅。口常談三業,心中欲火然。」宋朱弁《曲洧舊聞》卷七:「俚語有張王李趙之語,猶言是何等人,無足掛齒牙之意也。宣和間王將明、張子能、王履道、李士美、趙聖從俱在政府,是時『張王李趙』之語喧於朝野,聞者莫不笑之。」　　權時:暫時。《後漢書·朱浮傳》:「浮秉征伐之任,欲權時救急。」敦煌本《爐山遠公話》:「便於香爐峰頂北邊,權時結一草菴。」

〔五〕六道三途:佛教以天道、人道、阿修羅道、餓鬼道、畜生道、地獄道爲「六道」,衆生生死輪迴於其中，見〇七二首注〔五〕。其中餓鬼道、畜生道、地獄道爲「三惡道」，亦稱「三途」，見一一二首注〔三〕。

事似麻：這裏形容輪迴之事繁多，不可勝數。貫休《乞食僧》：「似月心常浄，如麻事不知。」又《山居詩二十四首》之十四：「可憐擾擾塵埃裏，雙鬢如銀事似麻。」修睦《簡寂觀》：「碧岫觀中人似鶴，紅塵路上事如麻。」《古尊宿語録》卷三四《舒州龍門佛眼和尚語録・趙州喫茶》：「一期雖似好，争免事如麻。」又卷四七《東林和尚雲門庵主頌古》雲門頌：「若言付心法，天下事如麻。」《虚堂和尚語録》卷七《黑白何咎》：「世事亂如麻，情人未到家。」《緇門警訓》卷八蹟禪師《誡洗麪文》：「唐朝欲末事如麻，兵火屠燒萬萬家。」

〔六〕主人：比喻不隨生死輪迴而泯滅之本性、佛性。《景德傳燈録》卷三〇魏府華嚴長老《示衆》：「向無明性中，認取箇真實主人。」亦稱「主人公」、「主人翁」。參看二四〇首注〔三〕。

了絶：斷絶，解決，這裏指斷絶生死輪迴之因。寒山詩二二八首：「爲心不了絶，妄想起如煙。」拾得詩二〇首：「君不見三界之中紛擾擾，只爲無明不了絶。」亦作「了決」。《祖堂集》卷九《落浦和尚》載《神劍歌》：「斬邪徒，盪妖孽，生死榮枯齊了決。」《續資治通鑑長編》卷二六五：「只是蔚、應兩州已了，朔州地分俱未了決。」又：「益戒又云：『兩朝和好事重，侍讀、館使早與了絶却好。』臣括對云：『有何不了絶？南朝道理適來已曾咨聞，自餘非括敢預。』」

〔七〕遷謝：死亡，這裏指生死輪迴。《楞嚴經》卷四：「縱汝形銷，命光遷謝，此性云何爲汝銷滅？」吴筠《遊仙詩二十四首》之三：「愍俗從遷謝，尋仙去淪没。」《古尊宿語録》卷三一《舒州龍門佛眼和尚小參》：「初生時漸長，至三歲五歲，乃至二十時，決定不移。到四十五十，而此身念念遷謝，念念無常。」　迷邪：迷惑於邪道，倒文作「邪迷」。宗寶本《壇經·付囑品》：「邪迷之時魔在舍，正見之時佛在堂。」

余家本住在天台

余家本住在天台，雲路煙深絶客來〔一〕。千仞巖巒深可遯，萬重谿澗石樓臺。樺①巾木屐沿流步〔二〕，布裘藜杖繞山迴〔三〕。自覺浮生幻化事〔四〕，逍遥快樂實善②哉〔五〕。（二〇六）

【校勘】

①「樺」，四庫本作「樗」。　②「善」，宫内省本作「奇」，全唐詩本夾注「一作奇」。

【箋注】

〔一〕雲路：形容山路高遠，深入雲中。盧照鄰《贈益府裴録事》：「青山雲路深，丹壑月華臨。」韋應物《送洛陽韓丞東遊》：「駕言忽徂征，雲路邈且深。」

〔二〕樺巾：用樺樹皮制成的頭巾，亦即樺冠，故《宋高僧傳》卷一九《唐天台山封干師傳》附《寒山子傳》，稱寒山子「以樺皮爲冠，曳大木屐」，即是此詩之「樺巾木屐」也。又卷二二《大宋魏府卯齋院法圓傳》附《李通玄傳》：「戴樺皮冠，衣大布縫掖之制。」《五燈會元》卷一六《大梅法英禪師》：「晨起戴樺皮冠，披鶴氅，執象簡，穿朱履，使擊鼓集衆。」亦作「華冠」。《莊子·讓王》：

「原憲華冠縱履，杖藜而應門。」成玄英疏：「以華皮爲冠。」按《本草綱目》卷三五《樺木》：「其皮厚而輕虚軟柔，皮匠家用襯鞾裏及爲刀靶之類，謂之暖皮。」因爲樺皮厚而輕虚柔軟，故亦可制冠也。　木屐：一種木鞋，底安二齒，以行泥地。劉敬叔《異苑》卷一〇：「介子推逃禄隱迹，抱樹燒死。文公拊木哀嗟，伐而製屐。」《南史·謝靈運傳》：「登躡常着木屐，上山則去其前齒，下山去其後齒。」　沿流步：沿着水邊漫步。「沿流」即順着水流。柳宗元《贈江華長老》：「去歲别春陵，沿流此投跡。」羅鄴《春江恨别》：「望斷長川一葉舟，可堪歸路更沿流。」陳陶《早發始興》：「沿流信多美，況復秋風發。」

〔三〕布裘：布袍。見一六二首注〔五〕。　藜杖：用藜枝制成之手杖。《晉書·山濤傳》：「魏帝嘗賜景帝春服，帝以賜濤，又以母老，並賜藜杖一枚。」李群玉《請告出春明門》：「鹿裘藜杖且歸去，富貴榮華春夢中。」杜荀鶴《白髮吟》：「家山蒼翠萬餘尺，藜杖楮冠輸老兒。」《説郛續》弓一七明馮時可《蓬窗續録》：「古稱藜杖，藜即苜蓿，養之歷霜雪，經一二歲，其本修直，生鬼面，可杖，取其輕而堅，非黎木也。」

〔四〕浮生幻化：《大唐三藏取經詩話·經過女人國處第十》：「願王存善好修持，幻化浮生得幾時。」寒山詩一九七首：「浮生幻化如燈燼，塚内埋身是有無。」參看該首注〔三〕。

〔五〕善哉：贊歎之語。《左傳》昭公十六年：「善哉，子之言是。」又：「孺子善哉，吾有望矣。」《妙法蓮華經·藥王菩薩本事品》：「其中諸佛，同時讚言：善哉善哉！」

憐底衆生病

憐底衆生病〔一〕，餐嘗略不猒①〔二〕。蒸②豚搵蒜醬〔三〕，炙鴨點椒鹽〔四〕。去骨鮮魚膾〔五〕，兼皮熟肉臉③〔六〕。不知他命苦〔七〕，只取自家甜〔八〕。（二〇七）

【校勘】

①「猒」，宮内省本、四庫本作「厭」。②「蒸」，正中本、高麗本作「烝」。③「臉」，四庫本作「燖」。

【箋注】

〔一〕底：此。顔之推《還冤記》：「璀後數見祚來，部從鎧甲，舉手指璀云：『底奴，要當截汝頭！』」宋無名氏《驀山溪》（梅）：「竹籬茆舍，底是藏春處。」衆生病：《維摩詰經·文殊師利問疾品》：「以一切衆生病，是故我病；若一切衆生病滅，則我病滅。」按佛經謂一切含靈有情之生物爲「衆生」。《釋氏要覽》卷中《衆生》：「梵云僕呼善那，此云衆生，謂衆緣所生故。○祐法師云：衆共生世，故名衆生。○唐三藏譯名有情，謂一切無情物，皆假衆緣生，今簡去無情，故云有情。○《證契大乘經》云：衆生者何義？佛言：是情想和合，所謂地、水、火、風、空、識、名、色、界、入、緣起，及因、業、果，會對而生故。」本詩之「衆生」則指供人屠宰食用之動物。梁武帝《浄業賦序》：「既不食衆生，無復殺害障。」本詩之「病」則指苦難、疾苦。白居易《寄唐生》：

「惟歌生民病，願得天子知。」

〔二〕猒：同「厭」。○七六首亦云「食肉更無猒」，參看該首注〔六〕。

〔三〕蒸豚：爛蒸之乳猪。「豚」亦作「肫」、「豘」，小猪。《西京雜記》卷四：「俎上蒸豘一頭，厨中荔枝一柈，皆可爲設。」《晉書・阮籍傳》：「及將葬，食一蒸肫，飲二斗酒，然後臨訣。」又《王濟傳》：「帝嘗幸其宅，供饌甚豐，悉貯琉璃器中。蒸肫甚美，帝問其故，答曰：『以人乳蒸之。』帝色甚不平，食未畢而去。」宋陶穀《清異録・糟糠氏》：「僞唐陳喬食蒸豘，曰：『此糟糠氏，面目殊乖，而風味不淺也。』」　揾：揩抹，裹蘸。《梁書・侯景傳》：「景後又宴集其黨，又召僧通。僧通取肉揾鹽以進景，問曰：『好不？』景答：『所恨太鹹。』」　蒜醬：寒山詩二〇八首亦云：「黄連揾蒜醬，忘計是苦辛。」按食猪肉以蒜爲配。如《太平廣記》卷四七《宋玄白》（出《續神仙傳》）：「然嗜酒，或食彘肉五斤，以蒜虀一盆，手撮肉吃畢，即飲酒二斗。」又按，佛教以蒜爲「五辛」之一，佛教戒律禁食五辛之菜。《入楞伽經》卷八：「如是一切葱韮蒜薤臭穢不浄，能障聖道，亦障世間人天浄處，何況諸佛浄土果報。……酒肉葱韮及蒜薤等能薰之味，悉不應食。」《梵網經》卷下：「若佛子，不得食五辛，大蒜、革葱、慈葱、蘭葱、興蕖，是五種一切食中不得食。若故食者，犯輕垢罪。」《摩訶僧祇律》卷三一：「蒜者生熟皮葉，一切盡不聽食。」

〔四〕炙鴨：烤鴨。　點：蘸。唐劉恂《嶺表録異》卷上：「跳鋌，乃海味之小魚鋌也，以鹽藏鯔魚兒一觔，不啻千箇，生擘點醋下酒，甚有美味。」《唐摭言》卷一三《矛楯》：「方干姿態山野，且更免缺，然性好凌侮人。有龍丘李主簿者，不知何許人，偶於知聞處見干，而與之傳杯。龍丘目有翳，改令以譏之曰：『干改令，諸人象令主。措大吃酒點鹽，軍將吃酒點醬。只見門外著籬，未見眼中安障。』龍丘答曰：『措大吃酒點鹽，下人吃酒點酢干嗜酢。只見半臂著襴，未見口脣開岭。』一座大笑。」

〔五〕鮮魚膾：薄切之鮮魚片。「膾」即細切之魚肉。《釋名·釋飲食》：「膾，會也，細切肉令散，分其赤白，異切之已，乃會合和之也。」《世説新語·識鑒》：「張季鷹辟齊王東曹掾，在洛，見秋風起，因思吴中菰菜羹、鱸魚膾。」

〔六〕兼皮：連着皮，帶着皮。　臉：牲畜面部之肉，古人或貴重之。《説郛》（商務本）卷七三洪巽《暘谷漫録》：「其治羊頭也，漉置几上，剔留臉肉，餘悉擲之地。衆問其故，厨娘曰：『此皆非貴人之所食矣。』」一説「臉」即肉湯之類。《玉篇》：「臉，臛也。」《龍龕手鏡》：「臉，士廉反，臛也。又力斬反，羹屬也。」

〔七〕他：這裏指被宰殺的衆生。

〔八〕甜：比喻快活。　羅隱《蜂》：「採得百花成蜜後，爲誰辛苦爲誰甜。」

讀書豈免死

讀書豈免死，讀書豈免貧。何以①好識字，識字勝他人〔一〕。丈夫不識字，無處可安身。黄

連搵蒜醬〔二〕，忘計是苦辛〔三〕。（二〇八）

【校勘】

①「以」，宫内省本、四庫本作「似」，全唐詩本夾注「一作似」。

【箋注】

〔一〕識字勝他人：杜荀鶴《喜從弟雪中遠至有作》亦云：「晝短夜長須强學，學成貧亦勝他貧。」

〔二〕黄連：中藥名，根株色黄，味極苦。寒山詩〇七六首亦有「死惡黄連苦」之語。　搵蒜醬：見二〇七首注〔三〕。

〔三〕忘計：一説當作「忘記」，一説當作「妄計」。「妄計」即顛倒虚妄之想。《大般涅槃經》卷一四：「若有人作如是妄計：我即是眼，眼即是我所，耳鼻舌身意亦復如是。我即是色，色是我所，乃至法亦如是。……善男子，如來終不作如是計。」王維《胡居士卧病遺米因贈》：「了觀四大因，根性何所有。妄計苟不生，是身孰休咎。」按寒山詩「黄連搵蒜醬，忘計是苦辛」二句，既是歇後語，又是雙關語，以「黄連」歇下句之「苦」，以「蒜醬」歇下句之「辛」，而此「苦辛」，又雙關不識字者人生之苦辛也。

楚按，寒山此詩從正反兩面，勸諭世人讀書識字，可與《敦煌零拾》所載《歎五更》對讀：「一更初，自恨長養枉身軀。耶孃小來不教授，如今争識文與書。二更深，《孝經》一卷不曾尋。之乎者也都不識，如今嗟歎始悲吟。三更半，到處被他筆頭算，縱然身達得官職，公事文書争處斷。

四更長，晝夜常如面向牆，男兒到此屈折地，悔不《孝經》讀一行。五更曉，作人已來都未了，東西南北被驅使，恰如盲人不見道。」又白居易《狂言示諸姪》「世欺不識字，我忝攻文筆」，亦同此意。

我見瞞人漢

我見瞞①人漢〔一〕，如籃盛水走。一氣將歸家〔二〕，籃裏何曾有。我見被人瞞，一似園中韭〔三〕。日日被刀②傷，天生還自有。（二〇九）

【校勘】

①此句之「瞞」及第五句之「瞞」，宫内省本、正中本、高麗本、四庫本作「謾」。②「刀」，宫内省本、四庫本作「人」。

【箋注】

〔一〕瞞人漢：騙人的人。「瞞」通「謾」，欺騙。《説文》「瞞」段注：「今俗借爲欺謾字。」《朱子語類》卷七四：「耳之能聽，目之能視，口之能言，手之能執，足之能履，皆是發處也。畢竟怎生會恁地發用，釋氏便將這些子來瞞人。秀才不識，便被他瞞。」

〔二〕一氣：一口氣，不停歇地。《古尊宿語録》卷六《睦州和尚語録》：「有俗官問：『一氣還轉得一大藏經麽？』師云：『有什麽絁紬。』」《大唐三藏取經詩話·入大梵天王宫第三》：「當時五百尊者、大梵王，一千餘人，咸集聽經。玄奘一氣講説，如瓶注水，大開玄妙。」《宣和遺事》卷上：「有僧人帶來行童，見師囚了，一氣走至汴河岸上，手中拏着箇小紅葫蘆兒，往汴河中與一傾。」話本《雨花香》第十種《錦堂春》：「一氣跑到府前，却好府官晚堂未退。」按寒山詩「我見瞞人漢，如籃盛水走，一氣將歸家，籃裏何曾有」四句，即俗語「竹籃打水一場空」之意。《金瓶梅》五九回：「撇的奴四脯着地，樹倒無陰來呵，竹籃打水，落而無效。」

〔三〕一似園中韭：按王梵志詩二〇三首：「惡人相觸悮，被罵必從饒。喻若園中韭，猶如得雨澆。」敦煌本《下女夫詞》：「舍後一薗韭，刈却還如舊。」皆與寒山詩「我見被人瞞，一似園中韭，日日被刀傷，天生還自有」相似。蓋唐人俗語如此，以園韭被刈還生，比喻受害者終將復原。寒山此詩後四句亦就俗諺立意，謂被人瞞者，雖受傷害，猶如園中之韭，日日被刈，但是終究無所損傷，猶如園中之韭，刈後還生也。

《了菴清欲禪師語録》卷一：「上堂，舉寒山子道：我見瞞人漢，如籃提水走。急急走歸家，籃裡何曾有。保寧勇和尚舉了拍手大笑云：有意氣時添意氣，不風流處也風流。師云：然則下坡不走，快便難逢。保寧老漢脚跟下好與三十棒。」

不見朝垂露

不見朝垂露，日爍自消除〔一〕。人身亦如此，閻浮是寄居〔二〕。切①莫因循過〔三〕，且令三毒

祛②〔四〕。菩提③即煩惱〔五〕，盡令無有餘〔六〕。（二一〇）

【校勘】

①「切」，宮内省本、四庫本作「慎」，全唐詩本夾注「一作慎」。②「祛」，四庫本、全唐詩本作「袪」，通用。③「提」，四庫本作「薩」。

【箋注】

〔一〕爍：烤灼。李白《感時留別從兄徐王延年從弟延陵》：「驕陽何太赫，海水爍龍龜。」《宗鏡録》卷三：「以熱時炎氣，因日光爍，遠看似水。」蘇軾《送宋君用遊輦下》：「安知赤日爍，沸浪生浮漚。」按《大般涅槃經》卷六：「譬如霧露，勢雖欲住，不過日出；日既出已，消滅無餘。」即寒山詩「不見朝垂露，日爍自消除」之意。

〔二〕閻浮：即閻浮提洲，亦稱南贍部洲，佛經中的四大部洲之一，爲此方人類所居住之世界，亦用作人世間之稱。《大唐西域記》卷一：「然則索訶世界三千大千國土，爲一佛之化攝也。今一日月所臨四天下者，據三千大千世界之中，諸佛世尊，皆此垂化，現生現滅，導聖導凡。蘇迷盧山四寶合成，在大海中，據金輪上，日月之所照迴，諸天之所遊舍，七山七海，環峙環列。山間海水，具八功德。七金山外，乃鹹海也。海中可居者，大略有四洲焉。東毘提訶洲，南贍部洲，西瞿陁尼洲，北拘盧洲。」《觀無量壽佛經》卷上：「唯願世尊爲我廣説無憂惱處，我當往生，不樂閻浮提濁惡世也。此濁惡處，地獄、餓鬼、畜生盈滿，多不善聚。」　寄居：曹植《仙人篇》：「俯觀五嶽間，人生如寄居。」《景德傳燈録》卷三〇《一鉢歌》：「幻化由來似寄居，他家觸處更清虛。」參看一四六首注〔五〕。寒山詩「不見朝垂露，日爍自消除，人身亦如此，閻浮是寄居」四句，譬喻人生短促。如《大般涅槃經》卷三八：「觀是壽命，常爲無量怨讎所遶，念念損滅，無有增長，……亦如朝露，勢不久停。」慈受《擬寒山詩》第一四三首：「君看草頭露，日出還消去。也似世間人，閻浮暫時住。」也與寒山詩意相同。

〔三〕因循過：苟且度日。白居易《自歎》：「因循過日月，真是俗人心。」寒山詩二四〇首：「因循過時光，渾是癡肉臠。」按「因循」即疏懶、馬虎之義。《顔氏家訓·勉學》：「世人婚冠未學，便稱遲暮，因循面牆，亦爲愚爾。」白居易《和櫛沐寄道友》：「因循擲白日，積漸凋朱顔。」《祖堂集》卷一九《香嚴和尚》：「莫因循，莫猶預，虛度光陰。」

〔四〕三毒：佛教稱貪、瞋、癡爲「三毒」，是一切煩惱之根源。《大智度論》卷三一：「我所心生，故有利益我者生貪欲，違逆我者而生瞋恚，此結使不從智生，從狂惑生故，是名爲癡。三毒爲一切煩惱之根本，亦由吾我。」　袪：消除。陶淵明《閑情賦》：「迎清風以袪累，寄弱志於歸波。」

〔五〕菩提即煩惱：按佛教稱由貪嗔癡等引起之内心苦惱惑亂爲「煩惱」，「煩惱」爲妨礙覺悟之一切精神作用。又稱斷除煩惱而成就涅槃之智慧爲「菩提」，「煩惱」與「菩提」雖似對立，但佛法真如，平等不二，本原無異，分別爲「煩惱」、「菩提」種種，皆是方便之説，終非究竟之論，故佛教又有「煩惱即菩提」之理。如《諸法無行經》卷下：「若求煩惱性，煩惱即是道。」按「道」即菩提之義譯。智顗説《摩訶止觀》卷一上引經言：「煩惱即是菩提，菩提即是煩惱。」《善慧大士語録》卷三《還源詩》：「涅槃生死是，煩惱即菩提。」敦煌本《壇經》：「惠能大師曰：『汝從彼來，應是細作。』志誠曰：『未説時即是，説了即不是。』六祖言：『煩惱即是菩提，亦復如是。』」《祖堂集》卷二《第三十三祖惠能》：「煩惱即是菩提，無二無别，故以智慧照煩惱者，是二乘人見解，有智之人終不如此。」《荷澤神會禪師語録》：「給事中房綰問煩惱即菩提義，答曰：『今借虚空爲喻，如虚空本來無動静，不以明來即明，暗來即暗，此暗空不異明〔空〕，明空不異暗空，明暗自有去來，虚空元無動静。煩惱即菩提，其義亦然，迷悟雖即有殊，菩提心元來不動。』又：「悟之乃煩惱即菩提，迷之則北轅而適楚。」

〔六〕盡令無有餘：《妙法蓮華經·序品》：「諸求三乘人，若有疑悔者，佛當爲除斷，令盡無有餘。」慧思《諸法無諍三昧法門》卷下：「求解脱者，應觀察生死父母，斷令皆盡，不令有餘。」張伯端《悟真篇外集·禪定指迷歌》：「但將萬法遣除，遣令浄盡無餘。豁然圓明自現，便與諸佛無殊。」

水清澄澄瑩

水清澄澄瑩，徹底自然見〔一〕。心中無一事〔二〕，水清衆獸現①〔三〕。心若②不妄起〔四〕，永劫無改變〔五〕。若能如是知，是知無背面〔六〕。（二一一）

【校勘】

①此句宫内省本、正中本、高麗本、四庫本作「萬境不能轉」，全唐詩本夾注「一作萬境不能轉」。

②「若」，宫内省本、四庫本作「既」，全唐詩本夾注「一作既」。

【箋注】

〔一〕水清澄澄瑩，徹底自然見：形容水清見底。《玉臺新詠》卷八劉遵《從頓還城應令》：「漢水深難渡，深潭見底清。」何遜《暮秋答朱記室》：「寒潭見底清，風色極天浄。」盧思道《櫂歌行》：「秋江見底清，越女復傾城。」張九齡《自豫章南還江上作》：「歸去南江水，磷磷見底清。」孟浩然《與崔二十一遊鏡湖寄包賀二公》：「試覽鏡湖物，中流見底清。」李白《題宛溪館》：「何謝新安水，千尋見底清。」白居易《酬嚴中丞晚眺黔江見寄》：「晚後連天碧，秋來徹底清。」又《東林寺白蓮》：「東林北塘水，湛湛見底清。」盧仝《秋夢行》：「湘水泠泠徹底清，二妃怨處無限情。」

〔二〕心中無一事：賈島《宿姚合宅寄張司業籍》：「身愛無一事，心期往四明。」貫休《贈景和尚院》：「怡然無一事，流水自湯湯。」按禪宗多以「無事」相標榜。王梵志詩三八四首：「出家解脱無事，永離三界逍遥。」《祖堂集》卷三懶瓚和尚《樂道歌》：「心是無事心，面是孃生面。劫石可移動，箇中難改變。無事本無事，何須讀文字，削除人我本，冥合箇中意。種種勞筋骨，不如林間睡。」

〔三〕水清衆獸現：《晉書·温嶠傳》：「至牛渚磯，水深不可測，世云其下多怪物，嶠遂燬犀角而照之。須臾,見水族覆火,奇形異狀,或乘馬車著赤衣者。」按寒山詩「水清澄澄瑩,徹底自然見。心中無一事,水清衆獸現」四句以水之澄瑩見底,比喻心之清淨無事。如《佛開解梵志阿颰經》:「譬如水清,其中沙石魚鱉自現;道意已淨,悉見天下心識所有。」貫休《歸東陽臨岐上杜使君七首》之二:「不知何物爲心地,賽卻澄江徹底清。」《景德傳燈録》卷四《益州保唐寺無住禪師》:「對初學人,還令息念,澄停識浪,水清影現,悟無念體,寂滅現前,無念亦不立也。」《古尊宿語録》卷八《汝州首山念和尚語録》:「孤峰朗月連天照,性似寒泉徹底清。」

〔四〕心若不妄起:按佛教主張持心修行,不起妄心。敦煌本《大乘無生方便門》:「菩薩戒是持心戒,以佛性爲戒性。心瞥起,即違佛性,是破菩薩戒。護持心不起,即順佛性,是持菩薩戒。」《龐居士語録》卷下:「無心心不起,超三越十地,究竟真如果,到頭祇箇是。」《祖堂集》卷六《草堂和尚》:「道雖本圓,妄起爲累,妄念都盡,即是修成。」《景德傳燈録》卷四《法融禪師》:「境緣無好醜,好醜起於心。心若不强名,妄情從何起。妄情既不起,真心任徧知。」又同卷《益州保唐寺無住禪師》:「見境心不起,名不生;不生即不滅,既無生滅,即不被前塵所縛,當處解脱。」又卷二九誌公和尚《十四科頌·色空不二》:「對境心常不起,舉足皆是道場。」延壽《萬善同歸集》卷下:「若能心不起,精進無有涯。」

〔五〕永劫:按佛教以世界成壞一次爲一劫,見二〇五首注〔三〕。「永劫」指極久遠,乃至無限之時間。《大乘本生心地觀經》卷三：「是人命終墮地獄，受苦永劫無出期。」《法苑珠林》卷一《劫量篇·述意部》：「至若娑婆世界，謂俄頃爲百齡；袈裟剎土，將永劫以浹日，斯染浄之別也。」《景德傳燈録》卷五《吉州清原山行思禪師》：「寧可永劫受沈淪，不從諸聖求解脱。」敦煌本《降魔變文》：「佛世難值，歷永劫而一逢。」拾得詩〇八首：「嗟見世間人，永劫在迷津。」

〔六〕無背面：不分正面與反面，謂表裏如一。「背」即反面，「面」即正面。如《景德傳燈録》卷九《潭州溈山靈祐禪師》：「夫道人之心，質直無僞，無背無面，無詐妄心行。」又卷三〇法燈禪師《古鏡歌三首》之一：「凝一片，勿背面，嫫母臨粧不稱情，潘生迴首頻嘉歎。」《五燈會元》卷九《芭蕉慧清禪師》：「問：『甚麽物無兩頭？甚麽物無背面？』師曰：『我身無兩頭，我語無背面。』」《太平廣記》卷三八八《齊君房》（出《纂異記》）：「出一鏡，背面皆瑩徹。」寒山詩二三七首亦云：「心真出語直，直心無背面。」

自從到此天台境①

自從到此天台境②，經今早度③幾冬春〔一〕。山水不移人自老，見却多少後生人。（二一二）

【校勘】

①此首亦作拾得詩，見拾得詩第四五首。　②「境」，拾得詩作「寺」。　③「度」，拾得詩作「已」。

【箋注】

〔一〕經今：猶云「至今」，《續高僧傳》卷一五《釋慧休傳》：「見著麻鞋，經今三十餘年，雖有斷壞，綴而蹈涉。」韓愈《桃源圖》：「聽終辭絶共悽然，自説經今六百年。」白居易《會昌二年春題池西小樓》：「花邊春水水邊樓，一坐經今四十秋。」張籍《逢王建有贈》：「經今三十餘年事，卻説還同昨日時。」《大唐三藏取經詩話·轉至香林寺受心經本》：「竺國取經回東土，經今十月到香林。」

説食終不飽

説食終不飽〔一〕，説衣不免寒〔二〕。飽喫須是飯，著衣方免寒。不解審思量〔三〕，只道求佛難。迴心即是佛〔四〕，莫向外頭看〔五〕。（二一三）

【箋注】

〔一〕説食終不飽：《楞嚴經》卷一：「今日乃知雖有多聞，若不修行，與不聞等，如人説食，終不能飽。」宗寶本《壇經·般若品》：「世人終日口念般若，不識自性般若，猶如説食不飽，口但説空，萬劫不得見性，終無有益。」淨覺《楞伽師資記》：「畫餅尚未堪飡，説食與人，焉能使飽，雖欲去其前塞，翻令後椙彌堅。」《古尊宿語録》卷三四《舒州龍門佛眼和尚語録》：「譬如飯籮邊坐，説食終不能飽，爲不親下口也。」錢鍾書《管錐編》五七八頁論《焦氏易林》：「《損》：『夢飯不飽，酒未入口；嬰女雖好，媒雁不許。』按言望梅而渴不止也。《潛夫論·實貢》『夫説粱飯食肉，有好於面，而不若糲粢藜蒸之可食於口也』；《華嚴經·菩薩問明品》第一〇『如人設美饍，自餓而不食，於法不修行，多聞亦如是』；《楞嚴經》卷一『雖有多聞，若不修行，與不聞等，如人説食，終不能飽』，又寒山詩：『説食終不飽，説衣不免寒。』『夢飯』之造境寓意深於『説食』，蓋『説食』者自知未食或無食，而『夢飯』者自以爲食或可得而食也。」

〔二〕説衣不免寒：按《大慧普覺禪師語録》卷一〇：「身上著衣方免寒，口邊説食終不飽。」《元叟行端禪師語録》卷四：「身上著衣方免寒，口頭説食終不飽。百千諸佛諸祖師，别更無禪亦無道。」即脱胎自寒山詩此二句。

〔三〕審思量：仔細思考。見〇九七首注〔六〕。

〔四〕迴心即是佛：《祖堂集》卷二〇《五冠山瑞雲寺和尚》：「又古人云：佛道不遠，迴心即是。」「迴心」謂改變心意，改邪從正。《楞嚴經》卷五：「我於法性悟無生忍，成阿羅漢，迴心今入菩薩位中。」《善慧大士語録》卷三《心王銘》：「迴心名浄土，煩惱應時消。」劉長卿《贈普門上人》：「借問迴心後，賢愚去幾何。」《大珠禪師語録》卷下：「如蛇化爲龍，不改其鱗；衆生迴心作佛，不改其面。」王梵志詩三七五首：「迴心一念頃，萬事即解脱。」敦煌遺書斯五五五八號載佚名詩：「天堂不是選家門，但使迴心修作福。」《敦煌歌辭總編》卷六《十二時》：「實愁人，作甚好，只有回心歸聖道。」《宋高僧傳》卷三《菩提流志傳》：「年十二，就外道出家，事波羅奢羅，學《聲明》、《僧佉》等論。曆數、呪術、陰陽、讖緯，靡不該通。年逾耳順，方乃迴心，知外法之乖違，悟釋門之淵默，隱居山谷，積習頭陀。」《太平廣記》卷九三《宣律師》（出《法苑珠林》）：「菩薩揚威勸化，諸人便欻迴心，敬信於佛。」寒山詩「迴心即是佛」，則謂迴向自心，向心求佛，心即是佛。如《大珠禪師語録》卷下：「心是佛，不用將佛求佛。」《景德傳燈録》卷七《明州大梅山法常禪師》：「汝等諸人，各自迴心達本，莫逐其末。」所云「迴心達本」，亦謂向心求佛，心即佛本也。

〔五〕莫向外頭看：謂莫向心外求佛。傅大士《心王銘》：「慕道真士，自觀自心，智佛在内，不向外尋。即心即佛，即佛即心，心明識佛，曉了識心，離心非佛，離佛非心，非佛莫測，無所堪任。」《筠州黄蘗山斷際禪師傳心法要》：「如今學道人，不悟此心體，便於心上生心，向外求佛，著相修行，皆是惡法，非菩提道。」

楚按，《拾得録》所載「集語」有云：「烝砂豈成飯，磨甎將作鏡。説食終不飽，直須著力行。」語句有與此首相似處。

可畏輪迴苦

可畏輪迴苦〔一〕，往復似翻塵〔二〕。蟻巡環未息〔三〕，六道亂紛紛〔四〕。改頭换面孔〔五〕，不離舊時人〔六〕。速了黑暗獄〔七〕，無令心性昏〔八〕。（二一四）

【箋注】

〔一〕輪廻：佛教認爲衆生展轉生死於天、人、阿修羅、畜生、餓鬼、地獄等六道之中，如車輪迴轉不已，稱爲「輪迴」。《大乘本生心地觀經》卷三：「有情輪迴生六道，猶如車輪無始終。」道綽《安樂集》卷上：「或色界死，生阿鼻地獄；阿鼻地獄中死，生餘輕繫地獄；輕繫地獄中死，生畜生中；畜生中死，生餓鬼道中；餓鬼道中死，或生人、天中。如是輪迴六道，受苦樂二報，生死無窮。」

〔二〕似翻塵：比喻反覆不已。

〔三〕蟻巡環：按「巡」通「循」，「蟻循環」譬喻衆生在六道中生死輪迴。如敦煌本《破魔變》：「君不見生來死去，似蟻脩還（循環）；爲衣爲食，如蠶作繭。」敦煌遺書伯二九五二號：「居世人，迷生死，生死猶如巡鐶（循環）蟻，來來去去不停閒，去去來來常如此。」《景德傳燈録》卷二九僧潤《贈道者》：「一語真空出世間，可憐迷者蟻循環。」按中土有「蟻旋磨」之語，與「蟻循環」近似。《晉書・天文志上》：「《周髀》家云：天員如張蓋，地方如棊局。天旁轉如推磨而左行，日月右行，隨天左轉，故日月實東行，而天牽之以西没。譬之於蟻行磨石之上，磨左旋而蟻右去，磨疾而蟻遲，故不得不隨磨以左迴焉。」宋洪覺範《石門文字禪》卷一七《摩陁歌贈乾上人》：「世上許多人，栲栲猶如蟻旋磨，團團並頭争什麽。」

〔四〕六道：即天、人、阿修羅、畜生、餓鬼、地獄等六道。見〇七二首注〔五〕。

〔五〕改頭換面孔：謂在生死輪迴中託生爲相貌不同之其他衆生。《龐居士語録》卷中：「婬慾暫時情，長劫入地獄。縱令得出來，異形人不識。或時成四足，或時總無足。可惜好人身，變作醜頭畜。今日預報知，行行須努力。」又卷下：「淼淼長江水，周而還復始。昏昏三界人，輪迴亦如此。輪迴改形貌，長江色不異。改貌勞神識，終須到佛地。」敦煌遺書斯三七二八號韻文：「三界衆生多愛癡，致令煩惱鎮相隨。改頭換面無休日，死去生來没了期。饒俊須遭更姓字，任奸終被變形儀。直教心裏分明著，合眼前程物（總）不知。」《敦煌掇瑣》四一《勸戒殺生文》：「論（輪）迴六道受諸苦，改頭換面不相知。」《敦煌曲校録・五更轉》：「輪迴三惡道，六趣在（任）死生，從來改却這般名，只是換身形。」王梵志詩〇六二首：「各身改頭皮，相逢定不識。」又一〇五首：「改頭換却面，知作阿誰來。」又三〇九首：「來往報答甚分明，只是換頭不識面。」《高峰原妙禪師禪要》：「四生六道，千劫萬劫，改頭換面，受苦受辛，亦是迷此一大事之本源。」

〔六〕不離舊時人：意謂衆生雖在六道輪迴中生生死死、改頭換面，但心性始終不變，仍是舊時之人。《景德傳燈録》卷二八《南陽慧忠國師》引禪客曰：「此身即有生滅，心性無始以來未曾生滅。身生滅者，如龍換骨，如蛇脱皮，人出故宅。即身是無常，其性常也。」所云「其性常也」，即是寒山詩「不離舊時人」之意。《撫州曹山元證禪師語録》：「不論天堂地獄餓鬼畜生，但是一切處不移易，元是舊時人，只是不行舊時路。」《高峰原妙禪師禪要・通仰山老和尚疑嗣書》：「恰如泗州見大聖，遠客還故鄉，元來只是舊時人，不改舊時行履處。」《宗鏡録》卷一五：「又古人云：『不改舊時人，只改舊時行履處。』設或改形换質，千變萬化，皆是一心所爲，乃至神通作用，出没自在，易小令大，展促爲長，豈離一心之内。」《無見先覩禪師語録》卷下《十二時歌》：「食時辰，取相修行徒苦辛。洗面忽然摸著鼻，元來只是舊時人。」

〔七〕速了黑暗獄：謂從速斷除無明癡心。「了」即了斷。「黑暗獄」本是形容地獄。《僧伽吒經》卷四：「於一切地獄，遍受諸苦惱，無數百千劫，受於大苦痛，行於黑暗獄，不見其門户，復墮火鑊中，展轉受衆苦。」亦用以比喻「無明」，因爲無明陷人於愚暗，故譬之爲「獄」。《根本説一切有部毘奈耶》卷四八：「世間癡所縛，惡事將爲善，貪愛繫愚人，常居黑闇獄。」《景德傳燈録》卷二九誌公和尚《大乘讚十首》之一：「生死業常隨身，黑闇獄中未曉。」《汾陽無德禪師語録》卷下《自慶歌》：「智慧刀，戒定燭，照破無明黑暗獄。」《如淨和尚語録》卷上：「打殺然燈佛，墮落黑暗獄。」寒山詩二三三首：「不如早覺悟，莫作黑暗獄。」

〔八〕無令心性昬：「昬」同「昏」。「心性」指不變之心體。《楞伽師資記》：「所謂心性，不生不滅。」《善慧大士語録》卷三《行路難二十篇序》：「夫心性虚凝，量同法界，隨如絶相，無作無緣。湛爾常存，而無住法。流滿世界，而實理不遷。妙道歸空，而普同萬有。法王御此，而説金堅。」故佛教認爲心性本净，由於無明妄念覆蓋故昏，宗寶本《壇經·坐禪品》：「人性本浄，由妄念故，蓋覆真如；但無妄想，性自清浄。」

《嘉泰普燈録》卷一六《文殊心道》：「昨朝稽首擎拳，今日和南不審。改頭换却面，不離舊時人。」

慈受《擬寒山詩》第九三首：「可畏是輪迴，念念無停住。纔見出頭來，又見翻然去。换面與改頭，爲男或作女。不識主人翁，來去多辛苦。」立意與寒山此詩全同。

可畏三界輪

可畏三界輪〔一〕，念念未曾息〔二〕。纔始似出頭〔三〕，又却遭沈溺〔四〕。假使非非想〔五〕，蓋緣多福力〔六〕。争似識真源〔七〕，一得即永得〔八〕。（二一五）

【箋注】

〔一〕三界輪：「三界」即欲界、色界、無色界。見一九八首注〔四〕。衆生輪迴生死於三界之中，故云「三界輪」。《仁王護國般若波羅蜜多經》卷上：「十善菩薩發大心，長别三界苦輪海。」《龐居士語録》卷下：「凡夫貪著事，不免三界輪。」《宗鏡録》卷六四：「若貪心瞥起，爲五欲之火焚燒；覺意纔生，被三界之輪繫縛。」

〔二〕念念未曾息：「念」即刹那，「念念」表示極短暫之時間，「念念未曾息」謂現象之生、住、異、滅之遷流變化，隨時發生，永無止息。《維摩詰經·方便品》：「是身如電，念念不住。」

〔三〕出頭：脱身。王梵志詩〇一六首：「冥冥地獄苦，難見出頭時。」敦煌本《頻婆娑羅王后宫綵女功德意供養塔生天因緣變》：「只爲無明相繫縛，遭迴不遇出頭年。」《祖堂集》卷一六《古靈和尚》：「蠅子競頭打其窗，求覓出路。弟子侍立云：『多少世界，如許多廣闊，而不肯出頭，撞故紙裏，驢年解得出麼？』」《緇門警訓》卷二《釋難文》：「縱饒彌勒下生，出得頭來，身已陷鐵圍百刑之痛，非一朝一夕也。」清褚人穫《堅瓠四集》卷四《絶糧無袴》載儲遇詩：「有口無糧不用愁，有糧無口正須憂，真人解得其中意，煩惱坑中好出頭。」寒山詩二六九首：「老鼠入飯瓮，雖飽難出頭。」拾得詩〇二首：「更得出頭時，換却汝衣服。」又三一首：「箇箇入地獄，早晚出頭時。」又五〇首：「死去入地獄，未有出頭辰。」

〔四〕沈溺：沉没，淹溺。《韓非子·説疑》：「或飢餓於山谷，或沈溺於水泉。」寒山詩「纔始似出頭，又却遭沈溺」二句，形容衆生在生死苦海中浮沉。如王梵志詩〇四〇首：「飄入闊海中，出頭兼没頂。」又一五一首：「沉淪苦海中，出頭還復没。」《大慧普覺禪師語録》卷二三《示妙明居士》：「怕怖生死底，疑根拔不盡，百劫千生流浪，隨業受報，頭出頭没，無休息時。」

〔五〕假使：縱然，即便。《大莊嚴論經》卷三：「假使此日光，曝我身命乾，我要持佛戒，終不中毀犯。假使諸惡狩，摑裂我手足，終不敢毀犯，釋師子禁戒。」《大般涅槃經》卷九：「假使是人百千萬歲聽受如是《大涅槃經》，終不能發菩提之心。」《妙法蓮華經·見寶塔品》：「假使劫燒，擔負乾草，入中不燒，亦未爲難；我滅度後，若持此經，爲一人説，是則爲難。」玄覺《證道歌》：「假使鐵輪頂上旋，定慧圓明終不失。」白居易《疑夢二首》之二：「假使如今不是夢，能長於夢幾多時。」敦煌本《降魔變文》：「假使身肉布地，尚不辭勞；況復小小輕財，敢向佛邊吝惜。」《吴山淨端禪師語録》卷下《題假山石》：「無用無知頑石頭，天生奇巧世人求。算來世上無閑物，假使無情不自由。」

非非想：即「非非想天」，亦云「非想非非想天」，是佛教所稱無色界之第四天，即三界中最高之天，生於此天者，壽八萬劫，享受種種五欲之樂。《大般涅槃經》卷三八：「一一衆生，周徧經歷一切世間，具受苦樂，雖復受梵天之身，乃至非想非非想天，命終還墮三惡道中。」《大智度論》卷七：「最大罪，在阿鼻地獄一劫受報；最大福，在非想非非想處受八萬大劫報。」《法苑珠林》卷五二《校量篇·福業部》引《正法念處經》云：「如三十三天受五欲樂，喻如金輪王所受之樂，比於天樂，十六分中不及其一。所受天身，無有骨肉，亦無汙垢，不生嫉妒，其目不眴，衣無塵垢，無有煙霧，亦無大小便利之患。其身光明，能有遠照，轉輪聖王，都無此事。於己妻子，不偏攝受，離於嫉妒，飲食自在，無有睡眠疲極等苦，轉輪王等，都無此事。此諸天等，初生之時，歌儛音樂，無有教者，不從他學，以善業故，自然皆知；退時善業盡故，一切皆忘。忉利天下尚有大樂，況上天樂，難可爲比。如是展轉校量，從下向上，乃至非想非非想天，不可爲比。」

〔六〕福力：福德之力，如行善布施等等，可獲福果，憑此福業之力，可獲大利益。《福力太子因緣經》卷一：「若修福力，於一切種及一切時，多獲義利。」寒山詩「假使非非想，蓋緣多福力」二句，言縱然得生非非想天，享盡天界榮華，亦是由於宿世福力所致。一旦福力耗盡，仍將墮落，如前引《大般涅槃經》卷三八所云：「雖復受梵天之身，乃至非想非非想天，命終還墮三惡道中。」

〔七〕真源：本源，指真如、佛性。《善慧大士語録》卷三《行路難二十篇·第七章明般若無諍》：「君不見般若真源本常浄，生死根際自虚微，即此生死真般若，離斯外覓反相違。」又《第十二章明金剛解脱》：「用箇麤心逞言語，不了真源由是愚。」玄覺《禪宗永嘉集·三乘漸次》：「智慧則了知縁起，自性無生，萬法皆如，真源至寂。」柳宗元《晨詣超師院讀禪經》：「閑持貝葉書，步出東齋讀。真源了無取，妄迹世所逐。」成𥁕《登聖善寺閣望龍門》：「報慈弘孝理，行道得真源。」柳宗元《永州龍興寺修浄土院記》：「無體空折色之跡，而造乎真源；通假有借無之名，而入於實相。」宗密《禪源諸詮集都序》卷一：「源者，是一切衆生本覺真性，亦名佛性，亦名心地。」《祖堂集》卷一一《雲門和尚》：「六祖曹溪住，衣鉢後不傳，派分三五六，各各達真源。」延壽《宗鏡録序》：「伏以真源湛寂，覺海澄清，絶名相之端，無能所之迹。」

〔八〕一得即永得：謂一識真源，永得正果。《五燈會元》卷一八《萬年曇貫禪師》：「一見便見，八角磨盤空裏轉；一得永得，辰錦朱砂如墨黑。」《石霜楚圓禪師語録》：「問：『一得永得時如何？』師云：『抱石投河。』」《寶覺祖心禪師語録》：「況此門中，盡是諸人本有之事，不因修證，不從人得，快須薦取，脱却根塵，盡未來際，一得永得，更無退失。」延壽《註心賦》：「法水涌於真源，酌而何竭。」注：「此一心常住之法，用而無盡，體不可窮，一得永得，盡未來際。」宋釋曉瑩《羅湖野録》卷一：「教外别傳之法，不爲中下根機之所設也。上智則頓悟而入，一得永得；愚者則迷而不復，千差萬别。」

楚按,《拾得録》所載「集語」有云:「可畏生死輪,輪之未曾息。嗟彼六趣中,茫茫諸迷子。」語句與寒山此詩有相似之處。

昨日遊峰頂

昨日遊峰頂,下窺千尺崖。臨危一株樹,風擺兩枝開。雨漂即零落,日曬作塵埃。嗟見此茂秀,今爲一聚灰〔一〕。(二一六)

【箋注】

〔一〕一聚灰:一堆灰土。胡曾《鉅橋》:「積粟成塵竟不開,誰知拒諫剖賢才。武王兵起無人敵,遂作商郊一聚灰。」

楚按,此詩詠臨崖之樹,終化塵埃,寓意則在感歎人生危脆,亦如此樹。立意出自《大般涅槃經》,如卷一云:「是身易壞,猶如河岸臨峻大樹。」卷一二:「譬如河岸臨峻之樹,若遇暴風,必當顛墮。善男子,人亦如是,臨老嶮岸,死風既至,勢不得住。」又卷三八:「智者觀是壽命,猶如河岸臨峻大樹。」敦煌遺書伯三三六一號《百歲篇》:「九十九,臨崖摧殘一株柳。」《禪門諸祖師偈頌》卷一龍牙和尚偈頌(第七五首):「老似臨江樹,風摇枝必危。岸崩隨水去,入海勿人追。」寓意相同。

自古多少聖

自古多少聖〔一〕，叮嚀教自信〔二〕。人根性不等〔三〕，高下有利鈍〔四〕。真佛不肯認〔五〕，置功①枉受困〔六〕。不知清淨心〔七〕，便是法王印〔八〕。（二一七）

【校勘】

①「功」，宫内省本、正中本、高麗本、四庫本作「力」，全唐詩本夾注「一作力」。

【箋注】

〔一〕聖：聖人，指得道者。《景德傳燈録》卷二《第二十六祖不如蜜多》：「此童子非他，即大勢至菩薩是也。此聖之後，復出二人，一人化南印度，一人緣在震旦。」

〔二〕自信：這裏指信仰自身佛。如敦煌本《壇經》所云：「善知識，總須自體與授無相戒，一時逐慧能口道，令善知識見自三身佛：於自色身，歸依清淨法身佛；於自色身，歸依千百億化身佛；於自色身，歸依當來圓滿報身佛。色身者舍宅，不可言歸，向者三身自在法性，世人盡有，爲迷不見，外覓三身如來，不見自色身中三身佛。善知識，聽與善知識説，令善知識於自色身，見自法性有三身佛，此三身佛從自性上生。何名清淨法身佛？善知識，世人性本自淨，萬法在自性。思量一切惡事，即行於惡，思量一切善事，便修於善行，知如是一切法，盡在自性。自性常清淨，日月常明，只爲雲覆蓋，上明下暗，不能了見日月星辰，忽遇惠風吹散，卷盡雲霧，萬像參羅，一時皆現。世人性浄，猶如青天，惠如日，智如月，知惠常明。於外著境，妄念浮雲蓋覆，自性不能明。故遇善知識開真正法，吹却迷妄，内外明徹，於自性中，萬法皆見，一切法在自性，名爲清浄法身。自歸依者，除不善心及不善行，是名歸依。何名爲千百億化身佛？不思量性即空寂，思量即是自化。思量惡法化爲地獄，思量善法化爲天堂，毒害化爲畜生，慈悲化爲菩薩，知惠化爲上界，愚癡化爲下方，自性變化甚多，迷人自不知見。一念善，智惠即生，一燈能除千年闇，一智能滅萬年愚，莫思向前，常思於後，常後念善，名爲報身。一念惡報却千年善亡，一念善報却千年惡滅，無常已來後念善，名爲報身。從法身思量，即是化身。念念善即是報身。自悟自修，即名歸依也。皮肉是色身，色身是舍宅，不言歸依也。但悟三身，即識大意。」

〔三〕根性：即天生覺悟之能力。《出三藏記集》卷八梁武帝蕭衍《注解大品序》：「人心不同，皆如其面；根性差別，復過於此。」慧思《諸法無諍三昧法門》卷上：「三世十方無量諸佛，若欲説法度衆生時，先入禪定，以十力道種智，觀察衆生根性差別，知其對治，得道因緣。以法眼觀察竟，以一切種智説法度衆生。」李華《潤州鶴林寺故徑山大師碑銘》：「群生根性，各各不同。」宗密《禪源諸詮集都序》卷三：「有云頓悟頓修者，此説上上智根性，樂欲俱勝，一聞千悟，得大總持，一念不生，前後際斷。」

〔四〕利鈍：衆生根性不同，悟性高者爲「利」，悟性低者爲「鈍」。《長阿含經》卷一：「即以佛眼觀視世界衆生，垢有厚薄，根有利鈍，教有難易。」《妙法蓮華經・藥草喻品》：「如來於時觀是衆生諸根利鈍，精進懈怠，隨其所堪。」《華嚴經》卷八：「隨諸衆生根利鈍，種種勤修精進力，悉能了達分別知，菩薩因此初發心。」《大般涅槃經》卷一八：「佛知國土時節各異，衆生不同，利鈍差別，是故如來或遮或開，有輕重說。」《廣弘明集》卷一四李師政《内德論·空有三》：「良以衆生之根，有利有鈍，是故聖人之教，或漸或頓。」宗寶本《壇經·定慧品》：「善知識，本來正教，無有頓漸，人性自有利鈍，迷人漸修，悟人頓契，自識本心，自見本性，即無差別，所以立頓漸之假名。」《祖堂集》卷二〇《五冠山瑞雲寺和尚》：「衆生雖有自性清淨圓明之體，背本逐末多劫多時，受別異身，根性利鈍不等，故同聞真教，悟與不悟，各不相同。」

〔五〕真佛：本義爲真實之佛。《大方廣如來不思議境界經》卷一：「初見佛時，作是思惟：爲真佛耶？爲形像耶？」《太平廣記》卷一一四《釋慧侃》（出《法苑珠林》）：「而翹敬尊像，事同真佛。」寒山詩之「真佛」指自性佛，如敦煌本《壇經》：「真如淨性是真佛，邪見三毒是真魔。」宗寶本《壇經·付囑品》：「我心自有佛，自佛是真佛，自若無佛心，何處求真佛。」又《懺悔品》：「自心歸依自性，是歸依真佛。」《筠州黄蘗山斷際禪師傳心法要》：「無始以來無次第佛，但悟一心，更無少法可得，此即真佛。」盧仝《將歸山招冰僧》：「泌泉有冰公，心靜見真佛。」

〔六〕置功：「置」與「致」通用，「致功」謂竭力以求其成。《莊子·刻意》：「語大功，立大名，禮君臣，正上下，爲治而已矣；此朝廷之士，尊主强國之人，致功并兼者之所好也。」敦煌本《壇經》：「又見有人教人坐，看心看淨，不動不起，從此置功。迷人不悟，便執成顛，即有數百般如此教道者,故知大錯。」所云「置功」即「致功」,謂獲效也。寒山詩别本作「置力」者,即是「致力」,謂竭盡其力。《禮記·祭義》:「朔月、月半君巡牲,所以致力,孝之至也。」

〔七〕清淨心:即自性清淨之心。《金剛經》:「諸菩薩摩訶薩應如是生清淨心,不應住色生心,不應住聲、香、味、觸、法生心。」慧思《諸法無諍三昧法門》卷上:「身本者,如來藏也,亦名自性清淨心。」《筠州黄蘗山斷際禪師傳心法要》:「(如來)又云:『是法平等,無有高下,是名菩提。』即此本源清淨心,與衆生諸佛,世界山河,有相無相,徧十方界,一切平等,無彼我相。此本源清淨心,常自圓明遍照。世人不悟,秖認見、聞、覺、知爲心;爲見、聞、覺、知所覆,所以不覩精明本體。但直下無心,本體自現,如大日輪昇於虚空,徧照十方,更無障礙。」又:「自達摩大師到中國,唯説一心,唯傳一法。以佛傳佛,不説餘佛;以法傳法,不説餘法。法即不可説之法,佛即不可取之佛,乃是本源清淨心也。」《宗鏡録》卷二九:「明體不染,貞實法性,名自性清淨心。」

〔八〕法王印:「法王」即佛,參看一六〇首注〔二〕。「印」者,爲正法之證明。「法王印」指諸佛祖遞相印可、心心相傳之佛法真諦,亦稱「法印」、「佛印」。《文殊師利所説摩訶般若波羅蜜經》:「若聞如是般若波羅蜜,不驚不畏,心生信解,當知此輩,佛所印可,是佛所行大乘法印。」《大智度論》卷二二:「得佛法印,故通達無礙,如得王印,則無所留難。」張説《荆州玉泉寺大通禪師碑銘并序》:「故知如來有意傳妙道,力持至德,萬劫而遥付法印,一念而頓授佛身。」《宗鏡録》卷六:「一切法印者,以此心印,印一切法,楷定真實,不可壞印者。」《古尊宿語録》卷四五《寶峰雪庵真淨禪師偈頌》下中《禪定軒十偈》之九：「學道先須明有悟，法王法印印無偏。」

我聞天台山

我聞天台山，山中有琪樹〔一〕。永言欲攀之①〔二〕，莫曉②石橋路〔三〕。緣此生悲歎，索居將已暮③〔四〕。今日觀鏡中，颯颯鬢垂素〔五〕。（二一八）

【校勘】

①「之」，宮内省本、四庫本作「上」，全唐詩本夾注「一作上」。②「曉」，宮内省本、四庫本作「繞」。③「索」，各本皆作「幸」，據文義應是「索」字形誤，今改正。參看注〔四〕。「暮」，原作「慕」，據正中本、高麗本、四庫本改。

【箋注】

〔一〕琪樹：傳説中的仙樹，相傳天台山石橋側生有琪樹。《文選》卷一一孫綽《遊天台山賦》：「琪樹璀璨而垂珠。」李善注引《山海經》曰：「崐崘之墟，北有珠樹、文玉樹、玗琪樹。」皎然《送邢台州濟》：「海上仙山屬使君，石橋琪樹古來聞。他時畫出白團扇，乞取天台一片雲。」張子容《送蘇倩遊天台》：「琪樹嘗仙果，瓊樓試羽衣。」蔡隱丘（一作隱求）《石橋琪樹》：「山上天將近，人間路漸遥。誰當雲裏見，知欲渡仙橋。」《天台山方外志》卷一三《琪樹》：「李紳詩云：『石橋峰上棲玄鶴，碧澗巖邊蔭羽人。冰葉萬條垂碧實，玉珠千日保青春。月中泣露應同色，澗底浸雲尚有塵。徒使伏根成琥珀，不知松色化龍鱗。』自注云：『垂條如弱柳，結子如碧珠，三年子乃一熟，每歲生者相續，一年者緑，二年者碧，三年者紅，綴條上，璀錯相間。』孫興公賦所謂『琪樹璀璨而垂珠』是也。則李善注謂僊都所産，正值桐柏、石橋等處也。」

〔二〕永言：長久。「言」字無實義。齊己《寄謝高先輩見寄二首》之一：「永言無絶唱，忽此惠希音。」皎然《冬日山行過薛徵君》：「徵心尚與我，永言謝浮俗。」

〔三〕石橋：見〇四四首注〔五〕。

〔四〕索居：脱離群體，孤獨居住。《禮記·檀弓上》：「吾離群而索居，亦已久矣。」杜甫《寄張十二山人彪三十韻》：「索居猶寂寞，相遇益悲辛。」白居易《開成二年夏聞新蟬贈夢得》：「雖無索居恨，還動長年情。」　暮：比喻年老。屈原《離騷》：「惟草木之零落兮，恐美人之遲暮。」《魏書·衛王儀傳》：「垂年已暮，其子寶弱而無威，謀不能決。」

〔五〕颯颯：鬢髮衰落貌。見一四七首注〔五〕。　素：這裏是「素髮」、「素絲」之省，指白髮。宋之問《早發始興江口至虚氏村作》：「鬒髮俄成素，丹心已作灰。」白居易《曲江感秋二首》之二：「獨我鬢間毛，昔黑今垂素。」潘岳《秋興賦》：「斑鬢髟以承弁兮，素髮颯以垂領。」李賀《詠懷》：「日夕著書罷，驚霜落素絲。」

養子不經師

養子不經師〔一〕，不及都亭鼠〔二〕。何曾見好人，豈聞長者語〔三〕。爲染在薰蕕〔四〕，應須擇

朋侶。五月販鮮魚〔五〕，莫教人笑汝。（二一九）

【箋注】

〔一〕不經師：未曾經過師長教導。明焦竑《焦氏筆乘續集》卷五《句讀》：「學者有讀書終身不知句讀者，由少年不經師匠，因仍至此。」

〔二〕不及都亭鼠：《太平御覽》卷三六三引《陳武別傳》：「武，胡人，育於臨水令陳君。君奇之，起議欲易其故字。武長跪自啓曰：『里語有之：都亭鼠，數聞長者語。今當易字，寔有私心。嘗聞長卿慕藺相如之行，故字相如。往在鄉里，久聞故老之説，稱漢使蘇武執忠守志，不服單于，流放漠北，擁節牧羊，寄秋雁以訴心，因行雲而託誠，高山仰止，意竊慕之。』陳氏嘉其志，遂名之曰武。」《十六國春秋》卷二二《後趙録》亦載此事。按「都亭」爲古代設於都邑之政府館驛。《史記·司馬相如傳》：「於是相如往，舍都亭。」司馬貞索隱：「臨邛郭下之亭也。」《漢書·嚴延年傳》：「初，延年母從東海來，欲從延年臘，到雒陽，適見報囚。母大驚，便止都亭，不肯入府。」庾信《哀江南賦序》：「三日哭於都亭，三年囚於別館。」《太平廣記》卷一二一《江融》載《朝野僉載》佚文：「唐左史江融耿介正直，揚州徐敬業反，被羅織，酷吏周興等枉奏殺之，斬於東都都亭驛前。」寒山詩「不及都亭鼠」數句，乃由里語「都亭鼠，數聞長者語」生發，蓋都亭爲長者過往之處，養子而不經師長教導，反不如都亭鼠之數聞長者語也。

〔三〕長者：德高望重之人。《史記·項羽本紀》：「陳嬰者，故東陽令史，居縣中，素信謹，稱爲長者。」

〔四〕爲染在薰蕕:《左傳》僖公四年:「一薰一蕕,十年尚猶有臭。」杜預注:「薰,香草;蕕,臭草。十年有臭,言善易消惡難除。」寒山詩「爲染在薰蕕」,言染於薰則香,染於蕕則臭,以喻親近善人則善生,親近惡友則惡長。猶如《墨子·所染》所云:「子墨子言:見染絲者而歎曰:染於蒼則蒼,染於黄則黄,所入者變,其色亦變,五入必而已則爲五色矣,故染不可不慎也。非獨染絲然也,國亦有染。舜染於許由、伯陽,禹染於臯陶、伯益,湯染於伊尹、仲虺,武王染於太公、周公。此四王者,所染當,故王天下,立爲天子,功名蔽天地,舉天下之仁義顯人,必稱此四王者。夏桀染於干辛、推哆,殷紂染於崇侯、惡來,厲王染於厲公長父、榮夷終,幽王染於傅公夷、蔡公穀。此四王者,所染不當,故國殘身死,爲天下僇,舉天下不義辱人,必稱此四王者。齊桓染於管仲、鮑叔,晉文染於舅犯、高偃,楚莊染於孫叔、沈尹,吴闔閭染於伍員、文義,越句踐染於范蠡、大夫種。此五君者所染當,故霸諸侯,功名傳於後世。范吉射染於長柳朔、王胜,中行寅染於籍秦、高彊,吴夫差染於王孫雄、太宰嚭,知伯摇染於智國、張武,中山尚染於魏義、偃長,宋康染於唐鞅、佃不禮。此六君者,所染不當,故國家殘亡,身爲刑戮,宗廟破滅,絶無後類,君臣離散,民人流亡,舉天下之貪暴苛擾者,必稱此六君也。凡君之所以安者何也?以其行理也。行理生於染當,故善爲君者勞於論人而佚於治官,不能爲君者傷形費神、愁心勞意,然國逾危、身逾辱。此六君者,非不重其國、愛其身也,以不知要故也。不知要者,所染不當也。非獨國有染也,士亦有染。其友皆好仁義、淳謹畏令，則家日益、身日安、名日榮，處官得其理矣，則段干木、禽子、傅説之徒是也。其友皆好矜奮，創作比周，則家日損、身日危、名日辱，處官失其理矣，則子西、易牙、豎刁之徒是也。詩曰『必擇所堪，必謹所堪』者，此之謂也。」見於佛書者，如《法句譬喻經》卷一：「鄙夫染人，如近臭物，漸迷習非，不覺成惡。賢夫染人，如附香薰，進智習善，行成芳潔。」

〔五〕五月販鮮魚：五月暑熱，魚易腐臭，則五月販鮮魚者，其臭可知矣。按《孔子家語・六本》：「與善人居，如入芝蘭之室，久而不聞其香，即與之化矣；與不善人居，如入鮑魚之肆，久而不聞其臭，亦與之化矣。」《意林》卷一載《曾子》：「蓬生麻中，不扶自直。白沙在涅，與之皆黑。君子之遊，苾乎如入蘭芷之室，久而不聞，則與之化矣。小人之遊，戲乎如入鮑魚之室，久而不聞，則亦化矣。故君子慎其去就也。與君子遊，如日之長，加益不自知也。與小人遊，如履薄冰，幾何而不行陷乎？」《佛本行集經・難陀因緣品》：「爾時世尊與彼難陀，入迦毘羅婆蘇都城，入已漸至一賣魚店。爾時世尊見彼店内茅草鋪上，有一百頭臭爛死魚置彼草鋪，見已，告彼長老難陀，作如是言：『難陀汝來，取此魚鋪一把茅草。』其彼難陀而白佛言：『如世尊教。』作是語已，即於彼店在魚鋪下，抽取一秉臭惡茅草。既執取已，佛復告言長老難陀：『少時捉住，還放於地。』難陀白言：『如世尊教。』即把草住。爾時難陀捉持彼草經一時頃，便放於地。爾時佛復告難陀言：『汝自嗅手。』爾時難陀即嗅其手。爾時佛復告難陀言：『汝手何氣？』長老難陀報言：『世尊，唯有不浄腥臭氣也。』爾時佛告長老難陀：『如是如是，若人親近諸惡知識，共爲朋友，交往止住，雖經少時，共相隨順，後以惡業相染習故，令其惡聲名聞遠至。爾時世尊因斯事故，而説偈言：猶如在於魚鋪上，以手執取一把茅，其人手即同魚臭，親近惡友亦如是。爾時世尊又共長老難陀，至於一賣香邸，見彼邸上有諸香裹。見已，即告長老難陀，作如是言：『難陀，汝來取此邸上諸香裹物。』難陀爾時即依佛教，於彼邸上取諸香裹。佛告難陀：『汝於漏刻一移之頃，捉持香裹，然後放地。』爾時長老難陀聞佛如此語已，手持此香，於一刻間還放地上。爾時佛告長老難陀：『汝今當自嗅於手看。』爾時難陀聞佛語已，即嗅自手。佛語難陀：『汝嗅此手作何等氣？』白言：『世尊，其手香氣，微妙無量。』佛告難陀：『如是如是，若人親近諸善知識，恒常共居，隨順染習，相親近故，必定當得廣大名聞。』爾時世尊因此事故，而説偈言：若有手執沈水香，及以藿香麝香等，須臾執持香自染，親附善友亦復然。」寒山詩「五月販鮮魚」，猶如「入鮑魚之肆，久而不聞其臭」，以喻與不善人爲友，亦與之化矣。

徒閉蓬門坐

徒閉蓬門坐，頻經石火①遷〔一〕。唯聞人作鬼，不見鶴成仙〔二〕。念此那堪説，隨緣須自憐〔三〕。迴瞻②郊郭外，古墓犂爲田〔四〕。（二二〇）

【校勘】

①「石火」，宮内省本、四庫本作「歲月」，全唐詩本夾注「一作歲月」。　②「瞻」，四庫本、島田翰本作「看」。「迴瞻」下全唐詩本夾注「一作還看」。

【箋注】

〔一〕石火：擊石出火，轉瞬即逝，形容光陰迅速。見一七一首注〔三〕。

〔二〕鶴成仙：謂成仙飛昇。傳説仙人往來，多化白鶴。《神仙傳》卷九《蘇仙公》：「友人曰：『有何邀迎？』答曰：『仙侣當降。』俄頃之間，乃見天西北隅紫雲氤氳，有數十白鶴飛翔其中，翩翩然降於蘇氏之門，皆化爲少年，儀形端美如十八九歲人，怡然輕舉。」《搜神後記》卷一：「丁令威，本遼東人，學道于靈虚山。後化鶴歸遼，集城門華表柱。時有少年舉弓欲射之，鶴乃飛，徘徊空中而言曰：『有鳥有鳥丁令威，去家千年今始歸，城郭如故人民非，何不學仙冢壘壘。』遂高上冲天。今遼東諸丁云其先世有升仙者，但不知名字耳。」唐李隱《瀟湘録》：「忽一日獨詣錦江，解衣浄浴，探壺中，唯選一丸藥，自吞之，謂衆人曰：『老夫謫限已滿，今却歸島上。』俄化一白鶴飛去。」

〔三〕隨緣：順其自然，猶云「任運」。見一七一首注〔一〕。

〔四〕古墓犂爲田：《文選》卷二九《古詩十九首》之十四：「出郭門直視，但見丘與墳。古墓犂爲田，松柏摧爲薪。」

時人見寒山

時人見寒山，各謂是風顛〔一〕。貌不起人目〔二〕，身唯布裘纏。我語他不會〔三〕，他語我不言。爲報往來者，可來向寒山。（二二一）

【箋注】

〔一〕風顛：顛狂。亦作「風癲」、「瘋癲」。《景德傳燈録》卷一二《鎮州臨濟義玄禪師》：「黄蘗云：『這風顛漢，却來這裏捋虎鬚！』師便喝，黄蘗云：『侍者引這風顛漢參堂去！』」《太平廣記》卷二一四《雜編》（出《名畫記》）：「又有王默，師項容，風顛酒狂。」又卷一一九《太樂伎》（出《還冤記》）：「陶即驚痞，俄而倒，狀若風癲。」按《景德傳燈録》卷二七《天台豐干禪師》：「本寺厨中有二苦行，曰寒山子、拾得，二人執爨，終日晤語，潛聽者都不體解，時謂風狂子。」可與寒山詩「時人見寒山，各謂是風顛」相印證。

〔二〕起人目：惹人注目，顯眼，義同「起眼」。《金瓶梅》八八回：「如今隨路盜賊，十分難走。假如靈柩家小箱籠一同起身，未免起眼，倘遇小嘍囉怎了？」

〔三〕不會：不懂。《曆代法寶記》：「時時引稻田中螃蟹問衆人，不會，又引王梵志詩。」《敦煌曲子詞集》上卷失調名：「家住大楊海，鑾鶱不會宫適（商）。」按「會」即懂義。《敦煌曲子詞集》上卷《贊普子》：「語即令人難會，朝朝牧馬在荒丘。」

自在白雲閑

自在白雲閑〔一〕，從來非買山〔二〕。下危須策杖，上險捉藤攀。澗底①松常翠〔三〕，谿邊石自斑。友朋雖阻絶，春至鳥喧喧②〔四〕。（二一二）

【校勘】

①「底」，宫内省本作「邊」，四庫本作「畔」。　②「喧喧」，宫内省本、四庫本作「關關」，全唐詩本夾注「一作關關」。

【箋注】

〔一〕自在白雲閑：劉兼《送文英大師》：「孤雲自在知何處，薄宦參差亦信緣。」寒山詩一六五首「白雲常自閑」，二二七首「長伴白雲閑」，二七八首「白雲高岫閑」，參看一六五首注〔二〕。

〔二〕買山：《高僧傳》卷四《晉剡東仰山竺法潛傳》：「支遁遣使求買仰山之側沃洲小嶺，欲爲幽棲之處，潛答之：『欲來輒給，豈聞巢、由買山而隱。』」按《世説新語·排調》亦載此事云：「支道林因人就深公買岬山，深公答曰：『未聞巢、由買山而隱。』」劉孝標注引《高逸沙門傳》曰：「遁得深公之言，慙恧而已。」寒山詩云「從來非買山」，較之支遁，可無慙恧矣。李白《北山獨酌寄韋六》：「巢父將許由，未聞買山隱。」皎然《奉酬顔使君真卿見過郭中寺寺無山水之賞故予述其意以答焉》：「證性輕觀水，棲心不買山。」處默《題棲霞寺僧房》：「名山不取買山錢，任構花宫近碧巔。」

〔三〕澗底松：左思《詠史》之二：「鬱鬱澗底松，離離山上苗。」

〔四〕喧喧：同「關關」，鳥鳴聲，見一六五首注〔五〕。按《詩·小雅·伐木》：「嚶其鳴矣，求其友聲。」寒山詩「友朋雖阻絶，春至鳥喧喧」二句暗用其意。

我在村中住

我在村中住，衆推無比方〔一〕。昨日到城下，却①被狗形相〔二〕。或嫌袴太窄，或説衫少長〔三〕。攣②却鷂子眼〔四〕，雀兒舞堂堂〔五〕。（二二三）

【校勘】

①「却」，宫内省本、正中本、高麗本、四庫本作「仍」。②「攣」，宫内省本、高麗本、四庫本作「撑」，全唐詩本夾注「一作撑」。

【箋注】

〔一〕無比方：無可比擬，形容極佳。江總《宛轉歌》：「後來暝暝同玉床，可憐顔色無比方。」王琚《美女篇》：「東鄰美女實名倡，絶代容華無比方。濃纖得中非短長，紅素天生誰飾妝。」劉商《哭韓淮（准）端公兼上崔中丞》：「金玉徒自寶，高賢無比方。」白居易《山石榴花十二韻》：「曄曄復煌煌，花中無比方。」又《牡丹芳》：「穠姿貴彩信奇絶，雜卉亂花無比方。」按「比方」即比擬之義。如《玉臺新詠》卷八王訓《奉和率爾有詠》：「殿内多仙女，從來難比方。」劉復《出東城》：「雙戲水中鳧，和鳴自翺翔。我無此羽翼，安可以比方。」羅隱《哭張博士太常》：「前輩倏云殁，愧君曾比方。格卑雖不稱，言重亦難忘。」《景德傳燈録》卷二九雲頂山僧德敷《語默難測》：「閑坐冥然聖莫知，縱言無物比方伊。」倒文則作「方比」。王嘉《拾遺記》卷九：「石氏之富，方比王家，驕侈當世。」李白《于闐採花》：「乃知漢地多名姝，胡中無花可方比。」楊嗣復《贈毛仙翁》：「童姿玉貌誰方比，玄髮緑髯光彌彌。」

〔二〕狗：詈人之語。《朝野僉載》卷二：「尚書右丞陸餘慶轉洛州長史，其子嘲之曰：『陸餘慶，筆頭無力嘴頭硬，一朝受詞訟，十日判不竟。』送案褥下。餘慶得而讀之，曰：『必是那狗。』遂鞭之。」《太平廣記》卷一二六《蕭懷武》（出《王氏見聞》）：「所管中團百餘人，每人各養私名十餘輩，或聚或散，人莫能别，呼之曰狗。至于深坊僻巷，馬醫酒保，乞丐傭作，及販賣童兒輩，並是其狗。民間有偶語者，官中罔不知。又有散在州郡及勳貴家，當庖看廄，御車執樂者，皆是其狗。公私動静，無不立達于懷武，是以人懷恐懼，常疑其肘臂腹心，皆是其狗也。」　形相：打量，上下觀察。《佛説忠心經》：「無得目貪人婦女，無得形相人婦女。」《雜寶藏經》卷三《仇伽離謗舍利弗等緣》：「仇伽離善於形相，觀人顔色，知作欲相不作欲相。」又卷四《貧人以麨團施現獲報緣》：「輔相見已，諦視形相，而語之言：『汝非某甲子耶？』」王建《同于汝錫賞白牡丹》：「價數千金貴，形相兩眼疼。」施肩吾《經桃花夫人廟》：「誰能枉駕入荒榛，隨例形相土木身。」曹唐《小遊仙詩九十八首》之二：

「萬樹琪花千圃藥，心知不敢輒形相。」羅隱《堠子》：「雅旨逾千里，高文近兩行。君知不識字，第一莫形相。」《龐居士語録》卷下：「低頭自形相，都無一處真。」温庭筠《南歌子》：「偷眼暗形相，不如從嫁與，作鴛鴦。」敦煌本《父母恩重經講經文》：「百般美味不形相，是種珍修（羞）不嘗啜。」

〔三〕衫少長：按唐人認爲衫長爲潦倒之相。《太平廣記》卷二〇八《購蘭亭序》（出《法書要録》）：「又衣黄衫，極寬長潦倒，得山東書生之體。」

〔四〕攣：縫合。《太平廣記》卷三五《馮大亮》（出《仙傳拾遺》）：「道士曰：『皮角在乎？』曰：『在。』即取皮攣綴如牛形，斫木爲脚，以繩繫其口，驅之遂起，肥健如常。」又卷三七六《鄭會》（出《廣異記》）：「家人如言，於溝中得其屍，失頭所在。又聞語云：『頭北行百餘步，桑樹根下者也。到舍，可以縠樹皮作線攣之。我不復來矣，努力勿令參差。』言訖，作鬼嘯而去。家人至舍，依其攣湊畢，體漸温。數日，乃能視。恒以米飲灌之，百日如常。」

〔五〕堂堂：公然，毫無顧忌。薛能《春日使府寓懷二首》之一：「青春背我堂堂去，白髮欺人故故生。」《祖堂集》卷七《巖頭和尚》：「師沙汰時，著襴衫，戴席帽，去師姑院裏。遇師姑喫飯次，便堂堂入厨下，便自討飯喫。」又：「彦上座戴笠子堂堂來，直至師面前，以手拍笠子。」

死生元有命

死生元①有命，富貴本由②天〔一〕。此是古人語，吾今非謬傳。聰明好短命〔二〕，癡騃却長

年。鈍物豐財寶〔三〕，醒醒③漢無錢〔四〕。（二二四）

【校勘】

①「元」，四庫本作「原」。 ②「由」，四庫本作「在」。 ③「醒醒」，宮内省本、正中本、高麗本、四庫本作「惺惺」。

【箋注】

〔一〕死生元有命，富貴本由天：語本《論語·顔淵》：「子夏曰：『商聞之矣，死生有命，富貴在天。』」

〔二〕好短命：往往夭折。「好」謂往往、經常發生。《爾雅·釋草》「竹萹蓄」，郭璞注：「似小藜，赤莖節，好生道傍。」按《弘明集》卷一《正誣論》：「顔項夙夭，夷叔餒死。」「顔項」即顔回、項橐。「顔項夙夭」即「聰明好短命」之例。《史記·仲尼弟子列傳》：「有顔回者好學，不遷怒，不貳過，不幸短命死矣。」《戰國策·秦策》：「項橐生七歲而爲孔子師。」

〔三〕鈍物：笨人，蠢漢。「物」即人。《世説新語·賞譽》：「太尉神姿高徹，如瑶林瓊樹，自然是風塵外物。」《南齊書·焦度傳》：「見度身形黑壯，謂師伯曰：『真健物也！』」白居易《宿靈巖寺上院》：「更無俗物當人眼，但有泉聲洗我心。」「鈍」即笨義。《南史·齊安陸王子敬傳》：「初，子敬爲武帝所留心，帝不豫，有意立子敬爲太子，代太孫。子敬與太孫俱入，參畢同出，武帝目送子敬良久，曰：『阿五鈍。』由此代换之意乃息。」「鈍物」猶云「鈍人」、「鈍漢」。白居易《自喜》：「忙驅能者去，閒逐鈍人來。」盧仝《揚州送伯齡過江》：「不唧溜鈍漢，何由通姓名。」《景德傳燈録》卷一六《鄂州巖頭全豁禪師》：「僧問：『利劒斬天下，誰是當頭者？』師曰：『暗。』擬再問，師咄曰：『這鈍漢出去！』」　豐財寶：形容大富。《别譯雜阿含經》卷三：「大得財業，不能施用，身自受樂，亦復未能供養父母及與妻子并其眷屬，奴婢僕使、親友知識悉不惠與，雖豐財寶，都無利益。」按《顔氏家訓・名實》：「有一士族，讀書不過二三百卷，天才鈍拙，而家世殷厚。」即「鈍物豐財寶」之例。

〔四〕醒醒漢：聰明人。「醒醒」爲聰明之義，與「惺惺」通用。宋釋善卿《祖庭事苑》卷二：「醒醒，當作惺惺，音星，聰了慧也，醒醉解非義。」《長靈守卓禪師語録》：「不露鋒骨句，未語先分付。惺惺底漢，如何領受。」《古尊宿語録》卷二八《舒州龍門佛眼和尚語録》：「恁麽惺惺漢子，如何立地瞌眠。忽然睡醒眼開，元來天生自然。」按白居易《哭劉敦質》：「愚者多貴壽，賢者獨賤迍。」亦與寒山詩「鈍物豐財寶，醒醒漢無錢」類似。

國以人爲本

國以人爲本〔一〕，猶如樹因地。地厚樹扶疎〔二〕，地薄樹憔悴〔三〕。不得露其根，枝枯子先墜。決陂以取魚，是取一期①利〔四〕。（二二五）

【校勘】

①「取」，宫内省本、正中本、高麗本、四庫本作「求」，全唐詩本夾注「一作求」。「期」，正中本、高麗本作「朝」。

【箋注】

〔一〕國以人爲本：按「人」即「民」，唐人避太宗諱，書「民」作「人」。《書·五子之歌》：「民惟邦本，本固邦寧。」孔傳：「言人君當固民以安國。」

〔二〕地厚：土壤肥沃稱「厚」，猶如土壤瘠貧稱「薄」，參看下條注。《法句譬喻經》卷二：「譬如農家，地有厚薄，所得不同。」　樹扶疏：陶淵明《讀山海經十三首》之一：「孟夏草木長，繞屋樹扶疏。」李山甫《山中病後作》：「高峰枯槁骨偏峭，野樹扶疏葉未摧。」「扶疎」爲枝葉繁茂廣布貌。《太平廣記》卷四一五《張叔高》（出《風俗通》）：「田中有大樹十餘圍，扶疎蓋數畝。」

〔三〕地薄：土地瘠貧。《漢武帝内傳》：「此桃三千年一生實，中夏地薄，種之不生。」白居易《茅城驛》：「地薄桑麻瘦，村貧屋舍低。」按「薄」即瘠貧之義。《太平御覽》卷八二三引《氾勝之書》曰：「薄田不能糞者，以原蚕矢雜禾種種之，則禾不虫。」元稹《夢遊春》：「石竹逞奸黠，蔓青誇畝數。一種薄地生，淺深何足妒。」

〔四〕決陂以取魚，是取一期利：「決陂」即挖斷堤防，堤決則水絶矣。「一期」即一年。《搜神後記》卷四：「常以青羊乳汁瀝其兩眼，漸漸能開，口能咽粥，既而能語，二百日中，持杖起行，一期之後，顔色肌膚氣力悉復如常。」寒山詩「決陂以取魚」二句，即「竭澤而漁」之意。《吕氏春秋・義賞》：「晉文公將與楚人戰於城濮，召咎犯而問曰：『楚衆我寡，奈何而可？』咎犯對曰：『臣聞繁禮之君，不足於文；繁戰之君，不足於詐。君亦詐之而已。』文公以咎犯言告雍季，雍季曰：『竭澤而漁，豈不獲得？而明年無魚。焚藪而田，豈不獲得？而明年無獸。詐僞之道，雖今偷可，後將無復，非長術也。』文公用咎犯之言，而敗楚人於城濮。反而爲賞，雍季在上。左右諫曰：『城濮之功，咎犯之謀也。君用其言而賞後其身，或者不可乎？』文公曰：『雍季之言，百世之利也。咎犯之言，一時之務也。焉有以一時之務先百世之利者乎？』」

楚按，白居易《東坡種花二首》之二：「東坡春向暮，樹木今何如？漠漠花落盡，翳翳葉生初。每日領童僕，荷鉏仍決渠。剗土壅其本，引泉溉其枯。小樹低數尺，大樹長丈餘。封植來幾時，高下隨扶疏。養樹既如此，養民亦何殊。將欲茂枝葉，必先救根株。云何救根株？勸農均賦租。云何茂枝葉？省事寬刑書。移此爲郡政，庶幾甿俗蘇。」立意與寒山此詩略同。

衆生不可説

衆生不可説〔一〕，何意許顛邪〔二〕。面上兩惡鳥〔三〕，心中三毒蛇〔四〕。是渠作障礙，使你事煩拏〔五〕。舉手高①彈指〔六〕，南無佛陁耶〔七〕。（二二六）

【校勘】

①「舉手高」，宫内省本、四庫本作「高舉手」，全唐詩本夾注「一作高舉手」。

【箋注】

〔一〕不可説：謂語言無法窮盡。李頻《南遊湘漢寄友人》：「離懷不可説，已近峽猿聲。」貫休《讀顧況歌行》：「别，别，若非仙眼應難别；不可説，不可説，離亂亂離應打折。」佛經用「不可説」，多表示極大乃至無法窮盡之數。《地藏菩薩本願經》卷上：「爾時十方無量世界不可説不可説一切諸佛，及大菩薩摩訶薩，皆來集會。」又：「是地藏菩薩摩訶薩於過去久遠不可説不可説劫前，身爲大長者子。」《華嚴經》卷二九：「所謂阿僧祇，不可量，無分齊，無周遍，不可數，不可稱量，不可思議，不可説，不可説不可説。」又：「不可言説不可説，充滿一切不可説，不可言説諸劫中，説不可説不可盡。不可言説諸佛刹，皆悉盡末爲微塵，悉於一一微塵中，演説一切不可説。悉能善於一念中，説不可説諸世界。不可稱説諸劫中，念念次第而演説。不可説劫猶可盡，而不可説不可盡。悉於一一微塵中，分别演説不可説。不可説劫猶可盡，而不可説不可盡。不可言説微塵中，悉有不可説衆生。皆共贊歎普賢德，猶尚不能令窮盡。」所云「悉有不可説衆生」，即是寒山詩之「衆生不可説」，極言衆生之多也。

〔二〕何意：不料，表示意外。《玉臺新詠》卷一《古詩爲焦仲卿妻作》：「新婦謂府吏：何意出此言。」《三國志・魏書・于禁傳》：「吾知禁三十年，何意臨危處難，反不如龐悳邪！」韋應物《感事》：「霜雪皎素絲，何意墜墨池。」　許顛邪：如此顛倒邪惡。「許」即如此、這般。杜甫《野人送朱櫻》：「數回細寫愁仍破，萬顆勻圓訝許同。」杜荀鶴《自江西歸九華》：「許大乾坤吟未了，揮鞭回首出陵陽。」《宏智禪師廣録》卷七《禪人寫真求贊》：「閑情許淡，默味能長。」又一篇：「畫得幾成，精神許清。」蘇軾《文與可有詩見寄云待將一段鵝溪絹掃取寒梢萬尺長次韻答之》：「世間那有千尋竹，月落庭空影許長。」范成大《桂海虞衡志·志果》：「此法可傳，但北州無許大柚耳。」

〔三〕面上兩惡鳥：此句頗費解。《寒山子詩集管解》云：「伯勞、梟，謂之兩惡鳥。《事文類聚後集》四十七，曹子建《惡鳥論》曰：國人有以伯勞生獻者，王召見之。侍臣曰：『世間惡伯勞之聲，敢問何謂也？』王曰：『昔尹吉甫用後妻之讒，殺孝子伯奇。吉甫後悟，追傷伯奇。出游于田，見鳥鳴于桑，其聲噭然。吉甫動心曰：伯奇乎？鳥乃撫翼，其音尤切。吉甫乃顧曰：伯勞乎，是吾子，栖吾輿；非吾子，飛勿居。鳥尋聲而栖其蓋。歸入門，集于井幹之上，向室而號。吉甫命後妻，載弩射之，遂射殺後妻以謝之。故俗惡伯勞，言所鳴之家必有凶也。』梟鴟之鳴弗可更者，天性然也。昔荊之梟將巢於吴，鳩遇之曰：『何去荊而巢吴乎？』梟曰：『荊人惡予之聲。』鳩曰：『子如不能革子之音，則吴楚之人不易性也。爲子計，莫若宛頸戢翼，終身勿復鳴也。』昔議朝會者，有人問曰：『寧有聞梟食其母？』有答之者：『嘗聞烏反哺，未聞梟食其母。』聞者慙，惡不善也。得蠕者，莫不馴而放之，爲利人也；得蚤者，莫不糜之齒牙，爲害身也。鳥獸昆蟲，猶以名聲見異，況夫吉士之與凶人乎？」《寒山詩索賾》曰：「一身兩頭鳥，二頭妬害以傷身。謂一法執，上義説我法、我法執，故分一心爲内外，作業害法身。」眉批：「《珠林》引經云：有一身兩頭鳥，兩頭相妒，互以傷其身。我見、我慢二頭如鳥，陵高下視。」入谷仙介、松村昂《寒山詩》釋「兩惡鳥」爲「見思煩惱」、「無明煩惱」等「二惡」。黄永武《中國詩學——思想篇》載《寒山詩的巔峰境界》云：「寒山曾有詩説：『面上兩惡鳥……是渠作障礙』，與本詩（楚按指寒山『世有多事人』詩，本書一六八首）參讀，猜想這『兩惡鳥』可能是指『知』與『見』。」以上諸説各不相同，似皆未諦，録供參考。

〔四〕三毒虵：即貪、瞋、癡等「三毒」，見〇九一首注〔六〕。此三毒害人如蛇，故喻爲三毒蛇。《大乘義章》卷五本：「然此三毒通攝三界一切煩惱，一切煩惱能害衆生，其猶毒蛇，亦如毒龍，是故就喻，説名爲毒。」按《大般涅槃經》卷一〇：「假使烏角鵄，同共一樹棲，猶如親兄弟，爾乃永涅槃。如來視一切，猶如羅睺羅，常爲衆生尊，云何永涅槃。假使蛇鼠狼，同處一穴遊，相愛如兄弟，爾乃入涅槃。如來視一切，猶如羅睺羅，常爲衆生尊，云何永涅槃。」或云經文之「烏、角鵄」，即是寒山詩之「兩惡鳥」，經文之「蛇鼠狼」，即是寒山詩之「三毒蛇」，似亦未諦，姑備一説。

〔五〕煩拏：紛繁錯雜。《文選》卷三三宋玉《九辯》：「葉菸邑而無色兮，枝煩拏而交横。」劉良注：「煩拏，擾亂也。」

〔六〕彈指：捻指發聲。見〇三四首注〔七〕。此處「彈指」表示虔敬贊歎，是與下句呼喚「南無佛陁耶」相呼應的動作。《妙法蓮華經·如來神力品》：「一時謦欬，俱共彈指，是二音聲，徧至十方諸佛世界。」敦煌本《妙法蓮華經講經文》：「賢聖空中彈指送，天人路上獻花迎。」《太平廣記》卷一〇九《釋慧慶》（出《法苑珠林》）：「每夜吟誦，常聞空中有彈指讚嘆之聲。」

〔七〕南無佛陁耶：即歸命於佛之意。「南無」義譯敬禮、歸依等，「佛陁」即佛。《大般涅槃經》卷一六：「時諸女人，身受苦惱，作如是言：『南無佛陀，南無佛陀，我等今者，無有救護。』」《景德傳燈録》卷二七《諸方雜舉徵拈代别語》：「僧問雲臺欽和尚：『如何是真言？』欽曰：『南無佛陀耶。』」《高峰龍泉院因師集賢語録》卷四《五雷子》：「南無佛陀耶，三界大慈父，苦海作舟航，飄流六趣，千百億化身，救我衆生苦。慈悲生接引，亡靈往生淨土。」《寒山子詩集管解》云：「『南無佛陀耶』者，凡爲釋氏者，逢不能如之何時，則呼『南無佛陀耶』，譬如世人之勞苦倦極，則呼天也。《史記·屈原傳》曰：『夫天者，人之始也；父母者，人之本也。人窮則反本，故勞苦倦極，未嘗不呼天也；疾痛慘怛，未嘗不呼父母也。』由是觀之，佛者，僧之始也，又本也，勞苦倦極，豈不呼佛哉；疾痛慘怛，豈不呼佛哉。考《涅槃經》十四有調達惡人服酥受苦，呼『南無佛陀、南無佛陀』事，當并而看焉。」楚按，「耶」是梵文詞尾「ya」的音譯。

自樂平生道

自樂平生道〔一〕，煙蘿石洞間〔二〕。野情多放曠〔三〕，長伴白雲閑〔四〕。有路不通世，無心孰

可攀〔五〕。石牀孤夜坐〔六〕，圓月上寒山。（二二七）

【箋注】

〔一〕自樂平生道：按此「道」字，既指通向寒巖幽居之道，亦指寒山子人生之道，「樂道」謂於守道之中獲得欣悦。《史記・仲尼弟子列傳》：「不如貧而樂道，富而好禮。」牟融《題孫君山亭》：「長年樂道遠塵氛，静築藏修學隱淪。」《祖堂集》卷三載懶瓚和尚《樂道歌》，《景德傳燈録》卷三〇載道吾和尚《樂道歌》，亦皆爲抒發禪悦之心情。

〔二〕煙蘿：形容山林茂密幽深，因以指山林隱居之處。胡駢《經費拾遺舊隱》：「不將冠劍爲榮事，只向煙蘿寄此生。」王繼勳《贈和龍妙空禪師》：「只棲雲樹兩三畝，不下煙蘿四五年。」

〔三〕野情：喜愛山野之情趣。庾信《奉和永豐殿下言志詩十首》之十：「野情風月曠，山心人事疏。」李白《尋陽紫極宮感秋作》：「野情轉蕭灑，世道有翻覆。」李嘉祐《送從姪端之東都》：「聞笛添歸思，看山愜野情。」李翱《贈藥山高僧惟儼二首》之二：「選得幽居愜野情，終年無送亦無迎。」白居易《早春獨遊曲江》：「慵慢疏人事，幽棲遂野情。」姚合《憶山》：「閒處無人到，乖疏稱野情。」

放曠：豪放曠達，不拘禮俗。《晉書・桓石秀傳》：「性放曠，常弋釣林澤，不以榮爵嬰心。」吴筠《南華真人》：「放曠生死外，逍遥神明域。」

〔四〕長伴白雲閑：《古尊宿語録》卷八《汝州首山念和尚語録》：「不坐孤峰頂，常伴白雲閑。」《慈受懷深禪師廣録》卷二《中秋寄瓚和尚》：「秀嶺高峰咫尺間，青松長伴白雲閒。」賈島《題隱者居》："雖有柴門常不關，片雲孤木伴身閑。"牟融《題朱慶餘閒居四首》之四："閒雲長作伴，歸鶴獨相隨。"徐夤《温陵即事》："非才豈合攀丹桂，多病猶堪伴白雲。"靈一《贈靈澈禪師》："何時共到天台裏，身與浮雲處處閒。"參看一六五首注〔二〕。

〔五〕無心：斷除一切妄心，處於無著無礙之自由境界。《善慧大士語録》卷三《行路易十五首》之三："無心真解脱，自性任縱橫。"《祖堂集》卷三《司空山本淨和尚》："若求作佛，即心是佛；若欲問道，無心是道。"《筠州黄蘗山斷際禪師傳心法要》："供養十方諸佛，不如供養一個無心道人，何故？無心者，無一切心也。"又："恒河沙者，佛説是沙，諸佛菩薩釋梵諸天步履而過，沙亦不喜；牛羊蟲蟻踐踏而行，沙亦不怒。珍寶馨香，沙亦不貪；糞尿臭穢，沙亦不惡。此心即無心之心，離一切相。衆生諸佛更無差别，但能無心，便是究竟。學道人若不直下無心，累劫修行，終不成道，被三乘功行拘繫，不得解脱。"《景德傳燈録》卷二九龍牙和尚居遁《頌十八首》之十五："夫人學道莫貪求，萬事無心道合頭。無心始體無心道，體得無心道亦休。"又之十八："尋牛須訪迹，學道訪無心。迹在牛還在，無心道易尋。"

〔六〕石牀：以石爲牀，爲山野人士卧具。李嶠《石淙》："金竈浮煙朝漠漠，石牀寒水夜泠泠。"劉長卿《望龍山懷道士許法稜》："朝入青霄禮玉堂，夜掃白雲眠石牀。"耿湋《夜尋盧處士》："夜竹深茅宇，秋庭冷石牀。"

大海水無邊

大海水無邊，魚龍萬萬千。遞互相食噉〔一〕，兀兀①癡肉團〔二〕。爲心不了絶〔三〕，妄想起如煙〔四〕。性月澄澄朗〔五〕，廓爾照無邊〔六〕。（二二八）

【校勘】

①「兀兀」，原本、宫内省本、正中本、高麗本、四庫本作「冗冗」，全唐詩本作「宂宂」，皆應是「兀兀」之誤。參看注〔二〕。寒山詩二三三首原本「寄語冗冗人」，宫内省本作「兀兀人」，是，即「兀兀」誤作「冗冗」之例。

【箋注】

〔一〕遞互：交替，輪换。《宋書·劉穆之傳》：「南康國吏二百許人，不問有罪無罪，遞互與鞭，鞭瘡痂常以給膳。」

〔二〕兀兀：昏昧無知貌。見〇八九首注〔一〕。　癡肉團：「肉團」指肉體。《鎮州臨濟慧照禪師語録》：「赤肉團上有一無位真人，常從汝等諸人面門出入，未證據者看看。」《宗鏡録》卷四：「紇利陀耶，此云肉團心，身中五藏心也。」「癡肉團」則形容水族之徒有軀體，全無思惟。按《淮南子·齊俗》：「夫水積則生相食之魚。」即寒山詩「大海水無邊」四句之意。

〔三〕了絶：斷絶，這裏指斷絶妄想。寒山詩二〇五首亦云：「只爲主人不了絶，遂招遷謝逐迷邪。」

〔四〕妄想：虚妄不實之想。佛教認爲萬法一如，衆生因妄想而加以分別，遂成種種謬誤不實之相，而生無量無邊之煩惱。《大乘義章》卷三：「凡夫迷實之心，起諸法相，辨相施名，依名取相，所取不實，故曰妄想。」

〔五〕性月：佛教謂心性本淨，如月之朗，稱爲「性月」。參看二〇二首注〔一〕。孟郊《憶周秀才素上人時聞各在一方》：「野客雲作心，高僧月爲性。」鮑溶《懷幽期》：「窅機冥智難思量，無盡性月如空王。」《宏智禪師廣録》卷七《禪人寫真求贊》：「性月不夜，心華長春。」

〔六〕廓爾：空曠貌。《圓悟佛果禪師語録》卷二：「雲騰致雨，世界索然；日照天臨，乾坤廓爾。」《續古尊宿語要》卷二《宏智覺和尚語》：「靈然自照，廓爾常虚。」《天目中峰和尚廣録》卷二五《真際説》：「其不可見之真，廓爾無像；不可及之際，洞然絶痕。」

自見天台頂

自①見天台頂，孤高出衆群。風摇松竹韻〔一〕，月現②海潮頻〔二〕。下望山青③際〔三〕，談玄有白雲〔四〕。野情便山水〔五〕，本志慕道倫〔六〕。(二二九)

【校勘】

①「自」，正中本、高麗本、《寒山詩闡提記聞》作「目」。　②「月現」，原本作「目覩」，高麗本、正中本、《寒山詩闡提記聞》作「月見」，兹據宫内省本、四庫本、全唐詩本改。　③「山青」，四庫本作「青

山」。

【箋注】

〔一〕松竹韻：松韻和竹韻，風吹松竹發出的聲音。劉禹錫《和西川李尚書漢州微月遊房太尉西湖》：「瑶琴久已絶，松韻自悲秋。」韋莊《早秋夜作》：「翠簟初清暑半銷，撤簾松韻送輕飈。」無可《奉和裴舍人春日杜城舊事》：「春來詩更苦，松韻亦含淒。」許渾《奉命和後池十韻》：「竹韻遷棋局，松陰遞酒卮。」《禪門諸祖師偈頌》卷三筠州九峰詮和尚《山居詩》第二十首：「住在匡峰近十年，新栽松竹韻笙全。」

〔二〕月現海潮頻：按海潮之消長與月亮之圓缺的關係，古人亦有論及，如《太平御覽》卷四引《抱朴子》曰：「月之精生水，是以月盛而潮濤大。」劉禹錫《歷陽書事七十韻》：「海潮隨月大，江水應春生。」杜荀鶴《舟行晚泊江上寺》：「月上潮平後，談空漸入微。」《斷橋妙倫禪師語録》：「今朝八月十五日，正是中秋，十六、十七、十八，三日好大潮。」

〔三〕山青：山的縹青之色。鄭遨《偶題》：「帆力劈開滄海浪，馬蹄踏破亂山青。」寒山詩三〇七首：「藏山青，現雪白。」

〔四〕談玄：談論玄理，《世説新語·容止》：「王夷甫容貌整麗，妙於談玄，恒捉白玉柄麈尾，與手都無分别。」這裏指談論佛理禪機，戴叔倫《寄禪師寺華上人次韻三首》之一：「遥憶談玄地，月高人未眠。」牟融《訪請上人》：「撫景吟行遠，談玄入悟深。」貫休《和韋相公話婺州陳事》：「昔事堪惆悵,談玄愛白牛。」原注:「《法華經》以白牛喻大乘。」陸龜蒙《奉和襲美贈魏處士五貺詩·華頂杖》:「拄訪譚玄客,持看潑墨圖。」寒山詩二八〇首:「談玄月明夜,探理日臨晨。」拾得詩一〇首:「巖中深處坐,説理及談玄。」

〔五〕野情:以山野爲樂的情趣。見二二七首注〔三〕。　便山水:適宜、喜愛山水。「便」即適合、喜愛之義。孟浩然《冬至後過吴張二子檀溪别業》:「外事情都遠,中流性所便。」杜甫《渼陂西南臺》:「身退豈待官,老來苦便静。」劉長卿《歸弋陽山居留别盧邵二侍御》:「偶俗機偏少,安閒性所便。」戴叔倫《少女生日感懷》:「欲教針線嬌難解,暫弄琴書性已便。」司空曙《病中寄鄭十六兄》:「手便筇杖冷,頭喜葛巾輕。」權德輿《拜昭陵過咸陽墅》:「池籠豈所安,樵牧乃所便。」元稹《送林復夢赴韋令辟》:「野性便荒飲,時風忌酒徒。」白居易《遊藍田山卜居》:「本性便山寺,應須旁悟真。」姚合《寄主客劉員外》:「静者多便夜,豪家不見秋。」陸龜蒙《閒居雜題五首·野態真》:「心跡所便唯是直,人間聞道最先憎。」

〔六〕本志:宿願。《後漢書·班超傳》:「超恐于寘終不聽其東,又欲遂本志,乃更還疏勒。」吕巖《七言》:「本志不求名與利,元心只慕水兼霞。」《祖堂集》卷五《華亭和尚》:「三人同議,持少多種粮、家具,擬隱於澧源深邃絶人煙處,避世養道過生。……中夜道吾具三衣,白二師兄曰:『向來所議,於我三人甚適本志,然莫埋没石頭宗枝也無?』」　慕道倫:傾心於道流。寒山詩的「道倫」指僧侣。二八〇首亦云:「本志慕道倫,道倫常獲親。」

三五癡後生

三五癡後生，作事不真實。未讀十卷書，强把雌黃筆〔一〕。將他儒行篇〔二〕，唤作賊盜①律〔三〕。脱體似蟫蟲②〔四〕，齩破他書帙〔五〕。（一二三〇）

【校勘】

①「賊盜」，四庫本作「盜賊」。②「蟫蟲」，四庫本作「蟫虫」。

【箋注】

〔一〕强把雌黃筆：「把」即握持之義。韓愈《送靈師》：「失職不把筆，珠璣爲君編。」「雌黃」是一種黃色礦物顔料，古人書寫用黃紙，凡有誤須加改易，則以雌黃塗之以泯其跡。沈括《夢溪筆談》卷一《故事一》：「館閣新書浄本有悮書處，以雌黃塗之。嘗校改字之法，刮洗則傷紙，紙貼之又易脱，粉塗之則字不没，塗數遍方能漫滅，唯雌黃一漫則滅，仍久而不脱。古人謂之鉛黃，蓋用之有素矣。」因此改竄文字、評論人物、駁議古書亦稱「雌黃」。《文選》卷五五劉孝標《廣絶交論》：「見一善則盱衡扼腕，遇一才則揚眉抵掌，雌黃出其脣吻，朱紫由其月旦。」宋周密《齊東野語》卷一九：「著書之難尚矣。近世諸公多作考異、證誤、糾繆等書，以雌黃前輩。該贍可喜，而亦互有得失，亦安知無議其後者？」按《顔氏家訓·勉學》：「校定書籍，亦何容易，自揚雄、劉向方稱此職耳。觀天下書未偏，不得妄下雌黃。」即寒山詩「未讀十卷書，强把雌黃筆」一句之意。

〔二〕儒行篇：按《儒行》爲《禮記》篇名，所記皆爲儒者之高義篤行，孔穎達疏曰：「案鄭《目録》云：名曰《儒行》者，以其記有道德者所行也。儒之言優也，柔也，能安人，能服人。又儒者濡也，以先王之道能濡其身。此於《别録》屬通論。案下文云：儒有過失，可微辨而不可面數，搏猛引重，不程勇力，此皆剛猛得爲儒者。但儒行不同，或以遜讓爲儒，或以剛猛爲儒。其與人交接，常能優柔，故以儒表名。」

〔三〕賊盜律：懲治賊盜之法律條文。如《唐律疏議》卷一七至卷二〇即爲《賊盜律》，所載爲賊盜之種種罪行及懲治條例，長孫無忌等疏議曰：「《賊盜律》者，魏文侯時，里悝首制《法經》，有《盜法》、《賊法》，以爲法之篇目。自秦漢逮至後魏，皆名《賊律》、《盜律》。北齊合爲《賊盜律》。後周爲《劫盜律》，復有《賊叛律》。隋開皇合爲《賊盜律》，至今不改。」

〔四〕脱體：蜕皮，脱胎换骨。《祖堂集》卷一〇《鏡清和尚》：「出身猶可易，脱體道還難。」《月林師觀禪師語録》：「前念是凡，後念是聖，脱體無依，因邪打正。」《長靈守卓禪師語録》：「去年今日事，今日去年人。脱體全收放，隨流混主賓。」又：「鐵牛犇入玉麟隊，自古無雙今一對。脱體堂堂呈似伊，有眼無口如何會。」《古尊宿語録》卷三〇《舒州龍門佛眼和尚語録·妙容非覩》：「通身無影像，脱體露堂堂。」《續古尊宿語要》卷四《鐵鞭韶和尚語》：「此老不作這般去就，直拔地和座盤掇出，脱體與你相見。」《大慧禪師禪宗雜毒海》卷下：「世尊梵相不可雕，誌公形容不可邈。若要脱體渾相似，不用丹青兼斲削。」《董解元西廂記》卷五：「入時衣袂，脱體别穿一套。」「脱體」亦謂蜕皮，比喻全身衣袂徹底更换也。　蟫蟲：一種蛀書、蛀衣之蟲，長約半寸，形略似魚，體有銀粉，亦稱蟫魚、白魚、蠹魚等。《爾雅·釋蟲》：「蟫，白魚。」郭璞注：「衣、書中蟲，一名蛃魚。」《本草綱目·蟲三·衣魚》：「白魚、蟫魚、蛃魚、壁魚、蠹魚。宗奭曰：衣魚生久藏衣帛中及書紙中，其形稍似魚，其尾又分二歧，故得魚名。時珍曰：白，其色也；壁，其居也；蟫，其狀態也；丙，其尾形也。」宋高斯得《耽書》：「年來得奇疾，仿佛是書淫。二史番休讀，三詩夢覺吟。少時輕寸晷，老去惜分陰。只恐前生是，蓬山閣上蟫。」

〔五〕書帙：按「帙」亦作「袟」、「袠」，即包書的外套，通常每十卷爲一帙。《説文》：「帙，書衣也。」《後漢書·楊厚傳》：「吾綈袠中有先祖所傳祕記，爲漢家用，爾其修之。」李清照《金石録後序》：「裝卷初就，芸籤縹帶，束十卷作一帙。」清西厓先生《談徵·言部·書帙》：「《群碎録》云：古人書卷外必用帙藏之，如今裹袱之類。宋真宗取廬山東林寺白居易集，命崇文院寫較，包以斑竹帙送寺，帙如細竹簾，其内襲以薄繒，故帙字從巾。」本詩之「書帙」泛指書籍。張謂《同王徵君湘中有懷》：「不用開書帙，偏宜上酒樓。」

心高如山嶽

心高如山嶽〔一〕，人①我不伏人〔二〕。解講圍②陁典〔三〕，能談三教文〔四〕。心中無慚愧〔五〕，破戒違律文〔六〕。自言上人法〔七〕，稱爲第一人。愚者皆③讚歎，智者撫④掌笑〔八〕。陽燄虚空花〔九〕，豈得免生老〔一〇〕。不如百不解〔一一〕，静坐絶憂惱。（二三一）

【校勘】

①「人」字四庫本作「云」。②「圍」，正中本、高麗本作「韋」。③「皆」，四庫本作「自」。④「撫」，正中本、高麗本作「拊」。

【箋注】

〔一〕心高：驕傲，自大。《金瓶梅》八五回：「李瓶兒孩子周半還死了哩，花麻痘疹未出，知道天怎麽算計，就心高遮了太陽！」《東周列國志》六〇回：「僖公髡頑心高氣傲，不甚加禮，以此君臣積不相能。」倒文作「高心」。彦琮《通極論》：「見人不能通寒温，讀經不解立正義，空知高心於百姓，背禮於二親。」《唐摭言》卷一三《矛盾》：「章孝標及第後，寄淮南李相曰：『及第全勝十改官，金湯鍍了出長安。馬頭漸入揚州郭，爲報時人洗眼看。』紳亟以一絶箴之曰：『假金方用真金鍍，若是真金不鍍金。十載長安得一第，何須空腹用高心。』」

〔二〕人我：謂争强鬬勝之心。敦煌本《壇經》：「人我是須彌，邪心是大海。」玄覺《證道歌》：「圓頓教，勿人情，有疑不決直須争。不是山僧逞人我，修行恐落斷常坑。」《楞伽師資記》：「時時見有一作業人，未契於道，或在名聞，或爲利養，人我心行，嫉妒心造。」白居易《罷藥》：「此身不要全彊健，彊健多生人我心。」又《和知非》：「禪能泯人我，醉可忘榮悴。」《景德傳燈録》卷四

《金陵牛頭山第五世智威禪師》：「余本性空虛，緣妄生人我。如何息妄情，還歸空處坐。」《祖堂集》卷一四《高城和尚》：「向前來，莫人我，山僧有曲無人和。」文益《宗門十規論·黨護門風不通議論第二》：「角争鬭爲神通，騁脣舌作三昧，是非鋒起，人我山高，忿怒即是脩羅，見解終成外道。」敦煌本《韓擒虎話本》：「擬二人惣拜爲將，殿前尚自如此，領兵在外，必争人我。」敦煌遺書斯五五八八號歌詞：「出語争强説是非，人我競相欺。」拾得詩一二首：「男女爲婚嫁，俗務是常儀。自量其事力，何用廣張施。取債誇人我，論情入骨癡。殺他雞犬命，身死墮阿鼻。」

〔三〕圍陁典：即「四圍陁論」，是古印度婆羅門教之根本聖典，分爲黎俱圍陀、娑摩圍陀、夜殊圍陀、阿達婆圍陀等四種，「圍陀」亦譯「韋陀」、「吠陀」等。《大智度論》卷二：「由是聞婆羅門種種經書名字，故言四韋陀經中治病法、鬭戰法、星宿法、祠天法、歌儛論議難問法，如是等六十四種世間伎藝。」《高僧傳》卷二《鳩摩羅什傳》：「什以説法之暇，乃尋訪外道經書，善學圍陀舍多論，多明文辭製作問答等事，又博覽四圍陀典及五明諸論，陰陽星算莫不畢盡，妙達吉凶，言若符契。」《付法藏因緣傳》卷五：「（龍樹）處在繦抱，聞諸梵志誦四韋陀，其典淵博，有四萬偈，偈各滿足三十二字，皆即照了，達其句味。」《五燈會元》卷三《百丈懷海禪師》：「縱然誦得十二韋陀典，祇成增上慢，却是謗佛，不是修行。」

〔四〕三教文：儒、釋、道三教之典籍。「三教」即儒、釋、道。《北史·周本紀下》：「十二月癸巳，集群官及沙門道士等，帝升高座，辨釋三教先後。以儒教爲先，道教次之，佛教爲後。」《敦煌歌辭總編》卷三《皇帝感》(新集《孝經》十八章):「歷代以來無此帝,三教内外總宣揚。先注《孝經》教天下,又注《老子》及《金剛》。」元陶宗儀《輟耕録》卷五《三教》:「上問曰:『三教何者爲貴?』對曰:『釋如黄金,道如白璧,儒如五穀。』上曰:『若然,則儒賤邪?』對曰:『黄金白璧,無亦何妨;五穀於世,其可一日闕哉?』」

〔五〕無慚愧:《觀無量壽佛經》:「如此愚人,多造惡法,無有慚愧。」《法苑珠林》卷九〇《破戒篇》:「我等白衣,無慚無愧,公然造罪,晝夜匪懈。」按「慚愧」乃佛教術語。《大般涅槃經》卷一九:「諸佛世尊常説是言:有二白法能救衆生:一慚二愧。慚者不自作罪,愧者不教他作。慚者内自羞耻,愧者發露向人。慚者羞人,愧者羞天,是名慚愧。無慚愧者不名爲人,名爲畜生。」《法苑珠林》卷二三《慚愧篇·引證部》引《迦延論》曰:「云何名無慚?答曰:可慚不慚,可避不避,不善恭敬,不善往來,此謂無慚。云何名無愧?可羞不羞,可畏不畏,惡事不畏,故稱無愧。又不善往來名無慚,惡事不見畏稱無愧。」又引《瑜伽論》云:「云何無慚無愧?謂觀於自他,無所羞耻,故思毁犯,犯已不能如法出離,好爲種種鬬訟違諍,是名無慚無愧也。」

〔六〕破戒違律文:佛教徒違犯佛教之戒律條文。戒律意在防非止惡,適應不同對象,有「五戒」、「十戒」乃至「五百戒」等。《大乘義章》卷一二:「言五戒者,所謂不殺、不盗、不邪婬、不妄語、不飲酒,是其五戒也。此五能防,故名爲戒。」《佛藏經》卷上:「何因緣故,名爲破戒?破所受戒,難以教語,行無常准,多所違逆,常行貪著,多雜糅行,貪瞋癡行,樂諸雜語,名爲破戒。」又:「譬如蝙蝠，欲捕鳥時，則入穴爲鼠；欲捕鼠時，則飛空爲鳥，而實無大鳥之用，其身臭穢，但樂暗冥。舍利弗，破戒比丘亦復如是，既不入於布薩自恣，亦復不入王者使役，不名白衣，不名出家，如燒屍殘木，不復中用。」《百喻經》卷二《斫樹取果喻》：「如來法王有持戒樹，能生勝果，心生願樂，欲得果食，應當持戒，修諸功德。不解方便，返毁其禁，如彼伐樹，復欲還活，都不可得。破戒之人，亦復如是。」

〔七〕上人法：亦稱「過人法」。「妄説上人法」等等，屬於佛教戒律中「四波羅夷」（四種根本重罪）中之大妄語戒，即並未證得上人法時，詐言已證得上人法，犯者應被逐出佛門，死後必墮地獄。《楞嚴經》卷六：「若不斷其大妄語者，如刻人糞爲栴檀形，欲求香氣，無有是處。我教比丘直心道場，於四威儀一切行中，尚無虚假，云何自稱得上人法，譬如窮人，妄號帝王，自取誅滅，況復法王，如何妄竊。」《五分律》卷二：「若比丘不知、不見過人法，聖利滿足，自稱我如是知、如是見，是比丘後時若問若不問，爲出罪求清净故，作是言：我不知言知，不見言見，虚誑妄語，除增上慢，是比丘得波羅夷，不共住。」

〔八〕撫掌笑：拍手笑。《三國志·魏書·武帝紀》裴注引《曹瞞傳》：「公聞攸來，跣出迎之，撫掌笑曰：『子遠，卿來，吾事濟矣。』」本詩的「撫掌笑」謂嗤笑。

〔九〕陽燄虚空花：比喻虚妄不實。「陽燄」見〇八四首注〔三〕。「虚空花」謂本無其花，因眼病而於虚空中覩見其花。《大般涅槃經》卷三六：「如虚空華，非是有故。」《百字論》：「喻如虚空中花,無有體相故。」亦稱「空花」、「空華」,參看二九九首注〔一〕。

〔一〇〕生老:即「生死」,謂生死輪迴。《景德傳燈録》卷二九梁寶誌和尚《大乘讚十首》之八:「徒勞一生虛過,永劫沉淪生老。」又《十四科頌·菩提煩惱不二》:「不識三毒虛假,妄執浮沉生老。」

〔一一〕百不解:一切不知,百事不懂。盧仝《雜興》:「意智未成百不解,見人富貴亦心愛。」《景德傳燈録》卷二《第十五祖迦那提婆》:「又曰:『汝解何法?』尊者曰:『汝百不解。』」「百」即一切、凡百之義。寒山詩一三六首:「出語無知解,云我百不憂。」一三八首:「唯知打大轡,除此百無能。」一九七首:「老病殘年百有餘,面黃頭白好山居。」參看一三六首注〔四〕。

如許多寶貝

如許多寶貝〔一〕,海中乘壞舸。前頭失却桅,後頭①又無柂。宛轉任風吹,高低隨浪簸。如何得到岸,努力莫端坐〔二〕。(二三二)

【校勘】

①「頭」,宫内省本、四庫本作「面」。

【箋注】

〔一〕如許多:如此多。《祖堂集》卷六《洞山和尚》:「如許多衆生,惣是我兒子也。」《景德傳燈録》卷二五《漳州羅漢寺守仁禪師》:「跋涉如許多山嶺,阿那箇是上座自己?」又卷二六《澤州古賢院謹禪師》：「曰：『虚涉他如許多山水。』浄慧曰：『如許多山水也不惡。』」《潭州溈山靈祐禪師語録》：「如許多師僧，爲復是喫粥飯僧？爲復是参禪僧？」「如許」即如此，見〇九三首注〔二〕。

〔二〕端坐：正襟危坐，這裏指無所事事。《北齊書·高昂傳》：「每言男兒當横行天下，自取富貴，誰能端坐讀書，作老博士也。」

楚按，佛經多載入海求寶之事。如《大般涅槃經》卷三一：「我念往昔，與提婆達多俱爲商主，各各自有五百賈人，爲利益故，至大海中，採取珍寶。惡業緣故，路遇暴風，吹壞船舫，伴黨死盡。爾時我與提婆達多不殺果報長壽緣故，爲風所吹，俱至陸地。」按渡海到岸，即佛教「波羅蜜」之喻。《大乘義章》卷一二：「波羅蜜者，是外國語，此翻名度，亦名到彼岸。……波羅者岸，蜜者是到。釋有兩義：第一能捨生死此岸，到於究竟涅槃彼岸，與前度中果度相似。第二能捨生死涅槃有相此岸，到於平等無相彼岸，與前度中自性清浄度其義相似。具斯兩義，名到彼岸。」《寒山詩闡提記聞》此首評曰：「人人本具自性，箇箇圓有佛心，名之髻中真珠，稱之衣内至寶。爲未見性，所見思雲霧蓋覆，所貪瞋家賊劫奪，外無持律善巧，内乏定慧勳果，生死海中恰如破壞朽舟，無桅無柁，所色聲等六塵沈没，所譏譽等八風漂流，不免永劫苦輪，鎮爲三途八難。衆生幸今受浮木人身，乘此嘉運，須努力，莫坐待亡，前進乍見徹自本源，永免得生死患難，豈不快哉！」

我見凡愚人

我見凡愚人〔一〕，多畜資財穀。飲酒食生命〔二〕，謂言我富足〔三〕。莫知地獄深，唯求上天福〔四〕。罪業如毗富〔五〕，豈得免灾毒〔六〕。財主忽然死〔七〕，争共當頭哭〔八〕。供僧讀文疏①〔九〕，空是鬼神禄〔一〇〕。福田一箇無〔一一〕，虛設一群秃〔一二〕。不如早覺悟，莫作黑暗獄〔一三〕。狂風不動樹，心真無罪福〔一四〕。寄語兀兀②人〔一五〕，叮嚀再三讀。（二二三）

【校勘】

①「文疏」，宫内省本、四庫本作「疏文」。　②「兀兀」，原本、正中本、高麗本作「冗冗」，全唐詩本作「冗」，夾注「一作兀兀」，茲據宫内省本、四庫本改。

【箋注】

〔一〕凡愚人：世俗愚人。《妙法蓮華經·譬喻品》：「若人恭敬，無有異心，離諸凡愚，獨處山澤，如是之人，乃可爲説。」宗寶本《壇經·疑問品》：「凡愚不了自性，不識身中淨土，願東願西；悟人在處一般。」拾得詩一五首：「凡愚豈見知，豐干却相識。」又四四首：「余住天台山，凡愚那見形。」

〔二〕飲酒食生命：即飲酒食肉，「生命」指有生命之衆生。宗寶本《壇經·行由品》：「獵人常令守網，每見生命，盡放之。」按佛教「五戒」中即包括不飲酒、不殺生食肉之戒。《釋氏要覽》卷中

《飲酒》：「律云：酒有二種：一穀所成，二木酒，即草根果作者。○《涅槃經》云：酒爲不善諸惡根本，若能除斷，則遠衆罪。○《成實論》：問云：酒是實罪耶？答：非。所以者何？飲酒爲惱衆生故，而是罪因。若人飲酒，則開不善之門，以能障定及諸善法，如植衆果，無牆障故，若飲酒，如果無牆障焉。○《四分律》云：飲酒有十過失：一顔色惡，二少力，三眼視不明，四現嗔相，五壞田業資生，六增疾病，七益鬭訟，八惡名流布，九智慧減少，十身壞命終墮三惡道。○《沙彌戒經》：有三十六失，乃至破家、危身、失道、喪命，皆由之。○《法苑》云：今有耐酒之人，飲之不醉，又不弊神，亦不作過，飲得罪否？答：制戒防非，本爲生善，戒是正善，身口無違，緣中正息，遮性兩斷，乃戒名善。今耐酒之人，雖不亂神，未破餘戒，但飲便爲罪因，正違遮戒，緣中生犯，乃名有罪。」又《食肉》：「《楞伽經》云：大慧菩薩白佛言：願説食肉過惡。佛言：有無量因緣不應食肉，我今爲汝略説。一切衆生，從本已來，展轉因緣，常爲六親故，不浄氣分所生故，衆生聞惡氣悉生怖故，令修行者慈心不生故，凡夫所嗜無善名故，諸天所棄故。○律云：夫食肉者，斷大慈種，水陸空行，有命者怨故。○《法苑》：問云：酒是和神之藥，肉是充飢之饍，古今同味，獨何鄙焉？設君王賜食，豈關僧過？答：肉由殺命，酒能亂神，縱逢見抑，亦須嚴斷，雖違君命，還順佛心矣。」

〔三〕謂言：以爲，認爲。見○二一一首注〔一〕。

〔四〕上天福：即「生天福」，謂上生天界，享受天界五欲之樂。敦煌本《目連緣起》：「慈父已生於天上，終朝快樂逍遥。」《釋氏要覽》卷中《生天因》：「《業報差別經》云：具修增上十善，得生欲界散地天。若修有漏十善，以定相應，生色界天。若離色修，遠離身口，以定相應，生無色界。〇《正法念處經》云：因持戒不殺、不盗、不婬，由此三善得生天。〇《辯意長者子經》云：有五事得生天：一不殺物命，令衆生安樂，二賢良不盗，布施無貪，濟諸窮乏，三貞潔不犯外色男女，護戒奉齋精進，四誠信不欺，護口四過，五不飲酒。」

〔五〕罪業：身、口、意三者所造之罪過，爲導致苦果之業因。《妙法蓮華經·化城喻品》：「罪業因緣故，失樂及樂想。」《太平廣記》卷三八一《鄧成》（出《廣異記》）：「汝在生作何罪業，至有爾許冤對。」　毗富：即毗富羅山，亦譯毗布羅山等，爲中印度王舍城諸山中之最高者。《別譯雜阿含經》卷一五：「王舍城諸山，毘富羅最上。」《大唐西域記》卷九：「山城北門西，有毗布羅山。聞之土俗曰：山西南崖陰，昔有五百温泉，今者數十而已，然猶有冷有暖，未盡温也。其泉源發雪山之南無熱惱池，潛流至此。水甚清美，味同本池。流經五百枝小熱地獄，火熱上炎，致斯温熱。泉流之口，並皆彫石，或作師子白象之首，或作石筒懸流之道，下乃編石爲池。諸方異域，咸來此浴，浴者宿疾多差。温泉左右，諸窣堵波及精舍，基址鱗次，並是過去四佛坐及經行遺迹之所。此處既山水相帶，仁智攸居，隱淪之士蓋亦多矣。」由於毗富羅山在古印度名聞遐邇，人所習知，故佛經多舉之爲喻。寒山詩二八二首亦云：「積骨如毗富，别淚成海津。」參看該首注〔三〕。

〔六〕灾毒：指地獄之災難、酷刑。「灾」同「災」。

〔七〕忽然：如果，倘若。李頎《别梁鍠》：「時人見子多落魄，共笑狂歌非遠圖。忽然遺躍紫騮馬，還是昂藏一丈夫。」吕温《衡州夜後把火看花留客》：「紅芳暗落碧池頭，把火遥看且少留。半夜忽然風更起，明朝不復上南樓。」吴英秀《鸚鵡》：「莫把金籠閉鸚鵡，箇箇聰明解人語。忽然更向君前言，三十六宫愁幾許。」敦煌本《捉季布傳文》：「若是生人須早語，忽然是鬼奔丘墳。」又：「朱解忽然來買口，商量莫共苦争論。忽然買僕身將去，擎鞭執帽不辭辛。」參〇三八首注〔六〕。

〔八〕當頭：當面。敦煌遺書五五八八號歌詞：「假如有理教申雪，一一當頭説。」敦煌本《鷰子賦》：「雀兒及鷰子，皆總立王前，鳳凰親處分，有理當頭宣。」《五燈會元》卷一三《護國守澄禪師》：「及有人問著祖師西來意，未曾有一人當頭道著。」又卷一四《天童正覺禪師》：「直饒退步荷擔，切忌當頭觸諱。」又卷一九《南華知昺禪師》：「此事最希奇，不礙當頭説。東隣田舍翁，隨例得一橛。」寒山詩二四二首亦云：「忽死萬事休，男女當頭哭。」

〔九〕供僧讀文疏：皆是爲死者追福所做的法事。「供僧」即設齋供養僧衆，「讀文疏」謂宣讀爲死者追福而布施迴向之疏文。《釋氏要覽》卷下《疏子》：「白佛辭也，蓋疏通齋意爾。」如《斯坦因劫經録》〇〇八六號《淳化二年馬醜女迴施疏》：「奉爲亡女弟子馬氏名醜女，從病至終，七日所修功德數：三月九日病困臨垂，於金光明寺殿上施麥壹碩，城西馬家、索家二蘭若，共施布壹疋，葬日臨壙焚屍，兩處共録獨織幂壹羃，紫綾子衫子、白絹衫子共兩事，絹領巾壹事，繡鞋壹兩，絹手巾一個，布手巾壹個，粟叁碩，布壹疋，設供一七會，共齋僧貳佰叁拾人，施襯布叁疋，昌褐兩疋，又斜褐壹段，麥粟紙帖共計拾貳碩，轉《妙法蓮華經》十部，《觀彌勒菩薩上生兜率天經》八十部，《金剛般若波羅蜜經》兩部，《重四十八輕戒》一卷，《佛頂尊勝陀羅尼》六百遍，《般若波羅蜜多心經》一百部，慈氏真言三千遍，設供轉念，功德今日。右件所修，終七已後，並將奉爲亡過三娘子資福，超□幽冥，速得往生兜率内院，得聞妙法，不退信心，瞻禮毫光，消除罪障，普及法界一切含靈，同共霑於勝因，齊登福智樂果，謹疏。淳化二年辛卯歲四月廿八日迴施疏。」

〔一〇〕空是鬼神禄：言爲死者追福所施之財物，徒然爲衆鬼享受，而並無追福之實效。「鬼神」這裏指鬼。牛僧孺《玄怪録》卷三《吴全素》：「夜食香物，鬼神便合惱人。」「鬼神」亦偏指鬼物。

〔一一〕福田：佛教謂供養布施於佛法僧及相應之人，能受福報，猶如農夫播種於田地，能收穫穀物，稱爲「福田」。《大莊嚴論經》卷四：「此僧淨福田，誰不於中種，意方欲下種，芽生衆所見。」《維摩詰經·弟子品》僧肇注：「我受彼施，令彼獲大福，故名福田耳。」又《菩薩品》僧肇注：「福田謂人種福於我，我無穢行之稊稗，人獲無量之果報福田也。」宗密《盂蘭盆經疏》卷上：「喻如世間人，欲得倉廩中五穀豐盈、歲歲不乏者，必須取穀麥種子，以牛犁耕於田地而種之，不種則竭盡也。法中亦爾，以悲心、敬心、孝心爲種子，以衣食、財帛、身命爲牛犁，以貧病、三寶、父母爲田地。有佛弟子欲得藏識中百福莊嚴、生生無盡者，須運悲敬孝心，將衣食、財帛、身命給濟敬養於貧病、三寶、父母，名爲種福。不種即貧窮無福慧，入生死險道。謂種福之田名爲福田，如種穀之田名穀田也。」敦煌本《佛説阿彌陀經講經文》：「一縷袈裟身上掛，堪與門徒長福田。」

〔三〕設：宴請，招待飲食，這裏是指齋僧。《南齊書·何戢傳》：「上好水引餅，戢令婦女躬自執事以設上焉。」《朝野僉載》卷一：「恒課口腹自供，未曾設客。」又卷二：「周嶺南首領陳元光設客，令一袍袴行酒。」王建《宮詞一百首》之四九：「兩樓相換珠簾額，中尉明朝設内家。一樣金盤五千面，紅酥點出牡丹花。」《太平廣記》卷二五三《盧思道》（出《啓顔録》）：「思道既渡江，過一寺，諸僧與思道設，亦不敢有言，只供索飲食而已。」又卷一七二《劉崇龜》（出《玉堂閒話》）：「某日大設，合境庖丁宜集于毬場，以候宰殺。」《祖堂集》卷五《翠微和尚》：「師因供養羅漢次，僧問：『今日設羅漢，羅漢還來也無？』師云：『是你每日噇什摩？』」 秃：對僧徒的詈語。《大般涅槃經》卷三：「我涅槃後，濁惡之世，國土荒亂，互相抄掠，人民飢餓。爾時多有爲飢餓故，發心出家，如是之人，名爲秃人。是秃人輩，見有持戒威儀具足清淨比丘護持正法，驅逐令去，若殺若害。」《中阿含經》卷五〇：「爾時婦人恚罵比丘至苦至惡：……秃頭沙門以黑自纏，無子斷種！」《法苑珠林》卷五九引《興起行經》云：「護喜語火鬘曰：『共見迦葉如來去乎？』火鬘答曰：『用見此秃頭道人爲！直是秃頭人耳，何有道哉。』」彦琮《琳法師別傳》卷上：「秃丁之謂，閭里盛傳；胡鬼之謡，昌言酒席。」《太平廣記》卷二四八《盧嘉言》（出《啓顔録》）：「隋盧嘉言就寺禮拜，因入僧房。一僧善於論議，嘉言即與談話，因相戲弄，此僧理屈。同坐二僧即助此僧酬對，往復數迴，三僧並屈。嘉言乃笑謂曰：『三箇阿師，並不解樗蒲。』僧未喻，嘉言即報言：『可不聞樗蒲人云：三箇禿，不敵一箇盧。』觀者大笑，僧無以應。」蓋「禿」與「盧」本是樗蒲之采，因以雙關僧徒及盧嘉言也。又卷三一八《周子長》（出《靈鬼志》）：「子長便擒鬼胸云：『將汝至寺中和尚前。』鬼擒子長胸，相拖渡五丈塘西行。後鬼謂捉者曰：『放爲，西將牽我入寺中。』捉者曰：『已擒不放。』子長復爲後者曰：『寺中正有禿輩。』乃未肯畏之。後一鬼小語曰：『汝近城東逢禿時，面何以敗？』便共大笑。子長比達家，已三更盡矣。」又卷三五七《蘊都師》（出《河東記》）：「賊禿奴，遣爾辭家剃髮，因何起妄想之心。」《鎮州臨濟慧照禪師語録》：「有一般瞎禿子，飽喫飯了，便坐禪觀行，把捉念漏，不令放起，厭喧求静，是外道法。」清西厓先生《談徵・言部・賊禿》：「今人罵僧輒云『賊禿』，按梁荀濟表云：『朝夕敬妖怪之胡鬼，曲躬供貪淫之賊禿。』則此語六朝已有之矣。」清翟灝《通俗編》卷三〇《葫蘆頭》：「僧徒首禿，俗以形似誚之，曰葫蘆頭。應璩詩云：『平生髮完全，變化成浮屠。醉酒巾幘落，禿頂赤如壺。』其比擬蓋甚久矣。」寒山詩「福田一箇無，虚設一群禿」二句，謂設齋供僧，毫無福田之效，徒然供僧徒醉飽而已。

〔三〕黑暗獄：比喻「無明」，亦云「愚癡」，爲佛教「三毒」之一。見二一四首注〔七〕。

〔四〕心真：謂自性清浄不染。《大珠禪師語録》卷下：「用妙者，動寂俱妙；心真者，語默總真。」無罪福：《祖堂集》卷一《第六迦葉佛》：「即此身心是幻生，幻化之中無罪福。」佛教以五逆十惡等爲罪，當受苦報；以五戒十善等爲福，當受樂報，因稱苦樂報應爲「罪福」。《雜譬喻經》：「昔有一國王，深識罪福，信有果報。」唐張讀《宣室志》卷四：「吾聞人死當爲冥官追捕，案籍罪福，苟平生事行無大過，然後更生人間。」《太平廣記》卷一〇四《李虛》（出《紀聞》）：「長官平生唯以殺害爲心，不知罪福，今當受報。」又卷三二三《王胡》載胡叔死後數載，忽見形還家，「俄而辭去曰：『吾來年七月七日，當復暫還，欲將汝行，遊歷幽途，使知罪福之報也。』……胡遊歷久之，備見罪福苦樂之報」。寒山詩云「心真無罪福」者，蓋自佛教諸法實相之理觀之，罪福皆由心生，而心性清浄空寂，故罪福亦屬虛無，並非實有。《觀普賢菩薩經》：「何者是罪？何者是福？我心自空，罪福無主。一切法如是。」玄覺《證道歌》：「無罪福，無損益，寂滅性中莫問覓。」《祖堂集》卷一《毗婆尸佛》：「身從無相中受生，喻如幻出諸形像。幻人心識本來空，罪福皆空無所住。」又《毗舍浮佛》：「假借四大以爲身，心本無生因境有，前境若無心亦無，罪福如幻起亦滅。」《太平廣記》卷四三三《僧虎》（出《高僧傳》）：「生死罪福，皆由念作，刹那之間，即分天堂地獄，豈在前生後世耶？」

〔一五〕兀兀人：指愚癡之世人。「兀兀」即昏愚無知貌，見〇八九首注〔一〕。

勸你三界子①

勸你三界子〔一〕，莫作勿道理〔二〕。理短被他欺〔三〕，理長不奈你〔四〕。世間濁濫人〔五〕，恰似鼠②粘子〔六〕。不見無事人〔七〕，獨脱無能比。早須返本源〔八〕，三界任緣起〔九〕。清淨入如流〔一〇〕，莫飲無明水〔一一〕。（二三四）

【校勘】

①宮内省本此首與下首連寫作一首。 ②「鼠」，原本、宮内省本、四庫本、全唐詩本作「黍」；正中本、高麗本作「鼡」，按此字即「鼠」字別體，兹録作「鼠」。

【箋注】

〔一〕三界子：指世間人。《妙法蓮華經·譬喻品》載佛説偈言：「今此三界，皆是我有，其中衆生，皆是我子。」按「三界」爲此間衆生生死輪迴之整個世界，見一九八首注〔四〕。

〔二〕勿道理：無道理。「勿」即「無」義，見二〇五首注〔二〕。

〔三〕理短：理虧，理屈。元祥邁《辯僞録》卷三：「時勝講主瞋目詈之，指爲畜類。塊然無對。帝謂群臣曰：『道士理短，不敢酬答也。』」《文獻通考·經籍考五·詩序》：「蓋文公每捨《序》以言《詩》，則變風諸篇，祇見其理短而詞哇。」

〔四〕理長：占理，理由充足。 不柰你：不奈何你，把你没辦法。「不柰」即無奈。李昂《賦戚夫人楚舞歌》：「不奈君王容鬢衰，相存相顧能幾時。」

〔五〕濁濫人：貪鄙庸俗之人。參見一一八首注〔一〕。

〔六〕鼠粘子：鼠粘之果實。「鼠粘」即牛蒡，亦名惡實。《本草綱目·草四·惡實》：「鼠粘、牛蒡、大力子、蒡翁菜、便牽牛、蝙蝠刺。時珍曰：其實狀惡而多刺鈎，故名。其根葉皆可食，人呼爲牛菜，術人隱之，呼爲大力也。俚人謂之便牽牛，河南人呼爲夜叉頭。頌曰：實殼多刺，鼠過之則綴惹不可脱，故謂之鼠粘子，亦如羊負來之比。」寒山詩云「恰似鼠粘子」者，比喻世間濁濫之人貪求纏繞，而不知無事解脱也。

〔七〕無事人：無爲之人，清閒之人。儲光羲《滄浪峡》：「自有滄浪峡，誰爲無事人。」白居易《玩新庭樹因詠所懷》：「下有無事人，竟日此幽尋。」鮑溶《送僧南遊》：「師有懷鄉志，未爲無事人。」于武陵《長安逢隱者》：「向此有營地，忽逢無事人。」陸龜蒙《新秋雜題六首·倚》：「背煙垂首盡日立，憶得山中無事人。」按禪宗則以「無事人」爲見性解脱之人。《小室六門·血脈論》：「若要覓佛，直須見性。性即是佛，佛是自在人，無事無作人。」《龐居士語録》卷中：「火燒家計盡，全成無事人。」《筠州黄蘗山斷際禪師傳心法要》：「但銷鎔表裏情盡，都無依執，是無事人。」又：「道人是無事人，實無許多般心，亦無道理可説。」《大珠禪師語録》卷下：「諸人幸自好箇無事人，苦死造作，要擔枷落獄作麽？」《潭州潙山靈祐禪師語録》：「譬如秋水澄渟，清淨無爲，澹泞無礙，唤他作道人，亦名無事人。」《雲門匡真禪師廣録》卷中：「覺即佛性矣，唤作無事人。」《景德傳燈録》卷二五《金陵報恩匡逸禪師》：「不見先德云：人無心合道，道無心合人。人道既合，是名無事人。」又同卷《金陵報慈道場文遂導師》：「所以清涼先師道：佛即是無事人。且如今覓箇無事人也不可得。」又卷二九龍牙和尚居遁《頌十八首》之十六：「眉間毫相燄光身，事見争如理見親。事有只因於理有，理權方便化天人。一朝大悟俱消却，方得名爲無事人。」《續古尊宿語要》卷二《清涼山法眼益禪師語》：「僧家實是無事，經行林中，宴坐樹下，但不於三界現身意，便是無事人。」

〔八〕本源：即清淨自性，亦稱佛性等。《中本起經》卷上：「一切諸法本，因緣空無主。息心達本源，故號爲沙門。」宗寶本《壇經・頓漸品》：「一日，師告衆曰：『吾有一物，無頭無尾，無名無字，無背無面，諸人還識否？』神會出曰：『是諸佛之本源，神會之佛性。』師曰：『向汝道無名無字，汝便喚作本源佛性，汝向去有把茆蓋頭，也只成箇知解宗徒。』」玄覺《禪宗永嘉集・事理不二》：「然萬法本源，由來實相，塵沙惑趣，原是真宗。」《荷澤神會禪師語録・大乘頓教頌》：「入法界者了乎心，達本源者見乎性。」《筠州黄蘗山斷際禪師傳心法要》：「此心是本源清淨佛，人皆有之，蠢動含靈與諸佛菩薩，一體不異。」又：「身心自然，達道識心，達本源故，號爲沙門。」宗密《禪源諸詮集都序》卷一：「源者，是一切衆生本覺真性，亦名佛性，亦名心地。悟之名慧，修之名定，定慧通稱爲禪那。此性是禪之本源，故云禪源，亦名禪那。」宗密《原人論》：「推萬法，窮理盡性，至於本源，則佛教方爲決了。」《汾陽無德禪師語録》卷上：「一切衆生本源佛性，譬如朗月當空，只爲浮雲遮障，不得顯現。」

〔九〕任緣起：猶云「隨緣」。佛教認爲物質世界之一切事物及精神世界之一切現象，皆處於因果聯繫之中，依據一定的條件而變化，稱爲「緣起」或「緣」。

〔一〇〕清浄：遠離惡行，斷除煩惱，不受污染，稱爲「清浄」。《阿毘達磨俱舍論》卷一六：「諸身語意三種妙行，名身語意三種清浄。暫永遠離一切惡行煩惱垢故，名爲清浄。」

〔一一〕無明水：「無明」爲佛教「三毒」之一，亦譯「癡」或「愚癡」等，謂對佛法暗昧無知，了無信解。《大乘義章》卷四：「言無明者，癡闇之心，體無慧明，故曰無明。」稱「無明」爲「無明水」，與稱「三毒酒」的説法相似，參看拾得詩三五首注〔一〕。

三界人蠢蠢

三界人蠢蠢〔一〕，六道人茫茫〔二〕。貪財愛婬欲，心惡若豺狼。地獄如箭射〔三〕，極苦若爲當〔四〕。兀兀過朝夕，都不別賢良。好惡惣不識，猶如豬及羊。共語如木石〔五〕，嫉妬似顛狂。不自見己過〔六〕，如豬在圈卧。不知自償債〔七〕，却笑牛牽磨〔八〕。（二三五）

【箋注】

〔一〕三界人蠢蠢：「三界」見一九八首注〔四〕。「三界人」指世間之人。《龐居士語録》卷下：「淼淼長江水，周而還復始。昏昏三界人，輪迴亦如此。」「蠢蠢」形容多而擾亂。如郭璞《蜜蜂賦》：「嗟品物之蠢蠢，惟貞蟲之明族。」宗密《原人論・序》：「萬靈蠢蠢，皆有其本；萬物芸芸，各歸其根。」

〔二〕六道：見〇七二首注〔五〕。

〔三〕地獄如箭射：佛經謂墜地獄者，其頭向下，其疾如箭。《觀佛三昧海經》卷六：「以謬解故，命終之後，如射箭頃，墮阿鼻獄。」《四分律》卷五七：「復有二法，比丘墮地獄，猶如箭射。」《法苑珠林》卷七《六道篇·地獄部》頌曰：「顛墜於地獄，足上頭歸下。」又《業因部》引《正法念經》云：「閻羅王然焰鐵羂，繫縛其咽，及束兩手，頭面向下，足在於上，經二千年，皆向下行，多燒焰鬘，先燒其頭，次燒其身。」又《誡勗部》引《故世經》云：「時守獄者，即執罪人兩足兩臂，以頭向下，以足向上，遥擲置於諸地獄中。」又卷七二《四生篇·受生部》引《新婆沙論》：「問：諸趣中有行相云何？答：地獄中有頭下足上而趣地獄，故伽他言：顛墜於地獄，足上頭歸下。」王梵志詩三四〇首：「天堂未有因，箭射入地獄。」貫休《送僧入石霜》：「業王如雲合，頭低似箭驅。」原注：「牛頭大師云：『猶妄心起，業業如雲。』」《俱舍論》云：『入地獄人，頭向下也。』」《宋高僧傳》卷四《唐新羅國順璟傳》系曰：「璟怒心尤重，猛利業增，如射箭頃，墮在地獄。」敦煌本《大目乾連冥間救母變文》：「目連承佛威力，騰身向下，急如風箭，須臾之間，即至阿鼻地獄。」《五燈會元》卷七《玄沙師備禪師》：「我今日作得一解，險入地獄如箭射。」《古尊宿語録》卷一《百丈懷海禪師》：「一念心退墮地獄，猶如箭射。」又卷三九《智門祚禪師語録》：「忽然一日眼光落地，入地獄如箭射。」

〔四〕若爲當：如何承受。「若爲」即如何、怎樣。《宋書·王景文傳》：「人居貴要，但問心若爲耳。」《高僧傳》卷一〇《齊壽春釋慧通傳》：「又於江津，路值一人，忽以杖打之，語云：『可駛歸去，看汝家若爲？』此人至家，果爲延火所及，舍物蕩盡。」賈島《旅遊》：「此心非一事，書札若爲傳。」《太平廣記》卷一三七《陳仲舉》（出《幽明録》）：「又問曰：『後當若爲死？』答曰：『爲人作屋，落地死。』」又卷三六二《懷州民》（出《紀聞》）：「今米貴人饑，若爲生活？」

〔五〕木石：比喻無感情，無知覺。司馬遷《報任少卿書》：「身非木石，獨與法吏爲伍，深幽囹圄之中，誰可告愬者？」《論衡·率性篇》：「夫性惡者，心比木石。木石猶爲人用，況非木石。」鮑照《擬行路難十八首》之四：「心非木石豈無感，吞聲躑躅不敢言。」《晉書·夏統傳》：「又使妓女之徒服袿襹，炫金翠，繞其船三帀，統危坐如故，若無所聞。充等各散曰：『此吴兒是木人石心也。』」《梵網經盧舍那佛説菩薩心地戒品第十卷》下：「是惡人輩，不受佛戒，名爲畜生，生生不見三寶，如木石無心，名爲外道邪見人輩，木頭無異。」《緇門警訓》卷二永明智覺壽禪師《垂誡》：「若割心肝如木石相似，便可食肉；若喫酒如喫屎尿相似，便可飲酒。」

〔六〕不自見己過：按宗寶本《壇經·般若品》：「常自見己過，與道即相當。」與此句正相反。

〔七〕不知自償債：按民間廣泛流傳生前欠負人錢，死後化作牲畜以償債之故事。此句言圈中之猪，不知自身即爲償債而生也。猪償債之事，如《太平廣記》卷四三九《耿伏生》、《李校尉》等皆是，兹引《耿伏生》（出《法苑珠林》）於下：「隋冀州臨黄縣東，有耿伏生者，其家薄有資産。隋大業十一年，伏生母張氏避父將絹兩疋與女。數歲後，母亡，變作母猪，生在其家，復産二㹠。伏生並已食盡，遂更不産，伏生即召屠兒出賣。未取之間，有一客僧從生乞食，即於生家少憩。僧將一童子，入猪圈中遊戲，猪與之言：『我是伏生母，爲往日避生父眼，取絹兩疋與女，我坐此罪，變作母猪，生得兩兒，被生食盡，還債既畢，更無所負。欲召屠兒賣我，請爲報之。』童子具陳向師，師時怒曰：『汝甚顛狂，猪那解作此語。』遂即寢眠。又經一日，猪見童子，又云：『屠兒即來，何因不報？』童子重白師，師又不許。少頃，屠兒即來取猪，猪踰圈走出，而向僧前牀下。屠兒逐至僧房，僧曰：『猪投我來，今爲贖取。』遂出錢三百文贖猪。後乃竊語伏生曰：『家中曾失絹否？』生報僧云：『父存之日，曾失絹兩疋。』又問姊妹幾人，生云：『唯有一姊，嫁與縣北公乘家。』僧即具陳童子所説。伏生聞之，悲泣不能自已，更別加心供養猪母。凡經數日，猪忽自死，託夢其女云：『還債既畢，得生善處。』兼勸其女，更修功德。」

〔八〕牛牽磨：謂牛亦爲償債而生，故爲人牽磨服役，以償宿債。牛償債之事，如《太平廣記》卷四三四《卞士瑜》、《路伯達》、《戴文》、《河内崔守》、《王氏老姥》等皆是，兹引《卞士瑜》（出《法苑珠林》）爲例：「卞士瑜者，其父以平陳功，授儀同。慳吝，常顧人築宅，不還其價。作人求錢，卞父鞭之曰：『若實負錢，我死，當與爾作牛。』須臾之間，卞父死，作人有牛産一黄犢，腰下有黑文，横給周匝，如人腰帶，右胯有白紋斜貫，大小正如笏形。牛主呼之曰：『卞公，何爲負我？』犢即屈前膝，以頭著地。瑜以錢十萬贖之，牛主不許。死乃收葬。」

人生在塵蒙

人生在塵蒙〔一〕，恰似盆中蟲①〔二〕。終日行遶遶，不離其盆中。神仙不可得②，煩惱計無

窮。歲月如流水，須臾作老翁。（二三六）

【校勘】

①「恰」，高麗本作「却」。「盆」，四庫本作「盤」。　②「得」，宮内省本、四庫本作「比」，全唐詩本夾注「一作比」。

【箋注】

〔一〕塵蒙：謂塵世。庾肩吾《詠同泰寺浮圖》：「方應捧馬出，永得離塵蒙。」孟郊《酬友人見寄新文》：「安閒賴禪伯，復得疏塵蒙。」劉得仁《宿普濟寺》：「飲茶除假寐，聞磬釋塵蒙。」亦作「塵濛」。《祖堂集》卷八《曹山和尚》：「古人道：人人盡有。弟子在塵濛，還有也無？」

〔二〕恰似盆中蟲：按錢鍾書《管錐編》九二八頁論董仲舒《士不遇賦》云：「人情向背無常，世事榮枯不定，故以圓轉目之。雖然，肝膽可以成胡越也。生涯落套刻板，沿而不革，因而長循，亦被圓轉之目。蓋圓轉之族非一：走坂之丸、亂轍之輪，軼出遠逝，未盡其趣。體動而處未移，重複自落蹊徑，固又圓轉之事也。守故蹈常，依樣照例，陳陳相襲，沉沉欲死，心生厭怠，擺脱無從。圓之可惡，本緣善於變易，此則反惡其不可變易焉。如寒山詩『人生在塵蒙，恰似盆中蟲，終日行繞繞，不離其盆中』；蘇軾《送芝上人游廬山》『團團如磨牛，步步踏陳迹』，又《伯父送先人下第歸蜀因以爲韻》『應笑謀生拙，團團似磨驢』（參觀《二蟲詩》『君不見水馬兒，步步逆流水，大江東流日千里，此蟲趯趯長在此』，樓鑰《攻媿集》卷一《攻媿齋》『勉前類水馬，立處祇如舊』）；黄庭堅《僧景宗相訪寄法王航禪師》「一絲不掛魚脱淵，萬古同歸蟻旋磨」，《演雅》「氣陵千里蠅附驥，枉過一生蟻旋磨」，又《羅漢南公升堂頌》「黑蟻旋磨千里錯」（參觀陳與義《簡齋詩集》卷九《述懷呈十七家叔》「浮生萬事蟻旋磨，冷官十年魚上竿」）。庭堅用前引《關尹子》盆魚環游語，尤足示點化脱换之法。」

寒山出此語

寒山出此語，復似顛狂漢。有事對面説〔一〕，所以足人怨〔二〕。心真①出語直，直心無背面〔三〕。臨死度奈河②〔四〕，誰是嘍囉漢〔五〕。冥冥泉臺路〔六〕，被業相拘絆〔七〕。（二三七）

【校勘】

①「真」，宫内省本、四庫本作「直」，全唐詩本夾注「一作直」。②「度」，宫内省本、四庫本作「渡」。「河」，高麗本、四庫本作「何」。

【箋注】

〔一〕對面：當面，面對面。《高僧傳》卷九《佛圖澄傳》：「以麻油雜胭脂塗掌，千里外事皆徹見掌中，如對面焉。」《搜神後記》卷六：「日已向出，天忽大霧，對面不相見。」杜甫《茅屋爲秋風所破歌》：「南村群童欺我老無力，忍能對面爲盗賊。公然抱茅入竹去，脣焦口燥呼不得。」敦煌本《壇經》：「依偈修行，去惠能千里，常在能邊；此不修，對面千里。」《曆代法寶記》：「有緣千里通，無緣人對面不相識。」

〔二〕足人怨：被很多人怨恨。「足」即多。李白《荆州歌》：「白帝城邊足風波，瞿塘五月誰敢過？」張籍《酬韓庶子》：「家貧無易事，身病足閒時。」王梵志詩〇七一首：「暫出門前觀，川原足故塚。」《景德傳燈録》卷二七《婺州善慧大士》：「鑪鞴之所多鈍鐵，良醫之門足病人。」

〔三〕直心：正直無虛假之心。《大般涅槃經》卷二六：「云何直心？菩薩摩訶薩於諸衆生作質直心。一切衆生若遇因緣，則生諂曲；菩薩不爾。何以故？善解諸法，悉因緣故。」《楞嚴經》卷一：「十方如來，同一道故，出離生死，皆以直心。」《維摩詰經・佛國品》：「寶積當知，直心是菩薩淨土。」僧肇注：「直心者，謂質直無諂。此心乃是萬行之本，故建章有之矣。」敦煌本《壇經》：「口説一行三昧，不行直心，非佛弟子。但行直心，於一切法上無有執著，名一心三昧。」 無背面：不分當面與背後。寒山詩二一一首：「若能如是知，是知無背面。」參看該首注〔六〕。錢鍾書《管錐編》三三頁論《周易正義》云：「如寒山詩『寒山出此語，復似顛狂漢；有事對面説，所以足人怨：心真出語直，直心無背面』（又一首『若能如是知，是知無背面』）；謂世俗常態每面前虛詞取悦，背後方實言無飾。《五燈會元》卷九溈山靈祐語『道人之心，質直無僞，無背無面，無詐妄心』；蓋有背有面，即是『詐妄』，以一『質』則一『僞』耳。《書・益稷》『女毋面從，退有後言』；《詩・大雅・桑柔》『民之罔極，職涼善背』；涼曰不可，覆背善詈』；《莊子・盜跖》『吾聞之，好面譽人者，亦好背而毀之』；杜甫《莫相疑行》：『晚將末契託年少，當面輸心背面笑!』皆示當面易遭欺罔,轉背方知端的。」楚按,《佛説尸迦羅越六方禮經》:「佛言:惡知識有四輩:……二者於人前好言語,背後説言惡。」《根本説一切有部毘奈耶》卷二六:「汝等二子,一乳所資,我意無差,義成兄弟。須知離間之輩,充滿世間,我終没後,背面之言,勿復聽採。」則佛書亦屢見此意。

〔四〕柰河:傳説中的冥間河流,渡此即爲地獄。《宣室志》卷四載董觀爲亡僧靈習引至冥間,「行十餘里,至一水,廣不數尺,流而西南。觀問習,習曰:『此俗所謂柰河,其源出於地府。』觀即視其水,皆血,而腥穢不可近。又見岸上有冠帶袴襦凡數百,習曰:『此逝者之衣,由此趨冥道耳。』」敦煌本《佛説十王經》:「二七亡人渡柰河,千群萬隊涉江波,引路牛頭肩挾捧,催行鬼卒手擎叉。」敦煌本《大目乾連冥間救母變文》:「行經數步,即至柰河之上,見無數罪人,脱衣掛在樹上,大哭數聲,欲過不過,迴迴惶惶,五五三三,抱頭啼哭。」

〔五〕嘍囉漢:厲害的人。「嘍囉」即能幹、厲害,見一五九首注〔一〇〕。

〔六〕泉臺路:陰間之路。朱子奢《文德皇后輓歌》:「今日泉臺路,非是濯龍遊。」駱賓王《樂大夫挽詞五首》之五:「忽見泉臺路,猶疑水鏡懸。」衛象《傷李端》:「才子浮生促,泉臺此路賒。」「泉臺」指墳墓、陰間。皇甫曾《哭陸處士》:「二毛逢世難,萬恨掩泉臺。」白居易《答騎馬入空臺》:「我入泉臺去,泉門無復開。」段成式《哭李群玉》:「老無兒女累,誰哭到泉臺。」胡曾《東海》:「東巡玉輦委泉臺,徐福樓船尚未回。」牛僧孺《玄怪録》卷五《魏朋》:「忽索筆抄詩,言

『……恨爲泉臺客，復此異鄉縣，願言敦疇昔，勿以棄疵賤。』詩意如其亡妻以贈朋也。」敦煌本《父母恩重經講經文》：「纔見女男身病患，早憂性命掩泉臺。」亦云「九泉臺」。駱賓王《丹陽刺史挽詞三首》之三：「短歌三獻曲，長夜九泉臺。」按「泉臺」即「九泉」與「夜臺」（皆謂陰間或墳墓）之合稱。阮瑀《七哀詩》：「冥冥九泉室，漫漫長夜臺。」

〔七〕業：即業因，指能導致善惡果報之身、口、意行爲。「被業相拘絆」是説，被所作惡業纏身，無法擺脱，必受苦報。《根本説一切有部毘奈耶》卷四六：「不思議業力，雖遠必相牽，果報成熟時，求避終難脱。」《釋門歸敬儀》卷上：「業網所拘，報增鬼録。」《景德傳燈録》卷二九梁寶誌和尚《大乘讚十首》之一：「生死業常隨身，黑闇獄中未曉。」敦煌遺書伯三四四五佚名《謁法門寺真身》：「縱饒心稍轉，又被葉（業）追隨。」又斯五五八八歌詞：「無福之人被業隨，未有出緣期。」皆與寒山詩「被業相拘絆」意同。

楚按，臺北故宫博物院藏黄庭堅手書寒山詩墨迹見《故宫書法》第十輯有云：「寒山出此語，舉世狂癡半。有事對面説，所以足人怨。心真語亦直，直語無背面。君看渡奈河，誰是嘍囉漢。」即是寒山此詩，而缺末二句。下面接寫「寄語諸仁者，仁以何爲懷。歸源知自性，自性即如來」四句，則是寒山詩第二三九首之前四句。論者或將以上文字聯爲一首，而以「寄語諸仁者」四句爲《全唐詩》所無的寒山佚詩，誤矣。

我見多知漢①

我見多知漢〔一〕，終日用心神。歧路逞嘍囉〔二〕，欺謾②一切人。唯作地獄滓〔三〕，不修正直因〔四〕。忽然無常至〔五〕，定知亂紛紛〔六〕。（二三八）

【校勘】

①宮内省本不載此首。此首與拾得詩四七首略同。②「謾」，正中本、《寒山詩闡提記聞》作「慢」。

【箋注】

〔一〕多知漢：多知之人。按禪宗主張明心見性，對於「多知」往往采取否定態度。《龐居士語録》卷上：「濟見居士來，便掩却門曰：『多知老翁，莫與相見。』」《筠州黄蘗山斷際禪師傳心法要》：「百種多知，不如無求最第一也。」《景德傳燈録》卷三〇僧亡名《息心銘》：「無多慮，無多知。多知多事，不如息意。多事多失，不如守一。慮多志散，知多心亂。心亂生惱，志散妨道。」梵琦《明真頌二十八首》之四：「禪師不假多知，饑飡渴飲隨時。將心用心大錯，在道修道堪悲。」《天如惟則禪師語録》卷二《普説》：「所以參禪者，先將平生所學所記，所見所聞，所知所解，盡情颺在一壁。又將平生名聞利養之事，恩愛貪欲之心，盡情拈向一邊。坐斷千差，掃空萬慮，單提正念，勇往直前。」

〔二〕歧路：由大路分出的小路，由正路分出的岔路，此處即指邪道。　逞嘍囉：逞英雄，充好漢。

「嘍囉」，見一五九首注〔一○〕。

〔三〕地獄滓：指地獄中的罪人。寒山詩○九五首亦云：「此非天堂緣，純是地獄滓。」見該首注〔五〕。

〔四〕正直因：「正直」即公正無私，而無邪曲，「正直」爲獲得善報之業因，故稱「正直因」。

〔五〕忽然無常至：謂倘若命終。《出曜經》卷三：「沐浴莊嚴身，愚弊不習善，無常忽然至，如母抱死女。」《龐居士語録》卷下：「更莫苦攀緣，窺他世上物，忽然無常至，累劫出不得。」「忽然」即如果、倘若之義，見○三八首注〔六〕。「無常」指死。《出曜經》卷六：「以手捉尾，蛇反螫手，毒遍身體，忽便無常。」《大乘本生心地觀經》卷五：「假使壽年滿一百歲，七寶具足，受諸快樂，琰魔使至，不免無常。」《高僧傳》卷三《宋京兆釋智猛傳》：「至波倫國，同侶竺道嵩又復無常。將欲闍毘，忽失屍所在。」敦煌遺書斯五五五八無題詩：「池臺樓觀非吾宅，百年還同一宿客。無常忽至即分離，各自東西如路陌。」又伯二三○五解座文：「無常忽到一生休。」五代何光遠《鑒誡録》卷一○《攻雜詠》載陳裕詩：「一朝若也無常至，劍樹刀山不放伊。」慈受《擬寒山詩》第九二首：「既老何所憂，憂見無常到。」

〔六〕定知：一定。「知」是語助詞，不爲義。敦煌本《伍子胥變文》：「王今伐吳，定知自損。」又：「王若用宰彼此言，吳國定知除喪。」

寄語諸仁者

寄語諸仁者〔一〕，復以何爲懷。達道見自性〔二〕，自性即如來〔三〕。天真元具足〔四〕，修證轉差迴〔五〕。棄本却逐末〔六〕，只守一場獃〔七〕。（二三九）

【箋注】

〔一〕諸仁者：《維摩詰經·方便品》：「諸仁者，此可患厭，當樂佛身。」《生經》卷五《佛説拘薩羅國烏王經》：「世尊問之：『諸仁者等，欲何所湊？』」「仁者」爲佛經中對談話對方的尊稱。《妙法蓮華經·序品》：「四衆龍神，瞻察仁者，爲説何等？」

〔二〕達道：這裏指徹悟佛道。《筠州黄蘗山斷際禪師傳心法要》：「身心自然，達道識心。達本源故，號爲沙門。」　見自性：「自性」即衆生本具之清淨心性，亦即佛性。禪宗主張了見自性，頓悟成佛，故下句云「自性即如來」。敦煌本《壇經》：「有一上座名神秀，忽於南廊下書《無相偈》一首。五祖令諸門人盡誦，悟此偈者，即見自性，依此修行，即得出離。」宗寶本《壇經·付囑品》：「自性若悟，衆生是佛；自性若迷，佛是衆生。」又《懺悔品》：「若遇善知識，聞真正法，自除迷妄，内外明徹，於自性中萬法皆現。見性之人，亦復如是，此名清淨法身佛。善知識，自心歸依自性，是歸依真佛。」《荷澤神會禪師語録》：「了自性者，謂無所得；以其無所得，即如來禪。」《黄蘗斷際禪師宛陵録》：「但如今識取自心，見自本性，更莫别求。」《景德傳燈録》卷四

《天台山雲居智禪師》：「問：『見性成佛，其義云何？』師曰：『清淨之性，本來湛然，無有動搖，不屬有無淨穢長短取捨，體自翛然，如是明見，乃名見性。性即佛，佛即性，故云見性成佛。』」

〔三〕如來：佛的十種稱號之一。《金剛經》：「如來者，無所從來，亦無所去，故名如來。」

〔四〕天真：天然具有，不假造作，這裏亦指衆生本具之佛性。《筠州黄檗山斷際禪師傳心法要》：「此道天真，本無名字。只爲世人不識，迷在情中，所以諸佛出來説破此事，恐汝諸人不了，權立道名。」　具足：充足完備。《妙法蓮華經·觀世音菩薩普門品》：「觀音妙智力，能救世間苦，具足神通力，廣修智方便。」《楞伽師資記·序》：「淨覺宿世有緣，親蒙指授，始知方寸之内，具足真如。」《大珠禪師語録》卷下：「問曰：『阿那箇是慧海自家寶藏？』祖曰：『即今問我者，是汝寶藏，一切具足，更無欠少，使用自在，何假向外求覓。』師於言下大悟，識自本心，不由知覺，踊躍禮謝。」按此處所云「自家寶藏」，亦如寒山詩之「天真」，皆是自性之喻，「是汝寶藏，一切具足」即是寒山詩之「天真元具足」也。

〔五〕修證轉差迴：「修證」即修道證法。《鎮州臨濟慧照禪師語録》：「道流，諸方説有道可修，有法可證。爾説證何法？修何道？爾今用處欠少什麽物，修補何處？」「轉差迴」謂反倒差錯。按寒山詩既云「天真元具足」，故無須修道證法，向外求佛，故云「修證轉差迴」。如《黄檗斷際禪師宛陵録》云：「所以達摩從西天來，唯傳一心法，直指一切衆生本來是佛，不假修行。」《筠州黄檗山斷際禪師傳心法要》：「此心即是佛，佛即是衆生。爲衆生時此心不減，爲諸佛時此心不添。乃至六度萬行，河沙功德，本自具足，不假修添。遇緣即施，緣息即寂。若不決定信此是佛，而欲著相修行，以求功用，皆是妄想，與道相乖。」《鎮州臨濟慧照禪師語録》：「爾諸方言道，有修有證，莫錯？設有修得者，皆是生死業。爾言六度萬行齊修，我見皆是造業。」《景德傳燈録》卷二一《復州資福智遠禪師》：「佛與衆生，本無差別，涅槃生死，幻化所爲，性地真常，不勞修證。」又卷二三《潁州薦福院思禪師》：「又問：『不假修證，如何得成？』師曰：『修證即不成。』」又卷三〇，五臺山鎮國禪師澄觀《答皇太子問心要》：「雖即心即佛，唯證者方知；然有證有知，則慧日沉没。」梵琦《明真頌二十八首》之十九：「古今得道賢聖，當念無修無證。煩惱菩提兩亡，涅槃生死俱淨。」以上皆是「修證轉差迴」之意。至若宗密《禪源諸詮集都序》卷一：「今時弟子，彼此迷源。修心者以經論爲别宗，講説者以禪門爲别法。聞談因果修證，便推屬經論之家，不知修證正是禪門之本事；聞説即心即佛，便推屬胸襟之禪，不知心佛正是經論之本意。」則爲調和「因果修證」與「即心即佛」之論。

〔六〕棄本却逐末：謂棄重就輕，捨主取次。「本」、「末」的具體含義，隨文所指，各不相同。如《漢書·食貨志四下》：「富人臧錢滿室，猶無厭足，民心動摇，棄本逐末，耕者不能半，姦邪不可禁，原起於錢。」《三國志·魏書·王昶傳》：「人若不篤於至行，而背本逐末，以陷浮華焉，以成朋黨焉。浮華則有虚僞之累，朋黨則有彼此之患。」《出曜經》卷一六：「我等愚惑，不識真正，捨實就華，棄本逐末。」菩提達磨《略辨大乘入道四行》：「我往昔無數劫中，棄本從末，流浪諸有，多起寃憎，違害無限。」《古尊宿語録》卷一《百丈懷海禪師》：「如今聞説，不著一切善惡有無等法，即爲墮空，不知棄本逐末，却是墮空也。求佛求菩提及一切有無等法，是棄本逐末。」寒山此詩的「本」指上文的「自性」，「末」指上文的「修證」。

〔七〕只守：實在，誠然。《景德傳燈録》卷一八《福州玄沙師備禪師》：「師與韋監軍喫果子，韋問：『如何是日用而不知？』師拈起果子曰：『喫。』韋喫果子了，再問之，師曰：『只守是日用而不知。』」又卷二五《漳州羅漢宣法大師智依》：「師與彦端長老喫餅餤，端曰：『百種千般，其體不二。』師曰：『作麽生是不二體？』端拈起餅餤。師曰：『只守百種千般。』」《圓悟佛果禪師語録》卷一四：「得底人，心機泯絶，照用已忘，渾無領覽，只守閑閑地。」亦作「秖守」。《五燈會元》卷一一《風穴延沼禪師》：「滿爐添炭猶嫌冷，路上行人秖守寒。」《雲門匡真禪師廣録》卷上：「問：『如何是沙門行？』師云：『會不得。』進云：『爲甚麽會不得？』師云：『秖守會不得。』」亦作「只首」。《雲溪友議》卷中載李宣古贈崔雲娘詩：「何事最堪悲？雲娘只首奇。瘦拳抛令急，長觜出歌遲。只怕肩侵鬢，唯愁骨透皮。不須當户立，頭上有鍾馗。」敦煌本《醜女緣起》：「只首思量也大奇，朕今王種豈如斯。」敦煌本《妙法蓮華經講經文》：「若是世間七寶，只首交（教）汝難求；可能捨得己身，與我充爲高座。」亦作「只手」。敦煌本《大目乾連冥間救母變文》：「貧道今朝至此間，心中只手深相怪。」

楚按，宋釋子昇、如祐録《禪門諸祖師偈頌》卷一《龍牙和尚偈頌》之第九四首、九五首，實即寒山此詩，兹録之於下，以資對照：

龍牙和尚偈頌

寄語諸仁者，復以何爲懷。達道見自性，自性即如來。

天真元具足，修證轉差迴。弃本却逐末，祇守一場獃。

又按，《宗鏡録》卷一九：「寒山子詩云：寄語諸仁者，復以何爲懷。達道自見性，見性即如來。天真元具足，修證轉差迴。棄本却逐末，只守一場獃。」引此詩作寒山子詩，是可信的。第三四句文字小有出入。

世有一般人

世有一般人〔一〕，不惡又不善。不識主人公①〔二〕，隨客處處轉〔三〕。因循過時光〔四〕，渾是癡肉臠〔五〕。雖有一靈臺〔六〕，如同客作漢〔七〕。（二四〇）

【校勘】

①「公」，宫内省本、四庫本作「翁」，全唐詩本夾注「一作翁」。

【箋注】

〔一〕一般人：一種人。「一般」即一種，見〇五四首注〔六〕。按慈受《擬寒山詩》一一三首：「可憐一等人，不善又不惡。」與寒山此詩首二句相似。

〔二〕主人公：亦作「主人翁」，指人人本具之心性，或云佛性等。高麗知納《真心直説·真心異名》：「祖師門下，杜絶名言，一名不立，何更多名？應感隨機，其名亦衆。……有時名曰主人翁，從來負荷故。……乃至名泥牛、木馬、心源、心印、心鏡、心月、心珠，種種異名，不可具録。」船子和尚《撥棹歌》：「愚迷未識主人翁，終日孜孜恨不同。到彼岸，出樊籠，元來只是舊時公。」《景德傳燈録》卷一五《筠州洞山良价禪師》：「問僧：『名什麼？』僧曰：『某甲。』師曰：『阿那箇是闍梨主人公？』僧曰：『見祇對次。』師曰：『苦哉苦哉！今時人例皆如此，只是認得驢前馬後，將爲自己。佛法平沉，此之是也。』」《五燈會元》卷七《瑞巖師彦禪師》：「每自喚主人公，復應喏，乃曰：『惺惺著，他後莫受人謾。』」《天如惟則禪師語録》卷三《示昱藏主》：「佛祖無上妙道，初非强生節目，且非異端揑恠，又非甚高難行之事，只是你日用常行，見成受用底。强而名之，唤作自性天真佛，又唤作自己主人公。」寒山詩云「不識主人公」，即不明清浄自性。如慈受《擬寒山詩》第六五首所云：「浮生類俳優，但可付一笑。做人復做馬，喫飯今喫草。富貴變貧窮，醜陋却美好。不識主人公，來去三惡道。」

〔三〕客：指外緣，相對於上句「主人公」而言。蓋一切外境煩惱本非清浄自性所固有，自性不變，而外緣紛紛，故譬自性爲「主」，外緣爲「客」。《楞嚴經》卷一：「譬如行客投寄旅亭，或宿或食，宿食事畢，俶裝前途，不遑安住；若實主人，自無攸往。如是思惟，不住名客，住名主人。」

〔四〕因循：馬虎，苟且。見二一〇首注〔三〕。

〔五〕渾：完全，簡直。杜甫《春望》：「白頭搔更短，渾欲不勝簪。」《本事詩·情感》載劉禹錫詩：「司空見慣渾閑事，斷盡江南刺史腸。」羅隱《焚書坑》：「祖龍算事渾乖角，將謂詩書活得人。」　癡肉臠：指渾噩無知之肉體。「肉臠」即肉塊。《根本説一切有部毘奈耶雜事》卷二九：「去此不遠，有老野干，口銜肉臠，循河而去。」

〔六〕靈臺：即心。《莊子·庚桑楚》：「不可内於靈臺。」郭象注：「靈臺者，心也。」《黄蘗斷際禪師宛陵録》：「即心便是靈智，亦云靈臺。」于志寧《大唐西域記序》：「泰初日月，獨耀靈臺；子雲鞶帨，發揮神府。」《祖堂集》卷三懶瓚和尚《樂道歌》：「莫謾求真佛，真佛不可見，妙性及靈臺，何曾受勳煉。」又卷七《雪峰和尚》：「妄情牽引何年了，辜負靈臺一點光。」《景德傳燈録》卷一三《福州玄沙師備禪師》：「更有一般，便説昭昭靈靈，靈臺智性，能見能聞，向五藴身田裏作主宰。」《宗鏡録》卷九：「故知此心無幽不燭，有法皆知，察密防微，窮今洞古，故謂之靈臺。故司馬彪云：『心爲神靈之臺。』《莊子》云：『萬惡不可内於靈臺。』」

〔七〕客作漢：雇工，傭力於人者。《祖堂集》卷一八《趙州和尚》：「問：『澄澄絶點時如何？』師云：『我此間不著這个客作漢。』」《景德傳燈録》卷六《唐州紫玉山道通禪師》：「師云：『于頔客作漢，問恁麽事作麽？』于公失色。」「客作」即傭力於人。《三國志·魏書·管寧傳》裴注引《魏略》：「（焦先）飢則出爲人客作，飽食而已，不取其直。」《雜譬喻經》卷下：「如行客作，求生活也。」《妙法蓮華經·信解品》：「爾時窮子雖欣此遇，猶故自謂客作賤人。」《雜寶藏經》卷四《長者子客作設會獲現報緣》：「便來向市，求客作處。市邊有一大富長者，雇其客作。長者問言：『汝今能作何事？』答曰：『是作皆能。』『三年客作，索幾許物？』答言：『索三十兩金。』長者聞其事事皆能，即雇使作。」《百喻經》卷二《貧人燒麤褐衣喻》：「昔有一人，貧窮困乏，與他客作，得麤褐衣。」《古謡諺》卷九九載曾廷枚《古諺閒譚·客作兒》：「江西俚諺，駡人曰客作兒。」按陳從易《寄荔枝與盛參政》詩云：『櫻桃有小子，龍眼是凡姿。橄欖爲下輩，枇杷客作兒。』盛問其説，云：『櫻桃味酸，小子也。龍眼無文采，凡姿也。橄欖初澀後甘，下輩也。枇杷肉少核大，客作兒也。』凡言客作兒者，傭夫也。僕謂斥受雇者爲客作，已見於南北朝，觀袁翻謂人曰：『邢家小兒，爲人客作章表。』此語自古而然。因知俗諺皆有所自。」按所云「客作兒」，即是寒山詩之「客作漢」也。

常聞釋迦佛

常聞釋迦佛〔一〕，先受然①燈記〔二〕。然燈與釋迦，只論前後智〔三〕。前後體非殊〔四〕，異中無有異。一佛一切佛〔五〕，心是如來地〔六〕。（二四一）

【校勘】

①此句及下句之「然」，高麗本、四庫本作「燃」。

【箋注】

〔一〕釋迦佛：即釋迦牟尼佛。釋迦牟尼爲佛教創始人。《魏書·釋老志》：「所謂佛者，本號釋迦文者，譯言能仁，謂德充道備，堪濟萬物也。」按「釋迦文」即釋迦牟尼之異譯。

〔二〕先受然燈記：「先」謂過去生，前世。「記」爲佛教之預言。如《長阿含經》卷一一：「瞿曇記我七日後腹脹命終，我如其言，至滿七日，腹脹命終。」《大般涅槃經》卷三〇：「沙門瞿曇記彼長者，婦當生男，其兒福德天下無勝。」《楞嚴經》卷六：「佛記此人，永殞善根，無復知見，沈三苦海，不成三昧。」佛預言弟子等於未來世證果成佛，稱爲「授記」，接受成佛預言稱爲「受記」。如《妙法蓮華經·授記品》：「我諸弟子，威德具足，其數五百，皆當授記，於未來世，咸得成佛。」又《信解品》：「是時諸佛，即授其記，汝於來世，當得作佛。」敦煌本《維摩詰經講經文》：「果報圓，已受記，來世成佛號慈氏。」「然燈」指然燈佛，亦譯錠光佛、普光佛等，釋迦牟尼前生由然燈佛授予未來成佛之記。《金剛經》：「是故然燈佛與我授記，作是言：汝於來世當得作佛，號釋迦牟尼。」《祖堂集》卷三《一宿覺和尚》：「過去諸佛，聖聖相傳，佛佛印可。釋迦如來，燃燈授記。若不然者，即墮自然矣。」《續古尊宿語要》卷二《曹山寂禪師語·憶古》：「釋迦曾受然燈記，還有人記得麽？」至於然燈佛授記之詳細因緣，佛經屢有記載。如《太子瑞應本起經》卷上：「至于昔者，定光佛興世，有聖王名曰制勝治，在鉢摩大國，民多壽樂，天下太平。時我爲菩薩，名曰儒童，幼懷聰叡，志大包弘，隱居山澤，守玄行禪。聞世有佛，心獨喜歡，披鹿皮衣，行欲入國。道經丘聚，聚中道士，有五百人，菩薩過之，終日竟夜，論道説義，師徒皆悦。臨當别時，五百人各送銀錢一枚，菩薩受之。入城見民，欣然怱怱，平治道路，灑掃燒香。即問行者，用何等故。行人答曰：『今日佛當來入城。』菩薩大喜，自念甚快，今得見佛，當求我願。語頃王家女過，厥名瞿夷，挾水瓶持七枚青蓮華。菩薩追而呼曰：『大姊且止，請以百銀錢，雇手中華。』女曰：『佛將入城，王齋戒沐浴，華欲上之，不可得也。』又請曰：『姊可更取。』求雇二百、三百不肯，即探囊中五百銀錢，盡用與之。瞿夷念華極直數錢，乃雇五百，貪其銀寶，與五莖華，自留二枚。迴别意疑，此何道士，披鹿皮衣，裁蔽形體，不惜銀錢寶，得五莖華，憘怡非恒。追呼男子：『以誠告我，此華可得，不者奪卿。』菩薩顧曰：『買華從百錢至五百，以自交決，何宜相奪。』女曰：『我王家人，力能奪卿。』菩薩嘿然曰：『欲以上佛，求所願耳。』瞿夷曰：『善，願我後生，常爲君妻，好醜不相離，必置心中，令佛知之。今我女弱，不能得前，請寄二華，以獻於佛。』菩薩許焉。須臾佛到，國王臣民，皆迎拜謁，各散名花，花悉墮地。菩薩得見佛，散五莖華，皆止空中，當佛上如根生，無墮地者。後散二花，又挾住佛兩肩上。佛知至意，讚菩薩言：『汝無數劫，所學清净，降心棄命，捨欲守空，不起不滅，無猗之慈，積德行願，今得之矣。』因記之曰：『汝自是後，九十一劫，劫號爲賢，汝當作佛，名釋迦文。』菩薩已得記言，疑解望止，霍然無想，寂而入定，便逮清净不起法忍。即時輕舉，身昇虚空，去地七仞，從上來下，稽首佛足，見地濯濕，即解皮衣，欲以覆之，不足掩泥，乃解髮布地，令佛蹈而過。佛又稱曰：『汝精進勇猛，後得佛時，當於五濁之世，度諸天人，不以爲難，必如我也。』」經文中的「定光佛」即然燈佛之異譯，「儒童菩薩」即是釋迦牟尼前身。

〔三〕只論前後智：謂然燈佛與釋迦佛，興世雖有前後，佛智並無區别。《廣弘明集》卷五沈約《均聖論》：「世之有佛，莫知其始，前佛後佛，其道不異。」《大般涅槃經集解·師子吼品》道生注：「一切諸佛，莫不由佛而生，是以前佛是後佛之種類也。」皆是此意。

〔四〕前後體非殊：按《大乘本生心地觀經》卷三：「前佛後佛體皆同。」《廣弘明集》卷五沈約《均聖論》：「世之有佛，莫知其始，前佛後佛，其道不異。」又卷一三法琳《辯正論·九箴篇》：「前佛後佛，異世同於繼踵。」《龐居士語録》卷下：「更無别路超生死，前佛後佛同一般。」《祖堂集》卷二〇《五冠山瑞雲寺和尚》：「前佛後佛皆同此路，如人行路，新舊同轍。」《緇門警訓》卷二《八溢聖解脱門》：「前聖後聖，其揆一也。」皆是寒山詩「前後體非殊」之意。

〔五〕一佛一切佛：謂一佛等同於一切佛，蓋因佛佛平等，佛智無二，故云「一佛一切佛」也。如《大寶積經》卷一一六：「諸佛一相，不可思議。」《觀無量壽佛經》：「見無量壽佛者，即見十方無量諸佛。」《法苑珠林》卷二〇《致敬篇·儀式部》：「禮於一佛，即禮一切佛，一切佛即是一佛。」《宗鏡録》卷二四：「又諸佛德用既齊，名號亦等，隨稱何名，名無不盡，如稱一阿彌陀佛名，禮召一切諸佛，無不周備。」按此種「一即一切，一切即一」之理論。如《華嚴經》卷九：「一切中知一，一中知一切。」《景德傳燈録》卷二《第二十三祖鶴勒那》：「一法一切法，一切一法攝。」又卷三

○載三祖僧璨大師《信心銘》：「一即一切，一切即一，但能如此，何慮不畢。」宗寶本《壇經·行由品》：「一真一切真，萬境自如如。」《楞伽師資記》：「一即一切，一切即一，緣起無礙，理理數然也。」《黄蘗斷際禪師宛陵録》：「舉著一理，一切理皆然。見一事，見一切事。見一心，見一切心。見一道，見一切道，一切處無不是道。見一塵，十方世界山河大地皆然。見一滴水，即見十方世界一切性水。」《宗鏡録》卷一二：「如云一切即一，皆同無性；一即一切，因果歷然。雖即歷然，不失無性之理；雖即無性，不壞緣生之道。」

〔六〕如來地：如來之位，亦即佛位。《楞伽經》卷二：「云何如來禪？謂入如來地，得自覺聖智相、三種樂住，成辦衆生不思議事，是名如來禪。」玄覺《證道歌》：「争似無爲實相門，一超直入如來地。」《荷澤神會禪師語録》：「如是見者，即是本性。若人見本性，即坐如來地。」《慈受懷深禪師廣録》卷三：「如來地者，便是覺也。此是成佛作祖之捷徑，超生越死之路頭。」

常聞國大臣

常聞國大臣，朱紫簪纓禄〔一〕。富貴百千般，貪榮不知辱。奴馬滿宅舍，金銀盈帑屋〔二〕。癡福暫時扶〔三〕，埋頭作地獄〔四〕。忽死萬事休〔五〕，男女當頭哭〔六〕。不知有禍殃〔七〕，前路何疾速〔八〕。家破冷颼颼，食①無一粒粟。凍餓苦悽悽，良由不覺觸〔九〕。（二四二）

【校勘】

①「食」，四庫本作「人」。

【箋注】

〔一〕朱紫：唐代高級官吏的服色。《舊唐書·輿服志》：「貞觀四年又制，三品已上服紫，五品已下服緋。」緋即朱色。白居易《偶吟》：「久寄形於朱紫内，漸抽身入蕙荷中。」　簪纓：古代官吏的冠飾。簪是聯冠於髮的長針，纓是繫冠頷下的帶子，因以「簪纓」爲達官貴人的代稱。陳子昂《晦日宴高氏林亭》：「主第簪纓滿，皇州景望華。」張説《同劉給事城南宴集》：「水竹幽閒地，簪纓近侍臣。」李隱《瀟湘録》：「妾是簪纓家女，君是宦途中人，與君匹偶，亦不相虧耳。」

〔二〕帑屋：貯藏財帛的庫房。《隋書·食貨志》：「所有賚給，不踰經費，京司帑屋既充，積於廊廡之下。」

〔三〕癡福暫時扶：「福」即福德、福力，謂前世行善等所獲之福果。「癡福暫時扶」者，謂「國大臣」由於前生所修福力扶持，故今生得享富貴。云「癡福」者，蓋福德爲前世所修，今生雖享福果，而愚癡頑冥，故稱「癡福」。云「暫時」者，蓋福力有限，一旦耗盡，則福報亦隨之消失，仍將墮入三途受苦。《大慧普覺禪師語録》卷三〇：「教中説：作癡福是第三生寃。何謂第三生寃？第一生，作癡福不見性；第二生，受癡福無慚愧，不做好事，一向作業；第三生，受癡福盡，不做好事，脱却殼漏子時，入地獄如箭射。」《緇門警訓》卷八蹟禪師《誡洗麵文》：「太平人物侈心開，受用殷繁養禍胎。慚愧未生癡福盡，災荒水旱驀頭來。」

〔四〕埋頭作地獄：「埋頭」形容專心致志、一股勁地。齊己《荆渚病中因思匡廬遂成三百字寄梁先輩》：「埋頭逐小利，没脚拖長裾。」寒山詩二四四首：「見好埋頭愛，貪心過羅刹。」慈受《擬寒山詩》第三六首：「黑業埋頭做，紅裙判命休。」「作地獄」則謂造作應墮地獄之惡業，即寒山詩一六九首之「盡作地獄業」，參看該首注〔六〕。

〔五〕忽死：如果死去。「忽」即如果、倘若之義。《三國志·蜀書·楊戲傳》裴注引《襄陽記》曰：「今有人使奴執耕稼，婢典炊爨，雞主司晨，犬主吠盜，牛負重載，馬涉遠路，私業無曠，所求皆足，雍容高枕，飲食而已；忽一旦盡欲以身親其役，不復付任，勞其體力，爲此碎務，形疲神困，終無一成。」岑參《詠郡齋壁畫片雲》：「只怪偏凝壁，回看欲惹衣。丹青忽借便，移向帝鄉飛。」盧仝《蕭宅二三子贈答詩二十首·客請蝦蟆》：「揚州蝦蜆忽得便，腥臊臭穢逐我行，我身化作青泥坑。」《景德傳燈録》卷九《福州大安禪師》：「有僧問云：『黄巢軍來，和尚向什麽處迴避？』師云：『五蘊山中。』僧云：『忽被他捉著時如何？』師云：『惱亂將軍。』」《明覺禪師語録》卷二：「若柱杖子是浪，衲僧便七縱八横；忽乾坤大地是浪，便見扶籬摸壁。」《太平廣記》卷四三七《姚甲》（出《廣異記》）：「郎君家本北人，今竄南荒，流離萬里，忽有不祥，奴當扶持喪事北歸。」又卷四八六薛調《無雙傳》：「堅守茗具，無暫捨去，忽有所覩，即疾報來。」《朱子語類》卷一〇：「向見州郡納税，數萬鈔總作一結，忽錯其數，更無推尋處。」

〔六〕男女：兒女。《三國志·魏書·高柔傳》：「護軍營士竇禮近出不還，營以爲亡，表言逐捕，没其妻盈及男女爲官奴婢。」杜甫《歲晏行》：「況聞處處鬻男女，割慈忍愛還租庸。」王建《短歌行》：「人家見生男女好，不知男女催人老。」

〔七〕禍殃：這裏指死墮地獄之災禍。

〔八〕前路：前途，前程。白居易《送敏中歸豳寧幕》：「前路加餐須努力，今宵盡醉莫推辭。」本詩的「前路」是指死後景況。如《地藏菩薩本願經》卷中：「是諸衆生，有如此習，臨命終時，父母眷屬，宜爲設福，以資前路。」《善慧大士語録》卷三《病相》：「不知前路險，猶尚恣貪瞋。」《敦煌歌辭總編》卷六《十二時》：「自修行，辨前路，喫著殘年能幾許？」又：「死王來，去倉卒，前路茫茫黑如漆。」敦煌遺書伯二三〇五號解座文：「死王忽尔到來，前路有何次第？」《禪門諸祖師偈頌》卷二潙山大圓禪師《警策》：「一朝卧疾在床，衆苦縈纏逼迫，曉夕思忖，心裏恛惶，前路茫茫，未知何往，從兹始知悔過，臨渴掘井。」《緇門警訓》卷七黄蘗禪師《示衆》：「前路黑暗，信采胡鑽亂撞，苦哉，苦哉！」慈受《擬寒山詩》第一五首：「肉塊高如山，業坑深似井。前路黑漫漫，勸君宜猛省。」

〔九〕覺觸：應即覺悟之義。

上人心猛利

上人心猛利〔一〕，一聞便知妙。中流心清淨〔二〕，審思云甚要〔三〕。下士鈍暗癡〔四〕，頑皮最①難裂〔五〕。直得血淋頭②〔六〕，始知自摧滅。看取開眼賊〔七〕，鬧市集人決〔八〕。死屍棄如塵，此時向誰説。男兒大丈夫，一刀兩段截〔九〕。人面禽獸心〔一〇〕，造作何時歇〔一一〕。（二四三）

【校勘】

①「最」，四庫本作「敢」。　②「得」，四庫本作「待」。「頭」下全唐詩本夾注「一作漓」。

【箋注】

〔一〕上人：佛教對智慧、戒行過人者的尊稱。《釋氏要覽》卷上《上人》：「《摩訶般若經》云：何名上人？佛言：若菩薩一心行阿耨菩提，心不散亂，是名上人。○《增一經》云：夫人處世有過，能自改者，名上人。《十誦律》云：有四種人：一麁人，二濁人，三中間人，四上人。○《律》：餅沙王呼佛弟子爲上人。○古師云：内有智德，外有勝行，在人之上，名上人。」白居易《贈别宣上人》：「上人處世界，清浄何所似？似彼白蓮花，在水不著水。」　猛利：勇猛精進，修道勤奮不懈。《緇門警訓》卷二大唐慈恩法師《出家箴》：「大丈夫，須猛利，緊束身心莫容易。倘能行願力相扶，決定龍華親授記。」敦煌本《妙法蓮華經講經文》：「蒙光照，喜難才，猛利之心轉又開。」

〔二〕中流：指中等之人，中庸之才。《緇門警訓》卷一溈山大圓禪師《警策》：「若有中流之士，未能頓超，且於教法留心。」蘇轍《謝除尚書右丞表二首》之一：「才不逮於中流，幸則過於前輩。」

清净：謂遠離煩惱,不受污染。見二三四首注〔一〇〕。

〔三〕審思云甚要：寒山詩一四一首亦云「思量云甚要」。「審思」即仔細思量。敦煌本《秋胡變文》：「況汝少小,失阿耶,孤單養汝,成立汝身。今捨吾求學,更須審思。」「甚要」即很重要,見一四一首注〔四〕。

〔四〕下士：才德低下者,下愚之人。《龐居士語録》卷中：「中人樂寂静,下士好威儀。」按古人品評人物,往往分爲上中下三等,如本詩之「上人」、「中流」、「下士」,一四一首之「上賢」、「中庸」、「下愚」,通常稱爲「上士」、「中士」、「下士」。如《老子》四十一章：「上士聞道,勤而行之;中士聞道,若存若亡;下士聞道,大笑之。」《抱朴子内篇・論仙》：「按仙經云：上士舉形昇虚,謂之天仙;中士遊於名山,謂之地仙;下士先死後蜕,謂之尸解仙。」《顔氏家訓・名實》：「上士忘名,中士立名,下士竊名。」《太平御覽》卷六五九引《太平經》曰：「上士學道,輔佐帝王好生之德也;中士學道,欲度其家;下士學道,才脱其身。」《太平廣記》卷三一一《蕭曠》(出《傳記》)：「高真所修之術何異?上士修之,形神俱達;中士修之,神超形沉;下士修之,形神俱墮。」

鈍暗癡：三字同義,皆謂愚昧無知。

〔五〕頑皮最難裂：形容冥頑不可開化。「頑皮」即厚韌之皮,比喻冥頑不靈。○五七首亦有「頑皮早晚裂」之語,見該首注〔三〕。

〔六〕直得：直令,直使。《祖堂集》卷一四《石鞏和尚》：「西堂作忍痛聲云：『太殺拽人鼻孔,直得脱去。』」《景德傳燈録》卷六《洪州百丈山懷海禪師》：「老僧昔再參馬祖，被大師一喝，直得三日耳聾眼暗。」又卷一一《福州壽山師解禪師》：「今日蒙和尚致此一問，直得忘前失後。」

〔七〕看取：就是「看」，這裏猶云請看、試看。「取」是用在動詞後的語助詞。岑參《稠桑驛喜逢嚴河南中丞便別》：「別君能幾日，看取鬢成絲。」杜甫《酬韋韶州見寄》：「雖無南去雁，看取北來魚。」郎士元《送張光歸吳》：「看取庭蕪白露新，勸君不用久風塵。」劉商《送豆盧郎赴海陵》：「看取海頭秋草色，一如江上別離心。」白居易《有感三首》之二：「莫養瘦馬駒，莫教小妓女。後事在目前，不信君看取。」又《老來生計》：「老來生計君看取，白日遊行夜醉吟。」薛能《將赴鎮過太康縣有題》：「時人欲識征東將，看取欃槍落太荒。」羅隱《丁亥歲作》：「滿城桃李君看取，一一還從舊處開。」徐夤《招隱》：「贈君吉語堪銘座，看取朝開暮落花。」李治《結素魚貽友人》：「欲知心裏事，看取腹中書。」皎然《桃花石枕歌贈康從事》：「莫言昨日因錯磨，看取從來無點缺。」

　開眼賊：睁眼作賊，比喻明知故犯，不懼後果。類似的説法還有「開眼造罪」、「開眼造地獄」、「開眼尿牀」、「開眼踏刺」等等。如《續古尊宿語要》卷二《雪竇禪師語》：「開眼造罪，合眼受災，如何如何，天網恢恢。」《龐居士語録》卷中：「誰家郎君子，開眼造地獄。枉法取人錢，養那一群賊。饒伊家户大，業成出不得。」敦煌本《鷰子賦》：「比來争競，雀兒不能退静，開眼尿牀，違他格令。」宋洪覺範《石門文字禪》卷二三《潛庵禪師序》：「嗚呼，自墮艱難，故起現行，學者大病，如人開眼尿牀，平地喫攧。」敦煌本《降魔變文》：「若來此國損平人，不可開眼而踏刺。」《五燈會元》卷二〇《浄慈彦充禪師》：「賺他無限癡男女，開眼堂堂入鑊湯。」又「睁着眼跳黄河」亦是此意。元雜劇《氣英布》一折：「赤緊的做媳婦先惡了公婆，怎存活，恰便似睁着眼跳黄河。」

〔八〕鬧市集人決：「決」即處以刑罰，這裏是指處以死刑。《三國志·魏書·倉慈傳》：「自非殊死，但鞭杖遣之，一歲決刑曾不滿十人。」《隋書·刑法志》：「死罪者三奏而後決。」又：「行署取一錢已上，聞見不告言者，坐至死。自此四人共盗一榱桶，三人同竊一瓜，事發即時行決。」詩云「鬧市集人決」者，古代執行死刑，多在鬧市，取與衆共棄之義。《周禮·秋官·掌戮》：「凡殺人者，踣諸市，肆之三日。刑盗于市。」又《地官·司市》：「國君過市，則刑人赦。夫人過市，罰一幕。世子過市，罰一帟。命夫過市，罰一蓋。命婦過市，罰一帷。」鄭玄注：「市者，人之所交利，而行刑之處，君子無故不遊觀焉。」《禮記·王制》：「刑人於市，與衆弃之。」《隋書·刑法志》：「獄成將殺者，書其姓名及其罪於拲，而殺之市。」

〔九〕一刀兩段截：這裏形容斬首。《慈受懷深禪師廣録》卷三：「昔日神觀禪師因下山赴齋，路逢惡賊，賊欲剚刃，觀云：『我不畏死，昨日輒許一檀越齋，不忍爽信，容我回來受汝之殺。』賊然之。既回就賊，殺之。賊即去，觀遂將所斬之頭却安項上，徐徐而歸，鳴鼓陞堂云：『汝等諸人，還聞無頭人説法麽？』良久頭落，衆人方知被賊所害。師云：且道是何三昧，既被他一刀兩段了也，不知拈起頭向項上者是誰，説法者是誰？若也知得，方知生死去處。」《高峰原妙禪師禪要》：

「如遇殺父寃讐，直欲便與一刀兩段。」元雜劇《替殺妻》二折：「這婦人壞家門，倒與別人些金銀，因此上有一刀兩段歸了地府，我與你有恩念哥哥挣了本。」

〔一〇〕人面禽獸心：《國語·越語下》：「余雖靦然而人面哉，吾猶禽獸也，又安知是諓諓者乎？」《晉書·孔嚴傳》：「又觀頃日降附之徒，皆人面獸心，貪而無親，難以義感。」《廣弘明集》卷一一法琳《對傅奕廢佛僧事》引傅奕曰：「西域胡者，惡泥而生，便事泥瓦，今猶毛臊，人面而獸心。」

〔一一〕造作：這裏指造作惡業。

我有六兄弟

我有六兄弟，就中一箇惡〔一〕。打伊又不得，駡伊又不著。處處無奈何，耽財好婬殺〔二〕。見好埋頭愛〔三〕，貪心過羅刹〔四〕。阿爺惡見伊〔五〕，阿孃嫌不悦。昨被我捉得，惡駡恣情掣〔六〕。趂向無人處〔七〕，一一向伊說：汝今須改行〔八〕，覆車須改轍〔九〕。若也不信受〔一〇〕，共汝惡合殺〔一一〕。汝受我調伏〔一二〕，我共汝覓活〔一三〕。從此盡和同〔一四〕，如今過①菩薩〔一五〕。學業攻鑪冶，鍊盡三山鐵〔一六〕。至今静恬恬〔一七〕，衆人皆讚說。（二四四）

【校勘】

①「過」，正中本、高麗本、《寒山詩闡提記聞》作「遇」。

婬殺：邪淫、殺生，皆爲佛教戒律所禁止者。

【箋注】

〔一〕就中：其中。杜甫《麗人行》：「就中雲幕椒房親，賜名大國虢與秦。」

〔二〕耽財：貪財。「耽」即貪戀之義。

〔三〕埋頭：形容專心致意，不顧一切地。見二四二首注〔四〕。

〔四〕羅刹：亦云「藥叉」、「夜叉」，佛經中惡鬼之通名。慧琳《一切經音義》卷二五：「羅刹，此云惡鬼也，食人血肉，或飛空，或地行，捷疾可畏也。」

〔五〕惡：厭惡，嫌棄，音烏路反。《易·謙》：「人道惡盈而好謙。」

〔六〕惡駡：怒駡。《朝野僉載》卷一：「有一卒直來前頭背坐，叱之不去，仍惡駡曰：『你欲看，我亦欲看，何預汝事！』」《宣室志》卷八：「而全素甚惰，常旦寐自逸。蔣生惡駡而唾者不可計。」《續高僧傳》卷二六《釋轉明傳》：「感圍東都，召問通塞，遂惡駡曰：『賊害天下，何有國乎！』」

掣：拉扯，牽拽。

〔七〕趁：驅趕。見〇三三首注〔三〕。

〔八〕改行：改變品行。《後漢書·劉虞傳》：「公孫瓚雖有過惡，而罪名未正。明公不先告曉使得改行，而兵起蕭牆，非國之利。」

〔九〕覆車須改轍：傾覆之車，須改路而行，比喻吸取教訓，改弦更張。《漢書·賈誼傳》引鄙諺曰：「前車覆，後車誡。」《貞觀政要·忠義》：「豈容目覩覆車，不改前轍。」

〔一〇〕信受：相信。寒山詩〇八九首亦云：「是你頑癡心恍惚，不肯信受寒山語。」見該首注〔四〕。

〔一一〕共汝惡合殺：「惡合殺」謂罪應該死。《大唐新語·友悌》：「合殺但殺，何煩罵也！」按拾得詩一九首有「恐君惡合殺」之語，因疑此處亦應作「恐汝惡合殺」，原文「共」字是「恐」字音誤。

〔一二〕調伏：調教使之馴服。《維摩詰經·香積佛品》：「譬如象馬，㦄悷不調，加諸楚毒，乃至徹骨，然後調伏。」《太平廣記》卷九三《宣律師》（出《法苑珠林》）：「彼佛懷愍，故來教化，種種神變，然始調伏。」

〔一三〕覓活：求生，謀生。《古尊宿語録》卷四六《滁州瑯琊山覺和尚語録》：「拄杖若是，頭上安頭；拄杖不是，斬頭覓活。」

〔一四〕和同：和睦。《左傳》成公十六年：「民生敦厖，和同以聽。」《説苑·善説》：「今漢自高祖繼周，亦昭德顯行，布恩施惠，六合和同。」《三國志·魏書·王粲傳》裴注：「孫權自此以前，尚與中國和同，未嘗交兵。」韋應物《易言》：「未若同心言，一言和同解千結。」敦煌本《茶酒論》：「從今已後，切須和同，酒店發富，茶坊不窮，長爲兄弟，須得始終。」

〔一五〕菩薩：《維摩詰經·佛國品》僧肇注：「菩薩，正音云菩提薩埵。菩提，佛道名也；薩埵，秦言大心衆生。有大心入佛道，名菩提薩埵，無正名譯也。」世間亦以「菩薩」比喻善人。清史夢蘭《異號類編》卷四《王菩薩》：「《新城縣志》：王伍好施予，鄉人呼曰『王菩薩』。」本詩「過菩薩」言其改惡從善，勝過菩薩，與上文之「過羅刹」對比也。

〔一六〕學業攻鑪冶，鍊盡三山鐵：冶煉金屬稱「鑪冶」，此二句以熔鍊礦石以成精鐵，比喻學業之去粗取精，學有所成。云「鍊盡三山鐵」者，言其功夫之深也。《龐居士語録》卷下：「鍊盡三山鐵，鎔銷五岳銅。」

〔一七〕静恬恬：安静恬淡貌。「恬」即安謐之義。《莊子・繕性》：「古之治道者，以恬養知。」成玄英疏：「恬，静也。」

楚按，寒山此詩之「六兄弟」，當是寓言眼識、耳識、鼻識、舌識、身識、意識等「六識」，乃是眼、耳、鼻、舌、身、意等「六根」之作用；云「就中一箇惡」者，即指「意識」而言。意識由心而生，善惡皆由心意，心惡則無惡不作，故佛教有「制心」之説。《正法念處經》卷六：「一切地獄行，怨家心所誑。心是第一怨，此怨最爲惡。此怨能縛人，送到閻羅處。」《佛垂般涅槃略説教誡經》：「此五根者，心爲其主，是故汝等當好制心。心之可畏，其於毒蛇惡獸怨賊大火越逸，未足喻也。」寒山此詩所寫，即「制心」之過程。心意尚未調伏，「貪心過羅刹」；心意既已調伏，「如今過菩薩」。即《長阿含經》卷一所云：「夫出家者，欲調伏心意，永離塵垢。」白居易《歲暮》亦云：「中心一調伏，外累盡空虚。」皆是此意。

又按，《慈受懷深禪師廣録》卷三：「一群六箇賊，生生欺殺人。我今識汝也，不共你相親。你若不服我，我則到處説，教人盡識汝，遣汝行路絶。你若肯服我，我則不分別，共你一處住，同證無生滅。」立意與寒山此詩相似。又《古尊宿語録》卷三〇《舒州龍門佛眼和尚語録》載《了妄元真》一首，構思亦與寒山此詩有相似之處：「問汝貪嗔癡，家住在何處。我今要與汝，各各分頭去。好好細思量，免被他官府。大者名爲貪，養得二舍弟，三郎都一處，日夜共活計。令汝家户大，使汝善調制。子今苦厭我，我與子發誓：一要子自知，二要子依例，三要當處生，四要歡喜偈。與汝善和同，一一無凡穢。一覺一切了，何須去煩翳。我是諸佛母，十方及三世。」

又按，此類寓言詩偈，當是受佛經寓言啓迪而寫作者。《修行道地經》卷七：「喻有一人，而有三子，父少小養，至令長大，衣食醫藥，未曾令乏。父轉年長，氣力衰微，謂諸子言：『汝輩不孝，生長活汝，使成爲人。吾既年老，不欲供養報乳育恩，反逼我身，求財衣食，何緣爾乎？當告縣官，治殺汝等。』子聞父教，即懷恐怖，歸命於父：『我輩兄弟，愚癡所致，不識義理，不顧父母恩養之德，愛重望深，不自察非，今聞嚴教，即當奉命，遵修孝道，超凡他人，夙夜匪懈，無辱我先。』時彼諸子，各行治生，入海採珍，得諸七寶，供給父母，至孝巍巍，唯念二親，不自顧身，獲大光珠，名曰照明，即往奉父。父見明珠，頭白更黑，齒落更生，爲大長者，遠近歸仰。是謂父慈子則爲孝也。爲弟子行，無有大慈。父有三子者，謂心、意、識也。養長子者，謂婬、怒、愚癡著於三界也。衣食之者，謂五陰、六衰、十二因緣縛也。子長續求供養者，謂諸情欲不知厭足也。父恐欲詣縣官告者，謂覺非常欲斷六入。子受其教奉行孝道者，謂歸命佛。三子更孝順者，布施、奉戒、智慧之元也。入海得七寶者，至七覺意成羅漢道也。遂至孝者，知弟子限至泥洹界，更發大意爲菩薩道。得照明珠父更少者，現在定意見十方佛無所罣礙。」經文以「三子」喻心意識，與寒山詩以「六兄弟」喻六識，同一杼柚。

昔日極貧苦

昔日極貧苦，夜夜數他寶〔一〕。今日審思量，自家須營造。掘得一寶藏〔二〕，純是水精①珠〔三〕。大有碧眼胡，密擬買將去〔四〕。余即報渠言〔五〕：此珠無價數。（二四五）

【校勘】

①「精」，正中本、高麗本作「晶」。

【箋注】

〔一〕夜夜數他寶：《華嚴經》卷五：「譬如貧窮人，日夜數他寶，自無半錢分，多聞亦如是。」智顗《修習止觀坐禪法要》：「若虛構文言，情乖所説，空延歲月，取證無由，事等貧人數他珍寶，於己何益者哉！」玄覺《證道歌》：「吾早年來積學問，亦曾討疏尋經論，分別名相不知休，人海算沙徒自困，却被如來苦訶責，數他珍寶有何益。」宗密《禪源諸詮集都序》卷四：「設實頓悟，終須漸修，莫如貧窮人，終日數他寶，自無半錢分。」《景德傳燈録》卷二九誌公和尚《十四科頌·真俗不二》：「自己元無一錢，日夜數他珍寶，恰似無智愚人，棄却真金擔草。」《宋高僧傳》卷一三《習禪篇》論曰：「其如玄學多斥講家，目爲數寶之人，終困屢空之室。」《古尊宿語録》卷四三《寶峰雲庵真浄禪師住金陵報寧語録》卷二：「衆生本自具足，不假外求。如今人多是外求，蓋根本自無所悟，一向客作，數他人珍寶，都是虛妄，終不免生死流轉。」

〔二〕掘得一寶藏：按此「寶藏」譬喻衆生本具之佛性。《大般涅槃經》卷七：「一切衆生，悉有佛性，即是我義。如是我義，從本以來，常爲無量煩惱所覆，是故衆生不能得見。善男子，如貧女人，舍内多有真金之藏，家人大小，無有知者。時有異人，善知方便，語貧女人：『我今雇汝，汝可爲我耘除草穢。』女即答言：『我不能也，汝若能示我子金藏，然後乃當遠爲汝作。』是人復言：『我知方便，能示汝子。』女人答言：『我家大小，尚自不知，況汝能知。』是人復言：『我今審能。』女人答言：『我亦欲見，並可示我。』是人即於其家掘出真金之藏。女人見已，心生歡喜，生奇特想，宗仰是人。善男子，衆生佛性亦復如是，一切衆生不能得見，如彼寶藏，貧女不知。善男子，我今普示，一切衆生所有佛性，爲諸煩惱之所覆蔽，如彼貧人有真金藏，不能得見。如來今日普示衆生諸覺寶藏，所謂佛性。而諸衆生，見是事已，心生歡喜，歸仰如來。善方便者，即是如來。貧女人者，即是一切無量衆生。真金藏者，即是佛性也。」又卷二七：「譬如貧人，家有寶藏，是人不見，以不見故，無常無樂無我無净。有善知識而語之言：『汝舍宅中，有金寶藏，何故如是貧窮困苦、無常無樂無我無净？』即以方便，令彼得見，以得見故，是人即得常樂我净。佛性亦爾，衆生不見，以不見故，無常無樂無我無净。有善知識、諸佛菩薩，以諸方便，種種教告，令彼得見，以得見故，衆生即得常樂我净。」《究竟一乘寶性論》卷一：「譬如貧人舍，地有珍寶藏，彼人不能知，寶又不能言。衆生亦如是，於自心舍中，有不可思議，無盡法寶藏。雖有此寶藏，不能自覺知，以不覺知故，受生死貧苦。譬如珍寶藏，在彼貧人宅，人不言我貧，寶不言我此，如是法寶藏，在衆生心中。衆生如貧人，佛性如寶藏，爲欲令衆生，得此珍寶故，彼諸佛如來，出現於世間。」

〔三〕水精珠：「水精」即水晶，「水精珠」爲寶珠之一種。《説郛》（宛委山堂本）弓六一晉顧微《廣州記》：「海中有大珠、明月珠、水精珠。」宋蘇舜欽《聞見雜録》：「廣東老媪江邊得巨蚌，剖之得大珠，歸而藏之絮中。夜輒飛去，及曉復還。媪懼失去，以大釜煮之。至夜有光燭天，隣里驚之，以爲火也，競往赴之。光自釜出，乃爲珠也。明日納于官府，今在韶州軍資庫。予嘗見之，其大如彈丸，狀如水精，非蚌珠也。」皎然《水精數珠歌》：「西方真人爲行密，臂上記珠皎如日。佛名無著心亦空，珠去珠來體常一。誰道佛身千萬身，重重只向心中出。」寒山詩之「水精珠」亦爲佛性之喻，參看一九九首注〔六〕。

〔四〕大有碧眼胡，密擬買將去：「碧眼胡」即西域之碧眼胡人。《景德傳燈録》卷二一《潭州妙濟院師浩傳心大師》：「問：『如何是香山寶？』師曰：『碧眼胡人不敢定。』」又卷二三《懷州玄泉第二世和尚》：「問：『妙有玄珠，如何取得？』師曰：『不似摩尼絶影艷，碧眼胡人豈能見。』」《虚堂和尚語録》卷一〇《龐居士闔家都去》：「互將魚目作明珠，笑倒西天碧眼胡。」本詩之「碧眼胡」，指西域之商胡。按商胡以識寶著稱，多以巨資購求寶物。如《異苑》卷二：「永康王曠井上有洗石，時見赤氣。後有二胡人寄宿，忽求買之。曠恡所以，未及度錢，子婦孫氏覩二黄鳥鬬於石上，疾往掩取，變成黃金。胡人不知，索市愈急。既得，撞破，内空段有二鳥處。」段安節《樂府雜録·康老子》：「康老子即長安富家子，落魄不事生計，常與國樂游處。一旦家産蕩盡，偶一老嫗持舊錦褥貨鬻，乃以半千獲之。尋有波斯見，大驚，謂康曰：『何處得此？是冰蠶絲所織，若暑月陳於座，可致一室清涼。』即酬千萬。」元稹《和樂天送客遊嶺南二十韻》：「舶主腰藏寶。」原注：「南方呼波斯爲舶主。胡人異寶多自懷藏，以避强丐。」《酉陽雜俎續集》卷五《寺塔記上》：「僧廣有聲名，口經數年，次當嘆佛，因極祝右座功德，冀有厚䞋。齋畢，簾下出綵篚，香羅帕藉一物，如朽釘，長數寸。僧歸失望，慚惋數日。且意大臣不容欺己，遂携至西市，示於商胡。商胡見之，驚曰：『上人安得此物，必貨此不違價。』僧試求百千，胡人大笑曰：『未也，更極意言之。』加至五百千，胡人曰：『此直一千萬。』遂與之。僧訪其名，曰：『此寶骨也。』」寒山詩云「密擬買將去」，謂碧眼胡擬買此水精珠也。按商胡識珠求珠之事，如《録異記》卷二：「洪州北界大王埠胡氏子……他日復詣城市，因有商胡遇之，知其頭中有珠，使人誘之。以其狎熟，飲之以酒，取其珠而去。初額上有肉隱起如半毬子形，失珠之後，其肉遂陷。」又：「宣州節使趙鍠，額上亦有肉隱起，時人疑其有珠。既爲淮南攻奪其縣郡，鍠爲亂兵所害，有卒訪其首級，剖額得珠而去，貨與商胡。胡云：『此人珠既死矣，不可復用。』乃售與塑畫之人，爲佛額珠而已。」錢易《南部新書》己：「西市胡人貴蚌珠而賤蛇珠，蛇珠者，蛇所吐爾，唯胡人辨之。」

〔五〕渠：他，指碧眼胡。寒山詩「余即報渠言：此珠無價數」二句，意謂此珠乃無價之寶，故不欲賣給碧眼胡也。王梵志詩三五〇首：「惟有如意珠，撩渠不肯賣。」所云「如意珠」，亦如寒山此詩之「水精珠」，爲佛性之喻。而云「不肯賣」，亦與寒山詩此二句意同。《祖堂集》卷一四《高城和尚》：「貧女宅中無價寶，却將秤賣他人金。」則徑將此寶賣人，與寒山詩意適相反矣。《寒山詩闡提記聞》評曰：「此詩説廣學多智，不如見性人。」

一生慵懶作

一生慵懶作〔一〕，憎重只便輕〔二〕。他家學事業〔三〕，余持一卷經〔四〕。無心裝褾①軸〔五〕，來去省人擎。應病則説藥〔六〕，方便度衆生〔七〕。但自心無事〔八〕，何處不惺惺〔九〕。（二四六）

【校勘】

①「褾」，原作「褾」，據正中本、全唐詩本改。四庫本作「縹」。

【箋注】

〔一〕慵懶作：做事懶惰。「慵懶」即懶惰、懶散。白居易《池上早春即事招夢得》：「我有中心樂，君無外事忙。經過莫慵懶，相去兩三坊。」章孝標《織綾詞》：「不學鄰家婦慵懶，蠟揩粉拭謾官眼。」

〔二〕憎重只便輕：拈輕怕重，避重就輕。「便」即適合、喜愛之義，見二二九首注〔五〕。《慈受懷深禪師廣録》卷三：「六祖云：莫道舂糠無伎倆，碓中搗出古菱花。山僧云：便重不便輕。」《無門關·趯倒浄瓶》：「潙山一期之勇，争奈跳百丈圈圚不出，檢點將來，便重不便輕。何故聻，脱得盤頭，擔起鐵枷。」洪邁《容齋續筆》卷一二《天生對偶》：「又有用書語兩句，而證以俗諺者，如『堯之子不肖，舜之子亦不肖』，諺曰『外甥多似舅』；『吾力足以舉百鈞，而不足以舉一羽』，諺曰『便重不便輕』之類是也。」所云諺曰「便重不便輕」，正與寒山詩「憎重只便輕」意思相反。

〔三〕他家：就是「他」，這裏是他人、别人之義。「家」是用在人稱代詞後的語助詞，不爲義。薛濤《柳絮》：「他家本是無情物，一任南飛又北飛。」船子和尚《撥棹歌》：「莫學他家弄釣船，海風起也不知邊。」《敦煌歌辭總編》卷二《送征衣》：「每見庭前雙飛燕，他家好自然。」又卷三釋寰中《悉曇頌》（佛説楞伽經禪門悉談章）：「諸佛弟子莫毀謗，一切皆有罪業障。他家聞聲不相放，三寸舌根作没向。」敦煌本《爐山遠公話》：「相公前世作一箇商人，他家白莊也是一箇商人。」敦煌本《鷰子賦》：「汝可早去，唤取鸜鴒，他家頭尖，憑伊覓曲。」敦煌本《太子成道經》：「自身作罪自知非，莫怨他家妻及兒，自作業時應自受，他家不肯與你入阿鼻。」敦煌本《難陁出家緣起》：「欲識我家夫主時，他家還著福田衣。」敦煌本《維摩詰經講經文》：「執我身，我眼手，地水火風假合就，他家四大一齊歸，便見形體總枯朽。」《祖堂集》卷九《落浦和尚》：「他家不用我家劍，世上高低早晚平。」《景德傳燈録》卷二九寶誌和尚《十二時頌》：「他家文字没親疏，不用將心求的意。」《宏智禪師廣録》卷一：「好手猶如火裏蓮，他家自有沖天意。」

〔四〕持：信奉讀誦。《妙法蓮華經·分別功德品》：「若能持此經，則如佛現在，以牛頭栴檀，起僧坊供養。」《太平廣記》卷一〇三《陳文達》（出《法苑珠林》）：「常持《金剛經》，願與亡父母念八萬四千卷。」寒山詩二七六首：「終日禮道場，持經置功課。」

〔五〕褾軸：按唐人書籍采用卷子形式，卷子用絹帛等鑲邊，稱爲「褾」，卷子的末端配有圓杆以便收捲，稱爲「軸」。唐高彦休《闕史》卷下《賤買古畫馬》：「滎陽外郎蕡，宰萬年日，有荷校者，以賊呼之，言嘗紿婦人，廉市馬畫。外郎奇之，命取以視，則古絲烟晦，幅聯三四，鑾虜裁褾，斑鼉軸之。」亦作「縹軸」。《太平廣記》卷二一四《雜編》（出《譚賓録》）：「長安初，張易之奏召天下名工修葺圖畫，潛以同色故帛，令各推所長，共成一事，仍舊縹軸，不得而别也，因而竊换。」亦作「標軸」。《太平廣記》卷一〇二《陸懷素》（出《冥報記》）：「屋宇焚燒，並從煙滅，惟《金剛般若波羅蜜經》獨存，函及標軸亦盡，惟經字竟如故。」《緇門警訓》卷八天台智者大師《觀心誦經法》：「次觀能説之人所念之經，何者是經？爲經卷是？爲紙墨是？爲標軸是？」

〔六〕應病則説藥：對症下藥。《維摩詰經·佛國品》：「爲大醫王，善療衆病，應病與藥，令得服行。」《佛垂般涅槃略説教誡經》：「我如良醫，知病説藥。」

〔七〕方便：權變，根據不同情況靈活處置，這裏是因材施教之意。《妙法蓮華經·方便品》：「未來諸世尊，其數有無量，是諸如來等，亦方便説法。一切諸如來，以無量方便，度脱諸衆生，入佛無漏智。」《景德傳燈録》卷九《京兆大薦福弘辯禪師》：「帝曰：『何爲方便？』對曰：『方便者，隱實覆相，權巧之門也。被接中下，曲施誘迪，謂之方便。設爲上根，言捨方便。但説無上道者，斯亦方便之譚。乃至祖師玄言，忘功絶謂，亦無出方便之迹。」

〔八〕無事：無所作爲。按禪宗以「無事」爲逍遥解脱之生活方式而加以推崇。《鎮州臨濟慧照禪師語録》：「無事是貴人，但莫造作，秖是平常。」杜荀鶴《題道林寺》：「萬般不及僧無事，共水將山過一生。」參看二三四首注〔七〕。

〔九〕惺惺：清醒明慧。玄覺《禪宗永嘉集·奢摩他頌》：「惺惺寂寂是，無記寂寂非；寂寂惺惺是，亂想惺惺非。」《龐居士語録》卷中：「若了名相空，事盡總惺惺，心王無障礙，擺撥三界行。」慧海《頓悟入道要門論》：「今更爲汝譬喻顯示，令汝惺惺，得解斷疑。」

楚按，寒山此詩自稱「余持一卷經」，然則此「一卷經」者，果爲何經乎？觀其下文云「無心裝褾軸，來去省人擎」，則此「一卷經」者，既無褾軸，又省擎持，實則並無其物，乃是詩人心中之佛性也。《龐居士語録》卷中：「人有一卷經，無相亦無名。無人解轉讀，有我不能聽。如能轉讀得，入理契無生。非論菩薩道，佛亦不勞成。」龐居士所詠「無相亦無名」之一卷經，即是寒山所詠「無心裝褾軸」之一卷經也。《景德傳燈録》卷二八《越州大殊慧海和尚語》：「又問：『何名有大經卷，内在一微塵？』師曰：『智慧是經卷，經云：「有大經卷，量等三千大千界，内在一微塵中。」一塵者，是一念心塵也，故云一念塵中演出河沙偈，時人自不識。』」《緇門警訓》卷四《懶菴樞和尚語》：「天台智者大師云：『何不絶語言，置文字，破一微塵，出大千經卷。』」一微塵者，衆生妄念也；大千經卷者，衆生佛性也。」所云之「大千經卷」，含義與寒山詩之「一卷經」相同。

我見出家人

我見出家人〔一〕，不入①出家學〔二〕。欲知真出家，心浄無繩索〔三〕。澄澄絶②玄妙〔四〕，如如無倚託〔五〕。三界任縱横〔六〕，四生不可泊〔七〕。無爲無事人〔八〕，逍遥實快樂。（二四七）

【校勘】

①「入」，島田翰本作「習」。②「絶」，原本作「孤」，宫内省本、正中本、高麗本、四庫本、《寒山詩闡提記聞》作「絶」，兹據衆本改。全唐詩本夾注「一作絶」。

【箋注】

〔一〕出家人：僧尼等棄家入道，稱爲「出家人」。《大智度論》卷三：「出家人名比丘，譬如胡漢羌虜，各有名字。」

〔二〕不入出家學：謂身雖出家，而不學出家行。《阿毘達磨法藴足論》卷六：「有一類補特伽羅，於諸欲境，身離非心。謂如有一剃除鬚髮，披服袈裟，正信出家，身參法侣，心猶顧戀所受諸欲，數復發起猛利貪愛，彼身出家，心猶未出，是名於欲，身離非心。」所云「身出家心猶未出」，即是「不入出家學」也。《釋氏要覽》卷上《三等出家人》：「《三千威儀經》云：出家，行有始終，上中下業。下者，以十戒爲本，盡形壽受持，雖捨家緣，執作與俗人等。中者，應捨作務，具受八萬四千向道因緣，身口意業，未能具足清淨，心結猶存，未能出離，比上不足，比下有餘也。上者，根心猛利，應捨結使纏縛，禪定慧力，心得解脱，淨身口意，出於緣務煩惱之家，永處閑静清涼之室，是名上等出家弟子。」所云「下者」云云，亦是「不入出家學」也。

〔三〕心淨：謂心性清淨，遠離煩惱，不受污染。《小室六門·心經頌》：「達道由心本，心淨利還多，如蓮華出水，頓覺道源和，常居寂滅相，智慧衆難過，獨超三界外，更不戀娑婆。」《景德傳燈録》卷三〇牛頭山初祖法融禪師《心銘》：「欲得心淨，無心用功。」　無繩索：謂無繫縛。佛教稱煩惱爲「繫縛」，或稱「纏縛」等，以煩惱能束縛衆生，不令解脱也。如注〔一〕引《釋氏要覽》所云上者「應捨結使纏縛」云云，即是「無繩索」也。

〔四〕玄妙：這裏形容心性妙不可測。《景德傳燈録》卷三〇傅大士《心王銘》：「觀心空王，玄妙難測，無形無相，有大神力。」貫休《賀雨上王使君二首》之二：「玄妙久聞談佛母，感通今日見神明。」

〔五〕如如：形容真如法性圓融不動之貌。《金剛經》：「不取於相，如如不動。」慧海《頓悟入道要門論》：「問：『如如者云何？』答：『如如是不動義，心真如故，名如如也。』」賈島《寄無得頭陀》：「落澗水聲來遠遠，當空月色自如如。」

〔六〕三界：指此方衆生生死輪迴於其中的整個世界。見一九八首注〔四〕。　任縱横：任意往來，自由無礙。《祖堂集》卷七《雪峰和尚》：「虛空無隔礙，放曠任縱横。」

〔七〕四生：卵生、胎生、濕生、化生，是三界六道一切衆生之類别。《增壹阿含經》卷一七：「爾時世尊告諸比丘：有此四生，云何爲四？所謂卵生、胎生、濕生、化生。彼云何名爲卵生？所謂卵生者，雞雀烏鵲孔雀蛇魚蟻子之屬，皆是卵生，是謂名爲卵生。彼云何名爲胎生？所謂人及畜生至二足蟲，是謂名爲胎生。彼云何名爲因緣生？所謂腐肉中虫厠中虫如尸中虫，如是之屬，皆名爲因緣生。彼云何名爲化生？所謂諸天、大地獄、餓鬼、若人若畜生，是謂名爲化生。」《大智度論》卷八：「五道生法，各各不同。諸天、地獄皆化生。餓鬼二種生：若胎、若化生。人道、畜生四種生：卵生、濕生、化生、胎生。卵生者，如毗舍佉彌伽羅母三十二子，如是等名卵生。濕生者，如揜羅婆利淫女、頂生轉輪聖王，如是等名濕生。化生者，如佛與四衆遊行比丘尼衆中，有比丘尼名阿羅婆，地中化生，及劫初生時，人皆化生，如是等名爲化生。胎生者，如常人生。」泊：停留，棲止。寒山詩「三界任縱横，四生不可泊」二句，謂不受三界限制、擺脱四生羈絆，而超越生死輪迴也。

〔八〕無爲無事人：《法演禪師語録》卷中：「佛祖生寃家，悟道染泥土，無爲無事人，聲色如聾瞽。」《續古尊宿語要》卷三《保寧勇禪師語》：「徧野盈凡雪，大地絶纖埃，無爲無事人，舉目聊徘徊。」黄庭堅《雲居祐禪師語録序》：「此老子是無爲無事人，何須鄙夫百千偈贊。」《續傳燈録》卷二一《潭州龍興師定禪師》：「無爲無事人，跳出紅塵外。」按「無爲無事」即無所作爲，無所事事，禪宗以爲得真解脱。《善慧大士語録》卷三《行路易十五首》之十四：「無事真無事，無事少人知。無爲無處所，無處是無爲。行路易，路易人莫驚，無有無爲事，空有無爲名。」《楞伽師資記序》：「離有離空，清浄解脱，無爲無事，無住無著，寂滅之中，一物不作，斯乃菩提之道。」《高峰原妙禪師禪要》：「騰騰任運，任運騰騰，灑灑落落，乾乾浄浄，做一箇無爲無事出格真道人也。」

昨到雲霞觀

昨到雲霞觀〔一〕，忽見仙尊士〔二〕。星冠月帔横〔三〕，盡云居山水〔四〕。余問神仙術〔五〕，云道若爲比〔六〕。謂言靈無上〔七〕，妙藥必①神祕〔八〕。守死待鶴來〔九〕，皆道乘魚去〔一〇〕。余乃返窮之〔一一〕，推尋勿道理〔一二〕。但看箭射空，須臾還墜②地〔一三〕。饒你得仙人〔一四〕，恰似守屍鬼〔一五〕。心月自精明〔一六〕，萬像③何能比。欲知仙丹術〔一七〕，身内元神是〔一八〕。莫學黄巾公④〔一九〕，握愚自守擬。（二四八）

【校勘】

①「必」，宫内省本、四庫本、全唐詩本作「心」。　②「墜」，四庫本作「墮」。　③「像」，宫内省本、四庫本、全唐詩本作「象」。　④此句之下原本、全唐詩本有夾注「巾一云石」。

【箋注】

〔一〕雲霞觀：道觀名。「觀」即道教廟宇，讀去聲。《史記·封禪書》：「公孫卿曰：『仙人可見，而上往常遽，以故不見。今陛下可爲觀，如緱城，置脯棗，神人宜可致也。且僊人好樓居。』於是上令長安則作蜚廉桂觀，甘泉則作益延壽觀，使卿持節設具而候神人。乃作通天莖臺，置祠具其下，將招來僊神人之屬。」宋趙彦衛《雲麓漫鈔》卷八：「秦皇、漢武始好神仙，方士祠祀始有觀。始皇曰：『吾慕真人。』自謂真人，不稱朕。乃令咸陽旁二百里内，宫觀二百七十，複道相通，於此候神仙。《漢武故事》：於上林作飛廉觀，高四十丈；長安作桂館、益壽館以候神人，猶未居道士。元帝被疾，遠求方士，漢中送道士王仲都，能忍寒，遂即昆明觀處仲都，故自後道士所居曰觀。」

〔二〕仙尊士：指道士。「仙尊」本是對仙人的尊稱，因稱道士亦云「仙尊士」。

〔三〕星冠月帔横：按「冠帔」爲道士之服。韓愈《華山女》：「華山女兒家奉道，欲驅異教歸仙靈。洗妝拭面著冠帔，白咽紅頰長眉青。」《太平廣記》卷一三〇《緑翹》（出《三水小牘》），載唐西京咸宜觀女道士魚玄機「破瓜之歲，志慕清虚，咸通初，遂從冠帔于咸宜」。又卷四五八《選仙場》（出《玉堂閒話》）：「學道者築壇于下，至時則遠近冠帔咸萃於斯。」道士冠上或綴有星文，稱爲「星冠」。《太平御覽》卷六八四引《漢武内傳》曰：「上元夫人戴九星靈芝夜光之冠。」《神仙傳》卷八《衞叔卿》：「忽有一人乘雲車，駕白鹿，從天而下，來集殿前。其人年可三十許，色如童子，羽衣星冠。」李頎《王母歌》：「頭上復戴九星冠，總領玉童坐南面。」包佶《宿廬山贈白鶴觀劉尊師》：「漸恨流年筋力少，惟思露冕事星冠。」戴叔倫《漢宫人人道》：「蕭蕭白髮出宫門，羽服星冠道意存。」張白《武陵春色》：「戴箇星冠子，浮沉逐世流。」李中《貽廬山清溪觀王尊師》：「霞帔星冠復杖藜，積年修鍊住靈溪。」道士所服之帔或作月色，稱爲「月帔」。楊憑《贈馬鍊師》：「心嫌碧落更何從，月帔花冠冰雪容。」權德輿《送梁道士謁壽州崔大夫》：「歲計芝田熟，晨裝月帔寒。」孟郊《同李益崔放送王鍊師還樓觀兼爲群公先營山居》：「霞冠遺彩翠，月帔上空虚。」寒山詩云「月帔横」者，蓋帔子横披於肩上，故云「横」也。《廣弘明集》卷一三法琳《辯正論·十喻篇下》：「道士元來本著儒服，不異俗人。至周武世，始有横帔二十四縫，以應陰陽二十四氣也。出自人情，亦無典據也。」

〔四〕居山水：按道士修道，須在山林静居，遠離城市家人。《太平廣記》卷六六《謝自然》（出《集仙録》）：「修道要山林静居，不宜俯近村柵。」

〔五〕神仙術：唐李隱《瀟湘録》：「神人曰：『我有術，黄金可成，水銀可化，雖不足平禍亂，亦可濟人之饑寒，爾能授此術乎？』常曰：『我聞此乃神仙之術，空有名，未之睹也。徒聞秦始、漢武，好此道而終無成，祇爲千載之誚耳。』」寒山詩之「神仙術」，謂成仙之術。

〔六〕若爲比：如何比。「若爲」即如何、怎樣，見二三五首注〔四〕。

〔七〕謂言：認爲，以爲。見〇二一首注〔一〕。

〔八〕妙藥：効力奇特之靈藥。《大般涅槃經》卷九：「如彼妙藥，雖能療治種種重病，而不能治必死之人。」《勝天王般若波羅蜜經》卷六：「總持如妙藥，能療衆惑病，猶彼天甘露，得者永不死。」本詩的「妙藥」指仙藥。楊嗣復《贈毛仙翁》：「天上玉郎騎白鶴，肘後金壺盛妙藥。」按虚中《獻鄭都官》：「身老詔書重，藥祕仙都訣。」《説郛》（宛委山堂本）弓七五宋韋行規《保生月録》：「若人未能跨鶴騰霄，優游于乾坤之内，守灝然之氣，容色不改，壽滿百年，須服此藥，神仙祕妙，不可輕泄，能久服，必登上仙。」即寒山詩「妙藥必神祕」之意。

〔九〕待鶴來：謂企望成仙。仙書謂神仙以鶴爲馭。劉向《列仙傳》卷上：「王子喬者，周靈王太子晉也。好吹笙，作鳳凰鳴。遊伊洛之間，道士浮丘公接以上嵩高山。三十餘年後，求之於山上，見桓良曰：『告我家，七月七日待我於緱氏山巔。』至時果乘白鶴駐山頭，望之不得到，舉手謝時人，數日而去。」唐李綽編《尚書故實》：「表弟盧某，一日碧空澄澈，仰見仙人乘鶴而過，別有數鶴飛在前後，適覩自一鶴背遷一鶴背，皆如人换馬之狀。」《歷世真仙體道通鑑》卷二八：「桓闓者，不知何許人，事陶隱居，居茅山華陽館十餘年。生性端謹，執役之外，寂寂然若無所爲。一日，有二青童一白鶴自空而下，集於庭。隱居欣然而接，謂己當之。青童曰：『太上所召者，桓先生也。』隱居默計門人皆無姓桓者，索之，惟得執役桓闓焉。詰其所致，則曰常修默朝之道，親朝大帝已九年矣，故有今日之召。……闓於是服天衣，駕白鶴，昇虚而去。」李端《與道者別》：「聞説滄溟今已淺，何當白鶴更歸來。」白居易《不如來飲酒七首》之五：「莫學長生去，仙方誤殺君。那將薤上露，擬待鶴邊雲。」

〔一〇〕乘魚去：亦謂成仙。神仙乘魚之説，如《列仙傳》卷上：「琴高者，趙人也，以鼓琴爲宋康王舍人，行涓、彭之術，浮遊冀州涿郡之間二百餘年。後辭入涿水中取龍子，與諸弟子期曰：『皆潔齋，待於水旁，設祠。』果乘赤鯉來，出坐祠中，旦有萬人觀之。留一月餘，復入水去。」又卷下：「子英者，舒鄉人也。善入水捕魚，得赤鯉，愛其色好，持歸著池中，數以米穀食之。一年長丈餘，遂生角，有翅翼。子英怪異，拜謝之。魚言：『我來迎汝，汝上背，與汝俱昇天。』即大雨，子英上其魚背，騰昇而去。歲歲來歸故舍食飲，見妻子，魚復來迎之，如此七十年。故吴中門户皆作神魚，遂立子英祠。」唐陸廣微《吴地記》：「乘魚橋在交讓浦。郡人丁法海與琴高友善，高世不仕，共營東皋之田。時歲大稔，二人共行田畔，忽見一大鯉魚，長可丈餘，一角兩足雙翼，舞於高田。法海試上魚背，静然不動，良久遂下。請高登魚背，乃舉翼飛騰，冲天而去。」《太平廣記》卷六四《張鎬妻》（出《神仙感遇傳》）：「山居十年，而鎬勤於墳典，意漸疎薄，時或忿恚。婦人曰：『君情若此，我不可久住，但得鯉魚脂一斗合藥，即足矣。』鎬未測所用，力求以授之。婦以鯉魚脂投井中，身亦隨下。須臾，乘一鯉自井躍出，凌空欲去，謂鎬曰：『吾比待子立功立事，同昇太清。今既如斯，固子之薄福也。他日守位不終，悔亦何及。』鎬拜謝悔過。於是乘魚昇天而去。」

〔二〕窮：窮究，刨根問底。《顔氏家訓·書證》：「大抵服其爲書，隱括有條例，剖析窮根源。」

〔三〕推尋勿道理：「推尋」即推究，見〇九八首注〔一〕。「勿道理」即無道理。「勿」即無之義，見二〇五首注〔二〕。按《顔氏家訓·養生》：「神仙之事，未可全誣；但性命在天，或難鍾值。人生居世，觸途牽縶：幼少之日，既有供養之勤；成立之年，便增妻孥之累。衣食資須，公私驅役，而望遁跡山林，超然塵滓，千萬不遇一爾。加以金玉之費，鑪器所須，益非貧士所辦。學如牛毛，成如麟角。華山之下，白骨如莽，何有可遂之理？考之内教，縱使得仙，終當有死，不能出世，不願汝曹專精於此。」亦爲「推尋勿道理」之例。

〔一三〕但看箭射空，須臾還墜地：比喻最終徒勞無功。《菩薩處胎經》卷七：「如人射虚空，箭窮還到地。」玄覺《證道歌》：「住相布施生天福，猶如仰箭射虚空，勢力盡，箭還墜，招得來生不如意。」《黄蘗斷際禪師宛陵録》：「如今若心裏紛紛不定，任你學到三乘四果十地諸位，合殺祇向凡聖中坐，諸行盡歸無常，勢力皆有盡期，猶如箭射於空，力盡還墜，卻歸生死輪迴，如斯修行，不解佛意，虚受辛苦，豈非大錯。」敦煌本《維摩詰經講經文》：「如火然盛，木盡而變作塵埃；似煎（箭）射空，勢盡而終歸墮地。」慈受《擬寒山詩》第一四一首：「一朝福力盡，頭上花冠破。正如箭射空，勢盡還退墮。」

〔一四〕饒：縱然，即便。見〇七七首注〔二〕。

〔一五〕守屍鬼：死後所化之鬼，以其不能脱離死屍，故云「守屍鬼」。《黄蘗斷際禪師宛陵録》：「一念不起即十八界空，即身便是菩提華果，即心便是靈智，亦云靈臺。若有所住著，即身爲死屍，亦云守屍鬼。」《五燈會元》卷八《吕巖洞賓真人》：「吕毅然出，問：『一粒粟中藏世界，半升鐺内煮山川，且道此意如何？』龍指曰：『這守屍鬼。』吕曰：『争奈囊有長生不死藥。』龍曰：『饒經八萬劫，終是落空亡。』」《高峰原妙禪師禪要》：「如箇守屍鬼子，守來守去，疑團欻然爆地一聲，管取驚天動地。」《禪關策進》載天目高峰妙禪師《示衆》：「但莫起心，如箇守屍鬼子。」亦作「守古塚鬼」。《景德傳燈録》卷一八《漳州報恩懷岳禪師》：「問：『十二時中如何行履？』師曰：『動即死。』曰：『不動時如何？』師曰：『猶是守古塚鬼。』」《癡絶道沖禪師語録》卷下《示智光侍者》：「衲僧家尋師擇友，訪道參禪，縱饒盡羿之道，若無殺羿之心，未免只是箇依草附木精靈，守古塚底鬼子，有什麽用處。」按宋王日休《龍舒增廣净土文》卷一《净土起信六》：「世人學仙者，萬不得一。縱使得之，亦不免輪迴，爲著於形神而不能捨去也。且形神者，乃真性中所現之妄想，非爲真實，故寒山詩云：『饒汝得仙人，恰似守屍鬼。』非若佛家之生死自如而無所拘也。」錢鍾書《管錐編》一二五九頁論晉王該《日燭》曰：「《日燭》：『逮乎列仙之流，鍊形之匹，……貴乎能飛，則蛾蝶高翬；奇乎難老，則龜蛇修考。』按此節譏道家不死飛升之術。卷一六六闕名《正誣論》記道家『異人』謗釋之一端曰：『沙門之在京洛者多矣，而未曾聞能令主上延年益壽，……下不能休糧絶粒，呼吸清醇，扶命度厄，長生久視。』蓋當時道士常誇此以陵加釋子也。《抱朴子·對俗》侈稱『千歲之龜』、『千歲之鶴』、『蛇有無窮之壽』，以示範而誘人學道，必亦道士之接引話頭。故王氏反唇相稽，逕等神仙於鱗介蟲豸，不齒人類。後世僧與道諍，每及求仙，如寒山詩：『昨到雲霞觀，忽見仙尊士，……饒你得仙人，恰似守屍鬼！』」

〔一六〕心月：佛教以滿月比況心性之清净明朗。如《金剛頂瑜伽中發阿耨多羅三藐三菩提心論》：「由作此觀，照見本心，湛然清净，猶如滿月，光遍虚空，無所分別。」《宏智禪師廣録》卷一：「心月孤圓,義天洞曉,照中之虚,虚中之照。」《慈受懷深禪師廣録》卷二《答葛待制》:「一掃浮雲纖芥盡,箇中心月自光輝。」道教亦有此語。《清和真人北遊語録》卷二:「又指其月曰:此物但不爲青霄之下浮雲障蔽,則虚明洞徹,無物不照,人皆見之矣。殊不知人人有此心月,但爲浮雲所蔽,則失其明。凡私情邪念即浮雲也,人能常使邪念不生,則心月如天月之明,與天地相終始而不復昧矣。」

精明:光明貌。《淮南子·覽冥》:「於是日月精明,星辰不失其行。」《筠州黄蘗山斷際禪師傳心法要》:「若了十八界無所有,東六和合爲一精明,一精明者即心也。學道人皆知此,但不能免作一精明六和合解,遂被法縛,不契本心。」

〔一七〕仙丹術:道教煉丹之術。「仙丹」即道士之靈丹。《宣室志》卷八:「先生好神仙者,學鍊丹且久矣。夫仙丹食之則骨化爲金,如是安有不長生耶?」

〔一八〕元神:道教稱人之靈魂爲「元神」。吕巖《修身訣》:「人命急如線,上下來往速如箭。認得是元神,子後午前須至煉。」《鳴鶴餘音》卷九景陽《得道歌》:「榮華富貴不關心,名利是非皆斷絶。凝然静定養元神,一念不生真境别。」按劉叉《修養》:「世上道人多忤人,披圖醮録益亂神。此法那能堅此身,心田自有靈地珍。惜哉自有不自親,明真汩没隨埃塵。」正與「欲知仙丹術,身内元神是」的主張相同。

〔一九〕黄巾公:指道士。按道士衣黄,東漢末年太平道首領張角起事,頭裹黄巾,稱「黄巾軍」,後世攻擊道教者遂稱道士爲「黄巾」。《廣弘明集》卷八北周道安《二教論·服法非老九》：「而張角、張魯等，本因鬼言漢末黄衣當王，於是始服之。曹操受命，以黄代赤，黄巾之賊，至是始平。自此已來，遂有兹弊。至宋武帝，悉皆斷之。至寇謙之時，稍稍還有。今既大道之世，風化宜同，小巫巾色，寔宜改復。且老子大賢，絶棄貴尚，又是朝臣，服色寧異？古有專經之學，而無服象之殊。黄巾布衣，出自張魯，國典明文，豈虚也哉？」《續高僧傳》卷四《玄奘傳》：「尋又下勅，令翻《老子》五千文爲梵言以遺西域。奘乃召諸黄巾，述其玄奥，領疊詞旨，方爲翻述。」錢鍾書《管錐編》一三二八至一三二九頁論朱昭之《與顧歡書難〈夷夏論〉》曰：「又如《全宋文》卷六二釋僧愍《戎華論、折顧道士〈夷夏論〉》『首冠黄巾者，卑鄙之相也』；《全後周文》卷二三釋道安《二教論·服法非老》第九『黄巾之賊，至是始平，……黄巾布衣，出自張魯』；唐釋道宣《高僧傳》二集卷三一《智實傳》載《表》『今之道士，……所著衣服，並是黄巾之餘』，故其書通呼道士爲『黄巾』（卷一七《僧辯傳》『黄巾致問，酬答乃竟』，卷二九《明導傳》『妄託天威，黄巾扇惑』，卷三〇《僧猛傳》『黄巾之徒紛然構聚』等），一若其爲漢末張角之餘孽流裔者，豈非深文微詞哉？中唐以後，『黄冠』之名大行，宋釋贊寧《高僧傳》三集卷一七《玄嶷傳》：『曾寄黄冠』，《法明傳》『抗禦黄冠』，不復淆道士於『黄天』之徒矣。寒山詩『昨到雲霞觀，忽見仙尊士，……莫學黄巾公，握愚自守擬』；『黄巾』正是唐僧習呼道士之名，《全唐詩》附注『「巾」一云「石」』，蓋後人不知妄改，誤以張良圯橋所遇老人當之也。」

宋王日休《龍舒增廣浄土文》卷一《浄土起信六》：「世人學仙者，萬不得一。縱使得之，亦不免輪迴，爲著於形神而不能捨去也。且形神者，乃真性中所現之妄想，非爲真實，故寒山詩云：『饒汝得仙人，恰似守屍鬼。』非若佛家之生死自如而無所拘也。」

錢鍾書《談藝録》六九：「寒山詩……而予則激賞其『昨到雲霞觀』一首，譏道士求長生不死，即得大藥，仍未脱生死，〔附説十八〕因曰『但看箭射空，須臾還墜地』；深入淺出，真能使難達之情，如同目覩者也。」〔附説十八〕：「寒山此詩，比喻固妙，而議論仍是黨同伐異之常。《南齊書·高逸傳》載明僧紹《正二教論》，謂『佛明其宗，老全其生；守生者蔽，明宗者通。今道教謂長生不死，名補天正，大乖老之本義』云云，即寒山之意。然釋氏末流亦言天堂地獄，修福而不修慧；以較道家末流之言不死飛昇，養生而不達生，宜如同浴者不得相譏裸裎。道家之方士衹可與釋家之俗僧挈短論長。僧紹、寒山心存偏袒，遽折以佛法本源，適見其擬不於倫耳。」

余家有一宅

余家①有一宅，其宅無正主。地生一寸草，水垂一滴露。火燒六箇賊〔一〕，風吹黑雲雨。子細尋本人，布裹②真珠爾〔二〕。（二四九）

【校勘】

①「家」，宫内省本、正中本、高麗本、四庫本皆作「鄉」，全唐詩本夾注「一作鄉」。②「裹」，宫内省

本、高麗本作「褁」，即俗「裹」字。

【箋注】

〔一〕六箇賊：指色、聲、香、味、觸、法等「六識」，亦稱「六塵」，爲眼、耳、鼻、舌、身、意等「六根」之作用。《大般涅槃經》卷二三：「六大賊者，即外六塵，菩薩摩訶薩觀此六塵如六大賊。何以故？能劫一切諸善法故。如六大賊能劫一切人民財寶，是六塵賊亦復如是，能劫一切衆生善財。如六大賊，若入人舍，則能劫奪現家所有，不擇好惡，令巨富者忽爾貧窮。是六塵賊亦復如是，若入人根，則能劫奪一切善法。善法既盡，貧窮孤露，作一闡提。是故菩薩諦觀六塵如六大賊。」《楞嚴經》卷四：「則汝現前眼、耳、鼻、舌及與身、心，六爲賊媒，自劫家寶。」《小室六門·破相論》：「如是三毒心，於本體中應現六根，亦名六賊，即六識也。由此六識出入諸根，貪著萬境，能成惡業，障真如體，故名六賊。衆生由此三毒六賊，惑亂身心，沈没生死，輪迴六趣，受諸苦惱。」

〔二〕真珠：即珍珠。白居易《夜聞歌者》：「夜淚如真珠，雙雙墮明月。」賈島《贈圓上人》：「一雙童子澆紅藥，百八真珠貫綵繩。」《景德傳燈録》卷三《向居士》：「本迷摩尼謂瓦礫，豁然自覺是真珠。」按「布裹真珠」之説，如敦煌本《廬山遠公話》：「彼布袋裹有明珠，錦袋裹成（盛）糠何用？」《宗鏡録》卷二三：「若是下根，千遍萬遍與説，元來不會。雖然記得少許，如破布裹明珠，出門還漏却。」

楚按，寒山詩云「余家有一宅」者，以「宅」喻軀體也。《景德傳燈録》卷二〇《京兆重雲智暉禪師》：「至七月二十四日，體中無恙，垂誡門人，並示一偈曰：『我有一間舍，父母爲修蓋。住來八十年，近來覺損壞。早擬移住處，事涉有憎愛。待他摧毁時，彼此無相礙。』趺坐而逝，壽八十有四，臘六十四。」所云「我有一間舍」，亦如寒山詩之「余家有一宅」，皆謂軀體也。至云「其宅無正主」，則佛教以軀體爲神性之屋宅，以神性爲軀體之主人，神性寄居於軀體之中，猶如行人寄居於客舍，生生死死，來來去去，變化不已，如敦煌遺書斯二六五一號韻文云：「五藴山中一室空，來來去去不相逢。一生生，任舍住，至今不識主人公。」所云「五藴山中一室空」者，亦爲軀體之喻；所云「來來去去不相逢」者，即云神性於軀體中來來去去，前生後生，交替不已。所云「至今不識主人公」者，主人公即神性之喻，以神性寄寓於軀體之中，變化不已，故云「不識」，亦即寒山詩之「其宅無正主」也。詩云「地生一寸草，水垂一滴露，火燒六箇賊，風吹黑雲雨」者，乃就地、水、火、風等「四大」立意，蓋人之軀體，即由「四大」因緣和合，聚會而成。《圓覺經》：「我今此身，四大和合。所謂髮毛爪齒皮肉筋骨髓腦垢色皆歸於地，唾涕膿血津液涎沫痰淚精氣大小便利皆歸於水，暖氣歸火，動轉歸風。」至於寒山詩結尾云「子細尋本人，布裹真珠爾」，「真珠」喻神性，以其本性清浄也；「布」則喻軀體，以其穢惡不潔也。真珠雖經布裹，而其貞質不變，以喻軀體雖然穢惡，亦無傷於神性之光明也。

傳語諸公子

傳語諸公子，聽説石齊奴〔一〕。僮僕八百人〔二〕，水碓三十區〔三〕。舍下養魚鳥〔四〕，樓上吹笙竽。伸頭臨白刃，癡心爲緑珠〔五〕。（二五〇）

【箋注】

〔一〕石齊奴：即石崇。《晉書·石崇傳》：「崇字季倫，生於青州，故小名齊奴。」按崇以豪富奢侈著稱。《石崇傳》又云：「崇潁悟有才氣，而任俠無行檢。在荆州，劫遠使商客，致富不貲。……財産豐積，室宇宏麗。後房百數，皆曳紈繡，珥金翠。絲竹盡當時之選，庖膳窮水陸之珍。與貴戚王愷、羊琇之徒以奢靡相尚。愷以粭澳釜，崇以蠟代薪。愷作紫絲布步障四十里，崇作錦步障五十里以敵之。崇塗屋以椒，愷用赤石脂。崇、愷争豪如此。武帝每助愷，嘗以珊瑚樹賜之，高二尺許，枝柯扶疏，世所罕比。愷以示崇，崇便以鐵如意擊之，應手而碎。愷既惋惜，又以爲嫉己之寶，聲色方厲。崇曰：『不足多恨，今還卿。』乃命左右悉取珊瑚樹，有高三四尺者六七株，條榦絶俗，光彩曜日，如愷比者甚衆。愷怳然自失矣。」《世説新語·汰侈》載石崇奢靡事甚夥。

〔二〕僮僕八百人：言其豪富。《漢書·貨殖傳》：「（蜀卓氏）富至童八百人，田池射獵之樂擬於人君。」《後漢書·折像傳》：「（折）國有貲財二億，家僮八百人。」《西京雜記》卷三：「茂陵富人袁廣漢，藏鏹巨萬，家僮八九百人。」

〔三〕水碓三十區：亦言其豪富。「水碓」類似水磨，爲借助水力舂米之裝置。由於水碓遏塞流水，晉時或加罷止，然而豪勢之家多競營之，以獲厚利。《太平御覽》卷七六二引王渾表云：「洛陽百里内，舊不得作水碓。臣表上先帝，聽臣立碓，并攙得官地。」《晉書·劉頌傳》：「郡界多公主水碓，遏塞流水，轉爲浸害。頌表罷之，百姓獲其便利。」《世説新語·儉嗇》：「司徒王戎，既貴且富，區宅僮牧、膏田水碓之屬，洛下無比。」按《太平御覽》卷四七一引王隱《晉書》曰：「石崇雖有人財，而性麄强，貪而好利，富擬王者。有司簿閲崇田宅財物，及水碓有三十餘區，蒼頭八百人，他珍寶奇異不可稱數。」即寒山詩「僮僕八百人，水碓三十區」二句所本。

〔四〕養魚鳥：白居易《雜興三首》之二：「流水不入田，壅入王宫裏。餘波養魚鳥，倒影浮樓雉。」按《文選》卷四五石崇《思歸引序》：「余少有大志，夸邁流俗。弱冠登朝，歷位二十五年，五十以事去官。晚節更樂放逸，篤好林藪，遂肥遁於河陽别業。其制宅也，却阻長堤，前臨清渠，柏木幾於萬株，流水周於舍下。有觀閣池沼，多養魚鳥。家素習技，頗有秦趙之聲。」即寒山詩「舍下養魚鳥，樓上吹笙竽」二句所本。

〔五〕伸頭臨白刃，癡心爲緑珠：「臨白刃」謂引首就斬。《景德傳燈録》卷二七《諸方雜舉徵拈代别語》：「僧肇法師遭秦主難，臨就刑説偈曰：四大元無主，五陰本來空，將頭臨白刃，猶如斬春風。」寒山此二句本事見《晉書·石崇傳》：「時趙王倫專權，崇甥歐陽建與倫有隙。崇有妓曰緑珠，美而豔，善吹笛，孫秀使人求之。崇時在金谷别館，方登凉臺，臨清流，婦人侍側。使者以告。崇盡出其婢妾數十人以示之，皆蕴蘭麝，被羅縠，曰：『在所擇。』使者曰：『君侯服御麗則麗矣，然則本受命指索緑珠，不識孰是？』崇勃然曰：『緑珠吾所愛，不可得也。』使者曰：『君侯博古通今，察遠照邇，願加三思。』崇曰：『不然。』使者出而又反，崇竟不許。秀怒，乃勸倫誅崇、建。崇、建亦潛知其計，乃與黄門郎潘岳陰勸淮南王允、齊王冏以圖倫、秀。秀覺之，遂矯詔收崇及潘岳、歐陽建等。崇正宴於樓上，介士到門。崇謂緑珠曰：『我今爲爾得罪。』緑珠泣曰：『當効死於官前。』因自投于樓下而死。崇曰：『吾不過流徙交、廣耳。』及車載詣東市，崇乃歎曰：『奴輩利吾家財。』收者答曰：『知財致害，何不早散之？』崇不能答。崇母兄妻子無少長皆被害，死者十五人。崇時年五十二。」慈受《擬寒山詩》一三九首：「君看石齊奴，不義畜財貨。喫劍爲緑珠，至死不知過。」

何以長惆悵

何以長惆悵，人生似朝菌〔一〕。那堪數十年，親舊凋落①盡〔二〕。以此思自哀，哀情不可忍。柰何當柰何〔三〕，託體歸山隱②〔四〕。（二五一）

【校勘】

①「親」，宫内省本、正中本、高麗本、四庫本皆作「新」。「落」，四庫本作「零」。②「託」，宫内省本、正中本、高麗本、四庫本皆作「脱」，全唐詩本夾注「一作脱」。「隱」，原作「引」，據宫内省本、正中

本、高麗本、四庫本、全唐詩本改。

【箋注】

〔一〕朝菌：《莊子·逍遥遊》：「朝菌不知晦朔，蟪蛄不知春秋。」陸德明釋文：「司馬云：大芝也。天陰生糞上，見日則死，一名日及，故不知月之終始也。崔云：糞上芝，朝生暮死，晦者不及朔，朔者不及晦。」成玄英疏：「朝菌者，謂天時滯雨，於糞堆之上熱蒸而生，陰濕則生，見日便死，亦謂之大芝，生於朝而死於暮，故曰朝菌。月終謂之晦，月旦謂之朔，假令逢陰，數日便萎，終不涉三旬，故不知晦朔也。」因以「朝菌」比喻生命短暫，《顔氏家訓·文章》：「君輩辭藻，譬若榮華，須臾之翫，非宏才也，豈比吾徒千丈松樹，常有風霜，不可凋悴矣。」駱賓王《樂大夫挽詞五首》之四：「一旦先朝菌，千秋掩夜臺。」李益《雜曲》：「不見朝生菌，易成還易衰。」

〔二〕親舊凋落盡：「凋落」謂亡故。陸機《歎逝賦》：「昔每聞長老追計平生同時親故，或凋落已盡，或僅有存者。」《大唐新語·文章》：「時諸學士凋落者衆，唯説、堅二人存焉。」

〔三〕柰何當柰何：唐人哀悼或送殯，皆口稱「柰何」以表悲痛。周一良曰：「唐人報喪或吊喪的書札中，有常用的套語『××奈何，××奈何』。有時前面兩字重複，如『哀痛奈何，哀痛奈何』，『痛當奈何，痛當奈何』。有時頭兩字不相同，如『哀苦奈何，哀痛奈何』，『酷當奈何，痛當奈何』。不但書面上如此寫，遇到喪事時，口頭上也這樣説。敦煌寫本《搜神記》記李玄對王子珍説：『若［你父］氣已絶，無可救濟，知復奈何，知復奈何！』又《伍子胥變文》云：『子胥控馬籠鞭，就水抱得小兒，拍搦悲啼吊問：汝父沉溺深江，荼毒奈何奈何！』古代書寫時，凡遇全句連續幾字都需重複，往往即在每字之下加點表示，以免重寫，所以《伍子胥變文》當是『荼毒奈何』一句四字之下都有點作爲重複的標記。輾轉抄寫時，漏去『荼毒』兩字下的標記，於是只剩下『奈何』二字重複了。『荼毒』、『酷罰』之類，也是吊喪書信中常見的套語。日僧圓仁《入唐求法巡禮行記》開成四年閏正月九日記：『適聞知澄大德已靈變［死亡］，道門哀喪，當須（復）奈何。』『××奈何』既是喪事習用以表哀悼的話，大約在送葬時大家口裏也如此唱念，所以詩裏説『唱奈何』。」《王梵志詩的幾條補注》，載《北京大學學報》一九八四年四期。楚按，周氏所釋爲王梵志詩〇一一首之「富者辦棺木，貧窮席裹角。相共唱奈何，送著空塚閣」，其説甚是。《朝野僉載》卷五記兵部尚書婁師德鄉人犯贓，都督許欽明欲決殺令衆，「尚書切責之曰：『汝辭父娘，求覓官職，不能謹潔，知復奈何！』將一楪餓餅與之曰：『喫却，作箇飽死鬼去！』」蓋與鄉人作死別，故云「知復奈何」。《太平廣記》卷二六二《助喪禮》（出《笑林》）：「有人弔喪，并欲齎物助之，問人可與何等物，答曰：『錢布帛，任君所有爾。』因齎大豆一斛，置孝子前，謂曰：『無可有，以大豆一斛相助。』孝子哭『孤窮奈何』。曰：『造豉。』孝子又哭『孤窮』。曰：『適得便窮，更送一石。』」按孝子所哭「孤窮奈何」等語，實具禮儀作用，此人昧於世事，執實理解，遂傳爲笑柄，載入《笑林》。而「孝子哭『孤窮奈何』」之事，即是梵志詩的「唱奈何」，蓋送葬之時，亦須哭「××奈何」以助哀也。又按，以「奈何」之語表示哀悼，實非始於唐代。《三國志·魏書·毌丘儉傳》

裴注引文欽《與郭淮書》:「大將軍昭伯與太傅(伯)俱受顧命,登牀把臂,託付天下,此遠近所知。後以勢利,乃絶其祀,及其親黨,皆一時之後,可爲痛心,柰何柰何!」又《大般涅槃經後分》卷上:「哀哉哀哉,痛苦奈何奈何!莫大愁毒,熱惱亂心,如來化緣周畢,一切人天無能留者,苦哉苦哉,奈何奈何!」雖爲譯經,哀悼用語仍屬中土也。寒山詩之「柰何當柰何」,亦屬哀悼之語也。

〔四〕託體歸山隱:謂歸葬墳山。陶淵明《挽歌詩三首》之三:「死去何所道,託體同山阿。」下句即寒山詩「託體歸山隱」之意。《真誥》卷四亦云:「得道去世,或顯或隱。託體遺迹,道之隱也。」

繿縷關前業

繿縷關前業〔一〕,莫訶今日身〔二〕。若言由冢墓①〔三〕,箇是極癡人〔四〕。到頭君作鬼〔五〕,豈令男女貧〔六〕。皎然易解事〔七〕,作麽無精神〔八〕。(二五二)

【校勘】

①「冢」,正中本、高麗本作「家」,四庫本作「家」。「墓」,宫内省本、四庫本作「宅」,全唐詩本夾注「一作宅」。

【箋注】

〔一〕繿縷:本義爲衣服破弊貌,引申爲貧窮之義。陶淵明《飲酒二十首》之九:「繿縷茅簷下,未足爲高栖。」《太平廣記》卷二三八《成都丐者》引《朝野僉載》逸文:「成都有丐者,詐稱落泊衣冠,弊服繿縷。」又卷一五八《陰君文字》（出《玉堂閒話》）：「其士人官至冀州録事參軍，繿縷而卒。」又卷二九二《徐郎》（出《幽明録》）：「京口有徐郎者，家甚繿縷，常於江邊拾流柴。」亦作「藍縷」。《左傳》宣公十二年：「篳路藍縷，以啓山林。」杜預注：「篳路，柴車；藍縷，敝衣。」《太平廣記》卷三四八《牛生》（出《會昌解頤録》）：「有一人窮寒，衣服藍縷，亦來投店。」亦作「繿縷」。《太平廣記》卷二五七《封舜卿》（出《王氏見聞》）：「引數十輩貧兒，繿縷衣裳，携男抱女，挈筐籠而拾麥。」又卷八六《王處回》（出《野人閑話》）：「一旦有道士，龐眉大鼻，布衣繿縷。」

前業：前世所造之業因。《廣弘明集》卷一四李師政《内德論·空有三》：「亦有夭命胞胎，受疾嬰孩，喜怒未競，嗜欲未開，未觸冒於寒暑，未毀悴於悲哀，壽欲何而夭，疾何從而來？則其所以然者，豈非前業之由哉？」張喬《題興善寺僧道深院》：「法本無前業，禪非爲後身。」王梵志詩〇九一首：「前業作因緣，今身都不記。」慈受《擬寒山詩》第五〇首：「貧賤關前業，休嗟命未亨。」

〔二〕訶：責罵。《顔氏家訓·教子》：「飲食運爲，恣其所欲，宜誡翻獎，應訶反笑，至有識知，謂法當爾。」

今日身：謂今生之身。

〔三〕由冢墓：按中國古代堪輿風水之説認爲，子孫的禍福係由祖先冢墓的風水決定。如《異苑》卷四：「孫堅喪父，行葬地。忽有一人曰：『君欲百世諸侯乎？欲四世帝乎？』笑曰：『欲帝。』此人因指一處，喜悦而没。堅異而從之。時富春有沙漲暴出，及堅爲監丞，鄰黨相送於上，父老謂曰：『此沙狹而長，子後將爲長沙矣。』果起義兵於長沙。」《世説新語·術解》：「晉明帝解占冢宅，聞郭璞爲人葬，帝微服往看。因問主人：『何以葬龍角？此法當滅族。』主人曰：『郭云：此葬龍耳，不出三年，當致天子。』帝問：『爲是出天子邪？』答：『非出天子，能致天子問耳。』」又：「人有相羊祜父墓，後應出受命君。祜惡其言，遂掘斷墓後以壞其勢。相者立視之曰：『猶應出折臂三公。』俄而祜墜馬折臂，位果致公。」劉孝標注引《幽明録》曰：「羊祜工騎乘，有一兒五六歲，端明可喜。掘墓之後，兒即亡。羊時爲襄陽都督，因盤馬落地，遂折臂。于時士林咸歎其忠誠。」《太平御覽》卷五五六引《相冢書》曰：「凡葬龍耳，富貴出五侯。葬龍頭，暴得富貴，人不能見。葬龍口，賊子孫。葬龍齒，三年暴死。葬龍咽，死滅門。葬龍腮，必卒死。天子葬高山，諸侯葬連崗，臣人葬平地。」又卷五六〇引《圖墓書》曰：「欲知貧富，岡陵肥薄，狀如肥馬，草木茂盛，色黄紫，皆富也；岡陵多傷缺，土色赤白，地瘠，草木黄赤不茂，或多細石，皆貧。」按《説郛》（宛委山堂本）弓二四王洙《王氏談録·論陰陽拘忌》：「公言昔有一士人，病其家數世未葬，亟出錢買地一方，稍近爽塏者，自祖考及緦麻小功之親，悉以昭穆之次葬之，都無歲月日時，陰陽忌諱與塋穴之法。人且識其易，而謂禍福未可知。歲中輒遷官秩，後其家益盛。以此觀之，真達者也。今之人稽留葬禮，動且踰紀，邀求不信之福于祖先遺骸，真罪人也。」亦爲駁斥「由冢墓」之説。

〔四〕箇是：此是。見〇四七首注〔五〕。

〔五〕到頭：終究，畢竟。見〇五七首注〔七〕。

〔六〕男女：兒女。見二四二首注〔六〕。

〔七〕皎然：分明，顯然。《文心雕龍·聲律》：「抗喉矯舌之差，攢脣激齒之異，廉肉相準，皎然可分。」道宣《廣弘明集序》：「至如寇謙之拒崔浩，禍福皎然；鄭藹之抗周君，成敗俄頃。」《汾陽無德禪師語録》卷上：「緇素皎然，不得錯會。」《宗鏡録》卷七九：「法喻皎然，真僞可驗。」《三朝北盟會編》卷一一：「況我軍擬賊倍萬，以彼較此，利害皎然。」

〔八〕作麽：爲什麽。貫休《陋巷》：「亦知希驥無希者，作麽令人强轉頭。」又《送僧歸山》：「霞外終須去，人間作麽來。」又《秋居寄王相公三首》之一：「好句慵收拾，清風作麽來？」亦作「作摩」。《祖堂集》卷一一《金峰和尚》：「僧曰：『和尚還傳也無？』師云：『作摩不傳？』」

我見黄河水

我見黄河水，凡經幾度清〔一〕。水流如急箭〔二〕，人世若浮萍〔三〕。癡屬根本業〔四〕，無明煩惱阬〔五〕。輪迴幾許劫〔六〕，只爲造迷盲〔七〕。（二五三）

【箋注】

〔一〕我見黄河水，凡經幾度清：按古代相傳黄河千年一清。見〇六四首注〔二〕。張説《東都酺宴》：「人間知幾代，今日見河清。」徐夤《讀史》：「須知飲啄繇天命，休問黄河早晚清。」皎然

《兵後西日溪行》：「黄河幾度濁復清，此水如今未曾改。」

〔二〕水流如急箭：王周《巫廟》：「巴水走若箭，峽山開如屏。」又《藕池阻風寄同行撫牧裘駕》：「路間堤缺水如箭，未知何日生南風。」熊孺登《湘江夜泛》：「江流如箭月如弓，行盡三湘數夜中。」這裏隱喻時光流逝。《論語・子罕》：「子在川上曰：『逝者如斯夫，不舍晝夜！』」

〔三〕浮萍：浮萍無根，飄浮水面，因以比喻人世飄泊不定。李頎《贈張旭》：「問家何所有，生事如浮萍。」杜甫《又呈竇使君》：「相看萬里外，同是一浮萍。」白居易《九江春望》：「淼茫積水非吾土，飄泊浮萍自我身。」高蟾《途中除夜》：「南北浮萍跡，年華又暗催。」

〔四〕癡屬根本業：「癡」即愚癡，爲佛教「三毒」之一，亦稱「無明」，見〇四一首注〔一〕。「根本業」即「根本惑」、「根本煩惱」，佛教以貪、瞋、癡、慢、疑、惡見等爲六種根本煩惱。《地藏菩薩本願經》卷下：「是罪報人乃至墮大惡趣，菩薩以方便力，拔出根本業緣，而遣悟宿世之事。」《阿毘曇心論》卷一：「不正業思願者是根本業。」

〔五〕無明煩惱阬：「無明」即愚癡之别名，「阬」同「坑」。佛教以煩惱陷人，故喻之爲坑。

〔六〕輪迴：佛教認爲衆生展轉生死於六道之中，稱爲「輪迴」。見二一四首注〔一〕。幾許劫：多少劫，形容極久遠之時間。「幾許」即幾多、多少，《文選》卷二九《古詩十九首》之十：「河漢清且淺，相去復幾許？」《大智度論》卷一一：「即問維那：『此衆中幾許物得作一日食？』維那答曰：『三十兩金足得一日食。』」佛教稱世界成壞一次爲一「劫」。見二〇五首注〔三〕。

〔七〕迷盲：謂對佛法迷惑無知。寒山詩一九六首亦云：「千生萬死凡幾生，生死來去轉迷盲。」見該首注〔二〕。

楚按，臺北故宫博物院藏黄庭堅法帖，書此詩作：「我見黄河水，凡經幾度清。水流如激箭，人世若浮萍。癡屬根本業，愛爲煩惱阬。輪迴幾許劫，不解了無明。」文字與詩集不盡相同。

二儀既開闢

二儀既開闢〔一〕，人乃居其中〔二〕。迷汝即吐霧，醒汝即吹風。惜①汝即富貴〔三〕，奪汝即貧窮。碌碌群漢子〔四〕，萬事由天公〔五〕。（二五四）

【校勘】

①「惜」，高麗本作「借」。

【箋注】

〔一〕二儀：指天地。曹植《惟漢行》：「太極定二儀，清濁始以形。」方干《送僧歸日本》：「四極雖云共二儀，晦明前後即難知。」《太平廣記》卷四六《白幽求》（出《博異志》）：「清波涵碧烏，天藏黯黮連。二儀不辨處，忽吐清光圓。」唐《无能子》卷上《聖過》：「天地未分，混沌一炁，一炁充溢，分爲二儀，有清濁焉，有輕重焉，輕清者上爲陽爲天，重濁者下爲陰爲地。」　開闢：指天地初開。《藝文類聚》卷一引徐整《三五曆紀》曰：「天地混沌如雞子，盤古生其中，萬八千歲，天地開闢，陽清爲天，陰濁爲地。盤古在其中，一日九變，神於天，聖於地，天日高一丈，地日厚一丈，盤古日長一丈。如此萬八千歲，天數極高，地數極深，盤古極長，後乃有三皇。」

〔二〕人乃居其中：按《太平御覽》卷三六〇引《鬻子》曰：「天地闢，萬物生，人爲正焉。」又引《風俗通》曰：「天地初開，未有人，女媧擣黄土爲人，力不暇，乃引絙於泥中以爲人。富者，黄土人也；貧賤凡庸，絙人也。」義浄《南海寄歸内法傳序》：「二儀分判，人生其中，感清濁氣，自然而有。」

〔三〕惜：愛惜。《廣雅・釋詁一》：「惜，愛也。」《晉書・摯虞傳》：「臣聞昔之聖明，不愛千乘之國，而惜桐葉之信。」楚按，高麗本「惜」作「借」，於義爲長。「借汝即富貴」之例，如《搜神記》卷一〇：「周擥嘖者，貧而好道。夫婦夜耕，困息卧，夢天公過而哀之，敕外有以給與。司命按録籍，云：『此人相貧，限不過此。唯有張車子應賜錢千萬，車子未生，請以借之。』天公曰：『善。』曙覺，言之。於是夫婦戮力，晝夜治生，所爲輒得，貲至千萬。先時有張嫗者，嘗往周家傭賃，野合有身，月滿當孕，便遣出外，駐車屋下。産得兒，主人往視，哀其孤寒，作粥糜食之。問：『當名汝兒作何？』嫗曰：『今在車屋下而生，夢天告之，名爲車子。』周乃悟曰：『吾昔夢從天換錢，外白以張車子錢貸我，必是子也，財當歸之矣。』自是居日衰減。車子長大，富於周家。」

〔四〕碌碌：勞苦貌。牟融《遊報本寺》之二：「自笑微軀長碌碌，幾時來此學無還。」

〔五〕萬事由天公：崔顥《邯鄲宫人怨》：「少年去去莫停鞭，人生萬事由上天。非我今日獨如此，古今歇薄皆共然。」永樂大典戲文《張協狀元》第二齣：「功名富貴人之欲，信知萬事由蒼天。」按《朝野僉載》卷六：「魏徵爲僕射，有二典事之長參，時徵方寢，二人窗下平章。一人曰：『我等官職總由此老翁。』一人曰：『總由天上。』徵聞之，遂作一書，遣『由此老翁』人者送至侍郎處，云『與此人一員好官』。其人不知，出門心痛，憑『由天上』者送書。明日引注，『由老人』者被放，『由天上』者得留。徵怪之，問焉，具以實對。乃嘆曰：『官職禄料由天者，蓋不虚也。』」即「萬事由天公」之例。

余勸諸稚子

余勸諸稚子，急離火宅中〔一〕。三車在門外〔二〕，載你免飄蓬〔三〕。露地四衢坐〔四〕，當天萬事空〔五〕。十方無上下〔六〕，來去①任西東〔七〕。若得箇中意〔八〕，縱②横處處通。（二五五）

【校勘】

①「去」，宫内省本、四庫本作「往」，全唐詩本夾注「一作往」。②「縱」，高麗本作「蹤」。

【箋注】

〔一〕火宅：佛經以「火宅」比喻塵世，參看一九〇首篇後引《妙法蓮華經·譬喻品》。《中陰經》卷下：「三界爲火宅，火炎極熾盛。」白居易《自悲》：「火宅煎熬地，霜松摧折身。」

〔二〕三車：即羊車、鹿車、牛車，佛經分别譬喻聲聞乘、緣覺乘、菩薩乘。見一九〇首注〔三〕。

〔三〕飄蓬：蓬草秋後根拔，隨風飄走，因以「飄蓬」比喻飄泊不定。尹式《别宋常侍》：「遊人杜陵北，送客漢川東。無論去與住，俱是一飄蓬。」許渾《陵陽春日寄汝洛舊游》：「百年身世似飄蓬，澤國移家疊嶂中。」寒山詩之「飄蓬」，則指生死輪迴於六道之中。

〔四〕露地四衢坐：《妙法蓮華經·譬喻品》：「諸子等安穩得出，皆於四衢道中露地而坐。」按「露地」即露着，無遮蓋。《十誦律》卷四：「露地處者，無壁障無籬無薄席障無衣幔障，是名露地。」《雜寶藏經》卷八《佛弟難陀爲佛所逼出家得道緣》：「遥見佛來，大樹後藏。樹神舉樹，在虚空中，露地而立。」王梵志詩〇五五首：「貧窮實可憐，飢寒肚露地。」「四衢」指四通之路。《爾雅·釋宫》：「四達謂之衢。」佛教或以喻苦、集、滅、道等四諦。智顗説《妙法蓮華經文句》卷五下：「衢道正譬四諦，四諦觀異名爲四衢，四諦同會見諦，如交路頭。」

〔五〕當天：露天，這裏指脱離火宅。　萬事空：萬事虚幻不實，不復繫念。皎然《送辨聰上人還廣陵》：「隋家古柳數株在，看取人間萬事空。」《禪門諸祖師偈頌》卷一龍牙和尚頌（第五二首）：「家具攏攏一老翁，眉間長髮白怱怱，心休意息從何有，秖爲心頭萬事空。」晁迥《法藏碎金録》卷一：「諦觀悠悠萬事，無州挽詞三首》之二：「不謂三日别，今成萬事空。」黄庭堅《黄潁不是空，智者一以貫之，歸於無物。」

〔六〕十方無上下：四方、四維及上下稱爲「十方」。見一六〇首注〔四〕。「無上下」謂不分上下，以言來去自由無礙。

〔七〕任西東：或西或東，隨心任意，亦言自由無礙。駱賓王《疇昔篇》：「判將運命賦窮通，從來奇舛任西東。」黄滔《落花》：「不如沙上蓬，根斷隨長風。飄然與道俱，無情任西東。」

〔八〕箇中意：此中意。見一〇五首注〔五〕。

可歎浮生人

可歎浮生人〔一〕，悠悠何日了。朝朝無閑時，年年不覺老。惣爲求衣食，令心①生煩惱。擾擾百千年〔二〕，去來三惡道〔三〕。（二五六）

【校勘】

①「心」，全唐詩本夾注「一作人」。

【箋注】

〔一〕浮生人：指世間之人。人生無常，變化不定，稱爲「浮生」，見一九七首注〔三〕。

〔二〕擾擾：衆多而紛亂貌。《列子·周穆王》：「數十年來存亡、得失、哀樂、好惡，擾擾萬緒起矣。」

〔三〕去來三惡道：謂生死輪迴於三惡道中。「去來」即生死，參看一九六首注〔二〕。「三惡道」即「六道」中的畜生道、餓鬼道、地獄道，亦稱「三途」，見一一二首注〔三〕。

時人尋雲路

時人尋雲路〔一〕，雲路杳無蹤。山高多險峻，澗闊少玲瓏〔二〕。碧嶂前兼後〔三〕，白雲西復東〔四〕。欲知雲路處，雲路在虚空。（二五七）

【箋注】

〔一〕雲路：山路高入雲霄，稱爲「雲路」。盧照鄰《贈益府裴録事》：「青山雲路深，丹壑月華臨。」本詩下文亦云：「欲知雲路處，雲路在虚空。」

〔二〕玲瓏：精細小巧貌。元稹《緣路》：「總是玲瓏竹，兼藏淺漫溪。」《雲溪友議》卷下載温岐詞：「玲瓏骰子安紅豆，入骨相思知不知。」

〔三〕前兼後：亦前亦後。

〔四〕西復東：或西或東。王維《愚公谷三首》之一：「寧問春將夏，誰論西復東。」劉長卿《避地江東留别淮南使院諸公》：「長安路絶鳥飛通，萬里孤雲西復東。」孟郊《戲贈陸大夫十二丈》之二：「風吹荷葉在，渌萍西復東。」張籍《賈客樂》：「年年逐利西復東，姓名不在縣籍中。」白居易《送文暢上人東遊》：「得道即無著，隨緣西復東。」姚合《同諸公會太府韓卿宅》：「即聽雞唱天門曉，吏事相牽西復東。」杜牧《柳長句》：「日落水流西復東，春光不盡柳何窮。」温庭筠《江上别友人》：「秋色滿葭菼，離人西復東。」唐彦謙《憶孟浩然》：「郊外凌兢西復東，雪晴驢背興無窮。」鄭谷《倦客》：「十年五年岐路中，千里萬里西復東。」許彬《漢南懷友人》：「此身西復東，何計此相逢。」無可《宿西嶽白石院》：「白石上嵌空，寒雲西復東。」皎然《江上風》：「江風西復東，飄暴忽何窮。」

寒山棲隱處

寒山棲隱處，絶得雜人過〔一〕。時逢林内鳥，相共唱山歌。瑞草聯谿谷〔二〕，老松枕嵯峩〔三〕。可觀無事客〔四〕，憩歇在巖阿〔五〕。（二五八）

【箋注】

〔一〕絶得：斷絶，杜絶。「得」是用在動詞後的助詞。　過：造訪。《詩·召南·江有汜》：「之子歸，不我過。」《世説新語·賢媛》：「周浚作安東時，行獵，值暴雨，過汝南李氏。」

〔二〕瑞草：吉祥之草，形容豐美之草。盧綸《奉和聖製麟德殿宴百僚》：「玉欄豐瑞草，金陛立神羊。」《古尊宿語録》卷七《風穴禪師語録》：「滿目荒郊翠，瑞草却滋榮時如何？」《續古尊宿語要》卷一《琅琊覺和尚語》：「如何是佛？巖前多瑞草。如何是道？澗下足靈苗。」

〔三〕老松枕嵯峩：謂古松偃蹇盤屈於高峻之山石上。「嵯峩」同「嵯峨」，高峻貌。淮南小山《招隱士》：「山氣巃嵸兮石嵯峨。」

〔四〕無事客：猶云「無事人」。參看二三四首注〔七〕。這裏是寒山自稱。

〔五〕巖阿：山之曲處。《文選》卷二六潘岳《河陽縣作二首》之二：「川氣冒山嶺，驚湍激巖阿。」吕良注：「巖阿，山曲也。」歐陽衮《田家》：「巖阿青氣發，籬落杏花開。」按此首之「巖」，當是指寒山棲隱之寒巖。

五嶽俱成粉

五嶽俱成粉〔一〕，須彌一寸山〔二〕。大海一滴水，吸入在①心田〔三〕。生長菩提子〔四〕，偏蓋天中天〔五〕。語汝慕道者〔六〕，慎莫繞十纏〔七〕。（二五九）

【校勘】

①「在」，宫内省本、正中本、高麗本、四庫本皆作「其」，全唐詩本夾注「一作其」。

【箋注】

〔一〕五嶽：我國五大名山之總稱。《周禮·春官·大宗伯》：「以血祭祭社稷、五祀、五嶽。」鄭玄注：「五嶽，東曰岱宗，南曰衡山，西曰華山，北曰恒山，中曰嵩高山。」

〔二〕須彌：佛經中的大山，爲一小世界之中心。見一一九首注〔六〕。

〔三〕心田：指心，因爲心藏善惡種子，能萌發善惡之苗，故喻之爲田。齊己《題東林白蓮》：「誰知不染性，一片好心田。」吕巖《七言》：「世上何人會此言，休將名利挂心田。」

〔四〕菩提子：菩提樹之種子，亦雙關覺悟成佛之種因。蓋「菩提」有二義，一即菩提樹。《酉陽雜俎前集》卷一八《木篇》：「菩提樹，出摩伽陀國，在摩訶菩提寺，蓋釋迦如來成道時樹，一名思惟樹。莖幹黄白，枝葉青翠，經冬不凋。至佛入滅日，變色凋落，過已還生。……《西域記》謂之卑鉢羅，以佛於其下成道，即以道爲稱，故號菩提婆力叉，漢翻爲道樹。」二即覺，亦譯道，即覺悟佛道之智慧。窺基《成唯識論述記》卷一：「梵云菩提，此翻爲覺，覺法性故。」

〔五〕徧蓋天中天：謂菩提樹種子生長爲菩提大樹，遍蓋天中之天；亦雙關菩提種子因萌發爲菩提道心，其廣大無所不至。《華嚴經》卷一：「如來處世無所依，法身清淨無起滅，而能照見無量土，一切悉見天中天。」按《善慧大士語録》卷三《心王銘》（又頌曰）：「心王明教法，敷揚般若蓮。淨地菩提子，蓋得天中天。」後二句與寒山詩「生長菩提子，徧蓋天中天」如出一轍，恐非巧合。

〔六〕慕道者：嚮往佛道之人。「道」這裏指佛道。劉禹錫《袁州萍鄉縣楊岐山故廣禪師碑》：「十三慕道，遵壞削之儀。」《景德傳燈録》卷四《袁州蒙山道明禪師》：「少於永昌寺出家，慕道頗切，往依五祖法會，極意研尋。」

〔七〕十纏：十種纏繞衆生之煩惱。「纏」即煩惱之異名，其數有十。《阿毘達磨俱舍論》卷二一：「根本煩惱，亦名爲纏。」《大智度論》卷七：「纏者十纏：瞋纏、覆罪纏、睡纏、眠纏、戲纏、掉纏、無慚纏、無愧纏、慳纏、嫉纏。復次，一切煩惱結纏心故，盡名爲纏。」《三藏法數・十纏》：「纏者，縛也，謂一切衆生被此十法纏縛，不能出離生死之苦，證得涅槃之樂也。一無慚，慚即慚天，謂人於屏處作諸過惡，不自慚恥也。二無愧，愧即愧人，謂於人所見處爲諸過非，不知羞愧也。三嫉，嫉者，妬也，謂見他人榮富，心生妬忌也。四慳，慳者，吝也，謂人於世間貲財及出世間法財，不肯惠施也。五悔，悔者，恨也，謂所作之過，蔕芥胸臆，不能自安也。六睡眠，睡眠者，謂人昏懵不惺，常樂睡眠，無所省察也。七掉舉，掉舉者摇動也，謂心念動摇，不能攝伏，於諸禪觀，無由成就也。八昏沉，昏沉者，昏鈍沉墜也，謂神識昏鈍，懵然無知，不加精進之功，遂致沉墜苦海也。九瞋忿，瞋忿者，恚怒也，謂人於違情之境，不順己意，便發恚怒，而忘失正念也。十覆，覆者，藏也，謂隱藏所作過惡，惟恐人知，不能悔過而遷善也。」

《宗鏡録》卷二一：「如是性戒，即法身也。法身者，即如來智慧也。如來智慧者，即正覺也。是故不同小乘，有取捨故。然雖無取捨，於理行二門，亦不廢具修。如寒山子詩云：『五嶽俱成粉，須彌一寸山。大海一滴水，吸在我心田。生長菩提子，遍蓋天中天。爲報慕道者，慎勿遶十纏。』」

無衣自訪覓

無衣自訪覓，莫共狐謀裘。無食自采①取，莫共羊謀羞〔一〕。借皮兼借肉，懷歎復懷愁。皆緣義失所②〔二〕，衣食常不周。（二一六〇）

【校勘】

①「采」，宫内省本、四庫本作「採」。　②「失所」下全唐詩本夾注「一作所失」。

【箋注】

〔一〕羞：美味食品。《左傳》僖公十七年：「雍巫有寵於衛共姬，因寺人貂以薦羞於公。」按寒山詩「無衣自訪覔」以下四句，典出《太平御覽》卷二〇八引《符子》曰：「魯侯欲以孔子爲司徒，將召三桓而議之，乃謂左丘明曰：『寡人欲以孔丘爲司徒，而授以魯政焉，寡人將欲詢諸三子。』左丘明曰：『孔丘聖人與！夫聖人在政，過者離位焉。君雖欲謀，其罪弗合乎？』魯侯曰：『吾子奚以知之？』丘明曰：『周人有愛裘而好珍羞。欲爲千金之裘，而與狐謀其皮；欲具少牢之珍，而與羊謀其羞。言未卒，狐相率逃於重丘之下，羊相呼藏於深林之中。故周人十年不制一裘，五年不具一牢，何者？周人之謀失之矣。今君欲以孔丘爲司徒，召三桓而議之，亦以狐謀裘、與羊謀羞哉！』於是魯侯遂不與三桓謀，而召孔丘爲司徒。」

〔二〕義失所：取義不當，指對象不合。「失所」即失宜。《左傳》哀公十六年：「失志爲昏，失所爲愆。」

自羨山間樂

自羨山間樂，逍遥無倚託①。逐日養殘軀〔一〕，閑思無所作〔二〕。時披古佛書〔三〕，往往登石

閣。下窺千尺崖，上有雲盤泊②〔四〕。寒月冷颼颼，身似孤飛鶴〔五〕。（二六一）

【校勘】

①「託」，宮内省本、高麗本、四庫本作「托」。　②「盤泊」，宮内省本、四庫本作「盤礴」，正中本作「旁礴」，高麗本作「旁礴」，全唐詩本「泊」下夾注「一作礴」。

【箋注】

〔一〕逐日：每天，日復一日。白居易《自詠五首》之四：「一日復一日，自問何留滯。爲貪逐日俸，擬作歸田計。」又《首夏》：「料錢隨月用，生計逐日營。」李群玉《送客往涔陽》：「春與春愁逐日長，遠人天畔遠思鄉。」《太平廣記》卷一六五《王叟》（出《原化記》）：「唯有五千之本，逐日食利，但存其本，不望其餘。」

〔二〕無所作：亦云「無作」，即無所造作。《維摩詰經・入不二法門品》：「是空是無相，是無作爲二，空即無相，無相即無作。」《善慧大士語録》卷三《行路易十五首》之十二：「無用是無作，無作是無心。」《小室六門・血脈論》：「佛不持戒，佛不修善，佛不造惡，佛不精進，佛不懈怠，佛是無作人，但有住著心見佛即不許也。」《龐居士語録》卷中：「若有發心者，直須學無作。莫道怕落空，得空亦不惡。」

〔三〕披：翻閱。白居易《讀鄧魴詩》：「塵架多文集，偶取一卷披。未及看姓名，疑是陶潛詩。」

〔四〕盤泊：逗留，盤據。《太平廣記》卷二三〇《王度》（出《異聞集》）：「樹心有一穴，於地漸大，有巨蛇蟠泊之跡。」又卷四二五《陸社兒》（出《九江記》）：「有大蛟龍無首，長百餘丈，血流注地，盤泊數畝。」《祖堂集》卷二《第二十七祖般若多羅尊者》：「父母淪亡，東西盤泊。」又一〇《大普和尚》：「見雪峰，數年盤泊，更不他往。」《古尊宿語録》卷三五《大隨開山神照禪師語録》：「師云：『未入蜀時在什麼處盤泊？』僧云：『無處所。』」宫内省本作「盤礴」，同。《太平廣記》卷三六六《杜元潁》（出《戎幕閒談》）：「資州方丈大石走行，盤礴數畝。」

〔五〕孤飛鶴：按古人多以孤鶴比喻逍遥自在，一無依傍。白居易《送毛仙翁》：「語罷倏然別，孤鶴升遥天。」雍陶《送客遥望》：「光華不可見，孤鶴没秋雲。」劉得仁《送知全禪師南遊》：「迴期不可定，孤鶴在高冥。」王周《會嗆岑山人》：「略坐移時又分別，片雲孤鶴一枝笻。」無作《謝武肅王》：「雲鶴性孤單，争堪名利關。銜恩雖入國，辭命却歸山。」徐鉉《送汪處士還黟歙》：「孤雲野鶴任天真，乘興遊梁又適秦。」尤袤《全唐詩話》卷六《僧貫休》：「錢鏐自稱吴越國王，休以詩投之曰：『貴逼身來不自由，幾年勤苦踏林丘。滿堂花醉三千客，一劍霜寒十四州。萊子衣裳宫錦窄，謝公篇詠綺霞羞。他年名上凌烟閣，豈羡當時萬户侯。』鏐諭改爲『四十州』，乃可相見。曰：『州亦難添，詩亦難改。然閒雲孤鶴，何天而不可飛？』遂入蜀。」

我見轉輪王

我見轉輪王〔一〕，千子常圍繞〔二〕。十善化四天〔三〕，莊嚴多七寶〔四〕。七寶鎮隨身〔五〕，莊嚴甚妙好。一朝福報盡〔六〕，猶若棲蘆鳥〔七〕。還作牛領蟲①〔八〕，六趣受業道〔九〕。況復諸凡夫〔一〇〕，無常豈長保〔一一〕。生死如旋火〔一二〕，輪迴似麻稻〔一三〕。不解早覺悟，爲人枉虚老。（二六二）

【校勘】

①「蟲」，四庫本作「虫」。

【箋注】

〔一〕轉輪王：佛經中所説的人間聖主，轉輪寶以威伏四方，又分爲金輪王、銀輪王、銅輪王、鐵輪王四種。《大般涅槃經》卷一二：「爾時頂生於十五日，處在高樓，沐浴受齋。即於東方，有金輪寶，其輪千輻，轂輞具足，非工匠造，自然成就，而來應之。頂生大王即作是念：我昔曾聞五通仙説，若刹利王於十五日處在高樓，沐浴受齋，若有金輪，千輻不減，轂輞具足，非工匠造，自然成就，而來應者，當知是王，即當得作轉輪聖帝。復作是念：我今當試。即以左手擎此輪寶，右執香爐，右膝著地，而發誓言：『是金輪寶若實不虚，應如過去轉輪聖王所行道去。』作是誓已，是金輪寶飛昇虚空，遍十方已，還來住在頂生左手。爾時頂生心生歡喜，踴躍無量，復作是言：『我今定當作轉輪王。』」《雜譬喻經》：「轉輪聖王所以致金輪者，帝釋常勑四天王，一月六日按行天下，伺人善惡。四天王及太子使者，見有大國王以十善四等治天下，憂勤人物，心喻慈父，以是事白天帝釋，帝釋聞之，慶其能爾，便勑毘首羯磨賜其金輪，毘首羯磨即出金輪，持付毘沙門天王，毘沙門天王持付飛行夜叉，飛行夜叉持來與大國王。毘沙門天王勅此夜叉：『汝常爲王持此金輪，畢其壽命，不得中捨。』是夜叉常爲持之，進止來去，隨聖王意，當王頂上，盡其壽命，然後還付毘沙門天王，毘沙門天王付毘首羯磨，毘首羯磨還内著寶藏中。」道宣《釋迦方誌》卷上：「凡人極位，名曰輪王。……又輪王有四王，約統四洲。金輪王者，則通四有；銀輪三方，除北一洲；銅輪二方，除西北方；鐵輪在南，除於三方。言贍部者，中梵天音，唐言譯爲輪王居處。」

〔二〕千子常圍繞：轉輪王生子千人。《中阿含經》卷一一：「若在家者，必爲轉輪王，……千子具足，顔貌端正，勇猛無畏，能伏他衆。」

〔三〕十善：佛教以殺生、偷盗、邪淫、妄語、兩舌、惡口、綺語、貪欲、瞋恚、邪見等爲「十惡」，斷絶「十惡」，即爲「十善」。《弘明集》卷一三郗超《奉法要》：「十善者，身不犯殺、盗、婬，意不嫉、恚、癡，口不妄言、綺語、兩舌、惡口。」契嵩《輔教編》上《原教》：「曰天乘者，廣於五戒，謂之十善也。一曰不殺，二曰不盗，三曰不邪淫，四曰不妄語，是四者，其義與五戒同也。五曰不綺語，謂不爲飾非言。六曰不兩舌，謂語人不背面。七曰不惡口，謂不罵，亦曰不道不義。八曰不嫉，謂無所妬忌。九曰不恚，謂不以忿恨宿於心。十曰不癡，謂不昧善惡。」　四天：即四天下，亦稱四大部洲，即此方世界，爲金輪王所統轄的區域。《長阿含經》卷六：「乃往過去，久遠世時，有王名堅固念，刹利水澆頭種，爲轉輪聖王，領四天下。」《大唐西域記》卷一：「海中可居者，大略有四洲焉。東毘提訶洲,南贍部洲,西瞿陁尼洲,北拘盧洲。金輪王乃化被四天下,銀輪王則政隔北拘盧,銅輪王除北拘盧及西瞿陁尼,鐵輪王則唯贍部洲。」

〔四〕莊嚴:裝飾。《大唐西域記》卷五《鉢邏耶伽國》:「初第一日,置大佛像,衆寶莊嚴。」《景德傳燈録》卷二〇《陝府龍谿和尚》:「問:『如何是無縫塔?』師曰:『百寶莊嚴今已了。』」七寶:按「七寶」之義不一,這裏是指「輪王七寶」。《長阿含經》卷三:「爾時大善見王七寶具足,王有四德,主四天下。何謂七寶?一金輪寶,二白象寶,三紺馬寶,四神珠寶,五玉女寶,六居士寶,七主兵寶。云何善見大王成就金輪寶?王常以十五日月滿時,沐浴香湯,昇高殿上,婇女圍遶,自然輪寶忽現在前,輪有千輻,光色具足,天匠所造,非世所有,真金所成,輪徑丈四。大善見王默自念言:我曾從先宿諸舊聞如是語:刹利王水澆頭種,以十五日月滿時,沐浴香湯,昇寶殿上,婇女圍遶,自然金輪忽現在前,輪有千輻,光色具足,天匠所造,非世所有,真金所成,輪徑丈四,是則名爲轉輪聖王。今此輪現,將無是耶?今我寧可試此輪寶。時大善見王即召四兵,向金輪寶偏露右臂,右膝著地,以右手摩抆金輪,語言:『汝向東方如法而轉,勿違常則。』輪即東轉。時善見王即將四兵,隨其後行。金輪寶前,有四神引導。輪所住處,王即止駕。爾時東方諸小國王見大王至,以金鉢盛銀粟,銀鉢盛金粟,來趣王所,拜首白言:『善來大王,今此東方土地豐樂,人民熾盛,志性仁和,慈孝中順,唯願聖王,於此治政,我等當給使左右,承受所宜。』當時善見大王語小王言:『止止諸賢,汝等則爲供養我已,但當以正法治,勿使偏枉,無令國内有非法行，此即名曰我之所治。』時諸小王聞此教已，即從大王巡行諸國，至東海表。次行南方西方北方，隨輪所至，其諸國王各獻國土，如東方諸小王。此時善見王既隨金輪，周行四海，以道開化安慰民庶已，還本國拘舍婆城，時金輪寶在宫門上虚空中住，大善見王踊躍而言：『此金輪寶真爲我瑞，我今真爲轉輪聖王。』是爲金輪寶成就。云何善見大王成就白象寶？時善見大王清旦在正殿上坐，自然象寶忽現在前，其毛純白，七處平住，力能飛行，其首雜色，六牙纖牖，真金間填。時王見已，念言：此象賢良，若善調者，可中御乘。即試調習，諸能悉備。時善見大王欲自試象，即乘其上，清旦出城，周行四海，食時已還。時善見王踊躍而言：『此白象寶真爲我瑞，我今真爲轉輪聖王。』是爲象寶成就。云何善見大王成就馬寶？時善見大王清旦在正殿上坐，自然馬寶忽現在前，紺青色，朱髦尾，頭頸如象，力能飛行。時王見已，念言：此馬賢良，若善調者，可中御乘。即試調習，諸能悉備。時善見王欲自試馬寶，即乘其上，清旦出城，周行四海，食時已還。時善見王踊躍而言：『此紺馬寶真爲我瑞，我今真爲轉輪聖王。』是爲紺馬寶成就。云何善見大王神珠寶成就？時善見大王於清旦在正殿上坐，自然神珠忽現在前，質色清徹，無有瑕穢。時王見已言：此珠妙好，若有光明，可照宫内。時善見王欲試此珠，即召四兵，以此寶珠置高幢上，於夜冥中齎幢出城，其珠光明，照諸軍衆，猶如晝日，於軍衆外，周匝復能照一由旬，現城中人，皆起作務，謂爲是晝。時王善見踊躍而言：『今此神珠真爲我瑞，我今真爲轉輪聖王。』是爲神珠寶成就。云何善見大王成就玉女寶？時玉女寶忽然出現，顔色從容，面貌端正，不長不短，不麤不細，不白不黑，不剛不柔，冬則身温，夏則身涼，舉身毛孔出栴檀香，口出優鉢羅華香，言語柔軟，舉動安詳，先起後坐，不失宜則。時王善見清浄無著，心不暫念，況復親近。時王善見踊躍而言：『此玉女寶真爲我瑞，我今真爲轉輪聖王。』是爲玉女寶成就。云何善見大王居士寶成就？時居士丈夫忽然自出，寶藏自然財富無量，居士宿福眼能徹視地中伏藏，有主無主皆悉見知。其有主者，能爲擁護；其無主者，取給王用。時居士寶往白王言：『大王有所給與，不足爲憂，我自能辦。』時王善見欲試居士寶，即勅嚴船，於水遊戲。告居士曰：『我須金寶，汝速與我。』居士報曰：『大王小待，須至岸上。』王尋逼言：『我停須用，正今得來！』時居士寶被王嚴勅，即於船上長跪，以右手内著水中，水中寶瓶隨手而出，如蟲緣樹。彼居士寶亦復如是，内手水中，寶緣手出，充滿船上，而白王言：『向須寶用，爲須幾許？』時王善見語居士言：『止止，吾無所須，向相試耳，汝今便爲供養我已。』時彼居士聞王語已，尋以寶物還投水中。時善見王踊躍而言：『此居士寶真爲我瑞，我今真爲轉輪聖王。』是爲居士寶成就。云何善見大王主兵寶成就？時主兵寶忽然出現，智謀雄猛，英略獨決，即詣王所白言：『大王有所討罰，王不足憂，我自能辦。』時善見大王欲試主兵寶，即集四兵，而告之曰：『汝今用兵，未集者集，已集者放；未嚴者嚴，已嚴者解；未去者去，已去者住。』時主兵寶聞王語已，即令四兵：『未集者集，已集者放，未嚴者嚴，已嚴者解，未去者去，已去者住。』時善見王踴躍而言：『此主兵寶真爲我瑞，我今真爲轉輪聖王。』阿難，是爲善見轉輪聖王成就七寶。」

〔五〕鎮隨身：長隨身。敦煌本《維摩詰經講經文》：「善神密護鎮隨身，自然灾行常除遣。」《天聖廣燈録》卷二五《彭州承天院辭確禪師》：「言談常在口，起坐鎮隨身。」「鎮」即長久、常常。《晉書・許孜傳》：「乃棄其妻，鎮宿墓所，列植松柏，亘五六里。」唐太宗《詠燭二首》之一：「鎮下千行淚，非是爲思人。」元稹《和樂天秋題曲江》：「十載定交契，七年鎮相隨。」李賀《有所思》：「君心未肯鎮如石，妾顔不久如花紅。」薛能《贈源寂禪師》：「缾鉢鎮隨腰，怡然處寂寥。」《汾陽無德禪師語録》卷上：「問：『如何是轉輪王身？』師云：『七寶鎮相隨，千子常圍遶。』」

〔六〕福報盡：按佛教因果報應之説，以爲善業當獲福報，而受樂果，一旦福報耗盡，則樂果亦失。《無量壽經》卷下：「賴其前世，頗作福德，小善扶接，營護助之。今世爲惡，福德盡滅，諸善鬼神，各去離之，身獨空立，無所復依，壽命終盡，諸惡所歸。」敦煌遺書伯二〇五四《十二時》：「酔昏昏，迷兀兀，將爲長年保安吉。忽然福盡欲乖張，寒暑交成卧有疾。」慈受《擬寒山詩》第一〇九首：「樂極悲哀來，福盡貧窮至。天福尚有盡，世福豈無已。」寒山此詩之「福報盡」，謂獲生爲轉輪聖王之福報耗盡。如《大般涅槃經》卷三八：「次觀轉輪聖王，統四天下，豪貴自在。福盡貧困，衣食不供。智者深觀如是事已，生於世間不可樂想。」

〔七〕棲蘆鳥：形容處境窘迫。僧肇《寶藏論》：「夫進道之由，中有萬途。困魚止濼，病鳥棲蘆，其二者不識於大海，不識於叢林。人趨乎小道，其義亦然。」《祖堂集》卷一〇《翠巖和尚》：「入門須有語，不語病栖蘆。」又：「當機如電拂，方免病栖蘆。」又：「迴頭却問我，終是病栖蘆。」又卷一一《潮山和尚》：「僧問：『和尚是咸通前住？咸通後住？』師曰：『嗄！』學人再申問，師乃云：『病鳥栖蘆，困魚止泊。』」又卷一三《招慶和尚》：「困魚止泊，病鳥棲蘆，宗乘中不可作與摩語話。」《景德傳燈録》卷一九《吉州潮山延宗禪師》：「資福問：『和尚住此山得幾年也？』師曰：『鈍鳥棲蘆，困魚止箔。』」《五燈會元》卷二〇《玉泉曇懿禪師》：「適來堂頭和尚恁麽批判，大似困魚止濼，病鳥棲蘆。」

〔八〕牛領蟲：牛頸部之寄生蟲。按牛領爲駕軛之處，多有創傷，故易生蟲，而寄生牛領之蟲，當再度駕軛時，多被壓殺，佛經因以「牛領蟲」爲惡報之一種。《五苦章句經》：「天上福已盡，墮爲牛領蟲。」《佛説善惡因果經》：「罵辱衆僧者，今作牛領中虫。」《佛名經》卷三：「設使報得轉輪聖王，王四天下，飛行自在，七寶具足，命終之後，不免死墮惡趣。四空果報，三界極尊，福盡還作牛頭（領）中蟲，況復其餘無福德者。」

〔九〕六趣：即「六道」。參看〇七二首注〔五〕。《妙法蓮華經·方便品》：「輪迴六趣中，備受諸苦毒。」　業道：隨業因所受果報之「道」，這裏即指「三途」，亦即「三惡道」。《勝鬘寶窟》卷上末：「造作稱業，通人向於三塗，名之爲道。」敦煌本《目連緣起》：「放捨阿娘生浄土，莫交業道受波吒。」

〔一〇〕凡夫：佛教稱不信佛法之人爲「凡夫」。《釋氏要覽》卷中《凡夫》：「《大威德陀羅尼經》云：『於生死迷惑流轉，住不正道，故名凡夫。』梵云婆羅，隋言毛道，謂行心不定，猶如輕毛，隨風東西故。又有二種：一嬰兒凡夫，無智慧故；二愚暗凡夫，頑鈍不可教故。」

〔二〕無常：這裏指生死遷變。參看〇八四首注〔四〕。

〔三〕旋火：即「旋火輪」，人持火炬於夜空中旋轉而成之輪相。《大日經》卷一：「譬如火燼，若人執持在手，而以旋轉空中，有輪像生。」本詩譬喻生死輪迴，反復不已。《楞嚴經》卷三：「始終相成，生滅相續，生死死生，生生死死，如旋火輪，未有休息。」《華嚴經》卷五：「身命相隨順，展轉更相因，猶如旋火輪，前後不可知。」《大般涅槃經》卷一三：「如我衆生，壽命知見，養育丈夫，作者受者，熱時之燄，乾闥婆城，龜毛兔角，旋火之輪，諸陰界入，是名世諦。」又卷三八：「汝等今者，爲誰教導，而令其心，狂亂不定，如水濤波，旋火之輪。」《宗鏡録》卷三：「瞥起塵勞，速甚瀑川之水；欻生五欲，急過旋火之輪。」《萬善同歸集》卷上：「如旋火輪，循環莫已。」

〔三〕麻稻：亦作「稻麻」，譬喻數量極多，不可計算。《妙法蓮華經·方便品》：「如麻稻竹葦，充滿十方刹。」《維摩詰經·法供養品》：「天帝，正使三千大千世界，如來滿中，譬如甘蔗竹葦稻麻叢林，若有善男子善女人，或一劫，或減一劫，恭敬尊重讚歎供養，奉諸所安，至諸佛滅後，以一一全身舍利起七寶塔，縱廣一四天下，高至梵天，表刹莊嚴，以一切華香瓔珞幢幡伎樂微妙第一，若一劫、若減一劫而供養之，天帝於意云何？其人植福寧爲多不？釋提桓因言：多矣，世尊。」《地藏菩薩本願經》卷上：「譬如三千大千世界所有草木叢林、稻麻竹葦、山石微塵，一物一數，作一恒河；一恒河沙，一沙一界；一界之内，一塵一劫；一劫之内，所積塵數，盡充爲劫。

地藏菩薩證十地果位以來，千倍多於上喻。」《續高僧傳》卷九《釋羅雲傳》：「于時六合混一，三楚全盛，衆若稻麻，人多杞梓。」《祖堂集》卷二《第二十八祖菩提達摩和尚》：「彼國獲道者如稻麻竹葦，不可稱計。」

楚按，慈受《擬寒山詩》第一四一首：「君看轉輪王，七寶光中坐。一朝福力盡，頭上花冠破。正如箭射空，勢盡還自墮。升沉無數劫，只因迷者箇。」立意與寒山此詩相同。

平野水寬闊

平野水寬闊，丹丘連四明〔一〕。仙都最高秀〔二〕，群峰聳翠屏〔三〕。遠遠望何極〔四〕，硏硏勢相迎〔五〕。獨標海隅外〔六〕，處處播嘉名〔七〕。（二六三）

【箋注】

〔一〕丹丘連四明：「丹丘」即丹丘山，本是傳説中的仙山，亦用作天台山之别名，見一九五首注〔一〕。「四明」即四明山，乃天台山之支脈。《文選》卷一一孫綽《遊天台山賦》：「天台山者，蓋山嶽之神秀者也。涉海則有方丈、蓬萊，登陸則有四明、天台，皆玄聖之所遊化，靈仙之所窟宅。」李善注引謝靈運《山居賦》注曰：「天台、四明相接連。四明，方石四面，自然開窗。」李白《天台曉望》：「天台鄰四明，華頂高百越。」《三才圖會》地理十六卷之九《雪竇圖四明附》：「四明山者，天台之委也。高與華頂齊，跨數邑。自奉化雪竇入，則直謂之四明。行山中大約五六十里，山山盤互，竹樹葱蒨，衆壑之水，亂流争趨。入益深，猿鳥之聲俱絶，悄然嘻呬通顥氣，覺與世界殊絶，不似天台近人也。道書稱第九洞天。峰凡二百八十二，中有芙蓉峰，漢隸『四明山心』字。山四穴如天窗，隔山通日月星辰之光，故曰四明。」

〔二〕仙都：即仙都山，在天台山南面縉雲縣境，亦名縉雲山。《文選》卷一一孫綽《遊天台山賦》：「陟降信宿，迄于仙都。」敦煌遺書伯三八六六李翔《涉道詩・看縉雲山圖》：「謂見仙都二十年，忽逢圖畫頓欣然。雲巖不似人間世，物象翻疑洞裏天。迴壓鼇頭當海眼，直侵鵬路倚星躔。頂湖縱去無多地，空見霜流百丈泉。」《太平御覽》卷四七引《郡國志》曰：「括州即處州也括蒼縣縉雲山，黄帝遊仙之處。有孤石特起，高二百丈。峰數十，或如羊角，或似蓮花，謂之三天子都。有龍鬚草，云群臣攀龍髯所墜者。」

〔三〕翠屏：形容山巒壁立，有如緑色屏風。杜甫《暮春題瀼西新賃草屋五首》之三：「細雨荷鋤立，江猿吟翠屏。」獨孤及《題思禪寺上方》：「溪口聞法鼓，停橈登翠屏。」王季文《九華山謡》：「翠屏横截萬里天，瀑水落深千丈玉。」章孝標《遊雲際寺》：「衫袖拂青冥，推鞍上翠屏。」按天台山石橋上之石壁亦名翠屏，即寒山子隱居之寒巖。《文選》卷一一孫綽《遊天台山賦》：「踐莓苔之滑石，搏壁立之翠屏。」李善注：「翠屏，石橋之上石壁之名也。仲長子《昌言》曰：『斧帳翠屏之不坐。』」李白《贈僧崖公》：「自言歷天台，搏壁躡翠屏。」宋張道統《唐鴻臚卿越國公靈虚見素真人傳》：「遂入天台，……過石橋，臨青谿萬仞，蹈危履險，撫壁立之翠屏，又何懼焉！」《太平廣記》卷五五《寒山子》（出《仙傳拾遺》）：「寒山子者，不知其名氏，大曆中隱居天台翠屏山。其山深邃，當暑有雪，亦名寒岩，因自號寒山子。」徐靈府《天台山記》：「天台觀在唐興縣北十八里，桐柏山西南瀑布巖下。舊圖經云：吴主孫權爲葛仙公所創，最居形勝。北沿（枕）王真君壇，東北連丹霞洞，西北抛翠屏巖，故孫興公《天台山賦》云『搏壁立之翠屏』，即此巖也。仙壇與翠屏巖聳空鬭峙，瀑布迸流，落落西崖間，可千餘丈，狀素蜺垂天，飛帛觸地。孫興公賦云『瀑布飛流以界道』，即此處也。」

〔四〕望何極：一望無際。江淹《遊黄蘗山》：「長望竟何極，閩雲連越邊。」「何極」即無窮。宋玉《九辯》：「中瞀亂兮迷惑，私自憐兮何極？」李白《寄遠十一首》之三：「本作一行書，殷勤道相憶。一行復一行，滿紙情何極。」

〔五〕矹矹：同「屼屼」，山勢高聳貌。按《説文》：「兀，高而上平也，从一在人上。」段注：「凡从兀聲之字，多取孤高之意。」故「矹矹」、「屼屼」皆高聳之義。

〔六〕獨標：孤高特出而爲標志。隋虞世基《詠得石》：「獨標千丈峻，共起百重危。」按「標」即標志，引申爲以孤高之物以爲標志之意。《文選》卷一一孫綽《遊天台山賦》：「赤城霞起而建標。」李善注：「建標，立物以爲之表識也。」駱賓王《遊靈公觀》：「靈峰標勝境，神府枕通川。」戴叔倫《遊清溪蘭若》：「西看疊嶂幾千重，秀色孤標此一峰。」　海隅：偏遠之海邊。《書·益稷》：「帝光天之下，至于海隅蒼生，萬邦黎獻，共惟帝臣。」

〔七〕嘉名：美名。按《全唐詩》卷八五一吴越僧《武肅王有旨石橋設齋會進一詩共六首》之一亦云：「仙源佛窟有天台，今古嘉名遍九垓。」

可貴一名山①

可貴一名山〔一〕，七寶何能比〔二〕。松月颼颼冷，雲霞片片起〔三〕。㠋匝②幾重山〔四〕，迴還多少里。谿澗静澄澄，快活無窮已。（二六四）

【校勘】

①宫内省本無此首。②「㠋匝」，正中本、高麗本作「㠋帀」，全唐詩本作「㔸匝」，並同。

【箋注】

〔一〕可貴一名山：指天台山。

〔二〕七寶：衆寶之總稱。按佛經所言「七寶」，名目不盡相同。《無量壽經》卷上：「其佛國土，自然七寶，金、銀、琉璃、珊瑚、琥珀、硨磲、碼碯，合成爲地。」《妙法蓮華經·授記品》：「諸佛滅後，各起塔廟，高千由旬，縱廣正等五百由旬，以金、銀、瑠璃、硨磲、碼瑙、真珠、玫瑰七寶合成。」《大智度論》卷一〇：「更有七種寶：金、銀、毗琉璃、頗梨、車渠、馬腦、赤真珠。」

〔三〕雲霞片片起：《太平御覽》卷五二引《拾遺記》曰：「員嶠山東有雲石，廣五百里，駁落如錦，扣之片片，翁然雲起。」

〔四〕咅匝：密集、環繞貌。見〇六〇首注〔二〕。

我見世間人

我見世間人，生而還復死。昨朝猶二八〔一〕，壯氣胸襟士〔二〕。如今七十過，力困形憔悴①。恰似春日花，朝開夜落爾〔三〕。（二六五）

【校勘】

①「憔」，原作「樵」，據正中本、高麗本、全唐詩本改。宮内省本、四庫本「憔悴」作「顦顇」，同。

【箋注】

〔一〕二八：十六歲，謂青春年少。徐陵《雜曲》：「二八年時不憂度，旁邊得寵誰相妬。」敦煌本《伍子胥變文》：「兒家本住南陽縣，二八容光如皎練。」

〔二〕胸襟士：胸懷大志之人。「胸襟」即胸懷，懷抱，這裏指壯志。《藝文類聚》卷七載魏劉伶《北芒客舍》詩曰：「長笛響中夕，聞此消胷衿。」「胷衿」同「胸襟」。

〔三〕恰似春日花，朝開夜落爾：按徐夤《招隱》：「贈君吉語堪銘座，看取朝開暮落花。」吕巖《題廣陵妓屏二首》之二：「花開花落兩悲歡，花與人還事一般。」亦是此意。

迥聳霄漢外

迥聳霄漢外〔一〕，雲裏路岹嶢〔二〕。瀑布千丈流〔三〕，如鋪練一條〔四〕。下有棲心窟〔五〕，横安定命橋〔六〕。雄雄鎮世界〔七〕，天台名獨超。（二六六）

【箋注】

〔一〕迥聳：極言高聳。敦煌遺書斯四五七一《維摩詰經講經文》：「如須彌迥聳於千峰，似巨海淹流於萬派。」

〔二〕岹嶢：高峻貌。亦寫作「岧嶢」。曹植《九愁賦》：「踐蹊徑之危阻，登岧嶢之高岑。」

〔三〕瀑布千丈流：指天台山瀑布。《文選》卷一一孫綽《遊天台山賦》：「赤城霞起而建標，瀑布飛流以界道。」李善注：「孔靈符《會稽記》曰：『赤城山名色皆赤，狀似雲霞，懸霤千仞，謂之瀑布，飛流灑散，冬夏不竭。』《天台山圖》曰：『赤城山，天台之南門也。瀑布山，天台之西南峰。水從南巖懸注，望之如曳布。』」徐靈府《天台山記》：「仙壇與翠屏巖聳空鬪峙，瀑布迸流，落落兩崖間，可千餘丈，狀素蜺垂天，飛帛觸地。孫興公賦云『瀑布飛流以界道』，即此處也。」曹松《天台瀑布》：「萬仞得名云瀑布，遠看如織掛天台。休疑寶尺難量度，直恐金刀易剪裁。噴向林梢成夏雪，傾來石上作春雷。欲知便是銀河水，墮落人間合卻迴。」道藏本《天台山志》載崔尚《桐柏觀碑》：「長澗南瀉，諸泉含漱，一道瀑布，百丈懸流，望之雪飛，聽之風起。」

〔四〕練：白絹。以「練」比喻瀑布，如徐凝《廬山瀑布》：「今古長如白練飛，一條界破青山色。」白元鑒《瀑布》：「秋山匹練浄，寒谷萬珠明。」木玄虚《四明洞天丹山圖詠集》（第十五首）：「白巖瀑布如飛練，俱入紫溪流汗漫。」宋謝師厚《瀑布》：「飛泉緣峭壁，斗絶千萬丈。奔流天上來，望若匹練廣。」

〔五〕棲心窟：歸心修道之洞窟。「棲心」即歸心。白居易《病中詩序》：「余早棲心釋梵，浪跡老莊，因疾觀身，果有所得。」

〔六〕定命橋：應即石橋，天台山中絶險之處。見〇四四首注〔五〕。

〔七〕雄雄鎮世界：謂雄踞於世界之上。「鎮」即居高壓下之義。《祖堂集》卷一九《靈雲和尚》：「唯有閩中異，雄雄鎮海涯。」

盤陁石上坐①

盤陁石上坐〔一〕，谿澗冷凄凄。静翫偏嘉麗，虚巖蒙霧迷〔二〕。恬然憩歇處，日斜樹影低。我自觀心地〔三〕，蓮花出淤泥〔四〕。（二六七）

【校勘】

①此首部分詩句與拾得詩五三首相似。

【箋注】

〔一〕盤陁石：平坦的巨石。見一七六首注〔三〕。

〔二〕虛巖：幽深的山巖。沈佺期《獄館》：「流澗含輕雨，虛巖應薄雷。」王勃《焦岸早行和陸四》：「複嶂迷晴色，虛巖辨暗流。」唐彥謙《遊南明山》：「長藤絡虛巖，疏花映寒水。」 蒙霧：昏暗的霧氣。「蒙」謂昏暗，《書·洪範》：「曰雨，曰霽，曰蒙。」孔傳：「蒙，陰闇。」

〔三〕觀心地：按「心地」即心，見一九四首注〔五〕。「觀心地」即「觀心」，即觀照自心以洞見本性，是佛教修養的一種方式。智顗説《妙法蓮華經玄義》卷一上：「心本無名，亦無無名；心名不生，亦復不滅；心即實相。初觀爲因，觀成爲果。以觀心故，惡覺不起。心數塵勞，若同若異，皆被化而轉，是爲觀心。」又卷二上：「前所明法，豈得異心，但衆生法太廣，佛法太高，於初學爲難。然心、佛及衆生，是三無差別者，但自觀己心則爲易。」宗寶本《壇經·般若品》：「令學道者頓悟菩提，各自觀心，自見本性。」

〔四〕蓮花出淤泥：比喻佛性出於煩惱，而不被污染。《佛説遺日摩尼寶經》：「譬如大陂水污泥之中，生蓮華優鉢華也，從愛欲中生菩薩法。」《大寶積經》卷一一二：「惔泊如蓮花，生立淤泥中，其莖根在水，稍長無垢穢。」《佛説摩訶衍寶嚴經》：「譬如蓮花，生在淤泥，而不著水，如是菩薩生在世間，不著世法。」《修行道地經》卷七：「猶如蓮華生污泥，發如來意成菩薩。」《法句譬喻經》卷二：「欻有一人，覺世無常，發心學道，修清淨志，凝神斷想，自致得道，亦如污泥，生好蓮華。」

《大莊嚴論經》卷七：「亦如淤泥中，出生青蓮花，不觀所生處，唯觀於德行。」《勝天王般若波羅蜜經》卷一：「猶如蓮花，生在淤泥，菩薩摩訶薩雖處生死，以般若波羅蜜方便力故，而不染著。」《高僧傳》卷二《鳩摩羅什傳》：「姚主常謂什曰：『大師聰明超悟，天下莫二，若一旦後世，何可使法種無嗣。』遂以妓女十人，逼令受之。自爾以來，不住僧坊，别立廨舍，供給豐盈。每至講説，常先自説譬喻：如臭泥中生蓮花，但採蓮花，勿取臭泥也。」顧況《尋僧二首》之二：「莫怪狂人游楚國，蓮花只在淤泥生。」李群玉《法性寺六祖戒壇》：「驚俗生真性，青蓮出淤泥。」《景德傳燈録》卷二七《天台山修禪寺智者禪師》：「謂一乘妙法，即衆生本性，在無明煩惱，不爲所染，如蓮華處於淤泥，而體常浄。」

隱士遁人間

隱士遁人間，多向山中眠。青蘿疎麓麓〔一〕，碧澗響聯聯〔二〕。騰騰且安樂〔三〕，悠悠自清閑。免有染世事〔四〕，心浄①如白蓮〔五〕。（二六八）

【校勘】

①「浄」，原作「静」，兹從宫内省本、四庫本。

【箋注】

〔一〕麓麓：應即「歷歷」之聲轉，清晰可辨貌。崔顥《黄鶴樓》：「晴川歷歷漢陽樹，芳草萋萋鸚鵡洲。」

〔二〕聯聯：連續不斷貌。韓愈《庭楸》：「濯濯晨露香，明珠何聯聯。」鮑溶《霓裳羽衣歌》：「香風間旋衆彩隨，聯聯珍珠貫長絲。」張光朝《荻塘西莊贈房元垂》：「門在荻塘西，塘高何聯聯。」孫魴《題梅嶺泉》：「雨聲寒颯颯，雁影曉聯聯。」

〔三〕騰騰：思慮不起、昏昏沉沉貌。王建《謝田贊善見寄》：「年少力生猶不敵，況加顛頷悶騰騰。」白居易《醉中歸盩厔》：「金光門外昆明路，半醉騰騰信馬迴。」又《答元八郎中楊十二博士》：「誰能抛得人間事，來共騰騰過此生。」杜荀鶴《贈休禪和》：「弟子自知心了了，吾師應爲醉騰騰。」齊己《静坐》：「日日只騰騰，心機何以興。」貫休《送吴融員外赴闕》：「應笑無機者，騰騰天地間。」《太平廣記》卷二四《許宣平》（出《續仙傳》）：「擔常掛一花瓠及曲竹杖，每醉騰騰，拄之以歸。」又卷七五《張辭》（出《桂苑叢談》）：「身即騰騰處世間，心即逍遥出天外。」《景德傳燈録》卷一一《漳州羅漢和尚》：「宇内爲閑客，人中作野僧，任從他笑我，隨處自騰騰。」又卷三〇騰騰和尚《了元歌》：「今日任運騰騰，明日騰騰任運。心中了了總知，且作佯癡縛鈍。」《五燈會元》卷二《明州布袋和尚》：「騰騰自在無所爲，閑閑究竟出家兒。」

〔四〕染世：爲世俗煩惱所污染。《大般涅槃經》卷二：「佛不染世法，如蓮華處水。」

〔五〕白蓮：白蓮花，佛教作爲清净純潔之象徵。貫休《道中逢乞食老僧》：「時人祇施盂中飯，心似白蓮那得知。」齊己《題東林白蓮》：「大士生兜率，空池滿白蓮。……誰知不染性，一片好心田。」敦煌本《維摩詰經講經文》：「無私若杲日當天，不染似白蓮出水。」《釋氏要覽》卷上《蓮社》：「有云嘉此社人不爲名利淤泥所污，喻如蓮華，故名之。」

寄語食肉漢

寄語食肉漢，食時無逗遛〔一〕。今生過去種，未來今日修〔二〕。只取今日美，不畏來生憂〔三〕。老鼠入飯瓮〔四〕，雖飽難出頭〔五〕。（二六九）

【箋注】

〔一〕逗遛：停留。《漢書·匈奴傳上》：「上以虎牙將軍不至期，詐增鹵獲，而祁連知虜在前，逗遛不進，皆下吏自殺。」《朝野僉載》卷一：「至幽州，具説飢凍逗遛。」亦作「逗留」。盧仝《月蝕詩》：「玉川子笑答，或請聽逗留。」

〔二〕今生過去種，未來今日修：按此二句所言爲佛教「三世果報」思想。參看〇四一首篇後按語。

〔三〕只取今日美，不畏來生憂：按佛教因果報應觀念認爲，殺生食肉，多貽來生之憂，或短命，或疾病，不一而足。《法苑珠林》卷七三《十惡篇·殺生部》習報頌曰：「煞生入四趣，受苦三塗畢。得生人道中，短命多憂疾。疫病瘻難苦，壽短常沉没。若有智情人，煞心寧放逸。」

〔四〕飯瓮：盛飯瓦器。見一五八首注〔七〕。

〔五〕出頭：脱身。見二一五首注〔三〕。按「老鼠入飯瓮，雖飽難出頭」二句，比喻雖然快意一時，終難脱離困境。《出曜經》卷五：「昔有長者家，持酥高樓上，覆蓋不固，鼠入酥瓶，晝夜食噉，不出瓶口，身體遂長。酥即盡澌，鼠滿瓶裏，狀似酥色。有人至長者家，欲得買酥。是時長者尋樓上取酥，持著火上。鼠在瓶裏，頭在於下，身體在上，便於瓶中命終。」《如浄和尚語録》卷上：「四月十五日結夏，老鼠入飯瓮；七月十五日解夏，烏龜上竹竿。」《古尊宿語録》卷三九《智門祚禪師語録》：「祇是老鼠入飯甕，未知有向上一竅在。」

自從出家後

自從出家後，漸得養生趣〔一〕。伸縮四肢全〔二〕，勤聽六根具〔三〕。褐衣隨春冬①〔四〕，糲食供朝暮〔五〕。今日懇懇修〔六〕，願與佛相遇〔七〕。（二一七〇）

【校勘】

①「褐」，全唐詩本夾注「一作揭」。「冬」，全唐詩本夾注「一作秋」。

【箋注】

〔一〕養生：保健延年之術。《莊子·養生主》：「吾聞庖丁之言，得養生焉。」成玄英疏：「魏侯聞庖丁之言，遂悟養生之道也。」參看一二二首注〔三〕。

〔二〕伸縮四肢全：指導引之術，古代的一種健身術。慧琳《一切經音義》卷一八《按摩》：「凡人自摩自捏，申縮手足，除勞去煩，名爲導引。若使別人握搦身體，或摩或捏，即名按摩也。」亦作「道引」。《莊子·刻意》：「吹呴呼吸，吐故納新，熊經鳥申，爲壽而已矣。此道引之士，養形之人，彭祖壽考者之所好也。」如華佗發明之「五禽戲」，即爲「導引」之一種。《後漢書·華佗傳》：「佗語普曰：『人體欲得勞動，但不當使極耳。動摇則穀氣得銷，血脈流通，病不得生，譬猶户樞，終不朽也。是以古之仙者爲導引之事，熊經鴟顧，引挽腰體，動諸關節，以求難老。吾有一術，名五禽之戲：一曰虎，二曰鹿，三曰熊，四曰猨，五曰鳥。亦以除疾，兼利蹏足，以當導引。體有不快，起作一禽之戲，怡而汗出，因以著粉，身體輕便而欲食。』普施行之，年九十餘，耳目聰明，齒牙完堅。」

〔三〕六根：佛教稱眼、耳、鼻、舌、身、意等六種感覺器官爲「六根」，分別有視覺、聽覺、嗅覺、味覺、觸覺和思惟之用。寒山詩「勤聽六根具」者，「勤聽」本屬耳根之事，此處即以「勤聽」概括六根之事，謂勤用六根，則耳聰目明，六識靈敏也。

〔四〕褐衣：粗布衣。《史記·游俠列傳序》：「故季次、原憲終身空室蓬户，褐衣疏食不厭。」《太平御覽》卷六九三引《符子》曰：「有澤父者，冠葭蘆之笠，納蓏之屨，莎裳褐衣。」

〔五〕糲食：粗劣的飯食。《漢書·孝成許皇后傳》：「妾誇布服糲食。」顔師古注引孟康曰：「糲，粗米也。」顔師古注：「言在家時野賤也。」

〔六〕懇懇修：謂虔誠殷切地修行佛道。敦煌本《頻婆娑羅王后宫綵女功德意供養塔生天因緣變》：「加以深崇三寶，重敬佛僧，弃捨高榮，懇修功德。」「懇懇」即懇切。《新唐書·趙憬傳》：「憬精治道，常以國本在選賢、節用，薄賦斂，寬刑罰，懇懇爲天子言之。」

〔七〕願與佛相遇：謂祈願命終得生淨土。道綽《安樂集》卷上：「從是以後，常生淨土，即得值遇百億那由他恒河沙佛。」

五言五百篇

五言五百篇，七字七十九，三①字二十一，都來六百首〔一〕。一例書巖石〔二〕，自誇云好手〔三〕。若能會我詩〔四〕，真是如來母〔五〕。（二七一）

【校勘】

①「三」，四庫本作「二」。

【箋注】

〔一〕都來：總共。齊己《七十作》：「七十去百歲，都來三十春。」敦煌本《佛説阿彌陀經講經文》：「經説比丘之衆，其數都來多少？經：『千二百五十人俱。』」吕巖《寄白龍洞劉道人》：「一電光，何太疾，百年都來三萬日。」按據《四部叢刊》景宋本《寒山子詩集》統計（按照本書的分首標準），有五言詩二八六首，七言詩二十首，三言詩六首，雜言詩一首，總計三百一十三首，即使加上少數集外詩，亦遠不足「六百首」之數。

〔二〕一例：一律，無例外。《史記·禮書》：「諸侯藩輔，臣子一例，古今之制也。」陸龜蒙《水鳥》：

「水鳥山禽雖異名，天工各與雙翅翎。雛巢吞啄即一例，游處高卑殊不停。」花蕊夫人《宮詞》：「六宮一例雞冠子，新樣交鐫白玉花。」子蘭《登樓》：「邊邑鴻聲一例秋，大波平日遶山流。」按閭丘胤《寒山子詩集序》云：「乃令僧道翹尋其往日行狀，唯於竹木石壁書詩并村墅人家廳壁上所書文句三百餘首，及拾得於土地堂壁上書言偈，并纂集成卷。」可與本首「一例書巖石」參看。

〔三〕好手：高手，專家。《大智度論》卷三〇：「如見好畫，言是好手，手非是畫，見畫妙故，説言好手。」杜甫《奉先劉少府新畫山水障歌》：「畫師亦無數，好手不可遇。」劉叉《獨飲》：「盡欲調太羹，自古無好手。所以山中人，兀兀但飲酒。」黄文《湘江》：「丹青欲畫無好手，穩提玉勒沉吟久。」趙摶《琴歌》：「七弦脆斷蟲絲朽，辨別不曾逢好手。」《太平廣記》卷八三《治針道士》（出《逸史》）：「人血脈相通如江河，針灸在思其要津。公亦好手，但誤中孔穴。」又卷三九九《賈耽》（出《玉泉子》）：「有一老父來觀，問曰：『誰人鑿此井也？』吏曰：『相公也。』父曰：『大好手。』」敦煌本《韓擒虎話本》：「隋文皇帝有一百二十指撝射雁都，盡惣好手。」《龐居士語録》卷上：「拈一放一，未爲好手。」《五燈會元》卷七《雪峰義存禪師》：「問：『箭頭露鋒時如何？』師曰：『好手不中的。』」又卷二〇《東林道顏禪師》：「李陵雖好手，争奈陷蕃何？」《明覺禪師語録》卷一：「布袋裏盛錐子，不出頭是好手。」慈受《擬寒山詩》第一四〇首：「當時誇好手，今日落便宜。」

〔四〕會：領會，理解。參看二二一首注〔三〕。

〔五〕如來母：即「佛母」，謂佛法，常指般若之法。《楞嚴經》卷六：「我承佛威力，宣説金剛王，如幻不思議，佛母真三昧。」《仁王般若經·不思議品》：「此般若波羅蜜多，是諸佛母，諸菩薩母。」《善慧大士語録》卷三《行路難二十篇·第十二章明金剛解脱》：「君不見金剛語句非真實，萬象森羅同一無，而此空無爲佛母，復是真如無上珠。」神會《答崇遠法師問》：「諸知識，必須誦持《金剛般若波羅蜜經》，是爲一切諸佛母經，亦是一切諸法祖師。」敦煌遺書伯二一七三《御注金剛般若經宣演》：「况般若，諸佛之母；金剛，難壞之句。」貫休《賀雨上王使君二首》之二：「玄妙久聞談佛母，感通今日見神明。」原注：「公久與東村大願和尚談般若，般若者，佛母也。」按稱爲「母」者，蓋取能生之義，諸佛由佛法而成佛，故謂佛法爲「佛母」也。《宗鏡録》卷五〇：「又諸經内逗緣稱機，更有多名，隨處安立。以廣大無邊，目之爲『海』；以圓明理顯，稱之曰『珠』；以萬法所宗，號之曰『王』；以能生一切，諂之曰『母』。」

世事繞悠悠

世事繞①悠悠〔一〕，貪生早晚②休〔二〕。研盡大地石〔三〕，何時得歇頭〔四〕。四時周③變易〔五〕，八節急如流〔六〕。爲報火宅主〔七〕，露地騎白牛〔八〕。（二七二）

【校勘】

①「繞」，宫内省本、四庫本作「何」，全唐詩本夾注「一作何」。②「早晚」，宫内省本、正中本、高麗

本皆作「未肯」，全唐詩本夾注「一作未肯」。③「周」，宮内省本、四庫本作「凋」，全唐詩本夾注「一作凋」。

【箋注】

〔一〕世事繞悠悠：謂世事纏繞，長無止息。《祖堂集》卷三懶瓚和尚《樂道歌》：「世事悠悠，不如山丘。」「悠悠」謂久長。宋玉《九辯》：「去白日之昭昭兮，襲長夜之悠悠。」皇甫冉《泊丹陽與諸人同舟至馬林溪遇雨》：「雲林不可望，溪水更悠悠。」

〔二〕早晚休：何時休。《景德傳燈録》卷二九雲頂山僧德敷《自樂僻執》：「電光夢世非堅久，欲火蒼生早晚休。」「早晚」即何時。《顔氏家訓・風操》：「嘗有甲設讌席，請乙爲賓，而旦於公庭見乙之子，問之曰：『尊侯早晚顧宅？』」李白《長干行》：「早晚下三巴，預將書報家。相迎不道遠，直至長風沙。」敦煌本《父母恩重經講經文》：「動經千劫萬劫，不知早晚復人身。」《祖堂集》卷二《第三十三祖慧能》：「師歸新州，早晚却迴？」

〔三〕研盡大地石：「研」即研磨，「研盡大地石」形容極久遠的時間，應是從「劫石」之説演變而來。《菩薩瓔珞本業經》卷下：「譬如一里二里乃至十里石，方廣亦然，以天衣重三銖，人中日月歲數三年一拂，此石乃盡，名一小劫。若一里二里乃至四十里，亦名小劫。又八十里石，方廣亦然，以梵天衣重三銖，即梵天中百寶光明珠爲日月歲數，三年一拂，此石乃盡，名爲中劫。又八百里石，方廣亦然，以浄居天衣重三銖，即浄居天千寶光明鏡爲日月歲數，三年一拂，此石乃盡，故名一大阿僧祇劫。」

〔四〕歇頭：就是「歇」，停歇，中止。「頭」是語助詞，不爲義。

〔五〕四時周變易：四季循環交替變化。「周」即循環。《文選》卷一九張華《勵志詩》：「四氣鱗次，寒暑環周。」李善注引《范子》曰：「度如環無有端，周迴如循環，未始有極。」

〔六〕八節：八個節氣。按古人多以「四時」與「八節」連用，表示自然時節。敦煌遺書伯二七二一《雜抄》：「何名四時？春、夏、秋、冬。何名八節？立春、春分、立夏、夏至、立秋、秋分、立冬、冬至。」《補全唐詩》王泠然《寒食篇》：「天運四時成一年，八節相迎盡可憐。」王建《神樹詞》：「四時八節上杯盤，願神莫離神處所。」白居易《策林·立制度》：「故作四時八節，所以時寒燠、節風雨，不使之過差爲沴也。」

〔七〕火宅主：指世俗之人。「火宅」譬喻三界，出《妙法蓮華經·譬喻品》，參看二五五首注〔一〕。

〔八〕露地騎白牛：典出《妙法蓮華經·譬喻品》。「露地」即火宅外之露天空地，譬喻佛地；「白牛」譬喻大乘教法。「露地騎白牛」則脱離火宅，斷除煩惱，而入於清凈解脱之域。《祖堂集》卷二〇《五冠山瑞雲寺和尚》：「露地白牛相，謂露地者，佛地，亦名第一義空。白牛者，諮法身之妙慧也。」《景德傳燈録》卷九《福州大安禪師》：「安在潙山三十來年，喫潙山飯，屙潙山屎，不學潙山禪。只看一頭水牯牛，若落路入草，便牽出。若犯人苗稼，即鞭撻調伏。既久可憐生，受人言語，如今變作箇露地白牛，常在面前，終日露逈逈地，趂亦不去也。」又卷一二《鎮州臨濟義玄禪師》：「師問木口和尚：『如何是露地白牛？』木口曰：『吽。』師曰：『啞。』木口曰：『老兄作麽生？』師曰：『這畜生。』」又卷二四《石門山紹遠禪師》：「問：『如何是古佛心？』師曰：『白牛露地卧青溪。』」

可笑五陰窟

可笑五陰窟〔一〕，四蛇同共①居〔二〕。黑暗無明燭〔三〕，三毒遞相驅〔四〕。伴黨六箇賊〔五〕，劫掠法財珠〔六〕。斬却魔軍輩〔七〕，安泰湛如蘇〔八〕。（二七三）

【校勘】

①「同共」，宫内省本、四庫本作「同苦」，全唐詩本作「共同」，夾注「一作同苦」。

【箋注】

〔一〕五陰窟：指人身。按「五陰」亦譯「五藴」等，指色、受、想、行、識等五種聚集，參看二〇二首注〔四〕。《百喻經》卷三《五人買婢共使作喻》：「五陰亦爾，煩惱因緣，合成此身，而此五陰，恒以生、老、病、死無量苦惱，搒笞衆生。」《毘婆尸佛經》卷上：「五藴幻身，四相遷變。」佛教認爲人之身心是由五陰假合而成，並非實有，因稱人身爲「五陰窟」、「五陰城」、「五陰宅」等，亦云「五藴宅」、「五藴窟」等。王梵志詩二五一首：「身是五陰城，周迴無里數。」《宗鏡録》卷三九：「八萬四千煩惱火，燒於五陰舍宅。」《金光明最勝王經》卷五：「了五藴宅悉皆空，求證菩提真實處。」《小室六門·悟性論》：「經云：五藴窟宅，是名禪院。内照開解，即大乘門。不憶一切法，乃名爲禪定。若了此言者，行住坐卧，皆是禪定。」《古尊宿語録》卷三二《舒州龍門佛眼和尚語録》：「今時人參學錯學，不出二種病。一是五藴窟宅，無言無説，無形無段，湛然不動處，便道任他佛祖出來，我也衹恁麽，此是一病。」

〔二〕四虵：譬喻地、水、火、風等「四大」。佛教認爲人身亦由四大假合而成。《大般涅槃經》卷二三：「觀身如篋，地水火風如四毒蛇，見毒、觸毒、氣毒、齧毒，一切衆生遇是四毒，故喪其命。衆生四大亦復如是，或見爲惡，或觸爲惡，或氣爲惡，或齧爲惡，以是因緣，遠離衆善。」又卷三一：「譬如有王，畜四毒蛇，置之一篋，以付一人，仰令瞻養。是四蛇中，設一生瞋，則能害人。是人恐怖，常求飲食，隨時守護。一切衆生，四大毒蛇，亦復如是。若一大瞋，則能壞身。」

〔三〕黑暗：譬喻「無明」，亦云「愚癡」。見〇四一首注〔一〕。《大般涅槃經》卷二九：「除破黑闇，喻破無明。」

〔四〕三毒：佛教以貪、瞋、癡爲「三毒」。《大智度論》卷三一：「我所心生，故有利益我者生貪欲，違逆我者而生瞋恚，此結使不從智生，從狂惑生故，是名爲癡。三毒爲一切煩惱之根本，亦由吾我。」　遞相驅：互相促進。「遞相」即互相。《太平廣記》卷二三六《丁媛》（出《西京雜記》）：「又作七輪扇，其輪大皆徑尺，遞相連續。一人運之，滿堂皆寒凛焉。」又卷三二一《宋定伯》（出《列異傳》）：「步行太遲，可共遞相擔，何如？」

〔五〕伴黨：伙伴，同黨。《長阿含經》卷一一：「迷惑於酒者，還有酒伴黨，財産正集聚，隨已復散盡。」《大般涅槃經》卷二五：「當知是人，非我弟子，是魔伴黨。」《大莊嚴論經》卷一五：「遂棄家去，共諸伴黨，至大秦國，大得財寶。」《賢愚經》卷七《設頭羅健寧品》：「阿若憍陳如伴黨五人，宿有何慶，依何因緣，如來出世，法鼓初震，獨先得聞？」　六箇賊：即「六賊」，譬喻「六塵」，即色、聲、香、味、觸、法等「六識」。《大般涅槃經》卷二三：「六大賊者，即外六塵，菩薩摩訶薩觀此六塵如六大賊。何以故？能劫一切諸善法故。如六大賊能劫一切人民財寶，是六塵賊亦復如是，能劫一切衆生善財。如六大賊，若入人舍，則能劫奪現家所有，不擇好惡，令巨富者忽爾貧窮。是六塵賊亦復如是，若入人根，則能劫奪一切善法。善法既盡，貧窮孤露，作一闡提。是故菩薩諦觀六塵如六大賊。」慧思《諸法無諍三昧法門》卷上：「四蛇同一篋，六賊同一村，及王旃陀羅，分自守根門。」

〔六〕法財珠：佛教稱世俗財富爲「世財」，稱佛法爲「法財」，稱「珠」者，言其珍貴如珠寶也。《維摩詰經·佛國品》：「法王法力超群生，常以法財施一切。」《大寶積經》卷二三：「衆生苦貧乏，弊苦無法財，無戒無多聞，無慧無解脱。」《大般涅槃經》卷五：「夫解脱者，亦復如是，多有無量法財珍寶，勢力自在，無所負也。」《賢愚經》卷一《梵天請法六事品》：「時王心念，我今最尊，位居豪首，人民於我，各各安樂。雖復有是，未盡我心，今當推求妙寶法財，以利益之。思惟是已，遣臣宣令，遍告一切：誰有妙法，與我説者，當給所須，隨其所欲。」按《大般涅槃經》卷二三：「是故六塵常來侵奪善法之財，不善護故，爲其所劫。」即是寒山詩「伴黨六箇賊，劫掠法財珠」之意。

〔七〕魔軍：佛經中魔王波旬統率的軍隊，專以障礙佛道爲事。敦煌本《破魔變》：「破九百萬之魔軍，成八十莊嚴之好相。」按此「魔軍」，實爲種種煩惱之譬喻。《大智度論》卷五：「除諸法實相，餘殘一切法盡名爲魔，如諸煩惱結使、欲縛取纏、陰界入，魔王魔民魔人，如是等盡名爲魔。問曰：『何處説欲縛等諸結使名魔？』答曰：『雜藏經中，佛説偈語魔王：欲是汝初軍，憂愁軍第二，飢渴軍第三，愛軍在第四，第五眠睡軍，怖畏軍第六，疑爲第七軍，含毒軍第八，第九軍利養，著虚妄名聞，第十軍自高，輕慢於他人。汝軍等如是，一切世間人，及諸一切天，無能破之者。我以智慧箭，修定智慧力，摧破汝魔軍，如坏瓶没水。』」《緇門警訓》卷二大唐慈恩法師《出家箴》：「錬磨真性若虚空，自然戰退魔軍陣。」寒山詩之「斬却魔軍輩」，即是斬斷煩惱之意。

〔八〕安泰湛如蘇：「安泰」、「湛」，皆謂心地安詳寧静。宋郭象《睽車志》卷二：「章頓覺心地安泰，不復驚怯。」《方言》卷一三：「湛，安也。」《世説新語·雅量》：「虎承間攀欄而吼，其聲震地，觀者無不辟易顛仆。戎湛然不動，了無恐色。」「蘇」則同「酥」。希麟《續一切經音義》卷七：「按經『搵蘇』，字合作『酥』。《切韻》：酥，乳酪也。」「酥」由牛乳提煉而成，佛經以爲藥物之一種，可治熱惱之病。《大乘理趣六波羅蜜多經》卷一：「契經如乳，調伏如酪，對法教者如彼生酥，大乘般若猶如熟酥，總持門者譬如醍醐。醍醐之味，乳、酪、酥中微妙第一，能除諸病，令諸有情身心安樂。總持門者，契經等中最爲第一，能除重罪，令諸衆生解脱生死，速證涅槃安樂法身。」

常聞漢武帝

常①聞漢武帝，爰及秦始皇〔一〕。俱好神仙術〔二〕，延年竟不長。金臺既摧折〔三〕，沙丘②遂滅亡〔四〕。茂陵與驪嶽〔五〕，今日草茫茫。（二七四）

【校勘】

①「常」，四庫本作「嘗」。 ②「丘」，宫内省本作「石」。

【箋注】

〔一〕爰及：以至。「爰」是句首語助詞。《詩·邶風·凱風》：「爰有寒泉，在浚之下。」

〔二〕俱好神仙術：按《史記》載秦皇、漢武酷好神仙術事甚詳悉，如《封禪書》：「自威、宣、燕昭使人入海求蓬萊、方丈、瀛洲。此三神山者，其傅在勃海中，去人不遠；患且至，則船風引而去。蓋嘗有至者，諸僊人及不死之藥皆在焉。其物禽獸盡白，而黄金銀爲宫闕。未至，望之如雲；及到，三神山反居水下。臨之，風輒引去，終莫能至云。世主莫不甘心焉。及至秦始皇并天下，至海上，則方士言之不可勝數。始皇自以爲至海上而恐不及矣，使人乃齎童男女入海求之。船交海中，皆以風爲解，曰未能至，望見之焉。其明年，始皇復游海上，至琅邪，過恒山，從上黨歸。後三年，游碣石，考入海方士，從上郡歸。後五年，始皇南至湘山，遂登會稽，並海上，冀遇海中三神山之奇藥。不得，還至沙丘崩。」又《秦始皇本紀》：「盧生説始皇曰：『臣等求芝奇藥仙者常弗遇，類物有害之者。方中，人主時爲微行以辟惡鬼，惡鬼辟，真人至。人主所居而人臣知之，則害於神。真人者，入水不濡，入火不爇，陵雲氣，與天地久長。今上治天下，未能恬倓。願上所居宫毋令人知，然后（後）不死之藥殆可得也。』於是始皇曰：『吾慕真人，自謂「真人」，不稱「朕」。』乃令咸陽之旁二百里内宫觀二百七十復道甬道相連，帷帳鍾鼓美人充之，各案署不移徙。行所幸，有言其處者，罪死。」又《封禪書》載漢武帝事曰：「少君言上曰：『祠竈則致物，致物而丹沙可化爲黄金，黄金成以爲飲食器則益壽，益壽而海中蓬萊僊者乃可見，見之以封禪則不死，黄帝是也。臣嘗游海上，見安期生，安期生食巨棗，大如瓜。安期生僊者，通蓬萊中，合則見人，不合則隱。』於是天子始親祠竈，遣方士入海求蓬萊安期生之屬，而事化丹沙諸藥齊爲黄金矣。居久之，李少君病死。天子以爲化去不死，而使黄錘史寬舒受其方。求蓬萊安期生莫能得，而海上燕齊怪迂之方士多更來言神事矣。」又：「（欒）大爲人長美，言多方略，而敢爲大言，處之不疑。大言曰：『臣常往來海中，見安期、羨門之屬。顧以臣爲賤，不信臣。又以爲康王諸侯耳，不足與方。臣數言康王，康王又不用臣。臣之師曰：「黄金可成，而河決可塞，不死之藥可得，僊人可致也。」然臣恐效文成，則方士皆奄口，惡敢言方哉！』上曰：『文成食馬肝死耳。子誠能脩其方，我何愛乎！』大曰：『臣師非有求人，人者求之。陛下必欲致之，則貴其使者，令有親屬，以客禮待之，勿卑，使各佩其信印，乃可使通言於神人。神人尚肯邪不邪。致尊其使，然後可致也。』……大見數月，佩六印，貴震天下，而海上燕齊之閒，莫不搤捥而自言有禁方，能神僊矣。」

〔三〕金臺：本是神仙居處。東方朔《海内十洲記》：「崑崙宫其一角有積金爲天墉城，面方千里，城上安金臺五所，玉樓十二所。其北户山承淵山，又有墉城，金臺玉樓相鮮，如流精之闕光。碧玉之堂，瓊華之室，紫翠丹房。錦雲燭日，朱霞九光，西王母之所治也，真官仙靈之所宗。」本詩的「金臺」指漢武帝所建通天臺等求仙之臺。《史記·封禪書》：「公孫卿曰：『仙人可見，而上往常遽，以故不見。今陛下可爲觀，如緱城，置脯棗，神人宜可致也。且僊人好樓居。』於是上令長安則作蜚廉桂觀，甘泉則作益延壽觀，使卿持節設具而候神人。乃作通天莖臺，置祠具其下，將招來僊神人之屬。於是甘泉更置前殿，始廣諸宫室。夏，有芝生殿房内中。天子爲塞河，興通天臺，若見有光云，乃下詔：『甘泉房中生芝九莖，赦天下，毋有復作。』」《漢書·武帝紀》「作甘泉通天臺」，顔師古注：「通天臺者，言此臺高，上通於天也。《漢舊儀》云高三十丈，望見長安城。」《太平御覽》卷一七七：「《史記》云：漢武帝元封二年，公孫卿言於帝曰：『仙人好樓居。』帝乃使卿持節候神，作通天臺，高三十丈，雷雨悉在其下，去長安三百里，望見長安城。武帝祭天臺，舞八歲童女三百人，置祠具，招仙人。祭天已，令人升通天臺以候天神。天神既下祭所，若大流星，乃舉烽火，而就竹宫望拜。上有承露盤，仙人掌擎玉盃承雲表之露。元鳳間，臺自毁，椽桷皆化爲龍鳳，隨風雨飛去。《西京賦》云『通天眇而竦峙，經百常而基擢，上班華以交紛，下刻峭而若削』也。」

〔四〕沙丘：秦始皇命終之地。《史記·秦始皇本紀》：「七月丙寅，始皇崩於沙丘平臺。」張守節正義：「《括地志》云：沙丘臺在邢州平鄉縣東北二十里。又云平鄉縣東北四十里。按：始皇崩在沙丘之宫，平臺之中。邢州去京一千六百五十里。」《異苑》卷四：「秦世有謡曰：『秦始皇，何彊梁，開吾户，據吾牀，飲吾酒，唾吾漿，飧吾飯，以爲糧，張吾弓，射東牆，前至沙丘當滅亡。』始皇既坑儒焚典，乃發孔子墓，欲取諸經傳。壙既啓，於是悉如謡者之言。又言謡文刊在塚壁，政甚惡之，乃遠沙丘而循别路，見一群小兒輦沙爲阜，問，云『沙丘』。從此得病。」

〔五〕茂陵與驪嶽：按「茂陵」爲漢武帝陵墓。《漢書·武帝紀》：「丁卯，帝崩于五柞宫，入殯于未央宫前殿。三月甲申，葬茂陵。」顔師古注引臣瓚曰：「自崩至葬凡十八日。茂陵在長安西北八十里也。」「驪嶽」即驪山，秦始皇陵墓所在地。《史記·秦始皇本紀》：「九月，葬始皇驪山。始皇初即位，穿治驪山。及并天下，天下徒送詣七十餘萬人，穿三泉，下銅而致椁，宫觀百官奇器珍怪徙臧滿之。令匠作機弩矢，有所穿近者輒射之。以水銀爲百川江河大海，機相灌輸，上具天文，下具地理。以人魚膏爲燭，度不滅者久之。二世曰：『先帝後宫非有子者，出焉不宜。』皆令從死，死者甚衆。葬既已下，或言工匠爲機，臧皆知之，臧重即泄。大事畢，已臧，閉中羨，下外羨門，盡閉工匠臧者，無復出者。樹草木以象山。」張守節正義：「《關中記》云：『始皇陵在驪山。泉本北流，障使東西流。有土無石，取大石於渭南諸山。』《括地志》云：『秦始皇陵在雍州新豐縣西南十里。』」馬總《意林》卷五引《傅子》：「始皇遠遊並海，而不免平臺之變；及葬驪山，尋見發掘。」按白居易《海漫漫》：「君看驪山頂上茂陵頭，畢竟悲風吹蔓草。」即寒山詩「茂陵與驪嶽，今日草茫茫」之意。

楚按，本詩譏諷秦皇、漢武，俱好神仙，而仍不免於一死。此意見於歷代名公墨客之議論篇詠者，不勝枚舉，拙著《王梵志詩校注》一〇七首按語曾略舉一二。兹再引録一則託爲狐語者，以見本詩作者之旨。《宣室志》卷一〇：「君好道，寧如秦皇、漢武乎？求仙之力，又孰若秦皇、漢武乎？彼二人貴爲天子，富有四海，竭天下之財以學神仙，尚崩於沙丘，葬於茂陵，況君一布衣，而乃惑於求仙耶？」

憶得二十年

憶得二十年，徐步國清歸〔一〕。國清寺中人，盡道寒山癡〔二〕。癡人何用疑，疑不解尋思。我尚自不識，是伊爭得知〔三〕。低頭不用問，問得復何爲。有人來罵我，分明了了知〔四〕。雖然不應對〔五〕，却是得便宜〔六〕。（二七五）

【箋注】

〔一〕國清：即國清寺，天台山名刹。見〇四〇首注〔一〕。按寒山子隱居天台山之寒巖，而常至國清寺，與寺僧豐干、拾得交往。閭丘胤《寒山子詩集序》：「詳夫寒山子者，不知何許人也，自古老見之，皆謂貧人風狂之士。隱居天台唐興縣西七十里，號爲寒巖。每於兹地，時還國清寺。寺有拾得，知食堂，尋常收貯餘殘菜滓於竹筒内，寒山若來，即負而去。或長廊徐行，叫喚快活，獨言獨笑。時僧遂捉罵打趂。乃駐立撫掌，呵呵大笑，良久而去。」

〔二〕盡道寒山癡：按《大珠禪師語録》卷上《頓悟入道要門論》：「道逢世人懶語，世人咸説我癡。外現瞪瞪暗鈍，心中明若瑠璃。」可爲此句注脚。

〔三〕是伊：等於説「伊」，即他。《祖堂集》卷八《雲居和尚》：「問：『大業底人，爲什摩閻羅天子覓不得？』師曰：『是伊解藏身。』」《古尊宿語録》卷五《興化禪師語録》：「師云：是伊適來也有權也有實，也有照也有用。」「是」是用在句首人稱代詞前的語助詞，不爲義，參看〇八九首注〔三〕。

〔四〕了了知：清楚知道。李白《雜言用投丹陽知己兼奉宣慰判官》：「□□正憔悴，了了知之亦何益。」《大珠禪師語録》卷上《頓悟入道要門論》：「若自了了知心不住一切處，即名了了知本心也，亦名了了見性也。」「了了」即分明、清楚。《神仙傳》卷六《王烈》：「至其道徑，了了分明。比及，又失其石室所在。」李白《秋浦歌》之十七：「桃波一步地，了了語聲聞。」韓愈《憶昨行和張十一》：「眼中了了見鄉國，知有歸日眉方開。」

〔五〕應對：回嘴，對罵。孟郊《堯歌》：「爾室何不安，爾孝無與齊。一言應對姑，一度爲出妻。」《西陽雜俎前集》卷二《壺史》:「將午,當有匠餅者負囊而至,囊中有錢二千餘,而必非意相干也。可閉關,戒妻孥勿輕應對。及午必極罵,須盡家臨水避之。」敦煌本《父母恩重經講經文》:「更有父母約束,都不信言,應對高聲,所作違背。」

〔六〕得便宜:占便宜。《龐居士語録》卷上:「霞曰:『得便宜者少。』士曰:『誰是落便宜者?』」清唐訓方《里語徵實》卷下《失便宜處得便宜》:「邵康節詩:『珍重至人嘗有語,落便宜處得便宜。』」

楚按,此詩乃寒山自叙生活態度,雖遭衆人誤解,而不與衆人一般見識。所云「有人來罵我,分明了了知,雖然不應對,却是得便宜」者,即是佛教「六度」中之「忍辱行」。《出曜經》卷一六:「若人罵我,知之爲空,吾耳往聽,悉無所有,彼虚我寂,誰有罵者,是故我今,忍而不起。夫人罵詈,法自有極。四大爲形,不久居世,快意斯須,不知久久,涉苦無量。是故説罵人得罵也。」《佛垂般涅槃略説教誡經》:「能行忍者,乃可名爲有力大人。若其不能歡喜忍受惡罵之毒,如飲甘露者,不名入道智慧人也。」《勝天王般若波羅蜜經》卷一:「菩薩摩訶薩法應行忍,若人加害、撾打、罵辱,心不傾動。」《大乘菩薩藏正法經》卷二四:「我於往昔長夜之中,常修如是忍辱觀法,若一切有情固來毁罵,加諸瞋恚,而行捶打,以麁惡語種種誹謗,我於爾時不生忿恚,不生嫉妬,不生惱害,亦不以其不饒益事反相加害。」《法苑珠林》卷七一《欲蓋篇·五蓋部》引《優婆塞經》云:「有智之人,若遇惡罵,當作是念:是罵詈字,不一時生。初字生時,後字未生；後字生已，初字復滅。若不一時，云何是駡？直是風聲，我云何瞋？」與前引《出曜經》相似，乃是以「阿Q主義」對待惡駡。又卷八二《六度篇·忍辱部》引《菩薩藏經》云：「我念過去，爲大仙人，名修行處。時有惡魔，化作五百健駡丈夫，恒尋逐我，與諸惡駡，晝夜去來，行住坐卧，僧坊静室，聚落俗家，若在街巷，若空閑處，隨我坐立，是諸化魔，以麁惡言，毁駡訶責，滿五百年，未曾休廢。舍利子，我自憶昔五百歲中，爲諸魔羅之所訶毁，未曾於彼起微恨心，恒興慈救，而用觀察。」又引《成實論》曰：「惡口駡辱，小人不堪，如石雨象；惡口駡詈，大人堪受，如華雨象。行者常觀前人本末因緣，或於過去爲我父母，養育我身，不避罪福，未曾報恩，何須起瞋。或爲兄弟妻子眷屬，或是聖人，昔爲善友，凡情不識，何如加毁。」至於寒山詩云「却是得便宜」者，以世人駡我之惡業，成就我忍辱之善行，則「得便宜」者，是我而非彼矣。《龐居士語録》卷下：「駡他無便宜，不應却得穩。無瞋神自安，駡他還自損。忍得有法利，駡他還折本。瞋喜同一如，遁世不悶悶。」又：「耳聞他駡詈，心知口莫對。惡亦不須嫌，好亦不須愛。豁達無關津，虚空無罣礙。此真不動佛，亦名觀自在。」慈受《擬寒山詩》第七四首：「惡人駡善人，善人總不對。善人若還駡，彼此無智慧。不對心清涼，駡者口熱沸。正如人唾天，還從已身墜。」又第一〇六首：「我者被人駡，佯聾不分説。譬如火燒空，不救自然滅。瞋火亦如是，有物遭他爇。我心等虚空，聽你翻唇舌。」皆與寒山詩意類似。

語你出家輩①

語你出家輩〔一〕，何名爲出家。奢華求養活，繼綴族姓家〔二〕。美舌甜脣觜〔三〕，諂曲心鉤加〔四〕。終日禮道場〔五〕，持經置功課〔六〕。鑪燒神佛香〔七〕，打鍾②高聲和〔八〕。六時學③客舂〔九〕，晝夜④不得卧。只爲愛錢財，心中不脱灑〔一〇〕。見他高道人〔一一〕，却嫌誹謗罵。驢屎比麝香〔一二〕，苦哉佛陁耶〔一三〕。（二七六）

【校勘】

①宫内省本、全唐詩本以此首與下首合併爲一首。　②「鍾」，宫内省本、正中本、高麗本、四庫本、全唐詩本作「鐘」，同。　③「學」下全唐詩本夾注「一作養」。　④「晝」，宫内省本、四庫本作「夜」。「晝夜」下全唐詩本夾注「一作夜夜」。

【箋注】

〔一〕出家輩：指僧尼。佛教信徒棄家入道，削髮受戒，修僧尼之净行，稱爲「出家」。《緇門警訓》卷七芙蓉楷禪師《小參》：「夫出家者，爲厭塵勞，求脱生死，休心息念，斷絶攀緣，故名出家。」

〔二〕繼綴族姓家：「族姓」即世族大姓。《晉書·諸葛恢傳》：「導嘗與恢戲争族姓，曰：『人言王葛，不言葛王也。』恢曰：『不言馬驢，而言驢馬，豈驢勝馬邪！』」按古代印度實行種姓制度，有四姓階級，屬於高等種姓之家，稱爲「族姓家」。《妙法蓮華經·序品》：「時有一弟子，心常懷懈怠，貪著於名利，求名利無厭，多遊族姓家。」佛祖釋迦牟尼屬於高等種姓刹帝利，出家前爲净飯王太子，族姓爲釋迦氏。出家沙門尊奉釋迦牟尼爲慈父，皆稱釋迦子，簡稱釋子，無復本姓，故寒山詩稱出家輩爲「繼綴族姓家」也。《法苑珠林》卷二二《入道篇·引證部》：「《增一阿含經》云：『佛告諸比丘：有四姓出家者，無復本姓，但言沙門釋迦子。所以然者，生由我生，成由法成。其猶四大海，皆從阿耨泉出。』又《彌沙塞律》云：『汝等比丘，雜類出家，皆捨本姓，稱釋子沙門沙門者，息惡也。』又《長阿含經》云：『彌勒出世，諸比丘弟子等亦皆稱慈子，如我今弟子稱爲釋子。彌勒者，姓也，此云慈氏也。』觀大覺俯應，跡均俗典，所以胤裔繼哲，姻婭重疊，並緣發曠劫，故能翼讚靈化。又四河入溟，俱名爲海；四族歸道，並號曰釋。可謂惣彼殊源，同乎一味者矣。」中土僧徒稱「釋」，則起於道安。《高僧傳》卷五《晉長安五級寺釋道安》：「初，魏晉沙門依師爲姓，故姓各不同。安以爲大師之本，莫尊釋迦，乃以釋命氏。後獲《增一阿含》，果稱四河入海，無復河名；四姓爲沙門，皆稱釋種。既懸與經符，遂爲永式。」

〔三〕美舌甜脣觜：形容甜言蜜語。「觜」這裏同「嘴」。《古尊宿語録》卷三八《襄州洞山第二代初禪師語録》：「被他諸方老禿甜脣美舌説作配當，道這箇是禪，這箇是道，這箇是菩提涅槃，者箇是真如解脱。」

〔四〕諂曲：心存欺謾，曲意奉承。見〇〇一首注〔三〕。　鉤加：勾結，同流合污。元結《自釋書》：「彼誚以聱者，爲其不相從聽，不相鉤加。」

〔五〕道場：修行禮佛之處。《妙法蓮華經·如來神力品》：「所在國土，若有受持、讀誦、解説、書寫、如説修行，若經卷所在之處，若於園中，若於林中，若於樹下，若於僧坊，若白衣舍，若在殿堂，若山谷曠野，是中皆應起塔供養。所以者何？當知是處即是道場。」白居易《九月八日酬皇甫十見贈》：「君方對酒綴詩章，我正持齋坐道場。」《太平廣記》卷一二六《曹惟思》：「堂前設道場，請名僧，晝夜誦經禮懺，可延百日之命。」又卷四九八《楊希古》（出《玉泉子》）：「性酷嗜佛法，常置僧於第，陳列佛像，雜以幡蓋，所謂道場者。」

〔六〕持經：信奉讀誦佛教經典。參看二四六首注〔四〕。　功課：佛教寺院每日定時奉行之法事，如朝暮課誦、念持經呪、禮拜三寶及歌讚梵唄等。宗寶本《壇經·機緣品》：「汝若但勞勞執念，以爲功課者，何異犛牛愛尾。」又《頓漸品》：「生來坐不卧，死去卧不坐。一具臭骨頭，何爲立功課。」

〔七〕鑪燒神佛香：按佛教以香爲佛使。見〇六三首注〔五〕。

〔八〕打鍾：「鍾」同「鐘」，佛寺中的懸掛樂器。打鐘用以報告時間、召集僧衆、舉行法會等。又佛教以爲鐘聲可消苦免災，晨昏擊鐘，皆爲法事。《釋氏要覽》卷下《無常鐘驗》：「《唐高僧傳》云：京大莊嚴寺釋智興，次當打鐘，寺僧有兄隨煬帝駕幸楊（揚）州，在道死，一夕託夢與妻子曰：『吾達彭城病亡，以今月初，蒙禪定寺僧智興打鐘，聲振地府，受苦者皆解脱，吾亦預此，汝可將絹十疋奉興，陳吾意也。』其妻依言送之，興不受，乃均施。寺主恭禪師問其何法而有此驗，興答：『吾見《付法傳》，罽賓吒王受苦，聞鐘業輪息，乃依《增一阿含》鳴鐘法故。』今詳此文，凡爲人聲鐘，此爲拔苦，必須依法，虔心扣之。」《禪苑清規》卷四《殿主鐘頭》：「《付法傳》説，罽賓吒王死作千頭魚，常爲劍輪斫首，痛不可言。每聞鐘聲，則劍輪不下。晨昏扣鐘，無非佛事。」宋釋文瑩《湘山野録》卷下：「初上元縣一民，時暴疾死，心氣尚煖，凡三日復甦，乃誤勾也。自言至一殿庭間，忽見先主被五木，縲械甚嚴。民大駭，竊問曰：『主何至於斯耶？』主曰：『吾爲宋齊邱所誤，殺和州降者千餘人，以寃訴囚此。』主問其民曰：『汝何至斯耶？』其民具道誤勾之事。主聞其民却得生還，喜且泣曰：『吾仗汝歸語嗣君，凡寺觀鳴鐘，當延之令永。吾受苦，惟聞鐘則暫休。或能爲吾造一鐘尤善。』民曰：『我下民爾，無緣得見。設見之，胡以爲驗？』主沉慮曰：『吾在位，嘗與于闐國交聘，遺吾一瑞玉天王。吾愛之，嘗置於髻，受百官朝。一日如厠，忘取之，因感頭痛。夢神謂吾曰：『玉天王置於佛塔或佛體中，則當愈。』吾因獨引一匠，携於瓦棺寺，鑿佛左膝以藏之，香泥自封，無一人知者。汝以此事可驗。』又云：『語嗣君勿信用宋齊邱。』民既還家，輒不敢已，遂乞見主，具白之。果曰：『冥寞何憑？』民具以玉天王之事陳之。主親詣瓦棺，剖佛膝，果得之。感泣慟躃，遂立造一鐘於清涼寺，鐫其上云：『薦烈祖孝高皇帝脱幽出厄。』」

〔九〕六時：佛教分一晝夜爲六時，晝三時爲晨朝、日中、日没，夜三時爲初夜、中夜、後夜，有六時禮讚之儀。唐釋善導集有《六時禮讚偈》（亦名《往生禮讚偈》）一卷，收載六時中各時唱誦之讚文及禮拜之法。《大莊嚴論經》卷三：「又願未來身，常勤修善法，晝夜六時中，精進初不廢。」《法苑珠林》卷二〇《致敬篇·述意部》引龍樹《十住論》云：「菩薩晝夜各有三時，於此六時禮拜十方諸佛，懺悔勸請，隨喜迴向，菩薩來至阿惟越地，依此修行，速成不退。」敦煌本《妙法蓮華經講經文》：「上來六時之内，有一人受持觀世音名號，乃至禮拜者，所得功德，與供養稱念六十二億恒河沙菩薩之人，功德一般。」敦煌本《目連緣起》：「七日鋪設道場，日夜六時禮懺。」　客春：受傭爲人舂米。王梵志詩二七〇首：「婦即客舂擣，夫即客扶犁。」「客舂」即是「客舂擣」，「客」即客作、傭力。寒山詩云「六時學客舂」者，謂僧徒受人錢財，終日爲人誦經禮懺，猶如傭工出賣勞力，故喻爲「客舂」也。延壽《萬善同歸集》卷上：「行道禮拜，未具真修，祖立『客舂』之愆，佛有『磨牛』之誚。」王梵志詩二七五首：「童子得出家，一生受快樂。飲食滿盂中，架上選衣著。平明哈稀粥，食手調羹臛。飽喫取他錢，此是口客作。」亦以「口客作」比喻受人錢財，爲人誦經念佛。拾得詩三七首：「後來出家子，論情入骨癡。本來求解脱，却見受驅馳。終朝遊俗舍，禮念作威儀。博錢沽酒喫，翻成客作兒。」取喻也與寒山此詩相似。李紳《龜山寺魚池》：「剃髮多緣是代耕，好聞人死惡人生。祇園説法無高下，爾輩何勞尚世情。」云「代耕」者，亦與「客舂」相似而稍雅耳。

〔一〇〕脱灑：解脱自在，不受拘束。《古尊宿語録》卷二七《舒州龍門佛眼和尚語録》：「大衆，情亡智現，病去藥除，豈不是箇脱灑衲僧！」又卷四三《寶峰雲庵真浄禪師住金陵報寧語録》：「古人一等参禪，悟得脱灑，見處明白，得用便用，不在擬議之間。」宋嚴羽《滄浪詩話·詩法》：「語貴脱灑，不可拖泥帶水。」

〔二〕高道人：高僧。「道人」這裏是僧徒之稱。清趙翼《陔餘叢考》卷三八《僧稱》：「葉石林《避暑録》云：晉宋間佛家初行，其徒猶未有僧稱，通曰道人。按《齊書》：莊嚴寺有僧達道人講座。東昏至蔣山定林寺，一沙門病不能避，去藏草間，帝將殺之，韓暉光曰：『老道人可念。』是也。」按僧徒稱「道人」，唐代以後仍或沿用。韓愈《杏花》：「明年更發應更好，道人原注：謂寺僧莫忘鄰家翁原注：自謂。」

〔三〕驢屎比麝香：「驢屎」喻上文之「出家輩」，「麝香」喻上文之「高道人」。《碧巖録》第七七則：「會得此語，便識得餬餅。五祖云：『驢屎比麝香。』所謂直截根源佛所印，摘葉尋枝我不能。」《法演禪師語録》卷中：「上堂，舉僧問雲門：『如何是超佛越祖之談？』門云：『餬餅。』白雲即不然，忽有人問：『如何是超佛越祖之談？』只向伊道：『驢屎似馬糞。』」

〔三〕苦哉佛陁耶：「佛陀」即佛，「苦哉佛陀耶」是佛教徒叫苦的話。《明覺禪師語録》卷二：「巢知風，穴知雨，靈利衲僧，未可相許。若問如何，苦哉佛陀。參！」又卷四：「或云：『今日也恁麽，明日也恁麽，第三第四不問儞，後五日事作麽生？』若道只恁麽，代云：『苦哉佛陀耶！』」《元叟行端禪師語録》卷六《擬寒山子詩四十一首》之十一：「一朝兩脚匾，骨竟沉泥沙。前路黑如漆，苦哉佛陀耶。」

又見出家兒

又見出家兒〔一〕，有力及無力〔二〕。上上高節者〔三〕，鬼神欽道德〔四〕。君王分輦坐〔五〕，諸侯拜迎逆〔六〕。堪爲世福田〔七〕，世人須保惜〔八〕。下下低愚者〔九〕，詐現①多求覓〔一〇〕。濁濫即可知〔一一〕，愚癡愛財色。著却福田衣〔一二〕，種田討衣食〔一三〕。作債税牛犂〔一四〕，爲事不忠直。朝朝行弊惡〔一五〕，往往痛臀脊〔一六〕。不解善思量，地獄苦無極。一朝著②病纏，三年卧牀席。亦有真佛性〔一七〕，翻作無明賊〔一八〕。南無佛陁耶〔一九〕，遠遠求彌勒〔二〇〕。（二七七）

【校勘】

①「現」，正中本、高麗本、四庫本作「見」。　②「著」，四庫本作「作」。

【箋注】

〔一〕出家兒：出家人，即僧徒。《筠州黄蘗山斷際禪師傳心法要》：「汝不見道：法本法無法，無法法亦法，今付無法時，法法何曾法。若會此意，方名出家兒，方好修行。」《大珠禪師語録》卷下：「夫出家兒，莫尋言逐語，行住坐卧，並是汝性用，什麽處與道不相應。」修睦《題田道者院》：「入門空寂寂，真箇出家兒。」《祖堂集》卷六《洞山和尚》：「夫出家兒，心不依物，是真修行。」《景德傳燈録》卷四《法融禪師》：「問寺僧：『此間有道人否？』曰：『出家兒那箇不是道人？』」

〔二〕有力及無力：按「有力」指下文之「上上高節者」，「無力」指下文之「下下低愚者」。

〔三〕上上高節者：指道行最高之僧徒。《大般涅槃經》卷二七：「觀十二緣智凡有四種，一者下，二者中，三者上，四者上上。下智觀者不見佛性，以不見故得聲聞道。中智觀者不見佛性，以不見故得緣覺道。上智觀者見不了了，不了了故住十住地。上上智觀者見了了故，得阿耨多羅三藐三菩提道。」《楞伽師資記》：「學者有四種人：有行有解有證，上上人；無行有解有證，中上人；有行有解無證，中下人；有行無解無證，下下人。」

〔四〕鬼神欽道德：《祖堂集》卷九《肥田伏禪師》：「道高龍虎伏，德重鬼神欽。」《緇門警訓》卷五終南山宣律師《賓主序》：「天龍恭敬，神鬼欽崇。」《爲霖道霈禪師語録》卷下《清涼文益禪師》：「神鬼欽承知德重，虎蛇馴服見心空。」

〔五〕君王分輦坐：君王所乘之車稱「輦」，「君王分輦坐」謂與君王同輦，是極高之禮遇。《漢書·淮南王長傳》：「從上入苑獵，與上同輦，常謂上『大兄』。」又《孝成班倢伃傳》：「成帝遊於後庭，嘗欲與倢伃同輦載，倢伃辭曰：『觀古圖畫，賢聖之君皆有名臣在側，三代末主乃有嬖女，今欲同輦，得無近似之乎？』上善其言而止。」王仁裕《開元天寶遺事·步輦召學士》：「明皇在便殿，甚思姚元崇論時務。七月十五日，苦雨不止，泥濘盈尺，上令侍御者擡步輦召學士來。時元崇爲翰林學士，中外榮之。自古急賢待士帝王如此者，未之有也。」至若僧徒與君王同輦之事，如《高僧傳》卷七《宋壽春石磵寺釋僧導傳》：「姚興欽其德業，友而愛焉，入寺相造，迺同輦還宮。」法琳《辯正論・九箴篇》：「秦世道安，榮參共輦；趙邦澄上，寵懋錦衣。」原注：「《符書》云：符主出遊，命安師共輦坐。」

〔六〕逆：迎接。《書・顧命》：「以二千戈、虎賁百人，逆子釗於南門之外。」

〔七〕堪爲世福田：「福田」見二三三首注〔二〕。詩意謂世人布施供養於僧徒，以此勝因，可得福報，猶如播種於福田，可得福果，故稱僧徒爲「世福田」也。《大乘本生心地觀經》卷二：「世出世間，有三種僧：一菩薩僧，二聲聞僧，三凡夫僧。文殊師利及彌勒等是菩薩僧，如舍利弗、目犍連等是聲聞僧，若有成就別解脱戒真善凡夫，乃至具足一切正見，能廣爲他演説開示衆聖道法、利樂衆生，名凡夫僧，雖未能得無漏戒定及慧解脱，而供養者獲無量福。如是三種名真福田僧。復有一類名福田僧，於佛舍利及佛形像，并諸法僧聖所制戒，深生敬信，自無邪見，令他亦然，能宣正法，讚歎一乘，深信因果，常發善願，隨其過犯，悔除業障，當知是人信三寶力，勝諸外道百千萬倍，亦勝四種轉輪聖王，何況餘類一切衆生，如鬱金華，雖然萎悴，猶勝一切諸雜類華。正見比丘亦復如是，勝餘衆生百千萬倍，雖毁禁戒不壞正見，以是因緣，名福田僧。若善男子善女人等供養如是福田僧者，所得福德無有窮盡。供養前三真實僧寶，所獲功德正等無異。」《大智度論》卷一一：「其婦問曰：『十二年作，得何等物？』答言：『我得三十兩金。』即問：『三十兩金，今在何所？』答言：『已在福田中種。』婦言：『何等福田？』答言：『施與衆僧。』」彦琮《福田論》：「夫云福田者，何耶？三寶之謂也。功成妙智，道登圓覺者，佛也；玄理幽寂，正教精誠者，法也；禁戒守真，威儀出俗者，僧也。」宗寶本《壇經·宣詔品》：「有詔獎諭師曰：『師辭老疾，爲朕修道，國之福田。』」《釋氏要覽》卷上《比丘稱良福田》：「《報恩經》云：『衆僧者，出三界之福田。』謂比丘具有戒體，戒爲萬善之根，是故世人歸信，供養種福，如沃壤之田，能生嘉苗，故號良福田。」

〔八〕保惜：珍惜，愛護。敦煌本《父母恩重經講經文》：「緣貪保惜懷中子，長皺雙眉有淚痕。」《全唐詩》卷八三七貫休句：「萬計交人買，華軒保惜深。」

〔九〕下下低愚者：指道行低劣之僧徒。參看注〔三〕引《楞伽師資記》。

〔一〇〕詐現多求覓：謂詐現種種奇特之相，以求利養。《大般涅槃經》卷一一：「詐現異相，以利求利，惡求多求，無有恭敬。」《大智度論》卷一九：「問曰：『何等是五種邪命？』答曰：『一者若行者爲利養故，詐現異相奇特；二者爲利養故，自説功德；三者爲利養故，占相吉凶爲人説；四者爲利養故，高聲現威，令人畏敬；五者爲利養故，稱説所得供養以動人心。』」所云第一種邪命，即是「詐現多求覓」也。

〔一一〕濁濫：貪鄙庸俗，名不符實。參看一一八首注〔一〕。

〔一二〕福田衣：即袈裟。《法苑珠林》卷三五《法服篇·述意部》：「夫袈裟爲福田之服。」敦煌本《難陁出家緣起》：「欲識我家夫主時，他家還着福田衣，不作俗人之貌相，剃頭身作出家而（兒）。」敦煌本《佛説阿彌陀經講經文》：「身披縷褐福田衣，堪與門徒作所歸。」《緇門警訓》卷二《大唐慈恩法師《出家箴》：「福田衣，降龍鉢，受用一生求解脱。」按袈裟之上，或有格狀條紋，如似田畦之相，故稱爲「福田衣」者，一以符其田畦之相，兼言服之增長福慧也。《釋氏要覽》卷上《田相緣起》：「《僧祇律》云：佛住王舍城，帝釋石窟前經行，見稻田畦畔分明，語阿難言：過去諸佛衣相如是。從今依此作衣相。○《增輝記》云：田畦貯水，生長嘉苗，以養形命。法衣之田，潤以四利之水，增其三善之苗，以養法身慧命也。」亦稱「田衣」，陸龜蒙《和襲美重送圓載上人歸日本國》：「曉梵陽烏當石磬，夜禪陰火照田衣。」

〔一三〕種田討衣食：按佛教認爲種田犁地，養蠶繅絲，多傷物命，故禁制不爲。此云「種田討衣食」，已有傷生之嫌。玄覺《禪宗永嘉集·戒憍奢意第二》：「衣食由來，長養栽種，墾土掘地，鹽煮蠶蛾，成熟施爲，損傷物命，令他受死，資給自身，但畏饑寒，不觀死苦，殺他活己，痛哉可傷。兼用農功，積力深厚。何獨含靈致命，亦乃信施難消。雖復出家，何德之有？」義淨《南海寄歸内法傳》卷二：「意者以其僧自經理，邪命養身，驅使傭人，非瞋不可；壞種墾地，蟲蟻多傷。日食不過一升，誰復能當百罪。……若爲衆家，經求取利，是律所聽；墾土害命，教門不許。損蟲妨業，寧復過此。」

〔一四〕税牛犂：出租牛犂以收取利息。按出租牛犂亦難免間接傷生之嫌，參看上條注。

〔一五〕弊惡：惡劣，邪惡。《大般涅槃經》卷一八：「阿闍世王，其性弊惡，喜行殺戮，具口四惡，貪恚愚癡，其心熾盛，唯見現在，不見未來，純以惡人，而爲眷屬，貪著現世五欲樂故，父王無辜，横加逆害。」《妙法蓮華經・持品》：「是娑婆國中，人多弊惡，懷增上慢，功德淺薄，瞋濁諂曲，心不實故。」《賢愚經》卷一《海神難問船人品》：「有愚癡人，心性弊惡，慳貪嫉妬，不知布施。」

〔一六〕痛臀脊：謂觸犯刑律而受杖刑。《舊唐書・刑法志》：「其杖皆削去節目，長三尺五寸。訊囚杖，大頭徑三分二釐，小頭二分二釐。常行杖，大頭二分七釐，小頭一分七釐。笞杖，大頭二分，小頭一分半。其決笞者，腿分受。決杖者，背、腿、臀分受。」

〔一七〕亦有真佛性：按「真佛性」即本覺真心，亦即佛性，佛教認爲一切衆生自身皆具佛性。《大般涅槃經》卷二七：「一切衆生悉有佛性，如來常住無有變易。」宗密《原人論・直顯真源第三》：「一切有情，皆有本覺真心，無始以來，常住清淨，昭昭不昧，了了常知，亦名佛性，亦名如來藏。從無始際，妄想翳之，不自覺知，但認凡質，故耽著結業，受生死苦。大覺愍之，説一切皆空，又開示靈覺真心清淨，全同諸佛。故《華嚴經》云：『佛子，無一衆生而不具有如來智慧，但以妄想執着而不證得。若離妄想，一切智、自然智、無礙智即得現前。』」

〔一八〕翻作：反作，反倒成爲。皎然《夏日題鄭谷江上納涼館》：「迢遥山意外，清風又對君。若爲於此地，翻作路岐分。」《景德傳燈録》卷四《兖州降魔藏禪師》：「汝名降魔，此無山精木怪，汝翻作魔耶？」　無明賊：「無明」即愚癡之别名，見〇四一首注〔一〕。以無明能賊害人，故喻之爲「賊」。拾得詩四三首：「先破無明賊，神珠自吐談。」

〔一九〕南無佛陁耶：佛教徒念佛的口訣，即歸命於佛之意。見二二六首注〔七〕。

〔二〇〕遠遠求彌勒：按「彌勒」即彌勒佛，亦稱慈氏佛，是佛經中的未來佛。《彌勒下生成佛經》(義浄譯本)：「大師所授記，當來佛下生，彼號爲慈氏，如前後經説。」彌勒信仰是浄土信仰之一種，《觀彌勒菩薩上生兜率天經》：「善男子，汝於閻浮提廣修福業，來生此處。此處名兜率陀天，今此天主名曰彌勒，汝當歸依，應聲即禮，禮已，諦觀眉間白毫相光，即得超越九十億劫生死之罪。是時菩薩隨其宿緣，爲説妙法，令其堅固，不退轉於無上道心。如是等衆生若浄諸業，行六事法，必定無疑當得生於兜率天上，值遇彌勒，亦隨彌勒下閻浮提，第一聞法於未來世。」寒山詩云「遠遠求彌勒」，蓋譏「下下低愚者」不知自有真佛性，而遠遠向外求佛也。

寒巖深更好

寒巖深更好〔一〕，無人行此道。白雲高岫閑，青嶂孤猨嘯。我更何所親，暢志自宜老〔二〕。形容寒暑遷〔三〕，心珠甚可保〔四〕。(二七八)

【箋注】

〔一〕寒巖深更好：「寒巖」爲寒山子隱居處，見〇四〇首注〔四〕。按寒巖以幽深著稱。《古尊宿語録》卷四五《寶峰雲庵真浄禪師偈頌·退洞山上毛大夫》：「聞説寒巖在，天台第一深。」

〔二〕暢志：遂志，盡情。《史記·樂書》司馬貞索隱述贊：「樂之所興，在乎防欲，陶心暢志，舞手蹈足。」

〔三〕形容：容貌。杜甫《冬至》：「江上形容吾獨老，天涯風俗自相親。」拾得詩〇三首：「名利得到身，形容已顦顇。」

〔四〕心珠：譬喻清浄之心性。《華嚴經》卷五九：「善男子，譬如水珠置濁水中，水即澄清，菩提心珠亦復如是，除滅一切煩惱垢濁。」慧思《諸法無諍三昧法門》卷下：「心性清浄如明珠，不爲衆色之所污，譬如清浄如意珠，雜色物裹置水中，能令清水隨色變，青物裹時水則青，黄白赤黑皆隨變，珠色寂然不變易。心性清浄如意珠，善惡業雜縁色雜。十善有漏禪生天，行十惡業生四趣。持戒清浄修禪智，證得無漏解脱道，從生死際至涅槃，心性寂然不變易。」《景德傳燈録》卷三《僧那禪師》：「心珠獨朗，常照世間。」又卷二七《明州奉化縣布袋和尚》：「無價心珠本圓浄，凡是異相妄空呼。」又卷三〇關南長老《獲珠吟》：「自從獲得此心珠，帝釋輪王俱不要。」參看一九九首注〔六〕。

巖前獨静坐

巖前獨静坐，圓月當天耀。萬象影現中〔一〕，一輪本無照〔二〕。廓然神自清〔三〕，含虛洞玄妙。因指見其月〔四〕，月是心樞要〔五〕。（二七九）

【箋注】

〔一〕萬象影現中：玄覺《證道歌》：「萬象森羅影現中，一顆圓光非内外。」

〔二〕一輪本無照：「一輪」指圓月。張喬《試月中桂》：「影高群木外，香滿一輪中。」良乂《答盧鄴》：「當户一輪惟曉月，掛簷數片是秋雲。」宋釣磯閒客《釣磯立談》載頭陀范志嵩《賦月》詩云：「徐徐東海出，漸漸到亨衢。此夜一輪滿，清光何處無。」《景德傳燈録》卷二〇《杭州瑞龍院幼璋禪師》：「問：『廓然無雲，如何是中秋月？』師曰：『最好是無雲。』曰：『恁麽即一輪高挂，萬國同觀去也。』」按《小室六門・心經頌・不垢不浄》：「真如越三界，垢浄本來無。能仁起方便，説細及言麁。空界無有法，是現一輪孤。本來無一物，豈合兩般呼。」既云「空界無有法，是現一輪孤」，則月亦本非實有，故寒山詩云「一輪本無照」，亦「萬法皆空」之義也。

〔三〕廓然：空寂貌。玄覺《證道歌》：「心鏡明，鑒無礙，廓然瑩徹周沙界。」《景德傳燈録》卷三《第二十八祖菩提達磨》：「帝又問：『如何是聖諦第一義？』師曰：『廓然無聖。』」又卷一〇《趙州觀音院從諗禪師》：「若是真達不疑，猶如太虛，廓然虛豁。」

〔四〕因指見其月：典出《楞嚴經》卷二：「佛告阿難：汝等尚以緣心聽法，此法亦緣，非得法性。如人以手指月示人，彼人因指，當應看月。若復觀指，以爲月體，此人豈唯亡失月輪，亦亡其指。何以故？以所標指爲明月故。豈唯亡指，亦復不知明之與暗。何以故？即以指體爲月明性，明暗二性無所了故。」《大智度論》卷九：「如人以指指月，以示惑者。惑者視指，而不視月。人語之言：『我以指指月，令汝知之，汝何看指，而不視月？』此亦如是，語爲義指，語非義也。」蓋指以譬教，月以譬法；指以喻語，月以喻義。「因指見其月」，則因教而悟法，因語而悟義，直入禪心佛意矣。

〔五〕樞要：關鍵，要領。《文心雕龍・論説》：「凡説之樞要，必使時利而義貞，進有契於成務，退無阻於榮身。」敦煌遺書伯二七〇四《贊梵本多心經》：「若歷事備陳，言過二十萬頌；撮其樞要，理盡一十四行。」又：「佛讚此經世所希，於中樞要甚珎奇，聽聞必使添新福，諷念終交離苦危。」敦煌本《茶酒論》：「不可從頭細説，撮其樞要之陳。」《祖堂集》卷一一《保福和尚》：「於二十八年中，山中和尚有什摩樞要處，請和尚不費家才，舉一兩則。」《五燈會元》卷一五《洞山守初禪師》：「大衆雲臻，請師撮其樞要，略舉大綱。」「心樞要」亦云「心要」，宗密《禪源諸詮集都序》卷一：「（達摩）故教授得意之者，即頻讚《金剛》、《楞伽》，云此二經是我心要。」《古林清茂禪師語録》卷二：「中秋上堂：『十五日已前，掘地覓青天；十五日已後，攜籃盛水走。正當十五日，天明日頭出，待得黄昏月到窗，無限清光滿虚空。豈不見寒山子曾有言：「巖前獨静坐，圓月當空耀。萬象影現中，一輪本無照。」若謂中秋分外圓，墮它光影何時了。』下座。」

本志慕道倫

本志慕道倫〔一〕，道倫常獲親。時逢杜①源客〔二〕，每接話禪賓〔三〕。談玄月明②夜〔四〕，探理日臨晨〔五〕。萬機俱泯迹〔六〕，方識本來人〔七〕。（二八〇）

【校勘】

①「杜」，宫内省本、正中本、高麗本、四庫本作「社」，全唐詩本夾注「一作社」。②「月明」，高麗本作「明月」。

【箋注】

〔一〕道倫：指僧侣一類人物。寒山詩二二九首亦云：「野情便山水，本志慕道倫。」

〔二〕杜源客：杜絶煩惱惡業之人。「源」指煩惱惡業之源。《法苑珠林》卷七《六道篇·地獄部》：「夫擁其流者，未若杜其源；揚其湯者，未若撲其火。何者？源出於水，源未杜而水不窮；火沸於湯，火未撲而湯詎息？故有杜源之客，不擁流而自乾；撲火之賓，不揚湯而自止。類斯而談，可得詳矣。厭其果者，未若絶其因；怖其苦者，豈若懲於惡。因資於果，因未絶而果不窮；惡生於苦，惡未懲而苦詎息。故使絶因之士，不厭果而自亡；懲惡之賢，不怖苦而自離。凡百君子，書而誡歟。」義浄《南海寄歸内法傳》卷二：「自從受具，女人曾不面言。母姊設來，出觀而已。當時問曰：『斯非聖教，何爲然乎？』答曰：『我性多染，非此不杜其源。雖復不是聖遮，防邪亦復何爽。』」《小室六門·破相論》：「衆生由此三毒六賊，惑亂身心，沈没生死，輪迴六趣，受諸苦惱。猶如江河，因少泉源，涓流不絶，乃能瀰漫，波濤萬里。若復有人斷其本源，即衆流皆息。求解脱者，能轉三毒爲三聚浄戒，轉六賊爲六波羅蜜，自然永離一切苦海。」所云「斷其本源」，亦是寒山詩之「杜源」也。

〔三〕話禪賓：談禪之客。

〔四〕談玄：這裏指談論佛理。《續高僧傳》卷一五《靈潤傳》：「加以性愛林泉，捐諸名利，弊衣麁食，談玄爲本。」「玄」指佛教。玄奘《啓謝高昌王表》：「騰會振輝於吴洛，讖什鍾美於秦涼，不墜玄風，咸匡勝業。」

〔五〕探理：亦謂探討佛理。《景德傳燈録》卷二四《東京普浄院常覺禪師》：「張素探玄理，因叩師垂誨。」

〔六〕萬機：頭緒紛繁的事務。《後漢書·樂恢傳》：「時竇太后臨朝，和帝未親萬機。」

〔七〕本來人：指衆生自身本具之清浄自性。《祖堂集》卷一八《趙州和尚》：「問：『如何是本來人？』師云：『自從識得老僧後，只這个漢更無别。』」《景德傳燈録》卷八《澧州大同廣澄禪師》：「問：『如何是本來人？』師云：『共坐不相識。』」又卷一〇《湖南長沙景岑禪師》：「僧問：『本來人還成佛也無？』師云：『汝見大唐天子還自種田割稻否？』」《圓悟佛果禪師語録》卷三：「打開無盡藏，運出無價珍，不依倚一物，顯示本來人。」

《宗鏡録》卷九八：「如寒山子頌云：『萬機俱泯跡，方見本來人。』『泯』之一字，未必須泯。以心外元無一法，所見唯心，如谷應自聲，鏡寫我像。秖謂衆生不達，鼓動心機，立差别之前塵，如空華起滅，織無邊之妄想，似焰火奔騰。不復一心本源，故令泯絶。若入心體，雖云湛然，不落斷滅，自然從體起用，周遍恒沙。」

元非隱逸士

元非隱逸士，自號山林人〔一〕。仕魯蒙幘帛〔二〕，且愛裹疎巾①〔三〕。道有巢許操〔四〕，耻爲堯舜臣。獼猴罩帽子〔五〕，學人避風塵②〔六〕。（二八一）

【校勘】

①「裹」，宫内省本作「褁」。「疎」，正中本、高麗本作「綀」。　②此句《佛祖歷代通載》引作「非學辟風塵」，參看篇後按語。

【箋注】

〔一〕山林人：隱士。「山林」即隱逸之地。郭璞《遊仙詩十九首》之一：「京華遊俠窟，山林隱遯棲。」

〔二〕仕魯：於魯地出仕。魯地爲孔子的家鄉，儒家的發祥地。　幘帛：即幘，亦稱「巾幘」或「帛幘」。幘以幅巾裁成，包紮髮髻以代冠者。蔡邕《獨斷》卷下：「幘者，古之卑賤執事不冠者之所服也。……元帝額有壯髮，不欲使人見，始進幘服之，群臣皆隨焉，然尚無巾，如今半幘而已。王莽無髮，乃施巾，故里語曰：王莽秃，幘施屋。」《方言》卷四：「覆結謂之幘巾，或謂之承露，或謂之覆鬏。」按「覆結」即「覆髻」。《太平御覽》卷六八八引服虔《通俗文》曰：「帛幘曰帢。」按《三國志·魏書·武帝紀》裴注引《傅子》曰：「漢末王公，多委王服，以幅巾爲雅，是以袁紹、崔鈞之徒，雖爲將帥，皆著縑巾。魏太祖以天下凶荒，資財乏匱，擬古皮弁，裁縑帛以爲帢，合于簡易隨時之義，以色别其貴賤，于今施行，可謂軍容，非國容也。」由於官吏服幘，故寒山詩「蒙幘帛」即擔任官職之意。《太平御覽》卷二六九《汝南先賢傳》曰：「李宣之子名表，宋公令寇端召表爲主簿，表不樂爲吏，於寺門中焚燒衣幘。」又卷二五八引《會稽典録》曰：「亭長，朱幘之吏，職在禁奸。」《南史·卞彬傳》：「父延之，弱冠爲上虞令，有剛氣。會稽太守孟顗以令長裁之，積不能容，脱幘投地曰：『我所以屈卿者，政爲此幘耳，今已投之卿矣。卿以一世勳門，而傲天下國士。』拂衣而去。」敦煌本《捉季布傳文》：「周氏身名緣在縣，每朝巾幘入公門。」

〔三〕踈巾：即練巾，粗麻布所制頭巾。「踈」通「練」，粗麻織物。《後漢書·禰衡傳》：「衡乃著布單衣，踈巾，手持三尺梲杖，坐大營門，以杖捶地大罵。」《三國志·蜀書·諸葛亮傳》裴注引《魏略》曰：「（徐庶）於是感激，棄其刀戟，更踈巾單衣，折節學問。」

〔四〕道有巢許操：自稱有巢父、許由的操守。這個「道」字是説道之義。「巢許」即巢父、許由，古代著名隱士。皇甫謐《高士傳》卷上：「巢父者，堯時隱人也。山居不營世利，年老，以樹爲巢，而寢其上，故時人號曰『巢父』。堯之讓許由也，由以告巢父，巢父曰：『汝何不隱汝形，藏汝光？若非吾友也！』擊其膺而下之。由悵然不自得，乃過清泠之水，洗其耳，拭其目，曰：『向聞貪言，負吾之友矣。』遂去，終身不相見。」《莊子·逍遥遊》：「堯讓天下於許由曰：『日月出矣而爝火不息，其於光也，不亦難乎！時雨降矣而猶浸灌，其於澤也，不亦勞乎！夫子立而天下治，而我猶尸之,吾自視缺然,請致天下。』許由曰:『子治天下,天下既已治也,而我猶代子,吾將爲名乎?名者,實之賓也,吾將爲賓乎?鷦鷯巢於深林,不過一枝;偃鼠飲河,不過滿腹。歸休乎君,予无所用天下爲!庖人雖不治庖,尸祝不越樽俎而代之矣。』」成玄英疏:「許由,隱者也,姓許,名由,字仲武,潁川陽城人也。隱於箕山,師於齧缺,依山而食,就河而飲。堯知其賢,讓以帝位。許由聞之,乃臨河洗耳。巢父飲犢,牽而避之,曰:『惡吾水矣。』死後,堯封其墓,謚曰箕公,即堯之師也。」

〔五〕獼猴罩帽子:即「沐猴而冠」。《史記·項羽本紀》:「項王見秦宮室皆以燒殘破,又心懷思欲東歸,曰:『富貴不歸故鄉,如衣繡夜行,誰知之者!』説者曰:『人言楚人沐猴而冠耳,果然。』」裴駰集解引張晏曰:「沐猴,獼猴也。」司馬貞索隱:「言獼猴不任久著冠帶,以喻楚人性躁暴。」《漢書·伍被傳》:「夫蓼太子知略不世出,非常人也,以爲漢廷公卿列侯皆如沐猴而冠耳。」《太平廣記》卷四四六《楊于度》(出《野人閒話》):「常飼養胡猻大小十餘頭,會人語。或令騎犬,作參軍行李,則呵殿前後,其執鞭驅策,戴帽穿靴,亦可取笑一時。」

〔六〕避風塵:杜甫《贈王二十四侍御契四十韻》:「往往雖相見,飄飄愧此身。不關輕紱冕,俱是避風塵。」按「風塵」之義非一,或爲塵土義。馬戴《答鄘時友人同宿見示》:「爲客自堪悲,風塵日滿衣。」《項王古祠聯句》潘述句:「遺廟風塵積,荒途歲月侵。」而「帽子」功用在遮蔽塵土,故寒山詩云「獼猴罩帽子,學人避風塵」也。然寒山此二句實爲譬喻,以言功名利禄之士,詐言隱逸以自高，猶如「獮猴罩帽子，學人避風塵」，則此「風塵」爲塵俗之義。如庾信《和王少保遥傷周處士》：「昔余仕冠蓋，值子避風塵。」孟郊《奉報翰林張舍人見遺之詩》：「忽吟陶淵明，此即羲皇人。心放出天地，形拘在風塵。」

《寒山詩闡提記聞》評曰：「此詩大體用《北山移文》，呵僞隱輩。」楚按，《佛祖歷代通載》卷一五曰：「二子楚按指寒山、拾得皆能詩，或時戲村保，寓事感懷，輒有詩以見意，或書石壁，或樹葉間，或酒肆中，語皆超邁絶塵，雖古名流未能髣髴也。自述云：『元非隱逸士，自號山林人。在魯蒙白幘，且愛裹疏巾。道有巢許操，恥爲堯舜臣。獮猴罩帽子，非學辟風塵。』」引此詩末句作「非學辟風塵」，與寒山詩集作「學人避風塵」者含義適相反，全詩寓意亦由「呵僞隱輩」變爲「自述」矣。

自古諸哲人

自古諸哲人〔一〕，不見有長存。生而還復死，盡變作灰塵〔二〕。積骨如毗富，别淚成海津〔三〕。唯有空名在，豈免生死輪〔四〕。（二八二）

【箋注】

〔一〕哲人：睿智賢達之人。《詩·大雅·抑》：「其維哲人，告之話言，順德之行。」鄭玄箋：「語賢智之人以善言，則順行之。」《禮記·檀弓上》：「孔子蚤作，負手曳杖，消摇於門，歌曰：『泰山其頯乎！梁木其壞乎！哲人其萎乎！』既歌而入，當户而坐。子貢聞之曰：『泰山其頯，則吾將安仰？梁木其壞，哲人其萎，則吾將安放？夫子殆將病也。』」

〔二〕盡變作灰塵：按祖詠《古意二首》之一：「生前妒歌舞，死後同灰塵。」章孝標《題杭州樟亭驛》：「樟亭驛上題詩客，一半尋爲山下塵。」

〔三〕積骨如毗富，別淚成海津：按「毗富」爲佛經中的巨山，見二三三首注〔五〕。「別淚」即離別之淚。杜甫《奉寄高常侍》：「天涯春色催遲暮，別淚遥添錦水波。」元稹《夜別筵》：「似我別淚三四行，滴君滿坐之衣裳。」司空曙《分流水》：「古時愁別淚，滴作分流水。日夜東西流，分流幾千里。通塞兩不見，波瀾各自起。與君相背飛，去去心如此。」寒山詩之「積骨如毗富，別淚成海津」二句，言衆生沉淪於生死輪迴之中，無休無止，累積多生之屍骨，高於毗富羅山；訣別親屬之眼淚，多於大海之水。《雜阿含經》卷三四：「一人一劫中，積聚其身骨，常積不腐壞，如毗富羅山。」《大般涅槃經》卷二二：「菩薩摩訶薩觀諸衆生，爲色香味觸因緣故，從昔無數無量劫來，常受苦惱。一一衆生一劫之中所積身骨，如王舍城毗富羅山，所飲乳汁如四海水，身所出血多四海水，父母兄弟妻子眷屬命終哭泣所出目淚多四大海，盡地草木爲四寸籌以數父母亦不能盡。無量劫來，或在地獄、畜生、餓鬼，所受行苦，不可稱計。摶此大地猶如棗等，易可窮極，生死難盡。」《賢愚經》卷一：「我於久遠生死之中，殺身無數，或爲貪欲瞋恚愚癡，計其白骨，高於須彌，斬首流血，過於五江，啼哭之淚，多於四海。」《龐居士語録》卷下：「別淚成河海，骨如毗富山。祇緣塵識法，所以遺心然。」李復言《續玄怪録》卷一《麒麟客》：「自是修習，經六七劫，乃證此身。回視委骸，積如山嶽，四大海水，半是吾宿世父母妻子别泣之淚。」敦煌本《頻婆娑羅王后宫綵女功德意供養塔生天因緣變》：「自念我昔，積於白骨，過於須彌；涕泣雨淚，多於四海。乾竭血肉，徒喪身命，終無利益。」《續古尊宿語要》卷一《慈明圓禪師語》：「從無量劫來，流浪生死，貪愛所使，無暫休息，出此入彼，積骨如毗富羅山，飲乳如四大海水。」

〔四〕生死輪：三界六道，循環生死，如輪載人，無有休止，稱爲「生死輪」。《佛所行讚》卷四：「生死五道輪，猶衆星旋轉。」《大般涅槃經》卷一七：「有所得者，名生死輪，一切凡夫，輪迴生死，故有所見。」《華嚴經》卷八：「悉能摧滅生死輪，具轉聖道妙法輪。」又卷一〇：「世間非自作，亦復非他作，不知真實性，生死輪常轉。」《大智度論》卷五：「生死輪載人，諸煩惱結業，大力自在轉，無人能禁止。」唐道鏡、善導共集《念佛鏡》：「勸君五，莫辭念佛多辛苦。思惟長劫生死輪，更向何人求出路。」白居易《自覺二首》之二：「我聞浮屠教，中有解脱門，置心爲止水，視身如浮雲。斗擻垢穢衣，度脱生死輪。胡爲戀此苦，不去猶逡巡。」亦作「生死輻」。白居易《和夢遊春詩一百韻》：「水蕩無明波，輪迴死生輻。」按佛教亦有畫爲「生死輪」圖像者，則更以形像化俗。《釋氏要覽》卷下《五趣生死輪》：「《根本毗奈耶律》第三十四卷云：佛在王舍城羯蘭鐸迦池竹園中，時大目乾連於時中往五道慈愍觀察，至捺洛迦地獄也，此云無喜樂，見諸有情受種種苦。於四衆中，普皆宣告阿難陀言：非一切時處嘗有目連，今勅諸苾芻，於寺門壁，畫生死輪。應隨大小，圓作輪形，中安轂。次安五輻，表五趣。當轂下畫地獄，二邊畫傍生、餓鬼，次上畫人、天。於人趣中，唯畫四洲。於其轂上塗白色，中畫佛，佛前畫三類物：初畫鴿，表多貪；次畫蛇，表多嗔；後畫猪，表愚癡。於網處應作溉灌像，多安水罐，中畫有情生死之像，生者於罐出頭，死者出足。於其五趣，各像其形，應畫十二支生滅之相：無明支，作羅刹像；行支，作陶家輪像；識支，作獼猴像；名色支，作人乘船像；六處支，作六根像；觸支，作男女相撫像；受支，作男女受苦樂像；愛支，作女人抱男女像；取支，作丈夫汲井像；有支，作大梵王像；生支，作女人誕孕像；老，作男女衰老像；病支，作病像；死支，作死像；憂，作男女憂慼像；悲，作啼哭像；苦，作男女受苦像；惱，作丈夫挽難調駱駝像。其輪頂應畫無常大鬼，鬔髮張口，長舒兩手，挽其網於鬼頭。兩畔書二伽他，一曰：汝當求出離，於佛教勤修，降伏生死軍，如象摧草舍。二曰：於此法律中，常爲不放逸，能竭煩惱海，當盡苦邊際。次於鬼頭上，畫一白圓壇相，表涅槃圓淨之像。號爲五趣生死輪。」《宋高僧傳》卷一〇《唐袁州陽岐山甄叔傳》：「觀生死輪上，見九地群迷，猶如蟭螟處在蚊睫。」按道教亦襲用「生死輪」之語，陶弘景《真誥》卷三：「西城真人王君常吟詠曰：神爲度形舟，薄岸當别去。形非神常宅，神非形常載。徘徊生死輪，但苦心猶豫。」

今日巖前坐

今日巖前坐，坐久煙雲收。一道清谿冷，千尋碧嶂頭。白雲朝影静，明月夜光浮。身上無

塵垢〔一〕，心中那更憂〔二〕。（二八三）

【箋注】

〔一〕塵垢：即煩惱之别名，以煩惱能垢染人心，故喻爲「塵垢」。《維摩詰經·佛國品》：「遠塵離垢，得法眼浄。」僧肇注：「塵垢，八十八結也。」《楞嚴經》卷二：「願興慈悲，洗我塵垢。」《賢愚經》卷一：「衆生之類，塵垢所弊，樂著世樂，無有慧心。」《太平廣記》卷四四五《孫恪》（出《傳奇》）：「僧行夏臘極高，能别形骸，善出塵垢。」

〔二〕那更憂：豈更憂。「那」表示疑問。如王建《寒食行》：「三日無火燒紙錢，紙錢那得到黄泉？」

千雲萬水間

千雲萬水間，中有一閑士。白日遊青山，夜歸巖下睡。倏爾過春秋，寂然無塵累〔一〕。快哉何所依，静若秋江水。（二八四）

【箋注】

〔一〕塵累：指塵世煩惱，因爲煩惱猶如塵垢，能污染人心，爲解脱之累，故稱「塵累」。《楞嚴經》卷一：「度脱衆生，拔濟未來，越諸塵累。」《高僧傳》卷一〇《史宗傳》：「方當畢塵累，栖志且山丘。」李白《登峨眉山》：「煙容如在顔，塵累忽相失。」耿湋《夏日寄東溪隱者》：「惆悵多塵累，無由訪釣翁。」李程《贈毛仙翁》：「茫茫塵累愧腥膻，强把蜉蝣望列仙。」

勸你休去來

勸你休去來〔一〕，莫惱他閻老〔二〕。失脚入三途〔三〕，粉骨遭千擣〔四〕。長爲地獄人，永隔今生道。勉你信余言，識取衣中寶〔五〕。（二八五）

【箋注】

〔一〕休去來：即「休去」，停止，住手。「來」是語助詞，不爲義。《景德傳燈録》卷一七《洪州雲居山道膺禪師》：「十度擬發言，九度却休去。爲什麼如此？恐怕無利益。」本詩的「休去來」是勸誡世人停止作惡的話。

〔二〕閻老：閻羅王。封演《封氏聞見記》卷八《巨骨》：「又太子少師薛蕚爲邢州留後，亦有大骨，面廣尺餘，形圓，有兩耳，高可三四寸。云洺州人掘漳河古堤，于瓮中所得，刺史魏淩知蕚愛奇，故封寄焉，題云『閻老王尾䯗骨』。」王梵志詩二八九首：「閻老忽嗔遲，即棒伺命使。」范攄《雲溪友議》卷下載王梵志詩：「苦痛教他死，將來作己須。莫教閻老斷，自想意何如？」《天聖廣燈録》卷一五《汝州風穴山延昭禪師》載王梵志詩：「梵志死去來，魂魄見閻老。」《敦煌歌辭總編》卷三《悉曇頌》：「一朝命斷深埋却，閻老前頭任裁度。」《龐居士語録》卷中：「走向見閻老，倒拖研米槌。」《鎮州臨濟慧照禪師語録》：「如是之流，盡須抵債，向閻老前吞熱鐵丸有日。」《五燈會元》卷六《東山雲頂禪師》：「閻老殿前添一鬼，北邙山下卧千年。」《古尊宿語録》卷三八

《襄州洞山第二代初禪師語録》：「若道不得，閻老徵你草鞋錢。」《緇門警訓》卷九芭蕉泉禪師《示衆》：「閻老子，不擪攞，據爾所作因，還爾所作果。」

〔三〕失脚入三途：敦煌遺書伯二三〇五解座文：「忽然失脚落三塗，不修實是愚癡意。」「失脚」即行路不慎而跌倒。《景德傳燈録》卷九《福州大安禪師》：「内外扶持，不教傾側，如人負重擔從獨木橋上過，亦不教失脚。」《如浄和尚語録》卷下：「如浄行脚四十餘年，首到乳峰，失脚墮於陷穽。」《續古尊宿語要》卷一《慈明圓禪師語》：「某甲適來失脚倒地，又得家童扶起。」王安石《擬寒山拾得二十首》之八：「失脚落地獄，將身投鑊湯。」慈受《擬寒山詩》第一二首：「黄泉途路滑，失脚恐難扶。」「三途」即「三惡道」，即畜生道、餓鬼道、地獄道，見一一二首注〔三〕。

〔四〕粉骨遭千擣：指地獄中「碓擣」之酷刑。王梵志詩〇〇八首：「牛頭鐵叉扠，獄卒把刀掇。碓擣磑磨身，覆生還覆死。」敦煌本《目連緣起》：「碓擣磑磨身爛壞，遍身恰似淤青埿。」

〔五〕衣中寶：衣中寶珠，譬喻衆生元本具足之佛性。《景德傳燈録》卷三〇丹霞和尚《翫珠吟》：「識得衣中寶，無明醉自醒。百骸雖潰散，一物鎮長靈。」《汾陽無德禪師語録》卷下《翫珠歌》：「衣中寶，用無邊，斯多曾獻祖師前。」典出《妙法蓮華經·五百弟子受記品》：「我等聞無上，安隱授記聲，歡喜未曾有，禮無量智佛。今於世尊前，自悔諸過咎。於無量佛寶，得少涅槃分，如無智愚人，便自以爲足。譬如貧窮人，往至親友家，其家甚大富，具設諸肴膳，以無價寶珠，繫著内衣裏，默與而捨去，時卧不覺知。是人既已起，遊行詣他國，求衣食自濟，資生甚艱難，得少便爲足，更不願好者，不覺内衣裏，有無價寶珠。與珠之親友，後見此貧人，苦切責之已，示以所繫珠。貧人見此珠，其心大歡喜，富有諸財物，五欲而自恣。我等亦如是，世尊於長夜，常愍見教化，令種無上願。我等無智故，不覺亦不知，得少涅槃分，自足不求餘。今佛覺悟我，言非實滅度，得佛無上慧，爾乃爲真滅。我今從佛聞，授記莊嚴事，乃轉次受決，身心徧歡喜。」

世間一等流

世間一等流〔一〕，誠堪與人笑。出家弊己身〔二〕，誑俗將爲道〔三〕。雖著離塵衣〔四〕，衣中多養蚤〔五〕。不如歸去來〔六〕，識取心王好〔七〕。（二八六）

【箋注】

〔一〕等流：一種人。見一三六首注〔一〕。

〔二〕弊己身：「弊」即破敗之義，「弊己身」謂身著弊垢之衣，以示苦行。《佛説十二頭陀經》：「七者應入聚落中拾故塵棄物，浣之令浄，作弊納衣，覆除寒露。有好衣因緣，則四方追求，墮邪命中。若得人好衣，則生親著；若不親著，檀越則恨。若僧中得衣，如上説僧中之過。有好衣是未得道者生貪著處，好衣因緣招致賊難，或至奪命。有如是等患故，應受弊納衣。」《祖堂集》卷八《雲居和尚》：「僧曰：『作何功課，則得外道歸心？』師曰：『一切俱息。』進曰：『著弊垢衣，彼中消息如何？』師云：『轉高去也。』」

〔三〕誑俗將爲道：謂欺騙世人，以「弊己身」爲修行佛道。「將爲」即以爲之義。《神仙傳》卷六《李少君》：「意雖見其有異，將爲天性，非術所致。」《景德傳燈録》卷二九誌公和尚《十四科頌・色空不二》：「自疾不能治療，却教他人藥方。外看將爲是善，心内猶如豺狼。」崔塗《東晉》之一：「五陵豪俠笑爲儒，將爲儒生只讀書。看取不成投筆後，謝安功業復何如。」韓熙載《感懷詩二章》之二：「未到故鄉時，將爲故鄉好。及至親得歸，争如身不到。」敦煌本《董永變文》：「將爲當時惣燒却，檢尋却得六十張。」亦作「將謂」。《晉書・王彪之傳》：「黎庶不達其意，將謂郊祀必赦，至此時，凶愚之輩復生心於僥倖矣。」劉商《胡笳十八拍・第一拍》：「紗窗對鏡未經事，將謂珠簾能蔽身。」羅隱《焚書坑》：「祖龍算事渾乖角，將謂詩書活得人。」顔仁郁《農家》：「時人不識農家苦，將謂田中穀自生。」

〔四〕離塵衣：即袈裟之異稱，亦稱「離塵服」、「離染服」等等。《釋氏要覽》卷上《法衣・别名》：「《大集經》云：袈裟名離染服。○《賢愚經》云出世服。○《如幻三昧經》云無垢衣。又名忍辱鎧。又名蓮華衣，謂不爲欲泥染故。又名幢相，謂不爲邪所傾故。又名田相衣，謂不爲見者生惡故。又名消瘦衣，謂著此衣，煩惱消瘦故。又名離塵服，去穢衣。又名振越。」

〔五〕衣中多養蚤：《南齊書・卞彬傳》：「作《蚤虱賦》，序曰：『余居貧，布衣十年不制。一袍之緼，有生所託，資其寒暑，無與易之。爲人多病，起居甚疎，縈寢敗絮，不能自釋。兼攝性懈惰，嬾事皮膚，澡刷不謹，澣沐失時，四體𣯛𣯛，加以臭穢，故葦席蓬纓之間，蚤虱猥流。淫癢渭濩，無時恕肉，探揣擭撮，日不替手。虱有諺言，朝生暮孫。若吾之虱者，無湯沐之慮，絶相弔之憂，宴聚乎久襟爛布之裳，服無改換，掐齧不能加，脱略緩嬾，復不懃於捕討，孫孫息息，三十五歲焉。』其略言皆實録也。」按僧徒或以肉身供養虱蚤，以爲有戒殺好生之德。《高僧傳》卷一二《宋京師東安寺釋法恭傳》：「又以弊納聚蚤虱，常披以飴之。」《續高僧傳》卷一六《釋惠成傳》：「有常律師者，欲往南岳，遇成同宿，夜中投蝨於地，而密知之。及明告別，成曰：『昨夜一檀越被凍困苦。』常慚之永誡。」《宋高僧傳》卷一四《唐京兆西明寺道宣傳》：「三衣皆紵，一食唯菽，行則杖策，坐不倚床。蚤蝨從遊，居然除受。土木自得，固己亡身。」又卷二二《大宋天台山智者禪院行滿傳》：「每日脱衣就床，則蚤虱蟄蟄焉唼之，及餧飼得所，還著衣如故。」宋王銍《國老談苑》卷上：「査道性淳古，早寓常州琅山寺，躬事薪水以給衆。常衣巨衲，不復洗濯，以育蚤虱。」

〔六〕歸去來：即歸去。「來」爲語助詞，不爲義。見一二四首注〔二〕。

〔七〕心王：指衆生本具之清淨心性，「識取心王好」則見性成佛矣，一六三首亦云「識取心王主」，參看該首注〔六〕。

高高峰頂上

高高峰頂上，四顧極無邊。獨坐無人知，孤月照寒泉。泉中且①無月，月自在青天。吟此一曲歌，歌終②不是禪。（二八七）

【校勘】

①「且」，四庫本作「本」。　②「終」，宮内省本、正中本、高麗本、四庫本皆作「中」，全唐詩本夾注「一作中」。

《了堂惟一禪師語録》卷一：「中秋上堂：舉寒山子詩云：高高峰頂上，四顧極無邊。獨坐無人知，明月照寒泉。泉中且無月，月自在青天。吟此一曲歌，歌中不是禪。師云：竹山未免下箇注脚，蘇盧蘇盧，悉唎悉唎。便下座。」

楚按，禪之境界，唐代詩人或有形容者，如白居易《寄李相公崔侍郎錢舍人》：「榮枯事過都成夢，憂喜心忘便是禪。」姚合《寄默然上人》：「天下誰無病，人間樂是禪。」許渾《遊果晝二僧院》：「何必老林泉，冥心便是禪。」方干《贈中岳僧》：「多病長留藥，無憂亦是禪。」於禪之境界，各有會心，表述不同，皆入禪意。若寒山此詩，深入禪之意境，吟此一曲歌，歌罷不知今夕何夕，所謂「篇終接混茫」（杜甫《寄彭州高三十五使君適虢州岑二十七長史參三十韻》句），而獨云「歌終不是禪」者，何也？蓋禪之境界，無須著意追求，不必特地體會，不求自得，不是而是，故云「歌終不是禪」，是乃真禪也，較之前引詩人對禪之體味，更進一層矣。

有箇王秀才

有箇王秀才〔一〕，笑我詩多失。云不識蜂腰，仍不會鶴膝〔二〕。平側不解壓①〔三〕，凡言取次

出〔四〕。我笑你作詩，如盲徒詠日〔五〕。（二八八）

【校勘】

①「側」，四庫本作「仄」。「壓」，原作「壍」，兹據宫内省本、全唐詩本作「壓」，同；四庫本作「叶」。

【箋注】

〔一〕王秀才：泛謂書生。「王」者爲普通之姓，「秀才」爲讀書人之通稱。按「秀才」本爲唐初取士科目之一。《新唐書·選舉志上》：「凡秀才，試方略策五道，以文理通粗爲上上、上中、上下、中上，凡四等爲及第。……高宗永徽二年，始停秀才科。」此後凡應試者亦可稱秀才，而秀才遂爲讀書人之通稱矣。《雲溪友議》卷下：「至客改令，不離舊意，曰：『白髮有前後，青山無古今。』韋微笑曰：『白髮不遠於秀才，何忽於老夫也？』」《太平廣記》卷一四八《杜暹》（出《廣異記》）：「舟人已解纜，岸上有一老人呼：『杜秀才，可暫下。』」明陳士元《俚言解》卷一《秀才》：「秀才之名，自晉宋以來，實爲貢舉科目之最。今庠士厭習舊名，聞人以此稱之，輒以爲輕己。按《北史·杜正玄傳》：隋開皇十五年舉秀才，試策高第，曹司以策過左僕射楊素，楊怒曰：『周孔更生，尚不得爲秀才，刺史何忽妄舉此人！』乃以策投地不視。時海内惟正玄一人應秀才，曹司復啓素，素意在試退正玄，乃使擬相如《上林賦》，王褒《聖主得賢臣頌》，班固《燕然山銘》，張載《劍閣銘》、《白鸚鵡賦》，又限未時令就。正玄及時並了。素讀數徧，大驚曰：『誠好秀才。』命曹司録奏。唐楊綰爲相，請置五經秀才科。古人重秀才如此。按古史，趙公子成諫武靈王，有吴越無秀才之説。《後漢・光武紀》作茂才，避光武諱也。」

〔二〕云不識蜂腰，仍不會鶴膝：按「蜂腰」、「鶴膝」爲詩律「八病」中之兩種。《南史・陸厥傳》：「時盛爲文章，吴興沈約、陳郡謝朓、琅邪王融以氣類相推轂，汝南周顒善識聲韻。約等文皆用宫商，將平上去入四聲，以此制韻，有平頭、上尾、蠭腰、鶴膝。五字之中，音韻悉異，兩句之内，角徵不同，不可增減。世呼爲『永明體』。」鍾嶸《詩品・總論》：「至于平上去入，則余病未能。蜂腰鶴膝，閭里已具。」日僧空海《文鏡秘府論》西卷《文二十八種病》：「蜂腰詩者，五言詩一句之中，第二字不得與第五字同聲。言兩頭粗、中央細，似蜂腰也。詩曰：『青軒明月時，紫殿秋風日。曈朧引夕照，晻曖映容質。』又曰：『聞君愛我甘，竊獨自雕飾。』又曰：『徐步金門出，言尋上苑春。』釋曰：凡句五言之中，而論蜂腰，則初腰事須急避之，復是劇病。若安聲體，尋常詩中，無有免者。」又：「鶴膝詩者，五言詩第五字不得與第十五字同聲。言兩頭細，中央粗，似鶴膝也，以其詩中央有病。詩曰：『撥棹金陵渚，遵流背城闕。浪蹙飛船影，山掛垂輪月。』又曰：『陟野看陽春，登樓望初節。緑池始沾裳，弱蘭未央結。』釋曰：取其兩字間似鶴膝，若上句第五『渚』字是上聲，則第三句末『影』字不得復用上聲，此即犯鶴膝。故沈東陽著辭曰：『若得其會者，則唇吻流易；失其要者，則喉舌蹇難。事同暗撫失調之琴，夜行坎壈之地。』蜂腰鶴膝，體有兩宗，各互不同。王斌五字制鶴膝，十五字制蜂腰，並隨執用。」宋魏慶之《詩人玉屑》卷一一：「詩病有八：……三曰蜂腰第二字不得與第五字同聲，如『聞君愛我甘，竊欲自修飾』。『君』、『甘』皆平聲，『欲』、『飾』皆入聲；四曰鶴膝第五字不得與第十五字同聲，如『客從遠方來，遺我一書札。上言長相思，下言久離別』。『來』、『思』皆平聲。」按「蜂腰」、「鶴膝」之説，拘忌太甚，故達者或不以爲然，李渤《喜弟淑再至爲長歌》：「近來詩思殊無況，苦被時流不相放。雲騰浪走勢未衰，鶴膝蜂腰豈能障。」《太平廣記》卷三四九《韋鮑生妓》（出《纂異記》）：「雖每歲鄉里薦之于州府，州府貢之于有司，有司考之詩賦，蜂腰鶴膝，謂不中度，彈聲韻之清濁，謂不中律。雖有周孔之賢聖，班馬之文章，不由此製作，靡得而達矣。」

〔三〕平側：即「平仄」，平聲和仄聲。平上去入四聲中，平聲稱平，餘三聲稱仄。胡仔《苕溪漁隱叢話》卷一引《蔡寬夫詩話》云：「秦漢以前，字書未備，既多假借，而音無反切，平側皆通用，如『慶雲』、『卿雲』，『皋陶』、『咎繇』之類，大率如此。」　壓：這裏指壓韻，即押韻。《梁書·王筠傳》：「筠爲文能壓强韻，每公宴並作，辭必妍美。」

〔四〕凡言：通俗淺近的語言。　取次：隨便，不經意。《抱朴子内篇·祛惑》：「此兒當興卿門宗，四海將受其賜，不但卿家，不可取次也。」白居易《寒食江畔》：「聞鶯樹下沈吟立，信馬江頭取次行。」又《東城桂三首》之一：「當時應逐南風落，落向人間取次生。」元稹《鶯鶯詩》：「殷紅淺碧舊衣裳，取次梳頭闇澹妝。」又《清明日》：「常年寒食好風輕，觸處相隨取次行。」皎然《花石長枕歌答章居士贈》：「唯將此物安座隅，取次閒眠有禪味。」孟棨《本事詩·情感》載宫人詩：「自嗟不及波中葉，蕩漾乘春取次行。」《太平廣記》卷二七八《皇甫弘》（出《逸史》）：「謂子弟曰：『汝試取次把一帙舉人文章來。』既開，乃皇甫文卷。」

〔五〕如盲徒詠日：比喻盲目發言，必然謬誤。《大般涅槃經》卷二五：「如生盲人，不見日月，以不見故，不知晝夜明暗之相。以不知故，便説無有日月之實。實有日月，盲者不見，以不見故，生於倒想，言無日月。」《大智度論》卷八：「譬如日出，盲人不見，便謂世間無有日月。」按蘇軾《日喻》亦云：「生而眇者不識日，問之有目者。或告之曰：『日之狀如銅槃。』扣槃而得其聲，他日聞鐘，以爲日也。或告之曰：『日之光如燭。』捫燭而得其形，他日揣籥，以爲日也。」

我住在村鄉

我住在村鄉，無爺亦無孃①。無名無姓第〔一〕，人喚作張王〔二〕。並無人教我，貧賤也尋常。自憐心的實〔三〕，堅固等金剛〔四〕。（二八九）

【校勘】

①「孃」，高麗本、四庫本、全唐詩本作「娘」。

【箋注】

〔一〕姓第：姓氏行第。唐人習慣於姓氏下加排行，以稱其人，稱爲「姓第」，如高適爲高三十五，岑參爲岑二十七之類。

〔二〕張王：《古尊宿語録》卷三〇《舒州龍門佛眼和尚語録·同居善説》：「住來但覺久，懶去問張王。」按張、王爲中國最普遍之姓氏，故泛稱某人則曰「張王李趙」，省稱「張王」。寒山詩二〇五首亦云「張王李趙權時姓」，參看該首注〔四〕。

〔三〕的實：確實。《善慧大士語録》卷三《十勸》：「勸君七，萬事無過須的實，朝三暮四不爲人，此理安身終不吉。」敦煌本《八相變》：「奉旨迴而不辛（辭），慮王妃之勿信。空將白馬，由（猶）恐狐疑。車匿鄙詞，難爲的實。」敦煌本《降魔變文》：「卿雖讚德（得）此能，猶未表其的實，須得對面試諫（煉），然可定其是非。」《續資治通鑑長編》卷二六一：「其分水嶺即無山名，元不指定的實去處。」又卷二六五：「其被髪人又問云：『的實有文字照驗無？』純答：『是兩朝公事，若無文字照據，誰敢浪舌説話？』」《永樂大典》戲文《張協狀元》第十四齣：「只此一言是的實。」

〔四〕堅固等金剛：《維摩詰經・佛國品》：「深信堅固，猶若金剛。」《華嚴經》卷一二：「彼行如金剛，堅固不可沮。」按「金剛」即鑽石，堅利無匹，參看一六〇首注〔六〕。

寒山出此語

寒山出此語，此語無人信。蜜甜足人嘗〔一〕，黄蘗苦難近①〔二〕。順情生喜悦〔三〕，逆意多瞋恨〔四〕。但看木傀儡〔五〕，弄了一場困〔六〕。（二一九〇）

【校勘】

①「近」，宫内省本、正中本作「吞」，四庫本作「進」，全唐詩本夾注「一作吞」。

【箋注】

〔一〕足：多。二三七首亦云：「有事對面説，所以足人怨。」見該首注〔二〕。

〔二〕黄蘗：中藥名，味苦。見一二五首注〔五〕。

〔三〕順情：投合，曲從人意。《隋書·裴藴傳》：「藴善候伺人主微意，若欲罪者，則曲法順情，鍛成其罪；所欲宥者，則附從輕典，因而釋之。」《法苑珠林》卷七五《十惡篇·邪淫部》：「彼此懷猜忌，孰肯順情旨。」李德裕《次柳氏舊聞》：「黄幡綽在賊中，與大逆圓夢，皆順其情，而忘陛下積年之恩寵。」

〔四〕逆意：違背心意。賈誼《新書·數寧》：「進言者皆曰天下已安矣，臣獨曰未安；或者曰天下已治矣，臣獨曰未治。恐逆意觸死罪。雖然，誠不安，誠不治，故不敢顧身。」

〔五〕木傀儡：即木偶，亦名傀儡子。《顔氏家訓·書證》：「或問：俗名傀儡子爲郭秃，有故實乎？答曰：《風俗通》云：『諸郭皆諱秃。』當是前代人有姓郭而病秃者，滑稽戲調，故後人爲其象，呼爲郭秃。」段安節《樂府雜録·傀儡子》：「自昔傳云起於漢祖在平城爲冒頓所圍，其城一面即冒頓妻閼氏，兵强於三面。壘中絶食，陳平訪知閼氏妬忌，即造木偶人，運機關舞於陴間。閼氏望見，謂是生人，慮下其城，冒頓必納妓女，遂退軍。史家但云陳平以秘計免，蓋鄙其策下爾。後樂家翻爲戲，其引歌舞有郭郎者，髮正秃，善優笑，閭里呼爲郭郎，凡戲場必在俳兒之首也。」寒山詩之「但看木傀儡，弄了一場困」二句，比喻人生猶如木傀儡，虚幻不實，非由自主，徒然勞頓，終歸虚無。《景德傳燈録》卷五《司空山本浄禪師》：「但看弄傀儡，線斷一時休。」又卷一二《鎮州臨濟義玄禪師》：「看取棚頭弄傀儡，抽牽全藉裏頭人。」敦煌本《維摩詰經講經文》：「也似機關傀儡，皆因繩索抽牽，或舞或歌，或行或走，曲罷事畢，抛向一邊。直饒万劫駈遣，不肯行得，□時轉動，皆是之（諸）緣共助，便被幻惑人情。若夜（也）斷却諸緣，甚處有傀儡各□。」

〔六〕困：疲憊，勞頓。白居易《賣炭翁》：「牛困人飢日已高，市南門外泥中歇。」《景德傳燈録》卷一二《鎮州臨濟義玄禪師》：「黄蘗一日普請鋤茶園，黄蘗後至。師問訊，按钁而立。黄蘗曰：『莫是困耶？』曰：『纔钁地，何言困？』」又卷一五《潭州神山僧密禪師》：「一日，與洞山除茶園，洞山擲下钁頭曰：『我今日困，一點力氣也無。』師曰：『若無力氣，爭解恁麼道得？』」

中國古典文學基本叢書

寒山詩注

（附拾得詩注）

下册

項楚 著

中華書局

我見人轉經

我見人轉經〔一〕，依他言語會〔二〕。口轉心不轉〔三〕，心口相違背〔四〕。心真無委曲〔五〕，不作諸纏蓋〔六〕。但且自省躬〔七〕，莫覓他替代〔八〕。可中作得主〔九〕，是知無内外〔一〇〕。

（二九一）

【箋注】

〔一〕轉經：即念經，誦讀佛教經典。「轉」即誦念之義。《高僧傳》卷一三《經師篇》論曰：「然天竺方俗，凡是歌詠法言，皆稱爲唄；至於此土，詠經則稱爲轉讀，歌讚則號爲梵唄。」《宋高僧傳》卷一三《唐蘄州黄崗山法普傳》：「因赴内齋，諸名公皆執經諷讀，唯静並其徒俱默坐，帝宣問：『胡不轉經？』」王建《題詵法師院》：「僧院不求諸處好，轉經唯有一窗明。」張籍《題玉像堂》：「入夜無煙燈更好，堂中唯有轉經人。」《太平廣記》卷三四《崔煒》（出《傳奇》）：「僧感之甚，謂煒曰：『貧道無以奉酬，但轉經以資郎君之福祐耳。』」又卷一〇三《陳文達》（出《法苑珠林》）：「常持《金剛經》，願與亡父母念八萬四千卷，多有祥瑞。爲人轉經，患難皆免。」又卷一〇五《張嘉猷》（出《廣異記》）：「卿還，爲白家兄，令爲轉《金剛經》一千遍。」按轉經時亦有不誦全經，僅讀其初、中、後數行，亦稱轉經一遍。進一步以推轉輪藏以代替誦經，則尤爲迅捷。《善慧大士語録》卷一：「大士在日，常以經目繁多，人或不能遍閲，乃就山中建大層龕，一柱八面，實以諸經，運行不礙，謂之輪藏。仍有願言：登吾藏門者，生生世世，不失人身。從勸世人有發菩提心者，志誠竭力，能推輪藏，不計轉數，是人即與持誦諸經功德無異，隨其願心，皆獲饒益。」

〔二〕依他言語會：按《大智度論》卷九：「如佛欲入涅槃時，語諸比丘：從今日應依法不依人，應依義不依語，應依智不依識，應依了義經不依不了義經。……依義者，義中無諍好惡罪福虚實，故語以得義，義非語也。如人以指指月，以示惑者，惑者視指而不視月。人語之言：『我以指指月，令汝知之，汝何看指而不視月？』此亦如是，語爲義指，語非義也。是以故不應依語。」寒山詩云「依他言語會」，已違背「依義不依語」之義矣。

〔三〕口轉心不轉：謂口雖誦經，心無誠意。宗寶本《壇經・機緣品》：「達曰：『若然者，但得解義，不勞誦經耶？』師曰：『經有何過，豈障汝念？只爲迷悟在人，損益由己，口誦心行，即是轉經；口誦心不行，即是被經轉。聽吾偈曰：心迷《法華》轉，心悟轉《法華》。誦經久不明，與義作讎家。無念念即正，有念念成邪。有無俱不計，長御白牛車。』」敦煌遺書伯二三〇五解座文：「生死心，誇修善，口轉經時心不轉。佛言如此闡提人，也是与身爲大患。」

〔四〕心口相違背：謂心口不相符。《龐居士語録》卷中：「心王作黑業，教他口懺悔，口懺心不改，心口相違背。」又卷下：「惡心滿三界，口即念彌陀，心口相違背，群賊轉轉多。」宗密《禪源諸詮集都序》卷一：「經是佛語，禪是佛意，諸佛心口必不相違。」陳季卿《題潼關普通院門》：「計謀多不就，心口自相違。」齊己《鷺秋》：「卻恐吾形影，嫌心與口違。」

〔五〕委曲：邪僻不正。《楞嚴經》卷一：「十方如來，同一道故，出離生死，皆以直心。心言直故，如是乃至終始地位，中間永無諸委曲相。」《晉書·段灼傳》：「雖有椒房外戚之寵，不受其委曲之言；雖有近習愛幸之豎，不聽其姑息之辭。」《景德傳燈録》卷九《潭州潙山靈祐禪師》：「夫道人之心，質直無僞，無背無面，無詐妄心行，一切時中視聽，尋常更無委曲，亦不閉眼塞耳，但情不附物即得。」《大慧普覺禪師宗門武庫》：「參禪須是直心、直行、直言、直語。心言直故，始終地位中間，永無諸委曲相。」

〔六〕纏蓋：即「十纏」、「五蓋」。按「纏」及「蓋」皆爲煩惱之異稱，以其纏縛衆生，不使出離，故稱爲「纏」；以其覆蓋心性，不生善法，故稱爲「蓋」。《大智度論》卷七：「纏者十纏：瞋纏、覆罪纏、睡纏、眠纏、戲纏、掉纏、無慚纏、無愧纏、慳纏、嫉纏。復次，一切煩惱結繞心故，盡名爲纏。」參看二五九首注〔七〕。《大智度論》卷一七：「行者亦如是，除却五蓋，其心安隱，清净快樂，譬如日月，以五事覆曀：煙雲塵霧，羅睺阿修羅手障，則不能明照人心，亦如是爲五蓋所覆，自不能利，亦不能益人。」《三藏法數·五蓋》：「蓋即蓋覆之義，謂諸衆生由此貪等五惑，蓋覆心識，而於正道不能明了，沉滯三界，不能出離也。一貪欲蓋，貪欲者，引取無厭曰貪，希須樂慕爲欲，謂諸衆生貪愛世間男女色聲香味觸法及財寶等物，無有厭足，以此貪欲，蓋覆心識，禪定善法，不能發生，沉滯三界，不得出離，故名蓋也。二瞋恚蓋，瞋恚者，即忿怒之心也，謂諸衆生或於違情境上，或追憶他人惱我及惱我親而生忿怒，以此瞋恚，蓋覆心識，禪定善法，不能發生，沉滯三界，不得出離，故名蓋也。三睡眠蓋，睡眠者，意識惛熟曰睡，五情闇冥曰眠，謂諸衆生以此睡眠蓋覆心識，禪定善法，不能發生，沉滯三界，無有出期，故名蓋也。四掉悔蓋，掉悔者，掉動也，身無故遊行爲掉，掉已思惟，心中憂惱爲悔，謂諸衆生以此掉悔蓋覆心識，禪定善法不能發生，沉滯三界，無有出期，故名蓋也。五疑蓋，疑者，猶豫不決之義，即癡惑也，謂諸衆生無明暗鈍，不別真僞，猶豫之心，常無決斷，以此疑惑，蓋覆心識，禪定善法，不能發生，沉滯三界，無有出期，故名蓋也。」

〔七〕省躬：自我反省。元稹《春六十韻》：「僶俛還移步，持疑又省躬。」白居易《吟四雖》：「省躬審分何僥倖，值酒逢歌且歡喜。」又《春日閒居三首》之三：「所得皆過望，省躬良可愧。」皎然《妙喜寺達公禪齋寄李司直公孫房都曹德裕從事方舟顔武康士騁四十二韻》：「賞墨識屢换，省躬悟彌切。」

〔八〕莫覓他替代：按佛教認爲善惡報應，皆由自身當之，他人不可替代。《無量壽經》卷下：「人在世間，愛欲之中，獨生獨死，獨去獨來，當行至趣，苦樂之地，身自當之，無有代者。」又：「善惡報應，禍福相承，身自當之，無誰代者。」《地藏菩薩本願經》卷中：「是故衆生莫輕小惡，以爲無罪，死後有報，纖毫受之。父子至親，歧路各别，縱然相逢，無肯代受。」郗超《奉法要》：「是以《泥洹經》云：父作不善，子不代受；子作不善，父亦不受。善自獲福，惡自受殃。」《高僧傳》卷三《求那跋摩傳》：「其母嘗須野肉，令跋摩辦之。跋摩啓曰：『有命之類，莫不貪生，夭彼之命，非仁人矣。』母怒曰：『設令得罪，吾當代汝。』跋摩他日煮油，誤澆其指，因謂母曰：『代兒忍痛。』母曰：『痛在汝身，吾何能代？』跋摩曰：『眼前之苦，尚不能代，況三途耶。』母乃悔悟，終身斷殺。」敦煌本《大目乾連冥間救母變文》：「地獄不容相替代，唯知號叫大稱怨。」

〔九〕可中：如果，倘若。王建《鏡聽詞》：「可中三日得相見，重繡錦囊磨鏡面。」李涉《早春霽後發頭陀寺寄院中》：「草檄可中能有暇，迎春一醉也無妨。」陸龜蒙《和襲美寄同年韋校書》：「萬古風煙滿故都，清才搜括妙無餘。可中寄與芸香客，便是江南地里書。」又《四月十五日道室書事寄襲美》：「可中值著雷平信，爲覓閒眠苦竹牀。」皎然《鄭容全成蛟形木机歌》：「可中風雨一朝至，還應不是池中物。」敦煌本《佛説觀彌勒菩薩上生兜率天經講經文》：「可中修善到諸天，居處生涯一切全，要飯未曾燒火燭，須衣何省用金錢。」敦煌本《鷰子賦》：「賴值鳳凰恩擇（澤），放你一生草命。可中鶻子搦得，百年當時了竟。」《太平廣記》卷一二四《張進》（出《儆誡録》）：「厥父元非道郡奴，允光何事太侏儒。可中與箇皮裩著，擎得天王左脚無？」

〔一〇〕無内外：《荷澤神會禪師語録》：「今言見性者，性無内外。若言因内外照故，元見妄心，若爲見性？」《古尊宿語録》卷二《大鑑下三世語録之餘》：「執自己是佛、自己是禪道解者，名内見；執因緣修證而成者，名外見。誌公云：『内見外見俱錯。』」按寒山詩「可中作得主，是知無内外」二句，言倘若能反躬自省，向内求佛，而非「依他言語會」，向外求佛，則所知必能無内無外，見性成佛。

寒山唯白雲

寒山唯白雲，寂寂絶埃塵〔一〕。草座山家有〔二〕，孤燈明月輪〔三〕。石牀臨碧沼〔四〕，虎鹿每爲鄰。自羨幽居樂，長爲象外人〔五〕。（二九二）

【箋注】

〔一〕絶埃塵：《龐居士語録》卷中：「神安佛土浄，内外絶埃塵。」日本元開《唐大和上東征傳》載《初謁大和上二首》之二：「今朝蒙善誘，懷抱絶埃塵。」

〔二〕草座：草編的座墊。戴叔倫《送張南史》：「草座留山月，荷衣遠洛塵。」《雲溪友議》卷中載靈轍（澈）詩：「年老身閒無外事，麻衣草座亦容身。相逢盡道休官去，林下何曾見一人。」

〔三〕孤燈明月輪：按以明月爲燈。寒山詩一六六首亦云：「師親指歸路，月掛一輪燈。」

〔四〕石牀：按以石爲牀，多爲山林人士野趣。見二二七首注〔六〕。碧沼：緑色的水池。司空曙《晦日益州北池陪宴》：「七橋通碧沼，雙樹接花塘。」韋莊《訴衷情》：「碧沼紅芳煙雨静，倚蘭橈。」

〔五〕象外人：世外人。「象外」即塵世之外。錢起《過瑞龍觀道士》：「得茲象外趣，便割區中緣。」

鹿生深林中

鹿生深林中，飲水而食草。伸脚樹下眠，可憐無煩惱〔一〕。繫之在華堂，餚饍極肥好。終日不肯嘗，形容轉枯槁〔二〕。（二九三）

【箋注】

〔一〕可憐：可喜，可愛。見〇一八首注〔三〕。

〔二〕形容轉枯槁：容顔逐漸消瘦。「形容」即容貌，見二七八首注〔三〕。《楚辭·漁父》：「屈原既放，游於江潭，行吟澤畔，顔色憔悴，形容枯槁。」王逸注：「癯瘦瘠也。」《戰國策·秦策一》：「形容枯槁，面目犂黑。」

楚按，此首爲寓言詩，以鹿之被豢華堂，反失天性，表示對富貴榮華的擯棄，和對自由生活的嚮往。此意古人亦曾言之，《太平御覽》卷三五八引《文士傳》曰：「山巨源爲吏部郎，欲舉嵇康自代，康聞，與之書曰：『譬猶禽鹿，少見馴育，則服教從制；長而見羈，雖飾以金鑣，饗以嘉肴，愈思長林，而志在豐草。』」韋應物《述園鹿》：「野性本難畜，玩習亦逾年。麑班始力直，麚角已蒼然。仰首嚼園柳，俯身飲清泉。見人若閒暇，蹶起忽低騫。兹獸有高貌，凡類寧比肩。不得遊山澤，跼促誠可憐。」又《虞獲子鹿》：「虞獲子鹿，畜之城陬。園有美草，池有清流。但見蹶蹶，亦聞呦呦。誰知其思，巖谷云游。」蕭穎士《仰答韋司業垂訪五首》之一：「呦呦食苹鹿，常飲清泠川。但悦豐草美，寧知牢餼鮮。主人有幽意，將以充林泉。羅網幸免傷，蒙君復羈牽。高堂列衆賓，廣座鳴清絃。俯仰轉驚惕，裴回獨憂煎。緬懷雲巖路，欲往無由緣。物各有所好，違之傷自然。」又按《南史·陶弘景傳》：「後屢加禮聘，並不出，唯畫作兩牛，一牛散放水草之間，一牛著金籠頭，有人執繩，以杖驅之。武帝笑曰：『此人無所不作，欲斅曳尾之龜，豈有可致之理。』」陶弘景此畫與寒山此詩，寓意正同。

花上黄鸎子

花上黄鸎①子，喧喧②聲可憐〔一〕。美人顔似玉，對此弄鳴絃〔二〕。翫之能不足，眷戀在韶年〔三〕。花飛鳥亦散，灑淚秋③風前。（二九四）

【校勘】

①「鸎」，宮内省本作「鶯」，同。②「喧喧」，宮内省本作「關關」，同。全唐詩本夾注「一作關關」。四庫本作「間關」。③「秋」，宮内省本、四庫本作「春」。

【箋注】

〔一〕喧喧：同「關關」，鳥鳴聲。見一六五首注〔五〕。可憐：可愛。見○一八首注〔三〕。

〔二〕弄鳴絃：彈琴。「鳴絃」指絃樂器，如琴瑟之類。陶淵明《閑情賦》：「仰睇天路，俯促鳴絃。」

〔三〕齠年：童年。兒童换牙稱「齠」，「齠年」即换牙之年，亦即童年。蔡邕《議郎胡公夫人哀讚》：「嚴考殞没，我在齠年。母氏鞠育，載矜載憐。」《汾陽無德禪師語録》卷下《南行述牧童歌》：「顏貌只齠年，性寛心海大。」

棲遲寒巖下

棲遲寒巖下〔一〕，偏訝最幽奇〔二〕。攜籃采山茹〔三〕，挈籠摘果歸。蔬齋敷茅坐〔四〕，啜啄食紫芝〔五〕。清沼濯瓢鉢，雜和煮稠稀〔六〕。當陽擁裘坐〔七〕，閑讀古人詩。（二九五）

【箋注】

〔一〕棲遲：遊息。見一六四首注〔三〕。　寒巖：寒山子隱居處。見〇四〇首注〔四〕。

〔二〕訝：稱贊。《吕氏春秋·必己》載莊子曰：「若夫道德則不然，而無訝無訾，一龍一蛇，與時俱化，無肯專爲。」《莊子·山木》作「無譽無訾」，知「訝」即譽也。

〔三〕山茹：山中野菜。「茹」即蔬菜之總名。《漢書·食貨志上》：「還廬樹桑，菜茹有畦。」顏師古注：「茹，所食之菜也。」

〔四〕蔬齋：粗陋的房舍。「蔬」通「疏」，粗劣，簡陋。「齋」即屋舍。杜甫《絶句漫興九首》之三：「熟知茅齋絶低小，江上燕子故來頻。」　敷茅：鋪草。

〔五〕啜啄食紫芝：按「啜啄食」三字一義，「啜」、「啄」亦食也。《禮記·檀弓下》：「啜菽飲水盡其歡，斯之謂孝。」《太平廣記》卷一五八《貧婦》（出《玉堂閒話》）：「諺云：一飲一啄，繫之於分。」「紫芝」爲芝類之一種，道家以爲食之延年益壽，長生不老。《論衡·驗符篇》：「建初三年，零陵泉陵女子傅寧宅，土中忽生芝草五本，長者尺四五寸，短者七八寸，莖葉紫色，蓋紫芝也。」張籍《贈同溪客》：「自教青鶴舞，分採紫芝苗。」《歷世真仙體道通鑑》卷一《軒轅皇帝》：「以五芝爲芳，謂有異草生於圃，則芝英、紫芝、黑芝，五芝草生，皆神仙上藥。」

〔六〕雜和煮稠稀：「雜和」即混合，「稠稀」謂乾飯、稀飯之類。王梵志詩三三四首：「日常三頓飯，年恒兩覆衣。不問單將複，誰論稠與稀。」生活情趣與寒山此詩類似。

〔七〕當陽擁裘坐：「當陽」即向陽。《景德傳燈録》卷八《齊峰和尚》：「居士云：『在這裏。』師云：『莫是當陽道麽？』居士云：『背後底。』」「擁裘」即身穿袍襖。白居易《自在》：「移榻向陽坐，擁裘仍解帶。」按古人或以冬日向陽負暄形容貧人無憂之樂。《列子·楊朱》：「昔者宋國有田夫，常衣緼黂，僅以過冬。暨春東作，自曝於日，不知天下之有廣廈隩室，緜纊狐狢，顧謂其妻曰：『負日之暄，人莫知者，以獻吾君，將有重賞。』」白居易《負冬日》：「杲杲冬日出，照我屋南隅。負暄閉目坐，和氣生肌膚。初似飲醇醪，又如蟄者蘇。外融百骸暢，中適一念無。曠然忘所在，心與虚空俱。」宋沈括《夢溪筆談》卷二三：「梅詢爲翰林學士，一日書詔頗多，屬思甚苦，操觚循階而行。忽見一老卒卧於日中，欠伸甚適。梅忽嘆曰：『暢哉！』徐問之曰：『汝識字乎？』曰：『不識字。』梅曰：『更快活也。』」

昔日經行處

昔日經行處〔一〕，今復七十年。故人無來往①，埋在古冢間。余今頭已白，猶守片雲山。爲報後來子②，何不讀古言〔二〕。（二九六）

【校勘】

①「來往」下全唐詩本夾注「一作往來」。②「子」下全唐詩本夾注「一作者」。

【箋注】

〔一〕經行處：舊遊之地。王播《題木蘭院》：「三十年前此院遊，木蘭花發院新修。如今再到經行處，樹老無花僧白頭。」《全唐詩》卷七八二盧尚書《哭李遠》：「不堪舊里經行處，風木蕭蕭鄰笛悲。」按沈佺期《少遊荆湘因有是題》云：「憶昨經過處，離今二十年。因君訪生死，相識幾人全。」與寒山詩「昔日經行處，今復七十年。故人無來往，埋在古冢間」四句思路相似。

〔二〕古言：古賢之嘉言懿論。賈島《寓興》：「今時出古言，在衆翻爲訛。」

欲向東巖去

欲向東巖去①，于今無量年〔一〕。昨來攀葛上〔二〕，半路困②風煙〔三〕。徑窄衣難進，苔粘履

不前〔四〕。住兹丹桂下〔五〕，且枕白③雲眠〔六〕。（二九七）

【校勘】

①「去」，《寒山詩闡提記聞》作「住」。②「困」，四庫本作「因」。③「白」，四庫本作「北」。

【箋注】

〔一〕無量年：無數年。「無量」即無數。《左傳》昭公十九年：「今宫室無量，民人日駭，勞罷死轉。」

〔二〕攀葛：攀援葛藤。《文選》卷一一孫綽《遊天台山賦》：「攬樛木之長蘿，援葛藟之飛莖。」李善注引顧愷之《啓蒙記注》曰：「濟石橋者……援女蘿葛藟之莖。」

〔三〕困風煙：宋人吕渭老《水調歌頭》：「撫床多感慨，白髮困風煙。」「困風煙」即爲風煙所阻，「風煙」言行程艱難。劉希夷《餞李秀才赴舉》：「日月天門近，風煙夜路長。」歐陽詹《題梨嶺》：「南北風煙即異方，連峰危棧倚蒼蒼。」《太平廣記》卷四七五《淳于棼》（出《異聞録》）：「復言路道乖遠，風煙阻絶。」

〔四〕苔粘：《文選》卷一一孫綽《遊天台山賦》：「踐莓苔之滑石，搏壁立之翠屏。」李善注：「莓苔，即石橋之苔也。」劉敬叔《異苑》卷一：「會稽天台山，雖非遐遠，自非忽生忘形，則不能躋也。赤城阻其逕，瀑布激其衝，石有莓苔之險，淵有不測之深。」

〔五〕丹桂：桂樹的一種。嵇含《南方草木狀》卷中《桂》：「桂有三種，葉如柏葉、皮赤者爲丹桂。」白居易《有木詩八首》之八：「有木名丹桂，四時香馥馥。花團夜雪明，葉翦春雲緑。風影清似水，霜枝冷如玉。獨占小山幽，不容凡鳥宿。」

〔六〕且枕白雲眠：按古人多以「眠雲」形容歸隱生活。劉禹錫《西山蘭若試茶歌》：「欲知花乳清泠味，須是眠雲跂石人。」許棠《冬杪歸陵陽別業五首》之二：「眠雲終未遂，策馬暫休期。」喻鳧《龍翔寺言懷》：「眠雲喜道存，讀易過朝昏。」徐夤《不把漁竿》：「得争野老眠雲樂，倍感閩王與善恩。」無可《奉和段著作山居呈諸同志三首次本韻》之三：「入雪知人遠，眠雲覺俗虛。」《全唐詩》卷七六四譚用之句：「眠雲無限好知己，應笑不歸花滿樽。」

我見利智人

我見利智人〔一〕，觀者①便知意。不假尋文字〔二〕，直入如來地〔三〕。心不逐諸緣〔四〕，意根不妄起〔五〕。心意不生時，内外無餘事〔六〕。（二九八）

【校勘】

①「者」，四庫本作「着」。

【箋注】

〔一〕利智人：指上乘根器，於佛法能迅生妙解之人。《妙法蓮華經·方便品》：「辟支佛利智，無漏最後身，亦滿十方界，其數如竹林，斯等共一心，於億無量劫，欲思佛實智，莫能知少分。」宗密《禪源諸詮集都序》卷三：「逐機頓者，遇凡夫上根利智，直示真法，聞即頓悟，全同佛果。」

〔二〕不假尋文字：「不假」即不靠、不須，見〇二八首注〔四〕。按禪宗主張以心傳心，不立文字，故云「不假尋文字」。《五燈會元》卷一《釋迦牟尼佛》：「世尊在靈山會上，拈花示衆。是時衆皆默然，唯迦葉尊者破顔微笑。世尊曰：『吾有正法眼藏，涅槃妙心，實相無相，微妙法門，不立文字，教外別傳，付囑摩訶迦葉。』」《黄蘗斷際禪師宛陵録》引誌公云：「本體是自心作，那得文字中求。」宗寶本《壇經·機緣品》：「諸佛妙理，非關文字。」

〔三〕直入如來地：即「頓悟成佛」，謂無須經歷漫長的各種修行層次（所謂「十地」），而直接證得佛位。玄覺《證道歌》：「争似無爲實相門，一超直入如來地。」

〔四〕諸緣：各種外緣，即一切現象世界之因緣。《黄蘗斷際禪師宛陵録》：「如今但學無心，頓息諸緣，莫生妄想分别，無人無我，無貪瞋，無憎愛，無勝負，但除却如許多種妄想，性自本來清净，即是修行菩提法佛等。」又：「夫學道者，先須屏却雜學諸緣，決定不求，決定不著。」宗密《禪源諸詮集都序》卷二：「達摩以壁觀教人安心，外止諸緣，内心無喘。」

〔五〕意根：佛教「六根」之一，由意根而産生意識。「意根不妄起」即下句「心意不生」之意。《龐居士語録》卷中：「意根無自性，萬法本來虚。」

〔六〕内外無餘事：謂内意外緣皆息而不生，更無餘事。

身著空花衣

身著空花衣〔一〕，足躡龜毛履〔二〕。手把兔角弓，擬射無明鬼〔三〕。（二九九）

【箋注】

〔一〕空花：本無其花，因眼病而於虚空中幻見其花，稱爲「空花」，比喻虚幻非實。白居易《讀禪經》：「空花豈得兼求果，陽燄如何更覓魚。」又《和夢遊春詩一百韻》：「豔色即空花，浮生乃焦穀。」貫休《山居詩二十四首》之十四：「舉世只知嗟逝水，無人微解悟空花。」《五燈會元》卷一〇《光慶遇安禪師》：「古今相承，皆云塵生井底，浪起山頭，結子空花，生兒石女。」又卷一二《節使李端愿居士》：「諸佛向無中説有，眼見空花；太尉就有裏尋無，手攎水月。」亦作「空華」。《楞嚴經》卷五：「真性有爲空，緣生故如幻，無爲無起滅，不實如空華。」《景德傳燈録》卷七《京兆府章敬寺懷暉禪師》：「但如捏目，妄起空華，徒自疲勞，枉經劫數。」《五燈會元》卷四《芙蓉靈訓禪師》：「一翳在眼，空華亂墜。」亦作「虚空花」、「空虚花」。《大般涅槃經》卷三六：「如虚空花，非是有故。」王維《與胡居士皆病寄此詩兼示學人》：「空虚花聚散，煩惱樹稀稠。」

〔二〕龜毛：按「龜毛」與下句之「兔角」，皆爲必無之事，故佛書例以「龜毛兔角」喻無。《大般涅槃經》卷三四：「四者畢竟名無，如兔角龜毛。」《楞嚴經》卷一：「若變滅時，此心則同龜毛兔角，則汝法身同於斷滅，其誰修證無生法忍？」《大方廣無想經》卷四：「假使龜生毛，任作僧伽梨，冬日能消冰，舍利乃可得。……假使兔生角，堪任作梯橙（隥），高至浄居天，舍利乃可得。」《大智度論》卷一：「一切種，一切時，一切法門中求不可得，譬如兔角龜毛常無。」《成實論》卷二：

「世間事中，兔角、龜毛、蛇足、鹽香、風色等，是名無。」《景德傳燈録》卷一四《漳州三平義忠禪師》：「僧問：『三乘十二分教，某甲不疑，如何是祖師西來意？』師曰：『龜毛拂子，兔角拄杖，大德藏向什麼處？』僧曰：『龜毛兔角，豈是有耶？』師曰：『肉重千斤，智無銖兩。』」又卷二一《杭州天龍寺重機明真大師》：「問：『如何是歸根得旨？』師曰：『兔角生也。』僧曰：『如何是隨照失宗？』師曰：『龜毛落也。』」《古尊宿語録》卷三九《智門祚禪師語録》：「問：『學人有龜毛拂子將奉師時如何？』師云：『老僧有兔角拄杖與闍梨。』」

〔三〕無明鬼：「無明」即愚癡，爲佛教「三毒」之一，見〇四一首注〔一〕。以「無明」害人，故喻之爲「鬼」。

君看葉裏花

君看葉裏花，能得幾時好〔一〕。今日畏人攀，明朝待誰掃。可憐嬌艷情，年多轉成老。將世比於花，紅顔豈長保〔二〕。（三〇〇）

【箋注】

〔一〕君看葉裏花，能得幾時好：按陶淵明《擬古九首》之七：「皎皎雲間月，灼灼葉中華。豈無一時好，不久當如何？」王駕《雨晴》：「雨前初見花間蕊，雨後兼無葉裏花。」即寒山此二句之意。

〔二〕將世比於花，紅顔豈長保：按孟郊《古意》：「人顔不再春，桃色有再濃。」吕巖《題廣陵妓屏二首》之二：「花開花落兩悲歡，花與人還事一般。」慈受《擬寒山詩》第五一首：「人生如春花，能得幾時好。朝吹與暮洗，朱顔變枯槁。花落有時生，人老不復少。萬事只令休，莫惹閑煩惱。」立意與寒山此詩略同。

桂棟非吾宅

桂①棟非吾宅〔一〕，松②林是我家〔二〕。一生俄爾過〔三〕，萬事莫言賒〔四〕。濟渡不造筏〔五〕，漂淪爲采③花〔六〕。善根今未種〔七〕，何日見生芽〔八〕。（三〇一）

【校勘】

①「桂」，宫内省本、正中本、高麗本、四庫本、全唐詩本皆作「畫」。②「松」，宫内省本、正中本、高麗本、四庫本作「青」，全唐詩本夾注「一作青」。③「采」，宫内省本、四庫本作「採」。

【箋注】

〔一〕桂棟：桂木的梁棟，形容華貴的居室。《楚辭・九歌・湘夫人》：「桂棟兮蘭橑，辛夷楣兮葯房。」王逸注：「以桂木爲屋棟。」温庭筠《和沈參軍招友生觀芙蓉池》：「桂棟坐清曉，瑶琴商鳳絲。」

〔二〕松林：指墓地。古人墓地多植松柏，見〇九四首注〔五〕。

〔三〕俄爾：頃刻，形容時間短暫。《太平廣記》卷四三九《李汾》（出《集異記》）：「夜闌就寢，備盡綣纏。俄爾晨雞報曙，女起告辭。」敦煌本《歡喜國王緣》：「須知浮世俄爾是，聞早迴心莫等閑。」

〔四〕賒：久遠。張籍《送從弟戴玄往蘇州》：「江天詩景好，迴日莫令賒。」處默《送僧游西域》：「自説游諸國，回應歲月賒。」《宗鏡録》卷四二：「死事不賒，那得不怖。」

〔五〕濟渡不造筏：渡水到達彼岸爲「濟渡」，佛教亦稱由生死此岸到達涅槃彼岸爲「濟渡」或「濟度」。《顔氏家訓·歸心》：「一人修道，濟度幾許蒼生，免脱幾身罪累。」參看〇四一首注〔六〕。按濟渡須憑船筏，「筏」亦作「栰」。《中阿含經》卷五四《阿梨吒經》：「今此山水，甚深極廣，長流駛疾，多有所漂。其中無舡，亦無橋梁，而可度者。我於彼岸，有事欲度，當以何方便，令我安隱至彼岸耶？復作是念：我今寧可於此岸邊，收聚草木，縛作椑栰，乘之而度。彼便岸邊，收聚草木，縛作椑栰，乘之而度，安隱至彼。」《大智度論》卷一二：「至一大河，河之彼岸，即是異國。其國安樂，坦然清净，無諸患難。於是集衆草木，縛以爲栰，進以手足，竭力求渡。既到彼岸，安樂無患。……大河是愛，栰是八正道，手足懃渡是精進，此岸是世間，彼岸是涅槃。」敦煌本《破魔變》：「我今願證大菩提，説法將心化群迷，苦海之中爲船筏，阿誰要你作夫妻。」《續古尊宿語要》卷一《慈明圓禪師語》：「渡河須用筏，到岸不須船。」寒山詩云「濟渡不造筏」，則其必不得渡，亦可知矣。

〔六〕漂淪：飄流，沉淪，本首的「漂淪」指漂淪於生死苦海。《真誥》卷一九：「始濟浙江，便遇風漂淪，唯有《黄庭》一篇得存。」《法苑珠林》卷二〇《致敬篇·述意部》：「但以妄著我人，惰慢泓流，隨業漂淪，無思悛革。」又卷七三《十惡篇・述意部》：「悲夫，迷徒障重，弃三車而弗御；漂淪苦海，任燋爛而不疲。」白居易《江南遇天寶樂叟》：「從此漂淪落南土，萬人死盡一身存。」寒山詩「漂淪爲采花」典出《大般涅槃經》卷二九：「譬如有人，貪著妙華，採取之時，爲水所漂。衆生亦爾，貪愛五欲，爲生死水之所漂没。」

〔七〕善根：善業能生妙果，稱爲「善根」。《維摩詰經・菩薩行品》：「護持正法，不惜軀命，種諸善根。」鳩摩羅什注：「謂堅固善心，深不可動，乃名根也。」《華嚴經》卷三五：「善根純熟者，令出煩惱海。」《地藏菩薩本願經》卷下：「若善男子善女人，於佛法中種少善根，毛髮沙塵等許，所受福利，不可爲喻。」《大般涅槃經》卷一六：「是諸女人，已於先佛，種諸善根。」《楞嚴經》卷六：「佛記是人，永殞善根，無復知見，沈三苦海，不成三昧。」《龐居士語録》卷下：「久種善根深，同塵塵不侵。」

〔八〕芽：由種生芽，譬喻由因生果。《大般涅槃經》卷五：「若諸衆生，種善子者，得慧芽果；無善子者，則無所獲。」《大方廣如來不思議境界經》：「菩薩次應植廣大種，由是故生此三昧芽，成菩提果。」本詩之「芽」承上「善根」而下，即指「善芽」。《百喻經》卷四《比種田喻》：「凡夫之人，亦復如是，既修戒田，善芽將生。」《大般涅槃經》卷三四：「若有比丘，犯四重已，不名比丘，名破比丘，亡失比丘，不復能生善芽種子。」敦煌本《維摩詰經講經文》：「願抛火宅上牛車，又遇維摩長善牙。」「善芽」同「善牙」。

出生三十年

出生三十年，嘗①遊千萬里。行江青草合〔一〕，入塞紅塵起。鍊藥空求仙〔二〕，讀書兼詠史。今日歸寒山，枕流兼洗耳〔三〕。（三〇二）

【校勘】

①「嘗」，原本、正中本、全唐詩本作「當」，宫内省本、四庫本作「常」，全唐詩本夾注「一作常」，兹從高麗本。

【箋注】

〔一〕青草合：青草遍生，無有罅隙。崔顥《遼西作》：「四月青草合，遼陽春水生。」張喬《題終南山白鶴觀》：「古壇青草合，往事白雲空。」按草生環合稱爲「草合」。江淹《從建平王遊紀南城》：「再逢緑草合，重見翠雲生。」梁簡文帝《怨歌行》：「苔生履處没，草合行人疏。」庾肩吾《隴西行》：「草合前迷路，雲濃後暗城。」唐明皇《過老子廟》：「草合人蹤斷，塵濃鳥跡深。」

〔二〕鍊藥：鍊制仙藥。張九齡《登南嶽事畢謁司馬道士》：「吸精反自然，鍊藥求不死。」宋之問《遊禹穴回出若邪》：「著書聞太史，鍊藥有仙翁。」李白《古風》第五：「我來逢真人，長跪問寶訣。粲然啓玉齒，授以鍊藥説。」盧仝《憶金鵝山沈山人二首》之二：「君愛鍊藥藥欲成，我愛鍊骨骨已清。試自比校得仙者，也應合得天上行。」陸龜蒙《江南秋懷寄華陽山人》：「鍊藥傳丹鼎，嘗茶試石甎。」吕巖《七言》：「煉藥但尋金裹水，安爐先立地中天。」

〔三〕枕流兼洗耳：謂隱居不仕。「洗耳」用許由事，見二八一首注〔四〕。皮日休《盧徵君》：「天下皆樂聞，徵君獨洗耳。」「枕流」典出《世説新語·排調》：「孫子荆年少時欲隱，語王武子『當枕石漱流』，誤曰『漱石枕流』。王曰：『流可枕，石可漱乎？』孫曰：『所以枕流，欲洗其耳；所以漱石，欲礪其齒。』」李中《贈蒯亮處士》：「吾君側席求賢切，未可懸瓢枕碧流。」

寒山無漏巖①

寒山無漏巖②〔一〕，其巖③甚濟要〔二〕。八風吹不動〔三〕，萬古人傳妙。寂寂好安居，空空離譏誚〔四〕。孤月夜長明，圓日常來照。虎丘兼虎谿〔五〕，不用相呼召〔六〕。世間有王傅〔七〕，莫把同周邵④〔八〕。我自遯寒巖，快活長歌笑。（三〇三）

【校勘】

①四庫本、島田翰本以此首及下首合爲一首。　②「巖」，《寒山詩索賾》作「大」。　③「巖」，《寒山詩闡提記聞》、《寒山詩索賾》作「大」，《索賾》有注曰：「世本二大字作巖，今依《記聞》改之。」

④「邵」，正中本、高麗本作「召」，同。

【箋注】

〔一〕無漏巖：指寒巖，「無漏」譽其德也。「漏」即煩惱。《大乘義章》卷五本：「言三漏者，一切煩惱流注不絶,其猶瘡漏,故名爲漏。」煩惱已盡,即爲「無漏」。《善慧大士語録》卷二:「何謂無漏?斷絶攀緣,究竟無染,上不爲結使所牽,漏落三界,流轉生死;下不爲結使所牽,漏落三塗地獄,受諸苦惱,故言無漏。無漏之道,即寂定無爲,巋然常住。」

〔二〕濟要:緊要。宋釋曉瑩《羅湖野録》卷二載南嶽芭蕉庵主泉禪師歌曰:「縱饒羅綺百千般,濟要無過是禦寒。」

〔三〕八風吹不動:《大乘無生方便門》:「有力度衆生,身體及手足,寂然安不動,八風吹不動。」「八風」即世間八種引起愛憎感情之事,以其能煽動人心,故喻之爲「風」。《大珠禪師語録》卷上《頓悟入道要門論》:「妄念不生爲禪,坐見本性爲定。本性者是汝無生心,定者對境無心,八風不能動。八風者,利、衰、毁、譽、稱、譏、苦、樂,是名八風。」宋張商英《護法論》:「佛則雖見可欲,心亦不亂,故曰『利、衰、毁、譽、稱、譏、苦、樂,八法之風,不動如來。』」宋王楙《野客叢書》卷一六《駁娑承明》:「寒山詩『八風吹不動』,而樂天詩『汰風吹不動』,汰音闥。」

〔四〕空空:謂無漏巖空無一物。按佛教以空無形容心性之虚寂無爲。慧思《諸法無諍三昧法門》卷下:「六根六塵六識空故,求不可見,名之爲空,求亦不得,名之空空。」齊己《寄江居耿處士》:「相思何以寄,吾道本空空。」《龐居士語録》卷中:「無有報龐大,空空無處坐。家内空空空,空空無有貨。日在空裏行,日没空裏卧。空坐空吟詩,詩空空相和。莫怪純用空,空是諸佛座。世人不别寶,空即是實貨。若嫌無有空,自是諸佛過。」參看一六九首按語。

〔五〕虎丘兼虎谿：「虎丘」在蘇州，「虎溪」在廬山，皆爲佛教勝蹟。寒山詩「虎丘兼虎溪」用竺道生及慧遠事。《説郛》（宛委山堂本）弖五七《東林蓮社十八高賢傳·道生法師》：「又以法顯三藏所翻《泥洹經》本先至，經云『除一闡提，皆有佛性』。師云：『夫禀質二儀，皆有涅槃正因。闡提，含生之類，何得獨無佛性？蓋是經來未盡耳。』乃唱『闡提之人，皆得成佛』。時大本未傳，孤明先發。舊學僧黨，以爲背經，遂顯大衆，擯而遣之。師正容誓之曰：『若我所説背經，當見身癘疾；若與實相不背，願舍壽之日，踞師子座。』遂拂衣而行。及後大經至，《聖行品》云：『一闡提人，雖復斷善，猶有佛性。』於是諸師皆爲媿服。師被擯南還，入虎丘山，聚石爲徒，講《涅槃經》，至『闡提』處，則説有佛性，且曰：『如我所説，契佛心否？』群石皆爲點頭。」《高僧傳》卷六《晉廬山釋慧遠傳》：「自遠卜居廬阜三十餘年，影不出山，迹不入俗。每送客遊履，常以虎溪爲界焉。」李白《别東林寺僧》：「笑别廬山遠，何煩過虎溪。」齊己《寄吴國西供奉》：「幾笑遠公慵送客，慇懃只到寺前溪。」貫休《再遊東林寺作五首》之四：「買酒過溪皆破戒，斯何人斯師如斯。」原注：「遠公高節……又送客不以貴賤，不過虎溪。而送陸静修道士過虎溪數百步，今寺門前有道士岡，送道士至此止也。」宋釋智圓《閑居編》卷一六《三笑圖贊》：「昔遠公隱于廬山，送客以虎溪爲界，雖晉帝萬乘之重，桓玄震主之威，亦不能屈也。」

〔六〕不用相呼召：按《寒山子詩集管解》曰：「『虎丘兼虎溪，不用相呼召』者，意謂無漏巖中之景趣，豈可换虎丘兼虎溪哉，我最樂居于此，故曰『不用相呼召』。前七十七首本書〇七八首曰：

『卜擇幽居地，天台更莫言』此意。」

〔七〕王傅：漢代諸王府之屬官，掌贊導匡正之職。杜甫《題鄭十八著作虔》：「賈生對鵩傷王傅，蘇武看羊陷賊庭。」寒山詩之「王傅」指漢代疏廣、疏受叔侄，曾分任皇太子太傅、少傅，後相約同日辭官還鄉，傳爲千秋佳話。《漢書·疏廣傳》：「在位五歲，皇太子年十二，通《論語》、《孝經》。廣謂受曰：『吾聞「知足不辱，知止不殆」，「功遂身退，天之道」也。今仕官至二千石，宦成名立，如此不去，懼有後悔，豈如父子相隨出關，歸老故鄉，以壽命終，不亦善乎？』受叩頭曰：『從大人議。』即日父子俱移病，滿三月賜告，廣遂稱篤，上疏乞骸骨。上以其年篤老，皆許之，加賜黄金二十斤，皇太子贈以五十斤。公卿大夫故人邑子設祖道，供張東都門外，送者車數百兩，辭決而去。及道路觀者皆曰：『賢哉二大夫！』或歎息爲之下泣。廣既歸鄉里，日令家共具設酒食，請族人故舊賓客，與相娱樂。數問其家金餘尚有幾所，趣賣以共具。居歲餘，廣子孫竊謂其昆弟老人廣所愛信者曰：『子孫幾及君時頗立産業基阯，今日飲食費且盡。宜從丈人所，勸説君買田宅。』老人即以閒暇時爲廣言此計，廣曰：『吾豈老誖不念子孫哉？顧自有舊田廬，令子孫勤力其中，足以共衣食，與凡人齊。今復增益之以爲贏餘，但教子孫怠惰耳。賢而多財，則損其志；愚而多財，則益其過。且夫富者，衆人之怨也；吾既亡以教化子孫，不欲益其過而生怨。又此金者，聖主所以惠養老臣也，故樂與鄉黨宗族共饗其賜，以盡吾餘日，不亦可乎！』於是族人説服。皆以壽終。」

〔八〕同周邵：元稹《五弦彈》：「一賢得進勝累百，兩賢得進同周召。」「周召」同「周邵」，即周公、邵公。《楚辭》卷一六劉向《九歎·愍命》：「戚宋萬於兩楹兮，廢周邵於遐夷。」王逸注：「周，周公旦也；邵，邵公奭也。」按周成王時，周公與邵公共同輔政，分陝而治，皆有美譽，後世稱爲聖人。事蹟詳見《史記·魯周公世家》及《齊召公世家》。

沙門不持戒①

沙門不持戒〔一〕，道士不服藥〔二〕。自古多少賢，盡在青山脚〔三〕。（三〇四）

【校勘】

①全唐詩本此首之下夾注：「一本連前作一首。」

【箋注】

〔一〕沙門：僧徒之稱。《魏書·釋老志》：「諸服其道者，則剃落鬚髮，釋累辭家，結師資，遵律度，相與和居，治心修浄，行乞以自給，謂之沙門，或曰桑門，亦聲相近，總謂之僧，皆胡言也。」不持戒：《大智度論》卷一四：「不持戒人，雖有利智，以營世務，種種欲求，生業之事，慧根漸鈍，譬如利刀，以割泥土，遂成鈍器。」按「持戒」即受持佛教戒法，爲佛教「六度」之一。《妙法蓮華經·譬喻品》：「若見佛子，持戒清潔，如浄明珠，求大乘經，如是之人，乃可爲説。」《大智度論》卷一三：「持戒之人而毁戒，今世後世一切衰。」又卷二二：「亦非持浄戒，精進可以脱，死賊無憐愍，來時無處避。」

〔二〕服藥：這裏指服餌仙藥。李白《天台曉望》：「攀條摘朱實，服藥鍊金骨。」王建《寄杜侍御》：「何須服藥覓昇天，粉閣爲郎即是仙。」張籍《春日行》：「不用積金著青天，不用服藥求神仙。」盧仝《憶金鵝山沈山人二首》之一：「不須服藥求神仙，神仙意智或偶然。」皇甫冉《送韋山人歸鍾山所居》：「服藥顔雖駐，耽書癖已成。」

〔三〕青山脚：指墳地。《法昌倚遇禪師語録》：「且莫醉，起來共你説些周秦并漢魏，霸業及圖王，文經兼武緯，凌煙閣上數如麻，盡向青山脚下排頭睡。」《雲外雲岫禪師語録·悼猫兒》：「有棺葬在青山脚，猶欠鐫碑樹汝功。」按《古列女傳》卷八《班婕妤》載婕妤作賦自傷曰：「願歸骨于山足兮，依松柏之餘休。」即寒山詩「盡在青山脚」之意。

《寒山子詩集管解》曰：「此篇意謂沙門雖被緇持戒，豈得不生不滅哉！道士雖服藥辟穀，豈得不老不死哉！豈不見自古多少羽客釋流，盡埋在青山脚古冢間哉！『不如飲美酒，被服紈與素』也。當於上二百六十一首本書二八二首通看焉，蓋申歎逝之意乎？」

《寒山詩闡提記聞》駁之曰：「《管解》意曰道家者亦休服藥，出家兒亦休持戒，唯須喫美酒，被服紈與素，何故也？古今賢哲，持戒服藥，一箇不能長壽持熟。顧道家者閣不論，如出家兒，爲戒體清白，道業純黑，諸天設供，群生傾心，若不持戒、不行道，粒米亦不能得，淡茶亦不得喫。夫戒者，非所以爲長生久視設者，所以生真正寂滅、不生不死道果福田也。然出家者不得長壽而捨戒體，可哉？此詩賦得分明，言出家而不持戒，農父而不取犁鋤；出家而不持戒，道士而不服藥；出家而不持戒，漁父而不結網羅，此義也。一僧曰：《管解》説，依師解則大錯了也。雖然，見拾得子語，則似少有憑據者。拾公一日驅牛至説戒布薩堂前，撫掌笑曰：悠悠哉，聚頭作相，這箇如何？《管解》必依此曰緣解者歟？至此，吾輩非無少疑矣。夫戒者，三世如來同道所讚樞要，而一切衆生出離生死船筏也。所以經曰：佛滅度後，於像法中，應當尊敬波羅提木叉，此是衆等大師也。佛若住世，無異此也。然則寒公此詩寔可貴，師解亦可也。若依拾公及《管解》之説，闡提無慚輩如騎駿足走下坂，脚亦不能制，袒左肩大雷同，戒學亦永棄廢，三學亦隨而泯没。三學既泯滅畢，佛法亦拂土滅絶。蓋三學不該錬，則三業不調和；三業不調和，則與鬼畜無異，不祥無大焉。然則以拾公道波旬黨侶，未可誣。吾聞拾公，大行普賢薩埵化現；寒公，文殊法王子垂跡，等是非法身大士應機哉。其教示大矛盾，隔霄壤，何哉？往往嚴浄毘尼士聞參學辨修禪人，浪笑垢罵，如野鬼，如波旬；參學修禪士亦逢嚴浄毘尼人，塊看泥視，如土地，如木偶。同是三學同修人，却如寃家去，何哉？謂法滅澆季相歟？寔可恐！師曰：善哉問，吾昔扣此兩端不決者既久矣，爲不得真正道師居。吾語女：如真正導師則不然，愿夫戒有真正與相似，有爲與無相，蓋寒公所説無相心地戒體也，拾公所呵有爲相似戒業也，輓之推之，唯見車行也。」下文尚有洋洋灑灑數千言，大抵皆發揮「無相心地戒體」之義，以文繁故不盡録。楚按《記聞》所論，陳義甚高，精彩迭出，然而實是白隱禪師自述修禪心得，借評此詩而一吐爲快也。若論寒山此詩，則

《管解》之説似更符合寒山本意也。

有人笑我詩

有人笑我詩，我詩合典雅〔一〕。不煩鄭氏箋，豈用毛公解〔二〕。不恨會人稀，只爲知音寡。若遣趁宮商〔三〕，余病莫能罷〔四〕。忽遇明眼人，即自流天下。（三〇五）

【箋注】

〔一〕典雅：謂言出有據，趣尚高雅。《文心雕龍·體性》：「典雅者，鎔式經誥，方軌儒門者也。」

〔二〕不煩鄭氏箋，豈用毛公解：按《詩經》在漢代有魯、齊、韓、毛四家，其中魯、齊、韓三家詩學先後失傳，只有趙人毛亨（或云毛萇）所傳者流傳至今，稱爲《毛詩》，故寒山詩云「毛公解」；漢人鄭玄爲《毛詩》作箋，故寒山詩云「鄭氏箋」，蓋隱然有自比於《詩經》之意。《四庫全書提要·毛詩正義四十卷》：「《漢毛亨傳，鄭玄箋，唐孔穎達疏。案《漢書·藝文志》，《毛詩》二十九卷，《毛詩故訓傳》三十卷，然但稱毛公，不著其名。《後漢書·儒林傳》始云趙人毛長傳《詩》，是爲《毛詩》，其長字不從艸。《隋書·經籍志》載《毛詩二十卷》，漢河間太守毛萇傳，鄭氏箋，於是《詩傳》始稱毛萇。然鄭玄《詩譜》曰：魯人大毛公爲訓詁，傳於其家，河間獻王得而獻之，以小毛公爲博士。陸璣《毛詩草木蟲魚疏》亦云：孔子刪《詩》，授卜商，商爲之序以授魯人曾申，申授魏人李克，克授魯人孟仲子，仲子授根牟子，根牟子授趙人荀卿，荀卿授魯國毛亨，毛亨作《訓詁傳》以授趙國毛萇，時人謂亨爲『大毛公』，萇爲『小毛公』。據是二書，則作傳者乃毛亨，非毛萇，故孔氏《正義》亦云大毛公爲其傳，由小毛公而題毛也。」

〔三〕趁宮商：湊合聲律。按勉强押韻稱爲「趁韻」。《朝野僉載》卷四：「唐左衛將軍權龍襄性褊急，常自矜能詩。通天年中，爲滄州刺史，初到乃爲詩呈州官曰：『遥看滄州城，楊柳鬱青青。中央一群漢，聚坐打杯觥。』諸公謝曰：『公有逸才。』襄曰：『不敢，趁韻而已。』……皇太子宴，夏日賦詩：『嚴霜白浩浩，明月赤團團。』太子援筆爲讚曰：『龍襄才子，秦州人士。明月晝耀，嚴霜夏起。如此詩章，趁韻而已。』」「宮商」本爲五音宮商角徵羽中的宮聲和商聲，亦泛稱賦詩中的平仄聲律爲「宮商」。鍾嶸《詩品序》：「昔曹、劉殆文章之聖，陸、謝爲體貳之才，鋭精研思，千百年中，而不聞宮商之辨，四聲之論。……故三祖之詞，文或不工，而韻入歌唱，此重音韻之義也，與世之言宮商異矣。」

〔四〕余病莫能罷：鍾嶸《詩品序》：「余謂文製，本須諷讀，不可蹇礙，但令清濁通流，口吻調利，斯爲足矣。至平上去入，則余病未能；蜂腰鶴膝，閭里已具。」按枚乘《七發》：「此亦天下之至悲也，太子能强起聽之乎？太子曰：僕病未能也。」

錢鍾書《談藝録》二二五頁曰：「初唐寒山、拾得二集，能不搬弄翻譯名義，自出手眼；而意在砭俗警頑，反復譬釋，言俚而旨亦淺。後來仿作者，無過於鄭所南《錦錢餘笑》二十四首，腔吻逼肖，荆公輩所不及。寒山自矜曰『有人笑我詩，我詩合典雅』；拾得自矜曰『我詩也是詩，有人唤作偈』；惜詞費如此，論文已須點煩，論禪更嫌老婆舌矣。按寒山『詩合典雅』之説，見《困學紀聞》卷十八。」

楚按，宋王應麟《困學紀聞》卷一八曰：「寒山子詩，如施家兩兒事出《列子》，羊公鶴事出《世説》，如子張、卜商，如侏儒、方朔，涉獵廣博，非但釋子語也。對偶之工者，青蠅、白鶴；黄籍、白丁；青蚨、黄絹；黄口、白頭；七札、五行；緑熊席、青鳳裘。而楚辭尤超出筆墨畦徑，曰：有人兮山陘，雲卷兮霞纓。秉芳兮欲寄，路漫兮難征。心惆悵兮狐疑，蹇獨立兮忠貞。」

寒山道①

寒山道，無人到。若能行，稱十號〔一〕。有蟬鳴，無鴉噪。黄葉落，白雲掃。石磊磊，山隩隩〔二〕。我獨居，名善導〔三〕。子細看，何相好〔四〕。（三〇六）

【校勘】

①本首之前，原本、全唐詩本有「三字詩六首」一行五字，宫内省本作「三字詩」三字，正中本、高麗本作「三字」二字。

【箋注】

〔一〕稱十號：謂成佛。「十號」是佛的十種名號。《菩薩地持經》卷三：「如來有十種名稱功德、隨念功德。云何十？如來、應、等正覺、明行足、善逝、世間解、無上調御士、天人師、佛、婆伽婆。

非不如説，故名如來。得一切義故，無上福田故，應供養故，故名爲應。如第一義開覺故，名等正覺。三明如契經所説，行者止觀具足故，名明行足。第一上昇永不復還故，名善逝。知世界衆生界一切種煩惱及清浄故，名世間解。第一調伏心巧方便智，一切世間唯一丈夫故，名無上調御士。四種真實智，義法真實故，顯示不了義故，依一切義故，廣宣説故，斷一切疑故，顯示甚深清白處故，爲諸法根故，爲一切法導故，爲一切舍故，脱一切苦師演説法義、正諸天人故，名天人師。義饒益聚，非義饒益聚，非義非非義饒益聚，具足一切種平等開覺故，名爲佛。壞一切魔力故，名婆伽婆。」《大乘義章》卷二〇末曰：「其十號者，是佛如來名稱功德。……所謂如來、應供、正遍知、明行足、善逝、世間解、無上士、調御丈夫、天人師、佛、世尊。此十，經中説之爲號。」按以上所列微有不同，《義章》實爲十一號。

〔二〕山隩隩：形容山深而險。「隩」通「奥」。《文選》卷一班固《西都賦》：「防禦之阻，則天地之隩區焉。」吕延濟注：「隩，猶深險也。」

〔三〕善導：對佛的稱呼。《佛垂般涅槃略説教誡經》：「又如善導，導人善道。」「導」即嚮導、導師，佛經稱佛爲衆生之導師。《釋氏要覽》卷上《導師》：「《十住斷結經》云：號導師者，令衆生類，示其正道故。○《華首經》云：能爲人説無生死道，故名導師。○《佛報恩經》云：大導師者，以正路示涅槃經，使得無爲常樂故。○《大法炬陁羅尼經》云：以能不退菩提道，不斷絶菩提道，故名導師。○《商主天子所問經》云：何名導師？文殊答云：住是道已，能令衆生得成熟，故名導師。」

〔四〕何相好：按佛經言佛有三十二相、八十種好，稱爲「相好」，即三十二種顯著的殊勝容貌與八十種微妙的殊勝容貌。《大乘義章》卷二〇末：「何者是其三十二相？如《涅槃經》及《地持》説，一足下安平如奩底相，二足下千輻輪，三纖長指，四蹠足跟，五手足網縵如白鵝王，六手足柔軟，七傭膞踼如伊尼延鹿王，八踝骨不現，九平立手摩膝，十馬藏如馬王，十一身圓滿如尼拘律樹，十二身毛上靡，十三一一毛右旋，十四身金色，十五圓光一尋，此論釋迦，餘佛身光遠近不定，十六皮膚細軟塵垢不着，十七兩手兩足兩肩及項七處滿，十八上身如師子，十九臂肘傭圓，二十缺骨備，二十一身傭直，二十二四十齒，二十三齒齊密，二十四齒白浄，二十五頰車方如師子，二十六次第得上味，二十七頂肉髻及無見頂共成一相，二十八廣長舌，二十九梵音聲，三十目紺色，三十一眼上下瞬如牛王，三十二眉間白毫，三十二相名字如是。何者是其八十種好？如《地持》説，手足二十指悉皆妙好，即爲二十。兩手兩足表裏八處平滿，通前合爲二十八種好。兩跟、兩膝、兩髀、兩肩、兩肘、兩腕、兩股、兩臀、藏相、兩圓、兩膊、兩脇、兩腋、兩乳、腰、背、心、齊及與咽腸悉皆妙好，爲三十二，通前合爲六十種好，此咽已下六十種好也。上下牙齒悉皆妙好，即以爲二。兩脣、兩齗、兩頰、兩鬢、兩眼、兩耳、兩眉、鼻兩孔、額兩角悉皆妙好，復爲十八，通前合爲二十種好，此咽已上二十種好也。是爲八十相好如是。」

寒山寒

寒山寒，冰鎖石。藏山青，現雪白。日出照，一時釋〔一〕。從兹暖，養老客〔二〕。（三〇七）

【箋注】

〔一〕一時釋：即時熔化。「一時」猶云立刻。《世説新語・容止》：「始入門，諸客望其神姿，一時退匿。」

〔二〕老客：老人，這裏是寒山自稱。○三二一首亦云：「何忍出此言，此言傷老客。」

我居山

我居山，勿人識〔一〕。白雲中，常寂寂。（三〇八）

【箋注】

〔一〕勿人識：無人識。「勿」即無，見二〇五首注〔三〕。下首亦云：「純白石，勿黄金。」

寒山深

寒山深，稱我心〔一〕。純白石，勿黄金。泉聲響，撫伯琴〔二〕。有子期，辨此音。（三〇九）

【箋注】

〔一〕稱我心：合我意。「稱」即符合、適宜。《國語・晉語六》：「稱晉之德，諸侯皆叛，國可以少安。」韋昭注：「稱，副也，副晉之德而爲之宜。」貫休《送鄭侍郎騫赴闕》：「彩筆祇宜天上用，繡衣偏稱雪中看。」

〔二〕伯琴：即伯牙琴，與下句之「子期」用伯牙、鍾子期典故。《吕氏春秋・本味》：「伯牙鼓琴，鍾子期聽之。方鼓琴而志在太山，鍾子期曰：『善哉乎鼓琴，巍巍乎若太山。』少選之間，而志在流水，鍾子期又曰：『善哉乎鼓琴，湯湯乎若流水。』鍾子期死，伯牙破琴絶弦，終身不復鼓琴，以爲世無足復爲鼓琴者。」按寒山詩「泉聲響，撫伯琴，有子期，辨此音」四句，以泉聲之清響，喻伯牙之撫琴，而以鍾子期自喻，爲泉聲之知音也。

重巖中

重巖中，足清風〔一〕。扇不摇，涼冷①通〔二〕。明月照，白雲籠。獨自坐，一老翁。（三一〇）

【校勘】

①「冷」，宫内省本、正中本、高麗本、四庫本皆作「氣」，全唐詩本夾注「一作氣」。

【箋注】

〔一〕足：多。白居易《舟中夜坐》：「潭邊霽後多清景，橋下涼來足好風。」參看二三七首注〔三〕。

〔二〕涼冷：涼爽，清涼。《大乘寶雲經》卷三：「譬如月出，一切衆生悉得涼冷，以可愛故。」杜甫《寄常徵君》：「開州入夏知涼冷，不似雲安毒熱新。」鮑溶《吴中夜别》：「聲盡燈前各流淚，水天涼冷雁離群。」姚合《贈供奉僧次融》：「熱時吟一句，涼冷勝秋分。」又《題鳳翔西郭新亭》：「清虚宜月入，涼冷勝風吹。」齊己《早秋雨後晚望》：「欲乘涼冷興，西向碧嵩遊。」《太平廣記》卷一〇七《强伯達》（出《報應記》）：「虎乃遍舐其瘡，唯覺涼冷，如傅上藥。」

寒山子

寒山子，長如是。獨自居，不生死〔一〕。（三一一）

【箋注】

〔一〕不生死：不生不死，即涅槃之境界。《達磨大師悟性論》：「涅槃者，涅而不生，槃而不死，出離生死，出般涅槃，心無去來，即入涅槃。」按涅槃爲佛教修行所追求之斷絶一切煩惱、超脱生死輪迴之最高境界，亦云「不生滅」等。《金光明最勝王經》卷一：「是則法身不生不滅，無生滅故，名爲涅槃。」《大乘義章》卷一八：「外國涅槃，此翻名滅。滅煩惱故，滅生死故，名之爲滅。離衆相故，大寂静故，亦名爲滅。」白居易《贈王山人》：「不如學無生，無生即無滅。」

我見世間人①

我見世間人，箇箇争意氣〔一〕。一朝忽然死，只得一片地。闊四尺，長丈二。汝②若會出來争意氣，我與汝立碑記〔二〕。（三一二）

【校勘】

①此首之前，原本、正中本、全唐詩本有「拾遺二首新添」一行六字，正本中於此六字下有注文「二詩係老僧相傳」。高麗本以此首作拾得詩。②四庫本無「汝」字。

【箋注】

〔一〕争意氣：争强鬭勝。元稹《飲致用神麴酒三十韻》：「喧闐争意氣，調笑學娉婷。」「意氣」即逞强之豪氣。盧照鄰《長安古意》：「意氣由來排灌夫，專權判不容蕭相。」任華《懷素上人草書歌》：「一顛一狂多意氣，大叫一聲起攘臂。」白居易《大水》：「獨有傭舟子，鼓枻生意氣。不知萬人災，自覓錐刀利。」司空圖《有感二首》之一：「留侯郤粒商翁去，甲第何人意氣歸。」徐仲雅《詠椶樹》：「葉似新蒲緑，身如亂錦纏。任君千度剥，意氣自衝天。」貫休《春野作五首》之四：「斜陽射破冢，髑髏半出地。不知誰氏子，猶自作意氣。」敦煌遺書北京玉字三八號《佛説善惡因果經》：「有短小而足意氣，有雖長大爲他僕使。」敦煌本《妙法蓮華經講經文》：「男意氣兮凌雲，女端嚴兮皓齒。」《景德傳燈録》卷三〇魏府華嚴長老《示衆》：「立我争人，一團子意氣，些子箇違情，面青面赤，説强道弱：我不受人欺瞞，我是大丈夫兒，養妻養子。」《宗鏡録》卷四二：「平生意氣，觸處陵雲，一旦長辭，困沾霜月。」

〔二〕立碑記：樹碑刻文以頌德。《南史·劉悛傳》：「悛父勔討殷琰，平壽陽，無所犯害，百姓德之，爲立碑記。」亦省云「立碑」。《晉書·唐彬傳》：「百姓追慕彬功德，生爲立碑作頌。」

家有寒山詩①

家有寒山詩，勝汝看經卷。書放②屏風上，時時看一徧。（三一三）

【校勘】

①此首之下原本有小字注文：「已上詩，除拾遺二首，老僧相傳，其外切依古印本排比次第耳。」全唐詩本亦有此注，唯「已上」二字之下多「寒山」二字。高麗本以此首作拾得詩。②「放」，四庫本作「於」。

楚按，范攄《雲溪友議》卷下《蜀僧喻》載王梵志詩：「家有梵志詩，生死免入獄。不論有益事，且得耳根熟。白紙書屏風，客來即與讀。空飯手捻鹽，亦勝設酒肉。」與寒山此詩立意相似，可以對讀。

寒山佚詩

「寒山佚詩」，指宋元刊本寒山詩集所不載的寒山詩，其中有些與他人詩作互見，有些是後人嫁名之作。

梵志死去來

梵志死去來〔一〕，魂識見閻老〔二〕。讀盡百王書〔三〕，未免受捶拷〔四〕。一稱南無佛，皆已①成佛道〔五〕。（佚〇一）

【校勘】

①「已」，原作「以」，據《妙法蓮華經》改。參看注〔五〕。按「以」與「已」通用。

【箋注】

〔一〕梵志：指王梵志，唐初著名白話詩人。馮翊子《桂苑叢談·史遺》：「王梵志，衛州黎陽人也。黎陽城東十五里有王德祖者，當隋之時，家有林檎樹，生癭大如斗。經三年，其癭朽爛。德祖見之，乃撤其皮，遂見一孩兒，抱胎而出，因收養之。至七歲能語，問曰：『誰人育我？』及問姓名。德祖具以實告：『因林木而生，曰梵天（後改曰志）。我家長育，可姓王也。』作詩諷人，甚有義旨，蓋菩薩示化也。」　死去來：即「死去」，《五燈會元》卷五《神山僧密禪師》：「問：『生死事，乞師一言。』師曰：『汝何時死去來？』」「來」爲語助詞，不爲義，參看寒山詩一二四首注〔二〕。

〔二〕魂識：靈魂。意同神識。《楞嚴經》卷八：「亡者神識見大鐵城，火蛇火狗，虎狼師子，牛頭獄卒，馬頭羅刹，手執槍矟，驅入城内，向無間獄。」　閻老：閻羅王。寒山詩二八五首：「勸你休去來，莫惱他閻老。」參看該首注〔二〕。

〔三〕百王：歷代帝王。《荀子·不苟》：「百王之道，後王是也。」虞世南《奉和幸江都應詔》：「百王豈殊軌，千載協前謨。」本詩「百王書」謂歷代典籍，亦指與佛教典籍對舉之世俗典籍。

〔四〕搥拷：杖刑，倒文作「拷搥」。《敦煌歌辭總編》卷六《十二時》：「悲囚徒，牢獄裏，夜静領來力拷搥。」本詩之「搥拷」指地獄之酷刑。

〔五〕一稱南無佛，皆已成佛道：《妙法蓮華經·序品》：「若人散亂心，入於塔廟中，一稱南無佛，皆已成佛道。」本詩「一稱南無佛」二句，即全用經語也。《五燈會元》卷一五《德山志先禪師》：「問：『如何是一稱南無佛？』師曰：『皆已成佛道。』」知此二句已成爲禪林流行之話頭。按「南無」爲梵語，亦作「南牟」等，此云敬禮、歸命等。窺基《大乘法苑義林章》卷四本：「古云南牟，即是敬禮。應言納慕或納莫，故不别釋歸依者，歸敬依投之義，非此所明。若云伴談，或云伴題。此云稽首，亦云禮拜，亦云敬禮，訛名和南。」善導《觀無量壽佛經疏》卷一：「言南無阿彌陀佛者，又是西國正音。又南者是歸，無者是命，阿者是無，彌者是量，陀者是壽，佛者是覺，故言歸命無量壽覺。此乃梵漢相對，其義如此。」

此首出於《五燈會元》卷一一《風穴延沼禪師》：「上堂，舉寒山詩曰：『梵志死去來，魂識見閻老。讀盡百王書，未免受搥拷。一稱南無佛，皆以成佛道。』僧問：『如何是一稱南無佛？』師曰：『燈連鳳翅當堂照，月映蛾眉頻面看。』」《古尊宿語録》卷七《風穴禪師語録》載此詩亦作寒山詩，與《會元》同。

《天聖廣燈録》載此詩，作王梵志詩，見於卷一五《汝州風穴山延昭禪師》：「師上堂，舉梵志詩云：『梵志死去來，魂魄見閻老。讀盡百王書，不兑（免）被搥拷。一稱南無佛，皆以成佛道。』僧便問：『如何是一稱南無佛？』師云：『燈連鳳翅當堂照，月映鵝（蛾）眉頻面看。』」

《無明慧經禪師語録》卷四《勉袁太學》：「大丈夫，宜自曉，有身終不了。讀盡百王書，未免受捶拷。一稱南無佛，皆已成佛道。天堂地獄不相干，本自無身須趂蚤。」所云「讀盡百王書」以下四句，即是此詩後四句也。

井底生紅塵

井底生紅塵，高峰起白浪。石女生石兒〔一〕，龜毛寸寸長〔二〕。若要學菩提〔三〕，但看此模樣。（佚〇二）

【箋注】

〔一〕石女生石兒：「石女」即生殖器官構造有缺陷而不能人道之婦女。《四分律行事鈔資持記》卷中二：「石女者，根不通淫者。」因此「石女生石兒」乃不可能之事。揚雄《太玄・廓》：「次三，廓無子，室石婦。」范望注：「婦而無子，陰不合也，故謂之石也。」《大般涅槃經》卷二五：「譬如石女，本無子相，雖加功力，無量因緣，子不可得。心亦如是，本無貪相，雖造衆緣，貪無由生。」

〔二〕龜毛：按龜無毛，故佛書以龜毛譬喻虚無之事。參看寒山詩二九九首注〔二〕。《百字論》：「如兔角、龜毛、石女兒、虚空花等，如是無法，終不可得。」

〔三〕菩提：即「覺悟」之音譯。參看寒山詩一六三首注〔四〕。

此首見於《五燈會元》卷一五《洞山曉聰禪師》：「上堂，舉寒山云：『井底生紅塵，高峰起白浪。石女生石兒，龜毛寸寸長。若要學菩提，但看此模樣。』良久曰：『還知落處也無？若也不知落處，看看菩提入僧堂裏去也。』」又《續傳燈録》卷二《瑞州洞山曉聰禪師》引此詩與《會元》同。《景德傳燈録》卷二六《杭州光慶寺遇安禪師》：「問：『承古德有言：井底紅塵生，山頭波浪起，未審此意如何？』師曰：『若到諸方，但恁麼問。』曰『和尚意旨如何？』師曰：『適來向汝道什麽？』師又曰：『古今相承，皆云塵生井底，浪起山頭，結子空華，生兒石女，且作麽生會？莫是和聲送事、就物呈心、句裏藏鋒、聲前全露麽？莫是有名無體，異唱玄譚麽？上座自會即得，古人意旨不然。既恁麽會不得，合作麽生會？上座欲得會麽？但看泥牛行處陽燄飜波，木馬嘶時空華墜影，聖凡如此，道理分明，何須久立，珍重。』」所引古德言「井底紅塵生，山頭波浪起」，即本詩前二句，而文字小有不同。又卷二六《郢州大陽山警玄禪師》：「大洋海底紅塵起，須彌頂上水横流。」亦與本詩首二句類似。

《首書寒山詩》以此首爲拾得詩，載於《拾得詩》之末。

楚按，《維摩詰經·觀衆生品》：「爾時文殊師利問維摩詰言：『菩薩云何觀於衆生？』維摩詰言：『譬如幻師見所幻人，菩薩觀衆生爲若此。如智者見水中月，如鏡中見其面像，如熱時炎，如呼聲響，如空中雲，如水聚沫，如水上泡，如芭蕉堅，如電久住，如第五大，如第六陰，如第七情，如十三入，如十九界。菩薩觀衆生爲若此，如無色界色，如燋穀牙（芽），如須陀洹身見，如阿那含入胎，如阿羅漢三毒，如得忍菩薩貪恚毀禁，如佛煩惱習，如盲者見色，如入滅盡定出入息，如空中鳥跡，如石女兒，如化人煩惱，如夢所見已寤，如滅度者受身，如無煙之火。菩薩觀衆生爲若此。」所云「譬如幻師見所幻人」等等，皆以虛幻不實之物爲譬，故亦有「石女兒」之語。本詩「井底生紅塵，高峰起白浪。石女生石兒，龜毛寸寸長」，亦皆爲虛無不實之物，下接「若要學菩提，但看此模樣」二句，謂若欲覺悟佛道，但看以上虛幻不實之物，曉了萬法皆空，即是菩提也。

人是黑頭蟲

人是黑頭蟲〔一〕，剛作千年調〔二〕。鑄鐵作門限〔三〕，鬼見拍手笑〔四〕。（佚〇三）

【箋注】

〔一〕人是黑頭蟲：按寒山詩一五六首云：「寒山有躶蟲，身白而頭黑。」參看該首注〔一〕、〔二〕。

〔二〕剛：副詞，猶云「偏偏」。顔師古《隋遺録》載隋煬帝效劉孝綽《雜憶》詩云：「憶睡時，待來剛不來。」白居易《惜花》：「可憐夭豔正當時，剛被狂風一夜吹。」王智興《徐州使院賦》：「三十年前老健兒，剛被郎中遣作詩。」可朋《贈方干》：「月裏豈無攀桂分，湖中剛愛釣魚休。」吕巖《七言》：「盡知白日昇天去，剛逐紅塵下世來。」《景德傳燈録》卷二〇《泉州東禪和尚》：「幸自可憐生，剛要異鄉邑。」　千年調：指預作長久生存之打算。王梵志詩〇一二首：「有錢但著用，莫作千年調。」又〇三五首：「漫作千年調，活得没多時。」又二八〇首：「貯積千年調，知身得幾時。」又二八四首：「不得萬萬年，營作千年調。」敦煌遺書伯二九七六《五更轉》：「人皆恒作千年調，謂將不死鎮安居。」陳師道《卧疾絶句》「一生也作千年調」，任淵注：「此句未分其遂死也。」

〔三〕鑄鐵作門限：李綽《尚書故實》：「右軍孫智永禪師……人來覓書并請題額者如市，所居户限爲之穿穴，乃用鐵葉裹之，人謂爲『鐵門限』。」此處即以「鑄鐵作門限」作爲「剛作千年調」之形象説明，以「鐵門限」經久不壞也。按「門限」即門檻、門坎，明李實《蜀語》：「門地脚曰限。〇限音坎。」顏師古《匡謬正俗》卷八《門限》：「問曰：俗謂門限爲門蒨，何也？答曰：按《爾雅》曰：『柣謂之閾。』郭景純注曰：『門限也，音切。』今言門蒨，是柣聲之轉耳。字宜爲柣，而作切音。」韓愈《贈張籍》：「有兒雖甚憐，教示不免簡。君來好呼出，踉蹡越門限。」孟郊《征婦怨》之二：「漁陽千里道，近如中門限。」《虚堂和尚語録》卷七《訪趙野雲不值》：「丈室無端鐵門限，未應容易野人過。」

〔四〕鬼見拍手笑：《南史·劉粹傳》：「有劉伯龍者，少而貧薄。及長，歷位尚書左丞、少府、武陵太守，貧窶尤甚。常在家慨然，召左右將營十一之方，忽見一鬼在傍撫掌大笑。伯龍歎曰：『貧窮固有命，乃復爲鬼所笑也！』」王梵志詩二六〇首：「年老造新舍，鬼來拍手笑。」立意與「鑄鐵作門限，鬼見拍手笑」二句相似。

寒山此詩見於宋釋惠洪《林間録》卷下：「子常（予嘗）愛王梵志詩云：『梵志翻着襪，人皆謂是錯。寧可刺你眼，不可隱我脚。』寒山子詩云：『人是黑頭蟲，剛作千年調。鑄鐵作門限，鬼見拍手笑。』道人自觀行處，又觀世間，當如是游戲耳。」又《後山詩注》卷四《卧疾絶句》任淵注：「寒山子詩云：『人是黑頭蟲，剛作千年調。鑄鐵作門限，鬼見拍手笑。』」

按此首亦作王梵志詩，文字大同小異。范攄《雲溪友議》卷下《蜀僧喻》：「或有愚士昧學之流，欲其開悟，別吟以王梵志詩。梵志者，生於西域林木之上，因以梵志爲名。其言雖鄙，其理歸真，所謂歸真悟道，徇俗乖真也。詩云：……世無百年人，擬作千年調。打鐵作門閂，鬼見拍手笑。」又《梁谿漫志》卷一〇、《新編分門古今類事》卷三、《類説》卷四一、《説郛》（宛委山堂本弓二一、商務本卷五）、《焦氏類林》卷八等引此詩，亦作王梵志詩。

又按王楙《野客叢書》卷一九《詩句相近》引李後主詩「人生不滿百，剛作千年畫」，莊綽《雞肋編》卷下引北宋俚語「人作千年調，鬼見拍手笑」，亦爲由此詩化出者。

我聞釋迦佛

我①聞釋迦佛，不②知在何方。思量得去處〔一〕，不離我道場〔二〕。（佚〇四）

【校勘】

①「我」，《續古尊宿語要》作「常」，參看本首篇後按語。　②「不」，《續古尊宿語要》作「未」。

【箋注】

〔一〕去處：所去之處，處所。岑參《題虢州西樓》：「愁來無去處，衹上郡西樓。」王梵志詩二五七首：「一生無舍坐，須行去處寬。」《景德傳燈録》卷一〇《鎮州普化和尚》：「師嘗於闤闠間摇鐸唱曰：『覓箇去處不可得。』時道吾遇之，把住問曰：『汝擬去什麽處？』」

〔二〕道場：修行禮佛之處，見寒山詩二七六首注〔五〕。本首之「我道場」即指自心，「不離我道場」即禪宗「即心即佛」之義。

此首見於《寶覺祖心禪師語録》：「舉寒山道：『我聞釋迦佛，不知在何方。思量得去處，不離我道場。』師曰：『是什麽思量？釋迦老子在甚處？試定當看。』」又見於《續古尊宿語要》卷一《靈源清禪師語》：「四月八，舉寒山子道：『常聞釋迦佛，未知在何方。思量得去處，不離我道場。』寒山恁麽道，作麽生説箇思量底道理。若以有心思，有心屬妄想，即墮增益謗。若以無心思，無心屬斷滅，即墮減損謗。若以不有不無思，即墮相違謗。若以亦有亦無思，即墮戲論謗。離此四謗，合作麽生體會？會得則釋迦老子時時降誕，不待雲門打殺，自然天下太平。其或未然，殿上燒香齊合掌，更將惡水驀頭澆。」

胭脂畫面嬌千樣

胭脂畫面嬌千樣，龍麝薰衣俏①百般〔一〕。今日風流都不見，緑楊芳草髑髏寒②。（佚〇五）

【校勘】

①「俏」，原作「悄」。　②「緑」，原作「緣」。「髑髏」，原作「髏髑」。

【箋注】

〔一〕龍麝：「龍」指龍涎香，「麝」指麝香，是兩種名貴的香料。陶穀《清異録》卷四《風流箭》：「寶曆中，帝造紙箭竹皮弓，紙間密貯龍麝末香，每宫嬪群聚，帝躬射之，中者濃香觸體，了無痛楚，宫中名『風流箭』，爲之語曰：『風流箭，中的人人願。』」

此首及以下兩首（佚〇六、佚〇七首）皆見於《勸修浄業文》之夾注，兹據《大正新脩大藏經》四七卷引録宋王日休《龍舒增廣浄土文》卷一二附録獅子峰如如顔丙《勸修浄業文》之有關段落於下（文中雙行夾注改爲單行排列）：「魂魄雖歸鬼界，身屍猶卧棺中。或隔三朝五朝，或當六月七月。腐爛則出虫出血，臭穢則熏地熏天。胖脹不堪觀，醜惡真可怕。催促付一堆野火，斷送埋萬里荒山。昔時要悄紅顔，翻成灰爐（燼）；今日荒涼白骨，變作泥堆。寒山頌云：胭脂畫面嬌千樣，龍麝薰衣悄（俏）百般，今日風流都不見，緣（緑）楊芳草髏髑（髑髏）寒。從前恩愛到此成空，自昔英雄如今何在。涙雨洒時空寂寂，悲風動處冷颼颼。夜闌而鬼哭神號，歲久而鵶餮雀啄。荒□畔漫留碑石，緑楊中空掛紙錢。下梢頭難免如斯，到這裏怎生不醒。寒山云：雀啄鵶餐皮肉盡，風吹日炙髑髏乾。目前試問傍觀者，自把形骸子細看。大家具眼，休更埋頭。翻身逃出迷津，彈指裂開愛網。向休（休向）鬼窟裡作活計，要知肉團上有真人。是男是女總堪修，若智若愚皆有分。但請迴光返照，便知本體元無。若未能學道參禪，也且勤持齋念佛。捨惡歸善，改往修來。移六賊爲六通神（神通），離八苦得八自在。便好贊天行化，不妨代佛接人。對衆爲大衆宣揚，歸家爲一家解説。使處處齊知覺悟，教人人盡免沈淪。上助諸佛轉法輪，下拔衆生離苦海。佛言不信，何言可信？人道不修，他道難修。莫教一日換了彼，縱有千佛難救汝。火急進步時不待，各請直下承當，莫使此生空過。寒山云：百骸潰散離（雜）塵泥，一物長靈復是誰。不得此時通線路，骷髏著地幾人知。」

按這篇文字亦被附載於延壽《三時繫念儀範》之後，標題第一行作「勸人念佛」，第二行作「身爲苦本，覺悟早修」，不載作者名氏。

楚按，此首及佚〇六、佚〇七等三首實爲慈受懷深禪師偈頌，此首即慈受《枯髏酒色財氣頌》（四首）之第二首，佚〇六、佚〇七即慈受《枯骨頌》（五首）之第三首、第五首。現據《慈受懷深禪師廣録》卷二引録二頌於後。

枯髏酒色財氣頌

枯髏愛酒醉魂在，羅列盃盤手自斟。酩酊一生心似麴，想君作鬼也昏沉。

燕脂畫面嬌千樣，龍麝薰衣峭百般。今日風流都不見，緑楊芳草髑髏寒。

生前財貨因貪得，死後形骸被物拘。畢竟一文將不去，被人駡作守錢奴。

偶然一語不相投，努目揮拳汗欲流。若悟形骸同逆旅，胸中人我一時休。

枯骨頌

風力機關終有盡，深情厚貌見無因。擔擎黑業歸何處，留得枯骸未化塵。皮包血肉骨纏筋，顛倒凡夫認作身。到此始知非是我，從前金玉付何人。鳥啄鵶鵮皮肉盡，風吹日炙髑髏乾。目前試問傍觀者，自把形骸檢點看。因瞋久戀四蛇窟，由愛長依六賊村。今日并贜都捉敗，這回休要弄精魂。百骸潰散雜塵泥，一物長靈復是誰。不得丹霞通一線，髑髏著地幾人知。

雀啄鵶餐皮肉盡

雀啄鵶餐皮肉盡，風吹日炙髑髏乾。目前試問傍觀者，自把形骸子細看。（佚〇六）

此首出處與前首同。按此首實爲慈受偈頌，參看上首篇後按語。

百骸潰散雜塵泥

百骸潰散雜塵泥，一物長靈復是誰〔一〕。不得此時通線路〔二〕，骷髏著地幾人知。

（佚〇七）

【箋注】

〔一〕百骸潰散雜塵泥，一物長靈復是誰：按《祖堂集》卷四《丹霞和尚》載丹霞《翫珠吟》有云：「識得衣中寶，無明醉自醒，百骸俱潰散，一物鎮長靈。」本詩首二句即由此脱胎也。「百骸潰散」謂人死命終，屍骸潰散；「一物長靈」謂神識長在，輪迴不滅。《景德傳燈録》卷二〇《洪州天王院和尚》：「問：『百骸俱潰散，一物鎮長靈時如何？』師曰：『不墮無壞爛。』」知丹霞此二句已成爲禪師的話頭。

〔二〕通線路：通一線之路，《無明慧經禪師語録》卷三：「四洲風月不同同，夜則西兮日則東。聊與時人通線路，須彌山隔在其中。」「線路」即一線之路，形容極細微之路，亦稱「一線」、「一線道」等。《羅湖野録》卷四：「法門不幸法幢摧，五藴山中化作灰，昨夜泥牛通一線，黄龍從此入輪迴。」宋羅大經《鶴林玉露》卷六：「若借温太真之事，爲小人開一線之路；借范堯夫之言，爲君子憂後來之禍，則失之矣。」《祖堂集》卷一三《招慶和尚》：「渾崙提唱，學人根思遲迴；曲運慈悲，開一線道。」《景德傳燈録》卷一二《睦州龍興寺陳尊宿》：「問：『如何是放一線道？』師云：『量才補職。』又問：『如何是不放一線道？』師云：『伏惟尚饗。』」按本詩「不得此時通線路，骷髏著地幾人知」二句，大意謂神識雖然輪迴不滅，但死生相隔，不通線路，故前生後世，雖生死相續，却互不相知也。

此首出處與前二首同。按此首亦爲慈受偈頌，參看佚〇五首篇後按語。

以上三首佚詩，大旨在以佛教「不浄觀」之「九相觀」思想，描繪死後屍相之不堪，以破除世人對人身美色之癡迷。兹引《大智度論》卷二一關於「九相觀」的一段文字，以供對照：「行者到死屍邊，見死屍膖脹，如韋囊盛風，異於本相，心生厭畏。我身亦當如是，未脱此法。身中主識，役御此身，視聽言語，作罪作福，以此自恣，爲何所趣，而今但見，空舍在此。是身好相，細膚姝媚，長眼直鼻，平額高眉，如是等好，令人心惑，今但看膖脹，好在何處？男女之相，亦不可識。作此觀已，呵著欲心，此臭屎囊，膖脹可惡，何足貪著。死屍風熱轉大，裂壞在地，五藏屎尿，膿血流出，惡露已現。行者取是壞相，以況已身，我亦如是，皆有是物，與此何異。我爲甚惑，爲此屎囊薄皮所誑，如燈蛾投火，但貪明色，不知燒身。已見裂壞，男女相滅，我所著者，亦皆如是。死屍已壞，肉血塗漫，或見杖楚死者，青瘀黄赤，或日曝瘀黑，具取是相，觀所著者，若赤白之色，浄潔端正，與此何異。既見青瘀黄赤，鳥獸不食，不埋不藏，不久膿爛，種種蟲生。行者見已，念此死屍，本有好色，好香塗身，衣以上服，飾以華綵，今但臭壞，膿爛塗染，此是真實分，先所飾綵，皆是假借。若不燒不埋，棄之曠野，爲鳥獸所食，鳥挑其眼，狗分其手脚，虎狼刳腹，分掣䶥裂，殘藉在地，有盡不盡。行者見已，心生厭想，思惟此屍，未壞之時，人所著處，而今壞敗，無復本相，但見殘藉，鳥獸食處，甚可惡畏。鳥獸已去，風日飄曝，筋斷骨離，各各異處。行者思惟，本見身法和合，而有身相，男女皆可分別，今已離散，各在異處，和合法滅，身相亦無，皆異於本，所可愛者，今在何處？身既離散，處處白骨，鳥獸食已，唯有骨在。觀是骨人，是爲骨想，骨想有二種：一者骨人，筋骨相連，二者骨節分離。筋骨相連，破男女長短好色細滑之相；骨節分離，破衆生根本實相。骨想復有二種，一者浄，二者不浄。浄者久骨白浄，無血無膩，色如白雪。不浄者餘血塗染，膏膩未盡。行者到屍林中，或見積多草木，焚燒死屍，腹破眼出，皮色燋黑，甚可惡畏，須臾之間，變爲灰燼。行者取是燒想，思惟此身，未死之前，沐浴香華，五欲自恣，今爲火燒，甚於兵刃，此屍初死，形猶似人，火燒須臾，本相都失。一切有身，皆歸無常，我亦如是，覩是九想，斷諸煩惱，於滅婬欲最勝。爲滅婬欲故，説是九想。」

半作幡身半作脚

半作幡身半作脚〔一〕，挂在空中驚鳥雀。行住坐卧思量着〔二〕，只好把與窮漢做襖着〔三〕。

（佚〇八）

【箋注】

〔一〕幡：旗幟狀的佛教莊嚴供具，幡身以長方形絹帛等制作，下部懸垂的帛條等稱爲幡脚。佛教以爲懸幡供養，可獲種種福德。《撰集百緣經》卷七《布施佛幡緣》：「爾時有王，名槃頭末帝，收取舍利，造四寶塔，高一由旬，而供養之。時有一人，施設大會，供養訖竟，作一長幡，懸著塔上，發願而去。緣是功德，九十一劫，不墮地獄畜生餓鬼，天上人中，長有幡蓋覆蔭其上，受天快樂。乃至今者，遭值於我，出家得道。」《灌頂經》卷一一：「若四輩男女，若臨終時，若已過命，是其亡日，我今亦勸造作黄幡，懸著刹上，使獲福德，離八難苦，得生十方諸佛浄土。幡蓋供養，隨心所願，至成菩提。幡隨風轉，破碎都盡，至成微塵，風吹幡塵，其福無量。幡一轉時，轉輪王位，乃至吹塵，小王之位，其報無量。」

〔二〕行住坐卧：形容一舉一動，時時刻刻。《地藏菩薩本願經》卷下：「所過土地，鬼神衛護，行住坐卧，永保安樂。」《大乘理趣六波羅蜜多經》卷六：「無安忍者，於現世中，行住坐卧，無有安樂，於未來世，豈有樂耶？」《景德傳燈録》卷六《越州大珠慧海禪師》：「是以解道者行住坐卧，無非是道；悟法者縱横自在，無非是法。」齊己《静坐》：「坐卧與行住，入禪還出吟。」

〔三〕把與：拿給，送給。《清平山堂話本・簡帖和尚》：「你與我將這封書去四十五里把與官人。」

此首見於宋李之彦《東谷所見・禱祈》：「世人不思積善積惡，殃慶各以類至，惟托緇黄誦經持咒，或謂保扶，或謂禳災，或謂薦亡，如此則有資財者皆可免禍矣。昔寒山見人家懸幡，因作頌曰：『半作幡身半作脚，挂在空中驚鳥雀。行住坐卧思量着，只好把與窮漢做襖着。』達哉斯言！」

無嗔即是戒

無嗔即是戒〔一〕，心浄即出家〔二〕。我性與汝合，一切法無差〔三〕。（佚〇九）

【箋注】

〔一〕無嗔：「嗔」即嗔恚，與「貪」、「癡」合稱「三毒」。「無嗔」即對境不起嗔恚之心。《阿毘達磨集異門足論》卷三：「無瞋云何？答：謂於有情不欲損害，不懷栽杌，不欲擾惱，非已瞋、非當瞋、非現瞋，不樂爲過患，不極爲過患，意不憤恚，於諸有情不相違戾，不欲爲過患，非已爲過患，非當爲過患，非現爲過患，總名無瞋。」按《龐居士語録》卷中：「無貪勝布施，無癡勝坐禪，無瞋勝持戒，無念勝求緣。」第三句「無瞋勝持戒」與寒山詩「無嗔即是戒」意同。

〔二〕心浄：心性清浄，不受煩惱污染。寒山詩二四七首亦云「心浄無繩索」，參看該首注〔三〕。

〔三〕一切法無差：「一切法」即「萬法」，指世界所有的一切現象。「一切法無差」即佛教「一切法平等」之義，謂世界一切現象同一真如，本無差別。如《大乘起信論》：「一切法從本已來，離言説相，離名字相，離心緣相，畢竟平等，無有變異，不可破壞，唯是一心，故名真如。」《景德傳燈録》卷五《廣州志道禪師》：「分別一切法，不起分別想。」

少年懶讀書

此首見於明趙宧光、黄習遠編定《萬首唐人絶句》卷一〇所載寒山《雜詩十首》之第十首（洪邁原本不載）。按《宗鏡録》載此首作拾得詩，參看拾得佚詩第一首篇後按語。

少年懶讀書，三十業猶①未〔一〕。白首始得官，不過十鄉尉〔二〕。不如多種黍〔三〕，供此伏家費〔四〕。打酒詠詩眠〔五〕，百年期髣髴〔六〕。（佚一〇）

【校勘】

①「猶」，原作「由」，二字通用。

【箋注】

〔一〕業猶未：謂學業猶未有成。韓愈《與馮宿論文書》：「近李翺從僕學文，頗有所得，然其人家貧多事，未能卒其業。」末句亦「業猶未」之意。

〔二〕十鄉尉：謂縣尉，掌一縣之治安。「十鄉」指一縣之轄境。《通典》卷三三《鄉官》：「大唐凡百户爲一里，五里爲一鄉。」則「十鄉」爲五千户。又《唐會要》卷七〇《量户口定州縣等第例》：「武德令：户五千已上爲上縣，二千户已上爲中縣，一千户已上爲中下縣。至開元十八年三月七日，以六千户已上爲上縣，三千户以上爲中縣，不滿三千户爲中下縣。」然則五千户爲開元以後之中縣。白居易《和除夜作》：「我掌四曹局，君管十鄉閭。君爲父母君，大惠在資儲。我爲刀筆吏，小惡乃誅鋤。」所云「十鄉閭」，亦爲一縣之境。《舊唐書·職官志一》：「從第九品下階：……諸州中縣下縣尉。」知「十鄉尉」乃從九品下，爲品官中之最卑下者，故白居易《王夫子》云：「王夫子，送君爲一尉，東南三千五百里，道途雖遠位雖卑，月俸猶堪活妻子。……行道佐時須待命，委身下位無爲耻。」

〔三〕黍：與「秫」通用，一種有黏性的穀物，最宜釀酒。陶淵明《和郭主簿二首》之一：「春秫作美酒，酒熟吾自斟。」蕭統《陶淵明傳》：「公田悉令吏種秫，曰：『吾嘗得醉於酒足矣。』妻子固請種杭，乃使二頃五十畝種秫，五十畝種粳。」

〔四〕伏家費：應即「伏臘費」，指伏臘飲宴之費用。「伏臘」爲古代伏日及臘月兩種祭祀名稱，其時古人多飲饗祭奠。《史記·留侯世家》：「留侯死，并葬黄石，每上冢伏臘，祠黄石。」《漢書·楊惲傳》載惲《報孫會宗書》：「田家作苦，歲時伏臘，亨羊炰羔，斗酒自勞。」後人因以「伏臘」稱田家所需之生活資料，以「伏臘費」稱歸隱之費用，亦云「伏臘資」。白居易《江樓早秋》：「欲作雲泉計，須營伏臘資。」又《思歸》：「養無晨昏膳，隱無伏臘資。遂求及親禄，僶俛來京師。」又《答山侣》：「非無解挂簪纓意，未有支持伏臘資。」

〔五〕打酒：飲酒。王梵志詩二七四首：「尋常打酒醉，每日出逐伴。」「打」即喫之義。寒山詩一三八首：「唯知打大斸，除此百無能。」參看該首注〔五〕。

〔六〕百年：指一生，「百年」爲人壽之大限，故稱一生爲「百年」。參看寒山詩〇四二首注〔七〕。期髣髴：謂期望大體如此度過。「髣髴」謂約略相似的情狀。《漢書·叙傳上》：「昔有學步於邯鄲者，曾未得其髣髴，又復失其故步，遂匍匐而歸耳。」

此首見於日本白隱禪師《寒山詩闡提記聞》卷三，載於全部寒山詩之末，有説明云：「抄此詩，不載舊本，有説檢異本得之。異本，隋州大洪住山慶預序并劉覺先跋有之。」

人言是牡丹

人言是牡丹〔一〕，佛説是花箭〔二〕。射人入骨髓，死而不知怨。（佚一一）

【箋注】

〔一〕牡丹：這裏爲美色之喻。張祜《陪杭州郡使讌西湖亭》：「詩成病愈生犀角，酒引嬌娃活牡丹。」貫休《富貴曲二首》之一：「美人如白牡丹花，半日只舞得一曲。」

〔二〕花箭：外表是花，内裏是箭，比喻美麗而致人死命之物。佛書稱「魔」爲「華箭」，即「花箭」。《大智度論》卷五：「問曰：『何以名魔？』答曰：『奪慧命，壞道法功德善本，是故名爲魔，諸外道人輩言是名欲主，亦名華箭。』」參看本首附録引明陳繼儒(眉公)詞。

本首見於清褚人穫《堅瓠五集》卷一《戒好色》：「司空圖詩：『昨日流鶯今日蟬，起來又是夕陽天。六龍飛轡長相窘，更忍乘危自著鞭。』呂純陽詩：『精神賣與粉骷髏，却向人間覓秋石。』寒山詩：『人言是牡丹，佛説是花箭。射人入骨髓，死而不知怨。』陳眉公詞：『紅顏雖好，精氣神三寶，都被野狐偷了。眉峰皺，腰肢裊，濃妝淡掃，弄得君枯槁。暗發一枝花箭，射英雄，應弦倒。病魔纏擾，空去尋醫禱，房術誤人不少。這煩惱，自家討。填精補腦，下手應須早。快把凡心打疊，訪仙翁，學不老。』楊誠齋戲好色者曰：『閻羅未嘗相喚，子乃自求押到，何也？』即此詩詞之意。」楚按，《吕氏春秋・本生》：「靡曼皓齒，鄭衛之音，務以自樂，命之曰伐性之斧。」白居易《寄盧少尹》：「豔聲與麗色，真爲伐性刀。」杜光庭《題霍山秦尊師》：「翠娥紅粉嬋娟劍，殺盡世人人不知。」吕巖《警世》：「二八佳人體似酥，腰間仗劍斬凡夫。雖然不見人頭落，暗裏教君骨髓枯。」宗曉編《樂邦遺稿》卷上《婬慾殺害更相助發》引務實野夫云：「皮包骨肉並屎糞，强作嬌嬈誑惑人。千古英雄皆坐此，百年同作一坑塵。」亦是此意。

又按，此首實爲慈受《擬寒山詩》第一二七首之後四句。兹録慈受詩於下：「女色多瞞人，人惑總不見。龍麝暗薰衣，脂粉厚塗面。人呼爲牡丹，佛説是花箭。射人入骨髓，死而不知怨。」

隈巖人笑我

隈巖人笑我，我自養疏慵。橡栗隨時拾，麻衣破處縫。竹深煙幕幕〔一〕，澗闊水溶溶。此理誰相訪，孤雲到砌重。（佚一二）

【箋注】

〔一〕幕幕：當作「冪冪」，濃厚貌。韓愈《叉魚招張功曹》：「蓋江煙冪冪，拂棹影寥寥。」

本首見於高麗連禪師《南明泉和尚頌證道歌事實》卷二「養病顔」注：「寒山詩云：隈巖人笑我，我自養疏慵。橡栗隨時拾，麻衣破處縫。竹深煙幕幕，澗闊水溶溶。此理誰相訪，孤雲到砌重。」按《南明泉和尚頌證道歌事實》是解釋唐代玄覺《證道歌》的著作，編於公元一二四七年，相當中國宋理宗淳祐七年。收入《韓國佛教全書》第六册。

急急忙忙苦追求

急急忙忙苦追求，寒寒冷冷度春秋。朝朝暮暮營活計，悶悶昏昏白了頭。是是非非何日了，煩煩惱惱幾時休。明明白白一條路，萬萬千千不肯修。（佚一三）

此首載於四庫全書本《寒山詩集》。

拾得詩注

拾得詩

諸佛留藏經

諸佛留藏經〔一〕，只爲人難化〔二〕。不唯賢與愚，箇箇心搆①架〔三〕。造業大如山〔四〕，豈解懷憂怕。那肯②細尋思，日夜懷姧③詐。（拾〇一）

【校勘】

①「搆」，宫内省本、高麗本作「構」。②「肯」，高麗本作「箇」。③「姧」，正中本、高麗本作「姦」，同。

【箋注】

〔一〕諸佛：指過去、現在、未來之一切佛。《祖堂集》卷二〇《五冠山瑞雲寺和尚》：「過去莊嚴劫中一千佛，現在賢劫中一千佛，未來星宿劫中一千佛，如是三劫中一切諸佛出現於世，攝化群生，相傳授記，分毫不錯矣。」

〔二〕難化：難以教化。《維摩詰經·香積佛品》：「彼諸菩薩問維摩詰：『今世尊釋迦牟尼以何説法？』維摩詰言：『此土衆生，剛强難化，故佛爲説剛强之語以調伏之。』」《賢愚經》卷一：「如是我聞：一時佛在摩竭國善勝道場，初始得佛，念諸衆生迷惘邪倒，難可教化。若我住世，於事無益，不如遷逝無餘涅槃。」

〔三〕搆架：捏造，欺詐，亦作「構架」、「搆楳」等。陳子昂《申宗人寃獄書》：「今乃遭誣罔之罪，被搆架之詞，陷見疑之辜，困無驗之告。」敦煌本《鷰子賦》：「鷰子啓大王：雀兒漫洛荒，亦是窮奇鳥，搆楳足詞章。」《朝野僉載》卷五：「張鷟爲陽縣尉日，有稱架人吕元僞作倉督馮忱書，盗糶倉糧粟。」「『稱架人』殊費解，《太平廣記》卷一七一引作『搆架人』，極是，『搆架人』即作僞之人。倒文則作「架搆」。盧仝《月蝕詩》：「譎險萬萬黨，架搆何可當。」元王元亮重編《唐律釋文》卷三〇：「鍛煉成罪，猶屈曲架搆也。」按「搆架」本義爲構造房舍等。陸龜蒙《江湖散人歌》：「夜棲止與禽獸雜，獨自構架縱横枝。因而稱曰有巢氏，民共敬貴如君師。」引申而爲憑空捏造之義。

〔四〕造業：按「造業」本指造作業因。如《大莊嚴論經》卷四：「等同在人中，身形無差别，造業既不同，受報亦復異。」《正法念處經》卷二三：「譬如一畫師，造作衆文飾，一心亦如是，造作種種業。」此處「造業」則指造作罪業，蓋「業」有善惡之分，運用時或專指惡業而言。如《楞嚴經》卷六：「云何賊人，假我衣服，裨販如來，造種種業。」《鎮州臨濟慧照禪師語録》：「若魔佛不辨，正是出一家入一家，唤作造業衆生。」

嗟見世間人之一

嗟見世間人，箇箇愛喫肉。椀楪不曾乾，長時道不足。昨日設箇齋〔一〕，今朝宰六畜〔二〕。都緣業使牽〔三〕，非干情所欲〔四〕。一度造天堂，百度造地獄〔五〕。閻羅使來追〔六〕，合家盡啼哭。鑪子邊向火〔七〕，鑊子裏澡浴〔八〕。更得出頭時〔九〕，換却汝衣服〔一〇〕。（拾〇二）

【箋注】

〔一〕設箇齋：施捨齋飯供僧徒會食，有時亦兼作法事，稱爲「設齋」。《魏書·胡國珍傳》：「又詔自始薨至七七，皆爲設千僧齋，令七人出家；百日設萬人齋，二七人出家。」《國清百録》卷三《王遣使入天台設周忌書》：「今遣典籤吴景賢往彼設齋，奉爲亡日追福。」《太平廣記》卷一二五《盧叔倫女》（出《逸史》）：「某今日家内設齋，有僧云小娘子遣來。」敦煌本《目連緣起》：「敬重三寶，行檀布施，日設僧齋，轉讀大乘。」

〔二〕六畜：泛稱各種畜禽。《左傳》昭公二十五年：「爲六畜、五牲、三犧，以奉五味。」杜預注：「馬、牛、羊、雞、犬、豕。」

〔三〕業：這裏指惡業，「都緣業使牽」謂皆由惡業使之如此。慈受《擬寒山詩》第五七首：「不知是業牽，却云合恁麽。」《永覺元賢禪師廣録》卷三〇：「泉千户王某，一夕夢有人告曰：『我張籍也，今身爲鹿，不幸見獲於人，人以苞苴宦門，今轉寄侯之女弟尼。侯其救脱，毋我殺。』王少寤，思之，不省張籍爲何人。既而復寐，又夢籍哀懇甚至，乃心異之。蚤作，以告女弟尼，尼曰：『有之。』乃以兄之言告於宦，乞全其命。宦不可，竟殺之。嗚呼，張司業其至是耶？司業當時以才學自負，雖與昌黎交，而不肯師昌黎，今乃陷身於鹿，何耶？爲鹿而求免於殺，亦不可得，又何耶？蓋殺業所牽，流入異類，酬還宿負，無術可免，吾不知張司業之苦，何時艾也。悲哉！」楚按此事可謂荒誕不經，然亦可從中窺見佛教徒「業使牽」之觀念。

〔四〕非干：不關，無涉。白居易《秋霖中奉裴令公見招早出赴會馬上先寄六韻》：「老人平旦出，自問欲何之？不是尋醫藥，非干送别離。」《景德傳燈録》卷二三《西川靈龕和尚》：「僧問：『如何是諸佛出身處？』師曰：『出處非干佛，春來草自青。』」李清照《鳳凰臺上憶吹簫》：「新來瘦，非干病酒，不是悲秋。」

〔五〕一度造天堂，百度造地獄：「造天堂」謂造善業，如上文「設箇齋」之類，因爲善業可致上生天堂之果報；「造地獄」謂造惡業，如上文「宰六畜」之類，因爲惡業可致沉淪地獄之果報。《龐居士語録》卷中：「誰家郎君子，開眼造地獄。枉法取人錢，養那一群賊。饒伊家户大，業成出不得。」

〔六〕閻羅使：閻羅王的使者，即勾命鬼。《太平廣記》卷三七七《韋廣濟》（出《廣異記》）：「韋廣濟上元中暴死，自言初見使持帖，云閻羅王追己爲判官。」亦有徑稱爲「使者」者。《太平廣記》卷一〇三《竇德玄》（出《報應記》）：「德玄於是就枕而絶，一宿乃蘇，云初隨使者入一宫城，使者曰：『公且住，我當先白王。』」又卷一〇七《魚萬盈》（出《報應記》）：「初見冥使三四人追去，行暗中十餘里，見一人獨行，其光繞身，四照數尺，口念經。」又卷一一三《陳安居》（出《法苑珠林》），記安居死而復甦，具説所經曰：「初見有人若使者，侍從數十人，呼去。從者欲縛之，使者曰：『此人有福，未可縛也。』」又卷一五八《許生》（出《玉堂閒話》）：「汴州都押衙朱仁忠家有門客許生，暴卒，隨使者入冥。」以上之「使者」，即是拾得詩之「閻羅使」也。

〔七〕鑪子邊向火：「向火」即烤火。《開元天寶遺事·向火乞兒》：「今時之朝彦，皆是向火乞兒，一旦火盡灰冷，暖氣何在？」《龐居士語録》卷中：「寒時向火坐，火本實無煙。」《圓悟佛果禪師語録》卷四：「熱則乘涼，寒則向火。」《續古尊宿語要》卷三《保寧勇禪師語録》：「爐邊向火猶嫌冷，更有樵夫跣足行。」拾得詩「鑪子邊向火」謂經受地獄中火燒酷刑。如《長阿含經》卷一九：「復次大燒炙地獄中，自然有大火坑，火焰熾盛，其坑兩岸有大火山，其諸獄卒捉彼罪人貫鐵叉上，豎著火中，燒炙其身，重大燒炙，皮肉燋爛，苦痛辛酸，萬毒並至。」《正法念處經》卷七：「彼人以是惡業因緣，身壞命終，墮於惡處，合大地獄，生火盆處，受大苦惱。所謂苦者，彼火盆處，熱炎遍滿，無毛頭處無炎無熱而不遍者。彼地獄處，地獄人身狀如燈樹，彼燈熱炎合爲一炎。彼地獄人呻號吼喚，吼喚口開，滿口熱炎。彼地獄人極受大苦，轉復唱喚，呻號啼哭，火炎入耳。既入耳故，轉復呻號，唱聲吼喚，炎復入眼。既入眼故，轉復呻號，唱聲吼喚。彼人如是，普身炎燃。」又卷九：「閻摩羅人置彼罪人在鐵爐中，亦如置鐵，以韛極吹，鐵鉗鉗之，在鐵鉆上，鐵椎打之。如是打已，復置爐中，以二鐵韛吹之如前，以罪業故，惡熱甚熾，吹已復吹，吹已鉗出，置鐵鉆上，以熱鐵椎極打連打，多打急打，如是打已，猶活不死。」

〔八〕鑊子裏澡浴：「鑊」爲古代煮肉之無足鼎。《淮南子·説山》：「嘗一臠肉，知一鑊之味。」拾得詩「鑊子裏澡浴」謂經受地獄中鑊湯酷刑。如《長阿含經》卷一九：「復次大叫喚獄卒取彼罪人，置鐵鑊中，熱湯涌沸，煮彼罪人，號咷叫喚，苦毒辛酸，萬毒並至，餘罪未畢，故使不死，故名大叫喚地獄。」《修行道地經》卷三：「彼鐵樹邊有二大釜，猶若大山，守鬼即取犯罪之人，著鐵釜中，湯沸或上或下，譬如人間大釜之中煮於小豆，而沸上下，又於鑊湯若千萬億年，考治毒痛。」《罪業應報教化地獄經》：「第八，復有衆生常在鑊湯中，爲牛頭阿傍以三股鐵叉叉人内著鑊湯中，煮之令爛，還復吹活，而復煮之。何罪所致？佛言：以前世時信邪倒見，祠祀鬼神，屠殺衆生，湯灌減毛，鑊湯煎煮，不可限量，故獲斯報。」《正法念處經》卷六：「有置鑊中，湯火煮之，如熱豆者。有在鑊中，迭互上下，連翻覆者。有置在鑊偏近一廂，舉手向天而號哭者，有共相近而號哭者，久受大苦，無主無救。」

〔九〕出頭：脱身，這裏指脱離地獄。參看寒山詩二一五首注〔三〕。

〔一〇〕换却汝衣服：意謂再次投胎後改頭换面，另成他人，「衣服」譬喻天生之皮膚形貌。禪宗有「孃生袴」之類的説法，與此類似。如《祖堂集》卷三懶瓚和尚《樂道歌》：「身被一破納，脚著孃生袴。」《五燈會元》卷一三《雲居道膺禪師》：「師曾令侍者送袴與一住庵道者，道者曰：『自有孃生袴。』竟不受。」《景德傳燈録》卷三〇蘇溪和尚《牧護歌》：「生也猶如著衫，死也還同脱袴。」《大慧普覺禪師語録》卷一一：「末後示真歸，如脱破布襖。」《慈受懷深禪師廣録》卷三：「方知生死去來，猶如著衫脱袴，了無疑滯。」

出家要清閑

出家要清閑〔一〕，清閑即爲貴。如何塵外人〔二〕，却入塵埃裏〔三〕。一向迷本心〔四〕，終朝役名利〔五〕。名利得到身，形容已顦顇。況復不遂者，虛用平生志。可憐無事人〔六〕，未能笑得尔①〔七〕。（拾〇三）

【校勘】

①「尔」，正中本、高麗本、全唐詩本作「爾」，同。宮内省本、四庫本作「汝」，全唐詩本夾注「一作汝」。《寒山詩闡提記聞》作「伱」。

【箋注】

〔一〕出家要清閑：《佛垂般涅槃略説教誡經》：「汝等比丘，若求寂静無爲安樂，當離憒鬧，獨處閑居。静處之人，帝釋諸天所共敬重。是故當捨己衆他衆，空閑獨居，思滅苦本。」慈受《擬寒山詩》一一九首：「出家要清閑，却被人使喚。門徒數百家，追陪日忙亂。」《宗寶道獨禪師語録》

卷一：「山僧前日從粤中還山，見大衆著忙，心極不快。修行人常得安閒，方可入道。」

〔二〕塵外人：世外之人，指僧道隱士等人。「塵外」謂超脱塵世之外。盧仝《將歸山招冰僧》：「我心塵外心，愛此塵外物。欲結塵外交，苦無塵外骨。」温庭筠《題陳處士幽居》：「松軒塵外客，高枕自蕭疏。」《續高僧傳》卷七《釋亡名傳》：「誠得收迹巖中，攝心塵外，支養殘命，敦修慧業，此本志也。」

〔三〕塵埃裏：塵世間。貫休《懷四明亮公》：「豈覺塵埃裏，干戈已十年。」

〔四〕一向：一直，一貫。宗密《禪源諸詮集都序》卷一：「後人聞此，又迷本覺之用，便一向執相；唯根利志堅者，始終事師，方得悟修之旨。」《續資治通鑑長編》卷二六五：「但只説南朝差來職官一向不肯商量，却只争了一場坐位閑公事，不曾了得些小疆界。」《三朝北盟會編》卷一一：「郎君等未可一向自强，一概輕易漢人。」　本心：即本性，亦即佛性、真如之性。宗寶本《壇經·行由品》：「祖知悟本性，謂惠能曰：『不識本心，學法無益。』」《荷澤神會禪師語録》：「真如之性，即是本心。」《大珠禪師語録》卷上《頓悟入道要門論》：「問：其心似何物？答：其心不青不黄，不赤不白，不長不短，不去不來，非垢非净，不生不滅，湛然常寂，此是本心形相也。亦是本身。本身者，即佛身也。」《筠州黄蘗山斷際禪師傳心法要》：「故學道人迷自本心不認爲佛，遂向外求覓，起功用行，依次第證，歷劫勤求，永不成道。」

〔五〕役名利：爲名利所役使，爲名利而奔波勞碌。白居易《送毛仙翁》：「每嗟人世人，役役如狂顛。

孰能脱羈鞅，盡遭名利牽。」按僧徒追逐名利，如齊己《送玉泉道者迴山寺》：「應悲塵土裏，追逐利名僧。」

〔六〕無事人：無爲之人。即見性解脱之人。見寒山詩二三四首注〔七〕。

〔七〕未能笑得尔：「尔」同「爾」，猶云汝。慈受《擬寒山詩》一四三首亦云：「只應明眼人，未能笑得汝。」

養兒與取妻

養兒與取妻〔一〕，養女求媒娉。重重皆是業〔二〕，更殺衆生命〔三〕。聚集會親情〔四〕，揔來看盤飣①〔五〕。目下雖稱心〔六〕，罪簿先注定〔七〕。（拾〇四）

【校勘】

①「飣」，原作「釘」，茲從宫内省本、高麗本、四庫本、全唐詩本。

【箋注】

〔一〕取妻：同「娶妻」。《詩·齊風·南山》：「取妻如之何？必告父母。」《三國志·魏書·公孫度傳》：「遺就師學，爲取妻。」

〔二〕業：這裏指惡業，如下句之「更殺衆生命」即是。「業」特指惡業，參看寒山詩〇八九首注〔五〕。

〔三〕衆生：佛經稱一切有情含靈之生物爲「衆生」，這裏指供人類屠宰食用的畜禽。

〔四〕親情：親戚。《宋書·廬江王禕傳》：「淡薄親情，厚結行路。」白居易《井底引銀瓶》：「豈無父母在高堂，亦有親情滿故鄉。」張籍《送李餘及第後歸蜀》：「鄉里親情相見日，一時攜酒賀高堂。」《太平廣記》卷一八四《汝州衣冠》(出《盧氏雜説》)：「有汝州參軍亦令族内於一家求親，其家不肯，曰：『某家世不共軒冕家作親情。』」

〔五〕盤飣：各色食品堆簇於盤中，稱爲「盤飣」。韓愈《贈劉師服》：「妻兒恐我生悵望，盤中不飣栗與梨。」范成大《冬日田園雜興》之八：「莫嗔老婦無盤飣，笑指灰中芋栗香。」

〔六〕目下：眼前，現在。清顧張思《土風録》卷九《目下》：「見在亦曰目下，見《三國·王基傳》『畏目下之戮』，又《程昱傳》『公于目下肆其姦慝』。車茂安《與陸雲書》：『恒在目下，卒有此役。』《晉書·曹志傳》：『目下將見責耶？』太白《金陵歌》：『目下離離長春草。』」楚按所引《王基傳》之「目下」，即現在之義，其餘語例，含義不盡相同。　稱心：滿意。陶淵明《時運》之二：「人亦有言，稱心易足。」李白《送紀秀才遊越》：「海水不滿眼，觀濤難稱心。」白居易《首夏南池獨酌》：「境勝才思劣，詩成不稱心。」《古尊宿語録》卷一四《趙州真際禪師語録之餘》：「攢眉多，稱心少，叵耐東村黑黄老，供利不曾將得來，放驢喫我堂前草。」

〔七〕罪簿：記録罪業之文簿。據佛教之説，生人在世所作一切善業惡業，冥間皆有文書記注，稱爲「罪福簿」或「善惡簿」等。《法苑珠林》卷六二《祠祀篇·感應緣》載陳安居死而復蘇，具説所經見云：「一人服冠冕，立于囚前，讀諸罪簿。其第一者云：昔娶妻之始，夫婦爲誓，有子無子，終不相棄。而其人本是祭酒，妻亦奉道，共化導徒衆，得士女弟子，因而姦之，遂棄本妻。妻常寃訴，府君曰：『汝夫婦違誓，大義不終，罪一也。師資義著在三而姦之，是父子相婬無以異也，付法局詳刑。』次讀第二女人辭牒，忘其姓名，云：家在南陽冠軍縣黄水里，家安爨器於福竈口，而此婦眠重，嬰兒於竈上匍匐走行，糞汙爨器中。此婦寤已，即請謝神祇，盥洗精熟。而其舅母罵詈此婦，言無有天道鬼神，置此女人得行穢汙。司命聞之，故録送之。府君曰：『眠重非過，小兒無知，又已請謝神明，是無罪也。舅罵詈言無道，誣謗幽靈，可録之來。』須臾而到。赤官捉至安居，階下人具讀名牒，爲伯所訴云云，府君曰：『此人事佛，大德人也。其伯殺害無辜，訾誣百姓，罪宜窮治。以昔可小福，故未加罪。伯今復謗訴無辜。』教催録取，未及至，而府君遣安居還，云：『若可還去，善成勝業，可壽九十三。努力勉之，勿復更來也。』」（出《冥祥記》）所記即是冥間宣讀罪簿以定罪福之事。又卷八二《六度篇·精進部·感應緣》載宋沙門僧規暴死，「有一人衣幘並未（赤之誤），語規曰：『汝生世時有何罪福，依實説之，勿妄言也。』規惶怖未答，赤衣人如局吏云：『可開簿檢其罪福也。』」所開之簿，應即罪福簿也。《十王經》：「五官業秤向空懸，左右雙童業簿全。」所云「業簿」，即是記録善業惡業之善惡簿也。《太平廣記》卷一〇四《李虚》（出《紀聞》）：「王曰：『索李明府善惡簿來。』即有人持一通案至，大合抱，有二青衣童子亦隨文案。」又卷一〇九《趙泰》（出《幽冥録》）：「一人絳衣，坐大屋下，以次呼名前，問生時所行事，有何罪過，行〔何〕功德，作何善行。言者各各不同。主者言：許汝等辭。恒遣六師督録使者，常在人間，疏記人所作善惡，以相檢校。」所云「疏記人所作善惡」之文書，即是善惡簿也。又按，罪福簿、善惡簿之説，亦爲道教所采取，《真誥》卷四：「三官出丹簡罪簿，各執一通而問映云：……云何父手殺謝弓，且亂逆三光，又許朝斬李玘之頭，以代蔡扶之級，又走斬射潘綦等，支解鈴下曹表等，水沉湯雲之尸，火燒徐昂之骸，絞殺桓整，刳割振噲，酷害虐暴，刑攬（濫）四十有三，張皇訟寃，事在天帝，禍戾山積，善功無一。」《太上感應篇》卷一：「太上曰：禍福無門，唯人自召。」傳曰：「昔衛仲達初爲館職，被攝至冥司，冥官命吏呈其善惡二録。比至，則惡録盈庭，而善録纔如筯小。官色變，索秤稱之。既而小軸乃能壓起惡録，地爲之動，官乃喜曰：『君可出矣。』」又卷二〇「抵觸父兄」，傳曰：「昔張義每旦必告天謝愆，一日被攝至陰司，陰君示以黑簿，簿中罪目一一皆已勾破。惟餘一事不勾，細視，乃義少時，於刈禾處張目反顧其父，又微罵數語，以此不赦。蓋天律，不孝之罪，不通懺悔故也。」所云「黑簿」，亦即拾得詩之「罪簿」也。

得此分段身

得此分段①身〔一〕，可笑好形質〔二〕。面貌似銀盤〔三〕，心中黑如漆②〔四〕。烹猪又宰羊，誇道甜如蜜。死後受波吒〔五〕，更③莫稱寃屈。（拾〇五）

【校勘】

①「段」，各本作「叚」，兹改作「段」。參看注〔一〕。　②「漆」，原作「漆」，正中本作「漆」，宮内省本、高麗本作「漆」，兹從全唐詩本。　③「更」，四庫本作「遮」。

【箋注】

〔一〕分段身：指六道衆生輪迴生死之身，因爲六道衆生所得一期果報之身，有形體、壽夭等等區別，各有起止，互不相同，故云「分段」。《楞嚴經》卷九：「又善男子，受陰虛妙，不遭邪慮，圓定發明，三摩地中，心愛長壽，辛苦研幾，貪求永歲，棄分段身，頓希變易，細相常住。」法琳《辯正論·九箴篇》：「如佛家經論，三界之外，名出生死，無分段之形，離色心之境，何得更有寶臺玉山、州郡鄉里？」《祖堂集》卷二《第三十三祖惠能和尚》：「諸佛出世，現般涅槃，尚不能違其宿命，況吾未能變易，分段之報，必然之至，當有所在耳。」《宗鏡録》卷一六：「又佛常無身者，無分段變易之身。以法身至妙，不可以形質求，故云無身。」敦煌遺書斯六五七七《屍陀林發願文》：「今生既盡，復以此分斷之身，皮肉筋骨頭目髓腦及以手足，施与一切飢餓衆生，以償宿債。」所云「分斷之身」，亦應作「分段之身」。明袁宏道《西方合論·第二緣起門》：「處人天六道者，皆業報分段之身故也。」

〔二〕可笑：可喜。見寒山詩〇〇三首注〔一〕。　形質：形體。《續高僧傳》卷四《玄奘傳》：「有爲之法，必歸磨滅，泡幻形質，何得久停。」白居易《寓意詩五首》之五：「蠢爾樹間蟲，形質一何微。」《太平廣記》卷二二四《蘇氏女》（出《定命録》）：「魏知古時已及第，然未有官。蘇云：『此雖形質黑小，然必當貴。』」又卷三六七《張鏞》（出《玉堂閒話》）：「第中忽多鬼怪，唯不覩其形質。」

〔三〕銀盤：比喻面貌端正美麗。按「銀盤」通常以況滿月。如盧仝《月蝕詩》：「爛銀盤從海底出，出來照我草屋東。」佛經多以滿月形容面貌豐美。如《大薩遮尼乾子所説經》卷六：「十八者沙門瞿曇面貌豐美，如似滿月。」《雜阿含經》卷二三：「行步如鵝王，面如浄滿月。」拾得詩「面貌似銀盤」，亦謂面貌豐美如滿月也。

〔四〕心中黑如漆：《景德傳燈録》卷二九寶誌和尚《十二時頌》：「擬商量，却啾唧，轉使心頭黑如漆。」「黑」喻無明愚癡。《汾陽無德禪師語録》卷下《不出院歌》：「照破無明多劫黑，三山鬼賊不能藏。」按《北齊書·上黨王涣傳》：「以所忌問左右曰：『何物最黑？』對曰：『莫過漆。』」故古人稱極黑則曰「黑如漆」。如王梵志詩〇四九首：「向前黑如柒，直掇入深坑。」《祖堂集》卷六《洞山和尚》：「有一物，上拄天，下拄地，常在動用中，黑如柒。」「柒」通「漆」。《太平廣記》卷四八一《廩君》（出《録異記》）：「有石穴，一赤如丹，一黑如漆。」

〔五〕波吒：本是地獄中受苦之聲，因指地獄中酷刑之苦。《大般涅槃經》卷一一：「乃至八種寒冰地獄，所謂阿波波地獄、阿吒吒地獄、阿羅羅地獄、阿婆婆地獄。」《楞嚴經》卷八：「如是故有積寒堅冰於中凍洌，如人以口吸縮風氣，有冷觸生，二習相陵，故有吒吒、波波、羅羅、青、赤、白蓮寒冰等事。」《法苑珠林》卷七《地獄部·受報部》引《三法度論經》：「三名阿吒吒地獄，由脣動不得，唯舌得動，故作此聲。四名阿波波地獄，由舌不得動，唯脣得動，故作此聲。」敦煌本《目連緣起》：「放捨阿娘生浄土，莫交（教）葉（業）道受波吒。」又《大目乾連冥間救母變文》：「何時出離波咤（吒）苦，豈敢承望重作人。」又：「如來遣我看慈母，阿鼻地獄救波吒。」《古尊宿語録》卷三八《襄州洞山初禪師語録》：「心是斗，量盡天下是非口，堆山積岳在心思，死後波吒親自受。」《緇門警訓》卷五《終南山宣律師賓主序》：「取龜毛之小利，穿地獄之深坑，積恨結於今生，受波吒於後世。」

佛哀三界子

佛哀三界子〔一〕，揔是親男女〔二〕。恐沈黑暗阬〔三〕，示儀垂化度〔四〕。盡登無上道〔五〕，俱證菩提路〔六〕。教汝癡衆生，慧心勤覺悟。（拾〇六）

【箋注】

〔一〕三界子：指世間人。寒山詩二三四首：「勸你三界子，莫作勿道理。」見該首注〔一〕。

〔二〕親男女：親生兒女。「男女」即兒女，見寒山詩二四二首注〔六〕。按《妙法蓮華經·譬喻品》載佛説偈：「今此三界，皆是我有，其中衆生，悉是吾子。」即拾得詩「佛哀三界子，總是親男女」二句之意。

〔三〕黑暗阬：「阬」同「坑」，「黑暗坑」比喻死，亦引申指地獄。《大莊嚴論經》卷三：「命盡終時，見大黑闇，如墜深坑。」

〔四〕示儀：即「現身」，謂佛菩薩爲教化衆生而顯現種種化身。如《妙法蓮華經·觀世音菩薩普門品》：「若有國土衆生應以佛身得度者，觀世音菩薩即現佛身而爲説法。應以辟支佛身得度者，即現辟支佛身而爲説法。應以聲聞身而得度者，即現聲聞身而爲説法。」化度：教化濟度衆生。《傳法正宗記》卷三：「此子乃昔娑羅王佛也，欲有所化度，故示生王家。」

〔五〕無上道：即佛道，因爲佛道至高無上，故稱爲「無上道」。《無量壽經》卷上：「我建超世願，必至無上道，斯願不滿足，誓不成等覺。」《妙法蓮華經·序品》：「復見菩薩，身肉手足及妻子施，求無上道。」《大般涅槃經》卷八：「所謂佛性，非是作法，但爲煩惱客塵所覆，若刹利、婆羅門、毘舍、首陀羅能斷除者，即見佛性，成無上道。」《龐居士語録》卷中：「梵語波羅蜜，唐言無量義，説者説無相，離者離文字，但説無上道，利他還自利。」白居易《畫彌勒上生幀記》：「願當來世，與一切衆生同彌勒上生，隨慈氏下降，生生劫劫，與慈氏俱，永離生死流，終成無上道。」

〔六〕菩提路：覺悟之路。見寒山詩一六三首注〔四〕。

佛捨尊榮樂

佛捨尊榮樂〔一〕，爲愍諸癡子〔二〕。早願悟無生〔三〕，辦集無上事〔四〕。後來出家者，多緣無

業次〔五〕。不能得衣食，頭鑽入於寺〔六〕。（拾〇七）

【箋注】

〔一〕佛捨尊榮樂：佛經載釋迦牟尼本爲浄飯王太子，捨棄世俗榮華富貴，出家修道，終成佛果。《妙法蓮華經·譬喻品》：「佛爲王子時，棄國捨世榮，於最末後身，出家成佛道。」

〔二〕癡子：比喻不覺悟之衆生，蓋佛以衆生之慈父自居，故稱衆生爲「癡子」。《妙法蓮華經·信解品》：「癡子捨我，五十餘年，庫藏諸物，當如之何？」

〔三〕無生：即「涅槃」，以涅槃境界無生無滅，故云「無生」。《金光明最勝王經》卷一：「無生是實，生是虚妄。愚癡之人，漂溺生死；如來體實，無有虚妄，名爲涅槃。」《圓覺經》卷上：「一切衆生於無生無滅中妄見生滅，是故説名輪轉生死。」若「悟無生」，即覺悟成道矣。

〔四〕無上事：至高至極之事，謂覺悟成佛，以佛道至高無上也。

〔五〕業次：職業，營生。韓愈《論佛骨表》：「老少奔波，棄其業次。」《祖堂集》卷一二《仙宗和尚》：「師問僧：『汝平生成得什摩業次？』對云：『已前在衆，東舉西舉；如今無業可成，惣無般次。』師云：『如今活業作摩生？』僧對：『不中。』師代云：『有粥無飯。』」前文之「業次」即後文之「活業」，亦即生計也。又卷一五《五洩和尚》：「某甲抛却這个業次，投大師出家，今日並無个動情。」

〔六〕鑽：覓孔而入，形容鑽營。《漢書·叙傳上》：「商鞅挾三術以鑽孝公，李斯奮時務而要始皇。」

《舊唐書·楊收傳》：「又令詠筆，仍賦鑽字，即曰：『雖非囊中物，何堅不可鑽。一朝操政事，定使冠三端。』」王梵志詩〇三〇首：「職任無祿料，專仰筆頭鑽。」慈受《擬寒山詩》一一四首：「人如食蘗蟲，通身總是苦。喫苦尚不休，抵死鑽頭做。」朋九萬《東坡烏臺詩案》：「又云：『收藏愛惜待嘉客，不敢包裹鑽權倖。此詩有味君勿傳，空使時人怒生癭。』以譏世之小人，有以好茶鑽貴要者，聞此詩當大怒也。」宋周密《齊東野語》卷一三《優語》：「當史丞相彌遠用事，選人改官，多出其門。制閫大宴，有優爲衣冠者數輩，皆稱爲孔門弟子，相與言：吾儕皆選人。遂各言其姓曰：吾爲常從事，吾爲於從政，吾爲吾將仕，吾爲路文學。別有二人出曰：『吾宰予也，夫子曰：於予與改。可謂僥倖。』其一曰：『吾顔回也，夫子曰：回也不改。吾爲四科之首而不改，汝何爲獨改？』曰：『吾鑽故改，汝何不鑽？』回曰：『吾非不鑽，而鑽彌堅耳。』曰：『汝之不改宜也，何不鑽彌遠乎？』」清趙翼《陔餘叢考》卷四三《鑽》：「世謂夤緣干進者爲『鑽』。按東坡《和錢安道寄惠建茶》詩云：『不敢包裹鑽權倖。』王安石秉政，鄧綰、李定、舒亶、蹇序辰、王子韶等同時擢用，士大夫有『十鑽』之目。《王子韶傳》：劉安世劾子韶在『十鑽』内爲『衙内鑽』，指其交結要人，如刀鑽之利也。呂公著作相務簡静，不多接士大夫，惟談禪者得從容，好進之徒往往幅巾道袍，日遊古寺，冀邂逅之以自售，時謂之『禪鑽』。又蔣津《葦杭紀談》：嘉定間，士大夫有一戲論於從政云：將仕者皆改官，獨顔子不得改，夫子曰：回也不改。或曰：鑽遂改。子曰：顔子鑽錯了，鑽之彌堅，如何改官？方勺《泊宅編》亦云：今之巧宦者則皆謂之鑽。是宋時已有此語。然班固《答賓戲》曰：『商鞅挾三術以鑽孝公。』則漢時已有此語也。」

楚按，此詩後半「後來出家者，多緣無業次，不能得衣食，頭鑽入於寺」，言佛涅槃後，遂多有貧苦俗人，衣食無著，託庇佛門，以出家爲謀食之計，佛法因之大壞。見之佛經者，如《大般涅槃經》卷三：「我涅槃後，濁惡之世，國土荒亂，互相抄掠，人民飢餓。爾時多有爲飢餓故，發心出家，如是之人，名爲禿人。是禿人輩，見有持戒威儀具足清淨比丘護持正法，驅逐令出，若殺若害。」《出曜經》卷一三：「有無量衆生，在家窮乏，晝夜救命，不能自存。見諸比丘，受自然供，即自營己，復無官私。思惟權宜，各自相率，出家爲道。既爲沙門，不能纂修法教、誦契經律阿毘曇，亦復不坐禪誦經佐助衆事，受人信施，論不要事。佛告諸比丘：汝等本在家時，不理家業，乏於衣裳，見諸比丘得自然供養，汝等貪著故，出家爲道，形如沙門，心如餓虎，有何道德，饒潤我法。爾時如來便説此偈：世稱卿沙門，汝亦言沙門，形雖似沙門，如鶴伺於魚。」《法苑珠林》卷九〇《破戒篇·引證部》：「又《莊嚴論》偈云：『詐僞諂佞者，心住利養中，由貪利養故，不樂閑靜處，心常緣利養，晝夜不休息。彼處有衣食，某是我親友，必來請命我，心意多攀緣。敗壞寂靜心，不樂空閑處，常樂在人間，由利毁敗故，墜墮三惡道，障於出世道。』以此文證愚人背道，專求名利，唯成惡業，常順生死，恒處暗冥。若聞禁戒，廣學多聞，即言我是下根凡愚，自非大聖，何能具依。若聞王課，種種苦使，勒同俗役，便言我是出家淨行沙門，高於人天，重逾金玉，豈預斯事。故《佛藏經》云：『譬如蝙蝠，欲捕鳥時，則入穴爲鼠；欲捕鼠時，則飛空爲鳥，而實無有大鳥之用。其身臭穢，但樂暗冥。舍利弗，破戒比丘亦復如是，既不入於布薩自恣，亦不入王者使役，不名白衣，不名出家，如燒屍殘木，不復中用。』」按此類以出家爲衣食計之破戒僧徒，亦成爲中土人士排佛之口實，如《弘明集》卷一二桓玄《與僚屬沙汰僧衆教》：「佛所貴無爲，慇懃在於絶欲，而比者陵遲，遂失斯道。京師競其奢淫，榮觀紛於朝市，天府以之傾匱，名器爲之穢黷。避役鍾於百里，逋逃盈於寺廟，乃至一縣數千，猥成屯落，邑聚遊食之群，境積不羈之衆。其所以傷治害政，塵滓佛教，固已彼此俱弊，實污風軌矣。」《魏書・釋老志》：「正光已後，天下多虞，王役尤甚，於是所在編民，相與入道，假慕沙門，實避調役，猥濫之極，自中國之有佛法，未之有也。略而計之，僧尼大衆二百萬矣，其寺三萬有餘。流弊不歸，一至於此，識者所以歎息也。」《廣弘明集》卷二五唐高祖《出沙汰佛道詔》：「自正覺遷謝，像法流行，末代陵遲，漸以虧濫。乃有猥賤之侶，規自尊高；浮墮之人，苟避徭役。妄爲剃落，託號出家，嗜欲無厭，營求不息，出入閭里，周旋闤闠，驅策畜産，聚集貨財，耕織爲生，估販成業，事同編户，迹等齊人，進違戒律之文，退無禮典之訓。至乃親行劫掠，躬自穿窬，造作妖訛，交通豪猾，每罹憲網，自陷重刑，黷亂真如，傾毁妙法。譬兹稂莠，有穢嘉苗；類彼淤泥，混夫清水。」《大唐新語・釐革》載傅奕上書請去釋教，有云：「故不忠不孝，削髮而揖君親；游手游食，易服以逃租税。」韓愈《送靈師》：「佛法入中國，爾來六百年。齊民逃賦役，高士著幽禪。官吏不之制，紛紛聽其然。耕桑日失隸，朝署時遺賢。」《資治通鑑》唐玄宗開元二年：「中宗以來，貴戚争營佛寺，奏度人爲僧，兼以僞妄。富户强丁多削髮以避徭役，所在充滿。……丙寅，命有司沙汰天下僧尼，以僞妄還俗者萬二千餘人。」皆是其例。

嗟見世間人之二

嗟見世間人，永劫在迷津〔一〕。不省這①箇意〔二〕，修行徒苦辛。（拾〇八）

【校勘】

①「這」，宮内省本作「者」，四庫本作「若」。

【箋注】

〔一〕永劫：指極其久遠之時間。見寒山詩二一一首注〔五〕。　迷津：迷途。孟浩然《南還舟中寄袁太祝》：「桃源何處是？遊子正迷津。」于良史《宿藍田山口奉寄沈員外》：「去留無所適，岐路獨迷津。」杜荀鶴《辭九江李郎中入關》：「今從九江去，應免更迷津。」敦煌本《李陵變文》：「左右今須鳥獸分，失路迷津望月奔。」佛教則把衆生沉淪於六道生死喻爲「迷津」。義淨《南海寄歸内法傳序》：「斯皆未了由愛故生，藉業而有，輪迴苦海，往復迷津者乎？」《佛説十王經》：「六道輪迴仍未定，造經造像出迷津。」吕巖《漁父詞一十八首·疾瞥地》：「萬劫千生得箇人，須知先世種來因。速覺悟，出迷津。莫使輪迴受苦辛。」《宏智禪師廣録》卷四：「有成佛，有降神，有彼岸，有迷津。」《宗鏡録》卷二五：「若金剛般若真智，乃靈臺妙性，達此而即到涅槃彼岸，昧此而住生死迷津。」

〔二〕不省：不懂，不明白。《史記·留侯世家》：「良數以《太公兵法》説沛公，沛公善之，常用其策。良爲他人言，皆不省。」宗寶本《壇經·機緣品》：「汝何不省，三車是假，爲昔時故；一乘是實，爲今時故。」《祖堂集》卷三《慧忠國師》：「此深遠之言，不省者難爲措意。」《大慧普覺禪師宗門武庫》：「而今兄弟做工夫，不省這箇過在何處，只爲要去明他。」　這箇意：猶云「箇中意」，指對佛法的領悟。參看寒山詩一〇五首注〔五〕。慈受《擬寒山詩》一二九首：「不省這箇意，區區直到老。」

《續傳燈録》卷二二《瑞州洞山梵言禪師》：「上堂：『吾心似秋月，碧潭清皎潔。無物堪比倫，教我如何説？』寒山子勞而無功。更有箇拾得道：『不識這箇意，修行徒苦辛。』恁麽説話，自救不了。尋常拈糞箕，把掃帚，掣風掣顛，猶較些子。直饒是文殊普賢再出，若到洞山門下，一時分付與直歲，燒火底燒火，掃地底掃地，前廊後架，切忌攙匙亂筯。豐干老人更不饒舌。」《月江正印禪師語録》卷下《寒巖二隱》：「老柳梢頭月半輪，一箇拍手一指陳。自家不省者箇意，却道修行徒苦辛。」

我詩也是詩

我詩也是詩，有人喚作偈〔一〕。詩偈揔一般〔二〕，讀時①須子細。緩緩細披尋〔三〕，不得生容

易〔四〕。依此學修行，大有可笑事〔五〕。（拾〇九）

【校勘】

①「時」下全唐詩本夾注「一作者」。

【箋注】

〔一〕偈：構成佛經的文體之一，具有類似詩的形式和宗教性的内容。吉藏《百論疏》卷上：「偈有二種，一者通偈，二者別偈。言別偈者，謂四言、五言、六言、七言，皆以四句而成，目之爲偈，謂別偈也。二者通偈，謂首盧偈，釋道安云：蓋是胡人數經法也。莫問長行與偈，但令三十二字滿，即便名偈，謂通偈也。」拾得詩所説的「偈」，指類似詩歌的別偈。

〔二〕一般：一樣，同樣。王建《宫詞》：「雲駮花驄各試行，一般毛色一般纓。」李咸用《贈陳望堯》：「鵠箭親疏雖異的，桂花高下一般香。」黄滔《寄林寬》：「終始前儒道，昇沈盡一般。」孫魴《柳》之十一：「深緑依依配淺黄，兩般顔色一般香。」

〔三〕披尋：翻閲研討。《隋書·王韶傳》：「因命取子相封事數十紙，傳示群臣，上曰：『其直言匡正，裨益甚多，吾每披尋，未嘗釋手。』」白居易《江樓夜吟元九律詩成三十韻》：「酬答朝妨食，披尋夜廢眠。」

〔四〕容易：輕率，隨便。見寒山詩〇九八首注〔三〕。

〔五〕可笑事：可喜之事，這裏指修行有得。「可笑」即可喜，見寒山詩〇〇三首注〔一〕。

有偈有千萬

有偈有千萬，卒急述應難〔一〕。若要相知者〔二〕，但入天台山。巖中深處坐，説理及談玄〔三〕。共我不相見，對面似千山〔四〕。（拾一〇）

【箋注】

〔一〕卒急：倉卒，急迫。「卒」同「猝」。清李漁《閒情偶寄·詞曲》：「故作傳奇者，不宜卒急拈毫。」

〔二〕相知：彼此了解，互爲知己。《楚辭·九歌·少司命》：「悲莫悲兮生别離，樂莫樂兮新相知。」陶淵明《擬古》之八：「不見相知人，惟見古時丘。」

〔三〕説理及談玄：謂説佛理、談禪機。「談玄」這裏指談禪，見寒山詩二一九首注〔四〕。

〔四〕對面似千山：雖然當面，如隔千山。「對面」即當面，見寒山詩二三七首注〔一〕。按李白《箜篌謡》：「他人方寸間，山海幾千重。輕言託朋友，對面九疑峰。」末句即拾得詩「對面似千山」之意。寒山詩一六一首：「你若不信受，相逢不相遇。」亦與拾得詩「共我不相見，對面似千山」意近。

世間億萬人

世間億萬人，面孔不相似〔一〕。借問何因緣〔二〕，致令遣如此。各執一般見〔三〕，互説非兼

是。但自修己身，不要言他己①〔四〕。（拾一一）

【校勘】

①「己」，高麗本作「已」。

【箋注】

〔一〕世間億萬人，面孔不相似：按《左傳》襄公三十一年：「子産曰：『人心之不同，如其面焉。』吾豈敢謂子面如吾面乎？」劉知幾《史通·暗惑》：「蓋語有之：『人心不同，有如其面。』故竊隆異等，修短殊姿，皆禀之自然，得諸造化，非由倣效，俾有遷革。如優孟之象孫叔敖也，衣冠談説，容或亂真；眉目口鼻，如何取類？」

〔二〕因緣：佛教認爲一切萬有皆由因緣假合而生，引起結果的内因稱「因」，外因稱「緣」，合稱「因緣」，亦簡稱「緣」。《翻譯名義集》卷四：「尼陀那，此云因緣。什曰：力强爲因，力弱爲緣。肇曰：前緣相生，因也；現相助成，緣也。」拾得詩之「因緣」指導致世人面貌不同之業因。敦煌本《醜女緣起》：「前世修甚因緣，今世形容轉差。」

〔三〕一般見：一種見解。「一般」即一種，見寒山詩〇五四首注〔六〕。

〔四〕他己：他人。此句「他己」與上句「己身」對稱，「己」亦身也，猶如寒山詩一一二首「三途鳥雀身，五嶽龍魚己」，參看該首注〔四〕。

男女爲婚嫁

男女爲婚嫁〔一〕，俗務是常儀〔二〕。自量其事力〔三〕，何用廣張施〔四〕。取債誇人我〔五〕，論情入骨癡〔六〕。殺他雞犬命，身死墮阿鼻〔七〕。（拾一一）

【箋注】

〔一〕男女：兒女。見寒山詩二四二首注〔六〕。

〔二〕俗務：世俗事務。《真誥》卷二〇：「雖外混俗務，而内修真學。」《大唐西域記》卷一：「上自君王，下至士庶，捐廢俗務，奉持齋戒，受經聽法，渴日忘疲。」《大慈恩寺三藏法師傳》卷六：「帝又察法師堪公輔之寄，因勸罷道，助秉俗務。」《法苑珠林》卷六《鬼神部·感應緣》：「夫幽顯報應，有若影響，宜放落俗務，崇心大教。」又卷四七《懲過篇·引證部》頌曰：「釋門光麗景，俗務苦重縈。」《續高僧傳》卷一六《僧實傳》：「故有法相之宜興，俗務之宜廢。」元結《招陶別駕家陽華作》：「無或畢婚嫁，竟爲俗務牽。」杜甫《詠懷二首》之二：「牽纏加老病，瑣細隘俗務。」《龐居士語録》卷中：「俗務不廢作，内秘貪心學。」《宋高僧傳》卷八《唐越州雲門寺道亮傳》：「尋入深谷，破衣覆形，蔬食資命，不交俗務，直守童真。」《宗鏡録》卷四六：「如先德云：俗務者，非但執耒運斤，名爲俗務，坐馳五塵六欲，即是世務，又專念空無相願，亦是世務，又念蒼生塗炭、慈悲慰拔，亦是世務。」

〔三〕事力：能力，物力。蘇軾《繳進張誠一詞頭狀》：「張誠一無故多年不葬親母，既非身在遠官，又非事力不及，冒寵忘親，清議所棄。」

〔四〕張施：鋪陳，施設。《妙法蓮華經·譬喻品》：「四面懸鈴，金繩交絡，真珠羅網，張施其上，金華諸纓，處處垂下。」倒文作「施張」。元稹《夢遊春七十韻》：「鋪設繡紅茵，施張鈿妝具。」又《張舊蚊幬》：「施張合歡榻，展卷雙鴛翼。」白居易《青氈帳二十韻》：「合聚千羊毳，施張百子弮。」

〔五〕人我：争强鬬勝之心。見寒山詩二三一首注〔二〕。

〔六〕論情：論理，按説。見寒山詩〇九〇首注〔五〕。 入骨癡：形容極癡。「入骨」比喻程度極深。《三國志·蜀書·孫乾傳》：「每與劉左將軍、孫公祐共論此事，未嘗不痛心入骨，相爲悲傷也。」庾信《昭君辭應詔》：「胡風入骨冷，夜月照心明。」劉禹錫《秋詞二首》之二：「試上高樓清入骨，豈如春色嗾人狂。」白居易《五弦彈》：「趙璧知君入骨愛，五弦一一爲君調。」崔珏《道林寺》：「我吟杜詩清入骨，灌頂何必須醍醐。」吴融《湖州晚望》：「兩條溪水分頭碧，四面人家入骨涼。」温庭筠《南歌子》：「玲瓏骰子安紅豆，入骨相思知不知？」

〔七〕阿鼻：即「阿鼻地獄」，義譯「無間地獄」，地獄中之最深重者。《觀佛三昧海經》卷五：「云何名阿鼻地獄？阿言無，鼻言遮。阿言無，鼻言救。阿言無間，鼻言無動。阿言極熱，鼻言極惱。阿言不閑，鼻言不住，不閑不住，名阿鼻地獄。阿言大火，鼻言猛熱，猛火入心，名阿鼻地獄。」《地藏菩薩本願經》卷上：「又五事業感，故稱無間。何等爲五？一者日夜受罪，以至劫數，無時間絶，故稱無間。二者一人亦滿，多人亦滿，故稱無間。三者罪器叉棒，鷹蛇狼犬，碓磨鋸鑿，剉斫鑊湯，鐵網鐵繩，鐵驢鐵馬，生革絡首，熱鐵澆身，飢吞鐵丸，渴飲鐵汁，從年盡劫，數那由他，苦楚相連，更無間斷，故稱無間。四者不問男子女人，羌胡夷狄，老幼貴賤，或龍或神，或天或鬼，罪行業感，悉同受之，故稱無間。五者若墮此獄，從初入時，至百千劫，一日一夜，萬死萬生，求一念間暫住不得，除非業盡，方得受生，以此連綿，故稱無間。」

楚按，拾得此詩大旨，言俗人爲兒女之婚嫁，大事鋪張，屠宰設宴，終因殺生之罪，死墮地獄。此種議論，如《敦煌歌辭總編》卷六《十二時》（普勸四衆依教修行）：「殺猪羊，修品饌，聚集親情作光顯，爲他男女受波吒，争似隨時謀嫁遣。死到來，不相管，父母與他當苦難。思量眷屬暫同居，畢竟於身成大患。」《鑒誡録》卷一〇《高僧論》：「王蜀乾德初，有小軍使陳失名妻高氏，即高駢相公諸院之孫，先於法門寺受持不殺戒。二十餘年後届蜀，因與男娶婦，親族勸令屠宰，高亦從之。旬日之間，得疾頗異，不録人事，口但荒言。既而三宿還魂，備述幽適之事。初遇黑衣使者，追入岐府城隍廟。神峩冠大袖，與一金甲武士對坐。使者領高見神，武士言語紛紜，訴高破戒，仍扼腕駡高曰：『吾護戒鬼將也，爲汝二十餘年食不受美，寢不遑安。豈期一起殺心，頓隳戒行，命雖未盡，罪亦頗深，須送冥司，懲其潛犯。』城隍神迴問高曰：『汝更修何善，贖此過尤？』高平生常念《上生經》，至此蔑然遺忘，只記得《三傷頌》、《一鉢歌》，合掌向神，勵聲而念。神與武士，聳爾立聽，顔色漸怡。誦至了終，悉皆涕淚。謂高曰：『且歸人世，宜復善心。』高氏拜辭未終，颯然起立。」慈受《擬寒山詩》第二七首亦云：「一翁生七兒，各房納一婦。親賓常有歡，鵝鴨殺無數。不覺子孫生，婚嫁未曾住。閉門造淫殺，也好思量取。」

世上一種人

世上一種人，出性①常多事〔一〕。終日傍街②衢〔二〕，不離諸酒肆〔三〕。爲他作保見〔四〕，替他説道理。一朝有乖張〔五〕，過咎全歸你。（拾一三）

【校勘】

①「性」，《寒山詩闡提記聞》作「生」。②「街」，宫内省本、四庫本作「行」。

【箋注】

〔一〕出性：生性，天性。敦煌本《百鳥名》：「獨春鳥，悉鼻卑，出性爲便高樹枝。」

〔二〕傍街衢：流連街市。亦云「倚街衢」。王梵志詩一八三首：「男年十七八，莫遣倚街衢。若不行奸盜，相构即樗蒲。」

〔三〕不離諸酒肆：按佛教戒飲酒，「不離諸酒肆」已犯禁酒之戒。《景德傳燈録》卷三《第二十九祖慧可大師》：「或入諸酒肆，或過於屠門，或習街談，或隨廝役。人問之：『師是道人，何故如是？』」

〔四〕保見：擔保人和見證人的合稱。敦煌本《廬山遠公話》：「汝有宿債未常（償），緣汝前世曾爲保兒（見），今世合來計會。債主不遠，當朝宰相常隣相公身是。」又：「緣貧道宿世曾爲保見，有其債負未還，欲得今世無寃，合來此處計會。」按「保」即保人，「見」即證人。敦煌遺書斯一四七五（十）《靈圖寺人户索滿奴便麥契》落款：「便麥人索滿奴年□□□，保人解沙年二十，見人僧惠眼。」又（十三）《當寺人户使奉仙便麥契》落款：「便麥人使奉仙年四十，保人男晟子年十四，見人僧神寶，見人進光。」

〔五〕乖張：差錯，不合。敦煌本《維摩詰經講經文》：「道傳咫尺非難往，祇對乖張不易迴。」南唐劉崇遠《金華子雜編》卷下：「王回、崔程、郎幼復等三人到任之後，政事乖張，並勒停見任，天下爲之岌嶪。」《隋唐五代燕樂雜言歌辭集》正編三《李衛公兵要望江南》：「金傷者，甚渴即非常。切忌休將水與飲，飲之必定有乖張，肥膩即無妨。」

我勸出家輩

我勸出家輩，須知教法深〔一〕。專心求出離〔二〕，輒莫染貪婬。大有俗中士〔三〕，知非不愛①金〔四〕。故知君子志，任運聽浮沉〔五〕。（拾一四）

【校勘】

①「愛」，宫内省本、四庫本作「受」，全唐詩本夾注「一作受」。

【箋注】

〔一〕教法：佛法，「教」指佛教。

〔二〕出離：超脱生死輪迴，而入涅槃之境。見寒山詩〇九〇首注〔六〕。

〔三〕俗中士：世俗之人。《晉書·阮籍傳》：「阮籍既方外之士，故不崇禮典；我俗中之士，故以軌儀自居。」白居易《庭松》：「顧我猶俗士，冠帶走塵埃。」鄭澣《贈毛仙翁》：「俗士觀瞻，方悟幽塵。」《祖堂集》卷七《雪峰和尚》：「有俗士投師出家，師以偈住之：萬里無寸草，迥迥絶煙霞，歷劫常如是，何煩更出家。」

〔四〕知非不愛金：如《後漢書·楊震傳》：「當之郡，道經昌邑，故所舉荆州茂才王密爲昌邑令，謁見，至夜懷金十斤以遺震。震曰：『故人知君，君不知故人，何也？』密曰：『暮夜無知者。』震曰：『天知，神知，我知，你知，何謂無知？』密愧而出。」即「知非不愛金」之例。

〔五〕聽浮沉：任浮沉。「聽」即聽憑、任隨之義。《鹽鐵論·疾貪》：「政教闇而不著，百姓顛蹶而不扶，猶赤子臨井焉，聽其入也。」《雜譬喻經》：「汝既爲大，聽汝在前行。」敦煌本《搜神記》：「其女延引，索天衣不得，形勢不似，始語崑崙：『亦聽君脱衫，將來蓋我著，出池共君爲夫妻。』」《景德傳燈録》卷一四《潭州道吾山圓智禪師》：「問：『頭上寶蓋生，不得道我是如何？』師曰：『聽他。』」《横川行珙禪師語録》卷下《偈頌》：「迷時從他迷，悟時聽他悟，九牛雖有力，拽之不可住。」

寒山住寒山

寒山住①寒山，拾得自拾得。凡愚豈見知〔一〕，豐干却相識〔二〕。見時不可見，覓時何處覓。借問有何緣〔三〕，向②道無爲力〔四〕。(拾一五)

【校勘】

①「住」，宫内省本、正中本、高麗本、四庫本皆作「自」，全唐詩本夾注「一作自」。②「向」，全唐詩本作「卻」。

【箋注】

〔一〕凡愚：世俗愚人。見寒山詩二三三首注〔一〕。

〔二〕豐干：見寒山詩〇四〇首注〔二〕。

〔三〕緣：緣份，由宿因而導致的機緣或關係。謝靈運《還舊園作見顏范二中書》：「長與歡愛别，永絶平生緣。」

〔四〕無爲：即「涅槃」之異名，是佛教修行的最高境界。《祖堂集》卷一五《龐居士》：「十方同一會，各各學無爲，此是選佛處，心空及第歸。」參看寒山詩一五九首注〔一七〕。

從來是拾得

從來是拾得，不是偶然稱〔一〕。别無親眷屬，寒山是我兄。兩人心相似，誰能徇俗情〔二〕。若問年多少，黄河幾度清〔三〕。（拾一六）

【箋注】

〔一〕從來是拾得，不是偶然稱：按拾得幼時由豐干禪師於路邊拾得，故名「拾得」。宋本《寒山子詩集·拾得録》：「拾得者，豐干禪師因遊松徑，徐步於赤城道路側，偶而聞啼，乃尋其由，見一子可年十歲，初謂彼村牧牛之子，委問逗遛，云：『我無舍無姓。』遂引至寺，付庫院，候人來認。數旬之間，絶其親鞠，乃令事知庫僧靈熠。」

〔二〕徇俗情：順從世俗之情。亦省云「徇俗」。白居易《重詠》：「徇俗心情少，休官道理長。」按「徇」即順從之義。《左傳》文公十一年：「郕大子朱儒，自安於夫鍾，國人弗徇。」杜預注：「徇，順也。」「俗情」即世俗之情。陶淵明《辛丑歲七月赴假還江陵夜行塗中》：「詩書敦宿好，林園無俗情。」韓偓《酬思黯見示小飲四韻》：「拋却人間第一官，俗情驚怪我方安。」

〔三〕黄河幾度清：這裏形容年歲數以千計。寒山詩〇六四首：「浩浩黄河水，東流長不息。悠悠不見清，人人壽有極。」又二五三首：「我見黄河水，凡經幾度清。」按相傳黄河千年一清，參看寒山詩〇六四首注〔二〕。

若解捉老鼠

若解捉老鼠，不在五白猫〔一〕。若能悟理性〔二〕，那由錦繡包〔三〕。真珠入席袋〔四〕，佛性止蓬茅〔五〕。一群取相漢〔六〕，用意揔無交〔七〕。（拾一七）

【箋注】

〔一〕不在：不取決於。《祖堂集》卷四《藥山和尚》：「啓師兄，莫下這箇言詞，佛法不在僧俗。」又卷一〇《長慶和尚》：「古人道：目擊道存，不在言説。」《景德傳燈録》卷一一《鄧州香嚴智閑禪師》：「道由悟達，不在言語。」又卷三〇蘇溪和尚《牧護歌》：「達者不假修治，不在能言能語。」按「在」即取決於。韓愈《符讀書城南》：「木之就規矩，在梓匠輪輿。」亦作「在於」。晁錯《論貴粟書》：「欲民務農，在於貴粟；貴粟之道，在於使民以粟爲賞罰。」明無名氏《白兔記·牧牛》：「一年之計在於春，一生之計在於勤，一日之計在於寅。」　五白猫：有多塊白毛的花猫。宋釋曉瑩《羅湖野録》卷上載真浄舉風穴頌曰：「五白猫兒爪距獰，養來堂上絶蟲行。分明上樹安身法，切忌遺言許外甥。」又載寂音尊者洪公以頌發明風穴意，寄呈真浄曰：「五白猫兒無縫罅，等閑抛出令人怕。翻身逃擲百千般，冷地看佗成話霸。如今也解弄些些，從渠歡喜從渠罵。却笑樹巔老舅翁，只能上樹不能下。」梅堯臣《祭猫》：「自有五白猫，鼠不侵我書。今朝五白死，祭與飯與魚。」按《酉陽雜俎前集》卷一六《毛篇》：「虜中護蘭馬，五白馬也，亦曰玉面。」「五白馬」即有白色斑塊之花馬，猶如「五白猫」爲有白色斑塊之花猫。今日俗語有「不管白猫黑猫，逮着耗子就是好猫」，即是拾得詩「若解捉老鼠，不在五白猫」之意。

〔二〕理性：佛教稱無始以來本具之理爲「理性」，這裏即指佛性之理。宗密《禪源諸詮集都序》卷三：「如諸經所説真妙理性，每云不生不滅，不垢不浄，無因無果，無相無爲，非凡非聖，非性非相等，皆是遮詮。」

〔三〕錦繡包：以錦繡包裹，形容衣著華麗。

〔四〕真珠：同珍珠。　席袋：以草葦等編織的簡陋盛物袋。《楊岐方會和尚後録・自術真讚》：「口似乞兒席袋，鼻似園頭屎杓。」《緇門警訓》卷二大智照禪師《比丘正名》：「肩披壞服，即是弊袍；肘串絡囊，便同席袋。」

〔五〕佛性：成佛之性，佛教認爲一切衆生皆具佛性。《大般涅槃經》卷八：「衆生身亦復如是，雖有四大毒蛇之種，其中亦有妙藥天王，所謂佛性，非是作法，但爲煩惱客塵所覆。若刹利、婆羅門、毗舍、首陀，能斷除者，即見佛性，成無上道。」《景德傳燈録》卷三《第二十八祖菩提達磨》：「遍現俱該沙界，收攝在一微塵，識者知是佛性，不識唤作精魂。」　蓬茅：蓬草或茅草，兩種叢生的野草，因以比喻草茅之居或貧賤之人。　韓愈《送文暢師北遊》：「庇身指蓬茅，逞志縱獫猲。」《資治通鑑》晉安帝義熙五年：「今以王姬之貴，下嫁蓬茅之士，誠非其匹。」拾得詩「若能悟理性，那由錦繡包。真珠入席袋，佛性止蓬茅」數句，謂貧賤之人，佛性無殊，與寒山詩二四九首

「布裏真珠爾」意同，參看該首注〔二〕。

〔六〕取相漢：以貌取人者。「取相」即以貌取人，見寒山詩一五九首注〔二五〕。

〔七〕無交：即「無交涉」，不相干，無關係。《根本説一切有部毘奈耶雜事》卷二八：「王宫内人，我無交涉，宫人瓔珞，權假將來，暫借餘女，居我宅内。」《碧巖録》卷一第四則評唱：「人多錯會，用作建立，直是無交涉。」亦作「勿交涉」。《祖堂集》卷三《慧忠國師》：「座主却問安和尚：『城外草作何色？』師曰：『見天上鳥不？』座主曰：『和尚轉更勿交涉也。』」又：「我等諸人，謾作供奉，自道解經解論，據他禪宗，都勿交涉。」

運心常寬廣

運心常寬廣，此則名爲布。輟己惠於人，方可名爲施〔一〕。後來人不知，焉①能會此義。未設一庸②僧〔二〕，早擬望富貴〔三〕。（拾一八）

【校勘】

①「焉」，正中本作「馬」。　②「庸」，正中本作「屚」。

【箋注】

〔一〕「運心常寬廣」四句：《大乘義章》卷一二：「以己財事，分布與他，名之爲布；輟己惠人，目之爲施。」按「輟」即割捨、讓出。李肇《唐國史補》卷上：「熊執易應舉，道中秋風雨泥潦。逆旅有人同宿，而屢歎息者。問之，乃堯山令樊澤，將赴制舉，驢劣不能進。執易乃輟所乘馬，並囊中縑帛，悉與澤，以遂其往。」

〔二〕設：款待飲食，這裏指齋僧。參看寒山詩二三三首注〔三〕。

〔三〕早擬望富貴：按佛教認爲布施可招致富貴之果報。如《法句譬喻經·慈仁品》：「欲得大富，當行布施。」《分別業報略經》：「若常修惠施，富樂無窮已。」《除恐災患經》：「富貴尊豪，衣食自然者，皆是前世惠施之福。」拾得詩云「未設一庸僧，早擬望富貴」，布施甚微，而所望甚奢，其不能如願也必矣。《史記·滑稽列傳》載淳于髡曰：「今者臣從東方來，見道傍有禳田者，操一豚蹄，酒一盂，祝曰：『甌窶滿篝，汙邪滿車，五穀蕃熟，穰穰滿家。』臣見其所持者狹而所欲者奢，故笑之。」此事亦拾得詩「未設一庸僧」二句之比矣。

獼猴尚教得

獼猴尚教得，人何①不憤發〔一〕。前車既落阬，後車須改轍〔二〕。若也不知此，恐君惡合殺〔三〕。比②來是夜叉〔四〕，變即成菩薩〔五〕。（拾一九）

【校勘】

①「何」，宫内省本、四庫本作「可」，全唐詩本夾注「一作可」。②「比」，原作「此」，全唐詩本夾注「一作比」，兹據宫内省本、正中本、高麗本、四庫本改。

【箋注】

〔一〕獼猴尚教得,人何不憤發:《緇門警訓》卷七徐學老《勸童行勤學文》:「且如猿猴,獸類也,尚可教以藝解;鴝鵒,禽鳥也,尚可教以歌唱。人爲萬物之靈,如不學,視禽獸之不若也。」按「獼猴可教得」之事,如《根本説一切有部毘奈耶雜事》卷二八:「大藥家中,教一獼猴,善閑音樂。告其子曰:『汝因集會,可問諸人:誰復見有奇異之事?他皆説已,汝當報曰:我有獼猴,善閑音樂,歌舞絲筑,無不備解。』……便將獼猴,共至王所,令作音樂,是事皆成。」

〔二〕前車既落阬,後車須改轍:「阬」同「坑」。寒山詩二四四首亦云「覆車須改轍」,參看該首注〔九〕。

〔三〕惡合殺:形容極惡。「合殺」即該殺。寒山詩二四四首亦有「共汝惡合殺」之語。

〔四〕比來:從前,本來。《北齊書·段韶傳》:「吾每與段孝先論兵,殊有英略,若使比來用其謀,亦可無今日之勞矣。」敦煌本《醜女緣起》:「比來醜陋前生種,今日端嚴遇釋迦。」《古尊宿語録》卷六《睦州和尚語録》:「比來拋鈎釣鯨鯢,下場頭却釣得箇蝦蟆出來。」　夜叉:佛經中的惡鬼,相傳能食人。《地藏菩薩本願經》卷上:「又見夜叉,其形各異,或多手多眼,多足多頭,口牙外出,利刃如劍,驅諸罪人,使近惡獸。」《太平廣記》卷三五六《哥舒翰》(出《通幽記》):「忽見門屏間有一物,傾首而窺,進退逡巡,入庭中,乃夜叉也。長丈許,著豹皮褌,鋸牙披髮,更有三鬼相繼進,乃拽朱索,舞于月下,相與言曰:『牀上貴人奈何?』又曰:『寢矣。』便昇階,入殯所，拆發，舁櫬於月中，破而取其尸，糜割肢體，環坐共食之，血流于庭，衣物狼藉。」俗間因以「夜叉」比喻惡人。《朝野僉載》卷二：「嘗逢餓夜叉，百姓不可活。」王梵志詩二六四首：「少年生夜叉，老頭自受苦。」

〔五〕變即成菩薩：寒山詩二四四首亦云「如今過菩薩」，以菩薩比喻善人，見該首注〔一五〕。

君不見三界之中紛擾擾①

君不見三界之中紛擾擾〔一〕，只爲無明不了絶②〔二〕。一念不生心澄然③〔三〕，無去無來不生滅〔四〕。（拾二〇）

【校勘】

①島田翰本以此首接於拾得詩四五首之後合爲一首。全唐詩本此首之下夾注「一本以上二首合作一首」。「上首」指拾得詩四五首。　②「了絶」，四庫本作「自了」。　③「澄然」，四庫本作「路絶」。

【箋注】

〔一〕三界：指衆生在其中生死輪迴的整個世界，見寒山詩一九八首注〔四〕。慧淨《雜言》：「擾擾三界溺邪津，渾渾萬品忘真匠。」

〔二〕無明：即「愚癡」之異譯，謂對佛教道理暗昧無知。見寒山詩〇四一首注〔一〕。　了絶：斷絶。見寒山詩二〇五首注〔六〕。

〔三〕一念不生心澄然：謂心性清浄虚寂，不起任何心念，此即佛之境界。澄觀《華嚴經疏》卷二：「頓教者，但一念不生，即名爲佛。」《古尊宿語録》卷一《馬祖大師》：「一念妄想，即是三界生死根本；但除一念，即無生死根本，即得法王無上珍寶。」

〔四〕無去無來不生滅：對佛性的形容。《大般涅槃經》卷一四：「佛性無生無滅，無去無來。」《文殊師利所説摩訶般若波羅蜜經》：「不生不滅，不來不去，非名非相，是名爲佛。」慧思《諸法無諍三昧法門》卷上：「身本及真心，譬如虚空月，無初無後無圓滿，無出無没無去來。……月在虚空無去來，凡夫妄見在衆水，雖無去來無生滅，與空中月甚相似。」武則天《大周新譯大方廣佛華嚴經序》：「其爲體也，則不生滅；其爲相也，則無去來。」《祖堂集》卷二《第三十三祖惠能和尚》：「無别之性，即是實性，處凡不減，在聖不增，住煩惱而不亂，居禪定而不寂，不斷不常，不來不去，不在中間，及其内外，不生不滅，性相常住，恒而不變，名之曰道。」

故林又斬新①

故林又斬新〔一〕，剡源谿上人〔二〕。天姥峽關嶺〔三〕，通同次海津②〔四〕。灣深曲島間〔五〕，淼淼水雲雲〔六〕。借問嵩禪客〔七〕，日輪何處暾〔八〕。（拾二一）

【校勘】

①宫内省本無此首。　②「津」，《寒山詩闡提記聞》作「天」。

【箋注】

〔一〕斬新：全新，簇新。杜甫《三絶句》之一：「楸樹馨香倚釣磯，斬新花蕊未應飛。」白居易《喜山石榴花開》：「已憐根損斬新栽，還喜花開依舊數。」章孝標《上浙東元相》：「何言禹跡無人繼，萬頃湖田又斬新。」徐凝《柬白丈人》：「昔時丈人鬢髮白，千年松下鋤茯苓。今來見此松樹死，丈人斬新鬢髮青。」皮日休《傷進士嚴子重詩》：「箬下斬新醒處月，江南依舊詠來春。」吴融《題揚子津亭》：「驚人旅鬢斬新白，無事海門依舊青。」《太平廣記》卷一八一《李翺女》（出《抒情詩》）：「後盧止官舍，迎内子，有庭花開，乃題曰：芍藥斬新栽，當庭數朵開。東風與拘束，留待細君來。」《古尊宿語録》卷三九《智門祚禪師語録》：「因歲朝上堂云：斬新日月，特地乾坤，人人盡加一歲。」明陳士元《俚言解》斬新條：「不襲舊謂之斬新。杜詩『斬新花蕊未應飛』，《東（南）部新書》載李翺《催粧詩》『芍藥斬新栽』，又禪宗有『斬新日月』之説，言從頭起也。凡器皿衣服宫室之類，突然刱製者，皆曰斬新。」拾得詩「故林又斬新」，謂春天到來，樹林又重新披上緑裝。

〔二〕剡源：剡溪之源。按剡溪爲曹娥江上游，天台山即處於剡溪上源一帶。《太平寰宇記》卷九六《剡縣》：「剡溪在縣南一百五十步，一源出台州天台縣，一源出婺州武義縣。」李白《夢遊天姥吟留别》：「湖月照我影，送我至剡溪。」

〔三〕天姥：天姥山，在天台山西北。徐靈府《天台山記》：「自天台山西北有一峰，孤秀迴拔，與天台相對，曰天姥峰。峰下臨剡縣路，仰望宛在天表。舊屬臨海郡，今隸會稽。」李白《夢遊天姥吟留別》：「天姥連天向天横，勢拔五嶽掩赤城。天台四萬八千丈，對此欲倒東南傾。」　峽關嶺：俟考。

〔四〕通同：聯通，貫穿。元稹《酬孝甫見贈十首》之七：「無事抛棋侵虎口，幾時開眼復聯行。終須殺盡緣邊敵，四面通同掩大荒。」《宏智禪師廣録》卷八《至游庵銘》：「該括十方，通同一印；一印通同，十方混融。」《洞玄靈寶三洞奉道科戒營始》卷一：「凡車牛騾馬，並近浄人坊，别作坊安置，不得通同師房及齋厨院内出入、並近井竈。」　次海津：緊臨海邊。「次」即靠近、挨着。劉禹錫《賈客詞》：「大艑浮通川，高樓次旗亭。」「津」謂岸。陸龜蒙《木蘭堂》：「洞庭波浪渺無津，日日征帆送遠人。」

〔五〕曲島：幽深的島嶼。孟浩然《同張明府碧溪贈答》：「曲島尋花藥，回潭折芰荷。」温庭筠《利州南渡》：「澹然空水對斜暉，曲島蒼茫接翠微。」

〔六〕淼淼：水勢無邊貌。王建《水夫謡》：「逆風上水萬斛重，前驛迢迢後淼淼。」姚鵠《送僧歸新羅》：「淼淼萬餘里，扁舟發落暉。」　雲雲：疑當作「澐澐」，水流洶涌貌。《説文》：「澐，江水大波謂之澐。」獨孤及《招北客文》：「其東則有大江澐澐，下絶地垠。」亦作「沄沄」。宋之問《景龍四年春祠海》：「的的波際禽，沄沄島間樹。」陳子昂《入東陽峽與李明府舟前後不相及》：「奔濤上漫漫，積水下沄沄。」杜甫《次空靈岸》：「沄沄逆素浪，落落展清眺。」宋務光《海上作》：「浩浩去無際，沄沄深不測。」韓愈《條山蒼》：「條山蒼，河水黄。浪波沄沄去，松柏在山岡。」

〔七〕嵩禪客：「禪客」即禪僧。劉禹錫《送鴻舉遊江西》：「禪客學禪兼學文，出山初似無心雲。」李中《訪章禪老》：「比尋禪客叩禪機，澄卻心如月在池。」白居易《自解》「房傳往世爲禪客」，原注：「世傳房太尉前生爲禪僧。」拾得詩之「嵩禪客」，注家以爲即嵩山和尚。日本《首書寒山詩》引《景德傳燈録》卷一〇，南泉法嗣《洛京嵩山和尚》：「僧問：『如何是嵩山境？』師曰：『日從東出，月向西頹。』」或云，「嵩禪客」指嵩頭陀。《善慧大士語録》卷一：「普通元年年二十四，泝水取魚於稽停塘下，遇一胡僧，號嵩頭陀，語大士曰：『我昔與汝於毗婆尸佛前發願度衆生，汝今兜率宮中受用悉在，何時當還？』大士瞪目而已。頭陀曰：『汝試臨水觀影。』大士從之，乃見圓光寶蓋，便悟前因，乃曰：『鑪鞴之所多鈍鐵，良醫門下足病人。當度衆生爲急，何暇思天宮之樂乎？』於是棄漁具，携行歸舍。因問修道之地，頭陀指松山下雙檮樹曰：『此可矣。』即今雙林寺是。大士於此結庵，自號雙林樹下當來解脱善慧大士。」《景德傳燈録》卷二七載此事，作「天竺僧達磨」，夾注「時謂嵩頭陀」，《善慧大士語録》卷四《嵩頭陀法師》云：「法師名達摩，不知何國人。」載其事蹟甚詳，文繁不具録。按「嵩頭陀」與此土禪宗初祖菩提達磨名字相同，時代相值，或因此而相混，以「嵩禪客」泛稱禪僧乎？

〔八〕日輪：太陽。鮑溶《夏日華山别韓博士愈》：「天晴捧日輪，月夕弄星斗。」　暾：微暖貌。寒山詩一七七首："「午時庵内坐，始覺日頭暾。」參看該首注〔五〕。

自笑老夫筋力敗

自笑老夫筋力敗①，偏戀松巖愛獨遊。可歎往年至今日，任運還同不繫舟〔一〕。（拾二二一）

【校勘】

①「敗」，《寒山詩闡提記聞》作「收」。

【箋注】

〔一〕任運還同不繫舟：寒山詩一八二首亦云："「閑書石壁題詩句，任運還同不繫舟。」參看該首注〔三〕。

一人雙谿不計春①

一入雙谿不計春〔一〕，錬暴黄精幾許斤〔二〕。鑪竈石鍋頻煮沸，土甑久②烝氣味珍〔三〕。誰來幽谷餐仙食，獨向雲泉更勿人〔四〕。延齡壽盡招手石③〔五〕，此棲終不出山門〔六〕。（拾二二二）

【校勘】

①宮内省本無此首。　②「久」，高麗本作「夕」。　③「招手石」下原本、全唐詩本有夾注「一作拍

手去」，正中本則於全詩之末夾注「招手石一作拍手去」。

【箋注】

〔一〕雙溪：指天台山之猶溪、縣大溪。徐靈府《天台山記》：「按長康《啓蒙記》云：天台山在會稽郡五縣界中，去人境不遠，路經瀑布，次經猶溪，至于浙山。猶溪在唐興縣東二十里，發源自花頂，從鳳凰山東南流，合縣大溪，入于臨海郡溪江也。」　不計春：形容年代久遠。韓愈《題木居士二首》之二：「火透波穿不計春，根如頭面榦如身。」張果《題登真洞》：「修成金骨鍊歸真，洞鎖遺蹤不計春。」或云「不記春」，與「不計春」意同。周曇《舜妃》：「蒼梧一望隔重雲，帝子悲尋不記春。」吕巖《七言》：「自隱玄都不記春，幾回滄海變成塵。」

〔二〕鍊㬥：炮制藥物的兩種方法。「鍊」這裏指以火烤炙。李白《古風五十九首》之五：「我來逢真人，長跪問寶訣。粲然啓玉齒，授以鍊藥説。」「㬥」即「暴」字，同「曝」，在日光下烤曬。王建《原上新居十三首》之七：「鎖茶藤篋密，曝藥竹牀新。」權德輿《奉和李大夫題鄭評事江樓》：「支頤散華髮，欹枕曝靈藥。」　黄精：一種藥草，道家以爲服之可以延年益壽。《文選》卷四三嵇康《與山巨源絶交書》：「又聞道士遺言：餌朮、黄精，令人久壽，意甚信之。」李善注引《本草經》曰：「朮、黄精，久服輕身延年。」《抱朴子内篇·仙藥》：「黄精一名兔竹，一名救窮，一名垂珠。服其花勝其實，服其實勝其根，但花難多得。得其生花十斛，乾之，纔可得五六斗耳，而服之，日可三合，非大有役力者不能辦也。服黄精僅十年，乃可大得其益耳。」《真誥》卷一四：

「禮正以漢末在山中服黄精，顏色丁壯，常如年四十時。」韋應物《餌黄精》：「靈藥出西山，服食採其根。九蒸换凡骨，經著上世言。候火起中夜，馨香滿南軒。齋居感衆靈，藥術啓妙門。自懷物外心，豈與俗士論。終期脱印綬，永與天壤存。」

〔三〕土甑：瓦甑。「甑」爲蒸飯炊器。《齊民要術》卷八《作醬法》：「用春種烏豆，於大甑中燥蒸之。」　烝：同「蒸」。《詩·大雅·生民》：「釋之叟叟，烝之浮浮。」孔穎達疏：「又炊之於甑，爨而烝之，其氣浮浮然。」

〔四〕雲泉：山水佳勝處，多指隱居之處。劉禹錫《思歸寄山中友人》：「蕭條對秋色，相憶在雲泉。」白居易《自題寫真》：「宜當早罷去，收取雲泉身。」　勿人：即無人，「勿」即無之義，見寒山詩二〇五首注〔二〕。

〔五〕招手石：在天台山華頂峰，爲智顗夢見神僧招手處。《續高僧傳》卷一七《智顗傳》：「乃夢巖崖萬重，雲日半垂，其側滄海無畔，泓澄在于其下。又見一僧摇手申臂，至於岐麓，挽顗上山云云。顗以夢中所見通告門人，咸曰：『此乃會稽之天台山也，聖賢之所託矣。昔僧光、道猷、法蘭、曇密，晉宋英達，無不栖焉。』……先有青州僧定光久居此山，積四十載，定慧兼習，蓋神人也。……既達彼山，與光相見，即陳賞要。光曰：『大善知識，憶吾早年山上摇手相唤不乎？』顗驚異焉，知通夢之有在也。」《宋高僧傳》卷二三《晉鳳翔府法門寺志通傳》：「通請往天台山，由是登赤城，陟華頂，既而於智者道場挂錫。……山中有招手石者，昔智顗夢其石上有僧臨海上，舉手相招召之狀。顗入天台，見其僧名定光，耳輪聳上過頂，亦不測之神僧也。及相見，乃問顗曰：『還記得相招致否？』顗曰：『唯。』此石峻峙，顧下無地。通登此投身，願速生浄土。」張祜《遊天台山》：「纔登招手石，肘底笑天姥。仰看華蓋尖，赤日雲上午。」《天台山方外志》卷二一《文章考》載張存《遊華頂峰記》：「自巖轉北，有泉一泓，色正黑，曰羲之墨池，至于李白書堂舊址、定光招手石，……皆在别峰。」

〔六〕山門：寺院的正門。李華《雲母泉詩》：「山門開古寺，石竇含純精。」白居易《寄韜光禪師》：「一山門作兩山門，兩寺原從一寺分。」亦指寺院。《高僧傳》卷四《晉剡沃洲山支遁傳》：「晚移石城山，又立棲光寺，宴坐山門，遊心禪苑，木食澗飲，浪志無生。」

躑躅一群羊

躑躅一群羊〔一〕，沿山又入谷。看人貪博簺①〔二〕，且遭豺狼逐②。元不出孳生〔三〕，便將充口腹〔四〕。從頭喫③至尾〔五〕，飩飩無餘肉〔六〕。（拾二四）

【校勘】

①「博簺」，原本、宫内省本、正中本、四庫本、全唐詩本皆作「竹塞」，兹從高麗本。按「博簺」亦作「博塞」。參看注〔二〕。各本作「竹塞」者，或是脱去「博」字，此句遂缺一字，乃分「簺」爲「竹塞」二字，以湊足五字耳。②「逐」，原作「牧」，兹從其餘各本作「逐」。③「喫」，四庫本作「喚」。

【箋注】

〔一〕躑躅：徘徊不進貌。《玉臺新詠》卷一《古詩爲焦仲卿妻作》：「躑躅青驄馬，流蘇金鏤鞍。」

〔二〕看人：指牧羊人。「看」讀平聲，即守護之義。《齊民要術》卷六《養羊》：「或遊戲不看，則有狼犬之害。」杜甫《題鄭十八著作虔》：「賈生對鵩傷王傅，蘇武看羊陷賊庭。」　博簺：亦作「博塞」，賭博之戲。拾得此詩立意出於《莊子・駢拇》：「臧與穀，二人相與牧羊而俱亡其羊。問臧奚事，則挾筴讀書。問穀奚事，則博塞以遊。二人者事業不同，其於亡羊均也。」成玄英疏：「行五道而投瓊曰博，不投瓊曰塞。」杜甫《今夕行》：「咸陽客舍一事無，相與博塞爲歡娛。」元稹《寄吴士矩端公五十韻》：「藉草送遠遊，列筵酬博塞。」《新唐書・鬱林王恪傳》：「坐與乳媪子博簺，罷都督，削封户三百。」按「博」亦作「簙」。《楚辭》卷九《招魂》：「菎蔽象棊，有六簙些。」王逸注：「投六箸，行六棊，故爲六簙也。言宴樂既畢，乃設六簙，以菎蔽作箸，象牙爲棊，麗而且好也。簙，一作博。」洪興祖補注：「《説文》云：『局戲也，六箸，十二棊也。』鮑宏《博經》云：『所擲頭謂之瓊，瓊有五采，刻爲一畫者謂之塞，刻爲兩畫者謂之白，刻爲三畫者謂之黑，一邊不刻者，五塞之間，謂爲五塞。』《列子》曰『擊博樓上』，注云：『擊，打也，如今雙陸碁也。』《古博經》云：『博法，二人相對坐向局，局分爲十二道，兩頭當中名爲水，用碁十二枚，六白六黑。又用魚二枚，置於水中。其擲采以瓊爲之，瓊畟方寸三分，長寸五分，鋭其頭，鑽刻瓊四面爲眼，亦名爲齒。二人互擲采行碁，碁行到處即豎之，名爲驍碁。即入水食魚，亦名牽魚。每牽一魚，獲二籌；鼗一魚，獲二籌。』叓，音側。」「簺」亦作「塞」。《說文》：「簺，行棊相塞謂之簺。」《南齊書・沈文季傳》：「尤善簺及彈棊，簺用五子。」皮日休《登初陽樓寄懷北平郎中》：「投鈎列坐圍華燭，格簺分朋占靚妝。」宋吴曾《能改齋漫録》卷三《博塞字音》：「按鮑宏《博經》以『博塞』之『塞』音蘇代反，然余考李翱《樗蒲法》，其采有開十二，塞十一，以開對塞，則不當音以蘇代反。《莊子》云：『問穀奚事，則博塞以遊。』亦音蘇代反。」

〔三〕孳生：生育，繁殖。「元不出孳生」謂群羊本非豺狼所生育。

〔四〕充口腹：充飢，果腹。《玄怪録》卷一《元無有》：「爨薪貯水常煎熬，充他口腹我爲勞。」《太平御覽》卷九二四引《嶺南異物志》曰：「交趾郡人多養孔雀，或遺人以充口腹，或殺之以爲脯腊。」

〔五〕從頭喫至尾：慈受《擬寒山詩》第四五首亦云：「烹羊猪已驚，割雞鵝已懼。從頭喫至尾，不知何以故。」

〔六〕餠餠：食貌。《玉篇》：「餲餠，食皃。」

銀星釘稱衡

銀星釘稱①衡〔一〕，綠絲作稱紐②〔二〕。買人推向前，賣人推向後〔三〕。不顧他心③怨，唯言我好手〔四〕。死去見閻王，背後插掃箒④〔五〕。（拾二一五）

【校勘】

①「稱」，宮内省本、正中本、高麗本、四庫本作「秤」，同。　②「稱」，宮内省本、正中本、高麗本、四庫本作「秤」，同。「紐」，高麗本作「細」。　③「心」，四庫本作「人」，全唐詩本夾注「一作人」。　④「掃箒」，正中本作「埽帚」，高麗本作「掃帚」，並同。

【箋注】

〔一〕銀星：「星」指嵌在秤杆上表示量度的許多金屬小圓點，以其色白如銀，故稱「銀星」。賈島《贈牛山人》：「鑿石養蜂休買蜜，坐山秤藥不争星。」《景德傳燈録》卷八《黑眼和尚》：「十年賣炭漢，不知秤畔星。」　稱衡：即秤杆。《楊歧方會和尚語録》：「拗折秤衡，將什麼定斤兩？拈却鉢盂匙箸，將什麼喫粥飯？」《嘉泰普燈録》卷二七《大潙牧庵忠禪師三首・女子出定》：「秤鎚落井，只有秤衡，兩兩相憶，分物不平。方始取出秤鎚，忽又失却秤衡。始去隣家借覓，衡上不曾釘星。休休，重者從他重，輕者從他輕。」按「稱」同「秤」。《魏書・食貨志》：「其京邑二市、天下州鎮郡縣之市，各置二稱，懸於市門，私民所用之稱，皆準市稱以定輕重。」「衡」即秤杆。包何《賦得秤送孟孺卿》：「願以金鎚秤，因君贈別離。鉤懸新月吐，衡舉衆星隨。」劉禹錫《賈客詞》：「心計析秋毫，摇鉤侔懸衡。」

〔二〕稱紐：即秤紐，繫在秤杆前端以便懸提秤杆的繩扣。

〔三〕買人推向前，賣人推向後：按「推向前」指將秤鎚推向秤杆的前方，「推向後」指將秤鎚推向秤杆的後方。「推向前」則所標示的重量輕，「推向後」則所標示的重量重。

〔四〕好手：高手，精通技藝的人。見寒山詩二七一首注〔三〕。

〔五〕背後插掃箒：謂投生爲畜生，「掃箒」比喻畜生的尾巴。《太上感應篇》卷八「虐下取功」，傳曰：「昔王咨以强鷙處官，紹興初爲四川都轉運司幹辦公事，被檄榷井潼川，躬自詣井，盡令井户承認大額，合認五十斤者必令倍認百斤，利其没官而官自煎也。未幾，井户皆至破敗，咨亦暴卒，遂受牛身。當死之夕，其友楊使君舉家皆見咨來求救，則公裳下已穿出一尾矣。明日鄰家果生一牛。」按拾得詩「背後插掃箒」與「公裳下果穿出一尾」意思相似。又齊己《荆渚病中因思匡廬遂成三百字寄梁先輩》：「埋頭逐小利，没脚拖長裾。」末句亦言投生爲畜生，「拖長裾」比喻拖着長毛尾巴，與拾得詩「插掃箒」比喻長着尾巴相似。

閉門私造罪

閉門私造罪〔一〕，準①擬免灾殃〔二〕。被他惡部童〔三〕，抄得報閻王。縱不入鑊湯〔四〕，亦須卧鐵牀〔五〕。不許雇②人替，自作自身當〔六〕。（拾二一六）

【校勘】

①「準」，宫内省本作「准」。　②「雇」，四庫本作「顧」。

【箋注】

〔一〕造罪：造作惡業。《太平廣記》卷四七〇《僧法志》（出《瀟湘録》）：「弟子以漁爲業，自是造罪之人。」敦煌本《大目乾連冥間救母變文》：「我等生時多造罪，今日辛苦方始悔。」

〔二〕準擬：指望，希圖。白居易《種柳三詠》之二：「從君種楊柳，夾水意如何。準擬三年後，青絲拂緑波。」韓愈《北湖》：「應留醒心處，準擬醉時來。」王建《江南三臺詞四首》之四：「準擬百年千歲，能得幾許多時。」杜荀鶴《春日登樓遇雨》：「一心準擬閑登眺，卻被詩情使不閑。」《龐居士語録》卷下：「外頭遮曲語，望得免前愆，地獄應無事，準擬得生天。」亦作「准擬」。王建《宫詞》：「内人相續報花開，准擬君王便看來。」盧仝《月蝕詩》：「爪牙根天不念天，天若准擬錯准擬。」尚顔《送陸肱入關》：「准擬何人口，吹嘘六義名。」

〔三〕惡部童：佛教認爲有善惡二童子，手執文簿，記録一切生人所作善惡諸事，待命終後，於閻羅王處論訟罪福報應。「惡部童」即其中的惡童子。《楞嚴經》卷八：「如是故有王使主吏，證執文籍，如行路人，來往相見，二習相交，故有勘問權詐考訊，推鞫察訪，披究照明，善惡童子，手執文簿，辭辯諸事。」敦煌本《十王經》：「若是新死，依一七計至七七、百日、一年、三年，並須請此十王名字，每七有一王下檢察，必須作齋，功德有無，即報天曹地府。供養三寶，祈設十王，唱名納狀，狀上六曹官，善惡童子，奏上天曹地府冥官等，記在名案，身到日時，當便配生快樂之處，不住中陰四十九日。」又：「五官業秤向空懸，左右雙童業簿全。」所云「左右雙童」即善惡童子。

敦煌本《大目乾連冥間救母變文》：「王喚善惡二童子，向太山檢青提夫人在何地獄。」《太平廣記》卷一〇四《李虛》（出《紀聞》）載虛死入地獄，「王曰：『索李明府善惡簿來。』即有人持一通案至，大合抱，有二青衣童子亦隨文案。王命啓牘唱罪，階吏讀曰：『專好割羊脚。』吏曰：『合杖一百，仍割其身肉百斤。』」所云「二青衣童子」，亦是善惡童子也。由於善惡童子與人同生，故亦稱「同生神」等。《地藏菩薩發心因緣十王經》：「爾時世尊告大衆言：謂諸衆生有同生神魔奴闍耶，左神記惡，形如羅刹，常隨不離，悉記小惡；右神記善，形如吉祥，常隨不離，皆記微善，總名雙童。亡人先身，若福若罪，諸業皆書，盡持奏與閻摩法王，其王以簿推問亡人，算計所作，隨惡隨善，而斷分之。」《藥師如來本願經》：「其人屍形卧在本處，閻摩使人引其神識置於閻摩法王之前。此人背後有同生神，隨其所作，若罪若福，一切皆書，盡持授與閻摩法王。時閻摩法王推問其人，算計所作，隨善隨惡而處分之。」吉藏《無量壽經義疏》：「一切衆生皆有二神，一名同生，二名同名。同生女在右肩上，書其作惡。同名男在左肩上，書其作善。四天善神一月六反，録其名籍奏上大王，地獄亦然。一月六齊，一歲三覆，一載八校，使不差錯，故有犯者不赦也。」

〔四〕鑊湯：地獄中的刑具。《太平廣記》卷三八一《張瑶》（出《廣異記》）：「命瑶入地獄，遍見受罪，火坑鑊湯，無不見有。」敦煌本《目連緣起》：「地獄每常長飢渴，煎煮之時入鑊湯。」

〔五〕鐵牀：地獄中的刑具。《太平廣記》卷一〇三《宋義倫》（出《報應記》）：「王令隨使者往看地獄，……更入一處，鐵牀甚闊，人卧其上，燒炙焦黑，形容不辨。」又卷三七七《趙泰》（出《冥祥記》）：「鐵牀銅柱，燒之洞然，驅迫此人，抱卧其上，赴即燋爛，尋復還生。」敦煌本《大目乾連冥間救母變文》：「女卧鐵牀釘釘身，男抱銅柱胸懷爛。」

〔六〕不許雇人替，自作自身當：按佛教認爲罪福果報，自作自受，他人不能替代。《無量壽經》卷下：「善惡報應，禍福相承，身自當之，無誰代者。」《法苑珠林》卷五二《眷屬篇·感應緣》載袁廓入冥，見先亡嫡母王夫人，曰：「吾在世時不信報應，雖復無甚餘罪，正坐鞭撻婢僕過苦，故受此罰，亡來楚毒，殆無暫休，今特少時寬隙耳。前唤汝姊來，望以自代，竟無所益，徒爲憂聚。」（出《冥祥記》）《緇門警訓》卷七《法昌運禪師小參》：「假使百千劫，所作業不忘，因緣會遇時，果報還自受，無人替代。」按《漢書·廣陵厲王胥傳》：「死不得取代庸，身自逝。」顔師古注：「言死當自去，不如他徭役得顧庸自代也。」即拾得詩「不許雇人替」之意。寒山詩二九一首亦云「但且自省躬，莫覓他替代」，參看該首注〔八〕。

悠悠塵裏人

悠悠塵裏人〔一〕，常樂塵中趣①〔二〕。我見塵中人〔三〕，心多生②愍顧〔四〕。何哉愍此流〔五〕，念彼塵中苦。（拾二七）

【校勘】

①此句原本、全唐詩本作「常道塵中樂」，全唐詩本夾注「一作常樂塵中趣」，茲據宫内省本、正中本、高麗本、四庫本改作「常樂塵中趣」。②「多生」，原本、全唐詩本作「生多」，全唐詩本夾注「一作多生」，茲據宫内省本、正中本、高麗本、四庫本改作「多生」。

【箋注】

〔一〕悠悠：衆多貌。《史記・孔子世家》：「悠悠者天下皆是也。」《廣弘明集》卷二三僧肇《鳩摩羅什法師誄》：「叢叢九流，是非競作；悠悠盲子，神根沈溺。」鮑照《代邊居行》：「悠悠世中人，争此錐刀忙。」　塵裏人：世中人。「塵裏」即世間。劉得仁《病中晨起即事寄場中往還》：「昨日離塵裏，今朝懶已成。」李中《宿青溪米處士幽居》：「唯憂曉雞唱，塵裏事如麻。」周朴《王霸壇》：「雲間猶一日，塵裏已千年。」

〔二〕塵中趣：世間樂。「塵中」亦指世間。齊己《送惠空上人歸》：「塵中名利熱，鳥外水雲閒。」查文徽《寄麻姑仙壇道士》：「方平車駕今何在，常苦塵中日易西。」白居易《和皇甫郎中秋曉同登天宫閣言懷六韻》：「塵中足憂累，雲外多疏散。」

〔三〕塵中人：世間人。《景德傳燈録》卷二二《泉州後招慶和尚》：「塵中人自老，天際月常明。」《太平廣記》卷四二一《任頊》引《宣室志》佚文：「某塵中人耳，獨知有詩書禮樂，他術則某不能曉。」

〔四〕憋顧：憐憫，顧惜。「憋」同「愍」、「憫」。倒文作「顧愍」。《大般涅槃經》卷二：「如來亦爾，獨以甚深祕密之藏，偏教文殊，遺棄我等，不見顧愍。」《神仙傳》卷四《陰長生》：「傲戲仙都，顧愍群愚。」

〔五〕此流：此類人。「流」謂流輩。

無去無來本湛然

（拾二八）

無去無來本湛然〔一〕，不居①內外及中間〔二〕。一顆水精②絶瑕翳〔三〕，光明透滿出人天〔四〕。

【校勘】

①「居」，宫内省本、四庫本作「拘」。　②「精」，正中本、高麗本、四庫本作「晶」。

【箋注】

〔一〕無去無來本湛然：對心性的形容。慧海《頓悟入道要門論》：「問：其心似何物？答：其心不青不黄，不赤不白，不長不短，不去不來，非垢非浄，不生不滅，湛然常寂，此是本心形相也。」按「湛然」爲虛寂不動貌。韓偓《地爐》：「禪客釣翁徒自好，那知此際湛然心。」《祖堂集》卷四《丹霞和尚》：「體寂常湛然，瑩徹無塵垢。」又卷一七《正原和尚》：「滄溟幾度變桑田，唯有虛空獨湛然。」

〔二〕不居内外及中間：也是對心性的形容。《維摩詰經·弟子品》：「心亦不在内，不在外，不在中間。」《楞嚴經》卷一：「覺知分别心性，既不在内，亦不在外，不在中間，俱無所在。」《善慧大士語録》卷二：「智者應須觀察審諦思惟，使心不外不内，亦不中間，猶如虚空，無所依止，即得解脱生死之苦，證真涅槃常樂。」《筠州黄蘗山斷際禪師傳心法要》：「道無方所，名大乘心，此心不在内外中間，實無方所。」

〔三〕水精：即水精珠，比喻佛性。見寒山詩二四五首注〔三〕。　瑕翳：珠玉等表面的斑點、裂紋。敦煌本《維摩詰經講經文》：「心珠皎潔無瑕翳，此箇名爲真道場。」《祖堂集》卷二《第十七祖僧伽難提尊者》：「諸佛大圓鏡，内外無瑕翳。」

〔四〕人天：人類及天神，爲佛教「六道」中的二道。《大寶積經》卷二三：「能爲世導師，映蔽人天衆。」《祖堂集》卷一二《後疎山和尚》：「願將法雨，普潤人天。」按《祖堂集》卷一四《石鞏和尚》：「落落明珠耀百千，森羅萬像鏡中懸，光透三千越大千，四生六類一靈源。」亦與拾得詩「一顆水精絶瑕翳，光明透滿出人天」相似。

少年學書劍

少年學書劍〔一〕，叱馭到荆①州〔二〕。聞伐匈奴盡〔三〕，婆娑②無處遊〔四〕。歸來翠巖下，席草翫③清流〔五〕。壯士志未騁④〔六〕，獮猴騎土牛〔七〕。（拾二九）

【校勘】

①「荆」，宫内省本、四庫本作「京」，全唐詩本夾注「一作京」。②「婆娑」，宫内省本、四庫本作「娑婆」。③「翫」，宫内省本、正中本、高麗本、四庫本作「枕」，全唐詩本夾注「一作枕」。④「未騁」，宫内省本、正中本、高麗本、四庫本作「朱紱」，全唐詩本夾注「一作朱紱」。

【箋注】

〔一〕書劍：讀書擊劍，是古代功名之士的基本素養。參看寒山詩〇〇七首注〔一〕。

〔二〕叱馭：吆喝坐騎前進，多表示爲國驅馳。《漢書·王尊傳》：「及尊爲刺史，至其阪，問吏曰：『此非王陽所畏道邪？』吏對曰：『是。』尊叱其馭曰：『驅之！王陽爲孝子，王尊爲忠臣。』」梁劉孝威《蜀道難》：「斂轡懼身尤，叱馭奉王猷。」雍陶《蜀中戰後感事》：「詞客題橋去，忠臣叱馭來。」《鑒誡録》卷七《陪臣諫》：「且天雄地遠，路惡難行，險棧欹雲，危峰插漢，稍雨則吹摧閣道，微泥則阻滑山程，豈可鳴鑾，唯堪叱馭。」　荆州：古州名，轄境在長江中游一帶，歷代多爲兵家必争之軍事重鎮。《三國志·蜀書·諸葛亮傳》：「荆州北據漢沔，利盡南海，東連吴會，西通巴蜀，此用武之國，而其主不能守，此殆天所以資將軍，將軍豈有意乎？」

〔三〕匈奴：漢代北方古族名，曾與漢王朝進行長期戰争。《漢書·霍去病傳》：「匈奴不滅，無以家爲也。」後人亦以「匈奴」泛指西北各族。

〔四〕婆娑：盤桓，滞留。《三國志·魏書·劉劭傳》裴注引《文章叙録》載杜摯贈毌丘儉詩曰：「騏驥馬不試，婆娑槽櫪間。壯士志未伸，坎軻多辛酸。」韓愈《别趙子》：「婆娑海水南，簸弄明月珠。」白居易《閒題家池寄王屋張道士》：「有叟頭似雪，婆娑乎其間。」徐夤《北山秋晚》：「燕秦正戎馬，林下好婆娑。」

〔五〕翫清流：「翫」同「玩」。别本作「枕清流」。參看寒山詩三〇二首注〔三〕。

〔六〕騁：施展。《荀子·君道》：「故由天子至於庶人也，莫不騁其能，得其志，安樂其事。」陶淵明《雜詩》之二：「日月擲人去，有志不獲騁。」

〔七〕獼猴騎土牛：比喻升遷遲緩。《三國志·魏書·鄧艾傳》裴注引《世語》曰：「初，荆州刺史裴潛以泰爲從事，司馬宣王鎮宛，潛數遣詣宣王，由此爲宣王所知。及征孟達，泰又導軍，遂辟泰。泰頻喪考、妣、祖，九年居喪，宣王留缺待之。至三十六日，擢爲新城太守。宣王爲泰會，使尚書鍾繇調泰：『君釋褐登宰府，三十六日擁麾蓋，守兵馬郡；乞兒乘小車，一何駛乎！』泰曰：『誠有此。君，名公之子，少有文采，故守吏職；獼猴騎土牛，又何遲也！』衆賓咸悦。」李白《贈宣城趙太守悦》：「獼猴騎土牛，羸馬夾雙轅。」又《單父東樓秋夜送族弟沈之秦》：「爾從咸陽來，問我何勞苦。沐猴而冠不足言，身騎土牛滯東魯。」《説郛》（宛委山堂本）弓五一《御史臺記·杜文範》：「若非俊才，那得五十日騎土牛，趂及殿中？」

三界如轉輪

三界如轉輪〔一〕，浮生若流水〔二〕。蠢蠢諸品類〔三〕，貪生不覺死。汝看朝垂露，能得幾時

子〔四〕。（拾三〇）

【箋注】

〔一〕三界如轉輪：《正法念處經》卷四四：「此一切三界，轉行猶如輪。」按「三界」指衆生輪迴生死的整個世界，見寒山詩一九八首注〔四〕。「轉輪」謂輪迴。《楞嚴經》卷八：「如於中間，殺彼身命，或食其肉，如是乃至經微塵劫，相食相誅，猶如轉輪，互爲高下，無有休息，除奢摩他，及佛出世，不可停寢。」葛玄《空中歌三首》之一：「冥冥未出期，劫盡方當止。轉輪貧賤家，仍復爲役使。」慧思《諸法無諍三昧法門》卷上：「從生至老死，老死復有生，轉輪十二緣，生死如循環。」亦作「輪轉」。《地藏菩薩本願經》卷上：「爲善爲惡，逐境而生，輪轉五道，暫無休息。」

〔二〕浮生若流水：「浮生」見寒山詩一九七首注〔三〕。白居易《感逝寄遠》：「相思俱老大，浮世如流水。」

〔三〕蠢蠢：擾攘貌。見寒山詩二三五首注〔一〕。　諸品類：指一切衆生。「品類」即種類。《龐居士語録》卷下：「衆生多品類，諸佛祇一般。」

〔四〕幾時子：就是「幾時」。「子」是語助詞，不爲義。

閑入天台洞

閑入天台洞，訪人人不知。寒山爲伴侣，松下噉靈芝〔一〕。每談今古事，嗟見世愚癡。箇箇

入地獄，早晚①出頭時〔二〕。（拾三一）

【校勘】

①「早晚」，宫内省本、正中本、高麗本、四庫本作「那得」，全唐詩本夾注「一作那得」。

【箋注】

〔一〕靈芝：芝類仙草。《文選》卷二張衡《西京賦》：「浸石菌於重涯，濯靈芝以朱柯。」薛綜注：「石菌、靈芝，皆海中神山所有神草名，仙之所食者。」鮑溶《與峨眉山道士期盡日不至》：「往聞清修籙，未究服食方。瑶田有靈芝，眼見不得嘗。」白元鑒《藥圃》：「候採靈芝服，還應羽翼生。」

〔二〕早晚：何時。見寒山詩〇五七首注〔三〕。出頭：脱身。見寒山詩二一五首注〔三〕。

楚按，《拾得録》所載「集語」有云：「余閑來天台，尋人人不至。寒山同爲侣，松風水月間。」即采擷拾得此詩語句者。

古佛路凄凄

古佛路凄凄〔一〕，愚人到却迷。只緣前業重〔二〕，所以不能知。欲識無爲理〔三〕，心中不掛絲〔四〕。生生勤苦學，必定覩天①師〔五〕。（拾三二）

【校勘】

①「天」,宫内省本、正中本、高麗本、四庫本作「吾」,全唐詩本夾注「一作吾」。

【箋注】

〔一〕古佛：對先佛的尊稱,也用作對有德高僧的尊稱。貫休《乞食僧》：「行人莫輕誚,古佛盡如斯。」《祖堂集》卷一三《招慶和尚》：「未審古佛與今佛,還分也無?」又卷一七《福州西院和尚》：「有人舉似雪峰,雪峰云：『潙山是古佛也。』」《景德傳燈録》卷二二《英州大容諲禪師》：「問：『如何是古佛一路?』師指地。」

〔二〕前業：前生所造之業因。王梵志詩〇九一首：「前業作因緣,今身都不記。」

〔三〕無爲理：指佛法。劉禹錫《送僧元暠東遊》：「傳燈已悟無爲理,濡露猶懷罔極情。」章孝標《贈茅山高拾遺戞》：「若見無爲理,兼忘不朽名。」《龐居士語録》卷中：「尋文不識理,棄母養阿姨。阿姨是色身,阿娘是法體。色身是文字,法入無爲理。文字有生滅,無相宛然爾。」按「無爲」本是涅槃之異譯,參看寒山詩一五九首注〔一七〕。

〔四〕心中不掛絲：按「掛絲」謂穿著衣服。《雲門匡真禪師廣録》卷上：「終日著衣喫飯,未曾觸著一粒米,掛著一縷絲。」《景德傳燈録》卷一三《汝州首山省念禪師》：「遠聞和尚無絲可掛,及至到來,爲什麽有山可守?」拾得詩「心中不掛絲」比喻心性自然清浄,不爲煩惱所障翳。《祖堂集》卷一六《南泉和尚》：「師問陸亘大夫：『十二時中作摩生?』對云：『寸絲不掛。』」

〔五〕天師：這裏是對佛的稱謂。《菩薩本業經》：「或有名佛爲大聖人，或有名佛爲大沙門，或號衆祐，或號神人，或稱勇智，或稱世尊，或謂能儒，或謂昇仙，或呼天師，或呼最勝，如是十方諸天人民所稱名佛，億萬無數。」

楚按，《拾得録》所載「集語」有云：「古佛路棲棲，無人行至此。今跡誰不躡，旋機滯凡累。」與拾得此詩語句有相似之處。

各有天真佛

各有天真佛〔一〕，號之爲寶王〔二〕。珠光日夜照，玄妙卒難量〔三〕。盲人常兀兀〔四〕，那肯怕灾殃〔五〕。唯貪婬泆①業〔六〕，此輩實堪傷。（拾二三）

【校勘】

①「泆」，正中本、高麗本作「佚」。

【箋注】

〔一〕天真佛：即「心佛」，亦即衆生天然本具之佛性。參看寒山詩一六二首注〔七〕。

〔二〕寶王：寶中之寶，稱爲寶王。「王」謂最高最上者。《老子》六十六章：「江海所以能爲百谷王者，以其善下之，故能爲百谷王。」本詩之「寶」即寶珠，爲佛性之喻，參看寒山詩二八五首注

〔五〕。《華嚴經》卷三：「摩尼寶王清浄照，最勝威神靡不見。」

〔三〕珠光日夜照，玄妙卒難量：按「珠」即上句之「寶王」，喻佛性。拾得詩二八首：「一顆水精絶瑕翳，光明透滿出人天。」與此二句意似。

〔四〕盲人：比喻愚癡之世人。《大智度論》卷七：「衆生常畏苦而常行苦，如盲人求好道，反墮深坑。」　兀兀：昏愚貌。見寒山詩〇八九首注〔一〕。

〔五〕灾殃：指死墮地獄之禍。拾得詩二六首：「閉門私造罪，準擬免灾殃。」

〔六〕婬泆業：淫泆之惡業。「婬泆」謂荒淫放蕩，亦作「淫逸」、「淫佚」。《書·酒誥》：「誕惟厥縱，淫泆于非彝。」陸德明釋文：「泆音溢，又作逸，亦作佚。」《左傳》隱公三年：「驕奢淫泆，所自邪也。」

楚按，《拾得録》所載「集語」有云：「人懷天真佛，大寶心珠祕。迷盲沈沈流，汩没何時出。」與拾得此詩類似。

出家求出離

出家求出離〔一〕，哀念苦衆生。助佛爲揚化〔二〕，令教選路行〔三〕。何曾解救苦，恣意亂縱横。一時同受溺〔四〕，俱落大深阬〔五〕。（拾三四）

【箋注】

〔一〕出離：脱離生死輪迴，達到涅槃境界。寒山詩〇九〇首：「勸君求出離，認取法中王。」見該首注〔六〕。

〔二〕揚化：弘揚教法，化度衆生。《景德傳燈録》卷九《京兆大薦福寺弘辯禪師》：「有二弟子……一名神秀，在北揚化。」

〔三〕選路行：按慈受《擬寒山詩》第五〇首：「升沉兩條路，看你如何行。」即「選路行」之意。

〔四〕溺：指沉淪於生死苦海。《祖堂集》卷一四《百丈和尚》：「不爲陰界五欲八風之所漂溺，則生死因斷，去住自由。」

〔五〕大深阬：比喻地獄惡道。《大般涅槃經》卷一二：「譬如險阬，上有草覆，於彼岸邊，多有甘露，若有食者，壽命千年，永除諸病，安隱快樂。凡夫愚人，貪其味故，不知其下，有大深阬，即前欲取，不覺脚跌，墮阬而死。智者知已，捨離遠去。善男子，菩薩摩訶薩亦復如是，尚不欲受天上妙食，況復人中凡夫之人，乃於地獄吞噉鐵丸。」亦云「深坑」。《大寶積經》卷九七：「愚夫造此無利之業，增長諸罪，退失善根，於無利中，不惜身命，由斯遂墮惡道深坑，便招地獄猛焰鐵丸鋒刃刀山毒箭諸苦。」《佛藏經》卷中：「如群盲人，捨所得物，欲詣大施，而墮深坑。我諸弟子，亦復如是，捨庵衣食，而逐大施，求好供養，以世利故，失大智慧，而墮深坑阿鼻地獄。」王梵志詩〇四九首：「向前黑如柒，直掇入深坑。沉淪苦海裏，何日更逢明。」敦煌本《父母恩重經講經文》：「爲緣不孝墮深坑，受苦無因得暫停。晝夜鐵輪居頂上，早經百劫與千生。」《景德傳燈録》卷三〇魏府華嚴長老《示衆》：「若信不及也，從爾深坑罪海，永墮沉淪。」《古尊宿語録》卷八《汝州首山念和尚語録》：「步步登高看前路，莫教失脚墮深坑。」

常飲三毒酒

常飲三毒酒〔一〕，昏昏都不知〔二〕。將錢作夢事〔三〕，夢事成鐵圍〔四〕。以苦欲捨苦，捨苦無出期。應須早覺悟，覺悟自歸依〔五〕。（拾三五）

【箋注】

〔一〕三毒酒：按「三毒」即貪、瞋、癡，爲一切煩惱之根本。見寒山詩〇九一首注〔六〕。三毒令人昏愚失性，故喻之爲酒，以酒亦能令人昏愚失性也。釋典有「無明酒」的説法（「無明」即癡之異譯），與「三毒酒」類似。《景德傳燈録》卷二九寶誌和尚《十二時頌》：「禪悦珍饈尚不餐，誰能更飲無明酒。」《宗鏡録》卷二一：「五不飲酒，法門解者，迷惑倒見名酒。夫酒爲不善諸惡根本，飲酒招狂，外道等是即世間醉也。《大經》云：從昔已來，常爲聲色所醉，流轉生死。三界人天，通有此醉。二乘無明酒未吐，如半瘧人，《大經》引醉歸之。」又卷七三：「所以一切衆生，飲無明酒，卧五住地，長劫昏然，孰有醒者。忽得見性之時，如同醉醒。如經偈云：譬如昏醉人，酒消然後醒，得佛無上體，是我真法身。」《元叟行端禪師語録》卷六《擬寒山子詩四十一首》之四十一：「事過都是空，事來本非有。請君聽我言，莫飲無明酒。」

〔二〕昏昏：同「惛惛」。《小室六門·血脈論》：「若不見性，一切時中，擬作無作想，是大罪人，是癡人，落無記空中，昏昏如醉人，不辨好惡。」

〔三〕夢事：按佛教認爲世間一切皆虚幻不實，猶如夢事。《楞嚴經》卷六：「却來觀世間，猶如夢中事，摩登伽在夢，誰能留汝形？如世幻巧師，幻作諸男女，雖見諸根動，要以一機抽，息機歸寂然，諸幻成無性。」慧思《諸法無諍三昧法門》卷上：「譬如眠熟時，夢見種種事。心體尚空無，何況有夢事。覺雖了了憶，實無有於此。凡夫顛倒識，譬喻亦如是。」宗密《中華傳心地禪門師資承襲圖》：「足辨夢悟身心，本源雖一，論其相用，倒正懸殊，不可覺來，還作夢事。」《景德傳燈録》卷二九龍牙和尚居遁《頌十八首》之十：「在夢那知夢是虚，覺來方覺夢中無。迷時恰是夢中事，悟後還同睡起夫。」

〔四〕鐵圍：即鐵圍山，佛書言三千大千世界皆有鐵圍山環繞。道宣《釋迦方誌》卷上：「此之四洲，亦名四有，人之所居，佛之所王，准此傍及鐵圍海内唯有四洲。蘇迷山已上二十八天，并一日月爲一國土，即此爲量，數至一千，鐵圍都繞，名小千世界。即此小千，數至一千，鐵圍都繞，名中千世界。即此中千，數至一千，鐵圍都繞，名爲大千世界。」佛經又言地獄即在鐵圍之内，故亦云地獄爲「鐵圍」。《地藏菩薩本願經》卷上：「時婆羅門女問鬼王曰：『此是何處？』無毒答曰：『此是大鐵圍山西面第一重海。』聖女問曰：『我聞鐵圍之内，地獄在中，是事實不？』無毒答曰：『實有地獄。』」又卷中：「諸有地獄，在大鐵圍山之内。其大地獄，有一十八所；次有五百，名號各别；次有千百，名字亦别。無間獄者，其獄城周帀八萬餘里，其城純鐵，高一萬里，城上火聚，少有空缺。其獄城中，諸獄相連，名號各别。獨有一獄，名曰無間，其獄周帀萬八千里，獄牆高一千里，悉是鐵爲。」敦煌本《大目乾連冥間救母變文》：「一切獄中皆有息，此箇阿鼻不見停。恒沙之衆同時入，共變其身作一刑（形）。忽若無人獨自入，其身亦滿鐵圍城。」拾得詩之「鐵圍」，即指地獄也。

〔五〕歸依：歸命，信奉。佛教稱歸依佛、法、僧爲「三歸依」。《阿毘達磨大毘婆沙論》卷三四：「諸有歸依佛，及歸依法僧，於四聖諦中，恒以慧觀察，知苦知苦集，知永超衆苦，知八支聖道，趣安隱涅槃。此歸依最勝，此歸依最尊，必因此歸依，能解脱衆苦。」

雲山疊疊幾千重

（拾三六）

雲山疊疊幾千重①〔一〕，幽谷路深絶人蹤②。碧澗清流多勝境〔二〕，時來鳥語合人心。

【校勘】

①「重」，四庫本作「尋」。　②此句四庫本作「路絶人蹤隱自深」。

【箋注】

〔一〕雲山疊疊幾千重：詹敦仁《留侯受南唐節度使知郡事辟予爲屬以詩謝之》亦云：「晉江江畔趁春風，耕破雲山幾萬重。」

〔二〕勝境：風景優美之地。李白《送别》：「尋陽五溪水，沿洄直入巫山裏。勝境由來人共傳，君到南中自稱美。」《太平廣記》卷三九五《法門寺》（出《玉堂閒話》）：「長安西法門寺，乃中國伽藍之勝境也。」又卷四四八《李參軍》（出《廣異記》）：「門館清肅，甲第顯焕，高槐修竹，蔓延連亘，絶世之勝境。」

後來出家子

後來出家子〔一〕，論情入骨癡〔二〕。本來求解脱〔三〕，却見①受驅馳〔四〕。終朝遊俗舍〔五〕，禮念作威儀〔六〕。博錢沽酒喫〔七〕，翻成客作兒〔八〕。（拾三七）

【校勘】

①「却見」，四庫本作「如何」，全唐詩本夾注「一作如何」。

【箋注】

〔一〕出家子：出家人，僧徒。參看寒山詩二四七首注〔一〕。

〔二〕論情入骨癡：拾得詩一二首亦云：「取債誇人我，論情入骨癡。」見該首注〔六〕。

〔三〕解脱：指斷除煩惱，獲得自在。《大般涅槃經》卷五：「又解脱者，名斷四種毒蛇煩惱。斷煩惱者即真解脱，真解脱者即是如來。」《筠州黄蘗山斷際禪師傳心法要》：「更時時念念不見一切相，莫認前後三際，前際無去，今際無住，後際無來，安然端坐，任運不拘，方名解脱。」

〔四〕受驅馳：謂受役使。《景德傳燈録》卷五《洪州法達禪師》：「蓋爲一切衆生，自蔽光明，貪愛塵境，外緣内擾，甘受驅馳。」「驅馳」比喻奔走効勞。《三國志·蜀書·諸葛亮傳》：「由是感激，遂許先帝以驅馳。」杜荀鶴《遺懷》：「驅馳岐路共營營，祇爲人間利與名。」敦煌本《父母恩重經講經文》：「洗浣無論朝與暮，驅馳何憚熱兼寒。」

〔五〕俗舍：俗人之家。《祖堂集》卷一〇《鼓山和尚》：「年始十二，俗舍青灰之壁忽顯白氣數道，父曰：『此子必出家。』」

〔六〕禮念：禮佛念經作法事。孫光憲《北夢瑣言》卷三：「是夜黄昏，僧徒禮讚，螺唄間作，渤海命軍候悉擒械之。來晨，笞背斥逐。召將吏而謂之曰：『僧徒禮念，亦無罪過。但以此寺十年後當有秃丁數千作亂，我故以是厭之。』」金代王子成編集有《禮念彌陀道場懺法》十卷。作威儀：這裏指僧徒在法會上操演各項儀式禮則。「威儀」本是僧徒必須遵奉之行動儀則。《三藏法數·四威儀》：「謂修道之人，心不放逸，若行若坐，常在調攝其心，成就道業。雖久於行坐，亦當忍其勞苦，非時不住，非時不卧。設或住卧之時，常存佛法正念，如理而住。於此四法，動合規矩，不失律儀，是爲四威儀也。」《景德傳燈録》卷二八《越州大珠慧海和尚語》：「洞持犯而達開遮，秉威儀而行軌範。」

〔七〕博錢：賺錢。「博」即獲得、換取之義。按僧徒參加法事，齋家例需施錢，稱爲「䞋錢」。寒山詩一五九首：「封疏請名僧，䞋錢兩三樣。」參看該首注〔二〇〕。

〔八〕翻成：反倒成爲。司空曙《峽口送友人》：「來時萬里同爲客，今日翻成送故人。」元稹《賦得玉卮無當》：「共惜連城寶，翻成無當卮。」盧仝《雜興》：「豈期福極翻成禍，禍成身誅家亦破。」《雲門匡真禪師廣録》卷上：「醍醐上味，爲什麽飜成毒藥？」　客作兒：雇工，打工仔。《景德傳燈録》卷二八《鎮州臨濟義玄和尚語》：「十地滿心，猶如客作兒。」亦云「客作漢」。寒山詩二四〇首：「雖有一靈臺，如同客作漢。」參看該首注〔七〕。

若論常快活

若論常①快活，唯有隱居人。林花常似錦〔一〕，四季色常新。或向巖間坐，旋瞻見②桂輪〔二〕。雖然身暢逸，却③念世間人。（拾三八）

【校勘】

①「若論」，四庫本作「無事」。「若論常」下全唐詩本夾注「一作無事閒」。②「見」，宮内省本、正中本、高麗本、四庫本皆作「丹」。③「却」，四庫本作「猶」，全唐詩本夾注「一作猶」。

【箋注】

〔一〕林花常似錦：按以錦喻花，如薛宜僚《别青州妓段東美》：「阿母桃花方似錦，王孫草色正如煙。」薛逢《涼州詞》之三：「樹發花如錦，鶯啼柳若絲。」

〔二〕桂輪：月輪。李涉《秋夜題夷陵水館》：「凝碧初高海氣秋，桂輪斜落到江樓。」方干《月》：「桂輪秋半出東方，巢鵲驚飛夜未央。」蓋古人傳説月中有桂樹，故稱月爲「桂輪」。《酉陽雜俎前集》卷一《天咫》：「舊言月中有桂、有蟾蜍，故異書言月桂高五百丈，下有一人常斫之，樹創隨合。」别本作「丹桂輪」者，「丹桂」即桂樹之一種，見寒山詩二九七首注〔五〕。本詩之「丹桂」亦指月中之桂。《酉陽雜俎前集》卷一八《木篇》：「布葉垂陰，鄰月中之丹桂；連枝接影，對天上之白榆。」顧況《義川公主挽詞》：「月邊丹桂落，風底白楊悲。」

我見出家人

我見出家人，揔愛喫酒肉。比①合上天堂〔一〕，却沈歸地獄〔二〕。念得兩卷經，欺他道②鄽俗〔三〕。豈知鄽俗士③，大有根性熟〔四〕。（拾三九）

【校勘】

①「比」，各本皆作「此」，應是「比」字形誤。參看注〔一〕。拾得詩一九首：「比來是夜叉，變即成菩薩。」「比」原本作「此」，即二字相混之例。②「道」，宫内省本、正中本、高麗本、四庫本作「市」，全

唐詩本夾注「一作市」。 ③「士」，宮内省本作「人」。

原本、正中本、全唐詩本於全詩之下有夾注：「下五首與前長偈語句同。」楚按，注文所云「下五首」者，指拾得詩四〇～四四首，所云「前長偈」者，指《拾得録》所載之「集語」。

【箋注】

〔一〕比：本來，原來。敦煌本《八相變》：「比望我子受快樂，因何愁苦轉悲傷？」《景德傳燈録》卷一五《澧州夾山善會禪師》：「師比遁世忘機，尋以學者交湊，廬室星布，曉夕參依。」拾得詩云「比合上天堂」，謂出家人本應生天。如《無量壽經》卷下：「其上輩者，捨家棄欲，而作沙門，發菩提心，一向專念無量壽佛，修諸功德，願生彼國。此等衆生，臨壽終時，無量壽佛與諸大衆現其人前，即隨彼佛，往生其國。」

〔二〕却沈歸地獄：按佛教認爲喫酒肉者當墮地獄。參看寒山詩〇九五首。

〔三〕鄽俗：市井俗人。「鄽」即交易店肆。李白《南都行》：「白水真人居，萬商羅鄽闠。」别本此句作「欺他市鄽俗」，「市鄽」即交易市場。《管子·五輔》：「關幾而不征，市鄽而不税。」謝靈運《山居賦序》：「即事也，山居良有異乎市廛。」敦煌本《茶酒論》：「將到市鄽，安排未畢，人來買之，錢財盈溢。」

〔四〕根性熟：「根性」即天生覺悟之能力，見寒山詩二一七首注〔三〕。「根性熟」謂覺悟之時機業已成熟。敦煌本《難陁出家緣起》：「世尊與（以）他心惠明，遥觀見難陁根性熟，便即教化。」敦煌本《妙法蓮華經講經文》：「直待衆生根性熟，還宣中道《法花經》。」亦云「根熟」。《大般涅槃經》卷一九：「不但獨爲根熟之人，亦爲善根未熟者説。」《華嚴經》卷五五：「知衆生根熟，往詣大衆所，顯現自身力，演説圓滿經，無量諸衆生，悉授菩提記。」《楞伽師資記》：「爲有緣根熟者，説我此法。」《祖堂集》卷一七《岑和尚》：「大凡菩薩須待衆生根熟，如雞伺啐，啐啄同時。衆生根熟，便成佛菩提。」《宋高僧傳》卷二《唐洛京智慧傳》：「此《大乘理趣》等經，想脂那人根熟矣。」

我見頑鈍人

我見頑鈍人〔一〕，燈心柱①須彌〔二〕。蟻子齧大樹，焉知氣力微〔三〕。學咬兩莖菜〔四〕，言與祖師齊〔五〕。火急求懺悔，從今輒莫迷。（拾四〇）

【校勘】

①「柱」，宫内省本、正中本、高麗本、四庫本作「拄」，全唐詩本夾注「一作挂」。

【箋注】

〔一〕頑鈍人：頑固愚笨之人。《白虎通·辟雍》：「頑鈍之民，亦足以别於禽獸而知人倫。」

〔二〕燈心：燈心草莖的中心部分，疏鬆細長，用作油燈燃火之物。《遊仙窟》：「文柏榻子，俱寫豹頭；蘭草燈心，並燒魚腦。」皎然《賦得燈心送李侍御萼》：「燈心生衆草，因有始知芳。」　柱須彌：支撑須彌大山。「柱」即支撑。寒山詩〇一〇首：「識者取將來，猶堪柱馬屋。」別本作「拄」，同。「須彌」即須彌山，佛經中的巨山，見寒山詩一一九首注〔六〕。

〔三〕蟻子齧大樹，焉知氣力微：按韓愈《調張籍》：「蚍蜉撼大樹，可笑不自量。」即此二句之意。

〔四〕學咬兩莖菜：謂出家喫素。施肩吾《寄王少府》：「采松仙子徒銷日，喫菜山僧枉過生。」《古尊宿語録》卷二《百丈懷海大智禪師》：「是以常歎言：嗟！見今日所依之命，依一顆米、一莖菜，餉時不得食飢死，不得水渴死，不得火寒死。」《慈受懷深禪師廣録》卷二《勸食素》：「喫肉何如咬菜根，且圖身口戒香薰。」

〔五〕言與祖師齊：謂堪與祖師比肩。「齊」即相等。《祖堂集》卷一七《岑和尚》：「功未齊於諸佛，所以未證大涅槃。」「祖師」謂佛教開宗立派之人。《釋氏要覽》卷上《祖師》：「《寶林傳》云：期城太守楊衒之問達磨云：『西國相承稱祖何義？』達磨曰：『明佛心宗，行解相應，名爲祖師。』此土自達磨西來，距曹溪能大師，六人得稱祖師。」宗密《禪源諸詮集都序》卷一：「中間馬鳴、龍樹，悉是祖師，造論釋經，數千萬偈。」皎然《奉酬于中丞使君郡齋卧病見示一首》：「宿昔祖師教，了空無不可。」齊己《渚宫莫問詩一十五首》之十三：「句早逢名匠，禪曾見祖師。」

楚按，《拾得録》載「集語」有云：「我見頑嚚士，燈心柱須彌。寸樵煮大海，甲抹大地石。」即采擷拾得此詩語句而成者。

君見月光明

君①見月光明，照燭四天下〔一〕。圓暉②掛太虚〔二〕，瑩浄能蕭③灑〔三〕。人道有虧盈，我見無衰謝。狀似摩尼珠〔四〕，光明無晝夜。（拾四一）

【校勘】

①「君」，四庫本作「屢」，全唐詩本作「若」。②「暉」，宫内省本、正中本、高麗本、四庫本作「輝」。

③「蕭」，四庫本作「瀟」。

【箋注】

〔一〕四天下：《妙法蓮華經·序品》：「是八王子，威德自在，各領四天下。」按「四天下」亦稱「四大洲」，爲一切人類所居之世界。《大唐西域記》卷一：「然則索訶世界三千大千國土，爲一佛之化攝也。今一日月所臨四天下者，據三千大千世界之中，諸佛世尊，皆此垂化，現生現滅，導聖導凡。蘇迷盧山，四寶合成，在大海中，據金輪上，日月之所照迴，諸天之所遊舍。七山七海，環峙環列。山間海水，具八功德。七金山外，乃鹹海也，海中可居者，大略有四洲焉。東毘提訶洲，南贍部洲，西瞿陁尼洲，北拘盧洲。金輪王乃化被四天下，銀輪王則政隔北拘盧，銅輪王除北拘盧及西瞿陁尼，鐵輪王則唯贍部洲。」《景德傳燈録》卷八《浮盃和尚》：「趙州眼放光明，照破四天下也。」

〔二〕圓暉：《法昌倚遇禪師語録・寄昭師兄》：「龍川露滴層峰外，紅日圓暉北上看。」這裏指太陽，寒山詩之「圓暉」指月亮。　太虛：太空。《文選》卷一一孫綽《遊天台山賦》：「太虛遼廓而無閡，運自然之妙有。」李善注：「太虛，謂天也。」《小室六門・心經頌・心無罣礙》：「解脱心無閡，意若太虛空，四維無一物，上下悉皆同。」

〔三〕瑩浄：光明無瑕。姚合《對月》：「銀輪玉兔向東流，瑩浄三更正好遊。」宗密《中華傳心地禪門師資承襲圖》：「何如直云唯瑩浄圓明，方是珠體？」　能蕭灑：如此清涼。「能」即如此、這般。《舊雜譬喻經》卷上：「我念女人能多欲，便詐腹痛，還入山，見是道人藏婦腹中，當有姦。」張繼《馮翊西樓》：「北風吹雁聲能苦，遠客辭家月再圓。」賈躭《賦虞書歌》：「能方正，不隳倒，功夫未至難尋奥。」白居易《生離别》：「食檗不易食梅難，檗能苦兮梅能酸。」薛能《鄜州進白野鵲》：「輕毛疊雪翅開霜，紅觜能深練尾長。」《全唐詩》卷七八五無名氏《明月湖醉後薔薇花歌》：「紅能柔，緑能軟，濃淡參差相宛轉。」《太平御覽》卷二六三引《三國典略》曰：「司州司馬崔老鴟，取錢能疾判事遲。」《景德傳燈録》卷二二《潭州嶽麓山和尚》：「日能熱，月能涼。」「蕭灑」爲清静涼爽之義。　玄覺《證道歌》：「優遊静坐野僧家，闃寂安居實蕭灑。」穆寂《清風戒寒》：「風清物候殘，蕭灑報將寒。」亦作「瀟灑」。　張説《同劉給事城南宴集》：「雍容乘暇日，瀟灑出囂塵。」孟浩然《宴包二融宅》：「是時方盛夏，風物自瀟灑。」戴叔倫《過友人隱居》：「瀟灑絶塵喧，清溪流遶門。」薛能《彭門解嘲二首》之二：「秦客莫嘲瓜戍遠，水風瀟灑是彭城。」

〔四〕摩尼珠：佛經中的寶珠。見寒山詩一九九首注〔一〕。

楚按，《拾得録》所載「集語」有云：「不見日光明，照耀於天下，太清廓落洞，明月可然貴。」語句與拾得此詩有相似之處。

余住無方所

余住無方所〔一〕，盤泊無爲里①〔二〕。時陟②涅盤山〔三〕，或翫香林寺〔四〕。尋常只是閑，言不干名利。東海變桑田〔五〕，我心誰管你。（拾四二）

【校勘】

①「盤」，正中本、高麗本作「磅」。「泊」，宫内省本、正中本、高麗本、四庫本皆作「礴」，全唐詩本夾注「一作礴」。「里」，各本皆作「理」，應是「里」字之誤。參看注〔二〕及詩後按語。②「陟」，四庫本作「涉」。

【箋注】

〔一〕無方所：無處所。「方所」即方位、處所。《大般涅槃經》卷四：「燈滅盡已，無有方所。如來亦爾，既滅度已，無有方所。」《楞嚴經》卷三：「阿難，如一井空，空生一井。十方虚空，亦復如是，圓滿十方，寧有方所。」提婆菩薩造《百字論》：「外曰：汝若不欲令作有爲相，應作有爲相，何以故？無爲遍一切處，無方所故，是故應與無爲作相。内曰：無爲有方所，我今問汝：虚空爲有方所？爲無方所？虚空若有方所，應在汝身邊，亦在彼身邊，若爾便是有分，有分則有邊。若言虚空無方所，爲汝身遍虚空？虚空遍汝身？若虚空遍汝身，汝身遍虚空，是則有邊際，如瓶、衣、疊等，有邊故無常，虚空爾者，亦是無常。又復常因能生常果，因若無常，果云何常？如因埿生瓶，埿無常故，瓶亦無常。有方所故，名爲無常。」《筠州黄蘗山斷際禪師傳心法要》：「道無方所，名大乘心。此心不在内外中間，實無方所。」《宏智禪師廣録》卷一：「以大圓覺爲我伽藍，身心安居平等性智，恁麽則不可以方所爲限，不可以時分爲拘。」又卷八《至游庵銘》：「道人至游，了無方所。」

〔二〕盤泊：盤桓，滯留。見寒山詩二六一首注〔四〕。　　無爲里：「無爲」即涅槃之異譯，見寒山詩一五九首注〔一七〕。「里」即村坊民居。《詩·鄭風·將仲子》：「將仲子兮，無踰我里。」毛傳：「里，居也。」拾得詩云「無爲里」者，乃是將「無爲」化爲具體之場所，與下文之「涅槃山」、「香林寺」類似。

〔三〕涅槃山：「涅槃」爲佛教修行所追求之斷除一切煩惱、超脱生死輪迴之彼岸境界。僧肇《涅槃無名論》：「經稱有餘涅槃、無餘涅槃者，秦言無爲，亦名滅度。無爲者，取乎虚無寂寞，妙絶於有爲。滅度者，言其大患永滅，超度四流。」北周道安《二教論·仙異涅槃》：「涅槃者，常恒清涼，無復生死，心不可以智知，形不可以像測，莫知所以名，强謂之寂。」拾得詩云「涅槃山」，即是涅槃之具體化。如《大般涅槃經》卷三二：「第七人者，發意欲度生死大河。……得到彼岸，登陟高山，離諸恐怖，多受安樂。善男子，彼岸山者，喻於如來。受安樂者，喻佛常住。大高山者，喻大涅槃。」《千手千眼觀世音菩薩廣大圓滿無礙大悲心陀羅尼經》：「南無大悲觀世音，願我早登涅槃山。」《祖堂集》卷一五《汾州和尚》：「言下便了，更無漸次，所謂不動足而登涅槃山。」《汾陽無德禪師語録》卷下《與重巖道者住山歌》：「千谿萬壑總唯心，直至涅槃山上路。」《古尊宿語録》卷二三《汝州葉縣廣教省禪師語録》：「問：『如何是世尊不説説？』師云：『涅槃山側畔，香煙滿乾坤。』」《爲霖道霈禪師餐香録》卷上：「伏願竭生死海，登涅槃山，同生諸佛會中，長作法門眷屬。」

〔四〕香林寺：「香林」即瞻蔔林，用爲大乘佛法之喻。《維摩詰經・觀衆生品》：「舍利弗，如人入瞻蔔林，唯嗅瞻蔔，不嗅餘香。如是若入此室，但聞佛功德之香，不樂聞聲聞、辟支佛功德香也。」僧肇注：「無乘不乘，乃爲大乘，故以香林爲喻，明淨名之室，不雜二乘之香。止此室者，豈他嗅哉。以此可知吾志何乘也。」按「瞻蔔」爲佛經中的香樹。慧琳《一切經音義》卷八：「瞻博迦花，梵語花樹名也，舊云瞻蔔，訛略也。此花芬馥，香聞數里，大如楸花，爛然金色也。亦是香花名也。」亦作「薝蔔」。蘇軾《贈詩僧道通》：「香林乍喜聞薝蔔，古井惟愁斷轆轤。」拾得詩之「香林」即大乘佛法之喻，云「香林寺」者，亦是大乘佛法之具體化也。

〔五〕東海變桑田：形容世界發生天翻地覆的巨大變化。《神仙傳》卷二《王遠》：「麻姑自説云：

『接侍以來，已見東海三爲桑田。向到蓬萊，又水淺於往日會時略半耳，豈將復爲陵陸乎？』遠嘆曰：『聖人皆言海中行復揚塵也。』」李程《贈毛仙翁》：「他日更來人世看，又應東海變桑田。」

楚按，《拾得録》載「集語」有云：「余本住無方，盤泊無爲理，時陟涅槃山，徐步香林裏。」即是采擷拾得此詩語句者。文字小有不同，「香林裏」應據拾得詩作「香林寺」爲佳。「無爲理」雖與各種版本之拾得詩相同，但皆應作「無爲里」。蓋拾得此詩首句云「余住無方所」，言其居處實無具體處所，故下云「無爲里」、「涅槃山」、「香林寺」等，雖有處所之名，實無處所之實，不過是將佛理術語處所化而已。敦煌遺書伯二三八五號衛元嵩《十二因緣六字歌詞》序云：「余本是性淨國人，屬大般涅槃州，清昇彼岸郡，寂滅法身縣，薩婆若鄉，正（止）真如至（里），住无爲村，坐无作舍，父名平等，母字慈悲。」他如《龐居士語録》卷中：「十方同一等，此是真如寺。」又：「無念清涼寺，蘊空真五臺。」又卷下：「十方同一等，此是真如寺。」又：「牽牛駕空車，共入無爲宅。」雖然説了一連串處所，亦都是佛教術語的具體化，與拾得此詩的手法相似。

左手握驪珠

左手握驪珠〔一〕，右手執慧劍〔二〕。先破①無明賊〔三〕，神珠自吐燄②〔四〕。傷嗟愚癡人，貪愛

那生猒③〔五〕。一墮三途間〔六〕，始覺前程險〔七〕。（拾四三）

【校勘】

①「破」下全唐詩本夾注「一作射」。②「神」，高麗本作「被」。「自吐」，宮内省本、四庫本作「吐光」，全唐詩本夾注「一作吐光」。③「猒」，宮内省本、四庫本、全唐詩本作「厭」，同。

【箋注】

〔一〕驪珠：驪龍之珠。《莊子·列禦寇》：「河上有家貧恃緯蕭而食者，其子没於淵，得千金之珠。其父謂其子曰：『取石來鍛之！夫千金之珠，必在九重之淵，而驪龍頷下。子能得珠者，必遭其睡也。使驪龍而寤，子尚奚微之有哉！』」拾得詩之「驪珠」，譬喻衆生本具之佛性。《祖堂集》卷四丹霞和尚《驪龍珠吟》：「驪龍珠，驪龍珠，光明燦爛與人殊。十方世界無求處，縱然求得亦非珠。珠本有，不昇沉，時人不識外追尋。行盡天涯自疲極，不如體取自家心。莫求覓，損功夫，轉求轉覓轉元無。恰如渴鹿趁陽燄，又似狂人在道途。須自體，了分明，了得不用更磨瑩。深知不是人間得，非論六類及生靈。虚用意，損精神，不如閑處絶纖塵。停心息意珠常在，莫向途中别問人。自迷失，珠元在，此个驪龍終不改。雖然埋在五陰山，自是時人生懈怠。不識珠，每拋擲，却向驪龍前作客。不知身是主人公，棄却驪龍别處覓。認取寶，自家珍，此珠元是本來人。拈得翫弄無窮盡，始覺驪龍本不貧。若能曉了驪珠後，只這驪珠在我身。」貫休《道情偈三首》之二：「非色非空非不空，空中真色不玲瓏。可憐盧大擔柴者，拾得驪珠橐籥中。」

〔二〕慧劍：謂智慧，以智慧能斬斷一切煩惱，故喻之爲劍。《維摩詰經·菩薩行品》：「以智慧劍，破煩惱賊。」僧肇注：「煩惱之寇，密固難遣，自非慧劍，無以斷除。」《大乘本生心地觀經》卷二：「法寶猶如智慧利劍，割斷生死，離繫縛故。」玄覺《證道歌》：「大丈夫，秉慧劍，般若鋒兮金剛焰，非但空摧外道心，早曾落却天魔膽。」《汾陽無德禪師語録》卷下《不出院歌》：「真慧劍，絶磨礱，當疑破惑濯愚蒙。」

〔三〕無明賊：「無明」即愚癡之别譯，以其能賊害人，故稱爲「無明賊」。寒山詩二七七首亦云：「亦有真佛性，翻作無明賊。」

〔四〕神珠自吐談：「神珠」指上文之「驪珠」，爲佛性之喻。「吐談」謂放射光明。盧仝《月蝕詩》：「今夜吐談長如虹，孔隙千道射户外。」按注〔二〕引丹霞和尚《驪龍珠吟》有云「驪龍珠，驪龍珠，光明燦爛與人殊」，即「神珠自吐談」之意。

〔五〕貪愛：即貪欲，謂貪戀五欲之境，「愛」亦貪之異名。《妙法蓮華經·方便品》：「深著於五欲，如犛牛愛尾，以貪愛自蔽，盲瞑無所見。」《祖堂集》卷一九《香嚴和尚》：「縱恣貪愛，織造有漏。」　猒：同「厭」，滿足。《荀子·富國》：「割國之錙銖以賂之，則割定而欲無厭。」《左傳》襄公三十一年：「大夫多貪，求欲無厭。」

〔六〕三途：指「六道」中之餓鬼道、畜生道、地獄道。見寒山詩一一二首注〔三〕。

〔七〕前程：前途，這裏指死後境況。楊衡《送春》：「人生似行客，兩足無停步。日日進前程，前程幾多路。」敦煌遺書伯二三〇五解座文：「只磨貪婪没盡期，也須支准前程道。」《景德傳燈録》卷三〇魏府華嚴長老《示衆》：「你有千般萬種無明罪業，佛亦爲你不得，須是你自家著力，前程自辦。」

楚按，《拾得録》所載「集語」有云：「左手握驪珠，右手執摩尼，莫耶未足刃，智劍斬六賊。」即采擷拾得此詩語句而成者。

般若酒泠泠①

般若酒泠泠〔一〕，飲多人易醒。余住天台山，凡愚那見形〔二〕。常遊深谷洞，終不逐時情〔三〕。無思②亦無慮〔四〕，無辱也無榮〔五〕。（拾四四）

【校勘】

①此首之下，原本、正中本、高麗本、全唐詩本有注文：「此下與寒山詩大同小異，語意相涉。」②「思」，宮内省本、四庫本作「愁」。

【箋注】

〔一〕般若酒：對「般若」的比喻説法，言其清醇若酒也。按「般若」義譯智慧。《大乘義章》卷一二：「言般若者，此方名慧，於法達觀，故稱爲慧。」《善慧大士語録》卷三《還源詩十二章》之十二：

「還源去，般若酒澄清，能治煩惱病，自飲勸衆生。」亦作「般若漿」。敦煌遺書伯三四〇九號載六禪師與七衛士問答，有云：「五陰山中有一房，裏有禪師座繩床，飢飡禪悦食，渴飲般若漿。」

泠泠：清涼貌。宋玉《風賦》：「清清泠泠，愈病析酲，發明耳目，寧體便人。」

〔二〕凡愚：即「凡愚人」，指世俗愚人。見寒山詩二三三首注〔一〕。

〔三〕時情：世情，俗情。李群玉《杜門》：「世路變陵谷，時情驗友朋。」杜荀鶴《亂後逢李昭象叙別》：「卻與野猿同橡塢，還將溪鳥共漁磯。也知不是男兒事，争奈時情賤布衣。」

〔四〕無思亦無慮：《莊子·天地》：「德人者，居无思，行无慮，不藏是非美惡。」劉伶《酒德頌》：「無思無慮，其樂陶陶。」王周《西山晚景》：「無思復無慮，此味幾人同。」《祖堂集》卷二《第三十三祖惠能和尚》：「今日始知佛性不念善惡，無思無慮，無造無作，無住無爲。」

〔五〕無辱也無榮：《希叟紹曇禪師廣録》卷一：「何似林間衲子，無榮無辱，無可思量。」《呆菴普莊禪師語録》卷六《呆菴歌》：「兀兀癡癡只麽過，無榮無辱無疎親。」

楚按，《拾得録》所載「集語」有云：「般若酒清泠，飲啄澄神思，余閑來天台，尋人人不至。」即采擷拾得此詩語句而成者。

自從到此天台寺①

自從到此天台寺〔一〕，經今早已幾冬春。山水不移人自老，見却多少後生人。（拾四五）

【校勘】

①此首之下全唐詩本有注文：「一作寒山詩。」

【箋注】

〔一〕天台寺：國清寺之原名，此處即指國清寺。隋灌頂《國清百録序》：「到大隋開皇十八年，其歲戊午，太尉晉王於山下爲先師創寺，因山爲稱，是曰『天台』。王登尊極，以大業元年龍集乙丑，敕江陽名僧云：『昔爲智者創寺，權因山稱，今須立名。經論之内，有何勝目，可各述所懷，朕自詳擇。』諸僧表兩名，一云『禪門』，一云『五净居』。其表未奏，而僧使智璪啓『國清』之瑞。敕云：『此是我先師之靈瑞，即用即用。』敕取江都宫大牙殿牓，填以雌黄，書以大篆，遣兼内史通事舍人盧政力送安寺門，『國清』之稱從而爲始。」

楚按，此首與寒山詩二一二首略同，兹録寒山詩於下：「自從到此天台境，經今早度幾冬春。山水不移人自老，見却多少後生人。」

平生何所憂①

平生何所憂，此世隨緣過。日月如逝波〔一〕，光陰石中火。任他天地移，我暢巖中坐。（拾四六）

【校勘】

①宫内省本無此首。

【箋注】

〔一〕逝波：比喻時光流逝。賈島《送玄巖上人歸西蜀》：「去臘催今夏，流光等逝波。」鮑溶《經舊遊》：「歎息追古人，臨風傷逝波。」貫休《聞赤松舒道士下世》：「冀迎新渥澤，遽逐逝波瀾。」《太平廣記》卷六八《封陟》（出《傳奇》）：「逝波難駐，西日易頹。」延壽《警世》：「一報之内，如石火風燈，逝波殘照，瞬息而已。」

楚按，此首與寒山詩一七一首後六句略同，有關注釋參看該首。兹録寒山詩於下：「一自遯寒山，養命餐山果。平生何所憂，此世隨緣過。日月如逝川，光陰石中火。任你天地移，我暢巖中坐。」

嗟見多知漢

嗟見多知漢，終日枉用心。岐路逞嘍囉，欺謾一切人。唯作地獄滓，不修來世因〔一〕。忽爾無常到〔二〕，定知亂紛紛。（拾四七）

【箋注】

〔一〕來世因：這裏指導致來世獲得福果之善因。

〔二〕忽爾無常到：倘若死亡到來。「無常」謂死，見寒山詩二三八首注〔五〕。「忽爾」即如果、倘若。敦煌本《佛説十王經》：「造經讀誦人，忽爾無常至，天王恒接引，菩薩捧花迎。」敦煌本《孟姜女變文》：「黄（皇）天忽爾逆人情，賤妾同向長城死。」《秋胡變文》：「婆教新婦，不敢違言；於後忽爾兒來，遣妾將何申吐？」《汾陽無德禪師語録》卷上：「忽爾言中有響，句下無私，真智現前，無量劫來，疑情頓息，豈不慶快平生？」《景德傳燈録》卷一八《福州鼓山興聖國師神晏》：「忽爾是箇漢，未通箇消息，向他恁麽道，被他驀口摑，還怪得他麽？」《太平廣記》卷三四九《段何》（出《河東記》）：「疾病若此，胡不娶一妻，俾侍疾。忽爾病卒，則如之何？」宋李元弼《作邑自箴卷六》：「自幼便令親近好人，讀書應舉，忽爾及第，光榮一鄉。」

楚按，此首與寒山詩二三八首略同，有關注釋參看該首。兹録寒山詩於下：「我見多知漢，終日用心神。岐路逞嘍囉，欺謾一切人。唯作地獄滓，不修正直因。忽然無常至，定知亂紛紛。」

迢迢山徑峻

迢迢山徑峻，萬仞險隘危。石橋莓苔緑〔一〕，時見白①雲飛。瀑布懸如練〔二〕，月影落潭暉②。更登華頂上〔三〕，猶待孤鶴期〔四〕。（拾四八）

【校勘】

①「白」，宫内省本、四庫本作「片」，全唐詩本夾注「一作片」。②「暉」，宫内省本、四庫本作「輝」。

【箋注】

〔一〕石橋莓苔緑：「石橋」在天台山，以險絶著稱，見寒山詩〇四四首注〔五〕。上布莓苔，更增險滑。《文選》卷一一孫綽《遊天台山賦》：「踐莓苔之滑石，搏壁立之翠屏。」李善注：「莓苔，即石橋之苔也。」《高僧傳》卷一一《晋始豐赤城山竺曇猷》：「而天台懸崖峻峙，峰嶺切天，古老相傳云：上有佳精舍，得道者居之。雖有石橋跨澗，而横石斷人，且莓苔青滑，自終古以來，無得至者。」《雲外雲岫禪師語録·送立維那遊天台》：「見説石橋行不得，年年春雨上苔衣。」

〔二〕瀑布懸如練：「瀑布」指天台山瀑布。寒山詩二六六首亦云：「瀑布千丈流，如鋪練一條。」參看該首注〔三〕。「如練」之語，如謝朓《别王丞僧孺》：「花樹雜爲錦，月池皎如練。」又《晚登三山還望京邑》：「餘霞散成綺，澄江静如練。」

〔三〕華頂：天台山最高峰。見寒山詩一六七首注〔一〕。

〔四〕猶待孤鶴期：按「鶴」爲仙家之坐騎。賈島《遊仙》：「借得孤鶴騎，高近金烏飛。」皎然《冬日天井西峰張鍊師所居》：「冥冥孤鶴性，天外思輕舉。」又《答韋山人隱起龍文藥瓢歌》：「聊將繫肘步何輕，便有三山孤鶴情。」拾得詩「猶待孤鶴期」，謂企望駕鶴成仙。寒山詩二四八首有「守死待鶴來」之語，參看該首注〔九〕。

松月冷颼颼

松月①冷颼颼，片片雲霞起。匼匝幾重山②〔一〕，縱目千萬里。谿潭水澄澄，徹底鏡相似〔二〕。

可貴靈臺物〔三〕，七寶莫能比〔四〕。（拾四九）

【校勘】

①「月」，全唐詩本夾注「一作風」。②「峇」，宮内省本、四庫本、全唐詩本作「𡶨」。「匝」，正中本、高麗本作「帀」，並同。

【箋注】

〔一〕峇匝：重疊貌。見寒山詩〇六〇首注〔二〕。

〔二〕谿潭水澄澄，徹底鏡相似：按寒山詩二一一首亦云：「水清澄澄瑩，徹底自然見。」參看該首注〔一〕。

〔三〕靈臺物：指心。「靈臺」即心之別名，見寒山詩二四〇首注〔六〕。

〔四〕七寶：衆寶之總稱。見寒山詩二六四首注〔二〕。

楚按，此首語句多有采擷寒山詩二六四首之處，兹録寒山詩於下：「可貴一名山，七寶何能比。松月颼颼冷，雲霞片片起。峇匝幾重山，迴還多少里。谿澗静澄澄，快活無窮已。」又此詩「谿潭水澄澄，徹底鏡相似」二句，亦與寒山詩二一一首「水清澄澄瑩，徹底自然見」相似。《拾得録》所載「集語」有「水清復見底」，亦與上引寒山、拾得詩相似。

世有多解人

世有多解人，愚癡學閑文〔一〕。不憂當來果，唯知造惡因。見佛不解禮，覩僧倍生瞋。五逆十惡輩，三毒以爲鄰〔二〕。死去①入地獄，未有出頭辰〔三〕。（拾五〇）

【校勘】

①「去」，宫内省本、四庫本作「定」。

【箋注】

〔一〕閑文：言不及義的文字。《明覺禪師語録》卷六《再訓》：「萬卷無書道用歸，閑文公也未須知。」按佛教將一切浮華不實、穢雜無義的語言文字稱爲「綺語」，爲「十惡」之一，當受惡報，即是拾得詩之「閑文」。《法苑珠林》卷七六《十惡篇·綺語部》正報頌曰：「綺語無義理，令人心惑亂。爲喪他善根，烊銅擘口灌。焰鐵燒其舌，腹藏皆燋爛。此痛不可忍，悲號常叫喚。」又習報頌：「浮言翳真理，爲此沉惡趣。去彼暫歸人，出言無曉喻。生無信仰心，恒被他笑具。爲人覺羞恥，何不出典句。」宋陳善《捫蝨新話》上集卷三：「黄魯直初作豔歌小詞，道人法秀謂其以筆墨誨淫，於我法中當墮泥犁之獄。魯直自是不復作。」所云「豔歌小詞」，亦「閑文」之類。

〔二〕三毒以爲鄰：此句寒山詩〇九一首作「三毒以爲親」。按「鄰」即「親」之意。張志和《玄真子外篇》卷上《碧虚》：「夫造化之夐，可知而不可鄰，可聞而不可親。」王梵志詩三四二首：「究竟涅槃非是遠，尋思寂滅即爲鄰。」《景德傳燈録》卷二九寶誌和尚《十二時頌》：「作浄潔，却勞神，莫認愚癡作近鄰。」

〔三〕出頭：脱身。見寒山詩二一五首注〔三〕。

楚按，此首與寒山詩〇九一首大同小異，但多五六兩句而已，有關注釋參看該首。兹録寒山詩於下：「世有多解人，愚癡徒苦辛。不求當來善，唯知造惡因。五逆十惡輩，三毒以爲親。一死入地獄，長如鎮庫銀。」而此首五六兩句「見佛不解禮，覩僧倍生瞋」，又與寒山詩一三八首之「見佛不禮佛，逢僧不施僧」二句大同小異。

人生浮世中

人生浮世中〔一〕，箇箇願富貴。高堂車馬多，一呼百諾至〔二〕。吞併他田宅，準擬承後嗣〔三〕。未逾七十秋〔四〕，冰消①瓦解去〔五〕。（拾五一）

【校勘】

①「消」，高麗本作「銷」。

【箋注】

〔一〕浮世：人世間。阮籍《大人先生傳》：「逍遥浮世，與道俱成，變化聚散，不常其形。」《高僧傳》

卷一一《宋蜀安樂寺釋普恒》：「韜光寄浮世，遺德方化迥。」許渾《將赴京留贈僧院》：「空悲浮世雲無定，多感流年水不還。」于武陵《洛陽道》：「浮世若浮雲，千回故復新。」

〔二〕一呼百諾至：見寒山詩○八五首注〔三〕。

〔三〕準擬：指望，希圖。見拾得詩二六首注〔二〕。

〔四〕七十秋：七十年，指人之壽限。參看寒山詩○八五首注〔四〕。

〔五〕冰消瓦解去：這裏指命終。參看寒山詩○八五首注〔五〕。

楚按，此首部分詩句與寒山詩○八五首相似，兹録寒山詩於下：「多少般數人，百計求名利。心貪覓榮華，經營圖富貴。心未片時歇，奔突如煙氣。家眷實團圓，一呼百諾至。不過七十年，冰消瓦解置。死了萬事休，誰人承後嗣。水浸泥彈丸，方知無意智。」

水浸泥彈丸

水浸泥彈丸〔一〕，思量無道理。浮漚①夢幻身〔二〕，百年能幾幾〔三〕。不解細思惟，將言長不死〔四〕。誅剥壘千金〔五〕，留將與妻子。（拾五二）

【校勘】

①「漚」，宮内省本、四庫本作「泡」。

【箋注】

〔一〕水浸泥彈丸：按寒山詩〇八五首亦云：「水浸泥彈丸，方知無意智。」參看該首注〔七〕。

〔二〕浮漚：比喻虚幻不實，生滅無常。見寒山詩〇八四首注〔三〕。　夢幻身：《景德傳燈録》卷二八玄沙宗一師備大師語：「夢幻身心，無一物如針鋒許。」按佛教以夢、幻等比喻萬法皆空。《金剛經》：「一切有爲法，如夢幻泡影，如露亦如電，應作如是觀。」

〔三〕幾幾：幾許，幾何。孟浩然《從張丞相遊南紀城獵戲贈裴迪張參軍》：「公卿有幾幾，車騎何翩翩。」貫休《山居詩二十四首》之二二：「自古浮華能幾幾，逝波終日去滔滔。」《明覺禪師語録》卷五《戲靠安巖呈雙溪大師》：「陝府鐵牛却知有，春秋幾幾成過咎。」又卷六《送從吉禪者》：「堪笑堪悲能幾幾，天上人間立高軌。」《月磵禪師語録》卷下《德詳大師禮補陀五臺》：「大士元不在其中，誤賺平人知幾幾。」《憨山老人夢遊集》卷三五《自贊》：「從他相識滿乾坤，脱體承當能幾幾。」按杜甫《别唐十五誡因寄禮部賈侍郎》：「九載一相逢，百年能幾何。」杜荀鶴《贈李蒙叟》：「百年能幾日，忍不惜光陰。」沈廷瑞《寄袁州陳智周》：「休羡繁華事，百年能幾時。」棲蟾《居南嶽懷沈彬》：「萬木還無葉，百年能幾時。」皆是拾得詩「百年能幾幾」之意。

〔四〕將言：以爲，認爲。《祖堂集》卷一五《歸宗和尚》：「如師只問菩提之處，將言對敵，埋没達摩來蹤。」

〔五〕誅剥：剥削，搜刮。韋莊《秦婦吟》：「旋教魘鬼傍鄉村，誅剥生靈過朝夕。」　壘千金：即

「累千金」，形容富於財產。《史記·孫子吳起列傳》：「其少時，家累千金，遊仕不遂，遂破其家。」又《呂不韋列傳》：「往來販賤賣貴，家累千金。」《後漢書·侯霸傳》：「家累千金，不事產業。」

雲林最幽棲①

雲林最幽棲〔一〕，傍澗枕月谿〔二〕。松拂盤陁石〔三〕，甘泉涌淒淒。靜坐偏佳麗，虛巖曚霧②迷〔四〕。怡然居憇③地〔五〕，日斜樹影低④。（拾五三）

【校勘】

①宮内省本無此首。②「霧」，高麗本作「露」。③「憇」，正中本、高麗本作「恬」。④此句原本、全唐詩本僅存「日」字，下有夾注「以下缺」。正中本此句作「日斜樹影低」，高麗本作「日斜掛影低」。按寒山詩二六七首亦云「日斜樹影低」，與正中本同，茲據正中本補足原本缺文。

【箋注】

〔一〕雲林：指幽隱之處。孟浩然《題終南翠微寺空上人房》：「儒道雖異門，雲林頗同調。」王維《桃源行》：「當時只記入山深，青溪幾曲到雲林。」

〔二〕枕：形容依傍、貼近。白居易《餘杭形勝》：「餘杭形勝四方無，州傍青山縣枕湖。」又《百花亭》：「佛寺乘船入，人家枕水居。」

〔三〕盤陁石：平坦的巨石。見寒山詩一七六首注〔三〕。

〔四〕虚巖曚霧迷：「虚巖」即幽深的山巖；「曚霧」同「蒙霧」，昏暗的霧氣。寒山詩二六七首作「虚巖蒙霧迷」，參見該首注〔二〕。

〔五〕居憇地：休憩之地，「憇」同「憩」。

楚按，此首與寒山詩二六七首部分語句相似，兹録寒山詩於下：「盤陁石上坐，谿澗冷淒淒。静翫偏嘉麗，虚巖蒙霧迷。恬然憩歇處，日斜樹影低。我自觀心地，蓮花出淤泥。」

可笑是林泉

可笑是林泉〔一〕，數里少①人煙。雲從巖嶂起，瀑布水潺潺。猨啼暢②道曲〔二〕，虎嘯出人③間。松風清颯颯，鳥語聲關關。獨步繞石澗，孤④陟上峰巒。時坐盤陀石，偃仰攀蘿沿〔三〕。遥望城隍處〔四〕，惟聞鬧喧喧⑤。（拾五四）

【校勘】

①「少」，宫内省本、正中本、高麗本、四庫本皆作「勿」。　②「暢」，原本、全唐詩本作「唱」，宫内省本、正中本、高麗本、四庫本作「暢」。按寒山詩一六五首亦有「猨啼暢道内」之語，兹從宫内省本等作「暢」。　③「出人」，正中本、高麗本作「滿山」，按寒山詩一六五首作「虎嘯出人間」，與原本同。

④「孤」，正中本作「泒」。　⑤此首之下，原本、全唐詩本有注文：「此首係别本增入。」

【箋注】

〔一〕可笑：可喜。見寒山詩〇〇三首注〔一〕。　林泉：指隱居之處。參看寒山詩一六四首注〔二〕。

〔二〕暢道曲：詠唱禪悦生活的歌曲。參看寒山詩一六五首注〔三〕。

〔三〕攀蘿沿：抓住藤蘿攀登。「沿」這裏通「緣」，攀援之義。《孟子·梁惠王上》：「以若所爲，求若所欲，猶緣木而求魚也。」

〔四〕城隍：城市。參看寒山詩一七〇首注〔二〕。

楚按，此首與寒山詩一六五首部分語句相似，兹引寒山詩於下：「可重是寒山，白雲常自閑。猨啼暢道内，虎嘯出人間。獨步石可履，孤吟藤好攀。松風清颯颯，鳥語聲喧喧。」

閑自訪高僧

閑自訪高僧，青山與白雲〔一〕。東家一稚子，西舍衆群群。五峰聳雲漢〔二〕，碧落水澄澄〔三〕。師指令歸去，日下一輪燈。（拾五五）

【校勘】

此首原本、宫内省本、高麗本、四庫本、全唐詩本俱不載，兹據正中本收入。

【箋注】

〔一〕青山與白雲：按棲蟾《贈南嶽玄泰布衲》亦云：「四十餘年内，青山與白雲。」

〔二〕五峰：寒山詩一九五首亦云「空裏五峰遥望低」，見該首注〔二〕。

〔三〕碧落：青天。見寒山詩一九五首注〔七〕。

楚按，此詩首二句與末二句與寒山詩一六六首相似，蓋據寒山詩增益而成者。兹録寒山詩於下：「閑自訪高僧，煙山萬萬層。師親指歸路，月掛一輪燈。」《首書寒山詩》云：「『五峰聳雲漢，青山與白雲。東家一稚子，西舍衆群群。』此章本於洞山道『青山白雲父，白雲青山兒。白雲終日倚，青山總不知』而作也。五峰者，青山之爲父者也。雲漢者，白雲之爲兒者也。雲之少，謂『一稚子』；雲之多，謂『衆群群』。」楚按，所引洞山語見《筠州洞山悟本禪師語録》：「僧問：『如何是青山白雲父？』師曰：『不森森者是。』云：『如何是白雲青山兒？』師曰：『不辨東西者是。』云：『如何是白雲終日倚？』師曰：『去離不得。』云：『如何是青山總不知？』師曰：『不顧視者是。』乃頌曰：『青山白雲父，白雲青山兒。白雲終日倚，青山總不知。』」又按，此數句實非洞山之作，本爲隱山和尚偈語，而經洞山引用者。《祖堂集》卷二〇《隱山和尚》：「又偈曰：『青山白雲父，白雲青山兒。白雲終日依，青山都不知。欲知此中意，寸步不相離。』洞山因此頌曰：『道無心合人，人無心合道。欲知此中意，一老一不老。』」

《首書寒山詩》又云：「『閑自訪高僧，碧落水澄澄。師指令歸去，日下一輪燈。』此章與寒山詩曰『閑自訪高僧，烟山萬萬層。師親指歸路，月挂一輪燈』無所異焉。由是觀之，『日』字當作『月』字也。」楚按，所云「日」字當作「月」字，是也。

《首書寒山詩》又云：「舊本『五峰聳雲漢』與『閑自訪高僧』之二句易其處者，錯也，讀者詳焉。」《寒山子詩集管解》亦云：「寒山百六十二首本書一六六首曰：『閑自訪高僧，烟山萬萬層。師親指歸路，月挂一輪燈。』由是觀之，以『閑自訪高僧』一句安『碧落水澄澄』上而爲四句一首；又『五峰聳雲漢』安『青山與白雲』上而爲四句一首，可也。洞山和尚道：『青山白雲父，白雲青山兒。白雲終日倚，青山總不知。』此曰『東家一稚子』者，謂孤雲之點於東方乎？『西舍衆群群』者，謂青山之多於西方乎？寒山二百九首本書二三九首曰：『目見天台頂，孤高出衆群。』宜并考也。雖然，寒山、拾得之詩格，非常情之所測，別有其說也未可知矣。」楚按，《寒山詩索頤》即本於上引《首書》及《管解》之說，將本詩分作以下兩首：

五峰聳雲漢，青山與白雲。東家一稚子，西舍衆群群。

閑自訪高僧，碧落水澄澄。師指令歸去，月下一輪燈。

我見世間人

我見世間人，箇箇争意氣。一朝忽然死，秪得一片地。闊四尺，長丈二。汝若會出來争意

氣，我與汝立碑記。（拾五六）

此首據高麗本收入。按此首及下首，原本、宮内省本、正中本、四庫本、全唐詩本「拾得詩」中皆不載，而收入於「寒山詩」之末本書寒山詩三一二首、三一三首。有關注釋參看寒山詩注。

家有寒山詩

家有寒山詩，勝汝看經卷。書放屏風上，時時看一徧。（拾五七）

此首據高麗本收入。原本、宮内省本、正中本、四庫本、全唐詩本作寒山詩本書三一三首，參看寒山詩注。

拾得佚詩

「拾得佚詩」，指宋元刊本拾得詩集所不載之拾得詩，其中有些與他人詩作互見，有些是後人嫁名之作。

無瞋是持戒

無瞋是持戒，心浄是出家。我性與汝合，一切法無差。（拾佚一）

此首見於《宗鏡録》卷二四：「天台拾得頌云：『無瞋是持戒，心浄是出家。我性與汝合，一切法無差。』夫出塵之人，心不依物故。」按宋本《寒山子詩集》載《拾得録》記此詩本事云：「又因半月布薩，衆僧説戒，法事合時，拾得驅牛至堂前，倚門而立，撫掌微笑，曰：『悠悠哉，聚頭作相，這箇如何？』老宿律德怒而呵云：『下人風狂，破於説戒。』拾得笑而言曰：『無瞋即是戒，心浄即出家。我性與汝合，一切法無差。』尊宿出堂打趂拾得，令驅牛出去。拾得言：『我不放牛也，此群牛皆是前生大德知事人，咸有法號，喚者皆認。』時拾得一一喚牛云：『前生律師弘靖出。』時一白牛作聲而過。又喚：『前生典座光超出。』時一黑牛作聲而過。又喚：『直歲靖本出。』時一牯牛作聲而出。又喚云：『前生知事法忠出。』時一牯牛作聲而出。乃獨牽謂牛曰：『前生不持戒，人面而畜心。汝今招此咎，怨恨於何人。佛力雖然大，汝辜於佛恩。』大衆驚訝忙然，因玆又報州縣，使令入州，不赴召命，盡代人仰。」

楚按，此詩亦作寒山佚詩，見寒佚〇九首，有關注釋亦參看該首。

東陽海水清

東陽海水清，水清復見底。靈源流法泉，斫水刀無痕。我見頑愚士，燈心拄須彌。寸樵煮大海，足抹大地石。蒸沙成飯無，磨甎將爲鏡。説食終不飽，直須著力行。恢恢大丈夫，堂堂六尺士。枉死埋塚下，可惜孤標物。（拾佚二）

此段出於《宗鏡録》卷三三:「一乘歸於宗鏡,若初心入已,須冥合真空,唯在心行,非從口説。直下步步著力,念念相應,如大死人,永絶餘想。若非懇志,曷稱丈夫;但有虚言,終成自誑。如天台拾得頌云:『東陽海水清,水清復見底。靈源流法泉,斫水刀無痕。我見頑愚士,燈心拄須彌,寸樵煮大海,足抹大地石。蒸沙成飯無,磨甎將爲鏡,説食終不飽,直須著力行。恢恢大丈夫,堂堂六尺士,枉死埋塚下,可惜孤標物。』」楚按,此處所引「拾得頌」,實非拾得之作,而是宋本《寒山子詩集》所載《拾得録》中「集語」之前十六句,參看本書附録所載《拾得録》。這段「集語」乃是《拾得録》的作者采擷寒山詩與拾得詩中的一些語句,加以改造、串聯、補充而成,並非拾得手筆。延壽因其出自《拾得録》,遂以爲是拾得頌,實出於誤解。

又按,今人曾普信著《寒山詩解》臺灣華光書局一九七一年十二月三十日初版將《拾得録》中「集語」全文,析爲詩九首,悉數收入拾得詩第一首至第九首,同樣是誤解「集語」爲拾得所著,本書不再采録。

昨夜得一夢

昨夜得一夢,夢見一團空。朝來擬説夢,舉頭又見空。爲當空是夢,爲復夢是空(一)。想計浮生裡,還同一夢中。(拾佚三)

【箋注】

〔一〕爲當空是夢，爲復夢是空：按「爲當……爲復……」是用於選擇問句的連詞，猶如「還是……還是……」。敦煌本《降魔變文》：「爲當欲謀社稷？爲復别有情懷？」《祖堂集》卷三《司空山本浄和尚》：「爲當求佛？爲復問道？若求作佛，即心是佛；若欲問道，無心是道。」《景德傳燈録》卷一五《潭州漸源仲興禪師》：「爲當是落路下草？爲復一一合轍？」又卷二八《越州大珠慧海和尚語》：「且爲當將心止心？爲復起心觀觀？」

此首見於《首書寒山詩》，與以下二首載於拾得詩之末。《寒山子詩集管解》、《寒山詩闡提記聞》、《寒山詩索賾》亦載此三詩，與《首書寒山詩》同。

楚按，《吴山浄端禪師語録》卷上：「衆生久流轉於生死，蓋乃日用而不知，未登真覺，常處夢鄉。古人道：昨夜得個夢，夢見一團空。今朝擬説夢，舉頭又見空。爲當空是夢，爲復夢是空。料想浮生裏，還同此夢中。」所云「古人道」者，即是此詩也。

身貧未是貧

身貧未是貧，神貧始是貧〔一〕。身貧能守道，名爲貧道人〔二〕。神貧無智慧，果受餓鬼身〔三〕。餓鬼比貧道，不如貧道人。（拾佚四）

【箋注】

〔一〕身貧未是貧,神貧始是貧:按「身」指肉體,「神」指靈魂。《弘明集》卷五慧遠《明報應論》:「夫四大之體,即地水火風耳,結而成身,以爲神宅。」王梵志詩三六五首:「夢遊萬里自然,覺罷百事憂煎。欲見神身分別,思此即在眼前。」《景德傳燈録》卷二八《南陽慧忠國師語》:「(禪客)曰:『此身即有生滅,心性無始以來未曾生滅。身生滅者,如龍換骨,蛇脱皮,人出故宅。即身是無常,其性常也。南方所説,大約如此。』師曰:『若然者,與彼先尼外道無有差別。彼云:我此身中,有一神性,此性能知痛癢。身壞之時,神則出去,如舍被燒,舍主出去。舍即無常,舍主常矣。審如此者,邪正莫辨,孰爲是乎?』」又按,「……未是貧,……始是貧」的句式,如《祖堂集》卷一九《香嚴和尚》:「去年未是貧,今年始是貧。去年無卓錐之地,今年錐亦無。」《虚堂和尚語録》卷一:「去年貧,未是貧,守株待兔;今年貧,始是貧,認賊爲子。去年貧無卓錐之地,癩狗繫枯樁;今年貧,錐子也無,和贓納款。」又按,「身貧未是貧,神貧始是貧」二句,不以物質貧乏爲貧,而以精神貧乏爲貧。如玄覺《證道歌》:「窮釋子,口稱貧,實是身貧道不貧。貧則身常披縷褐,道即心藏無價珍。」類似的見解,如《莊子·讓王》:「原憲居魯,環堵之室,茨以生草;蓬户不完,桑以爲樞;而甕牖二室,褐以爲塞;上漏下濕,匡坐而弦。子貢乘大馬,中紺而表素,軒車不容巷,往見原憲。原憲華冠縰履,杖藜而應門。子貢曰:『嘻,先生何病?』原憲應之曰:『憲聞之,无財謂之貧,學而不能行謂之病。今憲,貧也,非病也。』子貢逡巡而有愧色。」

〔二〕貧道人：窮和尚。「道人」爲僧徒之稱，早期譯經多稱僧徒爲「道人」。如後漢安世高譯《佛説罵意經》：「道人莫墮五，一者諍佛，二者諍法，三者諍戒，四者諍經，五諍賢者。道人莫諍有是無是也。」吴支謙譯《孛經抄》：「願道人留意，我有精舍，近在城外，可於中止。」《世説新語·假譎》：「愍度道人始欲過江，與一傖道人爲侶，謀曰：『用舊義在江東，恐不辦得食。』便共立心無義。」按「愍度道人」即支愍度，附見於《高僧傳》卷四《康僧淵傳》。宋葉夢得《避暑録話》卷下：「晉宋間佛學初行，其徒猶未有僧稱，通曰道人，其姓則皆從所授學。」若僧徒自稱，則曰「貧道」。《僧史略》卷下《對王者稱謂》：「若此方對王者，漢魏兩晉或稱名，或云我，或云貧道。故法曠上書於晉簡文，稱『貧道』。支遁上書乞歸剡，亦稱『貧道』。道安諫苻堅，自稱『貧道』，呼堅爲『檀越』，于時未爲定式。……後因中興寺僧鍾啓答稱『貧道』，帝嫌之，問王儉曰：『先輩沙門與帝王共語何稱？正殿還坐不？』儉對曰：『漢魏佛法未興，不見紀傳。自僞國稍盛，皆稱貧道，亦聞預坐。』」《世説新語·言語》：「竺法深在簡文坐，劉尹問：『道人何以游朱門？』答曰：『君自見其朱門，貧道如游蓬户。』」

〔三〕餓鬼：佛教「六道」中「三惡道」之一，墮餓鬼道者永受飢渴之苦。《法苑珠林》卷六《六道篇·鬼部·述意部》：「復有極重之障，稱爲餓鬼。眼光似電，咽孔如針，不聞漿水之名，永絶杭糧之味，肢節一時火起，動轉五百車聲。」《大智度論》卷三〇：「餓鬼腹如山谷，咽如針身，惟有三事，黑皮筋骨，無數百歲不聞飲食之名，何況得見。復有鬼火從口出，飛蛾投火以爲飲食。有食糞、涕唾、膿血、洗器遺餘，或得祭祀，或食産生不净，如是等種種餓鬼。」《佛爲首迦長者説業報差别經》：「復有十業，能令衆生得餓鬼報。一者身行輕惡業，二者口行輕惡業，三者意行輕惡業，四者起於多貪，五者起於惡貪，六者嫉妬，七者邪見，八者愛著資生，即便命終，九者因飢而亡，十者枯渴而死。以上十業，得餓鬼報。」

此首見於《首書寒山詩》、《寒山子詩集管解》、《寒山詩闡提記聞》、《寒山詩索賾》。

井底紅塵生

井底紅塵生，高山起波浪。石女生石兒，龜毛數寸長。欲覓菩提路，但看此牓樣。（拾佚五）

此首見於《首書寒山詩》、《寒山子詩集管解》、《寒山詩闡提記聞》、《寒山詩索賾》。按此首亦作寒山詩，見寒山佚詩〇二首，有關注釋亦見該首。

喧静各有路

喧静各有路，偶隨心所安。縱然在朝市，終不忘林巒。四皓將拂衣，二疏能挂冠。牕前隱逸傳，每日時三看。靳尚那可論，屈原亦可歎。至今黄泉下，名及青雲端。松牖見初月，

花間禮古壇。何處論心懷，世上空漫漫。（拾佚六）

此首見於明釋正勉、釋性涵同輯《古今禪藻集》四庫全書本卷二，原題《歸山作》。今按此首實非拾得詩，而是唐釋護國《歸山作》，見《全唐詩》卷八一一。按《古今禪藻集》體例，凡同一作者的若干首詩排列在一起時，只在第一首下注明作者名氏。而護國《歸山作》接於拾得詩後，由於題下遺漏了作者護國的名氏，遂承上誤作拾得詩矣。

附録

一　事蹟、傳記

寒山子詩集序

朝議大夫使持節台州諸軍事守刺史上柱國賜緋魚袋閭丘胤撰

詳夫寒山子者，不知何許人也。自古老見之，皆謂貧人風狂之士。隱居天台唐興縣西七十里，號爲寒巖，每於兹地，時還國清寺。寺有拾得，知食堂，尋常收貯餘殘菜滓於竹筒内，寒山若來，即負而去。或長廊徐行，叫唤快活，獨言獨笑。時僧遂捉駡打趂，乃駐立撫掌，呵呵大笑，良久而去。且狀如貧子，形貌枯悴，一言一氣，理合其意，沉而思之，隱況道情，凡所啓言，洞該玄默。乃樺皮爲冠，布裘破弊，木屐履地。是故至人遯迹，同類化物。或長廊唱詠，唯言「咄哉咄哉，三界輪廻」。或於村墅與牧牛子而歌笑，或逆或順，自樂其性，非哲者安可識之矣。胤頃受丹丘薄宦，臨途之日，乃縈頭痛。遂召日者，醫治轉重。乃遇一禪師，名豐干，言從天台山國清寺來，特此相訪。乃命救疾。師乃舒容而笑曰：「身居四大，病從幻生，若欲除之，應須淨水。」時乃持淨水上師，師乃噀之，須臾袪殄。乃謂胤曰：「台州海島嵐毒，到日必須保護。」胤乃問曰：「未審彼地當有何賢，堪爲師仰？」師曰：「見之不識，識之不見。若欲見之，不得取相，迺可見之。寒山文殊，遯迹國清。拾得普賢，狀如貧子，又似風狂，或去或來，在國清寺庫院走使，厨中著火。」言訖辭去。胤乃進途，至任台州，不忘其事。到任三日後，親往寺院，躬問禪宿，果合師言，乃令勘唐興縣有寒山拾得已否。時縣申稱，當縣界西七十里内有一巖，巖中古老見有貧士，頻往國清寺止宿。寺庫中有一行者，名曰拾得。胤乃特往禮拜，到國清寺，乃問寺衆：「此寺先有豐干禪師院在何處？并拾得、寒山子見在何處？」時僧道翹答曰：「豐干禪師院在經藏後，即今無人住得，每有一虎，時來此吼。寒山、拾得二人，見在厨中。」僧引胤至豐干禪師院，乃開房，唯見虎迹。乃問僧寶德、道翹：「禪師在日，有何行業？」僧曰：「豐干在日，唯攻舂米供養，夜乃唱歌自樂。」遂至厨中，竈前見二人向火大笑。胤便禮拜，二人連聲喝胤，自相把手，呵呵大笑叫喚。乃云：「豐干饒舌，饒舌。彌陁不識，禮我何爲？」僧徒奔集，遞相驚訝，何故尊官禮二貧士？時二人乃把手走出寺，乃令逐之。急走而去，即歸寒巖。胤乃重問僧曰：「此二人肯止此寺否？」乃令覓房，唤歸寺安置。胤乃歸郡，遂製淨衣二對，香藥等，特送供養。時二人更不返寺，使乃就巖送上，而見寒山子，乃高聲唱曰：「賊，賊！」退入巖穴，乃云：「報汝諸人，各各努力。」入穴而去。其穴自合，莫可追之。其拾得迹沈無所。乃令僧道翹尋其往日行狀，唯於竹木石壁書詩，并村墅人家廳壁上所書文句三百餘首，及拾得於土地堂壁上書言偈，並纂集成卷。但胤棲心佛理，幸逢道人，乃爲讚曰：

菩薩遯迹，示同貧士。獨居寒山，自樂其志。貌悴形枯，布裘弊止。出言成章，諦實至理。凡人不測，謂風狂子。時來天台，入國清寺。徐步長廊，呵呵撫指。或走或立，喃喃獨語。所食厨中，殘飯菜滓。吟偈悲哀，僧俗咄捶。都不動摇，時人自耻。作用自在，凡愚難值。即出一言，頓祛塵累。是故國清，圖寫儀軌。永劫供養，長爲弟子。昔居寒山，時來兹地。稽首文殊，寒山之士。南無普賢，拾得定是。聊申讚歎，願超生死。

（四部叢刊景宋本《寒山子詩集》）

豐干禪師録

道者豐干，未窮根裔，古老見之，居于天台山國清寺。翦髮齊眉，毳裘擁質，緇素問鞫，乃云「隨時」。貌悴昂藏，恢端七尺。唯攻舂米供僧，夜則扃房，吟詠自樂。郡縣諳知，咸謂風僧。或發一言，異於常流。忽爾一日，騎虎松徑，來入國清，巡廊唱道。衆皆驚訝，怕懼惶然，並欽其德。昔京輦與胤救疾，到任丹丘，跡無追訪。賢人隱遯，示化東甌，唯於房中壁上書曰：

余自來天台，凡經幾萬迴。一身如雲水，悠悠任去來。逍遥絶無鬧，忘機隆佛道。世途歧路心，衆生多煩惱。兀兀沈浪海，漂漂輪三界。可惜一靈物，無始被境埋。電光瞥然起，生死紛塵埃。寒山特相訪，拾得罕期來。論心話明月，太虚廓無礙。法界即無邊，一法普徧該。本來無一物，亦無塵可拂。若能了達此，不用坐兀兀。

（四部叢刊景宋本《寒山子詩集》）

拾得録

豐干禪師、寒山、拾得者，在唐太宗貞觀年中，相次垂跡於國清寺。拾得者，豐干禪師因遊松徑，徐步於赤城道路側，偶而聞啼，乃尋其由，見一子，可年十歲，初謂彼村牧牛之子，委問逗遛，云：「我無舍無姓。」遂引至寺，付庫院，候人來認。數旬之間，絶其親鞠。乃令事知庫僧靈熠。經于三祀，頗會人言，令知食堂香燈供養。忽於一日，與像對坐，佛盤同餐。復于聖僧前云：「小果之位。」喃喃呵俚，而言傷哉。熠謂老宿等：「此子心風，無令下供養。」乃令厨内洗濾器物。每澄食滓，而以筒盛，寒山子來，負之而去。或發一言：「我有一珠，埋在陰中，無人別者。」衆謂癡子。寺内山王，僧常參奉，及下供養香燈等務，食物多被烏所耗。忽一夜，僧衆同夢見山王云：「拾得打我，瞋云：汝是神道，守護伽藍，更受沙門參奉供養，既有靈驗，何以食被烏殘？今後不要僧參奉供養。」至旦，僧衆上堂，各説所夢，皆無一差，靈熠亦然，喧喧未止。熠下供養，忽見山王身上，而有杖痕所損。熠乃報衆，衆皆奔看，各云夜夢斯事，乃知拾得不是凡間之子。一寺紛紜，具狀申州報縣。符下：「賢士遯跡，菩薩化身，宜令號爲拾得賢士。」自此後常使浄人直香火供養。又於莊頭牧牛，歌詠叫天。又因半月布薩，衆僧説戒，法事合時，拾得驅牛至堂前，倚門而立，撫掌微笑曰：「悠悠哉，聚頭作相，這箇如何？」老宿律德怒而呵云：「下人風狂，破於説戒。」拾得笑而言曰：「無瞋即是戒，心浄即出家，我性與汝合，一切法無差。」尊宿出堂打趂拾得，令驅牛出去。拾得言：「我不放牛也，此群牛皆是前生大德知事人，咸有法號，喚者皆認。」時拾得一一喚牛云：「前生律師弘靖出。」時一白牛作聲而過。又喚：「前生典座光超出。」時一黑牛作聲而過。又喚：「直歲靖本出。」時一牯牛作聲而出。又喚云：「前生知事法忠出。」時一牯牛作聲而出。乃獨牽謂牛曰：「前生不持戒，人面而畜心。汝今招此咎，怨恨於何人。佛力雖然大，汝辜於佛恩。」大衆驚訝忙然，因兹又報州縣。使令入州，不赴召命，盡代人仰，因此顯現。寺衆徬徨，咸歎菩薩來於人世，聊纂實録，貴不墜爾。兼於土地堂壁上書語數聯，貴示後人。乃集語曰：

東洋海水清，水清復見底，靈源涌法泉，斫水無刀痕。我見頑嚚士，燈心柱須彌，寸樵煮大海，甲抹大地石。烝砂豈成飯，磨甎將作鏡，説食終不飽，直須著力行。恢恢大丈夫，堂堂六尺士，枉死埋冢間，可惜孤標物。不見日光明，照耀於天下，太清廓落洞，明月可然貴。余本住無方，盤泊無爲理，時陟涅槃山，徐步香林裹。左手握驪珠，右手執摩尼，莫耶未足刃，智劒斬六賊。般若酒清泠，飲啄澄神思。余閑來天台，尋人人不至，寒山同爲侶，松風水月間，何事最幽邃，唯有遯居人。悠悠三界主，古佛路棲棲，無人行至此，今跡誰不蹋，旋機滯凡累。可畏生死輪，輪之未曾息，嗟彼六趣中，茫茫諸迷子。人懷天真佛，大寶心珠祕，迷盲沈沈流，汩没何時出。

拾得自閭丘太守拜後，同寒山子把手走出寺，跡隱。後因國清僧登南峰采薪，遇一僧似梵儀，持錫入巖，挑鎖子骨而去，乃謂僧曰：「取拾得舍利。」僧遂白寺衆，衆方委拾得在此巖入滅。乃號爲拾得巖，在寺東南隅，登山二里餘地。聊録如前，貴示後人矣。

（四部叢刊景宋本《寒山子詩集》）

寒山子

寒山子者，不知其名氏，大曆中隱居天台翠屏山。其山深邃，當暑有雪，亦名寒岩，因自號寒山子。好爲詩，每得一篇一句，輒題於樹間石上，有好事者隨而録之，凡三百餘首。多述山林幽隱之興，或譏諷時態，能警勵流俗。桐栢徵君徐靈府序而集之，分爲三卷，行於人間。十餘年忽不復見。咸通十二年，毘陵道士李褐，性褊急，好凌侮人。忽有貧士詣褐乞食，褐不之與，加以叱責，貧者唯唯而去。數日，有白馬從白衣者六七人詣褐，褐禮接之。因問褐曰：「頗相記乎？」褐視其狀貌，乃前之貧士也。逡巡欲謝之，慚未發言，忽語褐曰：「子修道未知其門，而好凌人侮俗，何道可冀？子頗知有寒山子邪？」答曰：「知。」曰：「即吾是矣。吾始謂汝可教，今不可也。修生之道，除嗜去欲，嗇神抱和，所以無累也。内抑其心，外檢其身，所以無過也。先人後己，知柔守謙，所以安身也。善推於人，不善歸諸身，所以積德也。功不在大，立之無怠，過不在大，去而不貳，所以積功也。然後内行充而外丹至，可以冀道於髣髴耳。子之三毒未剪，以冠簪爲飾，可謂虎豹之鞟，而犬豕之質也。」出門乘馬而去，竟不復見。出《仙傳拾遺》。

（《太平廣記》卷五五）

潙山和尚節録

於是杖錫天台，禮智者遺跡，有數僧相隨。至唐興路上，遇一逸士，向前執師手，大笑而言：「余生有緣，老而益光。逢潭則止，遇潙則住。」逸士者，便是寒山子也。至國清寺，拾得唯喜重於師一人。主者呵嘖偏黨，拾得曰：「此是一千五百人善知識，不同常矣。」

（《祖堂集》卷一六）

唐天台山封干師傳木滇師　寒山子　拾得

釋封干師者，本居天台山國清寺也。剪髮齊眉，布裘擁質，身量可七尺餘。人或借問，止對曰「隨時」二字而已，更無他語。樂獨舂穀，役同城旦，應副齋炊。嘗乘虎直入松門，衆僧驚懼，口唱《唱道歌》。時衆方皆崇重，及終後，於先天年中在京兆行化，非恒人之常調，士庶見之，無不傾禮。以其躡萬迴師之後，微亦相類，風狂之相過之，言則多中。

先是國清寺僧厨中有二苦行，曰寒山子，曰拾得，多於僧厨執爨，爨訖，二人晤語，潛聽者多不體解。亦甚顛狂，糺合相親，蓋同類相求耳。時閭丘胤出牧丹丘，將議巾車，苦頭疼尤甚，毉工寡効。邂逅干造，云：「某自天台來謁使君。」且告之患。干曰：「君何慮乎？」便索浄器，吮水噴之，斯須覺體中頗佳。閭丘異之，乃請干一言定此行之吉凶。曰：「到任記謁文殊。」閭丘曰：「此菩薩何在？」曰：「國清寺厨執爨洗器者是。」及入山寺，問曰：「此寺曾有封干禪師？」曰：「有。」「院在何所？寒山、拾得復是何人？」時僧道翹對曰：「封干舊院即經藏後，今閴無人，止有虎豹時來此哮吼耳。寒、拾二人見在僧厨執役。」閭丘入干房，唯見虎跡縱横。又問：「干在此有何行業？」曰：「唯事舂穀，供僧粥食，夜則唱歌諷誦不輟。」如是再三嘆嗟。乃入厨，見二人燒柴木，有圍爐之狀。閭丘拜之，二人連聲咄吒（叱），後執閭丘手，褎之若孾孺，呵呵不已。行曰：「封干饒舌。」自此二人相携手出松門，更不復入寺焉。

干又嘗入五臺巡禮，逢一老翁，問曰：「莫是文殊否？」翁曰：「豈可有二文殊？」干禮之未起，恍然失之。

次有木湏師者，多遊京邑市鄽間，亦類封干，人莫輕測。「封」「豐」二字，出没不同。韋述吏官作「封疆」之封，閭丘序三賢作「豐稔」之豐，未知孰是。

寒山子者，世謂爲貧子風狂之士，弗可恒度推之。隱天台始豐縣西七十里，號爲寒、暗二巖，每於寒巖幽窟中居之，以爲定止。時來國清寺。有拾得者，寺僧令知食堂，恒時收拾衆僧殘食菜滓，斷巨竹爲筒，投藏于内。若寒山子來，即負而去。或廊下徐行，或時叫噪凌人,或望空曼罵。寺僧不耐,以杖逼逐,翻身撫掌,呵呵徐退。然其布襦零落,面貌枯瘁,以樺皮爲冠,曳大木屐。或發辭氣,宛有所歸,歸于佛理。初閭丘入寺,訪問寒山,沙門道翹對曰:「此人狂病,本居寒巖間,好吟詞偈,言語不常,或臧或否,終不可知。與寺行者拾得以爲交友,相聚言説,不可詳悉。」寺僧見太守拜之,驚曰:「大官何禮風狂夫耶?」二人連臂笑傲出寺。閭丘復往寒巖謁問,并送衣裳藥物,而高聲倡言曰:「賊我賊!」退便身縮入巖石穴縫中,復曰:「報汝諸人,各各努力。」其石穴縫泯然而合,杳無蹤迹。乃令僧道翹尋其遺物,唯於林間綴葉書詞頌并村墅人家屋壁所抄録,得三百餘首,今編成一集,人多諷誦。後曹山寂禪師注解,謂之《對寒山子詩》。以其本無氏族,越民唯呼爲寒山子。至有「庭際何所有,白雲抱幽石」句,歷然雅體。今巖下有石,亭亭而立,號幽石焉。

拾得者,封干禪師先是偶山行至赤城道側,仍聞兒啼,遂尋之。見一子可數歲已來,初謂牧牛之豎。委問端倪,云「無舍,孤棄于此」。封干携至國清寺,付與典座僧。或人來認,必可還之。後沙門靈熠攝受之,令知食堂香燈。忽於一日,見其登座,與像對槃而飡。復呼憍陳如曰「小果聲聞」,傍若無人,執筯大笑,僧乃驅之。靈熠咨尊宿等,罷其堂任,且令厨内滌器。洗濯纔畢,澄濾食滓,以筒盛之。寒山來,必負而去。又護伽藍神廟,每日僧厨下食，爲烏鳥所取狼藉。拾得以杖扑土偶三二下，罵曰：「汝食不能護，安護伽藍乎？」是夕神附夢與闔寺僧曰：「拾得打我。」明日諸僧説夢符同，一寺紛然，始知非常人也。時牒申州縣，郡符下云：「賢士隱遁，菩薩應身，宜用旌之。」號拾得爲賢士。又於寺莊牧牛，歌詠呼天。當其寺僧布薩時，拾得驅牛至僧集堂前，倚門撫掌大笑曰：「悠悠者聚頭。」時持律首座咄曰：「風人，何以喧礙説戒？」拾得曰：「我不放牛也，此群牛者多是此寺知僧事人也。」拾得各呼亡僧法號，牛各應聲而過，舉衆錯愕，咸思改往修來，感菩薩垂跡度脱。時道翹纂録寒山文句，於寺土地神廟壁見拾得偈詞，附寒山集中。

系曰：按封干先天中遊遨京室，知閭丘、寒山、拾得俱睿宗朝人也。奈何宣師《高僧傳》中（有脱文）。閭丘，武臣也，是唐初人。閭丘《序》記三人，不言年代，使人悶焉。復賜緋，乃文資也。夫如是，乃有二同姓名閭丘也。又大潙祐公於憲宗朝遇寒山子，指其泐潭，仍逢拾得於國清，知三人是唐季葉時猶存。夫封干也，天台没而京兆出；寒、拾也，先天在而元和逢。爲年壽彌長耶？爲隱顯不恒耶？《易象》有之，「小狐汔濟」，其此之謂乎！

（《宋高僧傳》卷一九）

天台豐干禪師者，不知何許人也，居天台山國清寺。剪髮齊眉，衣布裘，人或問佛理，止答「隨時」二字。嘗誦唱道歌，乘虎入松門，衆僧驚畏。本寺厨中有二苦行，曰寒山子、拾得。二人執爨，終日晤語，潛聽者都不體解，時謂風狂子，獨與師相親。一日，寒山問：「古鏡不磨，如何照燭？」師曰：「冰壺無影像，猨猴探水月。」曰：「此是不照燭也，更請師道。」師曰：「萬德不將來，教我道什麽？」寒、拾俱禮拜。師尋獨入五臺山巡禮，逢一老翁，師問：「莫是文殊否？」曰：「豈可有二文殊？」師作禮未起，忽然不見。趙州沙彌舉似和尚，趙州代豐干云：「文殊，文殊。」後迴天台山示滅。初閭丘公名犯太祖廟諱下字出牧丹丘，將議巾車，忽患頭疼，醫莫能愈。師造之曰：「貧道自天台來謁使君。」閭丘且告之病，師乃索浄器，呪水噴之，斯須立差。閭丘異之，乞一言，示此去安危之兆。師曰：「到任記謁文殊、普賢。」曰：「此二菩薩何在？」師曰：「國清寺執爨洗器者寒山、拾得是也。」閭丘拜辭乃行，尋至山寺，問：「此寺有豐干禪師否？寒山、拾得復是何人？」時有僧道翹對曰：「豐干舊院在經藏後，今閴無人矣。寒、拾二人見在僧厨執役。」閭丘入師房，唯見虎迹。復問道翹：「豐干在此作何行業？」翹曰：「唯事舂穀供僧，閑則諷詠。」乃入厨尋訪寒、拾，如下章叙之。

天台寒山子者，本無氏族。始豐縣西七十里有寒、暗二巖，以其於寒巖中居止得名也。容貌枯悴，布襦零落，以樺皮爲冠，曳大木屐，時來國清寺，就拾得取衆僧殘食菜滓食之。或廊下徐行，或時叫噪，望空慢罵。寺僧以杖逼逐，翻身拊掌，大笑而去。雖出言如狂，而有意趣。一日，豐干告之曰：「汝與我遊五臺，即我同流。若不與我去，非我同流。」曰：「我不去。」豐干曰：「汝不是我同流。」寒山却問：「汝去五臺作什麽？」豐干曰：「我去禮文殊。」曰：「汝不是我同流。」暨豐干滅後，閭丘公入山訪之，見寒、拾二人圍鑪語笑，閭丘不覺致拜，二人連聲咄叱。寺僧驚愕曰：「大官何拜風狂漢耶？」寒山復執閭丘手，笑而言曰：「豐干饒舌。」久而放之。自此寒、拾相攜出松門，更不復入寺。閭丘又至寒巖禮謁，送衣服藥物。二士高聲喝之曰：「賊我！」便縮身入巖石縫中，唯曰：「汝諸人各各努力。」其石縫忽然而合。閭丘哀慕，令僧道翹尋其遺物，於林間得葉上所書辭頌，及題村墅人家屋壁共三百餘首，傳布人間。曹山本寂禪師注釋，謂之「對寒山子詩」。

天台拾得者，不言名氏。因豐干禪師山中經行，至赤城道側，聞兒啼聲，遂尋之，見一子可數歲，初謂牧牛子，及問之，云：「孤棄于此。」豐干乃名爲拾得。攜至國清寺，付典座僧曰：「或人來認，必可還之。」後沙門靈熠戈入反攝受，令知食堂香燈。忽一日，輒登座，與佛像對盤而餐。復於憍陳如上座塑形前呼曰：「小果聲聞！」僧驅之。靈熠忿然告尊宿等，罷其所主，令厨内滌器。常日齋畢，澄濾食滓，以筒盛之，寒山來，即負之而去。一日掃地，寺主問：「汝名拾得，豐干拾得汝歸，汝畢竟姓箇什麽？在何處住？」拾得放下掃箒，叉手而立，寺主罔測。寒山搥胸云：「蒼天，蒼天！」拾得却問：「汝作什麽？」曰：

「豈不見道，東家人死，西家助哀。」二人作舞，哭笑而出。有護伽藍神廟，每日僧厨下食，爲烏所食。拾得以杖抶之曰：「汝食不能護，安能護伽藍乎？」此夕神附夢于合寺僧曰：「拾得打我！」詰旦，諸僧説夢符同。一寺紛然，牒申州縣郡，符至云：「賢士隱遁，菩薩應身，宜用旌之。」號拾得爲賢士。隱石而逝，見寒山章。時道翹纂録寒山文句，以拾得偈附之，今略録數篇見別卷。

（《景德傳燈録》卷二七）

天台山豐干禪師

天台山豐干禪師，因寒山問：「古鏡未磨時如何照燭？」師曰：「冰壺無影像，猿猴探水月。」曰：「此是不照燭也，更請道看。」師曰：「萬德不將來，教我道甚麼？」寒山、拾得俱作禮而退。師欲遊五臺，問寒山、拾得曰：「汝共我去遊五臺，便是我同流。若不共我去遊五臺，不是我同流。」山曰：「你去遊五臺作甚麽？」師曰：「禮文殊。」山曰：「你不是我同流。」師尋獨入五臺，逢一老人，便問：「莫是文殊麽？」曰：「豈可有二文殊！」師作禮未起，忽然不見。趙州代曰：「文殊，文殊。」

（《五燈會元》卷二）

天台寒山

天台山寒山子，因衆僧炙茄次，將茄串向一僧背上打一下。僧回首，山呈起茄串曰：「是甚麽？」僧曰：「這風顛漢！」山向傍僧曰：「你道這僧費却我多少鹽醋？」因趙州遊天台，路次相逢。山見牛跡，問州曰：「上座還識牛麽？」州曰：「不識。」山指牛跡曰：「此是五百羅漢遊山。」州曰：「既是羅漢，爲甚麽却作牛去？」山曰：「蒼天，蒼天！」州呵呵大笑。山曰：「作甚麽？」州曰：「蒼天，蒼天！」山曰：「這廝兒宛有大人之作。」

（《五燈會元》卷二）

天台拾得

天台山拾得子，一日掃地，寺主問：「汝名拾得，因豐干拾得汝歸。汝畢竟姓箇甚麽？」拾得放下掃帚，叉手而立。主再問，拾得拈掃帚掃地而去。寒山搥胸曰：「蒼天，蒼天！」拾得曰：「作甚麽？」山曰：「不見道東家人死，西家人助哀。」二人作舞，笑哭而出國清寺。半月，念戒衆集，拾得拍手曰：「聚頭作想，那事如何？」維那叱之。得曰：「大德且住，無嗔即是戒，心浄即出家。我性與你合，一切法無差。」

（《五燈會元》卷二）

天台山國清禪寺三隱集記

豐干禪師唐正觀初居天台國清寺，剪髮齊眉，衣布裘，人或問佛理，止答「隨時」二字。常唱道乘虎出入，衆僧驚畏，無誰語。有寒山子、拾得者，亦不知其氏族，時謂風狂子，獨與師相親。寒居止唐興縣西七十里寒巖，以是得名。拾因師至赤城道側，聞兒啼聲，問之，云孤棄于此，乃名拾得。携至寺，付庫院後庫僧靈熠，令知食堂香燈。忽登坐與佛像對盤而飱，復於聖僧前呼曰「小果」。熠告尊宿等，易令厨内滌器。常日齋畢，澄濾殘食菜滓，以筒盛之，寒來，即負之而去。寒容貌枯悴，布襦零落，以樺皮爲冠，曳大木屐。時至寺，或廊下徐行，或厨内執爨，或混處童牧，或時叫噪，望空慢駡，或云「咄哉，咄哉，三界輪迴」。僧以杖逼逐，即撫掌大笑。一日，問師：「古鏡不磨，如何照燭？」曰：「冰壺無影像，猿猴探水月。」曰：「此是不照燭也，更請師道。」曰：「萬德不將來，教我道什麽？」寒、拾俱作禮。師謂寒曰：「汝與我遊五臺，即我同流；若不與我去，非我同流。」曰：「我不去。」師曰：「汝不是我同流。」寒問：「汝去五臺作什麽？」曰：「我去禮文殊。」曰：「汝不是我同流。」師尋獨入五臺，逢一老翁，問：「莫是文殊否？」曰：「豈有二文殊？」及作禮，忽不見。後回天台而化。寒因衆僧炙茄，以茄串打僧背一下，僧回首，寒持串云：「是什麽？」僧云：「這風顛漢！」寒示傍僧曰：「你道這箇師僧，費却多少鹽醬！」趙州到天台，行見牛迹，寒曰：「上坐還識牛麽？此是五百羅漢遊山。」州曰：「既是羅漢，爲什麽作牛去？」寒曰：「蒼天，蒼天！」州呵呵大笑。寒曰：「笑作什麽？」州曰：「蒼天，蒼天！」寒曰：「這小厮兒，却有大人之作。」溈山來寺受戒，與拾往松門，夾道作虎吼三聲，溈無對。寒曰：「自從靈山一別，迄至于今，還相記麽？」溈亦無對。拾拈柱杖曰：「老兄唤這箇作什麽？」溈又無對。寒曰：「休休，不用問它。自從別後，已三生作國王來，總忘却也。」拾掃地，寺主問：「姓箇什麽？住在何處？」拾置箒，叉手而立，主罔測。寒槌胷曰：「蒼天，蒼天！」拾問：「汝作什麽？」寒曰：「豈不見道，東家人死，西家助哀。」因作舞笑哭而出。又於莊舍牧牛，歌詠叫天，曰：「我有一珠，埋在陰中，無人別者。」衆僧説戒，拾驅牛至，倚門撫掌，微笑曰：「悠悠哉，聚頭作相，這箇如何？」僧怒呵云：「下人風狂，破我説戒。」拾笑曰：「無瞋即是戒，心浄即出家，我性與汝合，一切法無差。」驅牛出，乃呼前世僧名，牛即應聲而過。復曰：「前生不持戒，人面而畜心。汝今招此咎，怨恨於何人。佛力雖然大，汝辜於佛恩。」護伽藍神僧厨下食，每每爲烏所耗。拾杖抶之曰：「汝食不能護，安能護伽藍乎？」神附夢于合寺僧曰：「拾得打我！」詰旦説夢，一一無差，視神像果有所損。驚異牒申郡縣，郡謂賢士遯迹，菩薩應身，號拾得賢士。初閭丘胤將牧丹丘，頭疾，醫莫能愈。遇禪師名豐干，言自天台來謁使君。告之病，師曰：「身居四大，病從幻生。若欲除之，應須浄水。」索器呪水噀之，立愈。閭丘異之，乞言示此去安危之兆。師曰：「記謁文殊、普賢，此二菩薩見之不識，識之不見。若欲見之，不得取相，國清寺執爨滌器寒山、拾得是也。」閭丘到任三日，至國清，問：「此寺有豐干禪師否？寒山、拾得復是何人？」僧道翹對曰：「豐干舊址在經藏後，今閴無人矣。寒山、拾得尚處僧厨。」閭丘入師房，止見虎迹。復問：「在此作何行業？」翹曰：「唯事負舂供僧，閑則諷詠。」入厨尋訪寒、拾，見於竈前向火，拊掌大笑。閭丘致拜，二人連聲呵叱，執手復大笑曰：「豐干饒舌，饒舌！彌陁不識，禮我何爲？」相携出松門，自此不復入寺。閭丘歸郡，送浄衣香藥到巖，寒高聲喝曰：「賊，賊！」遂入巖石縫中，且曰：「報汝諸人，各各努力。」石縫忽合。後有僧採薪南峰，距寺東南二里，遇一梵儀，持錫入巖，挑鏁子骨曰：「取拾得舍利。」乃知入滅于此，因號巖爲「拾得」。閭丘俾道翹尋訪遺迹，於林間葉上得寒所書辭頌，及村墅人家三百餘首，拾亦有詩數十首題石壁間云。按舊序，二人呵叱，自執手大笑。閭丘歸郡，遣送衣藥，與夫挑鑠子骨等語，乃知寒山不執閭丘手，閭丘未嘗至寒巖，拾得亦出寺門二里許入滅。今《傳燈》所録，誤矣。因筆及此，以俟百世君子。淳熙十六年歲次己酉孟春十有九日，住山禹穴沙門志南謹記。

（宫内省本《寒山詩集》卷末）

寒山唱道，梵夾無徵，惟顧沅《吴門表隱》引姚廣孝《記》云：「唐元和中有寒山子者，冠樺布冠，著木履，被藍縷衣，掣風掣顛，笑歌自若，來此縛茅以居。尋游天台寒巖，與拾得、豐干爲友，終隱而去。希遷禪師募建殿宇於方丈，設寒、拾、豐干像，不敢忘本也。」其事既不載於僧史，余藏鈔本《逃虚子集》亦無此文。寒山子生於隋末，少師不應不知，何以云在元和中，未知湘舟何據。或當時寺中尚有斷碑可考，然亦俗語不實，流爲丹青，緇流援少師以爲重耳。余曩纂郡志，寒山已列廢寺，但於注中附録其語。今《志寺》篇仍删不載，非敢漏略，疑則蓋闕，猶初志也。

（葉昌熾《寒山寺志》卷二）

二　序跋、叙録

若人何鄉何姓字，隋季□□□傑士。屠龍技癢無所施，東守西征徒萬里。天厭荒淫羖䍽君，大地山河移姓李。滿眼清賢登廟堂，書生分合山林死。竭來寒山三十年，不堪回首紅塵市。遨戲千巖萬水間，駕言足躡龜毛履。不飢不采山中薇，渴來只飲山中水。風瓢戛擊惱幽懷，移家屢入深雲裏。貧衣繿縷足風霜，不礙寒潭瑩無滓。時訪豐干看拾公，膜外形骸忘爾汝。擾擾人寰塏慕羶，哂然一笑寒生齒。擬將大筏渡迷津，咳唾烟雲生筆底。銀鈎灑灑落巖阿，至今護守煩山鬼。世無相馬九方皋，但從肥瘦求形似。詩成衆口浪雌黄，往往視之爲下俚。近來一二具眼人，頗憐名字遺青史。雲衮霞纓妙語言，謂與騷章無異旨。寥寥千載無人知，偶逢知者惟知此。知與不知於我乎何知，此其所以得爲寒山子。

曩閲東皋寺寒山集，缺此一篇。適獲聖制古文，命工刊梓以全其璧。觀音比丘無我慧身敬書。

（宫内省本《寒山詩集》卷首）

大士垂迹，不泄密因。語言三昧，發於淵才雅思。大圭不瑑，豈追琢者可同日而語。或直道其事，使賢鄙同笑，粗言軟語，咸彰至理，悦耳目，適口體。此其深誠，究已躬明心性；此其格言，緩細披尋，大有好笑。板行其可闕乎？東皋苾芻無隱得舊本，感慨重刊，俾爲讎校，因題其後。一覽知妙，且由此而入，較卅里，尤當寶翫。旹屠維赤奮若陬月上澣，華山除鑵男可明敬跋。

（宫内省本《寒山詩集》卷末）

國清南公所刊寒山詩，錯誤最多，甚不稱晦庵先生丁寧流布之意。今以江東漕司本參互校定，重刻之山間。據詩稱，五言五百，七字七十九，三字二十一，則今所存纔半耳。寶祐三年乙卯九月旦，住靈鷲山行果謹書。

（正中本《寒山詩》卷首）

夫寒山詩者，昔天台國清南老將前太守閭丘採集詩卷重新刊木流通，此本年遠不存。元貞間余偶得之於錢塘，謹自重書，用以流傳，必有慕道之士一覽而深省者，余雖老死丘壑而志願終矣。時元貞丙申聖制日，前休子郭奋焚香敬書。

（元朝鮮刻本《寒山子詩集》卷首，書藏北京大學圖書館善本室）

余昔庚午秋自關東行脚至金剛山之正陽菴，得斯集於隱谿禪翁，如對聖賢，欽詠不斁，足見三聖人風彩，正如清風明月之共一天，雖片言半句，照人耳目，銷鄙悋，鑠昏蒙，頓獲清凉於熱惱之中，可謂救世醫王，最上靈丹也。慈受叟賡歌於其後，推衍三聖人愍物之心，而諄諄之慈益深且切，使頑懦之儔感發良心，所謂「將此深心奉塵刹，是則名爲報佛恩」。余既得之，不可私祕，亦因隱谿禪宿之奬，命工鋟梓，以壽其傳。所冀諸上善人偕嘗法藥,辨惑瘡痾,革凡成聖,上致一人於堯舜之上,下招三有於安養之中,至盡未來,法輪常轉者矣。時甲戌秋七月有吉,誰月軒人玉峰謹跋。

(四部叢刊景高麗刊本《寒山詩一卷豐干拾得詩一卷附慈受擬寒山詩一卷》卷末)

明瞿汝稷《寒山詩序》

嚴道行刻寒山詩,命那羅延窟學人序之。那羅延窟學人曰:寒山氏日與群有酬酢於無盡哉。曰:以其言之得復謵於世乎?曰:未也。夫棲遲於寒巖,躑躅於國清,此寒山之可見者也。小言大言,若諷若道,瀏乎若傾雲竇之冷泉,足以清五熱之沈濁,暾乎若十日之出榑桑,足以破昏衢之重幽,此寒山之可聞者也。之二者於寒山,妙莊嚴海之一漚也。有能循夫可見而見不可見,循夫可聞而聞不可聞,則知寒山昔未嘗示跡於始豐,今未嘗謝跡於人間也。吾默而息,洎乎以同寂,吾蕩而趨,奚適而不與吾俱。一身蹠乎石山而無介,多身起於刹塵而非出,充吾之目,塞吾之耳,皆寒山也。而衆生各鐍其見而不見,各鐍其聞而不聞,顛冥於三苦,回環於永劫,於是寒山哀之,釋珍御,襲弊垢,運漚和慈,勤惓告試,掊衆生之鐍,使之見,使之聞,以息其崩奔,俾休於常寂,而衆生卒不能盡見盡聞也,可不大哀耶？夫既以宗於不可見，而帝於不可聞，又何欲揞衆生之鐍，使之見，使之聞，而哀衆生之不盡見盡聞耶？不可見矣又何見，不可聞矣又何聞？見於見，不見於不見，聞於聞，不聞於不聞，故聞鐍於聲，見鐍於色，衆生之所以衆生也。見於不見，聞於不聞，故不運吾目而殫見沙界無盡也，不闢吾聰而殫聞沙界無盡也，此所以躡寒山而游於無盡也。欲聞於不聞，必以聞而旋其聞；欲見於不見，必以見而旋其見，此寒山之所以不能不言，而道行不能不以剞劂利生也。審於是，即以其言之得復謵於世，而謂寒山日與群有酬酢於無盡可也。瞿冏卿集

（《寒山寺志》卷三）

寒山子詩集

余他日偶訪瀚上人於平遠臺山房，見案頭有《寒山子詩》一帙，上人不知愛重，鼠嚙其腦，漸至于中。余曰：「寒山之詩，詩中即偈，師其知寒山之禪機乎？」上人茫然不答。余遂丐歸，上人視之如棄敝屣也。山窗無事，手自黏補，重加裝潢，第鼠嚙處闕深傷字，爲可恨也。載觀卷首朱晦翁、陸放翁二札，則明老、南老賢於瀚上人遠矣，識者能不呵呵大笑

耶？己亥閏四月，徐惟起跋。

（徐𤊹《重編紅雨樓題跋》卷一）

寒山拾得詩一卷

豐干語閭丘胤：寒山文殊，拾得普賢。真爲饒舌矣。胤令國清寺僧道翹，纂集文句成卷，而爲之序贊，附録拾得著作於詩之前。惜乎傳世絶少，此從宋刻摹寫。考南、北《藏》俱未收，余謂應同《龐居士詩》並添入《三藏目録》中，庶不至泯滅無傳耳。

（錢曾《讀書敏求記》卷四）

御製序

寒山詩三百餘首，拾得詩五十餘首，唐閭邱太守寫自寒巖，流傳閻浮提界。讀者或以爲俗語，或以爲韻語，或以爲教語，或以爲禪語，如摩尼珠，體非一色，處處皆圓，隨人目之所見。朕以爲非俗非韻，非教非禪，真乃古佛直心直語也。永明云：「修習空花萬行，宴坐水月道場，降伏鏡裏魔軍，大作夢中佛事。」如二大士者，其庶幾乎！正信調直，不離和尚（合）因緣；圓滿光華，周遍大千世界。不萌枝上，金鳳翺翔；無影樹邊，玉象圍繞。性空行實，性實行空；妄有真無，妄無真有。有空無實，念念不留；有實無空，如如不動。是以直心直語，如是如是。學者狐疑浄盡，圓證真如，亦能有無一體，性行一貫，乃可與讀二大士之詩。否則隨文生解，總無交涉也。删而録之，以貽後世。寒山子云：「有子期，辨此音。」是爲序。

雍正十一年癸丑五月朔日。

（雍正編《御選語録》卷四）

《寒山拾得詩一卷》，載諸《讀書敏求記》，此從宋刻摹寫。余向收一精鈔本，似與遵王所藏本類，當亦宋刻摹寫者也，惜首尾略有殘闕耳。後五柳主人自都中寄一本示余，楮墨古雅，甚爲可愛，細視之，乃係外洋版刻，惜通體覆背俱用字紙，殊不耐觀。頃命工重裝，知有失去半葉者共四處，以洋帋補之。復取向所收者，核其文理，始信二本互異。詩之序次有先後，分七言于五言之外，洋版所獨。此拾得詩「雲林最幽棲」一首，内「日斜掛影低」句，精鈔本「日」字下俱缺，此外皆不可考矣，故兹所失四半葉無從補全。而二本版心，彼題「寒山子詩」，此題「三隱」，後又云「深詩」，本不相類也。惜遵王所記，但云傳世絶少，豈知宋刻摹寫之外，尚有他刻流傳于世耶？此刻似係洋版，然寒山詩後有一條云「杭州錢塘門裏車橋南大街郭宅□鋪印行」，則又不知此刻之果爲何地本矣，俟與藏書家驗之。

嘉慶丁卯春三月二十有五日，復翁黄丕烈識。

（四部叢刊景高麗刊本《寒山詩一卷豐干拾得詩一卷附慈受擬寒山詩一卷》卷末）

刻宋本寒山詩集序

蘇峰先生既刻我《古文舊書考》，又將表章遺經，詢目於予。予謂之曰：「將以表章經本，則如《古文尚書詁訓傳》、《大唐書儀》及《道藏》中諸書，皆卓卓可傳者，惟其卷帙浩瀚，未易鋟梓耳。震發舊本之異同，參辨佚存古逸之妄改，是亦一道，然已有我《群書點勘》在，如《玉燭寶典》卷第九，亦收在其中矣。無已，則有一於斯。予昔奉青山相公命，偏校内府之書，舊鈔舊刻皆有校本，佚篇則有傳録，而其新收本中所儲寒山一集，獨尠卷帙，又夥異同。而世所傳永和本《薩天錫雜詩》，是明清所佚，薈之梓之，以永其傳，其可乎？」於是出其校本，并爲之序曰：寒山没千有二百餘年，遺集寥寥希傳。雖以南北釋藏之博，猶未採輯之，而高麗藏亦未收，其見於《讀書敏求記》者，殆幾乎斷種。清《四庫總目》所著録，則不過明新安吴明春刻本，而黄蕘圃所獲精鈔本及外洋刻本者，亦今不知其已歸于何人之手。雖元有高麗刻本，明有閩刻，而近時亦有金陵刻本，實多訛誤，而宋本竟無一存者。蓋非必其書之未足傳後也，清淡沖朕，唐人所不好，而宋元兩代又視之蔑如，不肯數動棗梓，何怪乎其日就堙滅也。則及今爲之表章，亦吾儕之責也。顧僧詩之流傳于今者，唐有皎然、齊己，宋有九僧劍南希晝、金華保暹、南越文兆、天台行肇、沃州簡長、青城惟鳳、江東宇昭、峨眉懷古、淮南惠崇九人契嵩、道顯、道潛、惠洪、居簡、無文，而其《吴興書上人集》、《白蓮集》、《九僧詩》、《鐔津文集》、《雪竇祖英集》、《參寥子集》、《石門文字禪》、《北磵集》、《無文印》諸集，今皆存宋元本與舊刊覆宋本。而寒山之詩，機趣横溢，韻度自高，在皎然上、道顯下，是木鐸者所潛心，其失傳爲尤可歎。書爲姬路河合元昇暢春堂舊收，刻搨精妙，字大如錢，紙質緊薄，光潤似玉，墨色奕奕，撲人眉宇，足與祕府《王文成集》、《誠齋集》相頡頏。胤、恒、貞、殷、朗，避宋諱，闕末筆。左右雙邊，半番界長六寸八分五釐，幅四寸五分，八行，十四字，魚尾上方記字數，大名則併二行大書，下分書「豐干拾得詩附」六字。蓋宋氏南渡以降，卷尾記字之體壞亂無存，於是有算一番所有大小字數，楷文記之於縫心者，如「大幾字、小幾字」即是也。至宋季，多易楷以行草，而其字數則視猶弁髦，故宋元陋版，其所記字數多不相符者，此古今之昇降也。首有寒山序詩，六行，行十二字。末云：「曩閱東皋寺《寒山集》，缺此一篇。適獲聖制古文，命工刊梓，以全其璧。觀音比丘無我慧身敬書。」次閭丘胤序，九行，行十五字。次晦翁與南老帖，次放翁與明老帖，並從真蹟刻入。

卷尾有淳熙己酉沙門志南《三隱集記》，又有紹定己丑可明跋，捺「慶福院」、「無範」、「植村書屋」、「霞亭珍藏」、「暢春堂圖書記」五印。寒山詩云「五言五百篇，七字七十九，三字二十一，都來六百首，一例書巖石」，今檢是本，寒山詩三百四首，而次之以豐干詩二首，及拾得詩四十八首，不符於六百之數。然閱閭丘胤序，其屬道翹所撰次者，已不過三百餘首。云「唯於竹木石壁書詩，并村墅人家廳壁上所書文句三百餘首，及拾得於土地堂壁上書言偈，并纂集成卷」，蓋其書竹木石壁，故多遺佚與？抑三僧蹤蹟極怪，莫得而考證也。其詩，《唐書・藝文志》七卷，徐靈府所序本則分爲三卷，又别稱《三隱集》，見於志南《記》。宋時國清南老一刻於淳熙己酉，南老即與朱子友善，晦翁文集中引其「沾衣欲濕杏花雨，吹面不寒楊柳風」二句，以爲清麗有餘，絶無蔬筍氣者。朱子使之稍大於字畫，便於觀覽。然其所刻，竄改易置最多。東皋無隱再刻於紹定己丑，而是篇則觀音比丘無我慧身所補刻，又在東皋寺本之後。又有寶祐乙卯行果就江東漕司本所重鐫者，至兹始分七言於五言之外，又以拾得加於豐干上。元時有高麗覆宋本，蓋據宋東皋寺本所改行上梓，卷尾題云「嘉議大夫耽羅軍民萬户府達魯化赤高麗匡靖大夫都僉議評理上護軍朴景亮刊行」，紙質黄紉，宛似元本，而據其裝成梵夾，又似麗藏。嘗抵川越，見喜多院高麗藏，卷尾結銜正與此相符，而彼别有「皇慶二年二月日」一行，然偏檢全帙，不收此集，乃知其非出於麗藏，蓋當時景亮爲之鋟梓，而未及編入者矣。明則有吴明春刻本，清《四庫總目》載之，未見。又有閩建陽書坊慎獨齋刻本，即係於正德丙子刻本，次序與寶祐本同，而版貌緊縮，字字欹仄，若使其無正德木記，妄人則必以爲元刻矣。不獨止慎獨齋本，大抵閩刻之書皆然，即如《史記》、《漢書》、《四書集注》、《山堂考索》、《事文類聚》、《韻府群玉》、《翰墨大全》、《事林廣記》、《大學衍義》、《黄氏日抄》、纂圖互注《莊》《列》《荀》三子、《萬寶事山》，猾賈之所奇貨以贋元刻，而妄人之不能辨元與閩，常受其欺者也。攷宋時有監本，有坊本。監本即國子監校定狀奏，得允准乃印造呈進，然後得頒行，故監本或有載奏狀進啓，及敕牒准詔等文，具列校官銜名，及有司銜名，刻工書手名氏，對勘勘訛，故《宋史·趙安仁傳》云：「國子監刊《五經正義》板，以安仁善楷隸，遂奏留書之。」端拱監板即安仁書也，而正與師藏單疏本《毛詩》銜名符。坊本即徒爲射利計，非欲以傳後也。宋初印書蜀爲最，汴末蜀刻微衰，而杭爲上，蜀次之，閩本最下。杭本、蜀本皆大字闊版，𣰰刻亦不甚減監本，但不精加讎校。方是時，刻書之盛，莫最于閩建陽之麻沙、崇文二坊，及陳解元書棚。凡書入刻，三坊必先，故其書旁行于天下，而其最濫惡亦莫過於三坊焉，故後遂有麻沙本之禁。且宋冑監本首尾書篇第，必稱「卷第幾」，無作「卷之幾」者，卷尾必空一行而後題書。宋末至元初，往往有空二行以上，又不空行者，從便題之。其無空白者，不必題書，又其下或書「終」字。宋胄監本決無此式，而麻沙本則反之，蓋書之亂壞，麻沙實作之俑也。元則太宗用耶律楚材言，因金源平水書籍之舊，立經籍所於平水。其後世祖用許衡言，立興文署以掌書版。又命各行省，檄所在各路儒學及書院，以贍學錢糧印行其可傳者，故元時諸路儒學書院皆有印本，鐫手亦頗巧，而杭州路刻本尤善，而坊本則陋劣無足觀者。至明，蘇州最精，閩最多最粗，蓋閩刻之以柔木刻之，竹紙印之，徒爲射利計，取其先出易售也。閩刻之陋，自宋已然矣。近時又有金陵刻本，次序與建本同。黄蕘圃所獲則寒山詩後有「杭州錢塘門裏車橋南大街郭宅□鋪印行」一條，云「分七言於五言之外，洋版所獨」。洋版豈出於寶祐本乎？又有正中、元和、寬永、正保、延亨數次雕本。依是乃知今之所傳，實原於淳熙、寶祐二本，而二書次序全不相同也。然據宋樊汝霖《唐文藝補》引「城中蛾眉女」一首在前，「鸎鵡宅西國」一首、「去年春鳥鳴」一首、「丹丘廻聳與雲齊」一首、「千年石上古人蹤」一首，次第排列，而正與是本符，是丘胤之原第即如此。蓋輇材小生，謏聞目學，改其文從字順，妄謂可以幾訂訛奪，而曾不知其改者却誤。古籍之點校，雖聞人動筆，亦有臆改。一經妄手，其譌謬滋甚。予故曰：鈔本必卷子、必隋唐，刻本必宋本、必監本，上下千載，舍是無善本焉。而又所以於我邦舊刊本，三致其意也。獨怪狩谷掖齋著《掖翁過言》，乃以是書爲高麗覆宋本，豈非因其紙墨黄紉類高麗繭紙而誤乎？嗚呼，天地之運會，人世之景物，新新不停，生生相續，故汴京不得不變爲臨安，臨安不得不變爲元與明。臨安之祖汴京，已分古今，時代差降，格韻遂異，版貌之遞變，非一世之積也。後之讀是集者，念其顯晦有數，以知古文舊書之不可忽，尋格韻昇降非一，以憬然有感悟於予言，斯先生所以嘉惠後學之至意，而亦我邦文明之所以度越萬邦之表章也哉。

明治三十八年太歲乙巳夏四月島田翰序。

（日本明治三十八年刊本《宋大字本寒山詩集》卷首）

《寒山詩集豐干拾得詩附》影宋寫本，每半葉八行，行十四字，前有閭邱胤序，後有淳熙十六年歲次己酉沙門志南記，又有己酉屠維赤奮若可明跋，附朱晦庵與南老帖、陸放翁與明老帖。志南即南公，可明即明公，朱子與放翁所往還者。而前又有寒山序詩，觀音比邱無我慧身所補刻。是此書宋時一刻於淳熙己酉，曰國清本；再刻於紹定己丑，曰東皋寺本；此則三刻，又在東皋寺本之後。然不分七言於五言之外，不以拾得加於豐干之上，仍其舊第，字大如錢，清勁悦目；「玄肩恒貞殷朗」缺末筆，亦可謂最善之本矣。是書藏之有年，日本島田彦楨寄來新刻，出自内府宋本，並序此集源流甚悉。因出此本，取而校之，亦有「無範」、「慶福」圖書，同出一源，亦可謂下真蹟一等矣。寒山詩云「五言五百篇，七字七十九，三字二十一，都來六百首，一例書巖石」，今檢是本，寒山詩三百四首，而次之以豐干詩二首及拾得詩四十八首，不符於六百之數。然閲閭邱胤序，其屬道翹所撰次者已不過三百餘首，云「唯於竹木石壁書並村墅人家廳壁上所書文句三百餘首，及拾得於土地堂壁上書言偈，並纂集成卷」，與此集合。《唐藝文志》載入釋家類，作七卷。宋寶祐乙卯江東漕司重刻本則分五七言，又退豐干於後，已與此本不同。元高麗覆東皋寺本，卷尾題云「嘉議大夫耽羅軍民萬户府達魯花赤高麗匡靖大夫都僉事評理上護軍朴景亮刊行」。新安吴明春本作三卷，是四庫所收者。黄蕘圃所得二本均一卷，板心一題「寒山子詩」，一題「三隱詩」，云係外洋板，頗似高麗覆宋本，然寒山子詩後一條云「杭州錢塘門裏車橋南大街郭宅□鋪印行」一條，瞿氏書目所載《寒山詩一卷拾得詩一卷附慈受擬寒山詩一卷》，寒山詩後亦有「杭州錢塘門裏車橋南大街郭宅紙鋪印行」一行，卷心亦作「三隱集」，與黄目合，末有「比邱可立募衆刊行」。明刻本似明僧輯刻歸安陸氏書目所載《寒山詩一卷豐干拾得詩一卷》，毛氏影宋本，每半葉十一行，行十八字，又舊藏廣州海幢寺本，八行十七字，字句不同，黄跋云：「有拾得『雲林最幽棲』一首，此篇所無，惜無别本可校耳。」徐興公書目作五卷，「五」字疑「三」字之誤，另有《慈受擬寒山詩一卷》，然據《紅雨樓題跋》，亦有朱子、放翁手札，似與瞿氏本同。島田影摹朱子、放翁兩帖，寒山詩首二行，餘俱用新式鉛字排印，不及從前東國影刻書遠甚。今刊此書，質之島田，當爲我取各本一校異同否？江陰繆荃孫跋。

（擇是居叢書本《寒山子詩集》卷末）

《寒山詩集一卷豐干拾得詩坿》，唐興縣寒巖僧號寒山子，豐干、拾得皆國清寺僧，其迹甚異。台州守閭丘胤録得其詩以傳。此書宋時一刻於淳熙己酉，曰國清本；再刻於紹定己丑，曰東皋寺本；此則三刻，又在東皋寺本之後，然不分七言於五言之外，不以拾得加於豐干之上，仍其舊第，字大如錢，清勁悦目，「玄肩恒貞殷朗」缺末筆，亦可謂最善之本。是書藏之有年，日本島田翰寄來一册，云出自内府宋本，與此本同出一源，惜島田止摹半葉。余即舊寫本覆刻，而以日本排印本校之，亦可謂下真蹟一等矣。歲在昭陽赤奮若相月，烏程張鈞衡跋。

（擇是居叢書本《寒山子詩集》卷末）

寒山子詩一卷唐釋寒山子撰　豐干拾得詩一卷唐釋豐干、拾得撰

宋刊本，十一行十八字，白口，左右雙闌。刻工有徐忠、李春、章椿、陳亨、董源、施昌諸人。首閭丘胤序，次寒山詩，次豐干禪師録，次拾得録，次拾得詩。

鈐有「毛晉私印」、「子晉」、「汲古主人」、「宋本」、「甲」諸印，又有「天禄琳琅」、「乾隆

御覽之寶」、「五福五代堂寶」、「八徵耄念之寶」、「太上皇帝之寶」、「天祿繼鑑」諸璽。(周叔弢藏書　甲子)

(傅增湘《藏園群書經眼録》卷一二)

寒山詩集一卷唐釋寒山子撰 附豐干拾得詩唐釋豐干、拾得撰

宋刊本,版匡高六寸八分,寬五寸,半葉八行,每行十四字,白口,左右雙闌,版心上記字數。前有七古一首,半葉六行,每行十二字。後有「觀音比丘無我慧身敬書」二,蓋集中所缺補行刊入者也。次閭丘胤序,半葉九行,每行十五字。次朱晦菴與南老帖四葉。次陸放翁與明老帖一葉有半,皆以行書手蹟摹刊。書名大字占雙行,下分注「豐干拾得詩附」。後有淳熙十六年歲次己酉孟春十有九日住山禹穴沙門志南撰天台山國清寺三隱記。又屠維赤奮若(己丑)陬月上澣、華山除饉男可明跋。

別附墨書跋語,末署「苞」字,録後:

桂屋老兄所弆宋板寒山詩一卷,卷首閭丘允序外有比邱慧身序、朱晦翁與南老帖、陸放翁與明老帖及志南、可明二跋。二翁筆勢固佳,而辭意諄諄,有令字畫稍大便於觀覽之語。陸所寄楚辭集中所載多九字,蓋未得帖之前已刻者耶?視二帖亦足

以見古人于事物一一致意之概也。余以萬曆間釋普文刻本及《全唐詩》讐照之，其篇數編次無有相同者。序中所云於竹木石壁書文句三百餘首纂集成卷，既已成卷矣，不知何緣動揺之如此者。又篇中有都來六百首，一例書巖石，則今存者僅其半耳。余把寒山反覆誦詠，可明所謂淵才雅思，且其詩篇必多是壯歲螢雪餘業矣。其辭采富腴贍縟，絶無寒乞相，似非其風狂子衝口而成篇書諸竹木者，不特其至理明性喃喃呵呵爲警世頓祛之言而已。留院累日，書此以質老兄。丁巳之立秋節。苞。

全書四周紙幅俱裁去，改裝册頁式。

按：是書余曾覯一宋刊本。半葉十一行，每行十八字，字體方整，似南渡初刊本。舊藏天禄琳琅，載入續目，今歸秋浦周君叔弢，因假得細勘，視此本溢出寒山詩四首、拾得詩五首，别改訂三百餘字。如「余見僧繇性希奇，巧妙間生梁朝時」句下有「道子飄然爲殊特，云公善繪手毫揮，逞畫圖真意氣異，龍行鬼走神巍巍」四句。又「久住寒山凡幾秋，獨吟歌曲絶無憂」句下有「蓬扉不掩常幽寂，泉涌甘漿長自流，石室地罏砂鼎沸，松黄柏茗乳香甌」四句。又「我見世間人，堂堂好儀相」一首末多「我法妙難思，天龍盡迴向」二句。又「心神用盡爲名利」一絶與「老病殘年百有餘」一絶本合爲一首，此本分爲兩絶。且詩句下往往有小字夾注，或釋字音，或解字義，或訂正文句及敍次異同至十一條之多，此本咸不載。似天禄本勝於此本，審其刊工亦較前，竢更詳考以决之。（日本帝室圖書寮藏書。己巳十一月十一日觀。）

（傅增湘《藏園群書經眼録》卷一二）

寒山子詩集一卷 唐釋寒山子撰

明萬曆二十七年台守計益輯刻本，八行十七字。前有萬曆己卯王宗沐序，細黑口，單闌。卷後牌子如左：

大聖愍衆心怵於淫殺業海，不能解脱，是以乘大願輪，垂蹟混塵，觸境題詠，含蓄至理，此其陰有遺付也。凡具夙心者請勤覺悟云。萬曆己亥冬，釋普文題於幻寄齋。

（葉定侯藏書，甲戌四月見。）

（傅增湘《藏園群書經眼録》卷一二）

寒山子詩集不分卷 唐釋寒山子撰

廣州海幢寺重梓，八行十七字，似明末刊本，寫印甚精。余君嘉錫見示。（戊辰）

（傅增湘《藏園群書經眼録》卷一二）

《寒山子詩集》一函一册，唐釋寒山子撰。寒山子，天台廣興縣僧，居寒巖，時還往國清寺。書一卷，計詩三百十三首，前有閭邱允序，附豐干詩二首，拾得詩五十六首，皆國清寺僧，亦有閭邱允録，宋時所稱《三隱集》也。是書明新安吴明春有刻本。是本宋諱闕筆，雕手古雅，汲古閣所藏。

（《天禄琳瑯書目後編》卷六）

寒山子詩集一卷附豐干拾得詩一卷浙江巡撫採進本

案寒山子，貞觀中天台廣興縣僧，居於寒巖，時還往國清寺。豐干、拾得則皆國清寺僧也。世傳台州刺史閭邱允遇三僧事，蹤蹟甚怪，蓋莫得而考證也。其詩相傳即允令寺僧道翹尋寒山平日於竹木石壁上及人家廳壁所書，得三百餘首，又取拾得土地堂壁上所書偈言，並纂集成卷。豐干則僅存房中壁上詩二首。允自爲之序。宋時又名《三隱集》，見淳熙十六年沙門道南所作記中。《唐書·藝文志》載《寒山詩》入釋家類，作七卷。今本併爲一卷，以拾得、豐干詩别爲一卷附之，則明新安吴明春所校刻也。王士禎《居易録》云：「寒山詩，詩家每稱其『鸜鵒花間弄，琵琶月下彈，長歌三月響，短舞萬人看』，謂其有唐調。」案此明江盈科雪濤評語，士禎引之。寒山子即唐人，盈科以爲有唐調，蓋偶未考其時代。謹附訂於此。其詩有工語，有率語，有莊語，有諧語，至云「不煩鄭氏箋，豈待毛公解」，又似儒生語，大抵佛語、菩薩語也。今觀所作，皆信手拈弄，全作禪門偈語，不可復以詩格繩之。而機趣横溢，多足以資勸戒。且專集傳自唐時，行世已久，今仍著之於録，以備釋氏文字之一種焉。又案《太平廣記》引《仙傳拾遺》曰：「寒山子者，不知其名氏，大歷中隱居天台翠屏山。其山深邃，當暑有雪，亦名寒巖，因自號寒山子。好爲詩，每得一篇一句，輒題於樹間石上，有好事者隨而録之，凡三百餘首。多述山林幽隱之興，或譏諷時態，能警勵流俗。桐柏徵君徐靈府序而集之，分爲三卷，行於人間」云云，則寒山子又爲中唐仙人，與閭邱允事又異，無從深考，姑就文論文可矣。

（《四庫全書總目》卷一四九）

寒山子詩集一卷附豐干拾得詩一卷

寒山子、豐干、拾得，皆貞觀中台州僧，世頗傳其異跡。是集乃台州刺史閭邱允令寺僧道翹所蒐輯。寒山子詩最多，拾得次之，豐干存詩二首而已。其詩多類偈頌，而時有名理。邵子《擊壤集》一派，此其濫觴也。

（《四庫全書簡明目録》卷一五）

寒山子詩集二卷附豐干拾得詩一卷

案寒山子，貞觀中天台廣興縣僧，居於寒巖，時還往國清寺；豐干、拾得，則皆國清寺僧也。世傳台州刺史閭邱允本胤字，《提要》避諱改允。遇三僧事，蹤蹟甚怪，蓋莫得而考證也。其詩相傳即允令寺僧道翹尋寒山平日於竹木石壁上及人家廳壁所書，得三百餘首，又取拾得土地堂壁上所書偈言，並纂集成卷，豐干詩則僅存房中壁上詩二首。允自爲之序。宋時又名《三隱集》，見淳熙十六年沙門道南所作記中。

嘉錫案：閭丘胤《寒山子詩集序》見本集卷首云：「詳夫寒山子者，不知何許人也。隱居天台唐興縣西七十里，號爲寒巖，每於兹地，時還國清寺。」又云：「胤至任台州，乃令勘唐興縣有寒山、拾得，是否。時縣中當縣界西七十里内有一巖，巖中古老見有貧士頻往國清寺。」《提要》本之立言而作廣興縣，蓋其所據刻本誤「唐」爲「廣」耳。閣本《提要》亦誤作「廣興」。序中自言受任丹丘即天台，臨行前，遇豐干爲治頭痛，令見寒山、拾得。及至台州，拜二人於國清寺，二人急走出寺，寒山入穴，其穴自合，拾得亦迹沈無所，而不言事在何時。《提要》以爲貞觀中者，據宋沙門志南《提要》作道南，亦誤。所作之《三隱集記》也。記作「正觀」，避宋諱改。考之陳耆卿《嘉定赤城志》卷八秩官表，貞觀十六年至二十年，台州刺史正是閭丘胤，與志南所云正觀初者合。耆卿此表，係據咸平間知州事曾會所作壁記見小序，《赤城集》林表民編卷二載其文目録誤作曾教授云：「唐武德二年，改海州爲台州。及今皇宋，混一區宇，凡一百二十六政，總三百六十一年，厤記存焉。」則會又本之於舊記，歷任相傳，最爲可信。元釋覺岸《釋氏稽古略》卷三列其事於貞觀十七年，近之矣。然考《元和郡縣志》卷二十六云：「三國時，吴分章安置南始平縣。晉武帝以雍州有始平，改爲始豐。肅宗上元二年，改爲唐興。唐之高宗及肅宗，皆有上元年號。此肅宗之上元，《新唐書》卷四十一《地理志》，以爲高宗上元二年更名，誤也。徐靈府《天台山記》云：「州取山名曰台州，縣隸唐興，即古始豐縣也。肅宗上元二年，改爲唐興縣。」是則貞觀之時，台州只有始豐縣，安得遽呼爲唐興乎？即此一事觀之，此序之爲後人依託，必不出於閭丘胤之手，固已甚明。及讀其詩，有曰：「自聞梁朝日，四依諸賢士。寶誌萬迴師，四仙傅大士。顯揚一代教，作持如來使。」案《宋高僧傳》卷十八《釋萬迴傳》，所敍之事皆在武后、中宗朝。《太平廣記》卷九十二《萬迴》條，引《兩京記》云：「太平公主爲造宅於己宅之右。景雲中卒于此宅。」寒山果爲貞觀時人，安得以萬迴與古之寶誌、傅大士並稱乎？又有七言一首云：「余見僧繇性希奇，巧妙間生梁朝時。道子飄然爲殊特，二公善繪手毫揮。」吴道子爲玄宗開元時人，《歷代名畫記》

卷九紀之甚詳。寒山既於貞觀中自瘞山穴死，安知天下有吴道子者哉！然則寒山子雖實有其人，亦必不生於唐初，可斷言也。釋贊寧《宋高僧傳》卷十九，有《封干傳》，後附木湞師、寒山、拾得三人，其傳曰：「釋封干師者，本居天台國清寺也。剪髮齊眉，布裘擁質，身量可七尺餘。人或借問，止對曰隨時而已，更無他語。樂獨舂穀，役同城旦，應副齋炊。嘗乘虎直入松門，口唱《唱道歌》。時衆方皆崇重。及終後，於先天年中，在京兆行化，非恒人之常調。士庶見之，無不傾禮。以其躡萬迴師之後，微亦相類，風狂之相過之，言則多中。」以上所敍封干事蹟，除舂穀唱歌外，皆不見於閭丘胤序中，其後接敍寒山、拾得及胤事，則又盡與序合。惟篇末有干入五臺逢老翁事，凡三十許字，不見於序。其木湞附傳曰：「次有木湞師者，多游京邑市廛間，亦類封干。『封』、『豐』二字，出没不同，韋述史官原作吏官，恐誤，作『封疆』之封，閭丘序三賢，作『豐稔』之豐，未知孰是。」由此觀之，贊寧所敍封干形態，及先天中行化之事，蓋采自韋述所撰之《兩京新記》，《太平廣記》所敍之萬迴師事，即采自此書，可以爲證。否則所撰之《唐書》也，述一代良史，記所親見，足稱實録，然則封干非貞觀時人也。贊寧之敍寒、拾，則純取之閭丘之序。寧博學有史才，故雖左右采獲，然實深信韋述之書，不甚信僞序。其寒山子附傳，言寒巖所在爲天台始豐縣西七十里，則已覺閭丘序中之唐興縣不合於史，逕行改正矣。傳後系曰：系即史之論贊。「按封干先天中遊遨京室，知閭丘、寒山、拾得，俱睿宗朝人也。奈何宣師《高僧傳》中，閭丘，武臣也，是唐初人，閭丘序記三人，不言年代，使人悶焉，復賜緋，乃文資也。序首署銜朝議大夫、使持節、台州諸軍州守刺史、上柱國，賜緋魚袋閭丘胤撰。案唐時文武官皆可賜緋，贊寧以爲文資，未確。夫如是，乃有二同姓名閭丘也。又大潙祐公於憲宗朝遇寒山子，指示溈潭，仍逢拾得於國清，知三人是唐季葉時猶存。夫封干也，天台没而京兆出，寒、拾也，先天在而元和逢，爲年壽彌長耶？爲隱顯不恒耶？」觀贊寧之言，其於閭丘胤遇三賢之事，固已疑其時代不合矣。依言檢尋釋道宣《續高僧傳》卷二十五《釋智巖傳》，果有閭丘胤姓名，其略曰：「釋智巖，姓華氏，弱冠智勇過人。大業季年，大將軍、黄國公張鎮州《舊唐書》卷六十七《李靖傳》云：「十六年，輔公祏於丹陽反，詔孝恭爲元帥、靖爲副以討之，李勣、任瓌、張鎮州、黄君漢等七總管並受節度。」奏策爲虎賁中郎將。武德四年，從鎮州南定淮海，案武德四年，降臧君相，平李子通，皆在淮海之間，史不載張鎮州事，略之耳。時年四十，遂入舒州皖公山，從寶月禪師披緇入道。昔同軍戎，有睦州刺史嚴撰、衢州刺史張綽、麗州刺史閭丘胤、威州刺史李詢，聞巖出家，在山修道，乃尋之，謂巖曰：『郎將顛耶，何爲住此？』答曰：『我癲欲醒，君癲正發。』」考《元和郡縣志》卷二十六婺州條云：「武德四年，討平李子通，置婺州。」又永康縣條云：「武德四年，于縣置麗州；八年廢州，縣屬婺州。」胤蓋從張鎮州與於討李子通之役，賊平，朝廷賞功，故析置麗州，以胤爲刺史。至八年州廢，胤亦必改官，及貞觀十六年，復出刺台州，前後相距纔二十年，其爲一人無疑。贊寧以爲有二閭丘，非也。胤序自言臨途之日遇豐干，其事當即在貞觀十六年。又云：「到任後至豐干禪師院，開房唯見虎跡，乃問僧：禪師在日，有何行業？」既問其在日，是其人已死矣。死而能爲人治病，已屬不經；韋述言其先天中在京兆行化，則又距其見胤之時已六十年，尤爲怪誕。贊寧亦疑序言之不實，而不肯誦言其僞，乃以隱顯不恒巧爲廻護，未可謂僧之「董狐」；然談言微中，能示人以可疑，其識見亦不可及矣。至於大潙祐公之遇寒、拾，亦見《宋高僧傳》卷十一，略云：「釋靈祐，俗姓趙。冠年鬀髮，三年具戒。及入天台，遇寒山子於途中，乃謂祐曰：『千山萬水，遇潭即止。獲無價寶，賑卹諸子。』祐旋造國清寺，遇異人拾得，申繫前意，信若合符。遂詣泐潭謁大智師，頓了祖意。元和末，隨緣長沙，因過大潙山，遂欲棲止，群信共起梵宇。以大中癸酉歲（大中七年）正月歸滅，享年八十三，僧臘五十九。」贊寧因閭丘之序三賢不言年代，據韋述言封干以先天中行化京兆，故以三人爲睿宗朝人，又因靈祐嘗遇寒、拾，而以元和末至大潙山，故謂之先天在而元和逢。余考《傳燈録》卷九云：「靈祐年十五辭親出家，二十三遊江西，參百丈大智禪師。」《宋高僧傳》言祐冠年鬀髮，三年具戒，又言享年八十三，僧臘五十九，則其參師受戒時正二十三歲。以其卒年推之，蓋生於代宗大曆六年，下數至德宗貞元九年，年二十有三。其遇寒、拾，參百丈，當皆在此年。贊寧以爲憲宗元和間事，亦非也。由先天元年下距貞元九年，凡八十二年。寒山有詩曰：「慣居幽棲處，乍向國清中。時訪豐干老，仍來看拾翁。」則三人之相識，皆在國清寺。其詩又曰：「出世三十年，嘗遊千萬里。今日歸寒山，枕流兼洗耳。」是其人三十歲後始隱於寒山，而其與豐干相識，必在豐干未離天台之前。其詩又曰：「昔日經行處，今復七十年。」余今頭已白，猶守片雲山。」則其居寒山甚久。以此推之，當其遇靈祐時蓋已百餘歲矣。釋道二氏，類多長年，寒山春秋雖高，尚未過上壽百二十之數，固亦事理所有。贊寧疑其年數彌長，未爲通論，但如信僞序之説，以爲閭丘胤真與寒、拾同時，則自貞觀十六年起算，至貞元九年，已一百五十二年，再益以寒山子未入天台之前三十年，合計將近二百歲，必不可得之數也。蓋閭丘胤及豐干禪師，雖實有其人，然閭丘生際隋、唐之際，與先天間之封干本無交涉，至於貞元以後之寒、拾，尤不相干。寒、拾生平，亦無可考，第其偈頌傳誦一時。唐末僧徒，樂於傅會，以二人皆居天台，而閭丘爲本朝名宦，假借此人，易於取信，遂依託姓名，僞爲一序，杜撰事蹟，以惑後人。贊寧考證，雖未盡精確，而語必有徵，尚不失爲信史，俗僧惡其覈實，多不從之。《宋高僧傳》表上於端拱元年十月見本書卷首，楊億等所刊定之釋道原《景德傳燈録》上於祥符二年正月見《續通鑑長編》卷七十一及《玉海》卷五十八，相去已二十年，道原、楊億等宜無不見之理，故其卷二十七敍寒山子事，稱寒巖在始豐縣西七十里，不作唐興縣，明係采用《宋高僧傳》之文。然其餘仍沿襲僞序，惟益以與豐干問答之語，而於贊寧所考閭丘胤爲唐初武臣，豐干於先天中遊遨京室之説，概行删除，不留一字，可謂習非勝是，牢不可破者矣。宋末釋普濟作《五燈會元》，其卷六敍豐干、寒、拾，刊去見閭丘胤諸奇怪事，而云：「趙州遊天台，路次逢寒山，山指牛跡問州識否。」趙州者，唐趙州東院僧從諗也。《宋高僧傳》卷十一有傳，不言何時人，惟有真定帥王氏阻兵之語，知在唐末。《傳燈録》卷十云：「從諗，唐乾寧四年十一月二十日，右脅而寂，壽一百二十。」則當生於代宗大曆十一年，雖不知以何年逢寒山，然時代尚約略相當，或實有其事，亦未可知。其不敍閭丘胤事，則其書之體例本自紀言而不紀事，非真能毅然不信也。元僧念常《佛祖通載》卷二十敍豐干事，乃謂貞元末閭丘胤出守台州，殆因贊寧有兩閭丘之疑，遂奮筆改貞觀爲貞元以實其説，不知寒、拾雖貞元時尚存，而胤實以貞觀間刺台州，安得隨意移下百餘年耶？以此知贊寧著書，雖不免張皇彼教，而能實事求是，不肯杜撰以欺世，如念常之比，所言靈祐之遇寒、拾，其必有所據矣。若夫閭丘胤之事，荒謬無徵，等於盲詞小説，贊寧雖未嘗質言其僞，然觀其《寒山子傳》後之語，已不啻明白指出。《提要》於贊寧之書，略不一考，故雖疑閭丘胤遇三僧事爲甚怪，第以爲莫得而考，不知其爲僞作也。

《唐書·藝文志》載《寒山子詩》入釋家類，作七卷，今本併爲一卷，以拾得、豐干詩别爲一卷附之，則明新安吴明春所校刻也。

案：《唐書·藝文志》無釋家類，但以釋氏之書附之道家耳。中有《對寒山子》七卷，注云：「天台隱士。台州刺史閭丘胤序，僧道翹集。寒山子隱唐興縣寒山巖，於國清寺與隱者拾得往還。」至其何以名《對寒山子》，則未之言。《提要》不解其意，遂逕删去「對」字，非也。豈不聞鶴脛雖長，斷之則悲乎？《宋高僧傳》卷十三《梁撫州曹山本寂傳》云：「注《對寒山子詩》，流行寓内，蓋以寂素舉業之優也。文辭遒麗，號富有法才焉。」又卷十九《寒山子傳》云：「乃令道翹尋其遺物謂閭丘胤令道翹尋之，唯於林間綴葉書詞頌，並村墅人家屋壁所抄録，得二百餘首僞閭丘胤序及《傳燈録》並作三百餘首。今編成一集，人多諷誦。後曹山寂禪師注解，謂之《對寒山子詩》。」然則《對寒山子詩》者，本寂注解之名也。寂蓋以其頗含玄理，懼人不解，遂敷衍其義，與原詩相應答，如《天問》之有《天對》，故謂之「對」。《新志》置之不言，又不出本寂之名，殊爲疏略。《崇文總目》釋書類有《寒山子詩》七卷，當即本寂注解之本，故卷數相同。金錫鬯《輯釋》謂《唐志》作釋智昇《對寒山子詩》，蓋因《唐志》上文有智昇所撰三書而誤。其書名亦誤去「對」字。此其誤雜在《提要》之前，然《提要》乃删改《唐志》，尤爲大誤。《遂初堂書目》釋書類有《寒山子詩》，不著卷數，不知爲何本。然《宋志》别集内有僧道翹《寒山拾得詩》一卷，則固明明爲無注之本，故其書只一卷，與《唐志》不同。蓋本寂之注，至宋已亡，獨其原詩尚存耳。繆荃孫《藝風堂文續集》卷六《寒山詩集一卷跋》云：「《寒山詩集》，豐干、拾得詩附，影宋寫本，前有閭丘胤序，後有淳熙十六年歲次己酉沙門志南記，又有屠維赤奮若可明跋，附朱晦翁與南老帖、陸放翁與明老帖。志南即南老，可明即明公，朱子與放翁所往還者。而前又有寒山序詩，觀音比丘無我慧身所補刻。是此書宋時一刻於淳熙己酉，曰國清本；再刻於紹定己丑，曰東皋寺本；此則三刻，又在東皋寺本之後，然不分七言於五言之外，不以拾得加於豐干之上，案分七言五言云云，蓋指明刻本。仍其舊第，字大如錢，清勁悦目，『玄胤恒貞殷朗』闕末筆，亦可謂最善之本矣。」今四部叢刊第一次所影印，號爲高麗本不知是否高麗所刻，無可明跋及朱子帖，其原書遞爲黄丕烈、瞿鏞所藏見《士禮居藏書題跋記》卷五及《鐵琴銅劍樓藏書目録》卷十五，雖於寒山詩及豐干、拾得詩自爲起訖,似是兩卷,然其葉數自第一至七十三前後相連,仍只一卷。其寒山詩後有小字一行云:「杭州錢塘門裏車橋南大街郭宅紙鋪印行。」「紙」字印本不明,據瞿氏書目補。案《咸淳臨安志》卷二十一橋道門,西河有車橋,在國子監後,《夢粱録》卷七同,是其源亦出於宋本。由是觀之,此書唐人之所輯,託名釋道翹,實無其人。宋人之所刻,皆祇一卷。《唐志》作七卷者,蓋本寂作注時之所分也。《提要》既不考《宋高僧傳》及《宋史·藝文志》,又未見宋刻,遂以一卷之本爲明人之所合併,其誤甚矣。《叢刊》第二次影印,係用《天禄琳瑯後編》所載宋本《寒山詩》至三百十三首,蓋最足之本,然亦只一卷。

又案《太平廣記》引《仙傳拾遺》曰:「寒山子者,不知其名氏。大歷(曆)中隱居天台翠屏山,其山深邃,當暑有雪,亦名寒巖,因自號寒山子。好爲詩,每得一篇一句,輒題於樹間石上,有好事者隨而録之,凡三百餘首,多述山林幽隱之興,或譏諷時態,能警勵流俗。桐柏徵君徐靈府序而集之,分爲三卷,行於人間」云云。則寒山子又爲唐末仙人,與閭邱允事又異,無從深考,姑就文論文可矣。

案:《提要》所引,見《太平廣記》卷五十五。《仙傳拾遺》爲前蜀道士杜光庭所著,《宋史·藝文志》神仙類著於録。光庭既云「桐柏徵君徐靈府序而集之」,則其所敍寒山事蹟,必即採自靈府之序。靈府有《天台山記》,篇末自云:「靈府以元和十年自衡嶽移居台嶺，定室方瀛，至寶曆初歲，已逾再閏，聊採經誥，以述斯記。」記中敍國清寺甚詳，而無寒山子事。蓋靈府於元和中移居天台，已不及識寒山，其後始聞其名，又得其詩，乃爲之序而集之。序稱寒山子以大曆中隱居天台，光庭又終言之曰「十餘年忽不復見」。此句即在「行於人間」之下，《提要》未引。從大曆中下數十餘年，正當貞元間，與吾所考靈祐以貞元九年遇寒、拾者，適相脗合。祐遇寒山於天台途中，又遇拾得於國清寺，蓋寒山即以此時出天台，遂不復見，而拾得仍居國清。僞序言寒山入穴不出，拾得沈迹無所者，誣妄之言也。寒山自言守雲山七十年見前，則其居天台久矣，不只大曆中，靈府第據所聞言之耳。《嘉定赤城志》謂靈府居天台雲蓋峰，目爲方瀛；會昌初，頻詔不起；大中、咸通中，與道士葉藏質重修天台桐柏崇道觀詳見道家類《文子纘義》條下；故《仙傳拾遺》稱之爲桐柏徵君。宋張唐英《蜀檮杌》卷上云：「乾德三年即梁末帝龍德元年八月，衍以杜光庭爲傳真天師、崇真館大學士。光庭字賓聖，京兆杜陵人。應百篇舉不中，入天台爲道士。卒于蜀，年八十五。」不言卒於何時。《皕宋樓藏書志》卷七十一著録舊抄本《廣成集》，有無名氏序云：「杜光庭一日謂門人曰：『吾恐不久於世。』時後唐莊宗長興四年「莊宗」當作「明宗」，年八十四，趺坐而化。」與《蜀檮杌》略有不同。由長興四年上推八十四年，唐宣宗之大中四年也。至懿宗咸通間，徐靈府尚存，光庭年已十餘歲，其入天台修道，去靈府時不遠，靈府所序之《寒山子集》，光庭自得見之。其書既行於人間，則傳世者非一本，光庭之言，絶非意造，較之閭丘僞序，可信多矣。惟其後又言咸通十二年道士李褐見寒山子事，此非靈府序中所有，近於荒誕，不可盡信耳。釋氏之徒，以寒山與豐干、拾得並稱三隱，牽引入於彼教。然寒山雖出家，其詩有云：「自從出家後，漸得養生趣。」往還於國清寺而不住僧寮，不受常住供養，爲僧爲道不可知，試就其詩以求之，宣揚佛教、侈陳報應者，固指不勝屈，而道家之言，亦復數見不鮮，如云：「家住緑巖下，庭蕪更不芟。仙書一兩卷，樹下讀喃喃。」又云：「欲得安身處，寒山可長保。下有斑白人，喃喃讀黄老。」又云：「有一餐霞子，其居諱俗遊。論時實蕭爽，在夏亦如秋。」又云：「寒山有躶蟲，身白而頭黑。手把兩卷書，一道將一德。」又云：「鍊藥空求仙，讀書兼詠史。今日歸寒山，枕流兼洗耳。」此皆自敍之詞，而其言如此，蓋其人實爲黄老神仙之學者。自晉宋以來，道家者流固嘗有取於釋氏，如朱子所譏道書中地獄託生之説，皆是竊佛教中至鄙至陋而爲之者見《語類》卷百二十六。寒山子之融滙二氏，好説輪廻因果，不足異矣。其詩又曰：「驅馬度荒城，荒城動客情。高低舊雉堞，大小古墳塋。所嗟皆俗骨，仙史更無名。」又曰：「骨肉消散盡，魂魄幾凋零。遮莫齩鐵口，無因讀老經。」又曰：「神仙不可學，煩惱計無窮。歲月如流水，須臾成老翁。」又曰：「沙門不持戒，道士不服藥。自古多少賢，盡在青山脚。」此則有感於生死之無常，而歎世人不知修道，所謂「何不學仙家纍纍」也。然又有譏學仙爲無益者，如云：「仙客心悄悄，常嗟歲序遷。辛勤采芝朮，搜斥詎成仙。」又云：「暖腹茱萸酒，空心枸杞羹。終歸不免死，浪自覓長生。」又云：「徒閉蓬門坐，頻經石火遷。唯聞人作鬼，不見鶴成仙。」又云：「采藥空求仙，根苗亂挑掘。數年無效驗，癡意瞋怫鬱。」與前所言，自相矛盾，何也？蓋寒山初亦鍊藥求仙，久而無效，始知大道不在於此，所謂「服食求神仙，多爲藥所誤」也，此其義已自言之矣。故其詩有曰：「益者益其精，可名爲有益。易者易其形，是名爲有易。能益復能易，當得上仙籍。無益復無易，終不免死厄。」又曰：「昨到雲霞觀，忽見仙尊士。星冠月帔横，盡云居山水。余問神仙術，云道若爲比。謂言靈無上，妙藥必神祕。守死待鶴來，皆道乘魚去。余乃返窮之，推尋勿道理。但看箭射空，須臾還墜地。饒你得仙人，恰似守屍鬼。心月自精明，萬象何能比。欲知仙丹術，身内元神是。莫學黄巾公，握愚自守擬。」由是觀之，寒山所謂丹術，蓋内丹也。其術不外導引服氣以保元神，與外丹黄白服餌之術異，故辭而闢之，以爲服藥求仙，縱或延年，而終不免於死，是名守屍之鬼，惟有鍊精换形，始可上列仙籍耳。其言明白若此，然則若寒山子者，何害其爲唐末仙人也哉！徐靈府未嘗言其成仙，杜光庭始列之於仙傳，仙不仙雖不可知，而其人於神仙之學實深有所得，不可謂非學仙者也。注寒山詩之本寂，《宋高僧傳》雖題爲梁人，然《傳燈録》卷十七稱其以天復辛酉季夏告寂，壽六十二，則實死於唐昭宗之世，未嘗入梁。由此上推六十二年，當生於文宗開成五年。徐靈府於元和十年已至天台，年輩遠在其前，靈府至天台二十五年，本寂始生。寂之所注，當即根據徐本，蓋閭丘胤之事，本屬誣妄，所謂僧道翹者，子虛烏有之人也，安得輯寒山之詩。輯寒山詩者，莫早於靈府，但《仙傳拾遺》敍寒山事，無一語涉及豐干、拾得，則二人之詩自非徐本所有。據《宋高僧傳·拾得傳》，本寂所注，實兼有拾得詩，不知寂何從得之，豈本寂所自搜求附入歟？抑《仙傳拾遺》之文爲《廣記》删削不全歟？觀其文義，似本無拾得事。未可知也。至於豐干之詩，則又本寂所未見，奚以明其然耶？閭丘僞序及《宋高僧傳》、《傳燈録》，皆只言道翹尋得寒山詩三百餘首，及拾得言偈，纂集成卷，不言有豐干詩。《唐志》著録寒山詩，謂爲道翹所輯，實即本寂所注也，亦只言寒山與隱者拾得往還，而無一字及豐干。《宋志》載僧道翹寒山拾得詩，亦無豐干。孫從添《上善堂書目》近人趙詒琛刻本有影宋鈔《寒山拾得詩》注云汲古閣有跋。徐乾學《傳是樓宋元書目》玉簡齋叢書本有《元本二聖詩》一本，注爲寒山、拾得，二聖之名，疑亦沿用唐、宋之舊。至南宋刻本，二聖忽變爲三隱，於是豐干始有詩二首。今取其詩觀之，第一首尚無可議，但語意雜亂無取；其第二首云：「本來無一物，亦無塵可拂。若能了達此，不用坐兀兀。」明係襲用六祖慧能「本來無一物，何假拂塵埃」之語見《傳燈録》卷三。豐干於先天中行化京兆，後即不見蹤跡，慧能以先天二年八月示寂見《宋高僧傳》卷八。二人正同時之人，年輩當不相上下，何至公相盜襲？作僞之迹，不可復掩矣。《唐志》所載《對寒山子詩》，有閭丘胤序而無靈府之序，疑本寂得靈府所編寒山詩，喜其多言佛理，足爲彼教張目，惡靈府之序而去之，依託閭丘，别作一序以冠其首，謬言集爲道翹所輯，爲之作注，於是閭丘遇三僧之説盛傳於世，不知何時其注爲人所削，而寒、拾之詩幸存，宋之俗僧又僞撰豐干詩附入其中，謂之三隱。疑志南之前已如此，以志南所刻既爲朱子所見，不容不知其僞也。陽羨鵝籠，幻中出幻。吁！可怪也。以此推之，寒山之詩，亦未必不雜以僞作，特無術以發其覆，不能不引以爲據耳。榷而論之，唐末天下大亂，獨醒之士，多思高蹈遠舉，若寒山子者，遁跡空山，避人避世，不過隱逸之流，爲仙爲佛，總屬寄託，如必考其實，與其信閭丘之僞序，無寧信光庭之《拾遺》，以光庭所記之徐靈府，年月出處皆有可考，與寒山正相先後，不似僧徒所託之閭丘胤，時代事蹟無不牴牾荒謬也。《提要》以爲就文論文，不必深考其實，苟於寒山及光庭之文留心細續，又何嘗不可考哉!

(余嘉錫《四庫提要辨證》卷二十)

《寒山子詩集附豐干拾得詩》一卷,宋槧本,姬路河合元昇藏。卷首題「寒山詩集」,下記「豐干、拾得詩附」,每半板八行,行十四字,界長六寸七分,幅四寸九分,左右雙邊。「胤」、「貞」、「玄」等字欠末筆,字畫端楷,宋槧之佳者。首有觀音比丘無我慧身記一篇,閭丘胤序並讚。又有朱晦庵與南老帖,陸放翁與明老帖,皆從真蹟摹入。末有淳熙十六年沙門志南記及可明跋。卷首有「慶福院」印及「無範」印。

(日本澁江全善道純森立之立夫合輯《經籍訪古志》卷六)

寒山子詩集管解序

曰若稽古,寒山、拾得及豐干三神人之勝躅也,自備於閭丘氏序與南公記矣。且歷考我書,或列感通之科,或内散聖之類,文殊之變寒山,普賢之化拾得,無量壽佛之現豐干,人人莫不得而知焉。各各有詩,言志所之。若夫諸聖之所志者何耶?寒山曰:「今日得佛身,急急如律令。」拾得曰:「依此學修行,大有可笑事。」奚翅使人多識於鳥獸草木之名而已哉。昔寶覺禪師嘗命太史山谷道人和寒山子詩,山谷諾之,及淹旬不得一辭。後見寶覺,因謂:

「更讀書作詩十年，或可比陶淵明；若寒山子者，雖再世亦莫能及。」由是觀之，其詩律之妙，當默而識之，決非世間之拘墟於宫商、束教於平側者之所能髣髴也。余自蚤歲喜讀之，其間或一句，或一章，若有會意，則不勝欣然忘食矣。於是顧其爲詩也，自群經諸史，至異書曲典，拾其英，摭其華，莫不以發之於置字造語之間也，況於我佛祖之遺編乎？譬如良匠締構室屋，大木爲宗，細木爲桷，各得其宜，待用無遺也。彼詩之廣也若天，余見之小也似管，管之所見不亦小乎？雖曰至小，其間豈無不違天之小分者乎？是以若有得一義、得一事，則必箋之其下，如是日將月就，得十一於千百，分爲七卷，名曰「管解」，藏之笥篋，以備遺忘矣。第恨獨學寡聞，兼之林下貧書，是故引事一一不能索其隱，解義句句不能鈎其玄，惡乎識無杜撰耶？惡乎識無燕説耶？曾聞曹山本寂禪師注釋，謂之《對寒山子詩》，只願得其注釋，而朗然見義天之大全也，至其時，當廢余之《管解》，而覆醬瓿而已矣。

寛文辛亥秋九月初九日，杉室主人釋交易題。

（日本古刊本《寒山子詩集管解》卷首）

寒山詩闡提記聞序

寛保辛酉秋，同參百餘員破衲子拗折杖子，親參鵠林闡提窟。窟中枯白而不能容稠衆，各走西東五六里之間，舊舍廢宅老院破廟借以爲安居之處，屹屹而癡坐，其艱辛刻苦，見者皺眉，聞者淚浮。今歲十月望，各聚會闡提窟中參禮，參禮亦但有禮無參。師時從容而告曰：「勉旃諸子，莫以飢凍爲患。夫學也者無美乎苦學焉，道也者莫尊乎貧道焉。古天台有寒山子，是即文殊法王子之應現，而果滿妙覺之調御師也。然偶出現於世，無放光動地之祥瑞，無紫磨金軀之莊嚴，唯是一箇蓬頭垢面菜色凍餒窮乞者而已。是唯富貴者蠹害你善心，枯淡者玉成你道情之謂也。其顛吟狂歌，今有寒山詩。」語未終，有一僧失笑曰：「甚哉師不精品藻也。我願得寒公貧戰一場去，恐佗戰鼓未轟，寸刃未交，彼必捨兵走乎，卸甲降乎，不出此二之間。我輩今入窮巷陋區，借破屋坐，藉枯薪臥，上漏下濕，東邊頹落，西邊傾側，晴星彩滿屋，雨無地移破蒲，冰雪亦必無心矣。人向到其不可住捨，今借其捨居，人若可居，人其舍諸，豈得入吾膝。偶向煙霞之村，欲擎瓢鉢，有乞兒酋長，右手握短木楯，左手逼塞行路，叫曰：『今歲蝗蟲入境，無當官租粒米。』所以家家恐諸乞如疫鬼，若强要供養，我手中短木，張眼呵，高聲叫，其勢欲裂食。於此低頭過別村，村村皆然。終懸寒囊，帶夕陽，郎當歸破屋，縮項坐，空華亂飛，飢腸頻鳴。雖鳴，無可飀煙寸薪，無可投口粒米，舉頭望西東，不見噉餘菜滓，國清寺無授與竹筒拾得子。有孫吳才，兼良平能，無不飢死奇計。夫如侏儒鬬長，以矮爲勝。今吾輩若擇師，佛亦不可，祖亦不可，特寒山子足以爲師。雖詩不會，禪不知，彼必爲貧過師，爲證據，伏冀評唱彼癲吟，以隼旦望茶，吾輩擬點心以忘飢凍而已。」越師惨然評唱，得聞未聞，衆心大悦可。有少解文字僧七八輩，憂難遭微言未離席悉忘失，隨師講演，密筆記焉。講畢日，各會一處，互相校讎，解陳篇背紕裏面書之，終分得三帙，各欲傳寫以祕重焉。時有寒餓禪者，且沉思而言：「依諸君勤勞，未聞高論，永留下後世，寔爲林下貽寶乎？謂窟中美器乎？雖然，席上暫時口授，恐多暗記失，往往有捨金擔草底之漢子，不能賞高明之智鑑，徒泥文證字據，終惹刁刀之謗。願歷師電照一拂，而後以路分，不亦佳哉。」諸子低頭云：「公言然，公言實善，是萬全一舉也，隨議于公矣。」別有高聲笑者曰：「不可也，不可也，必廢此盛事。」見來者飢凍上座者也，勃如而攢顙曰：「師一顧而命管城子訂正之，諸君各開懷歡喜矣。若一瞬而喚丙丁童斷送之，諸君必嚙臍懊惱焉。與拂正烏焉之死灰，孰若多魚魯之微言留焉。」諸子受凍敏黠，抑飢腸一笑。時有窮乏道者，是亦高蹈之士也，蒸麥麩食，被禾蒭坐，常如老鶴在雞群，以窮照爲懷，凛乎而柴立，而破衲如薜蘿垂，面如霜後菜，眼如巖下電，戛然而告曰：「悠悠哉諸子，西東英豪有後生大可畏者，各有梁棟才，帶神俊氣，彼盡忘飢寒坐，抛軀命，修佛法，大欲得人，寔寸陰寸璧日也。我輩欵足拭目，待彼打發來。若盡効諸子傳寫記誦，棄擲團蒲，舐筆墨歟，恁麽去，到解制賞勞日，有蟲氣息底漢子亦不能得。彼亦人之子也，欲推青草窠裡乎？欲拽白魚隊裡乎？請且捲懷之。見奚氏之僧秘之，逢周氏僧廋之，見張氏之子附之，逢吕氏之子寄之。草稿若有所可取，龍天豈舍損之哉，佗日必有人壽于梓。其時放小錢一箇箇，背手而探得把之。此日豎擲横撒，恣行大法施，豈不痛快哉。是則本根固而華果可湌者也，今又有何暇攀扶疏蔓葛廢道業者哉。」其苦諫如刺如縛如剥，似一鍋沸湯洒半酌水，堂中大冷，諸子收眸居、結手坐矣。

寬保第一辛酉歲仲冬下浣，闡提窟中困學寒士飢凍布衲炷香稽首題。

（日本古刊本《寒山詩闡提記聞》卷首）

唐有三隱一獸，曰寒山，曰拾得，曰豐干，獸則虎也。飢偷食國清，飽睡雲天台，而同其睡，異其夢者，何哉？蓋譫語不同也。大鼎老人和他四睡，更添一夢，題曰《三隱詩集索賾》，引証詳備，其功勤矣。老人一日就余請序引，余不敢辭，亦唯不□原古人之夢，要且使天下人去夢之所在耳。

文化甲戌六月，不顧庵主□拙周樗。

（日本古刊本《寒山詩索賾》卷首）

序

恭惟等明二覺，垂化世間，慈善根力法爾。處相應，時相應，行相應，説法相應。斯集也者，二覺三尊之説法也。是以諸佛内證之祕賾，四衆修觀之玄樞，莫不備焉，實衆病良藥，長夜炬燈也。雖然，隨宜説法，意趣難解，或眼高見不至黄金，或膚受不識骨肉，時濁人劣，久處暗而不知暗，狎病而不知病。誠病而不知病，暗而不知暗，則安有意於求燈藥乎？苟無意於求之，即雖無價寶珠，盲者於文章，聾者於音樂，亦何異乎？余僻此集尚不問，而語諸道路，路人不顧。欲告之以迷者知迷，病者知病，喻之打静以聲，寡聲不敵衆聲。其不勝矣，莫如不告，而欲强告之，又一病也，苦切、苦切！遂譫言曰同病救救。于時文化十二乙亥暮秋吉備僧慧然序。

（日本古刊本《寒山詩索賾》卷首）

讀　例

一　熟以三隱士一代行狀，除「咄哉咄哉，三界輪迴」，言其餘云爲凡情絶域，唯所遺詩，契理契機，濟世醫王，末代大師，垂迹大旨，專在詩中。然書不盡言，言不盡意，而況詩句意在言外乎？況於聖人善巧深旨乎？非審究深味之，難矣見大人也。

一　問：凡説法教誡，必應萬機，故佛依蘇曼陀聲以説法弘教，聖賢亦俗文傳之。大士誠欲普度衆生，何故不以諦實之語，而用浮華艷辭爲耶？曰：順俗故特爲艷麗之辭。唐朝盛名之士，莫不詩人，故時人不言詩，則以爲愚也，以爲愚則不用。是以順世之所好，裁錦婉曲。唐三百年絶妙佳句，少陵卷舌、山谷杜口者，無礙巧説誘世方便也。方便難解大智，則言外識趣。

一　詩中多用比體，且如閨怨詩，若不知所比，與婦女癡情復何異？故隨句悉指之，引經證之。問：苟順俗，胡用比體，使人苦於難解？曰：比亦詩一體也，知者則知，般若非文字，文字顯般若。黄絹幼婦，解者少矣，解者知絶妙。寒山子云：我詩比曹娥。若嫌難解，安至絶妙？若嫌文字，争顯般若？

一　篇中大凡借用時俗所喜、詩家所用之辭，以彰無言之道。若假仙境，顯不生滅；假隱逸幽邃，明無漏聖境是也。今詳所顯，而略能顯。

一　調高句美，文穩易解，而意味深長者，天台寒山之光景也。就其淵索之，若穿然，一任罪我。

一　詩中有釋經論之意者，牒舉兩三字本文，以發明出世本懷，如是之類，不猒繁，具引其文。或有不牒經文，與經一致者，是所謂所説法門符合經旨者也，亦引文消之，非涉多端。

一　詩曰「都來六百首，一例書巖石」，由之觀此似六百首末後，一時書以遺之，然則必有前後次第。今所傳者，既失其半，然猶序、正、流通之三全備焉，示、勸、證之三亦含其中，故集中有二章、三章同一意者，而先後貫通，亦承其意疏之。

一　大都非主曲調，非取佳句，假世間常語，而示出世近要，貶有爲幻化，勸無爲常住，語則淺近，大悲深重，自非審察，天門不啓。寒山子自云「我詩合典雅」，又曰「若能會我詩，真是如來母」，大聖有妄語乎？若能熟讀，則所謂於一言音中具一切妙音，一一妙音中具足最勝音，轉三世諸佛清浄妙法輪之趣溢於言外。余作之解，所冀讀者爲索佛海之深，唯疏字義耳。至其奥，則香象負擔，非驢所勝。如《華嚴》云：「假使有人以大海量墨，須彌聚筆，寫於此普眼法門，一品中一門，一門中一法，一法中一義，一義中一句，不得少分，何況能盡？」

（日本古刊本《寒山詩索賾》卷首）

寒山、拾得，迺文殊、普賢也，有詩三百餘首流布世間，莫不丁寧苦口，警悟世人種種過失，至於幼女艾婦之姿態，惡少偷兒之性情，㪷秤欺瞞，是非品藻，靡不言之。其間稠疊言之者，誡殺生也，詩云：「寄語食肉輩，食時無逗留。今生過去種，未來今日修。秪取今日美，不慮來生憂。老鼠入飯瓮，雖飽難出頭。」又云：「人喫死猪肉，猪喫死人腸。猪不道人臭，人反道猪香。猪死抛水裏，人死掘地藏。彼此莫相食，蓮花生沸湯。」嗚呼，聖人出現，混迹塵中，身爲貧士，歌笑清狂，小偈長詩，書石題壁，欲其易曉而深誡也。經云：「若不去殺，斷一切慈悲種。」慈悲者，仁也。余因老病，結茅洞庭，終日無事，或水邊林下，坐石攀條，歌寒山詩，哦拾得偈，適與意會，遂擬其體，成一百四十八首。雖言語拙惡，乏於文彩，庶廣先聖慈悲之意。建炎四年二月望日序。

（四部叢刊景高麗刊本《寒山詩一卷豐干拾得詩一卷附慈受擬寒山詩一卷》慈受擬寒山詩卷首）

重刻擬寒山詩序

佛言：若要人間無刀兵，除非衆生不食肉。兹者三災並起，人命危脆，或募兵守城，或遁逃山林，或隱匿海島，以自爲計。雖貪生怖死，人之常情，豈知定業有不可逃者。蓋殺生之極，感刀兵災；偷盗之極，感饑饉災；淫邪之極，感疾疫災。非天降，非地湧，非人與，皆衆生自業吸引，因果相酬，如影隨形，如響應聲。欲不受果，惟不造因，因亡則果喪，業空則報亡耳。道獨偶閱慈受禪師擬寒山詩，見其詞語懇切，深錐痛劄今人通病，實對治之良劑，玩味不已，重梓流通。伏冀諸賢詳審，起大慈心，悲愍衆生，不食其肉，齋戒清淨，謹敕身心，衆善奉行，諸惡莫作。一人依之，一人不受業；衆人依之，衆人不受業，斯即善身保家壽國之良圖也。

（《宗寶道獨禪師語録》卷六）

合訂天台三聖二和詩集新刻緣起

雲騰鳥飛於虛空，而虛空無迹；風動塵翳於日色，而日色不變。生死煩惱現乎我心，而我心體本清淨。所謂終日在妄，終日恒真也。舉其真，真不可見；檢其妄，妄不可覓。真雖不見，而性包十虛；妄雖難覓，而十界咸具。有無既亡，言思何及。古哲謂諸佛到此口掛壁，斯之謂也。然則諸佛説教，祖師垂言，豈非以釘釘虛空乎？空寧可釘哉。《涅槃經》有四不可説，以四悉檀因緣故可説。蓋衆生既迷，不以教無以入其門，何令升堂入室耶？《法華》云：「佛種從緣起，是故説一乘。」是故聖賢立言垂教，或贊或毁，或順或逆，棒喝交馳，與奪分明，種種巧施，總趁機妙用，即令觸處親見面目也。且天台三聖，内秘根本之智，外現落拓之形，詩歌隨口，言言顯諦，笑罵狂發，處處靈機，凡眼莫覷，皆以爲癡，非閭丘感豐干之愈疾,孰知其爲三聖耶?又其詩散乎巖石舊壁樹葉及人家壁,誰爲收録之。是知聖作必有克傳,緣固然耳。原本寒山詩三百七首,豐干詩二首,拾得詩四十九首,明初楚石琦公一一和之,明末石樹師爲之載和,禪機俱徹,足見三聖之心矣。初刻分三集,名《禪林唱和集》。又刻或將二和簡次於原詩,參刻成集,名《和三聖詩集》。然今坊刻寒山原詩,只一百二十七首,次第亦别,乃清雍正御選本也。光緒間有藕師刻原唱,藥師刻石樹,海虞張寂居士刻楚石,仍分三集,其序附此。民國三年春,常熟法華寺耀文和尚請余講《彌陀疏鈔》,城有張楚懷居士以二和詩兩本及《娑羅閣清言》見贈。十餘年來,欲刻未遂。戊辰,有覺觀師函索方外詩類之書,余志方切,遂函常熟耀師、蔡善士慧清,於藏書家訪之。唯得龐北海居士家所藏張刻楚石版,而藕刻、藥刻二版未知所藏。庚午秋又講《圓覺》於法華寺,本城蕭沖友居士以唱和合刻舊本見送,余時猶欲三集分刊。迨辛未春赴蘇隆慶講《彌陀要解》,特謁報國寺印光法師,言及於斯,即呈舊本,請以校閲。師云:「盍依舊刻醒目易讀乎?」師縱慧眼,所有誤者及俗體、破體字,悉改正焉。余易其題,曰《合訂天台三聖二和詩集》,遂登梨棗。即祈來者隨讀,直得寒山真面目,而於清風明月,流水高山,恍然莫知我誰,可謂覿面而見三聖矣夫。民國二十年辛未春,天台石梁觀月比丘興慈撰。

(浙江天台山國清寺印行《寒山詩》卷首)

寒山唱和序

佛祖慧命相沿，雖貝笈梵函，喝棒顧盼，作用不同，其體一也。唐世韻語盛行，村稚孌婦，能解歌吟。寒、拾二老，混迹於中，移商換徵，積成篇什。大要憫世癡迷，沉没於利欲生死之海，而不知止息。故閑言以挑，冷語以諷，痛言如駡，正語如經，縱横反覆，斜側正視，無非爲此大事，毋令斷絶耳。余嘗題其端曰：「掃盡塵沙轉見沙，千年苕帚白生花，閭丘只認豐干舌，落葉飄零何處家。」嗣後擬其作者代有，而步武全韻，銖兩不殊者，則楚石琦公一人，今石樹隱公繼之矣。蓋江河愈下，可涕可悲，事有甚於古時。援手無力，忍俊不禁，乃以舊時機杼，重翻花樣。雖文彩頓新，而絲筘相接，綿密無間。余喜而爲詠曰：「糞掃堆頭無價珠，癡人覿面漫躊躇。千年長夜黑如漆，忽發神光是此書。」世有讀者，無俟豐干、閭丘而後知其人。木叉道人鄭龍彩法名弘辨。

（浙江天台山國清寺印行《寒山詩》卷首）

合刻楚石石樹二大師和三聖詩集序

寒山、拾得、豐干三大士，不由閭丘之口傳之，孰知爲文殊、普賢、彌陀之化身也。嘗誦其詩,或喜或悲,或笑或罵,究其所以然者,無非使人徵善棄惡而已也。斯後楚石、石樹二公,何其人輒敢和之。亦嘗誦其詩,亦喜亦悲,亦笑亦罵,雖時移事易,究其和之所以,亦無非徵善棄惡而已也。其詞轉意宛,悉亦如之。嘗錯雜於三大士篇,若不可辨。然則二公者,抑天台水牯牛之化迹耶?抑三大士願力未諧而再來應身耶?不然,何其聲氣之同如此?夫楚石、石樹,既不下三大士之風,吾輩又豈甘遜閭丘之志哉。閭丘録詩於石壁高巖老樹之上,余則録詩於空江瓢笠之内。因編次之,遂成古今合璧,不敢私秘一時,公與天涯有道共之。於是稽首以偈贊曰:

稽首三聖,楚石石樹。三聖去遥,楚石已逝。五百年來,聲韻幾墜。唯我石翁,唱導末世。繼寒拾風,承豐干智。追挽古音,筆花生瑞。黄海天台,去來何處。文殊古院,國清破寺。短句長歌,不落文字。宸生何緣,得聞開示。廣陵道上,負笈隨侍。每見揮毫,因録編次。合刻流通,永傳盛事。曰三曰五,是一是二。請著眼看,快追雲駛。

虞山社弟子許宸翰法名且住。

(浙江天台山國清寺印行《寒山詩》卷首)

和天台三聖詩叙

虚空可畫乎？雖不可畫，而天地山川、煙雲人物，細而醯雞太末，大而刹海浮幢，太虚空中一物不受，而實無一物不包也。然求圖畫虚空，打破大唐，難遇好手。有大脱空漢寒山、拾得並豐干三人，掣風掣顛，炊熱國清冷灶，唐言梵語，題遍天台山巖石壁。有好事者編成書册，目之爲詩，而實於三人實際分中，不留剩迹也。數百年後，有法鐙、慈受、中峰諸老從而擬之，已是犀角生紋、月邊帶暈矣。又有楚石琦老從而步韻，不免虚空釘橛。我石樹法兄以煙霞道骨、丘壑心胸，高掛鉢囊，放浪黄海，雖胸中空洞無物，而咀嚼寒山諸人言句，忍俊不禁，復爲步和。一字一句，如入萬山深處，荒寒幽悄，使人毛髮俱栗。又若高山望海，静夜聞鐘，曠若發蒙，猛地痛省。較之楚石，可謂後來居上，壓倒元白。而實於石兄實際分中，亦不留點墨，歸於圖畫虚空而已。雖然如是，三十年後，有人沾著字句，如塗毒鼓，聞者皆喪，莫謂紙墨文字中，遂無殺人刀、活人劍也。真具眼人，急著眼覷。住西江雲居晦山法弟戒顯題於鄧峰禪室。

（浙江天台山國清寺印行《寒山詩》卷首）

和三聖詩自序

嘗讀三聖詩，聲韻似出尋常，意義都超格外，故愚者讀之易曉，智者讀之益深，三聖之詩至矣。追夫三聖示迹寒巖，或悲或笑，或舞或歌，或書石壁，或書樹皮，爲狀不一，爲語甚奇，人皆目之爲風顛漢也已。自豐干饒舌，閭丘傳頌，而後世知其爲三聖詩，然不知其詩曷爲而作也。不知作者之意，而讀之何爲。蓋三聖以憫世之熱腸，爲惺世之冷語，其意以諸經之旨玄微，未能旦晚解悟，故以觸景即物之句，爲引迷入悟之門，使智者得意忘筌，愚者因象覔意，智者去浮辭而證實際，愚者由粗言而悟直指。此三聖憫世惺世之深意也。擬作者如法鐙、慈受、中峰諸祖，而賡韻者惟國朝楚石梵琦禪師。余初讀之，不知三聖之爲楚石，楚石之爲三聖。再讀之，恍若三聖之參前，楚石之卓立也。是時凡遇佳山勝水，好風朗月，目之所見，意之所會，輒不禁長吟短詠，獨於三聖詩未敢輕和。癸未罷參，高卧黄海，復見三聖詩，讀之爽然曰：「此余向所欲和者也。去余三百年之上有楚石，去楚石五百年之上有三聖，時移事易，風韻若合符節。彼在盛唐、國初者，猶有世道人心之歎，今時人心逾薄，生兹不辰，所見所聞，又當超三聖、楚石而快言之。」隨拈三聖韻而爲石樹詩，不逾月而和竟。乃囅然曰：「吾願在二十年前，而酬於二十年後，吾事畢矣，但未知於三聖憫世悜世之旨有當乎否也？·姑録此藏之名山，俟後五百年，或復有人焉讀之和之耳。」石樹道人通隱題於黄海石筍峰前。

（浙江天台山國清寺印行《寒山詩》卷首）

刊三聖諸賢詩辭總集序

宣情達事，世教有取於詩。吾宗聖賢，高蹈遠視邈然矣，亦仿人情近習，琢爲文句，蓋憫物之心不可遏也。抑將激誘於道，奚啻宣情達事，流玩百世珠玉之擬哉。觀夫豐干、寒、拾三聖所唱，楚石琦公之和韻，皆痛快激烈，斥妄警迷。山中天靈義首座，服膺有素，願繡梓以傳焉，且篡舊本諸名公序帖及《三隱集記》系之。又以佛國白禪師所作《文殊指南贊》詞勝理詣，永明壽禪師、布衲雍、鏡中圓前後山居唱和之什，暨古德《十牛頌》並諸歌偈，切於風礪，有裨益於世者，比次成帙。勸率善信陳智寶、賈福常，俾諸衆緣，並與刊行，謁言爲弁。因謂醫方萬品，求對治而休；海寶千般，得如意而足。披此集者，驀然逗著一言半句，撲落眼屑，粲發心華，方信聖賢憫物之心誠有在也。是則助揚激誘，微天靈之績，吾誰與歸？·永樂丙申夏結制前一日，僧録司右闡教兼住鍾山靈谷幻居比丘浄戒。

（浙江天台山國清寺印行《寒山詩》卷首）

和三聖詩自序

天台三聖詩，流布人間尚矣，古今擬詠非一，而未有次其韻者。余不揆凡陋，輒撰次和之，殆類摸象耳。雖然，象之耳亦豈外於似箕之言哉！歲丙申中秋，四明比丘梵琦頓首。

（浙江天台山國清寺印行《寒山詩》卷首）

重刻和天台三聖詩序

楚石琦禪師自雙徑發悟後，作爲詩文，皆第一義，如雪山肥膩，純浄無雜。本傳所載，著有《北遊》、《鳳山》、《西齋》三集，及和天台三聖、永明、陶潛、林逋諸家詩，而《西齋集》與和三聖詩，五百年來尤膾炙於老儒尊宿之口。《西齋集》既刻於吴中，和三聖詩獨無傳本，輒以爲恨。今歲清涼寺傳戒，隨藥、藕二公登藏經閣，見有以《禪林唱和集》名者，乃楚石、石樹二老人和天台三聖詩也。爰分爲三集，藕公刻原唱，藥公刻石樹，寂與季子栽甫刻是編。一夕之聚，頓令三聖密語、二老心傳，並垂不朽，洵樂事也。昔汪大紳之論詩曰，有詩人之詩，有道人之詩。夫範水模山，吟風弄月，一草一木，窮其幽致，一字一句，盡其推敲，此詩人之詩，於出世第一義渺不相值也。若夫道人之詩，一自真性中流出，通天地萬物之靈，而無所作爲也，湧泉源萬斛之富，而不立一字也。苟得其意，雖漁歌樵唱，鳥語蟲吟，乃至山河大地，牆壁瓦礫，有情無情，若語若默，一一皆宣妙諦，塵塵普轉法輪。若是者可與讀楚石詩，並可與讀三聖詩。彼執指爲月，隨語生解者，雖讀盡三藏十二部，如數他家寶，於己無分，何足以知是詩哉！光緒甲申季冬，海虞弟子張寂謹序。

（浙江天台山國清寺印行《寒山詩》卷首）

和天台三聖詩自序

道不能自鳴，待人而鳴，鳴雖各異，而道未嘗不同也。苟不同，不足以爲道。然而形雖萬殊，而性則同，猶薪有千般，而火無異。齊乎千載之上，等乎百世之來，此心此理，無不同也。故知所同者，道也，理也，心也，性也；所不同者，形也，器也，色也，境也。是故從流而溯源，則幾於道矣；從一而分殊，則流於形矣。即形而實踐之，以明乎道，則思過半矣。余於蚤歲讀御選寒山、拾得二大士詩，其神韻鏗焉。道在言外，具見一斑，有如身入虛空，廓焉無際，雖欲從之，末由也矣。越廿載癸巳春，於玉麟居士處得見《天台三聖二和詩》，持歸一一讀之，獲窺全豹，不禁怡然神往，雖出諷世之冷語，實爲證道之要言。前輩擬之者,有法鐙、慈受、中峰諸大師。賡韻而和者,有明初楚石梵琦禪師;再和者,有明末石樹通隱禪師。二師之巨作,不僅爲千載唱酬之韻事,實爲無量衆生之慈舟,不亦焕然善哉!石老禪師有序言曰:「俟後五百歲,或有人焉讀而和之者。」余生於二老五百年之後,以吾向所欲和者,今繼二老之後而完成之。豈期我得會三聖於千載之上,及約二老於五百年之前,以締千載唱酬之法緣也歟!寬仁居士林春山氏序於海曙樓。

(浙江天台山國清寺印行《寒山詩》卷首)

序

憶五六歲即聞吾鄉有閭丘尋豐干,禮寒、拾事,比長入天台國清寺,則豐干與寒、拾像具存焉,《方外志》亦備載其始末,殆非虚事也。世傳寒、拾、豐干諸詩,或沖淡深粹,有陶靖節、孟襄陽之風,閒或作偈語,蓋意主於開導世愚,故冷提熱弄,要使聞者憬悟,而不在乎詞之工也。先進陳木叔自謂寒山後身,因以寒山爲號。予謂寒山托跡貧士,不求人知,迨爲閭丘胤物色,即隱身不見。今木叔方欲以文章名天下,甚者至不免聲色,烏在其寒山哉?既而經鼎革,即屏居雲峰寺,姬妾滿前,能不爲生死所惑,賦詩數百,遍作書以别同人,自擇死之日,時延諸僧遶室誦經,就湛明法師禪牀化去焉。由此觀之,非有宿根者能如是耶？嘗聞王摩詰、白樂天、蘇玉局皆爲高僧轉世，又安知寒山、拾得不至今常在人間哉？吾至滇，得從野竹和尚遊，博學能文，洞晰禪理，所集語録久爲宗門傳誦。蒲團餘暇，倣元楚石故事，悉取寒、拾遺詩和之。友人劉文季持以見示，且命爲序。夫寒、拾既以佛菩薩轉身，楚石、野竹又皆禪林老宿，其道一矣。斯其言前後若合符節，尤非儒名墨行者所可幾。予門外漢也，何能窺一班，乃不辭友命而輒爲序者，欲世人讀是編，識四君子發意之所存耳。經云：有以某身得度者，即現某身而爲説法。故知聖賢不得已而説法，致落語言文字，皆度人之心迫而爲之，非樂以是自見也。不然，寒山固文殊也，當問疾維摩詰，乃至無有言説，斯真不二法門，又烏用是絮絮韻語爲哉？世或至執是編以求野竹、楚石與寒、拾焉，吾見其覿面而失之矣。持語野竹和尚，將以予言爲然否？

康熙庚戌孟秋賜進士出身中憲大夫歷知雲南永昌澂江楚雄四府事天台同學弟馮甦再來氏盥沐拜題。

（康熙刻本《天台三聖詩集和韻》卷首）

和三聖詩序

和三聖詩，和也，非倡也。予以嵩山之和三聖詩，倡也，非和也。古之倡教者，佛法必有過人處，手眼必有精明處，是故玄要君臣，十智同真，三關險峻，各各建立不同。或兄弟倡和，或父子倡和，大抵皆激揚道法，別有一番光彩。此所以倡即和，和即倡，擬易非易，反騷乃騷也。嵩山和尚具丈夫衝天之志，不跡如來行處行，矧豐干乎？矧寒山、拾得乎？三聖者皆奇怪示人，而嵩山惟以平常合道。三聖者祇以散聖鳴世，而嵩山則以適統相傳。然則和之者亦猶非郭注莊，而莊注郭云爾。爲我語國清寺，不必於竈上尋得三聖，不必於石縫尋得三聖，不必於三聖集中尋得三聖，惟於嵩山集中尋得三聖。故曰：嵩山之和三聖詩，倡也，非和也；和也，即倡也。

賜進士出身文林郎知江川縣事耕煙張方起拜題。

（嘉興藏本《天台三聖詩集和韻》卷首）

後　跋

三聖詩，傳之舊矣，而擬者過半未有如元楚石和尚次其韻，高朗如日星者。昌小駃學不及古，然敢忘先德之遺愛哉！乃今憶吾師野竹和尚住嵩山寺十有四年，康熙己酉秋，忽湖南巨微大師至自天童，惠楚石和尚和三聖詩集，吾師讀竟，愛其蒼奧高朗，絶不襲時人故事，遂和之。稿成，張公柏麟居士及雪可廣兄、文遠犻兄議昌走吳，尋善梓者以廣其傳。

烏乎，先輩有善，不能昭昭於世，皆後學之過，昌敢辭間關之勞而不行乎？乃拉化一、夢周二兄，以壬子四月長發，至七月始抵蘇，又二月梓成。昌不文，且不避不文，而聊識歲月云。廬陵門人宗昌識。

（嘉興藏本《天台三聖詩集和韻》卷末）

三　其他

朱晦庵與南老帖

五月十三日熹悚息啓上：久不聞動静，使至，特辱惠書，獲審比日住山安隱爲慰。天台之勝，夙所願游。往歲僅得一過山下，而以方有公事，不能登覽，每以爲恨。今又聞故人挂錫其間，想見行住坐卧，不離水聲山色之中，尤以不得往同此樂爲念也。新詩見寄，筆勢超精，又非往時所見之比。但稱説之過，不敢當耳。二刻亦佳作也，但攙行奪市，恐不免失故步耳。寒山子詩彼中有好本否？如未有，能爲讎校刊刻，令字畫稍大，便於觀覽，亦佳也。寄惠黄精、筍乾、紫菜多品，尤荷厚意。偶得安樂茶，分去廿絣，并雜碑刻及唐詩三册，謾附回使，幸視至。相望千里，無由會面，臨書馳情，千萬自愛，不宣。熹悚息啓上國清南公禪師方丈。

熹再啓:清衆各安佳,兒輩附問,黄婿歸三山已久,時得書也。《出師表》未暇寫,俟寫得轉寄去未晚也。寒山詩刻成,幸早見寄。有便足附至臨安趙節推廳,託其尋便,必無不達。渠黄巖人也。熹再啓。

(宫内省本《寒山詩集》卷首)

陸放翁與明老帖

有人兮山陘,雲卷兮霞纓。秉芳兮欲寄,路漫兮難征。心惆悵兮狐疑,蹇獨立兮忠貞。

此寒山子所作楚辭也,今亦在集中,妄人竄改附益,至不可讀。放翁書寄天封明公,或以刻之山中也。

(宫内省本《寒山詩集》卷首)

擬寒山拾得二十首

一

牛若不穿鼻，豈肯推人磨。馬若不絡頭，隨宜而起卧。乾地終不涴，平地終不墮。擾擾受輪迴，秖緣疑這箇。

二

我曾爲牛馬，見草豆歡喜。又曾爲女人，歡喜見男子。我若真是我，秖合長如此。若好惡不定，應知爲物使。堂堂大丈夫，莫認物爲己。

三

凡夫當夢時，眼見種種色。此非作故有，亦非求故獲。不知今是夢，道我能畜積。貪求復守護，嘗怕水火賊。既覺方自悟，本空無所得。死生如覺夢，此理甚明白。

四

風吹瓦墮屋,正打破我頭。瓦亦自破碎,豈但我血流。我終不嗔渠,此瓦不自由。衆生造衆惡,亦有一機軸。渠不知此機,故自認愆尤。此但可哀憐,勸令真正修。豈可自迷悶,與渠作冤讎。

五

若言夢是空,覺後應無記。若言夢非空,應有真實事。燔燒陽自招,沈溺陰自致。令汝當驚魘,豈知安穩睡。

六

人人有這箇,這箇没量大。坐也坐不定,走也跳不過。鋸也解不斷,鎚也打不破。作馬便搭鞍,作牛便推磨。若問無眼人,這箇是甚麽。便遭伊纏繞,鬼窟裏忍餓。

七

我讀萬卷書,識盡天下理。智者渠自知,愚者誰信爾。奇哉閑道人,跳出三句裏。獨悟自根本，不從他處起。

八

幸身無事時，種種妄思量。張三袴口窄，李四帽簷長。失脚落地獄，將身投鑊湯。誰知受熱惱，却不解思量。

九

有一即有二，有三即有四。一二三四五，有亦何妨事。如火能燒手，要須方便智。若未解傳薪，何須學鑽燧。

十

昨日見張三，嫌他不守己。歸來自悔責，分別亦非理。今日見張三，分別心復起。若除此惡習，佛法無多子。

十一

傀儡秖一機，種種没根栽。被我入棚中，昨日親看來。方知棚外人，擾擾一場獃。終日受伊謾，更被索錢財。

十二

季生坦蕩蕩，所見實奇哉。問渠前世事，答我燒炭來。炭成能然火，火過却成灰。灰成即是土，隨意立根栽。

十三

衆生若有我，我何能度脱。衆生若無我，已死應不活。衆生不了此，便聽佛與奪。我無我不二，四天王獻鉢。

十四

莫嫌張三惡，莫愛李四好。既往念即晚，未來思又早。見之亦何有，欻然如電掃。惡既是磨滅，好亦難長保。若令好與惡，可積如財寶。自始而至今，有幾許煩惱。

十五

失志難作福，得勢易造罪。苦即念快樂，樂即生貪愛。無苦亦無樂，無明亦無昧。不屬三界中，亦非三界外。

十六

打賊賊恐怖，看客客喜歡。亦有客是賊，切莫受伊謾。樂哉貧兒家，無事役心肝。既無賊可打，豈有客須看。

十七

有一種貧兒，不能自營生。若不作客走，即須隨賊行。復有一種貧，常時腹彭亨。若有亦不畜，若無亦不營。

十八

汝無名高者，以見利貪叨。汝無行實者，以取著名高。行實尚非實，利名豈堅牢。一朝投土窟，魂魄散逃逃。

十九

勇有孟施舍，能無懼而已。若人學佛法，勇亦當如此。休來講下坐，莫入禪門裹。但能一切捨，管取佛歡喜。

二十

利瞋汝刀山，濁愛汝灰河。汝癡分別心，即汝澹魔羅。圓成但一性，一切法依他。偏了一切法，不如且頭陀。

(王安石《臨川先生文集》卷三)

《紫柏尊者全集》卷一五《半山老人擬寒山詩跋》:「月在秋水，春在花枝，若待指點而得者，則非其天矣。吾讀半山老人擬寒山詩，恍若見秋水之月，花枝之春，無煩生心而悦。果天耶?非天耶?具眼者試爲薦之。」又《跋半山老人擬寒山子詩》:「受持千百萬過，心地花開，香浮鼻孔，鼻孔生香，香不聞香。善知此者，則半山老人舌根拖地，亦不分外也。」

楚按，寒山、拾得詩自流行以後，擬作者、和韻者陸續不絶，「寒山體」遂爲詩家之一體。擬作之著名者，有宋法燈和尚、慈受懷深，元中峰明本諸禪師。追和寒山、拾得詩集者，則有明楚石梵琦、石樹通隱，清野竹和尚，及林春山居士。本書不能備載，姑録王安石《擬寒山拾得二十首》，以見一斑焉。

釋音

嚻許堯切。㬥蒲冒切。峙長里切。滓壯士切。軋幽轄切。嗰由戈切。揸周而切。芟書咸切。巉常咸切。喃奴咸切。瓌古迴切。瑋于鬼切。傑求列切。彣亡分切。邯鄲上胡甘切，下多閑切，郡名也。搒必孟、必浪二切。棹船也。陟知力切。磊郎罪切。蠆丑邁切。前生作宗故切。䣐𨷂上蒲口切，下郎斗切。蓊衣孔切。佸居末、胡末二切。抉於決切。厩居又切。髼鬡上楚莖切，下女耕切。崖㖢上牛皆切，下士皆切。腲腇上烏罪切，下奴罪切。鷀鵜上兹姚切，下胡甲切。㕉苦合切。㕉匝，滿也。睥睨上普計切，下愚計切。左睥右睨。醦桑感切。鬖蒲完切。喔咿上於角切，下幽夷切。强笑貌。耨奴候切。跕躧上都牒、他協二切，跕履也。下所倚、所買二切，舞履也。袪丘虛切。梟古遥切。殂子胡切。蟫徒含切。婦浮後切。婪郎甘切。蹇居免切。嗊呼孔切。諛容朱切。齟齬上才莒切，下牛與切。唰踈括切。衒由絹切。侗他孔切。猊獳上女奚切，下奴溝切。胡羊也。氃氋上徒紅切，下名孔切。騄駬上力足切，下如始切。駿馬也。虓大呼切。烏虓，虎也。婠妠上一丸、烏八二切，下女刮切。《廣韻》：小兒肥皃。齎將西切。幟尺志、始志二切。磺古猛切。售常又切。莦所交切。耒耜上良妹切，下修子切。毵蘇甘切。陬將侯切。瞢蒙登切。誚才笑切。嗤昌夷切。啐倉憒切。儽力罪切。振直賡切。㙍蒲没切。鬣力業切。啗古完切。縶陟立切。潉古末切。鏺比末切。譣詖上虛檢、自簾二切，下彼寄切。諂佞也。懸遠遠去聲呼。埏以旃切。嵽嵲上徒結〔切，下〕五結切。並山高貌。岧嶢上徒聊切，下五腰切。並山高貌。暾他昆切。日出皃。紱分勿切。瀧涷上盧紅切,下都紅切。紝婆子壬音。舊引佛經,謂西國苦樹子,根枝俱苦,喻衆生之惡也。

(正中本《寒山詩》卷末)

寒山子詩何云:樂天多效之,荆公集中有《擬寒山詩》十二首。如施家兩兒,案詩云:施家有兩兒,以藝干齊楚。文武各自備,託身爲得所。孟公問其術,我子親教汝。秦衛兩不成,失時成齟齬。事出《列子》。羊公鶴,恰似羊公鶴,可憐生氃氋。事出《世説》。如子張、卜商,他賢君即受,不賢君莫與。君賢他見容,不賢他亦拒。憐善矜不能,仁徒方得所。勸逐子張言,抛却卜商語。如侏儒、方朔,只取侏儒飽,不憐方朔餓。涉獵廣博,非但釋子語也。何云:酒壚猛狗,出《韓非子》。枕流事出《世説》。如一道一德、言有枝葉、雲梯棘刺、亡羊補牢之類尤多。○詩云:赫赫誰壚肆,其酒甚濃厚。可憐高幡幟,極目平升斗。何意訝不售,其家多猛狗。童子若來沽,狗齩便是走。今日歸寒山,枕流兼洗耳。手把兩卷書,一道將一德。從生不往來,至死無仁義。言既有枝葉,心懷便險詖。若其開小道,緣此生大僞。詐説造雲梯,削之成棘刺。亡羊罷補牢,失意終無極。對偶之工者,青蠅、白鶴,死將餧青蠅,弔不勞白鶴。黄籍、白丁,洎老檢黄籍,依前注白丁。青蚨、黄絹,囊裏無青蚨,篋中有黄卷。據本詩絹當作卷。黄口、白頭,不用從黄口,何須厭白頭。七札、五行,能射穿七札,讀書覽五行。緑熊席、青鳳裘。膝坐緑熊席,身披青鳳裘。○何云:六極、九維,東岱、北邙,衛氏兒、鍾家女,三端、六藝,黄腸、白骨,獼猴心、獅子吼,待鶴、乘魚亦工。○六極常嬰困,九維徒自論。移向東岱居,配守北邙宅。衛氏兒可憐,鍾家女極醜。三端自孤立,六藝越諸君。塚破壓黄腸,棺穿露白骨。　欲伏獼猴心，須聽獅子吼。　守死待鶴來，皆道乘魚去。　而楚辭尤超出筆墨畦逕，曰：有人兮山陘，雲卷兮何云：卷，集作衮。霞纓。秉芳兮欲寄，路漫兮難征。心惆悵兮狐疑，蹇獨立兮忠貞。何云：楚辭則爲人竄爲五言，第七句云「衆喔咿斯蹇」，可爲失笑也。放翁寄書天封明老，囑爲正之。又云：苔滑非關雨，松鳴不假風，真佳句也。○元圻案：《唐書・藝文志》：《寒山子詩》七卷，寒山子隱唐興縣寒山巖，於國清寺與隱者拾得往還。《太平廣記》引《仙傳拾遺》曰：寒山子者，不知其名氏，大曆中隱居天台翠屏山。其山深邃，當暑有雪，亦名寒巖，因自號寒山子，好爲詩。《列子・説符篇》：魯施氏有二子，其一好學，其一好兵。好學者以術干齊侯，爲公子之傅。好兵者以法干楚王，以爲軍正。施氏之鄰孟氏同有二子，所業亦同，而窘於貧。羨施氏之有，因從請進趣之方。二子以實告。孟氏之一子以術干秦王，秦王曰：當今諸侯力争，所務兵食而已，若用仁義治吾國，是滅亡之道也。遂宫而放之。其一子以法干衛侯，衛侯曰：吾弱國也，而攝乎大國之間，大國吾事之，小國吾撫之，是求安之道，若賴兵權，滅亡可待矣。若全而歸之，適於他國，爲吾之患不輕矣。遂刖之而還諸魯。《世説・排調類》：劉遵祖少爲殷中軍所知，稱之于庾公，遂名之爲羊公鶴。昔羊叔子有鶴善舞，客試驅來，氃氋而不肯舞，故稱比之。《漢書・東方朔傳》：侏儒長三尺，奉一囊粟，臣朔長九尺，亦奉一囊粟，侏儒飽欲死，臣朔饑欲死。《三國志・吴・虞翻傳》注：《虞翻别傳》曰：翻放逐南方，自恨犯上獲罪，當長没海隅，生無可與語，死以青蠅爲弔客。使天下一人知己者，足以不恨。《太平御覽》九百十六《陶侃别傳》曰：侃丁母憂，在墓下，忽有二客來弔，不哭而退，儀形鮮異，知非常人，遣看之，但見雙鶴飛而衝天。《通鑑》齊紀高帝建元二年：宋自孝建以來，政綱弛紊，簿籍訛謬，上詔虞玩之等更加檢定，曰：黄籍，民之大紀，國之治端，自頃巧僞日甚，何以釐乎？注：杜佑曰：黄籍者，户口版籍也。《漢書・鄒陽傳》注：白徒，言素非軍旅之人，若今言白丁矣。《搜神記》：青蚨蟲如蟬。殺其母子，各塗八十一錢，凡市或用子，先用母，皆飛歸，循環不已，故《淮南子》名錢曰青蚨。《會稽典録》：上虞長度尚弟子邯鄲淳字子禮，甫弱冠而有異才。尚使作《曹娥碑》，操筆而成，無所點定。其後蔡邕題八字曰：黄絹幼婦，外孫虀臼。《淮南子》：古之伐國，不殺黄口，不獲二毛。《史記·鄒陽傳》：白頭如新，傾蓋如故。《左傳》：晉楚遇于鄢陵，潘尫之黨與養由基蹲甲而射之，穿七札焉。《後漢書·應奉傳》：奉讀書五行並下。《西京雜記》：趙飛燕女弟居昭陽，殿中設玉几、玉床、白象牙簟、緑熊席。《拾遺記》：周昭王時，塗修國獻青鳳、丹雀各一雌一雄，昭王綴鳳毛爲裘。《晏子》：人有酤酒者，酒酸不售，問之里人其故。里人云：公之猛狗，人挈器而入，且酤公酒，狗迎而噬之，此酒所以酸而不售也。《韓非子》記管仲對齊桓公語，與《晏子》同。《世説》孫子荆曰：所以枕流，欲洗其耳；所以漱石，欲礪其齒。《戰國策》公輸般爲楚設機，將以攻宋。墨子曰：聞公爲雲梯將以攻宋，宋亦何罪之有？《列子》：紀昌謀殺飛衛，二人交射于路。飛衛之矢先窮，紀昌遺一矢，既發，飛衛以棘刺之端扞之而無差焉。《韓非子》：燕王徵巧術人，請以棘刺之端爲母猴。母猴成，巧人曰：人主欲觀之，必半歲不入宫，不飲酒食肉，雨霽日出，視之晏陰之間，而棘刺之母猴乃可見也。《戰國策》：見兔而顧犬，未爲遲也；亡羊而補牢，未爲晚也。《語林》：衛洗馬穎識通達。論者以爲出王胄子、平子、武子之右。世人爲之語曰：諸王三子，不如衛家一兒。劉向《列女傳》：齊鍾離春者，齊無鹽邑之女，其爲人極醜，行嫁不售。《韓詩外傳》：君子宜避三端：文士筆端、武士鋒端、辯士舌端。《漢書·霍光傳》：賜黄腸題湊各一具。注：蘇林曰：以柏木黄心致累棺外，故曰黄腸。木頭皆向内，故曰題湊。《後漢書·郅惲傳》：昔文王不忍露白骨，武王不以天下易一人之命。宋知覺禪師《宗鏡録》卷三引《大涅槃經》曰：云何現喻？如經中説：衆生心性，有如獼猴，獼猴之性，捨一取一。衆生心性，亦復如是，取著色聲香味觸法。無暫住時，是名現喻。可驗，即今衆生之心，如猿猴之處高樹，上下不停。

《楞嚴經》：富樓那云：世尊知我有大辯才，以音聲輪教我發揚，我於佛前助佛轉輪，因獅子吼成阿羅漢。《太平御覽》九百十六《列仙傳》曰：王子喬見桓良曰：待我緱氏山頭。至期，果乘白鶴住山顛，望之不可到。陶宏景《本草》曰：鯉魚爲魚中之王，形既可愛，又能神變，乃至飛越山湖，所以琴高乘之。宋許彦周《詩話》載寒山子楚辭，首句作「若有人兮坐山楹」，第五句「心」字作「獨」字，謂雖屈、宋復生不能過也。

（翁元圻注王應麟《困學紀聞》卷一八，文中引「何云」即何焯注）

跋寒山詩贈王正仲

此皆古人沃衆生業火之具。余聞王正仲閉關不交朝市之士，其子鑄參禪學道，不樂火宅之樂，因余姪檥求書，故書遺之。

（宋黄庭堅《山谷全集》别集卷一二）

半山擬寒山云：「我曾爲牛馬，見堂（草）豆歡喜。又曾爲女人，歡喜見男子。我若真是我，只合長如此。若好惡不定，應知爲物使。堂堂大丈夫，莫認物爲己。」後有慈受和尚者擬作云：「姦漢瞞淳漢，淳漢總不知。姦漢作驢子，卻被淳漢騎。」半山大手筆，擬二十篇殆過之。慈受一僧耳，所擬四十八篇，亦逼真可喜也。寒山詩粗言細語皆精詣透徹，所謂一死生、齊彭殤者。亦有絶工緻者，如「域中嬋娟女，玉佩響珊珊。鸚鵡花間弄，琵琶月下彈。長歌三日繞，短舞萬人看。未必長如此，芙蓉不耐寒。」殆不減齊梁人語。此篇亦見《山谷集》，豈山谷喜而筆之，後人誤以入集歟？

（宋劉克莊《後村詩話續集》卷二）

勿失集序節録

余每謂寒山子何嘗學爲詩，而詩之流出于肺腑者數十〔百〕首，一一如巧匠所斲，良冶所鑄，惟大儒王荆公擬其體似之，他人效颦不近傍也。荆公素崛强，非苟下人者。讀寒齋父子詩，當作如是觀。

（宋劉克莊《後村先生大全集》卷九八）

清渭濱上人詩集序節録

中國有僧始東漢，歷魏晉唐宋以至今日。衣冠禮樂之士，隱其身於僧者無數，而僧之以詩鳴於世者尤不可勝數。回嘗爲《名僧詩話》五十四卷，《七佛偈》、《西天二十八祖偈》，皆預編摩。然偈不在工，取其頓悟而已；詩則一字不可不工，悟而工，以漸不以頓。寒山、拾得詩，工不可言，殆亦書生之不得志而隱於物外者，其用力非一日之積也。

（元方回《桐江續集》卷三三）

論曰：昔寶覺心禪師嘗命太史山谷道人和寒山子詩，山谷諾之，及淹旬不得一辭。後見寶覺，因謂：「更讀書作詩十年，或可比陶淵明。若寒山子者，雖再世亦莫能及。」寶覺以謂知言。山谷，吾宋少陵也，所言如此。大凡聖賢造意，深妙玄遠，自非達識洞照，亦莫能辨。嘗深味其句語，正如天漿甘露，自然淳至，決非世間濟以鹽梅者所能髣髴也。近世妄庸輩或增其數而穢雜之，嗚呼，惜哉！

（宋祖琇《隆興編年通論》卷二〇）

寒山子至訣云：「但悟鉛真，藥必自神。但記汞正，藥如自聖。修之合聖，天地同慶。得因師傳，爲道之經。」所以古之聖人，不直言之。愚［者］容易，託之《周易》，寄之五行，合之符契。真仙之理，莫若大丹之神歟。大凡人間之大丹，疑誤萬端，有智者了解，用之一神，所以秘易成難，貴道不可輕也。

（《雲笈七籤》卷七三《大還心鏡》）

楚按，此處所云「寒山子至訣」云云，乃出於道教徒假託者也。若寒山詩云「采藥空求仙」（一五七首）、「鍊藥空求仙」（三〇二首），可知寒山對道教的態度。至云「欲知仙丹術，身内元神是」（二四八首），亦謂道教内丹之術，而非鉛汞爐火之事，故知此處「至訣」，必是僞託也。

天台寒山子，文殊之化身也。文殊乃七佛之師。有頌曰：「家住緑岩下，庭蕪更不芟。仙書一兩卷，樹下讀喃喃。」又云：「寒山一倮蟲，身白而頭黑。手把兩卷書，一道而一德。常持智慧劍，擬破煩惱賊。」又《嘆世頌》云：「埋著蓬蒿下，晚日何冥冥。遮莫咬鐵口，無因讀老經。」竊觀前哲，皆知尊重老子而重道德。後世學者，不究本原，乃毁師叛道，良可哀也。

(宋謝守灝編《混元聖紀》卷五)

寒拾問答

昔日寒山問拾得曰：「世間謗我、欺我、辱我、笑我、輕我、賤我、惡我、騙我，如何處治乎？」拾得云：「只要忍他、讓他、由他、避他、耐他、敬他，不要理他，再待幾年，你且看他。」寒山云：「還有甚訣，可以躲得？」拾得云：「我曾看過彌勒菩薩訣，你且聽我念偈云：老拙穿衲襖，淡飯腹中飽。補破好遮寒，萬事隨緣了。有人罵老拙，老拙只説好。有人打老拙，老拙自睡倒。涕唾在面上，隨他自乾了。我也有力氣，他也無煩懊。這樣波羅蜜，便是妙中寶。若知這消息，何愁道不了。人弱心不弱，人貧道不貧。一心要修行，常在道中辦。世人愛榮華，我却不待見。名利總成空，我心無足厭。堆金積如山，難買無常限。子貢他能言，周公有神算。孔明大智謀，樊噲救主難。韓信功勞大，臨死只一劍。古今多少人，那個活幾千。這個逞英雄，那個做好漢。看看兩鬢白，年年容顏變。日月穿梭織，光陰如射箭。不久病來侵，低頭暗嗟歎。自想年少時，不把修行辦。得病想回頭，閻王無轉限。三寸氣斷了，拏只那個辦。也不論是非，也不把家辦。也不争人我，也不做好漢。罵著也不言，問著如啞漢。打著也不理，推著渾身轉。也不怕人笑，也不做臉面。兒女哭唬唬，再也不得見。好個争名利，須把荒郊伴。他看世上人，都是精扯淡。勸君即回頭，争他修行幹。做個大丈夫，一刀截兩斷。跳出紅火阬，做個清涼漢。悟得長生理，日月爲鄰伴。」此篇陸文節公録示，不知所從出。雖釋子語難以我法論，亦不似唐以前緇流筆墨，重在文節遺言，姑録之。

（葉昌熾《寒山寺志》卷三）

楚按，此事葉氏謂不知所從出。考清褚人穫《堅瓠二集》卷一《寒拾問答》云：「寒山問曰：『有人打我、罵我、辱我、欺我、嚇我、騙我、凌虐我、以極不堪待我，如何處他？』拾得答曰：『只是避他、耐他、忍他、敬他、畏他、讓他、一味由他、不要理他、你且看他。』」味拾得數語，非特唾面自甘（乾），直與『山鬼之伎倆有限，老僧之不聞不見無窮』同意。至末後『你且看他』一語，不止牢騷憤激，而天道好還之意，默寓其中，可不戒哉!」所記寒拾問答語,與陸文節公録示者略同,但無「彌勒菩薩訣」耳。又按,諸人穫氏所引「山鬼之伎倆有限,老僧之不聞不見無窮」,見於《景德傳燈録》卷四《壽州道樹禪師》:「乃卜壽州三峰山,結茅而居。常有野人服色素朴,言譚詭異,於言笑外,化作佛形,及菩薩、羅漢、天僊等形,或放神光,或呈聲響,師之學徒覩之,皆不能測。如此涉十年,後寂無形影。師告衆曰:『野人作多色伎倆,眩惑於人,只消老僧不見不聞,伊伎倆有窮,吾不見不聞無盡。』」

引用書目

寒山子詩集　四部叢刊景宋刊本

寒山詩集豐干拾得詩附　日本宫内省圖書寮藏宋本

寒山詩一卷豐干拾得詩一卷附慈受擬寒山詩一卷　四部叢刊景高麗刊本

寒山詩　日本正中年間刊本

寒山詩集　四庫全書本

寒山子詩集　擇是居叢書本

宋大字本寒山詩集島田翰校訂　日本民友社本

首書寒山詩　日本古刊本

寒山子詩集管解釋交易　日本古刊本

寒山詩闡提記聞白隱禪師　日本古刊本

寒山詩索賾大鼎老人　日本古刊本

天台三聖詩集和韻　嘉興藏本

寒山詩　浙江天台山國清寺印行
寒山入矢義高　岩波書店本
寒山詩入谷仙介、松村昂　筑摩書房本
寒山詩解曾普信　華光書局本
寒山子研究陳慧劍　東大圖書有限公司本
寒山詩校注錢學烈　廣東高等教育出版社本

周易正義　十三經注疏本
尚書正義　十三經注疏本
尚書大傳漢伏勝　四庫全書本
毛詩正義　十三經注疏本
周禮注疏　十三經注疏本
儀禮注疏　十三經注疏本
禮記正義　十三經注疏本
春秋左傳正義　十三經注疏本

論語注疏　十三經注疏本

孝經注疏　十三經注疏本

孟子注疏　十三經注疏本

韓詩外傳漢韓嬰　漢魏叢書本

讀書雜志清王念孫　江蘇古籍出版社影印本

十駕齋養新録清錢大昕　商務印書館本

爾雅義疏清郝懿行義疏　北京中國書店影印本

説文解字注清段玉裁注　成都古籍書店影印本

方言箋疏清錢繹撰集　上海古籍出版社影印本

釋名疏證補清王先謙撰集　上海古籍出版社影印本

大廣益會玉篇　四部叢刊本

匡謬正俗唐顔師古　萬有文庫本

廣雅疏證清王念孫疏證　上海古籍出版社影印本

鉅宋廣韻　上海古籍出版社影印本

集韻　北京中國書店影印本

龍龕手鏡遼行均　中華書局影印本

正字通明張自烈　清康熙九年弘文書院刻本

字彙明梅膺祚　清乾隆十六年武林三餘堂重刻本

俚言解明陳士元　明清俗語辭書集成本

雅俗稽言明張存坤　明清俗語辭書集成本

俗呼小録明李翊　説郛續本

蜀語明李實　叢書集成本

土風録清顧張思　明清俗語辭書集成本

異號類編清史夢蘭　明清俗語辭書集成本

稱謂録清梁章鉅　明清俗語辭書集成本

談徵清西厓先生　明清俗語辭書集成本

里語徵實清唐訓方　明清俗語辭書集成本

通俗編清翟灝　商務印書館本

詩詞曲語辭匯釋張相　中華書局本

史記　中華書局本
漢書　中華書局本
後漢書　中華書局本
三國志　中華書局本
宋書　中華書局本
南齊書　中華書局本
梁書　中華書局本
陳書　中華書局本
魏書　中華書局本
北齊書　中華書局本
周書　中華書局本
隋書　中華書局本
南史　中華書局本
北史　中華書局本
舊唐書　中華書局本

新唐書　中華書局本
新五代史　中華書局本
資治通鑑　中華書局本
續資治通鑑長編宋李燾　上海古籍出版社影印本
三朝北盟會編宋徐夢莘　上海古籍出版社影印本
前漢紀漢荀悦　四部叢刊本
逸周書　四庫全書本
國語　上海古籍出版社本
戰國策　上海古籍出版社本
吴越春秋漢趙曄　四部叢刊本
越絶書漢袁康　四部叢刊本
古列女傳漢劉向　四部叢刊本
孝子傳晉徐廣　説郛（宛）本
貞觀政要唐吴兢　上海古籍出版社本
東觀奏記唐裴庭裕　筆記小説大觀本

南部新書宋錢易　說庫本

晉宋書故清郝懿行　粤雅堂叢書本

大唐新語唐劉肅　中華書局本

唐摭言五代王定保　古典文學出版社本

國老談苑宋王銍　説郛(宛)本

夢粱録宋吴自牧　古典文學出版社本

典故紀聞明余繼登　中華書局本

汝南先賢傳晉周斐　説郛(宛)本

襄陽耆舊傳晉習鑿齒　説郛(宛)本

廣州先賢傳鄒閎甫　説郛(宛)本

荆楚歲時記梁宗懍　説郛(宛)本

南方草木狀晉嵇含　説郛(宛)本

嶺表録異唐劉恂　説庫本

桂海虞衡志宋范成大　説庫本

通典唐杜佑　中華書局本

文獻通考元馬端臨　中華書局本

唐會要宋王溥　中華書局本

史通唐劉知幾　四部叢刊本

十六國春秋後魏崔鴻　四庫全書本

廣州記晉顧微　説郛（宛）本

吴地記唐陸廣微　説郛（宛）本

太平寰宇記宋樂史　叢書集成本

唐律疏議唐長孫無忌等　中華書局本

重編紅雨樓題跋明徐𤊹　峭帆樓叢書本

讀書敏求記清錢曾　書目文獻出版社本

四庫全書總目　中華書局影印本

四庫全書簡明目録　中華書局本

四庫提要辨證余嘉錫　中華書局本

天禄琳瑯書目後編　光緒甲申季夏長沙王氏刊本

藏園群書經眼録傅增湘　中華書局本

經籍訪古志日本澀江全善、森立之　光緒十一年徐承祖聚珍版本
隋唐嘉話唐劉餗　中華書局本
明皇雜録唐鄭處誨　四庫全書本
大唐傳載唐佚名　説庫本
因話録唐趙璘　上海古籍出版社本
卓異記唐李翱　説郛（宛）本
次柳氏舊聞唐李德裕　説庫本
南唐近事宋鄭文寶　説郛（宛）本
北夢瑣言宋孫光憲　中華書局本
聞見雜録宋蘇舜欽　説郛（宛）本
東軒筆録宋魏泰　中華書局本
却掃編宋徐度　四庫全書本
茅亭客話宋黄休復　筆記小説大觀本
湘山野録宋釋文瑩　四庫全書本
釣磯立談宋釣磯閒客　筆記小説大觀本

宣和遺事宋佚名　說庫本
萬曆野獲編明沈德符　中華書局本
御史臺記唐韓琬　說郛（宛）本
作邑自箴宋李元弼　四部叢刊本
井蛙雜記清李調元　函海本

老子　二十二子本
老子馬王堆漢墓帛書　文物出版社本
管子　二十二子本
列子　二十二子本
莊子集釋清郭慶藩輯　中華書局本
荀子　二十二子本
晏子春秋　二十二子本
文子　四庫全書本
商君書錐指蔣禮鴻　中華書局本

韓非子　二十二子本

吕氏春秋校釋陳奇猷校釋　學林出版社本

淮南子　二十二子本

新語漢陸賈　百子全書本

新書漢賈誼　百子全書本

説苑漢劉向　四部叢刊本

新論漢桓譚　四部叢刊本

論衡漢王充　漢魏叢書本

鹽鐵論漢桓寬　漢魏叢書本

潛夫論漢王符　漢魏叢書本

太玄經漢揚雄　四部叢刊本

孔叢子漢孔鮒　漢魏叢書本

孔子家語　四部叢刊本

白虎通德論漢班固　四部叢刊本

獨斷漢蔡邕　百子全書本

抱朴子内篇校釋王明　中華書局本
抱朴子外篇校箋楊明照　中華書局本
金樓子梁元帝　百子全書本
劉子校注楊明照校注　巴蜀書社本
顏氏家訓集解王利器集解　上海古籍出版社本
意林唐馬總輯　四部叢刊本
朱子語類　中華書局本
玉澗雜書宋葉夢得　説郛(商)本
捫蝨新話宋陳善　叢書集成本
神異經漢東方朔　説庫本
海内十洲記漢東方朔　説庫本
洞冥記漢郭憲　説庫本
琴操漢蔡邕　宛委別藏本
搜神記晉干寶　中華書局本
搜神後記晉陶潛　中華書局本

搜神記　稗海本
拾遺記晉王嘉　中華書局本
易林漢焦贛　四部叢刊本
異苑劉宋劉敬叔　説庫本
續齊諧記梁吴均　説郛(宛)本
還寃記北齊顔之推　説郛(宛)本
齊民要術校釋繆啓愉校釋　農業出版社本
保生月録宋韋行規　説郛(宛)本
農桑輯要　四庫全書本
本草綱目明李時珍　四庫全書本
歷代名畫記唐張彦遠　四庫全書本
樂府雜録唐段安節　説郛(宛)本
文房四譜宋蘇易簡　四庫全書本
茶寮記明陸樹聲　説郛續本
勝飲篇清郎廷極　筆記小説大觀本

醉鄉日月唐皇甫松　說郛（商）本

山家清供宋林洪　說郛（宛）本

封氏聞見記唐封演　四庫全書本

宋景文公筆記宋宋祁　說郛（宛）本

青箱雜記宋吴處厚　中華書局本

雲谷雜記宋張淏　說郛（商）本

侯鯖録宋趙令時　筆記小説大觀本

續鷄肋宋趙崇絢　説郛（商）本

雲溪友議唐范攄　古典文學出版社本

春渚紀聞宋何薳　四庫全書本

東谷所見宋李之彦　説郛（宛）本

獨異志唐李亢　中華書局本

博異志唐鄭還古　説郛（宛）本

瀟湘録唐李隱　説庫本

粧臺記唐宇文士及　説郛（宛）本

聞奇録唐于逖　説郛(宛)本
王氏談録宋王洙　説郛(宛)本
梁谿漫志宋費衮　四庫全書本
希通録宋蕭參　説郛(商)本
鶴林玉露宋羅大經　中華書局本
暘谷漫録宋洪巽　説郛(商)本
齊東野語宋周密　中華書局本
湛淵静語元白珽　四庫全書本
南村輟耕録元陶宗儀　中華書局本
七修類稿明郎瑛　中華書局本
蓬窗續録明馮時可　説郛續本
菽園雜記明陸容　中華書局本
焦氏筆乘明焦竑　上海古籍出版社本
居易録清王士禎　四庫全書本
廣陽雜記清劉獻廷　筆記小説大觀本

堅瓠集清褚人穫　筆記小説大觀本
瑟榭叢談清沈濤　聚學軒叢書本
茶香室叢鈔清俞樾　筆記小説大觀本
古今注晉崔豹　百子全書本
蘇氏演義唐蘇鶚　説庫本
夢溪筆談校證胡道静校證　上海古籍出版社本
容齋隨筆宋洪邁　上海古籍出版社本
能改齋漫録宋吴曾　四庫全書本
甕牖閒評宋袁文　四庫全書本
野客叢書宋王楙　筆記小説大觀本
困學紀聞宋王應麟　日本樂善堂縮刻本
日知録清顧炎武　四庫全書本
陔餘叢考清趙翼　商務印書館本
玉燭寶典隋杜臺卿　叢書集成本
藝文類聚　上海古籍出版社本

初學記　中華書局本
太平御覽　中華書局本
事始唐劉存　説郛（商）本
太平廣記　中華書局本
事類賦宋吴淑　四庫全書本
清異録宋陶穀　説郛（宛）本
事物紀原宋高承　四庫全書本
三才圖會　上海古籍出版社影印本
類説宋曾慥　文學古籍刊行社影印本
焦氏類林明焦竑　叢書集成本
西京雜記晋葛洪　筆記小説大觀本
世説新語箋疏余嘉錫　中華書局本
殷芸小説梁殷芸　上海古籍出版社本
朝野僉載唐張鷟　中華書局本
唐國史補唐李肇　上海古籍出版社本

龍城録唐柳宗元　說庫本

酉陽雜俎唐段成式　中華書局本

三水小牘唐皇甫枚　中華書局本

杜陽雜編唐蘇鶚　筆記小說大觀本

松窗雜録唐杜荀鶴　說郛（商）本

劉賓客嘉話録唐韋絢録　說庫本

尚書故實唐李綽　說庫本

雲仙雜記唐馮贄　說庫本

闕史唐參寥子　說庫本

桂苑叢談唐馮翊子　說庫本

芝田録唐丁用晦　說郛（商）本

開元天寶遺事五代王仁裕　說庫本

鑒誡録五代何光遠　說庫本

金華子雜編南唐劉崇遠　說郛（宛）本

雜志宋江鄰幾　四庫全書本

真率筆記闕名　說郛（宛）本
青瑣高議宋劉斧　上海古籍出版社本
五總志宋吴垧　筆記小説大觀本
東皋雜録宋孫宗鑑　說郛（商）本
雞肋編宋莊綽　中華書局本
陶朱新録宋馬純　說郛（宛）本
新編分門古今類事宋委心子　中華書局本
桃源手聽宋陳賓　說郛（商）本
悦生隨抄宋賈似道　說郛（商）本
善誘文宋陳録　說郛（宛）本
柳南隨筆清王應奎　中華書局本
述異志梁任昉　說庫本
古小説鈎沉魯迅輯　人民文學出版社本
遊仙窟唐張文成　岩波書店本
録異記五代杜光庭　說庫本

括異志宋張師政　說郛（商）本
睽車志宋郭彖　筆記小説大觀本
效顰集明趙弼　古典文學出版社本
子不語清袁枚　筆記小説大觀本
夜譚隨録清閑齋氏　筆記小説大觀本
漢武内傳漢班固　説郛（宛）本
隋遺録唐顔師古　説郛（商）本
玄怪録唐牛僧孺　上海古籍出版社本
續玄怪録唐李復言　上海古籍出版社本
集異記唐薛用弱　説郛（宛）本
宣室志唐張讀　中華書局本
甘澤謡唐袁郊　説郛（宛）本
冥音録唐朱慶餘　説郛（宛）本
啓顔録　上海古籍出版社本
義山雜纂唐李商隱　説郛（宛）本

續雜纂宋王銍　說郛（宛）本
解愠篇明樂天大笑生纂集　春風文藝出版社歷代笑話集續編本
釵小志唐朱揆　說郛（宛）本

大寶積經　大正藏本
大乘菩薩藏正法經　大正藏本
大方等大集經　大正藏本
大乘大集地藏十輪經　大正藏本
楞伽經　大正藏本
大乘本生心地觀經　大正藏本
菩薩瓔珞本業經　大正藏本
僧伽吒經　大正藏本
諸法無行經　大正藏本
巨力長者所問大乘經　大正藏本
維摩詰所說經　上海古籍出版社影印本

佛說七女經　大正藏本
海龍王經　大正藏本
大薩遮尼乾子所說經　大正藏本
大般若波羅蜜多經　大正藏本
勝天王般若波羅蜜經　大正藏本
文殊所說般若波羅蜜經　大正藏本
金剛般若波羅蜜經　大正藏本
大乘理趣六波羅蜜多經　大正藏本
觀佛三昧海經　大正藏本
大方廣佛華嚴經(六十卷本)　大正藏本
大方廣佛華嚴經(八十卷本)　大正藏本
大方廣佛華嚴經(四十卷本)　大正藏本
菩薩本業經　大正藏本
大方廣如來不思議境界經　大正藏本
佛名經　大正藏經

觀彌勒菩薩上生兜率天經　大正藏本
彌陀下生成佛經義浄譯　大正藏本
觀普賢菩薩經　大正藏本
觀無量壽佛經　上海古籍出版社影印本
無量壽經　上海古籍出版社影印本
大般涅槃經　上海古籍出版社影印本
佛垂般涅槃略説教誡經　大正藏本
大般涅槃經後分　大正藏本
中陰經　大正藏本
佛説摩訶衍寶嚴經　大正藏本
佛説遺日摩尼寶經　大正藏本
大方廣無想經　大正藏本
金光明最勝王經　大正藏本
妙法蓮華經　上海市佛教協會印行本
別譯雜阿含經　大正藏本

雜阿含經　大正藏本

佛説波斯匿王太后崩塵土坌身經　大正藏本

中阿含經　大正藏本

佛爲首迦長者説業報差別經　大正藏本

佛説尸迦羅越六方禮經　大正藏本

分別善惡所起經　大正藏本

佛説善惡因果經　大正藏本

長阿含經　大正藏本

毘婆尸佛經　大正藏本

佛開解梵志阿颰經　大正藏本

增壹阿含經　大正藏本

須摩提女經　大正藏本

法句譬喻經　大正藏本

四十二章經　大正藏本

正法念處經　大正藏本

佛説忠心經　大正藏本
佛説罵意經　大正藏本
孝子經　大正藏本
五苦章句經　大正藏本
十二頭陀經　大正藏本
佛藏經　大正藏本
十誦律　大正藏本
五分律　大正藏本
彌沙塞律　大正藏本
根本説一切有部毘奈耶　大正藏本
根本説一切有部毘奈耶藥事　大正藏本
根本説一切有部毘奈耶雜事　大正藏本
摩訶僧祇律　大正藏本
請賓頭盧法　大正藏本
梵網經盧舍那佛説菩薩心地戒品第十卷　大正藏本

三千威儀經　大正藏本
六度集經　大正藏本
除恐災患經　大正藏本
孛經抄　大正藏本
生經　大正藏本
中本起經　大正藏本
太子瑞應本起經　大正藏本
出曜經　大正藏本
方廣大莊嚴經　大正藏本
佛本行集經　大正藏本
佛本行經　大正藏本
佛所行讚　大正藏本
福力太子因緣經　大正藏本
大莊嚴論經　大正藏本
雜寶藏經　大正藏本

撰集百緣經　大正藏本

賢愚經　大正藏本

阿育王傳　大正藏本

舊雜譬喻經　大正藏本

百喻經　大正藏本

衆經撰雜譬喻　大正藏本

大智度論　大正藏本

福蓋正行所集經　大正藏本

百字論　大正藏本

百論　大正藏本

分別業報略經　大正藏本

菩薩地持經　大正藏本

究竟一乘寶性論　大正藏本

阿毘達磨法蘊足論　大正藏本

阿毘達磨大毘婆沙論　大正藏本

阿毘曇心論　大正藏本

俱舍論　大正藏本

阿毘達磨俱舍論　大正藏本

成實論　大正藏本

修行道地經　大正藏本

大方廣圓覺修多羅了義經　大正藏本

地藏菩薩本願經　大正藏本

罪業應報教化地獄經　大正藏本

梵網經　大正藏本

大乘起信論　大正藏本

金剛頂一切如來真實攝大乘現證大教王經　大正藏本

金剛頂瑜伽中發阿耨多羅三藐三菩提心論　大正藏本

大日經　大正藏本

藥師如來本願經　大正藏本

千手千眼觀世音菩薩廣大圓滿無礙大悲心陀羅尼經　大正藏本

灌頂經　大正藏本
諸佛境界攝真實經　大正藏本
無明羅刹經　大正藏本
楞嚴經　上海市佛教協會印行本
仁王護國般若波羅蜜多經　大正藏本
佛説十王經　敦煌本
佛説父母恩重經　敦煌本
佛説父母恩重難報經羅宗濤敦煌變文社會風俗事物考附載　文史哲出版社本
無量壽經義疏隋吉藏　上海古籍出版社影印本
勝鬘寶窟隋吉藏　大正藏本
華嚴經疏唐澄觀　大正藏本
觀無量壽佛經疏唐善導　大正藏本
大般涅槃經集解梁寶亮等集　大正藏本
金光明最勝王經疏唐慧沼　大正藏本
妙法蓮華經玄義隋智顗説　大正藏本

妙法蓮華經文句隋智顗説　大正藏本
盂蘭盆經疏唐宗密　大正藏本
四分律删繁補闕行事鈔唐道宣　大正藏本
三論玄義隋吉藏　大正藏本
百論疏隋吉藏　大正藏本
成唯識論述記唐窺基　大正藏本
大乘義章隋慧遠　大正藏本
大乘法苑義林章唐窺基　大正藏本
肇論後秦僧肇　大正藏本
寶藏論後秦僧肇　大正藏本
諸法無諍三昧法門陳慧思　大正藏本
摩訶止觀隋智顗説　大正藏本
修習止觀坐禪法要隋智顗　大正藏本
原人論唐宗密　大正藏本
釋門歸敬儀唐道宣　大正藏本

道宣律師感通録唐道宣　大正藏本
西方合論明袁宏道　大正藏本
安樂集唐道綽　大正藏本
念佛鏡唐道鏡、善導共集　大正藏本
龍舒增廣浄土文宋王日休　大正藏本
樂邦遺稿宋宗曉編　大正藏本
弘明集梁僧祐　四部叢刊本
廣弘明集唐道宣　四部叢刊本
諸經要集唐道世集　大正藏本
法苑珠林唐道世　上海古籍出版社影印本
集神州三寶感通録唐道宣　大正藏本
四明尊者教行録宋宗曉編　大正藏本
南海寄歸内法傳唐義浄　大正藏本
僧史略宋贊寧　大正藏本
釋氏要覽宋道誠　大正藏本

國清百録隋灌頂纂　大正藏本
付法藏因緣傳　大正藏本
佛祖統紀宋志磐　大正藏本
釋氏稽古略元覺岸　大正藏本
高僧傳梁慧皎　大正藏本
續高僧傳唐道宣　大正藏本
宋高僧傳宋贊寧　中華書局本
法顯傳校注章巽校注　上海古籍出版社本
蓮社高賢傳　説郛（宛）本
隋天台智者大師别傳隋灌頂　大正藏本
大慈恩寺三藏法師傳唐慧立、彦悰　中華書局本
唐大薦福寺故寺主翻經大德法藏和尚傳唐崔致遠　大正藏本
唐大和上東征傳日本真人元開　中華書局本
弘贊法華傳唐慧詳　大正藏本
隆興編年通論宋祖琇　續藏經本

神僧傳　大正藏本
大唐西域記校注季羡林等校注　中華書局本
入唐求法巡禮行記校注白化文校注　花山文藝出版社本
釋迦方誌唐道宣　中華書局本
洛陽伽藍記校注范祥雍校注　上海古籍出版社本
天台山記唐徐靈府　大正藏本
天台山方外志明傳燈　上海集雲軒印本
寒山寺志清葉昌熾　文海出版社本
一切經音義唐玄應　宛委別藏本
一切經音義唐慧琳　上海古籍出版社影印本
續一切經音義遼希麟　上海古籍出版社影印本
翻譯名義集宋法雲　四部叢刊本
法門名義集唐李師政　大正藏本
出三藏記集梁僧祐　大正藏本
禪數雜事　敦煌本

三藏法數明一如　浙江古籍出版社本

羅湖野録宋曉瑩　四庫全書本

林間録宋惠洪　四庫全書本

護法論宋張商英　大正藏本

辯僞録元祥邁　大正藏本

鐔津文集宋契嵩　四部叢刊本

輔教編宋契嵩　大正藏本

閑居編宋智圓　續藏經本

法藏碎金録宋晁迥　四庫全書本

枯崖漫録宋圓悟　續藏經本

雲外録明釋大香　禪門逸書本

竹窗隨筆明袾宏　續藏經本

南嶽思大禪師立誓願文陳慧思　大正藏本

六時禮讚偈唐善導　大正藏本

浄土五會念佛略法事儀讚唐法照　大正藏本

三時繫念儀範宋延壽　續藏經本
禮念彌陀道場懺法金王子成編集　續藏經本
菩提達磨大師略辨大乘入道四行觀　續藏經本
達磨大師悟性論　續藏經本
敦煌壇經新書潘重規校定　佛陀教育基金會印
大乘無生方便門　大正藏本
頓悟入道要門論唐慧海　續藏經本
壇經宗寶本　大正藏本
楞伽師資記唐淨覺　敦煌本
曆代法寶記　大正藏本
中華傳心地禪門師資承襲圖唐宗密　續藏經本
禪源諸詮集都序唐宗密　大正藏本
宗門十規論唐文益　續藏經本
宗鏡録宋延壽　大正藏本
萬善同歸集宋延壽　大正藏本

警世宋延壽　續藏經本

心賦注宋延壽　續藏經本

禪宗永嘉集唐玄覺　大正藏本

禪家龜鑑朝鮮退隱　續藏經本

禪林寶訓明淨善重集　大正藏本

祖庭事苑宋善卿　續藏經本

小室六門　大正藏本

真心直説高麗知訥　大正藏本

高峰龍泉院因師集賢語録　續藏經本

禪關策進明袾宏　大正藏本

禪苑清規宋宗賾集　續藏經本

緇門警訓明如巹續集　大正藏本

禪宗頌古聯珠通集元普會續集　續藏經本

禪門諸祖師偈頌宋子昇、如祐録　續藏經本

古今禪藻集明正勉、性涵同輯　四庫全書本

佛果圜悟禪師碧巖録宋重顯頌古、克勤評唱　大正藏本

林泉老人評唱丹霞淳禪師頌古虚堂集宋子淳頌古、元從倫評唱　續藏經本

祖堂集南唐招慶寺静、筠二禪德　日本禪文化研究所影印本

景德傳燈録宋道原　日本禪文化研究所影印本

傳法正宗記宋契嵩　大正藏本

天聖廣燈録宋李遵勗　續藏經本

嘉泰普燈録宋正受　續藏經本

五燈會元宋普濟　中華書局本

續傳燈録明居頂　大正藏本

古尊宿語録宋賾藏主　續藏經本

續古尊宿語要宋師明　續藏經本

御選語録清雍正帝　續藏經本

無門關宋宗紹　大正藏本

荷澤神會禪師語録載中國佛教思想資料選編第二卷第四册　中華書局本

黄蘗斷際禪師宛陵録　金陵刻經處本

筠州黄蘗山斷際禪師傳心法要　大正藏本
大珠禪師語録　長沙刻經處本
鎮州臨濟慧照禪師語録　大正藏本
筠州洞山悟本禪師語録　大正藏本
撫州曹山元證禪師語録　大正藏本
雲門匡真禪師廣録　大正藏本
潭州潙山靈祐禪師語録　大正藏本
汾陽無德禪師語録　大正藏本
楊岐方會和尚後録　大正藏本
法演禪師語録　大正藏本
明覺禪師語録　大正藏本
圓悟佛果禪師語録　大正藏本
大慧普覺禪師語録　大正藏本
大慧普覺禪師宗門武庫　大正藏本
虚堂和尚語録　大正藏本

宏智禪師廣録　大正藏本
如浄和尚語録　大正藏本
密菴禪師語録　大正藏本
善慧大士語録　續藏經本
龐居士語録　續藏經本
石霜楚圓禪師語録　續藏經本
寶覺祖心禪師語録　續藏經本
長靈守卓禪師語録　續藏經本
普菴印肅禪師語録　續藏經本
大慧禪師禪宗雜毒海　續藏經本
松源崇嶽禪師語録　續藏經本
無明慧性禪師語録　續藏經本
破菴祖先禪師語録　續藏經本
無準師範禪師語録　續藏經本
絶岸可湘禪師語録　續藏經本

希叟紹曇禪師廣録　續藏經本
月礀禪師語録　續藏經本
平石如砥禪師語録　續藏經本
斷橋妙倫禪師語録　續藏經本
無見先覩禪師語録　續藏經本
石屋清珙禪師語録　續藏經本
高峰原妙禪師禪要　續藏經本
天如惟則禪師語録　續藏經本
虚舟普度禪師語録　續藏經本
月江正印禪師語録　續藏經本
橫川行珙禪師語録　續藏經本
古林清茂禪師語録　續藏經本
了菴清欲禪師語録　續藏經本
穆菴文康禪師語録　續藏經本
了堂惟一禪師語録　續藏經本

呆菴普莊禪師語録　續藏經本

元叟行端禪師語録　續藏經本

楚石梵琦禪師語録　續藏經本

南石文琇禪師語録　續藏經本

雲外雲岫禪師語録　續藏經本

無明慧經禪師語録　續藏經本

無異元來禪師廣録　續藏經本

永覺元賢禪師廣録　續藏經本

爲霖道霈禪師餐香録　續藏經本

宗寶道獨禪師語録　續藏經本

湛然圓澄禪師語録　續藏經本

法昌倚遇禪師語録　續藏經本

吴山浄端禪師語録　續藏經本

慈受懷深禪師廣録　續藏經本

紫柏尊者全集明真可　續藏經本

雲谷和尚語録　續藏經本
憨山大師夢遊全集明德清　續藏經本

雲笈七籤　道藏本
太平經合校王明　中華書局本
黄庭内景玉經　道藏本
老子化胡經　敦煌本
真誥梁陶弘景　道藏本
太上感應篇　道藏本
化書南唐譚峭　道藏本
无能子唐佚名　道藏本
玄真子唐張志和　道藏本
悟真篇宋張伯端　道藏本
列仙傳漢劉向　四庫全書本
神仙傳晉葛洪　説庫本

續仙傳南唐沈汾　四庫全書本
歷世真仙體道通鑑元趙道一編修　道藏本
天台山志明佚名　道藏本
洞玄靈寶三洞奉道科戒營始　道藏本
無上祕要北周武帝宇文邕纂　道藏本
混元聖紀宋謝守灝編　道藏本
四氣攝生圖　道藏本
上清經真丹祕訣　道藏本
延陵先生集新舊服氣經桑榆子評　道藏本
修真精義雜論唐司馬承禎　道藏本
要修科儀戒律鈔朱法滿　道藏本
悟真集宋李道玄　道藏本
元始无量度人上品妙經注解元陳觀吾　道藏本
清和真人北遊語録　道藏本
鳴鶴餘音元彭致中集　道藏本

唐鴻臚卿越國公靈虚見素真人傳宋張道統　道藏本

楚辭　四部備要本

楚辭補注宋洪興祖　中華書局本

全上古三代秦漢三國六朝文　中華書局本

先秦漢魏晉南北朝詩　中華書局本

文選李善注　上海古籍出版社本

文選六臣注　四部叢刊本

玉臺新詠　世界書局本

樂府詩集　中華書局本

全唐詩　中華書局本

全唐詩補編　中華書局本

全唐文　中華書局本

宋文鑑　萬有文庫本

南宋文録　木刻本

隋唐五代燕樂雜言歌辭集任半塘、王昆吾編　巴蜀書社本

萬首唐人絶句明趙宧光、黄習遠編定　書目文獻出版社本

全宋詞唐圭璋編　中華書局本

古謡諺清杜文瀾輯　中華書局本

陶靖節集　國學基本叢書本

謝康樂詩注黄節注　人民文學出版社本

庾子山集注清倪璠注　中華書局本

幽憂子集唐盧照鄰　四部叢刊本

李太白集　國學基本叢書本

杜詩鏡銓清楊倫箋注　中華書局本

韓昌黎文集校注馬通伯校注　古典文學出版社本

元氏長慶集　四部叢刊本

李賀詩歌集注清王琦等注　上海古籍出版社本

王文公集　四部叢刊本

宛陵集宋梅堯臣　四部備要本

歐陽文忠公集　四部叢刊本

蘇軾詩集　中華書局本

蘇軾文集　中華書局本

東坡樂府箋龍沐勛校箋　商務印書館本

豫章黄先生文集　四部叢刊本

山谷全集宋黄庭堅　清光緒甲午義寧州署刊本

山谷詩集注任淵等注　四部備要本

後山詩注宋任淵注　四部叢刊本

重輯李清照集黄墨谷輯　齊魯書社本

石門文字禪宋洪覺範　四部叢刊本

劍南詩稿校注錢仲聯校注　上海古籍出版社本

石湖居士詩集宋范成大　國學基本叢書本

後村先生大全集宋劉克莊　四部叢刊本

桐江續集元方回　四庫全書本

童山詩集清李調元　函海本

文心雕龍注范文瀾注　人民文學出版社本

詩品注陳延傑注　人民文學出版社本

本事詩唐孟棨　歷代詩話續編本

詩式唐皎然　歷代詩話本

文鏡秘府論校注王利器校注　中國社會科學出版社本

唐詩紀事校箋王仲鏞校箋　巴蜀書社本

全唐詩話宋尤袤　歷代詩話本

東坡烏臺詩案宋朋九萬　叢書集成本

冷齋夜話宋惠洪　筆記小説大觀本

苕溪漁隱叢話宋胡仔　四部備要本

詩人玉屑宋魏慶之　上海古籍出版社本

彦周詩話宋許顗　歷代詩話本

二老堂詩話宋周必大　歷代詩話本

後村詩話宋劉克莊　中華書局本

宋詩紀事清厲鶚輯撰　上海古籍出版社本

存餘堂詩話明朱承爵　歷代詩話本
雪濤詩評明江盈科　説郛續本
閒情偶寄清李漁　中國文學珍本叢書本
一瓢詩話清薛雪　清詩話本
詩學纂聞清汪師韓　清詩話本

張協狀元載錢南揚永樂大典戲文三種校注　中華書局本
劉知遠諸宮調　文物出版社影印本
董解元西廂記凌景埏注　人民文學出版社本
元曲選明臧晉叔編　中華書局本
元曲選外編隋樹森編　中華書局本
療妬羹記明吴炳　古本戲曲叢刊本
大唐三藏取經詩話　中國古典文學出版社本
清平山堂話本　江蘇古籍出版社本
京本通俗小説　上海古典文學出版社本

警世通言　人民文學出版社本
古今小説　人民文學出版社本
水滸　人民文學出版社本
金瓶梅　人民文學出版社本
紅樓夢　人民文學出版社本
品花寶鑑清陳森　白話中國古典小説大系本
雨花香清石成金集著　江蘇古籍出版社本

敦煌掇瑣劉復輯　中研院歷史語言研究所刻本
敦煌零拾　東方學會排印本
敦煌雜録許國霖編　上海商務印書館本
敦煌資料(第一輯)　中華書局本
敦煌遺書總目索引　中華書局本
敦煌曲子詞集王重民輯　商務印書館本
敦煌曲校録任二北　上海文藝聯合出版社本

敦煌歌辭總編任半塘　上海古籍出版社本
敦煌變文集王重民等　人民文學出版社本
敦煌變文集新書潘重規　中國文化大學中文研究所印行本
王梵志詩校注項楚校注　中華書局本
吐魯番出土文書　文物出版社本
敦煌遺書斯七九九隸古定尚書
敦煌遺書斯一四七五靈圖寺人户索滿奴便麥契等
敦煌遺書斯一四七七祭驢文
敦煌遺書斯二六五一號韻文
敦煌遺書斯三七二八號韻文
敦煌遺書斯四五四四號願文
敦煌遺書斯四六三二曹元忠請賓頭盧疏
敦煌遺書斯六四二四開寶八年十月請賓頭盧疏
敦煌遺書斯五六九六淳化三年八月親從都頭陳守　定請賓頭盧頗羅墮上座疏
敦煌遺書斯五五五八佚名詩

敦煌遺書斯五六九二山僧歌

敦煌遺書斯六五七七尸陀林發願文

敦煌遺書伯二一七三御注金剛經宣演

敦煌遺書伯二三〇五解座文

敦煌遺書伯二三八五衛元嵩十二因緣六字歌詞

敦煌遺書伯二四八八秦將賦

敦煌遺書伯二五五五馬雲奇白雲歌

敦煌遺書伯二七〇四讚梵本多心經

敦煌遺書伯二七二一雜抄

敦煌遺書伯二八五四號願文

敦煌遺書伯二九七六號五更轉

敦煌遺書伯二九七九開元年間判詞

敦煌遺書伯三三〇六百行章

敦煌遺書伯三三六一百歲篇

敦煌遺書伯三四〇九號六禪師與七衛士問答

敦煌遺書伯三四四五佚名詩謁法門寺真身
敦煌遺書伯三四六八進夜胡詞
敦煌遺書伯三六一九劉希夷北邙行
敦煌遺書伯三八六六李翔涉道詩
敦煌遺書伯三九一〇闕題詩
敦煌遺書伯五五八八歌詞
敦煌遺書北京日字二三太上皇帝讚文
敦煌遺書北京光字九四持世菩薩

白話文學史胡適　商務印書館本
魯迅全集　人民文學出版社本
管錐編錢鍾書　中華書局本
談藝録錢鍾書　中華書局本
寒山詩的流傳鍾玲，載中國古典文學比較研究　黎明文化事業股份有限公司本
説「身起」、「身已」蔣禮鴻　中國語文一九八二年第二期

談寒山話拾得王進珊　中華文史論叢一九八四年第一輯
王梵志詩的幾條補注周一良　北京大學學報一九八四年第四期
寒山傳説與寒山詩孫昌武，載一九八七年南開文學研究　天津古籍出版社本
寒山詩管窺入矢義高　古籍整理與研究第四期

出版後記

本書初版於二〇〇〇年三月，後作爲《項楚學術文集》之一種，於二〇一九年七月再版。再版前，四川大學中國俗文化研究所協調師生對初版進行了全面修訂，校核了底本和參校本，核查了注釋中所有引用文獻，並對引用書目作了統一梳理，改正了個別引文與所標版本不合的情況，所有校改都經項楚先生審定。其詳可參見尹賦《編校後記》。

此次收入《中國古典文學基本叢書》，據《項楚學術文集》本重新排印，校核原文，調整版式，期以滿足讀者多形式的需求。特此説明。

中華書局編輯部

二〇二三年六月

説　明

1. 本索引包括《字頭目録》和《筆畫索引》兩部分。

2.《字頭目録》收入《筆畫索引》中全部詩句的字頭，按四角號碼排列；字頭右邊的阿拉伯數字，是《筆畫索引》中的頁碼。

3. ①《筆畫索引》收入《寒山詩注（附拾得詩注）》中的全部詩句；詩句後面的漢字數字，表示該詩句所屬的首數，拾得詩則於數字前加「拾」字區别，如〇二五即寒山詩第〇二五首，拾一二即拾得詩第一二首，佚〇八即寒山佚詩第八首，拾佚三即拾得佚詩第三首。

②《筆畫索引》按字頭的筆畫多少排列；字頭筆畫相同者，按其第一筆的筆形一（横）、丨（豎）、丿（撇）、丶（點）、乛（折）的順序歸類；第一筆筆形相同者，按其第二筆筆形排列先後，以此類推。字頭相同者，再按第二個或以後的幾個字的筆畫數排列。

字頭目録

筆畫索引

一畫

二畫

〔一〕

〔丨〕

〔丿〕

〔乛〕

三畫

〔一〕

四畫

五畫

〔一〕

〔丨〕

六畫

〔丨〕

七畫

〔一〕

〔丶〕

八畫

〔一〕

〔丶〕

九畫

〔一〕

〔丨〕

〔一〕

十畫

〔一〕

〔丨〕

〔乛〕

十一畫

〔一〕

十二畫

〔一〕

〔丶〕

十三畫

〔一〕

十四畫

〔一〕

〔丨〕

〔丿〕

十五畫

〔㇕〕

十六畫

〔一〕

〔丨〕

〔乛〕

十七畫

〔一〕

〔丨〕

〔丿〕

十八畫

十九畫

二十畫

二十一畫

二十二畫

二十三畫

二十四畫

二十五畫

〔一〕

〔丶〕

二十六畫

〔丨〕

二十八畫

〔丨〕

三十二畫

〔丶〕